ହାଲୁକା ମଣିଷ

ହାଲୁକା ମଣିଷ

ମିଲନ କୁନ୍ଦେରା

ଅନୁବାଦ:

ରବି ଶଙ୍କର ମିଶ୍ର
ସ୍ନେହ ମିଶ୍ର

BLACK EAGLE BOOKS
2021

 BLACK EAGLE BOOKS

USA address:
7464 Wisdom Lane
Dublin, OH 43016

India address:
E/312, Trident Galaxy, Kalinga Nagar,
Bhubaneswar-751003, Odisha, India

E-mail: info@blackeaglebooks.org
Website: www.blackeaglebooks.org

First International Edition Published by
BLACK EAGLE BOOKS, 2021

HALUKA MANISHA
by **Milan Kundera**
Translated by
Rabi Shankar Mishra and **Sneha Mishra**

Cover & Interior Design: Ezy's Publication

ISBN- 978-1-64560-227-9 (Paperback)

Printed in the United States of America

୧୯୮୨ରେ କୁନ୍ଦେରାଙ୍କ Nesnesitelna lehkost byti ଉପନ୍ୟାସଟି ଚେକ୍ ଭାଷାରେ ଲିଖିତ ହୋଇଥିଲା। M.H. Heimଙ୍କ ଏହାର ଇଂରାଜୀ ଅନୁବାଦ, Unbearable Lightness of Being ରୁ ଏହି ଓଡ଼ିଆ ଅନୁବାଦଟି ରଚିତ। Heimଙ୍କ ପରି ଏହା ମୂଳ ଚେକ୍ ଭାଷାରୁ ଅନୁବାଦ କରାଯାଇ ନାହିଁ।

ଏହି ଅନୁବାଦର ଯୁକ୍ତି ବଳୟ

ଗୋଟିଏ ସାହିତ୍ୟିକ ଓ ସାମାଜିକ ପ୍ରତ୍ୟୟ ଭାବେ "ଉତ୍ତର-ଇଂରାଜୀ" "ଉତ୍ତର-ଆଧୁନିକତା" ଅପେକ୍ଷା ଆମ ପାଇଁ ଅଧିକ ପ୍ରୟୋଜନୀୟ ବୋଲି ଆମର ବିଶ୍ୱାସ। ଇଂରାଜୀକୁ ଉଭୟ ବିରୋଧ କରି ଓ ଗ୍ରହଣ କରି ଇଂରାଜୀ ବାହାରକୁ ଯିବାର ଉତ୍ତର-ଇଂରାଜୀ ପ୍ରୟାସ ଆମ ପାଇଁ ଏକ ବିଶେଷ ଧରଣର ଆବଶ୍ୟକୀୟ ସ୍ୱାଧୀନତାର ଅବବୋଧ। ଇଂରାଜୀ ଓ ଆମେରିକାନ (anglobal) ଯାହାକୁ କି ବିଶ୍ୱ ବା ସକଳ ପୃଥିବୀ (global) ବୋଲି ଆମେ ସାଧାରଣତଃ ଧରି ନେଇଥାଉ, ସେହି ପରିସୀମା ବାହାରକୁ ଯିବାର ଏହା ଏକ ଆହ୍ୱାନ।

ତେବେ ସେହି ଅଣ-ଇଂରାଜୀ ପୃଥିବୀକୁ ଆମେ ଯିବା କିପରି ? ବାସ୍ତବ କ୍ଷେତ୍ରରେ ତ ଆମେ ମୁଖ୍ୟତଃ ଇଂରାଜୀ-ଅନୁବାଦରେ ହିଁ ସେହି ଅଣ-ଇଂରାଜୀ ପୃଥିବୀର ସଙ୍କେତ ପାଇଁ : ଆମ ଓଡ଼ିଶାରେ କେତେ ଜଣ ଓଡ଼ିଆ ସ୍ପେନିସ୍ ବା ରୁଷିଆନ୍, ଚାଇନିଜ ବା ଆଫ୍ରିକାନ, ଏପରିକି କନ୍ନଡ଼ ବା ମରାଠୀ ଭାଷାରେ ଲିଖିତ ରଚନା ଓ ଦୁନିଆଁକୁ ମୂଳ ଭାଷାରେ ପଢ଼ି ପାରନ୍ତି, ବୁଝିପାରନ୍ତି ?

ପ୍ରସିଦ୍ଧ ଚେକ୍ ଔପନ୍ୟାସିକ ମିଲନ କୁନ୍ଦେରାଙ୍କୁ ଆମେ ବୋଧେ କେବଳ ଇଂରାଜୀ ଅନୁବାଦରେ ଚିହ୍ନୁ। ଓଡ଼ିଆରେ ତାଙ୍କ ବିଷୟରେ ପ୍ରବନ୍ଧଟିଏ ପ୍ରଥମେ ଲେଖିଥିବା ବହୁଭାଷୀ ବିଦ୍ୱାନ ଚିତ୍ତବାବୁ ମଧ୍ୟ ତାଙ୍କୁ ଚେକ୍‌ରେ ନୁହେଁ ଇଂରାଜୀ ଅନୁବାଦରେ ପଢ଼ି ପ୍ରବନ୍ଧଟି ଲେଖିଯାଇଛନ୍ତି। ଚେକ୍ ନ ଜାଣି ଓଡ଼ିଆରେ କୁନ୍ଦେରାଙ୍କ ବିଷୟରେ ପ୍ରବନ୍ଧ ଲେଖିବା, ଆଲୋଚନା କରିବା, ବା ତାଙ୍କୁ ଓଡ଼ିଆରେ ଅନୁବାଦ କରିବା (ଇଂରାଜୀ ଅନୁବାଦରୁ)- ଏସବୁ ଏକା କଥା ନୁହେଁ କି ? ଏହା ଅସ୍ୱାଭାବିକ ବି ନୁହେଁ। ପ୍ରସିଦ୍ଧ ଇଂରାଜୀ ସମାଲୋଚକ ଲିଭିସ ରୁଷିଆନ୍ ନ ଜାଣି ଟଲଷ୍ଟୟଙ୍କ ଆନାକାରେନିନା ବିଷୟରେ ପଠନୀୟ ପ୍ରବନ୍ଧଟିଏ

ନିଜ ମାତୃଭାଷାରେ ଲେଖି ଯାଇଛନ୍ତି ଠିକ୍ ଯେପରି ଚିତ୍ତବାବୁ କୁନ୍ଦେରାଙ୍କ ବିଷୟରେ ଓଡ଼ିଆରେ।

ରଢ଼ିବାଦୀ ରକ୍ଷଣଶୀଳ ଅନୁବାଦକମାନେ ଏତଦ୍ଦ୍ୱାରା ଅନୁବାଦର ପବିତ୍ରତା ବା ମୂଳରଚ଼ନାର ସାଧୁତା ନଷ୍ଟ ହେଲା ବୋଲି କହିପାରନ୍ତି। ତେବେ ଜୀବନ ଓ ସାହିତ୍ୟରେ ଏହି ଧରଣର ଅନେକ ଅପବିତ୍ରତା ବା ଅସାଧୁତାର ଆବଶ୍ୟକତା ରହିଛି ବୋଲି ଆମର ବିଶ୍ୱାସ। ଅବଶ୍ୟ ଏହାର ଅର୍ଥ ନୁହଁ ରକ୍ଷଣଶୀଳ ଅନୁବାଦ ବା ମୂଳରଚ଼ନା ଧାରଣାଟିର ସଂପୂର୍ଣ୍ଣ ବିରୋଧ ବା ପ୍ରତ୍ୟାଖ୍ୟାନ।

କୁନ୍ଦେରା ଯେତେବେଳେ କହିଥିଲେ, "ଅନୁବାଦକଙ୍କ ବିନା ଇଉରୋପର ଅବସ୍ଥିତି ନାହିଁ", ସେ କେବଳ ଇଂରାଜୀ ଅନୁବାଦକଙ୍କୁ ଲକ୍ଷ୍ୟ କରି ନ ଥିଲେ। କିନ୍ତୁ ଆମ ପାଇଁ ଇଉରୋପର ଅବସ୍ଥିତି ବୋଧହୁଏ ଇଂରାଜୀ ମାଧ୍ୟମରେ। ଖାଲି ଇଉରୋପ ନୁହେଁ, ଚାଇନିଜ, ଆଫ୍ରିକାନ ଇତ୍ୟାଦି ପୃଥିବୀ ମଧ୍ୟ ! ଏହା ଆମର ଅସୁବିଧା ଓ ସୀମାବଦ୍ଧତା। ଏବଂ ଏହି ପରିସ୍ଥିତି ଆହୁରି ଅନେକ ସମୟ ପର୍ଯ୍ୟନ୍ତ ରହିପାରେ। ତେଣୁ ପରିସ୍ଥିତିଟି ନ ସୁଧୁରିବାଯାଏ କୁନ୍ଦେରାଙ୍କୁ ଇଂରାଜୀରେ ଜାଣି ଓଡ଼ିଆରେ ତାଙ୍କ ବିଷୟରେ ଲେଖାପଢ଼ା କରିବା ଅନାବଶ୍ୟକ କି ? ଏହାହିଁ ଉତ୍ତର-ଇଂରାଜୀତ୍ୱର ଆହ୍ୱାନ।

ଆମର ଏହି "ହାଲୁକା ମଣିଷ" ଅନୁବାଦକୁ କୁନ୍ଦେରା ତାଙ୍କ ଚେକ୍ ଉପନ୍ୟାସଟିର ଅନୁବାଦ ଭାବେ ବୋଧେ ଆଦୌ ଗ୍ରହଣ କରିବେ ନାହିଁ। ସେଥିରେ ଆମେ ବିବ୍ରତ ନୋହୁଁ। ଯଦି ଏହି 'ଅନୁବାଦ'ଟି ଓଡ଼ିଆରେ ମନୁଷ୍ୟର ଅବସ୍ଥିତି ସଂପର୍କରେ କେତେକ କୁନ୍ଦେରୀୟ ପ୍ରଶ୍ନ ପଚାରି ପାରିଲା, ତାହା ହିଁ ବର୍ତ୍ତମାନ ପାଇଁ ଯଥେଷ୍ଟ ହେବ। କପିରାଇଟ ବା କଳାକୃତିର ମୂଳ ଲେଖକୀୟ ପରିଚିତି ନିଶ୍ଚିତ ଭାବରେ ବିଚାର୍ଯ୍ୟ। କିନ୍ତୁ ଏହି ବିଚାରର ବନ୍ଧନୀ କୌଣସି କଳାକୃତିର ଅପରିସୀମ ପରିବର୍ତ୍ତନକୁ ଅଟକାଇ ପାରି ନାହିଁ। ଅଟକାଇବା ଉଚିତ ମଧ୍ୟ ନୁହଁ। ଏହି ପ୍ରସଙ୍ଗରେ ସେକ୍ସପିଅରଙ୍କ The Comedy of Errors ଓଡ଼ିଆରେ ବଳଭଦ୍ର ଦେବଙ୍କ "ଭ୍ରାନ୍ତି ହିଲ୍ଲୋଳ"ରେ ରୂପାନ୍ତରିତ ହେବା ଏକ ଚିତ୍ତାକର୍ଷକ ଛୋଟ ଉଦାହରଣ। ଗୋଟିଏ ଖବର ଅନୁସାରେ, ମହାପ୍ରଭୁ ଜଗନ୍ନାଥଙ୍କ ରଥ ଚେକ୍ ରିପବ୍ଲିକ୍‌ର ରାଜଧାନୀ ପ୍ରାଗ୍ ସହରରେ ଗଢ଼ି ସାରିଛି। ତେବେ କୁନ୍ଦେରା ଓଡ଼ିଆରେ ଦେଖା ଦେବାରେ (ସିଧା ବା ବଙ୍କା) ଅସଙ୍ଗତି ରହିବ କାହିଁକି ?

ଆମେ ଭାବିବାର କଥା, ଏତେ ବର୍ଷ ଧରି ଇଂରାଜୀ ସହ ସଂଗମ

କଲାପରେ ବି କାହିଁକି ଓଡ଼ିଆ ଭାଷାରେ କୌଣସି ଇଂରାଜୀ ଲେଖକଙ୍କ ବିଷୟରେ ବୁଦ୍ଧିଦୀପ୍ତ ପ୍ରବନ୍ଧଟିଏ ଲେଖାଯାଇ ପାରିନାହିଁ ବା ଚିନ୍ତାଶୀଳ ଚର୍ଚ୍ଚା ହୋଇ ନାହିଁ - ଓଡ଼ିଆରେ। ଯଦିଓ ଓଡ଼ିଆ ଆଧୁନିକ ରଚ଼ନାରେ ଇଂରାଜୀ ପ୍ରଭାବ ରହିଥିବା ଅନେକେ ସ୍ୱୀକାର କରନ୍ତି। ଓଡ଼ିଆ ଭାଷା ବ୍ୟବହାର ସଙ୍କୁଚିତ ହେବାର ଏହା ଏକ ବିଶେଷ ଉଦାହରଣ।

ଏହି ପରିପ୍ରେକ୍ଷୀରେ ଆମ ଓଡ଼ିଆ କବି ଓ ଲେଖକଙ୍କ ଇଂରାଜୀ ଭାଷାରେ ଅନୂଦିତ ହେବାର ପ୍ରବଳ ଆଗ୍ରହ ମଧ୍ୟ ଚିନ୍ତାଜନକ। ଇଂରାଜୀରେ ରୂପାନ୍ତରିତ ହେଲେ ଅଧିକ ପାଠକ ଆମକୁ ଜାଣିବେ, ଆମେ ଅଧିକ ବୁଦ୍ଧି ଓ ଜ୍ଞାନ ଥିବା ପାଠକଙ୍କ ଦ୍ୱାରା ପଠିତ ଓ ପରିଚିତ ହେବା-- ଏହା ଏକ ଦୟନୀୟ ଚିନ୍ତାଧାରା। ଯଦି ନିଜ ଭାଷାରେ ଗୃହୀତ ଓ ଆଲୋଚ଼ିତ ହେବା ଅପେକ୍ଷା ଇଂରାଜୀରେ ପରିଚିତ ହେବା ପରମ ସୌଭାଗ୍ୟ, ତେବେ ସିଧାସଳଖ ଇଂରାଜୀରେ ଲେଖି ପକାଇବା ଉଚ଼ିତ। ଅବଶ୍ୟ ଏହାର ଅର୍ଥ ନୁହଁ ଆମେ ଓଡ଼ିଆଙ୍କ ଦ୍ୱାରା ଓଡ଼ିଆରୁ ଇଂରାଜୀକୁ ଅନୁବାଦ ବ୍ୟାନ୍ କରିଦେବା ଉଚିତ ବା ଓଡ଼ିଆରେ ଯାହା ବି ଲେଖାଯାଉଛି ବା ଅଛି ସେଇ ସବୁ ଶ୍ରେଷ୍ଠତ୍ୱର ମହିମାରେ ଆଲୋକିତ। ଆମର କହିବାର କଥା ହେଲା ଯଦି ଆମେ ପ୍ରକୃତରେ ଏକ ବହୁବଚନୀୟ ପୃଥିବୀ (global) ଗଢ଼ିବାକୁ ଚାହୁଁ, ତେବେ ବହୁବଚନର ବାତାବରଣଟି ସୃଷ୍ଟି କରିବାକୁ ହେବ। କେବଳ ଇଂରାଜୀ (ତେଲିଆ ମୁଣ୍ଡରେ ତେଲ) ନୁହଁ, ଓଡ଼ିଆର ବ୍ୟବହାରକୁ ବ୍ୟାପକ କରିବାକୁ ପଡ଼ିବ। ପ୍ରସିଦ୍ଧ ଇଂରାଜୀ ଭାଷାବିତ୍ ଡେଭିଡ଼୍ କ୍ରିଷ୍ଟାଲ ତାଙ୍କର "Engish as a global language" ବହିରେ ଯଥାର୍ଥରେ ଲେଖିଛନ୍ତି, "ଆଉ ପାଞ୍ଚ ଶହ ବର୍ଷ ପରେ କଣ ସବୁ ଶିଶୁ ଜନ୍ମ ହେଲା କ୍ଷଣି (ବୋଧେ ମାତୃଗର୍ଭରୁ ହିଁ) ଇଂରାଜୀ ଭାଷାକୁ ଆକର୍ଷିତ ହେବେ ? ଯଦି ତାହା ଗୋଟିଏ ସୁନ୍ଦର ଓ ବିପୁଳ ବହୁବଚନୀୟତାର ଅଂଶ ବିଶେଷ ହୁଏ, ତାହା ହେବ ଉତ୍ତମ କଥା। କିନ୍ତୁ ଯଦି ସେହି ସମୟରେ କେବଳ ଇଂରାଜୀ ହିଁ ଏକମାତ୍ର ଭାଷା ହୋଇ ରହିବ, ତେବେ ତାହା ହେବ ଏପରି ଏକ ବୌଦ୍ଧିକ ବିପର୍ଯ୍ୟୟ ଯାହାକୁ ମାନବ ସଭ୍ୟତା କେବେ ବି ଆଗରୁ ଦେଖି ନ ଥିବ।"

ପ୍ରସଙ୍ଗକ୍ରମେ, ଆମେ ଏଠି ଉଲ୍ଲେଖ କରିବାକୁ ଚାହୁଁ ଯେ ବର୍ତ୍ତମାନ ଓଡ଼ିଆ ଭାଷାଭାଷୀଙ୍କ ସଂଖ୍ୟା କୁନ୍ଦେରାଙ୍କ ଚେକ୍ ଭାଷାଭାଷୀଙ୍କ ଠାରୁ ପ୍ରାୟ ତିନି ଗୁଣରୁ ଅଧିକ। ତଥାପି ଓଡ଼ିଆକୁ ଏକ ମରିଯାଉଥିବା ବା ମ୍ୟୁଜିଅମ୍ ଅଭିମୁଖୀ ଭାଷା

ଭାବରେ ରଖାଯାଇ ପାରେ। ମ୍ୟୁଜିଅମ୍‌ର ବସ୍ତୁଗୁଡ଼ିକ ସବୁ ମୃତ ଗୌରବରେ ସଂରକ୍ଷିତ ! ଓଡ଼ିଶାର ସରକାରୀ ଭାଷା ଓଡ଼ିଆ ହେଲେ ହେଁ, ଏହା ଆମ ଗୁରୁତ୍ୱପୂର୍ଣ୍ଣ ଶିକ୍ଷାଗତ, ଶାସନଗତ ବା ଆଇନଗତ କ୍ଷେତ୍ରରେ କ୍ୱଚିତ ବ୍ୟବହୃତ ହୁଏ। ଶକ୍ତିଶାଳୀ ଓଡ଼ିଆ ସାମାଜିକ ଗୋଷ୍ଠୀ ମଧ୍ୟ ଓଡ଼ିଆ ବିମୁଖ କହିଲେ ଅତ୍ୟୁକ୍ତି ହେବ ନାହିଁ। ଆମ ମୁଖ୍ୟମନ୍ତ୍ରୀଙ୍କୁ ବି ଓଡ଼ିଆ ଜଣା ନାହିଁ। ଓଡ଼ିଆ ମ୍ୟୁଜିଅମ୍ ଆଡ଼କୁ ଗଡୁଥିବାର ଏହା ସଂକେତ ନୁହେଁ କି ? ଆମର ଏହି "ହାଲୁକା ମଣିଷ"ଟି ଓଡ଼ିଆରେ ଲେଖିବାର ଏକ ଚେଷ୍ଟା ମାତ୍ର।

ଅନୁବାଦର ମୁଖ୍ୟ ଉଦ୍ଦେଶ୍ୟ ହେଲା ଯେଉଁ ଭାଷାକୁ ଅନୁବାଦ କରାହୁଏ, ସେହି ଭାଷାକୁ ଉନ୍ନତ କରିବା, ଅଧିକ ଚଳଚଞ୍ଚଳ ଓ ପ୍ରାଣବନ୍ତ କରିବା। ଯେ ମୂଳ ଭାଷା ଜାଣି ନାହିଁ, ସେହିଁ ଅନୁବାଦର ପ୍ରକୃତ ପାଠକ। ସେହିଁ ନିଜ ଭାଷାର ଆଖିରେ ବିଶ୍ୱକୁ ଦେଖେ। ଅନ୍ୟ ଭାଷା ଓ ସଂସ୍କୃତିକୁ ଚିହ୍ନେ ତା ନିଜ ଭାଷାର ବଳୟରୁ। ଯେଉଁ ଦ୍ୱିଭାଷୀ ପଣ୍ଡିତମାନେ ମୂଳଭାଷା ଓ ଅନୂଦିତ ଭାଷାର ତୁଳନା, ଆଲୋଚନା ଇତ୍ୟାଦି କରନ୍ତି, ସେମାନେ ଉପଯୋଗୀ ହେଲେହେଁ, ସେମାନେ ଅନୁବାଦର ପ୍ରକୃତ ପାଠକ ନୁହନ୍ତି।

ରବି ଶଙ୍କର ମିଶ୍ର

ସ୍ନେହ ମିଶ୍ର

ସୂଚିପତ୍ର

ହାଲୁକା ଓ ଓଜନିଆ

(୧)

ଚିରନ୍ତନ ପ୍ରତ୍ୟାବର୍ତ୍ତନର ଧାରଣାଟା ଗୋଟେ ରହସ୍ୟ। ଆଉ ଏଇଥିରେ ନିତ୍ସେ ଅନ୍ୟ ଦାର୍ଶନିକ ମାନଙ୍କୁ ଗୋଲକଧନ୍ଦାରେ ପକାଇ ଦିଅନ୍ତି ! ପ୍ରତ୍ୟେକ ଜିନିଷର ପୁନରାବୃତ୍ତି ଘଟିଥାଏ। ଏକଦା ଆମେ ତାକୁ ଯେମିତି ଭାବରେ ଅନୁଭବ କରିଥାଉ ସେଇଟା ବାରବାର ଫେରିଆସେ ଏବଂ ଅନନ୍ତ ପୁନରାବୃତ୍ତିର ଧାରା ଗଡିଚାଲେ ! ଏଇ ଭ୍ରାନ୍ତ ଧାରଣାଟିର ଅର୍ଥ କଣ ?

କଥାଟିକୁ କଳାତ୍ମକ ଭଙ୍ଗୀରେ କହିଲେ : ଚିରନ୍ତନ ପ୍ରତ୍ୟାବର୍ତ୍ତନର ମାନେ ଏଇ ଯେ ଯେଉଁ ଜୀବନ ସବୁଦିନ ପାଇଁ ଲିଭିଯାଏ ଆଉ କେବେ ଫେରିଆସେ ନାହିଁ, ସେଇଟା ଗୋଟେ ଛାୟା ପରି, ସେଥିରେ ନା ଅଛି ଘନତା ନା ସାନ୍ଦ୍ରତା। ଅନେକ ଆଗରୁ ସତେଅବା ସେଇଟା ମରି ସାରିଥାଏ। ସେଇ ଜୀବନଟା ଭୟଙ୍କର ଥିଲା ନା ସୁନ୍ଦର ଥିଲା ବା ମହନୀୟ ଥିଲା- ସେଇ ଭୀତି, ମହନୀୟତା ଓ ସୌନ୍ଦର୍ଯ୍ୟର ଅର୍ଥ କିଛି ନାହିଁ। ଠିକ୍ ଯେପରି ଚତୁର୍ଦ୍ଦଶ ଶତାବ୍ଦୀରେ ଦୁଇଟି ଆଫ୍ରିକୀୟ ରାଜ୍ୟ ଭିତରେ ଘଟି ଯାଇଥିବା ଯୁଦ୍ଧ ପୃଥିବୀର ଦୃଶ୍ୟପଟରେ ସାମାନ୍ୟ କିଛି ବି ତ ପରିବର୍ତ୍ତନ ଆଣି ପାରି ନଥିଲା ଯଦିଓ ସେଇ ଯୁଦ୍ଧରେ ଅକଥନୀୟ ନିର୍ଯ୍ୟାତନାରେ ଲକ୍ଷଲକ୍ଷ କଳା ମଣିଷ ନିଶ୍ଚିହ୍ନ ହୋଇଯାଇଥିଲେ।

ଏଇ ଚିରନ୍ତନ ପୁନରାବୃତ୍ତି କ୍ରମରେ ଚତୁର୍ଦ୍ଦଶ ଶତାବ୍ଦୀର ଦୁଇଟି ଆଫ୍ରିକୀୟ ରାଜ୍ୟ ଭିତରେ ଘଟି ଯାଇଥିବା ଯୁଦ୍ଧଟା ଯଦି ପୁଣି ବାରମ୍ବାର ଘଟେ ତା ହେଲେ ସେଇ ଯୁଦ୍ଧଟାର ଅର୍ଥ କ'ଣ ବଦଳି ଯିବ ?

ହଁ ବଦଳିଯିବ : ତାହା ହେବ ଗୋଟେ କଠିଣ ସ୍ତୁପ। ସବୁଦିନ ପାଇଁ ବାହାରକୁ ଗୋଳିଣା ହେଇ ବାହାରିଥିବ ଯା'ର ତୁଚ୍ଛତାକୁ କେହି ଦୂର କରି ପାରିବେ ନାହିଁ।

ଯଦି ଫରାସୀ ବିପ୍ଳବ ବାରମ୍ବାର ଘଟେ, ତା ହେଲେ ଫରାସୀ ଐତିହାସିକମାନେ ରୋବସ୍‌ପିଅରେଙ୍କୁ ନେଇ ଏତେଟା ଗର୍ବ କରିପାରିବେ ନାହିଁ। ସେମାନେ ଏମିତି ଏକ ପ୍ରସଙ୍ଗକୁ ନେଇ ଚର୍ଚ୍ଚା କରନ୍ତି ଯାହା କି ଆଉ କେବେ ଘଟିବ ନାହିଁ, ଫେରିବ ନାହିଁ। ବିପ୍ଳବର ରକ୍ତରଞ୍ଜିତ ବର୍ଷମାନ କେବଳ କେତୋଟି ଶବ୍ଦ, ତତ୍ତ୍ୱ ଓ ଆଲୋଚନା ପାଲଟି ଯାଇଛି। ସେହି ବର୍ଷଗୁଡ଼ିକ ପକ୍ଷୀର ପରଠାରୁ ବି ହାଲୁକା ହେଇଯାଇଛି, ଆଉ କାହା ଭିତରେ ଭୀତି ସଞ୍ଚାର କରୁନାହିଁ। ଇତିହାସର ପୃଷ୍ଠପଟରେ କେବଳ ଥରେ ମାତ୍ର ଆବିର୍ଭାବ ହେଇଥିବା ରୋବସ୍‌ପିଅରେ ଆଉ ଅହରହ ଫେରିଆସି ଫରାସୀମାନଙ୍କର ମୁଣ୍ଡକାଟ କରୁଥିବା ରୋବସ୍‌ପିଅରେ ଭିତରେ ଅପରିମିତ ପାର୍ଥକ୍ୟ ରହିଛି।

ତେଣୁ ଆମେ ମାନିନେବା ଯେ ଏଇ ଚିରନ୍ତନ ପୁନରାବୃତ୍ତିର ଧାରଣାଟି ଏପରି ଗୋଟେ ଦୃଷ୍ଟିକୋଣକୁ ବୁଝାଏ ଯେଉଁ ଦୃଷ୍ଟିକୋଣରୁ ବିଭିନ୍ନ ବିଷୟ ଆମେ ଯେପରି ଜାଣିଥାଉ ସେପରି ପ୍ରତୀୟମାନ ହୁଏ, ନୁହେଁ : ଉକ୍ତ ବିଷୟଗୁଡ଼ିକରେ କ୍ଷଣସ୍ଥାୟୀତ୍ୱ ପ୍ରଶମିତ ଅବସ୍ଥା ଆଉ ନ ଥାଏ। ଏହି ପ୍ରଶମିତ ଅବସ୍ଥା ହିଁ ଆମକୁ ଗୋଟେ ନିଷ୍ପତ୍ତି ନେବାରେ ବାଧା ଦେଇଥାଏ। କାରଣ ଇତିହାସର ପ୍ରବାହରେ ଜାତ ଗୋଟେ କ୍ଷଣସ୍ଥାୟୀ ଜିନିଷକୁ ଆମେ କେମିତି ନିନ୍ଦା କରିବା ? ଶେଷ ଦିନର ସୂର୍ଯ୍ୟାସ୍ତର ଶେଷ ରଙ୍ଗରେ ସବୁକିଛି ସ୍ମୃତିର ଲାଲିମାରେ ଅନୁରଞ୍ଜିତ ହୋଇଯାଏ, ଏପରିକି "ଗିଲୋଟିନ୍" ବି।

ବେଶୀ ଦିନର କଥା ନୁହେଁ। ମୁଁ ନିଜକୁ ସବୁଠୁ ଅବିଶ୍ୱାସ ଅନୁଭବ ଭିତରେ ଆବିଷ୍କାର କଲି। ହିଟଲର୍ ଉପରେ ଲିଖିତ ଗୋଟେ ବହିର ପୃଷ୍ଠା ଓଲଟାଉଥିବାବେଳେ ତାଙ୍କର କେତୋଟି ଫଟୋଚିତ୍ର ମୋର ମନକୁ ଛୁଇଁଗଲା। ସେଇଟା ଦେଖୁ ଦେଖୁ ମୋର ପିଲାଦିନ ମନେ ପଡିଗଲା। ଯୁଦ୍ଧ ଚାଲିଥିବା ସମୟରେ ମୁଁ ପିଲାରୁ ବଡ଼ ହେଇଥିଲି। ହିଟ୍‌ଲରଙ୍କ ରାଜନୈତିକ ବନ୍ଦୀ ଶିବିରରେ ମୋର ପରିବାରର ଅନେକ ଲୋକ ମୃତ୍ୟୁବରଣ କରିଥିଲେ। କିଂତୁ ମୋ ଜୀବନର ଏକ ହଜିଲା ସମୟ ଯାହା ବି ଆଉ କେବେ ଫେରି ଆସିବ ନାହିଁ, ତାରି ସ୍ମୃତି ସହିତ ଏଇ ମୃତ୍ୟୁର କଣ ତୁଳନା ଅଛି ?

ହିଟଲରଙ୍କ ସହିତ ଏଇ ସାଲିସ୍ ଏମିତି ଗୋଟେ ପୃଥିବୀର ଗଭୀର ନୈତିକ ସ୍ଖଳନକୁ ପ୍ରଘଟ କରେ ଯାହା କି ମୂଳତଃ ଏକ ପ୍ରତ୍ୟାବର୍ତ୍ତନ ରୂପକ ଅନୁଭବରେ ହିଁ ପର୍ଯ୍ୟବସିତ। କାରଣ ଏଇ ପୃଥିବୀରେ ସବୁକିଛି ଆଗରୁ କ୍ଷମଣୀୟ ଆଉ ସେଥିପାଇଁ ସବୁକିଛି ମୂଲ୍ୟହୀନ। ମୂଲ୍ୟ ଅମୂଲ୍ୟ କିଛି ନାହିଁ।

(୨)

ଯଦି ଜୀବନର ପ୍ରତିଟି ମୁହୂର୍ତ୍ତ ଅପରିମିତ ସଂଖ୍ୟାରେ ବାରବାର ଫେରି ଆସେ, ତାହେଲେ ତ ଆମେ କ୍ରୁଶବିଦ୍ଧ ଯୀଶୁଖ୍ରୀଷ୍ଟ ପରି ଅନନ୍ତକାଳ ସହିତ କ୍ରୁଶବିଦ୍ଧ। ଏଇଟା ଗୋଟେ ଭୟାନକ ସମ୍ଭାବନା। ନିରନ୍ତର ପୁନରାବୃତ୍ତିର ପୃଥିବୀରେ ଅସହ୍ୟଦାୟିତ୍ୱ ବୋଝର ଭାର ଆମର ପ୍ରତିଟି ପଦକ୍ଷେପ ଉପରେ ମାଡି ପଡେ। ସେଥିପାଇଁ ଏଇ ନିରନ୍ତର ପୁନରାବୃତ୍ତିର ଅବଧାରଣାଟିକୁ ନିତ୍‌ସେ ସବୁଠାରୁ ଭାରୀ ବୋଝ ବୋଲି କହିଛନ୍ତି।

ଯଦି ଚିରନ୍ତନ ପ୍ରତ୍ୟାବର୍ତ୍ତନଟା ସବୁଠୁ ଭାରୀ ବୋଝ, ତା ହେଲେ ଆମେ ଜୀବନ ତାରି ବିପକ୍ଷରେ ନିଜର ଚମତ୍କାର ହାଲୁକାପଣକୁ ନେଇ ତିଷ୍ଠି ପାରେ।

ତେବେ ସତରେ କଣ ବୋଝଟା ଘୃଣ୍ୟ ଓ ହାଲୁକାପଣଟା ଏତେ ଚମତ୍କାର ?

ସବୁଠୁ ଭାରି ବୋଝଟାଏ ଆମକୁ ଦଳି ମକଚି ପକାଏ। ତାରି ତଳେ ଆମେ ପେଷି ହେଇଯାଉ। ଏହା ଆମକୁ ଦେହ ତଳେ ଚାପି ହେଇଯିବା ପାଇଁ ବ୍ୟାକୁଳ ହୁଏ। ତେଣୁ ଗୁରୁଭାର ଭୂଇଁରେ ଚାପି ରଖେ। କିଂତୁ ପ୍ରତ୍ୟେକ ଯୁଗର ପ୍ରେମ କବିତାରେ ନାରୀ ପୁରୁଷର ସମକାଳୀନ ଭାବରେ ଜୀବନର ସବୁଠୁ ନିବିଡ଼ ପରିପୂର୍ଣ୍ଣତାର ଗୋଟେ ପ୍ରତିରୂପ। ବୋଝ ଯେତିକି ଭାରି ହୁଏ, ପୃଥିବୀକୁ ଆମର ଜୀବନ ସେତିକି ପାଖେଇ ଆସେ, ଆହୁରି ବାସ୍ତବ ଓ ଆହୁରି ସତ୍ୟ ହେଇଉଠେ।

ଅପରପକ୍ଷରେ, ସଂପୂର୍ଣ୍ଣ ଭାରଶୂନ୍ୟତା ମଣିଷକୁ ପବନଠାରୁ ହାଲୁକା କରିଦିଏ। ଉପରକୁ ଉଠେ। ପୃଥିବୀଠାରୁ ଓ ତା'ର ପାର୍ଥିବ ସତ୍ୟଠାରୁ ମୁକ୍ତ କରିଦିଏ। ଆଉ କ୍ରମଶଃ ଅବାସ୍ତବ ହେଇଯାଏ। ତା'ର ଗତି ଯେତିକି ମୁକ୍ତ, ସେତିକି ନଗଣ୍ୟ ହେଇଯାଏ।

ତା ହେଲେ ଆମେ କେଉଁଟିକୁ ଆପଣେଇ ନେବା ? ଗୁରୁଭାର ନା ହାଲୁକାପଣ ?

ଖ୍ରୀଷ୍ଟପୂର୍ବ ଷଷ୍ଠ ଶତାବ୍ଦୀରେ ପାରମିନାଇଡ୍‌ସ ଏଇ ପ୍ରଶ୍ନ ଉତ୍‌ଥାପନ କରିଥିଲେ। ସେ ପୃଥିବୀକୁ ଦୁଇଟି ବିପରୀତ ଅବଧାରଣାରେ ବିଭକ୍ତ ହେଇଥିବାର ଦେଖିଥିଲେ : ଆଲୋକ/ଅନ୍ଧାର, ସୂକ୍ଷ୍ମ/ସ୍ଥୂଳ, ଉଷ୍ମ/ଶୀତଳ, ସତ୍ତା/ସତ୍ତାହୀନତା। ଏହି ବିଭାଗିକରଣର ଅଧାକୁ ସେ ସକାରାତ୍ମକ (ଆଲୋକ, ସୂକ୍ଷ୍ମ, ଉଷ୍ମ, ସତ୍ତା) ଆଉ ବାକି ଅଧାକୁ ନକାରାତ୍ମକ ବୋଲି କହିଲେ। ସକାରାତ୍ମକ ଓ ନକାରାତ୍ମକର ଏପରି ବର୍ଗୀକରଣ ଆମକୁ ନିହାତି ଭାବରେ ପିଲାଳିଆ ମନେ ହୋଇପାରେ। ତେବେ ଏଥିରେ ଥିବା ଅସଲ ସମସ୍ୟାଟି ହେଉଛି : ୟା ଭିତରୁ କେଉଁଟା ସକାରାତ୍ମକ : ଗୁରୁଭାର ନା ହାଲୁକାପଣ ?

ପାରମିନାଇଡସ୍ ଉତ୍ତର ଦେଲେ : ଭାରଶୂନ୍ୟତାଟା ସକାରାତ୍ମକ ଆଉ ଭାରଟା ନକାରାତ୍ମକ।

ତାଙ୍କର ଉତ୍ତର ଠିକ୍ ଥିଲା ନା ଭୁଲ ? ସେଇୟା ହିଁ ପ୍ରଶ୍ନ। କେବଳ ଗୋଟିଏ ନିଶ୍ଚିତ କଥା ହେଉଛି : ଭାର/ଭାରଶୂନ୍ୟତାର ଏଇ ବିରୋଧାଭାଷଟି ସବୁଠୁ ରହସ୍ୟମୟ, ସବୁଠୁ ସନ୍ଦିଗ୍ଧ।

(୩)

ଅନେକ ବର୍ଷ ଧରି ମୁଁ ଟୋମାସ କଥା ଭାବି ଆସୁଛି। କିନ୍ତୁ ଚିନ୍ତନର ଏଇ ଧାରାରେ ମୁଁ ତାକୁ ସ୍ପଷ୍ଟ ଦେଖି ପାରିଲି। ତାରି ଫ୍ଲାଟର ଝରକା ପାଖରେ ଛିଡା ହେଇ ସେ ଅଗଣା ଦେଇ ଆରପଟ କାନ୍ଥକୁ ଚାହିଁଥିଲା। ତେବେ କଣ କରିବ ଜାଣି ପାରୁ ନଥିଲା।

ପ୍ରାୟ ତିନି ସପ୍ତାହ ତଳେ ଚେକୋସ୍ଲୋଭାକିଆର ଗୋଟେ ଛୋଟ ସହରରେ ସେ ପ୍ରଥମେ ଟେରେଜାକୁ ଭେଟିଥିଲା। ପାଖାପାଖି ଘଣ୍ଟେ ମଧ୍ୟ ସେମାନେ ଏକାଠି ରହି ପାରିଥିଲେ। ଟେରେଜା ତା ସହିତ ଷ୍ଟେସନ ଯାଏଁ ଯାଇଥିଲା ଆଉ ସେ ଟ୍ରେନ ଚଢ଼ିବା ଯାଏଁ ଅପେକ୍ଷା କରିଥିଲା। ଦଶଦିନ ପରେ ସେ ତାକୁ ଥରେ ଦେଖିବାକୁ ଆସିଲା। ସେ ଆସି ପହଞ୍ଚିବା ଦିନ ହିଁ ସେମାନେ ସହବାସ କରିଥିଲେ। ସେଦିନ ରାତିରେ ଟେରେଜାକୁ ଜ୍ୱର ଆସିଥିଲା ଓ ସେ ସପ୍ତାହେ ଧରି "ଫ୍ଲୁ"ରେ ପଡି ତା'ରି ଫ୍ଲାଟରେ ରହିଥିଲା।

ସଂପୂର୍ଣ୍ଣ ସୁସ୍ଥ ହେବାଯାଏଁ ଟେରେଜା ତା ସହିତ ସପ୍ତାହେ ରହିଲା। ତାପରେ ପ୍ରାଗ୍‌ଠାରୁ ପ୍ରାୟ ଶହେ ପଚିଶ ମାଇଲ ଦୂରରେ ଥିବା ନିଜ ସହରକୁ ଫେରିଗଲା। ଆଉ ତା ପର ସମୟ କଥା ମୁଁ ଏଇନେ କହୁଛି। ଝରକା ପାଖରେ ଛିଡା ହେଇ ସେ ଅଗଣାର ଆର ପାଖ କାନ୍ଥ ଆଡକୁ ଚାହିଁ ଚିନ୍ତା କଲା।

ତାକୁ ସବୁଦିନ ପାଇଁ ସେ ପ୍ରାଗ୍‌କୁ ଡାକି ଆଣିବ କି ? ଦାୟିତ୍ୱ ମୁଣ୍ଡେଇବାକୁ ସେ ଡରିଲା। ଯଦି ସେ ତାକୁ ଡାକିଦିଏ, ତା ହେଲେ ସିଏ ଆସିବ ନିଶ୍ଚୟ ଆଉ ତା'ରି ପାଖରେ ନିଜ ଜୀବନ ସମର୍ପି ଦେବ।

ନା, ତା ସହିତ ଏତେ ଅନ୍ତରଙ୍ଗ ହେବାରୁ ସେ କ୍ଷାନ୍ତ ହେବ ? ତା ହେଲେ ତ ଗୋଟେ ଛୋଟ ସହର ରେଷ୍ଟୁରାଣ୍ଟରେ ସେ ପରିଚାରିକା ହେଇ ରହିଯିବ। ତାକୁ ସେ ଆଉ କେବେ ଭେଟି ବି ପାରିବ ନାଇଁ।

ତା'ର ଆସିବାଟା ସେ ନିଜେ ଚାହୁଁଛି ନା ନାଇଁ ?

ଅଗଣା ପାରି ଆରପଟ କାନ୍ଥକୁ ଚାହିଁରହି ସେ ଏଇ ପ୍ରଶ୍ନର ଉତ୍ତର ଖୋଜୁଥାଏ।

ସେ ଟେରେଜାକୁ ବିଛଣାରେ ଶୋଇଥିବା ଅବସ୍ଥାରେ ମନେ ପକାଇଲା । ତାର ବିଗତ ଜୀବନର କାହାକୁ ସେ ମନେ ପକାଇ ପାରିଲା ନାହିଁ । ସେ ତା ପାଇଁ ସ୍ତ୍ରୀ ନଥିଲା କିମ୍ବା ରକ୍ଷିତା ନଥିଲା । ସେ କେବଳ ଥିଲା ଛୋଟ ଶିଶୁଟିଏ ଯିଏ ତାର ଶଯ୍ୟାକୂଳକୁ ଗୋଟେ ପିଚୁବୋଳା ଘାସ ଟୋକେଇ ଭିତରେ ଭାସି ଆସିଥିଲା । ଟେରେଜା ଶୋଇ ପଡିଥିଲା । ଟୋମାସ୍ ତା ପାଖରେ ଆଣ୍ଠେଇ ପଡିଲା । ଟେରେଜାର ଜରୁଆ ତତଲା ନିଶ୍ୱାସର ଗତି ବଢୁଥାଏ । କ୍ଷୀଣ ସ୍ୱରରେ ସେ କୁଁ କୁଁ ହେଲା । ନିଦଭିଜା ଟେରେଜାର ଜରୁଆ ମୁହଁ ଉପରେ ନିଜ ମୁହଁକୁ ଚାପି ଧୀରେ ଆଉଁସି ତାକୁ ଶାନ୍ତ କରିବା ପାଇଁ ଫିସ୍‌ଫିସ୍ କଥା କେଇପଦ କହିଲା । କିଛି ସମୟ ପରେ ତାର ନିଶ୍ୱାସପ୍ରଶ୍ୱାସ କ୍ରମଶଃ ସ୍ୱାଭାବିକ ହେଲା । ଅଜାଣତରେ ସେ ଟୋମାସ ଆଡକୁ ମୁହଁ ବୁଲାଇଲା । ଟେରେଜାର ଜ୍ୱରାକ୍ରାନ୍ତ ଉତ୍ତପ୍ତ ସୌରଭକୁ ସେ ନିଶ୍ୱାସରେ ଟାଣି ନେଲା, ଯେମିତିକି ସେ ତା'ର ଦେହର ନିବିଡ଼ତାରେ ପରିତୃପ୍ତ ହେବାରେ ଲାଗିଛି । ହଠାତ୍ ତା'ର ମନେ ହେଲା ସତେ ଯେପରି ଟେରେଜା ଅନେକ ବର୍ଷ ହେଲା ତା ସହିତ ରହି ଆସିଛି ଆଉ ଏବେ ସେ ମରିଯାଇଛି । ଆକସ୍ମିକ ଭାବରେ ଅଥଚ ସ୍ପଷ୍ଟ ଭାବରେ ସେ ଅନୁଭବ କଲା ଯେ ସେ ଟେରେଜା ବିନା ବଞ୍ଚିପାରିବ ନାହିଁ । ସେ ତା ସହିତ ପଡ଼ି ରହିବ ଓ ତା ସହ ମୃତ୍ୟୁକୁ ଆଦରି ନେବ । ଟେରେଜାର ମୁଣ୍ଡ ତଳର ତକିଆ ଉପରେ ତା'ର ମୁହଁ ଚାପି ରଖି ସେ ସେମିତି ବହୁ ସମୟ ଧରି ପଡି ରହିଲା ।

ଏବେ ସେ ଝରକା ପାଖରେ ଛିଡା ହେଇ ସେଇ ମୁହୂର୍ତ୍ତକୁ ମନେ ପକାଇବାକୁ ଚେଷ୍ଟା କରୁଥିଲା । ତା' ଭିତରେ ଏହା ପ୍ରେମର ପରିପ୍ରକାଶ ବ୍ୟତୀତ ଆଉ କଣ ହେଇପାରେ ?

ଏଇଟା କ'ଣ ସତରେ ପ୍ରେମ ? ତା'ରି ସହିତ ମରିଯିବାକୁ ଚାହିଁବାଟା ଟିକେ ନିଶ୍ଚୟ ଅତିରଞ୍ଜିତ କଥା । ୟା ପୂର୍ବରୁ ଜୀବନରେ ଥରେ ମାତ୍ର ତା ସହିତ ଦେଖା ହେଇଥିଲା । ଏଇଟା କଣ ଜଣେ ପୁରୁଷର ଉନ୍ମାଦନା ଥିଲା ? ଯେଉଁ ପୁରୁଷ ଜଣକ ନିଜ ଭିତରେ ପ୍ରେମ ପାଇଁ ତା'ର ନିପାରିଲାପଣିଆ ବିଷୟରେ ବେଶ୍ ସଚେତନ ଥିଲା, ଆଉ ୟାର ଅନୁଭବ କରୁଥିଲା ? ତା'ର ଅବଚେତନଟା ଏତେ ଭୀରୁ ଥିଲା ଯେ ଏଇ ଛୋଟମୋଟର କମେଡି ପାଇଁ ଶେଷରେ ଏଇ ଛୋଟ ସହରର ଦୟନୀୟ ପରିଚାରିକାଟିକୁ ସର୍ବୋତ୍‌କୃଷ୍ଟ ସାଥୀରୂପେ ବାଛିନେଲା, ନହେଲେ ବାସ୍ତବରେ ତା'ର ଜୀବନ ପରିସର ଭିତରକୁ ସିଏ ଆସିବାର ସୁଯୋଗ ହିଁ ଆଦୌ ନଥିଲା !

ଅଗଣା ଦେଇ ଅପରିଚ୍ଛନ୍ନ କାନ୍ଥ ଆଡକୁ ଦେଖୁ ଦେଖୁ ସେ ଅନୁଭବ କଲା

ଯେ ପ୍ରକୃତରେ ସେଇଟା ଉନ୍ମାଦନା କିମ୍ବା ପ୍ରେମ ସେଇ ବିଷୟରେ ତା'ର କିଛି ଧାରଣା ନାହିଁ ।

ସେଇ ପରିସ୍ଥିତିରେ ଜଣେ ପ୍ରକୃତ ପୁରୁଷ ତତ୍‌କ୍ଷଣାତ୍ କଣ କରିବାକୁ ହେବ ଜାଣି ପାରିଥାନ୍ତା । ଅଥଚ ସେ ଦ୍ୱନ୍ଦରେ ପଡ଼ି ଯାଉଥିଲା । ଆଉ ସେଥିଯୋଗୁଁ ତା'ର ଜୀବନର ସୁନ୍ଦରତମ ମୁହୂର୍ତ୍ତ ସବୁକୁ (ତା'ର ଶଯ୍ୟାଧାରରେ ଆଣ୍ଠେଇପଡ଼ି ତା ବିନା ବଞ୍ଚି ନ ପାରିବାର ଚିନ୍ତାରେ ବୁଡିଯିବା) ଅର୍ଥଶୂନ୍ୟ କରି ପକାଉଥିଲା । ଏଥିପାଇଁ ତା'ର ମନଟା ବିଷର୍ଣ୍ଣ ହେଇଗଲା ।

ସେ ନିଜ ଉପରେ ବିରକ୍ତ ହେଲା । ତେବେ ପରେ ସେ ବୁଝି ପାରିଲା ଯେ ସେ କ'ଣ ଚାହୁଁଛି ତାହା ଜାଣି ନ ପାରିବାଟା ବି ବେଶ୍ ସ୍ୱାଭାବିକ ଥିଲା ।

ଆମେ କଣ ଚାହୁଁ ପ୍ରକୃତରେ କେବେ ଜାଣି ପାରୁନା । କାରଣ ଥରେ ମାତ୍ର ବଞ୍ଚିଥିବାରୁ ଆମେ ବର୍ତ୍ତମାନର ଜୀବନକୁ ପୂର୍ବର ଜୀବନ ସହିତ ତୁଳନା କରିପାରିବାନି କିମ୍ବା ଭବିଷ୍ୟତର ଜୀବନ ସହିତ ତାକୁ ଯୋଖି ସଜାଡି ପାରିବାନି ।

ଟେରେଜା ସହିତ ରହିବାଟା ଠିକ ଥିଲା ନା ଏକୁଟିଆ ରହିବାଟା ଠିକ ହେଲା ?

ଏହି ଦୁଇ ନିଷ୍ପତ୍ତିରୁ କେଉଁଟା ଠିକ୍ ତାହା ପରୀକ୍ଷା କରିବାର କୌଣସି ମାଧ୍ୟମ ନାହିଁ । କାରଣ ଦୁଇଟାକୁ ତୁଳନା କରିବାର କିଛି ଭିତ୍ତି ନାହିଁ । କିଛି ପ୍ରାକ୍ ସୂଚନା ନ ଦେଇ ଯୋଉଟା ଯେମିତି ଆସେ ଆମେ ତାକୁ ସେମିତି ଦେଇ ବଞ୍ଚିଥାଉ । ଯେମିତି ଜଣେ ଅଭିନେତା ତାକୁ ଯେତିକି ଭୂମିକା ଦିଆଯାଇଥାଏ, ସେ ସେଇୟା ନିଭାଏ । ଆଉ ଯଦି ଜୀବନ ପାଇଁ ପ୍ରଥମ ରିହର୍‌ସାଲ୍‌ଟା ହିଁ ବାସ୍ତବ ଜୀବନ, ତା' ହେଲେ ଏଇ ଜୀବନର ମୂଲ୍ୟ ବା କଣ ? ସେଥିପାଇଁ ଜୀବନଟା ସବୁବେଳେ ଗୋଟାଏ ସ୍କେଚ୍ ପରି । ନା, 'ସ୍କେଚ୍'ଟା ଠିକ୍ ଶବ୍ଦ ନୁହଁ । କାରଣ ସ୍କେଚ୍ ହେଉଛି ଗୋଟେ ଜିନିଷର ବାହ୍ୟ ରୂପରେଖ ଯାହା କି ଗୋଟେ ଚିତ୍ରପଟର ଭିତ୍ତିଭୂମି । କିଂତୁ ଆମ ଜୀବନର ସ୍କେଚ୍‌ଟା କିଛି ଗୋଟେର ସ୍କେଚ୍ ନୁହଁ, କେବଳ ଗୋଟେ ବାହ୍ୟ ରୂପରେଖ ଯାହା କୌଣସି ଚିତ୍ରର ରୂପରେଖ ନୁହେଁ ।

ଯାହା ଥରେ ଘଟେ ତା'ର ମାନେ କିଛି ନାହିଁ, ଟୋମାସ ନିଜକୁ ନିଜେ କହେ । ଗୋଟେ ଜର୍ମାନୀ ପ୍ରବାଦି ବାକ୍ୟ ଅଛି- ଯାହା ଥରେ ମାତ୍ର ଘଟେ, ପୁଣି ଥରେ କେବେ ଘଟେନା, ତାହା ନ ଘଟିଥିଲେ ବି ଚଳିଥାନ୍ତା । ଯଦି ବଞ୍ଚିବା ପାଇଁ ଆମର ଗୋଟେ ଜୀବନ ଅଛି, ସେଇଟା ନ ବଞ୍ଚିଲେ ବି କ୍ଷତି କଣ ?

(୪)

କିଂତୁ ଦିନେ ହସପିଟାଲରେ ଅପରେସନ ମଝିରେ ମିଳୁଥିବା ଫୁରସତ ସମୟରେ ନର୍ସ ଜଣେ ତାକୁ ଟେଲିଫୋନ ପାଖକୁ ଡାକିଲା । ରିସିଭର ଉଠାଇଲା କ୍ଷଣି ସେପଟୁ ଟେରେଜାର ସ୍ୱର ଶୁଭିଲା । ସେ ରେଲୱେ ଷ୍ଟେସନରୁ ତାକୁ ଫୋନ୍ କରିଥିଲା । ସେ ଉଲ୍ଲସିତ ହେଇପଡିଲା । ଦୁର୍ଯୋଗକୁ ସେଦିନ ସନ୍ଧ୍ୟାରେ ତା'ର କଣ କାମ ଥିଲା , ଆଉ ତା ପରଦିନ ଯାଏଁ ସେ ତାକୁ ନିଜ ବସାକୁ ଡାକି ପାରିଲାନି । ଫୋନ୍‌ଟା ରଖୁ ରଖୁ ତାକୁ ସିଧା ବସାକୁ ଡାକି ନଥିବାରୁ ନିଜ ଉପରେ ବିରକ୍ତ ହେଲା । ତା'ର କାମ ବାତିଲ କରିଦେବାକୁ ତା ପାଖରେ ଗୁଡାଏ ସମୟ ବି ତ ନ ଥିଲା ! ସେମାନେ ପରସ୍ପରକୁ ଭେଟିବା ଯାଏଁ ଏଇ ଛତିଶ ଘଣ୍ଟା ଟେରେଜା ପ୍ରାଗ୍‌ରେ କରିବ କଣ ସେଇ କଥା ସେ ମନେମନେ ଭାବିଲା । କାର୍ ନେଇ ରାସ୍ତାରେ ସେଇକ୍ଷଣି ଟେରେଜାକୁ ଖୋଜି ବାହାରିବାର ଖିଆଲଟାଏ ତା ମନ ଭିତରକୁ ଆସିଲା ।

ତା ପରଦିନ ସଂଧ୍ୟାରେ ଟେରେଜା ଆସିଲା । ତା କାନ୍ଧରୁ ହେଣ୍ଡ୍‌ବେଗ୍‌ଟାଏ ଝୁଲୁଥିଲା । ଆଗ ଅପେକ୍ଷା ସେ ଆହୁରି ମାର୍ଜିତ ରୁଚିସଂପନ୍ନ ଦିଶୁଥିଲା । କାଖ ତଳେ ମୋଟା ବହି ଖଣ୍ଡେ ଜାକି ଧରିଥିଲା । ବହିଟା ଥିଲା ଆନା କାରେନିନା । ତା'ର ମୁଡ୍‌ଟା ବେଶ ଭଲ ଥିଲା, ବେଶ୍ ପ୍ରଫୁଲ୍ଲ ଥିଲା । ସେ କୁଆଡେ ପ୍ରାଗ୍‌କୁ ତା'ର ବ୍ୟବସାୟିକ କାମରେ ଆସିଥିଲା (ଏଇ ବିଷୟରେ ତା'ର କଥାଟା ସ୍ପଷ୍ଟ ନଥିଲା) ବୋଧହୁଏ ଗୋଟେ ଚାକିରୀ ପାଇଁ ଆସିଥିଲା । ତାକୁ ଏମିତି ଟିକେ ଖାଲି ଦେଖା କରିବାକୁ ଚାଲି ଆସିଲା ।

ପରେ ବିଛଣାରେ ଦୁହେଁ ଉଲଗ୍ନ ହେଇ ପାଖାପାଖି ପଡିଥିଲାବେଳେ ସେ ତାକୁ କେଉଁଠି ରହୁଛି ବୋଲି ପଚାରିଲା । ସେତେବେଳକୁ ରାତି ହେଇଯାଇଥିଲା ଓ ସେ ତାକୁ ଗାଡିରେ ନେଇ ଛାଡିଦେବ ବୋଲି କହିଲା । ଏଥିରେ ଟେରେଜା ହଡ଼ବଡ଼େଇ ଗଲା । କହିଲା , ସେ ରହିବା ପାଇଁ ହୋଟେଲଟିଏ ଏଯାଏଁ ଖୋଜି ନାହିଁ । ସୁଟ୍‌କେଶ୍ ଖଣ୍ଡିକ ଷ୍ଟେସନରେ ରଖିଦେଇ ଆସିଛି ।

ଦୁଇଦିନ ଆଗରୁ ତା'ର ଆଶଙ୍କା ଥିଲା ଯେ ଯଦି ସେ ଟେରେଜାକୁ ପ୍ରାଗ୍ ଚାଲି ଆସିବା ପାଇଁ କହେ ତା' ହେଲେ ସେ ତା ପାଖରେ ନିଜର ଜୀବନ ସମର୍ପଣ କରିଦେବ । ସୁଟ୍‌କେଶ୍‌ଟା ସେ ଷ୍ଟେସନ୍‌ରେ ଛାଡି ଆସିଥିବାର ଶୁଣିଲାକ୍ଷଣି ତାକୁ ଲାଗିଲା ସୁଟକେଶ ଭିତରେ ହିଁ ତା'ର ଜୀବନଟା ରହିଛି । ସେଇଟିକୁ ଯେମିତି ଖାଲି ଟେରେଜା ତା' ହାତକୁ ବଢ଼େଇ ଦେବ ।

ଘର ସାମ୍ନାରେ ଥିବା କାର୍‌ରେ ଦୁହେଁଯାକ ବସିଲେ ଆଉ ଷ୍ଟେସନ ଆଡ଼କୁ

ମୁହାଁଇଲେ । ସେ ଷ୍ଟେସନରୁ ସୁଟକେଶ୍‌ଟା ଆଣିଲା । ସୁଟକେଶ୍‌ଟା ବେଶ୍ ବଡ଼ ଓ ଓଜନିଆ ଥିଲା । ସେଇଟିକୁ ନେଇ ଟେରେଜା ସହିତ ଘରକୁ ଆସିଲା ।

ପ୍ରାୟ ପନ୍ଦରଦିନ ଧରି ସେ ଏତେ ଦ୍ୱନ୍ଦ ଭିତରେ ଥିଲା ଯେ ସେ କିପରି ଅଛି ଏତିକି ପଚାରି ପୋଷ୍ଟକାର୍ଡ ଖଣ୍ଡେ ଦେଇ ପାରୁ ନଥିଲା । ଅଥଚ ଆଜି ଏମିତି ନିଷ୍ପତ୍ତିଟା ସେ ହଠାତ୍ କେମିତି ନେଇଗଲା ?

ସେ ନିଜେ ଆଶ୍ଚର୍ଯ୍ୟ ହେଇଗଲା । ସେ ତା'ର ନୀତିବିରୁଦ୍ଧ କାମ କଲା । ଦଶବର୍ଷ ତଳେ ସେ ତା'ର ସ୍ତ୍ରୀକୁ ଛାଡ଼ପତ୍ର ଦେଇଥିଲା ଅନ୍ୟମାନେ ବିବାହ ଉତ୍ସବ ପାଳନ କଲା ପରି ସେ ଘଟଣାଟିକୁ ପାଳନ କରୁଥିଲା । ସେ ବୁଝି ସାରିଥିଲା ଯେ କୌଣସି ସ୍ତ୍ରୀଲୋକ ସହିତ ସେ ଏକାଠି ରହି ପାରିବନି । ଅବିବାହିତ ପୁରୁଷ ପରି ରହିବାଟା ହିଁ ତାକୁ ସୁହାଇବ । ତା'ର ଜୀବନଶୈଳୀକୁ ସେ ଏମିତି କରିଥିଲା ଯେପରିକି କୌଣସି ସ୍ତ୍ରୀଲୋକ ବେଡିଂ ବିସ୍ତର୍ ଧରି ତା' ପାଖରେ ଆସ୍ଥାନ ଜମାଇ ପାରିବନି । ସେଥିପାଇଁ ତା'ର ଫ୍ଲାଟରେ ଗୋଟେ ମାତ୍ର ଖଟ ପଡିଥିଲା । ଅବଶ୍ୟ ଖଟଟା ଚଉଡା ଥିଲା । କିଂତୁ ଟୋମାସ୍ ତା'ର ସାମୟିକ ରକ୍ଷିତା ମାନଙ୍କୁ ଶୁଣାଇ ଦିଏ ଯେ ସେ କାହା ପାଖରେ ରାତିରେ ଶୋଇପାରେନି ଆଉ ଅଧା ରାତି ପରେ ସେମାନଙ୍କୁ ତାଙ୍କର ନିଜ ଘରକୁ ଗାଡିରେ ଛାଡିଦେଇ ଆସେ । ତେଣୁ ଟେରେଜା ପ୍ରଥମଥର ଆସିଲାବେଳେ ଫ୍ଲୁ ପାଇଁ ଯେ ସେ ତା' ପାଖରେ ଶୋଇଲାନି, ତା' ନୁହେଁ । ପହିଲା ରାତିଟା ସେ ବଡ଼ ଆରାମଚୌକିରେ କଟାଇଲା । ସପ୍ତାହର ବାକିଦିନ ସେ ସବୁ ରାତିରେ ହସପିଟାଲ ଦୌଡିଲା । ଅଫିସ୍‌ରେ ତା'ର ଗୋଟେ ଖଟ ଥିଲା ।

କିଂତୁ ଏଥର ସେ ତା ପାଖରେ ଶୋଇପଡିଲା । ପରଦିନ ସକାଳେ ଉଠି ଦେଖିଲା, ଟେରେଜା ତାରି ହାତକୁ ଧରି ଶୋଇ ରହିଛି । ରାତିସାରା ସେମାନେ ଏମିତି ହାତ ଧରାଧରି ହେଇଥିଲେ ନା କଣ ? ସହଜରେ କଥାଟା ବିଶ୍ୱାସ ହେଉ ନଥିଲା ।

ନିଦରେ ଗଭୀର ନିଶ୍ୱାସ ନେଇ ଟେରେଜା ତା'ର ହାତଟା ଧରି (ବେଶ୍ ଜୋର୍‌ରେ : ସେ ତା'ର ମୁଠାରୁ ହାତକୁ ଖସେଇ ଆଣି ପାରୁ ନଥିଲା) ଶୋଇଥିଲା ବେଳେ ସେଇ ବଡ଼ ଭାରୀ ସୁଟକେଶ୍‌ଟା ଖଟ କଡ଼ରେ ଥୁଆ ହୋଇଥିଲା ।

ଟେରେଜା ଉଠିପଡିବ ଭୟରେ ସେ ତା'ର ହାତକୁ ତା ମୁଠିରୁ ଖସେଇ ଆଣିଲାନି । ବୁଲିପଡି ତାକୁ ଭଲ କରି ନିରେଖି ଚାହିଁଲା ।

ପୁଣିଥରେ ତା'ର ମନେ ହେଲା ଯେ ପିଚୁବୋଳା ବେତ ଝୁଡିରେ ରଖି ପାଣି ସୁଅରେ ଭସେଇ ଦିଆଯାଇଥିବା ଶିଶୁଟି ହିଁ ଟେରେଜା । ଭିତରେ ଶିଶୁଟି ଥାଇ ସେ

ଭଲା କେମିତି ଝୁଡିଟାକୁ ନଈର ସୁଅ ତୋଡ଼ରେ ଭସାଇ ଦେଇ ପାରିଥାନ୍ତା ! ଏମିତି ପାଣି ଭିତରୁ ଯଦି ଫାରୋହ୍‌ର ଝିଅ ଶିଶୁ ମୋଜେସ ଥିବା ଝୁଡିଟାକୁ ଟାଣି ଆଣି ନଥାନ୍ତା, ତାହେଲେ ଆଜି ଓଲଡ୍ ଟେଷ୍ଟାମେଣ୍ଟ୍ ନଥାନ୍ତା, ସଭ୍ୟତା ବୋଲି ଆମେ ଯାହା ଜାଣୁ ତାହା ନ ଥାନ୍ତା ! କେତୋଟି ପ୍ରାଚୀନ କିମ୍ବଦନ୍ତୀ ଅରକ୍ଷିତ ଶିଶୁକୁ ଉଦ୍ଧାର କରିବା କଥାରୁ ଆରମ୍ଭ ହୁଏ ଯେ ! ଯଦି ପୋଲିବସ୍ ଶିଶୁ ଇଡିପସକୁ ଆଶ୍ରା ଦେଇ ନଥାନ୍ତେ, ତା ହେଲେ ସୋଫୋକ୍ଲିସ ତାଙ୍କର ସର୍ବୋତ୍କୃଷ୍ଟ ଟ୍ରେଜେଡି ଲେଖି ପାରି ନଥାନ୍ତେ।

ସେତେବେଳେ ଟୋମାସ ବୁଝିପାରିଲା ନାହିଁ ଯେ ଏସବୁ ଉପମା ନିହାତି ବିପଜ୍ଜନକ। ଉପମାକୁ ଖାମ ଖିଆଲୀରେ ନେବା କଥା ନୁହଁ। ଗୋଟେ ମାତ୍ର ଉପମା ପ୍ରେମର ସୂତ୍ରପାତ କରିଦେଇପାରେ।

(୪)

ସେ ତା'ର ସ୍ତ୍ରୀ ସହିତ ଦୁଇବର୍ଷ ମାତ୍ର ରହିଥିଲା। ସେମାନଙ୍କର ଗୋଟେ ପୁଅ ଥିଲା। ଛାଡପତ୍ର ମାମଲାରେ ବିଚାରପତି ଛୁଆଟାକୁ ମା'କୁ ଅର୍ପଣ କରିଦେଲେ ଓ ଭରଣପୋଷଣ ପାଇଁ ଟୋମାସକୁ ନିଜ ଦରମାର ଏକ ତୃତୀୟାଂଶ ଦେବା ପାଇଁ ଆଦେଶ ଦେଲେ। ପ୍ରତି ସପ୍ତାହରେ ଛୁଆକୁ ଦେଖିବାକୁ ମଧ୍ୟ ସେ ଅନୁମତି ମଞ୍ଜୁର କଲେ।

କିନ୍ତୁ ପ୍ରତିଥର ଟୋମାସ ତାକୁ ଦେଖିବାକୁ ଗଲାମାତ୍ରେ ଛୁଆର ମାଁ କିଛି ନା କିଛି ବାହାନାରେ ତାକୁ ଦୂରେଇ ନିଏ। ସେ ଶିଘ୍ର ଜାଣିଗଲା ଯେ ସେମାନଙ୍କ ପାଇଁ ଦାମିକା ଉପହାର ମାନ ଆଣିଲେ ବାଟଟା ସହଜରେ ଫିଟିଯିବ। ପୁଅର ସ୍ନେହ ପାଇଁ ତା'ର ମା'କୁ ଲାଞ୍ଚ ଦେବା ଦରକାର। ପିଲାଟାକୁ ନିଜ କଥାରେ ପ୍ରବର୍ତ୍ତାଇବାର ହାସ୍ୟାସ୍ପଦ ପ୍ରଚେଷ୍ଟାର ଭବିଷ୍ୟତ ସେ ଦେଖିପାରିଲା। ତା'ର ନିଜ କଥାଟା ସବୁ ଦୃଷ୍ଟିରୁ ମା'ର କଥାର ଠିକ୍ ବିପରୀତ। ଏଇୟା ଭାବି ଦେଲାକ୍ଷଣି ତାକୁ ଅବସନ୍ନ ଲାଗିଲା। ଆଉଥରେ ରବିବାର ଦିନ ପିଲାଟାର ମା ଯେତେବେଳେ ଆଳ କରି ଛୁଆକୁ ଦେଖି ଯିବାଟା ମନା କରିଦେଲା, ସେଇଠି ସେଇକ୍ଷଣି ଟୋମାସ ନିଷ୍ପତ୍ତି ନେଲା ଯେ ଆଉ କେବେ ତାକୁ ଦେଖା କରିବାକୁ ଯିବ ନାହିଁ।

ସେଇ ଛୁଆଟାକୁ ନେଇ ଏତେ ସେ କାହିଁକି ଭାବିବ ? ଗୋଟିଏ ମାତ୍ର ଅସତର୍କ ରାତିର ଫଳ ବ୍ୟତୀତ ଛୁଆଟା ସହିତ ସେ ଆଉ କେଉଁ ଡୋରିରେ ବନ୍ଧା ? ପିଲାଟିର ଭରଣପୋଷଣ ଖର୍ଚ୍ଚ ତୁଲାଇବାକୁ ବିଷୟରେ ସେ ନିଶ୍ଚୟ ବିବେଚନା କରିବ। ପିତୃସୁଲଭ ଭାବପ୍ରବଣତାର ନାଁରେ କାହା କଥାରେ ପଡି ସେ ତା'ର ପୁଅ ପାଇଁ ଲଢେଇ କରିବାକୁ ଚାହିଁଲା ନାହିଁ।

କହିବା ବାହୁଲ୍ୟ ଯେ ସେ କାହାରି ସମର୍ଥନ ପାଇଲା ନାହିଁ । ତା'ର ନିଜର ବାପା ମା ତାକୁ ସବୁ ଦୋଷ ଦେଲେ । ଯଦି ଟୋମାସ୍ ତା'ର ପୁଅର ଭଲମନ୍ଦ ବୁଝିବା ପାଇଁ ମନା କଲା, ତା'ହେଲେ ସେମାନେ (ଟୋମାସର ବାପା ମା) ଆଉ ତାଙ୍କର ପୁଅ କଥା ବି ବୁଝିବେ ନାହିଁ । ସେମାନେ ନିଜ ବୋହୂ ସହିତ ଅତି ମଧୁର ସଂପର୍କ ଥିବ । ଦେଖେଇ ହେଲେ, ଆଉ ନିଜର ଦୃଷ୍ଟାନ୍ତମୂଳକ ପଦକ୍ଷେପ ତଥା ତାଙ୍କର ନ୍ୟାୟବୋଧର ଡିଣ୍ଡିମ ପିଟିଲେ ।

ଏହିପରି, ଅତି କମ୍ ସମୟରେ ସେ ସ୍ତ୍ରୀ, ପୁଅ, ମା ଓ ବାପାଠୁ ନିସ୍ତାର ପାଇଗଲା । ଉତ୍ତରାଧିକାର ସୂତ୍ରରେ ସେମାନେ ତାକୁ ଗୋଟେ ଜିନିଷ ଅର୍ପଣ କରିଥିଲେ, ସେଇଟା ହେଉଛି ନାରୀ ପ୍ରତି ଭୟ । ଟୋମାସ୍ ନାରୀସଙ୍ଗ ଚାହୁଁଥିଲା । କିଂତୁ ସେମାନଙ୍କୁ ଡରୁଥିଲା । ଏଇ କାମନା ଆଉ ଭୟର ସାଲିସ ଖୋଜିବା ପ୍ରକ୍ରିୟାରେ ସେ ଗୋଟେ ନୂଆ କଥା ବାହାର କଲା- "କାମାସକ୍ତ ବନ୍ଧୁତା" । ସେ ତା'ର ଶଯ୍ୟାସଙ୍ଗିନୀ ମାନଙ୍କୁ ସବୁବେଳେ କହେ ଯେ ଯେଉଁ ସଂପର୍କରେ ଭାବପ୍ରବଣତା ସ୍ଥାନ ପାଏ ନାହିଁ ଏବଂ ଯେଉଁଥିରେ କେହି ଅନ୍ୟର ଜୀବନ ଓ ସ୍ୱାଧୀନତା ଉପରେ ହସ୍ତକ୍ଷେପ କରନ୍ତି ନାହିଁ ସେଇ ସଂପର୍କ ହିଁ ଉଭୟ ସାଥୀ ନାରୀ ଓ ପୁରୁଷକୁ ସୁଖୀ କରିବ ।

ଏଇ କାମଜଡ଼ିତ ବନ୍ଧୁତା ଯେପରି ପ୍ରେମର ଉଗ୍ର ରୂପ ନ ନିଏ ସେଥିପ୍ରତି ସଜାଗ ହେଇ ସେ ତା'ର ପୁରୁଣା ରକ୍ଷିତା ମାନଙ୍କ ସହିତ କେବଳ ମଝିରେ ମଝିରେ ଦେଖାକରେ । ସେ ଏଇ ପ୍ରଣାଳୀକୁ ନିର୍ଭୁଲ ବୋଲି ଭାବେ ଓ ତା'ର ବନ୍ଧୁ ମହଲରେ ବଖାଣେ : "ମୁଖ୍ୟ କଥାଟି ହେଉଛି ତିନିର ନିୟମ ମାନି ଚଳିବା । ତମେ ଜଣେ ସ୍ତ୍ରୀଲୋକଟିକୁ ଲାଗ ଲାଗ ତିନିଥର ଭେଟିପାର, କିଂତୁ ତା'ପରେ ଆଉ କେବେ ନୁହଁ । କିମ୍ବା ତମେ ତିନିବର୍ଷ ପର୍ଯ୍ୟନ୍ତ ସଂପର୍କ ରଖିପାର । ତେବେ ତମେ ନିଶ୍ଚିତ କରିବା କଥା ଯେ ଗୋଟିଏ ମିଳନ ଓ ଆଉ ଗୋଟିଏ ମଧ୍ୟରେ ଅନ୍ତଃତ ତିନି ସପ୍ତାହ ବ୍ୟବଧାନ ରହିବ ।"

ଏଇ "ତିନିର ନିୟମ" ହେତୁ ଟୋମାସ କେତେକ ସ୍ତ୍ରୀଲୋକ ସହିତ ଦୀର୍ଘ ସଂପର୍କ ଅତୁଟ ରଖିବା ସହିତ ମଧ୍ୟ ଅନ୍ୟ କେତେକଙ୍କ ସହିତ ଦୁଇଦିନିଆଁ ସଂପର୍କ ରଖି ପାରୁଥିଲା । ତାକୁ ସମସ୍ତେ ସବୁବେଳେ ବୁଝିପାରୁ ନଥିଲେ । ତେବେ ଯେଉଁ ସ୍ତ୍ରୀଲୋକଟି ତାକୁ ସବୁଠୁ ବେଶୀ ବୁଝିଥିଲା ସିଏ ହେଉଛି ସବିନା । ସେ ଥିଲା ଜଣେ ଚିତ୍ରଶିଳ୍ପୀ । "ମତେ ତମକୁ ଭଲ ଲାଗିବାର ଗୋଟେ କାରଣ ହେଉଛି, ତମେ ହେଉଛ ଛଳନାର ଠିକ୍ ବିପରୀତ । ଛଳନା ରାଜ୍ୟରେ ତମେ ହେବ ଗୋଟିଏ ଭୟଙ୍କର ରାକ୍ଷସ", ସବିନା ତାକୁ କହେ ।

ପ୍ରାଗ୍‌ରେ ଟେରେଜା ଲାଗି ଚାକିରୀ ଖଣ୍ଡେ ଯୋଗାଡ଼ ପାଇଁ ସେ ସବିନା ପାଖକୁ ଯାଇଥିଲା । କାମଜଡ଼ିତ ବନ୍ଧୁତାର ଅଲିଖିତ ନିୟମକୁ ମାନି ସବିନା ତା'ର ସାଧ୍ୟ ମତେ ଏ ଦିଗରେ ସାହାଯ୍ୟ କରିବାର ପ୍ରତିଶ୍ରୁତି ଦେଲା । ଆଉ ପ୍ରକୃତରେ ଅଳ୍ପଦିନ ଭିତରେ ଗୋଟେ 'ସାପ୍ତାହିକୀ'ରେ ଟେରେଜା ପାଇଁ ଚାକିରୀ ଖଣ୍ଡେ ଯୋଗାଡ଼ କରିଦେଲା । ଅବଶ୍ୟ ଏଇ ନୂଆ ଚାକିରୀରେ ସେମିତି ବିଶେଷ କିଛି ଯୋଗ୍ୟତାର ଆବଶ୍ୟକତା ନଥିଲା, ତେବେ ହୋଟେଲ ପରିଚାରିକାରୁ ଗୋଟେ ପ୍ରେସ୍ କର୍ମଚାରୀ ହେବା ଦ୍ୱାରା ତାର ସାମାଜିକ ସ୍ଥିତି ଉପରକୁ ଉଠିଗଲା । ସବିନା ନିଜେ ଟେରେଜାକୁ 'ସାପ୍ତାହିକୀ'ର ପ୍ରତ୍ୟେକ କର୍ମଚାରୀଙ୍କ ସହିତ ପରିଚୟ କରିଦେଉଥିବାବେଳେ ଟୋମାସକୁ ଲାଗିଲା ରକ୍ଷିତା ରୂପରେ ସବିନାଠାରୁ ଆଉ କେହି ଭଲବନ୍ଧୁ ତାର ନାହାନ୍ତି ।

(୬)

କାମଜଡ଼ିତ ବନ୍ଧୁତାର ଅଲିଖିତ ଆଚରଣ ସଂହିତା ଅନୁସାରେ ଟୋମାସ ତା'ର ଜୀବନରୁ ସବୁ ପ୍ରେମ ବ୍ୟାପାରକୁ ଆଡେଇ ଦେବା ଉଚିତ । ଯେଉଁ ମୁହୂର୍ତ୍ତରେ ଏଇ ଆଚରଣ ବିଧିର ଉଲଙ୍ଘନ କରିବ, ତା'ର ଅନ୍ୟ ରକ୍ଷିତାମାନେ ହୀନମନ୍ୟତାର ଶୀକାର ହେବେ ଆଉ ଗଣବିଦ୍ରୋହ କରିବାକୁ ବଳ ପାଇଯିବେ ।

ତେଣୁ ସେ ଟେରେଜା ଓ ତାର ଓଜନଦାର ସୁଟକେସ୍ ପାଇଁ ଗୋଟେ ଅଲଗା ରୁମ୍ ଭଡ଼ା ନେଲା । ସେ ତା' ଉପରେ ଦୃଷ୍ଟି ଦେଇ ପାରିବ, ସୁରକ୍ଷା ଦେଇ ପାରିବ ଓ ତା'ର ସାନ୍ନିଧ୍ୟ ଉପଭୋଗ କରି ପାରିବ । ତାର ନିଜସ୍ୱ ଜୀବନ ଶୈଳୀରେ କିଛି ପରିବର୍ତ୍ତନ କରିବାଟା ଜରୁରୀ ହେବ ନାହିଁ । ଟେରେଜା ଯେ ତା'ରି ବସାରେ ଶୁଆବସା କରୁଛି, ଏକଥା ଜଣାପଡୁ ସେ ଚାହୁଁ ନଥିଲା । ଏକାଠି ରାତି କଟାଇବା ପ୍ରେମର ଅସଲ ମଞ୍ଜି ।

ଅନ୍ୟମାନଙ୍କ ସହିତ ସେ ରାତି କେବେ କଟାଏ ନାହିଁ । ତାଙ୍କ ସହିତ ସେମାନଙ୍କ ବସାରେ ଥିଲେ, କଥାଟା ବେଶ୍ ସହଜ ହୁଏ । ଯେତେବେଳେ ଇଚ୍ଛା ସେ ସେଠୁ ଚାଲି ଆସିପାରେ । କିଂତୁ ତାରି ନିଜ ବସାରେ ତାଙ୍କ ସହିତ ଥିଲେ ପରିସ୍ଥିତି ବିଷମ ହୋଇଯାଏ । କାରଣ ରାତି ଅଧ ହେଲାପରେ ତାଙ୍କୁ ସେ ଘରେ ଛାଡି ଆସିବା ପାଇଁ କହିବାକୁ ପଡ଼େ । କାରଣ ସେ ନିଦ୍ରାହୀନତା ଭୋଗେ । ଆଉ ପୁଣି ଅନ୍ୟ କାହା ପାଖକୁ ଲାଗି ରାତିରେ ଶୋଇପାରେନା ।

ପାଖାପାଖି ସତ କହିଲେ ବି ପୁରା କଥାଟା ତାଙ୍କୁ କହିବାକୁ ତା'ର ସାହସ ହୁଏ ନାହିଁ । ସମ୍ଭୋଗ କରି ସାରିଲାପରେ ଏକ୍‌ଲା ନିଜେ ରହିବାକୁ ସେ ଛଟପଟ

ହେଇଯାଏ। ରାତି ଅଧରେ ନିଦ ଭାଜିଗଲେ ପାଖରେ ଅପରିଚିତ ଦେହଟାକୁ ଦେଖିବାଟା ତାକୁ ନିହାତି ଅରୁଚିକର ଲାଗେ। ସକାଳୁ ଏମିତି କୋଉ ଅନୁପ୍ରବେଶକାରୀ ସହିତ ଏକାଠି ଉଠିବାଟା ନିହାତି ଭାବରେ ବିରକ୍ତିକର। ଗାଧୁଆ ଘରେ ତା'ର ଦାନ୍ତଘଷା ଆବାଜ ଆଉ କେହି ଶୁଣିବାଟା ସେ ଆଦୌ ସହି ପାରେନା। ତା ଛଡା କାହା ସହିତ ଏତେ ଭାବ ରଙ୍ଗରେ ନାସ୍ତା କରିବାରେ ତା'ର ସେମିତି ଖାସ୍ ଆକର୍ଷଣ ନାହିଁ।

ସେଥିପାଇଁ ଉଠିଲାବେଳେ ଟେରେଜାର ମୁଠୁଣି ଭିତରେ ତା'ର ହାତଟାକୁ ଦେଖି ସେ ଏତେଟା ଆଶ୍ଚର୍ଯ୍ୟ ହେଇଗଲା। ସେଠି ସେମିତି ତାକୁ ପଡ଼ି ରହିଥିବାର ଦେଖି ତା'ର କଣ କେମିତି ହେଲା ସେ କିଛି ବୁଝି ପାରିଲାନି। ତେବେ କେଇ ଘଣ୍ଟା ଆଗର ସମୟକୁ ମନ ଭିତରେ ଖେଳାଉ ଖେଳାଉ ଏକ ଅଜଣା ଆନନ୍ଦର ଆଭାଟିଏ ସେଇ ସମୟ ଭିତରେ ଆସିଥିବା ସେ ଅନୁଭବ କଲା।

ତା ପରଠାରୁ ଦୁହେଁ ଏକାଠି ଶୋଇବାକୁ ଚାହିଁ ବସିଲେ। ବରଂ ମୁଁ କହିପାରେ ଯେ ତାଙ୍କ ପାଇଁ ସମ୍ଭୋଗ ଅପେକ୍ଷା ସମ୍ଭୋଗ ପରେ ଏକାଠି ଶୋଇବାର ଆନନ୍ଦ ହିଁ ବେଶୀ ଥିଲା। ଏଥିରେ ଟେରେଜା ବେଶ୍ ପ୍ରଭାବିତ ହେଇଯାଇଥିଲା। ଭଡା ରୁମ୍‌ରେ (ଯାହା କି ଟୋମାସ ପାଇଁ ଗୋଟେ ବାହାନା ପାଲଟିଯାଏ) ରାତିଟିଏ ରହିଲେ ସହଜରେ ତାକୁ ନିଦ ଆସେ ନାହିଁ। କିଂତୁ ସେ ଯେତେ ବ୍ୟସ୍ତ ବିବ୍ରତ ହେଇଥିଲେ ହେଁ ଟୋମାସର ବାହୁ ବନ୍ଧନୀ ଭିତରେ ତାକୁ ବେଶ ନିଦ ଆସିଯାଏ। ତା'ରି ପାଖରେ ଟୋମାସ ଫିସ୍‌ଫିସ ହେଇ ପରୀ ରାଇଜର ମନଗଢ଼ା କାହାଣୀ ଶୁଣାଏ। ବାରବାର ଏଣୁତେଣୁ କଥାକୁ ଦୋହରାଉଥାଏ। କେତେ କଥା ମନକୁ ଛୁଇଁଯାଏ, ଆଉ କେତେ କଥା ମଜା ଲାଗେ। ଶବ୍ଦମାନ କ୍ରମଶଃ ଅସ୍ପଷ୍ଟ ଦୃଶ୍ୟରେ ରୂପାନ୍ତରିତ ହେଇଯାଏ। ତା ଆଖିରେ ଅଳସ ନିଦର ଆସ୍ତରଣ ଛାଇ ଦଉଦଉ ରାତିର ପହିଲି ପହରର ସ୍ୱପ୍ନ ରଚେ। ତାର ନିଦଟା ଟୋମାସ୍‌ର ସଂପୂର୍ଣ୍ଣ ଅଧୀନରେ ରହିଥାଏ। ଟୋମାସ ଚାହିଁଲାମାତ୍ରେ ଟେରେଜା ଢୁଳେଇ ପଡ଼େ।

ପ୍ରତିଦିନ ଶୋଇଲାବେଳେ ପହିଲି ରାତିର ଆବେଗ ନେଇ ସେ ତାକୁ ଜାବୁଡ଼ି ଧରେ। ଟୋମାସର କଚଟି, ଆଙ୍ଗୁଠି ଅଥବା ପାଦର ଗଣ୍ଠିକୁ ମୁଠେଇ ଧରିଥାଏ। ତାକୁ ନିଦରୁ ନ ଉଠେଇ ନିଜେ ଉଠିବାକୁ ଚାହିଁଲେ ଟୋମାସକୁ କେତେ ଛଳନା କରିବାକୁ ପଡେ। ଭାରି ଯତ୍ନରେ ଆଉ ସନ୍ତର୍ପଣରେ ଟେରେଜାର ମୁଠୁଣିରୁ ନିଜ ଆଙ୍ଗୁଠିକୁ (କଚଟି, ପାଦ, ଗଣ୍ଠି) ଖସାଇ ଆଣିଲା ପରେ ସେ ଥିର୍‌କିନା ଆଉ କୋଉ ଜିନିଷଟେ ତା ହାତର ଜାବ ଭିତରେ ରଖିଦିଏ (ପାଇଜାମାର ମୋଡା

ଥାକଟିଏ, ଗୋଟେ ଚଟି, ଖଣ୍ଡେ ବହି) ଟୋମାସର ଶରୀରର କୋଉ ଅଙ୍ଗଟାକୁ ମୁଠେଇ ଧରିଲା ପରି ଟେରେଜା ସେଇ ଜିନିଷଟିକୁ ଜାକି ଧରେ।

ଥରେ ସେ ତାକୁ ଶୁଆଇ ଦେଲାବେଳେ ଠିକ୍ ଛାଇ ନିଦ ଆସିଥାଏ, ସ୍ୱପ୍ନର ପ୍ରବେଶ କକ୍ଷ ଭିତରକୁ ତଥାପି ସେ ଯାଇ ନଥାଏ। ତେଣୁ ସେଯାଏଁ ଟୋମାସ୍‌ର କଥାକୁ ଶୁଣି ପାରୁଥାଏ। ଠିକ୍ ସେତିକିବେଳେ ଟୋମାସ କହିଲା, "ଆଚ୍ଛା ମୁଁ ଯାଉଛି, ଗୁଡ୍ ବାଏ।" "କୁଆଡ଼େ ?" ସେମିତି ନିଦରେ ଥାଇ ସେ ପଚାରିଲା। "ଦୂରକୁ", ସେ କଠୋର ହେଇ ଉତ୍ତର ଦେଲା। "ତା ହେଲେ ମୁଁ ବି ତମ ସାଙ୍ଗରେ ଯିବି", କହି ସେ ବିଛଣାରେ ଉଠି ବସିପଡ଼ିଲା। "ନା, ତମେ ଯାଇ ପାରିବନି। ମୁଁ ସବୁଦିନ ପାଇଁ ଚାଲିଯାଉଛି", ହଲ୍‌କୁ ଯାଉ ଯାଉ ଟୋମାସ କହିଲା। ସେ ଛିଡା ହେଇଗଲା ଓ ଆଖି ମଳି ମଳି ତା'ର ପଛେପଛେ ଚାଲିଲା। ତା'ର ଦେହରେ ଛୋଟ ନାଇଟି ଖଣ୍ଡେ। ଭିତରେ ଅନ୍ତର୍ବାସ ନଥିଲା। ମୁହଁରେ କୌଣସି ଭାବ ନାଇଁ, ଫାଙ୍କା। କିଂତୁ ବେଶ୍ ଦମ୍ଭିଲା ପାଦରେ ଟୋମାସର ପଛେ ପଛେ ଚାଲିଥାଏ। ଟୋମାସ ସେଇ ଫ୍ଲାଟର ହଲ ଦେଇ କୋଠାର ହଲ ଭିତରକୁ ପଶୁ ପଶୁ (ସେଇ ହଲ ଅନ୍ୟମାନେ ମଧ୍ୟ ବ୍ୟବହାର କରୁଥିଲେ) ଟେରେଜାର ମୁହଁ ଉପରେ କବାଟ ବନ୍ଦ କରିଦେଲା। ଟେରେଜା କବାଟ ସିଧା ମେଲା କରି ଦେଇ ତାରି ପଛେପଛେ ଚାଲିଲା। ନିଦରେ ବି ସେ ନିଶ୍ଚିତ ହେଇଯାଇଥିଲା ଯେ ଟୋମାସ ସବୁଦିନ ପାଇଁ ଚାଲିଯାଉଛି। ଆଉ ତାକୁ କୌଣସିମତେ ଅଟକାଇବାକୁ ପଡ଼ିବ। ଟୋମାସ ପ୍ରଥମ ସିଡିର ପାହାଚ ପାରି ହେଇ ଟେରେଜାକୁ ଡାକିଲା। ଟେରେଜା ତାରି ପଛେ ପଛେ ଓହ୍ଲାଇଲା ଆଉ ତାର ହାତ ଧରି ପୁଣି ବିଛଣାକୁ କଢ଼େଇ ନେଲା।

ଟୋମାସ ଏଇ ସିଦ୍ଧାନ୍ତରେ ଉପନୀତ ହେଲା : ଜଣେ ନାରୀ ସହିତ ସହବାସ କରିବା ଓ ତା ସହିତ ଶୋଇବା, ଏଦୁଇଟା ଯାକ ଦୁଇଟା ଅଲଗା ଆବେଗ। କେବଳ ଭିନ୍ନ ନୁହଁ, ବରଂ ବିପରୀତ। ସହବାସ ପାଇଁ କାମନାରେ ପ୍ରେମ ଅନୁଭୂତ ହୁଏ ନାହିଁ (ଯେଉଁ କାମନା ଅଂସଖ୍ୟ ନାରୀ ଆଡ଼କୁ ବ୍ୟାପୀ ପାରେ), କିଂତୁ ପ୍ରେମ ଅନୁଭୂତ ହୁଏ ଶଯ୍ୟାସଙ୍ଗିନୀ ସହ (ଏଇ କାମନା କେବଳ ଜଣେ ନାରୀ ପାଇଁ ହୁଏ)

(୭)

ରାତିର ଅଧା ପ୍ରହରରେ ସେ ନିଦରେ ବିଳପି ଉଠିଲା। ଟୋମାସ ତାକୁ ଉଠେଇଦେଲା। କିଂତୁ ଟୋମାସ୍‌ର ମୁହଁ ଦେଖୁ ଦେଖୁ ସେ ସେ ଘୃଣାବ୍ୟଞ୍ଜକ ସ୍ୱରରେ କହିଲା, "ଯାଃ, ପଳା ମୋ ପାଖରୁ ! ଯା, ପଳା ମୋ ପାଖରୁ !" ତା'ପରେ ତାକୁ

ଟେରେଜା ତା'ର ସ୍ୱପ୍ନ କଥା କହିଲା : ସେ ଦୁଇଜଣ ଆଉ ସବିନା ଏକାଠି ଗୋଟେ ବଡ଼ କୋଠରୀରେ ଥିଲେ। ରୁମ୍ ମଝିରେ ଗୋଟେ ବଡ଼ ଖଟ ପଡ଼ିଥିଲା। ସେଇ ଖଣ୍ଡିକ ଥିଏଟରର ମଞ୍ଚ ପରି ଦିଶୁଥାଏ। ଟୋମାସ ତାକୁ ଗୋଟେ କଣରେ ଛିଡ଼ା ରହିବାକୁ ଆଦେଶ ଦେଲା ଓ ସବିନା ସହିତ ସମ୍ଭୋଗ କଲା। ଏଇ ଦୃଶ୍ୟଟା ଟେରେଜାକୁ ଅସହ୍ୟ ଯନ୍ତ୍ରଣା ଦେଲା। ଛାତି ତଳର ପୀଡ଼ାର ତୀବ୍ରତାକୁ ଶାରିରୀକ କଷ୍ଟରେ ଲାଘବ କରିବା ଆଶାରେ ସେ ତାର ଆଙ୍ଗୁଠି ନଖ ତଳେ ପିନ୍‌କଣ୍ଟା ଫୋଡିଦେଲା। "କେତେ ଯେ କାଟିଲା", ହାତଟିକୁ ଚିପି ମୁଠାଉ ମୁଠାଉ ସେ କହିଲା, ଯେମିତି ସତରେ କଣ୍ଟାଫୋଡ଼ି ଖଣ୍ଡିଆ ହେଇଛି।

ଟୋମାସ ତାକୁ ଆଉଜାଇ ଆଣିଲା। ଆଉ ସେ (ଗୁଡ଼ାଏ ବେଳଯାଏଁ ଭୀଷଣ ଥରିଲା। ଧୀରେ ଧୀରେ ତାରି ବାହୁବନ୍ଧନରେ ଶୋଇପଡ଼ିଲା।

ତା ପରଦିନ ସ୍ୱପ୍ନ କଥା ଭାବୁଭାବୁ ତାର ଗୋଟେ କଥା ସେ ମନେ ପକାଇଲା। ସେ ଡ଼େସ୍କର ଡ୍ର ଖୋଲି ତା ପାଖକୁ ସବିନା ଲେଖିଥିବା ଗୋଛାଏ ଚିଠି କାଢିଲା। ନିମ୍ନୋକ୍ତ ପରିଛେଦଟି ପାଇବାକୁ ତାକୁ ବେଶୀ ସମୟ ଲାଗିଲା ନାହିଁ: "ମୋର ଷ୍ଟୁଡ଼ିଓ ଭିତରେ ମୁଁ ତୁମ ସହିତ ସମ୍ଭୋଗ କରିବାକୁ ଚାହେଁ। ଏଇଟା ଦର୍ଶକ ପରିବେଷ୍ଟିତ ଗୋଟେ ମଞ୍ଚ ପରି ଲାଗିବ। ଦର୍ଶକ ମାନଙ୍କୁ ପାଖେଇ ଆସିବାକୁ ଅନୁମତି ଦିଆଯିବ ନାହିଁ। ତେବେ ସେମାନେ ଆମ ଉପରୁ ଆଖି ଉଠେଇ ପାରିବେ ନାହିଁ...."

ସବୁଠୁ ବାଜେ କଥା ହେଲା ଯେ ଚିଠିରେ ତାରିଖଟା ଉଲ୍ଲେଖ ଥିଲା। ଏବକାର ଚିଠି। ଟେରେଜା ତା ସହିତ ଆସି ରହିବାର ଅନେକ ଦିନ ପରେ ଲେଖା ହେଇଥିଲା।

"ତା'ମାନେ, ତମେ ମୋ ଚିଠିପତ୍ର ଘଣ୍ଟାଘଣ୍ଟି କରୁଥିଲ !" ସେ ତାହା ଅସ୍ୱୀକାର କଲା ନାହିଁ। "ମତେ ତା ହେଲେ ତଡିଦିଅ !"

ହେଲେ ସେ ତାକୁ ତଡି ଦେଲା ନାହିଁ। ସବିନାର ଷ୍ଟୁଡ଼ିଓ କାନ୍ଥରେ ଚାପି ହେଇ ତାକୁ ନିଜ ଆଙ୍ଗୁଠିରେ କଣ୍ଟା ଫୋଡୁଥିବାର ଦୃଶ୍ୟଟି ଟୋମାସ କଳ୍ପନା କଲା। ସେ ନିଜ ହାତରେ ଟେରେଜାର ଆଙ୍ଗୁଠି ମାନଙ୍କୁ ସାଉଁଳେଇ ଆଣିଲା, ଓଠ ପାଖକୁ ଆଣି ଚୁମିଲା ଯେମିତି ସେଇଠି ସଦ୍ୟ ରକ୍ତ ଟୋପା ଲାଗିଛି।

କିଂତୁ ତା ପରଠୁ ତାକୁ ଲାଗିଲା ଯେମିତି ସବୁକିଛି ତାରି ବିରୋଧରେ ଯାଉଛି। ଏମିତି ଦିନଟିଏ ଯାଉ ନାହିଁ ଯେଉଁଦିନ ତାର କିଛି ନା କିଛି ଗୁପ୍ତ କଥାଟିଏ ଟେରେଜା ନ ଜାଣୁଛି।

ପ୍ରଥମେ ସେ ସବୁଟାକୁ ଅସ୍ୱୀକାର କଲା। ତେବେ ମୁହାଁମୁହିଁ ପ୍ରମାଣ ଠୁଳ ହେଇଯିବାରୁ ସେ ଯୁକ୍ତି ଦର୍ଶାଇଲା ଯେ ତାର ଏଇ ବହୁ ନାରୀସଙ୍ଗର ଜୀବନ ଧାରା

ଟେରେଜା ପ୍ରତି ଥିବା ତାର ଭଲ ପାଇବାଟାକୁ କମେଇ ଦଉନାହିଁ । ତାର କଥାରେ ତାଳମେଳ ନଥିଲା : ପ୍ରଥମେ ସେ ତାର ଯୌନଗତ ବିଶ୍ୱାସଘାତକତାକୁ ଅସ୍ୱୀକାର କଲା । ତାପରେ ତାକୁ ଯୁକ୍ତିସଙ୍ଗତ ବୋଲି ଦର୍ଶାଇଲା ।

ଥରେ ଫୋନ୍‌ରେ ଜଣେ ସ୍ତ୍ରୀଲୋକ ସହିତ ତାରିଖ ପକ୍କା କରି ଗୁଡ୍‌ବାଏ କହୁ କହୁ ଆରପଟ ରୁମ୍‌ରୁ ଦାନ୍ତ ରଗଡ଼ିବା ପରି ଅଦ୍ଭୁତ ଶବ୍ଦ ସେ ଶୁଣିବାକୁ ପାଇଲା ।

ତାର ଅଜାଣତରେ ଟେରେଜା ଆକସ୍ମିକ ଭାବରେ ଘରକୁ ଆସିଥିଲା । ଗୋଟେ ଔଷଧ ଶିଶିରୁ କଣ ଟିକେ ସେ ତଣ୍ଟିରେ ଢୋକୁଥିଲା । ହାତଟା ଏତେ ଥରିଲା ଯେ ଶିଶିଟା ଦାନ୍ତରେ ବାଜିଗଲା ।

ସେ ତା ଉପରକୁ ଏମିତି ଝାଂପି ପଡ଼ିଲା ଯେମିତିକି ସେ ତାକୁ ବୁଡିଯିବାରୁ ଉଦ୍ଧାର କରି ଆଣୁଛି । ଶିଶିଟା ତଳେ ଖସି ପଡ଼ିଲା ଓ ଗାଲିଚା ଉପରେ ଔଷଧର ଛିଟିକା ଲାଗିଗଲା । ସେ ବେଶ୍ ଧସ୍ତାଧସ୍ତି କଲା । ପନ୍ଦରମିନିଟ ଯାଏଁ ତାକୁ ଚାପି ରଖିବା ପରେ ଟେରେଜା ଶାନ୍ତି ପଡିଲା ।

ସେ ନିଜେ ଏକ ବିଷମ ପରିସ୍ଥିତିରେ ଥିବାର ଜାଣିଲା । କାରଣ ସେଥିରେ ଆଦୌ ସଙ୍ଗତି ହିଁ ନଥିଲା ।

ତାର ଓ ସବିନାର ଚିଠିପତ୍ର ସଂପର୍କରେ ଜାଣି ପାରିବା ଆଗରୁ ଦିନେ ସନ୍ଧ୍ୟାରେ ଟେରେଜାର ନୂଆ ଚାକିରୀ ପାଇବାର ଖୁସି ମନାଇବା ଅବସରରେ ସେମାନେ ସାଙ୍ଗମାନଙ୍କ ସହିତ ବାର୍‌କୁ ଯାଇଥିଲେ । ଯା' ଭିତରେ ଷ୍ଟାଫ୍ ଫଟୋଗ୍ରାଫର ପଦକୁ ଟେରେଜାର ପ୍ରମୋଶନ ହେଇଥିଲା । ସେ ନିଜେ ଆଗରୁ ନାଚିବାରେ ଏତେଟା ଅଭ୍ୟସ୍ତ ନ ଥିଲା । ତେଣୁ ତାର ଜଣେ ଯୁବ ସହକର୍ମୀ ଟେରେଜା ସହିତ ନାଚରେ ଯୋଗଦେଲା । ନାଚର ଆସର ଭିତରେ ଦୁହିଁଙ୍କ ଯୋଡିଟା ବେଶ୍ ଆକର୍ଷଣୀୟ ଦିଶୁଥିଲା । ଟୋମାସ ଆଖିକୁ ସେଦିନ ଟେରେଜା ଆଗଠୁ ଅଧିକ ସୁନ୍ଦର ଦେଖାଗଲା । ନାଚରେ ଆଖି ପିଛୁଳାକେ ନିଜ ସାଥୀର ଭାବଭଙ୍ଗୀ ସହିତ ଟେରେଜାର ନିଖୁଣ ସମନ୍ୱୟ ଓ ଶିଷ୍ଟତାକୁ ସେ ମୁଗ୍‌ଧ ଚକିତ ହେଇ ଦେଖୁଥିଲା । ନାଚଟା ତା ପାଇଁ ଗୋଟେ ପ୍ରକାର ଘୋଷଣା ପରି ମନେ ହେଲା । ଏଇ ଯେ, ତା ପ୍ରତି ଥିବା ଟେରେଜାର ଭକ୍ତି, ତାର ପ୍ରତିଟି ଖିଆଲକୁ ସନ୍ତୁଷ୍ଟ କରିବା ପାଇଁ ଟେରେଜାର ପ୍ରବଳ ଆଗ୍ରହଟା ନିହାତି ଭାବରେ ତାର ନିଜସ୍ୱ ବ୍ୟକ୍ତି ବିଶେଷ ସହିତ ବନ୍ଧା ନୁହେଁ । ଟୋମାସ ସହିତ ଦେଖା ନ ହେଇ ଅନ୍ୟ କାହା ସହିତ ତାର ଭେଟ ହେଇଥିଲେ ମଧ୍ୟ ଟେରେଜା ସେଇ ବ୍ୟକ୍ତି ସହ ଠିକ୍ ସେଇୟା ହିଁ କରିଥାନ୍ତା । ସେ ଅନାୟାସରେ

ଟେରେଜା ଓ ତାର ଯୁବ ସହକର୍ମୀକୁ ପ୍ରେମୀଯୁଗଳ ରୂପରେ ଦେଖିଲା । ହେଲେ ଯେତେ ସହଜ ଭାବରେ ଏଇ ଅନୁମାନଟି ତାର ମନ ଭିତରକୁ ଆସିଲା, ତାହା ତାକୁ ଆଘାତ ଦେଲା । ଅନ୍ୟ ଯେ କୌଣସି ପୁରୁଷର ସହିତ ଟେରେଜାର ଦୈହିକ ସଂଗମର ଚିତ୍ର ସେ ଦେଖି ପାରିଲା । ଏକଥା ଭାବିଲା ମାତ୍ରେ ତାର ମନଟା ବିଷେଇ ଗଲା । ଘରେ ସେଇ ରାତିରେ ଅନେକ ସମୟପରେ ସେ ଇର୍ଷ୍ୟାଳୁ ବୋଲି ମାନିଗଲା ।

ଏଇ ଉଦ୍ଭଟ ଇର୍ଷ୍ୟାଟା କେବଳ କାଳ୍ପନିକ କଥା ହେଇଥିଲେ ହେଁ ଏହା ପ୍ରମାଣିତ କଲା ଯେ ସେମାନଙ୍କ ଦୁହିଁଙ୍କ ସଂପର୍କରେ ଟେରେଜାର ଦୈହିକ ସତୀତ୍ୱକୁ ସେ କେମିତି ଏକ ନିଃସର୍ତ୍ତ ଦାବୀ ବୋଲି ମାନି ନେଇଥିଲା । ତାହେଲେ ତାର ବାସ୍ତବ ରକ୍ଷିତାମାନଙ୍କୁ ଟେରେଜା ଇର୍ଷ୍ୟା କଲେ ସେ କେମିତି ତା ଉପରେ ଅସନ୍ତୁଷ୍ଟ ହେଇ ପାରିବ ?

(୮)

ଦିନବେଳେ (ଯଦିଓ ସେଥିରେ ଆଂଶିକ ଭାବରେ ସଫଳ ହେଲା) ଟୋମାସ ତାକୁ କହିଥିବା କଥାଟି ସେ ବିଶ୍ୱାସ କଲା ଓ ଆଗପରି ଖୁସିବାସିରେ ରହିବାକୁ ଚେଷ୍ଟା କଲା । ତେବେ ଦିନବେଳେ ଅବଦମିତ ତାର ଇର୍ଷ୍ୟାଟା ସ୍ୱପ୍ନରେ ଆହୁରି ଭୟଙ୍କର ହେଇ ଫାଟି ପଡ଼ିଲା । ପ୍ରତି ସ୍ୱପ୍ନରେ ସେ ବିଳିବିଳେଇ ଉଠୁଥିଲା ଓ ନିଦରୁ ଜଗାଇ ଟୋମାସ ତାକୁ ତୁନି କରାଉଥିଲା ।

ସଂଗୀତର ତାଳ ଓ ଲୟ ଅଥବା ଦୂରଦର୍ଶନର ଧାରାବାହିକ ପରି ତାର ସ୍ୱପ୍ନର ପୁନରାବୃତ୍ତି ହେଲା । ଉଦାହରଣ ସ୍ୱରୂପ, ବିଲେଇମାନେ ତା ଉପରକୁ କୁଦା ମାରି ତାକୁ ପନ୍‌ଝାରେ ଖଣ୍ଡିଆ ଖାବରା କରି ପକାଉଥିବାର ସ୍ୱପ୍ନଟା ସେ ବାରମ୍ବାର ଦେଖିଲା । ବ୍ୟାଖ୍ୟା ପାଇଁ ଆମେ ବେଶୀ ଦୂରକୁ ଯିବାର ଦରକାର ନାହିଁ । ଚେକୋସ୍ଲୋଭାକିଆର କଥିତ ଭାଷାରେ 'ବିଲେଇ' ଶବ୍ଦଟିର ଅର୍ଥ ଜଣେ ସୁନ୍ଦରୀ ସ୍ତ୍ରୀ ଲୋକ । ସ୍ତ୍ରୀଲୋକ ପାଖରେ, ସବୁ ସ୍ତ୍ରୀଲୋକ ପାଖରେ ଟେରେଜା ନିଜକୁ ଅସୁରକ୍ଷିତ ମଣିଲା । ସବୁ ସ୍ତ୍ରୀଲୋକ ଟୋମାସର ଜଣେ ଜଣେ ସମ୍ଭାବ୍ୟ ରକ୍ଷିତା । ସେ ସେଇ ସମସ୍ତଙ୍କୁ ଡରିଲା ।

ଆଉ ଗୋଟେ କ୍ରମରେ, ସେ ତାକୁ ମାରିଦିଆଯାଉଥିବାର ସ୍ୱପ୍ନ ଦେଖିଲା । ଥରେ ରାତି ଅଧରେ ଭୟରେ ଚିତ୍କାର କରିବାରୁ ଟୋମାସ ତାକୁ ଉଠାଇ ଦେଲା । ଟେରେଜା ତାକୁ ସ୍ୱପ୍ନ କଥା କହିଲା । "ମୁଁ ଘର ଭିତରେ ତିଆରି ଗୋଟେ ବଡ଼ ସ୍ୱିମିଂ ପୁଲରେ । ଆମେମାନେ ପ୍ରାୟ କୋଡ଼ିଏ ଜଣ ଥିଲୁ । ସମସ୍ତେ ସ୍ତ୍ରୀଲୋକ । ଆମେ ଉଲଗ୍ନ ଥିଲୁ । ପୋଖରୀ ଚାରିକଡେ ଆମର ବୁଲିବାର ଥିଲା । ଛାତ ଉପରୁ ଝୁଡିଟାଏ

ଝୁଲୁଥିଲା । ଝୁଡି ଭିତରେ ପୁରୁଷ ଜଣେ ଛିଡା ହେଇଥିଲା । ମୁହଁଟାକୁ ଛାଇଛାଇଆ କରି ଲୋକଟା ଗୋଟେ ଓସାରିଆ ଟୋପୀ ପିନ୍ଧିଥିଲା । ମୁଁ କିଂତୁ ଠିକ୍ ଦେଖିପାରିଲି ଯେ ସେଇ ଲୋକଟା ତମେ । ତମେ ଆମ ଉପରେ ହୁକୁମ ଜାରି କରୁଥିଲ । ଆମକୁ ପାଟି କରୁଥିଲ । ଚାଲୁଚାଲୁ ଆମକୁ ଗୀତ ଗାଇବାକୁ ପଡୁଥିଲା ଆଉ ପୁଣି ଗାଉଗାଉ ଆଣ୍ଠୁ ଭାଙ୍ଗିବାକୁ ପଡୁଥିଲା । ଯଦି ଆମ ଭିତରୁ କେହି ଭଲ କରି ଆଣ୍ଠୁ ଭାଙ୍ଗି ପାରୁ ନଥିଲା, ତା ହେଲେ ତମେ ତାକୁ ପିସ୍ତଲରେ ଗୁଳି ମାରି ପୋଖରୀ ଭିତରକୁ ଫିଙ୍ଗି ଦେଉଥିଲ । ଏଇଟା ଦେଖି ସମସ୍ତେ ହସୁଥିଲେ ଓ ଆହୁରି ଜୋର୍‌ରେ ଗୀତ ଗାଉଥିଲେ । ଆମ ଉପରୁ ତମେ ଟିକିଏ ବି ନଜର ହଟାଉ ନଥିଲ ଆଉ କିଛି ଭୁଲ୍ କଲା ମାତ୍ରେ ଗୁଳି କରି ଦେଉଥିଲ । ପାଣିର ଉପରି ଭାଗର ଠିକ୍ ତଳକୁ ଭାସୁଥିବା ଶବରେ ସ୍ୱିମିଂ ପୁଲ୍‌ଟି ଭରି ଯାଇଥିଲା । ଆଉ ମୁଁ ଜାଣିଲି ଯେ ୟା ପରେ ଆଣ୍ଠୁ ଭାଙ୍ଗିବା ପାଇଁ ମୋର ବଳ ପାଇବ ନାଇଁ, ଆଉ ତମେ ମତେ ଗୁଳି କରି ମାରିଦେବ !

ସ୍ୱପ୍ନର ତୃତୀୟ କ୍ରମରେ ଟେରେଜା ମରିଯାଇଥିଲା ।

ଆସବାବ ପତ୍ର ବୋହୁଥିବା ବଡ଼ ଗାଡ଼ି ପରି ଗୋଟେ ଶବବାହକ ଗାଡିରେ ସେ ପଡି ରହିଥିଲା । ତାର ଚାରିକଡେ ମୃତ ସ୍ତ୍ରୀଲୋକ ମାନେ ପଡିରହିଥିଲେ । ସେମାନଙ୍କ ସଂଖ୍ୟା ଏତେ ବେଶୀ ଥିଲା ଯେ ଗାଡିର ପଛପଟ କବାଟ ବନ୍ଦ ହେଇ ପାରୁ ନଥିଲା ଆଉ କେଇଟା ଗୋଡ଼ ବାହାରକୁ ଓହଳି ଥିଲା ।

"କିଂତୁ ମୁଁ ମରି ନାହିଁ !" ଟେରେଜା ଚିତ୍କାର କଲା । "ମୁଁ ଏବେ ବି ଛୁଇଁ ଜାଣି ପାରୁଛି ।"

'ଆମେ ବି ପାରୁଛୁ', କହି ଅନ୍ୟ ଶବମାନେ ହସିଲେ ।

ଠିକ୍ ଜୀବନ୍ତ ସ୍ତ୍ରୀଲୋକ ପରି ସେମାନେ ହସୁଥିଲେ । ସେମାନେ ହିଁ ତାକୁ କହୁଥିଲେ ଯେ ଏମିତି ଦିନେ ସ୍ୱାଭାବିକ ଭାବରେ ତାର ଦାନ୍ତଗୁଡା ଖରାପ ହେଇଯିବ, ଡିମ୍ବାଶୟରେ ବିଚ୍ୟୁତି ଦେଖାଦେବ, ଆଉ ଚମରେ ଭାଙ୍ଗ ପଡିଯିବ । କାରଣ ସେମାନଙ୍କର ବି ମାଡିରୁ ଦାନ୍ତ ଛାଡିଗଲା, ଡିମ୍ବକୋଷ ଖରାପ ହେଲା, ଆଉ ଚମ ଡିଲା ପଡିଗଲା । ସେମିତି ହସି ହସି ସେମାନେ ତାକୁ କହିଲେ ଯେ ସେ କୁଆଡେ ଏବେ ମୃତ ଆଉ ଏଥିରେ ଅସ୍ୱାଭାବିକତା କିଛି ନାହିଁ !

ହଠାତ୍ ତାକୁ ପରିସ୍ରା ମାଡିଲା । 'ଦେଖ', ସେ ଚିତ୍କାର କଲା । 'ମୁଁ ମୁତିବାକୁ ଚାହୁଁଛି । ଏଇଟା ପ୍ରମାଣ ଯେ ମୁଁ ମରି ନାହିଁ !'

କିଂତୁ ସେମାନେ ପୁଣି ଖାଲି ହସିଲେ । ପରିସ୍ରା ଲାଗିବାଟା ତ ଠିକ୍ କଥା । ଏଇ ରକମ କଥା ସବୁ ତୁ ଆହୁରି ଅନେକ ଦିନ ଯାଏଁ କରି ଚାଲିବୁ । ଯେମିତିକି

ଗୋଟେ ଲୋକର ହାତଟିଏ କଟିଗଲା ପରେ ବିତାକୁ ଲାଗେ ଯେ ତାର ହାତଟା ସେମିତି ଅଛି। ଆମ ଭିତରେ ଆଉ ବୁନ୍ଦାଏ ବି ମୁତ ନଥିବ, ତେବେ ବି ଆମକୁ ମୁତିବାକୁ ଇଚ୍ଛା ହେଉଥିବ।

ବିଛଣାରେ ଟୋମାସକୁ ଲାଗି ଟେରେଜା ଜାକିଜୁକି ହେଇ ରହିଗଲା। "ସେମାନେ ମୋ ସହିତ ଯେମିତି କଥାବାର୍ତ୍ତା କରୁଥିଲେ ନା ! ଯେମିତିକି ମୋର ସବୁ ପୁରୁଣା ସାଙ୍ଗ। ମତେ କାହିଁ କେତେ ଦିନରୁ ଜାଣିଛନ୍ତି। ତାଙ୍କ ସହିତ ସବୁଦିନ ରହିବା କଥା ଭାବି ମୁଁ ତ ଆତଙ୍କିତ ହେଇ ପଡ଼ିଲି।"

(୯)

ଯେତେସବୁ ଭାଷା ମୂଳ ଲାଟିନ୍ ଭାଷାରୁ ଆସିଛି, ସେଗୁଡ଼ିକରେ 'ଅନୁକଂପା' ଶବ୍ଦଟି 'ଯନ୍ତ୍ରଣା' ସହିତ ଜଡ଼ିତ। ଅନ୍ୟ ଭାଷାରେ (ଯଥାଃ ଚେକ୍, ପୋଲିସ୍, ଜର୍ମାନ୍ ଓ ସ୍ୱେଡିସ୍) ଏହି ଶବ୍ଦଟି 'ଅନୁଭବ' ସହିତ ସଂପୃକ୍ତ।

ଯେଉଁସବୁ ଭାଷା ଲାଟିନ୍‌ରୁ ଆସିଛି, 'ଅନୁକଂପା'ର ଅର୍ଥ ହେଲା ଆମେ ଅନ୍ୟର ଯନ୍ତ୍ରଣାକୁ ଆଡ଼େଇ ଦେଇ ପାରିବା ନାହିଁ। ଆମକୁ ସମବେଦନା ଜଣାଇବାକୁ ହେବ। ଆଉ ଗୋଟିଏ ଶବ୍ଦ (ଯାହା ଆମେ ଫ୍ରେଞ୍ଚ୍ ଓ ଇଟାଲିଅନ୍ ଭାଷାରେ ଦେଖୁ) ଅନୁକଂପାର ପାଖାପାଖି ହେଲା 'ଦୟା' ଯାହା ଯନ୍ତ୍ରଣା ପାଉଥିବା ବ୍ୟକ୍ତିଟିକୁ ଛୋଟ କରି ଦେଖାଏ। 'ଗୋଟିଏ ନାରୀ ପ୍ରତି ଦୟା କରିବା' ମାନେ ହେଲା ଆମେ ତାହାଠାରୁ ଭଲ ଭାବରେ ଅଛୁ, ତାରି ଅବସ୍ଥାରୁ ଉଚ୍ଚରେ ଅଛୁ। ଆମକୁ ତାହାରି ସ୍ତରକୁ ଅର୍ଥାତ୍ ତଳକୁ ଯିବାକୁ ହେବ। ସେଥିପାଇଁ 'ଅନୁକଂପା' ଶବ୍ଦଟା ବେଳେବେଳେ ସନ୍ଦେହ ସୃଷ୍ଟି କରେ। ଏହା ଏକ ନିମ୍ନମାନର ଆବେଗ ଯାହାର ପ୍ରେମ ସହିତ କିଛି ବି ସଂପର୍କ ନାହିଁ। ଜଣକୁ ଅନୁକଂପା ହେତୁ ପ୍ରେମ କରିବା ଅର୍ଥ ତାକୁ ପ୍ରେମ ନ କରିବା ସହ ସମାନ।

କିଂତୁ ଯେଉଁ ଭାଷାରେ 'ଅନୁକଂପା'ଟା ଯନ୍ତ୍ରଣା ଅପେକ୍ଷା 'ଅନୁଭବ' ସହ ଜଡ଼ିତ, ଶବ୍ଦଟି ପାଖାପାଖି ଉପର ଲିଖିତ ଅର୍ଥରେ ବ୍ୟବହୃତ ହେଲେ ହେଁ ତହିଁରେ ନିମ୍ନସ୍ତରର ଭାବପ୍ରବଣତା ପ୍ରାୟତଃ ନାହିଁ। ଏଠାରେ ସମଭାବାପନ୍ନ ହେବାଟା ହିଁ ମୁଖ୍ୟ କଥା। ଅର୍ଥାତ୍ ଅନ୍ୟର ଆନନ୍ଦ, ଉଦ୍‌ବେଗ, ସୁଖ, ଦୁଃଖରେ ସମଭାଗୀ ହେବା, ସହ ଅନୁରାଗୀ ହେବା। ତେଣୁ ଏହି ପ୍ରକାରର 'ଅନୁକଂପା' ଆମ ଆବେଗର ପୃଥିବୀରେ ସର୍ବଶ୍ରେଷ୍ଠ ବୋଲିବାକୁ ହେବ। ଏହା ଆମର ଆବେଗ ଓ କଳ୍ପନାର ସର୍ବୋଚ୍ଚ ଶକ୍ତିକୁ ବୁଝାଏ।

ତାର ଆଙ୍ଗୁଠି ନଖ ସନ୍ଧିରେ ଛୁଞ୍ଚି ଫୋଡ଼ିହେବାର ସ୍ୱପ୍ନ କଥା ଟୋମାସକୁ

କହି ଟେରେଜା ଅଲକ୍ଷ୍ୟରେ ଜଣାଇଦେଲା ଯେ ସେ ତା'ର ଟେବୁଲପତ୍ର ଘଣ୍ଟାଘଣ୍ଟି କରିଥିଲା । ଆଉ କୋଉ ସ୍ତ୍ରୀଲୋକ ହେଇଥିଲେ ଟୋମାସ ତା ସହିତ ଆଉ କେବେ କଥାବାର୍ତ୍ତା କରି ନ ଥାନ୍ତା । ସେଇଟା ଜାଣି ଟେରେଜା କହିଲା, 'ମତେ ତଡିଦିଅ !' କିଂତୁ ତାକୁ ତଡି ଦେବା ବଦଳରେ ସେ ଟେରେଜାର ହାତକୁ ଧରିପକାଇ ଆଙ୍ଗୁଠି ଟିପକୁ ଚୁମିଲା । କାରଣ ସେଇ ମୁହୂର୍ତ୍ତରେ ଟେରେଜାର ଆଙ୍ଗୁଠି ସନ୍ଧିର ବଥାକୁ ସେ ନିଜେ ଅନୁଭବ କଲା । ସତେ ଯେମିତି ତାର ଆଙ୍ଗୁଠିର ସ୍ନାୟୁ ସିଧା ଯାଇ ଟୋମାସର ମସ୍ତିଷ୍କରେ ଲାଖିଛି ।

ଯିଏ ସୈତାନର ବରଫଳ ସ୍ୱରୂପ ଅନୁକଂପା ବା ସମଭାବାପନ୍ନ ହେବାର ଫାଇଦା ଉଠାଇବାରେ ବିଫଳ ହେଇଛି, ସିଏ ବେଶ୍ ସହଜରେ ଟେରେଜାକୁ ତାର କାର୍ଯ୍ୟକଳାପ ପାଇଁ ଦୋଷ ଦେବ । କାରଣ ବ୍ୟକ୍ତିଗତ ଗୋପନୀୟତା ଏକାନ୍ତ ଭାବରେ ସୁରକ୍ଷିତ ହେବା ଉଚିତ । ଗୋପନୀୟ ଚିଠିପତ୍ର ଥିବା ଡ୍ରୟର ଆଦୌ ଖୋଲାଯାଏ ନାହିଁ । କିଂତୁ ଯେହେତୁ ଟୋମାସର ଭାଗ୍ୟକୁ "ଅନୁକଂପା"ର ବର (କିମ୍ବା ଅଭିଶାପ) ଜୁଟିଲା, ତାକୁ ଲାଗିଲା ସେ ନିଜେ ଯେମିତି ଆଣ୍ଠୁମାଡି ଟେବୁଲର ଖୋଲା ଡ୍ର ପାଖରେ ବସିଛି ଆଉ ସବିନାର ଚିଠି ଉପରୁ ଆଖି ଫେରାଇ ପାରୁ ନାହିଁ । ତା ଉପରେ ସେ ଖାଲି ରାଗି ପାରିଲା ନାହିଁ ନୁହେଁ, ବରଂ ତାକୁ ଆହୁରି ଭଲ ପାଇଲା ।

(୧୦)

ତାର ଭାବଭଙ୍ଗୀ ଅସ୍ଥିର ଓ ବେଖାପ ହେଇ ଉଠିଲା । ଟୋମାସର ପ୍ରତାରଣାକୁ ଟେରେଜା ଜାଣିବାର ଦୁଇବର୍ଷ ହେଇଯାଇଥିଲା ଓ ପରିସ୍ଥିତି ଆହୁରି ଖରାପ ଆଡ଼କୁ ଗତି କରିଥିଲା । ବାହାରିବାର ଉପାୟ ନ ଥିଲା ।

ପ୍ରକୃତରେ ସେ କଣ ତାର ଯୌନସଂସର୍ଗର ସଂପର୍କ ସ୍ଥିତିକୁ ଛାଡିବାରେ ଅସମର୍ଥ ଥିଲା ? ହଁ । ଏଇଟା ଛାଡିଦେବାଟା ତାକୁ ଖିନ୍‌ଭିନ୍ କରିଦେଇଥାନ୍ତା । ଅନ୍ୟ ସ୍ତ୍ରୀମାନଙ୍କ ପ୍ରତି ତାର ଦୁର୍ବଳତାକୁ ରୋକିବାରେ ତା ପାଖରେ ସାମର୍ଥ୍ୟର ଅଭାବ ଥିଲା । ଏହାକୁ ରୋକିବାର ଆବଶ୍ୟକତାକୁ ସେ ଅନୁଭବ କରି ପାରୁ ନଥିଲା । ତାର ନାରୀସଂସର୍ଗର ଦୁଃସାହସଟି ଟେରେଜାକୁ କେତେ ମାତ୍ରାରେ ଡରାଇ ପାରିଛି ସେ କଥା ତା ବ୍ୟତୀତ ଆଉ କିଏ ଅଧିକା ଜାଣେ ? ତା ହେଲେ ସେ ଏଇସବୁକୁ କାହିଁକି ଛାଡିଦେବ ? ଫୁଟବଲ ଖେଳ ଦେଖିବାର ସୁଯୋଗ ନ ଛାଡିବା ପରି ସେ ଏଥିରେ ବେଶୀ କିଛି କାରଣ ଦେଖି ପାରିଲାନି ।

ଏଇଟା ଏବେବି କଣ ତା ପାଇଁ ଉପଭୋଗର ବିଷୟ ? ଏପରିକି ଜଣେ ସ୍ତ୍ରୀଲୋକ ପାଖକୁ ଭେଟିବାକୁ ଗଲାବେଳେ, ତାକୁ ଗୋଟେ ପ୍ରକାର ଅରୁଚି ଲାଗୁଥିଲା ।

ମନେ ମନେ ପ୍ରତିଜ୍ଞା କଲା ଯେ ଆଉ ପୁଣି କେବେ ୟାରି ପାଖକୁ ଆସିବ ନାହିଁ। ତାରି ଆଖି ସାମ୍ନାରେ ସବୁବେଳେ ଟେରେଜାର ପ୍ରତିରୂପ ଦେଖାଯାଉଥିଲା । ସେଇଟାକୁ ଲିଭେଇବାକୁ ହେଲେ ସଙ୍ଗେ ସଙ୍ଗେ ତାକୁ ମଦ୍ୟପାନ କରିବାକୁ ପଡୁଥିଲା । ଟେରେଜା ସହିତ ଦେଖା ହେଲା ପରଠୁ ସେ ମଦ ନ ପିଇ କୌଣସି ସ୍ତ୍ରୀଲୋକ ସହିତ ସମ୍ଭୋଗ କରିପାରିଲା ନାହିଁ । କିନ୍ତୁ ତାର ପ୍ରଶ୍ୱାସରେ ମଦର ଗନ୍ଧ ଟେରେଜା ପ୍ରତି ପ୍ରତାରଣାର ଏକ ନିର୍ଭୁଲ ସୂଚନା ହିଁ ଥିଲା ।

ସେ ଗୋଟେ ଜାଲରେ ଛନ୍ଦି ହେଇଯାଇଥିଲା : ତାଙ୍କ ପାଖକୁ ଯାଉଥିଲେ ବି ସେମାନେ ତାକୁ ରୁଚିକର ଲାଗୁ ନଥିଲେ । କିଂତୁ ତାଙ୍କ ବିନା ଗୋଟେ ଦିନ ବି ସେ ରହିପାରୁ ନଥିଲା । ଫୋନ୍‌ରେ ଯୋଗାଯୋଗ ପାଇଁ ସେ ଗୋଟାପଣେ ବ୍ୟାକୁଳ ହେଇ ପଡୁଥିଲା ।

ଏବେ ବି ସବିନା ପାଖରେ ସେ ସବୁଠୁ ସହଜ ବୋଧ କରେ । ସେ ଜାଣେ ଯେ ସବିନା ସବୁବେଳେ ସତର୍କ ଆଉ ସେମାନଙ୍କ ବିଷୟରେ ଅନ୍ୟତ୍ର ପ୍ରକଟ କରିବ ନାହିଁ । ତାର ଷ୍ଟୁଡିଓଟା ଟୋମାସକୁ ତାର ହଜିଲା ଦିନର, ତାର ରମଣୀୟ ଅବିବାହିତ ଅତୀତର ସ୍ମାରକୀଟିଏ ସ୍ୱାଗତ କରେ ।

ବୋଧହୁଏ ସେ ନିଜେ ବି ଜାଣି ପାରୁ ନଥିଲା ଯେ ସେ କେତେ ବଦଳି ଯାଇଛି : ଏବେ ସେ ଘରକୁ ଡେରିରେ ଫେରିବାକୁ ଡରୁଥିଲା । କାରଣ ଟେରେଜା ତାକୁ ଅପେକ୍ଷା କରିଥିବ । ତାପରେ ଦିନେ ମୈଥୁନରତ ଥିବାବେଳେ ଘଣ୍ଟାକୁ କଣେଇ ଚାହିଁ ଶିଘ୍ର ତା ସହ କାମ ତୁଟେଇବାର ଚେଷ୍ଟାଟା ସବିନା ପାଖରେ ଧରା ପଡିଗଲା ।

ଏହାପରେ, ସେହିପରି ଉଲଗ୍ନ ହେଇ ଷ୍ଟୁଡିଓ ଭିତରେ ପଦଚାରଣ କରୁ କରୁ ସବିନା ଚିତ୍ରାଧାର ଉପରେ ଥୁଆ ଅଧାଅଙ୍କା ଚିତ୍ର ସାମ୍ନାରେ ଅଟକିଗଲା ଆଉ ଦେହରେ ଲୁଗା ଗଳାଉଥିବା ଟୋମାସକୁ କଡେଇ ଚାହିଁଲା ।

କେବଳ ଗୋଟେ ଖାଲି ପାଦକୁ ଛାଡି ଟୋମାସ ଲୁଗାପଟା ପିନ୍ଧିସାରି ରୁମ୍ ଚାରିଆଡ଼େ ଚାହିଁଲା । ଚାରିଗୋଡିଆ ହୋଇ ଟେବୁଲ ତଳ ସବୁଆଡ଼େ ଖୋଜିଲା ।

"ତମେ ମୋର ସବୁ ଚିତ୍ରପଟର ଆଧାରଟିଏ ପାଲଟିଗଲା ପରି ଲାଗୁଛ", ସେ କହିଲା । "ଦୁଇଟି ଦୁନିଆଁର ସଙ୍ଗମ । ଗୋଟେ ଫଟୋଚିତ୍ର ଉପରେ ଆଉ ଗୋଟିଏ ଫଟୋଚିତ୍ରର ଛାପ । ଲଂପଟ ରେଖାଚିତ୍ର ଭିତରୁ ଏକ ରୋମାଣ୍ଟିକ ପ୍ରେମିକର ମୁହଁ ଯାହା ଆଖିକୁ ବିଶ୍ୱାସ ହୁଏନା । ଅନ୍ୟ ଭାଷାରେ କହିଲେ, ଜଣେ ଟ୍ରିସ୍‌ଟାନ୍ ଯିଏ ସବୁବେଳେ ତାର ଟେରେଜା କଥା ଭାବୁଥାଏ । ଲଂପଟର ମନୋରମ ପୃଥିବୀର ଏକ ପ୍ରତାରଣାର ଛବି ମୁଁ ଦେଖେ ।"

ଟୋମାସ ସଳଖି ଠିଆ ହେଲା ଆଉ ଅନ୍ୟମନସ୍କ ହେଇ ସବିନାର କଥା ଶୁଣିଲା ।

'ତମେ କଣଟା ଖୋଜୁଛ ?' ସେ ପଚାରିଲା ।

'ପଟେ ମୋଜା' ।

ସେ ତା ସହିତ ପୁରା ରୁମ୍‌ଟାଯାକ ଖୋଜିଲା । ଟୋମାସ ପୁଣିଥରେ ଚାରିଗୋଡିଆ ହେଇ ଦରାଣ୍ଡି ଚାହିଁଲା ।

'ତମର ମୋଜାଟା କୋଉଠି ବି ଦେଖାଯାଉନି । ତମେ ନିଶ୍ଚେ ପିନ୍ଧିକି ଆସି ନ ଥିବ', ସବିନା କହିଲା ।

'ନ ପିନ୍ଧିକି ଆସିବି କେମିତି ?' ଟୋମାସ୍ ଘଣ୍ଟାକୁ ଚାହିଁ ପାଟିକଲା । 'ଆସିଲାବେଳେ ମୁଁ ତ ପଟେ ମୋଜା ପିନ୍ଧି ନଥିଲି । ନା ପିନ୍ଧିଥିଲି ?'

'ଏ ପ୍ରଶ୍ନକୁ ଏଡ଼ାଇ ଦିଆ ଯାଇ ନ ପାରେ ? ଏବେଏବେ ତମେ ବହୁତ ଅନ୍ୟମନସ୍କ ହେଇଯାଇଛ । ସବୁବେଳେ କୋଉଠିକି ଧପାଲି ଚାଲିଛ । ବାରମ୍ବାର ତମ ଘଣ୍ଟା ଦେଖୁଛ । ତମେ ପଟେ ମୋଜା ପିନ୍ଧି ଆସିଥିଲେ ବି ମୁଁ ଏଥିରେ ଟିକିଏ ସୁଦ୍ଧା ଆଶ୍ଚର୍ଯ୍ୟ ହେବି ନାହିଁ ।'

ଖାଲି ପାଦଟିକୁ ଜୋତା ଭିତରକୁ ଠିକ୍ ପୁରାଇଲାବେଳେ ସବିନା କହିଲା, 'ବାହାରେ ଥଣ୍ଡା ପଡିଛି । ମୋର ମୋଜା ଖଣ୍ଡେ ପିନ୍ଧିକି ଯାଅ ।'

ସେ ତା ହାତକୁ ଖଣ୍ଡେ ଧଳା ରଙ୍ଗର ଜାଲିବୁଣା ଲମ୍ବା ମୋଜା ବଢ଼ାଇ ଦେଲା ।

ଟୋମାସ୍ ଠିକ୍ ଜାଣିଲା ଯେ ତା ସହିତ ମୈଥୁନରତ ଥିବାବେଳେ ବାରମ୍ବାର ଘଣ୍ଟା ଆଡକୁ କଣେଇ ଚାହିଁଥିବାରୁ ସେ ତାରି ଉପରେ ଅଭିମାନ କରିଛି । ସେ ତାର ମୋଜାଟା କୋଉଠି ଲୁଚାଇ ଦେଇଛି । ବାହାରେ ପ୍ରକୃତରେ ଥଣ୍ଡା ପଡ଼ିଥାଏ । ସବିନାର ମୋଜା ଖଣ୍ଡିକ ନ ନେଇ ତାର ଆଉ ଚାରା ନାହିଁ । ଗୋଟେ ପାଦରେ ନିଜ ମୋଜା ଆର ପାଦରେ ଜାଲିବୁଣା ଲମ୍ବା ମୋଜାଟିକୁ ଗୋଇଠିଯାଏଁ ମୋଡି ପିନ୍ଧି ଘରକୁ ଗଲା ।

ସେ ଗୋଟେ ଅଖାଡୁଆ ଅବସ୍ଥାରେ ପଡିଥିଲା : ରକ୍ଷିତା ଦୃଷ୍ଟିରେ ସେ ଟେରେଜା ପ୍ରତି ତାର ପ୍ରେମର କଳଙ୍କ ବହନ କଲା; ଆଉ ଟେରେଜା ଦୃଷ୍ଟିରେ ସେ ତାର ରକ୍ଷିତା ସହିତ ରୋମାଞ୍ଚକର ଦୁଷ୍କର୍ମର ଅପବାଦ ମୁଣ୍ଡେଇଲା ।

(୧୧)

ଟେରେଜାର ବ୍ୟଥାକୁ ଉପଶମ କରିବାକୁ ଯାଇ ସେ ତାକୁ ବାହା ହେଇଗଲା

(ସେମାନେ ଶେଷରେ ସେଇ ରୁମ୍‌ଟିକୁ ଛାଡ଼ିଦେଲେ, ଯେଉଁଠି ବେଶ୍ କିଛିଦିନ ହେଲା ଟେରେଜା ରହି ନ ଥିଲା) ଆଉ ତାକୁ ଗୋଟେ କୁକୁର ଛୁଆ ଉପହାର ଦେଲା।

ଜଣେ ସହକର୍ମୀ ପାଖରେ ଥିବା ସେଣ୍ଟ୍ ବାର୍ଣ୍ଣାଡ୍ ଏହି ଛୁଆଟିକୁ ଜନ୍ମ କରିଥିଲା। ପଡ଼ୋଶୀଟାର ଜର୍ମାନ୍ ସେପ୍‌ହାର୍ଡ ଆଉ ଜନ୍ମିଥିଲା। ବେଜାତିଆ କୁକୁର ଛୁଆଗୁଡ଼ିକୁ କେହି ରଖିବାକୁ ଚାହିଁଲେନି। ତାର ସହକର୍ମୀ ଜଣକ ସେଗୁଡାଙ୍କୁ ମାରିବାକୁ ଘୃଣା କରୁଥିଲା।

କୁକୁର ଛୁଆଯାକ ଉପରେ ଆଖି ବୁଲାଇ ଟୋମାସ ଜାଣିଲା ଯେ ଯୋଉଗୁଡାଙ୍କୁ ସେ ନେବାକୁ ମନା କରିଦେବ, ସେଇ ଛୁଆଙ୍କୁ ମରିବାକୁ ପଡିବ। ତାକୁ ଲାଗିଲା ସେ ଯେମିତି ଏକ ପ୍ରଜାତନ୍ତ୍ରର ଖୋଦ୍ ରାଷ୍ଟ୍ରପତି। ଘର ସାମ୍ନାରେ ମୃତ୍ୟୁ ଦଣ୍ଡାଦେଶ ପାଇଥିବା ଚାରିଜଣ ବନ୍ଦୀ। ଆଉ ତାରି ଭିତରୁ କେବଳ ଜଣକୁ ହିଁ ରାଜକ୍ଷମା ଦେଇପାରିବାର ତାର କ୍ଷମତା ଅଛି। ଶେଷରେ ସେ ଗୋଟେ ପସନ୍ଦ କରି ବାଛିଲା : ଗୋଟିଏ କୁତୀ ଯାର ଦେହରେ ଜର୍ମାନ ସେପ୍‌ହାର୍ଡର ଛିଟା, ଆଉ ମୁଣ୍ଡଟାରେ ସେଣ୍ଟ ବାର୍ଣ୍ଣାଡ୍ ମାଁର ସାଦୃଶ୍ୟ ଥିଲା। ସେ ତାକୁ ଘରକୁ ନେଇ ଟେରେଜାକୁ ଦେଲା। ଟେରେଜା ତାକୁ ଉଠାଇ ତାର ଛାତିରେ ଜାକିଲା। ସେଇକ୍ଷଣି କୁକୁର ଛୁଆଟା ତା ବ୍ଲାଉଜ୍ ଉପରେ ମୁତି ଦେଲା।

ତା 'ପରେ ସେମାନେ ତା ପାଇଁ ଗୋଟେ ନାଁ ବାଛିବାରେ ଲାଗିଲେ। କୁକୁରଟା ଯେ ଟେରେଜାର ଏକଥା ନାଁରେ ସ୍ପଷ୍ଟ ଜଣାପଡିବା କଥା, ଟୋମାସ୍ ଭାବିଲା। ପ୍ରାଗ୍‌ରେ ବିନା ଖବରରେ ଟେରେଜା ପହଞ୍ଚିଲାବେଳେ କାଖତଳେ ବହି ଖଣ୍ଡେ ଜାକିଥିବା କଥା ଟୋମାସର ମନକୁ ଆସିଲା। ସେ କୁକୁର ଛୁଆଟିର ନାଁ, ସେହି ବହି ଅନୁସାରେ ଟଲଷ୍ଟୟ ରଖିବା ପାଇଁ କହିଲା।

'ଟଲ୍‌ଷ୍ଟୟ ହେଇ ପାରିବନି', ଟେରେଜା କହିଲା। 'ଏଇଟା ତ ଝିଅ ଛୁଆଟା। ଆନା କାରେନିନା ରଖିଲେ କେମିତି ହୁଅନ୍ତା ?'

'ଆନା କାରେନିନା ହେଇ ପାରିବନି', ଟୋମାସ କହିଲା। 'କୌଣସି ସ୍ତ୍ରୀଲୋକର ଏତେ କୌତୁକିଆ ମୁହଁ ନ ଥାଏ। ବରଂ ଏଇଟା କାରେନିନ୍ ପରି ବେଶୀ ଲାଗୁଛି। ହଁ, ଆନାର ସ୍ୱାମୀ। ତାକୁ ଠିକ୍ ଏଇ ରୂପରେ ହିଁ ମୁଁ ସବୁବେଳେ ଭାବେ।'

'କିଂତୁ କାରେନିନ୍ ଡାକିଲେ ତାର ଯୌନତା ଉପରେ ଆଞ୍ଚ୍ ଆସିବନି ?'

'ଏଟା ନିଷ୍ଚେ ହେବ', ଟୋମାସ କହିଲା। 'ମାଇ କୁକୁରଟାକୁ ସବୁବେଳେ ଅଣ୍ଡିରା ନାଁରେ ଡାକିଲେ ତାର ସୈରିଣୀ ପ୍ରବୃତ୍ତି ବାହାରିବ।'

ଆଶ୍ଚର୍ଯ୍ୟର କଥା ଟୋମାସର କଥା ସତ ହେଲା । ସାଧାରଣତଃ ମାଈ କୁକୁରମାନେ ମାଲିକାଣୀ ଅପେକ୍ଷା ମାଲିକ ପାଖରେ ବେଶୀ ଗେଲ ହେଇଥାନ୍ତି । କାରେନିନ୍ ଗୋଟେ ବ୍ୟତିକ୍ରମ । ସେ ଟେରେଜାର ପ୍ରେମରେ ପଡିଲା । ଟୋମାସ୍ ସେଥିପାଇଁ ତା ପାଖରେ କୃତଜ୍ଞ । କୁକୁରଟିର ମୁଣ୍ଡରେ ସ୍ନେହରେ ହାତ ମାରି ସେ କହେ, "ସାବାସ୍ କାରେନିନ୍ । ମୁଁ ତୋଠୁ ସେଇୟା ହିଁ ଚାହୁଁଥିଲି । ତା ସାଙ୍ଗରେ ମୁଁ ନିଜେ ଏକ୍ଲା ଖାପ ଖୁଆଇ ପାରେନି । ତୁ ମୋର କିଛିଟା ମଦତ୍ କର ।"

ତେବେ କାରେନିନ୍‌ର ସହାୟତା ନେଇ ସୁଦ୍ଧା ଟୋମାସ ତାକୁ ଖୁସି କରିବାରେ ବିଫଳ ହେଲା । କିଛି ବର୍ଷ ପରେ, ରୁଷୀୟ ସୈନ୍ୟବାହିନୀ ଦ୍ୱାରା ତାର ଦେଶ ଅଧିକୃତ ହେବାର ପାଖାପାଖି ଦଶମ ଦିନରେ ସେ ଏଇ ବିଫଳତା ବିଷୟରେ ସଜାଗ ହେଲା । ୧୯୬୮ ମସିହାର ଅଗଷ୍ଟ ମାସ । ଜୁରିଚ୍‌ର ଗୋଟେ ହସ୍‌ପିଟାଲରୁ ପ୍ରତିଦିନ ଥୋମାସ ପାଖକୁ ଫୋନ୍ ଆସୁଥିଲା । ସେଠିକାର ନିର୍ଦ୍ଦେଶକ ଜଣେ ଡାକ୍ତର । ଗୋଟେ ଆନ୍ତର୍ଜାତିକ ସମ୍ମିଳନୀରେ ଟୋମାସ ସହିତ ତାଙ୍କର ବନ୍ଧୁତା ହୋଇଥିଲା । ଟୋମାସ୍ ପାଇଁ ବ୍ୟସ୍ତ ହେଇ ସେ ତାକୁ ଖଣ୍ଡେ ଚାକିରୀ ଯାଚୁଥିଲେ ।

(୧୨)

ସ୍ୱିସ୍ ଡାକ୍ତର ଜଣକ ଦେଇଥିବା ଚାକିରୀ ଖଣ୍ଡିକୁ ଯଦି ଆଗପଛ ନ ବିଚାରି ଟୋମାସ ଛାଡିଦେଲା, ସେଇଟା କେବଳ ଟେରେଜା ପାଇଁ । ସେ ଧରିନେଲା ଯେ ଟେରେଜା ଜାଗା ଛାଡି ଯିବାକୁ ଚାହିଁବ ନାହିଁ । ରୁଷୀୟ ସେନା ଅଧିକାରର ପ୍ରଥମ ସପ୍ତାହ ସାରା ସମ୍ମୋହିତ ହେଲା ପରି କଟେଇ ଦେଲା, ସତେ ଯେପରି ସେ ଏଥିପାଇଁ ଖୁସି । ତାର କ୍ୟାମେରା ଧରି ରାସ୍ତାରେ ଘୁରି ସାରିଲା ପରେ ବିଦେଶୀ ସାମ୍ବାଦିକମାନଙ୍କ ହାତକୁ ସେ ଫିଲ୍ମ ଦେଇଦିଏ । ସେମାନେ ତାକୁ ନେଇ ଟଣାଓଟରା ହୁଅନ୍ତି । ଥରେ ସେ ଅତି ଉତ୍ସାହିତ ହେଇଗଲା ଓ ଦଳେ ଲୋକଙ୍କ ଉପରକୁ ବନ୍ଧୁକ ମୁନ ଦେଖାଉଥିବା ଅବସ୍ଥାରେ ଜଣେ ଅଫିସରଙ୍କ କ୍ଲୋଜ ଅପ୍ ଫଟୋ ଉଠାଇ ପକାଇଲା । ଏଥିପାଇଁ ସେ ଗିରଫ ହେଇ ରୁଷୀୟ ମିଲିଟାରୀ ହେଡ୍ କ୍ୱାଟରସ୍‌ରେ ଗୋଟେ ରାତି ଅଟକ ରହିଲା । ସେମାନେ ସେଠି ତାକୁ ଗୁଳି କରିଦେବାର ଧମକ ଦେଲେ । କିଂତୁ ସେଠୁ ସେମାନେ ଯେମିତି ଖଲାସ କରିଦେଲେ ସେଇକ୍ଷଣି ଟେରେଜା ତାର କ୍ୟାମେରା ଧରି ରାସ୍ତା ଉପରକୁ ପୁଣି ଉଠିଲା ।

ସେଥିପାଇଁ ସୈନ୍ୟବାହିନୀ ଅଧିକାର କରିବାର ଦଶମ ଦିନରେ ତାର ପ୍ରଶ୍ନ ଶୁଣି ଟୋମାସ ଆଶ୍ଚର୍ଯ୍ୟ ହେଇଗଲା । ଟେରେଜା ପଚାରିଲା, "ସ୍ୱିଜରଲାଣ୍ଡ ଯିବାକୁ ତମେ କାହିଁକି ଚାହୁଁନ ?"

"କାହିଁକି ଭଲା ଯିବି ?"

"ଏଠି ସେମାନେ ତମ ଅବସ୍ଥା ଅସହ୍ୟ କରିଦେଇ ପାରନ୍ତି।"

"ସେମାନେ ସମସ୍ତଙ୍କୁ ବି ସେଇୟା କରିପାରନ୍ତି", ଟୋମାସ ହାତ ହଲାଇ ଉଡାଇ ଦେଲା, 'ଆଉ ତମ କଥା ? ତମେ କଣ ବାହାରେ ରହିପାରିବ ?'

କାହିଁକି ରହିପାରିବିନି ?

'ତମେ ଏଇ ଦେଶ ପାଇଁ ନିଜ ଜୀବନକୁ ପାଣି ଛଡେଇ ବାହାରିଛ। ପୁଣି ତାକୁ ଏତେ ସହଜରେ ଛାଡିଯିବାକୁ କେମିତି ବାହାରିଛ ?'

'ଏବେ ଡ୍ୟୁବେକ୍ ଆସିଗଲାଣି ତ, ପରିସ୍ଥିତି ବଦଳିଯାଇଛି', ଟେରେଜା କହିଲା।

କଥାଟା ସତ : ଉଚ୍ଛ୍ୱସିତ ଉଲ୍ଲାସଟା ସପ୍ତାହେରୁ ବେଶୀ ତିଷ୍ଠି ରହି ପାରିଲାନି। ରୁଷୀୟ ସେନା ଦେଶର ପ୍ରତିନିଧିମାନଙ୍କୁ ଅପରାଧୀମାନଙ୍କ ପରି ଧରିନେଲା। ସେମାନଙ୍କୁ କେଉଁଠିକୁ ନିଆଗଲା, କେହି ଜାଣିଲେ ନାହିଁ। ଲୋକଙ୍କ ଭିତରେ ରୁଷୀୟମାନଙ୍କ ପ୍ରତି ଘୃଣାଟା ନିଶା ପରି ଚହଟି ଯାଇଥିଲା। ସତେ ଅବା ଘୃଣାର ଏକ ମଦମତ୍ତ ଉତ୍ସବ। ବ୍ରେଜନେଭ୍ ଓ ତାଙ୍କର ସେନା ବାହିନୀକୁ ନେଇ ବ୍ୟଙ୍ଗଚିତ୍ର, କବିତା, ବିଦ୍ରୁପାତ୍ମକ ଉକ୍ତିରେ ଭରା ହାତ ତିଆରି ପୋଷ୍ଟରରେ ଚେକ୍ ସହରମାନ ସଜ୍ଜିତ ହେଇଥିଲା। ସେମାନଙ୍କୁ ଅଶିକ୍ଷିତଙ୍କ ସର୍କସ ପରି ଦେଖି ସମସ୍ତେ ନାକ ଟେକୁଥିଲେ। କିନ୍ତୁ କୌଣସି ମହୋତ୍ସବ ସବୁଦିନ ପାଇଁ ଚାଲେ ନାହିଁ। ୟା ଭିତରେ ରୁଷୀୟମାନେ ମସ୍କୋଠାରେ ଏକ ଆପୋଷ ସମାଧାନ ଚୁକ୍ତି ସ୍ୱାକ୍ଷର କରିବାକୁ ଚେକ୍ ପ୍ରତିନିଧିମାନଙ୍କୁ ବାଧ୍ୟ କରିଥିଲେ। ଡ୍ୟୁବେକ୍ ସେମାନଙ୍କ ସହିତ ପ୍ରାଗ୍ ଫେରିଆସିଲା ପରେ ରେଡିଓରେ ଗୋଟେ ଭାଷଣ ଦେଲେ। ଛଅଦିନର ଅଟକବନ୍ଦୀରେ ତାଙ୍କର ଅବସ୍ଥା ଏତେ ଶୋଚନୀୟ ହେଇପଡିଥିଲା ଯେ ସେ ପ୍ରାୟ କଥାବାର୍ତ୍ତା କରି ପାରୁ ନଥିଲେ। କହୁ କହୁ ଧଇଁସଇଁ ହେଇଯାଉଥିଲେ। ବାକ୍ୟ ମଝିରେ ଲମ୍ବା ବିରତି ନେଉଥିଲେ। ବିରତିଟା ପାଖାପାଖି ତିରିଶ ସେକେଣ୍ଡ ଲମ୍ବୁଥିଲା।

ଆପୋଷ ସମାଧାନଟା ଦେଶକୁ ଭୟାବହ ଶୋଚନୀୟତାରୁ ରକ୍ଷା କଲା: ସାଇବେରିଆକୁ ଗଣ ନିର୍ବାସନ ଓ ମୃତ୍ୟୁ ଦଣ୍ଡାଦେଶ ପ୍ରତ୍ୟେକଙ୍କୁ ଆତଙ୍କିତ କରି ପକାଇଥିଲା। କିଂତୁ ଗୋଟେ କଥା ସ୍ପଷ୍ଟ ହେଇଗଲା ଯେ ଦେଶକୁ ଆକ୍ରମଣକାରୀ ପାଖରେ ନଇଁ ଯିବାକୁ ପଡ଼ିବ। ସବୁଦିନ ପାଇଁ ଖନେଇବ, ଥତମତ ହେବ, ଆଲେକ୍‌ଜାଣ୍ଡର ଡ୍ୟୁବେକ୍ ପରି ପବନଟିକେ ପାଇଁ ଧଇଁସଇଁ ହେବ। ମହୋତ୍ସବ ସରିଗଲା। ଦୈନନ୍ଦିନ ଅପମାନ ଆରମ୍ଭ ହେଲା।

ଟେରେଜା ଏସବୁ କଥା ଟୋମାସକୁ ବୁଝାଇଦେଲା । କଥାଟା ସତ ବୋଲି ଟୋମାସ ବି ଜାଣିଲା । ସେ ଆହୁରି ମଧ୍ୟ ଜାଣିଲା ଯେ ଯାବ୍ରି ଅନ୍ତରାଳରେ ଆଉ ଗୋଟେ ମୌଳିକ ସତ୍ୟ ଲୁଚି ରହିଛି । ସେ ପ୍ରାଗ୍ ଛାଡ଼ି ଚାଲିଯିବା ଇଛା କରିବାର କାରଣ : ଆଗରୁ ସେ ପ୍ରକୃତରେ କେତେ ସୁଖୀ ହେଇ ନ ଥିଲା ।

ଆସନ୍ନ ବିପଦର ମୁହାଁମୁହିଁ ହେଇ ସେନାମାନଙ୍କ ଫଟୋ ନେବା ପାଇଁ ପ୍ରାଗ୍‌ର ରାସ୍ତା ଉପରେ ଘୁରି ବୁଲୁଥିବା ଦିନଗୁଡ଼ିକ ବରଂ ଢେର୍ ଭଲ ଥିଲା । କେବଳ ଏଇ ସମୟରେ ହିଁ ତାର ସ୍ୱପ୍ନର ଦୂରଦର୍ଶନ ଧାରାବାହିକ ବାଧାପ୍ରାପ୍ତ ହେଇଥିଲା ଓ ସେ କେତୋଟି ଖୁସିର ରାତି କଟାଇଥିଲା । ଗୁଳିଗୋଳା କମାଣରେ ରୁଷ ସେନା ତା ପାଇଁ ସ୍ଥିରତା ଆଣି ଦେଇଥିଲେ । ଏବେ ଉତ୍ସବ ସରିଗଲା । ସେ ପୁଣି ସେଇ ରାତି ଓ ସ୍ୱପ୍ନର ଭୟରେ ଘାରି ହେଲା ଆଉ ସେଥିରୁ କେମିତି ନିସ୍ତାର ପାଇବ ଭାବିଲା । ଏବେ ସେ ଜାଣିଲା ଯେ କେତେକ ପରିସ୍ଥିତିରେ ସେ ନିଜର ଆତ୍ମବିଶ୍ୱାସ ତଥା ଏକ ପରିପୂର୍ଣ୍ଣତା ଅନୁଭବ କରିପାରିବ । ସାରା ଦୁନିଆଁ ଭିତରେ ବୁଲିବୁଲିକା ଆଉ କେଉଁଠି ସେଇ ପରିସ୍ଥିତିର ସନ୍ଧାନ କରିବାକୁ ସେ ଚାହିଁବସିଲା ।

'ସବିନା ଦେଶ ଛାଡି ସ୍ୱିଜରଲାଣ୍ଡ ଚାଲିଗଲାଣି, ସେଥିକୁ ତମର ପରବାୟ ନାହିଁ ?' ଟୋମାସ ପଚାରିଲା ।

'ଜେନେଭା ଜୁରିଚ୍ ନୁହେଁ', କହିଲା ଟେରେଜା । ପ୍ରାଗ୍ ଅପେକ୍ଷା ସେଠି ସେ କମ୍ ସମସ୍ୟାଟିଏ ହେବ ।

ନିଜେ ରହୁଥିବା ଜାଗା ଯିଏ ଛାଡିବାକୁ ଚାହେଁ ସେ ଆଦୌ ସୁଖୀ ନୁହେଁ । ସେଇ କାରଣରୁ ଦୋଷୀ ଦଣ୍ଡାଦେଶକୁ ଗ୍ରହଣ କଲାପରି ଟୋମାସ ଟେରେଜାର ଦେଶ ଛାଡିଯିବାର ଇଛାକୁ ମାନିନେଲା । ଆଉ ଦିନେ ସେ, ଟେରେଜା ଓ କାରେନିନ୍ ସ୍ୱିଜରଲାଣ୍ଡର ବୃହତ୍ତମ ନଗରୀରେ ପହଞ୍ଚିଲେ ।

(୧୩)

ଖାଲି ଫ୍ଲାଟ ପାଇଁ ସେ ଗୋଟେ ଖଟ କିଣି ଆଣିଲା (ଅନ୍ୟାନ୍ୟ ଆସବାବପତ୍ର କିଣିବା ପାଇଁ ତାଙ୍କ ପାଖରେ ଟଙ୍କା ନଥିଲା) । ଚାଳିଶ ବର୍ଷରେ ଏକ ନୂଆ ଜୀବନର ଅୟମାରମ୍ଭ କରୁଥିବା ଲୋକଟିଏ ପରି ସେ ତା କାମରେ ଜୋରସୋର ଲାଗିପଡିଲା ।

ଜେନେଭାକୁ ଅନେକଥର ଫୋନ୍ କଲା । ରୁଷ ଆକ୍ରମଣର ଗୋଟେ ସପ୍ତାହ ପରେ ଅକସ୍ମାତ୍ ସବିନାର କଳାକୃତିର ଗୋଟେ ପ୍ରଦର୍ଶନୀ ଖୋଲିଥିଲା । ତାର ଛୋଟିଆ ଦେଶ ପ୍ରତି ଅନୁକଂପା ଦେଖାଇ ଜେନେଭାର କଳାର ପୃଷ୍ଠପୋଷକମାନେ ତା'ର ସବୁ ଚିତ୍ରକୁ କିଣିନେଲେ ।

'ରୁଷୀୟମାନେ ଧନ୍ୟବାଦର ପାତ୍ର । ତାଙ୍କରି ଯୋଗୁଁ ମୁଁ ଏବେ ଜଣେ ଧନୀ ମହିଳା', ଟେଲିଫୋନ୍‌ରେ ହସିହସି ସେ କହିଲା । ସେ ତା'ର ନୂଆ ଷ୍ଟୁଡିଓକୁ ଦେଖିଆସିବା ପାଇଁ ସେ ଟୋମାସକୁ ଡାକିଲା । ଅବଶ୍ୟ ଏକଥା ବି କହିଲା ଯେ ପ୍ରାଗ୍‌ରେ ଥିବା ତା'ର ଆଗର ଷ୍ଟୁଡିଓଠାରୁ ଏଇଟା ସେମିତି ବେଶୀ ଅଲଗା ନୁହଁ ।

ସେ ଖୁସିରେ ତାକୁ ଦେଖିବାକୁ ଯାଇ ପାରିଥାନ୍ତା । କିଂତୁ ଟେରେଜା ପାଖରେ କୋଉ ଆଳ ଦେଖାଇ ଯିବ ସେଇଟା ପାଇଲାନି । ତେଣୁ ସବିନା ଜୁରିଚ୍ ଚାଲିଆସିଲା । ସେ ଗୋଟେ ହୋଟେଲରେ ରହିଲା । ଟୋମାସ କାମ ସାରି ତା ପାଖକୁ ଗଲା । ଆଗ ରିସେପସନ୍ କାଉଣ୍ଟରରୁ ଫୋନ କଲା ଆଉ ତାପରେ ପାହାଚ ଉପରକୁ ଉଠିଲା । ସବିନା କବାଟ ଖୋଲୁ ଖୋଲୁ ଟୋମାସ ଦେଖିଲା ଯେ ତା ଦେହରେ ପେଣ୍ଟି ଓ ବ୍ରା ଛଡା ଆଉ କିଛି ନାହିଁ । ଲମ୍ବାଗୋଡ଼ ଦୁଇଟା ତାର ବେଶ୍ ସୁନ୍ଦର । ମୁଣ୍ଡରେ କଳାରଙ୍ଗର ଚଟକା ଟୋପୀ । ନୀରବ ନିଶ୍ଚଳ ହେଇ ସେଠି ଛିଡା ହେଇ ସବିନା ଚାହିଁ ରହିଲା । ଟୋମାସ ଠିକ୍ ସେମିତି କଲା । ହଠାତ୍ ତାର ଏକ ମର୍ମସ୍ପର୍ଶୀ ଅନୁଭବ ହେଲା । ସବିନାର ମୁଣ୍ଡ ଉପରୁ ଟୋପିଖଣ୍ଡିକ କାଢ଼ିନେଇ ସେ ଖଟପାଖ ଟେବୁଲରେ ରଖିଦେଲା । ତାପରେ ପଦଟିଏ ସୁଦ୍ଧା କଥାବାର୍ତ୍ତା ବିନା ଦୁହେଁ ମୈଥୁନରତ ହେଲେ ।

ହୋଟେଲରୁ ବାହାରି ଫ୍ଲାଟ୍‌କୁ ଯାଉ ଯାଉ (ଯା଼ ଭିତରେ ଫ୍ଲାଟକୁ ଟେବୁଲ, ଚୌକି, ନରମ ଗଦିବାଲା ସୋଫା ଓ ଗାଲିଚା ଆସି ଯାଇଥିଲା) ସେ ଖୁସିରେ ଭାବିଲା- ଗୋଟେ ଗେଣ୍ଡା ଯେପରି ତାର ଖୋଳପା ଘରକୁ ଧରି ଚାଲିଥାଏ, ସେ ତାର ଜୀବନଶୈଳୀକୁ ଧରି ଚାଲିଛି । ଟେରେଜା ଓ ସବିନା ତାର ଜୀବନର ଦୁଇଟି ବିପରୀତ ମେରୁ । ଦୁହେଁ ଭିନ୍ନ ଏବଂ ପରସ୍ପର ବିରୋଧୀ, ଅଥଚ ସମାନଭାବରେ ଆକର୍ଷଣୀୟ ।

କିଂତୁ ନିଜ ଶରୀରର ଗୋଟେ ଅଙ୍ଗ ପରି ସେ ତାର ଜୀବନ ସହାୟକ ପ୍ରଣାଳୀଟିକୁ ସବୁଜାଗାକୁ ନେଇ ଯିବାର ଅର୍ଥ ଟେରେଜା ତାର ସ୍ୱପ୍ନର ଶୀକାର ହେବା ବି ଚାଲି ରହିଥିବ ।

ଜୁରିଚ୍‌ରେ ଛଅ ସାତ ମାସ ରହିଲାପରେ ଦିନେ ଡେରିରେ ଘରକୁ ଫେରି ଟୋମାସ ଦେଖେ ତ ଟେବୁଲ ଉପରେ ତା ପାଇଁ ଚିଠି ଖଣ୍ଡେ ପଡିଛି । ଟେରେଜା ପ୍ରାଗ୍ ଚାଲିଯାଇଥିବାର ଲେଖିଥିଲା । ବିଦେଶରେ ଖାପ ଖୁଆଇ ଚଳିବା ପାଇଁ ତାର ମନରେ ଦମ୍ ନଥିଲା । ତେଣୁ ସେ ଫେରିଗଲା । ସେ ଜାଣେ ଯେ ଟୋମାସ୍‌ର ମନୋବଳ ବଢ଼ାଇବାଟା ତାର କର୍ତ୍ତବ୍ୟ । ହେଲେ କଣ କିପରି କରିବ ସେ କଥା ତାର ମୁଣ୍ଡରେ ପଶିଲା ନାହିଁ । ବିଦେଶରେ ରହିଲେ ତାର ନିଜର ବି ପରିବର୍ତ୍ତନ

ହୋଇଯିବ ଭାବିବାଟା ନିହାତି ମୂର୍ଖାମୀ ଥିଲା । ସେ ଭାବିଥିଲା ଯେ ସେନା ଅଧିକାରୁ ସମୟ୍ରେ ନିଜେ ଏତେ କଥା ଅଙ୍ଗେ ନିଭେଇଲା ପରେ ଆଉ ଛୋଟମୋଟ କଥାକୁ ଧରି ବସିବ ନାହିଁ । ସେଥିରୁ ବାହାରି ଆସି ବରଂ ଆତ୍ମଜ୍ଞାନରେ ବଢ଼ିବ । ଆତ୍ମ ବିଶ୍ୱାସରେ ସାହସ କୁଳାଇବ । ହେଲେ ସେ ନିଜର ଆକଳନ ଟିକେ ଅଧିକା କରି ଦେଇଥିଲା । ସେ ଟୋମାସକୁ ତା ଓଜନରେ ତଳକୁ ଖସାଇ ଦେଇଥିଲା । ଆଉ ସେ ଏମିତି କରିବନି । ବେଶୀ ଡେରି ହେବା ଆଗରୁ ସେ ଆବଶ୍ୟକ ନିଷ୍ପତ୍ତି ନେଇଗଲା । ଆଉ ତା ସାଙ୍ଗରେ କାରେନିନ୍‌କୁ ନେଉଥିବାରୁ ସେ କ୍ଷମା ମାଗି ନେଇଥିଲା ।

ସେ କେତେଟା ନିଦ ବଟିକା ଗିଳି ପକାଇଲା । ହେଲେ ବି ସକାଳ ଯାଏଁ ତାର ଆଖିପତା ପଡିଲା ନାହିଁ । ଯୋଗକୁ ସେଦିନ ଶନିବାର ପଡିଥିଲା । ସେ ଘରେ ରହି ପାରିଲା । ଶହେ ପଚାଶଥର ସେ ପରିସ୍ଥିତିକୁ ସମୀକ୍ଷା କଲା : ତାର ଦେଶ ଆଉ ପୃଥିବୀର ବାକି ଅନ୍ୟ ଦେଶ ଭିତରେ ଥିବା ସୀମାନ୍ତମାନ ଆଉ ଖୋଲା ନ ଥିଲା । କୌଣସି ଟେଲିଗ୍ରାମ କି ଟେଲିଫୋନ ତାକୁ ଫେରାଇ ଆଣି ପାରିବ ନାହିଁ । କର୍ତ୍ତୃପକ୍ଷ ତାକୁ ବିଦେଶକୁ ଯିବାକୁ ଅନୁମତି ଦେବେ ନାହିଁ ।

(୧୪)

ସେ ଯେ ନିହାତି ଭାବରେ ଅସମର୍ଥ, ଏ କଥା ଅନୁଭବ କଲାକ୍ଷଣି ଯେମିତି ଭାରୀ ହାତୁଡି ପାହାରଟିଏ ଦେହରେ ବାଜିଲା ପରି ଲାଗିଲା । ତଥାପି କଥାଟା ଅଦ୍ଭୁତ ଭାବରେ ତାକୁ ଯେମିତି ଶାନ୍ତ କରିଦେଲା । ଗୋଟେ ସିଦ୍ଧାନ୍ତ ନେବାକୁ ତାକୁ କେହି ବାଧ୍ୟ କରିବାକୁ ନାହିଁ । ଅଗଣା ଦେଇ ଘରର କାନ୍ଥ ଆଡକୁ ଚାହିଁଚାହିଁକା ତା ସହିତ ରହିବ ନା ନାଇଁ କଥାରେ ଦୋ ଦୋ ପାଞ୍ଚ ହେବାର ତାର ଆଉ ଦରକାର ନାହିଁ । ନିଷ୍ପତ୍ତିଟା ଟେରେଜା ନେଇଗଲା ।

ଦିନବେଳା ଖାଇବାପାଇଁ ଗୋଟେ ରେସ୍ତୋରାଁକୁ ଗଲା ତାକୁ ଉଦାସ ଲାଗୁଥିଲା । କିଂତୁ ଖାଉ ଖାଉ ତାର ଆଗର ହତାଶା ଧୀମା ପଡିଗଲା, ତାର ପ୍ରକୋପ କମିଗଲା, ବାକି ରହିଗଲା ଖାଲି ମାନସିକ ଅବସାଦ । ତା ସହିତ ଏକାଠି ବିତେଇଥିବା ବର୍ଷ କେଇଟାକୁ ଫେରି ଚାହିଁଲେ ତାକୁ ଲାଗିଲା ତାଙ୍କରି କାହାଣୀଟା ୟା ଠାରୁ ଆଉ ଅଧିକା ଭଲ ମୋଡ ନେଇ ନ ଥାନ୍ତା । ଯଦି କେହି ଜଣେ କାହାଣୀଟିକୁ ପରିକଳ୍ପନା କରିଥାନ୍ତା, ତା ହେଲେ ସେ ଏଇଭଳି ଭାବରେ ତାକୁ ଶେଷ କରିଥାନ୍ତା ।

ଯେମିତି ଦିନେ ଟେରେଜା ଅଯାଚିତ ଭାବରେ ଆସିଥିଲା, ଠିକ ସେମିତି ଭାବେ ଚାଲିଗଲା । ଆସିଲାବେଳେ ଗୋଟେ ଭାରୀ ସୁଟ୍‌କେସ ନେଇ ଆସିଥିଲା, ଗଲାବେଳେ ଗୋଟେ ଭାରି ସୁଟ୍‌କେସ୍ ନେଇକି ଗଲା ।

ସେ ବିଲ୍ ପଇଠ କଲା । ରେଷ୍ଟୋରାଁରୁ ବାହାରି ରାସ୍ତା ଉପରକୁ ଉଠି ସେ ଚାଲିବାରେ ଲାଗିଲା । ତାର ବିଷର୍ଣ୍ଣତା କ୍ରମଶଃ ଆହୁରି ସୁନ୍ଦର ଲାଗିଲା । ତାର ଜୀବନର ସାତଟି ବର୍ଷ ସେ ଟେରେଜା ସାଙ୍ଗରେ ରହିଥିଲା । ସେତେବେଳ ଅପେକ୍ଷା ଏବେ ସେସବୁ ପଛକୁ ଭାବିଲେ କେତେ ମନଲୋଭା ଲାଗୁଛି, ଯଦିଓ ପ୍ରକୃତରେ ସେଇ ବର୍ଷଗୁଡ଼ିକ ସେମିତି ନ ଥିଲା ।

ଟେରେଜା ପ୍ରତି ତାର ପ୍ରେମ ବେଶ୍ ସୁନ୍ଦର ଥିଲା । ତେବେ କ୍ଲାନ୍ତିକର ବି । ସବୁବେଳେ ତାଠୁ ଅନେକ କଥା ଲୁଚାଇବାକୁ ପଡୁଥିଲା । ଛଳନା କର, ମନକଥା ଲୁଚାଇ କପଟ ଆଚରଣ ଦେଖାଅ, ପୁଣି ସାଲିସ୍ କର, ଟେକାଟେକି କରି ଖୁସି କରାଅ, ବୁଝାସୁଝା କର, ତାର ଇର୍ଷ୍ୟା, ବ୍ୟଥା ଆଉ ସ୍ୱପ୍ନ ସବୁର ଅଭିଯୋଗ ମୁଣ୍ଡାଅ, ଗ୍ଲାନିବୋଧ କର, ବାହାନା କାଢ଼ ଆଉ ଭୁଲ୍ ମାଗିନିଅ । ଏବେ ଏତେ ଝାମେଲାର କ୍ଲାନ୍ତି ଉଭେଇ ଯାଉଛି ଆଉ ବାକି ରହିଛି ଖାଲି ମାଧୁର୍ଯ୍ୟ ।

ଶନିବାର ଦିନ ପ୍ରଥମ କରି ତାକୁ ଜୁରିଚ୍ ରାସ୍ତାରେ ଏକ୍‌ଲା ଘୁରି ବୁଲିବାର ଦେଖାଗଲା । ତାର ପ୍ରଶ୍ୱାସରେ ଥିଲା ସ୍ୱାଧୀନତାର ଉତ୍ତେଜକ ବାସ୍ନା । ପ୍ରତିଟି କୋଣରେ ନୂଆ ରୋମାଞ୍ଚକର ସମ୍ଭାବନା ଛପି ରହିଥିଲା । ଭବିଷ୍ୟତଟା ପୁଣିଥରେ ଗୋପନୀୟ ଓ ଅନିଶ୍ଚିତ ହେଇଗଲା । ସତେ ଅବା ସେ ପୁଣି ତାର ଅବିବାହିତ ଜୀବନଶୈଳୀକୁ ଫେରିବା ପଥରେ । ଏକଦା ସେଇ ପ୍ରକାର ଜୀବନ ଶୈଳୀକୁ ସେ ତାର ଭବିତବ୍ୟ ବୋଲି ଭାବି ନେଇଥିଲା । ସେଇ ଜୀବନ ଆଗେ ସେ ଯାହା ସତରେ ଥିଲା, ତାହା ହିଁ କରି ରଖିବ ।

ସାତବର୍ଷ ଧରି ସେ ତା ସହିତ ବାନ୍ଧି ହେଇ ରହିଥିଲା । ତାର ପ୍ରତିଟି କ୍ରୀୟାକଳାପ ଟେରେଜାର ଟିକିନିଖି ନଜରରେ ରହୁଥିଲା । ତାର ଗୋଇଠିରେ ଟେରେଜା ଯେମିତି ଲୁହାର ଶିକୁଳି ବାନ୍ଧି ଦେଇଥିଲା । ହଠାତ୍ ତାର ପାଦଟା ହାଲୁକା ଲାଗୁଥିଲା । ସେ ଉପରକୁ ଉଡିଲା । ପାରମିନାଇଡ୍‌ସର କୁହୁକ ଦେଶରେ ସେ ପ୍ରବେଶ କଲା : ସତ୍ତାର ମଧୁର ଉଶ୍ୱାସକୁ ସେ ମର୍ମେ ମର୍ମେ ଉପଭୋଗ କରୁଥିଲା ।

(ଜେନେଭାରେ ଥିବା ସବିନା ପାଖକୁ ସେ ଫୋନ କରିବାକୁ ଚାହିଁଲା କି ? ଜୁରିଚ୍‌ରେ ଏଇ କେତେ ମାସ ଭିତରେ ସଂପର୍କ ରଖିଥିବା ସ୍ତ୍ରୀଲୋକ ଭିତରୁ କେହି ଜଣେ ନା ଜଣକ ସହିତ ଯୋଗାଯୋଗ ରଖିବାକୁ ଚାହିଁଲାକି ? ନା, ଆଦୌ ନୁହେଁ । ବୋଧହୁଏ ତାକୁ ଲାଗିଲା ଯେ କେହି ବି ସ୍ତ୍ରୀଲୋକ ଟେରେଜାକୁ ନେଇ ତାର ସ୍ମୃତିକୁ ଅସହ୍ୟ ଭାବରେ ଯନ୍ତ୍ରଣାଦାୟକ କରିଦେବ ।)

(୧୫)

ରବିବାର ସନ୍ଧ୍ୟା ଯାଏଁ ଏହି ଉତ୍କଣ୍ଠିତ ଉଦାସୀ ବିମୋହନ ଲାଗି ରହିଲା । ସୋମବାରରେ ସବୁକିଛି ବଦଳିଗଲା । ଟେରେଜା ତାର ମନ ଭିତରକୁ ଧସେଇ ପଶି ଆସିଲା : ଟେରେଜା ସେଇଠି ବସି ବିଦାୟର ଶେଷ ଚିଠିଖଣ୍ଡିକ ଲେଖୁଥିବାର ସେ କଳ୍ପନା କଲା । ସେ ଟେରେଜାର ହାତ ଦୁଇଟା ଥରି ଯାଉଥିବାର ଅନୁଭବ କଲା । ଗୋଟେ ହାତରେ ଭାରୀ ସୁଟ୍‌କେସ୍‌ଟାକୁ ଧରି ଆଉ ଆର ହାତରେ କାରେନିନ୍‌ର ବେକର ଚେନ୍‌କୁ ଟେରେଜା ଟାଣି ନେଉଥିବାର ସେ ଦେଖିପାରିଲା । ପ୍ରାଗ୍‌ରେ ଥିବା ସେମାନଙ୍କର ଫ୍ଲାଟ୍‌ର ତାଲା ସେ ଖୋଲିବାର ଛବିଟାକୁ ଟୋମାସ ମନରେ ଭାବିଲା । କବାଟ ଖୋଲୁ ଖୋଲୁ ତା ମୁହଁରେ ନିର୍ଦ୍ଦୟ ପରିତ୍ୟକ୍ତତାର ହାୱା ପ୍ରଶ୍ୱାସକୁ ଟାଣି ହେଇଯିବାର ଯନ୍ତ୍ରଣା ଟୋମାସ କଳ୍ପନାରେ ଦେଖି ପାରିଲା ।

ଉଦାସର ସେଇ ମନୋରମ ବିଗତ ଦିନ ଦୁଇଟାରେ ତାର ଅନୁକଂପାକୁ (ଭାବଗ୍ରହଣର ସେଇ ଅଭିଶାପ) ଛୁଟି ମିଳି ସାରିଥିଲା । ସାରା ସପ୍ତାହର ହାଡ଼ଭଙ୍ଗା ଖଟଣି ପରେ ଜଣେ ଖଣି ଶ୍ରମିକର ରବିବାସରୀୟ ସୁସୁପ୍ତି (ଯାହାକି ସୋମବାରର ଖଟଣି ପାଇଁ ବଳ ସାଉଁଟିବା ସକାଶେ ଦରକାର) ପରି ସେଇ ଭାବନାଟା ଗାଢ଼ ନିଦ୍ରାରେ ଶୋଇଯାଇଥିଲା ।

ରୋଗୀମାନଙ୍କୁ ଦେଖିବା ପରିବର୍ତ୍ତେ ଟୋମାସ ଟେରେଜାକୁ ଖାଲି ଦେଖିଲା । ନିଜକୁ ନିଜେ ତାଗିଦ୍ କରିବାକୁ ଚେଷ୍ଟା କଲା, "ତା ବିଷୟରେ ଭାବ ନାହିଁ !" "ତା ବିଷୟରେ ଭାବ ନାହିଁ !" ସେ ନିଜକୁ ନିଜେ କହିଲା । ଅନୁକଂପାକୁ ନେଇ ମୁଁ ବୀତସ୍ପୃହ ହେଇଯାଇଛି । ଟେରେଜା ଚାଲିଯାଇଛି ଯେ ଭଲ ହେଇଛି । ଆଉଥରେ ମୁଁ ତାକୁ ପୁଣି ଦେଖିବି ନାହିଁ, ଯଦିଓ ଟେରେଜା ନୁହଁ, ବରଂ ଏଇ ଅନୁକଂପା ଜନିତ ବ୍ୟାଧିରୁ ମୁଁ ନିସ୍ତାର ପାଇବାକୁ ଚାହେଁ । ଟେରେଜା ହିଁ ମତେ ଏଥିରେ ସଂକ୍ରମିତ କରିଦେଲା ।

ଶନିବାର ଆଉ ରବିବାରରେ ଭବିଷ୍ୟତର ଗଭୀରତାରୁ ଉଠି ତାରି ନିଜ ପାଖକୁ ଆସିବାର ମଧୁର ଉଶ୍ୱାସ ସେ ଅନୁଭବ କଲା । ସୋମବାର ଦିନ ଆଗରୁ କେବେ ଜାଣି ନଥିବା ଗୋଟେ ଅଜବ ଭାରୀପଣ ତାକୁ ମାଡି ବସିଲା । ରୁଷୀୟ ଟେଙ୍କର ମହଣ ମହଣ ଇସ୍ପାତର ଭାର ତାର ତୁଳନାରେ କିଛି ନୁହଁ । କାରଣ ଅନୁକଂପାରୁ ବଳି ଆଉ ବଡ଼ ବୋଝ ନାହିଁ । ଏପରିକି ଅନ୍ୟର ଯନ୍ତ୍ରଣା ପାଇଁ ଅନୁଭବ କରୁଥିବା ବ୍ୟଥା ଖୋଦ୍ ନିଜର ଯନ୍ତ୍ରଣାରୁ ବଳି ବେଶୀ ବାଧେ । କଳ୍ପନାରୁ ସେଇ ବ୍ୟଥାଟାର ସାନ୍ଦ୍ରତା ଘନେଇଯାଏ ଆଉ ଶହଶହ ପ୍ରତିଧ୍ୱନୀରେ ବିସ୍ତାରୀ ଯାଏ ।

ଅନୁକଂପାରେ ଭାସି ନ ଯିବାକୁ ସେ ବାରମ୍ବାର ନିଜକୁ ତାଗିଦ୍ କରି ଚାଲିଲା । ମୁଣ୍ଡ ଝୁଙ୍କାଇ ଗ୍ଲାନିବୋଧରେ ଅନୁକଂପା ପାଖରେ ଯେ ନଇଁ ଯିବ ନାହିଁ । ଏଇଟା ଗୋଟେ ଧୃଷ୍ଟତା ବୋଲି ଅନୁକଂପାବୋଧକୁ ଜଣା । ତଥାପି ସେଇଟା ନିଜ ସ୍ଥିତିରେ ଅଟଳ ରହିଲା ଏବଂ ଟେରେଜା ଯିବାର ପଞ୍ଚମ ଦିନ ଟୋମାସ ହସପିଟାଲର ଡାଇରେକ୍ଟରଙ୍କୁ (ରୁଷ ସେନା ଅଧିକାର ପରେ ଯିଏ ପ୍ରାଗ୍‌ରେ ତାକୁ ପ୍ରତିଦିନ ଫୋନ୍ କରୁଥିଲେ) ଜଣାଇ ଦେଲା ଯେ ସେ ହଠାତ୍ ଫେରିଯାଉଛି । ସେ ଲଜ୍ଜିତ ହେଲା । ସେ ଜାଣେ ଯେ ଏଇ ପଦକ୍ଷେପଟା ଲୋକଟାକୁ ନିହାତି ଦାୟିତ୍ୱଶୂନ୍ୟ ଅକ୍ଷମଣୀୟ ମନେ ହେବ । ଟେରେଜା ଆଉ ସେ ଛାଡ଼ିଯାଇଥିବା ଚିଠି କଥା କହିଦେଇ ସେ ନିଜକୁ ହାଲୁକା କରିଦେବାକୁ ଭାବିଲା । କିଂତୁ ଶେଷରେ ସେ ତାହା କଲା ନାହିଁ । ସୁଇସ୍ ଡାକ୍ତରଙ୍କ ଦୃଷ୍ଟିକୋଣରୁ ଟେରେଜାର ଗତିବିଧିଟା ଗୋଟେ ରକମ ବାତୁଳ ଓ ଅପ୍ରୀତିକର ମନେ ହେଇପାରେ । ଟେରେଜା ବିଷୟରେ ଖରାପ ଭାବିବାକୁ ଟୋମାସ ଆଉ କାହାକୁ ସୁଯୋଗ ଦେବ ନାହିଁ ।

ହସପିଟାଲର ଡାଇରେକ୍ଟର୍ ଜଣକ ପ୍ରକୃତରେ କ୍ଷୁବ୍‌ଧ ହେଲେ ।

ଟୋମାସ କାନ୍ଧ ନଚାଇ କହିଲା, 'ଠିକ୍ କଥା, ଠିକ୍ କଥା ।'

ସେଇଟା ଥିଲା ଗୋଟେ ଉଦ୍ଧୃତି । ଚାରିଜଣିଆ ଗୋଷ୍ଠୀ ଗାୟନ ପାଇଁ ବିଥୋଭେନ୍‌ଙ୍କ ଶେଷ ରଚିତ ସଙ୍ଗୀତାଂଶରୁ ଉଦ୍ଧୃତ ।

ସଙ୍ଗୀତରେ ଶବ୍ଦ ଗୁଡ଼ିକର ଅର୍ଥକୁ ସଂପୂର୍ଣ୍ଣ କରିବାକୁ ଯାଇ ବିଥୋଭେନ୍ ସଙ୍ଗୀତାଂଶରେ ଗୋଟେ ସ୍ୱତନ୍ତ୍ର ଖଣ୍ଡ ଯୋଡିଲେ ଯାହାକୁ ସାଧାରଣତଃ ବେସୁରା ରାଗିଣୀକୁ ସ୍ୱରସମନ୍ୱିତ କରିବାର କଷ୍ଟକର ପ୍ରକ୍ରିୟା ବୋଲି ଅନୁବାଦ କରାଯାଇଥାଏ ।

ପରୋକ୍ଷ ଭାବରେ ବିଥୋଭେନ୍‌ଙ୍କ ଏଇ ଉଲ୍ଲେଖଟି ପ୍ରକୃତରେ ଟେରେଜା ପାଖକୁ ଫେରିବାକୁ ଟୋମାସର ପ୍ରଥମ ପଦକ୍ଷେପ ଥିଲା । କାରଣ ସେହିଁ ତ ତାକୁ ବିଥୋଭେନ୍‌ଙ୍କ ଏଇ ଗୋଷ୍ଠୀ ସଙ୍ଗୀତ ଆଉ ଚଉପଦୀର ରେକର୍ଡ କିଣିବାକୁ ମଙ୍ଗେଇଥିଲା ।

ପରୋକ୍ଷ ଉକ୍ତିଟିର ପ୍ରାସଙ୍ଗିକତା ସେ ଯେତିକି ଭାବିଥିଲା ତାଠାରୁ ବରଂ ଅଧିକ ଥିଲା । କାରଣ ସୁଇସ୍ ଡାକ୍ତରଜଣକ ଜଣେ ମହାନ୍ ସଙ୍ଗୀତପ୍ରେମୀ । ପ୍ରଶାନ୍ତ ହସ ଖେଳାଇ ସେ ବିଥୋଭେନ୍‌ଙ୍କ ମେଲୋଡିର ଧାରାରେ କହିଲେ, ଠିକ୍ କଥା କି ?

'ହଁ, ଠିକ୍ କଥା !' ଟୋମାସ ପୁନର୍ବାର କହିଲା ।

(୧୬)

ପାର୍‌ମେନାଇଡସଙ୍କ ବିପରୀତରେ, ବିଥୋଭେନ୍ ଗୁରୁଭାରକୁ କିଛିଟା ସକାରାତ୍ମକ ଭାବେ ଦେଖୁଥିଲେ। ବିଥୋଭେନ୍‌ଙ୍କ ମେଳ ଖାଉ ନ ଥିବା ସଙ୍ଗୀତକୁ ସ୍ୱର ସମନ୍ୱିତ ମୂର୍ଚ୍ଛନା କରିବାର କଷ୍ଟକର ପ୍ରକ୍ରୀୟାକୁ 'ଗୁରୁପ୍ରକ୍ରିୟା' ବୋଲି ଅଭିହିତ କରାଯାଇପାରେ। ଏହି ଗୁରୁପ୍ରକ୍ରୀୟାଟି ନିୟତିର (ସତରେ !) ସ୍ୱର ସହିତ ମିଶି ରହିଥାଏ : ଆବଶ୍ୟକତା, ଗୁରୁଭାର ଓ ମୂଲ୍ୟବୋଧ- ଏଇ ତିନିଟି ଅବଧାରଣା ଓତଃପ୍ରୋତଃ ଭାବରେ ଜଡିତ : କେବଳ ଆବଶ୍ୟକତା ହିଁ ଭାରି, ଆଉ କେବଳ ଯେଉଁଟା ଭାରି ତାର ମୂଲ୍ୟ ଅଛି।

ଏଇ ଧ୍ରୁବ ବିଶ୍ୱାସଟି ବିଥୋଭେନ୍‌ଙ୍କ ସଙ୍ଗୀତରୁ ଜାତ। ଏହାର ଉତ୍ପତ୍ତିକୁ ନେଇ ବିଥୋଭେନ୍‌ଙ୍କ ଅପେକ୍ଷା ତାଙ୍କର ଟୀକାକାର ମାନେ ଅଧିକ ଦାୟୀ- ଯଦିଓ ଏଇ ସମ୍ଭାବନାକୁ (କିମ୍ବା ସମ୍ଭାବ୍ୟତାକୁ) ଆମେ ଏଡ଼ାଇ ଯାଇ ପାରିବାନି, ତେବେ ବି ଆମେ ସମସ୍ତେ ଅଳ୍ପେ ବହୁତେ ଏଇ ଗୋଟେ କଥା ମାନିଥାଉ : ଆମେ ବିଶ୍ୱାସ କରୁ ଯେ ଆଟ୍‌ଲାସ୍ ନିଜ କାନ୍ଧରେ ସ୍ୱର୍ଗର ଭାର ବୋହିଲା ପରି ମଣିଷ ଭାଗ୍ୟକୁ ବୋହି ତାର ମହାନତା ପ୍ରତିପାଦିତ କରିଥାଏ। ବିଥୋଭେନ୍‌ଙ୍କ ଆଧିଭୌତିକ ଗୁରୁଭାର ଉତ୍ତୋଳନ କରେ !

ଟୋମାସ ସ୍ୱିଜରଲାଣ୍ଡ ପାଖାପାଖି ହେଲା। ଏକ ଉଦାସ ମର୍ମାହତ ବିଥୋଭେନ୍, ସ୍ୱଦେହରେ ଦେଶାନ୍ତର ଉଦ୍ଦେଶ୍ୟରେ ଦେଶୀୟ ବେଣ୍ଡ୍ ବାଜାର ତାଳେତାଳେ ବିଦାୟ ଜଣାଉଥିବାର ମୁଁ କଳ୍ପନା କଲିଃ 'ଠିକ୍ କଥା' ଏକ ପଦଯାତ୍ରା।

ତାପରେ ଟୋମାସ ଚେକ ସୀମାନ୍ତ ପାରି ହେଲା। ଧାଡିକି ଧାଡିକି ଧାଡି ରୁଷୀୟ କମାଣ ଟେଙ୍କ୍ ତାକୁ ସ୍ୱାଗତ କଲେ। ଟେଙ୍କ୍‌ମାନ ପାରି ହେବା ପର୍ଯ୍ୟନ୍ତ ତାକୁ କାର ଅଟକାଇ ଅଧଘଣ୍ଟା ଟାକିବାକୁ ପଡିଲା। କଳା ୟୁନିଫର୍ମରେ ଭୀତିପ୍ରଦ ସୈନିକ ଜଣେ ଚଉଛକିରେ ଛିଡା ହେଇ ଟ୍ରାଫିକ୍ ନିର୍ଦ୍ଦେଶ କରୁଥାଏ ସେମିତିକି ଦେଶର ପ୍ରତିଟି ରାସ୍ତା ତାରି କେବଳ ତାରି ଅକ୍ତିଆରରେ ରହିଛି।

ଠିକ୍ କଥା ! ଟୋମାସ ନିଜ ଭିତରେ ପୁନରାବୃତ୍ତି କଲା। କିଂତୁ ସେ ପୁଣି ଦ୍ୱିଧାରେ ପଡ଼ିଲା। ସତରେ କଣ ଏଇୟା ହେବାର ଥିଲା ?

ହଁ, ଟେରେଜା ଏକୁଟିଆ ପ୍ରାଗ୍‌ରେ ଥିବାର ଭାବି ତା ପକ୍ଷରେ ଜୁରିଚ୍‌ରେ ରହିବାଟା ଅସହ୍ୟ ହେଇପଡିଲା।

ତେବେ ଅନୁକଂପାର ଯାତନା ତାକୁ ଆଉ କେତେଦିନ ଭୋଗିବାକୁ ପଡ଼ିବ ? ଜୀବନସାରା ? ବର୍ଷେ ? ମାସଟିଏ ? କିମ୍ବା ଖାଲି ଗୋଟେ ସପ୍ତାହ ମାତ୍ର ?

ସେ କେମିତି ଭଲା ଜାଣିଥାନ୍ତା ? କେମିତି ତାର ଆକଳନ କରିଥାନ୍ତା ?

ବିଭିନ୍ନ ବୈଜ୍ଞାନିକ ତଥ୍ୟାଶ୍ରିତ ପରିକଳ୍ପନାକୁ ପରୀକ୍ଷା କରିବାକୁ ପଦାର୍ଥ ବିଜ୍ଞାନାଗାରରେ ଯେ କୌଣସି ସ୍କୁଲ ଛାତ୍ର ପରୀକ୍ଷା ନିରୀକ୍ଷା କରିପାରେ। କିଂତୁ ମଣିଷ-ଯେହେତୁ ତାର ମାତ୍ର ଗୋଟିଏ ଜୀବନ ବଞ୍ଚିବା ପାଇଁ ଅଛି, ସେ ତାର ଆବେଗ (ଅନୁକଂପା) ପଛରେ ଧାଇଁବ କି ନା ତାକୁ ନେଇ ପରୀକ୍ଷା ନିରୀକ୍ଷା କରିବ ନାହିଁ।

ମନ ଭିତରେ ଏଇ ଚିନ୍ତାରେ ଘାଣ୍ଟି ହେଉ ହେଉ ସେ ତାର ଫ୍ଲାଟର କବାଟ ଖୋଲିଲା। କାରେନିନ୍ ତା ଉପରକୁ କୁଦା ମାରି ଆଉ ତାର ମୁହଁକୁ ଚାଟି ତାର ଘରବାହୁଡାକୁ ଗୋଟେ ପ୍ରକାର ସହଜ କରିଦେଲା। ଟେରେଜାର ବାହୁବନ୍ଧନୀ ଭିତରକୁ ଡଳି ପଡିବାର ଆବେଗଟା (ଜୁରିଚ୍‌ରେ କାର୍ ଭିତରେ ବସିବା ଯାଏଁ ଏହା ସେ ଅନୁଭବ କରୁଥିଲା।) ପୁରାପୁରି ମଉଳି ଯାଇଥିଲା। ଏକ ବରଫାବୃତ ଇଲାକାରେ ସେ ଟେରେଜା ସାମ୍ନାରେ ଛିଡା ହେଇଥିବାର କଳ୍ପନା କଲା। ଥଣ୍ଡାରେ ଦୁହେଁ ଥରୁଥିଲେ।

(୧୬)

ଅକ୍ତିଆର କଲା ଆରମ୍ଭରୁ ରୁଷୀୟ ସେନାବାହିନୀର ଏରୋପ୍ଲେନ୍ ଗୁଡ଼ିକ ପ୍ରାଗ୍ ଉପରେ ରାତିସାରା ଉଡାଣ ମାରୁଥିଲେ। ଟୋମାସ ଏଇ ଘୋ ଘା ସହିତ ଅଭ୍ୟସ୍ତ ନ ଥିବାରୁ ଶୋଇ ପାରିଲାନି।

ନିଦ୍ରିତ ଟେରେଜା ପାଖରେ ଏକଡ଼ ସେକଡ଼ ଭିଡିମୋଡି ହେଉହେଉ ଅନେକ ଦିନ ତଳେ ସାଧାରଣ କଥାବାର୍ତ୍ତା ଛଳରେ ଟେରେଜା ତାକୁ କହିଥିବା କଥାଟିଏ ମନେ ପଡିଲା। ସେମାନେ ଟୋମାସ୍‌ର ବନ୍ଧୁ ଜେଡ୍ ବିଷୟରେ କଥାବାର୍ତ୍ତା ହେଉଥିଲେ। ତା ଭିତରେ ଟେରେଜା କହି ପକାଇଲା, 'ଯଦି ତମ ସହିତ ମୋର ଦେଖା ହେଇ ନ ଥାନ୍ତା, ତା ହେଲେ ମୁଁ ନିଶ୍ଚେ ତାରି ପ୍ରେମରେ ପଡିଥାନ୍ତି।'

ସେତେବେଳେ ମଧ୍ୟ ତାର କଥା କେଇପଦ ଟୋମାସ ଭିତରେ ଏକ ଅଦ୍ଭୁତ ବିଷାଦ ଛାଇ ଦେଇଥିଲା। ଏବେ ସେ ବୁଝୁଛି ଯେ ତାର ବନ୍ଧୁ ଜେଡ୍‌କୁ ଭଲ ନ ପାଇ ଟେରେଜା ତାକୁ ଭଲ ପାଇବା ଖାଲି ଗୋଟେ ସଂଯୋଗ ମାତ୍ର। ତା ସହ ଟେରେଜାର ଦୈହିକ ମିଳନ ବ୍ୟତୀତ ସମ୍ଭାବନାର ପରିସରରେ ଅନ୍ୟ ପୁରୁଷ ସହ ଅସଂଖ୍ୟ ଦୈହିକ ମିଳନର ଟେରେଜାର ଅତୃପ୍ତି ରହିଛି।

ଆମ ଜୀବନର ପ୍ରେମ ଯେ ହାଲୁକା ବା ମୂଲ୍ୟହୀନ ହେଇପାରେ, ଏଇ କଥାକୁ ଆମେ ସିଧାସଳଖ ହଟାଇ ଦେଉ।

ଆମେ ଧରିନେଉ ଯେ ପ୍ରେମ ନିଶ୍ଚୟ ରହିବ। ପ୍ରେମ ବିନା ଆମ ଜୀବନ ସମ୍ଭବ ନୁହେଁ। ଆମକୁ ଲାଗେ ଯେମିତି ଉଦାସୀ ଓ ବିସ୍ମୟାଭିଭୂତ ବିଥୋଭେନ୍ ନିଜେ ଆମର ମହାନ୍ ପ୍ରେମର ସଙ୍ଗୀତ ରଚୁଛନ୍ତି !

ନିଜ ବନ୍ଧୁ ଜେଡ୍ ଉପରେ ଟେରେଜାର ଟୀପ୍ପଣୀ ବିଷୟରେ ଟୋମାସ ଅନେକଥର ଭାବିଲା ଆଉ ଶେଷରେ ଏଇ ସିଦ୍ଧାନ୍ତରେ ଉପନୀତ ହେଲା ଯେ ତାର ଜୀବନର ପ୍ରେମ କାହାଣୀ 'ଠିକ୍ କଥା !'କୁ ସୂଚାଏ ନାହିଁ, ବରଂ ଏହା 'ଅନ୍ୟ କିଛି ବି ହେଇପାରିଥାନ୍ତା'କୁ ବୁଝାଏ ।

ସାତବର୍ଷ ଆଗେ ଟେରେଜାର ନିଜ ସହରରେ ଥିବା ଗୋଟେ ଡାକ୍ତରଖାନାରେ ଗୋଟେ ଜଟିଳ ସ୍ନାୟୁବିଦ୍ଧ ସମସ୍ୟା ଥିବା ରୋଗୀର ଚିହ୍ନଟ ହେଇଥିଲା । ସେମାନେ ପ୍ରାଗ୍‌ସ୍ଥିତ ଟୋମାସର ହସ୍‌ପିଟାଲର ମୁଖ୍ୟ ଚିକିତ୍ସକଙ୍କୁ ପରାମର୍ଶ ସକାଶେ ଡାକିଲେ । କିଂତୁ ସେଇ ଡାକ୍ତର ଜଣକ ନିଜେ ସିଆଟିକା (ଜଙ୍ଘ ଓ ଗୋଡ଼ର ସ୍ନାୟୁ ପ୍ରଦାହ) ଭୋଗୁଥିଲେ । ଯେହେତୁ ସେ ନିଜେ ହଲଚଲ ହେଇ ପାରୁ ନଥିଲେ, ତାଙ୍କ ଜାଗାରେ ସେ ଟୋମାସକୁ ସେଇ ହସପିଟାଲକୁ ପଠାଇଦେଲେ । ସହରଟିରେ ଅନେକ ଗୁଡିଏ ହୋଟେଲ ଥିଲା । କିଂତୁ ଟୋମାସକୁ ଏମିତି ଗୋଟେ ହୋଟେଲରେ ଗୋଟେ ରୁମ୍ ମିଳିଲା, ଯେଉଁଠିକି ଟେରେଜା କାମ କରୁଥିଲା । ଟ୍ରେନ୍ ଛାଡିବା ଆଗରୁ ତା ହାତରେ ଗୁଡ଼ାଏ ସମୟ ଥିଲା- ହୋଟେଲର ରେସ୍ତୋରାଁରେ ଅଟକିବା ପାଇଁ । ଆଉ ହୋଟେଲର ରେଷ୍ଟୁରାଣ୍ଟ୍‌ରେ ଟେରେଜାର ସେତିକିବେଳେ ଡ୍ୟୁଟି ପଡିଥିଲା ଓ ସେଇଟା ବି ଟୋମାସର ଟେବୁଲରେ । ଟେରେଜାକୁ ଖାଇବାଟା ପରଷିବାକୁ ପଡିଥିଲା । ଏହିପରି ଛଅଟା ସଂଯୋଗ ବା ଘଟଣା ହେତୁ ଟୋମାସ ଟେରେଜା ଆଡକୁ ଢଳିଲା, ଯେମିତିକି ତାର ନିଜ ଆଡୁ ସେ ଟେରେଜା ପ୍ରତି ଆଦୌ ଢଳି ନ ଥିଲା ।

ଟେରେଜା ପାଇଁ ହିଁ ସେ ପ୍ରାଗ୍‌କୁ ଫେରିଗଲା । ଏପରି ଗୋଟେ ଅସମ୍ଭାବିତ ନିଷ୍ପତ୍ତି ଗୋଟେ ଆକସ୍ମିକ ପ୍ରେମ ଉପରେ ହିଁ ଅବଧାରିତ - ସାତବର୍ଷ ଆଗେ ମୁଖ୍ୟ ଡାକ୍ତରଙ୍କ ସିଆଟିକା ବାହାରି ନଥିଲେ ଏଇ ପ୍ରେମର ଅସ୍ତିତ୍ୱ ସୁଦ୍ଧା ନ ଥାନ୍ତା । ଆଉ ନିରୁତା ଆକସ୍ମିକତାର ମୂର୍ତ୍ତିମନ୍ତ ଅବତାର ସେଇ ସ୍ତ୍ରୀଲୋକଟି ପୁଣିଥରେ ତାରି ପାଖରେ ଶୋଇ ଆରାମରେ ଗହୀର ନିଶ୍ୱାସ ଟାଣୁଛି ।

ରାତି ଡେର୍ ହେଇ ଯାଇଥିଲା । ପେଟ ଭିତରଟା ଉକୁବୁକା ଲାଗିଲା । ମାତ୍ରାଧିକ ମାନସିକ ଚାପରେ ତାର ସବୁବେଳେ ଏମିତି ହୁଏ ।

ଥରେ ଦୁଇଥର ଟେରେଜାର ପ୍ରଶ୍ୱାସରେ ସାମାନ୍ୟ ଘୁଙ୍ଗୁଡି ଶୁଭିଲା । ଟୋମାସ୍ କୌଣସି 'ଅନୁକଂପା' ଅନୁଭବ କଲା ନାହିଁ । ସେ ଖାଲି ତାର ପେଟ ଭିତରର ବଥା ଆଉ ଫେରିଆସିଥିବାର ହତାଶାକୁ ଅନୁଭବ କଲା ।

ଆତ୍ମା ଓ ଶରୀର

(୧)

ନିଜ ଲେଖାରେ ଚଳପ୍ରଚଳ ହେଉଥିବା ଚରିତ୍ରଗୁଡ଼ିକ ଯେ ଏକଦା ବାସ୍ତବରେ ଜୀବିତ ଥିଲେ, ସେହି ବିଷୟରେ ପାଠକ ମାନଙ୍କ ମନରେ ବିଶ୍ୱାସ ଜନ୍ମାଇବା ଜଣେ ଲେଖକ ପାଇଁ ଏକ ନିରର୍ଥକ ବ୍ୟାପାର। କାରଣ ସେହି ଚରିତ୍ର ଗୁଡିକ କେବେ ହେଁ କୌଣସି ମା ପେଟରୁ ଜନ୍ମ ହୋଇ ନଥିଲେ। ଗୋଟିଏ ଦୁଇଟା ଚିତ୍ତାକର୍ଷକ ଶବ୍ଦ ବା ବ୍ୟାକାଂଶ ବା କୌଣସି ନିର୍ଦ୍ଦିଷ୍ଟ ପରିସ୍ଥିତିର ଚାପରୁ ହିଁ ସେମାନଙ୍କ ଅଭ୍ୟୁଦୟ। ଟମାସ ଜାତ ହୋଇଥିଲା "ଥରୁଟିଏ ଯଥେଷ୍ଟ ନୁହେଁ"ରୁ। ଆଉ ଟେରେଜା ଜନ୍ମିଥିଲା ପେଟ ଗୋଳମାଳର ଘଡ଼ଘଡ଼ିରୁ।

ପ୍ରଥମଥର ପାଇଁ ଯେତେବେଳେ ସେ ଟମାସର ଫ୍ଲାଟ୍‌କୁ ଗଲା, ସେତେବେଳେ ତାର ପେଟ ଘଡ଼ଘଡ଼ କରିବା ଆରମ୍ଭ କରିଥିଲା। ଏଥିରେ ଆଶ୍ଚର୍ଯ୍ୟ ବା କଣ ? ସେ ବ୍ରେକ୍‌ଫାଷ୍ଟ୍ ପରଠୁ କିଛି ଖାଇ ନ ଥିଲା। କେବଳ ଟ୍ରେନ୍‌ରେ ଚଢ଼ିବା ଆଗରୁ ପ୍ଲାଟ ଫର୍ମରେ ଜଲ୍‌ଦି ଜଲ୍‌ଦି ଗୋଟିଏ ସେଣ୍ଡୱଇଚ୍ ଚୋବାଇ ଦେଇଥିଲା। ଆଗକୁ ଥିବା ତାର ରୋମାଞ୍ଚକର ଯାତ୍ରାରେ ମନୋନିବେଶ କରି ସେ ଖାଇବା କଥାଟା ଭୁଲି ଯାଇଥିଲା। କିଂତୁ ଆମେ ଯେତିକି ଆମର ଦେହର ଆବଶ୍ୟକତାକୁ ଆଡ଼େଇ ଦେଉ, ସେତିକି ତାହାର ଶୀକାର ହେଉ। ସେ ଟମାସ ସାମ୍ନାରେ ଛିଡ଼ା ହୋଇ ତାର ପେଟର ଘଡ଼ଘଡ଼ି ଶବ୍ଦ ପାଇଁ ବେଶ୍ ଲଜ୍ଜିତ ଓ ଅସ୍ୱସ୍ତିକର ବୋଧ କଲା। ସତେଅବା ଏହି ପରିସ୍ଥିତିରେ ସେ କାନ୍ଦି ପକାଇବ ! ସୌଭାଗ୍ୟବଶତଃ ପ୍ରଥମ ଦଶ ସେକେଣ୍ଡ୍ ପରେ ଟମାସ ତାକୁ ବାହୁ ବନ୍ଧନରେ ଜଡାଇ ରଖିଲା, ଓ ତାର ପେଟର ଶବ୍ଦ ଭୁଲି ଯିବାରେ ସାହାଯ୍ୟ କଲା।

(୨)

ତେଣୁ ଟେରେଜାର ଜନ୍ମ ହୁଏ ଏମିତି ଗୋଟେ ପରିସ୍ଥିତିରୁ ଯାହାକି ଆତ୍ମା ଓ ଶରୀର ସଂପୂର୍ଣ୍ଣ ଅମେଳକୁ ସୂଚୀତ କରେ ଓ ଏହାହିଁ ମାନବ ଜୀବନର ଏକ ମୌଳିକ ଅଭିଜ୍ଞତା ।

ଅନେକ ସମୟ ଆଗେ, ମଣିଷ ତାର ଛାତି ଭିତରର ସମୟାନୁବର୍ତ୍ତୀ ସ୍ପନ୍ଦନକୁ ଆଶ୍ଚର୍ଯ୍ୟ ହେଇ ନିଶ୍ଚୟ ଶୁଣିଥିବ, ଏବଂ ତାହା କଣ ବୋଲି ଜାଣି ପାରି ନ ଥିବା ଶରୀର ପରି ଏକ ଅଜଣା ଅପରିଚିତ ବସ୍ତୁ ସହ ସେ ନିଜକୁ ସାମିଲ କରିପାରି ନଥିବ । ଶରୀର ଏକ ପିଞ୍ଜରା, ଏହି ପିଞ୍ଜରା ଭିତରେ କିଛି ଗୋଟିଏ ଥାଏ ଯାହାକି ଦେଖେ, ଶୁଣେ, ଭୟ କରେ, ଡାକେ, ଓ ଆଶ୍ଚର୍ଯ୍ୟ ହୁଏ । ସେହି ଗୋଟିଏ କିଛି ଶରୀରର ପରିଚୟ ଓ ବ୍ୟାଖ୍ୟା ତାର ସେହି କିଛିଟା ହେଉଛି ମଣିଷର ଆତ୍ମା ।

ଅବଶ୍ୟ ଆଜିକାଲି ଶରୀର ଏକ ଅପରିଚିତ ବସ୍ତୁ ହୋଇ ଆଉ ରହି ନାହିଁ। ଆମେ ଜାଣୁ ଯେ ଛାତି ଭିତରର ଧକ୍‌ଧକ୍ ହେବା ଆମର ହୃଦୟ ନାମକ ଏକ ଅଂଶ ଓ ଆମର ନାକ ହେଉଛି ଗୋଟିଏ ପାଇପ୍‌ର ମୁହଁ ଯାହା କି ଆମ ଶରୀର ବାହାରକୁ ରହି ପବନରୁ ଅମ୍ଳଜାନ ଫୁସ୍‌ଫୁସ୍‌କୁ ପହୁଞ୍ଚାଏ । ଆଉ ଆମର ମୁହଁ ହେଲା ଗୋଟିଏ ପାନେଲ୍ ବା ବୋର୍ଡ ଯହିଁରେ ଆମର ଶାରୀରିକ କାର୍ଯ୍ୟାବଳୀ-ଯଥା, ପଚନକ୍ରୀୟା, ଦୃଷ୍ଟି, ଶ୍ରବଣ, ନିଶ୍ୱାସ ପ୍ରଶ୍ୱାସ ଓ ଭାବନା ପ୍ରତିଫଳିତ ହୁଏ । ଯେଉଁଦିନଠାରୁ ମଣିଷ ତାର ଶରୀରର ବିଭିନ୍ନ ଅଙ୍ଗକୁ ଗୋଟିଏ ଗୋଟିଏ ନାଁ ଦେବା ଶିଖିଲା, ସେହି ଦିନଠାରୁ ଶରୀର ତାକୁ କମ୍ ଜଟିଳ ଜଣାଗଲା । ସେ ମଧ୍ୟ ଜାଣିପାରିଲା ଯେ ଆତ୍ମାଟା ତାର ମସ୍ତିଷ୍କର କ୍ରୀୟାଶୀଳ ବୁଦ୍ଧି ବ୍ୟତୀତ ଆଉ କିଛି ନୁହେଁ । ଶରୀର ଓ ଆତ୍ମାର ପ୍ରାଚୀନ ଦ୍ୱୈତଭାବ ବୈଜ୍ଞାନିକ ଶବ୍ଦାବଳୀର ଆବରଣ ତଳେ ହଜିଯାଇଛି ଓ ଆମେ ଏହି ଦ୍ୱୈତଭାବକୁ ବେଶ୍ ଏକ ଅଚଳ ଅନ୍ଧବିଶ୍ୱାସ ଭାବରେ ହସି ଉଡାଇ ଦେଇ ପାରୁ ।

କିଂତୁ ଜଣେ ପ୍ରେମରେ ପଡ଼ିଥିବା ବ୍ୟକ୍ତିକୁ ତାର ପେଟର ଘଡ଼ଘଡ଼ ଶବ୍ଦ ଶୁଣିବାକୁ କୁହ, ସେହି କ୍ଷଣରେ ଶରୀର ଓ ଆତ୍ମାର ସଂଗତି- ବିଜ୍ଞାନର ସେହି ଗୀତିମୟ ଅବାସ୍ତବତା ତତ୍‌କ୍ଷଣାତ୍ ଉଭେଇଯିବ ।

(୩)

ଟେରେଜା ତାର ଦେହ ମାଧ୍ୟମରେ ନିଜକୁ ଦେଖିବାକୁ ଚେଷ୍ଟା କରି ଆସିଛି । ଏଥିପାଇଁ ଝିଅ ଅବସ୍ଥାରୁ ସେ ଦର୍ପଣ ଆଗରେ ଏତେଥର ଛିଡ଼ା ହୁଏ । କାଳେ ମା ଆଖିରେ ଧରା ପଡ଼ିବାର ଭୟ ଯୋଗୁଁ, ସେ ପ୍ରତିଥର ଦର୍ପଣରେ ମୁହଁ ଦେଖିଲାମାତ୍ରେ ଛିପିଲା ପାପର ଏକ ସ୍ପର୍ଶ ତାକୁ ଛୁଇଁଯାଏ ।

ତାର ଅହଙ୍କାର ତାକୁ ଦର୍ପଣ ପାଖକୁ ଟାଣୁ ନଥିଲା । ବରଂ ନିଜର 'ମୁଁ'କୁ ଦେଖିବାର ମୁଗ୍‌ଧ ଅନୁଭବ ହିଁ ତାକୁ ଆକର୍ଷିତ କରୁଥିଲା । ସେ ଭୁଲିଗଲା ଯେ ସେ ତାର ଦେହର ଯାନ୍ତ୍ରିକ ଉପକରଣ-ଅଙ୍ଗପ୍ରତ୍ୟଙ୍ଗର ବୋର୍ଡକୁ ଦେଖୁଥିଲା; ସେ ଭାବିଲା ତାର ମୁହଁର ଆକୃତି ମାଧ୍ୟମରେ ତାର ଆତ୍ମାର ଅଭିବ୍ୟକ୍ତିକୁ ଦେଖୁଛି । ସେ ଭୁଲିଗଲା ଯେ ତାର ନାକ ହେଉଛି ଫୁସ୍‌ଫୁସକୁ ଅମ୍ଳଜାନ୍ ନେଉଥିବା ଗୋଟେ ପାଇପ୍‌ର ମୁହଁ; ସେ ଭାବିଲା ନାକଟି ହେଉଛି ତାର ପ୍ରକୃତି ବା ପରିଚୟ ବା ବ୍ୟକ୍ତିତ୍ୱର ସାର୍ଥକ ପରିପ୍ରକାଶ ।

ଅନେକ ସମୟ ଧରି ନିଜକୁ ଦେଖୁ ଦେଖୁ, ନିଜ ମୁହଁରେ ତାର ମାଁର ଚେହେରାର ଛାପ ଦେଖି ସେ ବେଳେବେଳେ ବ୍ୟସ୍ତ ହେଉଥିଲା । ତେଣୁ ଆହୁରି ସମୟ ଓ ଯତ୍ନର ସହିତ ନିଜକୁ ଦେଖି ତାର ଚେହେରାରେ ମାଁର ଛାପ ବଦଳରେ କେବଳ ତାର ନିଜର କଣ ରହିଛି ତାକୁ ଖୋଜୁଥିଲା । ଆଉ ଯେତେଥର ସେ ଏଇ ଖୋଜିବାରେ ସଫଳ ହେଉଥିଲା, ସେତେଥର ସେ ଖୁସିରେ ସତେଅବା ନାଚି ଉଠୁଥିଲା: ଦଳେ ନାବିକ ଜାହାଜର ପେଟ ଭିତରୁ ଜାହାଜ ଉପରକୁ ଧାଇଁ ଆସି ଆକାଶକୁ ଲକ୍ଷ୍ୟ କରି ହାତ ହଲାଇ ଆନନ୍ଦରେ ଗୀତ ଗାଇବା ପରି ତାର ଆତ୍ମା ଉଲ୍ଲସିତ ହେଇ ଉଠୁଥିଲା ।

(୪)

ସେ କେବଳ ଶାରୀରିକ ଗଠନରେ ତାର ମାଁ ପରି ଦିଶୁ ନ ଥିଲା । ମୋର ବେଳେବେଳେ ବିଶ୍ୱାସ ହୁଏ ଯେ ତାର ସମସ୍ତ ଜୀବନ ତାର ମାଁର ଜୀବନର ଏକ ସଂପ୍ରସାରଣ, ଠିକ୍ ଯେପରି ବିଲିଆର୍ଡ ଟେବୁଲରେ ଗୋଟିଏ ବଲ୍‌ର ଗତି ଖେଳାଳୀର ହାତ ହଲାର ଏକ ପ୍ରତିକ୍ରିୟା ମାତ୍ର ।

କେବେ ଓ କେଉଁଠି ଏହି ଗତିର ଆରମ୍ଭ ହୁଏ, ଯାହାକି ଟେରେଜାର ଜୀବନର ରୂପ ନିଏ ?

ଏକଦା ପ୍ରାଗ୍ ସହରର ଜଣେ ବ୍ୟବସାୟୀ ଥିବା ଟେରେଜାର ଅଜା ଯେଉଁଦିନ ସମସ୍ତଙ୍କ ସାମ୍ନାରେ ନିଜ ଝିଅ (ଟେରେଜାର ମା)ର ସୌନ୍ଦର୍ଯ୍ୟକୁ ପ୍ରଶଂସା କଲେ, ବୋଧହୁଏ ସେତିକିବେଳେ ଏହା ଆରମ୍ଭ ହେଲା । ସେ କହୁଥିଲେ, ତାଙ୍କ ଝିଅ ରାଫେଲଙ୍କ ମାଡୋନା ଚିତ୍ରର ଏକ ପ୍ରତିଛବି । ଟେରେଜାର ମାଁକୁ ସେତେବେଳେ ମାତ୍ର ଚାରିବର୍ଷ । କିଂତୁ ସେ ଏହା କେବେ ଭୁଲି ପାରି ନଥିଲେ । ଜଣେ ଅଳ୍ପବୟସ୍କା ଛାତ୍ରୀ ଭାବରେ ଯେତେବେଳେ ସେ ସ୍କୁଲ୍‌ରେ ପଢୁଥିଲା, କ୍ଲାସ୍‌ରୁମ୍‌ରେ ସେ ଶିକ୍ଷକମାନଙ୍କ କଥା ନ ଶୁଣି କେଉଁ ଚିତ୍ରକରର ଚିତ୍ର ସହ ତାର ଚେହେରା ମିଶୁଥିଲା ତାହାହିଁ ସେ ଭାବୁଥିଲା ।

ତାପରେ ତାର ବାହା ହେବାର ବୟସ ହେଲା। ତାକୁ ନ ଜଣ ବାହା ହେବାକୁ ଚାହୁଁଥିଲେ। ନ ଜଣ ଯାକ ତାର ଚାରିପଟେ ଆଣ୍ଠୁମାଡ଼ି ପ୍ରାର୍ଥନା କଲେ। ଗୋଲେଇ ମଝିରେ ରାଜକୁମାରୀ ପରି ଛିଡା ହେଇ ସେ ଜାଣି ପାରିଲା ନାହିଁ ସେମାନଙ୍କ ଭିତରୁ କାହାକୁ ବାଛିବ: ଜଣେ ଥିଲା ସବୁଠାରୁ ସୁନ୍ଦର; ଜଣେ ସବୁଠାରୁ ବେଶୀ ବୁଦ୍ଧିମାନ; ତୃତୀୟଜଣକ ସବୁଠାରୁ ବେଶୀ ଧନୀ; ଚତୁର୍ଥ ଜଣକ ସର୍ବଶ୍ରେଷ୍ଠ ଖେଳୁଆଡ଼; ପଞ୍ଚମ ଜଣକ ଆସିଥିଲେ ସର୍ବୋତ୍ତମ ପରିବାରରୁ; ଷଷ୍ଠ କବିତା ଆବୃତ୍ତି କରୁଥିଲେ; ସପ୍ତମ ବହୁ ଦେଶ ବିଦେଶ ଭ୍ରମଣ କରିଥିଲେ; ଅଷ୍ଟମ ସୁନ୍ଦର ଭାବରେ ଭାଓଲିନ୍ ବଜାଇ ପାରୁଥିଲେ; ଏବଂ ନବମ ଥିଲେ ସବୁଠାରୁ ବେଶୀ ପୌରୁଷମୟ। କିଂତୁ ସେମାନେ ସଭିଏଁ ଏକା ଭାବରେ ଆଣ୍ଠୁମାଡ଼ି ପଡ଼ି ରହିଥିଲେ। ସେମାନଙ୍କ ଆଣ୍ଠୁରେ ଏକା ଧରଣର ଦରଜ ଓ ଦାଗ ଥିଲା।

ଅବଶ୍ୟ ଯେଉଁ କାରଣରୁ ସେ ନବମଜଣକୁ ବାହା ହେଲେ, ତାହା ସେଇ ବ୍ୟକ୍ତିଟି ସବୁଠାରୁ ପୌରୁଷମୟ ବୋଲି ନୁହେଁ। ରତି ସମୟରେ ତାଙ୍କ କାନ ପାଖରେ ଖୁବ୍ ଧୀରେ 'ଟିକିଏ ସାବଧାନ ହୁଅ, ଟିକିଏ ସାବଧାନ ହୁଅ' ବୋଲି ମିନତି କରୁଥିଲେ ହେଁ ସେ ଜାଣିଶୁଣି ଅସାବଧାନ ରହୁଥିଲେ। ଫଳତଃ ଗର୍ଭ ସଞ୍ଚାର ହେଲା ଓ ଗର୍ଭପାତ ପାଇଁ ଜଣେ ଇଚ୍ଛୁକ ଡାକ୍ତର ନ ମିଳିବାରୁ ନବମ ବ୍ୟକ୍ତିଜଣକ ବିବାହ ପାଇଁ ନିର୍ବାଚିତ ହେଇଥିଲେ ଏବଂ ଟେରେଜା ଜନ୍ମ ନେଲା।

ଟେରେଜାକୁ ଦେଖିବା ପାଇଁ, ତା ସହ ପିଲାଳିଆ କଥା ପଦୁଟିଏ ହେବା ପାଇଁ ଅନେକ ଜ୍ଞାତି କୁଟୁମ୍ବ ଜମା ହେଲେ। ପିଲାଟିର ଠେଲାଗାଡ଼ି ପାଖରେ ଛିଡ଼ା ହେଇ, ଅଣ୍ଟା ଭାଙ୍ଗି, ନଇଁ ତାକୁ ନିରେଖିଲେ। କିଂତୁ ଟେରେଜାର ମାଁ ତା ସାଙ୍ଗରେ ପିଲାଳିଆ କଥା ହେବା ପାଇଁ ଆଦୌ ଚାହିଁ ନଥିଲେ। ସେ ଆଦୌ କାହା ସହିତ ବି କଥା ହେଲେ ନାହିଁ। ସେ ଆର ଆଠଜଣ ପ୍ରେମିକଙ୍କ କଥା ଭାବୁଥିଲେ ଯେଉଁମାନେ ପ୍ରତ୍ୟେକେ ନବମ ଜଣକ ଠାରୁ ଅଧିକ ଯୋଗ୍ୟ ଥିଲେ !

ଟେରେଜାର ମାଁ ବାରମ୍ବାର ନିଜ ଝିଅ ପରି ଦର୍ପଣରେ ନିଜ ଚେହେରାକୁ ଦେଖୁଥିଲେ। ଦିନେ ସେ ତାଙ୍କ ଆଖିତଳେ ଭାଙ୍ଗ ଦେଖି ପାରିଲେ ଓ ନିଷ୍ପତ୍ତି ନେଲେ ଯେ ତାଙ୍କ ବିବାହର ଆଉ କୌଣସି ଅର୍ଥ ନାହିଁ। ପାଖାପାଖି ସେହି ସମୟରେ ସେ ଗୋଟିଏ ଠକକୁ ଭେଟିଲେ ଯା ବିରୁଦ୍ଧରେ ଅନେକ ଠକାମିର ଅଭିଯୋଗ ଥିଲା। ଏହାଛଡ଼ା ତାର ଦୁଇଟି ବାହାଘର ଭାଙ୍ଗି ବି ଯାଇଥିଲା। ବର୍ତ୍ତମାନ ଟେରେଜାର ମାଁ ଆଣ୍ଠୁରେ ବିଣ୍ଡି ବସିବାଯାଏଁ ଆଣ୍ଠୁ ଭାଙ୍ଗିଥିବା ତାଙ୍କର ସମସ୍ତ ପୂର୍ବ ପ୍ରେମିକମାନଙ୍କୁ ଘୃଣା କରୁଥିଲେ। ତାଙ୍କ ମନରେ ନିଜେ ଆଣ୍ଠୁ ଭାଙ୍ଗି ତାଙ୍କ ପ୍ରେମିକମାନଙ୍କ ପରି

ହେବାର ପ୍ରବଳ କାମନାଟିଏ ହେଲା- ଖାସ୍ ଗୋଟିଏ ପରିବର୍ତ୍ତନ ପାଇଁ। ସେ ଆଣ୍ଠୁ ଭାଙ୍ଗି ତାଙ୍କର ଠକ ବନ୍ଧୁଙ୍କୁ ସମର୍ପିତ ହେଲେ ଓ ଟେରେଜା ଓ ତାଙ୍କ ସ୍ୱାମୀଙ୍କୁ ତାଙ୍କ ବାଟରେ ଛାଡ଼ିଦେଲେ।

ସବୁଠାରୁ ପୌରୁଷମୟ ଭାବୁଥିବା ମଣିଷଟା ସବୁଠାରୁ ବେଶୀ ମ୍ରିୟମାଣ ହେଇପଡ଼ିଲା। ସେ ଏତେ ମ୍ରିୟମାଣ ହେଇପଡ଼ିଲା ଯେ ତାକୁ ଆଉ କିଛି ବି ଭଲ ଲାଗିଲା ନାହିଁ। ସବୁ ଅର୍ଥହୀନ ଜଣାପଡ଼ିଲା। ସେ ତା ମନ ଭିତରକୁ ଯାହା ଆସିଲା, ତାହା ସିଧା ସିଧା ବକିଲା। ଆଉ କମ୍ୟୁନିଷ୍ଟମାନେ ତାର ଦାୟିତ୍ୱହୀନ ବକ୍ତବ୍ୟରେ ଆତଙ୍କିତ ହୋଇ ତାକୁ ଗିରଫ କଲେ। ତାର ବିଚାର କଲେ। ଜେଲ୍‌ଖାନାକୁ ଏକ ଲମ୍ବା ଅବଧି ପାଇଁ ତାକୁ ପଠାଇଦେଲେ। ସେମାନେ ତାର ଫ୍ଲାଟକୁ ସିଲ୍ କରିଦେଲେ ଓ ଟେରେଜାକୁ ତାର ମା ସହିତ ରହିବା ପାଇଁ ପଠାଇଦେଲେ।

ସବୁଠାରୁ ବେଶୀ ମ୍ରିୟମାଣ ମଣିଷଟି ଜେଲ୍‌ରେ ଅଳ୍ପ କେତେଦିନ ରହିଲା ପରେ ମରିଗଲା। ଟେରେଜା ଓ ତାର ମା ପାହାଡ଼ ନିକଟରେ ଥିବା ଗୋଟେ ଛୋଟ ସହରକୁ ରହିବା ପାଇଁ ଚାଲିଗଲେ- ଟେରେଜା ମାଁର ଏକ ଠକ ବନ୍ଧୁ ସହ।

ଠକ ଗୋଟିଏ ଅଫିସରେ କାମ କରୁଥିଲା; ଆଉ ଟେରେଜାର ମା ଗୋଟିଏ ଦୋକାନରେ। ତାର ମା ଆଉ ତିନୋଟି ସନ୍ତାନର ଜନନୀ ହେଲେ। ତାପରେ ସେ ପୁଣିଥରେ ଦର୍ପଣରେ ନିଜ ଚେହେରାକୁ ଦେଖିଲେ ଓ ଜାଣିଗଲେ ଯେ ସେ ଏବେ ବୁଢ଼ୀ ଓ ଅସୁନ୍ଦରୀ।

(୪)

ଯେତେବେଳେ ସେ ଜାଣିଲେ, ସେ ସବୁ ହରାଇସାରିଲେଣି, ସେ ଦୋଷୀକୁ ଖୋଜିବା ଆରମ୍ଭ କଲେ। ଯେକୌଣସି ବ୍ୟକ୍ତି ତାହାହିଁ କରିବ: ତାଙ୍କର ପ୍ରଥମ ସ୍ୱାମୀ ଯେ ଥିଲେ ପୌରୁଷମୟ ଅଥଚ ଯାହାକୁ ସେ ଭଲ ପାଉ ନଥିଲେ, ଯିଏ ସାବଧାନ ହେବାକୁ କାନ ପାଖେ ଫିସ୍‌ଫିସ୍ ହୋଇ କହିଥିବା ତାଙ୍କ କଥା ମାନି ନଥିଲେ; ତାଙ୍କର ଦ୍ୱିତୀୟ ସ୍ୱାମୀ ଯେ କି ଆଦୌ ପୌରୁଷମୟ ନ ଥିଲେ ଅଥଚ ଯାହାକୁ ସେ ଅନେକ ଭଲ ପାଇଥିଲେ, ଯିଏ ତାଙ୍କୁ ପ୍ରାଗ୍‌ରୁ ଏହି ଛୋଟ ସହରକୁ ଘୋଷାଡ଼ି ଆଣିଲେ, ଆଉ ଗୋଟିଏ ପରେ ଆଉ ଗୋଟିଏ ନାରୀ ପାଖକୁ ଯାଇ ତାଙ୍କୁ ସବୁବେଳେ ଈର୍ଷାନ୍ୱିତ କରି ରଖିଲେ। କିନ୍ତୁ ଉଭୟ ପରିସ୍ଥିତିରେ ସେ ଥିଲେ ଦୁର୍ବଳ, ଅସହାୟ। କେବଳ ଯେଉଁ ଜଣକ ତାଙ୍କର ନିଜର ହୋଇ ରହିଥିଲା, ଯାହାର ତାଙ୍କ ଠାରୁ ମୁକୁଳିବାର ଉପାୟ ନଥିଲା, ସେ ହେଲା ଟେରେଜା।

ସତରେ, ତାର ମାଁର ଭାଗ୍ୟକୁ ନିର୍ଦ୍ଧାରିତ କରିବାରେ ସେ କଣ ଅସଲ

ଦୋଷୀ ନ ଥିଲା ? ସେ ଯିଏ କି ସବୁଠାରୁ ପୌରୁଷମୟ ପୁରୁଷର ଶୁକ୍ରାଣୁ ଓ ସବୁଠାରୁ ସୁନ୍ଦରୀ ନାରୀର ଡିମ୍ବାଣୁର ଏକ ଉଦ୍ଭଟ ମିଳନର ଫଳ ? ହଁ, ସେଇ ଭାଗ୍ୟ ନିର୍ଦ୍ଧାରଣ ମୁହୂର୍ତ୍ତ ହିଁ, ଯାହାକୁ ପରେ ଟେରେଜା ନାଁ ଦିଆଗଲା, ତାର ମାଁର ଜୀବନର ସେହି ବେଆଡ଼ିଆ ଅସଫଳ ଲମ୍ବାଦୌଡ଼ ଆରମ୍ଭ ହେଇଥିଲା ।

ଟେରେଜାର ମାଁ ସବୁବେଳେ ଟେରେଜାକୁ ଚେତେଇ ଦେଉଥିଲେ ଯେ ମାଁ ହେବା ମାନେ ସବୁକିଛି ତ୍ୟାଗ କରିବା । ତାଙ୍କ କଥାରେ ସତ୍ୟତା ଥିଲା, କାରଣ ଏହା ଗୋଟିଏ ନାରୀର ଜୀବନାନୁଭୂତିରୁ ହିଁ ଜାତ ହୋଇଥିଲା, ଯେଉଁ ନାରୀଜଣକ ତାର ଶିଶୁଟି ପାଇଁ ସବୁକିଛି ହରାଇ ସାରିଥିଲା । ଟେରେଜା ଏହା ମନ ଦେଇ ଶୁଣୁଥିଲା ଓ ତାର ବିଶ୍ୱାସ ବି ହେଇଥିଲା ଯେ ମାଁ ହେବା ଜୀବନର ସବୁଠାରୁ ବଡ଼ ଏକ ମୂଲ୍ୟବୋଧ, ଏବଂ ମାଁ ହେବା ମାନେ ମହାନ ତ୍ୟାଗ କରିବା । ଯଦି ମା ହେବା ହେଉଛି ତ୍ୟାଗର ମୂର୍ତ୍ତିମନ୍ତ ଅବତାର, ତେବେ ଝିଅ ହେବାଟା ଏକ ଦୋଷ ବା ଗ୍ଲାନିବୋଧର ମୂର୍ତ୍ତିମନ୍ତ ପ୍ରତୀକ- ଯେଉଁ ଅପରାଧର କି କୌଣସି ପ୍ରତିକାରର ସମ୍ଭାବନା ନାହିଁ ।

(୬)

ଅବଶ୍ୟ ସେଇ ରାତିର କାହାଣୀ ଟେରେଜା ଜାଣି ନ ଥିଲା ଯେତେବେଳେ ତାର ମାଁ ତାର ବାପାଙ୍କ କାନରେ ଫିସ୍‌ଫିସ୍ ହେଇ କହିଥିଲେ: "ଟିକିଏ ସାବଧାନ ହୁଅ ।" ତାର ଦୋଷୀ ବା ଅପରାଧବୋଧଟା (ଖ୍ରୀଷ୍ଟିଆନ୍) ଧର୍ମର ପ୍ରଥମ ପାପ ପରି ଅସ୍ପଷ୍ଟ ଥିଲା । କିଂତୁ ସେ କିପରି ଏହି ଭାବରୁ ମୁକୁଳିବ ସେଥିପାଇଁ ଯଥାସମ୍ଭବ ଚେଷ୍ଟା କରିଥିଲା । ତାର ମାଁ ତାକୁ ପନ୍ଦର ବର୍ଷ ହେଲା ବେଳକୁ ସ୍କୁଲରୁ ବାହାର କରି ଆଣିଲେ । ଟେରେଜା ଜଣେ ପରିଚାରିକା ଭାବେ କାମ ଆରମ୍ଭ କଲା, ଓ ତାର ସବୁ ଉପାର୍ଜନ ତାର ମାଁକୁ ଦେଇ ଦେଉଥିଲା । ତାର ମାଁର ସ୍ନେହ ପାଇବା ପାଇଁ ସେ ସବୁକିଛି କରିବାକୁ ରାଜିଥିଲା । ସେ ଘରକରଣା କାମ ସବୁ କରୁଥିଲା, ତାର ସାବତ ସାନ ଭାଇଭଉଣୀଙ୍କ କଥା ବୁଝୁଥିଲା ଓ ରବିବାର ସାରା ଦିନଟା ଘରପୋଛା, ସଫାସଫି ଓ କପଡାଧୁଆରେ କାଟି ଦେଉଥିଲା । ଏଇଟା ବଡ଼ ଦୁଃଖର କଥା । କାରଣ ସେ ଥିଲା ତା ଶ୍ରେଣୀର ସବୁଠାରୁ ବେଶୀ ବୁଦ୍ଧିମତୀ । ସେ କିଛି ଗୋଟାଏ ଉଚ୍ଚମାନର କାମ ପାଇଁ ବ୍ୟାକୁଳ ଥିଲା । କିଂତୁ ସେଇ ଛୋଟ ସହରରେ ତା ପାଇଁ ଆଉ କିଛି ଭଲ କାମ ନ ଥିଲା । ଯେତେବେଳେ ସେ କପଡା ଧୋଉଥିଲା, ସେ ବହିଟିଏ ଟବ୍ ପାଖରେ ରଖୁଥିଲା । ସେ ବହିଟିର ପୃଷ୍ଠା ଓଲଟାଉଥିବାବେଳେ, ଲୁଗାଧୁଆ ପାଣି ବହିଟି ଉପରେ ଟପ୍‌ଟପ୍ ହେଇ ପଡୁଥିଲା ।

ଘରେ ଲଜ୍ଜା ବୋଲି କିଛି ନ ଥିଲା । ତାର ମାଁ ଫ୍ଲାଟ୍ ଭିତରେ କେବଳ ଅନ୍ତଃବାସ ପିନ୍ଧି ଟହଲ ମହଲ ହେଉଥିଲା : ବେଳେବେଳେ ବ୍ରା ବି ପିନ୍ଧୁ ନଥିଲା । ଆଉ ଖରାଦିନ ତ ପୁରା ଲଙ୍ଗଳା ହେଇ ଚଲାବୁଲା କରୁଥିଲା । ତାର ସାବତ ବାପା ଲଙ୍ଗଳା ହେଇ ଏମିତି ବୁଲୁ ନଥିଲେ ହେଁ, ଯେତେବେଳେ ଟେରେଜା ବାଥ୍‌ରୁମରେ ଥାଏ ସେ ପଶି ଯାଉଥିଲେ । ଦିନେ ଟେରେଜା ନିଜକୁ ବାଥ୍‌ରୁମ ଭିତର ପଟୁ ବନ୍ଦ କରି ତାଲା ପକାଇ ଦେଲା । ତାର ମାଁ ଏଥିପାଇଁ ରାଗରେ ନିଆଁ ହେଇ ଯାଇଥିଲା, "ତୁ ନିଜକୁ କଣ ଭାବିଛୁ ? ତୁ କଣ ଭାବୁଛୁ ଯେ ସେ ତୋର ସୁନ୍ଦର ଚେହେରାରୁ ଫୁଲାଏ କାମୁଡି ନେବ ?"

(ଏଇ ମୁହାଁମୁହିଁ ହେବାଟା ସ୍ପଷ୍ଟ ଭାବରେ ଜଣାଇଦିଏ ଯେ ତାର ନିଜ ଝିଅ ପ୍ରତି ଘୃଣାଭାବଟା ତା ସ୍ୱାମୀ ପ୍ରତି ସନ୍ଦେହଠାରୁ ଅଧିକ ଥିଲା । ଝିଅର ଦୋଷ ଅମାପ, ତା ଭିତରେ ସ୍ୱାମୀର ବିଶ୍ୱାସଘାତକତା ମଧ୍ୟ ଅନ୍ତର୍ଭୁକ୍ତ । ସ୍ୱାଧୀନ ହେବା ପାଇଁ ଟେରେଜାର ଇଚ୍ଛା ଓ ନିଜ ଅଧିକାରର ଦାବି ଜଣାଇବାର ଜିଦ୍- ଯଥା: ବାଥ୍‌ରୁମ୍ ଭିତରେ ନିଜକୁ ନିଜେ ବନ୍ଦ ରଖିବା- ଏଇଟା ଟେରେଜାର ମାଁ ପାଇଁ ଟେରେଜା ପ୍ରତି ତା ସ୍ୱାମୀର ଅଶାଳୀନ ଆଗ୍ରହ ଠାରୁ ଅଧିକ ଆପତ୍ତିଜନକ ଥିଲା ।)

ଦିନେ ଘରେ ଲାଇଟ୍ ଜଳୁଥିବାବେଳେ ଶୀତ ମାସରେ ଟେରେଜାର ମାଁ ପୁରା ଲଙ୍ଗଳା ହେଇ ବୁଲିଲା । ଟେରେଜା ଦଉଡ଼ି ଯାଇ ଘରର ପରଦାଗୁଡ଼ିକ ଟାଣିବାରେ ଲାଗିଲା ଯେମିତିକି ରାସ୍ତାରୁ କେହି ତାର ମାଁକୁ ନଦେଖନ୍ତୁ । ସେ ପଛପଟେ ତାର ମାଁ ହସୁଥିବା ଶୁଣିପାରିଲା । ତା ପରଦିନ ତାର ମାଁ କେତେକ ସାଙ୍ଗମାନଙ୍କୁ ଘରକୁ ଡାକି ଆଣିଲା: ଜଣେ ସ୍କୁଲ ଶିକ୍ଷୟିତ୍ରୀ ଯାହାଙ୍କ ସହିତ ସେ କିଛିଦିନ କାମ କରିଥିଲା ଏବଂ ଆଉ ଦୁଇ ତିନି ଜଣ ମହିଳା ଯେଉଁମାନେ ନିୟମିତ ଭାବରେ ଏକାଠି ବସାଉଠା କରୁଥିଲେ । ଟେରେଜା ଓ ସେହି ମହିଳାଙ୍କ ଭିତରୁ ଜଣକର ଷୋହଳ ବର୍ଷର ପୁଅ ସମସ୍ତଙ୍କୁ ହେଲୋ କହିବା ପାଇଁ ମଝିରେ ଆସିଲେ । ସେଇକ୍ଷଣି ତାର ମାଁ ସେମାନଙ୍କ ଉପସ୍ଥିତିରେ ଫାଇଦା ନେଇ ଟେରେଜା କିପରି ତାର ମାଁର ଲଜ୍ଜା ନିବାରଣ ପାଇଁ ଉଦ୍ୟମ କରିଥିଲା ତାହା କହିଲା । ଆଉ ସେ ହସିଲା; ଅନ୍ୟମାନେ ମଧ୍ୟ ତା ସହ ହସିଲେ । "ଟେରେଜା ଏହା ଗ୍ରହଣ କରିପାରୁ ନାହିଁ ଯେ ମଣିଷର ଦେହଟା ମୁତେ ଓ ପାଡ଼େ ।" ଟେରେଜା ଲଜ୍ଜାରେ ଲାଲ ହୋଇଗଲା । କିଂତୁ ତାର ମାଁ କହିବା ବନ୍ଦ କଲା ନାହିଁ । "ଏଇଟା କେଉଁ ବଡ଼ କଥା ?" ଏହା କହି, ଏବଂ ସତେ ଯେପରି ଏହି ପ୍ରଶ୍ନର ଉତ୍ତର ଦେଲା ପରି ନିଜେ ଜୋର୍‌ରେ ପାଡ଼ିଲା । ସବୁ ମହିଳାମାନେ ପୁଣିଥରେ ହସରେ ଫାଟି ପଡ଼ିଲେ ।

(୭)

ଟେରେଜାର ମାଁ ଖୁବ୍ ଜୋର୍‌ରେ ନାକରେ ଶବ୍ଦ କଲା । ବାଟେ ଘାଟେ ତାର ଯୌନଜୀବନ କଥା ଲୋକମାନଙ୍କୁ କହିଲା ଓ ତାର କୃତ୍ରିମ ଦାନ୍ତ ଅନ୍ୟକୁ ଦେଖାଇ ମଜା ନେଉଥିଲା । ସେ ତାର ଜିଭରେ ଏହି କୃତ୍ରିମ ଦାନ୍ତଗୁଡିକୁ ଢିଲା କରି ଦେବାରେ ବେଶ୍ ନିପୁଣ ଥିଲା ଓ ଗୋଟିଏ ବଡ଼ ହସ ମଝିରେ ସେ ତାର ଉପର କୃତ୍ରିମ ଦାନ୍ତଗୁଡ଼ିକୁ ତଳ ଦାନ୍ତ ଉପରେ ଏପରି ଖସାଇ ଦେଉଥିଲା ଯେ ତାର ମୁହଁ ଏକ ଭୟଙ୍କର ରୂପ ଧାରଣ କରୁଥିଲା । ତାର ଏହି ବ୍ୟବହାର ଥିଲା କେବଳ ଗୋଟିଏ ଚମତ୍କାର ଇଙ୍ଗିତ- ତା ହେଲା ନିଜର ଯୌବନ ଓ ସୁନ୍ଦରତାର ପ୍ରତ୍ୟାଖ୍ୟାନ । ଯେଉଁ ସମୟରେ ତା ଚାରିପାଖେ ନ ଜଣ ପ୍ରେମିକ ଗୋଲେଇ କରି ଅନୁନୟ ମୁଦ୍ରାରେ ଆଣ୍ଠୁମାଡ଼ି ରହୁଥିଲେ, ସେତେବେଳେ ସେ ତାର ନଗ୍ନତାକୁ ବେଶ୍ ଜଗି ରଖୁଥିଲା ସତେଯେପରି ତାର ଶାଳୀନତା ମାଧ୍ୟମରେ ସେ ତାର ଦେହର ମୂଲ୍ୟକୁ ଜାହିର କରିବାକୁ ଚେଷ୍ଟା କରୁଥିଲା । ବର୍ତ୍ତମାନ ସେ ଯେ କେବଳ ତାର ଶାଳୀନତା ହରାଇ ସାରିଥିଲା ତା ନୁହେଁ, ବରଂ ଶାଳୀନତାରୁ ନିଜକୁ ସଂପୂର୍ଣ୍ଣରୂପେ ଅଲଗା କରି ସାରିଥିଲା ଏବଂ ବେଶ୍ ବିଧିସମ୍ମତ ଭାବରେ ତାର ନୂତନ ଶାଳୀନତା ଦ୍ୱାରା ନିଜ ଜୀବନରେ ଗୋଟିଏ ବିଭାଜନର ରେଖା ଟାଣି ଦେଇ ଘୋଷଣା କଲା ଯେ ଯୌବନ ଓ ସୌନ୍ଦର୍ଯ୍ୟ ଏକ ଅତିରଞ୍ଜିତ ଓ ମୂଲ୍ୟହୀନ ବିଷୟ ।

ଏଇ ନାଟକୀୟ ଇଙ୍ଗିତ ଦ୍ୱାରା ତାର ମାଁ ନିଜ ଜୀବନରୁ ବହୁ ଦୂରକୁ ନିଜ ଯୌବନର ସୌନ୍ଦର୍ଯ୍ୟକୁ ଫିଙ୍ଗି ଦେଇଥିଲା । ମୋର ମନେହୁଏ ଟେରେଜା ତାର ଏକ ସଂପ୍ରସାରଣ ମାତ୍ର ।

(ଯଦି ଟେରେଜା ଚାଲିବାବେଳେ ଘବରାଇବା ପରି ଜଣାପଡ଼େ, ଯଦି ତାର ଭାବଭଙ୍ଗୀରେ ସହଜ ମାଧୁର୍ଯ୍ୟର ଅଭାବ ଥାଏ, ତେବେ ଏଥିରେ ଆମେ ଆଶ୍ଚର୍ଯ୍ୟ ହେବାର କିଛି ନାହିଁ । କାରଣ ତାର ମାଁର ଅତି ନାଟକୀୟ, ଅସଂଯତ, ଆତ୍ମଘାତୀ ଠାଣି ତା ଜୀବନରେ ବେଶ୍ ଅଲିଭା ଛାପ ଛାଡ଼ିଯାଇଥିଲା)

(୮)

ଟେରେଜାର ମାଁ ନ୍ୟାୟ ଦାବି କରୁଥିଲା । ଦୋଷୀ ଦଣ୍ଡ ପାଉ, ସେ ଏହାହିଁ ଚାହୁଁଥିଲା । ସେଥିପାଇଁ ସେ ତାର ଝିଅକୁ ତା ନିଜ ସହ ଅଶାଳୀନ ପରିବେଶରେ ଜବରଦସ୍ତ ରଖିବାକୁ ଚାହୁଁଥିଲା- ଯେଉଁ ପରିବେଶରେ ଯୌବନ ବା ସୌନ୍ଦର୍ଯ୍ୟର କିଛି ମାନେ ରହେ ନାହିଁ; ଯେଉଁ ପୃଥିବୀ ଦେହ ମାନଙ୍କର ଏକ ବୃହତ୍ ବନ୍ଦୀଶାଳା; ଯେଉଁଠି ଗୋଟିଏ ଦେହ ଆଉ ଗୋଟିଏ ଦେହ ଭିତରେ କିଛି ତଫାତ୍ ନାହିଁ, ଯେଉଠି ଆତ୍ମା ଅଦେଖା ହେଇ ରହେ, ବା ନ ଥାଏ ।

ଟେରେଜା ଦର୍ପଣ ଆଡ଼କୁ ଦୀର୍ଘସମୟ ଧରି ବାରମ୍ବାର ଦେଖିବାର ଗୋପନ ପାପକୁ ଆମେ ବର୍ତ୍ତମାନ ଭଲ ଭାବରେ ବୁଝିପାରିବା । ଏହାଥିଲା ତାର ମା ସହ ଗୋଟିଏ ସଂପର୍କ । ଏହା ଥିଲା ଅନ୍ୟ କୌଣସି ଦେହ ପରି ନୁହଁ, ବରଂ ଏକ ସ୍ୱତନ୍ତ୍ର ଦେହ ହେବାର ତାର ବ୍ୟାକୁଳତା । ତାର ମୁଖମଣ୍ଡଳରେ ସଦଳବଳେ ତଳୁ ମାଡ଼ି ଆସୁଥିବା ଆତ୍ମାର ପ୍ରତିଫଳନ । ଏହା ଏକ ସହଜ କାମ ନଥିଲା- କାରଣ ତାର ଦୁଃଖୀ, ଭୟାଳୁ, ଅସ୍ତିତ୍ୱହୀନ ଆତ୍ମା ତା ପେଟ ଭିତରେ ଗଭୀର ଭାବରେ ଲୁଚି ରହିଥିଲା ଓ ବାହାରକୁ ଆସି ଦେଖା ଦେବାକୁ ଲଜ୍ଜା କରୁଥିଲା ।

ଏହିପରି ଅବସ୍ଥାରେ ସେ ଟମାସକୁ ପ୍ରଥମେ ଭେଟିଥିଲା । ରେସ୍ତୁରାଁରେ ମଦୁଆମାନଙ୍କ ଭିତରେ ନିଜେ ବାଟ କାଟି ଘୁରିଲା ବେଳେ ତାର ଦେହ ଟ୍ରେରେ ଥିବା ବିଅର ଗ୍ଲାସର ଓଜନରେ ନଇଁ ଯାଉଥିଲା ଓ ତାର ଆତ୍ମାଟା ପେଟ ଭିତରେ ଯେଉଁଠି ଅଗ୍ନ୍ୟାଶୟ ଥାଏ ସେଇ ପାଖରେ ପଡ଼ି ରହିଥିଲା । ସେତିକିବେଳେ ଟମାସ ତାକୁ ଡାକିଲା । ସେହି ଡାକର ଅନେକ ମହତ୍ତ୍ୱ ଥିଲା- ତାହା ଯେଉଁଠୁ ଆସିଲା ସେ ତାର ମାଁକୁ ଜାଣି ନଥିଲେ । କିମ୍ବା ଏହା ସେଇ ମଦୁଆ ମାନଙ୍କର ଚିରାଚରିତ ଅଶ୍ଳୀଳ କମେଣ୍ଟମରା ନଥିଲା । ଟମାସର ବିଦେଶୀ ପରିଚୟଟା ଅନ୍ୟମାନଙ୍କଠାରୁ ତାକୁ ଉପରିସ୍ତରକୁ ନେଇଯାଇଥିଲା !

ଆଉ ମଧ୍ୟ ତାକୁ ଉପରିସ୍ତରକୁ ନେଇଯିବାର କାରଣଟିଏ ହେଲା- ତା ସାମ୍ନାରେ ଥିଲା ଗୋଟିଏ ମେଲା ବହି । ସେହି ରେସ୍ତୋରାଁରେ କେହି ଆଗରେ ବହିଟିଏ ଖୋଲି ନ ଥିଲେ । ଟେରେଜା ଦୃଷ୍ଟିରେ ବହିମାନେ ହେଲେ ଅଦେଖା ଭ୍ରାତୃତ୍ୱର ପ୍ରତୀକ । ତାର କଦର୍ଯ୍ୟ ପରିବେଶ ବିରୁଦ୍ଧରେ କେବଳ ଗୋଟିଏ ଅସ୍ତ୍ର ଥିଲା: ସେହି ବହିଗୁଡ଼ିକ, ସର୍ବୋପରି- ଉପନ୍ୟାସଗୁଡ଼ିକ, ଯାହାକି ସେ ମ୍ୟୁନିସିପାଲିଟି ଲାଇବ୍ରେରୀରୁ ଆଣିଥିଲା । ସେଗୁଡ଼ିକ ମଧ୍ୟରୁ, ଫିଲଡିଂଠାରୁ ଟୋମାସ ମାନ୍ ପର୍ଯ୍ୟନ୍ତ, ଅନେକ ପଢ଼ି ସାରିଥିଲା । ଏହି ବହିମାନ ତାକୁ ତାର ଅସନ୍ତୁଷ୍ଟ ଜୀବନରୁ ଏକ କାଳ୍ପନିକ ପଳାୟନର ସମ୍ଭାବନା ଯେ କେବଳ ସୃଷ୍ଟି କରୁଥିଲେ ତାହା ନୁହେଁ, ସେମାନେ ତାର ନିଜର ଦୈହିକ ଅବସ୍ଥିତିର ଏକ ମହତ୍ତ୍ୱ ବି ରଖୁଥିଲେ: ସେ କାଖରେ ବହିଟିଏ ଜାକି ରାସ୍ତାରେ ଚାଲିବାକୁ ଭଲ ପାଉଥିଲା । ଶହେ ବର୍ଷ ତଳେ ଜଣେ ସୌଖିନ ଲୋକ ପାଇଁ ସୁନ୍ଦର ଚଲାବାଡ଼ିଟିଏ ଯାହା ଥିଲା, ତା ପାଇଁ ବହିଟିଏ ତାହା । ବହିଟି ତାକୁ ଅନ୍ୟମାନଙ୍କଠାରୁ ଏକ ସ୍ୱତନ୍ତ୍ର ପରିଚୟ ପ୍ରଦାନ କରୁଥିଲା ।

(କିଂତୁ ଗୋଟିଏ ବହିକୁ ସୌଖିନ ଲୋକର ଏକ ସୁନ୍ଦର ଚଲାବାଡ଼ି ସହ ତୁଳନା କରିବା ପୁରାପୁରି ଠିକ୍ ନୁହେଁ । ସୌଖିନ ଲୋକର ବାଡ଼ିଟା ତାକୁ ସ୍ୱତନ୍ତ୍ର

ବା ଭିନ୍ନ କରିବାଠୁ ଅଧିକ କାର୍ଯ୍ୟ କରୁଥିଲା । ତାହା ତାକୁ ଆଧୁନିକ ଓ ଯୁଗପୋଯୋଗୀ ଭାବରେ ମଧ୍ୟ ଦର୍ଶାଉଥିଲା । ତେବେ ବହିଟି ଟେରେଜା ଭିନ୍ନ ବା ଅଲଗା କଲେ ହେଁ ପୁରୁଣାକାଳିଆ ଭାବେ ପରିଚିତ କରେ । ଅବଶ୍ୟ ସେ ଏତେ ଅଳ୍ପବୟସ୍କ ଥିଲା ଯେ ଅନ୍ୟମାନେ କିପରି ତାକୁ ପୁରୁଣାକାଳିଆ ଭାବେ ଦେଖୁଥିଲେ, ତାହା ସେ ଜାଣି ପାରୁ ନଥିଲା । ଯୁବକମାନେ କାନରେ ଟ୍ରାଞ୍ଜିଷ୍ଟର ରେଡିଓ ଜାକି ତା ପାଖ ଦେଇ ଚାଲିଯାଉଥିବା ଦୃଶ୍ୟ ତାକୁ ତୁଚ୍ଛ ମନେ ହେଉଥିଲା । ସେ କେବେ ଭାବି ପାରୁ ନଥିଲା ଯେ ସେମାନେ ହିଁ ଆଧୁନିକ)

ତେଣୁ ଯେଉଁ ଲୋକଟି ରେସ୍ତୋରାଁରେ ତାକୁ ଡାକିଲା, ସେ ତା ପାଇଁ ଏକସଙ୍ଗରେ ଥିଲା ଜଣେ ଅପରିଚିତ ଓ ଗୋପନ ଭ୍ରାତୃତ୍ୱର ଏକ ସଦସ୍ୟ । ଲୋକଟି ତାକୁ ଦୟା ଓ ସହାନୁଭୂତିର ସ୍ୱରରେ ଡାକିଲା । ଆଉ ଟେରେଜା ଅନୁଭବ କଲା ସତେ ଯେପରି ତାର ଆତ୍ମାଟା ତାର ଦେହର ସମସ୍ତ ଶିରା ପ୍ରଶିରା ଓ ରନ୍ଧ୍ର ଦେଇ ଉପରକୁ ମାଡ଼ି ଆସି ସେହି ଲୋକ ସାମ୍ନାରେ ଛିଡ଼ା ହୋଇଛି ।

(୯)

ଟମାସ ଜୁରିଚ୍‌ରୁ ପ୍ରାଗ୍‌କୁ ଫେରିଲା ପରେ ଅସ୍ୱସ୍ତି ଅନୁଭବ କରିବାକୁ ଲାଗିଲା । କାରଣ ସେ ଭାବିଲା ଯେ ଟେରେଜା ସହ ତାର ସଂପର୍କ ଛ ଟି ଅସ୍ୱାଭାବିକ ଆକସ୍ମିକ ଘଟଣାର ଫଳ ।

କିଂତୁ ଗୋଟିଏ ଘଟଣା ଯେତେ ବେଶୀ ସଂଖ୍ୟକ ଆକସ୍ମିକତାର ଫଳ, ସେଇ ଅନୁସାରେ ତାହା ସେତେ ଅଧିକ ମହତ୍ତ୍ୱପୂର୍ଣ୍ଣ ଓ ଲକ୍ଷ୍ୟଣୀୟ ନୁହେଁ କି ?

ଆକସ୍ମିକ ଘଟଣା, କେବଳ ଆକସ୍ମିକ ଘଟଣା ହିଁ ଆମ ପାଇଁ କିଛି ବାର୍ତ୍ତା ବହନ କରେ । ଯେଉଁସବୁ ଘଟଣା ବାଧ୍ୟବାଧକତାରୁ ଜାତ ହୁଏ, ଯାହା ବେଶ୍ ପ୍ରତ୍ୟାଶିତ, ଯାହା ଦିନରାତି, ସବୁଦିନ ଘଟେ ବା ଯାର ବାରମ୍ବାର ପୁନରାବୃତ୍ତି ହୁଏ, ସେସବୁ ଅର୍ଥହୀନ, ମୂକ । କେବଳ ଆକସ୍ମିକ ଘଟଣାଟିଏ କିଛି ନୁହେଁ । ଆମେ ତାର ବାର୍ତ୍ତା ପଢୁ ଠିକ୍ ଯେପରି ଜିପ୍‌ସି ମାନେ କଫି କପର ତଳ ଅଂଶରେ ଜମିଥିବା କଫିର ଚିତ୍ରକୁ ପଢ଼ି ଅର୍ଥ ବାହାର କରନ୍ତି ।

ହୋଟେଲରେ ଟମାସର ସାମ୍ନାକୁ ଟେରେଜା ଆସିବାଟା ଏକ ସଂପୂର୍ଣ୍ଣ ଆକସ୍ମିକ, ଅପ୍ରତ୍ୟାଶିତ ଘଟଣା । ସେଠି ସେ ବସି, ବହି ଉପରେ ଆଖି ରଖି, ହଠାତ୍ ତା ଆଡକୁ ଅନାଇ, ସାମାନ୍ୟ ହସି କହିଲା "ଗୋଟିଏ କନ୍‌ୟାକ୍, (ଫରାସୀ ବ୍ରାଣ୍ଡି ବା ଏକପ୍ରକାର ସୁରା) ପ୍ଲିଜ୍ ।"

ସେହି ସମୟରେ ରେଡିଓରୁ ସଙ୍ଗୀତ ଭାସି ଆସୁଥିଲା । ବ୍ରାଣ୍ଡି ଆଣିବା ପାଇଁ

ଟେବୁଲ ପାଖକୁ ଗଲାବେଳେ ଟେରେଜା ରେଡିଓର ଭଲ୍ୟୁମ୍ ବଢ଼ାଇଦେଲା । ସେ ଜାଣିଲା ଏହା ବିଥୋଭେନ୍‌ଙ୍କ ସଙ୍ଗୀତ । ପ୍ରାଗ୍‌କୁ ଗୋଟିଏ ସଙ୍ଗୀତ ଦଳ ଆସିବା ଦିନଠୁ ସେ ଏହି ସଙ୍ଗୀତ ଶୁଣି ଆସିଛି । ଟେରେଜା (ଯେ କି କିଛି ଗୋଟିଏ ଉପରସ୍ତରକୁ ଯିବାକୁ ଚାହୁଁଥିଲା) ଏହି ସଂଗୀତ ଦଳର କାର୍ଯ୍ୟକ୍ରମକୁ ଯାଇଥିଲା । ତେବେ ଅନ୍ୟ ଶ୍ରୋତାମାନଙ୍କ ଭିତରେ ଥିଲେ କେବଳ ଜଣେ ସ୍ଥାନୀୟ ଔଷଧ ଦୋକାନୀ ଓ ତାର ସ୍ତ୍ରୀ । ଯଦିଓ ସଂଗୀତ ଦଳ ମାତ୍ର ତିନିଜଣ ଶ୍ରୋତାକୁ ଦେଖିଲେ, ସେମାନେ ଦୟା ପରବଶ ହେଇ ତାଙ୍କର ସମ୍ମିଳିତ ଗାୟନକୁ ବାଦ୍ ଦେଲେ ନାହିଁ ଏବଂ ଏହି ତିନିଜଣଙ୍କୁ ସତେଅବା ବିଥୋଭେନ୍‌ଙ୍କ ସଂଗୀତର ଏକ ଘରୋଇ ଗାୟନରେ ଆପ୍ୟାୟିତ କଲେ ।

ଏହାପରେ ଔଷଧ ଦୋକାନୀ ଜଣକ ସଙ୍ଗୀତଜ୍ଞ ମାନଙ୍କୁ ରାତ୍ରିଭୋଜନ ପାଇଁ ନିମନ୍ତ୍ରଣ କଲେ ଏବଂ ଶ୍ରୋତାମାନଙ୍କ ମଧ୍ୟରେ ଥିବା ଝିଅଟିକୁ (ଟେରେଜା) ମଧ୍ୟ ଆସିବାକୁ କହିଲେ । ସେହି ଦିନଠାରୁ ବିଥୋଭେନ୍ ଅନ୍ୟ ପୃଥିବୀର ଏକ ପ୍ରତୀକ ରୂପରେ ପରିଗଣିତ ହେଲେ, ଯେଉଁ ପୃଥିବୀକୁ ଯିବା ପାଇଁ ସେ ବ୍ୟାକୁଳ ଥିଲା । ଟମାସର ପାଖକୁ ବ୍ରାଣ୍ଡି ନେବାବେଳେ ସେ ଏହି ଆକସ୍ମିକ ଘଟଣାର ବାର୍ତ୍ତା ପଢ଼ିବାକୁ ଚେଷ୍ଟା କଲା । ଏହା କିପରି ସମ୍ଭବ ହେଲା ? -ଯେଉଁ ମୁହୂର୍ତ୍ତରେ ସେ ଜଣେ ଅପରିଚିତ ପାଖକୁ ଯାହାକୁ ସେ ଆକର୍ଷଣୀୟ ମନେକଲା ଓ କୋନ୍ୟାକ୍‌ର ଅର୍ଡର ନେଇ ଗଲାବେଳେ ବିଥୋଭେନ୍‌ଙ୍କ ସଂଗୀତ ଠିକ୍ ସେହି ସମୟରେ ବାଜିଉଠିଲା ।

ବାଧ୍ୟବାଧକତା କୌଣସି ମେଜିକ୍ ନିୟମରେ ଚାଲେ ନାହିଁ । ସେମାନେ ଆକସ୍ମିକତାର ଦାସ । ଯଦି ପ୍ରେମ ଅବିସ୍ମରଣୀୟ ହେବାର ଅଛି, ଆକସ୍ମିକ ଘଟଣାମାନ ଚଢ଼େଇ ପରି ଫଡ଼ଫଡ଼୍ ଉଡ଼ି ଫ୍ରାନସିସ୍‌ଙ୍କ କାନ୍ଧରେ ଆସି ବସିଲା ପରି ଆସିଯାଆନ୍ତି ।

(୧୦)

ସେ ତାକୁ ବ୍ରାଣ୍ଡିର ପଇସା ନେବା ପାଇଁ ଡାକିଲେ ଓ ବହିଟିକୁ (ଗୋପନ ଭ୍ରାତୃତ୍ୱର ପ୍ରତୀକ) ବନ୍ଦ କଲେ । ଟେରେଜା ତାଙ୍କୁ କଣ ପଢୁଥିଲେ ବୋଲି ପଚାରିବାକୁ ଚାହିଁଲା ।

"ତମେ ବ୍ରାଣ୍ଡିର ଦାମ୍ ଓ ମୋର ରୁମ୍‌ଭଡ଼ା ଏକାଠି କରିପାରିବ କି ?" ସେ ପଚାରିଲେ ।

'ହଁ', ଟେରେଜା କହିଲା । "ଆପଣଙ୍କ ରୁମ୍‌ର ନମ୍ବର କଣ ?"

ସେ ତାକୁ ରୁମ୍‌ର ଚାବିକାଠିଟା ଦେଖେଇଲେ ଯାହାକି ଗୋଟିଏ କାଠ ଖଣ୍ଡିରେ ଯୋଡ଼ି ହେଇଥିଲା ଓ ସେଥିରେ ଲାଲ ରଙ୍ଗରେ ନମ୍ବର ୬ ଲେଖା ହୋଇଥିଲା ।

"ଏଟା ଭାରି ଅଜବ କଥା", ସେ କହିଲା, "ନମ୍ବର ଛ।"

"ଏଥିରେ ଅଜବ କଣ ?" ଟମାସ ପଚାରିଲା।

ତାର ହଠାତ୍ ମନେ ପଡିଗଲା ଯେ ତାର ବାପା ମାଙ୍କ ବିବାହ ବିଚ୍ଛେଦ ହେବା ଆଗରୁ ସେମାନେ ପ୍ରାଗ୍‌ରେ ଯେଉଁ ଘରେ ରହୁଥିଲେ, ସେଇ ଘରର ନମ୍ବର ଥିଲା 'ଛ'। କିଂତୁ ସେ ଅନ୍ୟ ଉତ୍ତର ଦେଲା (ଯାହା କି ଆମେ ତାର ଚାତୁରୀ ବୋଲି ଧରିବା): "ଆପଣ ଛ ନମ୍ବରରେ ଅଛନ୍ତି, ଆଉ ମୋର କାମ ସରିବ ଆଜି 'ଛ'ଟାରେ !"

"ହଁ, ମୋର ଟ୍ରେନ ସାତଟାରେ ଛାଡ଼ିବ", ଅପରିଚିତ ଜଣକ କହିଲେ।

ସେ ଏହାପରେ କଣ କହିବ ଭାବି ପାରିଲା ନାହିଁ। ତେଣୁ ତାଙ୍କର ଦସ୍ତଖତ ପାଇଁ ବିଲ୍‌ଟି ଦେଲା ଓ ତାକୁ ନେଇ ରିସେପସନ୍ ଡେସ୍କ୍ ପାଖକୁ ଗଲା। ସେ ତାର କାମ ସାରିଲାବେଳକୁ, ଅପରିଚିତ ଜଣକ ସେଠି ତାଙ୍କ ଟେବୁଲରେ ଆଉ ନ ଥିଲେ। କଣ ସେ ସତର୍କତାର ସହିତ କହିଥିବା କଥାଟାକୁ ବୁଝି ପାରିଲେ ? ସେ ରେସ୍ତୁଁରାରୁ ବେଶ୍ ଖୁସି ମିଜାଜ୍‌ରେ ବାହାରିଲା।

ହୋଟେଲ ସାମ୍ନାରେ ଗୋଟିଏ ଛୋଟ ଆକର୍ଷଣୀୟ ପାର୍କ ଥିଲା- ଗୋଟେ ଛୋଟ କଦର୍ଯ୍ୟ ସହରରେ ଯେତେ ଦୁଃସ୍ଥ ପାର୍କଟିଏ ହେଇପାରେ। କିଂତୁ ଟେରେଜା ପାଇଁ ଏହା ଥିଲା ସୌନ୍ଦର୍ଯ୍ୟର ଏକ ଦ୍ୱୀପ: କିଛି ଘାସ, ଚାରୋଟି ପୋପ୍‌ଲାର ଗଛ, ବସିବା ପାଇଁ ବେଞ୍ଚ୍, ଉଇଲୋ ଗଛଟିଏ, ଏବଂ କିଛି ଫୋରିସ୍‌ଥିଆ ବୁଦା।

ସେ ଗୋଟିଏ ହଳଦିଆ ବେଞ୍ଚରେ ବସିଥିଲେ ଯେଉଁଠୁ ରେସ୍ତୋରାଁର ପ୍ରବେଶ ଦ୍ୱାରଟା ସ୍ପଷ୍ଟ ଦିଶୁଥିଲା। ଠିକ୍ ସେଇ ବେଞ୍ଚ୍ ଯାହା ଉପରେ ଦିନେ ଆଗରୁ ସେ ନିଜେ ବସିଥିଲା। କୋଳରେ ବହିଟିଏ ଧରି। ସେ ତତ୍‌କ୍ଷଣାତ୍ ଜାଣିଲା ଯେ (ଆକସ୍ମିକତାର ପକ୍ଷୀମାନେ ତା କାନ୍ଧରେ ଓହ୍ଲାଇବା ଆରମ୍ଭ କଲେଣି) ଏହି ଅପରିଚିତ ମଣିଷଟି ତାର ଭାଗ୍ୟ। ସେ ତାକୁ ଡାକିଲେ ଓ ପାଖରେ ବସିବାକୁ କହିଲେ। (ତା ଆତ୍ମାର ନୌସୈନିକମାନେ ତାର ଦେହ ଜାହାଜର ଉପରକୁ ଧାଇଁ ଆସିଲେ।) ତାପରେ ସେ ତାଙ୍କ ସହ ଷ୍ଟେସନ ପର୍ଯ୍ୟନ୍ତ ଗଲା ଓ ବିଦାୟବେଳେ ତାକୁ ତାଙ୍କର ପରିଚୟ କାର୍ଡଟିଏ ଦେଲେ। କହିଲେ, "ତମେ ଯଦି କେବେ ପ୍ରାଗକୁ ଆସ..."

(୧୧)

ଶେଷ ମୁହୂର୍ତ୍ତରେ ତା ହାତକୁ ଧରେଇ ଦେଇଥିବା ସେହି କାର୍ଡ ଅପେକ୍ଷା ସେଇ ଅନେକ ଆକସ୍ମିକତା (ଯଥା: ବହି, ବିଥୋଭେନ୍, ନମ୍ବର 'ଛ', ହଳଦିଆ

ବେଞ୍ଚ୍) ଗୁଡ଼ିକର ସାହସରେ ହିଁ ସେ ଘର ଛାଡ଼ିଲା ତାର ଭାଗ୍ୟକୁ ବଦଳାଇବା ପାଇଁ। ବୋଧହୁଏ ଏହି କିଛି ଆକସ୍ମିକ ସଂଯୋଗ (ଯାହାକି ବେଶ୍ ସାଧାରଣ। ଏପରିକି ରସହୀନ। ଗୋଟିଏ ଅଖ୍ୟାତ ଛୋଟ ସହରରେ ଆଉ ଅଧିକ କଣ ଆଶା କରାଯାଇପାରେ ?) ତା ମନରେ ପ୍ରେମ ସଂଚାରିତ କଲା ଓ ଶକ୍ତିର ଏକ ଉତ୍ସ ସୃଷ୍ଟି କଲା ଯଦ୍ୱାରା ସେ ଦିନ ଶେଷରେ ବି କ୍ଳାନ୍ତି ଅନୁଭବ କଲା ନାହିଁ।

ଆମର ନିତିଦିନିଆ ଜୀବନଟା ଆକସ୍ମିକ ଘଟଣା ବହୁଳ। ଭରପୂର। ଗୋଟିଏ ବୋମା ଫାଟି ଚାରିଆଡ଼େ ବିଛେଇ ଗଲା ପରି। ଲୋକଙ୍କ ସହ ଆକସ୍ମିକ ଭେଟ, ଯାହାକୁ ଆମେ (ଦୈବ) ସଂଯୋଗ ବୋଲି କହୁ। "ସଂଯୋଗ" ମାନେ ଦୁଇଟା ଘଟଣା ଏକାସାଙ୍ଗରେ ଯୋଡ଼ି ହେବା, ମିଳିତ ହେବା। ଟମାସ ସେହି ସମୟରେ ହୋଟେଲର ରେଷ୍ଟୋରାଁକୁ ଆସେ ଠିକ୍ ଯେତେବେଳେ ବିଥୋଭେନ୍‌ଙ୍କ ସଂଗୀତ ରେଡିଓରେ ବାଜୁଥାଏ। ଆମେ ଏହିପରି ଅନେକ ସଂଯୋଗକୁ ନଜର ମଧ୍ୟ ଦେଉନା। ଟେରେଜା କେବେ ବି ରେଡିଓରେ ବିଥୋଭେନ୍‌ଙ୍କ ସଂଗୀତ ବାଜୁଥିବା ଲକ୍ଷ୍ୟ କରି ନଥାନ୍ତା, ଯଦି ଟମାସ ଆବୋରିଥିବା ଟେବୁଲଟି ସ୍ଥାନୀୟ ମାଂସକଟାଳୀଜଣକ ଆବୋରି ବସିଥାନ୍ତା। (ଯଦିଓ ବିଥୋଭେନ୍ ଓ ମାଂସ କଟାଳୀର ଭେଟ ବି ଗୋଟିଏ ଚିତ୍ତାକର୍ଷକ ସଂଯୋଗ ହୋଇପାରେ)। କିଂତୁ ତାର ପ୍ରଥମ ପ୍ରେମ ତାର ସୌନ୍ଦର୍ଯ୍ୟବୋଧକୁ ଉତ୍ତେଜିତ କଲା ଓ ସେହି ସଙ୍ଗୀତକୁ ଆଦୌ ଭୁଲିପାରିଲା ନାହିଁ। ଯେତେବେଳେ ବି ସେ ତାହା ଶୁଣିଲା, ସଙ୍ଗୀତଟି ତା ମନକୁ ଛୁଇଁ ଯାଉଥିଲା। ସେହି ସମୟରେ ତାର ଚାରିପଟେ ଯାହା ବି ଘଟି ଯାଇଥିଲା, ତାହା ସେହି ସଙ୍ଗୀତର ଆଭାରେ ସୌନ୍ଦର୍ଯ୍ୟସିକ୍ତ ହେଇ ଉଠୁଥିଲା।

ଟେରେଜା ଯେତେବେଳେ ଟମାସକୁ ଭେଟିବାକୁ ଗଲା ତା କାଖରେ ଆନା କାରେନିନା ଉପନ୍ୟାସଟି ଜାକି ରଖିଥିଲା। ଉପନ୍ୟାସଟିର ଆରମ୍ଭରେ ଭ୍ରୋନସ୍କିକୁ ଏକ ବିଚିତ୍ର ପରିସ୍ଥିତିରେ ଭେଟେ। ସେମାନେ ଗୋଟିଏ ରେଲୱେ ଷ୍ଟେସନରେ ଛିଡା ହୋଇଥାନ୍ତି। ଠିକ୍ ସେତିକିବେଳେ ଜଣେ ଲୋକ ଉପରେ ଟ୍ରେନ୍ ମାଡ଼ିଯାଏ। ତେବେ ଉପନ୍ୟାସ ଶେଷରେ, ଆନା ନିଜେ ଟ୍ରେନ୍ ତଳକୁ ଡେଇଁପଡ଼େ। ଏହି ସମାନ୍ତରଳତା- ଯାହା ଉପନ୍ୟାସଟିର ଆରମ୍ଭରେ ଓ ଶେଷରେ ଘଟେ- ତାହା ତମକୁ ବେଶ୍ "ଔପନ୍ୟାସିକମୟ" ଲାଗିପାରେ। ମୁଁ ଏଥିରେ ସହମତ। କିଂତୁ ମୋର ଗୋଟିଏ ସର୍ତ୍ତ ଅଛି। ତମେ ସେହିପରି କଥାକୁ "କାଳ୍ପନିକ", "ସଂଯୋଜିତ", "ଅବାସ୍ତବ" ବା "ଜୀବନାନୁରାଗୀ ନୁହେଁ" ବୋଲି କହିବାରୁ କ୍ଷାନ୍ତ ହେବ। କାରଣ ମଣିଷ ଜୀବନଟା ଠିକ୍ ସେହିପରି ଭାବରେ ଗଢ଼ା।

ମଣିଷର ଜୀବନ ସଂଗୀତ ପରି ସଂରଚିତ। ନିଜ ସୌନ୍ଦର୍ଯ୍ୟବୋଧ ଦ୍ୱାରା ଅନୁପ୍ରେରିତ ହୋଇ ବ୍ୟକ୍ତି ଏକ ଆକସ୍ମିକ ଘଟଣାକୁ (ତାହା ଏଠି ବିଥୋଭେନ୍‌ଙ୍କ ସଂଗୀତ ହେଉ ଅବା ଟ୍ରେନ୍ ତଳେ ମୃତ୍ୟୁ) ଗୋଟିଏ ସଙ୍ଗୀତର ଏକ ବୈଶିଷ୍ଟ୍ୟରେ ପରିଣତ କରିଦିଏ, ଯାହାକି ପରେ ବ୍ୟକ୍ତିଟିର ଜୀବନ ସଂରଚନାରେ ଗୋଟିଏ ସ୍ଥାୟୀ ସ୍ଥାନ ଗ୍ରହଣ କରିନିଏ। ଆନା ତା ଜୀବନକୁ ଶେଷ କରିଦେବା ପାଇଁ ଅନ୍ୟ ପଥ ବି ବାଛି ପାରିଥାନ୍ତା। କିଂତୁ ମୃତ୍ୟୁ ଓ ରେଲୱେ ଷ୍ଟେସନର ବୈଶିଷ୍ଟ୍ୟଟା ଅବିସ୍ମରଣୀୟ ଭାବେ ପ୍ରେମର ଜନ୍ମ ସହ ବାନ୍ଧି ହେଇ ରହିଥିଲା ଏବଂ ଏହାର କଳା ସୁଷମା ତାକୁ ତାର ହତାଶା ସମୟରେ ସମ୍ମୋହିତ କଲା। ଏହା ଆଦୌ ବୁଝି ନ ପାରି ବ୍ୟକ୍ତି ତାର ଜୀବନକୁ ସୌନ୍ଦର୍ଯ୍ୟର ନୀତିନିୟମରେ ଗଢ଼େ, ଏପରିକି ନିଜ ଜୀବନର ସବୁଠାରୁ ଦୁର୍ଦ୍ଦଶାମୟ କାଳରେ ମଧ୍ୟ।

ତେଣୁ ଉପନ୍ୟାସକୁ ରହସ୍ୟମୟ ସଂଯୋଗ ସମ୍ଭାର (ଯଥାଃ ଆନା, ଭ୍ରୋନସ୍କିର ଭେଟ, ରେଲୱେ ଷ୍ଟେସନ, ଓ ମୃତ୍ୟୁ କିମ୍ବା ବିଥୋଭେନ୍, ଟମାସ, ଟେରେଜା ଓ ବ୍ରାଣ୍ଡିର ଭେଟ) ପାଇଁ ବ୍ୟାକୁଳ ବୋଲି ଭର୍ତ୍ସନା କରିବା ଭୁଲ। ବରଂ ମଣିଷକୁ ତାର ଦୈନନ୍ଦିନ ଜୀବନରେ ସେହିପରି ସଂଯୋଗଗୁଡ଼ିକ ପ୍ରତି ଅଣଦେଖା କରିବା ହେତୁ ତିରସ୍କାର କରିବା ଠିକ୍। କାରଣ ତଦ୍ୱାରା ସେ ତା ଜୀବନରୁ ସୌନ୍ଦର୍ଯ୍ୟର ପରିସରଭୁକ୍ତ ହେବାରୁ ବଞ୍ଚିତ କରେ।

(୧୨)

ଆକସ୍ମିକତାର ପକ୍ଷୀମାନେ ତା କାନ୍ଧରେ ବସିବା ଦ୍ୱାରା ଉଦ୍‌ବୁଦ୍ଧ ହେଇ ସେ ସପ୍ତାହେ ଛୁଟି ନେଲା ଓ ତା ମାଁକୁ ପଦଟିଏ ବି ନ କହି ପ୍ରାଗ୍‌କୁ ଟ୍ରେନ୍‌ରେ ଚଢ଼ିଲା। ଯାତ୍ରାବେଳେ ସେ ଅନେକଥର ଟଏଲେଟ୍‌କୁ ଯାଇ ଦର୍ପଣରେ ତା ମୁହଁ ଦେଖିଲା ଏବଂ ତାର ଆତ୍ମାକୁ ତା ଜୀବନର ଏହି ସଂକଟମୟ ଦିନରେ ଦେହର ଜାହାଜକୁ ଛାଡ଼ି ନ ଯିବା ପାଇଁ କାକୁତି ମିନତି ହେଲା। ତାକୁ ଏହିପରି ଦେଖୁ ଦେଖୁ, ଥରେ ସେ ହଠାତ୍ ଭଲ ପାଇଲା : ସେ ତା ଗଳା ଭିତରେ ଏକପ୍ରକାର କର୍କଶତା ଅନୁଭବ କଲା। କଣ ତାର ଜୀବନର ସବୁଠାରୁ ମହତ୍ତ୍ୱପୂର୍ଣ୍ଣ ଦିନରେ ତାକୁ ଜରଫର କିଛି ହେବାକୁ ଯାଉଛି କି ? କିଂତୁ ଫେରିବାର ପ୍ରଶ୍ନ ନାହିଁ। ସେ ଷ୍ଟେସନରୁ ତାଙ୍କୁ ଫୋନ୍ କଲା ଓ ସେ କବାଟ ଖୋଲିଲାକ୍ଷଣି, ତାର ପେଟ ଖୁବ୍ ଜୋର୍‌ରେ ଘଡ଼ଘଡ଼ କଲା। ସେ ଲଜ୍ଜାରେ ଜଡ଼ସଡ଼ ହେଇ ଗଲା। ତାର ମନେ ହେଲା ସେ ତାର ମାଁକୁ ପେଟ ଭିତରେ ଘେନି ଆଣିଛି, ଆଉ ତାର ମାଁ ବିଦ୍ରୂପ କରି ଖୁବ୍ ଜୋର୍‌ରେ ହସରେ ଫାଟି ପଡୁଛି- ଟମାସ ସହ ତାର ଭେଟକୁ ବରବାଦ୍ କରିଦେବା ପାଇଁ।

ପ୍ରଥମ କେଇ ସେକେଣ୍ଡ ସେ ଭୟ କଲା । ଏପରି ଅଭଦ୍ର ଶବ୍ଦ ଯୋଗୁଁ ତାକୁ ସେ ଚିଡ଼ିବେ ନାହିଁ ତ ? କିନ୍ତୁ ସେ ତାକୁ କୁଣ୍ଢେଇ ପକାଇଲେ । ସେ ତାର ପେଟର ଘଡ଼ଘଡ଼ ଶବ୍ଦକୁ ଧ୍ୟାନ ନ ଦେବାରୁ ତାଙ୍କ ପ୍ରତି ସେ କୃତଜ୍ଞତାରେ ଭରିଗଲା ଓ ଖୁବ୍ ଆବେଗର ସହିତ ଚୁମ୍ବନ କଲା । ତା ଆଖି ମୁଦି ହୋଇଗଲା ଆନନ୍ଦରେ । ଆଉ ପ୍ରଥମ ମିନିଟଟା ପାର ହେବା ଆଗରୁ ସେମାନେ ରତି ସୁଖରେ ମାତିଗଲେ । ସମ୍ଭୋଗବେଳେ ସେ ଚିତ୍କାର କଲା । ସେତେବେଳକୁ ତାକୁ ଜର ଆସିଗଲାଣି । ତାକୁ ଫ୍ଲୁ ହୋଇଥିଲା । ଯେଉଁ ପାଇପ୍‌ଟା ଫୁସ୍‌ଫୁସକୁ ଅମ୍ଳଜାନ ପହୁଞ୍ଚାଏ, ତାର ମୁହଁଟା ଜାମ୍ ଓ ଲାଲ୍ ହୋଇଯାଇଥାଏ ।

ଦ୍ୱିତୀୟଥର ପାଇଁ ପ୍ରାଗକୁ ଗଲାବେଳେ ସେ ଓଜନିଆ ସୁଟ୍‌କେଶ୍‌ଟା ନେଇକି ଗଲା । ସେ ତାର ସବୁ ଜିନିଷ ସେଥିରେ ଭର୍ତ୍ତି କରିଦେଇଥିଲା, ସେ ଦୃଢ଼ ନିଶ୍ଚିତ ଥିଲା ଯେ ଆଉ ସେହି ଛୋଟିଆ ସହରକୁ ଫେରିବ ନାହିଁ । ସେ ତାକୁ ଆରଦିନ ସନ୍ଧ୍ୟାରେ ତାଙ୍କର ବସାକୁ ନିମନ୍ତ୍ରଣ କରିଥିଲେ । ସେହି ରାତିରେ ସେ ଗୋଟିଏ ଶସ୍ତା ହୋଟେଲରେ ଶୋଇଥିଲା । ସକାଳେ ତାର ଓଜନିଆ ସୁଟ୍‌କେଶ୍‌କୁ ଷ୍ଟେସନକୁ ନେଲା । ସେଠି ତାହା ରଖି ଦେଇ ପ୍ରାଗ୍‌ର ଗଳିକନ୍ଦି ଦିନସାରା ବୁଲିଲା- କାଖତଳେ ଆନା କାରେନିନା ବହିଟିକୁ ଜାକି ଧରି । ସେ ଘରର କଲିଂ ବେଲ୍ ବଜାଇବା ପରେ ଓ ସେ ଘରର କବାଟ ଖୋଲିବା ପରେ ମଧ୍ୟ ସେ ବହିଟିକୁ ଧରି ରଖିଥାଏ । ସତେ ଯେପରି ଟମାସର ଦୁନିଆଁକୁ ପଶିବା ପାଇଁ ଏହା ଗୋଟିଏ ଟିକେଟ୍ । ସେ ଜାଣିଥିଲା ଯେ ତା ପାଖରେ ଏହି ଦୟନୀୟ ଟିକେଟଟି ଛଡ଼ା ଆଉ କିଛି ନ ଥିଲା । ସେଥିପାଇଁ ସେ କାନ୍ଦି ପକାଇବା ଅବସ୍ଥାକୁ ଆସିଗଲା । ତେଣୁ ନ କାନ୍ଦିବା ପାଇଁ ସେ ଅଧିକ କଥା, ଜୋର୍‌ରେ କହିବାକୁ ଆରମ୍ଭ କଲା ଓ ହସିଲା । ତେବେ ପୁଣିଥରେ ସେ ତତ୍‌କ୍ଷଣାତ୍ ତାକୁ କୁଣ୍ଢାଇ ପକାଇଲେ ଓ ସେ ଦୁହେଁ ସମ୍ଭୋଗ କଲେ । ଏପରି ଏକ କୁହୁଡିମୟ ରାଜ୍ୟକୁ ସେ ଚାଲିଗଲା ଯେଉଁଠି ତାକୁ ଆଉକିଛି ଦେଖାଗଲା ନାହିଁ । କେବଳ ଶୁଭିଲା ତାର ଚିତ୍କାର ।

(୧୩)

ପ୍ରକୃତରେ 'ହୋ' 'ଆଃ', 'ଉଃ' ପରି ଶବ୍ଦ ନଥିଲା । ଏହା ଥିଲା ଏକ ଚିତ୍କାର । ସେ ଏତେ ଜୋର୍‌ରେ ଚିତ୍କାର କଲା ଯେ ଟମାସ ତାର ମୁହଁଠୁ ତାର ମୁଣ୍ଡକୁ ଆଡ଼େଇ ନେଲା । ସତେ ଯେପରି ଏତେ ପାଖରୁ ତାର ଚିତ୍କାର ତାର କାନର ପର୍ଦ୍ଦାକୁ ଫଟାଇଦେବ । ଏହି ଚିତ୍କାରଟା ଯୌନାନୁଭୂତିର ପ୍ରକାଶ ନ ଥିଲା । ଯୌନାନୁଭୂତି ହେଉଛି ସବୁ ଇନ୍ଦ୍ରିୟର ସଂପୂର୍ଣ୍ଣ ସଞ୍ଚାଳନ: ଜଣେ ବ୍ୟକ୍ତି ତାର ସାଥୀକୁ

ତୀକ୍ଷ୍ଣ ଭାବରେ ଲକ୍ଷ୍ୟ କରେ, ପ୍ରତିଟି ଶବ୍ଦକୁ ଶୁଣିବାକୁ ଗଭୀର ଭାବରେ ଚେଷ୍ଟା କରେ। କିଂତୁ ତାର ଚିତ୍କାରଟା ତାର ସମସ୍ତ ଇନ୍ଦ୍ରିୟାନୁଭବକୁ ପଂଗୁ କରିଦେବା ପାଇଁ ଉଦ୍ଦିଷ୍ଟ ଥିଲା। ତାର ଦେଖିବା, ଶୁଣିବାର ସବୁ ଶକ୍ତିକୁ। ବସ୍ତୁତଃ, ତାର ପ୍ରେମର ପିଲାଳିଆ ଆଦର୍ଶ ହିଁ ଚିତ୍କାର କରୁଥିଲା। ଯାହାକି ସବୁ ବିରୋଧାଭାଷକୁ ଦୂର କରିଦେବ, ତାର ଦେହ ଓ ଆତ୍ମାର ଦ୍ୱନ୍ଦକୁ ଦୂର କରିଦେବ, ବୋଧହୁଏ ସମୟ ବା କାଳକୁ ମଧ୍ୟ ତଡ଼ିଦେବ। ତାର ଆଖି ଦୁଇଟା ବନ୍ଦ ଥିଲା କି ? ନା; କିନ୍ତୁ ସେ କୌଣସି ଆଡ଼େ ଦେଖୁ ନଥିଲା। ତାର ଦୃଷ୍ଟି ଶୂନ୍ୟ ଛାତ ଆଡ଼େ ନିବଦ୍ଧ ଥିଲା। ବେଳେବେଳେ ତାର ମୁଣ୍ଡକୁ ଜୋର୍‌ରେ ହଲାଉଥିଲା। ଚିତ୍କାର ଥମିଗଲାପରେ ସେ ତାଙ୍କ କଡ଼ରେ ତାଙ୍କର ହାତ ଧରି ଶୋଇପଡ଼ିଲା। ରାତିସାରା ସେ ହାତଟାକୁ ସେମିତି ଧରି ରଖିଥିଲା।

ତାକୁ ଆଠବର୍ଷ ହୋଇଥିଲାବେଳେ ବି ସେ ଗୋଟିଏ ହାତରେ ଅନ୍ୟ ହାତକୁ ଚାପି ଧରି ଶୋଇବ ଆଉ ଅନୁଭବ କରିବ ଯେ ଯେଉଁ ପୁରୁଷକୁ ସେ ଭଲ ପାଏ, ଯେ ତାରି ଜୀବନ, ତାରି ହାତକୁ ହିଁ ଧରି ଶୋଇଛି। ତେଣୁ ଯଦି ବର୍ତ୍ତମାନ ସେ ଟମାସର ହାତକୁ ଏତେ ଜୋର୍‌ରେ ଚାପି ଧରି ଶୋଇଛି, ଆମେ କାରଣଟା ବେଶ୍ ବୁଝିପାରିବା: ସେ ପିଲାବେଳୁ ଏହି ବିଷୟରେ ଟ୍ରେନିଂ ପାଇ ଆସିଛି।

(୧୪)

ବାଧ୍ୟବାଧକତାରେ ମଦୁଆମାନଙ୍କୁ ମଦ ବାଢ଼ୁଥିବା କିମ୍ବା ଛୋଟପିଲାମାନଙ୍କୁ ସଫା ପ୍ୟାଣ୍ଟ ପିନ୍ଧାଇବାକୁ ପଡୁଥିବା ଜଣେ ଯୁବତୀ, ଯାହାର କି କିଛି ଗୋଟିଏ ଉଚ୍ଚତର ଆଶା ଥାଏ, ତା ପାଖରେ ଭରି ରହିଥାଏ ପ୍ରଚୁର ପ୍ରାଣ ପ୍ରାଚୁର୍ଯ୍ୟ ଯାହା ବିଶ୍ୱବିଦ୍ୟାଳୟରେ ବହି ଧରି ହାଇ ମାରୁଥିବା ଛାତ୍ରମାନଙ୍କ ପାଖରେ ଆଦୌ ନ ଥାଏ। ଟେରେଜା ସେମାନଙ୍କଠାରୁ ଯଥେଷ୍ଟ ଅଧିକ ପଢ଼ିଥିଲା, ଜୀବନ ବିଷୟରେ ଅଧିକ ଜାଣିଥିଲା, କିଂତୁ ସେ ବିଷୟରେ ସେ ସଚେତ ନ ଥିଲା। ବିଶ୍ୱବିଦ୍ୟାଳୟ ଛାତ୍ର ଓ ସ୍ୱୟଂ ଶିକ୍ଷିତ ବ୍ୟକ୍ତି ମଧ୍ୟରେ ସେମାନଙ୍କ ଜ୍ଞାନର ପରିସୀମା ବିଷୟରେ ଯେତେ ତଫାତ୍ ନ ଥାଏ, ତା ଠାରୁ ବେଶୀ ଥାଏ ସେମାନଙ୍କ ପ୍ରାଣ ପ୍ରାଚୁର୍ଯ୍ୟ ଓ ଆତ୍ମବିଶ୍ୱାସରେ। ଯେଉଁ ସ୍ୱଚ୍ଛନ୍ଦତାର ସହ ଟେରେଜା ତାର ପ୍ରାଗ୍ ଜୀବନକୁ ଆଦରି ନେଲା ତାହା ଥିଲା ଉଭୟ ଉନ୍ମାଦିତ ଓ ବିପଦଶଙ୍କୁଳ।

ସେ ଭାବୁଥାଏ, କେହି ଜଣେ ଦିନେ ତା ପାଖକୁ ଆସି ପଚାରିବ, "ତୁ ଏଠି କଣ କରୁଛୁ ? ତୁ ଯେଉଁଠି ରହିବା କଥା ସେଠାକୁ ଫେରିଯା" ଜୀବନ ପ୍ରତି ତାର ସମସ୍ତ ଆଗ୍ରହ ଗୋଟିଏ ସୂତା ଖିଅରେ ହିଁ ଝୁଲୁଥିଲା। : ଟମାସର ସ୍ୱର। କାରଣ

ଟମାସର ସ୍ୱର ବା କଥା ପଦୁଟିଏ ହିଁ ତାର ଭୟାର୍ତ୍ତ ଆତ୍ମାକୁ ତା ପେଟ ଭିତରେ ଲୁଚିବା ସ୍ଥାନରୁ କୋମଳ କଥା କହି ବାହାରକୁ ଡାକି ଆଣିଥିଲା ।

ଫଟୋଗ୍ରାଫର ମାନଙ୍କ ଡାର୍କ ରୁମ୍‌ରେ (ଯେଉଁଠି ଫଟୋ ଧୁଆଯାଏ) ଟେରେଜାକୁ ଚାକିରୀ ଖଣ୍ଡେ ମିଳିଥିଲା । କିଂତୁ ତା ପାଇଁ ଏହା ଯଥେଷ୍ଟ ନ ଥିଲା । ସେ ନିଜେ ଫଟୋ ଉଠାଇବାକୁ ଚାହୁଁଥିଲା । ଡାର୍କ ରୁମ୍‌ରେ ଫଟୋ ଧୋଇବା କାମ କରିବାକୁ ସେ ଚାହୁଁ ନ ଥିଲା । ଟମାସର ବାନ୍ଧବୀ ସବିନା ତାକୁ ପ୍ରସିଦ୍ଧ ଫଟୋଗ୍ରାଫର ମାନଙ୍କର ତିନି ଚାରୋଟି ମନୋଗ୍ରାଫ ଦେଲା ଓ ପରେ ତାକୁ ଗୋଟିଏ କାଫେକୁ ନିମନ୍ତ୍ରଣ କଲା । ସେଠି ପ୍ରତ୍ୟେକ ଛବି କାହିଁକି ଆକର୍ଷଣୀୟ ଗୋଟି ଗୋଟି କରି ବୁଝାଇଲା । ସେ ନୀରବ ଏକାଗ୍ରତାର ସହ ସବୁ ଶୁଣିଲା, ଯେଉଁ ଏକାଗ୍ରତା ଖୁବ୍ କମ୍ ପ୍ରଫେସର ତାଙ୍କ ଛାତ୍ରମାନଙ୍କ ମୁହଁରେ ଦେଖିବା ଜୁଟେ ।

ସାବିନା ଯୋଗୁଁ ସେ ଫଟୋଗ୍ରାଫୀ ଓ ଚିତ୍ରକଳା ବା ପେଣ୍ଟିଂ ମଧ୍ୟରେ ଥିବା ସଂପର୍କକୁ ବୁଝିପାରିଲା ଓ ସେ ପ୍ରାଗ୍‌ର ପ୍ରତି ଚିତ୍ରକଳା ପ୍ରଦର୍ଶନୀକୁ ତାକୁ ନେବାକୁ ଟମାସକୁ ପ୍ରବର୍ତ୍ତାଇଲା । ଅଳ୍ପଦିନ ଭିତରେ ସେ ତାର ନିଜର ଛବିଗୁଡ଼ିକୁ ଯେଉଁ ସଚିତ୍ର ସାପ୍ତାହିକୀ ପାଇଁ କାମ କରୁଥିଲା, ତହିଁରେ ସେ ଛାପିଲା । ଶେଷରେ ସେ ଡାର୍କରୁମ୍ ଚାକିରୀଟା ଛାଡ଼ି ପେଶାଦାର ଫଟୋଗ୍ରାଫର ମାନଙ୍କ ଦଳରେ ସାମିଲ ହେଲା ।

ସେଇଦିନ ସନ୍ଧ୍ୟାରେ ସେ ଓ ଟମାସ ସାଙ୍ଗସାଥୀଙ୍କ ବାର୍‌କୁ ଗଲେ, ତାର ପଦୋନ୍ନତିର ଉତ୍ସବ ମନାଇବା ପାଇଁ । ସଭିଏଁ ନାଚିଲେ । ତେବେ ଟମାସ ଚଟାଣ ସଫା କରିବାକୁ ଲାଗିଲା । ଘରକୁ ଫେରିଲା ପରେ ଟେରେଜା ଅନେକବାର ପଚାରିଲା ପରେ ଯାଇ ଟମାସ ସ୍ୱୀକାର କଲା ଯେ ଟେରେଜା ତାର ସହକର୍ମୀ ସହିତ ନାଚିବାରୁ ସେ ଇର୍ଷାନ୍ୱିତ ହେଲା ।

"ତମେ ସତରେ ଇର୍ଷ୍ୟା କରିଥିଲ ?" ଅବିଶ୍ୱାସ୍ୟ ଭାବେ ସେ ଦଶଥରରୁ ଅଧିକ ତାକୁ ପଚାରିଥିବ-- ସତେ ଯେପରି ଜଣେ ଟେରେଜାକୁ ଏବେ ଖବର ଦେଇଛି ଯେ ସେ ନୋବେଲ ପ୍ରାଇଜ୍ ପାଇଛି ।

ତା ପରେ ଟେରେଜା ଟମାସର ଅଣ୍ଟା ଚାରିପଟେ ହାତ ଦେଇ ରୁମ୍ ସାରା ନାଚିବାକୁ ଲାଗିଲା । ବାର୍‌ରେ ସେ ଯେପରି ନାଚିଥିଲା ସେହିପରି ନୁହେଁ । ଏହା ଗୋଟେ ଲୋକନୃତ୍ୟ ପରି ଥିଲା ଯେଉଁଥିରେ ସେ ପାଗଳ ପରି ତାର ଗୋଡ଼ ଟେକି ଖୁବ୍ ଜୋର୍‌ରେ ଡେଇଁଲା ଆଉ ତାର ଗଣ୍ଡିର ତାଳେତାଳେ ଟମାସ ବି ନାଚିବାକୁ ଲାଗିଲା ।

କିଂତୁ ବେଶୀଦିନ ନ ଯାଉଣୁ, ସେ ନିଜେ ଇର୍ଷାଳୁ ହେବାକୁ ଲାଗିଲା । ଟମାସ ତାର ଇର୍ଷ୍ୟାକୁ ନୋବେଲ ପ୍ରାଇଜ୍ ଭାବରେ ନ ଦେଖି ଗୋଟିଏ ବୋଝ ହିସାବରେ ଦେଖିଲା, ଯେଉଁ ବୋଝକୁ ସେ ପ୍ରାୟ ମରିବା ପର୍ଯ୍ୟନ୍ତ ମୁଣ୍ଡେଇବ ।

(୧୫)

ଲଙ୍ଗଳା ସ୍ତ୍ରୀଲୋକଙ୍କ ଗୋଟିଏ ବଡ଼ ଦଳ ସହ ସେ ଯେତେବେଳେ ଲଙ୍ଗଳା ହେଇ ସୁଇମିଂ ପୁଲ୍ ଚାରିପଟେ ମାର୍ଚ୍ଚ କରୁଥିଲା, ଟମାସ ପୁଲ୍‌ର ଛାତ ଉପରୁ ଝୁଲୁଥିବା ଗୋଟେ ଝୁଡ଼ିରେ ଛିଡ଼ା ହେଇ ସେମାନଙ୍କ ଉପରେ ପାଟି କରୁଥିଲା, ଗୀତ ଗାଇବାକୁ ଆଦେଶ ଦେଉଥିଲା ଓ ଆଣ୍ଠେଇବା ପାଇଁ କହୁଥିଲା । କେହି ବି ଭୁଲ୍ ଭାବରେ ଆଣ୍ଠେଇଲେ, ସେ ତତ୍କ୍ଷଣାତ୍ ତାକୁ ଗୁଳି ମାରି ଦେଉଥିଲା ।

ମୁଁ ଏହି ସ୍ୱପ୍ନ କଥାକୁ ପୁଣିଥରେ ଫେରିବି । ଟମାସର ପ୍ରଥମ ଗୁଳିରୁ ଏହି ଭୟଙ୍କର କଥାର ଆରମ୍ଭ ହୋଇ ନ ଥିଲା । ଏହା ବେଶ୍ ପ୍ରଥମରୁ ହିଁ ଭୀତିପ୍ରଦ ଥିଲା । ଲଙ୍ଗଳା ସ୍ତ୍ରୀଲୋକମାନଙ୍କ ଗୋଟିଏ ଦଳରେ ଲଙ୍ଗଳା ହେଇ ଧାଡ଼ି ହେଇ ମାର୍ଚ୍ଚ କରିବା ଟେରେଜା ପାଇଁ ମୂଳରୁ ହିଁ ଭୟଙ୍କର ଥିଲା । ଭୟର ଏକ ଚିତ୍ର । ଯେତେବେଳେ ସେ ଘରେ ରହୁଥିଲା, ତାର ମାଁ ତାକୁ ବାଥ୍‌ରୁମ୍ କବାଟରେ ତାଲା ଦେବାକୁ ମନା କରିଥିଲେ । ତଦ୍ୱାରା ସେ ନିର୍ଦ୍ଦେଶ ଦେବାକୁ ଚାହୁଁଥିଲେ ଯେ: ତାରି ଦେହ ଓ ଅନ୍ୟ କାହାରି ଦେହ ଭିତରେ କିଛି ବି ଫରକ୍ ନାହିଁ । ତମର ଲଜ୍ଜା କରିବାର କୌଣସି ଅଧିକାର ନାହିଁ । ତମ ଦେହର କୌଣସି ଅଂଶ ଲୁଚାଇବାର କୌଣସି କାରଣ ନାହିଁ । ଲକ୍ଷଲକ୍ଷ ଅନ୍ୟ ଦେହର ତମେ ଗୋଟିଏ ନକଲ ମାତ୍ର । ତାର ମାଁର ଜଗତରେ ସବୁ ଦେହ ସମାନ । ତେଣୁ ସେମାନେ ଗୋଟିଏ ଧାଡିରେ ଗୋଟିଏ ପଛେ ଗୋଟିଏ ହେଇ ମାର୍ଚ୍ଚ କରିବା ସ୍ୱାଭାବିକ । ପିଲାଦିନରୁ ଟେରେଜା ଲଙ୍ଗଳା ବା ବିବସ୍ତ୍ର ହେବାର ବନ୍ଦୀଶାଳାର ସବୁ କଇଦୀ ସମାନ ଲଙ୍ଗଳା ହେବାର ଦୃଶ୍ୟକୁ ଏକ ନିୟମ ଭାବେ ଦେଖୁଥିଲା: ଅପମାନିତ ହେବାର ଏକ ଚିହ୍ନ ।

ସ୍ୱପ୍ନର ଆରମ୍ଭରେ ଆଉ ଗୋଟିଏ ଦୃଶ୍ୟ ହେଲା : ସବୁ ସ୍ତ୍ରୀ ଲୋକଙ୍କୁ ଗୀତ ଗାଇବାକୁ ପଡୁଥିଲା ! ସବୁଯାକ ସ୍ତ୍ରୀଲୋକଙ୍କ ଦେହ ଯେ ପୁରାପୁରି ସମାନ ନ ଥିଲା ତା ନୁହେଁ, ସମାନ ଭାବରେ ମୂଲ୍ୟହୀନ, ଶବ୍ଦ କରୁଥିବା ସମାନ ଦେହ ବା ଆତ୍ମାବିହୀନ ଏକ ଯନ୍ତ୍ର, ତାହା ନୁହେଁ- ଆଶ୍ଚର୍ଯ୍ୟଜନକ ଭାବରେ ସେମାନେ ଏହି ସବୁଥିରେ ଆନନ୍ଦିତ ବି ହେଉଥିଲେ । ସେମାନଙ୍କ ଆନନ୍ଦ ଥିଲା ଆତ୍ମାବିହୀନମାନଙ୍କ ଆନନ୍ଦିତ ଏକତା । ସେଇ ସ୍ତ୍ରୀ ଲୋକମାନେ ଆତ୍ମାର ଓଜନକୁ ଫିଙ୍ଗି ଦେଇ, ଯାହା କି ଏକ ହାସ୍ୟାସ୍ପଦ ତୁଳନା- ସ୍ୱାତନ୍ତ୍ର୍ୟର ମାୟା ବା ଅବାସ୍ତବତାକୁ ଫିଙ୍ଗିଦେଇ

ଅନ୍ୟ ସହ ସମାନ ହେବାରେ ଆନନ୍ଦ ପାଉଥିଲେ। ଟେରେଜା ସେମାନଙ୍କ ସହ ଗୀତ ଗାଇଲା। କିଂତୁ ଉଲ୍ଲସିତ ହେଲା ନାହିଁ। ସେ ଗାଇଲା, କାରଣ ସେ ଭୟ କରୁଥିଲା ଯେ ଯଦି ସେ ନ ଗାଇବ ସେହି ସ୍ତ୍ରୀଲୋକମାନେ ତାକୁ ମାରିଦେବେ।

କିଂତୁ ଟମାସ ସେମାନଙ୍କ ଉପରକୁ ଗୁଳି ଚଲାଇବାର ଅର୍ଥ କଣ ? ଗୋଟିଏ ପରେ ଗୋଟିଏ ଗୁଳି ଖାଇ ପୁଲ୍ ଭିତରେ ପଡ଼ି ଯିବାର ଅର୍ଥ କଣ ?

ସେଇ ସ୍ତ୍ରୀଲୋକମାନେ ସେମାନଙ୍କ ସମାନତାରେ ଓ ନିଜସ୍ୱ ବୈଚିତ୍ର୍ୟ-ହୀନତାରେ ଉଲ୍ଲସିତ ହେଇ ପ୍ରକୃତରେ ତାଙ୍କର ଆସନ୍ନ ମୃତ୍ୟୁକୁ ଉତ୍ସବ ମୁଖର କରୁଥିଲେ ଯାହାକି ସେମାନଙ୍କର ସମାନତାକୁ ସ୍ୱତଃସିଦ୍ଧ କରିଦେବ। ତେଣୁ ଟମାସ୍‌ର ଗୁଳିଚାଳନାଟି ସେମାନଙ୍କର ବିଷର୍ଣ୍ଣ ଶୋଭାଯାତ୍ରାର ଏକ ଚରମ ଆନନ୍ଦ ଥିଲା। ଟମାସର ବନ୍ଧୁକର ଗୁଳିର ପ୍ରତ୍ୟେକଟି ଶବ୍ଦରେ ସେମାନେ ଆନନ୍ଦରେ ଆତ୍ମହରା ହେଇ ହସରେ ଫାଟି ପଡୁଥିଲେ। ଆଉ ପ୍ରତିଟି ଶବ ଜଳସ୍ତରରେ ତଳି ବୁଡି ଯାଉଥିଲାବେଳେ ସେମାନେ ଆହୁରି ଜୋର୍‌ରେ ଗୀତ ଗାଉଥିଲେ।

କିଂତୁ ଟମାସ କାହିଁକି ଗୁଳି ଚଲାଉଥିଲା ? ଆଉ ପୁଣି ସେ କାହିଁକି ଟେରେଜାକୁ ଅନ୍ୟମାନଙ୍କ ସହ ଗୁଳି କରିବ ?

କାରଣ ସେ ହିଁ ଟେରେଜାକୁ ସେମାନଙ୍କ ସହ ଯୋଗ ଦେବା ପାଇଁ ପଠାଇଥିଲା। ଟମାସ ପାଇଁ ସ୍ୱପ୍ନଟାର ଅର୍ଥ ସେଇଟା ଯାହା ଟେରେଜା ନିଜେ ଟମାସକୁ କହି ପାରି ନ ଥିଲା। ସେ ତାର ମାଁର ଦୁନିଆଁରୁ ନିସ୍ତାର ପାଇବା ପାଇଁ ନିଜେ ଟମାସ ପାଖକୁ ଆସିଥିଲା ଯେଉଁ ଦୁନିଆଁରେ ସବୁ ଦେହ ସମାନ। ସେ ତାର ନିଜ ଦେହକୁ ସ୍ୱତନ୍ତ୍ର, ଅନନ୍ୟ ଓ ବିକଳ୍ପ ବିହୀନ କରିବା ପାଇଁ ତା ପାଖକୁ ଆସିଥିଲା। କିଂତୁ ସେ ମଧ୍ୟ ତାର ଓ ଅନ୍ୟମାନଙ୍କ ଭିତରେ ଗୋଟିଏ ସମାନ ସଙ୍କେତର ଗାର ଟାଣିଲା। ସେ ସମସ୍ତଙ୍କୁ ସମାନ ଭାବରେ ଚୁମ୍ବନ କଲା, ସମାନ ଭାବରେ ଛୁଇଁଲା ଆଉ ଟେରେଜା ଓ ଅନ୍ୟମାନଙ୍କ ଦେହ ଭିତରେ କୌଣସି ବି ପ୍ରଭେଦ ଦେଖିଲା ନାହିଁ, ଟିକିଏ ସୁଦ୍ଧା ନୁହେଁ। ଅନ୍ୟ ଉଲଗ୍ନ ସ୍ତ୍ରୀ ଲୋକମାନଙ୍କ ସହିତ ସେମିତି ଉଲଗ୍ନ ହେଇ ଶୋଭାଯାତ୍ରାରେ ଚାଲିବା ପାଇଁ ଟମାସ ଟେରେଜାକୁ ସେଇ ଦୁନିଆଁକୁ ପୁଣି ଫେରାଇଦେଲା ଯେଉଁ ଦୁନିଆଁରୁ ସେ ବାହାରି ଆସିଥିଲା।

(୧୬)

କ୍ରମାନ୍ୱୟରେ ସେ ତିନିଟି ପର୍ଯ୍ୟାୟର ସ୍ୱପ୍ନ ଦେଖିଲା : ପ୍ରଥମରେ ସେ ଦେଖିଲା ବିଲେଇମାନେ ଉନ୍ମତ୍ତ ଓ ଉତ୍ୟକ୍ତ ହେଇଯାଇଛନ୍ତି- ଏହା ଜୀବନରେ ତାର ଦୁଃଖ ଯନ୍ତ୍ରଣାର ପ୍ରତୀକ; ଦ୍ୱିତୀୟରେ-ବିବିଧ ପ୍ରତିରୂପରେ ଅଗଣିତ ସଂଖ୍ୟାରେ ଆସୁଥିବା

ତାର ମୃତ୍ୟୁର ପ୍ରତିଛବି ଦେଖିଲା । ତୃତୀୟରେ ସେ ଦେଖିଲା ତାର ମୃତ୍ୟୁ ପର ଜୀବନ, ଯେତେବେଳେ ଲାଞ୍ଛନାଟା ସତେ ଅବା ଏକ ଅନ୍ତହୀନ ଅବସ୍ଥାରେ ପରିଣତ ହେଲା ।

ସ୍ୱପ୍ନଗୁଡିକୁ ବୁଝି ନ ପାରିବାର କିଛି କାରଣ ନ ଥିଲା । ଟମାସ ବିରୁଦ୍ଧରେ ଅଭିଯୋଗମାନ ଏତେ ସ୍ପଷ୍ଟ ଥିଲା ଯେ ମୁଣ୍ଡ ଝୁଙ୍କି ବସି ପଦଟିଏ କଥା ନ କହି କେବଳ ଟେରେଜାର ହାତକୁ ଆଉଁସିବାଟା ତାର ଏକମାତ୍ର ପ୍ରତିକ୍ରୀୟା ଥିଲା ।

ସ୍ୱପ୍ନଗୁଡ଼ିକ ଏକଦମ୍ ସ୍ପଷ୍ଟ ଥିଲା । ସେଗୁଡ଼ିକ ସୁନ୍ଦର ବି ଥିଲା । ଫ୍ରଏଡ୍ ତାଙ୍କର ସ୍ୱପ୍ନ ତତ୍ତ୍ୱରେ ଏହି ଦିଗଟିକୁ ଭୁଲି ଯାଇଥିବା ମନେହୁଏ । ସ୍ୱପ୍ନ ଦେଖିବା କେବଳ ଏକ ଅଭିବ୍ୟକ୍ତି (କିମ୍ବା ପ୍ରତୀକଧର୍ମୀ ଅଭିବ୍ୟକ୍ତି) ନୁହେଁ; ଏହା ମଧ୍ୟ ଏକ ନାନ୍ଦନିକ ପ୍ରକ୍ରୀୟା, କଳ୍ପନାର ଖେଳ ବା ବିନ୍ୟାସ ଯାହାର ବି ଏକ ନିଜସ୍ୱ ମୂଲ୍ୟ ରହିଛି । ଆମର ସ୍ୱପ୍ନସବୁ ପ୍ରମାଣ କରେ ଯେ କଳ୍ପନା କରିବା-ଯାହା ଘଟି ନାହିଁ ତାର ସ୍ୱପ୍ନ ଦେଖିବା- ମନୁଷ୍ୟ ଜାତିର ସବୁଠୁ ସ୍ୱତନ୍ତ୍ର ଆବଶ୍ୟକତା ଭିତରେ ଅନ୍ୟତମ । ଅସୁବିଧାଟା ଏଇଠି । ଯଦି ସ୍ୱପ୍ନଗୁଡ଼ା ସୁନ୍ଦର ନ ହେବ ଶୀଘ୍ର ଭୁଲି ହେଇଯିବ । କିଂତୁ ଟେରେଜା ତା ସ୍ୱପ୍ନରେ ବାରମ୍ବାର ଆସିବାକୁ ଲାଗିଲା, ତାର ମନକୁ ଆଛନ୍ନ କରି ପକାଇଲା ଓ କିମ୍ବଦନ୍ତୀରେ ପରିଣତ ହେଇଗଲା । ଟମାସ ଟେରେଜାର ସ୍ୱପ୍ନ ସମ୍ଭାରର ଚରମ ସୌନ୍ଦର୍ଯ୍ୟର ସମ୍ମୋହନରେ ଅଭିଭୂତ ହେଇ ବଞ୍ଚି ରହିଲା ।

ଥରେ ଗୋଟିଏ ମଦ ଭଣ୍ଡାର କୋଠରୀରେ ସାମ୍ନାସାମ୍ନି ବସିଥିବାବେଳେ ସେ କହିଥିଲା, "ପ୍ରିୟ ଟେରେଜା, ମୋର ପ୍ରିୟତମା, ମୁଁ ତୁମଠି କଣ ହଜାଇ ଦେଇଛି ? ପ୍ରତିଦିନ ତୁମେ ମୃତ୍ୟୁର କାଳସ୍ୱପ୍ନ ଦେଖୁଛ ସତେଅବା ତୁମେ ଏହି ପୃଥିବୀକୁ ଛାଡ଼ି ଚାଲିଯିବାକୁ ଚାହଁ...."

ସେଇଟା ଦିନବେଳା ଥିଲା, ବିଚାରବୋଧ ଓ ଇଚ୍ଛାଶକ୍ତି ଆପଣା ଜାଗାକୁ ଫେରିଆସିଲେ । ଉତ୍ତର ଦଉଦଉ ତା ଗ୍ଲାସରୁ ଗୋଟେ ବୁନ୍ଦା ଲାଲ ମଦିରା ବୋହି ଆସୁଥାଏ । ଟମାସ, ଏଥିରେ ମୁଁ କିଛି କରି ପାରିବିନି । ମୁଁ ବୁଝିପାରୁଛି ଯେ । ମୁଁ ଜାଣେ, ତମେ ମତେ ଭଲ ପାଅ । ମୁଁ ଜାଣେ ଯେ ତମ ସଂପର୍କର ବିଶ୍ୱାସଘାତକତାଗୁଡ଼ା ସେ ବିରାଟ ଟ୍ରେଜେଡି ନୁହଁ...

ପ୍ରେମଭରା ଆଖିରେ ସେ ତାକୁ ଚାହିଁଲା । କିଂତୁ ସେ ଅନାଗତ ରାତ୍ରୀକୁ ଡରିଲା, ତାର ସ୍ୱପ୍ନକୁ ଡରିଲା । ତାର ଜୀବନ ଦ୍ୱିଖଣ୍ଡିତ ହେଇଯାଇଥିଲା । ଉଭୟ ଦିନ ଓ ରାତି ତା ପାଇଁ ପ୍ରତିଦ୍ୱନ୍ଦିତା କରୁଥିଲେ ।

(୧୭)

କିଛି ଉଚ୍ଚତର ଲକ୍ଷ୍ୟ ପୋଷଣ କରିଥିବା ବ୍ୟକ୍ତି ଦିନେ ମୁଣ୍ଡ ବୁଲାଇ ପଡ଼ିଯିବାର ଆଶଙ୍କା ଭୋଗିବା ନିଶ୍ଚିତ। ମୁଣ୍ଡ ବୁଲାଟା କଣ ? ତଳେ ପଡ଼ିଯିବାର ଭୟ ? ତାହେଲେ ବେଶ୍ ଟାଣୁଆ ବାଡ଼ ଲଗାହେଇଥିବା ପର୍ଯ୍ୟବେକ୍ଷଣ ଗମ୍ବୁଜରେ ମଧ୍ୟ ଆମେ ଏମିତି କାହିଁକି ଅନୁଭବ କରୁ ? ନା, ମୁଣ୍ଡ ବୁଲାଟା ତଳେ ପଡିଯିବାର ଭୟ ନୁହଁ, ଅନ୍ୟ କିଛି। ଏହା ତଳେ ଥିବା ଶୂନ୍ୟତାର ସ୍ୱର ଯାହା ଆମକୁ ପ୍ରଲୋଭିତ କରେ। ଏହା ହେଉଛି ପତନର ଅଭିଳାଷ ଯାରି ବିରୋଧରେ ଭୟଭୀତ ହେଇ ଆମେ ନିଜର ସଫେଇ ଦଉ।

ପୁଲ୍ ଚାରିପଟେ ଲଙ୍ଗଳା ସ୍ତ୍ରୀଲୋକମାନେ ବୁଲିବା, ସେ ମଧ୍ୟ ମୃତ ବୋଲି ଶବବାହକ ଗାଡ଼ିରେ ଥିବା ଶବଗୁଡ଼ିକ ଉଲ୍ଲସିତ ହେବା- ଏଇଗୁଡ଼ିକ ହିଁ 'ଭିତର କଥା' ଯାହାକୁ ସେ ଭୟ କରୁଥିଲା ଓ ଏକଦା ସେଥିରୁ ନିଷ୍କୃତି ପାଇଁ ବାହାରି ଆସିଥିଲା। କିଂତୁ ଏବେ ସେଇଟା ହିଁ ତାକୁ ପୁଣି ରହସ୍ୟମୟ ଭାବରେ ହାତଠାରି ଡାକୁଥିଲା। ଏଇଗୁଡ଼ା ହିଁ ତାର ମୁଣ୍ଡବୁଲାର କାରଣ : ତାର ଭାଗ୍ୟ ଓ ଆତ୍ମାକୁ ପରିତ୍ୟାଗ କରିବା ପାଇଁ ସେ ଗୋଟେ ମଧୁର (ଗୋଟେରକମ ଆହ୍ଲାଦିତ) ଡାକରା ଶୁଣିଲା। ଆତ୍ମାବିହୀନତାର ଏକତା ତାକୁ ଡାକୁଥିଲା। ଆଉ ଦୁର୍ବଳ ମୁହୂର୍ତ୍ତରେ ସେ ସେଇ ଡ଼ାକ ଶୁଣି ତାର ମାଁ ପାଖକୁ ଫେରିଯିବାକୁ ପ୍ରସ୍ତୁତ ଥିଲା। ତାର ଦେହର ଜାହାଜରୁ ସେ ତାର ଆତ୍ମାର ଯାତ୍ରୀକୁ ବାହାର କରିଦେବା ପାଇଁ ପ୍ରସ୍ତୁତ ଥିଲା। ମାଁଙ୍କର ସାଙ୍ଗସାଥୀଙ୍କ ସହିତ ଗୋଟେ ଜାଗାକୁ ଖସି ଆସି ହସିବା ପାଇଁ ରାଜି ହେଲା ଯେତେବେଳେ କି ତାଙ୍କ ଭିତରୁ ଜଣେ ଜୋର୍‌ରେ ପାଡ଼ିଲା। ତାଙ୍କ ସହିତ ପୁଲ୍ ଚାରିପଟେ ଲଙ୍ଗଳା ହେଇ ବୁଲିବାକୁ ଓ ଗୀତ ଗାଇବାକୁ ରାଜି ହେଲା।

(୧୮)

ଏକଥା ସତ, ଘର ଛାଡ଼ିବା ଯାଏଁ ଟେରେଜା ତା ମାଁ ସହିତ ଝଗଡ଼ା କରୁଥିଲା। ତେବେ ଆମେ ମନେ ରଖିବା କଥା ସେ ମଧ୍ୟ ତା ମାଁକୁ ଭଲ ପାଉଥିଲା। ସ୍ନେହରେ କହିଥିଲେ, ସେ ତା ମାଁ ପାଇଁ କିଛି ବି କରିଥାନ୍ତା। ଘର ଛାଡ଼ିବା ପାଇଁ ତାର ଶକ୍ତିର ଏକମାତ୍ର କାରଣ ଏଇ ଯେ ସେ କେବେ ବି ସେଇ ସ୍ନେହସିକ୍ତ ସ୍ୱର ଶୁଣିବାକୁ ପାଇଲା ନାହିଁ।

ଯେତେବେଳେ ଟେରେଜାର ମାଁ ଅନୁଭବ କଲେ ଯେ ତାଙ୍କର କଡ଼ା ସ୍ୱଭାବ ଝିଅ ଉପରେ ଆଉ କାଟୁ କରୁ ନାହିଁ, ସେ ତାକୁ କଳିହୁଡ଼ା ଚିଠି ଲେଖିବା ଆରମ୍ଭ କଲେ। ସେଥିରେ ସେ ତାଙ୍କର ସ୍ୱାମୀ, ତାଙ୍କର ମାଲିକ, ତାଙ୍କର ସ୍ୱାସ୍ଥ୍ୟ ଓ ତାଙ୍କ

ପିଲାଛୁଆ ବିଷୟରେ ଅଭିଯୋଗ ବାଢ଼ିଲେ ଆଉ ଜଣାଇଦେଲେ ଯେ ଏବେ ଟେରେଜା ହିଁ ତାଙ୍କ ଜୀବନରେ ଏକମାତ୍ର ଭରସା । ଟେରେଜା ଭାବିଲା, ଯା ହେଉ, ଶେଷରେ କୋଡ଼ିଏ ବର୍ଷ ପରେ ସେ ତାର ମାଁର ସ୍ନେହଭିଜା ସ୍ୱର ଶୁଣି ପାରିଲା ଓ ତାଙ୍କ ପାଖକୁ ତାର ଫେରିଯିବାକୁ ଇଚ୍ଛା ହେଲା । ତା ଉପରେ ପୁଣି ଟମାସର ପ୍ରତାରଣାରେ ନିଜେ ଭାଙ୍ଗି ପଡ଼ିଥିବାରୁ ସେ ଆହୁରି ଦୁର୍ବଳ ଅନୁଭବ କରୁଥିଲା । ସେସବୁ ତାର ଦୁର୍ବଳତାକୁ ପଦାରେ ପକାଇଲେ ଯାହାଫଳରେ ମୁଣ୍ଡ ବୁଲା- ପତନ ପାଇଁ ଅଦମ୍ୟ ପିପାସା ଜାଗିଲା ।

ଦିନେ ତାର ମାଁ ତାକୁ ଫୋନ୍ କରି କହିଲେ, ତାଙ୍କୁ କେନ୍‌ସର୍ ହୋଇଛି ଓ ଆଉ ସେ ବେଶୀ ଦିନ ବଞ୍ଚିବେ ନାହିଁ । ଖବରଟା ଟମାସର ପ୍ରତାରଣାରେ ଟେରେଜାର ହତାଶାକୁ ଗୋଟେ ବିଦ୍ରୋହରେ ରୂପାନ୍ତରୀତ କଲା । ସେ ତାର ମାଁକୁ ପ୍ରତାରିତ କରିଛି, ଟେରେଜା ନିଜକୁ ନିଜେ ଘୃଣାରେ ଅଭିଯୋଗ କଲା । ଆଉ ତା ବି ଜଣେ ପୁରୁଷ ପାଇଁ ଯିଏ ତାକୁ ଭଲ ପାଏ ନାହିଁ । ତାର ମାଁ ତାକୁ କରିଥିବା ସବୁପ୍ରକାର ନିର୍ଯ୍ୟାତନାକୁ ସେ ଭୁଲିଯିବାକୁ ଚାହିଁଲା । ସେ ବର୍ତ୍ତମାନ ତାକୁ ବୁଝି ପାରିବା ଭଳି ଅବସ୍ଥାରେ ଥିଲା । ଉଭୟେ ସମାନ ପରିସ୍ଥିତିରେ ଥିଲେ : ତାର ମାଁ ତାର ସାବତ ବାପାକୁ ଭଲ ପାଇଲେ, ଠିକ୍ ଯେପରି ଟେରେଜା ଟମାସକୁ ଭଲପାଇଲା । ତାର ମାଁ ତାର ସାବତ ବାପାର ପ୍ରତାରଣାର ଶିକାର ହେଲା ପରି ଟେରେଜା ମଧ୍ୟ ଟମାସର ବିଶ୍ୱାସଘାତକତା ଯୋଗୁଁ ଯନ୍ତ୍ରଣା ଭୋଗିଲା । ତାର ମାଁ ଭୋଗିଥିବା ଯାତନା ହିଁ ତାଙ୍କର ବିଦ୍ୱେଷର କାରଣ ଥିଲା ।

ଟେରେଜା ଟମାସକୁ କହିଲା ଯେ ତାର ମାଁର ଦେହ ଖରାପ । ସେ ଗୋଟେ ସପ୍ତାହ ଛୁଟି ନେଇ ତାଙ୍କୁ ଦେଖିବାକୁ ଯିବ । ତାର ସ୍ୱର ଘୃଣାରେ ଭରି ରହିଥିଲା ।

ମୁଣ୍ଡ ବୁଲାଟା ହିଁ ତାର ମାଁ ପାଖକୁ ଫେରିଯିବାର କାରଣ ବୋଲି ଅନୁମାନ କରି ଟମାସ ତାର ଯିବାଟାକୁ ବିରୋଧ କଲା । ଛୋଟିଆ ସହରଟାରେ ହସ୍‌ପିଟାଲକୁ ସେ ଫୋନ୍ କଲା । ସାରା ଦେଶର କର୍କଟ ରୋଗର ଟିକିନିଖି ବିବରଣୀ ରଖାଯାଇଥିଲା । ତେଣୁ ଟେରେଜାର ମାଁକୁ ଯେ କର୍କଟ ହୋଇ ନଥିଲା ଓ ସେ ବର୍ଷେ ହେବ କୌଣସି ଡାକ୍ତର ପାଖକୁ ମଧ୍ୟ ଯାଇ ନ ଥିଲେ, ଏକଥା ଜାଣିବାକୁ ତାକୁ ବିଶେଷ ଅସୁବିଧା ହେଲା ନାହିଁ ।

ଟେରେଜାର ଟମାସର କଥା ମାନିଲା ଓ ତାର ମାଁକୁ ଦେଖିବାକୁ ଗଲା ନାହିଁ । ଏଇ ନିଷ୍ପତ୍ତି ନେବାର କେଇଘଣ୍ଟା ପରେ ସେ ରାସ୍ତାରେ ପଡ଼ିଗଲା ଓ ତାର ଆଣ୍ଠୁଟା ଖଣ୍ଡିଆ ହେଲା । ସେ ଚାଲିଲାବେଳେ ଟଳମଳ ହେବାରେ ଲାଗିଲା । ପ୍ରାୟ

ପ୍ରତ୍ୟହ ସେ କୋଉଠି ପଡ଼ିଗଲା ତ ଆଉ କୋଉଠି ଝୁଣ୍ଟିପଡ଼ିଲା । ଆଉକିଛି ନ ହେଲେ ହାତରୁ ଜିନିଷ ଖସି ପଡ଼ିଲା ।

ପଡ଼ିଯିବାର ଅଦମ୍ୟ କାମନାର ମୁଠି ଭିତରେ ସେ ରହି ଯାଇଥିଲା । ତାର ମୁଣ୍ଡଘୁରାଟା ସବୁବେଳେ ଲାଗି ରହିଥିଲା ।

'ମତେ ଉଠେଇ ଧର' - ପଡ଼ି ଯାଉଥିବା ମଣିଷଟାର ମର୍ମକଥା । ଟମାସ, ଧୈର୍ଯ୍ୟର ସହିତ ତାକୁ ଉଠେଇବାରେ ଲାଗିଲା ।

(୧୯)

'ମୁଁ ତୁମକୁ ମୋ ଷ୍ଟୁଡ଼ିଓରେ ରମଣ କରିବାକୁ ଚାହେଁ । ଚାରିଆଡ଼େ ଦର୍ଶକ ଘେରା ଗୋଟେ ରଙ୍ଗମଞ୍ଚ ପରି ଥିବ । ଦେଖଣାହାରୀଙ୍କୁ ପାଖକୁ ଆସିବାକୁ ଅନୁମତି ଦିଆଯିବ ନାହିଁ, କିଂତୁ ସେମାନେ ଆମ ଉପରୁ ଆଖି ଉଠେଇ ନେଇ ପାରିବେନି......'

ସମୟର ଗଡ଼ାଣିରେ, ଏଇ ପ୍ରତିଛବିର ମୌଳିକ ବର୍ବରତା କିଛିଟା ହ୍ରାସ ପାଇଗଲା ଓ ଟେରେଜାକୁ ଉତ୍ତେଜିତ କରିବା ଆରମ୍ଭ କଲା । ସମ୍ଭୋଗରତ ଥିଲାବେଳେ ସେ ତାକୁ ଫିସ୍‌ଫିସ୍ ହେଇ ତାର ଟିକିନିଖି କଥା କହିବ ।

ତାପରେ ତା ମନକୁ କଥାଟିଏ ଜୁଟିଲା, ଟମାସର ପ୍ରତାରଣାରେ ସେ ଦେଖିଥିବା ଦୋଷାରୋପକୁ ଏଡ଼େଇବାର ବାଟଟିଏ ରହିଛି : ଟମାସ ତାର ପ୍ରେମିକାମାନଙ୍କ ପାଖକୁ ଗଲାବେଳେ ତାକୁ ସାଙ୍ଗରେ ନେଇକି ଯିବାକୁ ହେବ । ତା ହେଲେ ଯାଇ ବୋଧେ ତାର ଦେହଟା ପ୍ରଥମ ଓ ଅନ୍ୟମାନଙ୍କ ଭିତରେ ଏକକ ହେଇ ରହିପାରିବ । ତାର ଦେହଟା ଟମାସର ଦ୍ୱିତୀୟ, ତାର ସହକାରୀ, ତାର ସୂକ୍ଷ୍ମ ବ୍ୟକ୍ତିତ୍ୱ ହେଇ ରହିପାରିବ ।

'ମୁଁ ତମ ପାଇଁ ସେମାନଙ୍କୁ ନିର୍ବସ୍ତ୍ର କରି ଆଣିବି, ସେମାନଙ୍କୁ ଗାଧୋଇ ଦେବି, ସେମାନଙ୍କୁ ତମ ପାଖକୁ ନେଇଆସିବି...' ପରସ୍ପରକୁ ଜଡ଼େଇ ଧରିଲାବେଳେ ସେ ଚୁପଚୁପ କହିଲା । ଦୁହେଁଯାକ ଗୋଟାପଣେ ମିଶିଯାଇ ଗୋଟେ ଉଭୟଲିଙ୍ଗୀ ପାଲଟିଯିବାକୁ ବ୍ୟାକୁଳ ହେଲା । ତାପରେ ଅନ୍ୟ ସ୍ତ୍ରୀଲୋକମାନଙ୍କର ଦେହ ସେମାନଙ୍କର ଖେଳଣା ମାତ୍ର ହେବ ।

(୨୦)

ଆହା ! ତାର ବହୁକାମୀ, ବହୁଗାମୀ ଜୀବନର ସୂକ୍ଷ୍ମସତ୍ତା ହେବା ! ଟମାସ ବୁଝିବାପାଇଁ ନାରାଜ; କିଂତୁ ଟେରେଜା କଥାଟିକୁ ନିଜ ମୁଣ୍ଡରୁ ବାହାର କରିପାରିଲା ନାହିଁ ଓ ସବିନା ସହିତ ବନ୍ଧୁତା କରିବାର ଚେଷ୍ଟାରେ ଲାଗିଲା । ସବିନାର ଗୋଟେ ସିରିଜ୍ ଫଟୋ ନେବାର ପ୍ରସ୍ତାବ ଦେଇ ଟେରେଜା ସଂପର୍କର ସୂତ୍ରପାତ କଲା ।

ସବିନା ଟେରେଜାକୁ ତାର ଷ୍ଟୁଡ଼ିଓକୁ ଡାକିଲା । ଶେଷରେ ସେ ଗୋଟେ ବେଶ୍ ଓସାରିଆ ରୁମ୍ ଦେଖିଲା, ତା ମଝିରେ ଥିଲା : ବେଶ୍ ବଡ଼ ଉଚ୍ଚା ଖଟଟିଏ ।

'ତମେ ଆଗରୁ ଏଠିକି ଆସିନ ଭାବି ମତେ ଖରାପ ଲାଗୁଛି', କାଛରେ ଟଙ୍ଗା ତାର ତିଆରି ପେଣ୍ଟିଂ ଗୁଡ଼ିକୁ ଦେଖାଉ ଦେଖାଉ ସବିନା ଟେରେଜାକୁ କହିଲା । ଇସ୍ପାତ କାମ ଚାଲିଥିବା ଫ୍ରେମ୍‌ରୁ ସେ ଗୋଟେ ପୁରୁଣା କାନ୍‌ଭାସ୍ ଟାଣି ଆଣିଲା । ସ୍କୁଲରେ ପଢ଼ିଲାବେଳେ ସେ ଚିତ୍ରଟା ଆଙ୍କିଥିଲା, ଯେତେବେଳେ ସବୁ ଛାତ୍ରଛାତ୍ରୀମାନଙ୍କୁ ବାସ୍ତବବାଦ ଅନୁସରଣ କରିବାକୁ କଡ଼ା ନିୟମ ଲାଗୁ କରାଯାଇଥିଲା (ଯେଉଁ କଳା ବାସ୍ତବବାଦୀ ନୁହେଁ ତାହା ସମାଜବାଦର ଭିତ୍ତିକୁ ଦୁର୍ବଳ କରିଦିଏ) ସମୟର ତାଳରେ ସେ ତାର ଶିକ୍ଷକମାନଙ୍କଠାରୁ ମଧ୍ୟ ଅଧିକ କଠୋର ହେବା ଚେଷ୍ଟାରେ ତୂଳୀର ସ୍ପର୍ଶକୁ ଲୁଚାଇ ଦେଇ ରଙ୍ଗୀନ ଫଟୋଗ୍ରାଫିର ଅନୁସରଣ କରିଥିଲା ।

ଏଇ ଦେଖ, ଏଇ ଚିତ୍ରରେ ମୁଁ ଲାଲ ରଙ୍ଗ ଢାଳି ଦେଇଥିଲି । ପ୍ରଥମେ ମତେ ଭାରି ବିରକ୍ତ ଓ ଦୁଃଖ ଲାଗିଲା, ତାପରେ କିଂତୁ ଭଲ ଲାଗିଲା । ଚିତ୍ର ଉପରେ ବୋହିଯାଇଥିବା ରଙ୍ଗଧାରଟି ଗୋଟିଏ ଫାଟ ପରି ଦିଶିଲା । ନିର୍ମାଣସ୍ଥଳକୁ ଏହା ଗୋଟେ ଘଷାପିଟା ପୁରୁଣା ପୃଷ୍ଠପଟରେ ପରିଣତ କରିଦେଲା ଯେଉଁ ପୃଷ୍ଠପଟ ଉପରେ ନିର୍ମାଣସ୍ଥଳଟି ଅଙ୍କା ହେଇଥିଲା । ମୁଁ ସେଇ ଫାଟରେ ଖେଳିବା ଆରମ୍ଭ କଲି, ଫାଟକୁ ପୂରଣ କଲି, ତା ପଛରେ କଣ ଦୃଶ୍ୟମାନ ହେଇପାରେ ତାହା ଭାବିଲି । ଆଉ ଏହିପରି ଭାବରେ ମୁଁ ଚିତ୍ରକଳାରେ ମୋର ପ୍ରଥମ ପର୍ଯ୍ୟାୟ ଆରମ୍ଭ କଲି । ମୁଁ ଏହାକୁ 'ଦୃଶ୍ୟପଟର ଅନ୍ତରାଳରେ' ନାଁ ଦେଲି । ଅବଶ୍ୟ ମୁଁ ସେଗୁଡ଼ିକୁ କାହାକୁ ଦେଖାଇ ପାରିଲି ନାହିଁ । ଦେଖାଇଥିଲେ ମୁଁ ଏକାଡ଼େମୀରୁ ବହିଷ୍କୃତ ହେଇଯାଇଥାନ୍ତି । ବାହାରକୁ ତ୍ରୁଟିଶୂନ୍ୟ ଭାବରେ ଗୋଟେ ବାସ୍ତବବାଦୀ ପୃଥିବୀ ରହିଥିଲା, ଭିତରେ ଦୃଶ୍ୟପଟର ଫାଟ ପଛରେ ଏକ ଭିନ୍ନ, କିଛି ରହସ୍ୟମୟ, କଣ ଗୋଟେ ଭାବାତ୍ମକ, ବସ୍ତୁ ନିରପେକ୍ଷ କଥା ଉଙ୍କି ମାରୁଥିଲା ।

ଟିକିଏ ରହିଯାଇ ସେ ପୁଣି କହିଲା, ବାହାରେ ବୁଝାପଡୁଥିବା ଏକ ମିଥ୍ୟା, ଭିତରେ ଗୋଟେ ଅବୁଝା ସତ୍ୟ ।

ଟେରେଜା ସବିନାର କଥାଗୁଡ଼ିକ ଅପୂର୍ବ ଏକାଗ୍ରତାର ସହିତ ଶୁଣିଲା ଯାହା ଖୁବ୍ କମ୍ ଜଣ ପ୍ରଫେସର ଗୋଟେ ଛାତ୍ରୀର ମୁହଁରେ ଦେଖିପାରିବେ । ଧୀରେ ଧୀରେ ସେ ବୁଝିପାରିଲା ଯେ ସବିନାର ପ୍ରାୟ ସବୁଯାକ ଚିତ୍ର ଗୋଟିଏ ଧାରଣାରେ ପରିକଳ୍ପିତ । ସେଇସବୁ ଦୁଇଟି ବିଷୟବସ୍ତୁର, ଦୁଇଟି ପୃଥିବୀର ସଂଗମକୁ ଦର୍ଶାଏ । କହିବାକୁ ଗଲେ ସେଗୁଡ଼ିକ ଦ୍ୱୈତ-ପ୍ରକାଶ । ଗୋଟେ ଦୃଶ୍ୟପଟରେ ପୁରୁଣାକାଳିଆ

ଟେବୁଲ ଲେ-୍ଟିଏ ଉଦ୍‌ଭାସିତ । ବିଭିନ୍ନ ପ୍ରକାରର ଫଳ, ଆତ, କୋଳିର ଗ୍ରାମୀଣ ପରିବେଶରେ ମହମବତୀରେ ଆଲୋକିତ ଗୋଟେ ଛୋଟିଆ ଖ୍ରୀଷ୍ଟମାସ୍ ଗଛର ସ୍ଥିର ଚିତ୍ରପଟକୁ ଧସେଇ ପଶୁଥିବା ହାତଟିଏର ଚିତ୍ର ।

ସବିନା ପ୍ରତି ପ୍ରଶଂସାର ଅଦମ୍ୟ ପୁଲକ ସେ ଅନୁଭବ କଲା । ଯେହେତୁ ସବିନା ତା ସହିତ ବନ୍ଧୁ ଭାବରେ ବ୍ୟବହାର ଦେଖାଇଲା, ଏଇ ପ୍ରଶଂସାଟା ଭୟଶୂନ୍ୟ ଓ ସନ୍ଦେହମୁକ୍ତ ହେଇ ଅଚିରେ ବନ୍ଧୁତାରେ ପରିଣତ ହେଲା ।

ସେ ଯେ ଫଟୋ ଉଠାଇବାକୁ ଆସିଛି ଏକଥା ପ୍ରାୟ ଭୁଲି ଯାଇଥିଲା । ସବିନାକୁ ଏ କଥା ତାକୁ ମନେ ପକାଇବାକୁ ପଡ଼ିଲା । ଶେଷରେ ଟେରେଜା ଫଟୋଚିତ୍ରରୁ ଦୃଷ୍ଟି ଫେରାଇ ରୁମ୍ ମଝିରେ ପଡ଼ିଥିବା ପ୍ଲାଟଫର୍ମ ପରି ଉଚ୍ଚା ଖଟକୁ ଦେଖିଲା ।

(୨୧)

ଖଟକୁ ଲାଗି ଛୋଟ ଟେବୁଲଟାଏ ଥିଲା । ଟେବୁଲ ଉପରେ ଗୋଟିଏ ମଣିଷ ମୁଣ୍ଡର ମଡ଼େଲ । ହେୟାର ଡ୍ରେସରମାନେ ଯୋଉ ପ୍ରକାର ମଡ଼େଲ ଉପରେ ୱିଗ୍ ପିନ୍ଧାଇଥାନ୍ତି । ସବିନାର ୱିଗ୍ ଷ୍ଟାଣ୍ଡରେ ୱିଗ୍ ପରିବର୍ତ୍ତେ ଗୋଟେ ଗୋଲିଆ ଟୋପୀ ରଖା ହେଇଥିଲା, 'ଏଇଟା ମୋର ଅଜାଙ୍କର', ସେ ଅଳ୍ପ ହସି କହିଲା ।

ଏଇ ପ୍ରକାରର ଟୋପୀ-କଳା ରଙ୍ଗର, ଟାଣ, ଗୋଲିଆ-ଟେରେଜା କେବଳ ସିନେମା ପରଦାରେ ଦେଖିଥିଲା, ଯୋଉ ପ୍ରକାରର ଟୋପୀ ଚାପ୍‌ଲିନ୍ ପିନ୍ଧୁଥିଲେ । ସେ ବି ହସିଲା, ଟୋପୀଟାକୁ ଉଠାଇଲା ଓ କିଛିସମୟ ନିରୀକ୍ଷଣ କଲାପରେ କହିଲା, 'ଏଥିରେ ମୁଁ ତମର ଗୋଟେ ଫଟୋ ଉଠାଇବା ତମେ ପସନ୍ଦ କରିବକି ?'

ଏଇ କଥାରେ ସବିନା ଗୁଡ଼ାଏ ବେଳ ହସିଲା । ଟେରେଜା ଗୋଲିଆ ଟୋପୀଟାକୁ ରଖିଦେଇ ତାର କେମେରା ଧରିଲା ଓ ଫଟୋ ଉଠାଇବାରେ ଲାଗିଲା ।

ପ୍ରାୟ ଘଣ୍ଟାଏ ହେବ ଏଥିରେ ଲାଗି ସେ ହଠାତ୍ ପଚାରିଲା, 'କେତେଟା ନଗ୍ନ ଫଟୋ ନେଲେ କେମିତି ହୁଅନ୍ତା ?'

'ନଗ୍ନ ଫଟୋ ?' ସବିନା ହସିଲା ।

'ହଁ', ଟେରେଜା ଅଧିକ ଜୋର୍ ଦେଇ କହିଲା, 'ନଗ୍ନ ଫଟୋ ।'

'ତା ହେଲେ ଟିକେ ପିଇଲେ ଯାଇ ହେବ', ସବିନା କହିଲା ଓ ଗୋଟେ ମଦ ବୋତଲ ଖୋଲିଲା ।

ଟେରେଜା ନିଜ ଶରୀର ଦୁର୍ବଳ ହେବାର ଅନୁଭବ କଲା । ହଠାତ୍ ତାର ଆଉ ଜିଭ ଲେଉଟିଲା ନାହିଁ । ସବିନା ଯା ଭିତରେ ହାତ ମଦ ଗ୍ଲାସ ଧରି ଏପଟ

ସେପଟ ହେଇ ତାର ଅଜା ବିଷୟରେ କହି ଚାଲିଲା । ଛୋଟିଆ ସହରଟାରେ ମେୟର ଥିବା ତାର ଅଜାଙ୍କୁ ସବିନା କେବେ ଦେଖି ନ ଥିଲା । ସେ ଛାଡ଼ି ଯାଇଥିଲେ କେବଳ ଗୋଟେ ଗୋଲିଆ ଟୋପୀ ଓ ଛୋଟ ସହରର ମାନ୍ୟଗଣ୍ୟ ବିଶିଷ୍ଟ ବ୍ୟକ୍ତିଙ୍କର ମଞ୍ଚାସୀନ ଫଟୋ ଖଣ୍ଡେ । ତାଙ୍କ ଭିତରୁ ଜଣେ ଥିଲେ ତାର ଅଜା । ମଞ୍ଚରେ ସେମାନେ କଣ କରୁଥିଲେ ତାହା ଜଣା ପଡୁ ନ ଥିଲା । ବୋଧହୁଏ କୌଣସି ଉତ୍ସବରେ ସେମାନେ କାର୍ଯ୍ୟରତ ଥିଲେ । ଏକଦା ମହୋତ୍ସବରେ ଗୋଲିଆ ଟୋପୀ ପିନ୍ଧୁଥିବା କୌଣସି ଏକ ସହଯୋଗୀ ବନ୍ଧୁଙ୍କର ପ୍ରତିମୂର୍ତ୍ତି ଉନ୍ମୋଚନ କରୁଥାଇ ପାରନ୍ତି ।

ସବିନା ଗୋଲିଆ ଟୋପୀଟା ବିଷୟରେ ଓ ତାର ଅଜା ବିଷୟରେ କହି ଚାଲିଥାଏ । ତୃତୀୟ ଗ୍ଲାସ ଶେଷ କରିଦେଇ କହିଲା, 'ମୁଁ ଏଇନା ଆସୁଛି' ଓ ବାଥ୍‌ରୁମ୍ ଭିତରକୁ ଚାଲିଗଲା ।

ସେ ତାର ସ୍ନାନ ବସ୍ତ୍ରରେ ବାହାରି ଆସିଲା । ଟେରେଜା ତାର କେମେରା ଉଠାଇ ଆଖିରେ ଲଗାଇଥିଲା । ସବିନା ଲୁଗା କାଢ଼ି ଫିଙ୍ଗି ଦେଲା ।

(୨୨)

କେମେରାଟି ଟେରେଜା ପାଇଁ ଗୋଟେ ଯାନ୍ତ୍ରିକ ଚକ୍ଷୁ ପରି କାମ କଲା ଯାହା ମାଧ୍ୟମରେ ସେ ଟମାସର ରକ୍ଷିତାକୁ ଦେଖି ପାରିଲା ଓ ନିଜ ମୁହଁଟାକୁ ତା ଠାରୁ ଲୁଚେଇ ରଖିବା ପାଇଁ ଗୋଟେ ପରଦା ପରି ହେଲା ।

ସଂପୂର୍ଣ୍ଣ ଭାବରେ ଲୁଗା ଖୋଲି ଦେବା ପାଇଁ ସବିନାକୁ ଟିକେ ସମୟ ଲାଗିଲା । ଯେଉଁ ପରିସ୍ଥିତିରେ ସେ ନିଜକୁ ପାଇଲା ତାହା ସେ ଆଶା କରିଥିବାଠାରୁ ଟିକେ ଅଧିକ କଷ୍ଟକର ମନେ ହେଲା । ଅନେକ ସମୟ ପୋଜ୍ ଦେଲାପରେ ସେ ଟେରେଜା ପାଖକୁ ଗଲା ଓ କହିଲା, 'ତମର ଫଟୋ ଉଠାଇବାଟା ଏବେ ମୋର ପାଳି, ଲଙ୍ଗଳା ହୁଅ !'

ତାକୁ 'ଲଙ୍ଗଳା ହୁଅ !' ବୋଲି ଟମାସ ଆଦେଶ ଦେବାର ସବିନା ଅନେକଥର ଶୁଣିଥିଲା । ଯାହା କି ତାର ସ୍ମୃତିରେ ଲାଖି ହେଇ ରହିଯାଇଥିଲା । ଏଇ ପ୍ରକାରେ ଟମାସର ରକ୍ଷିତା ଟମାସର ସ୍ତ୍ରୀକୁ ଆଦେଶ ଦେଲା । ଦୁଇଜଣ ସ୍ତ୍ରୀଲୋକ ସେହି ଗୋଟିଏ ଯାଦୁକରୀ ଶବ୍ଦରେ ଯୋଖି ହେଲେ । ତାହା ଜଣେ ସ୍ତ୍ରୀଲୋକ ସହିତ ସାଧାରଣ କଥାବାର୍ତ୍ତାକୁ ଅପ୍ରତ୍ୟାଶିତ ଭାବେ ଗୋଟେ ଶୃଙ୍ଗାରିକ ସଂପର୍କରେ ପରିଣତ କରିଦେବାର ଟମାସର ଶୈଳୀ ପରି ଥିଲା । ଧୂମ୍ରପାନ କରିବା, ଫୁସୁଲେଇବା ଓ ଅନୁନୟ ହେବା ପରିବର୍ତ୍ତେ ସେ ଗୋଟେ ଆଦେଶ ଦିଏ । ଆଦେଶଟା ସେ ଅଚାନକ ଓ ଅପ୍ରତ୍ୟାଶିତ ଭାବରେ, ନରମ ଅଥଚ ଦୃଢ଼ ଭାବରେ ଏବଂ କର୍ତ୍ତୃତ୍ୱ ଜାହିର କରି ତଥା ଟିକେ ଦୂରତା ରକ୍ଷା କରି ଦିଏ : ସେହି ମୁହୂର୍ତ୍ତରେ ସେ ଆଦେଶ ଦଉଥିବା

ସ୍ତ୍ରୀଲୋକଟାକୁ କେବେ ସ୍ପର୍ଶ କରେ ନାହିଁ। ବେଳେବେଳେ ସେ ଟେରେଜା ପ୍ରତି ମଧ୍ୟ ଅନୁରୂପ ବ୍ୟବହାର କରେ। ସେ ଯେତେ ନରମ ଭାବରେ ଓ ଚୁପିଚୁପି କହିଲେ ମଧ୍ୟ ଆଦେଶ ପରି ଲାଗେ ଆଉ ସେଇ ହୁକୁମ ମାନିବାଟା ତାର ଯୌନ ଉଦ୍ଦୀପନାକୁ ଜାଗ୍ରତ କରିବାରେ କେବେ ବି ବିଫଳ ହୁଏ ନାହିଁ। ଏଇ ଶବ୍ଦଟି ଏବେ ଶୁଣି ଆଦେଶ ପାଳନ କରିବାର ଇଚ୍ଛାଟା ବରଂ ଆହୁରି ବଳବତୀ ହେଲା। କାରଣ ଜଣେ ଅପରିଚିତର ଆଦେଶ ମାନିବା ଗୋଟେ ବିଶେଷ ଧରଣର ବାତୁଳତା। ପୁଣି ଏ କ୍ଷେତ୍ରରେ ଏଇ ବାତୁଳତା ଆହୁରି ଉତ୍ତେଜକ। କାରଣ ଆଦେଶଟା ଜଣେ ପୁରୁଷଠାରୁ ନୁହେଁ, ଜଣେ ସ୍ତ୍ରୀଲୋକ ପାଖରୁ ଆସିଛି।

ସବିନା ତା ପାଖରୁ କେମେରାଟି ନେଲା ଓ ଟେରେଜା ନିଜର ଲୁଗା କାଢ଼ିଲା। ତାପରେ ସେ ସବିନା ସାମ୍ନାରେ ଉଲଗ୍ନ ଓ ନିରସ୍ତ୍ର ହେଇ ଠିଆ ହେଲା। ଆକ୍ଷରିକ ଅର୍ଥରେ ନିରସ୍ତ୍ର : ନିଜର ମୁହଁକୁ ଢ଼ାଙ୍କି ରଖି ସବିନା ଆଡ଼କୁ ଅସ୍ତ୍ର ପରି ମୁହାଁଇଥିବା ଯନ୍ତ୍ରଟିରୁ ସେ ବଞ୍ଚିତ। ସେ ଏବେ ସଂପୂର୍ଣ୍ଣ ଭାବରେ ଟମାସର ରକ୍ଷିତାର ଦୟାରେ। ଏଇ ସୁନ୍ଦର ଆତ୍ମ ସମର୍ପଣ ଟେରେଜାକୁ ମଦମତ୍ତ କଲା। ସବିନା ସାମ୍ନାରେ ସେ ଉଲଗ୍ନ ହେଇ ଛିଡା ହେବାର ମୁହୂର୍ତ୍ତଟା ଆଉ ଶେଷ ନ ହୁଅନ୍ତା କି !

ମୁଁ ଭାବେ, ସବିନା ମଧ୍ୟ ସେଇ ପରିସ୍ଥିତିର ଅଦ୍ଭୁତ ଆକର୍ଷଣ ଅନୁଭବ କଲା : ତାରି ସାମ୍ନାରେ ତାର ପ୍ରେମିକର ସ୍ତ୍ରୀ ତାର ଆଦେଶ ପାଳନ କରି ଭୟଭୀତ ହେଇ ଦଣ୍ଡାୟମାନ। କିଂତୁ ଦୁଇ ତିନିଟା ଫଟୋ ଉଠାଇ ସାରିଲା ପରେ ସେ ଏଇ ଆକର୍ଷଣରେ ନିଜେ ଡରିଗଲା ଓ ଡରକୁ ଦୂର କରିବା ପାଇଁ ଜୋର୍‌ରେ ହସି ପକାଇଲା।

ଟେରେଜା ହସରେ ଯୋଗ ଦେଲା, ଆଉ ଦୁହେଁଯାକ ଲୁଗା ପିନ୍ଧିଲେ।

(୨୩)

ରୁଷ ସାମ୍ରାଜ୍ୟର ପୂର୍ବର ସବୁ ଅପରାଧ ଗୋଟେ ସତର୍କ ଆବରଣ ଭିତରେ ଅଲକ୍ଷିତ ଭାବରେ କରାଯାଇଥିଲା। ଲକ୍ଷଲକ୍ଷ ଲିଥୁଆନିଆ ଅଧିବାସୀଙ୍କ ଦେଶାନ୍ତରୀ, ଶହ ଶହ ହଜାର ହଜାର ସଂଖ୍ୟାରେ ପୋଲାଣ୍ଡ ଅଧିବାସୀଙ୍କ ହତ୍ୟା; କ୍ରିମିଆର ଟାର୍ଟାର ଗଣହତ୍ୟା ଇତ୍ୟାଦି ଆମର ସ୍ମୃତିରେ ରହିଥିଲେ ହେଁ ଯାର କୌଣସି ଫଟୋଗ୍ରାଫିକ ପ୍ରମାଣ ରହି ନାହିଁ। ତେଣୁ ଆଜି ନହେଲେ କାଲି ସେଗୁଡ଼ିକୁ କେବଳ ମନଗଢ଼ା ବୋଲି କୁହାଯିବ। ୧୯୬୮ରେ ଚେକୋସ୍ଲୋଭାକିଆ ଆକ୍ରମଣ କଥା ସେଇଯା ନୁହଁ। ଏଇ ଘଟଣାର ଉଭୟ ସ୍ଥିର ଓ ଗତିଶୀଳ ଫଟୋଚିତ୍ର ସାରା ପୃଥିବୀର ବିଭିନ୍ନ ସଂଗ୍ରହାଳୟରେ ରଖାଯାଇଛି।

ଚେକ୍ ଫଟୋଗ୍ରାଫର ଓ କେମେରାମେନ୍ ବେଶ୍ ସଚେତନ ଥିଲେ ଯେ

ସେମାନଙ୍କୁ ହିଁ କେବଳ ଏଇ କାମଟି ସୁଚାରୁରୂପେ କରିବାର ବାକି ଅଛି । ଏକ ସୁଦୂର ଭବିଷ୍ୟତ ପାଇଁ ହିଂସାର ରୂପକୁ ସଂରକ୍ଷିତ କରିବାକୁ ହେବ । ଲାଗଲାଗ ସାତଦିନ ଧରି ଟେରେଜା ରାସ୍ତାରେ ଘୁରି ବୁଲିଲା ଓ ରୁଷ ସୈନ୍ୟ ଓ ଅଫିସରମାନେ ଆପତ୍ତିଜନକ ଅବସ୍ଥାରେ ଥିବା ଫଟୋ ଉଠାଇଲା । ରୁଷୀୟମାନେ କଣ କରିବେ ଜାଣି ପାରିଲେନି । ତାଙ୍କ ଉପରକୁ କେହି ଗୁଳି ଚାଳନା କଲେ କିମ୍ବା ଟେକା ପଥର ଫୋପାଡ଼ିଲେ ସେମାନେ କିଭଳି ପ୍ରତିକ୍ରୀୟା ଦେଖାଇବେ ସେ ବିଷୟରେ ତାଙ୍କୁ ସତର୍କତାର ସହିତ ନିର୍ଦ୍ଦେଶ ଦିଆଯାଇଥିଲା । କିଂତୁ ତାଙ୍କ ଉପରକୁ କେହି କେମେରାର ଲେନସ୍ ଉଠାଇଲେ ସେମାନେ କଣ କରିବେ ତାହା ତାଙ୍କୁ ଆଦୌ ନିର୍ଦ୍ଦେଶ ଦିଆଯାଇ ନଥିଲା ।

ରୋଲ୍ ପରେ ରୋଲ୍ ଫଟୋ ସେ ଉଠାଇ ଚାଲିଲା ଓ ସେଥିରୁ ପ୍ରାୟ ଅଧେ ଧୁଆ ହେଇ ନ ଥିବା ଫଟୋ ବିଦେଶୀ ସାମ୍ବାଦିକ ମାନଙ୍କୁ ଦେଇଦେଲା (ସୀମାନ୍ତ ଗୁଡ଼ିକ ତଥାପି ଖୋଲା ଥିଲା, ଆଉ କୌଣସି ଖବରଟିଏ ପାଇଗଲେ ରିପୋର୍ଟର କୃତ୍ୟକୃତ୍ୟ ହେଉଥିଲେ) । ତାର ଅନେକଗୁଡ଼ିଏ ଫଟୋଗ୍ରାଫ ପାଶ୍ଚାତ୍ୟ ସମ୍ବାଦ ସରବରାହ ସଂସ୍ଥାକୁ ଆସିଗଲା । ସେ ସେଗୁଡ଼ିକରେ ଥିଲା ଟ୍ୟାଙ୍କ୍‌ଗୁଡ଼ିକର ଫଟୋ, ଧମକ ଦେଲାଭଙ୍ଗୀରେ ଉତ୍ୟକ୍ତ ବଜ୍ରମୁଷ୍ଟି, ବିଧ୍ୱସ୍ତ ବାସଗୃହ, ଲାଲ-ଧଳା ଓ ନୀଳ ରଙ୍ଗର ଚେକ୍ ପତାକା ଉଡ଼ାଇ ଯୁବକମାନେ ମୋଟର ସାଇକେଲ୍‌ରେ ବସି ଟ୍ୟାଙ୍କ୍ ଚାରିପଟେ ଦ୍ରୁତ ଗତିରେ ଚକ୍‌କର୍ କାଟୁଥିବାର ଫଟୋଚିତ୍ର, ଅବିଶ୍ୱାସ୍ୟ ଭାବରେ ଛୋଟ ସ୍କର୍ଟ ପିନ୍ଧି ଯୁବତୀମାନେ ଦୟନୀୟ ଭାବରେ କେତେ ଦିନରୁ ଯୌନ ସଙ୍ଗମ ରହିତ ହେଇଥିବା ରୁଷ ସେନାଙ୍କୁ ଉତ୍ତେଜିତ କରିବାକୁ ଯାଇ ତାଙ୍କରି ସାମ୍ନାରେ ରାସ୍ତାରେ ଗଲା ଅଇଲା ଲୋକଙ୍କୁ ଚୁମ୍ବନ ଦେବାର ଫଟୋ । ଯେପରିକି ମୁଁ ଆଗରୁ କହିସାରିଛି ଯେ ରୁଷ ଆକ୍ରମଣ କେବଳ ମାତ୍ର ଗୋଟେ ଟ୍ରେଜେଡ଼ି ନଥିଲା, ଏହା ଥିଲା ଏକ ଅଦ୍ଭୁତ, (ଯାହା କି ଆଉ ବୋଧଗମ୍ୟ ନୁହେଁ) ଉଚ୍ଛ୍ୱସିତ ଅନୁଭବରେ ପରିପୂର୍ଣ୍ଣ ଘୃଣାର ଗୋଟେ ମହୋତ୍ସବ ।

(୨୪)

ସେ ସ୍ୱିଜରଲାଣ୍ଡ୍‌କୁ ତା ସହିତ ପଚାଶଟି ପ୍ରିଣ୍ଟ୍ ନେଇକି ଗଲା, ଯେଉଁ ପ୍ରିଣ୍ଟ୍‌ଗୁଡ଼ିକୁ ସେ ତାର ସବୁ କାର୍ଯ୍ୟଦକ୍ଷତାର ସବୁ କଳାକୌଶଳ ଓ ଯତ୍ନ ଲଗାଇ ନିଜେ ତିଆରି କରିଥିଲା । ସେ ସେଗୁଡ଼ିକୁ ବହୁଳ ସଂଖ୍ୟାରେ କାଟ୍‌ତି ଥିବା ଗୋଟିଏ ସଚିତ୍ର ପତ୍ରିକାକୁ ଦେଲା । ସଂପାଦକ ଜଣକ ତାକୁ ସଦୟ ସ୍ୱାଗତ କଲେ (ସବୁ ଚେକ୍ ଅଧିବାସୀମାନେ ତାଙ୍କର ଦୁର୍ଭାଗ୍ୟର ଆଭାରେ ଆଲୋକିତ ଓ ସୁହୃଦ ସ୍ୱିଜରଲାଣ୍ଡବାସୀ ଏଥିରେ

ଆପ୍ଲୁତ); ସେ ତାକୁ ବସିବାକୁ କହିଲେ, ପ୍ରିଣ୍ଟ୍‌ଗୁଡ଼ିକୁ ଦେଖୁ ଦେଖୁ ପ୍ରଶଂସା କଲେ ଓ ବୁଝାଇଦେଲେ ଯେ ଘଟଣାଟି ପରେ କେତେ ସମୟ୍ ଚାଲିଯାଇଥିବାର ବିଳମ୍ବ ହେତୁ ସେଗୁଡ଼ିକ ପ୍ରକାଶିତ ହେବାର ସାମାନ୍ୟତମ (ଏଇଥି ନୁହଁ ଯେ ସେଗୁଡ଼ିକ ସୁନ୍ଦର ନୁହଁ !) ସମ୍ଭାବନା ନାହିଁ।

'କିଂତୁ ପ୍ରାଗ୍‌ରେ ଏସବୁ ରୀତିମତ ଏବେ ଚାଲିଛି !' ସେ ପ୍ରତିବାଦ କଲା ଓ ତାର ଖଣ୍ଡିଆ ଜର୍ମାନୀ ଭାଷାରେ ତାଙ୍କୁ ବୁଝାଇବାକୁ ଚେଷ୍ଟା କଲା ଯେ ଯଦିଓ ଦେଶଟା ଅଧିକୃତ, ସବୁକିଛି ପ୍ରତିକୂଳ ଥିବା ସତ୍ତ୍ୱେ ଏଇ ମୁହୂର୍ତ୍ତରେ କାରଖାନାରେ ଶ୍ରମିକ ସଂଘ ଗଠନ କରାଯାଉଛି, ରୁଷ ମାନଙ୍କର ପ୍ରତ୍ୟାଗମନ ଦାବୀରେ ଛାତ୍ର ଛାତ୍ରୀମାନେ ଧର୍ମଘଟ କରୁଛନ୍ତି ଆଉ ସାରା ଦେଶ ତାର ଭାବନାକୁ ସ୍ପଷ୍ଟ ଭାବରେ ବେଶ୍ ଜୋର୍‌ରେ କହି ଚାଲିଛି।

'ସେଇଟା ହିଁ ତ ଅବିଶ୍ୱାସ୍ୟ ! ଆଉ ଏଠି କେହି ଏ ସବୁକୁ ଖାତିର କରୁନାହାନ୍ତି।'

କଥାବାର୍ତ୍ତା ଚାଲିଥିବା ବେଳେ ଚଞ୍ଚଳା ମହିଳା ଜଣେ ଅଫିସ୍ ଭିତରକୁ ପଶି ଆସିଲାରୁ ସଂପାଦକ ଜଣକ ଖୁସି ହେଲେ। ସେହି ମହିଳା ଜଣକ ତାଙ୍କ ହାତକୁ ଫାଇଲଟିଏ ବଢ଼ାଇ କହିଲେ, 'ଏଇ ରହିଲା ଉଲଗ୍ନ ବେଳାଭୂମି ଲେଖାଟି।'

ସୂକ୍ଷ୍ମ ବୁଦ୍ଧିସଂପନ୍ନ ସଂପାଦକ ଜଣକ ବୁଝିଗଲେ ଯେ ଟ୍ୟାଙ୍କ୍‌ର ଫଟୋ ଉଠାଇଥିବା ଚେକ୍ ଜଣକୁ ବେଳାଭୂମିରେ ଲଙ୍ଗଳା ଲୋକଙ୍କ ଫଟୋମାନ ନିହାତି ତୁଚ୍ଛ ଲାଗିବ। ସେ ଫାଇଲ୍‌ଟାକୁ ଡେସ୍କ ଶେଷଆଡକୁ ରଖି ସଙ୍ଗେ ସଙ୍ଗେ ମହିଳା ଜଣକୁ କହିଲେ, 'ତମର ଜଣେ ଚେକ୍ ସହକର୍ମୀଙ୍କୁ ଏଥର ଭେଟ। ସେ କେତେଗୁଡ଼ିଏ ଚମତ୍କାର ଛବି ନେଇକି ଆସିଛନ୍ତି।'

ମହିଳା ଜଣକ ଟେରେଜା ସହିତ ହାତ ମିଳାଇଲେ ଓ ତାର ଫଟୋଗୁଡ଼ିକ ଉଠାଇ ଦେଖିଲେ। 'ଯଥି ଭିତରେ ତମେ ମୋର ଫଟୋଗୁଡ଼ା ଟିକେ ଦେଖି ପକାଅ।' ସେ କହିଲେ।

ଟେରେଜା ଫାଇଲ୍ ଉପରେ ନଇଁପଡ଼ି ଫଟୋଗୁଡ଼ିକ କାଢ଼ିଲା। ପ୍ରାୟ୍ କ୍ଷମା ପ୍ରାର୍ଥନା କଲା ପରି ସଂପାଦକ ଜଣକ ଟେରେଜାକୁ କହିଲେ, 'ଅବଶ୍ୟ, ତମ ଫଟୋଠାରୁ ଏ ଗୁଡ଼ା ପୁରାପୁରି ଭିନ୍ନ।'

'ଆଦୌ ନୁହେଁ,' ଟେରେଜା କହିଲା। 'ପୁରାପୁରି ସମାନ।'

ସଂପାଦକ କିମ୍ବା ଫଟୋଗ୍ରାଫର କେହି ତା କଥା ବୁଝି ପାରିଲେ ନାହିଁ। ସେ କେଉଁ ଦୃଷ୍ଟିକୋଣରୁ ଏକ ଉଲଗ୍ନ ବେଳାଭୂମି ସହିତ ରୁଷ ଆକ୍ରମଣକୁ ତୁଳନା

କଲା, ଏକଥା ମୁଁ ମଧ୍ୟ ବୁଝିପାରିଲି ନାହିଁ । ଫଟୋଗୁଡ଼ା ଦେଖୁ ଦେଖୁ ସେ ଗୋଟିକରେ ଟିକେ ରହିଗଲା । ଚାରିଜଣିଆ ପରିବାର ଗୋଲେଇ ହେଇ ଠିଆ ହେଇଥିବାର ଫଟୋ ଖଣ୍ଡିଏ : ପିଲାଙ୍କ ଉପରେ ଆଉଜିଥିବା ଲଙ୍ଗଳା ମାଁର ବେଶ୍ ବଡ଼ ଦୁଧ ଭୁଣ୍ଡିଟା ଗୋଟେ ଗାଈ ବା ଛେଳିର ପହ୍ନା ପରି ତଳକୁ ଓହଳିଥାଏ, ସ୍ୱାମୀଜଣକ ଆରପଟେ ଠିକ୍ ସେମିତି ଆଉଜି ରହିଥାଏ । ତାର ଲିଙ୍ଗ ଓ ମୁଷ୍କକୋଷଟା ପୁରାପୁରି ଗାଈ ଛେଳିଙ୍କର ପହ୍ନାର ଏକ କ୍ଷୁଦ୍ର ପ୍ରତିରୂପ ପରି ଦେଖାଯାଉଥାଏ ।

'ଫଟୋଗୁଡ଼ା ତମକୁ ଭଲ ଲାଗୁ ନାହିଁ । ଲାଗୁଛି କି ?' ସଂପାଦକ ପଚାରିଲେ ।

'ଫଟୋଗୁଡ଼ା ଭଲ ହେଇଛି ।'

'ସେ ଫଟୋର ବିଷୟବସ୍ତୁକୁ ନେଇ ଡରିଯାଇଛନ୍ତି,' ମହିଳା ଜଣକ କହିଲେ, 'ତମକୁ ଖାଲି ଦେଖି ଦେଇ ମୁଁ କହିପାରେ ଯେ ତମେ କେବେ ଗୋଟେ ଲଙ୍ଗଳା ବେଳାଭୂମିରେ ପାଦ ସୁଦ୍ଧା ପକେଇନ ।'

'ନା', ଟେରେଜା କହିଲା ।

ସଂପାଦକ ମୃଦୁ ହସିଲେ । 'ଦେଖିଲ, ତମେ କୋଉଠାରୁ ଆସିଛ ତାହା ଅନୁମାନ କରିବାଟା କେଡ଼େ ସହଜ । କମ୍ୟୁନିଷ୍ଟ ଦେଶଗୁଡ଼ା ନିହାତି ଭାବରେ ମରହଟ୍ଟୀ ।'

'ଲଙ୍ଗଳା ଦେହଟା ସେମିତି କିଛି ଖରାପ ନୁହଁ,' ମହିଳା ଜଣକ ମାତୃସୁଲଭ ସ୍ନେହରେ କହିଲେ । 'ଏଇଟା ସ୍ୱାଭାବିକ । ଆଉ ଯାହା ସ୍ୱାଭାବିକ, ତାହା ସୁନ୍ଦର ।'

ଟେରେଜା ମନ ଭିତରକୁ ଫ୍ଲାଟ ଭିତରେ ଲଙ୍ଗଳା ହେଇ ଚାଲୁଥିବା ତାର ମାଁର ପ୍ରତିଛବିଟା ହଠାତ୍ ଝଟକି ଉଠିଲା । କାଳେ ପଡ଼ୋଶୀମାନେ ଦେଖିନେବେ ଭୟରେ ସେ ଦୌଡ଼ିଯାଇ ପରଦା ଟାଣୁ ଟାଣୁ ତା ପଛରେ ଜୋର୍‌ଦାର ହସ ସେ ଏବେ ବି ଶୁଣି ପାରିଲା ।

(୨୫)

ମହିଳା ଫଟୋଗ୍ରାଫର ପତ୍ରିକା କାର୍ଯ୍ୟାଳୟ ପରିସରରେ ଥିବା କଫି ହାଉସକୁ କଫି ପିଇବା ପାଇଁ ଟେରେଜାକୁ ନିମନ୍ତ୍ରଣ କଲା । 'ତମର ସେଇ ଫଟୋଗୁଡ଼ା ବେଶ୍ ଚିତ୍ତାକର୍ଷକ । ନାରୀଦେହକୁ ନେଇ ତମର ଏତେ ସୁନ୍ଦର ଅବଧାରଣାକୁ ଲକ୍ଷ୍ୟ ନ କରି ମୁଁ ରହି ପାରିଲିନି । ମୋ କଥାର ଅର୍ଥ ତମେ ବୁଝି ପାରୁଥିବ । ଉତ୍ତେଜକ ଅଙ୍ଗଭଙ୍ଗୀରେ ସେଇ ଝିଅଗୁଡ଼ା !'

'ରୁଷ ଯୁଦ୍ଧ ଟ୍ୟାଙ୍କ୍‌ର ସାମ୍ନାରେ ବାଟୋଇଙ୍କୁ ଚୁମା ଦେଉଥିବା ଫଟୋ ?'

'ହଁ । ଜାଣିଛ, ତମେ ଜଣେ ତୁଙ୍ଗ ସ୍ତରର ଫେସନ ଫଟୋଗ୍ରାଫର ହେଇ ପାରିବ । ପ୍ରଥମେ ତମକୁ ଜଣେ ମଡ଼େଲ ଖୋଜିବାକୁ ହେବ ଯିଏ କି ତମ ପରି କ୍ୟାରିୟର୍ ଆରମ୍ଭ କରିବା ସନ୍ଧାନରେ ଥିବ । ତାପରେ ତମେ ଫଟୋଗୁଡ଼ିକର ଗୋଟେ ଫାଇଲ ପ୍ରସ୍ତୁତ କରିବାକୁ ପଡ଼ିବ ଓ ସେଗୁଡ଼ିକୁ ବିଭିନ୍ନ ଏଜେନ୍‌ସିକୁ ଦେଖାଇବାକୁ ପଡ଼ିବ । ଏଥିରେ ତମକୁ ନାଁ କମାଇବାରେ ବେଶ୍ କିଛି ସମୟ ଲାଗିଯିବ । ତାହା ସ୍ୱାଭାବିକ । କିଂତୁ ଏଇଠି ଏବେ ମୁଁ ତମ ପାଇଁ ଗୋଟେ କାମ କରିପାରେ : ବଗିଚା ବିଭାଗ ଦାୟିତ୍ୱରେ ଥିବା ଆମର ସଂପାଦକ ସହିତ ମୁଁ ତମର ପରିଚୟ କରାଇଦେଇପାରେ । ନାଗଫେଣୀ ଓ ଗୋଲାପ ଆଦିର କେତେ ଫଟୋ ସେ ଦରକାର କରି ପାରନ୍ତି ।'

'ତମକୁ ବହୁତ ଧନ୍ୟବାଦ,' ଟେରେଜା ଆନ୍ତରିକତାର ସହ କହିଲା । କାରଣ ସାମ୍ନାରେ ବସିଥିବା ସ୍ତ୍ରୀଲୋକଟି ତାର ଶୁଭେଚ୍ଛୁ ଥିବାର ସ୍ପଷ୍ଟ ଜଣାପଡୁଥିଲା ।

ତେବେ, ତାପରେ ସେ ନିଜକୁ ପଚାରିଲା, ନାଗଫେଣୀର ଫଟୋ ନେବା କଣ ଦରକାର ? ଯାହା ସେ ଭୋଗିଛି ତାହା ଜୁରିଚ୍‌ରେ ହେଉ, ଏଇୟା ସେ ଚାହିଁଲା ନାହିଁ : ଚାକିରୀ ଓ ପେଷାକୁ ନେଇ ଲଢ଼େଇ, ପ୍ରତିଟି ପ୍ରକାଶିତ ଫଟୋକୁ ନେଇ ଲଢ଼େଇ । ଅହଙ୍କାର ଯୋଗୁଁ ସେ କେବେ ଉଚ୍ଚାକାଂକ୍ଷୀ ହେଇ ପାରି ନଥିଲା । ସେ କେବଳ ତାର ମାଁର ଦୁନିଆଁରୁ ନିସ୍ତାର ପାଇବାକୁ ଚାହିଁଥିଲା । ହଁ, ସେ ଏଇଟାକୁ ସଂପୂର୍ଣ୍ଣ ସ୍ପଷ୍ଟ ରୂପେ ଦେଖିଲା : ଫଟୋ ଉଠାଇବାରେ ସେ ଯେତେ ଉତ୍ସାହିତ ହେଲେ ସୁଦ୍ଧା ତାର ସେଇ ଉତ୍ସାହକୁ ଅନ୍ୟ ଯେ କୌଣସି ପ୍ରଚେଷ୍ଟାରେ ଲଗାଇ ପାରିଥାନ୍ତା । 'କିଛି ଗୋଟେ ଉଚ୍ଚତର' ଭାବନା ଓ ଟମାସ ପାଖରେ ରହିବାର ମାଧ୍ୟମ ଛଡ଼ା ଫଟୋଗ୍ରାଫୀ ତା ପାଇଁ ଆଉ କିଛି ନ ଥିଲା ।

ସେ କହିଲା, 'ମୋ ସ୍ୱାମୀ ଜଣେ ଡାକ୍ତର । ସେ ମୋର ଭରଣପୋଷଣ କରି ପାରିବେ । ମୋର ଫଟୋ ଉଠାଇବା ଦରକାର ନାହିଁ ।'

ମହିଳା ଫଟୋଗ୍ରାଫର ଜଣକ ଉତ୍ତର ଦେଲେ, 'ଏତେ ବଢ଼ିଆ କାମ କରିସାରିଲା ପରେ ତମେ କେମିତି ଏଇଟା ଛାଡ଼ି ଦେଇ ପାରିବ ମୁଁ ଭାବି ପାରୁନି ।'

ହଁ, ସେନା ଆକ୍ରମଣର ସେଇ ଫଟୋଗୁଡ଼ା ପୁଣି ଗୋଟେ ଅଲଗା କଥା । ସେ ଟମାସ ପାଇଁ ସେଗୁଡ଼ିକୁ କରି ନ ଥିଲା । ସେ ନିଜ ଆବେଗରେ ତାହା କରିଥିଲା । କିଂତୁ ଫଟୋଗ୍ରାଫୀ ପାଇଁ ଆବେଗରୁ ନୁହେଁ । ଗୋଟେ ପ୍ରକାର ତୀବ୍ର ଘୃଣାରୁ ସେ ତହା କରିଥିଲା । ସେଇ ପରିସ୍ଥିତି ପୁଣିଥରେ କେବେ ଘଟିବ ନାହିଁ । ଆଉ ଆବେଗରୁ ତିଆରି କରିଥିବା ଏଇ ଫଟୋଗୁଡ଼ିକୁ ପୁରୁଣାକାଳିଆ କହି କେହି ଚାହିଁଲେ ନାହିଁ ।

କେବଳ ନାଗଫେଣୀର ଚିରସ୍ଥାୟୀ ଆକର୍ଷଣ ରହିଛି । ଆଉ ନାଗଫେଣୀରେ ତାର ଆଗ୍ରହ ନାହିଁ ।

ସେ କହିଲା, 'ପ୍ରକୃତରେ ତମେ ବେଶ୍ ଦରଦୀ । କିଂତୁ ମୁଁ ଘରେ ରହିବି ପଛକେ, ଚାକିରୀ ଆଉ ମୋର ଦରକାର ନାହିଁ ।'

ମହିଳା ଜଣକ କହିଲେ : 'କିଂତୁ ଘରେ ବସି ତମେ କଣ ଆତ୍ମତୃପ୍ତି ପାଇବ ?'

ଟେରେଜା କହିଲା, 'ନାଗଫେଣୀର ଫଟୋ ଉଠେଇବା ଅପେକ୍ଷା ବେଶ୍ ଅଧିକ ଆତ୍ମତୃପ୍ତି ପାଇବି ।'

ମହିଳା ଜଣକ କହିଲେ, 'ଯଦି ବି ନାଗଫେଣୀ ଫଟୋ ଉଠାଅ, ତେବେ ବି ତମେ ତମର ଜୀବନ ଜିଉଁଛ । କିଂତୁ ଯଦି କେବଳ ସ୍ୱାମୀ ପାଇଁ ବଞ୍ଚୁଛ, ତା ହେଲେ ତମର ନିଜସ୍ୱ ଜୀବନ କହିଲେ କିଛି ନାହିଁ ।'

ହଠାତ୍ ଟେରେଜାକୁ ବିରକ୍ତ ଲାଗିଲା : 'ମୋ ସ୍ୱାମୀ ମୋ ଜୀବନ, ନାଗଫେଣୀ ନୁହେଁ ।'

ମହିଳା ଫଟୋଗ୍ରାଫର ଜଣକ ନମ୍ରତାର ସହିତ ଉତ୍ତର ଦେଲେ : "ତା'ମାନେ ତମେ ନିଜକୁ ସୁଖୀ ମନେ କରୁଛ ?'

ଟେରେଜା ସେମିତି ବିରକ୍ତ ହେଇ କହିଲା : 'ଅବଶ୍ୟ ମୁଁ ଖୁସି ଅଛି !'

ମହିଳା ଜଣକ କହିଲେ, 'ଏଇ ପ୍ରକାର କହି ପାରୁଥିବା ସ୍ତ୍ରୀଲୋକ କେବଳ...' ସେ ମଝିରେ ରହିଗଲା ।

ଟେରେଜା ତାର କଥାକୁ ସଂପୂର୍ଣ୍ଣ କରିଦେଲା : '...ସୀମିତ । ସେଇୟା ତମେ କହୁଛ ତ, ନୁହେଁ କି ?'

ମହିଳା ଜଣକ ନିଜ ଉପରେ ପୁଣି ଥରେ ନିୟନ୍ତ୍ରଣ ଆଣି କହିଲେ, 'ସୀମିତ ନୁହେଁ । ପୁରୁଣା କାଳିଆ ।'

'ତମେ ଠିକ୍ କହୁଛ', ଟେରେଜା ଉଦାସ ହେଇ କହିଲା । 'ମୋ ବିଷୟରେ ମୋ ସ୍ୱାମୀ ଠିକ୍ ଏଇୟା କହନ୍ତି ।'

(୨୬)

ଟମାସ ସାରାଦିନ ହସ୍‌ପିଟାଲରେ ରହିଯାଏ, ଆଉ ସେ ଘରେ ଏକୁଟିଆ ଥାଏ । ଅନ୍ତତଃ କାରେନିନ୍ ପାଖରେ ଥିବାରୁ ତାକୁ ନେଇ ସେ ବେଶ୍ ଦୂର ବୁଲିବାକୁ ଯାଏ ! ଘରକୁ ଫେରି ସେ ଜର୍ମାନ୍ ଓ ଫରାସୀ ବ୍ୟାକରଣ ପଢ଼େ । କିଂତୁ ମନ ଲାଗେ ନାହିଁ । ସେ ଉଦାସ ହେଇଯାଏ । ମସ୍କୋରୁ ଫେରିଲା ପରେ ଡ୍ୟୁ ବେକ୍

ରେଡ଼ିଓରେ ଦେଇଥିବା ଅଭିଭାଷଣ ବିଷୟରେ ସେ ଭାବି ଚାଲେ । ଯଦିଓ ଟେରେଜା ସେ କଣ କହିଥିଲେ ତାହା ଭୁଲି ଯାଇଥିଲା, ତଥାପି ତାଙ୍କର କ-ିତ କଣ୍ଠସ୍ୱର ସେ ଶୁଣି ପାରୁଥିଲା । କେମିତି ବିଦେଶୀ ସେନା ତାଙ୍କୁ- ଜଣେ ସ୍ୱାଧୀନ ରାଷ୍ଟ୍ରମୁଖ୍ୟଙ୍କୁ ନିଜ ଦେଶରେ ଗିରଫ କଲେ, ୟୁକ୍ରେନ୍‌ର ପାହାଡ଼ ଭିତରେ କେଉଁଠି ଚାରିଦିନ ଅଟକ ରଖିଲେ ଓ ତାଙ୍କୁ ମୃତ୍ୟୁଦଣ୍ଡ ଦିଆଯିବ ବୋଲି କହିଲେ- ଯେପରି ଏକ ଦଶନ୍ଧି ପୂର୍ବେ ସେମାନେ ହଙ୍ଗେରୀ ରାଷ୍ଟ୍ରମୁଖ୍ୟ ଇମ୍‌ରେ ନାଗିଙ୍କୁ ମୃତ୍ୟୁଦଣ୍ଡ ଦେଇଥିଲେ - ତାପରେ ତାଙ୍କୁ ମସ୍କୋ ପଠାଇଦେଲେ, ଗାଧୋଇବା ପାଇଁ ଓ ଖିଅର ହେବା ପାଇଁ ଓ ଲୁଗା ବଦଳେଇ ଗୋଟେ ଟାଇ ପିନ୍ଧିବା ପାଇଁ ଆଦେଶ ଦେଲେ । ତାଙ୍କୁ ଫାଶୀ ଦିଆଯିବାର ନିଷ୍ପତ୍ତିଟାକୁ କୋହଳ କରିବାଟା କହିଲେ । ପୁଣିଥରେ ନିଜକୁ ରାଷ୍ଟ୍ରମୁଖ୍ୟ ବୋଲି ଭାବିବା ପାଇଁ ନିର୍ଦ୍ଦେଶ ଦେଲେ । ବ୍ରେଜ୍‌ନେଭ୍‌ଙ୍କ ସାମ୍ନାରେ ତାଙ୍କୁ ବସାଇଲେ ଓ ଅଭିନୟ କରିବାକୁ ବାଧ୍ୟ କଲେ ।

ସେ ଲାଂଛିତ ହେଇ ଫେରି ଆସିଲେ ଓ ତାଙ୍କର ଲାଞ୍ଛିତ ଦେଶକୁ ସମ୍ବୋଧିତ କଲେ । ଅପମାନରେ ଜର୍ଜରିତ ହେଇ ସେ ଆଦୌ କଥା କହି ପାରୁ ନ ଥିଲେ । ବାକ୍ୟ ମଝିରେ ତାଙ୍କର ସେଇ ଅସ୍ୱସ୍ତିକର ବିରାମକୁ ଟେରେଜା କେବେ ଭୁଲି ପାରିବ ନାହିଁ । ସେ କଣ ସେତେ କ୍ଳାନ୍ତ ହେଇ ପଡ଼ିଥିଲେ ? ସେମାନେ ତାଙ୍କୁ ନିଶାସକ୍ତ କରିଦେଇଥିଲେ ? ନା ସେଇଟା ଥିଲା କେବଳ ହତାଶା ? ଡ୍ୟୁବେକ୍‌ଙ୍କର ଆଉକିଛି ନ ରହିଲେ ବି ତାଙ୍କର ସେଇ ପ୍ରଲମ୍ବିତ ବିରାମ ଯେତେବେଳେ କି ସେ ନିଶ୍ୱାସ ନେଇ ପାରୁ ନଥିଲେ, ସାରା ଦେଶ ରେଡ଼ିଓକୁ କାନ ଡ଼େରିଥିଲାବେଳେ ସେ ପବନଟିକେ ପାଇଁ ଧଇଁସଇଁ ହେଉଥିଲେ, ଅନ୍ତତଃ ସେଇ ବିରାମମାନ ରହିବ । ସେଇ ବିରାମ ଭିତରେ ତାଙ୍କ ଦେଶ ଉପରେ ଛିଡ଼ି ପଡ଼ିଥିବା ସବୁଯାକ ଆତଙ୍କ ନିହିତ ଥିଲା ।

ସେଇଟା ଥିଲା ସେନା ଆକ୍ରମଣର ସପ୍ତମ ଦିନ । ରାତିକ ଭିତରେ ପ୍ରତିରୋଧର ଏକ ଅଙ୍ଗରେ ରୂପାନ୍ତରୀତ ହେଇଥିବା ଗୋଟେ ସମ୍ବାଦପତ୍ରର ସଂପାଦକୀୟ କାର୍ଯ୍ୟାଳୟରେ ସେ ଭାଷଣଟିକୁ ଶୁଣିଥିଲା । ସେଇ ମୁହୂର୍ତ୍ତରେ ସେଠି ଉପସ୍ଥିତ ଥିବା ପ୍ରତ୍ୟେକେ ଡ୍ୟୁବେକ୍‌ଙ୍କୁ ଘୃଣା କଲେ । ସାଲିସ୍ କରିଥିବାରୁ ତାଙ୍କୁ ସମସ୍ତେ ଭର୍ତ୍ସନା କଲେ, ତାଙ୍କର ଅପମାନ ହେତୁ ସମସ୍ତେ ଅପମାନିତ ବୋଧ କଲେ, ତାଙ୍କର ଦୁର୍ବଳତା ସେମାନଙ୍କୁ ଅପମାନିତ କଲା ।

ସେଇ ସମୟରେ ଜୁରିଚ୍‌ର ପରିପ୍ରେକ୍ଷୀରେ କଥାଟିକୁ ଭାବିଲେ ସେ ଲୋକଟା ପ୍ରତି ଘୃଣାବୋଧ କଲା ନାହିଁ । 'ଦୁର୍ବଳ' ଶବ୍ଦଟି ଆଉ ତାକୁ ବିଚାରପତିଙ୍କ ରାୟ

ପରି ବୋଧ ହେଲା ନାହିଁ । ଯେକୌଣସି ଲୋକ ନିଜ ଅପେକ୍ଷା ଅଧିକ ବଳଶାଳୀ ଲୋକର ସାମ୍ନାସାମ୍ନି ହେଲେ ତାଙ୍କୁ ଦୁର୍ବଳ ଧରାଯିବ, ଏପରିକି ଡୁ୍ୟବେକ୍‌ଙ୍କ ପରି ବଳିଷ୍ଠ ଦେହ ଥିଲେ ମଧ୍ୟ । ଯେଉଁ ଦୁର୍ବଳତାଟି ସେତିକିବେଳେ ଅସହ୍ୟ ଓ ଘୃଣ୍ୟ ଲାଗୁଥିଲା, ଯେଉଁ ଦୁର୍ବଳତା ଟମାସ ଓ ଟେରେଜାକୁ ଦେଶରୁ ଦୂରକୁ ନେଇଯାଇଥିଲା, ସେଇ ଦୁର୍ବଳତା ହଠାତ୍ ତାକୁ ଆକର୍ଷିତ କଲା । ସେ ହୃଦୟଙ୍ଗମ କଲା ଯେ ସେ ଦୁର୍ବଳ ଶ୍ରେଣୀର, ଦୁର୍ବଳ ଶିବିରର, ଦୁର୍ବଳ ଦେଶର ଓ ତାକୁ ସେମାନଙ୍କ ପ୍ରତି ଅନୁଗତ ରହିବାକୁ ପଡ଼ିବ । କାରଣ ସେମାନେ ସବୁ ଦୁର୍ବଳ ଥିଲେ ଓ ବାକ୍ୟ ମଝିରେ ନିଶ୍ୱାସ ପାଇଁ ଧଇଁସଇଁ ହେଉଥିଲେ ।

ସେ ତାର ମୁଣ୍ଡବୁଲା ପରି ସେମାନଙ୍କ ଦୁର୍ବଳତା ପ୍ରତି ଆକର୍ଷିତ ହେଲା । ସେ ତହିଁରେ ଆକର୍ଷିତ ହେଲା, କାରଣ ସେ ନିଜେ ନିଜକୁ ଦୁର୍ବଳ ଅନୁଭବ କଲା । ପୁଣିଥରେ ସେ ଇର୍ଷା ଅନୁଭବ କରିବା ଆରମ୍ଭ କଲା ଓ ତାର ହାତ ଥରିବାକୁ ଲାଗିଲା । ଯେତେବେଳେ ଟମାସ ଏହା ଲକ୍ଷ୍ୟ କଲା, ସେ ସବୁଥର ପରି ସେଇୟା କଲା : ସେ ତାର ହାତକୁ ନିଜ ହାତ ଉପରକୁ ନେଲା । ହାତ ଦୁଇଟି ଚାପି ଧରି ତାକୁ ଶାନ୍ତ କରିବାକୁ ଚେଷ୍ଟା କଲା । ଟେରେଜା ତା ହାତକୁ ଛଡ଼େଇ ଆଣିଲା ।

'ଘଟଣା କଣ ?' ଟମାସ ପଚାରିଲା ।

'କିଛି ନାହିଁ ।'

'ମୁଁ ତମ ପାଇଁ କଣ କରିପାରିବି କୁହ ?'

'ତମେ ବୟସ୍କ ହେଇଯାଅ । ଦଶବର୍ଷ ବୟସ ତମର ବଢ଼ିଯାଉ । କୋଡ଼ିଏ ବର୍ଷ ଅଧିକ ହେଇଯାଉ !'

ତା କଥାର ଅର୍ଥ ହେଲା : ମୁଁ ଚାହେଁ ଯେ ତମେ ଦୁର୍ବଳ ହେଇଯାଅ । ଠିକ୍ ମୋରି ପରି ଦୁର୍ବଳ ।

(୨୬)

ସ୍ୱିଜରଲାଣ୍ଡ ଆସି କାରେନିନ୍ ବେଶୀ ଖୁସି ହେଲା ନାହିଁ । କାରେନିନ୍ ପରିବର୍ତ୍ତନକୁ ଘୃଣା କରେ । କୁକୁର ସମୟ ଗୋଟିଏ ସିଧା ରେଖାରେ ଖଞ୍ଜାଯାଇ ପାରିବନି । ଏହା ଗୋଟିଏରୁ ଅନ୍ୟ ଗୋଟିଏକୁ ସିଧାସଳଖ ଆଗକୁ ବଢ଼େ ନାହିଁ । ଗୋଟିଏ ଘଣ୍ଟାର କଣ୍ଟା ପରି ଏହା ଚକ୍ରାକାରରେ ଘୁରେ - ଯେଉଁ କଣ୍ଟାଗୁଡ଼ିକ ଆଗକୁ ଧସେଇ ଯିବାକୁ ଚାହାଁନ୍ତି ନାହିଁ, ସେଇ ଗୋଟିଏ ବାଟରେ ଗୋଟିଏ ମୁହାଁର ଚାରିପଟେ ଦିନରାତି ଖାଲି ଘୁରୁଥାନ୍ତି । ପ୍ରାଗ୍‌ରେ ଟମାସ ଓ ଟେରେଜା ନୂଆଁ ଚୌକିଟାଏ କିଣିଲେ କିମ୍ବା ଫୁଲ ଗମ୍‌ଲାଟାକୁ ଏଠୁ ସେଠିକି ଘୁଞ୍ଚେଇଦେଲେ କାରେନିନ୍

ଅସନ୍ତୁଷ୍ଟ ହୋଇ ଦେଖେ । ତାର ସମୟର ଅବବୋଧକୁ ଏହା ଗଡ଼ବଡ଼ କରିଦିଏ । ସତେ ଯେମିତି ସେମାନେ ଘଣ୍ଟାର ନମ୍ବର ଗୁଡ଼ିକୁ ବଦଳାଇ ଦେଇ ଘଣ୍ଟାର କଣ୍ଟାକୁ ଠକିବାକୁ ଚାହୁଁଛନ୍ତି ।

ତଥାପି ସେ ଜୁରିଚ୍‌ର ଫ୍ଲାଟ୍‌ରେ ଶୀଘ୍ର ପୁରୁଣା ରୀତିନୀତି ଓ ଚାଲିଚଳଣି ପୁନଃପ୍ରତିଷ୍ଠା କରିଲା । ପ୍ରାଗ୍‌ରେ ଯେପରି ସେ ତାଙ୍କର ଖଟ ଉପରକୁ ଚଢ଼ି ଦିନର ପ୍ରାରମ୍ଭ ସ୍ୱାଗତ କରୁଥିଲା, ସକାଳବୁଲା ସହିତ ବଜାର ସଉଦାରେ ଟେରେଜାକୁ ସଙ୍ଗଦାନ କରୁଥିଲା, ସେଇସବୁ ପୁଣି ଆରମ୍ଭ କରିଦେଲା ।

ସେ ତାଙ୍କ ଜୀବନର ଘଣ୍ଟା ପରି ଥିଲା । ନିରାଶାର ସମୟରେ ଟେରେଜା ତାରି ଯୋଗୁଁ ବଞ୍ଚି ରହିବା ପାଇଁ ବଳ ପାଏ । କାରଣ କାରେନିନ୍ ତା ଠାରୁ ମଧ୍ୟ ଦୁର୍ବଳ, ବୋଧହୁଏ ଡ୍ୟୁବେକ୍ ଓ ତାଙ୍କର ପରିତ୍ୟକ୍ତ ଦେଶମାଟିଠାରୁ ମଧ୍ୟ ଅଧିକ ଦୁର୍ବଳ ।

ଦିନେ ସେମାନେ ବୁଲିସାରି ଫେରିବାବେଳେ ଫୋନ୍‌ଟା ବାଜୁଥାଏ । ସେ ରିସିଭର ଉଠାଇ କିଏ ବୋଲି ପଚାରିଲା ।

ଜର୍ମାନ୍‌ରେ କହୁଥିବା ଜଣେ ମହିଳାର ସ୍ୱର ଟମାସ ଥିବା କଥା ପଚାରିଲା । ସ୍ୱରଟା ବେଶ୍ ଅଧୈର୍ଯ୍ୟ ଶୁଭିଲା । ଟେରେଜା ସେଥିରେ ବିଦ୍ରୂପର ଛିଟା ଥିବାର ଅନୁଭବ କଲା । ଟମାସ ସେଠି ନାହିଁ ଓ କେତେବେଳେ ଆସିବ ସେ ଜାଣିନି ବୋଲି କହିଲାରୁ ଆରପାଖେ ଫୋନ୍ ଧରିଥିବା ସ୍ତ୍ରୀଲୋକ ଜଣକ ହସିବାରେ ଲାଗିଲା ଓ ଶିଷ୍ଟାଚାର ଦୃଷ୍ଟିରୁ କିଛି ବିଦାୟ ସମ୍ବୋଧନ ନ କରି ଫୋନ୍‌ଟା ରଖିଦେଲା ।

ଟେରେଜା ଜାଣେ ଯେ ଏଇ କଥାର ଅର୍ଥ କିଛି ନାହିଁ । ହସ୍‌ପିଟାଲରୁ ସେ ଜଣେ ନର୍ସ, ରୋଗୀ, ଜଣେ ସେକ୍ରେଟେରୀ କିମ୍ବା ଆଉ କେହି ହେଇପାରେ । ତେବେ ବି ସେ ମନ ମାରି ରହିଲା ଓ କୌଣସି କାମରେ ମନ ଲଗାଇ ପାରିଲାନି । ଏତିକିବେଳେ ସେ ବୁଝି ପାରିଲା ଯେ ଘରେ ଯେଉଁ ଅବଶିଷ୍ଟ ଶକ୍ତି ଟିକକ ରହିଥିଲା ତାକୁ ସେ ହରାଇସାରିଛି : ସେ ଏଇ ନିହାତି ତୁଚ୍ଛ ଘଟଣାଟିକୁ ବି ସହିବାକୁ ଏକବାର୍ ଅସମର୍ଥ ଥିଲା ।

ଗୋଟିଏ ବିଦେଶୀ ରାଷ୍ଟ୍ରରେ ରହିବାର ମାନେ ଶୂନ୍ୟରେ ବାଉଁଶରାଣୀ ହେଇ ଚାଲିବା ଓ ପାଦ ତଳେ ସୁରକ୍ଷାର ଜାଲ ନ ଥିବା : ଯେଉଁଠି ଜଣକର ପରିବାର, ସହକର୍ମୀ ଓ ସାଙ୍ଗସାଥୀ ଥାଆନ୍ତି ଓ ଯେଉଁଠି ଜଣେ ପିଲାଦିନୁ ଜାଣିଥିବା ଭାଷାରେ ତାର ଯାହା କହିବାର ଥାଏ ତାହା ସହଜରେ କହିପାରେ । ପ୍ରାଗ୍‌ରେ ହୃଦୟ ସଂପର୍କୀତ କଥାରେ ସେ ଟମାସ ଉପରେ ନିର୍ଭରଶୀଳ ଥିଲା । କିଂତୁ ଏଠି ତ ସେ ପ୍ରତିଟି

କଥାରେ ଟମାସ ଉପରେ ନିର୍ଭର କରୁଛି । ଟମାସ ଯଦି ତାକୁ ଛାଡ଼ି ଚାଲିଯାଏ, ତାହେଲେ ତାର ଅବସ୍ଥା ଏଠି କଣ ହେବ ? ତାକୁ ହରାଇବାର ଭୟରେ କଣ ତାକୁ ସାରା ଜୀବନ ବିତେଇବାକୁ ପଡ଼ିବ ?

ସେ ନିଜକୁ କହିଲା : ପ୍ରଥମରୁ ହିଁ ସେମାନଙ୍କର ପରିଚୟ ଗୋଟେ ଭୁଲରୁ ଆରମ୍ଭ ହେଇଥିଲା । ତାର କାଖତଳେ ଥିବା ଆନ୍ନା କାରେନିନା କପିଟା ଯାଡୁ ସ୍ୟାଡୁ କାଗଜପତ୍ରର ସମଷ୍ଟିର ଏକ ପ୍ରତାରଣା ଥିଲା । ତାହା ଟମାସକୁ ଗୋଟେ ଭୁଲ୍ ଧାରଣା ଦେଇଥିଲା । ଭଲପାଇବା ସତ୍ତ୍ୱେ ସେମାନେ ପରସ୍ପରର ଜୀବନକୁ ନର୍କତୁଲ୍ୟ କରିସାରିଲେଣି । କଥାଟା ଏଇ ଯେ, ଦୋଷଟା ତାଙ୍କ ନିଜ ଭିତରେ ନାହିଁ, ସେମାନଙ୍କର ଆଚାର ବ୍ୟବହାରରେ ଅଥବା ସେମାନଙ୍କର ଅସ୍ଥିର ପରିବର୍ତ୍ତନୀୟ ଅନୁଭୂତିରେ ରହିଛି । ସେମାନଙ୍କର ଭଲ ପାଇବାଟା ଏହାର ପ୍ରମାଣ । ଦୋଷଟା ବରଂ ତାଙ୍କର ପାରସ୍ପରିକ ଅସଙ୍ଗତିରେ ରହିଛି : ଟମାସ ସବଳ ଓ ସେ ଦୁର୍ବଳ । ସେ ଡ୍ୟୁବେକ୍‌ଙ୍କ ପରି ଯିଏ ଗୋଟିଏ ବାକ୍ୟ ମଝିରେ ତିରିଶ୍ ସେକେଣ୍ଡ୍‌ର ଏକ ବିରାମ ନେଉଥିଲେ । ସେ ତାର ଦେଶ ପରି-ହାମୁଡି ପଡୁଥିବା, ନିଶ୍ୱାସ ପାଇଁ ଧଇଁସଇଁ ହେଇ କଥା କହି ପାରୁ ନଥିବା ଦେଶ ପରି ।

କିଂତୁ ଯେତେବେଳେ ସବଳମାନେ ଏତେ ବଳଶାଳୀ ଯେ ସେମାନେ ଦୁର୍ବଳକୁ ଆଘାତ କରିବାକୁ ଚାହାଁନ୍ତି ନାହିଁ, ସେତିକିବେଳେ ଦୁର୍ବଳମାନଙ୍କୁ ଜାଗା ଛାଡ଼ି ବାହାରି ଆସିବା ପାଇଁ ସବଳ ହେବାକୁ ପଡ଼ିଥାଏ ।

ନିଜକୁ ଏସବୁ କହିସାରି, ସେ କାରେନିନ୍‌ର ବାଳୁଆ ମୁହଁରେ ମୁହଁ ଜାକିଲା ଓ କହିଲା, 'ସରି, କାରେନିନ୍ । ଯାହା ଜଣାପଡୁଛି ତତେ ପୁଣିଥରେ ଯିବାକୁ ହେବ ।'

(୨୮)

ମୁଣ୍ଡ ଉପର ଥାକରେ ଓଜନିଆ ସୁଟ୍‌କେସ୍‌ଟାକୁ ରଖି, ପାଖରେ ମୋଡ଼ିମାଡ଼ି ହେଇ ରହିଥିବା କାରେନିନ୍‌କୁ ନେଇ ସେ ଟ୍ରେନ୍‌ର ଗୋଟେ ବଗିର କଣଟାରେ ଲୋଚାକୋଚା ହେଇ ବସିଥାଏ । ମା ସାଙ୍ଗରେ ରହିଲାବେଳେ ସେ କାମ କରୁଥିବା ରେସ୍ତୋରାଁରେ ଗୋଟେ ରୋଷେଇୟା ବିଷୟରେ ଭାବି ଚାଲିଥାଏ । ଟିକିଏ ସୁଯୋଗ ପାଇଲାମାତ୍ରେ ସେଇ ରୋଷେଇୟାଟା ତାର ପିଚାରେ ଚାପୁଡାଏ ମାରେ । ସମସ୍ତଙ୍କ ସାମ୍ନାରେ ବାରବାର ପଚାରିଚାଲେ ଯେ ସେ ତା ସହିତ ଶୋଇବାକୁ କେବେ 'ହଁ' ଭରିବ । ସେଇ ଲୋକଟା ମନ ଭିତରକୁ ଆସିବାଟା ଅବାଗିଆ ଲାଗିଲା । ଟେରେଜା ଘୃଣା କରୁଥିବା ସବୁକିଛିର ସେ ଥିଲା ଏକ ପ୍ରମୁଖ ଉଦାହରଣ । ଏବେ ସେ କେବଳ

ଏତିକି ଭାବି ପାରିଲା ଯେ ସେ ତାକୁ ସିଧା ଚାହିଁ କହିଦିଅନ୍ତା, 'ତୁ ମୋ ସହିତ ଶୋଇବାକୁ ଚାହୁଁଥିଲୁଟି। ଠିକ୍ ଅଛି, ଏଥର ମୁଁ ରାଜି।'

ସେ ଏମିତି କିଛି କରିବାକୁ ବ୍ୟାକୁଳ ହେଲା ଯଦ୍ୱାରା କି ଟମାସ ପାଖକୁ ତାକୁ ଆଉ ଫେରି ଚାହିଁବାକୁ ପଡ଼ିବ ନାହିଁ। ସେ ତାର ଜୀବନର ବିଗତ ସାତବର୍ଷକୁ ନିଷ୍ଠୁର ଭାବରେ ନଷ୍ଟ କରିଦେବାକୁ ଚାହିଁଲା। ଏହାଥିଲା ତାର ମୁଣ୍ଡବୁଲା ପତନ ପାଇଁ ଏକ ଦୁଃସାହସିକ, ଅପ୍ରତିହତ କାମନା।

ମୁଣ୍ଡବୁଲାକୁ ଆମେ ଦୁର୍ବଳର ଉନ୍ମାଦ ବୋଲି କହିପାରୁ। ନିଜର ଦୁର୍ବଳତା ପ୍ରତି ସଚେତନ ହୋଇ ଜଣେ ବ୍ୟକ୍ତି ପ୍ରତିରୋଧ କରିବା ଅପେକ୍ଷା ସମର୍ପଣ କରିଥାଏ। ଦୁର୍ବଳତାରେ ମଦମତ୍ତ ସେଇ ଜଣକ ଆହୁରି ଆହୁରି ଦୁର୍ବଳ ହେବାକୁ ଚାହେଁ। ମୁଖ୍ୟ ଛକ ମଝିରେ ସମସ୍ତଙ୍କ ସାମ୍ନାରେ ପଡ଼ିଯିବାକୁ ଚାହେଁ। ତଳକୁ ଖସିବାକୁ ଚାହେଁ, ଆହୁରି ତଳକୁ ଖସିବାକୁ ଚାହେଁ।

ଫଟୋଗ୍ରାଫର ପେଷାଟିକୁ ଛାଡ଼ିଦେଇ ପ୍ରାଗ୍ ବାହାରେ ରହିବା ବିଷୟରେ ସେ ନିଜକୁ ନିଜେ କହିବାର ଚେଷ୍ଟା କଲା। ସେ ସେଇ ଛୋଟିଆ ସହରଟାକୁ ଫେରିଯିବ, ଦିନେ ଯେଉଁଠୁ ଟମାସର ସ୍ୱର ତାକୁ ପ୍ରଲୋଭିତ କରି ଆଣିଥିଲା।

କିଂତୁ ପ୍ରାଗ୍‌କୁ ଆସିଲାମାତ୍ରେ ସେ ଦେଖିଲା ଯେ କେତେଗୁଡ଼ିଏ ବାସ୍ତବ ଜିନିଷ ପ୍ରତି ଧ୍ୟାନ ଦେବାରେ ତାକୁ କିଛି ସମୟ ଦେବାକୁ ପଡ଼ିବ। ସେଠୁ ଯିବାର ପ୍ରସ୍ତାବଟା ସ୍ଥଗିତ ରଖିଲା।

ପଞ୍ଚମ ଦିନ, ହଠାତ୍ ଟମାସ ଆସି ପହଞ୍ଚିଲା। କାରେନିନ୍ ତାର ସାରା ଦେହଟା ଉପରେ ଡେଇଁଲା। ସେମାନେ ଦୁହେଁ କିଛି କଥାବାର୍ତ୍ତା କରିବା ଆଗରୁ ଏମିତି ଘଡ଼ିଏ ଚାଲିଲା।

ସେମାନଙ୍କୁ ଲାଗିଲା ଯେମିତି ଦୁହେଁଯାକ ଗୋଟେ ବରଫାବୃତ ଭୂଇଁରେ ଛିଡା ହେଇ ଶୀତରେ ଥରୁଛନ୍ତି।

ତାପରେ ଦୁହେଁଯାକ ଆଗରୁ କେବେ ଅନ୍ତରଙ୍ଗ ହେଇ ଚୁମ୍ବନ ଦେଇ ନଥିବା ପ୍ରେମୀଯୁଗଳ ପରି ଏକାଠି ଚାଲିଲେ।

'ସବୁ ଠିକ୍‌ଠାକ୍ ଚାଲିଛି ତ ?' ଟମାସ ପଚାରିଲା।

'ହଁ।' ଟେରେଜା ଉତ୍ତର ଦେଲା।

'ମେଗାଜିନ୍ ଅଫିସକୁ ଯାଇଥିଲ ?'

'ସେମାନଙ୍କୁ ଫୋନ୍ କରିଥିଲି।'

'ଆଚ୍ଛା ?'

'ଏଯାଏଁ କିଛି ହେଇନି । ମୁଁ ଅପେକ୍ଷା କରିଛି ।'

'କଣ ପାଇଁ ?'

ସେ କିଛି ଉତ୍ତର ଦେଲା ନାହିଁ । ସେ ଟମାସକୁ କହି ପାରିଲାନି ଯେ ସେ ତା ପାଇଁ ହିଁ ଅପେକ୍ଷା କରିଛି ।

(୨୯)

ଏବେ ଆମେ ଜାଣିଥିବା ସେଇ ମୁହୂର୍ତ୍ତକୁ ଫେରିଯିବା । ଟମାସ ଅତିଶୟ ଅସୁଖୀ ଥିଲା ଓ ତାର ବେଶ୍ ଜୋର୍‌ରେ ପେଟବଥା ହେଉଥିଲା । ଡେରି ରାତିଯାଏଁ ସେ ଶୋଇ ପାରିଲାନି ।

ଟେରେଜା ତା ପରେ ପରେ ଉଠି ପଡ଼ିଥିଲା (ପ୍ରାଗ୍ ଉପରେ ରୁଷୀୟ ଏରୋପ୍ଲେନ୍ ଗୁଡ଼ା ଚକ୍‌କର୍ କାଟୁଥିବାରୁ ଶବ୍ଦ ଯୋଗୁଁ ଶୋଇବାଟା ଅସମ୍ଭବ ଥିଲା) ଟେରେଜାର ପ୍ରଥମ ଭାବନା ହେଲା ଯେ ଟମାସ ତାରି ପାଇଁ ହିଁ ଫେରି ଆସିଛି, ତାରି ଯୋଗୁଁ, ତାରି ଭାଗ୍ୟର ଗତି ବଦଳେଇଛି । ଏଥର ଟମାସ ତା ପାଇଁ ଉତ୍ତରଦାୟୀ ହେବ ।

ତାକୁ ଲାଗିଲା, ଦାୟିତ୍ୱଟା ତା ପାରିବାଠୁ ଅଧିକ ସାମର୍ଥ୍ୟ ଲୋଡ଼ିବା ପରି ଜଣାପଡୁଛି ।

କିଂତୁ ହଠାତ୍ ତାର ମନେପଡ଼ିଲା ଯେ ଠିକ୍ ଆଗ ଦିନ ଟମାସ ତାଙ୍କର ଫ୍ଲାଟ୍‌ର ଦ୍ୱାର ମୁହଁରେ ପହଞ୍ଚିବା ଆଗରୁ ଗୀର୍ଜା ଘଣ୍ଟିରେ ଛଅଟା ବାଜିଥିଲା । ସେମାନଙ୍କ ପ୍ରଥମ ଦେଖାଦିନରେ ତାର କାମ ଠିକ୍ ଛଅଟାରେ ସରିଥିଲା । ସେଦିନ ସେ ଟମାସକୁ ତାରି ସାମ୍ନାରେ ହଳଦିଆ ବେଞ୍ଚ୍‌ଟାରେ ବସିଥିବାର ଦେଖିଥିଲା ଓ ଗୀର୍ଜା ଘଣ୍ଟିରେ ଛଅଟା ବାଜିବାର ଶୁଣିଥିଲା ।

ନା, ଏଇଟା ଅନ୍ଧବିଶ୍ୱାସ ନୁହେଁ, ଏଇଟା ଗୋଟେ ସୌନ୍ଦର୍ଯ୍ୟବୋଧ ଯାହା ତାକୁ ବିଷାଦରୁ ଆରୋଗ୍ୟ କରି ବଞ୍ଚିବା ପାଇଁ ଏକ ନୂଆଁ ଇଚ୍ଛା ଭରିଦେଲା । ଆକସ୍ମିକତାର ପକ୍ଷୀମାନ ପୁଣିଥରେ ତାର କାନ୍ଧରେ ଅବତରଣ କଲେ । ତାର ଆଖିକୁ ଲୁହ ଆସିଗଲା । ତାରି ପାଖେ ଟମାସର ପ୍ରଶ୍ୱାସ ଶୁଣି ସେ ଅବ୍ୟକ୍ତ ଖୁସିରେ ଭରିଗଲା ।

ଭୁଲ୍ ବୁଝାଯାଇଥିବା ଶବ୍ଦ ସବୁ

(୧)

ଛୋଟବଡ଼ ହେଇ ଗୁଡ଼ାଏ ପାଣି ଫୁଆରାରେ ଜେନେଭା ଭରପୂର। ଚାରିଆଡ଼େ ପାର୍କ ଯେଉଁଠି ଏକଦା ସଙ୍ଗୀତ ଆସରରୁ ସଙ୍ଗୀତ ସ୍ୱର ଛୁଟୁଥିଲା। ଏପରିକି ୟୁନିଭରସିଟି ବି ଗଛପତ୍ରର ସବୁଜିମାର ଆଢୁଆଳରେ ରହିଥିଲା। ଫ୍ରାନଜ୍ ଅପରାହ୍ଣର ବକ୍ତୃତା ସେଇମାତ୍ର ଶେଷ କରିଥିଲା। ସେ କୋଠାରୁ ବାହାରି ଆସିଲାବେଳେ ମାଳୀମାନେ ଝରା ଧରି ଲନ୍‌ରେ ପାଣି ଛାଟୁଥିଲେ। ଫ୍ରାନ୍‌ଜ୍ ଗୋଟେ ଚମତ୍କାର ମୁଡ୍‌ରେ ଥିଲା। ସେ ତାର ରକ୍ଷିତାକୁ ଭେଟିବା ପାଇଁ ଯାଉଥିଲା। ଦୁଇ ଚାରିଟା ଗଳି ପାରିହେଲେ ରକ୍ଷିତାର ଘର।

ସେ ପ୍ରାୟ ତା ପାଖକୁ ଦେଖା କରିବାକୁ ଯାଉଥିଲା। ହେଲେ ବନ୍ଧୁ ଭାବରେ, କେବେ ପ୍ରେମିକ ଭାବରେ ନୁହଁ। ଜେନେଭାରେ ଥିବା ଷ୍ଟୁଡ଼ିଓରେ ଯଦି ଫ୍ରାନ୍‌ଜ୍ ତା ସହିତ ସହବାସ କରେ ତା ହେଲେ ଜଣେ ସ୍ତ୍ରୀ ପାଖରୁ ଅନ୍ୟ ଜଣେ ସ୍ତ୍ରୀ ପାଖକୁ ଯିବା ଆସିବା ପରି ହେବ। ଏବଂ ଜେନେଭାରେ ଯେଣୁ ସ୍ୱାମୀ ସ୍ତ୍ରୀ ଫରାସୀ ଢଙ୍ଗରେ ଗୋଟିଏ ଖଟରେ ଏକାଠି ଶୁଅନ୍ତି, ମାତ୍ର କେଇ ଘଣ୍ଟା ବ୍ୟବଧାନରେ ସେ ଗୋଟେ ସ୍ତ୍ରୀର ବିଛଣାରୁ ଆଉ ଗୋଟେ ସ୍ତ୍ରୀର ବିଛଣାକୁ ଯିବ। ଆଉ ଶେଷରେ ଫ୍ରାନଜ୍ ଭାବିଲା କଥାଟା ତାର ସ୍ତ୍ରୀ ଓ ରକ୍ଷିତା ଉଭୟଙ୍କୁ ଅପମାନିତ କରିବା ସଙ୍ଗେ ସଙ୍ଗେ ତାକୁ ମଧ୍ୟ କରିବ।

ଏଇ ସ୍ତ୍ରୀଲୋକଟି ସହିତ ସେ କେତେମାସ ଆଗରୁ ପ୍ରେମରେ ପଡ଼ିଥିଲା। ୟା ପ୍ରତି ତାର ପ୍ରେମଟା ତାକୁ ଏତେ ମୂଲ୍ୟବାନ୍ ମନେ ହେଲା ଯେ ସେ ତାକୁ ନିଜ ଜୀବନ ଭିତରେ ଏକ ସ୍ୱତନ୍ତ୍ର ସ୍ଥାନ ଦେବାକୁ ଚେଷ୍ଟା କଲା- ଶୁଦ୍ଧତାର ସୀମିତ ପରିସରଟିଏ ଖୋଜି ବାହାର କଲା। ଦେଶ ବିଦେଶର ୟୁନିଭରସିଟି ମାନଙ୍କରେ

ଅଭିଭାଷଣ ଦେବାକୁ ସେ ପ୍ରାୟ ନିମନ୍ତ୍ରିତ ହେଉଥିଲା । ଆଉ ଏବେ ସେଇସବୁ ପ୍ରସ୍ତାବକୁ ସେ ଗ୍ରହଣ କଲା । ଯେହେତୁ ସେ ଗୁଡ଼ାଏ ତାର ନୂଆଁ କରି ମିଳିଥିବା ବୁଲାବୁଲି ନିଶାକୁ ଚରିତାର୍ଥ କରିବାରେ ଯଥେଷ୍ଟ ହେଲା ନାହିଁ, ସେ ତାର ସ୍ତ୍ରୀଠାରୁ ଅନୁପସ୍ଥିତିକୁ ଯୁକ୍ତିସଙ୍ଗତ କରିବା ପାଇଁ ନାନା କର୍ମଶାଳା, ସେମିନାର ଆଦି ମନକୁ ମନ ବାହାର କଲା । ତାର ରକ୍ଷିତାର ସେମିତି ଧରାବନ୍ଧା ଜୀବନଚର୍ଯ୍ୟା ନଥିବାରୁ ତା ସହିତ ସବୁ ସତମିଛ ଭାଷଣ-ଗସ୍ତରେ ଗଲା । ସେଥିପାଇଁ ଖୁବ୍ ଅଳ୍ପ ସମୟ ଭିତରେ ସେ ତାକୁ ଅନେକଗୁଡ଼ିଏ ୟୁରୋପୀୟ ସହର ଓ ଆମେରିକାର ଗୋଟେ ସହର ସହିତ ପରିଚିତ କରାଇ ଦେଲା ।

'ଆଜିଠୁ ଆଉ ଦଶଦିନ ପରେ ତମେ ପାଲେରମୋ ଗଲେ କେମିତି ହୁଅନ୍ତା ?' ଫ୍ରାନଜ୍ ପଚାରିଲା ।

'ମତେ ଜେନେଭା ଭଲ ଲାଗେ', ସେ ଉତ୍ତର ଦେଲା । ଅଧା ଅଙ୍କା ଚିତ୍ରଟିକୁ ପରଖୁ ପରଖୁ ସେ ଚିତ୍ରାଧାର ସାମ୍ନାରେ ଛିଡା ହେଇଥିଲା ।

'ପାଲେରମୋ' ନ ଦେଖି ତମେ ରହିପାରିଛ କେମିତି ? ଫ୍ରାନ୍‌ଜ ଉପର ଠାଉରିଆ ହେଇ କହିଲା ।

'ମୁଁ ପାଲେରମୋ ଦେଖିଛି', ସେ କହିଲା ।

'ଦେଖିଛ ?' ସେ ଟିକେ ଅସହିଷ୍ଣୁ ହେଇ କହିଲା ।

'ଥରେ ମୋର ସାଙ୍ଗ ଜଣେ ସେଠୁ ମୋ ପାଖକୁ ପୋଷ୍ଟକାର୍ଡଖଣ୍ଡେ ପଠାଇଥିଲା । ପାଇଖାନା ଉପରେ ସେଇଟା ଚିପ୍‌କା ହେଇଛି । ଦେଖିନ କି ?'

ତାପରେ ସେ ଫ୍ରାନ୍‌ଜକୁ ଗୋଟେ କାହାଣୀ କହିଲା । ଏକଦା ଏଇ ଶତାବ୍ଦୀର ପ୍ରାରମ୍ଭରେ ଜଣେ କବି ଥିଲେ । ସେ ବହୁତ ବୁଢ଼ା ହେଇଯାଇଥିବାରୁ ଜଣେ ପରିଚାରକ ତାଙ୍କୁ ନେଇ ଚଲାବୁଲା କରାଉଥିଲା । ଦିନେ ପରିଚାରକଟି କହିଲା, "ମାଲିକ୍, ଆକାଶରେ କଣ ଅଛି ଦେଖନ୍ତୁ ! ସହର ଉପରେ ଏଇଟା ପ୍ରଥମ ଉଡାଜାହାଜ ଉଡୁଛି !" ତଳୁ ଆଖି ନ ଉଠାଇ କବି ତାଙ୍କ ପରିଚାରକକୁ କହିଲେ, ମୋ ପାଖରେ ତାର ଛବି ଅଛି । ଆଚ୍ଛା, ମୋ ପାଖରେ ବି ପାଲେରମୋର ମୋର ନିଜସ୍ୱ ଛବି ରହିଛି । ସବୁ ସହର ପରି ଏହାର ମଧ୍ୟ ସେଇ ହୋଟେଲ, ସେଇ ଘର ଅଛି । ଆଉ ମୋର ଷ୍ଟୁଡିଓରେ ସବୁବେଳେ ନୂଆଁ ଓ ବିଭିନ୍ନ କିସମର ଫଟୋ ଅଛି ।

ଫ୍ରାନ୍‌ଜ ମନଦୁଃଖ କଲା । ବିଦେଶଗସ୍ତ ସହିତ ସେମାନଙ୍କ ପ୍ରେମ ବ୍ୟାପାରଟା ଯୋଡ଼ି ହେବାରେ ସେ ଏତେ ଅଭ୍ୟସ୍ତ ହେଇଯାଇଥିଲା ଯେ ତାର, "ଚାଲ ପାଲେର୍‌ମୋ ଯିବା !" ଟା ନିଃସନ୍ଦେହରେ ଥିଲା ଏକ ସମ୍ଭୋଗ ଇଙ୍ଗିତ । ତେଣୁ 'ମୋ ପାଇଁ

ଜେନେଭା ଭଲ'ର କେବଳ ଗୋଟିଏ ଅର୍ଥ ହୋଇପାରେ : ତାର ରକ୍ଷିତା ତାକୁ ଆଉ ଚାହୁଁ ନାହିଁ।

ତା ବିଷୟରେ ସେ ଏତେ ସନ୍ଦିହାନ୍ କିପରି ହୋଇପାରୁଛି ? ସେ ତ ଟିକେ ସୁଦ୍ଧା ତା ପାଇଁ ଦୁଶ୍ଚିନ୍ତାର କାରଣ ନୁହେଁ। ପ୍ରକୃତରେ ସେମାନଙ୍କ ଦେଖା ହେଲା ପରେ ପରେ ସେହିଁ ତ ପ୍ରଥମେ ସମ୍ଭୋଗ ଆଡ଼କୁ ଢଳିଥିଲା। ସେ ଥିଲା ସୌମ୍ୟଦର୍ଶୀ। ତାର ଶିକ୍ଷାବୃତ୍ତିର ଚରମ ସୋପାନରେ ସେ ପହଞ୍ଚିସାରିଥିଲା। ସମ୍ମିଳନୀ ଓ କର୍ମଶାଳାରେ ତାର ପାଣ୍ଡିତ୍ୟପୂର୍ଣ୍ଣ ଔଦ୍ଧତ୍ୟ ଓ ଦୃଢ଼ତା ହେତୁ ସହକର୍ମୀମାନେ ତାକୁ ଭୟ କରୁଥିଲେ। ତାହେଲେ ତାର ରକ୍ଷିତା ତାକୁ ଛାଡ଼ିଦେବ ଏହି ଚିନ୍ତାରେ ସେ ପ୍ରତିଦିନ କାହିଁକି ଘାରି ହେଉଛି ?

ମୁଁ ଏହାର କେବଳ ଗୋଟିଏ ଉତ୍ତର ଖୋଜି ପାଏ- ଫ୍ରାନ୍ଜ ପାଇଁ ଭଲପାଇବାଟା ବୃତ୍ତିଗତ ବା ବାହ୍ୟ ଜୀବନର ଏକ ବିସ୍ତୃତି ନୁହଁ, ବରଂ ତାର ସଂପୂର୍ଣ୍ଣ ବିପରୀତ। ତା ପାଇଁ ଏହା ତାର ସାଥୀର ମର୍ଜି ପାଖରେ ନିଜକୁ ସମର୍ପି ଦେବାର ବଳବତୀ ଇଚ୍ଛାଟିଏ। ଯିଏ ଯୁଦ୍ଧବନ୍ଦୀ ପରି ନିଜକୁ ସମର୍ପଣ କରେ ସେ ତାର ଅସ୍ତ୍ରଶସ୍ତ୍ର ମଧ୍ୟ ତ୍ୟାଗ କରିଦିଏ। ଆଗରୁ ଏକ ସମ୍ଭାବ୍ୟ ପ୍ରହାରରୁ ନିଜକୁ ରକ୍ଷା କରିବାରୁ ବଞ୍ଚିତ ହୋଇ ଯାଇଥିବାରୁ କେତେବେଳେ ସେଇ ପ୍ରହାର ପଡ଼ିବ ସେ ବିଷୟରେ ସେ ନ ଭାବି ରହିପାରେ ନାହିଁ। ସେଥିପାଇଁ ମୁଁ କହି ରଖୁଛି ଯେ ଫ୍ରାନଜ୍ ପାଇଁ ପ୍ରେମଟା ଏକ ଆଘାତର ଅହରହ ଅପେକ୍ଷା।

ଫ୍ରାନ୍ଜ୍ ମନୋବେଦନାରେ ଘାରି ହେଉଥିଲାବେଳେ ତାର ରକ୍ଷିତା ତୂଳୀଟା ରଖିଦେଇ ଆର କୋଠରୀକୁ ଗଲା। ସେଠୁ ଗୋଟେ ବୋତଲ ମଦ ନେଇ ଫେରିଲା। ପଦେ ସୁଦ୍ଧା କଥା ନ କହି ସେ ଠିପି ଖୋଲିଲା ଓ ଦୁଇଟା ଗ୍ଲାସରେ ଢାଳିଲା।

ସଙ୍ଗେ ସଙ୍ଗେ ଫ୍ରାନଜ୍‌କୁ ଟିକେ ହାଲୁକା ଲାଗିଲା। ଆଉ ନିଜକୁ ହାସ୍ୟାସ୍ପଦ ମନେକଲା। "ମତେ ଜେନେଭା ଭଲ"ର ଅର୍ଥ ନୁହେଁ ଯେ ସେ ସମ୍ଭୋଗ ପାଇଁ ମନା କଲା। ଅପରପକ୍ଷେ, ଏହାର ଅର୍ଥ ଏଇ ଯେ ବିଦେଶରେ ସମ୍ଭୋଗକୁ ସୀମିତ କରିବାରେ ସେ ବିତୃଷ୍ଣ ହୋଇଗଲାଣି।

ସେ ଗ୍ଲାସ ଉଠାଇ ଥରକେ ଖାଲି କରିଦେଲା। ଫ୍ରାନ୍ଜ ମଧ୍ୟ ସେଇୟା କଲା। ପାଲେରମୋ ଯିବାକୁ ମନା କରିବାଟା ପ୍ରକୃତରେ ସମ୍ଭୋଗ ପାଇଁ ସଙ୍କେତ ଥିଲା ଜାଣି ସେ ସ୍ୱାଭାବିକତଃ ଅତିଶୟ ଖୁସି ହୋଇଗଲା। ତେବେ ତାର ଟିକେ ମନଦୁଃଖ ବି ହୋଇଗଲା : ସେମାନଙ୍କ ସଂପର୍କ ଭିତରେ ସେ ସୃଷ୍ଟି କରିଥିବା ଶୁଦ୍ଧତାର ମଣ୍ଡଳକୁ ଭାଙ୍ଗିଦେବା ପାଇଁ ତାର ପ୍ରେମିକା ବଦ୍ଧ ପରିକର ଥିବା ପରି ମନେ ହେଲା।

ସେମାନଙ୍କ ପ୍ରଣୟକୁ ତୁଚ୍ଛତାରୁ ରକ୍ଷା କରିବା ଓ ତାକୁ ନିଜର ଦାଂପତ୍ୟ ଗୃହାଙ୍ଗନରୁ ସଂପୂର୍ଣ୍ଣ ଭାବରେ ଅଲଗା କରି ରଖିବାରେ ତାର ଶଙ୍କିତ ପ୍ରଚେଷ୍ଟାକୁ ସେ ବୁଝି ପାରିଲା ନାହିଁ।

ଜେନେଭାରେ ତା ଚିତ୍ରକର-ପ୍ରେମିକା ସହିତ ସମ୍ଭୋଗ ଉପରେ କଟକଣାଟା ପ୍ରକୃତରେ ଅନ୍ୟଜଣେ ସ୍ତ୍ରୀ ଲୋକକୁ ବିବାହ କରିଥିବାର ଦୋଷରେ ନିଜେ ନିଜକୁ ଶାସ୍ତି ଦେଲା ପରି ଥିଲା। ତାକୁ ଏଇଟା ଗୋଟେ ପ୍ରକାର ଗ୍ଲାନିବୋଧ ବା ଦୋଷ ପରି ମନେ ହେଉଥିଲା। ଯଦିଓ ତାର ଦାଂପତ୍ୟ ଯୌନ ଜୀବନଟା ସେତେ କିଛି ଉଲ୍ଲେଖଯୋଗ୍ୟ ନ ଥିଲା, ତଥାପି ସେ ଓ ତାର ସ୍ତ୍ରୀ ସେଇ ଗୋଟିଏ ବିଛଣାରେ ଶୋଉଥିଲେ, ରାତି ଅଧରେ ଉଠି ଦୁହେଁ ପରସ୍ପରର ପ୍ରଶ୍ୱାସ ଅନୁଭବ କରୁଥିଲେ, ଆଉ ଦୁହେଁ ପରସ୍ପରର ଦେହର ବାସ୍ନା ଆଘ୍ରାଣ କରୁଥିଲେ। ସତ, ସେ ବରଂ ନିଜେ ଏକୁଟିଆ ଶୋଇଥାନ୍ତା। କିଂତୁ ବିବାହ ପଲଙ୍କଟା ଏବେ ସୁଦ୍ଧା ବିବାହ ବନ୍ଧନର ଏକ ପ୍ରତୀକ। ଆଉ ଆମେ ଜାଣୁ ଯେ ପ୍ରତୀକ ସବୁ ଅଲଙ୍ଘନୀୟ।

ସେଇ ବିଛଣାରେ ସେ ପ୍ରତିଥର ସ୍ତ୍ରୀ ପାଖରେ ଶୋଇଲାବେଳେ ନିଜକୁ ରକ୍ଷିତା ପାଖରେ ଶୋଇଥିବା ଭାବୁଥିବାର ଚିନ୍ତା କରେ। ଆଉ ପ୍ରତିଥର ଏ କଥା ଭାବିଲା ମାତ୍ରେ ସେ ଲଜ୍ଜିତ ହୁଏ। ସେଇ କାରଣରୁ ରକ୍ଷିତା ସହିତ ସମ୍ଭୋଗ କରୁଥିବା ଖଟରୁ ତା ସ୍ତ୍ରୀ ସହିତ ଶୋଉଥିବା ଖଟକୁ ପାରୁପର୍ଯ୍ୟନ୍ତ ଅଲଗା ଦୂରେଇ ରଖିବାକୁ ଚାହୁଁଥିଲା।

ତାର ଚିତ୍ରକର-ପ୍ରେମିକା ନିଜେ ପୁଣି ଗୋଟେ ଗ୍ଲାସ ମଦ ଢାଳି ତାକୁ ଶେଷ କରିଦେଲା। ତାପରେ ଫ୍ରାନଜ୍‌ର ଉପସ୍ଥିତି ବିଷୟରେ ଆଦୌ ସଚେତନ ନ ଥିଲା ପରି ସେମିତି ନୀରବ ନିରୁଦ୍‌ବେଗ ରହି ଧୀରେ ଧୀରେ ତାର ବ୍ଲାଉଜ୍ ଉତାରି ଦେଲା। ତାର କ୍ରୀୟାକଳାପ ଅଭିନୟ-କଳାର ଛାତ୍ରୀ ପରି ଥିଲା। ଯେମିତିକି ତାର ଗୋଟେ ନିର୍ଦ୍ଧାରିତ ପ୍ରକଳ୍ପରେ ତାକୁ କ୍ଲାସ ରୁମ୍ ଭିତରେ ଦେଖାଇବାକୁ ପଡୁଛି ଯେ ସେ ସେଠି ଏକୁଟିଆ ଅଛି ଆଉ ଅନ୍ୟ କେହି ତାକୁ ଦେଖୁ ନାହାନ୍ତି।

ସ୍କର୍ଟ ଓ ବ୍ରା ପିନ୍ଧି ସେଇଠି ଛିଡ଼ା ହେଇ ସେ ହଠାତ୍ (ସତେ ଯେମିତି ସେ ରୁମ୍ ଭିତରେ ସେ ଏକୁଟିଆ ନାହିଁ ବୋଲି ତାର ସେଇକ୍ଷଣି ମନେ ପଡ଼ିଗଲା) ଗୋଟେ ଲମ୍ବା ସ୍ଥିର ଦୃଷ୍ଟିରେ ଫ୍ରନଜ୍‌କୁ ଅନେଇଲା।

ସେଇ ସ୍ଥିର ଦୃଷ୍ଟିଟା ଫ୍ରାନଜ୍‌କୁ ଘବରାଇ ଦେଲା। ସେ କିଛି ବୁଝି ପାରିଲାନି। ପ୍ରତ୍ୟେକ ପ୍ରେମୀ ଯୁଗଳ ନିଜ ଅଜାଣତରେ ପ୍ରେମର ନିଜସ୍ୱ ନିୟମ ଗଢ଼ିଥାନ୍ତି। ଆରମ୍ଭରୁ ହିଁ ସେଇ ନିୟମର ଉଲଙ୍ଘନ ହୁଏ ନାହିଁ। ତେବେ ତା ଉପରେ ସେ

ଏଇମାତ୍ର ଡାଳିଥିବା ଲମ୍ବା ସ୍ଥିର ଦୃଷ୍ଟିଟା ସେଇ ନିୟମର ବାହାରେ ଥିଲା । ସାଧାରଣତଃ ସମ୍ଭୋଗ ପୂର୍ବରୁ ହେଉଥିବା ଭାବଭଙ୍ଗୀ ଓ ଦୃଷ୍ଟି ସହିତ ଯା'ର କିଛି ତାଳମେଳ ନ ଥିଲା । ସେଇ ଦୃଷ୍ଟି କାମ ଉଦ୍ଦୀପକ ନ ଥିଲା ଅଥବା ସେଥିରେ ପ୍ରଣୟ ଚପଳତାର ଛିଟା ବି ନ ଥିଲା । ଦୃଷ୍ଟିଟା ଥିଲା ଏକ ପ୍ରଶ୍ନବାଚୀ । ସମସ୍ୟା ହେଲା ଯେ ଫ୍ରାନଜ୍ ସେଇ ଦୃଷ୍ଟିଟା କଣ ପଚାରୁଥିଲା ତାହା ବୁଝି ପାରୁ ନ ଥିଲା ।

ତାପରେ ସେ ସ୍କର୍ଟ ଖଣ୍ଡିକ ଉତାରି ଦେଲା ଓ ଫ୍ରାନ୍ଜ୍‌ର ହାତ ଧରି କାନ୍ଥରେ ଖଞ୍ଜା ହେଇଥିବା ବିରାଟ ଦର୍ପଣ ଆଡ଼କୁ ନେଇଗଲା । ଫ୍ରାନ୍‌ଜର ହାତଟିକୁ ନିଜ ମୁଠାରେ ରଖି ସେ ସେମିତି ଲମ୍ବା ପ୍ରଶ୍ନିଳ ଦୃଷ୍ଟିରେ ଦର୍ପଣକୁ ଚାହିଁଲା । ଦୃଷ୍ଟିଟା ପ୍ରଥମେ ନିଜ ଉପରେ ରଖି ପରେ ଫ୍ରାନ୍‌ଜ ଉପରକୁ ରଖିଲା ।

ଦର୍ପଣ ପାଖରେ ଥିବା ପରଚୂଳା ଥାକରେ କଳା ରଙ୍ଗରେ ପୁରୁଣା କନାର ଟୋପୀ ଖଣ୍ଡିଏ ଥୁଆ ହେଇଥିଲା । ସେ ନଇଁପଡ଼ି ଟୋପୀଖଣ୍ଡକ ଉଠାଇଲା ଆଉ ମୁଣ୍ଡରେ ପିନ୍ଧିଲା । ଦର୍ପଣର ପ୍ରତିବିମ୍ବଟା ସଙ୍ଗେ ସଙ୍ଗେ ରୂପାନ୍ତରୀତ ହେଇଗଲା : ହଠାତ୍ ତାହା ଅନ୍ତର୍ବସ୍ତ୍ର ପରିହିତା ଜଣେ ସ୍ତ୍ରୀଲୋକ ହୋଇଗଲା- ନିହାତି ଭାବରେ ବେଖାପ ଲାଗୁଥିବା ଟୋପୀପିନ୍ଧା, ଧୂସର ରଙ୍ଗର ପୋଷାକ ପିନ୍ଧା ଜଣେ ପୁରୁଷର ହାତ ଧରିଥିବା ଜଣେ ସୁନ୍ଦର, ଅନାସକ୍ତ ଓ ନିର୍ବିକାର ସ୍ତ୍ରୀଲୋକ ।

ତାର ରକ୍ଷିତାକୁ ସେ କେତେ କମ୍ ବୁଝିଥିଲା ତାହା ଭାବି ଫ୍ରାନଜ୍ ହସି ପକାଇଲା । ତାର ରକ୍ଷିତା ନିଜ ଦେହରୁ ଲୁଗା କାଢ଼ିନେଲା, ତାକୁ ଏଇଟା କାମ ଉଦ୍ଦୀପନାର ଗୋଟେ ତାମସା ପରି ଲାଗିଲା ନାହିଁ । ତାର ହସରେ ଉପଲବ୍‌ଧି ଓ ସମ୍ମତି ଉକୁଟି ଉଠିଲା ।

ସେ ତାର ରକ୍ଷିତାର ଅନୁରୂପ ପ୍ରତିକ୍ରୀୟା ପାଇଁ ଅପେକ୍ଷା କଲା । କିଂତୁ ସେ କିଛି କଲା ନାହିଁ । ବରଂ ତାର ହାତଟିକୁ ସେମିତି ଧରି ରଖି ଦର୍ପଣ ସାମ୍ନାରେ ସେ ଏକ ଲୟରେ ସ୍ଥିର ଦୃଷ୍ଟିରେ ଚାହିଁଲା । ପ୍ରଥମେ ନିଜକୁ, ପରେ ଫ୍ରାନଜ୍‌କୁ । ସମ୍ଭୋଗର ସମୟଟା ଆସିଲା ଆଉ ଚାଲିଗଲା । ଫ୍ରାନଜ୍ ଅନୁଭବ କରିବାକୁ ଲାଗିଲା ଯେ ଥଟ୍ଟା ପରିହାସର ଖେଳଟି (ଯାହାକୁ ସେ ସବୁ ଦୃଷ୍ଟିରୁ ଆକର୍ଷଣୀୟ ବୋଲି ଭାବି ଖୁସି ହେଉଥିଲା) ଆହୁରି ଲମ୍ବି ଚାଲିଛି । ତେଣୁ ସେ ସନ୍ତର୍ପଣରେ ଟୋପୀର ଅଗକୁ ଦୁଇ ଆଙ୍ଗୁଠି ମଝିରେ ଧରି ଟିକିଏ ହସି ଦେଲା ଆଉ ସବିନାର ମୁଣ୍ଡରୁ ଉଠେଇ ଆଣି ପରଚୂଳା ଥାକରେ ରଖିଦେଲା । ସତେ ଯେମିତି ଭର୍ଜିନ୍ ମେରୀଙ୍କ ଛବି ଉପରେ ଚଗଲା ପିଲାଟିଏ ବନେଇଥିବା ଦାଢ଼ି ନିଶର ଦାଗକୁ ସେ ଲିଭେଇ ଦେଉଥିଲା ।

ଅନେକ ସେକେଣ୍ଡ ଯାଏଁ ସେ ସେମିତି ନିଶ୍ଚଳ ରହି ଦର୍ପଣରେ ନିଜକୁ।

ଚାହିଁ ରହିଲା । ତାପରେ ଫ୍ରାନଜ୍ ସ୍ନେହସିକ୍ତ କୋମଳ ଚୁମ୍ବନରେ ତାକୁ ଛାଇଦେଲା ଆଉ ଦଶଦିନ ଭିତରେ ପାଲେରମୋ ଯିବାକୁ ପୁଣିଥରେ କହିଲା । ଏଥର ସେ କିଛି ନ ପଚାରି ହଁ ଭରିଲା । ଫ୍ରାନଜ୍ ସେଠୁ ଉଠି ଆସିଲା ।

ପୁଣିଥରେ ସେ ଭଲ ମୁଡ୍‌କୁ ଚାଲି ଆସିଲା । ଯେଉଁ ଜେନେଭାକୁ ସେ କ୍ଳାନ୍ତିକର ନୀରସ ମହାନଗରୀ ରୂପେ ଜୀବନସାରା ଗାଳି ଦେଉଥିଲା, ତାହା ମନୋରମ ଆଉ ରୋମାଞ୍ଚରେ ଭରପୂର ପରି ମନେ ହେଲା । ରାସ୍ତାରେ ବାହାରୁ ସେ ଷ୍ଟୁଡ଼ିଓର ଚଉଡ଼ା ଝରକାକୁ ଫେର୍ ଚାହିଁଲା । ଉତ୍ତୀର୍ଣ୍ଣ ବସନ୍ତର ଉଷ୍ଣତା । ସବୁ ଝରକାମାନ ପଟିପଟିକିଆ ଚାନ୍ଦୁଆରେ ଛାୟାବୃତ । ଫ୍ରାନଜ୍ ପାର୍କକୁ ଗଲା । ସବା ଶେଷ ମୁଣ୍ଡକୁ ଅର୍ଥୋଡକ୍ସ ଚର୍ଚ୍ଚର ସୁନେଲି ଗମ୍ବୁଜମାନ ସ୍ୱର୍ଣ୍ଣବର୍ଣ୍ଣରେ ରଞ୍ଜିତ ଦୁଇଟି ତୋପଗୁଳା ପରି ଉଠି ଆସିଥିଲା । ସତେଅବା କେଉଁ ଅଦୃଶ୍ୟ ଶକ୍ତିଟିଏ ତାକୁ ଆସନ୍ନ ପତନରୁ ରକ୍ଷା କରି ପବନରେ ଭାସମାନ କରି ରଖିଛି । ସବୁକିଛି ସୁନ୍ଦର ଲାଗୁଥିଲା । ତାପରେ ସେ ନଦୀବନ୍ଧକୁ ଗଲା ଆଉ ପବ୍ଲିକ୍ ଟ୍ରାନସ୍‌ପୋର୍ଟ ପାଇଁ ଥିବା ନୌକାଟି ଧରି ହ୍ରଦର ଉତ୍ତର କୂଳକୁ ଗଲା । ସେ ସେଠି ରହୁଥିଲା ।

(୨)

ଏବେ ସବିନା ଏକାକୀ । ସେମତି ଅନ୍ତର୍ବସ୍ତ୍ର ପିନ୍ଧି ସେ ପୁଣି ଦର୍ପଣ ପାଖକୁ ଫେରିଗଲା । କନାରେ ତିଆରି ଟୋପୀଟାକୁ ସେ ପୁଣି ମୁଣ୍ଡରେ ପିନ୍ଧିଲା ଆଉ ନିଜକୁ ଗୋଟେ ଲୟରେ ଚାହିଁ ରହିଲା । ଗୋଟେ ହଜିଲା ମୁହୂର୍ତ୍ତକୁ ଖୋଜୁ ଖୋଜୁ ଯା ଭିତରେ କେତେ ବର୍ଷ ବିତି ଗଲାଣି ଭାବି ସେ ଆଶ୍ଚର୍ଯ୍ୟ ହେଇଗଲା ।

ଅନେକ ବର୍ଷ ଆଗରୁ ଥରେ ଏମିତି ତାର ଷ୍ଟୁଡ଼ିଓକୁ ବୁଲିବାକୁ ଆସିଥିଲାବେଳେ ଟୋପୀଟା ଟମାସର ମନକୁ ପାଇଥିଲା । ସେ ଟୋପୀଖଣ୍ଡକ ତାର ମୁଣ୍ଡରେ ପିନ୍ଧି ବଡ଼ ଦର୍ପଣରେ ଦେଖିଥିଲା । ଜେନେଭାର ଷ୍ଟୁଡିଓ ପରି ସେଠି ବି କାନ୍ଥରେ ଏମିତି ବଡ଼ ଦର୍ପଣଟାଏ ଖଞ୍ଜା ହେଇଥିଲା । ଊନବିଂଶ ଶତାବ୍ଦୀର ଜଣେ ମେୟର ପରି ସେ କିପରି ଦେଖାଯିବ ତାହା ଦେଖିବାକୁ ଚାହିଁଲା । ସବିନା ଦେହରୁ ଲୁଗା ଉତାରିଲାବେଳେ ସେ ଟୋପୀଟାକୁ ସବିନା ମୁଣ୍ଡରେ ରଖିଦେଲା । ସେଠି ଦର୍ପଣ ସାମ୍ନାରେ ଛିଡା ହେଇ (ସବିନା ଦେହରୁ ଲୁଗା ଉତାରିଲାବେଳେ ସେମାନେ ସବୁବେଳେ ଦର୍ପଣ ସାମ୍ନାରେ ଛିଡା ହେଇ ରହୁଥିଲେ) ସେମାନେ ନିଜକୁ ଦେଖିଲେ । ଏଥର ସବିନା ଦେହରେ ଖାଲି ଅନ୍ତର୍ବସ୍ତ୍ର, ତଥାପି ମୁଣ୍ଡରେ ଟୋପୀ ଖଣ୍ଡିକ ଥାଏ । ତତ୍‌କ୍ଷଣାତ୍ ସେମାନେ ଜାଣିଲେ ଯେ ଦର୍ପଣରେ ସେମାନେ ଯାହା ଦେଖିଛନ୍ତି ସେଥିରେ ଦୁହେଁ କାମନାରେ ଉତ୍ତେଜିତ ହେଇପଡିଛନ୍ତି ।

ସେମାନଙ୍କୁ କଣଟା ଏତେ ଉତ୍ତେଜିତ କରିଥାଇପାରେ ? ଗୋଟେ କ୍ଷଣ ଆଗରୁ ତା ମୁଣ୍ଡରେ ଟୋପୀଖଣ୍ଡିକ ଥଟ୍ଟା ପରିହାସ ପରି ଲାଗୁଥିଲା । ଉତ୍ତେଜନାଟା କେବଳ କଣ ହସ ପରିହାସରୁ ଚାଖଣ୍ଡେ ଦୂରରେ ?

ହଁ, ସେଥର ସେମାନେ ଯେତେବେଳେ ପରସ୍ପରକୁ ଦର୍ପଣରେ ଦେଖିଲେ, ସବୁଯାକ ସବିନାକୁ ପ୍ରଥମ କେତେ ସେକେଣ୍ଡ ପାଇଁ କୌତୁକପ୍ରଦ ମନେ ହେଲା । କିଂତୁ ହଠାତ୍‌ଟା କୌତୁକଟା ଉତ୍ତେଜନାରେ ଢାଙ୍କି ହେଇଗଲା । ଟୋପୀଟା ଆଉ ପରିହାସର ପ୍ରତୀକ ନୁହେଁ । ଏହା ହିଂସାର ପ୍ରତୀକ । ସବିନା ପ୍ରତି ହିଂସା । ଜଣେ ନାରୀ ଭାବରେ ତାର ମର୍ଯ୍ୟାଦା ପ୍ରତି ହିଂସା । ସେ ତାର ମୁକୁଳା ଗୋଡ଼ ଆଉ ପତଳା ପେଣ୍ଟି ଭିତରୁ ଦେଖାଯାଉଥିବା ଯୋନିର ତ୍ରିକୋଣାକାର କ୍ଷେତ୍ରକୁ ଦେଖିଲା । ଅଧୋବସ୍ତ୍ର ଖଣ୍ଡିକ ତାର ନାରୀତ୍ୱର କମନୀୟତାକୁ ବତାଉଥାଏ । ଅପରପକ୍ଷେ ଟାଣ ମୋଟା ପୁରୁଷୋଚିତ ଟୋପୀଖଣ୍ଡକ ସେଇ ନାରୀସୁଲଭ କମନୀୟତାକୁ ଉଲଙ୍ଘନ କରୁଥାଏ, ପୁଣି ତାକୁ ବିଦ୍ରୁପ କରୁଥାଏ । ସର୍ବାଙ୍ଗ ଆବୃତ ହେଇ ଟମାସ ତା ପାଖରେ ଛିଡ଼ା ହେଇଥିବାର ମାନେ ଏଇ ଯେ ସେମାନେ ଦୁହେଁ ଯାହା ଦେଖିଲେ ତାହା ନିରୁତା କୌତୁକ ନୁହେଁ, ବରଂ ସେଇଟା ତାର ଅପମାନ (ଯଦି ସେଥିରେ ତ ସେମିତି ମଜାଦାର କୌତୁକ ଥାଆନ୍ତା, ତାହେଲେ ଟମାସକୁ ମଧ୍ୟ ଲଙ୍ଗଳା ହେଇ ଟୋପୀ ଖଣ୍ଡିକ ପିନ୍ଧିବାକୁ ପଡ଼ିଥାନ୍ତା) କିଂତୁ ସେଇଟାକୁ ଘୃଣାରେ ପ୍ରତ୍ୟାଖ୍ୟାନ କରିବା ବଦଳରେ ସବିନା ଅହମିକାର ସହିତ ବେଶ୍ ଉତ୍ତେଜନା ପ୍ରବଣ ହେଇ ରହିଲା । ସତେଅବା ସର୍ବସାଧାରଣରେ ସେ ଅର୍ପଣ ପାଇଁ ସ୍ୱଇଚ୍ଛାରେ ନିଜକୁ ସମର୍ପି ଦେଲା । ଆଉ ହଠାତ୍ ଅସମ୍ଭାଳ ହେଇ ଟମାସକୁ ଚଟାଣ ଉପରକୁ ଟାଣି ଆଣିଲା । ଟୋପୀଖଣ୍ଡିକ ଟେବୁଲ ତଳକୁ ଗଡ଼ିଗଲା । ଦର୍ପଣ ତଳେ ଗାଲିଚା ଉପରେ ସେମାନେ ଗଡ଼ାତଡ଼ା ହେବାକୁ ଲାଗିଲେ ।

କିଂତୁ ଆମେ ଟୋପୀ ପ୍ରସଙ୍ଗକୁ ଫେରିଯିବା :

ପ୍ରଥମରେ, ଏଇଟା ଊନବିଂଶ ଶତାବ୍ଦୀରେ ବୋହିମିଆଁର ଗୋଟେ ଛୋଟ ସହରର ମେୟର ଥିବା ଜଣେ ବିସ୍ମୃତ ଅଜାଙ୍କୁ ସ୍ମରଣ କରିଦିଏ ।

ଦ୍ୱିତୀୟରେ, ଏଇଟା ତାର ବାପାର ଗୋଟେ ସ୍ମୃତି ଚିହ୍ନ । ବାପାଙ୍କର ଶୁଦ୍ଧିକ୍ରୀୟା ପରେ ତାର ଭାଇ ସବୁ ପୈତୃକ ସଂପତ୍ତିକୁ କବ୍‌ଜା କରିନେଲା । ନିହାତି ଘୃଣାରେ ନିଜ ଅଧିକାର ପାଇଁ ଲଢ଼ିବାକୁ ମନା କରି ସେ ବିଦ୍ରୁପର ସହିତ ଘୋଷଣା କଲା ଯେ ସଂପତ୍ତିର ଉତ୍ତରାଧିକାର ସୂତ୍ରରେ ସେ କେବଳ ଟୋପୀଖଣ୍ଡକ ସାଙ୍ଗରେ ନେଇକି ଯାଉଛି ।

ତୃତୀୟରେ, ଟମାସ ସହିତ ତାର ପ୍ରଣୟଲୀଳା ପାଇଁ ଏଇଟା ଗୋଟେ ଅବଲମ୍ବନ ।

ଚତୁର୍ଥରେ, ଏଇଟା ତାର ନିଜତ୍ୱର ସଙ୍କେତ ଯାହାକି ସେ ଜାଣିଶୁଣି ଆଚରିଛି । ଦେଶ ଛାଡ଼ି ଆସିଲାବେଳେ ସେ ସାଙ୍ଗରେ ଆଉ ଅଧିକ କିଛି ନେଇ ପାରି ନଥିଲା । ଏକ ଅଦରକାରୀ ଓଜନିଆ ଜିନିଷ ବୋହିବାର ମାନେ ଅନ୍ୟ ଦରକାରୀ ଜିନିଷକୁ ଛାଡ଼ିଦେବା ।

ପଞ୍ଚମରେ, ବିଦେଶରେ ଟୋପୀଟା ଗୋଟେ ଭାବପ୍ରବଣ ଜିନିଷ ହେଇ ଯାଇଥିଲା । ଜୁରିଚ୍‌ରେ ଟମାସକୁ ଦେଖା କରିବାକୁ ଗଲାବେଳେ ସେ ଏଇଟା ନେଇକି ଯାଇଥିଲା । ଟମାସ ହୋଟେଲ ରୁମ୍‌ର କବାଟ ଖୋଲିଲାବେଳେ ସେ ଏଇଟା ମୁଣ୍ଡରେ ପିନ୍ଧିଥିଲା । କିନ୍ତୁ ତାପରେ ଅଭାବନୀୟ କଥାଟେ ଘଟିଲା : ଟୋପୀଟା ଆଉ ସ୍ଫୁର୍ତ୍ତିଶୀଳ ଅଥବା କାମୋଦ୍ଦୀପକ ହେଇ ରହିଲା ନାହିଁ । ବିତିଯାଇଥିବା ଅତୀତର ଗୋଟେ ସ୍ମୃତି ସ୍ତମ୍ଭ ପାଲଟିଗଲା । ସେମାନେ ଦୁହେଁ ଅଭିଭୂତ ହେଇଗଲେ ଓ ଅପୂର୍ବ ସମ୍ଭୋଗ ରଚିଲେ । କୌଣସି ଅଶ୍ଳୀଳ ନାଟକର ଆଉ ଅବକାଶ ନଥିଲା । କାରଣ ଏଇ ମିଳନ ସେମାନଙ୍କର ଗୁପ୍ତ ଶୃଙ୍ଗାର ସଙ୍ଗମର ସଂପ୍ରସାରଣ ନ ଥିଲା । ଆଗର ପ୍ରତ୍ୟେକ ମିଳନ ଥିଲା ଗୋଟେ ଛୋଟିଆ ପାପ ବିଷୟରେ ଚିନ୍ତା କରିବାର ଗୋଟେ ଅବସର । ବରଂ ଏଇଟା ଥିଲା ଅତୀତ ସମୟର ସ୍ମୃତି । ସେମାନଙ୍କର ସାଧାରଣ ଅତୀତ ପ୍ରତି ଏକ ସ୍ତୁତି, ଦୂରରେ ହଜିଯାଇଥିବା ଗୋଟେ ଭାବପ୍ରବଣ ବିହୀନ କାହାଣୀର ଭାବପ୍ରବଣ ସାରାଂଶ ।

ସବିନାର ଜୀବନର ସଙ୍ଗୀତ ମୂର୍ଚ୍ଛନାରେ ଟୋପୀଟା ଥିଲା ସତେ ଅବା ଗୋଟେ ଥିମ୍ । ଏଇଟା ବାରବାର ଫେରି ଆସୁଥାଏ । ପ୍ରତିଥର ନୂଆଁ ଅର୍ଥ ନେଇ । ନଦୀ ଶଯ୍ୟାରେ ପାଣି ଧାର ବହିଗଲା ପରି ସବୁଯାକ ଅର୍ଥ ଟୋପୀ ଦେଇ ଭାସିଯାଏ । ତାକୁ ମୁଁ ହେରାକ୍ଲିଟସ୍ (ଗୋଟେ ନଦୀରେ ତମେ ଦୁଇଥର ପାଦ ବୁଡ଼େଇ ପାରିବନି) ନଦୀ ଶଯ୍ୟା କହିପାରେ : ଟୋପୀର ଶଯ୍ୟାରେ ସବିନା ପ୍ରତିଥର ଆଉ ଗୋଟେ ନଦୀ ବହିବାର ଦେଖିପାରେ, ଅନ୍ୟ ଗୋଟିଏ ଅର୍ଥପୂର୍ଣ୍ଣ ଶାଖା ନଦୀ : ପ୍ରତିଥର ସେଇ ସମାନ ବସ୍ତୁ ଗୋଟେ ନୂଆଁ ଅର୍ଥକୁ ସୂଚାଏ, ଯଦିଓ ପୂର୍ବର ସବୁ ଅର୍ଥ ନୂଆଁ ଅର୍ଥରେ ସମ୍ମିଳିତ ହେଇ ପ୍ରତିଧ୍ୱନିତ (ଗୋଟିଏ ପ୍ରତିଧ୍ୱନି ପରି, ପ୍ରତିଧ୍ୱନିର ଶୋଭାଯାତ୍ରାଟିଏ ପରି) ହୁଏ । ପ୍ରତିଟି ନୂଆଁ ଅନୁଭୂତି ପ୍ରତିଥର ମିଳିତ ମୂର୍ଚ୍ଛନାର ସଙ୍ଗତିର ମାଧୁର୍ଯ୍ୟ ବଢ଼େଇ ପ୍ରକ-ିତ ହୁଏ । ଟୋପୀଟାକୁ ଦେଖିଲାମାତ୍ରେ ସବିନା ଓ ଟମାସ ଭାବପ୍ରବଣ ହେଇ ସେଇ ଅଶ୍ରୁସିକ୍ତ ଭାବପ୍ରବଣତାରେ ଜୁରିଚ୍‌ର

ହୋଟେଲରେ ସମ୍ଭୋଗ କରିବାର କାରଣ ହେଲା ଟୋପୀଟାର କୃଷ୍ଣବର୍ଣ୍ଣର ଉପସ୍ଥିତି କେବଳ ସେ ଦୁହିଁଙ୍କର ପ୍ରଣୟଲୀଳାର ସ୍ମାରକ ନୁହେଁ, ବରଂ ଗାଡ଼ିମଟର ଉଡ଼ାଜାହାଜ ନ ଥିବା ସମୟର ସବିନାର ବାପ ଅଜାଙ୍କର ସ୍ମୃତି ଚିହ୍ନ।

ବର୍ତ୍ତମାନ ବୋଧହୁଏ ସବିନା ଓ ଫ୍ରାନଜ୍‌କୁ ଅଲଗା କରୁଥିବା ଫାଟକୁ ଆମେ ଟିକେ ଆହୁରି ଭଲରେ ବୁଝିପାରିବା : ଫ୍ରାନଜ୍ ବେଶ୍ ଆଗ୍ରହର ସହିତ ସବିନାର ଜୀବନ କାହାଣୀ ଶୁଣିଲା। ଠିକ୍ ସେହିପରି ସବିନା ମଧ୍ୟ ଫ୍ରାନଜ୍‌ର କାହାଣୀ ବେଶ୍ ଆଗ୍ରହରେ ଶୁଣିଲା। ତେବେ କଥୋପକଥନ ଭିତରେ ଯଦିଓ ସେମାନେ ଶବ୍ଦର ଯୁକ୍ତିସଙ୍ଗତ ଅର୍ଥକୁ ଦୁହେଁ ବୁଝିଲେ, କିଂତୁ ଦୁହିଁଙ୍କ ଭିତରେ ପ୍ରବହମାନ ନଦୀର ଅର୍ଥଗତ ମୃଦୁଭାଷାକୁ ବୁଝିବାରେ ବିଫଳ ହେଲେ।

ତେଣୁ ଫ୍ରାନଜ୍‌ର ଉପସ୍ଥିତିରେ ସବିନା ଟୋପୀଟା ପିନ୍ଧିବାରୁ ଫ୍ରାନଜ୍‌କୁ ଅଖାଡୁଆ ଲାଗିଲା। ଯେମିତିକି କେହି ଜଣେ ତା ସାଙ୍ଗରେ ଅଜଣା ଭାଷାରେ କଥା ହେଉଛି ଆଉ ସେ ତାକୁ ବୁଝିପାରୁ ନାହିଁ। ସେଥିରେ ଅଶ୍ଳୀଳତା ନଥିଲା କି ଭାବପ୍ରବଣତା, କେବଳ ମାତ୍ର ଥିଲା ଏକ ଦୁର୍ବୋଧ୍ୟ ପ୍ରକାଶଭଙ୍ଗୀ। ଯା'ର ଅର୍ଥହୀନତା ହିଁ ତାକୁ ଅଖାଡୁଆ ଲାଗିଲା।

ଯୌବନ ଥିଲାବେଳେ ଆଉ ଜୀବନର ସଙ୍ଗୀତ ସଂରଚନାର ଉନ୍ମେଷ କାଳରେ ଲୋକେ ଏଇଟାକୁ ଏକାଠି ଲିପିବଦ୍ଧ କରିପାରନ୍ତି ଓ ଲକ୍ଷଣ ବିନିମୟ କରିପାରନ୍ତି (ଯେପରି ଟମାସ ଓ ସବିନା ଟୋପୀର ଲକ୍ଷଣକୁ ପରସ୍ପର ବିନିମୟ କରୁଥିଲେ)। କିଂତୁ ଫ୍ରାନଜ୍ ଓ ସବିନା ପରି ଜୀବନର ସାୟାହ୍ନରେ ଯଦି ଦେଖାହୁଏ, ସେମାନଙ୍କର ସାଙ୍ଗୀତିକ ସଂରଚନା ଅଳ୍ପେ ବହୁତେ ଶେଷ ହେଇଯାଇଥାଏ ଆଉ ପ୍ରତ୍ୟେକ ଲକ୍ଷଣ, ପ୍ରତ୍ୟେକ ବସ୍ତୁ, ପ୍ରତ୍ୟେକ ଶବ୍ଦ ଉଭୟଙ୍କୁ ଭିନ୍ନ ଅର୍ଥ ସୂଚାଏ।

ସବିନା ଓ ଫ୍ରାନଜ୍‌ର କଥୋପକଥନକୁ ଯଦି ମତେ ରେକର୍ଡ କରିବାକୁ ପଡ଼େ, ତା ହେଲେ ମୁଁ ସେମାନଙ୍କର ଭୁଲ ବୁଝାମଣାକୁ ନେଇ ଏକ ସୁଦୀର୍ଘ ଅଭିଧାନର ସଙ୍କଳନ କରିପାରନ୍ତି। ତା ବଦଳରେ ଆମେ ବରଂ ଗୋଟେ ଛୋଟିଆ ଶବ୍ଦକୋଷରେ କାମ ଚଳାଇନେବା।

(୩)

ଭୁଲ୍ ବୁଝାଯାଇଥିବା ଶବ୍ଦର ଗୋଟେ ଛୋଟ ଶବ୍ଦକୋଷ।

ନାରୀ

ନାରୀ ହେବାର ଭାଗ୍ୟକୁ ସବିନା ବାଛି ନ ଥିଲା। ଯାହା ଆମେ ନିଜେ ବାଛି ନାହୁଁ ତାକୁ ଆମେ ଆମର ସଫଳତା କିମ୍ବା ବିଫଳତା ବୋଲି ବିଚାର କରି

ପାରିବାନି। ସବିନା ବିଶ୍ୱାସ କରୁଥିଲା ଯେ ତାର ପସନ୍ଦ ନାପସନ୍ଦର ଊର୍ଦ୍ଧ୍ୱରେ ମିଳିଥିବା ଏଇ ଭାଗ୍ୟଟି ପ୍ରତି ସଠିକ୍ ଦୃଷ୍ଟିଭଙ୍ଗୀ ପୋଷଣ କରିବାକୁ ହେବ। ନାରୀ ହେଇ ଜନ୍ମ ହେବାର ଭାଗ୍ୟ ବିରୋଧରେ ବିଦ୍ରୋହ କରିବାଟା କିମ୍ବା ତାକୁ ନେଇ ଗର୍ବିତ ହେବାଟା ସମାନ ଭାବରେ ମୂର୍ଖାମୀ।

ପ୍ରଥମେ ଦେଖା ସାକ୍ଷାତ ବେଳେ ଥରେ ଅସ୍ୱାଭାବିକ ଭାବରେ ଜୋର୍ ଦେଇ ଫ୍ରାନ୍‌ଜ ତାକୁ କହିଲା, "ସବିନା ତମେ ଜଣେ ସ୍ତ୍ରୀଲୋକ।" ନୂଆ କରି ଦେଶ ଆବିଷ୍କାର କଲାବେଳେ କଲମ୍ବସଙ୍କ ସ୍ୱରର ଗାମ୍ଭୀର୍ଯ୍ୟ ପରି ସେ ଏହି ଜଣାଶୁଣା କଥାଟିକୁ ଏତେ ଜୋର୍ ଦେଇ କାହିଁକି କହିଲା ତାହା ସବିନା ବୁଝି ପାରିଲାନି। ଏପରି ଅସ୍ୱାଭାବିକ ଗୁରୁତ୍ୱ ଲଦି ଦେଇଥିବା 'ନାରୀ' ଶବ୍ଦଟିକୁ ସେ ପରେ ବୁଝି ପାରିଲା ଯେ ଫ୍ରାନ୍‌ଜ ଦୃଷ୍ଟିରେ ଏହା ମଣିଷ ଜାତିର ଦୁଇଟି ଲିଙ୍ଗଭେଦରୁ ଗୋଟିଏ ଜୀବ ନୁହେଁ। ତା ପାଇଁ ଏହା ଥିଲା ଗୋଟେ ମୂଲ୍ୟବୋଧ। ସବୁ ନାରୀ ନାରୀ ପଦବାଚକ ହେଇ ନଥାନ୍ତି।

କିଂତୁ ଯଦି ଫ୍ରାନ୍‌ଜର ଦୃଷ୍ଟିରେ ସବିନା ଜଣେ ନାରୀ, ତାହେଲେ ତାର ସ୍ତ୍ରୀ, ମେରୀ-କ୍ଲଡ଼େ କଣ ? କୋଡ଼ିଏ ବର୍ଷ ପୂର୍ବେ, ମେରୀ-କ୍ଲଡ଼େ ସହିତ ପରିଚିତ ହେବାର କେତେ ମାସ ପରେ ସେ ଫ୍ରାନ୍‌ଜକୁ ଧମକ ଦେଇଥିଲା- ଫ୍ରାନ୍‌ଜ ତାକୁ ପରିତ୍ୟାଗ କଲେ ସେ ନିଜର ଜୀବନ ଶେଷ କରିଦେବ। ଏପରି ଧମକରେ ଫ୍ରାନ୍‌ଜ ସମ୍ମୋହିତ ହେଇଥିଲା। ସେ ବିଶେଷତଃ ମେରୀ-କ୍ଲଡେକୁ ସେତେଟା ଭଲ ପାଉ ନଥିଲା। କିଂତୁ ତାର ଭଲ ପାଇବାରେ ସେ ଅଭିଭୂତ ହେଇଥିଲା। ଏମିତି ମହାନ୍ ପ୍ରେମର ସେ ଯୋଗ୍ୟ ପାତ୍ର ନୁହେଁ ବୋଲି ନିଜକୁ ଭାବିଲା ଓ ତା ପାଖରେ ଟିକେ ମୁଣ୍ଡ ନୁଆଁଇ ଦେବାକୁ ଫ୍ରାନଜ୍‌ର ଇଚ୍ଛା ହେଲା।

ଫ୍ରାନଜ୍ ଏତେ ତଳକୁ ମୁଣ୍ଡ ନୁଆଁଇ ଦେଲା ଯେ ସେ ତାକୁ ବାହା ହେଇ ପଡ଼ିଲା। ଯଦିଓ ତାର ଆତ୍ମହତ୍ୟା ଧମକରେ ନିହିତ ଗଭୀର ଭାବପ୍ରବଣତାର ଛାପ ମେରୀ-କ୍ଲଡ଼େ ପାଖରେ ଆଉ ଦେଖିବାକୁ ମିଳିଲାନି, ତଥାପି ଫ୍ରାନଜ୍ ସେଇଟାକୁ ନିଜ ସ୍ମୃତି ପଟରେ ସାଇତି ରଖିଲା। ମନେମନେ ସ୍ଥିର କରିନେଲା ଯେ ସେ କେବେ ତା ମନରେ ଆଘାତ ଦେବ ନାହିଁ ଆଉ ତାରି ଭିତରେ ଥିବା ନାରୀକୁ ସମ୍ମାନ ଜଣାଇବ।

ଏଇଟା ଗୋଟେ ଚିତ୍ତାକର୍ଷକ ବ୍ୟବସ୍ଥା। "ମେରୀ-କ୍ଲଡେକୁ ସମ୍ମାନ କର ନାହିଁ, କିଂତୁ ମେରୀ କ୍ଲଡ଼େ ଭିତରେ ଥିବା ନାରୀକୁ ସମ୍ମାନ କର।"

କିଂତୁ ଯଦି ମେରୀ କ୍ଲଡ଼େ ନିଜେ ଜଣେ ନାରୀ, ତା ହେଲେ ତା ଭିତରେ ଲୁଚି

ରହିଥିବା ନାରୀ ଜଣକ କିଏ ଯାହାକୁ ସେ ସବୁବେଳେ ସମ୍ମାନ କରିବା ଉଚିତ ? ବୋଧହୁଏ, ଜଣେ ନାରୀ ବିଷୟରେ ଏକ ପ୍ଲାଟୋନିକ୍ ଆଦର୍ଶ ?

ନା । ତାର ମା । ତା ମା ଭିତରେ ଥିବା ନାରୀକୁ ସେ ପୂଜା କରେ ବୋଲି କହିବା କଥା ତାର ମନକୁ କେବେ ଆସି ନ ଥିଲା । ସେ ତାର ମାଁ ଭିତରେ ଥିବା ନାରୀକୁ ନୁହେଁ, ତାର ମା 'କୁ ପୂଜା କରୁଥିଲା । ତାର ମାଁ ଓ ନାରୀତ୍ୱର ପ୍ଲାଟୋନିକ ଆଦର୍ଶଟି ଏକ ଓ ଅଭିନ୍ନ ଥିଲେ ।

ତାକୁ ବାରବର୍ଷ ହେଲାବେଳେ ହଠାତ୍ ସେ ଏକ୍ଲା ହେଇଗଲା । ଫ୍ରାନଜ୍‌ର ବାପା ତାକୁ ଛାଡ଼ି ଚାଲିଗଲେ । ଘଟଣାଟା ନିହାତି ଭାବରେ ଗୁରୁତର, ପିଲାଟା ଅନୁମାନ କଲା । କିଂତୁ ତାର ମାଁ କାଳେ ତାର ମନଦୁଃଖ ହେବ ଭାବି ଯ୍ୟାଡ୍ରୁସ୍ୟାଡ୍ରୁ ଦିପଦ କହି ଘଟଣାଟିକୁ ଚପାଇଦେଲେ । ଯେଉଁଦିନ ଫ୍ରାନଜ୍‌ର ବାପା ଚାଲିଗଲେ, ସେଦିନ ସେ ତାର ମାଁ ଏକାଠି ସହରକୁ ଗଲେ । ତା ମାଁର ଜୋତା ମେଳ ଖାଉ ନ ଥିବାର ଫ୍ରାନଜ୍ ଲକ୍ଷ୍ୟ କଲା । ସେ କିଂକର୍ତ୍ତବ୍ୟବିମୂଢ଼ ହେଇଗଲା : ଭାବିଲା, ମାଁଙ୍କ ନଜରରେ ସେଇଟା ପକାଇଦେବ । କିଂତୁ କାଳେ ମାଁ ମନ ଖରାପ କରିବେ ଭାବି ଡରିଗଲା । ତେଣୁ ସେ ସହର ଭିତରେ ଦୁଇ ଘଣ୍ଟା କାଳ ବୁଲାବୁଲି କଲାବେଳେ ଫ୍ରାନଜ୍‌ର ଆଖିଟା ମାଁଙ୍କର ପାଦରେ ଲାଖି ରହିଲା । ଯନ୍ତ୍ରଣାମାନେ କଣ ତାର ପ୍ରଥମ ଆଭାସକୁ ସେ ସେଇଦିନ ପାଇଥିଲା ।

ଆନୁଗତ୍ୟ ଓ ପ୍ରତାରଣା

ପିଲାଦିନରୁ ସେ ତାର ମାଁକୁ କବରଖାନାକୁ ତାଙ୍କର ଶେଷଯାତ୍ରା ପର୍ଯ୍ୟନ୍ତ ଭଲ ପାଉଥିଲା । ତାର ସ୍ମୃତିରେ ବି ସେ ତାର ମାଁକୁ ଭଲ ପାଉଥିଲା । ତେଣୁ ତାର ମନେ ହେଲା ଯେ ସବୁ ଗୁଣ ଭିତରେ ଆନୁଗତ୍ୟ ସର୍ବଶ୍ରେଷ୍ଠ ଗୁଣ : ଆନୁଗତ୍ୟ ଜୀବନକୁ ଗୋଟେ ସଂହତିରେ ବାନ୍ଧି ରଖେ । ନ ହେଲେ, ମଣିଷର ଜୀବନ ହଜାର ଖଣ୍ଡରେ କ୍ଷଣିକ ଅନୁଭୂତିରେ ଟୁକୁରା ଟୁକୁରା ହେଇଯିବ ।

ଅନେକ ସମୟରେ ଫ୍ରାନଜ୍ ତାର ମାଁ ବିଷୟରେ ସବିନାକୁ କହେ । ବୋଧହୁଏ ଅଜାଣତରେ ସେଥିରେ ତାର କିଛି ଦୂରଭିସନ୍ଧି ରହିଥିଲା । ସେ ଧରିନେଲା ଯେ ତାର ଏଇ ଅନୁଗତ ହେବାର ଗୁଣରେ ସବିନା ମୁଗ୍‌ଧ ହେଇଯିବ ଓ ଏହା ତାର ମନ ଜିଣିବାରେ ସହାୟକ ହେବ ।

ତେବେ ତାର ଆନୁଗତ୍ୟ ଅପେକ୍ଷା ପ୍ରତାରଣା ଦ୍ୱାରା ଯେ ସବିନା ବେଶୀ ମୁଗ୍‌ଧ ସେ କଥା ଫ୍ରାନଜ୍ ଜାଣି ନଥିଲା । 'ଆନୁଗତ୍ୟ' ଶବ୍ଦଟା ସବିନାକୁ ତାର ବାପାଙ୍କ କଥା ମନେ ପକାଇଦେଲା । ତାର ବାପା ଥିଲେ, ଛୋଟିଆ ସହରର ଜଣେ

ନିଷ୍ଠାପର ଧାର୍ମିକ ବ୍ୟକ୍ତି । ଗଛଗହଳ ଘେରା ବନାନୀରେ ସୂର୍ଯ୍ୟାସ୍ତ ଆଉ ଫୁଲଦାନୀ ଉପରେ ଗୋଲାପ ସ୍ତବକର ଚିତ୍ର ଆଙ୍କି ସେ ରବିବାରର ଅବସର କଟାଉଥିଲେ । ତାଙ୍କରି ପ୍ରଭାବରୁ ସବିନା ପିଲାଦିନରୁ ଚିତ୍ର ଆଙ୍କିବାର ରୁଚି ରଖିଲା । ଚଉଦ ବର୍ଷରେ ସେ ତାରି ବୟସର ଗୋଟେ ପିଲାର ପ୍ରେମରେ ପଡିଲା । ଏଥିରେ ତାର ବାପା ଏତେ ଆତଙ୍କିତ ହେଇଗଲେ ଯେ ବର୍ଷେ ଧରି ସବିନାକୁ ଘରୁ ବାହାରିବାକୁ ଦେଲେ ନାହିଁ । ଦିନେ ସେ ସବିନାକୁ ପିକାଶୋଙ୍କ ଚିତ୍ରକଳାର କେତୋଟି ପ୍ରତିରୂପ ଦେଖାଇ ସେଇଟାର ମଜା ଉଡ଼ାଇଲେ । ଚଉଦ ବର୍ଷର ସ୍କୁଲ ସାଙ୍ଗକୁ ଭଲ ନ ପାଇ ପାରିଲେ ବି ଅନ୍ତତଃ ସେ କ୍ୟୁବିଜମ୍‌କୁ ଭଲ ପାଇ ପାରିବ । ସ୍କୁଲ ପଢ଼ା ସାରି ସେ ପ୍ରାଗ୍ ଚାଲିଗଲାପରେ ନିଜ ଘରକୁ ପ୍ରତାରିତ କରିପାରିବାର ମହାନନ୍ଦରେ ସେ ଗୋଟେ ପ୍ରକାର ଉଚ୍ଛ୍ୱସିତ ଆତ୍ମବିଶ୍ୱାସ ଅନୁଭବ କଲା ।

ପ୍ରତାରଣା । ଆଦ୍ୟ ଯୌବନରେ ହିଁ ଆମକୁ ବାପା ଓ ଶିକ୍ଷକ କହିଥାନ୍ତି ଯେ ପ୍ରତାରଣା ହେଉଛି ସବୁଠୁ ଜଘନ୍ୟ ଅପରାଧ । ଏହାଠୁ ବଡ଼ ଅପରାଧ କଳ୍ପନା କରାଯାଇ ନ ପାରେ । କିଂତୁ ସେଇ ପ୍ରତାରଣା କଣ ? ପ୍ରତାରଣାର ମାନେ ସାମାଜିକ ଧାଡ଼ି ଭାଙ୍ଗିବା । ପ୍ରତାରଣାର ମାନେ ଧାଡ଼ି ଭାଙ୍ଗି ଅଜଣା ଭିତରକୁ ଯିବା । ଅଜଣା ଦୁନିଆଁ ଭିତରେ ବିଚରଣ କରିବାର ମହାନୁଭବ ଠାରୁ ଆଉ ଅଧିକ କିଛି ଥାଇପାରେ ଏକଥା ସବିନା ଜାଣି ନ ଥିଲା ।

"ଏକାଡ଼େମୀ ଅଫ୍ ଫାଇନ୍ ଆର୍ଟସ"ର ଛାତ୍ରୀ ହେଲେ ମଧ୍ୟ ପିକାଶୋଙ୍କ ପରି ଚିତ୍ର ଆଙ୍କିବାକୁ ତାର ଅନୁମତି ମିଳୁ ନ ଥିଲା । ସେହି ସମୟରେ ତଥାକଥିତ ସମାଜବାଦୀ ବାସ୍ତବବାଦର ପ୍ରଚଳନ ହେଲା । ଆଉ ଆର୍ଟ ସ୍କୁଲରେ କମ୍ୟୁନିଷ୍ଟ ରାଷ୍ଟ୍ରନାୟକ ମାନଙ୍କର ଚିତ୍ରପଟ ତିଆରି କରା ହେଉଥିଲା । ତାର ବାପାଙ୍କୁ ପ୍ରତାରିତ କରିବାର ପ୍ରବଳ ଇଚ୍ଛାଟା ପୂରଣ ହେଲା ନାହିଁ : କମ୍ୟୁନିଜମ୍ ଆଉ ଏକ ବାପା ମାତ୍ର, ଠିକ୍ ସେମିତି କଡ଼ା, ସୀମିତ ଓ କଟକଣାଖୋର୍, ଯେଉଁ ବାପା ଜଣକ ତାର ପ୍ରେମକୁ ବାରଣ କଲେ (ଏହା ନୀତିବାଦୀ ସମୟ ଥିଲା) ଆଉ ପିକାଶୋଙ୍କୁ ବି । ଆଉ ଯଦିବା ସବିନା ଜଣେ ଦ୍ୱିତୀୟ ଶ୍ରେଣୀର ଅଭିନେତାକୁ ବାହା ହେଲା, ତାର କାରଣ ଏଇ ଯେ ସେଇଜଣକର ବରଂ ଆଡ଼ବାଇୟା ହିସାବରେ ନାଁ ଥିଲା ଆଉ ଏଇ ଦୁଇ ବାପାଙ୍କ ପାଖରେ ସେ ଗ୍ରହଣଯୋଗ୍ୟ ନ ଥିଲା ।

ତାପରେ ତାର ମାଁ ମରିଗଲେ । ଶୁଦ୍ଧିକ୍ରୀୟାରୁ ପ୍ରାଗ୍‌କୁ ଫେରିବାର ପରଦିନ ସେ ଖଣ୍ଡେ ଟେଲିଗ୍ରାମ ପାଇଲା-- ଅତିଶୟ ଦୁଃଖରେ ତାର ବାପା ଆତ୍ମହତ୍ୟା କରିଥିବାର ସେଥିରେ ଲେଖାଥିଲା ।

ହଠାତ୍ ସେ ବିବେକର ଦଂଶନ ଅନୁଭବ କଲା । ତା ବାପା ଫୁଲ ଦାନୀର ଚିତ୍ର ଆଙ୍କି ପିକାଶୋଙ୍କୁ ଘୃଣା କରିବାଟା ସତରେ କଣ ଏତେ ଭୟଙ୍କର ଥିଲା ? ତାଙ୍କର ଚଉଦ ବର୍ଷର ଝିଅ ଗର୍ଭବତୀ ହେଇ ଘରକୁ ଫେରିବାର ଆଶଙ୍କାଟା କଣ ସତରେ ଏତେ ନିନ୍ଦନୀୟ ଥିଲା ? ତାଙ୍କର ସ୍ତ୍ରୀ ବିନା ନିଜେ ବଞ୍ଚି ନ ପାରିବାଟା କଣ ସତରେ ଏମିତି ହାସ୍ୟାସ୍ପଦ କଥାଟେ ?

ପୁଣି ଥରେ ପ୍ରତାରଣା କରିବାକୁ ତାର ପ୍ରବଳ ଇଚ୍ଛା ହେଲା: ତାର ନିଜ ପ୍ରତାରଣାକୁ ପ୍ରତାରଣା କରିବାକୁ । ସେ ତାର ସ୍ୱାମୀକୁ ଶୁଣାଇଦେଲା (ଏବେ ସେ ତାକୁ ଜଣେ ଆଡ଼ବାୟୀ ଅପେକ୍ଷା ଅବାଗିଆ ନିଶାଖୋର ବୋଲି ଭାବୁଥିଲା) ଯେ ସେ ତାକୁ ଛାଡ଼ିକି ଚାଲିଯାଉଛି ।

କିଂତୁ ଯଦି ଆମେ 'ଖ'କୁ ପ୍ରତାରଣା କରୁ ଯାହାପାଇଁ କି ଆମେ 'କ'କୁ ପ୍ରତାରଣା କଲା, ତାର ଅର୍ଥ ଏଇୟା ନୁହଁ ଯେ ଆମେ 'କ'କୁ ସନ୍ତୁଷ୍ଟ କରିଛୁ । ବିବାହ ବିଚ୍ଛେଦ କରିଥିବା ଜଣେ ଚିତ୍ରଶିଳ୍ପୀର ଜୀବନ ସେ ପ୍ରତାରଣା କରିଥିବା ବାପାମାଁଙ୍କର ଜୀବନର ଆଦୌ ଅନୁରୂପ ନ ଥିଲା । ପ୍ରଥମ ପ୍ରତାରଣାଟି ଆଉ ସଜାଡ଼ି ହେବ ନାହିଁ । ଏହା ପୁନଶ୍ଚ ଅନେକ ପ୍ରତାରଣାର କ୍ରମାଗତ ପ୍ରତିକ୍ରିୟାକୁ ଡାକି ଆଣେ । ଆଉ ପ୍ରତ୍ୟେକଟି ଆମକୁ ଆଦି ପ୍ରତାରଣାରୁ ଆହୁରି ଆହୁରି ଦୂରକୁ ନେଇଯାଏ ।

ସଙ୍ଗୀତ

ଫ୍ରାନଜ୍ ପାଇଁ ସଙ୍ଗୀତ କଳାଟା ମଦମତ୍ତତା ଦୃଷ୍ଟିରୁ ଡାଇନୋସିୟ ସୌନ୍ଦର୍ଯ୍ୟର ପାଖାପାଖି । ଗୋଟେ ଉପନ୍ୟାସ କିମ୍ବା ଚିତ୍ରରେ କେହି ପ୍ରକୃତରେ ମଦମତ୍ତ ହୁଏ ନାହିଁ । କିଂତୁ ବିଥୋଭନ୍‌ଙ୍କ ନାଇନ୍‌ଥ, ବାରଟୋକ୍‌ଙ୍କ ସୋନାଟା ଫର୍ ଟୁ ପିଆନୋସ ଆଉ ପାର୍କସନ୍ କିମ୍ବା ବିଟିଲସ୍‌ଙ୍କ ହ୍ୱାଇଟ ଆଲବମ୍‌ରେ ମାଦକ ମଗ୍ନ ହେବାରେ ଭଲ କିଏ ରୋକି ପାରିବ ? ଫ୍ରାନଜ୍ 'କ୍ଲାସିକାଲ୍' ଓ 'ପପ୍' ସଙ୍ଗୀତ ଭିତରେ ଫରକ ଦେଖେ ନାହିଁ । ତାର ଦୃଷ୍ଟିରେ ଏଇ ପାର୍ଥକ୍ୟଟା ଯେତିକି ପୁରୁଣା କାଳିଆ, ସେତିକି ଛଳନାପୂର୍ଣ୍ଣ । ରକ୍ ମ୍ୟୁଜିକ୍ ଓ ମୋଜାର୍ଟ ଉଭୟ ତାର ପ୍ରିୟ ।

ସଙ୍ଗୀତକୁ ସେ ଏକ ବିମୁକ୍ତିକର ଶକ୍ତି ରୂପେ ବିଚାର କରେ : ଏହା ତାକୁ ନିଃସଙ୍ଗତାରୁ, ଅର୍ନ୍ତମୁଖତାରୁ, ବହିର ଶୃଙ୍ଖଳରୁ ମୁକ୍ତ କରେ । ତାର ଦେହର ଦ୍ୱାର ଖୋଲି ଦେଇ ତାର ଆତ୍ମାକୁ ବାହାର ପୃଥିବୀରେ ପାଦ ଥାପି ବନ୍ଧୁ ବାନ୍ଧିବାରେ ଅନୁମତି ଦିଏ । ନାଚିବାକୁ ସେ ଭଲ ପାଏ ଆଉ ସେଥିରେ ସବିନାର ଆଗ୍ରହ ନ ଥିବାରୁ ତାର ମନଦୁଃଖ ହୁଏ ।

ସେମାନେ ଦୁହେଁ ରେସ୍ତୋରାଁରେ ଏକାଠି ବସିଥିଲେ । ଖାଇଲାବେଳେ ପାଖର ସ୍ପିକର୍‌ରୁ ବେଶ୍ ଗଭୀର ତାଳରେ ଉଚ୍ଚସ୍ୱରରେ ସଙ୍ଗୀତ ଭାସି ଆସୁଥାଏ ।

"ଏଟା ଗୋଟେ ଭୟଙ୍କର ଚକ୍ର", ସବିନା କହିଲା । ଏତେ ଜୋର୍‌ରେ ଗୀତ ବାଜୁଛି ଯେ ଲୋକେ କାଲା ହେଇଯାଉଛନ୍ତି । ଆଉ ଯେହେତୁ ଲୋକେ କାଲା ହେଇ ଯାଇଛନ୍ତି, ଏଇଟା ଆହୁରି ଆହୁରି ଜୋର୍‌ରେ ବଜେଇବାକୁ ପଡୁଛି ।

'ତମକୁ ଗୀତ ଭଲ ଲାଗେ ନାଇଁ ?' ଫ୍ରାନଜ୍ ପଚାରିଲା ।

'ନା', ସବିନା କହିଲା । ପୁଣି କହିଲା, 'ଯଦିଓ ଅନ୍ୟ ଏକ ଯୁଗରେ...' ସେ ଜନ୍ ସେବାଷ୍ଟିନ୍ ବାକ୍‌ଙ୍କ ସମୟ କଥା ଭାବିଥିଲା । ଯେତେବେଳେ ବରଫାବୃତ ନୀରବତାର ଅସୀମ ଭୂଇଁରେ ସଙ୍ଗୀତଟା ଗୋଲାପ ପରି ଫୁଟି ଉଠୁଥିଲା ।

ପିଲାଦିନରୁ ମୁଖାପିନ୍ଧା କୋଳାହଳ ସଙ୍ଗୀତ ରୂପରେ ତା ପଛରେ ଧାଇଁଥିଲା । 'ଚାରୁକଳା ଏକାଡ଼େମୀ'ରେ ସେ ପଢୁଥିଲାବେଳେ ପୁରା ଖରାଛୁଟି ଛାତ୍ରମାନଙ୍କୁ ୟୁଥ୍ କେଂପରେ କଟେଇବାକୁ ପଡୁଥିଲା । ସାଧାରଣ ଘରମାନଙ୍କରେ ରହି ସେମାନେ ଏକାଠି ଗୋଟେ ଷ୍ଟିଲ୍ ତିଆରି ଜାଗାରେ କାମ କରୁଥାନ୍ତି । ସକାଳ ପାଞ୍ଚଟାରୁ ରାତି ନଅଟା ଯାଏଁ ଲାଉଡ୍ ସ୍ପିକରରୁ ଗୀତର ରଡି ଛାଡୁଥାଏ । ତାକୁ କାନ୍ଦ ମାଡ଼ିଲା । ଅବଶ୍ୟ ଗୀତଟା ସୁଖକର ଥିଲା । ଲୁଚିବାକୁ କୋଉଠି ଥାନ ଟିକେ ମିଳୁ ନଥାଏ । ପାଇଖାନା କି ବିଛଣା ତଳେ ଯୋଉଠି ରହିଲେ ବି ରକ୍ଷା ନାଇଁ । ସବୁତକ ଲାଉଡ୍ ସ୍ପିକରର କବ୍‌ଜାରେ । ପଲେ ଶିକାରୀ କୁକୁର ପରି ତାକୁ ଗୋଡାଇ ଯେମିତି ନୟାନ୍ତ କରି ଦଉଥାନ୍ତି ।

ସେତେବେଳେ ସେ ଭାବିଥିଲା ଯେ କେବଳ କମ୍ୟୁନିଷ୍ଟ ଦୁନିଆଁରେ ଏହିପରି ସଙ୍ଗୀତର ବର୍ବରତା ରାଜୁତି କରେ । ବାହାରେ ଆସି ଦେଖିଲା ଯେ ସଙ୍ଗୀତର କୋଳାହଳକୁ ରୂପାନ୍ତର ହେବାଟା ସାରା ଜଗତର ପ୍ରକ୍ରିୟା । ଯା ଦ୍ୱାରା ମଣିଷ ସମାଜ ସାମଗ୍ରିକ କୁତ୍ସିତତାର ଏକ ଐତିହାସିକ ପର୍ଯ୍ୟାୟରେ ପାଦ ଦେଉଛି । ଏଇ ସାମଗ୍ରିକ କୁତ୍ସିତତାର ସମ୍ଭାବନା ହେଉଛି ସର୍ବ ବିଦ୍ୟମାନ ଧ୍ୱନିର କୁତ୍ସିତତା : କାର୍, ମୋଟର, ସାଇକେଲ, ଇଲେକ୍ଟ୍ରିକ୍ ଗୀଟାର, ଖନନ ଯନ୍ତ୍ର, ଲାଉଡ୍ ସ୍ପିକର, ସାଇରେନ୍ ଇତ୍ୟାଦି । ଦୃଶ୍ୟ ଜଗତରେ ସର୍ବବିଦ୍ୟମାନ କୁତ୍ସିତତା ଅତିଶିଘ୍ର ହିଁ ଆସିଯିବ ।

ରାତ୍ରୀଭୋଜନ ପରେ ସେମାନେ ଉପର ମହଲାକୁ ଗଲେ ଓ ସମ୍ଭୋଗ କଲେ । ଶୋଇଲାବେଳକୁ ଫ୍ଲାନଜ୍ ତାର ଚିନ୍ତାର ସଙ୍ଗତି ହରାଇବାକୁ ଲାଗିଲା । ଖାଇବା ବେଳର କୋଳାହଳମୟ ଗୀତକୁ ସେ ମନେ ପକାଇଲା । ଆଉ ନିଜକୁ ନିଜେ କହିଲା :

'କୋଳାହଳର ଗୋଟେ ଉପକାରୀତା ରହିଛି। ଏହା ଶବ୍ଦଗୁଡ଼ିକୁ ଉଡ଼େଇ ଦିଏ।' ହଠାତ୍ ସେ ବୁଝିପାରିଲା ଯେ ତାର ଜୀବନସାରା, ଲେଖାପଢ଼ା, ଭାଷଣ ଦେବା, ବାକ୍ୟ ଭିଆଣ କରିବା, ସୂତ୍ର ଖୋଜିବା ଆଉ ତାକୁ ସଂଶୋଧନ କରିବା ଛଡ଼ା ଆଉ କିଛି କରି ନାହିଁ। ତେଣୁ ଶେଷରେ କୌଣସି ଶବ୍ଦ ସ୍ପଷ୍ଟ ନ ଥିଲା- ସେମାନଙ୍କର ଅର୍ଥ ସବୁ ବିଲୁପ୍ତ ହେଲା। ସେଗୁଡ଼ିକର ବିଷୟବସ୍ତୁ ହଜିଗଲା। ସେଇଗୁଡ଼ିକ ସବୁ ଆଜେ ବାଜେ ଅଳିଆ, ଚକ୍ଷୁକୁଟା, ଧୂଳି, ବାଲିରେ ପରିଣତ ହେଇ ତା ମସ୍ତିଷ୍କରେ ଏଣେ ତେଣେ ଛପି ଛପି ବୁଲିଲେ ଆଉ ତାର ମୁଣ୍ଡଟାକୁ ଖିନ୍‌ଭିନ୍ କରିଦେଲେ। ସେଇସବୁ ତାର ଅନିଦ୍ରା, ତାର ଅସୁସ୍ଥତା। ଆଉ ସେତିକିବେଳେ ଅସ୍ପଷ୍ଟ ମନେ ହେଲେ ବି ତାର ପ୍ରାଣପଣେ ଗୋଟେ ଇଚ୍ଛା ହେଲା- ଅପରିମିତ ସଙ୍ଗୀତ, ସବୁକୁ ଆବୋରି ଧରି ରଖୁଥିବା, ସବୁରି ଉପରେ ଜାହିର କରୁଥିବା ଆଉ ଝରକା କବାଟ ସବୁକୁ ଥରେଇ ଦେଉଥିବା ମନୋମୁଗ୍‌ଧକର ଗୀତ। ସବୁଦିନ ପାଇଁ ବ୍ୟଥା, ନିରର୍ଥକତା ଆଉ ଶବ୍ଦର ଆଡ଼ମ୍ବର ସେଥିରେ ହଜିଯିବ। ସଙ୍ଗୀତ ଥିଲା ବାକ୍ୟର ବିପରୀତ। ସଙ୍ଗୀତ ଥିଲା 'ଶବ୍ଦ' ବିରୋଧୀ। ସେ ଏକ ପ୍ରଲମ୍ବିତ ଆଲିଙ୍ଗନରେ ସବିନା ସହିତ ଜଡ଼େଇ ଯିବାକୁ ଚାହିଁଲା। ଆଉ ଗୋଟେ ହେଲେ ବାକ୍ୟ କହିବାକୁ ଚାହିଁଲା ନାହିଁ। ଆଉ ଗୋଟିଏ ବି ଶବ୍ଦ ନୁହଁ। ତାର ଯୌନକ୍ରିୟାରେ ଚରମ ମୂହୁର୍ତ୍ତକୁ ସଙ୍ଗୀତର ଚରମ ଆନନ୍ଦର ବଜ୍ରଧ୍ୱନିରେ ମିଶେଇ ଦେବାକୁ ଚାହିଁଲା। ଆଉ ସେଇ କାଳ୍ପନିକ ଶବ୍ଦାୟିତ ପରମାନନ୍ଦର ପ୍ରଶାନ୍ତିରେ ସେ ଶୋଇପଡ଼ିଲା।

ଆଲୁଅ ଓ ଅନ୍ଧାର

ସବିନା ପାଇଁ ବଞ୍ଚିବା ମାନେ ଦେଖିବା। ଦେଖିବାଟା ଦୁଇଟି ସୀମାରେଖାରେ ସୀମିତ : ଅତି ଉଜ୍ଜ୍ୱଳ ଆଲୋକ ଯାହା ଅନ୍ଧ କରିଦିଏ, ଆଉ ସଂପୂର୍ଣ୍ଣ ଅନ୍ଧକାର। ବୋଧହୁଏ ସବୁ ଚରମତା ପ୍ରତି ସବିନାର ଅରୁଚିର ଏହାହିଁ କାରଣ। ଚରମତାର ଅର୍ଥ ସେଇ ସୀମାରେଖା ଯାହା ପରେ ଜୀବନ ଶେଷ ହୁଏ, ଆଉ କଳା ଓ ରାଜନୀତିରେ ଚରମତା ପ୍ରତି ଆବେଗଟା ମୃତ୍ୟୁ ପ୍ରତି ଏକ ଲୁକ୍‌କାୟିତ ଆକାଂକ୍ଷା।

ଫ୍ରାନଜ୍ ପାଇଁ ଆଲୋକ ଶବ୍ଦଟା ଦିନର ମୃଦୁ ଆଭାରେ ଆଲୋକିତ ଭୂଭାଗର ଦୃଶ୍ୟପଟକୁ ବୁଝାଏ ନାହିଁ। ଏହା ଆଲୋକର ଉତ୍ସକୁ ବୁଝାଏ : ସୂର୍ଯ୍ୟ, ଗୋଟେ ବଲ୍‌ବ, ବା ସ୍ପଟ ଲାଇଟ୍। ଫ୍ରାନଜ୍‌ର ଧାରଣାମାନ ସବୁ ପରିଚିତ ରୂପକ ଥିଲେ : ସଚ୍ଚରିତ୍ରତାର ସୂର୍ଯ୍ୟ, ପ୍ରଜ୍ଞାର ଦୀପ୍ତିମାନ ଶିଖା ଓ ଆହୁରି ଅନେକ।

ଆଲୁଅ ଯେତିକି, ଅନ୍ଧାର ବି ସେତିକି ତାର ପ୍ରିୟ ଥିଲା। ସେ ଜାଣେ ଯେ ଆଜିକାଲି ସମ୍ଭୋଗ ଆଗରୁ ବତୀ ଲିଭାଇବାଟା ଗୋଟେ ହାସ୍ୟାସ୍ପଦ କଥା।

ସେଥିପାଇଁ ସେ ଖଟ ପାଖରେ ସବୁବେଳେ ଛୋଟ ବତୀଟିଏ ଜଳାଇ ରଖିଥାଏ। ଯାହା ବି ହେଉ, ସବିନାର ଯୋନିଭେଦ କଲାବେଳେ ସେ ଆଖି ବୁଜି ଦିଏ। ତାର ଦେହକୁ ପ୍ଲାବିତ କରିଦଉଥିବା ଆନନ୍ଦ ଲୋଡ଼େ ଅନ୍ଧାର। ସେଇ ଅନ୍ଧାର ଯାହା କି ଶୁଦ୍ଧ, ସଂପୂର୍ଣ୍ଣ, ଚିନ୍ତାଶୂନ୍ୟ, ଦୃଶ୍ୟହୀନ। ସେଇ ଅନ୍ଧାରର ଶେଷ ନାହିଁ। ଆମ ଭିତରେ ଧରି ରଖିଥିବା ଅନନ୍ତ ଅନ୍ଧାର। (ହଁ, ତମେ ଯଦି ଅନନ୍ତତ୍ୱକୁ ଖୋଜୁଛ, ତା ହେଲେ ଆଖି ବୁଜିଦିଅ !)

ଆଉ ଯେଉଁ ମୂହୂର୍ତ୍ତରେ ଆନନ୍ଦ ଅନୁଭବ ତାର ଦେହରେ ପ୍ରସରି ଯାଉଥିଲା, ସେଇ ମୂହୁର୍ତ୍ତରେ ଫ୍ରାନଜ୍ ତାର ଅନ୍ଧକାରର ଅନନ୍ତତ୍ୱ ଭିତରକୁ ନିଜେ ଅପସରି ଯାଇ ମିଳେଇ ଗଲା, ନିଜେ ଅନନ୍ତ ହେଇଗଲା। କିଂତୁ ଜଣେ ଲୋକ ତାର ଅଭ୍ୟନ୍ତରର ଅନ୍ଧକାରରେ ଯେତିକି ବଢ଼ିଉଠେ, ତାର ବାହାରର ଗଠନ ସେତିକି ଛୋଟ ହୋଇଯାଏ। ମୁଦ୍ରିତ ଆଖିର ମଣିଷ ଜଣେ ଭଙ୍ଗା ମଣିଷ। ସବିନା ଫ୍ରାନଜ୍‌କୁ ଏଇ ମୁଦ୍ରାରେ ଦେଖିବାକୁ ଅରୁଚିକର ଲାଗିଲା। ତେଣୁ ତାକୁ ଦେଖିବାଟା ଏଡ଼ିବା ପାଇଁ ସେ ମଧ୍ୟ ନିଜେ ଆଖି ବନ୍ଦ କଲା। କିଂତୁ ତା ପାଇଁ ଅନ୍ଧାରର ମାନେ ଅନନ୍ତତ୍ୱ ବୁଝାଇଲା ନାହିଁ। ତା ପାଇଁ ଏଇଟା ସେ ଦେଖିଥିବା ଦୃଶ୍ୟକୁ ଅସ୍ୱୀକାର କରିବା ଯାହା ସେ ଦେଖିଲା ତାର ବିରୋଧାଭାଷ- ତାକୁ ଦେଖିବାର ଅସହମତି।

(୪)

ଥରେ ସବିନା ତା ସହିତ ଦେଶାନ୍ତରୀ ହେଇଥିବା ଲୋକଙ୍କ ଗହଣରେ ନିଜେ ଦିଶିଲା। ସେଇ ଚିରାଚରିତ ଢଙ୍ଗରେ ସେମାନେ ଋଷୀୟ ମାନଙ୍କ ବିରୋଧରେ ଅସ୍ତ୍ର ଧାରଣ କରିବା ଉଚିତ କି ନାଇଁ ସେଇ କଥାଟିକୁ ଗୋଳାଘଣ୍ଟା କରୁଥିଲେ। ନିର୍ବାସନର ସୁରକ୍ଷା ଭିତରେ, ସେମାନେ ସହଜରେ ଲଢ଼େଇ ସପକ୍ଷରେ ମତ ଦେଲେ। ସବିନା କହିଲା : 'ତା ହେଲେ ତମେ ସବୁ ଫେରିଯାଇ ଲଢ଼େଇ କରୁନ କାହିଁକି ?'

ସେଇଯ୍ଧ କହିବାର ନ ଥିଲା। କହରା ରଙ୍ଗରେ ବାଳ ରଙ୍ଗେଇଥିବା ଜଣେ ଲୋକ ତା ଆଡ଼କୁ ଆଙ୍ଗୁଠି ଦେଖାଇ କହିଲା, "ସେଇଟା କହିବାର ବାଗ ନୁହେଁ। ଯାହା ଘଟିଗଲା ସେଥିପାଇଁ ତମେ ସବୁ ଦାୟୀ। ତମେ ବି। କମ୍ୟୁନିଷ୍ଟ ଶାସନକୁ ତମେ କିପରି ବିରୋଧ କଲ ? ତମେ କେବଳ ଚିତ୍ର ଆଙ୍କି..."

କମ୍ୟୁନିଷ୍ଟ ଦେଶ ଗୁଡ଼ିକରେ ଜନତାକୁ ଆକଳନ କରି, ତାରି ଉପରେ ପରୀକ୍ଷା କରିବାଟା ଏକ ମୁଖ୍ୟ ଓ ଶେଷହୀନ ସାମାଜିକ ପ୍ରକ୍ରୀୟା। ଚିତ୍ରକରକୁ ଯଦି ତାର ଚିତ୍ର ପ୍ରଦର୍ଶନୀ କରିବାକୁ ହୁଏ, ସାଧାରଣ ନାଗରିକକୁ ସମୁଦ୍ର କୂଳିଆ ଦେଶ ପାଇଁ ଭିସା ଦରକାର ହୁଏ, ଫୁଟ୍‌ବଲ୍ ଖେଳାଳୀକୁ ଜାତୀୟ ଦଳରେ ଯୋଗ ଦେବାକୁ

ହୁଏ, ତା ହେଲେ ଗୁଡ଼ାଏ ରକମର ସୁପାରିଶ ଆଉ ରିପୋର୍ଟ ସଂଗ୍ରହ କରିବାକୁ ପଡ଼େ। (ଜଗୁଆଳଠାରୁ ଆରମ୍ଭ କରି, ସହକର୍ମୀ, ପୋଲିସ, ପାର୍ଟିର ଆଞ୍ଚଳିକ ସଂଗଠନ, ଉପଯୁକ୍ତ ଟ୍ରେଡ୍ ୟୁନିଅନ୍ ଯାଏଁ) ଆଉ ତାକୁ ପୁଣି ଯୋଡାଯୋଡି କରି, ତାର ଗୁରୁତ୍ୱ ନିର୍ଦ୍ଧାରଣ କରି ତା ଉପରେ ଅଫିସର୍ଙ୍କ ଟୀକା ଟିପ୍ପଣୀ ଲେଖା ହୁଏ। ଚିତ୍ରକଳା ପ୍ରତିଭା ସହିତ, ଫୁଟବଲ୍ ମାରିବାର ସାମର୍ଥ୍ୟ ସହିତ କିମ୍ବା ସମୁଦ୍ରର ଲୁଣି ଆବହାୱାରେ ଆରୋଗ୍ୟ ହେଇ ପାରୁଥିବା ରୋଗ ସହିତ ଏହିସବୁ ରିପୋର୍ଟର କିଛି ସମ୍ବନ୍ଧ ନ ଥାଏ। ସେମାନେ କେବଳ ଗୋଟେ ଜିନିଷ ଖୋଜନ୍ତି। ସେଇଟା ହେଲା : ନାଗରିକଟିର ରାଜନୈତିକ ଇତିବୃତ୍ତ। (ଅନ୍ୟ ଅର୍ଥରେ କହିଲେ ନାଗରିକଟି କଣ କହେ, କଣ ଚିନ୍ତା କରେ, କିପରି ବ୍ୟବହାର କରେ, ସଭାସମିତିରେ କିମ୍ବା ଶ୍ରମିକ ଦିବସ ବା ମେ ଡ଼େର ଶୋଭାଯାତ୍ରାରେ କିପରି ଆଚରଣ କରେ) କାରଣ ପ୍ରତ୍ୟେକ ଜିନିଷ (ଦୈନନ୍ଦିନ ସ୍ଥିତି, କାମରେ ପଦୋନ୍ନତି, ଛୁଟି) ଏଇ ଆକଳନ ପଦ୍ଧତି ଫଳାଫଳ ଉପରେ ନିର୍ଭର କରେ। ପ୍ରତ୍ୟେକେ (ସେ ଜାତୀୟ ଦଳ ପାଇଁ ଫୁଟବଲ ଖେଳୁ ବା ଚିତ୍ର ପ୍ରଦର୍ଶନୀ କରୁ କିମ୍ବା ସମୁଦ୍ରକୂଳରେ କେହି ଛୁଟି କଟେଇବାକୁ ଯାଉ) ଏମିତି ଆଚରଣ ଦେଖାଇବା ଉଚିତ ଯେପରିକି ଚରିତ୍ର ପଞ୍ଜିକାର ଆକଳନ ତାରି ସପକ୍ଷରେ ଯିବ।

କହରା ମୁଣ୍ଡିଆ ଲୋକଟାର ଏ କଥା ଶୁଣୁଥିଲାବେଳେ ସବିନାର ମନକୁ ଏଇ ସବୁକଥା ଆସିଲା। ତାର ଦେଶର ଲୋକମାନେ ଭଲ ଫୁଟବଲ୍ ଖେଳନ୍ତି କି ଚିତ୍ର ଆଙ୍କନ୍ତି ଏଇ କଥାକୁ ଲୋକଟାର ଖାତିର ନ ଥିଲା। (ସେଠି ରୁଣ୍ଡ ହେଇଥିବା ଚେକୋସ୍ଲୋଭାକିଆର କୌଣସି ନିର୍ବାସିତ ଲୋକ ସବିନାର ଚିତ୍ରକଳାରେ କେବେ ଆଗ୍ରହ ଦେଖାଇ ନ ଥିଲେ)। ସେମାନେ କମ୍ୟୁନିଷ୍ଟ ଶାସନକୁ ସକ୍ରୀୟ ଭାବରେ କିମ୍ବା ମନେମନେ, ସତରେ କିମ୍ବା ବାସ୍ତବରେ କିମ୍ବା ଲୋକ ଦେଖାଣିଆ ଭାବରେ, ଆରମ୍ଭରୁ କିମ୍ବା ଠିକ୍ ନିର୍ବାସନ ଆଗରୁ କେବଳ ବିରୋଧ କରିଥିଲେ ସେଥିପ୍ରତି ତାର ଦୃଷ୍ଟି ଥିଲା।

ଜଣେ ଚିତ୍ରକର ହେଇଥିବାରୁ ଗୋଟେ ଜିନିଷର ଟିକିନିଖି ଉପରେ ସବିନାର ଧ୍ୟାନ ରହିଥିଲା। ପ୍ରାଗ୍‌ରେ ଅନ୍ୟମାନଙ୍କ ଭଲମନ୍ଦ ବିଚାର ପାଇଁ ମାତ୍ରାଧିକ ଆଗ୍ରହ ପୋଷଣ କରୁଥିବା ଲୋକଙ୍କର ଶାରୀରିକ ଗଠନକୁ ସେ ମନେ ରଖି ପାରିଥିଲା। ସେଇମାନଙ୍କର ତର୍ଜନୀଟା ମଧ୍ୟମା ଅପେକ୍ଷା ଟିକିଏ ଲମ୍ବା। ଯାହା ସହିତ ବି କଥା ହେଲାବେଳେ ସେମାନେ ତା ଆଡ଼କୁ ତର୍ଜନୀ ଉଠାଇଥାନ୍ତି। ପ୍ରକୃତରେ, ରାଷ୍ଟ୍ରପତି ନୋଭାତ୍ନି ଯିଏକି ୧୯୬୮ ମସିହା ଆଗରୁ ଚଉଦ ବର୍ଷ ଧରି ଦେଶକୁ ଶାସନ

କରିଥିଲେ, ଭଣ୍ଡାରୀ ହାତରେ ବାଳକୁ ଏମିତି କହରା ରଙ୍ଗ କରିଥିଲେ, ଆଉ କେନ୍ଦ୍ର ୟୁରୋପରେ ଥିବା ସବୁ ଅଧିବାସୀଙ୍କଠାରୁ ତାଙ୍କର ସବୁଠୁ ଲମ୍ବା ତର୍ଜନୀ ଥିଲା ।

ବିଶିଷ୍ଟ ଦେଶତ୍ୟାଗୀଜଣକ ଜଣେ ଚିତ୍ରକର ମୁହଁରୁ (ଯାର ଚିତ୍ର ସେ କେବେ ଦେଖି ନ ଥିଲେ) ଏହି କଥା ଶୁଣିଲା କ୍ଷଣି ଯେ ସେ କମ୍ୟୁନିଷ୍ଟ ରାଷ୍ଟ୍ରପତି ନୋଭାଟ୍ନିଙ୍କ ପରି ଦେଖା ଯାଉଛନ୍ତି, ତାଙ୍କର ଦେହର ରଙ୍ଗ ଲଜ୍ଜାରେ ଲାଲ ହେଇ ପୁଣି ଧଳା ହେଲା, ତାପରେ ପୁଣି ଲାଲ ହେଇ ପୁଣିଥରେ ଧଳା ହେଲା । ସେ କିଛି କହିବାକୁ ଚେଷ୍ଟା କଲା । କିଂତୁ କହି ପାରିଲାନି । ଚୁପ୍ ହେଇଗଲା । ସବିନା ଛିଡା ହେଇ ସେଇ ଜାଗାରୁ ଉଠି ଚାଲିଯିବା ଯାଏଁ ସମସ୍ତେ ଚୁପ୍ ଥିଲେ ।

ତାକୁ ଭଲ ଲାଗିଲାନି । ରାସ୍ତା ସାରା ସେ ଗୋଟେ କଥାରେ ଘାରି ହେଲା ଯେ ଚେକ୍ ଲୋକଙ୍କ ସହିତ ସଂପର୍କ ରଖିବା ତାର ଭଲା କଣ ଦରକାର ଥିଲା । ସେମାନଙ୍କ ସହିତ କଣଟା ତାକୁ ବାନ୍ଧି ରଖିଛି ? ସ୍ଥଳ ଭାଗର ଦୃଶ୍ୟପଟ ? ନିଜର ଜନ୍ମଭୂମି ନାମ ଉଚ୍ଚାରଣ ମାତ୍ରେ ତାଙ୍କ ମନ ଭିତରକୁ କି ପ୍ରକାର ଛବି ଭାସିଉଠୁଛି ବୋଲି ଯଦି ପ୍ରତ୍ୟେକଙ୍କୁ ପଚରାଯାଏ, ତା ହେଲେ ସେଗୁଡ଼ିକ ପରସ୍ପରଠାରୁ ଏତେ ଅଲଗା ହେବ ଯେ ସେଠି ଆଉ ଏକତାର ସମ୍ଭାବନା ହିଁ ନ ଥିବ ।

କିମ୍ବା ସଂସ୍କୃତି ? କିଂତୁ ସେଇଟା କଣ ? ସଙ୍ଗୀତ ? ଡୋଭୋରାକ୍ ଆଉ ଜାନା ସେକ୍ ? ହଁ । କିଂତୁ ଜଣେ ଚେକ୍ ଲୋକର ଯଦି ସଙ୍ଗୀତ ପ୍ରତି ଆଦୌ ରୁଚି ନ ଥାଏ ତାହେଲେ କଣ ହେବ ? ତାହେଲେ ଚେକ୍ ହେବାର ମୌଳିକତା ପବନରେ ମିଳେଇଯିବ ନାହିଁ ?

କିମ୍ବା ମହାପୁରୁଷ ମାନେ ? ଧରିନିଅ; ଜାନ୍ ହୁସ୍ ? ସେଇ ରୁମ୍‌ରେ ଥିବା ଲୋକଙ୍କ ଭିତରେ କେହି ଜଣେ ହେଲେ ତାଙ୍କର ରଚନାରୁ ଧାଡିଟିଏ ପଡି ନଥିଲେ । କେବଳ ଗୋଟିଏ କଥା ସେମାନେ ବୁଝିଥିଲେ । ସେଇଟା ହେଲା ଅଗ୍ନିଶିଖା । ତାଙ୍କୁ ନିଆଁରେ ପୋଡ଼ି ଦେଲା ବେଳର ଗୌରବର ଶିଖା, ଗୌରବର ପାଉଁଶ । ତେଣୁ ତାଙ୍କ ପାଇଁ ଚେକ୍ ହେବାର ମୌଳିକତା ଶେଷକୁ କେବଳ ମୁଠାଏ ପାଉଁଶ. ଆଉ ଅଧିକ କିଛି ନୁହଁ । ସେମାନଙ୍କୁ ବାନ୍ଧି ରଖିଥିବାର ଏକମାତ୍ର ବିଷୟ ହେଉଛି ସେମାନଙ୍କର ପରାଜୟ ଆଉ ପରସ୍ପର ପ୍ରତି ସେମାନଙ୍କର ଦୋଷାରୋପ ।

ସେ ତରତର ହେଇ ଚାଲିଲା । ଅନ୍ୟ ସହ-ନିର୍ବାସିତ ମାନଙ୍କ ସହିତ ସଂପର୍କ ଭାଙ୍ଗିଯିବା ଅପେକ୍ଷା ସେ ତାର ନିଜ ଚିନ୍ତାରେ ବେଶୀ ବିଚଳିତ ହେଲା । ସେ ଜାଣିଲା ଯେ ସେ ଠିକ୍ କରି ନାହିଁ । ସେଠି ଅନ୍ୟ ଚେକ୍ ଲୋକମାନେ ମଧ୍ୟ ଥିଲେ । ସର୍ବୋପରି

ସେମାନେ ସେଇ ଲମ୍ବା ତର୍ଜନୀ ବାଲା ଲୋକଠାରୁ ଭିନ୍ନ ଥିଲେ। ତାର ଛୋଟିଆ ଭାଷଣ ପରେ ପରେ ଛାଇ ଯାଇଥିବା ଲଜ୍ଜାକର ନୀରବତାଟା ସେମାନେ ସମସ୍ତେ ଯେ ତାରି ବିରୋଧରେ ଏକଥା ସୂଚାଇ ନ ଥିଲା। ନା, ସମ୍ଭବତଃ ସେମାନେ ତାଙ୍କ ନିର୍ବାସିତ ଅବସ୍ଥାର ଏହି ଆକସ୍ମିକ ଘୃଣା ଓ ବୁଝାମଣାର ଅଭାବ ହେତୁ ବିଚଳିତ ହେଇଗଲେ। ତାହେଲେ ସେମାନଙ୍କ ପାଇଁ ସେ କାହିଁକି ଦୁଃଖ କଲା ନାହିଁ ? ପରିତ୍ୟକ୍ତ ଓ ସନ୍ତାପିତ ପ୍ରାଣୀ ଭାବରେ ସେମାନଙ୍କ ପ୍ରତି ତାର ଦରଦ ହେଲାନି କାହିଁକି ?

କାହିଁକିର ଉତ୍ତର ଆମେ ଜାଣୁ। ତାର ବାପାଙ୍କୁ ପ୍ରତାରଣା କଲାପରେ ଜୀବନ ତା ପାଇଁ ପ୍ରତାରଣାର ଲମ୍ବା ରାସ୍ତା ଖୋଲିଦେଲା। ଅପକର୍ମ ଆଉ ବିଜୟ ରୂପରେ ପ୍ରତ୍ୟେକଟି ତାକୁ ଆକର୍ଷିତ କଲା। ସେ ସାମାଜିକ ଧାଡ଼ିରେ ଛିଡା ହେବ ନାହିଁ। ସବୁବେଳେ ସେଇ ସମାନ ଲୋକଙ୍କ ସହିତ, ସେଇ ସମାନ ଭାଷଣରେ ସେ ଧାଡି ହେଇ ରହିବାକୁ ମନା କଲା ! ସେଇଥିପାଇଁ ସେ ନିଜେ କରିଥିବା ଅନ୍ୟାୟରେ ଚହଲି ଗଲା। କିଂତୁ ତା ପାଇଁ ଏଟା ଅପ୍ରୀତିକର ଅନୁଭବ ହେଲା ନାହିଁ। ଅପରପକ୍ଷେ, ସବିନାର ଧାରଣା ହେଲା ଯେ ସେ ସଦ୍ୟ ବିଜୟ ଲାଭ କରିଛି ଆଉ କେହି ଜଣେ ଅଦୃଶ୍ୟରେ ସେଥିରେ କରତାଳି ଦଉଛି।

ତାପରେ ହଠାତ୍ ଏଇ ଆଚ୍ଛନ୍ନତାଟା କଟିଯାଇ ତୀବ୍ର ମାନସିକ ବେଦନା ମାଡ଼ି ଆସିଲା : ରାସ୍ତାଟିକୁ କୋଉଠି ନା କୋଉଠି ଶେଷ ହେବାର ଥିଲା ! ଆଜି ନ ହେଲେ କାଲି ତାକୁ ତାର ପ୍ରତାରଣାର ଅନ୍ତ କରିବାକୁ ପଡ଼ିବ ! ଆଜି ନ ହେଲେ କାଲି ତାକୁ ନିଜକୁ ଅଟକାଇବାକୁ ପଡିବ !

ସନ୍ଧ୍ୟା ହେଇଯାଇଥିଲା। ରେଲ୍‌ୱେ ଷ୍ଟେସନ ଭିତରେ ସେ ତରତର ହେଇ ଚାଲିଲା। ଆମଷ୍ଟରଡାମ୍‌କୁ ଯିବାର ଯିବାର ଟ୍ରେନ୍ ଆସି ପହଞ୍ଚିଥିଲା। ସେ ତାର ବଗିଟା ପାଇଲା। ଜଣେ ବନ୍ଧୁ ପରି ଗାର୍ଡର ସାହାଯ୍ୟରେ ସେ ତାର କଂପାର୍ଟମେଣ୍ଟର ଦ୍ୱାର ଖୋଲିଲା ଆଉ କାଉଚ୍ ଉପରେ ଫ୍ରାନ୍‌ଜ ବସିଥିବାର ଦେଖିଲା। ତାକୁ ସ୍ୱାଗତ କରିବାକୁ ଫ୍ରାନ୍‌ଜ ଉଠିପଡ଼ିଲା। ସବିନା ଫ୍ରାନ୍‌ଜକୁ ଆଲିଙ୍ଗନ କଲା ଆଉ ତାକୁ ଚୁମାରେ ଛାଇଦେଲା।

ଜଣେ ତୁଚ୍ଛ ସ୍ତ୍ରୀଲୋକ ପରି କଥାଟିଏ ଫ୍ରାନ୍‌ଜକୁ କହିବାକୁ ତାର ଇଚ୍ଛାଟିଏ ହେଲା : ମତେ ଛାଡ଼ ନାଇଁ, ଜଡ଼େଇ ଧର, ମତେ ତମର ଖେଳନା କଣ୍ଢେଇ କରିଦିଅ। ତମର କିଣାଦାସୀ କରିଦିଅ। ଆହୁରି ଜୋର୍ ଚାପିଧର ! କିଂତୁ ଏଇ ଶବ୍ଦଗୁଡ଼ା ସେ ଉଚ୍ଚାରଣ କରି ପାରିଲାନି।

ତାର ଆଲିଙ୍ଗନରୁ ମୁକୁଳିବା ପରେ ସବିନା କେବଳ ଗୋଟେ କଥା କହିଲା,

'ତମ ସାଙ୍ଗରେ ଏକାଠି ହେବାରେ ମୁଁ କେତେ ଯେ ଖୁସି ତାହା ତମେ ଜାଣି ନାହଁ।'
ଚୁପ୍‌ଚାପ୍ ପ୍ରକୃତିର ହେଇଥିବାରୁ ସେ ଅତିବେଶୀରେ ସେତିକି ହିଁ କହି ପାରିଲା।

(୫)

ଭୁଲ୍ ବୁଝାଯାଇଥିବା ଶବ୍ଦର ଗୋଟିଏ ସଂକ୍ଷିପ୍ତ ଅଭିଧାନ (କ୍ରମଶଃ)

ଶୋଭାଯାତ୍ରା

ଇଟାଲୀ କିମ୍ବା ଫ୍ରାନସ୍‌ର ଲୋକେ ଏଇଟାକୁ ସହଜରେ ନିଅନ୍ତି। ବାପା ମା ମାନେ ତାଙ୍କୁ ଚର୍ଚ୍ଚକୁ ଯିବାକୁ ବାଧ୍ୟ କଲେ ସେମାନେ ପାର୍ଟିରେ ଯୋଗ ଦେଇ (କମ୍ୟୁନିଷ୍ଟ, ମାଓଇଷ୍ଟ୍, ଟ୍ରଟ୍‌ସ୍କିଷ୍ଟ) ତାର ଓଲଟା ଜବାବ ହାଙ୍କିଥାନ୍ତି। ସେ ଯାହାହେଉ, ସବିନାକୁ ପ୍ରଥମେ ତାର ବାପା ଚର୍ଚ୍ଚକୁ ପଠାଇଥିଲେ ଆଉ ତାପରେ ତାକୁ କମ୍ୟୁନିଷ୍ଟ ୟୁଥ୍ ଲିଗ୍‌ରେ ଯୋଗ ଦେବାକୁ ବାଧ୍ୟ କଲେ। ସବିନା କାଳେ ଦୂରେଇ ଯିବେ ସେଥିପାଇଁ ତାର ବାପା ଆଶଙ୍କା କରୁଥିଲେ।

ମେ ଡ଼େ ବା ଶ୍ରମିକ ଦିବସର ବାଧ୍ୟତାମୂଳକ ଶୋଭାଯାତ୍ରାରେ ଗଲାବେଳେ ସବିନାର ପାଦ ତାଳରେ ରହୁ ନଥାଏ। ତା ପଛରୁ ଝିଅଟିଏ ତାକୁ ପାଟି କଲା। ଆଉ ଜାଣିଶୁଣି ତା ଗୋଇଠି ଉପରେ ମାଡ଼ିଗଲା। ଗୀତ ଗାଇଲାବେଳେ ସେ ଗୀତର ଗୋଟେ ଶବ୍ଦ ଜାଣି ନ ଥିବାରୁ ଖାଲି ପାଟି ପାକୁ ପାକୁ କଲା। କିଂତୁ ଅନ୍ୟ ଝିଅମାନେ ତାହା ଲକ୍ଷ୍ୟ କରି ତା ନାଁରେ ଫେରାଦ କଲେ। ଯୌବନର ପ୍ରାରମ୍ଭରୁ ହିଁ ସେ ଶୋଭାଯାତ୍ରାକୁ ଘୃଣା କଲା।

ଫ୍ରାନ୍‌ଜ ପ୍ୟାରିସରେ ପଢ଼ିଥିଲା। ଅତ୍ୟନ୍ତ ମେଧା ସଂପନ୍ନ ହେଇଥିବାରୁ କୋଡ଼ିଏ ବର୍ଷ ବୟସରୁ ଏକ ସମ୍ଭାବନାପୂର୍ଣ୍ଣ କ୍ୟାରିଅର୍‌ରେ ସେ ନିଶ୍ଚିତ ଥିଲା। କୋଡ଼ିଏ ବର୍ଷରେ ସେ ଜାଣିଗଲା ଯେ ସେ ତାର ଜୀବନଟା ୟୁନିଭରସିଟି ଅଫିସ୍, ଗୋଟେ କିମ୍ବା ଦୁଇଟି ଲାଇବ୍ରେରୀ ଆଉ ଦୁଇ କିମ୍ବା ତିନୋଟି ଲେକ୍‌ଚର୍ ହଲ୍‌ରେ କଟେଇବ। ସେଇ ପ୍ରକାର ଗୋଟେ ଜୀବନର କଳ୍ପନା ତାକୁ ରୁଦ୍ଧଶ୍ୱାସ କଲା। ଘରୁ ରାସ୍ତାକୁ ଗୋଡ଼ କାଢ଼ି ବାହାରିଲା ପରି ସେ ତାର ଏହି ଜୀବନରୁ ବାହାରି ଆସିବାକୁ ଚାହିଁଲା।

ତେଣୁ ପ୍ୟାରିସ୍‌ରେ ଥିବା ଯାଏଁ ସେ ସବୁ ସମ୍ଭାବ୍ୟ ଶୋଭାଯାତ୍ରାରେ ଭାଗ ନେଲା। କିଛି ଗୋଟେ ପାଳନ କରିବାକୁ, କିଛି ଦାବୀ କରିବାକୁ ଆଉ କିଛିଟାର ବିକ୍ଷୋଭ ପ୍ରଦର୍ଶନ କରିବା ପାଇଁ-- ବାହାରେ ଅନ୍ୟମାନଙ୍କ ସହିତ ମିଶିଲେ କେତେ ଭଲ ଲାଗେ। Boulevard Saint – Germain କିମ୍ବା Place de la Republique ରୁ ବାଷ୍ଟାଇଲ୍ ଯାଏଁ ଶୋଭାଯାତ୍ରା ତାକୁ ଉତ୍ସାହିତ କରୁଥିଲା। ପାଟିତୁଣ୍ଡ କରି

ପଦଯାତ୍ରାରେ ଚାଲିଥିବା ଜନତାର ଭିଡ଼ଟା ତାକୁ ୟୁରୋପ ଓ ତାର ଇତିହାସର ଛବି ପରି ମନେ ହେଲା । ୟୁରୋପ ଥିଲା ଏକ ମହାଶୋଭାଯାତ୍ରା । ବିପ୍ଲବରୁ ବିପ୍ଲବକୁ, ସଂଗ୍ରାମରୁ ସଂଗ୍ରାମକୁ, ସବୁବେଳେ ଆଗକୁ ଆଗକୁ ।

ମୁଁ ଏଇଟାକୁ ଅଲଗା ଭାବରେ କହିପାରେ : ଫ୍ରାନଜ୍‌କୁ ତାର ଏହି ଜୀବନଟା ଅବାସ୍ତବ ମନେ ହେଲା । ପ୍ରକୃତ ଜୀବନର ଅନୁଭୂତି ପାଇଁ, ତାରି ପାଖେ ପାଖେ ଚାଲୁଥିବା ଲୋକଙ୍କର ସ୍ପର୍ଶ ପାଇଁ, ତାଙ୍କରି କୋଳାହଳ ପାଇଁ ସେ ବ୍ୟାକୁଳ ହେଲା । ସେ ଯେଉଁଟାକୁ ଅବାସ୍ତବ ଭାବିଲା (ଏକାନ୍ତରେ ଅଫିସ ବା ଲାଇବ୍ରେରୀରେ ସେ କରୁଥିବା କାମ) ସେଇଟା ପ୍ରକୃତରେ ତାର ବାସ୍ତବ ଜୀବନ ଥିଲା ଆଉ ସେ ବାସ୍ତବତା ବୋଲି କଳ୍ପନା କରୁଥିବା ଶୋଭାଯାତ୍ରାମାନ କେବଳ ନାଟକ ତାମସା, ଆନନ୍ଦ ଉତ୍ସବ - ଅନ୍ୟ ଅର୍ଥରେ ଗୋଟେ ସ୍ୱପ୍ନ ଥିଲା । ଏ କଥାଟା ତାର ମୁଣ୍ଡକୁ କେବେ ଡୁକି ନ ଥିଲା ।

ପଢ଼ିଲାବେଳେ ସବିନା ଡର୍‌ମିଟୋରୀରେ ରହୁଥିଲା । ଶ୍ରମିକ ଦିବସରେ ବଡ଼ି ସକାଳୁ ସବୁ ଛାତ୍ରଛାତ୍ରୀ ମାନଙ୍କୁ ଶୋଭାଯାତ୍ରା ପାଇଁ ରିପୋର୍ଟ କରିବାକୁ ପଡୁଥିଲା । ଦାୟିତ୍ୱରେ ଥିବା କର୍ମଚାରୀମାନେ କାଳେ କେହି ଭିତରେ ରହି ଯାଇଥିବାର ଆଶଙ୍କାରେ ପୁରା ହଷ୍ଟେଲ ବିଲଡିଂଟାକୁ ଛାନଭିନ୍ କରି ପକାଇଥିଲେ । ସବିନା ପାଇଖାନାରେ ଲୁଚିଗଲା । ବିଲଡିଂଟା ପୁରା ଖାଲି ହେଇଗଲା ପରେ ସେ ତାର ରୁମ୍‌କୁ ଫେରିଲା । ରୁମ୍‌ଟା ଆଗରୁ କେବେ ଆଉ କୋଉଠି ଏତେ ଛିନା ହେବାର ସେ ମନେ ପକାଇ ପାରିଲାନି । ଶବ୍ଦ କହିଲେ ଦୂରରୁ କେବଳ ଶୋଭାଯାତ୍ରାର ଗୀତଟା ପ୍ରତିଧ୍ୱନିତ ହେଇ ଶୁଭୁଥିଲା । ସତେ ଯେମିତି ସେ ଗୋଟେ ଖୋଳପା ଭିତରେ ଆଶ୍ରୟ ପାଇଥିଲା ଆଉ ଗୋଟେ ଶତ୍ରୁଭାବାପନ୍ନ ପୃଥିବୀର ସାମୁଦ୍ରିକ ଶବ୍ଦ କେବଳ ସେ ଶୁଣି ପାରିଲା ।

ଦେଶ ଛାଡ଼ିବାର ବର୍ଷେ କି ଦୁଇବର୍ଷ ପରେ ତା ଦେଶରେ ରୁଷୀୟ ଆକ୍ରମଣର ବାର୍ଷିକୀରେ ଯୋଗ ଦେବାର ଅବସରରେ ସେ ପ୍ୟାରିସ୍‌ରେ ଥିଲା । ସେଥିପାଇଁ ସେ ଏକ ପ୍ରତିବାଦ ଶୋଭାଯାତ୍ରା କରିବାର ସ୍ଥିର ହେଲା । ସେଥିରେ ଯୋଗ ଦେବା ପାଇଁ ତାର ମନ ବଳିଲା । ହାତମୁଠା ଗୁଡ଼ିକ ଉପରକୁ ଉଠିଲା । ଫରାସୀ ଯୁବକମାନେ ରୁଷ ସାମ୍ରାଜ୍ୟବାଦର ନିନ୍ଦା କରି ସ୍ଲୋଗାନ ଦେଲେ । ସବିନାକୁ ସେଇ ସ୍ଲୋଗାନ ସବୁ ଭଲ ଲାଗିଲା । କିଂତୁ ନିଜେ ତାଙ୍କ ସହିତ ତାଳ ଦେଇ ସେମିତି ପାଟି କରି ପାରୁ ନ ଥିବାରୁ ସେଥିରେ ସେ ନିଜେ ଆଶ୍ଚର୍ଯ୍ୟ ହେଲା । ଶୋଭାଯାତ୍ରାରେ ସେ ମାତ୍ର କେଇ ମିନିଟ୍‌ରୁ ବେଶୀ ରହି ପାରିଲା ନାହିଁ ।

ସେ ଏକଥା ତାର ଫରାସୀ ବନ୍ଧୁମାନଙ୍କୁ କହିବାରୁ ସେମାନେ ଆଶ୍ଚର୍ଯ୍ୟ ହେଲେ । ତା ମାନେ ତମେ ତମ ଦେଶର ବିଦେଶୀ ଅଧିକାର ବିରୁଦ୍ଧରେ ଲଢ଼ିବାକୁ ଚାହୁଁନ ? ସେମାନଙ୍କୁ ତାର କହିବାକୁ ଇଛା ହେଲା ଯେ କମ୍ୟୁନିଜମ୍, ଫେସିଜମ୍ ପଛରେ, ସବୁ ଅଧିକାର ଓ ଆକ୍ରମଣ ପଛରେ ଆହୁରି ମୌଳିକ ଓ ବ୍ୟାପକ ମନ୍ଦ କର୍ମ ରହିଛି । ତା ହେଲା, ଉପରକୁ ବଜ୍ରମୁଷ୍ଟି ଉଠାଇ ଏକ ସ୍ୱରରେ ଏକକ ଭାବରେ ଶବ୍ଦର ହୁଙ୍କାର ଦେଇ ଚାଲିଥିବା ଲୋକଙ୍କ ଶୋଭାଯାତ୍ରା । କିଂତୁ ଏକଥା ସେ କେବେ ସେମାନଙ୍କୁ ବୁଝାଇ ପାରିବନି ବୋଲି ଜାଣିଥିଲା । ଅସ୍ୱସ୍ତି ବୋଧ କରି ସେ କଥାର ମୋଡ଼ ବଦଳାଇ ଦେଲା ।

ନ୍ୟୁୟର୍କର ସୌନ୍ଦର୍ଯ୍ୟ

ନ୍ୟୁୟର୍କର ରାସ୍ତାମାନଙ୍କରେ ଫ୍ରାନଜ୍ ଓ ସବିନା ଏକାଦିକ୍ରମେ ଦୁଇଘଣ୍ଟା ଧରି ଚାଲିଥାନ୍ତି । ପ୍ରତି ପାହୁଣ୍ଡରେ ଦୃଶ୍ୟ ବଦଳେ, ଯେମିତିକି ମନମୁଗ୍ଧକର ଦୃଶ୍ୟପଟରେ ଘେରା ଗୋଟେ ବୁଲାଣିଆ ପାହାଡ଼ୀ ବାଟରେ ସେମାନେ ଚାଲୁଥିଲେ : ଯୁବକଟିଏ ଚଲାପଥ ମଝିରେ ଆଣ୍ଠୁମାଡି ପ୍ରାର୍ଥନା କରୁଛି; କିଛି ପାଦ ଆଗରେ ସୁନ୍ଦରୀ କୃଷ୍ଣକାୟା ସ୍ତ୍ରୀଲୋକ ଜଣେ ଗୋଟେ ଗଛକୁ ଆଉଜି ଛିଡ଼ା ହେଇଥାଏ; କଳା କୋଟ୍ ପିନ୍ଧି ଲୋକଟିଏ ରାସ୍ତା ପାରି ହେଉ ହେଉ କେଉଁ ଗୋଟେ ଅଦୃଶ୍ୟ ଅପେରାକୁ ନିର୍ଦ୍ଦେଶନା ଦେଉଥାଏ; ଝରଣାର ଭ୍ରମ ସୃଷ୍ଟି କରୁଥିବା ପାଣି ଫୁଆରାର ଫନ୍ଦ ଉପରେ ବସି ମଧ୍ୟାହ୍ନ ଭୋଜନ କରୁଥିବା ଦଳେ ଶ୍ରମିକ, କୋଠାମାନଙ୍କର ତଳ ଉପର ହେଇ ଖଞ୍ଜା ହେଇଥିବା ଲୁହାର ଅବାଗିଆ ସିଡି ଯାର ନାଲିଆ ସମ୍ମୁଖ ଭାଗଟା ନିହାତି କଦାକାର ଦେଖାଯାଉଥାଏ । ଏତେ କୁତ୍ସିତ ଯେ ଶେଷରେ ସୁନ୍ଦର ଦେଖାଯାଉଥାଏ । ତା ପାଖେ କାଚରେ ତିଆରି ନଭସ୍ଚୁମ୍ବୀ ଅଟ୍ଟାଳିକାଟିଏ ଆଉ ତାକୁ ଲାଗି ଆଉ ଗୋଟେ ଉପରେ ଛୋଟିଆ ଆରବୀୟ ବିଳାସ-ଗମ୍ବୁଜ । ଗମ୍ବୁଜଟାରେ ପୁଣି ଚୂଡ଼ା, ନାଟ୍ୟଶାଳାର ଦର୍ଶକ ମଞ୍ଚ ସ୍ୱର୍ଣ୍ଣ ପ୍ରଲେପଦିଆ ସୁନାରଙ୍ଗରେ ରଞ୍ଜିତ ଉନ୍ନତ ସ୍ତମ୍ଭରେ ପରିଶୋଭିତ ।

ସବିନାକୁ ତାର ଚିତ୍ର ଆଙ୍କିବା ମନେ ପଡିଗଲା । ସେଠି ବି ଅସଙ୍ଗତ କଥା ସବୁ ଆସିଯାଏ : ଗୋଟେ କିରୋସିନି ବତୀ ଉପରେ ପର୍ଯ୍ୟବସିତ ଷ୍ଟିଲ ତିଆରି ହେବା ଜାଗାର ଦୃଶ୍ୟ, ଚିତ୍ର ବିଚିତ୍ର ହେଇଥିବା କାଚରେ ଗୋଟେ ପୁରୁଣାକାଳିଆ ବତୀ । ନିଛାଟିଆ ସନ୍ତସନ୍ତିଆ ଭୂଇଁ ଉପରେ ଉଠିଥିବା ଭଙ୍ଗାକାଚର ଟୁକୁରାମାନଙ୍କର ଚିତ୍ର ।

ଫ୍ରାନ୍ଜ କହିଲା, "ୟୁରୋପୀୟ ଧାରଣାରେ ସୌନ୍ଦର୍ଯ୍ୟର ସବୁବେଳେ ଗୋଟେ ପୂର୍ବକଳ୍ପିତ ଲକ୍ଷଣ ରହିଛି । ସବୁବେଳେ ଆମର ଗୋଟେ ନାନ୍ଦନିକ ଅଭିପ୍ରାୟ ଓ

ଦୀର୍ଘମିଆଦି ଯୋଜନା ରହିଥାଏ। ସେଇଟା ହିଁ ୟୁରୋପର ମଣିଷକୁ ଗୋଟେ ଗୋଥିକ୍ ଗୀର୍ଜା କିମ୍ବା ଗୋଟେ ରେନେସାଁ ପ୍ଲାଜା ତିଆରି କରିବାରେ ଯୁଗଯୁଗ ଧରି ସମୟ ବିତେଇବାରେ ଅନୁପ୍ରେରିତ କରେ। ନ୍ୟୁୟର୍କର ସୌନ୍ଦର୍ଯ୍ୟ ସଂପୂର୍ଣ୍ଣ ରୂପେ ଏକ ନୂଆଁ ଆଧାରରେ ପର୍ଯ୍ୟବସିତ। ଏହା ଉଦ୍ଦେଶ୍ୟରହିତ। ଗୁଂପା ଚଟାଣରୁ ବର୍ଛା ପରି ଉଠିଥିବା କାଲ୍‌ସିୟମ୍ କାର୍ବୋନେଟ୍ ଖଣ୍ଡ (ଷ୍ଟାଲାଗ୍ମାଇଟ୍) ପରି ଏହା ମଣିଷ ପରିକଳ୍ପନାର ରୂପରେଖକୁ ବାଦ୍ ଦେଇ ଉଠିଛି। ଏଇ ଆକୃତିମାନ ଏମିତିରେ ବେଶ୍ କଦର୍ଯ୍ୟ। ତେବେ ବିନା ସୁଚିନ୍ତିତ ଯୋଜନାରେ ଓ ଏପରି ଏକ ଅବିଶ୍ୱାସ୍ୟ ପରିବେଶରେ ଏସବୁ ଏମିତି ଭାବରେ ଦୈବାତ୍ ସଂଘଟିତ ଯେ ସେସବୁ ବିସ୍ମୟ କବିତାରେ ଝଟକୁଥାନ୍ତି।"

ସବିନା କହିଲା, "ଉଦ୍ଦେଶ୍ୟ ରହିତ ସୌନ୍ଦର୍ଯ୍ୟ। ହଁ, ଅଲଗା ଭାବରେ କହିଲେ ତ୍ରୁଟିରୁ ଜାତ ସୌନ୍ଦର୍ଯ୍ୟ।" ଧରାପୃଷ୍ଠରୁ ସୌନ୍ଦର୍ଯ୍ୟ ପୁରାପୁରି ଉଭେଇଯିବା ଆଗରୁ ଏହା କିଛିଦିନ ଯାଏଁ ଏମିତି ଭୂଲବଶତଃ ଦେଖାଦେବ। 'ତ୍ରୁଟିରୁ ଜାତ ସୌନ୍ଦର୍ଯ୍ୟ'- ସୌନ୍ଦର୍ଯ୍ୟର ଇତିହାସର ଶେଷ ପର୍ଯ୍ୟାୟ।

ସେ ତାର ଉତ୍କୃଷ୍ଟ ଚିତ୍ର ଅଙ୍କନ ମନେ ପକାଇଲା। ଭୂଲବଶତଃ ନାଲି ରଙ୍ଗ ଢ଼ାଳି ହେଇଯାଇ ସେଇ ଚିତ୍ର ସୃଷ୍ଟି ହେଇଥିଲା। ହଁ ତାରି ଚିତ୍ରଗୁଡ଼ିକ ତ୍ରୁଟିଜନିତ ସୌନ୍ଦର୍ଯ୍ୟ ଉପରେ ଆଧାରିତ। ଆଉ ନ୍ୟୁୟର୍କ ଥିଲା ତାର ଚିତ୍ରର ଗୋପନ ଅଥଚ ମୌଳିକ ଜନ୍ମଭୂମି।

ଫ୍ରାନଜ୍ କହିଲା, "ବୋଧହୁଏ ନ୍ୟୁୟର୍କର ଉଦ୍ଦେଶ୍ୟ ରହିତ ସୌନ୍ଦର୍ଯ୍ୟଟା ମଣିଷ ପରିକଳ୍ପନା ପ୍ରସୂତ ମାତ୍ରାଧିକ ନିୟମବଦ୍ଧ ଓ ସ୍ଥିର ସୌନ୍ଦର୍ଯ୍ୟ ଅପେକ୍ଷା ଅଧିକ ମୂଲ୍ୟବାନ୍ ଓ ଅଧିକ ବିବିଧ। କିଂତୁ ଏଇଟା ଆମର ୟୁରୋପୀୟ ସୌନ୍ଦର୍ଯ୍ୟ ନୁହଁ। ଏଇଟା ଏକ ଅପରିଚିତ ପୃଥିବୀ।"

ତା ହେଲେ ସେମାନେ କଣ କିଛି ଗୋଟେ ବିଷୟରେ ପରସ୍ପର ଏକମତ ହେଲେ ନାହିଁ ? ନା, ସେଥିରେ ଗୋଟେ ତଫାତ୍ ଅଛି। ନ୍ୟୁୟର୍କର ସୌନ୍ଦର୍ଯ୍ୟର ଅପରିଚିତ ଦିଗଟା ସବିନାକୁ ଆକର୍ଷିତ କଲା। ଫ୍ରାନ୍‌ଜକୁ ତାହା ଦୁର୍ବୋଧ୍ୟ ଅଥଚ ଭୀତିପ୍ରଦ ମନେ ହେଲା ଓ ସେ ୟୁରୋପକୁ ଫେରିଯିବାକୁ ଚାହିଁଲା।

ସବିନାର ଦେଶ

ଆମେରିକା ପ୍ରତି ଫ୍ରାନଜ୍‌ର ଅରୁଚି ସବିନା ବୁଝିଲା। ସେଥିଲା ୟୁରୋପର ମୂର୍ତ୍ତିମନ୍ତ ସ୍ୱରୂପ : ତାର ମାଁ ଥିଲେ ଭିଏନାର ଅଧିବାସୀ, ବାପା ଫରାସୀ ଓ ନିଜେ ସ୍ୱିଜରଲାଣ୍ଡର ଅଧିବାସୀ।

ସବିନାର ଦେଶକୁ ଫ୍ରାନଜ୍ ବହୁତ ପ୍ରଶଂସା କରୁଥିଲା । ଯେତେବେଳେ ବି ସବିନା ତାର ନିଜ କଥା, ସାଙ୍ଗ ସାଥୀ ଓ ତା ଘର କଥା କହିଲା, ଫ୍ରାନଜ୍ 'ଜେଲ୍‌ଖାନା', 'ଉତ୍ପୀଡ଼ନ', 'ଶତ୍ରୁର ଟ୍ୟାଙ୍କ୍', 'ନିର୍ବାସନ', 'ପ୍ରଚାରପତ୍ର', 'ନିଷିଦ୍ଧ ବହି', 'ନିଷିଦ୍ଧ ପ୍ରଦର୍ଶନୀ' ଆଦି ଶବ୍ଦଗୁଡ଼ା ଶୁଣିବାକୁ ମିଳିଲା ଆଉ ଏଥିରେ ସେ ଈର୍ଷ୍ୟା ଓ ଅତୀତ ପ୍ରତି ବ୍ୟାକୁଳ ଭାବଟିଏ ଅନୁଭବ କଲା ।

ସବିନା ପାଖରେ ସେ ସ୍ୱୀକାର କଲା, "ଜଣେ ଦାର୍ଶନିକ ଥରେ ଲେଖିଲେ ଯେ ମୋ ଲେଖାରେ ସବୁକିଛି ଅପ୍ରତିପାଦିତ ଅନୁଧ୍ୟାନ ଓ ସେ ମତେ ଜଣେ 'ମିଛ-ସକ୍ରେଟିସ' ନାଁ ଦେଇଥିଲେ । ମତେ ଖୁବ୍ ଅପମାନ ଲାଗିଲା । ମୁଁ ତୀବ୍ର ପ୍ରତିକ୍ରୀୟା ଜଣାଇଲି । ଆଉ ଭାବିଲ ଦେଖି, ସେଇ ହାସ୍ୟାସ୍ପଦ ଘଟଣାଟି ଏଯାବତ୍ ମୁଁ ଅନୁଭବ କରିଥିବା ସଂଘର୍ଷ ଭିତରୁ ସବୁଠୁ ବଡ଼ ! ମୋ ଜୀବନରେ ଉପଲବ୍ଧ ନାଟକୀୟ ସମ୍ଭାବନାର ଶୀର୍ଷବିନ୍ଦୁ ! ଆମେ ଦୁଇଟି ଭିନ୍ନ ଦୁନିଆଁରେ ରହୁ, ତମେ ଓ ମୁଁ । ଲିଲିପୁଟର ଦେଶରେ ଗଲିଭର ପ୍ରବେଶ କଲା ପରି ତମେ ମୋ ଜୀବନ ଭିତରକୁ ଚାଲି ଆସିଲ ।"

ସବିନା ପ୍ରତିବାଦ କଲା । ସେ କହିଲା ଯେ ଦ୍ୱନ୍ଦ, ନାଟକ ଓ ଟ୍ରାଜେଡିର ମାନେ କିଛି ନାହିଁ । ମୌଳିକତା, ତା ଭିତରେ ମୂଲ୍ୟବାନ୍ ବୋଲି ସେମିତି କିଛି ନ ଥାଏ ଯାହାକୁ ସମ୍ମାନ ବା ପ୍ରଶଂସା କରିହେବ । ତେବେ ପ୍ରକୃତରେ ଫ୍ରାନ୍‌ଜର କୃତୀ ଓ ସେଥିରେ ନିୟୋଜିତ କରିବାକୁ ଥିବା ତାର ନୀରବ ସାଧନା ହିଁ ଥିଲା ଈର୍ଷ୍ୟାର ବିଷୟ ।

ଫ୍ରାନ୍‌ଜ ମୁଣ୍ଡ ହଲାଇଲା । ଯେଉଁ ସମାଜ ଧନଶାଳୀ, ତାର ଲୋକେ ହାତରେ ଶାରୀରିକ ଶ୍ରମ କରିବାକୁ ଚାହାଁନ୍ତି ନାହିଁ । ସେମାନେ ତାଙ୍କର ଆତ୍ମାର କାର୍ଯ୍ୟକଳାପ ପ୍ରତି ଧ୍ୟାନ ଦିଅନ୍ତି । ଆମର ଅଧିକରୁ ଅଧିକ ବିଶ୍ୱବିଦ୍ୟାଳୟ ଓ ଆହୁରି ଅଧିକରୁ ଅଧିକ ଛାତ୍ର ଅଛନ୍ତି । ଯଦି ଛାତ୍ରମାନେ ଡିଗ୍ରୀ ହାସଲ କରିବାକୁ ଯାଆନ୍ତି, ତା ହେଲେ ସେମାନଙ୍କୁ ସନ୍ଦର୍ଭର ବିଷୟବସ୍ତୁ ଖୋଜିବାକୁ ହେବ । ଯେହେତୁ ପୃଥିବୀର ଯେ କୌଣସି ବିଷୟ ଉପରେ ସନ୍ଦର୍ଭ ଲେଖାଯାଇପାରେ, ବିଷୟବସ୍ତୁର ସଂଖ୍ୟା ମଧ୍ୟ ଅପରିମିତ । ଶବ୍ଦରେ ଭର୍ତ୍ତି କାଗଜ ଦିସ୍ତାମାନ ସଂଗ୍ରହାଳୟରେ ଗଦା ହୁଏ, ଆଉ କବରଖାନାରୁ ବଳି ଆହୁରି ନିଶୂନ ଲାଗେ । କାରଣ କେହି କେବେ ସେଠିକି ଦେଖିବାକୁ ଆସନ୍ତି ନାହିଁ, ଏପରିକି All Soul's Day ରେ ମଧ୍ୟ ନୁହେଁ । ମାତ୍ରାଧିକ ଉତ୍ପାଦନରେ, ଶବ୍ଦର ତୁଷାର ସ୍ଖଳନରେ, ବହୁ ସଂଖ୍ୟାର ବାତୁଳତାରେ ସଂସ୍କୃତି ମରିବାକୁ ଯାଉଛି । ସେଥିପାଇଁ ତମରି ଆଗର ଦେଶରେ ଗୋଟେ ନିଷିଦ୍ଧ ବହି

ଆମର ବିଶ୍ୱବିଦ୍ୟାଳୟ଼ ଗୁଡ଼ିକରୁ ନିର୍ଗତ ହେଉଥିବା କୋଟିକୋଟି ସଂଖ୍ୟାଧିକ ଅପରିମିତ ଶବ୍ଦଟାରୁ ବେଶୀ ଅର୍ଥପୂର୍ଣ୍ଣ।

ଏଇ ମର୍ମରେ ଆମେ ବିପ୍ଳବ ପାଇଁ ଫ୍ରାନ୍‌ଜର ଦୁର୍ବଳତା ବୁଝିପାରିବା। ପ୍ରଥମରେ ସେ କ୍ୟୁବା ପ୍ରତି ସହାନୁଭୂତି ପ୍ରକଟ କଲା ଓ ତାପରେ ଚୀନ ପ୍ରତି। ଆଉ ଯେତେବେଳେ ସେଠିକାର ଶାସନକଳର କ୍ରୂରତା ତାକୁ ଆତଙ୍କିତ କରିବାକୁ ଆରମ୍ଭ କଲା; ସେ ଜୀବନ ସହିତ ସାଦୃଶ୍ୟ ନ ଥିବା ଓଜନଶୂନ୍ୟ ଶବ୍ଦର ସମୁଦ୍ରରେ ଏକ ଦୀର୍ଘଶ୍ୱାସ ଛାଡ଼ି ନିଜେ ବୁଡ଼ିଗଲା। ଜେନେଭାରେ ସେ ଜଣେ ପ୍ରଫେସର ହେଲା। ବହୁ ସୁଖ ସମ୍ଭୋଗ ପରିତ୍ୟାଗ ଭିତରେ (ନାରୀ ବିହୀନ, ଶୋଭାଯାତ୍ରା ବିହୀନ ବିଜନତାରେ) ସେ ଗୁଡ଼ାଏ ପାଣ୍ଡିତ୍ୟପୂର୍ଣ୍ଣ ବହି ଲେଖିଲା ଓ ସବୁ ବହିକୁ ସାଦର ପ୍ରଶଂସା ମିଳିଲା। ତାପରେ ଦିନେ ସବିନା ଆସିଲା। ସେ ଥିଲା ଗୋଟେ ଚମତ୍କାର-ଆଶ୍ଚର୍ଯ୍ୟ ପ୍ରକାଶ। ଯେଉଁ ଦେଶରୁ ସେ ଆସିଥିଲା, ସେଠି ଅନେକ ଦିନରୁ ବିପ୍ଳବର ମାୟା ଲିଭି ଯାଇଥିଲା। କିଂତୁ ସେ ବିପ୍ଳବର ଯେଉଁ ବିଷୟକୁ ପ୍ରଶଂସା କରୁଥିଲା। ତାହା ତଥାପି ରହିଥିଲା : ଏକ ବୃହତ୍ ଧାରାର ଜୀବନ, ବିପଦଶଙ୍କୁଳ ଜୀବନ, ଦୁଃସାହସିକତା ଆଉ ମୃତ୍ୟୁର ବିପଦ। ମାନବିକ ପ୍ରଚେଷ୍ଟାର ବୈଭବରେ ତାର ବିଶ୍ୱାସକୁ ସବିନା ନୂତନ ରୂପରେ ଜୀବିତ କଲା। ସବିନାର ବ୍ୟକ୍ତିସତ୍ତାରେ ତାରି ଦେଶର ବ୍ୟଥାତୁର ନାଟକକୁ ଆଧାରିତ କରି ଫ୍ରାନଜ୍ ଆଖିକୁ ସେ ଆହୁରି ସୁନ୍ଦର ଦିଶିଲା।

ଅସୁବିଧା ହେଲା ସେଇ ଡ୍ରାମା ପ୍ରତି ସବିନାର ଆଦୌ ଶ୍ରଦ୍ଧା ନ ଥିଲା। 'ଜେଲ୍‌ଖାନା', ନିର୍ଯାତନା, ନିଷିଦ୍ଧ ପୁସ୍ତକ, ବଳପୂର୍ବକ ଅଧିକାର, ଟେଙ୍କ୍ ଆଦି ଶବ୍ଦଗୁଡ଼ା ନିହାତି କୁତ୍ସିତ ଥିଲା। ସେଥିରେ ରୋମାଞ୍ଚକର ଛିଟା ମଧ୍ୟ ନ ଥିଲା। 'କବରଖାନା' ଥିଲା ଗୋଟିଏ ମାତ୍ର ଶବ୍ଦ ଯାହା ତାରି ଭିତରେ ନିଜ ଜନ୍ମମାଟିର ମଧୁର ଅତୀତର ସ୍ମୃତି ଚାରଣ କଲା।

କବରଖାନା

ବୋହିମିଆଁରେ କବରଖାନାଗୁଡ଼ା ବଗିଚା ପରି। ସମାଧି ଯାକ ଘାସ ଓ ରଙ୍ଗବେରଙ୍ଗୀ ଫୁଲରେ ଆଚ୍ଛାଦିତ ହେଇଥାନ୍ତି। ସାଧାରଣ ସ୍ମୃତିସ୍ତମ୍ଭମାନ ସବୁଜିମା ଭିତରେ ହଜିଯାଇଥାନ୍ତି। ସୂର୍ଯ୍ୟ ବୁଡିଗଲାପରେ, କବରଖାନାଟା ଛୋଟଛୋଟ ମହମବତୀରେ ଝଟକି ଉଠେ। ସତେ ଯେମିତି ମୃତକମାନେ ପିଲାମାନଙ୍କ ଗୋଟେ ନୃତ୍ୟ ଆସରରେ ନାଚ କରୁଛନ୍ତି। ହଁ, ପିଲାଙ୍କ ନାଚର ଆସର। କାରଣ ମୃତକମାନେ ଛୋଟ ପିଲା ପରି ନିରୀହ। ଜୀବନଟା ଯେତେ ବର୍ବର ହେଲେ ହେଁ କବରଖାନାର

ସବୁବେଳେ ଶାନ୍ତି ବିରାଜମାନ କରେ । ଏପରିକି ଯୁଦ୍ଧବେଳେ, ହିଟଲର୍‌ଙ୍କ ସମୟରେ, ଷ୍ଟାଲିନ୍‌ଙ୍କ ସମୟରେ, ସବୁ ବଳପୂର୍ବକ ଅଧିକାର ସମୟରେ ବି ସେଠି ଶାନ୍ତି ବିରାଜିତ । ତାର ମନ ଉଦାସ ଲାଗିଲେ ସେ କାର୍‌ରେ ବସିପଡ଼େ, ପ୍ରାଗ୍‌କୁ ଅନେକ ପଛରେ ପକାଇ ଗୋଟେ ବା ଦୁଇଟା ଗାଁର ପ୍ରିୟ କବରଖାନା ଉପରେ ଚାଲେ । ନୀଳ ପାହାଡ଼ର ପୃଷ୍ଠପଟରେ ସେଇସବୁ ଏକ ମଧୁର ନାନାବାଦ୍ୟ ସଙ୍ଗୀତ ପରି ସୁନ୍ଦର ।

ଫ୍ରାନଜ୍ ପାଇଁ କବରଖାନାଟା ଥିଲା ହାଡ଼ ଓ ପଥରର ଏକ କୁତ୍ସିତ ସ୍ତୁପ ।

(୬)

'ମୁଁ କେବେ ଡ୍ରାଇଭିଂ କରିବିନି । ଏକସିଡ଼େଣ୍ଟ୍‌କୁ ମୋର ଭୀଷଣ ଭୟ । ଯଦିବା ସେଥିରେ ସଭିଏଁ ମରିଯାଆନ୍ତିନି, ମରିଯିବାର ଆଶଙ୍କା ସବୁବେଳେ ଥାଏ !' ସେଇଯ୍ଯା କହୁକହୁ ସ୍ଥପତି ଜଣକ ଗୋଟେ ଆଙ୍ଗୁଠିକୁ ଚଟ୍‌କିନା ଚାପି ଧରିଲେ ଯୋଉଟାକି ଦିନେ କାଠର ମୂର୍ତ୍ତିର ଚାଞ୍ଛିବା କାମ କରୁକରୁ କଟିଯିବାରୁ ଅଳ୍ପକେ ରକ୍ଷା ପାଇଥିଲା । ଆଶ୍ଚର୍ଯ୍ୟଜନକ ଭାବରେ ଆଙ୍ଗୁଠିଟା ବର୍ତ୍ତିଗଲା ।

'ତମେ କଣ କହିବାକୁ ଚାହଁ ?' ମେରି-କ୍ଲଡ଼େ କର୍କଶ ସ୍ୱରରେ କହିଲା । ସେ ବଢ଼ିଆ ମୁଡ୍‌ରେ ଥିଲା । 'ଥରେ ମୁଁ ଗୋଟେ ସିରିଅସ୍ ଏକ୍‌ସିଡ଼େଣ୍ଟରେ ପଡିଥିଲି । ମୋ ପାଇଁ ବେଶ୍ ଭଲ ହେଲା । କାରଣ ହସପିଟାଲରେ ଥିଲାବେଳେ ମୁଁ ଯୋଉ ମଜା କଲି ! ଟିକିଏ ବି ଶୋଇ ପାରୁ ନଥାଏ, ତେଣୁ ଖାଲି ପଢ଼ିଲି ଯେ ପଢ଼ିଲି ।'

ସେମାନେ ସମସ୍ତେ ତାକୁ ଚକିତ ହେଇ ଅନେଇଲେ । ମେରୀ ସେଇଟା ଉପଭୋଗ କଲା । ଫ୍ରାନଜ୍ ଗୋଟେ ପ୍ରକାର ନିନ୍ଦା ପ୍ରଶଂସାର ମିଶାମିଶି ପ୍ରତିକ୍ରୀୟା (ସେଇ ଦୁର୍ଘଟଣା ପରେ ତାର ସ୍ତ୍ରୀ ଗଭୀର ମାନସିକ ଅବସାଦରେ ପୀଡ଼ିତ ହେଇଥିଲା ଓ ବାରମ୍ବାର ସେଇ ଅଭିଯୋଗଯାକ ବାଢୁଥିଲା) ଦେଖାଇଲା । (ନିଜେ ଅଙ୍ଗେ ନିଭେଇଥିବା ସବୁ ଅନୁଭୂତିକୁ ରୂପାନ୍ତରିତ କରିବାରେ ତାର ସାମର୍ଥ୍ୟଟି ପ୍ରକୃତ ସ୍ଫୁର୍ତ୍ତିର ଚିହ୍ନ)

'ସେଇଠି ହିଁ ମୁଁ ବହିକୁ ଦିନର ବହି ଆଉ ରାତିର ବହି ଭାବରେ ଭାଗଭାଗ କରିବାର ଆରମ୍ଭ କଲି', ସେ କହି ଚାଲିଲା । 'ପ୍ରକୃତରେ ଏମିତି କେତେ ବହି ଅଛି ଯାହା କେବଳ ଦିନବେଳେ ପଢ଼ିହେବ ଆଉ ଏମିତି କେତେ ବହି ଅଛି ସେଇଟା ରାତିରେ ପଢ଼ି ହେବ ।'

ଏଥରକ ସମସ୍ତେ ତାକୁ ସପ୍ରଂଶସ ଆଉ ଆଶ୍ଚର୍ଯ୍ୟ ଚକିତ ଦୃଷ୍ଟିରେ ଚାହିଁଲେ । ସମସ୍ତେ । କିଂତୁ କେବଳ ସ୍ଥପତି ଜଣକ ସେ ଯାଏଁ ଦୁର୍ଘଟଣାକୁ ମନେପକାଇ କୁଞ୍ଚିତ ମୁହଁରେ ଆଙ୍ଗୁଠିକୁ ଚାପି ଧରିଥାଏ ।

ମେରି କ୍ଲଡ଼େ ତା ଆଡ଼କୁ ବୁଲିପଡ଼ି ପଚାରିଲା, ଷ୍ଟେନ୍‌ଧାଲ୍‌ଙ୍କୁ ତମେ କେଉଁ ପର୍ଯ୍ୟାୟଭୁକ୍ତ କରିବ ?

ସ୍ଥପତି ଜଣକ ପ୍ରଶ୍ନଟି ଶୁଣି ନ ଥିଲା ଆଉ ଅବାଗିଆ ଭାବରେ କାନ୍ଧ ନଚାଇଲା । ତା ପାଖରେ ଛିଡ଼ା ହେଇଥିବା ଜଣେ କଳା ସମୀକ୍ଷକ କହିଲେ ଯେ ସେ ଷ୍ଟେନ୍‌ଧାଲଙ୍କୁ ଦିନବେଳାର ସର୍ଜନା ପର୍ଯ୍ୟାୟଭୁକ୍ତ କରିବେ ।

ମେରି-କ୍ଲଡ଼େ ମୁଣ୍ଡ ହଲାଇ ତାର କର୍କଶ ସ୍ୱରରେ କହିଲା, "ନା, ନା, ତମେ ଭୁଲ୍ କହିଲ ! ଷ୍ଟେନ୍‌ଧାଲ୍ ରାତିର ଲେଖକ ।"

ରାତି-କଳା ଓ ଦିନ-କଳା ଉପରେ ଚାଲିଥିବା ବିତର୍କରେ ଫ୍ରାନଜ୍‌ର ଅଂଶ ଗ୍ରହଣଟା କାଳେ କେତେବେଳେ ସବିନା ଆସିଯିବ ଚିନ୍ତାରେ ବାଧାପ୍ରାପ୍ତ ହେଲା । ଏଇ କକ୍‌ଟେଲ୍ ପାର୍ଟିରେ ଯୋଗ ଦେବାକୁ ସବିନା ନିମନ୍ତ୍ରଣ ରକ୍ଷା କରିବ କି ନାହିଁ ସେଇ ବିଷୟରେ ସେମାନେ ଅନେକ ଦିନ ଚିନ୍ତା କରିଥିଲେ । ନିଜର ପ୍ରାଇଭେଟ୍ ଗେଲେରୀରେ ପ୍ରଦର୍ଶନ କରିଥିବା ସବୁ ଚିତ୍ରକର ଓ ସ୍ଥପତିମାନଙ୍କ ଉପଲକ୍ଷେ ମେରୀ କ୍ଲଡ଼େ ପାର୍ଟିର ଆୟୋଜନ କରୁଥିଲା । ଫ୍ରାନଜ୍ ସହିତ ସବିନାର ଦେଖା ହେଲା ଦିନଠୁ ସେ ତାର ସ୍ତ୍ରୀକୁ ଏଡ଼ାଇ ଯାଇଥିଲା । କିଂତୁ ଯେହେତୁ ସେମାନଙ୍କର ଦୁହିଁଙ୍କ ଧରାପଡ଼ିଯିବାର ଭୟ ଥିଲା, ସେମାନେ ଶେଷରେ ଏଇ ସିଦ୍ଧାନ୍ତରେ ଉପନୀତ ହେଲେ ଯେ ସବିନା ଏଠିକି ଆସିଗଲେ ସନ୍ଦେହର ମାତ୍ରା କମିଯିବ ଓ କଥାଟା ସ୍ୱାଭାବିକ ଓ ସହଜ ଲାଗିବ ।

ପ୍ରବେଶ କକ୍ଷ ଆଡ଼କୁ ଅଲକ୍ଷିତ ଦୃଷ୍ଟି ଦେଉ ଦେଉ ଫ୍ରାନ୍‌ଜ ରୁମ୍‌ର ଆରପଟ ମୁଣ୍ଡରେ ତାର ଅଠର ବର୍ଷୀୟା ଝିଅ ମେରୀଆନ୍‌ର କଥା ଶୁଣିଲା । ତାର ସ୍ତ୍ରୀ ଚାରିପାଖେ ଥିବା ଭିଡ଼ ଭିତରୁ ଟିକେ ଆସୁଛି କହି ସେ ତାର ଝିଅକୁ ବେଢ଼ିଥିବା ଲୋକଙ୍କ ପାଖକୁ ଗଲା । କେତେଜଣ ଚୌକିରେ ବସିଥିଲେ । ଅନ୍ୟମାନେ ଛିଡ଼ା ହେଇଥିଲେ । କିଂତୁ ମେରିଆନ୍ ତଳେ ଚକାମାଡି ବସିଥିଲା । ମେରୀ କ୍ଲଡ଼େ ମଧ୍ୟ ଏଥର ତାରି ରୁମ୍ ପାଖ ଗାଲିଚା ଉପରେ ବସିପଡ଼ିବ, ଫ୍ରାନ୍‌ଜ ଏଥିରେ ନିଶ୍ଚିତ ଥିଲା । ଅତିଥିଙ୍କ ଗହଣରେ ତଳେ ବସିବାଟା ସେତେବେଳେ ସରଳତା, ଆନ୍ତରିକତା, ଉଦାରବାଦୀ ରାଜନୀତି, ଆତିଥେୟତା ଏବଂ ଫ୍ରେଞ୍ଚ ଜୀବନ ଶୈଳୀର ଚିହ୍ନ ଥିଲା । ଯେତେ ଆଗ୍ରହରେ ମେରୀ-କ୍ଲଡ଼େ ଚଟାଣରେ ବସିପଡ଼ିଲା ଯେ ଫ୍ରାନ୍‌ଜକୁ ଲାଗିଲା ସେ ସିଗାରେଟ କିଣୁଥିବା ଦୋକାନ ଅଗଣା ଚଟାଣରେ ବି ସେ ବସିପଡ଼ିବ ।

'ଆଲାନ୍, ଏବେ ତମେ କଣ ଉପରେ କାମ କରୁଛ ?' ମେରୀଆନ୍ ଜଣେ ଲୋକକୁ ପଚାରିଲା ଯାରି ପାଦ ପାଖରେ ସେ ନିଜେ ବସିଥିଲା ।

ଚିତ୍ର ଗେଲେରୀର ମାଲିକର ଝିଅକୁ ଗୋଟେ ଉପଯୁକ୍ତ ଉତ୍ତର ଦେବାରେ ଆଲାନ୍ ସେତେଟା ଅଭିଜ୍ଞ ଓ ଚାଲାକ ନ ଥିଲା । ସେ ତାକୁ ତାର ନୂଆଁ ଶୈଳୀ ବିଷୟରେ ବୁଝାଇବା ଆରମ୍ଭ କଲା-- ଫଟୋଗ୍ରାଫୀ ଓ ତୈଳଚିତ୍ରର ସଂଯୋଜନା । କିଂତୁ ସେ ତିନିଟି ବାକ୍ୟ କହିଛି କି ନା ମେରୀ କ୍ଲଡ଼େ ସିଟି ବଜାଇବା ଆରମ୍ଭ କଲା । ଚିତ୍ରକର ଜଣକ ମନଯୋଗ ସହକାରେ ଧୀରେ ଧୀରେ କହୁଥାଏ । ତେଣୁ ସେ ସିଟି ବଜାଇବାଟା ଶୁଣି ପାରିଲାନି ।

'ତମେ କଣ ପାଇଁ ସିଟି ମାରୁଛ ଶୁଣେ ?' ଫ୍ରାନଜ୍ ଫିସ୍‌ଫିସ୍ ହେଇ ପଚାରିଲା ।

'କାରଣ ଲୋକଙ୍କର ରାଜନୀତି ଚର୍ଚ୍ଚା ମତେ ଶୁଣିବାକୁ ଭଲ ଲାଗେ ନାଇଁ ।' ସେ ବଡ଼ ପାଟିରେ କହିଲା ।

ଆଉ ପ୍ରକୃତରେ ସେଇ ଗୋଷ୍ଠୀରେ ଦୁଇଜଣ ଲୋକ ଫ୍ରାନସ୍‌ରେ ହେବାକୁ ଥିବା ନିର୍ବାଚନ ବିଷୟରେ ଆଲୋଚନା କରୁଥିଲେ । କର୍ତ୍ତବ୍ୟ ଦୃଷ୍ଟିରୁ କାର୍ଯ୍ୟଧାରାକୁ ଆଗେଇ ନେବାର ଅନୁଭବ କରି ମେରୀ ଆନ୍ ସେଇ ଦୁଇଜଣଙ୍କୁ ଜେନେଭାରେ ଆସନ୍ତା ସପ୍ତାହରେ ଗୋଟେ ଇଟାଲୀୟ କଂପାନୀର ଆନୁକୂଲ୍ୟରେ ପ୍ରଦର୍ଶିତ ହେବାକୁ ଥିବା ଅପେରା ଦେଖିବାକୁ ଯାଉଛନ୍ତି କି ନା ପଚାରିଲା । ଯା ଭିତରେ, ଚିତ୍ରକର ଆଲାନ୍ ତାର ଚିତ୍ରଶୈଳୀ ବିଷୟରେ ପୁଙ୍ଖାନୁପୁଙ୍ଖ ବିବରଣୀ ଦେବାରେ ଡୁବି ଯାଇଥାଏ । ତାର ଝିଅର ବ୍ୟବହାରରେ ଫ୍ରାନଜ୍ ଲଜ୍ଜିତ ହେଲା । ତାକୁ ଠିକଣା କରିବାକୁ ଯାଇ ସେ ବଡ଼ ପାଟିରେ କହିଲା ଯେ ଆନ୍ ଯେବେ ବି ଅପେରା ଦେଖିବାକୁ ଯାଏ, ସେଠି ନିହାତି ବୋର୍ ହେଇଥିବାର କହେ ।

'ତମେ ଗୋଟେ ବେଶୀ ହଉଛ', ସେମିତି ବସି ରହି ତାରି ପେଟରେ ମୁଥଟିଏ ମାରିଲା ପରି କହିଲା । 'ସେଇ ଷ୍ଟାର ଗାୟକ ଜଣକ ଦେଖିବାକୁ କେତେ ସୁନ୍ଦର । ବହୁତ ସୁନ୍ଦର । ମୁଁ ଦୁଇଥର ଦେଖି ସାରିଛି । ମୁଁ ତ ଏବେ ତାରି ପ୍ରେମରେ ।'

ଝିଅଟା ଠିକ୍ ତା ମାଁ ପରି, ଏଇ କଥାକୁ ଫ୍ରାନଜ୍ ଭାବି ହେଲା । ତା ପରି ସେ କାଇଁ ହେଲାନି ? ତେବେ ଏଥିରେ ତ ତାର କିଛି କରିବାର ନ ଥିଲା । ଝିଅଟା ତା ପରି ହେଇ ନ ଥିଲା । କେତେଥର ମେରୀ-କ୍ଲଡ଼େ ଆଜି ଏଇ ଚିତ୍ରକର ତ କାଲି ସେଇ ଗାୟକ, ଲେଖକ, ରାଜନୀତିଜ୍ଞ, ଏପରିକି କେବେ ଥରେ ରେସିଂ ସାଇକେଲ ଚଡ଼ାଳିର ପ୍ରେମରେ ପଡିଥିବା କଥା କହିବାର ସେ ଶୁଣି ନ ଥିଲା ? ଅବଶ୍ୟ, କକଟେଲ୍ ପାର୍ଟିର ଏଇଟା ଗୋଟେ ସାଧାରଣ ଚିରାଚରିତ କହିବାର ଢଙ୍ଗ । କିଂତୁ କୋଡିଏ ବର୍ଷ ଆଗରୁ ବି ସେଇ ସମାନ କଥା କହି କହି ତାକୁ ଆତ୍ମହତ୍ୟା ଧମକ ଦେବା କଥା ଛାଆଁକୁ ଛାଆଁ ତାର ମନେ ପଡ଼ିଗଲା ।

ଠିକ୍ ସେତିକିବେଳେ ସବିନା ରୁମ୍ ଭିତରକୁ ଆସିଲା । ମେରୀ-କ୍ଲଡ଼େ ତା ପାଖକୁ ଗଲା । ମେରୀ-ଆନ୍ ଅପେରା ବିଷୟରେ ଗପୁଥିଲାବେଳେ ଏଇ ଦୁଇଜଣ ସ୍ତ୍ରୀଲୋକଙ୍କ କଥାବାର୍ତ୍ତା ଉପରେ ଫ୍ରାନଜ୍ ନିଜର ଦୃଷ୍ଟି ରଖିଲା । କେଇପଦ ସ୍ୱାଗତ ସମ୍ଭାଷଣ ପରେ, ମେରୀ-କ୍ଲଡ଼େ ସବିନା ବେକରୁ ସେରାମିକ୍ ପଦକକୁ ଉଠାଇଲା ଆଉ ବଡ଼ ପାଟିରେ କହିଲା, 'ଏଇଟା କଣ ? କେତେ ବାଜେ ଦିଶୁଛି ?'

ସେଇ ଶବ୍ଦ କେଇଟା ଫ୍ରାନଜ୍ ଉପରେ ଗଭୀର ପ୍ରଭାବ ପକାଇଲା । ସେମାନେ ଝଗଡ଼ା ମନୋବୃତ୍ତିରେ ନ ଥିଲେ । ତା ପରେ ପରେ ଶୁଣାଯାଇଥିବା କର୍କଶ ହସ ଗୋଟେ କଥା ସ୍ପଷ୍ଟ କରିଦେଲା ଯେ ପଦକଟିକୁ ନାପସନ୍ଦ କରି ମେରୀ-କ୍ଲଡ଼େ ସବିନା ସହିତ ତାର ବନ୍ଧୁତାକୁ ଭାଙ୍ଗିବାକୁ ଚାହିଁଲାନି । ତେବେ ଏ ପ୍ରକାର କଥାବାର୍ତ୍ତା ସେ ସାଧାରଣତଃ କରୁ ନ ଥିଲା ।

'ମୁଁ ନିଜେ ଏଇଟା ତିଆରି କରିଥିଲି ।' ସବିନା କହିଲା ।

'ପଦକଟା ସତରେ ବାଜେ ଦିଶୁଛି ! ମେରୀ କ୍ଲଡ଼େ ବେଶ୍ ବଡ଼ ପାଟିରେ କହିଲା । ତମେ ଏଇଟା ପିନ୍ଧିବା କଥା ନୁହଁ ।'

ଫ୍ରାନ୍ଜ ଜାଣେ ପଦକଟା ପ୍ରକୃତରେ ସୁନ୍ଦର କି ଅସୁନ୍ଦର ସେଥିପ୍ରତି ତାର ସ୍ତ୍ରୀର ଖାତିର ନାହିଁ । ଗୋଟେ ଜିନିଷ ସେ ଚାହିଁଲେ ଅସୁନ୍ଦର, ପୁଣି ସେ ଚାହିଁଲେ ସୁନ୍ଦର । ତାର ସାଙ୍ଗମାନେ ପିନ୍ଧିଥିବା ପଦକ ଦେଖିବା ଆଗରୁ ହିଁ ସୁନ୍ଦର । ଆଉ ଯଦି ବା ତାକୁ ସେଗୁଡ଼ା ଅସୁନ୍ଦର ଦିଶେ, ସେ ତାହା କହେନି । କାରଣ ତୋଷାମଦଟା ଅନେକ ଦିନରୁ ତାର ଅଭ୍ୟାସ ହେଲାଣି ।

ତା ହେଲେ ସବିନାର ହାତ ତିଆରି ପଦକକୁ ସେ କାହିଁକି ବାଜେ କହିଲା ?

ହଠାତ୍ ଫ୍ରାନଜ୍ ସିଧାସଳଖ ଉତ୍ତରଟେ ପାଇଲା : ମେରୀ-କ୍ଲଡ଼େ ସବିନାର ପଦକକୁ ଅସୁନ୍ଦର କହିଲା । କାରଣ ସେ ସେମିତି କହିବାର ଅଧିକାର ପାଇଥିଲା ।

କିମ୍ବା ଆହୁରି ସ୍ପଷ୍ଟ ଭାବରେ କହିଲେ : ମେରୀ କ୍ଲଡ଼େ ସବିନାର ପଦକଟିକୁ ଅସୁନ୍ଦର ବୋଲି ଜଣାଇଲା ଏଇଥିପାଇଁ ଯେ ସେ ସବିନାକୁ ତାର ପଦକଟା ଅସୁନ୍ଦର ବୋଲି କହି ପାରିବାର ତାର ସାମର୍ଥ୍ୟ ଥିଲା ।

ଆଗବର୍ଷ ସବିନାର ପ୍ରଦର୍ଶନୀ ଖାସ୍ ସେମିତି ସଫଳ ହେଇ ନ ଥିଲା । ତେଣୁ ମେରୀ କ୍ଲଡ଼େ ସବିନା ଆଡୁ ବିଶେଷ ସମ୍ଭାବନାର ଆଶା ରଖି ନ ଥିଲା । ଯାହା ବି ହେଉ, ସବିନା ମେରୀ-କ୍ଲଡ଼େର ସାହାଯ୍ୟରୁ ଆଶା ରଖିବାର କାରଣ ଥିଲା । ତେବେ ଏଇଟା ବ୍ୟବହାରରେ ଆଦୌ ଜଣା ପଡ଼ିଲାନି ।

ହଁ, ଫ୍ରାନ୍ଜ କଥାଟିକୁ ସିଧାସଳଖ ଦେଖିଲା : ପରିସ୍ଥିତିର ସୁଯୋଗ ନେଇ

ମେରୀ କ୍ଲଡ଼େ ସବିନାକୁ (ଓ ଅନ୍ୟମାନଙ୍କୁ) ଜଣାଇଦେଲା ଯେ ତାଙ୍କ ଦୁଇଜଣଙ୍କ ମଧ୍ୟରେ କ୍ଷମତାର ଭାରସାମ୍ୟଟା କଣ।

(୭)

ଭୁଲ୍ ବୁଝିଥିବା ଶବ୍ଦର ଗୋଟେ ସଂକ୍ଷିପ୍ତ ଅଭିଧାନ (ସମାପ୍ତ)

ଆମଷ୍ଟରଡାମ୍‌ର ପୁରୁଣା ଚର୍ଚ୍ଚ

ରାସ୍ତାର ଗୋଟେ କଡ଼େ ଧାଡ଼ିବନ୍ଧା ଘର। ବିରାଟ ତଳ ମହଲାର ଦୋକାନ ମୁହଁ ପଛକୁ ସବୁ ବେଶ୍ୟାମାନଙ୍କର ଛୋଟିଆ ବଖରା। ରେଶମୀ ଗଦି ପଡ଼ିଥିବା ଆରାମୀ ଚୌକିରେ ବ୍ରା ପେଣ୍ଟି ପିନ୍ଧି ଝରକା କାଚକୁ ଲେସି ହେଇ ସେମାନେ ବସିଥାନ୍ତି। ଆଉ ସବୁ ଥକି ଯାଇଥିବା ଭୁଆଁ ବିଲେଇ ପରିକା ଦେଖାଯାଉଥାନ୍ତି।

ରାସ୍ତାର ଆରପଟେ ଚତୁର୍ଦ୍ଦଶ ଶତାବ୍ଦୀର ବିରାଟକାୟ ଗୋଥିକ ଚର୍ଚ୍ଚ।

ବେଶ୍ୟାଙ୍କ ପୃଥିବୀ ଓ ଇଶ୍ୱରଙ୍କ ପୃଥିବୀ ମଝିରେ ଦୁଇଟି ସାମ୍ରାଜ୍ୟକୁ ବିଭକ୍ତ କରୁଥିବା ନଦୀଟିଏ ପରି ଉତ୍କଟ ପରିସ୍ରା ଗନ୍ଧ ଲମ୍ୱିଥାଏ।

ପୁରୁଣା ଚର୍ଚ୍ଚ ଭିତରେ ଗୋଥିକ ଶୈଳୀର ଯାହା କିଛି ବାକି ରହିଥାଏ କହିଲେ, ଉଚ୍ଚ ସାଦା ଧଳା କାନ୍ଥ, ଗମ୍ବୁଜ, ଖିଲାଣ ଛାତ ଆଉ ଝରକା। କାନ୍ଥରେ ଗୋଟିଏ ହେଲେ ଛବି ନଥାଏ କିମ୍ବା ମୂର୍ତ୍ତି ସମ୍ବନ୍ଧୀୟ କିଛି କୋଉଠି ହେଲେ ନ ଥାଏ। ଠିକ୍ ମଝି ଜାଗାଟିକୁ ଛାଡ଼ିଦେଲେ ଚର୍ଚ୍ଚଟା କୁସ୍ତିଖାନା ପରି ଖାଲି ପଡ଼ିଥାଏ। ଧର୍ମଯାଜକଙ୍କ ପାଇଁ ଛୋଟିଆ ସଭାମଞ୍ଚ ଚାରିପଟ ମଝିରେ ଚାରିକୋଣିଆ ହେଇ କେତେ ଧାଡ଼ି ଚୌକି ପଡିଥାଏ। ଚୌକି ଚାରିପଟେ ଧନୀଙ୍କଙ୍କ ପାଇଁ କାଠ ପଟାରେ ତିଆରି ଘେର ଓ ଅସ୍ଥାୟୀ ପ୍ରକୋଷ୍ଠ।

ଗମ୍ବୁଜର ଅବସ୍ଥିତି ଓ କାନ୍ଥର ଗଠନକୁ ଟିକିଏ ସୁଦ୍ଧା ଦୃଷ୍ଟି ନ ଦେଇ ଚୌକି ଓ କାଠ ଘେର ସଜା ହେଲା ପରି ମନେ ହେଉଥାଏ। ସତେ ଯେପରି ତାହା ଗୋଥିକ ସ୍ଥାପତ୍ୟ ପ୍ରତି ସେମାନଙ୍କର ଅନାଗ୍ରହ ଓ ଘୃଣା ସୂଚାଇ ଦେଉଥାଏ। ଶତାବ୍ଦୀ ଶତାବ୍ଦୀ ଆଗରୁ କାଲଭିନ୍ ଧର୍ମତତ୍ତ୍ୱ ଚର୍ଚ୍ଚଟିକୁ ଏକ ବିମାନଶାଳାରେ ପରିଣତ କରି ଦେଇଥିଲା। ଏହାର ଏକମାତ୍ର କାମ କହିଲେ ବର୍ଷା ଓ ତୁଷାରପାତରୁ ଧର୍ମବିଶ୍ୱାସୀ ମାନଙ୍କର ପ୍ରାର୍ଥନାକୁ ସୁରକ୍ଷିତ ରଖିବା।

ଫ୍ରାନଜ୍ ଏଥିରେ ମୁଗ୍‌ଧ ହେଲା : ଇତିହାସର ମହାଶୋଭାଯାତ୍ରା ଏଇ ସୁବୃହତ୍ ହଲ୍ ଭିତର ହିଁ ଦେଇ ଯାଇଥିଲା !

କମ୍ୟୁନିଷ୍ଟ ଅଧିକାର ପରେ କେମିତି ବୋହିମିଆଁରେ ସମ୍ଭ୍ରାନ୍ତ ଦୁର୍ଗସମ ବାସଗୃହକୁ ଜାତୀୟ ସଂପତ୍ତି କରିଦେଇ ସେଗୁଡ଼ିକୁ ଶ୍ରମକେନ୍ଦ୍ର, ଅବସର ବିନୋଦନ

ନିବାସ, ଏପରିକି ଗୋଶାଳାରେ ପରିଣତ କରାଗଲା, ସେ କଥା ସବିନାର ମନେ ପଡ଼ିଲା । ସେ ତା ଭିତରୁ ଗୋଟେ ଗୋଶାଳା ବୁଲି ଦେଖୁଥିଲା : ଲୁହାର ତାଟି ପାଇଁ ପଲସ୍ତରା କାନ୍ଥରେ ଘଣ୍ଟାମାନ ପିଟା ହେଇଥିଲା । ଲୁହା ଗୋଲେଇରେ ବନ୍ଧା ଗାଈମାନ ଝରକା ଦେଇ ତନ୍ଦ୍ରାଳୁ ଆଖିରେ ଏବେ କୁକୁଡ଼ା ପାଲୁବାଲୁ ହେଉଥିବା ସମ୍ଭ୍ରାନ୍ତ ସୌଧ ସଂଲଗ୍ନ ବିସ୍ତୀର୍ଣ୍ଣ ପଡ଼ିଆକୁ ଅନେଇଥିଲେ ।

'ଏହି ଶୂନ୍ୟତା ହିଁ ମତେ ମୋହିତ କରେ', ଫ୍ରାନଜ୍ କହିଲା । 'ଲୋକେ ମଣ୍ଡପ, ମୂର୍ତ୍ତି, ଚିତ୍ର, ଚୌକି, ଗାଲିଚା ଆଉ ବହି ସଂଗ୍ରହ କରନ୍ତି; ଆଉ ଯେତେବେଳେ ଆନନ୍ଦମୟ ମୁକ୍ତିର ମୁହୂର୍ତ୍ତ ଆସେ ସେମାନେ ଏଇ ସବୁକୁ ରାତିର ବଳକା ବାସି ଖାଦ୍ୟ ପରି ଫୋପାଡ଼ି ଦିଅନ୍ତି । ଏଇ ଗୀର୍ଜାଟିକୁ ଝାଡୁମାରି ଉଡ଼େଇ ଦେଲା ପରି ହର୍କ୍ୟୁଲକସ୍‌ଙ୍କ ବିରାଟକାୟ ଝାଡ଼ୁଣ ତମେ ଆଙ୍କି ପାରିବ ?'

'ଗରୀବଙ୍କୁ ଛିଡ଼ା ହେବାକୁ ପଡୁଥିଲା, ଅଥଚ ଧନୀମାନଙ୍କ ପାଇଁ କେବିନ୍ ଥିଲା ।' ସେଇ ଆଡ଼କୁ ହାତ ଦେଖାଇ ସବିନା କହିଲା । କିନ୍ତୁ ଏମିତି କିଛି ଥିଲା ଯୋଉଟା କି ପଇସାବାଲାଠୁ ଭିକାରୀଯାଏଁ ସମସ୍ତଙ୍କୁ ବାନ୍ଧି ରଖିଥିଲା : ତା ହେଲା ସୌନ୍ଦର୍ଯ୍ୟର ଘୃଣା ।'

'ସୌନ୍ଦର୍ଯ୍ୟ କଣ ? ଫ୍ରାନଜ୍ କହିଲା । ତା ସ୍ତ୍ରୀର କଥା ରଖି ତାର ଗୋଟେ ଚିତ୍ର ପ୍ରଦର୍ଶନୀର ଗେଲେରୀ ପାଖରେ ନିଜେ ଥିବା ଫ୍ରାନ୍‌ଜ ଅନୁଭବ କଲା । ଶବ୍ଦ ଓ ଭାଷଣର ଅନ୍ତହୀନ ଆଡ଼ମ୍ବର, ସଂସ୍କୃତିର ଆଡ଼ମ୍ବର, କଳାର ଆଡ଼ମ୍ବର ।

ଛାତ୍ର ସଂଗଠନରେ କାମ କରୁଥିଲାବେଳେ ଲାଉଡ୍‌ସ୍ପିକର୍‌ରୁ ଅନବରତ ଭାସି ଆସୁଥିବା ଉଲ୍ଲସିତ ଶୋଭାଯାତ୍ରାରେ ସବିନାର ଆତ୍ମା ବିଷାକ୍ତ ହେଇଯାଏ । ଥରେ ରବିବାରରେ ସେ ଗୋଟେ ମଟରସାଇକେଲ୍ ଧାର ଆଣି ପାହାଡ଼ ଆଡ଼କୁ ଚାଲିଲା । ଆଗରୁ କେବେ ଦେଖି ନ ଥିବା ଗୋଟେ ଛୋଟିଆ ଗାଁରେ ଅଟକିଲା । ମୋଟର ସାଇକେଲଟାକୁ ଚର୍ଚ୍ଚରେ ଡ଼େରି ଦେଇ ଭିତରକୁ ଗଲା । ସାର୍ବଜନୀନ ପ୍ରାର୍ଥନା ଚାଲିଥାଏ । ଶାସନତନ୍ତ୍ର ଧର୍ମାଚରଣକୁ ଦଣ୍ଡିତ କରୁଥିଲା । ତେଣୁ ଅଧିକାଂଶ ଲୋକ ଚର୍ଚ୍ଚର ଦୂରରେ ରହୁଥିଲେ । ଗୀର୍ଜାର ବେଞ୍ଚରେ ଥିବା ଲୋକ ଭିତରେ କେବଳ ବୁଢ଼ାବୁଢ଼ୀମାନେ ହିଁ ଥିଲେ । କାରଣ ସେମାନଙ୍କ ଶାସନକଳକୁ ଭୟ ନ ଥିଲା । ମୃତ୍ୟୁକୁ କେବଳ ତାଙ୍କର ଭୟ ଥିଲା ।

ପୁରୋହିତ ଜଣକ ଗୀତ ଗାଇଲା ସ୍ୱରରେ କେତୋଟି ଶବ୍ଦ ଉଚ୍ଚାରଣ କଲେ । ତାଙ୍କ ପରେ ପରେ ଲୋକମାନେ ମିଳିତ ସ୍ୱରରେ ତାର ପୁନରାବୃତ୍ତି କଲେ । ଏଇଟା ଗୋଟେ ପ୍ରାର୍ଥନାର ଆବୃତ୍ତି ଥିଲା । ସେଇ ଶବ୍ଦଗୁଡ଼ିକ କ୍ରମାନ୍ୱୟରେ ଦୋହରାଇ

ଆସୁଥାଏ ଯେମିତିକି ପରିବ୍ରାଜକ ଜଣେ ଗ୍ରାମ୍ୟ ଦୃଶ୍ୟପଟରୁ ନିଜର ଆଖି ଫେରାଇ ପାରେ ନାହିଁ କିମ୍ବା ଲୋକଟିଏ ଜୀବନରୁ ନିସ୍ତାର ପାଇ ପାରେ ନାହିଁ । ସେ ଗୀର୍ଜାର ସବା ଶେଷର ଗୋଟେ ବେଞ୍ଚ୍‌ରେ ବସିଲା । ଶବ୍ଦର ସଙ୍ଗୀତକୁ ଶୁଣିବା ପାଇଁ ସେ ଆଖି ବନ୍ଦ କଲା । ଆଖି ଖୋଲି ନୀଳ ରଙ୍ଗର ବକ୍ର ଗର୍ଭ ଉପରେ ସୁନେଲି ତାରା ଖଚିତ ହେଇଥିବାର ହେଇଥିବାର ଦେଖିଲା । ସେ ସମ୍ମୋହିତ ହେଲା ।

ସେଇ ଗାଁର ଗୀର୍ଜାରେ ସେଦିନ ଅପ୍ରତ୍ୟାଶିତ ଭାବରେ ସେ ଯାହା ଦେଖିଲା ତାହା ଇଶ୍ୱର ନ ଥିଲେ, ତାହା ଥିଲା ସୌନ୍ଦର୍ଯ୍ୟ । ସେ ପୁରା ଜାଣିଥିଲା ଯେ ଚର୍ଚ୍ଚ କିମ୍ବା ସାର୍ବଜନୀନ ସମ୍ମିଳିତ ପ୍ରାର୍ଥନାଟି କୌଣସିଟି ସ୍ୱୟଂସଂପୂର୍ଣ୍ଣ ଭାବରେ ଆପଣାଛାଏଁ ସୁନ୍ଦର ନ ଥିଲେ । କିଂତୁ ଉଭୟଟି ଘର ତିଆରି ସ୍ଥାନର ପାରିପାର୍ଶ୍ୱିକ ଅବସ୍ଥିତିର ତୁଳନାରେ ସୁନ୍ଦର ଥିଲେ ଯେଉଁଠି ସେ ସଙ୍ଗୀତର କୋଳାହଳ ଭିତରେ କେତେ ଦିନ କଟାଇଲା । ସାର୍ବଜନୀନ ପ୍ରାର୍ଥନାଟି ସୁନ୍ଦର ଲାଗିଲା । କାରଣ ହଠାତ୍ ତାରି ସାମ୍ନାରେ ତାହା ଗୋଟିଏ ପ୍ରତାରିତ ପୃଥିବୀର ପରିପ୍ରକାଶ ରୂପେ ଆବିର୍ଭୂତ ହେଲା ।

ତା ପରଠୁ ସେ ଜାଣିଗଲା ଯେ ସୌନ୍ଦର୍ଯ୍ୟ ହେଉଛି ଏକ ପ୍ରତାରିତ ପୃଥିବୀ । ଶ୍ରମିକ ଦିବସର ଶୋଭାଯାତ୍ରାର ଆଢୁଆଳରେ ସୌନ୍ଦର୍ଯ୍ୟ ନିହିତ । ତାକୁ ଖୋଜି ପାଇବାକୁ ହେଲେ ଆମକୁ ଦୃଶ୍ୟପଟକୁ ଧ୍ୱଂସ କରିବାକୁ ହେବ ।

'ପ୍ରଥମ ଥର ପାଇଁ ମୁଁ ଗୋଟେ ଚର୍ଚ୍ଚର ସୌନ୍ଦର୍ଯ୍ୟରେ ମୁଗ୍‌ଧ ହେଲି', ଫ୍ରାନଜ୍ କହିଲା । ପ୍ରୋଟେଷ୍ଟାଣ୍ଟ୍ ବିଶ୍ୱାସ ହେଉ କିମ୍ବା ବୈରାଗ୍ୟ କୌଣସିଟି ତାକୁ ଏତେ ଉତ୍ସାହିତ କଲା ନାହିଁ । ସେଇଟା ସଂପୂର୍ଣ୍ଣ ଅଲଗା । ନିହାତି ଭାବରେ ବ୍ୟକ୍ତିଗତ ଯାହା କି ସବିନା ସହିତ ଆଲୋଚନା କରିବାକୁ ମଧ୍ୟ ସେ ସାହସ କଲା ନାହିଁ । ହର୍‌କ୍ୟୁଲସ୍‌ର ଗୋଟେ ବିରାଟକାୟ ଝାଡୁ ଧରି ମେରୀ-କ୍ଲୁଡ଼େର ସବୁ ଚିତ୍ର ପ୍ରଦର୍ଶନୀ, ମେରୀ ଆନ୍‌ର ସବୁ ଗାୟକ, ସବୁ ଭାଷଣ, ସମ୍ମିଳନୀ ନିରର୍ଥକ ବକ୍ତୃତା, ନିଷ୍ଫଳ ଶବ୍ଦର ଆଟୋପକୁ ଝାଡ଼ି ସଫା କରିଦେବା ପାଇଁ- ତାକୁ ତାର ଜୀବନ ପରିଧିରୁ ବାହାର କରିଦେବା ପାଇଁ ଅଦୃଶ୍ୟ ସ୍ୱରଟିଏ ତାକୁ କହୁଥିବାର ସେ ଅନୁଭବ କଲା । ଆମ୍‌ଷ୍ଟରଡାମ୍‌ର ପୁରୁଣା ଚର୍ଚ୍ଚର ବିରାଟ ପ୍ରଶସ୍ତ ଶୂନ୍ୟତା ହଠାତ୍ ତାରି ପାଖରେ ତାର ନିଜସ୍ୱ ମୁକ୍ତିର ପ୍ରତିଛବି ରୂପକ ରହସ୍ୟମୟ ପରିପ୍ରକାଶ ହେଇ ଉଭା ହେଲା ।

ଶକ୍ତି

ସେମାନେ ଦୁହେଁ ସମ୍ଭୋଗର ମୂହୁର୍ତ୍ତ କଟେଇଥିବା ଅନେକ ଭିତରୁ ଗୋଟିକର ଶଯ୍ୟାରେ ଫ୍ରାନ୍‌ଜର ବାହୁକୁ ଆଉଁସି ସବିନା କହିଲା, ତମର କି ମାଂସପେଶୀ ! ବିଶ୍ୱାସ କରିହେଉନି ।

ସବିନାର ପ୍ରଶଂସାରେ ଫ୍ରାନଜ୍ ଖୁସି ହେଲା । ସେ ଖଟ ଉପରୁ ଉଠିପଡ଼ିଲା, କୁଜେଇପଡ଼ି ତଳକୁ ଓହ୍ଲାଇଗଲା, ଓକ୍ କାଠରେ ତିଆରି ଓଜନିଆ ଚୌକିଟାର ଗୋଟେ ଗୋଡ଼କୁ ଟାଣି ଆଣିଲା ଆଉ ଉପରକୁ ଧୀରେ ଉଠାଇଲା । 'ତମର କେବେ ଭୟ କରିବାର କିଛି ନାହିଁ', ସେ କହିଲା । 'ଯାହା କିଛି ହେଲେ ବି ମୁଁ ତମକୁ ସୁରକ୍ଷା ଦେବି । ମୁଁ ଜୁଡ଼ୋ ଚ-ିଆନ୍ ଥିଲି ।'

ଓଜନିଆ ଚୌକିଟାକୁ ଫ୍ରାନଜ୍ ନିଜ ମୁଣ୍ଡ ଉପରକୁ ଉଠାଇଲାବେଳେ ସବିନା କହିଲା, 'ଜାଣି ଖୁସି ଲାଗିଲା ଯେ ତମେ ଏତେ ଶକ୍ତିଶାଳୀ ।'

କିଂତୁ ଅନ୍ତର ଭିତରେ ନିଜକୁ ନିଜେ କହିଲା, ଫ୍ରାନଜ୍ ବଳବାନ୍ ହେଇପାରେ । କିଂତୁ ତାର ବଳଟା ଯେବେ ତାର ପ୍ରିୟଜନ ପାଖରେ ପଦାକୁ ଫିଟେ, ସେ ଦୁର୍ବଳ ହୁଏ । ଫ୍ରାନଜ୍‌ର ଦୁର୍ବଳତାକୁ ତାର ସଦ୍‌ଗୁଣ ବୋଲି କୁହାଯାଏ । ଫ୍ରାନଜ୍ ସବିନାକୁ ଆଦେଶ ଦେଇ ପାରେ ନାହିଁ । ଟମାସ ପରି ଚଟାଣରେ ଦର୍ପଣ ରଖି ତାରି ପାଖରେ ଲଙ୍ଗଳା ହେଇ ଆଗପଛ ଚାଲିବାକୁ ହୁକୁମ କରେ ନାହିଁ । ତାର ମାନେ ନୁହଁ ଯେ ତାରି ପାଖରେ ଇନ୍ଦ୍ରିୟ ଆସକ୍ତିର ଅଭାବ ଥିଲା । କେବଳ ତାର ହୁକୁମ ଦେବା ପାଇଁ ସାମର୍ଥ୍ୟ ନାହିଁ । କେତେଟା ଜିନିଷ ଅଛି ଯାହା କେବଳ ବଳ ପ୍ରୟୋଗ କରି ଚରିତାର୍ଥ କରାଯାଇପାରେ । ଦୈହିକ ପ୍ରେମ ତ ବିନା ହିଂସାରେ କଳ୍ପନା କରା ଯାଇ ପାରେନା ।

ମୁଣ୍ଡ ଉପରେ ଚୌକିଟାକୁ ହାତରେ ଟେକି ଫ୍ରାନଜ୍‌କୁ ରୁମ୍‌ସାରା ବୁଲିବାର ସବିନା ଦେଖୁଥାଏ । ଦୃଶ୍ୟଟା ତାକୁ ବିକୃତ ଲାଗିଲା । ଆଉ ଏକ ଅଦ୍ଭୁତ ବିଷାଦ ତା ଭିତରେ ଛାଇଗଲା ।

ସବିନାର ଆରପାଖେ ଫ୍ରାନଜ୍ ଚୌକିଟାକୁ ତଳେ ରଖିଦେଲା ଓ ତା ଉପରେ ବସିଲା । 'ମୁଁ ବଳବାନ୍ ବୋଲି ମତେ ଭଲ ଲାଗେ', ସେ କହିଲା । 'କିଂତୁ ଜେନେଭାରେ ଏଇ ମାଂସପେଶୀ ମୋର ଭଲା କି କାମରେ ? ଏଗୁଡ଼ା ସବୁ ଅଳଙ୍କାର ପରି, ମୟୁର ଚୂଳ । ମୋ ଜୀବନରେ ମୁଁ କାହା ସହିତ ଲଢ଼ି ନାହିଁ ।'

ସବିନା ତାର ଉଦାସୀ ଗଭୀର ଚିନ୍ତାରେ ଗଡ଼ି ଚାଲିଥାଏ । ତାରି ଉପରେ ହୁକୁମ ଜାରି କରିବା ପରି ପୁରୁଷ ଜଣେ ଥିଲେ କେମିତି ହେଇଥାନ୍ତା ? ପୁରୁଷ ଜଣକ ତା ଉପରେ କାବୁ କରିବାକୁ ଚାହିଁଥିଲେ ? କେତେଦିନ ସେ ତାକୁ ସହିଥାନ୍ତା ? ପାଞ୍ଚମିନିଟ୍ ବି ନୁହେଁ ! ଏଥିରୁ ଜଣାପଡ଼େ ଯେ କୌଣସି ପୁରୁଷ ତା ପାଇଁ ଉପଯୁକ୍ତ ନୁହଁନ୍ତି । ସେ ସବଳ ହେଉ କି ଦୁର୍ବଳ ।

'ମୋ ଉପରେ ତମେ ତମର ବଳ ପ୍ରୟୋଗ କରୁନ କାହିଁକି ?'

'କାରଣ ଭଲ ପାଇବାର ମାନେ ବଳକୁ ପରିତ୍ୟାଗ କରିବା', ଫ୍ରାନଜ୍ କଅଁଳ କରି କହିଲା ।

ସବିନା ଦୁଇଟା ଜିନିଷ ବୁଝିଲା : ପ୍ରଥମଟି ଏଇ ଯେ ଫ୍ରାନଜ୍‌ର କଥାମାନ ଯୁକ୍ତିଯୁକ୍ତ ଓ ମହନୀୟ ଥିଲା । ଦ୍ୱିତୀୟରେ ସେଇ କଥା ଫ୍ରାନଜ୍‌କୁ ସବିନାର ଯୌନ ଜୀବନରେ ଅଯୋଗ୍ୟ କରିଦେଲା ।

ସତ୍ୟରେ ବଞ୍ଚିବା

ତାଙ୍କର ଡାଏରୀ ବା ଚିଠି ଭିତରେ କାଫ୍‌କା ଏଇ ଫର୍ମୁଲା ଖଞ୍ଜି ରଖିଥିଲେ । ତେବେ ଫ୍ରାନଜ୍ ସଠିକ୍ ମନେ କରି ପାରିଲା ନାହିଁ । ହେଲେ ବି ସେଇଟା ତାର ମନକୁ ଛୁଇଁଗଲା । ସତ୍‌ରେ ବଞ୍ଚିବା ମାନେ କଣ ? କଥାଟିକୁ ନାସ୍ତିସୂଚକ ସୂତ୍ରରେ ପକାଇବା ସହଜ : ଯାର ଅର୍ଥ ମିଛ ନ କହିବା, କିଛି ନ ଲୁଚାଇବା ଏବଂ ପ୍ରତାରଣା ନ କରିବା ଅଥବା କିଛି ଗୋପନ ନ ରଖିବା । ଅବଶ୍ୟ, ସବିନା ସହିତ ଭେଟ ହେବା ଦିନଠୁ ଫ୍ରାନଜ୍ ମିଛରେ ହିଁ ବଞ୍ଚି ଆସୁଥିଲା । ଆମଷ୍ଟରଡାମ୍‌ରେ କାଳ୍ପନିକ ସମ୍ମିଳନୀ ଓ ମାଦ୍ରିଦ୍‌ରେ କାଳ୍ପନିକ ଭାଷଣ ବିଷୟରେ ସେ ତାର ସ୍ତ୍ରୀକୁ କହିଥିଲା । ଜେନେଭାର ରାସ୍ତାରେ ସବିନା ସହିତ ବୁଲିବାକୁ ତାକୁ ଡର ଲାଗୁ ନ ଥିଲା । ଲୁଚାଚୋରା ଆଉ ମିଛ କହିବାଟା ସେ ଉପଭୋଗ କଲା । ସବୁକିଛି ତାକୁ ନୂଆଁ ଲାଗୁଥିଲା । ଜଣେ ଶିକ୍ଷକର ଅତି ବାଧ୍ୟ ଛାତ୍ର ଜଣକ ଗୋଲାମୀ ପାଇଁ ଦୁଃସାହସ କରିବାର ଉନ୍ମାଦନା ସେ ଅନୁଭବ କଲା ।

ସବିନା ପାଇଁ ସତ୍‌ରେ ବଞ୍ଚିବାରମାନେ ନିଜକୁ କିମ୍ବା ଅନ୍ୟକୁ ନ ଠକିବା । ଲୋକଦୃଷ୍ଟିର ଆଢୁଆଳରେ ଏଇଟା ସମ୍ଭବ ଥିଲା । ଯେଉଁ ମୁହୂର୍ତ୍ତରେ ଆମର କାର୍ଯ୍ୟକଳାପ ଉପରେ କେହି ନଜର ରଖେ, ଆମେ ତା ପ୍ରତି ଜାଣିଶୁଣି କୋହଳ ମନୋଭାବ ପୋଷଣ କରିଥାଉଁ ଆଉ ଆମେ କିଛି ବି ସତ୍‌ରେ କରି ନ ଥାଉ । ଲୋକମତ ରଖିବା, ମନ ଭିତରେ ଲୋକଦୃଷ୍ଟି ପ୍ରତି ସଜାଗ ହେବାର ମାନେ ମିଛରେ ବଞ୍ଚିବା । ସବିନା ସାହିତ୍ୟକୁ ଘୃଣା କରେ ଯେଉଁଥିରେ ଲୋକ ନିଜ ବିଷୟରେ ତଥା ନିଜର ବନ୍ଧୁ ପରିଜନଙ୍କ ସବୁ ଅନ୍ତରଙ୍ଗ ଗୋପନୀୟତାକୁ ଖୋଲିଦିଅନ୍ତି । ଯଦି ଜଣେ ଲୋକର ଏକାନ୍ତତା ବା ବ୍ୟକ୍ତିଗତ ନିଭୃତ ଅବସ୍ଥା ଚାଲିଯାଏ ମାନେ ସବୁକିଛି ଚାଲିଯାଏ । ସବିନା ଭାବିଲା । ଆଉ ଯେଉଁଲୋକ ସ୍ୱେଚ୍ଛାରେ ତାକୁ ଛାଡ଼ିଦିଏ ସିଏ ଜଣେ ନରାଧମ । ସେଥିପାଇଁ ସବିନା ତାର ପ୍ରେମକୁ ଗୋପନୀୟ ରଖିବା ନେଇ ଆଦୌ ଆତ୍ମଗ୍ଲାନିରେ ଦୁଃଖ ପାଇଲା ନାହିଁ । ଅପରପକ୍ଷେ ସେଇଯା କରି ସେ ବରଂ ସତ୍ୟରେ ହିଁ ବଞ୍ଚିପାରିଲା ।

ଅପରପକ୍ଷେ, ଫ୍ରାନଜ୍ ଏ ବିଷୟରେ ନିଶ୍ଚିତ ଥିଲା ଯେ ଏମିତି ଆଭ୍ୟନ୍ତରୀଣ ଓ ବାହ୍ୟ ପରିସର ଭିତରେ ଜୀବନର ଏଇ ବିଭକ୍ତିକରଣ ହିଁ ଯେତେସବୁ ମିଛର ମୂଳ କାରଣ :ଜଣେ ଲୋକ ବ୍ୟକ୍ତିଗତ ଜୀବନରେ ଗୋଟେ ପ୍ରକାର ଆଉ ବାହାରେ ଆଉ ଗୋଟେ ଭିନ୍ନ ପ୍ରକାର। ଫ୍ରାନଜ୍ ପାଇଁ ସତ୍ୟରେ ବଞ୍ଚିବା ମାନେ ଏଇ ଭିତର ଆଉ ବାହାରର ଭିତରେ ଥିବା ପାଚେରୀକୁ ଭାଙ୍ଗିଦେବା। ବାହାରୁ ସଭିଙ୍କୁ ସ୍ପଷ୍ଟ ଦେଖାଯାଉଥିବା ଓ ଗୁପ୍ତ ବୋଲି କିଛି ଦୃଷ୍ଟିର ବାହାରେ ରହୁ ନ ଥିବା 'କାଚଘର ଭିତରେ' ରହିବାର ଇଚ୍ଛା ଉପରେ ସେ ଆନ୍ଦ୍ରେ ବ୍ରିଟନ୍‌ଙ୍କ ଉକ୍ତିକୁ ଉଦ୍ଧାର କରିବାକୁ ଭଲ ପାଉଥିଲା।

ତାର ସ୍ତ୍ରୀ ସବିନାକୁ କହୁଥିବାର ସେ ଯେତେବେଳେ ଶୁଣିଲା, 'ଏଇ ପଦକଟା ନିହାତି ବାଜେ', ସେ ଜାଣିଲା ସେ ଆଉ ମିଛରେ ରହିପାରିବ ନାହିଁ। ତାକୁ ସବିନା ସପକ୍ଷରେ ଠିଆ ହେବାକୁ ପଡ଼ିବ। କାଳେ ତାଙ୍କର ଗୋପନ ପ୍ରେମ ପ୍ରତି ପ୍ରତାରଣା ହେବ, କେବଳ ସେଇ ଆଶଙ୍କାରେ ସେ ସେମିତି କରି ନ ଥିଲା।

କକ୍‌ଟେଲ୍ ପାର୍ଟି ପରଦିନ ସେ ସବିନା ସହିତ ସପ୍ତାହାନ୍ତରେ ରୋମ ଯିବାର ଥିଲା। ତା ମୁଣ୍ଡ ଭିତରୁ 'ସେଇ ପଦକଟା ନିହାତି ବାଜେ !' ସେ ବାହାର କରିପାରିଲାନି। ଏଇଟା ମେରୀ-କ୍ଲଡ଼େକୁ ଗୋଟେ ନୂଆ ଝଲକରେ ଦେଖେଇଲା। ତାର ଆକ୍ରୋଶମୂଳକ ଆଚରଣ- ଅଭେଦ୍ୟ ସୁରକ୍ଷାପ୍ରବଣତା, କୋଳାହଳ ପ୍ରିୟ, ଅଫୁରନ୍ତ ଜୀବନୀ ଶକ୍ତିରେ ଭରପୂର-ସେମାନଙ୍କ ବିବାହର ବିଗତ ତେଇଶ ବର୍ଷ ଧରି ଧୈର୍ଯ୍ୟର ସହିତ ସେ ସମ୍ଭାଳି ରଖିଥିବା ଭଲପଣିଆର ବୋଝରୁ ତାକୁ ମୁକ୍ତି ଦେଇଦେଲା। ଆମ୍‌ଷ୍ଟରଡାମ୍‌ର ପୁରୁଣା ଗୀର୍ଜାର ବିଶାଳ ଆଭ୍ୟନ୍ତରୀଣ ଶୂନ୍ୟସ୍ଥାନକୁ ସ୍ମରଣ କଲା ଆଉ ତାରି ଭିତରେ ସେଇ ଶୂନ୍ୟତା ଅନୁପ୍ରାଣିତ କରିଥିବା ଅଦ୍ଭୁତ ଅବୋଧ୍ୟ ଉଲ୍ଲାସ ଅନୁଭବ କଲା।

ରାତିକ ରହଣି ପାଇଁ ତାର ବେଗ୍‌ପତ୍ର ସଜାଡୁଥିଲା ବେଳେ ମେରୀ-କ୍ଲଡ଼େ ରୁମ୍ ଭିତରକୁ ଆସିଲା। ପାର୍ଟିର ଅତିଥି ମାନଙ୍କ ବିଷୟରେ ସେ ଗପୁଥାଏ। କାହାର ମତାମତକୁ ବେଶ୍ ଜୋର୍ ଦେଇ ସମର୍ଥନ କରୁଥାଏ ତ ଆଉ କେତେଜଣଙ୍କ ମତକୁ ହସି ଉଡ଼ାଇ ଦଉଥାଏ।

ଫ୍ରାନଜ୍ ତାକୁ ଘଡ଼ିଏ ଯାଏଁ ଚାହିଁଲା। ଆଉ କହିଲା, 'ରୋମ୍‌ରେ କୌଣସି ସମ୍ମିଳନୀ ନାହିଁ।'

ସେ କାରଣ ବୁଝିପାରିଲା ନାହିଁ। 'ତା ହେଲେ ତମେ ଯାଉଛ କାହିଁକି ?'

'ନଅ ମାସ ହେଲା ମୋର ଜଣେ ରକ୍ଷିତା ଅଛି', ସେ କହିଲା।

'ତାକୁ ମୁଁ ଜେନେଭାରେ ଦେଖା କରିବାକୁ ଚାହେଁ ନାହିଁ । ସେଥିପାଇଁ ମୁଁ ଏତେ ବୁଲାବୁଲି କରୁଛି । ମୁଁ ଭାବିଲି, ତମେ ଏକଥା ଜାଣିବାର ସମୟ ଆସିଯାଇଛି ।'

ପହିଲା କେତୋଟି ଶବ୍ଦ ପରେ ସେ ହଡ଼ବଡ଼େଇ ଗଲା । ମେରୀ-କ୍ଲଡ଼େର ମୁହଁରେ ହତାଶାର ଛାପକୁ ଏଡ଼ି ଦେବାକୁ ଯାଇ ସେ ମୁହଁ ବୁଲାଇଲା । ତାର କଥା ଶୁଣିଲା ପରେ ତାର ମୁହଁରେ ହତାଶା ଛାଇଯିବ ଭାବିଲା ।

ଟିକିଏ ଚୁପ୍ ରହିଲା ପରେ ସେ ମେରୀ-କ୍ଲଡ଼େ କହିବାର ଶୁଣିଲା, 'ହଁ ମୁଁ ଭାବୁଛି ଏକଥା ମୁଁ ଜାଣିବାର ବେଳ ଆସିଯାଇଛି ।'

ତାର କଣ୍ଠସ୍ୱର ଏତେ ଦମ୍ଭିଲା ଶୁଣାଗଲା ଯେ ଫ୍ରାନଜ୍ ତାରି ଆଡ଼କୁ ବୁଲିପଡ଼ିଲା । ସେ ଆଦୌ ବ୍ୟଥିତ ଜଣା ପଡୁ ନଥିଲା ପ୍ରକୃତରେ ସେ ଠିକ୍ ସେଇ ସ୍ତ୍ରୀଲୋକଟି ପରି ଦେଖାଯାଉଥିଲା ଯିଏ କି ଦିନକ ଆଗରୁ କର୍କଶ ସ୍ୱରରେ କହୁଥିଲା, 'ସେଇ ପଦକଟା ନିହାତି ବାଜେ !'

ସେ କହି ଚାଲିଲା : 'ତମେ ମତେ ନଅ ମାସ ଧରି ପ୍ରତାରଣା କରିଥିବା କଥାଟା କହିବାର ସାହସ ଯେହେତୁ ଜୁଟେଇ ସାରିଛ, ଏବେ ମତେ କହି ପାରିବକି, ସେଇ ଜଣକ କିଏ ?'

ସବୁବେଳେ ସେ ନିଜକୁ ନିଜେ କହୁଥିଲା ଯେ ମେରୀ-କ୍ଲଡ଼େକୁ ଆଘାତ କରିବାର ତାର କୌଣସି ଅଧିକାର ନାହିଁ । ମେରୀ ଭିତରେ ଥିବା ନାରୀଟିକୁ ସେ ସମ୍ମାନ ଦେଖାଇବା ଉଚିତ । କିଂତୁ ତାରି ଭିତରର ନାରୀଟି ଗଲା କାହିଁ ? ଅନ୍ୟ ଅର୍ଥରେ, ମାନସିକ ସ୍ତରରେ ସେ ଯୋଉ ମାତୃମୂର୍ତ୍ତି ସହିତ ତାର ସ୍ତ୍ରୀକୁ ଯୋଖିଥିଲା, ତାର ହେଲା କଣ ? ତା'ର ମା ଉଦାସ ଓ ଆହତ, ତାର ମା- ବେଖାପିଆ ଜୋତା ପିନ୍ଧି ମେରୀ କ୍ଲଡ଼େଠାରୁ ଦୂରେଇ ଯାଇଥିଲେ - କିମ୍ବା ବୋଧହୁଏ ଯାଇ ନ ଥିଲେ । ଘୃଣାର କ୍ଷଣିକ ଭିତରେ ଏ ସବୁଯାକ ତା ମନକୁ ଆସିଲା ।

'ତମଠୁ ଏକଥା ଲୁଚେଇବାର ମୋର କିଛି କାରଣ ନାହିଁ', ଫ୍ରାନଜ୍ କହିଲା ।

ଯଦିଓ ବିଶ୍ୱାସଘାତକତାରେ ଫ୍ରାନଜ୍ ତାକୁ ଘାଇଲା କରିବାରେ ସଫଳ ହେଲା ନାହିଁ, ମନେ ମନେ ନିଶ୍ଚିତ ହେଇଗଲା ଯେ ତାର ପ୍ରତିଦ୍ୱନ୍ଦୀର ନାଁ ପ୍ରକାଶ କରି ଦେଲେ ସେଇ ଠିକଣା ଜାଗାରେ ବାଜିବ । ତାର ଆଖିକୁ ସିଧା ଚାହିଁ ଫ୍ରାନଜ୍ ସବିନା କଥା କହିଲା ।

ଟିକେ ସମୟ ପରେ ସେ ଏୟାରପୋର୍ଟରେ ସବିନାକୁ ଭେଟିଲା । ପ୍ଲେନ୍‌ଟା ଯେତେ ଉପରକୁ ଉଠିଲା, ସେ ସେତେ ଆହୁରି ଆହୁରି ହାଲୁକା ଅନୁଭବ କଲା । ଶେଷରେ ସେ ନିଜକୁ ନିଜେ କହିଲା, ନଅ ମାସ ପରେ ଯା ହେଉ, ସେ ସତ୍ୟରେ ବଞ୍ଚୁଛି ।

(୮)

ସବିନାକୁ ଲାଗିଲା ଯେମିତି ଫ୍ରାନଜ୍ ସେମାନଙ୍କ ଏକାନ୍ତତାର କବାଟରେ ଉଣ୍ଡି ମାରି ଖୋଲି ଦେଲା । ସତେ ଅବା ସେ ମେରୀ କ୍ଲଡ଼େର, ମେରୀ-ଆନ୍‌ର, ଚିତ୍ରକର ଆଲାନ୍‌ର, ସ୍ଥପତିଟିର-ଜେନେଭାରେ ସେ ଜାଣିଥିବା ସବୁ ଲୋକଙ୍କର ମନ ଭିତରକୁ ଉଙ୍କି ମାରୁଥିଲା । ଏବେ ସେ ଇଚ୍ଛା ନଥିଲେ ମଧ୍ୟ ଆଦୌ ପସନ୍ଦ କରୁ ନଥିବା ଜଣେ ସ୍ତ୍ରୀଲୋକର ପ୍ରତିଦ୍ୱନ୍ଦୀ ହେବ । ଫ୍ରାନଜ୍ ଛାଡ଼ପତ୍ର ମାଗିବ ଆଉ ସେ ଫ୍ରାନଜ୍‌ର ଦାଂପତ୍ୟ ଜୀବନର ବିଶାଳ ଶଯ୍ୟାରେ ମେରୀ କ୍ଲଡ଼େର ସ୍ଥାନ ନେବ । ଅଳ୍ପ ବହୁତ ଦୂରତାରେ ପ୍ରତ୍ୟେକେ ଏଇ କ୍ରୀୟାକଳାପକୁ ଲକ୍ଷ୍ୟ କରିବେ । ସେଇ ସମସ୍ତଙ୍କ ସାମ୍ନାରେ ସେ ଅଭିନୟ କରିବାକୁ ବାଧ୍ୟ ହେବ । ସବିନା ହେବା ପରିବର୍ତ୍ତେ ସବିନାର ଚରିତ୍ରକୁ ତାକୁ ଅଭିନୟ କରିବାକୁ ପଡ଼ିବ । ସେଇ ଚରିତ୍ର କେତେ ନିଖୁଣ ଭାବରେ ଫୁଟାଇବ ସେଥିରେ ସେ ମନଯୋଗ କରିବ । ତାର ପ୍ରେମ ପଦାରେ ପଡ଼ିଗଲା ମାତ୍ରେ କଥାଟିର ଓଜନ ବଢ଼ିଯିବ ଆଉ ବୋଝ ପାଲଟିଯିବ । ଏକଥା ଭାବିଦେଲା କ୍ଷଣି ସବିନା ଭୟରେ ଜଡ଼ସଡ଼ ହେଇଗଲା ।

ରୋମ୍‌ର ଗୋଟେ ରେସ୍ତୋରାଁରେ ସେମାନେ ରାତ୍ରୀ ଭୋଜନ କଲେ । ସେ ନୀରବରେ ତାର ମଦ ପିଇଲା ।

'ତମେ ରାଗିନ ତ ?' ଫ୍ରାନ୍‌ଜ ପଚାରିଲା ।

ସେ ରାଗିନି ବୋଲି ତାକୁ ବୁଝାଇଦେଲା । ସେ ଖୁସି ହେବ କି ନାହିଁ, ସେ ନେଇ ଏଯାଏଁ ସନ୍ଦିହାନ୍ ଥିଲା । ଆମଷ୍ଟରଡାମ୍ ଏକ୍‌ସପ୍ରେସର ଶୋଇବା ବଗିରେ ଦୁହିଁଙ୍କର କେମିତି ଦେଖାହେଲା ସେ କଥା ସେ ମନେ ପକାଇଲା । ସେତେବେଳେ ସେ ତାର ପାଦତଳେ ଆଣ୍ଠୁ ମାଡ଼ି ଅନୁନୟ କରିବାକୁ ସବିନାର ଇଚ୍ଛା ହେଇଥିଲା - ତାକୁ ଭିଡ଼ି ଧରିବାକୁ, ନିଚୁଡି ପକେଇବାକୁ ଆଉ କେବେ ଛାଡ଼ି ନ ଦେବାକୁ । ପ୍ରତାରଣାର ବିପଜ୍ଜନକ ରାସ୍ତାର ଶେଷ ମୁଣ୍ଡରେ ପହଞ୍ଚିବାକୁ ତାର ଭାରି ଇଚ୍ଛା ହେଇଥିଲା । ସେଇ ସବୁର ସମାପ୍ତି ପାଇଁ ସେ ବ୍ୟାକୁଳ ହେଇ ପଡ଼ିଥିଲା ।

ସେଇ ବ୍ୟାକୁଳତା ଘନେଇବାକୁ ଚାହିଁଲେ, ଆବେଗରେ ନିଜ ସହିତ ଯୋଖିବାକୁ ଚାହିଁଲେ କି ତା ପାଖରେ ଉଧେଇ ଯିବାକୁ ଚାହିଁଲେ କେବଳ ଅରୁଚିର ଅନୁଭୂତିଟା ଆହୁରି ତୀବ୍ରତର ହେଲା ।

ରୋମ୍‌ର ରାସ୍ତା ଦେଇ ସେମାନେ ହୋଟେଲକୁ ଚାଲି ଆସିଲେ । କାରଣ ତାଙ୍କ ଚାରିପଟେ ଇଟାଲୀୟମାନେ ଦଳ ବାନ୍ଧି ପାଟିତୁଣ୍ଡ ଓ ନୀରବ ଅଙ୍ଗଭଙ୍ଗୀ କରୁଥିଲେ । ଦୁହେଁଯାକ ନିଜନିଜର ନୀରବତାଟାକୁ ନ ଶୁଣି ନୀରବରେ ଚାଲିବାରେ ଲାଗିଲେ ।

ବାଥ୍‌ରୁମ୍‌ରେ ସବିନା ଗୁଡାଏ ବେଳ ଧୁଆଧୋଇ ହେଲା । କମ୍ବଳ ଘୋଡ଼ି ହେଇ ଫ୍ରାନଜ୍ ତାକୁ ଅପେକ୍ଷା କଲା । ସବୁଥର ପରି ଛୋଟିଆ ବତୀଟା ଲଗା ହେଲା ।

ବାହାରି ଆସିଲା ପରେ, ସବିନା ବତୀଟାକୁ ଲିଭେଇ ଦେଲା । ପ୍ରଥମ କରି ସବିନା ଏମିତି କଲା । ଫ୍ରାନଜ୍ କଥାଟିକୁ ଟିକେ ଦୃଷ୍ଟି ଦେବାର ଥିଲା । ସେ ଏଇଟା ଲକ୍ଷ୍ୟ କଲା ନାହିଁ, କାରଣ ଆଲୁଅର ଅର୍ଥ ତା ପାଇଁ କିଛି ନ ଥିଲା । ଆମେ ଜାଣୁ, ସେ ଆଖି ବନ୍ଦ କରି ରତିକ୍ରୀଡ଼ା କରେ ।

ପ୍ରକୃତରେ ତାର ମୁଦ୍ରିତ ଆଖି ପାଇଁ ସବିନା ବତୀଟା ଲିଭାଇଲା । ସେଇ ତଳମୁହାଁ ଆଖିପତାକୁ ସେ ଆଦୌ ସହି ପାରିଲା ନାହିଁ । କଥାରେ ଅଛି, ଆଖି ହେଉଛି ଆଖିର ବାତାୟନ । ତେଣୁ, ସବିନାକୁ ମାଡି ମକଚି ଦେଉଥିବା ଫ୍ରାନ୍‌ଜର ମୁଦ୍ରିତ ଆଖିର ଦେହଟା ମନେହେଲା ଗୋଟେ ଆତ୍ମା ରହିତ ଶରୀର । ଆଖି ଖୋଲି ନଥିବା ସଦ୍ୟଜାତ ପଶୁଟାଏ ପହ୍ନା ପାଇଁ କୁଁ କୁଁ ହେଲା ପରି ଜଣାଗଲା । ବପୁବନ୍ତ ମୈଥୁନରତ ଫ୍ରାନ୍‌ଜ ସବିନାର ସ୍ତନ୍ୟପାନ କରୁଥିବା ଏକ ବିରାଟକାୟ କୁକୁରଛୁଆ ପରି ଲାଗିଲା । କ୍ଷୀର ଶୋଷିଲା ପରି ସତରେ ସେ ତାର ସ୍ତନର ଭୁଣ୍ଡିଟାକୁ ପାଟିରେ ରଖି ଚୁଚୁମୁଥିଲା ! ତଳ ପଟେ ସେ ଜଣେ ବୟଃପ୍ରାପ୍ତ ପୁରୁଷ, ଏଣେ ଉପରେ ଜଣେ ସ୍ତନ୍ୟପାୟୀ ଶିଶୁ-- ସେଇ ଦୃଷ୍ଟିରୁ ସବିନା ଜଣେ ଶିଶୁ ସହିତ ମୈଥୁନ କରୁଥିଲା- ଏଇ କଥାଟି ତା ମନରେ ଘୃଣା ଭରିଦେଲା । ନା, ଫ୍ରାନ୍‌ଜର ଦେହଟାକୁ ତାରି ଉପରେ ଏମିତି ବ୍ୟାକୁଳ ହେଇ ବିଚରଣ କରିବାର ସେ ଆଉ ଦେଖିବ ନାହିଁ । ସେ ଆଉଥରେ କେବେ ତାକୁ ପହ୍ନା ଧରାଇଦେବ ନାହିଁ । କୁକୁର ଛୁଆ ପାଇଁ ସେ ମାଇକୁତୀ ହେବ ନାହିଁ । ଆଜି ଶେଷଥର, ଅଫେରା ଶେଷ ମୁହୂର୍ତ୍ତ !

ଅବଶ୍ୟ ସେ ଜାଣେ ଯେ ସେ ନିହାତି ଭାବରେ ଅନ୍ୟାୟ କରୁଛି । ଫ୍ରାନଜ୍ ତା ଜୀବନର ଶ୍ରେଷ୍ଠ ପୁରୁଷ- ବୁଦ୍ଧିମାନ, ତାର ଚିତ୍ରକଳା ସେ ବୁଝିପାରେ, ଦେଖିବାକୁ ସୌମ୍ୟଦର୍ଶୀ ଓ ଉତ୍ତମ ସ୍ୱଭାବର- କିନ୍ତୁ ଏ ବିଷୟରେ ସେ ଯେତେ ବେଶୀ ଭାବିଲା, ଫ୍ରାନଜ୍‌ର ବୁଦ୍ଧିମତ୍ତାକୁ ଧର୍ଷଣ କରିବାକୁ, ତାର ସହୃଦୟତାକୁ କଳୁଷିତ କରିଦେବାକୁ ଓ ତାର ଶକ୍ତିହୀନ ସାମର୍ଥ୍ୟକୁ ଉଲଙ୍ଘନ କରିବାକୁ ସବିନାର ସେତେ ବେଶୀ ଇଚ୍ଛା ହେଲା ।

ଏଇଟା ଶେଷଥର ପାଇଁ ଭାବି ସେଦିନ ରାତିରେ ସେ ଅପେକ୍ଷାକୃତ ଅଧିକ ଉନ୍ମାଦନାରେ ତା ସହିତ ମୈଥୁନ କଲା । ସମ୍ଭୋଗ କରୁ କରୁ ସେ ଦୂରକୁ, ଅନେକ ଦୂରକୁ ଚାଲିଗଲା । ପୁଣିଥରେ ସେଇ ଦୂରତାରେ ପ୍ରତାରଣା-ତୂରୀନାଦ ତାକୁ

ଡାକୁଥିବାର ସେ ଶୁଣିପାରିଲା । ସେ ଜାଣେ, ସେ ଆଉ ରହିପାରିବ ନାହିଁ । ତାରି ସାମ୍ନାରେ ପରିବ୍ୟାପ୍ତ ଏକ ମୁକ୍ତି ସେ ଅନୁଭବ କଲା ଆଉ ତାହାର ଅସୀମତା ତାକୁ ଉଲ୍ଲସିତ କଲା । ସେ ଫ୍ରାନଜ୍ ସହିତ ଅଭୂତପୂର୍ବ ଉନ୍ମାଦନାରେ ଅବାଧ ସମ୍ଭୋଗ ରଚିଲା ।

ସବିନା ଦେହରେ ଲଟେଇ ହେଇ ଫ୍ରାନଜ୍ କଇଁ କଇଁ କୋହରେ କାନ୍ଦିଲା । ସେ ସବୁ ବୁଝିଥିବାରେ ନିଶ୍ଚିତ ହେଲା : ରାତିରେ ଖାଇଲାବେଳେ ସବିନା ପୁରାପୁରି ଚୁପ୍ ଥିଲା । ଫ୍ରାନ୍‌ଜର ନିଷ୍ପତ୍ତି ବିଷୟରେ ସେ ପଦଟିଏ ସୁଦ୍ଧା କହିଲାନି । କିଂତୁ ଏଇୟା ହିଁ ଥିଲା ତାର ଉତ୍ତର । ସବିନା ଆନନ୍ଦର, ତାର ଆବେଗର, ତାର ସହମତିର, ସବୁଦିନ ପାଇଁ ତା ସହିତ ରହିବାର ଇଚ୍ଛାର ସ୍ପଷ୍ଟ ଅଭିବ୍ୟକ୍ତି ପ୍ରକାଶ କଲା ।

ଏକ ମୁଗ୍‌ଧ ଶୂନ୍ୟତା ଭିତରକୁ ଝପଟି ଯାଉଥିବା ଏକ ଅଶ୍ୱାରୋହୀ ପରି ତାକୁ ଲାଗିଲା । ସେଇ ଶୂନ୍ୟତାର ସ୍ତ୍ରୀ ନାହିଁ, ଝିଅ ନାହିଁ, ଘରକରଣା ନାହିଁ । ହରକ୍ୟୁଲସ୍‌ର ବିରାଟକାୟ ଝାଡୁରେ ସେଇ ଶୂନ୍ୟତାଟି ପରିଷ୍କାର ହେଇଯାଇଛି । ସେଇ ଚମତ୍କାର ଶୂନ୍ୟତାକୁ ସେ ତାର ପ୍ରେମରେ ଭରିଦେବ ।

ଜଣେ ଜଣକ ଉପରେ ଘୋଡ଼ା ପରି ଚଢ଼ିଥିଲେ । ସେମାନଙ୍କୁ ମୁକ୍ତ କରିଥିବା ପ୍ରତାରଣାରେ ମତ୍ତ ହେଇ ଦୁହେଁଯାକ ଝପଟି ଯାଉଥିଲେ । ଫ୍ରାନଜ୍ ସବିନା ଉପରେ ଚଢ଼ି ତାର ସ୍ତ୍ରୀକୁ ପ୍ରତାରିତ କଲା । ସବିନା ଫ୍ରାନଜ୍ ଉପରେ ଚଢ଼ି ଫ୍ରାନଜ୍‌କୁ ପ୍ରତାରିତ କଲା ।

(୯)

ତାର ସ୍ତ୍ରୀ ଭିତରେ- ଦୀର୍ଘ କୋଡ଼ିଏ ବର୍ଷ ଧରି ସେ ତାର ମାଁକୁ ଦେଖିଥିଲା- ତାର ସୁରକ୍ଷା ଚାହୁଁଥିବା ବିଚାରୀ ଦୁର୍ବଳ ପ୍ରାଣୀଟେ । ସେଇ ଛବିଟା ତା ଭିତରେ ଗଭୀର ଭାବରେ ବସିଯାଇଥିଲା । ଦୁଇଦିନ ଭିତରେ ସେ ସେଥିରୁ ନିସ୍ତାର ପାଇ ପାରିଲାନି । ଘରକୁ ଫେରିଲା ବେଳେ ତାର ବିବେକ ତାକୁ ବିବ୍ରତ କଲା । ତାର ଶଙ୍କା ହେଲା ଯେ ସେ ଛାଡ଼ିଗଲା ପରେ ମେରୀ କ୍ଲଡ଼େ ଭାଙ୍ଗି ପଡ଼ିଥିବ । ତା ଭିତରେ ବିଷାଦ ଛାଇଯାଇଥିବ । ଛପିଛପି ସେ କବାଟ ଖୋଲିଲା ଆଉ ତା ରୁମ୍ ଭିତରକୁ ପଶିଲା । ସେଠି ଘଡ଼ିଏ ଚୁପ୍‌ଚାପ୍ ଛିଡା ହେଇ କାନେଇଲା : ହଁ ମେରୀ ଘରେ ଥିଲା । ଟିକେ ସମୟ କୁଣ୍ଠିତ ହେଲା ପରେ ସେ ମେରୀର ରୁମକୁ ଗଲା ଓ ସବୁଦିନ ପରି ସ୍ୱାଗତ କରିବା ଉପରେ ଥିଲା ।

'କଣ ?' ବିଦ୍ରୁପ-ଆଶ୍ଚର୍ଯ୍ୟରେ ଭ୍ରୁ ଉଠାଇ ମେରୀ ପଚାରିଲା, 'ତମେ ? ଏଠି ?'

'ମୁଁ ଆଉ ଯିବି କୋଉଠିକି ?' ପ୍ରକୃତରେ ଆଶ୍ଚର୍ଯ୍ୟ ହେଇ ସେ କହିବାକୁ ଚାହିଁଲା । କିଂତୁ କିଛି କହିଲାନି ।

'ଚାଲ ଆମର ସିଧା ହିସାବ ନିକାଶ କରିଦେବା, କରିବା ତ ? ତମେ ଏଇ ସଙ୍ଗେସଙ୍ଗେ ତା ସହିତ ଏଠୁ ଚାଲିଗଲେ ବି ମୋର ସେଥିରେ କିଛି ଆପତ୍ତି ନାହିଁ ।'

ରୋମକୁ ଯିବା ଦିନ ସେ ଯେତେବେଳେ କଥାଟିକୁ ସ୍ୱୀକାର କଲା, ତାର ସେମିତି କିଛି ନିର୍ଦ୍ଦିଷ୍ଟ କ୍ରୀୟାକଳାପର ଯୋଜନା ନ ଥିଲା । ଘରକୁ ଫେରିଆସି ଗୋଟେ ସହଜ ବାତାବରଣରେ ସବୁକଥା ହେବାକୁ ଚାହିଁଲା ଯେମିତିକି ମେରୀକୁ ବେଶୀ ମାନସିକ ଆଘାତ ଲାଗିବନି । ମେରୀ ଯେ ତାକୁ ଏତେ ସହଜରେ ଆଉ ଏମିତି ଶାନ୍ତ ଓ ସ୍ଥିର ଭାବରେ ତାକୁ ଯିବାକୁ ଅନୁରୋଧ କରିବ, ଏକଥା ତାର ମନକୁ କେବେ ଆସି ନ ଥିଲା ।

ଯଦିଓ ସବୁକଥା ସୁବିଧା ହେଲା, ତାକୁ ଭାରି ହତାଶ ଲାଗିଲା । କାଳେ ମେରୀ ମନରେ କଷ୍ଟ ହେବ ସେଥିପାଇଁ ସେ ଜୀବନସାରା ଡରିମରି ଥିଲା । ସ୍ୱଇଚ୍ଛାରେ ଏକପତ୍ନୀ ବ୍ରତର ଏକ ବିମୂର୍ତ୍ତ ଶୃଙ୍ଖଳା ଭିତରେ ବାନ୍ଧି ରହିଥିଲା । ଆଉ ଏବେ କୋଡ଼ିଏ ବର୍ଷ ପରେ ହଠାତ୍ ସେ ଜାଣିଲା ଯେ ଏସବୁଯାକ ବେକାର । ଆଉ ସେ ଏମିତି କେତେକେତେ ସ୍ତ୍ରୀ ଲୋକଙ୍କୁ ଏଇ ଗୋଟେ ଭୂଲ୍ ଧାରଣା ଯୋଗୁଁ ହାତଛଡ଼ା କରିଦେଇଛି !

ସେ ଦିନ ଅପରାହ୍ନରେ କ୍ଲାସରେ ଭାଷଣ ଦେଇ ସାରିଲା ପରେ ସେ ୟୁନିଭର୍ସିଟିରୁ ସିଧା ସବିନା ପାଖକୁ ଗଲା । ରାତିଟା ସେ ସେଠି କଟାଇପାରିବ କି ନା ଏକଥା ତାକୁ ପଚାରିବା ପାଇଁ ସ୍ଥିର କଲା । କବାଟରେ ଘଣ୍ଟି ବଜାଇଲା । କେହି ଖୋଲିଲେ ନାହିଁ । ରାସ୍ତା ସେପାଖ କେଫେରେ ବସି ସେ ସବିନା ଘରର ବାଟ ମୁହଁକୁ ଗୋଟେ ଲକ୍ଷ୍ୟରେ ଚାହିଁ ରହିଲା ।

ସନ୍ଧ୍ୟା ନଇଁଲା । ସେ କୋଉଠିକି ଯିବ ଜାଣି ପାରିଲାନି । ଜୀବନସାରା ସେ ମେରୀ କ୍ଲଡ୍ରେ ସହିତ ଏକାଠି ଶୋଇ ଆସିଥିଲା । ଯଦି ସେ ଘରକୁ ଯାଏ, ତାହେଲେ ଶୋଇବ କୋଉଠି । ଅବଶ୍ୟ ଆର ରୁମ୍‌ରେ ପଡ଼ିଥିବା ସୋଫାରେ ସେ ଶୋଇ ପାରିବ । କିଂତୁ ସେଇଟା କଣ ବାଇୟାମି ନୁହଁ ? ସେଇଟା ଗୋଟେ କଦର୍ଯ୍ୟ ମନୋଭାବର ଚିହ୍ନ ନୁହଁ ? ଯାହା ବି ହେଉ, ସେ ମେରୀ ସହିତ ବନ୍ଧୁ ପରି ରହିବାକୁ ଚାହେଁ । ତେବେ ତା ସହ ଏକାଠି ଶୋଇବାର ଆଉ ପ୍ରଶ୍ନ ନାହିଁ । ସବିନା ସହିତ କାହିଁକି ଶୋଇଲାନି ବୋଲି ମେରୀ କ୍ଲଡ୍ରେ ବିଦ୍ରୁପରେ ପଚାରିବାଟା ଫ୍ରାନଜ୍ ମନେମନେ ଶୁଣିପାରିଲା । ସେ ହୋଟେଲରେ ଗୋଟେ ରୁମ୍ ନେଲା ।

ତା ପରଦିନ ସେ ସବିନାର କବାଟରେ ଘଣ୍ଟି ବଜାଇଲା । ସକାଳେ, ମଧ୍ୟାହ୍ନରେ, ଆଉ ରାତିରେ ।

ତା ପରଦିନ ସେ ଜଗୁଆଳ ପାଖକୁ ଗଲା । ତା ପାଖରେ କିଛି ଖବର ନ ଥିଲା । ସେ ଫ୍ଲାଟ୍‌ର ମାଲିକ ପାଖକୁ ତାକୁ ପଠାଇଲା । ସେଇ ଲୋକଟା ସବିନାକୁ ଫୋନ୍ କରି ଜାଣିବାକୁ ପାଇଲା ଯେ ଦୁଇଦିନ ଆଗରୁ ସବିନା ଘର ଛାଡ଼ିବା ନୋଟିସ୍ ଦେଇ ସାରିଥିଲା ।

ତା ପର କିଛିଦିନ ଯାଏଁ ସେ କାଳେ ସବିନା ଘରେ ଥିବ ଆଶାରେ ପ୍ରାୟ ମଝି ମଝିରେ ଆସିଲା । କିଂତୁ ଦିନେ ସେଇ ଘରର କବାଟ ଖୋଲା ଥିବାର ଦେଖିଲା । ତିନିଜଣ ଲୋକ ବାହାରେ ଅଟକି ଥିବା ଭେନ୍‌ରେ ଘରର ଆସବାବ ପତ୍ର ଓ ପେଣ୍ଟିଂ ଆଦି ଲୋଡ୍ କରୁଥିଲେ ।

ଜିନିଷପତ୍ର ସବୁ କୋଉଠିକି ନିଆହେଉଛି ବୋଲି ସେ ତାଙ୍କୁ ପଚାରିଲା । ଠିକଣାଟି ଆଦୌ ପ୍ରକାଶ ନ କରିବା ପାଇଁ କଡ଼ା ନିର୍ଦ୍ଦେଶ ଥିବାର ସେମାନେ କହିଲେ ।

ଗୁପ୍ତ ଠିକଣାଟା ପାଇଁ ସେମାନଙ୍କୁ କିଛି ଟଙ୍କା ଯାଚିବା ପାଇଁ ସେ ଭାବିଲା । କିଂତୁ ହଠାତ୍ ସେଥିପାଇଁ ତାର ମନୋବଳ ପାଇଲାନି । ତାର ଦୁଃଖ ତାକୁ ଏକବାର ଭାଙ୍ଗି ପକାଇଥିଲା । ସେ କିଛି ବୁଝିପାରିଲାନି । କଣ ସବୁ ଘଟିଗଲା ଜାଣି ପାରିଲାନି । ତେବେ ଏତିକି ଜାଣିଥିଲା ଯେ ସବିନା ସହିତ ଦେଖା ହେବା ପରଠୁ ଏ ଘଟଣାଟି ପାଇଁ ସେ ଯେମିତି ଅପେକ୍ଷା କରିଥିଲା । ଯାହା ହେବାକୁ ଥିବ, ନିଶ୍ଚେ ହେବ । ଫ୍ରାନ୍‌ଜ ପ୍ରତିରୋଧ କଲା ନାହିଁ ।

ସହରର ପୁରୁଣା ବସ୍ତିରେ ସେ ନିଜ ପାଇଁ ଗୋଟେ ଛୋଟିଆ ଫ୍ଲାଟ ଯୋଗାଡ଼ କଲା । ତାର ସ୍ତ୍ରୀ ଓ ଝିଅ ବାହାରକୁ ଯାଇଥିବାର ଜାଣି ସେ ଘରକୁ ଯାଇ ତାର ଲୁଗାପଟା ଓ ଅତି ଦରକାରୀ ବହିପତ୍ର ନେଇ ଆସିଲା । ମେରୀ କ୍ଲଡ଼େର ଦରକାରରେ ଆସୁଥିବା ଜିନିଷରେ ହାତ ନ ମାରିବା ପାଇଁ ସେ ବେଶ୍ ସଚେତନ ଥିଲା ।

ଦିନେ, ସେ ତାକୁ ଗୋଟେ କେଫେର ଝରକା ବାଟୁ ଦେଖିଲା । ଦୁଇଜଣ ସ୍ତ୍ରୀଲୋକ ସହିତ ସେ ବସିଥାଏ । ଅବାରିତ ମୁଖବିକୃତିର ଫଳସ୍ୱରୂପ ତାର ମୁହଁଟା ଭାଙ୍ଗରେ ଭରିଯାଇଥିବା ଜଣା ପଡୁଥାଏ । ସ୍ତ୍ରୀ ଲୋକ ଦୁଇଜଣ ଅନ୍ତରଙ୍ଗ ଭାବରେ ତାର କଥା ଶୁଣୁଥାନ୍ତି ଆଉ ଅନବରତ ହସି ଚାଲିଥାନ୍ତି । ମେରୀ ନିଶ୍ଚେ ତାରି କଥା ହିଁ ସେମାନଙ୍କ ଆଗରେ ଗପୁଥିବ, ଏକଥା ଫ୍ରାନ୍‌ଜକୁ ବାରବାର ଘାରୁଥାଏ । ଫ୍ରାନଜ୍ ତା ସହିତ ରହିବା ପାଇଁ ଠିକ୍ କଲାବେଳେ ସବିନା ଜେନେଭାରୁ ଅର୍ନ୍ତଦ୍ଧାନ

ହେଇଯାଇଥିବାର କଥା ମେରୀ ନିଶ୍ଚେ ଜାଣିଥିବ । କି ପ୍ରକାର ହସାଣ୍ଡବ କଥାଟେ ! ତାର ସ୍ତ୍ରୀର ସାଙ୍ଗମାନଙ୍କ ପାଖରେ ସେ ଯେ ଗୋଟେ ଉପହାସର ପାତ୍ର, ଏଥିରେ ତାର ଆଶ୍ଚର୍ଯ୍ୟ ହେବାର କିଛି ନାହିଁ ।

ସବୁବେଳେ ପାଖ ସେଣ୍ଟ୍ ପିଅରେ ଗୀର୍ଜାରୁ ଘଣ୍ଟି ଶୁଭୁଥିବ । ତାର ନୂଆଁ ଫ୍ଲାଟ୍‌କୁ ଫେରି ଦେଖିଲା ଯେ ଡିପାର୍ଟମେଣ୍ଟ ଷ୍ଟୋରରୁ ତାର ନୂଆଁ ଡେସ୍କ ପହଞ୍ଚିଯାଇଛି । ସଙ୍ଗେସଙ୍ଗେ ସେ ମେରୀ କ୍ଲଡ଼େ ଓ ଓ ତାର ସାଙ୍ଗମାନଙ୍କ କଥା ଭୁଲିଗଲା । ଏପରିକି କ୍ଷଣିକ ପାଇଁ ସେ ସବିନାକୁ ବି ଭୁଲିଗଲା । ସେ ଡେସ୍କ୍‌ଟା ପାଖରେ ବସିପଡ଼ିଲା । ସେ ନିଜେ ବାଛିଥିବାରୁ ଖୁସି ହେଲା । କୋଡ଼ିଏ ବର୍ଷ ଧରି ସେ ନିଜେ ପସନ୍ଦ କରି ନଥିବା ଆସବାବ ପତ୍ରକୁ ବ୍ୟବହାର କରୁଥିଲା । ମେରୀ - କ୍ଲଡ଼େ ସବୁକିଛି ଦେଖାଶୁଣା କରିଥିଲା । ଶେଷରେ ସେ ଛୋଟ ପିଲାଟିଏ ହେବାରୁ ତ୍ରାହି ପାଇଗଲା । ପ୍ରଥମ କରି ସେ ନିଜ ବାଟରେ ନିଜେ ଅଛି ମନେ କଲା । ତା ପରଦିନ ଗୋଟେ ବଢ଼େଇ ମୂଲରେ ଡାକି ଆଣି ତା ପାଇଁ ଗୋଟେ ବହିଥାକ ତିଆରିଲା । ବହି ଥାକଟା କୋଉ ବାଗର ହେବ ଆଉ କୋଉଠି ରଖା ହେବ ସେଥିରେ ଗୁଡାଏ ଦିନ ତାର କଟିଗଲା ।

ତେବେ ଆଶ୍ଚର୍ଯ୍ୟଜନକ ଭାବରେ, ଗୋଟେ ପର୍ଯ୍ୟାୟରେ ତାର ହୃଦ୍‌ବୋଧ ହେଲା ଯେ ସେ ସେମିତି ଅସୁଖୀ ନୁହେଁ । ସବିନାର ଶାରୀରିକ ଉପସ୍ଥିତିର ବିଶେଷତ୍ୱଟା ତାର ଅନୁମାନରୁ କାହିଁ କେତେ ଗୁଣରେ କମ୍ ବୋଧ ହେଲା । ତେବେ ତାର ଜୀବନରେ ସବିନା ଥାପି ଯାଇଥିବା ସୁନେଲୀ ପଦଚିହ୍ନ, ଯାଦୁକରୀ ପଦଚିହ୍ନର ବିଶେଷତ୍ୱ ରହିଛି ଯାହା କେହି କେବେ ଲିଭେଇ ପାରିବେ ନାହିଁ । ତାର ଦିଗ୍‌ବଳୟରୁ ଅଦୃଶ୍ୟ ହେଇଥିବା ଆଗରୁ ସବିନା ତା ପାଇଁ ହରକ୍ୟୁଲସ ଝାଡୁଟା ଛାଡ଼ିଗଲା । ସେଇ ଝାଡୁରେ ଫ୍ରାନଜ୍ ନାପସନ୍ଦ କରୁଥିବା ସବୁଟାକୁ ଝାଡ଼ି ପରିଷ୍କାର କରି ପକାଇଲା - ତାର ଜୀବନରୁ । ଏକ ଆକସ୍ମିକ ସୁଖ, ଏକ ପରମାନନ୍ଦର ଅନୁଭୂତି, ଏକ ନୂଆଁ ଜୀବନରୁ ମିଳିଥିବା ଖୁସି - ଏଇ ଉପହାରମାନ ସବିନା ତାକୁ ଦେଇଗଲା ।

ପ୍ରକୃତରେ ସେ ସବୁବେଳେ ବାସ୍ତବ ଅପେକ୍ଷା କାଳ୍ପନିକକୁ ବେଶୀ ପସନ୍ଦ କରେ । ଯେମିତିକି ଛାତ୍ରରେ ଭରପୂର ଲେକଚର ହଲ୍ ଅପେକ୍ଷା ଶୋଭାଯାତ୍ରା, ଆନ୍ଦୋଳନ ତାକୁ ବେଶୀ ଭଲ ଲାଗୁଥିଲା । (ଯାହାକି ମୁଁ ପୁରାପୁରି ଅଭିନୟ ଓ ସ୍ୱପ୍ନ ବୋଲି ଦର୍ଶାଇଛି) ଠିକ୍ ସେମିତି ଦୁନିଆଁସାରା ତା ସହିତ ସଙ୍ଗଦାନ ଦେଇଥିବା ସବିନା ଯାର ପ୍ରେମକୁ ହରାଇବାର ଭୟରେ ସେ ସବୁବେଳେ ଶଙ୍କାଗ୍ରସ୍ତ ଥିଲା । ତା' ଅପେକ୍ଷା ଅଦୃଶ୍ୟ ଦେବୀ ସବିନା ସହିତ ସେ ବେଶ୍ ଖୁସି ଥିଲା । ଜଣେ ପୁରୁଷକୁ ନିଜ ହିସାବରେ ଜିଇଁବାର ସ୍ୱାଧୀନତା ଦେଇ ସବିନା ତାକୁ କାମୋଦ୍ଦୀପନାର

ଆଭା ଦେଇଗଲା । ସ୍ତ୍ରୀଲୋକମାନଙ୍କ ପାଖରେ ସେ ବେଶ୍ ଆକର୍ଷଣୀୟ ହେଲା । ତାର ଛାତ୍ରୀମାନଙ୍କ ଭିତରେ ଜଣେ ତାର ପ୍ରେମରେ ପଡ଼ିଲା ।

ଆଉ ଏମିତି ଖୁବ୍ କମ୍ ସମୟ ଭିତରେ ତାର ଜୀବନର ପୃଷ୍ଠପଟ ସଂପୂର୍ଣ୍ଣରୂପେ ବଦଳିଗଲା । ଏଇ କେତେଦିନ ତଳେ ଗୋଟେ ଉଚ୍ଚ ମଧ୍ୟବିତ୍ତ ଶ୍ରେଣୀୟ ଫ୍ଲାଟ୍‌ରେ ଜଣେ ଚାକର, ଝିଅଟିଏ ଆଉ ସ୍ତ୍ରୀଟିଏ ସହିତ ରହିଥିଲା । ଆଉ ଏବେ ସେ ସହରର ପୁରୁଣା ଇଲାକାର ଗୋଟେ ଛୋଟିଆ ଫ୍ଲାଟ୍‌ରେ । ସେଠି ପ୍ରାୟ ପ୍ରତି ରାତିରେ ସେ ତାର ଯୁବତୀ ଛାତ୍ରୀ-ସଙ୍ଗିନୀର ସାନ୍ନିଧ୍ୟ ପାଇଲା । ସେଥିପାଇଁ ତାକୁ ନେଇ ଦୁନିଆଁଯାକର ଏଇ ହୋଟେଲରୁ ସେଇ ହୋଟେଲକୁ ଘୁରିବାକୁ ପଡ଼ିଲା ନାହିଁ । ନିଜ ବସାରେ, ନିଜ ବିଛଣାରେ, ପାଖରେ ନିଜର ବହିପତ୍ର ଆଉ ବିଛଣା ପାଖ ଟେବୁଲରେ ଥୁଆ ଏସ୍‌ଟ୍ରେର ସମାହାର ଭିତରେ ସେ ତାକୁ ସମ୍ଭୋଗ କରିପାରିଲା ।

ଝିଅଟା ନମ୍ର ସ୍ୱଭାବର, ଦେଖିବାକୁ ଖାସ୍ ସେମିତି ସୁନ୍ଦର ନୁହେଁ । କିଂତୁ ନିକଟ ଅତୀତରେ ଫ୍ରାନଜ୍ ଯେମିତି ଭାବରେ ସବିନାକୁ ପ୍ରଶଂସା କରିଥିଲା, ଠିକ୍ ସେମିତି ଝିଅଟା ଫ୍ରାନଜ୍‌କୁ ପ୍ରଶଂସା କଲା । ଫ୍ରାନଜ୍‌କୁ ସେଇଟା ଅପ୍ରୀତିକର ମନେ ହେଲା ନାହିଁ । ସବିନା ବିନିମୟରେ ଜଣେ ଚଷମାପିନ୍ଧା ଛାତ୍ରୀ ସହିତ ସଂପର୍କଟା ବୋଧହୁଏ ତାକୁ ଗୋଟେ ପତନ ପରି ବୋଧହେଲା । ତେବେ ତାର ଅର୍ନ୍ତନିହିତ ସଦ୍‌ଗୁଣ ଯୋଗୁଁ ସେ ଝିଅଟାର ଯତ୍ନ ନେଲା । ଆଉ ତା ଉପରେ ପିତୃସୁଲଭ ବାତ୍ସଲ୍ୟ ସ୍ନେହ ଅଜାଡ଼ିଦେଲା । ଯାହାକି ଆଗକୁ କେବେ ସଠିକ୍ ରୂପେ ପରିସ୍ଫୁଟ ହେଇ ପାରି ନଥିଲା । କଥାଟା ଏଇ ଯେ ମେରୀ-ଆନ୍ କେବେ ଝିଅ ପରି ବ୍ୟବହାର ଦେଖାଇବା ଅପେକ୍ଷା ମେରୀ-କ୍ଲଡ୍‌ର ଗୋଟିଏ ଅବିକଲ ନକଲ ପରି ତାର ଚାଲିଚଳଣ ଥିଲା ।

ଦିନେ ସେ ତାର ସ୍ତ୍ରୀ ସହିତ ଭେଟିବାକୁ ଗଲା । ସେ ନିଜେ ପୁର୍ନବିବାହ କରିବାର ଇଚ୍ଛା ତାକୁ ଜଣାଇଲା ।

ମେରୀ କ୍ଲଡ୍ ମୁଣ୍ଡ ଟୁଙ୍ଗାରିଲା ।

'କିଂତୁ ଖଣ୍ଡେ ଛାଡ଼ପତ୍ରରେ କିଛି ଫରକ ପଡ଼ିବ ନାହିଁ ତମ ପାଖରେ । ତମେ ଗୋଟେ ଜିନିଷ ବି ହରେଇବ ନାହିଁ । ମୁଁ ତମକୁ ସବୁ ସଂପତ୍ତି ଦେଇଦେବି !'

- 'ସଂପତ୍ତି ମୋର ଦରକାର ନାହିଁ ।' ସେ କହିଲା ।
- 'ତାହେଲେ ତମର କଣ ଦରକାର ?'
- 'ପ୍ରେମ', ସେ ଅଳ୍ପ ହସି କହିଲା ।
- 'ପ୍ରେମ ?' ଫ୍ରାନଜ୍ ଆଶ୍ଚର୍ଯ୍ୟ ହେଇ ପଚାରିଲା ।

- 'ପ୍ରେମଟା ଗୋଟେ ଲଢ଼େଇ', ସେମିତି ହସିହସି ମେରୀ କ୍ଲଡ଼େ କହିଲା । 'ମୁଁ ଲଢ଼େଇ ଜାରି ରଖିବାର ଯୋଜନା କରିଛି । ଶେଷଯାଏଁ ।'

- 'ପ୍ରେମଟା ଗୋଟେ ଲଢ଼େଇ ?' ଫ୍ରାନଜ୍ ପଚାରିଲା । 'ଆଚ୍ଛା, ଲଢ଼େଇ ପାଇଁ ମୋର ମନ ବଳୁ ନାହିଁ ।' ତାପରେ ସେ ଚାଲିଗଲା ।

(୧୦)

ଜେନେଭାରେ ଚାରିବର୍ଷ ରହି ସବିନା ପ୍ୟାରିସ୍‌ରେ ସ୍ଥାୟୀ ଭାବରେ ରହିଗଲା । କିଂତୁ ତାର ମାନସିକ ଅବସାଦରୁ ସେ ନିସ୍ତାର ପାଇଲା ନାହିଁ । ତାର କଣ ହେଇଛି ବୋଲି ଯଦି କେହି ପଚାରେ ସେ ଉତ୍ତରରେ ଶବ୍ଦ ଖୋଜିବାଟା ତା ପାଇଁ କଷ୍ଟକର ହେଇଥାନ୍ତା ।

ଆମ ଜୀବନର ଗୋଟେ ନାଟକୀୟ ପରିସ୍ଥିତିକୁ ପ୍ରକାଶ କରିବାକୁ ଚାହିଁଲେ ଆମେ ସାଧାରଣତଃ ଗାମ୍ଭୀର୍ଯ୍ୟସୂଚକ ରୂପକ ବ୍ୟବହାର କରିଥାଉଁ । ଆମେ କହୁ ଯେ କିଛି ଗୋଟେ ଗୁରୁଭାରର ବୋଝ ଆମ ଉପରେ ମାଡ଼ିବସିଛି । ଆମେ ସେଇ ଭାରକୁ ବୋହି ଚାଲୁ ଅଥବା ତଳକୁ ଓହ୍ଲାଇ ପାରିବାରେ ବ୍ୟର୍ଥ ହେଉ । ତାକୁ ନେଇ ହନ୍ତସନ୍ତ ହେଉ । ସେଥିରେ ଆମେ ଜିତୁ କିମ୍ବା ହାରୁ । ଆଉ ସବିନା- ତାର ହଠାତ୍ କଣ ହେଲା ? କିଛି ନାଇଁ । ସେ ଜଣେ ପୁରୁଷକୁ ଛାଡ଼ିଦେଲା, କାରଣ ତାର ଛାଡ଼ିଦେବାକୁ ଇଚ୍ଛା ହେଲା । ଲୋକଟା କଣ ତାକୁ ଦଣ୍ଡ ଦେଲା ? ତା ଉପରେ ପ୍ରତିଶୋଧ ନେବାକୁ ଚେଷ୍ଟାକଲା କି ? ନା । ସବିନାର ନାଟକଟି ଗୁରୁଭାରର ନାଟକ ନୁହେଁ, ବରଂ ତାହା ହାଲୁକାପଣର ନାଟକ । ତା ଉପରେ ବୋଝଟିଏ ମାଡ଼ିପଡ଼ି ନ ଥିଲା, ବରଂ ତାହା ଅସ୍ତିତ୍ୱର ଅସହ୍ୟ ଲଘୁତାକୁ ଅନୁଭବ କଲା ।

ସେଇ ପର୍ଯ୍ୟନ୍ତ, ତାର ପ୍ରତାରଣାସବୁ ତାକୁ ଉଦ୍ଦୀପନା ଆଉ ଆନନ୍ଦରେ ଭରି ଦେଉଥିଲା । କାରଣ ସେ ସବୁ ପ୍ରତାରଣାର ନୂଆଁ ରୋମାଞ୍ଚ ପାଇଁ ବାଟ ଖୋଲି ଦେଉଥିଲା । କିଂତୁ ଯଦି ସେଇ ବାଟ ଶେଷ ହେଇଯାଏ ? ଜଣେ ତାର ନିଜର ବାପା, ମା, ସ୍ୱାମୀ, ଦେଶ, ପ୍ରେମକୁ ପ୍ରତାରଣା କରିପାରେ । କିଂତୁ ସେଇ ବାପା, ମା, ସ୍ୱାମୀ, ଦେଶ ଆଉ ପ୍ରେମ ଚାଲିଗଲା ପରେ- ପ୍ରତାରଣା କରିବାକୁ ଆଉ କଣଟା ବାକି ରହେ ?

ସବିନା ତାର ଚାରିପଟେ ଶୂନ୍ୟତା ଅନୁଭବ କଲା । ଯଦି ତାର ସବୁ ପ୍ରତାରଣାର ଶେଷ ଲକ୍ଷ୍ୟ ଏଇ ଶୂନ୍ୟତା ? ତା ହେଲେ ?

ସ୍ୱାଭାବିକ ଭାବରେ ସେ ଏଯାଏଁ କଥାଟିକୁ ଉପଲବ୍‌ଧି କରି ପାରି ନ ଥିଲା । କେମିତି ବା କରିଥାନ୍ତା ? ଯେଉଁସବୁ ଲକ୍ଷ୍ୟ ପଛରେ ଆମେ ଅନୁଧାବନ

କରିଥାଉଁ, ତାହା ସବୁବେଳେ ଢ଼ାଙ୍କି ହୋଇ ରହିଥାଏ। ବାହାହେବାକୁ ଚାହୁଁଥିବା ଝିଅଟା ଏମିତି କିଛି ପାଇଁ ଚାହିଁରହେ ଯା ବିଷୟରେ ସେ କିଛି ଜାଣେ ନାହିଁ। ଯଶଖ୍ୟାତି ପଛରେ ହାଇଁପାଇଁ ହେଉଥିବା ପିଲାଟା ଯଶ କଣ ଜାଣେନା। ଆମର ପ୍ରତି ପଦକ୍ଷେପକୁ ଯାହା ଅର୍ଥପୂର୍ଣ୍ଣ କରେ ତା ବିଷୟରେ ଆମେ ସଂପୂର୍ଣ୍ଣ ଅଜ୍ଞ। ପ୍ରତାରଣା କରିବାର ଇଚ୍ଛାର ଅନ୍ତରାଳରେ ଛପି ରହିଥିବା ଲକ୍ଷ୍ୟ ବିଷୟରେ ସବିନା ଆଦୌ ଜାଣି ନ ଥିଲା। ଅସ୍ତିତ୍ୱର ଅସହ୍ୟ ହାଲୁକାପଣ-ସେଇଟା କଣ ଲକ୍ଷ୍ୟ ଥିଲା ? ଜେନେଭାରୁ ତାର ବିଦାୟଟା ତାକୁ ସ୍ଥିର ବେଶ୍ ନିକଟତର କଲା।

ପ୍ୟାରିସକୁ ଆସିବାର ତିନିବର୍ଷ ପରେ ସେ ପ୍ରାଗ୍‌ରୁ ଖଣ୍ଡେ ଚିଠି ପାଇଲା। ଟମାସର ପୁଅ ଲେଖିଥିଲା। କେମିତି କଣ କରି ପିଲାଟା ତା ବିଷୟରେ ଜାଣିଲା ଓ ଠିକଣାଟା ଯୋଗାଡ଼ କଲା। ତାକୁ ତାର 'ବାପାର ଅନ୍ତରଙ୍ଗ ବାନ୍ଧବୀ' ସମ୍ବୋଧନ କରି ଚିଠି ଲେଖିଲା। ସେ ସବିନାକୁ ଟମାସ୍ ଓ ଟେରେଜାର ମୃତ୍ୟୁଖବର ଜଣାଇଲା। ବିଗତ କେତେବର୍ଷ ହେଲା ସେମାନେ ଗୋଟେ ଗାଁରେ ରହି ଆସୁଥିଲେ। ସେଠି ଗୋଟେ ଫାର୍ମରେ ଟମାସ ଜଣେ ଡ୍ରାଇଭର ଭାବରେ ନିଯୁକ୍ତି ପାଇଥିଲା। ପ୍ରାୟ ମଝିରେ ମଝିରେ ସେମାନେ ପାଖ ସହରକୁ ଗାଡ଼ିରେ ଯାଆନ୍ତି ଓ ଗୋଟେ ଶସ୍ତା ହୋଟେଲରେ ରାତିଟା କଟାନ୍ତି। ମୁଣ୍ଡିଆ ପାହାଡ଼ ଦେଇଯାଇଥିବା ବୁଲାଣିଆ ରାସ୍ତାରେ ତାଙ୍କର ଭ୍ୟାନ୍‌ଟା ଧକ୍‌କା ହେଲା ଆଉ ଗୋଟେ ତୀଖ ଧାରରେ ଯାଇ ପିଟି ହେଲା। ତାଙ୍କର ଦେହ ଚୂରମାର ହୋଇ ଗୁଣ୍ଡ ହେଇଗଲା। ଗାଡ଼ିର ବ୍ରେକ୍ ଫେଲ୍ ମାରିବା କଥା ପରେ ପୋଲିସ ଅନୁସନ୍ଧାନରୁ ଜାଣିପାରିଲା।

ଖବରଟିକୁ ସେ ଗ୍ରହଣ କରି ପାରିଲାନି। ତାର ଅତୀତ ସହିତ ଯୋଖା ଶେଷ ଖିଅଟି ଏଥର ଛିଣ୍ଡିଗଲା।

ତାର ଧରାବନ୍ଧା ପୁରୁଣା ଅଭ୍ୟାସ ପରି କବରଖାନାରେ ଘେରାଏ ବୁଲି ତାର ମନଟାକୁ ଥୟ କରିବାକୁ ସେ ଚେଷ୍ଟାକଲା। ମଣ୍ଟ୍‌ପାର୍‌ନାସି କବ୍ରସ୍ଥାନଟି ସବୁଠୁ ପାଖ ଥିଲା। ପ୍ରତିଟି କବର ଉପରେ ଛୋଟଛୋଟ ଘରଟିଏ ଓ ଛୋଟ ଗୀର୍ଜାଟିଏ ତିଆରି ହେଇଥିଲା। ମୃତଲୋକେ ଭଲା ନିଜ ଉପରେ ନକଲି ପ୍ରାସାଦ ତିଆରି କରିବାକୁ କାହିଁକି ଚାହାନ୍ତି, ଏଥିରେ ସବିନା ଆଶ୍ଚର୍ଯ୍ୟ ହେଲା। କବ୍ରସ୍ଥାନଟି ବଡ଼ିମାର ଏକ ଶିଳାରୂପ ମାତ୍ର। ପଥରରେ ରୂପାନ୍ତରିତ ଆତ୍ମବଡ଼ିମା। ମୃତ୍ୟୁପରେ ବୁଦ୍ଧିର ପରିପକ୍ୱତା ଆସିବା ପରିବର୍ତ୍ତେ କବ୍ରସ୍ଥାନର ଅଧିବାସୀମାନେ ଜୀବନାବସ୍ଥା ଅପେକ୍ଷା ଆହୁରି ହତବୁଦ୍ଧି ହେଇଥିଲେ। ସ୍ମୃତି ସୌଧମାନ ସେମାନଙ୍କର ବିଶେଷତ୍ୱକୁ ପ୍ରଦର୍ଶନ କରିବା ପାଇଁ ଉଦ୍ଦିଷ୍ଟ ଥିଲା। ସେଠି କେହି ବାପା, ଭାଇ, ପୁଅ ଅଥବା ବୁଢ଼ୀମା

ସମାଧି ପାଇ ନ ଥିଲେ। ସେଠି କେବଳ କ୍ଷମତାଶାଳୀ, ଉପାଧି ଓ ଡିଗ୍ରୀଧାରୀ, ମାନପତ୍ର ଭୂଷିତ ଲୋକଙ୍କର ସମାଧି, ଏପରିକି ଡାକଘର କିରାଣୀ ବି ତାର ବୃତ୍ତିଗତ, ତାର ସାମାଜିକ ବିଶେଷତ୍ୱର-ତାର ମର୍ଯ୍ୟାଦାର ଜୟଗାନ କରିଥିଲା।

ଧାଡ଼ିକି ଧାଡି ସ୍ମୃତି ସୌଧ ଭିତରେ ଚାଲୁଚାଲୁ ସେଠି କେତେ ଲୋକ ଗୋଟେ ସମାଧିକ୍ରୀୟା ପାଇଁ ରୁଣ୍ଡ ହେଇଥିବାର ସେ ଲକ୍ଷ୍ୟ କଲା। ସମାଧିକ୍ରୀୟା ପରିଚାଳନା କରୁଥିବା ଲୋକଟା ହାତରେ ବୋଝେ ହେବ ଫୁଲ ଧରିଥାଏ ଆଉ ପ୍ରତ୍ୟେକ ଶୋକସନ୍ତପ୍ତ ମନୁଷ୍ୟକୁ ଗୋଟେ ଲେଖାଏଁ ଫୁଲ ଦଉଥାଏ। ସେ ସବିନା ହାତକୁ ବି ଗୋଟେ ବଢ଼େଇଦେଲା। ସବିନା ସେଇ ଦଳରେ ଯୋଗ ଦେଲା। କବରକୁ ଆସିବା ଆଗରୁ ସେମାନେ କେତେ ସ୍ମୃତି ସୌଧ ପାରି ହେଇ ବୁଲା ବାଟରେ ଆସିଲେ। ଓଜନିଆ ସମାଧିଶିଳାର ବୋଝରୁ ଏବେ ସେମାନେ ମୁକ୍ତ ଥିଲେ। ସବିନା ଗାତ ପାଖରେ ଆଉଜି ଗଲା। ଗାତଟା ବେଶ୍ ଗହୀର ଥିଲା। ଫୁଲଟାକୁ ସେ ଭିତରକୁ ପକାଇଲା। ଫୁଲଟା କମନୀୟ ଶବ୍ଦରେ ଓଲଟି କଫିନ୍‌ରେ ପହଞ୍ଚିଲା। ବୋହେମିଆଁରେ କବରମାନ ଏତେ ଗହୀର ନୁହଁ। ପ୍ୟାରିସ୍‌ର ସୁଉଚ୍ଚ କୋଠାଘର ପରି କବରଖାନାର ଗାତଟା ଟିକେ ବେଶୀ ଗହୀର। କବରକୁ ଲାଗି ପଡ଼ିଥିବା ପଥର ଉପରେ ତାର ଆଖି ପଡ଼ିଲା। ଦେଖୁ ଦେଖୁ ତାକୁ ଭାରି ହତାଶ ଓ ଡ଼ର ଲାଗିଲା। ସେ ତରତର ହେଇ ଘରକୁ ଫେରିଲା।

ସାରାଦିନ ସେ ପଥର ବିଷୟରେ ଭାବିଲା। ପଥରଟା ତାକୁ ଏତେ କାହିଁକି ଡ଼ରେଇ ଦେଲା ?

ସେ ନିଜକୁ ନିଜେ ଉତ୍ତର ଦେଲା। କବର ଉପରେ ପଥର ଦେଲେ ମୃତ ବ୍ୟକ୍ତି ଆଉ ବାହାରକୁ ଆସିପାରେ ନାହିଁ।

କିଂତୁ ମୃତ ଲୋକଟା କୌଣସି ହିସାବରେ ବାହାରକୁ ଆସିପାରେ ନାଇଁ ! ତା ଉପରେ ପଥର ଲଦିଲେ କି ମାଟି ଲେପିଲେ ସେଥିରେ କଣ ଫରକ ପଡ଼େ ?

ପାର୍ଥକ୍ୟଟା ଏଇ ଯେ କବର ଉପରେ ପଥର ଲଦି ଦେଇ ଆମେ ଚାହୁଁନା ଯେ ମୃତବ୍ୟକ୍ତି ଜଣକ ଫେରି ଆସୁ। ଓଜନିଆ ପଥର ମୃତକକୁ କହେ, 'ତୁ ଯୋଉଠି ଅଛୁ, ସେଇଠି ଥା !'

ଏଇଟା ଭାବୁଭାବୁ ତାର ବାପାଙ୍କ କବର କଥା ସବିନାର ମନକୁ ଆସିଲା। ତାର ବାପାଙ୍କ କବର ଉପର ମାଟିରେ ଫୁଲ ଫୁଟିଥିଲା। ସେଠି ଗୋଟେ ମେପ୍ଲ ଗଛ ତଳକୁ ଚେର ମେଲାଇ ବଢ଼ିଥିଲା। ଗଛର ମୂଳ ଆଉ ଫୁଲ ତାଙ୍କର ଶବ ପାଇଁ କବର ଭିତରୁ ଗୋଟେ ବାଟ ଫିଟାଇଥାଏ। ତାର ବାପାଙ୍କର ସମାଧି ଉପରେ

ପଥର ଲଦିଥିଲେ ସେ କେବେହେଲେ ତାଙ୍କ ମୃତ୍ୟୁପରେ ତାଙ୍କ ସହିତ ଭାବ ବିନିମୟ କରିପାରି ନ ଥାନ୍ତା। ଗଛ ଭିତରେ ତାଙ୍କର କ୍ଷମାଶୀଳ କଣ୍ଠସ୍ୱର ଶୁଣି ପାରି ନ ଥାନ୍ତା।

ଟେରେଜା ଓ ଟମାସର ସମାଧି କି ପ୍ରକାର ହେଇଥିବ ?

ପୁଣିଥରେ ସବିନା ସେମାନଙ୍କ କଥା ଭାବିଲା। ଥରକୁ ଥର ସେମାନେ କେମିତି ପାଖ ସହରକୁ ଯାଇ ଗୋଟେ ଶସ୍ତା ହୋଟେଲରେ ରାତି କଟାନ୍ତି। ଚିଠିରେ ସେଇ ବର୍ଣ୍ଣନାଟା ତାର ଦୃଷ୍ଟି ଆକର୍ଷଣ କଲା। ତାର ଅର୍ଥ ସେମାନେ ସୁଖୀ ଥିଲେ। ଆଉ ପୁଣି ଟମାସକୁ ତାର ଗୋଟେ ଚିତ୍ରକଳା ପରି ଆଖିରେ ଦେଖିଲା : ଏକ ଅନଭିଜ୍ଞ ନିରୀହ ଚିତ୍ରକର ସଜାଇଥିବା ଗୋଟେ ପ୍ରଶସ୍ତ ନାଟ୍ୟ ମଣ୍ଡପ- ସର୍ବାଗ୍ରେ ଡନ୍ ଜୁଆନ୍, ମଣ୍ଡପରେ ଗୋଟେ ଫାଙ୍କରେ ଟ୍ରିସ୍ଟାନ୍। ସେ ଡନ୍ ଜୁଆନ୍ ନୁହଁ, ଟ୍ରିସ୍ଟାନ୍ ରୂପରେ ମରିଗଲା। ସେଇ ସପ୍ତାହରେ ସବିନାର ବାପା ମାଁ ମରିଗଲେ। ଟମାସ ଓ ଟେରେଜା ଗୋଟେ ମୂହୁର୍ତ୍ତରେ। ହଠାତ୍ ସେ ଫ୍ରାନଜ୍‌କୁ ବହୁତ ଝୁରି ହେଲା।

କବ୍ରସ୍ଥାନକୁ ସେ ବୁଲିଯିବାର କଥା ଫ୍ରାନଜ୍‌କୁ କହିଲାରୁ ସେ ଘୃଣାରେ ଶିହରି ଉଠିଲା। କହିଲା, ସମାଧିପୀଠଟା ହାଡ଼ ଓ ପଥରର ସ୍ତୁପ। ସେଇ ସଙ୍ଗେ ସଙ୍ଗେ ଦୁହିଁଙ୍କ ମଝିରେ ମତଭେଦର ଗୋଟେ ଗହୀର ଘାଇ ଫିଟିଗଲା। ମଣ୍ଟ୍ ପାର୍‌ନାସି କବ୍ରସ୍ଥାନରେ ସେଇ ସମୟ ପର୍ଯ୍ୟନ୍ତ ସେ ତାର କଥାର ଅର୍ଥ ବୁଝି ନ ଥିଲା। ଫ୍ରାନ୍‌ଜ ପାଖରୁ ସେ ଏତେଟା ଅଧୈର୍ଯ୍ୟ ହେଇ ଆସିଥିବାରୁ ମନଦୁଃଖ କଲା। ବୋଧହୁଏ ଦୁହେଁ ବେଶୀ ଦିନ ଏକାଠି ରହିଥିଲେ ସବିନା ଓ ଫ୍ରାନଜ୍ ଉଭୟେ ସେମାନେ କଥାରେ ବ୍ୟବହାର କରୁଥିବା ଶବ୍ଦର ଅର୍ଥ ବୁଝିପାରିଥାନ୍ତେ। କ୍ରମେ ଲାଜକୁଳା ପ୍ରେମୀ ପରି ସଙ୍କୁଚିତ ଭାବରେ ସେମାନଙ୍କର କଥିତ ଶବ୍ଦ ମାନ ଏକାଠି ମିଶିଥାନ୍ତା। ଜଣକର ମୂର୍ଚ୍ଛନା ଆଉଜଣକର ମୂର୍ଚ୍ଛନାରେ ଛନ୍ଦି ହେଇଥାନ୍ତା। ତେବେ ଯାହାର ବେଳ ଏବେ ଗଡ଼ିଯାଇଛି।

ହଁ, ବେଶ୍ ଡ଼େରି ହେଇଯାଇଛି। ସବିନା ଜାଣେ ଯେ ସେ ପ୍ୟାରିସ୍ ଛାଡ଼ି ଚାଲିଯିବ। ଏମିତି ଆଗକୁ ବଢ଼ିବ ଆଉ ବଢ଼ିବ। କାରଣ ଯଦି ସେ ଏଠି ମରିଯାଏ ତାହେଲେ ସେମାନେ ତା ଉପରେ ପଥର ଲଦିଦେବେ। ଏମିତି ଜଣେ ସ୍ତ୍ରୀଲୋକ ଯା ପାଇଁ କୌଣସି ଜାଗା ତାର ନୁହଁ, ସବୁ ଉଡ଼ାଣର ଶେଷ - ଏଇ ଭାବନା ହିଁ ଅସହ୍ୟ।

(୧୧)

ଫ୍ରାନ୍‌ଜର ସବୁ ସାଙ୍ଗମାନେ ମେରୀ କ୍ଲଡ଼େ ବିଷୟରେ ଜାଣିଥିଲେ। ସେମାନେ

ସମସ୍ତେ ବଡ଼ ସାଇଜ୍‌ର ମୋଟା ଚଷମା ପିନ୍ଧା ଝିଅଟା ବିଷୟରେ ଜାଣିଥିଲେ। କିଂତୁ କେହି ସବିନା ବିଷୟରେ ଜାଣି ନ ଥିଲେ। ଫ୍ରାନଜ୍ ଭାବିଥିଲା ଯେ ତାର ସ୍ତ୍ରୀ ସବିନା ବିଷୟରେ ନିଜ ସାଙ୍ଗମାନଙ୍କୁ କହିଦେଇଛି। ଫ୍ରାନଜ୍ ଭୂଲ୍ ବୁଝିଥିଲା। ସବିନା ଦେଖିବାକୁ ସୁନ୍ଦର ଥିଲା। ମେରୀ-କ୍ଲଡ୍‌େ ଚାହିଁଲାନି ଯେ ଲୋକେ ସବିନା ଓ ତାର ଚେହେରାକୁ ତୁଳନା କରନ୍ତୁ।

କାଳେ ଧରାପଡ଼ିଯିବା ଭୟରେ ଫ୍ରାନଜ୍ ସବିନାର କୌଣସି ଚିତ୍ର, ଏପରିକି ତାର ଖଣ୍ଡେ ଫଟୋ ମଧ୍ୟ ମାଗି ରଖି ନ ଥିଲା। ଫଳରେ ସବିନା ବି କୌଣସି ଚିହ୍ନ ନ ରଖି ତାର ଜୀବନରୁ ଉଭେଇଗଲା। ସେ ଯେ ସବିନା ସହିତ ତାର ଜୀବନର ସବୁଠୁ ମନୋରମ ସମୟ କଟେଇଛି ଏ କଥାର ଲେଶ ମାତ୍ର ପ୍ରମାଣ ନାହିଁ।

ଏଇଟା ହିଁ ସବିନା ପ୍ରତି ଅନୁଗତ ରହିବାର ତାର ଇଚ୍ଛାକୁ ବଢ଼ାଇଲା। ବେଳେବେଳେ ଫ୍ଲାଟ୍‌ରେ ଦୁହେଁ ଏକାଠି ଥିଲାବେଳେ ଝିଅଟା ଗୋଟେ ବହିଉପରୁ ଆଖି ଉଠାଇ ତାକୁ ପଚାରିଲା ଦୃଷ୍ଟିରେ ଦେଖେ ଆଉ କହେ, 'କଣ ଭାବୁଛ ?'

ଆରାମ ଚୌକିରେ ବସି ଛାତକୁ ଚାହୁଁ ଚାହୁଁ ଫ୍ରାନଜ୍ ଯିର ସମ୍ଭାବ୍ୟ ଉତ୍ତରଟିଏ ସବୁବେଳେ ପାଏ। କିଂତୁ ପ୍ରକୃତରେ ସେ ସବିନା ବିଷୟରେ ଭାବୁଥାଏ।

ଯେତେବେଳେ ବି କୌଣସି ପତ୍ରିକାରେ ତାର ଲେଖାଟିଏ ପ୍ରକାଶିତ ହେଲେ, ଝିଅଟା ସବା ଆଗ ପଢ଼େ ଆଉ ତା ସହିତ ଆଲୋଚନା କରେ। କିଂତୁ ସେ ଖାଲି ଭାବେ ଯେ ସବିନା ସେଇ ବିଷୟରେ କଣ କହିଥାନ୍ତା। ସେ ଯାହା ସବୁ କଲା, ସବିନା ପାଇଁ କଲା- ଯେମିତି କଲେ ସବିନାକୁ ଭଲ ଲାଗିଥାନ୍ତା।

ଏଇଟା ଗୋଟେ ରକମ ସଂପୂର୍ଣ୍ଣ ନିରୀହ ପ୍ରତାରଣାର ରୂପରେଖ। ଫ୍ରାନଜ୍‌କୁ ତାହା ବେଶ୍ ସୁହାଇଲା। ସେଇ ଚଷମାପିନ୍ଧା ଛାତ୍ରୀ-ରକ୍ଷିତାର ସେ କେବେ କିଛି କ୍ଷତି କରି ନଥାନ୍ତା। ସବିନା ପ୍ରତି ଉପାସନା ମାର୍ଗଟିକୁ ସେ ପ୍ରେମ ଅପେକ୍ଷା ଧର୍ମର ଧାରା ଭାବରେ ଅଧିକତର ପୋଷଣ କଲା।

ବାସ୍ତବରେ, ସେଇ ଧର୍ମର ତତ୍ତ୍ୱ ଅନୁସାରେ ସବିନା ହିଁ ତା ପାଖକୁ ଝିଅଟାକୁ ପଠାଇଥିଲା। ତେଣୁ ତାର ଭୌତିକ ଓ ଆଧିଭୌତିକ ପ୍ରେମ ଭିତରେ ସଂପୂର୍ଣ୍ଣ ଶାନ୍ତି ବିରାଜିଥିଲା। ଆଉ ଯଦି ଅପାର୍ଥିବ ପ୍ରେମରେ (ତାତ୍ତ୍ୱିକ କାରଣରୁ) ନିଶ୍ଚିତ ଭାବରେ ଏକ ଅବର୍ଣ୍ଣନୀୟ ଓ ଦୁର୍ବୋଧ୍ୟ ଅନୁଭୂତି ନିହିତ (ଆମକୁ କେବଳ ଭୂଲ୍ ବୁଝାଯାଇଥିବା ଶବ୍ଦର ଅଭିଧାନ ଓ ଭୂଲ୍ ବୁଝାମଣାର ଦୀର୍ଘ ଭାଷା କୋଷ ମନେ ପକାଇବାକୁ ପଡ଼ିବାକୁ ହେବ), ତାର ପାର୍ଥିବ ପ୍ରେମ ସତ୍ ବୁଝାମଣାରେ ଆଧାରିତ।

ଛାତ୍ରୀ-ରକ୍ଷିତା ଜଣକ ସବିନାଠାରୁ ବହୁତ ସାନ ଥିଲା। ତାର ଜୀବନର

ସାଙ୍ଗୀତିକ ସଂରଚନା ଯେଯାଏଁ ସ୍ପଷ୍ଟ ଭାବରେ ରେଖାଙ୍କିତ ହେଇ ନ ଥିଲା। ସେଥିରେ ଅନ୍ତର୍ଭୁକ୍ତ କରିବାକୁ ଫ୍ରାନଜ୍ ଦେଇଥିବା କଳା ବୈଶିଷ୍ଟ୍ୟ ପାଇଁ ଝିଅଟା କୃତଜ୍ଞ ହେଲା। ଫ୍ରାନଜ୍‌ର ମହାଶୋଭାଯାତ୍ରା ଏବେ ତାର ଧର୍ମମତ ହେଲା। ସଙ୍ଗୀତ ତାର ଏବେ ଡାଇଓନିସିୟ୍ ଉନ୍ମାଦନା। କେବେ କେମିତି ସେମାନେ ଦୁହେଁ ଏକାଠି ନୃତ୍ୟ କଲେ। ସେମାନେ ସତ୍ୟରେ ବଞ୍ଚିଲେ। ଗୋପନରେ କିଛି ବି ସେମାନେ କଲେ ନାହିଁ। ବନ୍ଧୁ, ସହକର୍ମୀ, ଛାତ୍ରଛାତ୍ରୀ, ଅଜଣା ଅପରିଚିତ ସମସ୍ତଙ୍କ ସହିତ ସେମାନେ ମିଶିଲେ। ତାଙ୍କ ସହିତ ବସାଉଠା, ଖିଆପିଆ ଓ ଗପସପ କରି ଖୁସି ମନାଇଲେ। ଆଲ୍‌ପକୁ ବହୁତଥର ବୁଲିବାକୁ ଗଲେ। ଫ୍ରାନଜ୍ ନଇଁପଡ଼େ, ଝିଅଟା ତା ପିଠିରେ ଲାଉ ହୁଏ। ଘାସପଡ଼ିଆରେ ଫ୍ରାନଜ୍ ଦୌଡ଼େ। ପିଲାଦିନେ ତାର ମାଁ ତାକୁ ଶିଖାଇଥିବା ଜର୍ମାନ୍ ଭାଷାର ଗୀତଟିଏ ଗଳା ଫଟାଇ ଗାଏ। ଝିଅଟା ଖିଲିଖିଲି ହସେ। ଫ୍ରାନଜ୍‌ର ଗୋଡ଼କୁ କାନ୍ଧକୁ ପ୍ରଶଂସା କରେ ଆଉ ବେକକୁ ଗୁଡାଇ ଧରୁଧରୁ ଫୁସ୍‌ଫୁସକୁ ପ୍ରଶଂସା କରେ।

ଫ୍ରାନଜ୍‌ର ଗୋଟେ ଜିନିଷ ଝିଅଟା ବୁଝିପାରୁ ନ ଥିଲା। ସେଇଟା ହେଲା ରୁଷ ସାମ୍ରାଜ୍ୟ ଅକ୍ତିଆର କରିଥିବା ଦେଶମାନଙ୍କ ପ୍ରତି ତାର ଅଦ୍ଭୁତ ସହାନୁଭୂତି। ଆକ୍ରମଣର ବାର୍ଷିକୀ ପାଳନରେ ସେମାନେ ଜେନେଭାରେ ଚେକ୍ ଗୋଷ୍ଠୀ ଦ୍ୱାରା ଆହୂତ ଏକ ସ୍ମୃତି ସଭାରେ ଯୋଗ ଦେଲେ।

ରୁମ୍‌ଟା ପାଖାପାଖି ଖାଲି ଥିଲା। ବକ୍ତା ଜଣକ ଧୂସର ବାଳ ରଖିଥିଲେ ଓ ତାକୁ କୃତ୍ରିମ ଭାଙ୍ଗ କରି ସଜେଇଥିଲେ। ଯେଉଁ କେତେଜଣ ଉତ୍ସାହୀ ଲୋକ ସେଠିକି ଶୁଣିବା ପାଇଁ ଆସିଥିଲେ ତାଙ୍କୁ ବି ବକ୍ତାଙ୍କର ପଠିତ ଦୀର୍ଘ ଭାଷଣଟି ବିରକ୍ତିକର ବୋଧ ହେଲା। ତାଙ୍କର ଫରାସୀ ଭାଷା ବ୍ୟାକରଣ ଦୃଷ୍ଟିରୁ ନିର୍ଭୂଲ ଥିଲା। କିଂତୁ ଉଚ୍ଚାରଣରେ ଦେଶୀୟ୍ ଛାପ ବହୁତ ବାରି ହେଉଥାଏ। ଥରକୁ ଥର ଗୋଟେ କଥା ଜୋର୍ ଦେଇ କହିବାକୁ (ଶ୍ରୋତାଙ୍କୁ ଧମକ ଦେଲାପରି) ସେ ତର୍ଜନୀ ଉଠାଉଥାନ୍ତି।

ଚଷମାପିନ୍ଧା ଝିଅଟା ତାର ହାଇ ରୋକି ପାରୁ ନ ଥାଏ। ଫ୍ରାନଜ୍ ତାରି ପାଖରେ ବସି ଆନନ୍ଦରେ ମୁରୁକି ହସୁଥାଏ। ସେଇ ସୁନ୍ଦର ତର୍ଜନୀ ଓ ଧୂସର ବାଳରେ ପ୍ରସନ୍ନ ଦେଖାଯାଉଥିବା ଲୋକଟାକୁ ଫ୍ରାନଜ୍ ଯେତେ ବେଶୀ ବେଳ ଦେଖିଲା, ତାକୁ ସେ ସେତେ ବେଶୀ ଜଣେ ଗୋପନ ଦୂତ - ସେ ଓ ତାର ଦେବୀ ମଧ୍ୟରେ ଜଣେ ଦୈବୀ ମଧ୍ୟସ୍ଥି ପରି ଲାଗିଲେ। ସେ ତାର ଆଖି ବନ୍ଦ କଲା ଓ ସ୍ୱପ୍ନ ଦେଖିଲା। ୟୁରୋପର ପନ୍ଦରଟି ହୋଟେଲ ଓ ଆମେରିକାର ଗୋଟେ ହୋଟେଲରେ ସବିନାର ଦେହ ଉପରେ ଚଢ଼ି ଯେମିତି ଆଖି ବନ୍ଦ କରିଥିଲା, ଠିକ୍ ସେହିପରି ସେ ଆଖି ବନ୍ଦ କଲା।

■

ଆତ୍ମା ଓ ଶରୀର

(୧)

ଟେରେଜା ଘରକୁ ଆସିଲା ବେଳକୁ ସମୟ ଦିନ ଦେଢ଼ଟା । ସେ ବାଥରୁମ୍ ଗଲା, ତାର ପାଇଜାମା ପିନ୍ଧିଲା ଓ ଟମାସ ପାଖରେ ଗଡ଼ି ପଡ଼ିଲା । ଟମାସ ଶୋଇ ପଡ଼ିଥିଲା । ସେ ତାର ମୁହଁ ଉପରେ ଝୁଙ୍କି ପଡ଼ି ଚୁମା ଦଉଦଉ ତାର ବାଳରୁ ଏକ ପ୍ରକାର ଅଦ୍ଭୁତ ବାସ୍ନା ଉଠୁଥିବାର ଜାଣି ପାରିଲା । ସେ ଆଉଥରେ ନାକ ମାରିଲା, ପୁଣି ଆଉଥରେ ନାକ ମାରିଲା । ଜିନିଷଟା କଣ ଜାଣିବା ଆଗରୁ ସେ କୁକୁର ପରି ତାକୁ ଉପରୁ ତଳକୁ ଶୁଙ୍ଘିଲା : ଜଣେ ସ୍ତ୍ରୀ ଲୋକର ଯୌନାଙ୍ଗର ବାସ୍ନା ।

ଛଅଟା ବେଳକୁ ଆଲାର୍ମ ଘଣ୍ଟି ବାଜିଲା । କାରେନିନ୍‌ର ବିଶେଷ ମୁହୂର୍ତ୍ତଟି ଆସିଗଲା । ସେମାନେ ଉଠିବାର ଅନେକ ଆଗରୁ କାରେନିନ୍ ସବୁବେଳେ ଉଠିପଡ଼େ । କିଂତୁ ତାଙ୍କୁ ନିଦରେ ବ୍ୟାଘାତ କରିବାକୁ ସାହସ କରେ ନାହିଁ । ସେ ଅଧୈର୍ଯ୍ୟ ହେଇ ଘଣ୍ଟି ବାଜିବାଟାକୁ ଟାକି ବସିଥାଏ । କାରଣ ଏଇଟା ତାକୁ ସେମାନଙ୍କ ଦେହ ଉପରେ ଦଳା ଚକଟା କରିବାର, ଗୋଜିଆ ମୁହଁରେ ତାଙ୍କୁ ମୁଣ୍ଡିଆ ମାରିବାର ଅଧିକାର ଦିଏ । କିଛି ସମୟ ଧରି ସେମାନେ ତାକୁ ଆକଟ କରି ଖଟ ଉପରୁ ତଳକୁ ଠେଲି ଦେବାର ଚେଷ୍ଟା କରନ୍ତି । କିଂତୁ କାରେନିନ୍ ସେମାନଙ୍କ ଅପେକ୍ଷା ବେଶୀ ଜିଦ୍‌ଖୋର୍ ଆଉ ଶେଷରେ ତାରି କଥା ରହେ । ଦିନଟାର ଶୁଭାରମ୍ଭ କାରେନିନ୍ ପାଖରୁ ହେବାଟା ତାକୁ ନିଶ୍ଚିତ ରୂପେ ଭଲ ଲାଗୁଥିବାର ଟେରେଜା ପରେ ପରେ ଜାଣି ପାରିଲା । ନିଦରୁ ଉଠିପଡ଼ିଲେ ସେ ସବୁଠୁ ବେଶୀ ଖୁସି : ମାଟିରେ ପୁଣି ଚଳପ୍ରଚଳ ହେବାର ଆତ୍ମବୋଧରେ ସେ ସବୁବେଳେ ଏକ ନିରୀହ ଓ ସରଳ ବିସ୍ମୟ ଉକୁଟାଏ, ସେ ପ୍ରକୃତରେ ଖୁସି ହେଇଯାଏ । ଅପରପକ୍ଷେ ଟେରେଜା ଭାରି କୁଛ୍‌କୁଛ୍ ହେଇ ତାର ନିଦ ଭାଙ୍ଗେ, ଆଖି ବନ୍ଦ କରି ଦିନଟାକୁ ପଛକୁ ଘୁଞ୍ଚାଇଦେବାକୁ ତାର ଇଚ୍ଛା ହୁଏ ।

ଏବେ ସେ ଟୋପୀରଖା ଆଲଣାକୁ ଚାହିଁ ରହି ଏକ୍ସ୍ଟାସ୍ ହଲରେ ଛିଡା ହେଲା । ସେଠି ତାର ବେକ ପଟି ଓ ଦଉଡ଼ି ରଖା ହେଇଥାଏ । ଟେରେଜା ପଟି ଭିତରକୁ କାରେନିନ୍‌ର ମୁଣ୍ଡଟା ଗଳାଇଦେଲା ଓ ଦୁହେଁ ବଜାର କରିବାକୁ ବାହାରିଲେ । କ୍ଷୀର, ଲହୁଣୀ, ପାଉଁରୁଟି ଓ କାରେନିନ୍‌ର ସବୁଦିନିଆ ସକାଳ ଖାଇବା ପାଇଁ ରୋଲ୍ ଖଣ୍ଡେ ଆଣିବାର ଥିଲା । ପରେ କାରେନିନ୍ ମୁହଁରେ ରୋଲ୍‌ଖଣ୍ଡିକ ଜାକି ସ୍ୱଳ୍ପ ବେଗରେ ତା ପାଖେ ପାଖେ ଧାଇଁଲା । ଗଲା ଆଇଲା ଲୋକଙ୍କର ଦୃଷ୍ଟି ଆକର୍ଷଣ କରିବାରେ ଖୁସି ହେଇ ବେଶ୍ ଠାଣିରେ ସେ ଏପାଖ ସେପାଖ ଦେଖୁଥାଏ ।

ଘରକୁ ଆସିଲାମାତ୍ରେ ସେ ରୋଲ୍‌ଖଣ୍ଡିକୁ କାମୁଡ଼ି ଧରି ଶୋଇବା ଘର ଏରୁଣ୍ଡିବନ୍ଧରେ ଭିଡି ମୋଡ଼ି ହେଲା । ଟମାସ୍ ତାକୁ ନଜର କରିବା ଯାଏଁ, ତା ପାଖକୁ ଗୁରୁଣ୍ଡି ଯାଇ, ତା ଉପରକୁ ଖିଙ୍କାରୀ ହେବା, ଯେମିତିକି ତାଠାରୁ ରୋଲ୍ ଖଣ୍ଡିକ ସେ ଛଡ଼ାଇ ନେଉଛି, ତାହା କରିବାଯାଏଁ ସେଠି ଅପେକ୍ଷା କଲା । ସବୁଦିନ ଏମିତି ଚାଲେ । ପାଞ୍ଚମିନିଟ୍ ଯାଏଁ ଫ୍ଲାଟ୍‌ରେ ଦୁହେଁଯାକ ଗୋଡ଼ିଆ ଗୋଡ଼େଇ ହେଲା ପରେ ଯାଇ କାରେନିନ୍ ଗୋଟେ ଟେବୁଲ ତଳକୁ ଘୁଷୁରି ହେଇଯାଏ ଓ ତରବରରେ ରୋଲ୍‌ଖଣ୍ଡିକୁ ଗିଳିପକାଏ ।

ତେବେ ଏଇଥର ତାର ସକାଳ କାର୍ଯ୍ୟକ୍ରମ ପାଇଁ ବୃଥାରେ ଅପେକ୍ଷା କଲା । ଟମାସ୍ ତାରି ସାମ୍ନାରେ ଗୋଟେ ଛୋଟିଆ ରେଡିଓ ରଖିଥିଲା ଓ ମନ ଦେଇ ଶୁଣୁଥିଲା ।

(୨)

କାର୍ଯ୍ୟକ୍ରମଟି ଚେକ୍ ଦେଶାନ୍ତର ଗମନ ଉପରେ ଥିଲା । ଜଣେ ଗୋଇନ୍ଦା କରିଥିବା ଏକ ବ୍ୟକ୍ତିଗତ ବାର୍ତ୍ତାଳାପର ପୂର୍ଣ୍ଣାଙ୍ଗ ବିବରଣୀ, ଗୋଇନ୍ଦା ଜଣକ ଦେଶାନ୍ତରୀ ବସତିକୁ ଅନୁପ୍ରବେଶ କରିଥିଲେ । ତାପରେ ପ୍ରାଗ୍‌କୁ ସଗର୍ବେ ଫେରି ଆସିଲେ । ବେଦଖଲ କରିଥିବା ଶାସନକଳ ବିଷୟରେ ତାହା ଭଡ଼ର ଭଡ଼ର ହେଉଥିବା କେତେପଦ ମୂଲ୍ୟହୀନ କଡ଼ା କଥା । ତେବେ କୋଉଠି କେମିତି ଜଣେ ଦେଶାନ୍ତରୀ ଅନ୍ୟଜଣକୁ ନିର୍ବୁଦ୍ଧିଆ ଓ ଶଠ ବୋଲି ଗାଳି ବି କରୁଥିଲା । ଏମିତି ଛୋଟଛୋଟ ଟୀକା ଟିପ୍‌ପଣୀ ଟାହି ଟାପିରା ହିଁ ଉକ୍ତ ପ୍ରସାରଣର ମୁଖ୍ୟ ବିଷୟ ଥିଲା । ସୋଭିଏତ୍ ସଂଘ ବିଷୟରେ ଦେଶାନ୍ତରୀମାନେ କହୁଥିବା ଖରାପ କଥାକୁ କେବଳ (ସେଥିରେ ଦେଶରେ କେହି ଆଶ୍ଚର୍ଯ୍ୟ ବା ଦୁଃଖିତ ହେଉ ନ ଥିଲେ) ଦେଖାଇବାଟା ଏହାର ଉଦ୍ଦେଶ୍ୟ ନ ଥିଲା, ବରଂ ସେଥିରେ ପରସ୍ପର ପ୍ରତି ସେମାନେ ଅଶାଳୀନ ଶବ୍ଦ ପ୍ରୟୋଗ କରୁଥିବାର ବି ରହିଥିଲା । ଲୋକେ ସାରାଦିନ ଅଭଦ୍ର ଭାଷା ବ୍ୟବହାର କରୁଥାନ୍ତି । କିଂତୁ ରେଡ଼ିଓ ଖୋଲିଲାମାତ୍ରେ କେହି ଜଣାଶୁଣା

ପ୍ରସିଦ୍ଧ ଓ ସମ୍ମାନୀତ ବ୍ୟକ୍ତି ଜଣେ ପ୍ରତି ବାକ୍ୟରେ 'ଗାଣ୍ଡିମାର' କହୁଥିବାର ଶୁଣି ମନ ଖରାପ କରନ୍ତି ।

'ଏଇସବୁ ପ୍ରୋଜାଜ୍‌କାଠୁ ଆରମ୍ଭ ହେଲା', ଟମାସ କହିଲା ।

ଜାନ୍ ପ୍ରୋଜାଜ୍‌କା ଜଣେ ଔପନ୍ୟାସିକ । ବୟସ ଚାଳିଶ ବର୍ଷ । ଗୋଟେ ଷଣ୍ଢ ପରି ଅମାପ ଶକ୍ତି ଘେନି ସ୍ପଷ୍ଟ ଭାବରେ ସିଧା ସିଧା ରାଜନୈତିକ ଦଳ ଗୁଡ଼ିକୁ ସମାଲୋଚନା କରିବା ଆରମ୍ଭ କଲେ- ଏପରିକି ୧୯୬୮ ଆଗରୁ । ତାପରେ ରୁଷ ଆକ୍ରମଣର ପରିଣତି ହେଇଥିବା କମ୍ୟୁନିଷ୍ଟବାଦର ସେଇ ବିଭ୍ରାନ୍ତିକର ଉଦାରବାଦ- ପ୍ରାଗ୍ ବସନ୍ତରେ- ସେ ସବୁଠୁ ପ୍ରିୟ ବ୍ୟକ୍ତି ହେଇଗଲେ । ଅନୁପ୍ରବେଶ ପରେ ପରେ ପ୍ରେସ୍ ତାଙ୍କ ଉପରେ କାଦୁଅ ଫୋପଡ଼ା କାର୍ଯ୍ୟକ୍ରମ ଆରମ୍ଭ କରିଦେଲା । କିନ୍ତୁ ତାଙ୍କ ଉପରକୁ ଯେତେ କାଦୁଅ ଫୋପଡ଼ା ହେଲା, ଲୋକେ ତାଙ୍କୁ ସେତେ ଭଲ ପାଇଲେ । ତାପରେ (ସଠିକ୍ ଭାବରେ କହିଲେ ୧୯୭୦ ମସିହାରେ) ଚେକ୍ ରେଡ଼ିଓ ପ୍ରୋଜାଜକା ଓ ତାଙ୍କର ଜଣେ ପ୍ରଫେସର ବନ୍ଧୁଙ୍କର ଦୁଇବର୍ଷ ଆଗର (ସେଇ ୧୯୬୮ ମସିହା ବସନ୍ତକାଳ) ବାର୍ତ୍ତାଳାପର ଧାରାବାହିକ ପ୍ରସାର କଲା । ଅନେକ ଦିନ ଯାଏଁ ଦୁହିଁଙ୍କ ଭିତରୁ କେହି ଜାଣି ନ ଥିଲେ ଯେ ପ୍ରଫେସରଙ୍କ ଫ୍ଲାଟ୍‌ରେ ଗୁପ୍ତରେ ମାଇକ୍ରୋଫୋନ୍ ଖଞ୍ଜାଯାଇଛି ଓ ତାଙ୍କର ପ୍ରତିଟି ଗତିବିଧି ଉପରେ ତୀକ୍ଷ୍ଣ ନଜର ରଖାଯାଇଛି । ପ୍ରୋଜାଜ୍‌କା ତାଙ୍କର ବନ୍ଧୁମାନଙ୍କୁ ଅତିଶୟୋକ୍ତିରେ ଫସେଇବାକୁ ଭଲ ପାଉଥିଲେ । ଏବେ ସେଇ ଅତିଶୟୋକ୍ତିମାନ ରେଡିଓରେ ଏକ ସାପ୍ତାହିକ ଧାରାବାହିକ ହେଇଗଲା । କାର୍ଯ୍ୟକ୍ରମଟିକୁ ପ୍ରଯୋଜନା ଓ ନିର୍ଦ୍ଦେଶନା ଦେଇଥିବା ଗୁଇନ୍ଦା ପୋଲିସ୍ ପ୍ରୋଜାଜ୍‌କା ତାଙ୍କର ବନ୍ଧୁମାନଙ୍କୁ (ଯଥାଃ ଡ୍ୟୁବେକ୍) ଥଟ୍ଟା ପରିହାସ କରୁଥିବା ପର୍ଯ୍ୟାୟଟି ଉପରେ ବେଶ୍ ଗୁରୁତ୍ୱ ଦେବାର କଷ୍ଟ କରିଥିଲେ । ଲୋକେ କଥାକଥାକେ ନିଜ ବନ୍ଧୁମାନଙ୍କୁ ପରିହାସ କରନ୍ତି; କିନ୍ତୁ ସେମାନେ ଗୋଇନ୍ଦା ପୋଲିସ ଅପେକ୍ଷା ତାଙ୍କର ଅତିପ୍ରିୟ ପ୍ରୋଜାଜ୍‌କାଙ୍କ କଥାରେ ସ୍ତବ୍ଧ ହେଇଗଲେ ।

ରେଡ଼ିଓକୁ ବନ୍ଦ କରିଦେଇ ଟମାସ କହିଲା, "ସବୁ ଦେଶ ନିଜର ଗୁଇନ୍ଦା ପୋଲିସ ରଖିଥାଏ । ତେବେ ଜଣେ ଗୁଇନ୍ଦା ପୋଲିସ ରେଡିଓରେ ନିଜର ଟେପ୍ ଶୁଣାଇବାଟା କେବଳ ପ୍ରାଗ୍‌ରେ ହିଁ ହେଇପାରେ, ଆଉ କେବେ କୋଉଠି ୟାର ନଜିର ନାହିଁ !"

'ମୁଁ ଗୋଟେ ନଜିର ଥିବାର ଜାଣେ', ଟେରେଜା କହିଲା, 'ମତେ ଯେତେବେଳେ ଚଉଦ ବର୍ଷ, ମୁଁ ଗୋଟେ ଗୁପ୍ତ ଡାଏରୀ ରଖିଥିଲି । କାଳେ କେହି ପଢ଼ିଦେବ ଭୟରେ ମୁଁ ତାକୁ ଭାଡ଼ି ଉପରେ ଲୁଚେଇ ରଖିଥିଲି । ମା ଜାଣି ପକାଇଲେ ।

ଦିନେ ରାତିରେ ଖାଇଲା ସମୟରେ ସମସ୍ତେ ସୁପ୍ ଗିନା ଉପରେ ମୁହଁ ଝୁଙ୍କାଇ ବସିଥିଲାବେଳେ ସେ ତାକୁ ପକେଟରୁ କାଢ଼ିଲେ ଓ କହିଲେ, "ଏଥର ସମସ୍ତେ ମନଯୋଗ ଦେଇ ଶୁଣ !" ପ୍ରତିଟି ଧାଡ଼ି ପଢ଼ିଲା ପରେ ସେ ହସରେ ଫାଟି ପଡୁଥିଲେ। ସେମାନେ ସମସ୍ତେ ହସି ହସି ଏମିତି ବେଦମ୍ ହେଇଗଲେ ଯେ ଆଉ ଖାଇ ପାରିଲେ ନାହିଁ।

(୩)

ସେ ସବୁବେଳେ ତାକୁ ବିଛଣାରେ ଶୋଇ ରହିବାକୁ ଦେଇ ନିଜେ ଏକ୍‌ଲା ଜଳଖିଆ କରିବାକୁ ଚାହୁଁଥିଲେ। ସେ କିଂତୁ ଛାଡ଼େ ନାହିଁ। ସାତଟାରୁ ଚାରିଟା ଯାଏଁ ଟମାସ କାମକୁ ଯାଏ, ଟେରେଜାର କାମ ଚାଲେ ଚାରିଟାରୁ ରାତି ଅଧଯାଏଁ। ଯଦି ଟେରେଜା ଟମାସ ସହିତ ଜଳଖିଆ ନ ଖାଏ, ତେବେ କେବଳ ରବିବାର ଦିନ ହିଁ ପରସ୍ପରକୁ ଭେଟି ସେମାନେ କଥାବାର୍ତ୍ତା କରିପାରନ୍ତି। ସେଥିପାଇଁ ଟମାସ ଉଠିଲାବେଳେ ସେ ଉଠିପଡ଼େ ଓ ତାପରେ ପୁଣି ଶୋଇବାକୁ ଯାଏ।

ତେବେ, ଆଜି ସକାଳୁ ସେ ପୁଣି ଥରେ ଶୋଇ ପଡ଼ିବାକୁ ଟିକେ ଡରିଲା। କାରଣ ଦଶଟାବେଳେ ଜୋଫିନ୍ ଥାଇଲେଣ୍ଡର 'ସୁଆନା'ରେ ତାର ପହଞ୍ଚିବା ଦରକାର। ସେଇ ଜାଗାଟା ସମସ୍ତଙ୍କର ମନପସନ୍ଦ ହେଲେ ହେଁ ତାହା ସ୍ଥାନାଭାବରୁ ଅଳ୍ପ କେତେଜଣଙ୍କ ଭାଗ୍ୟରେ ଜୁଟିଥାଏ। କୁହାକୁହି କଲେ ଯାଇ ଏଇ ସୁବିଧାଟା ମିଳେ। ଭାଗ୍ୟକୁ, ସେଠାର କେସିୟର ଜଣକ ଜଣେ ପ୍ରଫେସରଙ୍କ ସ୍ତ୍ରୀ ଯିଏ ୧୯୬୮ ପରେ ବିଶ୍ୱବିଦ୍ୟାଳୟରୁ ବହିଷ୍କୃତ ହେଇଥିଲେ। ପ୍ରଫେସର ଜଣକ ଟମାସର ଜଣେ ପୂର୍ବ ପରିଚିତ ରୋଗୀର ବନ୍ଧୁ। ଟମାସ ସେଇ ରୋଗୀକୁ ଅନୁରୋଧ କଲା, ରୋଗୀ ଜଣକ ପ୍ରଫେସରଙ୍କୁ କହିଲା, ପ୍ରଫେସର ଜଣକ ତାଙ୍କ ସ୍ତ୍ରୀଙ୍କୁ କହିଲାରୁ ସପ୍ତାହକୁ ଥରେ ସେଠାକୁ ଯିବା ପାଇଁ ଟେରେଜାକୁ ଟିକଟ ଖଣ୍ଡେ ମିଳିଲା।

ସେ ସେଠିକି ଚାଲିକରି ଗଲା। ଟ୍ରାମ୍‌ରେ ସବୁବେଳେ ଭିଡ଼। ଅନିଚ୍ଛାରେ, ଘୃଣାରେ ଜଣେ ଅନ୍ୟଜଣଙ୍କର ବାହୁବେଷ୍ଟନୀ ଭିତରକୁ ଠେଲି ହେଇଯିବା, ଜଣେ ଆଉ ଜଣକର ପାଦ ଉପରେ ଚଢ଼ିଯିବା, ଠେଲାପେଲାରେ କାହାର କୋର୍ଟ ବୋତାମ ଛିଣ୍ଡାଇବା ଆଉ ପରସ୍ପରକୁ ଗାଳିଗୁଲଜ କରିବାଟା ତାକୁ ନିହାତି ଭାବରେ ଖରାପ ଲାଗେ।

ଝିପିଝିପି ବର୍ଷା ହେଉଥିଲା। ତରତରରେ ଚାଲୁଚାଲୁ ଲୋକେ ମୁଣ୍ଡ ଉପରେ ଛତା ମେଲାଇଲେ। ଦେଖୁ ଦେଖୁ ରାସ୍ତାଟି ଲୋକାରଣ୍ୟ ହେଇଗଲା। ମେଲାଛତା ମାନ ପରସ୍ପର ସହ ଧକ୍‌କା ଖାଇଲା। ଶିଷ୍ଟାଚାର ଦୃଷ୍ଟିରୁ ପୁରୁଷମାନେ ତା ପାଖ

ଦେଇ ଗଲାବେଳେ ଛତାଟିକୁ ଆହୁରି ଉପରକୁ ଉଠାଇ ରଖୁଥିଲେ ଓ ଟେରେଜାକୁ ଯିବାକୁ ବାଟ ଛାଡୁଥିଲେ। କିଂତୁ ସ୍ତ୍ରୀଲୋକମାନେ ନରମ ହେବାକୁ ନାରାଜ। ଜଣେ ଅନ୍ୟର ଆଖିରେ ନ୍ୟୁନ ହେବା ଭୟରେ କେହି ପାଦେ ଘୁଞ୍ଚିବାକୁ ନାଇଁ। ଛତାର ମୁହାଁମୁହିଁ ହେବାଟା ଗୋଟେ ବଳ ପରୀକ୍ଷା। ପ୍ରଥମେ ଟେରେଜା ବାଟ ଛାଡ଼ିଦେଲା। କିଂତୁ ପରେ ତାର ଶିଷ୍ଟାଚାରକୁ ଅନୁରୂପ ବ୍ୟବହାର ନ ମିଳିବାର ଅନୁଭବ କଲା। ତାପରେ ସେ ତାର ଛତାଟିକୁ ଅନ୍ୟ ସ୍ତ୍ରୀଲୋକ ପରି ମୁଠେଇ ଧରି ଗଲା ଆଇଲା ଅନ୍ୟ ଛତା ସହିତ ଜୋର୍‌ରେ ଧକ୍କା ଲଗେଇ ଭିଡ଼ ଭିତରେ ଧସେଇ ପଶିଲା। କେହି କେତେବେଳେ କାହାକୁ ସରି କହୁ ନଥିଲେ। ଅଧିକାଂଶ ସମୟ ସଭିଏଁ ଚୁପ୍ ଥିଲେ ଯଦିଓ ଥରେ ଦୁଇଥର, 'ମୋଟୀ ଗାଈ' କିମ୍ବା 'ଗାଣ୍ଡିମାର' ସେ ଶୁଣିଲା।

ଛତା ଅସ୍ତ୍ରରେ ସଜ୍ଜିତ ସ୍ତ୍ରୀଲୋକଙ୍କ ଭିତରେ ଉଭୟ ଯୁବତୀ ଓ ବୟସ୍କା ଥିଲେ। ତେବେ ତାଙ୍କ ଭିତରୁ ଯୁବତୀମାନେ ବେଶ୍ ଟାଣୁଆ ଯୋଦ୍ଧା ରୂପେ ନିଜକୁ ପ୍ରମାଣିତ କଲେ। ସେନା ଆକ୍ରମଣ ଦିନଗୁଡ଼ା ଟେରେଜାର ମନେପଡ଼ିଲା ଯେତେବେଳେ ଛୋଟ ମିନିସ୍କର୍ଟ ପିନ୍ଧି ଝିଅମାନେ ଲମ୍ବା ବାଡ଼ିରେ ପତାକା ଉଡ଼ାଇ ଯାଉଥିଲେ। ଏହା ସେମାନଙ୍କର ଯୌନ ପ୍ରତିହିଂସା ଥିଲା :ଜୋର୍ ଜବରଦସ୍ତ ଭାବରେ ନାରୀ ସଙ୍ଗହୀନ ଶୃଙ୍ଖଳା ଭିତରେ ରଖାଯାଇଥିବା ସେହି ରୁଷୀୟ ସୈନ୍ୟମାନଙ୍କୁ ମନେ ହେଇଥିବ ସେମାନେ କୌଣସି ବିଜ୍ଞାନ ଗଳ୍ପ ଲେଖକ ଦ୍ୱାରା ବର୍ଣ୍ଣିତ କେଉଁ ଏକ ଗ୍ରହରେ ପହଞ୍ଚିଯାଇଛନ୍ତି, ଯେଉଁଠି ବିପ୍ଳବକାରୀ ଯୁବତୀ ମାନେ ତାଙ୍କ ସୁନ୍ଦର ଲମ୍ବା ଗୋଡ଼ ପ୍ରଦର୍ଶନ କରି ତାକୁ ଘୃଣା କରୁଛନ୍ତି ଯାହାକି ସେମାନେ ଗତ ପାଞ୍ଚ ଛଅ ଶତାବ୍ଦୀ ଧରି ରୁଷିଆରେ କେବେ ଦେଖି ନ ଥିଲେ।

ଟ୍ୟାଙ୍କ ଗୁଡ଼ିକରେ ପ୍ରଚ୍ଛଦ ପଟରେ ଟେରେଜା ସେଇ ଯୁବତୀ ମାନଙ୍କର ଗୁଡାଏ ଫଟୋ ଉଠାଇଥିଲା। ସେ ସେମାନଙ୍କର କେତେ ପ୍ରଶଂସା ବା କରି ନ ଥିଲା ! ଆଉ ଏବେ ସେଇ ସ୍ତ୍ରୀ ଲୋକମାନେ ତା ଉପରକୁ ଘୃଣାରେ, ନୀଚ ମନରେ ତା ଉପରକୁ ମାଡ଼ି ପଡୁଛନ୍ତି। ପତାକା ପରିବର୍ତ୍ତେ ସେମାନେ ଛତା ଧରିଛନ୍ତି, କିଂତୁ ସେମିତି ଗର୍ବରେ ଓ ଠାଣିରେ ଆଗ ପରି ଧରିଛନ୍ତି। ଗୋଟେ ବିଦେଶୀ ସେନା ବିରୁଦ୍ଧରେ ଜିଦ୍ଦିରେ ସଂଘର୍ଷ କରିବାକୁ ପ୍ରସ୍ତୁତ ଥିଲା ପରି ସେମାନେ ଟିପେ ବାଟ ନ ଛାଡ଼ି ଛତା ସହିତ ଲଢ଼ିବାକୁ ତୟାର ଥିଲେ।

(୪)

ଟେରେଜା ଲେଡ୍ ଟାଉନ୍ ସ୍କୋୟାର ଭିତରକୁ ଆସିଲା। ଟାଉନ ଚର୍ଚ୍ଚରେ ତୀକ୍ଷ୍ଣ ସୌଧ ଚୂଡ଼ା, ଏଠି ସେଠି ସୂକ୍ଷ୍ମ କାରୁକାର୍ଯ୍ୟପୂର୍ଣ୍ଣ ଓ ଆୟତାକାର ଗୋଥିକ

ସ୍ଥାପତ୍ୟ ଶୈଳୀରେ ତିଆରି ଘରମାନ । ଚତୁର୍ଦ୍ଦିଶ ଶତାବ୍ଦୀରେ ଲେଡ୍ ଟାଉନ୍ ହଲ୍ ଏକଦା ଛକର ପୁରା ଗୋଟେ ପଟ ଯାଏ ଲମ୍ବିଥିଲା । ଏବେ ସତେଇଶ ବର୍ଷ ହେଲା ତାହା ଭଗ୍ନ ଅବସ୍ଥାରେ ପଡ଼ି ରହିଛି । ଓ୍ୱାର୍ସ, ଡ୍ରେସଡେନ୍, ବର୍ଲିନ୍, କୋଲନ, ବୁଦାପେଷ୍ଟ-ସବୁଯାକ ବିଗତ ଯୁଦ୍ଧରେ ଭୟଙ୍କର ଭାବରେ ବିଧ୍ୱସ୍ତ ହେଇଥିଲେ । କିଂତୁ ସେଠାର ଅଧିବାସୀମାନେ ଅନେକ କଷ୍ଟ ସ୍ୱୀକାର କରି ପୁଣି ତାହା ନିର୍ମାଣ କରି ସେଇ ପୁରାତନ ଐତିହାସିକ ରୂପରେଖ ଫେରାଇ ଆଣିଥିଲେ । ସେଇ ସହରଗୁଡ଼ିକୁ ନେଇ ପ୍ରାଗ୍‌ର ଲୋକମାନଙ୍କର ଗୋଟେ ହୀନମନ୍ୟତା ରହିଥିଲା । ଯୁଦ୍ଧର ବିଧ୍ୱସ୍ତ ସ୍ମାରକୀ ଭାବରେ କେବଳ ଓଲଡ୍ ଟାଉନ ହିଁ ରହିଥିଲା । ତାକୁ ସେମିତି ଭଗ୍ନାବସ୍ଥାରେ ରଖିବାକୁ ସେମାନେ ସ୍ଥିର କଲେ । ତା ହେଲେ ଯାଇ ପୋଲାଣ୍ଡ ଓ ଜର୍ମାନୀର ଲୋକେ ସେମାନେ କଷ୍ଟବରଣ କରି ନାହାନ୍ତି ବୋଲି କେହି ଦୋଷାରୋପ କରିବେ ନାହିଁ । ବର୍ତ୍ତମାନ ପାଇଁ ଓ ସବୁଦିନ ପାଇଁ ଯୁଦ୍ଧରେ ଭୟାବହ ପରିଣାମକୁ ସ୍ମରଣ କରାଉଥିବା ଏହି ଗୌରବମୟ ଭଗ୍ନାବଶେଷ ସାମ୍ନାରେ ସଭା ବା ପ୍ରଦର୍ଶନୀ ଦେଖିବା ପାଇଁ ଗୋଟେ ଷ୍ଟିଲ ରଡ଼ର ବେଷ୍ଟନୀଟାଏ ଥୁଆ ହେଇଥାଏ । ଆଗଦିନ କିମ୍ବା ତା ପରଦିନ ପ୍ରାଗ୍‌ର ଲୋକମାନଙ୍କୁ କମ୍ୟୁନିଷ୍ଟ ପାର୍ଟି ମେଣ୍ଢାପଲ ପରି ସେଠାକୁ ନେବାର ତାହା ଗୋଟେ ଚିହ୍ନ ।

ଓଲଡ୍ ଟାଉନ ହଲ୍‌ର ଭଗ୍ନାବଶେଷକୁ ଚାହିଁ ରହି ଟେରେଜା ହଠାତ୍ ତାର ମାଁକୁ ମନେପକେଇଲା : ନିଜର ପତନ ପ୍ରକାଶ କରିବା, ନିଜର କୁତ୍ସିତତାକୁ, ନିଜର ଦୈନ୍ୟତାକୁ ଲୋକ ଲୋଚନରେ ଉନ୍ମୋଚନ କରିବା, ନିଜର କଟା ହାତର ମାଂସ ପିଣ୍ଡୁଳାକୁ ଅନାବୃତ କରିବା ଓ ତାକୁ ଦେଖିବା ପାଇଁ ସାରା ଦୁନିଆଁକୁ ବାଧ୍ୟ କରିବାର ଏକ ବିକୃତ ଆବଶ୍ୟକତା । ଏବେଏବେ ସବୁ କଥାରେ ତାର ମାଁର ସବୁକିଛି ତାର ମନେପଡୁଛି । ଦଶବର୍ଷ ତଳେ ଛାଡ଼ି ଆସିଥିବା ତାର ମାଁର ପୃଥିବୀ ପୁଣି ତା ପାଖକୁ ଫେରି ଆସି ତା ଚାରିପାଖେ ବେଢ଼ିଗଲା ପରି ମନେ ହେଉଛି । ସେଥିପାଇଁ ସେଦିନ ସକାଳେ ସେ ଟମାସକୁ ରାତିରେ ଖାଇବା ଟେବୁଲ ପାଖରେ ହସରେ ଫାଟିପଡ଼ି ମାଁ କେମିତି ତାର ଡାଏରୀ ପଢୁଥିଲେ ସେ କଥା କହିଲା । ଯେତେବେଳେ ବୋତଲେ ମଦ ପିଇ ବ୍ୟକ୍ତିଗତ ଭାବେ କରିଥିବା କଥାବାର୍ତ୍ତା ରେଡ଼ିଓରେ ପ୍ରଚାରିତ ହୁଏ, ସାରା ପୃଥିବୀଟା ଗୋଟେ ରାଜନୈତିକ ବନ୍ଦୀ-ଶିବିର ପାଲଟି ଯିବା ଛଡ଼ା ଆଉ କଣ ?

ପ୍ରାୟ ପିଲାଦିନୁ ଏଇ ପଦଟିକୁ ନିଜ ପରିବାର ସହିତ ତାର ଜୀବନର ଅନୁଭୂତିକୁ ପ୍ରକାଶ କରିବା ପାଇଁ ବ୍ୟବହାର କରିଥାଏ । ରାଜନୈତିକ ବନ୍ଦୀ ଶିବିରଟି

ଗୋଟେ ପୃଥିବୀ ଯେଉଁଠି ଲୋକେ ଦିନରାତି ସବୁବେଳେ ଧସ୍ତାଧସ୍ତି, ଠେଲାପେଲା ହୋଇ ରହିଥାନ୍ତି । ବର୍ବରତା ଓ ହିଂସ୍ରତା ସେଠି ଏକ ସାଧାରଣ (ଅନ୍ତତଃ ଅପରିହାର୍ଯ୍ୟ) ପ୍ରବୃତ୍ତି । ରାଜନୈତିକ ବନ୍ଦୀ ଶିବିର ଅର୍ଥ ବ୍ୟକ୍ତିଗତ ଗୋପନୀୟତାର ସଂପୂର୍ଣ୍ଣ ବିଲୋପ । ଗୋଟେ ବୋତଲ ମଦର ଆସର ସହିତ ନିଜ ବନ୍ଧୁ ସହିତ କଥାବାର୍ତ୍ତା କରିବାକୁ ଅନୁମତି ଦିଆଯାଇ ନ ଥିବା ପ୍ରୋଜାକ୍‌କା ଗୋଟେ (ତାଙ୍କ ଅଜାଣତରେ -ତାଙ୍କ ପକ୍ଷରୁ ଏକ ସସ୍ତବଡ଼ ଭୁଲ) ରାଜନୈତିକ ଶିବିରରେ ଥିଲେ । ଟେରେଜା ତା ମାଁ ସହିତ ଥିଲାବେଳେ ଗୋଟେ ରାଜନୈତିକ ବନ୍ଦୀ ଶିବିରରେ ଥିଲା । ପ୍ରାୟ ପିଲାଦିନରୁ ସେ ଜାଣିଗଲା ଯେ ରାଜନୈତିକ ବନ୍ଦୀ ଶିବିରର ସେମିତି କିଛି ଗୋଟେ ବ୍ୟତିକ୍ରମ ବା ଚମକାଇ ଦେଲା ପରି ଗୋଟେ ବିସ୍ମୟ ନୁହେଁ, ବରଂ ଏକ ମୌଳିକ କଥା, ଆମେ ଜନ୍ମ ଦେଇଥିବା ଗୋଟିଏ ପରିସ୍ଥିତି ଓ ଅନେକ ପ୍ରଚେଷ୍ଟା ପରେ ଆମେ ଯେଉଁଠାରୁ ନିସ୍ତାର ପାଇପାରୁ ।

(୫)

ତିନି ତାଲା ସିମେଣ୍ଟ ବେଞ୍ଚ୍ ଉପରେ ବସିଥିବା ସ୍ତ୍ରୀଲୋକମାନେ ଏତେ ଜାକିଜୁକି ହୋଇ ବସିଥାନ୍ତି ଯେ ପରସ୍ପର ଦେହ ସ୍ପର୍ଶ ନ କରିବାର ବାଟ ନଥାଏ । ସୁନ୍ଦରିଆ ମୁହଁଥିବା ତିରିଶ ବର୍ଷର ଜଣେ ସ୍ତ୍ରୀଲୋକ ଝାଳନାଳ ହୋଇ ଟେରେଜା ପାଖରେ ବସିଥାଏ । ପେଣ୍ଡୁଲମ୍ ପରି କାନ୍ଧରୁ ଓହଳିଥିବା ତାର ଅସ୍ୱାଭାବିକ ଭାବରେ ବଡ଼ ସ୍ତନ ଦୁଇଟି ଟିକିଏ ଏପଟ ସେପଟ ହେଲେ ଉଠ୍‌ପଡ୍ ହେଉଥାଏ । ସ୍ତ୍ରୀ ଲୋକଟି ଉଠି ପଡ଼ିଲା ପରେ ଟେରେଜା ଦେଖିଲା ତାର ପିଚା ଦୁଇଟା ବଡ଼ ବସ୍ତା ପରି । ତାର ସୁନ୍ଦର ମୁହଁଟା ସହିତ ସେଟାର ସାମଞ୍ଜସ୍ୟ ନ ଥିଲା ।

ବୋଧହୁଏ ସ୍ତ୍ରୀଲୋକଟି ବାରବାର ଦର୍ପଣ ସାମ୍ନାରେ ନିଜର ଦେହକୁ ନୀରିକ୍ଷଣ କରୁ କରୁ ନିଜର ଆତ୍ମାକୁ ପ୍ରବେଶ କରିବାର ଚେଷ୍ଟା କରୁଥିବ, ଠିକ୍ ଯେମିତି ଟେରେଜା ପିଲାଦିନେ କରୁଥିଲା । ନିଶ୍ଚିତ ଭାବରେ ସେ ମଧ୍ୟ ତା'ର ଦେହକୁ ତା'ର ଆତ୍ମାର ପୋଷ୍ଟର ଭାବରେ ଦେଖାଇବାର ଏକ ଆନନ୍ଦମୟ ଆଶା ପୋଷଣ କରୁଥିବ । ତେବେ ଚାରିଟା ଫୁଲୁକା ଥଳି ଥିବା ଦେହଟା କି ଭୟଙ୍କର ଆତ୍ମାର ପ୍ରତିଫଳନ ନ କରିବ ସତରେ !

ଟେରେଜା ଉଠିପଡ଼ିଲା ଓ ବର୍ଷାପାଣିରେ ବେଶ୍ ଭିଜି ହେଲା । ତାପରେ ଟିକେ ବାହାରକୁ ଗଲା । ଝିପିଝିପି ବର୍ଷା ସେ ଯାଏଁ ଚାଲିଥାଏ । ସ୍ଲେଟରେ ଆବୃତ ବସର ଗୋଟେ ମହଲାରେ ଛିଡା ହୋଇ, କେତେ ବର୍ଗ ଫୁଟର କାଠପଟାରେ ତିଆରି ଉଚ୍ଚାକାନ୍ଥରେ ମହାନଗରୀର ଦୃଷ୍ଟି ଆଡୁଆଳରେ ରହି ସେ ସ୍ତ୍ରୀଲୋକଟିର ମୁଣ୍ଡକୁ

ଚାହିଁଲା ଯାହା କଥା ସେ ଏଇମାତ୍ର ଭାବୁଥିଲା । ବହମାନ ନଦୀର ପୃଷ୍ଠଭାଗରେ ସେଇଟା ଚହଲୁଥାଏ ।

ସ୍ତ୍ରୀଲୋକଟି ତାକୁ ଦେଖି ହସିଲା । ତାର ନାକଟା ସୂକ୍ଷ୍ମ ଥିଲା । ବଡ଼ବଡ଼ କହରା ଆଖି ଦୁଇଟା । ଚାହାଁଣିଟା ପିଲାଳିଆ ।

ଯେତବେଳେ ସେ ସିଢ଼ିଟା ଚଢ଼ିଲା, ଦୋଳାୟମାନ ଦୁଇ ଯୋଡ଼ା ଅଖା ମୁଣି ଡାହାଣକୁ ଓ ବାମକୁ ପାଣି ଛିଟିକା ମାରିବାରେ ତା'ର କମନୀୟ ସୁନ୍ଦର ମୁହଁଟା ସତେ ଅବା ଲୁଚିଗଲା ।

(୬)

ଟେରେଜା ଲୁଗା ପିନ୍ଧିବାକୁ ଭିତରକୁ ଗଲା ଓ ବିରାଟ ଦର୍ପଣ ସାମ୍ନାରେ ଛିଡ଼ା ହେଲା ।

ନା, ତାର ଦେହଟା ସେମିତି ଭୟଙ୍କର ଦେଖାଯାଉନାହିଁ । ତାର କାନ୍ଧରୁ ପାଉଚ୍ ପରି ସ୍ତନ ଦୁଇଟା ଝୁଲୁ ନାହିଁ । ପ୍ରକୃତରେ ତାର ସ୍ତନ ବେଶ୍ ଛୋଟ ଆକାରର ଥିଲା । ଏମିତି ଛୋଟ ସ୍ତନ ପାଇଁ ତାର ମାଁ ତାକୁ ପରିହାସ କରୁଥିଲେ । ଟମାସର ସଂସ୍ପର୍ଶରେ ଆସିବା ଯାଏଁ ସେଥିନେଇ ତାର ଗୋଟେ ହୀନମନ୍ୟତା ରହିଥିଲା । ଆକାରକୁ ନେଇ ସନ୍ତୁଷ୍ଟ ଥିଲେ ହେଁ ସେ ସ୍ତନାଗ୍ରର ଚାରିପାଖେ କଳା ବୃତ୍ତମାନ ଦେଖି ଅସ୍ୱସ୍ତି ଅନୁଭବ କଲା । ଦେହର ଗଢ଼ଣକୁ ତିଆରି କରିବାର ସାମର୍ଥ୍ୟ ଥିଲେ ସେ ବରଂ ଖୁବ୍ ଛୋଟ ସ୍ତନାଗ୍ର ବାଛିଥାନ୍ତା ଯୋଉଟା ସ୍ତନର ଗୋଲେଇରୁ ଖୁବ୍ କମ୍ ବାହାରକୁ ବାହାରିଥାନ୍ତା । ଆଉ ଦେହର ବାକି ରଙ୍ଗ ସହିତ ମିଶି ଯାଇଥାନ୍ତା । ତାକୁ ମନେହେଲା କୌଣସି ଆଦିମ ଚିତ୍ରକର ଅସଭ୍ୟମାନଙ୍କ କାମ ଉତ୍ତେଜନା ସକାଶେ ତାର ଚୁଚୁକର ବଳୟକୁ ଗାଢ଼ ଲାଲ ରଙ୍ଗରେ ରଂଜିତ କରି ଦେଇଛି ।

ଯଦି ପ୍ରତିଦିନ ତାର ନାକଟି ଗୋଟେ ମିଃମିଃ ବଢ଼େ ତା ହେଲେ ସେ କେମିତି ଦେଖାଯିବ-- ନିଜକୁ ଦେଖି ଟେରେଜା ଭାବୁଭାବୁ ଆଶ୍ଚର୍ଯ୍ୟ ହେଲା । ମୁହଁଟା ଅନ୍ୟ କାହାର ମୁହଁ ପରି ଦେଖାଯିବାକୁ କେତେ ସମୟ ଲାଗିବ ?

ଆଉ ଯଦି ତାର ଦେହର ଅନ୍ୟାନ୍ୟ ଅଙ୍ଗପ୍ରତ୍ୟଙ୍ଗର ସଙ୍କୋଚନ ପ୍ରସାରଣ ହେଇ ଟେରେଜା ନିଜ ପରି ଦେଖାଯାଏ ନାହିଁ, ତେବେ ବି କଣ ସେ ନିଜେ ହେଇ ରହିବ, ସେମିତି ଟେରେଜା ହେଇଥିବ ?

ନିଶ୍ଚୟ । ଟେରେଜା ଯଦିବା ଟେରେଜା ପରି ନ ଦିଶେ, ତାର ଅନ୍ତରର ଆତ୍ମା ସେମିତି ରହିଥିବ ଓ ତାର ଶାରୀରିକ ପରିବର୍ତ୍ତନକୁ ଆଶ୍ଚର୍ଯ୍ୟଚକିତ ହେଇ ଚାହିଁଥିବ ।

ତାହେଲେ ଟେରେଜା ଓ ତାର ଶରୀର ମଧ୍ୟରେ ସଂପର୍କଟା କଣ ? ତାକୁ ଟେରେଜା ବୋଲି ଡାକିବାର ଅଧିକାର ତାର ଶରୀରର ରହିଛି କି ? ଆଉ ଯଦି ନାହିଁ, ତା ହେଲେ ତାର ନାଁ କାହା ପାଇଁ ରହିଛି ? କିଛି ଗୋଟେ ଯାର ସ୍ପର୍ଶ ବା ରୂପ ନାହିଁ ?

(ପିଲାଦିନରୁ ଏଇ ପ୍ରଶ୍ନମାନ ଟେରେଜା ମନରେ ଆତଯାତ ହେଉଥିଲେ। ସତରେ, ପ୍ରକୃତ ଗମ୍ଭୀର ପ୍ରଶ୍ନମାନଙ୍କୁ ଜଣେ ଶିଶୁ ବି ତିଆରି କରି ପାରିବ। ସବୁଠୁ ସାଧାରଣ ବା ଚତୁରତା ବିହୀନ ପ୍ରଶ୍ନ ହିଁ ସବୁଠୁ ଗମ୍ଭୀର ପ୍ରଶ୍ନ। ସେଇସବୁ ପ୍ରଶ୍ନର ଉତ୍ତର ନ ଥାଏ। ଉତ୍ତର ନ ଥିବା ପ୍ରଶ୍ନଟିଏ ଏମିତି ଏକ ପ୍ରତିବନ୍ଧକ ଯାହାକୁ କେବେ ଦୂର କରାଯାଇ ପାରିବ ନାହିଁ। ଅନ୍ୟ ଶବ୍ଦରେ କହିଲେ, ଉତ୍ତର ବିହୀନ ପ୍ରଶ୍ନମାନ ମାନବିକ ସମ୍ଭାବନାର ସୀମାବଦ୍ଧତାକୁ ନିରୂପଣ କରେ-- ମଣିଷର ଅସ୍ତିତ୍ୱର ପରିସୀମାକୁ ବୁଝାଏ)

ଦର୍ପଣ ସାମ୍ନାରେ ଟେରେଜା ସ୍ତବ୍ଧ ଚକିତ ହେଇ ସେମିତି ଠିଆ ହେଇଥିଲା। ତାର ଦେହକୁ ନିରୀକ୍ଷଣ କଲା ଯେମିତି ଆଉ କାହାର ତାହା ଅଚିହ୍ନା ଶରୀରଟିଏ, ହେଲେ କେବଳ ତାରି ପାଇଁ ସମର୍ପିତ କରାଯାଇଛି। ଆଉ କାହାକୁ ନୁହେଁ। ତାକୁ ସେଥିରେ କେମିତି ଘୃଣା ଲାଗିଲା। ଟମାସର ଜୀବନରେ ଏହା ଏକମାତ୍ର ଦେହ ହେଇ ରହିପାରିବାର କ୍ଷମତା ଯାର ନ ଥିଲା। ଏହି ଦେହଟା ତାକୁ ଠକି ଦେଲା, ନିରାଶ କଲା। ସେଇ ରାତିସାରା ତାକୁ ଟମାସର ମୁଣ୍ଡବାଳରୁ ଅନ୍ୟ ଏକ ସ୍ତ୍ରୀଲୋକର ଯୌନାଙ୍ଗର ଗନ୍ଧ ଶୁଙ୍ଘିବାକୁ ପଡ଼ିଲା !

ହଠାତ୍ ସେ ତାର ଦେହକୁ ବହିଷ୍କାର କରିଦେବାକୁ ଚାହିଁଲା, ଯେମିତି ଜଣେ ଚାକରକୁ ବହିଷ୍କାର କରେ : ଟମାସ ସହିତ ସେ ଆତ୍ମା ହେଇ ଲାଖି ରହିବ, ଆଉ ଦେହଟାକୁ ସେ ଦୁନିଆଁରେ ପୁରୁଷର ଦେହ ସହିତ ସ୍ତ୍ରୀମାନଙ୍କର ଦେହ ଯାହା କରେ ସେଇଯା କରିଦେବାକୁ ଛାଡ଼ିଦେବ। ଟମାସ ପାଇଁ ଯଦି ତାର ଦେହଟା ଏକମାତ୍ର ଦେହ ହେଇ ରହିବାରେ ବିଫଳ ହେଲା, ତାହେଲେ ତଦ୍ୱାରା ସେ ତାର ଜୀବନର ସବୁଠୁ ବଡ଼ ଯୁଦ୍ଧରେ ହାରିଗଲା। ତେଣୁ ଦେହଟା ସେମିତି ତା ବାଟରେ ଚାଲିଥାଉ !

(୭)

ସେ ଘରକୁ ଗଲା ଓ ରୋଷେଇଘରେ ଜବରଦସ୍ତି ସେମିତି ଠିଆରେ ଠିଆରେ ଲଞ୍ଚଟା ଖାଇଲା। ସାଢ଼େ ତିନିଟା ବେଳକୁ ସେ କାରେନିନ୍ ବେକରେ ଦଉଡ଼ି ବାନ୍ଧିଲା ଓ ସହର ଉପକଣ୍ଠ ଆଡ଼କୁ ଚାଲିଲା (ପୁଣି ଥରେ ଚାଲିବା) ଯେଉଁଠି ତାର

ହୋଟେଲଟା ଥିଲା । ମେଗାଜିନ୍ କାର୍ଯ୍ୟାଳୟରୁ ତାକୁ ଚାକିରୀରୁ ବହିଷ୍କାର କରିଦେଲାପରେ ସେ ଗୋଟେ ହୋଟେଲର ବାର୍‌ରେ କାମଟିଏ ପାଇଥିଲା । ଜୁରିଚ୍‌କୁ ଫେରି ଆସିବାର ଅନେକ ମାସ ପରେ ଏଇୟା ଘଟିଥିଲା : ଗୋଟେ ସପ୍ତାହ ସେ ରୁଷୀୟ ଟ୍ୟାଙ୍କ୍‌ର ଫଟୋ ଉଠାଇଥିବାରୁ ସେମାନେ ଶେଷରେ ତାର ଦୋଷ କ୍ଷମା କରି ପାରିଲେ ନାହିଁ । ସେ ବନ୍ଧୁମାନଙ୍କ ଜରିଆରେ କାମଟି ପାଇଥିଲା ଯେଉଁମାନେ ରୁଷମାନଙ୍କ ହାତରେ ଚାକିରୀ ହରାଇଲା ପରେ ସେପରି ଆଶ୍ରୟ ନେଇଥିଲେ : ଧର୍ମଶାସ୍ତ୍ରର ଜଣେ ପ୍ରାକ୍ତନ ପ୍ରଫେସର ଏକାଉଣ୍ଟିଂ ଅଫିସରେ, ଜଣେ ରାଷ୍ଟ୍ରଦୂତ (ଯିଏ କି ବିଦେଶୀ ଟେଲିଭିଜନ୍‌ରେ ସେନା ଅଧିକାର ବିରୋଧରେ ପ୍ରତିବାଦ କରିଥିଲେ) ରିସେପସନ୍ ଡେସ୍କ୍‌ରେ ।

ସେ ପୁଣି ଥରେ ତାର ଗୋଡ଼କୁ ନେଇ ଚିନ୍ତିତ ହେଲା । ଛୋଟିଆ ସହରର ରେଷ୍ଟୁରାଣ୍ଟ୍‌ରେ ପରିଚାରିକା ଭାବରେ କାମ କରୁଥିଲାବେଳେ ସେ ବୟସ୍କା ପରିଚାରିକା ମାନଙ୍କର ଉପରକୁ ଫୁଟି ଉଠୁଥିବା ସ୍ଫୀତ ଶିରାକୁ ଦେଖି ଡରିଯାଇଥିଲା । ଅନବରତ ଚାଲିବା, ଧାଁ ଦୌଡ଼ କରିବା ଓ ଓଜନିଆ ବୋଝ ଧରି ଠିଆ ହେବାର କାମର ଏହାହିଁ ପରିଣାମ । ନୂଆଁ ଚାକିରୀଟାରେ ଏତେଟା କାମର ଚାପ ନ ଥିଲା : ଯଦିଓ ପ୍ରତିଦିନ ଓଜନଦାର ବିଅର ବାକ୍ସ ଓ ମିନରାଲ ପାଣିର ବାକ୍ସ ସବୁ ତାକୁ ଟାଣି ଟାଣି ବାହାର କରିବାକୁ ପଡ଼ିଥାଏ; କାମ କହିଲେ ତାକୁ ଛିଡ଼ା ହେଇ ଗ୍ରାହକମାନଙ୍କୁ ପାନୀୟ ପରଷିବାକୁ ପଡ଼େ ଓ ଗ୍ଲାସ ଗୁଡ଼ାକ ପରେ ବାର୍ ସେ ପାଖ ବେସିନ୍‌ରେ ଧୋଇ ରଖିବାକୁ ପଡ଼ିଥାଏ । ଏଇ ସମୟତକ କାରେନିନ୍ ବେଶ୍ ଶାନ୍ତଶିଷ୍ଟ ହେଇ ତାର ପାଦ ତଳେ ପଡ଼ି ରହିଥାଏ ।

ହିସାବ କିତାବ ଶେଷ କରି ହୋଟେଲ ମେନେଜରଙ୍କୁ ନଗଦ ଟଙ୍କା ଫେରାଇଲାବେଳକୁ ଅଧା ରାତି ଉପରେ । ତାପରେ ସେ ରାତି ଡ୍ୟୁଟିରେ ଥିବା ରାଷ୍ଟ୍ରଦୂତଙ୍କୁ 'ଶୁଭରାତ୍ରୀ' କହିବାକୁ ଗଲା । ରିସେପସନ୍ ଡେସ୍କ ପଛରେ ଥିବା କବାଟଟା ଗୋଟେ ଛୋଟିଆ କୋଠରୀକୁ ଯାଇଛି । ସେଠି ପଡ଼ିଥିବା ସରୁ ଖଟିଆଟାରେ ସେ ଟିକେ ଶୋଇପଡ଼ନ୍ତି । ଖଟିଆ ଉପର କାନ୍ଥଟା ତାଙ୍କର ନିଜର ଓ ଅନ୍ୟମାନଙ୍କର କାଚ ବନ୍ଧେଇ ଫଟୋରେ ଭରି ଯାଇଛି । କେଉଁଥିରେ ଲୋକେ ସହାସ୍ୟ ଭଙ୍ଗୀରେ କେମେରା ଆଡ଼କୁ ଚାହିଁଥାନ୍ତି କିମ୍ବା ତାଙ୍କ ସହିତ କରମର୍ଦ୍ଦନ କରୁଥାନ୍ତି କିମ୍ବା ଟେବୁଲ ପାଖରେ ତାଙ୍କ ସହିତ ବସି କିଛି ଗୋଟେ ସ୍ୱାକ୍ଷର କରୁଥାନ୍ତି । ତା ଭିତରୁ କେତୋଟିରେ ବିଖ୍ୟାତ ବ୍ୟକ୍ତି ବିଶେଷଙ୍କର ସ୍ୱାକ୍ଷର ରହିଥାଏ । ସମ୍ମାନାସ୍ପଦ ଜାଗାଟିରେ ତାଙ୍କର ନିଜ ମୁହଁ ପାଖରେ ଜନ୍.ଏଫ.କେନେଡିଙ୍କ ହସହସ ମୁହଁଟିର ଫଟୋଟିଏ ଝୁଲୁଥାଏ ।

ସେଇ ରାତିରେ ଟେରେଜା ତାଙ୍କର ରୁମ୍‌କୁ ପଶିଲାବେଳେ ସେ କେନେଡ଼ିଙ୍କର ସହିତ କଥାବାର୍ତ୍ତା କରୁ ନ ଥିଲେ। ବରଂ ପାଖାପାଖି ଷାଠିଏ ବର୍ଷର ଜଣେ ଲୋକ ସହିତ କଥାବାର୍ତ୍ତା କରୁଥିଲେ। ଲୋକଟାକୁ ଟେରେଜା ଆଗରୁ କେବେ ଦେଖି ନ ଥିଲା। ଟେରେଜାକୁ ଦେଖିଲାକ୍ଷଣି ସେ ଚୁପ୍ ରହିଗଲା।

'ନାଁ, ନାଁ, ଠିକ୍ ଅଛି।' ରାଷ୍ଟ୍ରଦୂତ ଜଣକ କହିଲେ। "ସେ ଜଣେ ବନ୍ଧୁ। ତମେ ତା ସାମ୍ନାରେ ବେଶ୍ ଖୋଲାଖୋଲି କଥାବାର୍ତ୍ତା କରିପାର।" ତାପରେ ସେ ଟେରେଜା ଆଡକୁ ବୁଲିପଡ଼ି କହିଲେ, "ତାର ପୁଅକୁ ଆଜି ପାଞ୍ଚବର୍ଷ ସଜା ହେଲା।"

ସେ ଜାଣିବାକୁ ପାଇଲା ଯେ ସୈନ୍ୟ ଅଧିକାରର ପ୍ରଥମ କେତେଦିନ ମଧ୍ୟରେ ସେହି ଲୋକଟାର ପୁଅ ଓ ତାର କେତେଜଣ ବନ୍ଧୁ ରୁଷ ସେନାବାହିନୀର ସ୍ୱତନ୍ତ୍ର ପାହ୍ୟାପ୍ରାପ୍ତ କର୍ମଚାରୀମାନେ ରହୁଥିବା କୋଠାର ପ୍ରବେଶ ପଥରେ ଛିଡା ହୋଇ ଜଗି ରହିଥିଲେ। ସେଠିକୁ ଯିବା ଆସିବା କରୁଥିବା ଯେ କୌଣସି ଚେକ୍ ରୁଷୀୟ୍ମାନଙ୍କରେ ଏଜେଣ୍ଟ୍ ହେଇଥିବାରୁ ସେମାନେ ତାଙ୍କର ପିଛା କଲେ, ତାଙ୍କର ଗାଡ଼ିର ନମ୍ବର ଖୋଜି ଟିପି ରଖିଲେ ଓ ଖବରଟିକୁ ଡ୍ୟୁବେକ୍‌ଙ୍କୁ ସମର୍ଥନ କରୁଥିବା ଗୁପ୍ତ ରେଡ଼ିଓ ଓ ଟେଲିଭିଜନ୍ ପ୍ରସାରଣକର୍ତ୍ତାଙ୍କୁ ନେଇଦେଲେ ଯିଏ ପରେ ଜନସାଧାରଣଙ୍କୁ ସତର୍କ କରିଦେଲେ। ତା ଭିତରର ପିଲାଟା ଓ ତାର ସାଙ୍ଗମାନେ ଏମିତି ପ୍ରତାରକଙ୍କ ଭିତରୁ ଜଣକୁ ବହେ ଛେଚିଲେ।

ପିଲାଟାର ବାପା କହିଲେ, "ଏହି ଫଟୋଖଣ୍ଡିକ ହିଁ ମୂଳ କଥା ଥିଲା। ଫଟୋ ନ ଦେଖାଇଲା ଯାଏଁ ସେସବୁ ଅସ୍ୱୀକାର କରୁଥିଲା।"

ସେ ପର୍ସରୁ ଫଟୋ ଖଣ୍ଡିକ କାଢ଼ିଲେ। ଟାଇମ୍‌ସ୍‌ର ୧୯୬୮ ଶାରଦୀୟ୍ ସଂଖ୍ୟାରେ ଏଇଟା ବାହାରିଥିଲା।

ଫଟୋରେ ଜଣେ ଯୁବକ ଆଉ ଜଣକର ତଣ୍ଟିକୁ ଧରିଥିଲା। ପ୍ରଚ୍ଛଦ ପଟରେ ଦେଖଣାହାରୀ ଜନତାଙ୍କ ଭିଡ। ଶିରୋନାମା ଥିଲା- 'ପ୍ରତାରକ ଦଣ୍ଡିତ।'

ଟେରେଜା ଆଶ୍ୱସ୍ତିର ନିଶ୍ୱାସ ଛାଡ଼ିଲା। ନା, ଏଇ ଫଟୋଟା ତାର ନୁହେଁ।

ରାତ୍ରୀରେ ପ୍ରାଗ୍‌ରେ କାରେନିନ୍ ସହିତ ଘରକୁ ଫେରୁଫେରୁ ଟ୍ୟାଙ୍କର ଫଟୋ ଉଠା ଦିନଗୁଡ଼ାକୁ ତାର ମନେ ପକାଇଲା। ସେମାନେ ସତରେ କେତେ ମୂର୍ଖ : ଭାବୁଥିଲେ, ସେମାନେ ନିଜ ଦେଶ ପାଇଁ ତାଙ୍କର ଜୀବନକୁ ପାଣି ଛଡ଼େଇ ଫଟୋ ଉଠାଉଛନ୍ତି, କିଂତୁ ଅସଲରେ ସେମାନେ ରୁଷ ପୋଲିସକୁ ହିଁ ସାହାଯ୍ୟ କରୁଥିଲେ।

ରାତି ଦେଢ଼ଟାରେ ସେ ଘରକୁ ଫେରିଲା। ଟମାସ ଶୋଇ ପଡ଼ିଥିଲା। ତା ମୁଣ୍ଡ ବାଳରୁ ସ୍ତ୍ରୀ-ଯୌନାଙ୍ଗର ଗନ୍ଧ ଉଠୁଥାଏ।

(୮)

ଉପରଠାଉରିଆ ପ୍ରେମ ଲୀଳା କଣ ? ଜଣେ କହିପାରେ ଯେ ଏଇ ରଙ୍ଗଢ଼ଙ୍ଗଟା ଆଉ ଜଣକୁ ଧାରଣା କରାଏ ଯେ ଯୌନ ସଂସର୍ଗ ନିଶ୍ଚିତ ନ ହେଲେ ମଧ୍ୟ ତାର ସମ୍ଭାବନା ରହିଛି । ଅନ୍ୟ ଅର୍ଥରେ, ଗ୍ୟାରେଣ୍ଟି ନ ଥାଇ ଏହା ଏକ ଯୌନ ସଂପର୍କର ପ୍ରତିଶ୍ରୁତିଟିଏ ।

ବାର୍‌ରେ ଟେରେଜା ଗ୍ରାହକମାନଙ୍କୁ ମଦ୍ୟ ପରିବେଷଣ କଲାବେଳେ ସେମାନେ ତା ସହିତ ଏମିତି ରଙ୍ଗ ରସରେ କଥାବାର୍ତ୍ତା କରୁଥିଲେ । ସେଇ ଅସରନ୍ତି ତୋଷାମଦର ସ୍ରୋତ, ଦ୍ୱିଅର୍ଥବୋଧକ କଥା, ରଙ୍ଗହୀନ ଫିକା ମନଗଢ଼ା କାହାଣୀ, ପ୍ରସ୍ତାବ, ଚାପା ହସ ଓ କଟାକ୍ଷରେ ସେ କଣ ବିରକ୍ତି ହେଉଥିଲା ? ଆଦୌ ନୁହେଁ । ତାର ଶରୀରକୁ ଉନ୍ମୋଚିତ (ବିରାଟ ବିସ୍ତୃତ ପୃଥିବୀ ଭିତରକୁ ଯେଉଁ ଅଜଣା ଶରୀରକୁ ସେ ବହିଷ୍କାର କରିଦେବାକୁ ଚାହିଁଥିଲା) କରିବାକୁ ତାର ଅଦମ୍ୟ ଇଚ୍ଛା ହେଉଥିଲା ।

ଟମାସ ତାକୁ ବୁଝାଇବାକୁ ଚେଷ୍ଟା କରୁଥାଏ ଯେ ପ୍ରେମ ଓ ସମ୍ଭୋଗ ଦୁଇଟା ଭିନ୍ନ କଥା । ସେ ବୁଝିବାକୁ ନାରାଜ । ଆଉ ଏବେ ସେହି ତଫାତକୁ ଟିକେ ସୁଦ୍ଧା ଖାତିର କରୁ ନ ଥିବା ପୁରୁଷମାନେ ତାକୁ ଚାରିକଡ଼େ ବେଢ଼ି ରହିଛନ୍ତି । ତାଙ୍କ ସହିତ ସମ୍ଭୋଗ କେମିତି ହୁଅନ୍ତା ? ଗ୍ୟାରେଣ୍ଟି ନ ଥିବା ଯୌନସଂପର୍କ ଜନିତ ପ୍ରେମାଭିନୟ କରି ଆଗକୁ ବଢ଼ିବାକୁ ତାର ମନ ବଳିଲା ।

ଏଥିରେ ଭୁଲ୍ ବୁଝିବା କଥା ନୁହଁ : ଟେରେଜା ଟମାସ ଉପରେ ପ୍ରତିଶୋଧ ନେବାକୁ ଚାହିଁ ନ ଥିଲା । ସେ କେବଳ ଏଇ ଗୋଲକଧନ୍ଦା ଭିତରୁ ବାହାରିବାକୁ ଚାହିଁଲା । ସେ ଜାଣିଲା ଯେ ସେ ଟମାସ ଉପରେ ଗୋଟେ ବୋଝ ହେଇ ଗଲାଣି : ସେସବୁ କଥାକୁ ଅତି ଗମ୍ଭୀରତାର ସହିତ ନେଉଛି, ଫଳରେ ସବୁ କଥା ଦୁଃଖାନ୍ତନାଟକ ବା ଟ୍ରେଜେଡ଼ି ହେବାରେ ଲାଗିଛି । ଦୈହିକ ପ୍ରେମର କୌତୁକପ୍ରଦ ତୁଚ୍ଛତା ଓ ଲଘୁତାକୁ ବୁଝିବାରେ ବିଫଳ ମନେ ହେଲା । ଏଇ ସହଜତାକୁ ସେ ଶିଖିପାରନ୍ତା କି ! ତାର ଏଇ ପୁରୁଣାକାଳିଆ ମରହଟ୍ଟୀ ଖୋଳପାରୁ ତାକୁ ବାହାରିବା ପାଇଁ ସେ ଜଣକର ସାହାଯ୍ୟ ଚାହୁଁଥିଲା ।

ଯଦି ହାଲକାଫୁଲ୍‌କା ପ୍ରେମ ବା ଫ୍ଲର୍ଟ କରିବାଟା କେତେଜଣ ସ୍ତ୍ରୀଲୋକଙ୍କର ଅଭ୍ୟାସ, ନିତିଦିନିଆ ସାଧାରଣ ଘଟଣା ହେଇଥାଏ, ଟେରେଜା ପାଇଁ ତାହା ଗବେଷଣା ପାଇଁ ଏକ ଗୁରୁତ୍ୱପୂର୍ଣ୍ଣ କ୍ଷେତ୍ରରେ ପରିଣତ ହେଲା । ସେ ନିଜେ କିଏ ଓ ତାର ଦକ୍ଷତା ବିଷୟରେ ନିଜକୁ ଶିକ୍ଷା ଦେବାଟା ହିଁ ତାର ଲକ୍ଷ୍ୟ ହେଲା । କିନ୍ତୁ

ବିଷୟଟାକୁ ଗୁରୁ ଓ ଗମ୍ଭୀର କରିଦେଇ ସେ କଥାଟିର ଲଘୁତା ଓ ତୁଚ୍ଛତାରୁ ନିଜକୁ ବଞ୍ଚିତ କଲା, ଆଉ ସେଇଟା ଜବରଦସ୍ତି ମାତ୍ରାଧିକ ଖଟଣି ପରି ଲାଗିଲା । ସେ ପ୍ରତିଶ୍ରୁତି ଓ ଅନିଶ୍ଚିତତା ଭିତରେ ଥିବା ଭାରସାମ୍ୟକୁ ଦୋହଲାଇ ଦେଲା (ଯେଉଁ ଭାରସାମ୍ୟ ରକ୍ଷା କରିପାରିବାଟା ଫ୍ଲର୍ଟ କରିବାରେ ନୈପୁଣ୍ୟର ଲକ୍ଷଣ); ସେ ଖୁବ୍ ନିଷ୍ଠାର ସହିତ ପ୍ରତିଶ୍ରୁତି ଦେଲା । ତେବେ ସେଇ ପ୍ରତିଶ୍ରୁତିରେ କୌଣସି ଗ୍ୟାରେଣ୍ଟି ନାହିଁ ତାହା ସେ ସ୍ପଷ୍ଟ କଲା ନାହିଁ । ଅନ୍ୟ ଅର୍ଥରେ, ସେ ଯେ ପ୍ରତ୍ୟେକଙ୍କ ପାଇଁ ସହଜଲବ୍ଧ ବୋଲି ଗୋଟେ ଧାରଣା ଦେଲା । କିଂତୁ ପୁରୁଷମାନେ ସେମାନେ ଯାହା ପାଇବାର ପ୍ରତିଶ୍ରୁତି ପାଇଥିଲେ ବୋଲି ଭାବିଲେ ତାହା ମାଗିଲାରୁ ସେମାନେ ତୀବ୍ର ପ୍ରତିରୋଧର ସମ୍ମୁଖୀନ ହେଲେ । ସେମାନଙ୍କର ଏକମାତ୍ର ଅନୁଭବ ହେଲା ଏଇ ଯେ ଟେରେଜା ଗୋଟିଏ ଦୁଷ୍ଟବୁଦ୍ଧି ଓ ଭଣ୍ଡ ।

(୯)

ଦିନେ, ବାର୍ ଷ୍ଟୁଲ ଉପରେ ଗୋଡ଼ ମେଲାଇ ବସିଥିବା ପ୍ରାୟ ଷୋହଳବର୍ଷର ପିଲାଟିଏ କେତୋଟି କାମୋଦ୍ଦୀପକ ଶବ୍ଦ ଶୁଣାଇଲା । ସାଧାରଣ କଥାବାର୍ତ୍ତା ଭିତରେ ଏହା ଗୋଟେ ଚିତ୍ରର ଭୁଲ ଗାରଟିଏ ପରି ଥିଲା ଯେଉଁଟା ଆଗକୁ ଟାଣି ହେବ ନାହିଁ ।

'ତମର ଗୋଡ଼ ଦୁଇଟା ବେଶ୍ ସୁନ୍ଦର ତ ?'

- 'ତମେ ତାହେଲେ କାଠ ଭେଦି ଦେଖିପାର ।' ସେ ତତ୍କ୍ଷଣାତ୍ ରାଗିକି କହିଲା ।

'ମୁଁ ତମକୁ ରାସ୍ତାରେ ଦେଖିଛି'; ସେ କହିଲା । କିଂତୁ ସେତେବେଳକୁ ଟେରେଜା ବୁଲିପଡ଼ି ଅନ୍ୟ ଜଣେ ଗ୍ରାହକକୁ ପାନୀୟ ପରିବେଷଣ କରୁଥିଲା । ତାକୁ ଦେଇ ସାରିଲାପରେ ପିଲାଟା ଟେରେଜାକୁ ଗୋଟେ କଗ୍ନାକ୍ ପାଇଁ ଅର୍ଡର କଲା । ଟେରେଜା ମୁଣ୍ଡ ହଲାଇ ମନା କଲା ।

'କିଂତୁ ମୁଁ ତ ଅଠରବର୍ଷର' ସେ ଆପତ୍ତି କଲା ।

'ମୁଁ ତମର ପରିଚୟପତ୍ର ଦେଖିପାରେ କି ?' ଟେରେଜା କହିଲା ।

ନା ଦେଖି ପାରିବନି, ପିଲାଟା କହିଲା ।

'ତା ହେଲେ ମୃଦୁ ପାନୀୟ ପିଇଲେ ଚଳିବକି ?'

ପଦେସୁଦ୍ଧା ନ କହି ପିଲାଟା ଷ୍ଟୁଲ ଉପରୁ ଉଠି ପଡ଼ି ସେଠୁ ଚାଲିଗଲା । ଅଧଘଣ୍ଟା ପରେ ସେ ପୁଣି ସେଠାକୁ ଫେରି ଆସିଲା । ଦେଖାଇ ହେଲା ପରି ଅଙ୍ଗଭଙ୍ଗୀ ସହ ସେ ବାର୍‌ର ଗୋଟେ ସିଟ୍‌ରେ ବସିଲା । ଦଶଫୁଟ୍ ପରିଧିକୁ ବ୍ୟାପିଲା ପରି

ତାର ପ୍ରଶ୍ୱାସରେ ଅତ୍ୟଧିକ ମଦ୍ୟପାନର ଗନ୍ଧ ଉଠୁଥାଏ। 'ମତେ ସେଇ ମୃଦୁ ପାନୀୟଟେ ଦିଅ', ସେ ଅର୍ଡର କଲା।

'କାହିଁକି ଦେବି, ତମେ ଯେ ମାତାଲ ହେଇଛ', ଟେରେଜା କହିଲା।

ଟେରେଜାର ପଛପଟେ ଗୋଟେ ସାଇନ୍‌ବୋର୍ଡକୁ ପିଲାଟା ହାତ ଦେଖାଇଲା: ଅପ୍ରାପ୍ତବୟସ୍କଙ୍କୁ ମଦ ବିକିବା ସଂପୂର୍ଣ୍ଣ ନିଷେଧ। 'ମତେ ମଦ ପରିବେଷଣ କରିବାକୁ ତମକୁ ନିଷେଧ କରାଯାଇଛି', ହାତଟାକୁ ସାଇନ୍‌ବୋର୍ଡରୁ ଟେରେଜା ଆଡକୁ ଦେଖାଇ କହିଲା। 'କିଂତୁ ମତେ ମଦ ପିଇବା ପାଇଁ ନିଷେଧ କରାଯାଇ ନାହିଁ।'

'କୋଉଠୁ ପିଇକି ଆସିଲ ?' ଟେରେଜା ପଚାରିଲା।

'ତମକୁ ଦେଖିବାକୁ ଆସିଲି', ସେ କହିଲା, 'ମୁଁ ତମକୁ ଭଲ ପାଏ।'

'ଏକଥା କହିଲାବେଳେ ତାର ମୁହଁଟା ବିକୃତ ଭାବରେ ସାଙ୍କୁରି ଗଲା। ସେ ପ୍ରକୃତରେ ତାଙ୍କୁ ଚିଡ଼ାଉଛି କିମ୍ବା ପ୍ରେମ ନିବେଦନ କରୁଛି ବା ଥଟ୍ଟା କରୁଛି ସେଇଟା ଟେରେଜା ଠଉରାଇ ପାରିଲାନି। ଅଥବା ସେ ଏତେ ପିଇ ଦେଇଛି ଯେ କଣ କହୁଛି ତା ଜାଣି ପାରୁନି ?

ତା ସାମ୍ନାରେ ମୃଦୁ ପାନୀୟଟା ଥୋଇ ଦେଇ ସେ ଅନ୍ୟ ଗ୍ରାହକ ପାଖକୁ ଗଲା। 'ମୁଁ ତମକୁ ଭଲପାଏ !' ପିଲାଟାର ସବୁ ଶକ୍ତିକୁ ନିଃଶେଷ କରି ଦେଲା ପରି ବୋଧ ହେଲା। ସେ ଚୁପ୍‌ଚାପ୍ ଗ୍ଲାସଟା ଖାଲି କରିଦେଲା, କାଉଣ୍ଟରରେ ପଇସା ଦେଇଦେଲା ଓ ଟେରେଜା ପୁଣିଥରେ ମୁହଁ ଫେରାଇବା ଆଗରୁ ସେଠୁ ଖସିଗଲା।

ସେ ଯିବାର ଘଡ଼ିଏ ପରେ ଗେଡ଼ା ଚନ୍ଦାମୁଣ୍ଡିଆ ଲୋକଟାଏ ତାର ତିନି ନମ୍ବର ଭୋଡ୍‌କା ଗ୍ଲାସ ପିଉପିଉ କହିଲା, 'ଅପ୍ରାପ୍ତବୟସ୍କଙ୍କୁ ମଦ୍ୟ ପରିବେଷଣ କରିବାଟା ଆଇନ ବିରୁଦ୍ଧ, ଏକଥା ତମେ ଜାଣି ରଖିବା କଥା।'

'ମୁଁ ତାକୁ ମଦ ଦେଇ ନ ଥିଲି, ସେଇଟା ମୃଦୁ ପାନୀୟ।'

'ତା ଭିତରେ ତମେ କଣ ଢ଼ାଳିଦେଲ ମୁଁ ଦେଖିଛି।'

'କଣ ଏମିତି ବାଜେ କଥା କହୁଛ ?'

'ମତେ ଆଉ ଗୋଟେ ଭୋଡ୍‌କା ଦିଅ।' ପୁଣି କହିଲା, 'ମୋ ଆଖିଟା କେତେବେଳୁ ତମ ଉପରେ ଲାଖି ରହିଲାଣି।'

'ତାହେଲେ ସୁନ୍ଦରୀ ନାରୀ ଜଣଙ୍କୁ ଦେଖି ଖୁସି ହେଇ ପାଟି ବନ୍ଦ କରି ରହୁନ ?' ସେତେବେଳକୁ ପୁରା ଦୃଶ୍ୟଟିକୁ ନିରୀକ୍ଷଣ କରିବା ପାଇଁ ବାରକୁ ଆସିଥିବା ଡେଙ୍ଗା ଲୋକଟିଏ ମଝିରେ କଥା ଯୋଡ଼ିଲା।

'ତମେ ଏଥିରେ ପଶ ନାହିଁ !' ଚନ୍ଦାଲୋକଟା ପାଟି କଲା, 'ତମର ଏଥିରେ ମୁଣ୍ଡ ଖେଳାଇବାର କଣ ଅଛି ?'

'ଆଉ ଯଦି ମୁଁ ପଚାରେ, ତମର ଏଥିରେ କଣ ଅଛି ?' ଡେଙ୍ଗା ଲୋକଟା ପାଲଟା ଜବାବ ଦେଲା ।

ଟେରେଜା ଚନ୍ଦା ଲୋକଟାକୁ ତାର ଭୋଡ଼କା ପରିବେଷଣ କଲା । ସେ ଏକାଥରକେ ଢୋକି ଦେଲା, ପଇସା ଦେଲା ଓ ସେଠୁ ଚାଲିଗଲା ।

'ଧନ୍ୟବାଦ', ଟେରେଜା ଡେଙ୍ଗା ଲୋକଟାକୁ କହିଲା ।

'ଠିକ୍ ଅଛି', ଡେଙ୍ଗା ଲୋକଟା କହିଲା ଓ ସେ ମଧ୍ୟ ତା ବାଟରେ ଚାଲିଗଲା ।

(୧୦)

କିଛିଦିନ ପରେ ସେ ପୁଣି ବାର୍‌କୁ ଆସିଲା । ତାକୁ ଦେଖି ଟେରେଜା ଜଣେ ବନ୍ଧୁ ପରି ହସିଲା । 'ପୁଣି ଥରେ ଧନ୍ୟବାଦ । ସେଇ ଚନ୍ଦାଲୋକଟା ପ୍ରାୟ ସବୁବେଳେ ଆସେ । ଲୋକଟା ନିହାତି ଭାବରେ ବିରକ୍ତିକର ।'

'ଛାଡ଼ ତା କଥା ।'

'ମତେ କଣ ପାଇଁ ସେ ଏମିତି ଅଶାନ୍ତି କରେ ?'

'ସେ ଗୁଡ଼ାଏ ପିଆପିଇ କରିଦିଏ । ତା କଥା ଛାଡ଼ ।'

'ତମେ ବି ତ ସେଇୟା କରୁଛ ।'

ଡ଼େଙ୍ଗା ଲୋକଟା ତାର ଆଖିରେ ଆଖି ମିଳାଇ ଚାହିଁଲା ।

'ରାଣ ପକାଅ ତ ?'

'ହଁ ସତରେ ରାଣ ରହିଲା ।'

'ତମକୁ ଏମିତି ମତେ କଥା ଦେବାଟା ଶୁଣିବାକୁ ଭଲ ଲାଗେ', ତାକୁ ସେମିତି ଚାହିଁ ରହି ସେ କହିଲା ।

ପ୍ରେମାଭିନୟର ଅୟମାରମ୍ଭ । ଯେଉଁ ଚାଲିଚଳନରେ ଜଣକର ହୃଦ୍‌ବୋଧ ହୁଏ ଯେ ଯୌନ ସଂପର୍କ ସମ୍ଭବପର, ଯଦିଓ ସେଇ ସମ୍ଭାବନାଟା କେବଳ କଥାରେ ରହସ୍ୟମୟ ହେଇ ରହେ ।

'ତମ ପରି ସୁନ୍ଦର ଝିଅଟାଏ ପ୍ରାଗ୍‌ର ସବୁଠୁ ଏମିତି ବାଜେ ଜାଗାରେ କଣ କରୁଛି ?'

'ଆଉ ତମେ ? ସେ ଓଲଟି ପଚାରିଲା । ତମେ ପୁଣି ପ୍ରାଗ୍‌ର ଏଇ ବାଜେ ଜାଗାରେ କଣ କରୁଛ ?'

ସେ ତାକୁ ଏଇ ପାଖରେ ରହୁଥିବାର କହିଲା । ସେ ଜଣେ ଇଞ୍ଜିନିୟର । ଯୋଗକୁ ସେଦିନ କାମରୁ ଫେରିଲାବେଳେ ବାଟରେ ସେଠି ଅଟକି ଯାଇଥିଲା ।

(୧୧)

ଯେତେବେଳେ ଟେରେଜା ଟମାସକୁ ଦେଖିଲା, ତାର ଆଖିଟା ଟମାସର ଆଖିରେ ମିଶିଲାନି । ଦୃଷ୍ଟିଟା ତିନି ଚାରି ଇଞ୍ଚ୍ ଉପରେ ତାର ବାଳରେ ପଡ଼ିଲା । ବାଳରୁ ପରନାରୀ ଯୌନାଙ୍ଗର ଗନ୍ଧ ଉଠୁଥାଏ ।

'ମୁଁ ଆଉ ପାରୁନି, ଟମାସ । ମୁଁ ଜାଣେ ଯେ ମୋର ଏମିତି ଅଭିଯୋଗ କରିବା କଥା ନୁହଁ । ତମେ ମୋ ପାଇଁ ପ୍ରାଗ୍‌କୁ ଫେରି ଆସିଲା ପରଠୁ ମୁଁ ଆଉ ଇର୍ଷ୍ୟାପରାୟଣ ନ ହେବା ପାଇଁ ନିଜକୁ ବହୁତ ବୁଝାଇଛି । ମୁଁ ଇର୍ଷ୍ୟାତୁର ହେବାକୁ ଚାହୁଁ ନାହିଁ । ମୁଁ ଭାବୁଛି, ଏସବୁ ବରଦାସ୍ତ କରିବା ପାଇଁ ମୋର ବୋଧହୁଏ ବଳ ନାହିଁ । ମତେ ଟିକେ ଦୟାକରି ସାହାଯ୍ୟ କର !'

ଟମାସ ତାର ହାତ ଧରି ପାର୍କକୁ ନେଇଗଲା । ଯୋଉଠିକି କେତେବର୍ଷ ଆଗରୁ ଅନେକଥର ସେମାନେ ବୁଲି ଯାଇଥିଲେ । ପାର୍କରେ ନାଲି, ନୀଳ ଓ ହଳଦିଆ ରଙ୍ଗର ବେଞ୍ଚ୍ ପଡ଼ିଥାଏ । ସେଠି ସେମାନେ ବସିପଡ଼ିଲେ ।

'ମୁଁ ତମକୁ ବୁଝିପାରୁଛି । ତମେ କଣ ଚାହଁ ତା ମୁଁ ଜାଣେ', ଟମାସ କହିଲା । ମୁଁ ସବୁ ବ୍ୟବସ୍ଥା କରିଦେଇଛି । ତମକୁ ଖାଲି ପେଟ୍ରିନ୍ ହିଲକୁ ଚଢ଼ିବାକୁ ପଡ଼ିବ ।

'ପେଟ୍ରିନ୍ ହିଲ୍ ?' ସେ ଗୋଟେ ରକମ ବ୍ୟସ୍ତ ବିବ୍ରତ ହେଇପଡ଼ିଲା 'ପେଟ୍ରିନ୍ ହିଲ୍ କଣ ପାଇଁ ?'

'ତମେ ସେଠିକି ଗଲେ ଦେଖିବ ।'

ଯିବା କଥା ଶୁଣି ସେ ବିଷର୍ଣ୍ଣ ହେଇଗଲା । ତାର ଦେହଟା ଏତେ ଦୁର୍ବଳ ଲାଗିଲା ଯେମିତିକି ସେ ବେଞ୍ଚ୍‌ରୁ ଦେହର ଭାରାକୁ ଉଠାଇ ପାରିବନି । କିଂତୁ ନିୟମତଃ ସେ ଟମାସକୁ ଅବଜ୍ଞା କରି ପାରେ ନାହିଁ । ବାଧ୍ୟ ହେଇ ସେ ଠିଆ ହେଲା । ସେ ପଛକୁ ଚାହିଁଲା । ତା ଆଡ଼କୁ ଖୁସିରେ ଚାହିଁ ରହି ଟମାସ ସେ ଯାଏଁ ବେଞ୍ଚ୍‌ରେ ବସିଥାଏ । ହାତ ହଲାଇ ସେ ତାକୁ ଆଗକୁ ଯିବାକୁ ସଙ୍କେତ ଦେଲା ।

(୧୨)

ପ୍ରାଗ୍‌ର ମଧ୍ୟସ୍ଥଳରେ ଉଠିଥିବା ସବୁଜ ମାଟିସ୍ତୁପ, ପେଟ୍ରିନ୍ ହିଲ୍‌ର ପାଦ ଦେଶରେ ବାହାରି ଜାଗାଟିକୁ ଜନଶୂନ୍ୟ ଦେଖି ଟେରେଜା ଆଶ୍ଚର୍ଯ୍ୟ ହେଇଗଲା । ଅଦ୍ଭୁତ ଲାଗିଲା । କାରଣ ଅନ୍ୟ ସମୟରେ ପ୍ରାଗ୍‌ର ଅଧା ଲୋକ ଏଠି ଏଣେତେଣେ

ବୁଲୁଥାନ୍ତି । କଥାଟା ତାକୁ ଚିନ୍ତିତ କଲା । କିଂତୁ ପାହାଡ଼ଟା ଏତେ ଶାନ୍ତ ଥିଲା ଓ ତାର ନୀରବତା ଏତେ ମନୋମୁଗ୍‌ଧକର ଥିଲା ଯେ ସେ ତାର ନୀରବ ଶାନ୍ତ ବନ୍ଧନୀରେ ଆପେ ଆପେ ରହିଗଲା । ଆଗକୁ ଚଢ଼ିଲାବେଳେ ବାଟରେ ସେ ରହିରହିକା ପଛକୁ ଫେରି ଚାହିଁଲା : ତଳେ ଗମ୍ବୁଜ ଓ ପୋଲ, କାଛମାନେ ମୁଷ୍ଟି ଉଠାଇ ତାଙ୍କ ପଥୁରିଆ ଆଖିରେ ମେଘମାଳାକୁ ଚାହିଁ ରହିଥାନ୍ତି । ଏଇଟା ପୃଥିବୀର ସବୁଠୁ ମନୋରମ ନଗରୀ ।

ଶେଷରେ ସେ ସବା ଉପରେ ପହଞ୍ଚିଲା । ଆଇସ୍‌କ୍ରିମ୍ ଓ ସ୍ମାରକୀ ବା ସୁଭେନିର୍ ଦୋକାନ (ଯାହା ସେତେବେଳେ ଖୋଲା ନ ଥିଲା) ସେ ପାଖେ ଲମ୍ବା ଘାସ ପଡ଼ିଆରେ ଏଠି ସେଠି କେତୋଟି ଗଛ । ଘାସ ପଡ଼ିଆରେ ସେ ଅନେକ ପୁରୁଷଙ୍କୁ ଦେଖି ପାରିଲା । ସେ ସେମାନଙ୍କର ଯେତେ ପାଖକୁ ଆସିଲା, ସେତିକି ମନ୍ଥର ଗତିରେ ଚାଲିଲା । ସେମାନେ ସମସ୍ତେ ମିଶି ଛଅ ଜଣ ଥିଲେ । ଗଲ୍‌ଫ ଖେଳାଳୀ ପରି ହାତରେ ବିଭିନ୍ନ ପ୍ରକାର ମୋଟା ବାଡ଼ି ଧରି ଖେଳିବା ପାଇଁ ମାନସିକ ପ୍ରସ୍ତୁତି କଲା ପରି ସେମାନେ ସେଠି ଅଳସ ଗତିରେ ଟହଲ ମାରୁଥାନ୍ତି ।

ଶେଷରେ ସିଏ ସେମାନଙ୍କ ପାଖକୁ ଆସିଲା । ଛଅଜଣଙ୍କ ଭିତରୁ ତିନିଜଣଙ୍କର ତା ପରି ସେଠାକୁ ଆସିଥିଲେ । ସେମାନେ ଅସ୍ଥିର ଥିଲେ । ସବୁ ପ୍ରକାର ପ୍ରଶ୍ନ ପଚାରିବାକୁ ଚାହୁଁଥିଲେ । କିଂତୁ କାଳେ କଣ ଅଦରକାରୀ ଝମେଲା ହେବା ଭୟରେ ଚୁପ୍ ରହି ଖାଲି ଏପଟ ସେପଟ ଉତ୍ସୁକ ହୋଇ ଆଖି ବୁଲାଉଥିଲେ ।

ଅନ୍ୟ ତିନିଜଣ ବଦାନ୍ୟତାର ବଡ଼ିମା ବିକିରଣ କରୁଥାନ୍ତି । ତାଙ୍କ ଭିତରୁ ଜଣେ ହାତରେ ରାଇଫଲଟାଏ ଧରିଥିଲା । ଟେରେଜାକୁ ଦେଖି ପାରି ସେ ହାତ ହଲାଇଲା ଓ ଅଳ୍ପ ହସି କହିଲା, 'ହଁ, ଏଇଟା ସେହି ଜାଗା ।'

ସେ ମୁଣ୍ଡ ଟୁଙ୍ଗାରି ଉତ୍ତର ଦେଲା । କିଂତୁ ତଥାପି ତାକୁ ଭାରି ବ୍ୟସ୍ତ ବିବ୍ରତ ଲାଗିଲା ।

ଲୋକଟା ପୁଣି କହିଲା; 'ଗୋଟେ ଭୁଲକୁ ଆଡ଼େଇବାକୁ ଯାଇ ଶେଷରେ ଏଇଟା ତମର ହିଁ ପସନ୍ଦ, ନୁହଁ କି ?'

ଏମିତି କହିବାଟା ବେଶ୍ ସହଜ ହେଇଥାନ୍ତା, 'ନା, ନା, ଏଇଟା ମୋର ପସନ୍ଦ ନ ଥିଲା !' କିଂତୁ ସେ ଟମାସକୁ ନିରାଶ କରିବାଟା କଳ୍ପନା ସୁଦ୍ଧା କରିପାରିଲାନି । ଘରକୁ ଫେରି ଯିବା ପାଇଁ ସେ କୋଉ ବାହାନା ବା ନିଜକୁ କ୍ଷମା କରିବାର କୋଉ ଆଳ ଖୋଜିବ ? ତେଣୁ ସେ କହିଲା, 'ହଁ, ଅବଶ୍ୟ । ଏଇଟା ମୋର ନିଷ୍ପତ୍ତି ଥିଲା ।'

ରାଇଫଲ୍ ଧରିଥିବା ଲୋକଟା କହି ଚାଲିଥାଏ : 'ମୁଁ ଜାଣିବାକୁ ଚାହିଁବାର କାରଣଟା ବୁଝାଇଦିଏ । ଆମ ପାଖକୁ ଆସୁଥିବା ଲୋକମାନେ ନିଜ ଇଚ୍ଛାରେ ମରିବାର ସିଦ୍ଧାନ୍ତଟା ବିଷୟରେ ଆମେ ନିଶ୍ଚିତ ହେଲେ ଯାଇ ଏପରି ନିଷ୍ପତ୍ତି ନେଇଥାଉ । ଆମେ ଏଇଟାକୁ ଗୋଟେ ସେବା ବୋଲି ଭାବିଥାଉ ।'

ସେ ତାକୁ ଏମିତି ପ୍ରଶ୍ନିଳ ଦୃଷ୍ଟିରେ ଚାହିଁଲା ଯେ ତାକୁ ଟେରେଜା ପୁଣିଥରେ ବୁଝାଇଦେଲା : 'ନା, ନା, ତମେ ଚିନ୍ତା କର ନାହିଁ । ଏଇଟା ମୋର ନିଷ୍ପତ୍ତି ।'

'ତମେ ପ୍ରଥମେ ଯିବାକୁ ଚାହଁ ?' ସେ ପଚାରିଲା ।

ଦଣ୍ଡାଦେଶ ପାରୁପର୍ଯ୍ୟନ୍ତ ଅଟକାଇ ଦେବାକୁ ଚାହୁଁଥିବାରୁ ସେ କହିଲା, 'ନା, ପ୍ଲିଜ୍, ନା । ଯଦି ସମ୍ଭବ ମୁଁ ସବାଶେଷରେ ଯିବାକୁ ଚାହେଁ ।'

'ତମ ଇଚ୍ଛା', ସେ କହିଲା ଓ ଅନ୍ୟମାନଙ୍କ ପାଖକୁ ଗଲା । ତାର ସହଯୋଗୀ ମାନଙ୍କ ଭିତରୁ ଅନ୍ୟ କେହି ହତିଆର ଧରି ନ ଥିଲେ : ମରିବାକୁ ଯାଉଥିବା ଲୋକଙ୍କର ଦେଖାରେଖା କରିବାଟା ସେମାନଙ୍କର ଏକମାତ୍ର କାମ । ସେମାନେ ହାତ ଧରି ଘାସ ପଡ଼ିଆରେ ସେମାନଙ୍କୁ ଚଲାଉଥିଲେ । ସାବୁଜା ଭୁଇଁଟାର ବିସ୍ତୃତି କାହିଁ କେତେଦୂର ଆଖି ପାଇବା ଯାଏଁ ଲମ୍ବିଥାଏ । ମୃତ୍ୟୁ ଦଣ୍ଡାଦେଶ ପାଇଥିବା ଲୋକମାନଙ୍କୁ ନିଜନିଜ ପସନ୍ଦର ଗଛ ବାଛିବାକୁ ଅନୁମତି ମିଳି ଥିଲା । ପ୍ରତିଟି ଗଛ ପାଖରେ ଦଣ୍ଡେ ଲେଖାଏଁ ଅଟକି ମନ ସ୍ଥିର କରି ନ ପାରି ଗଛଟାକୁ ସତର୍କତାର ସହିତ ଦେଖୁଥିଲେ । ସେମାନଙ୍କ ଭିତରୁ ଦୁଇଜଣ ଗୋଟେ ସାଧାରଣ ଗଛଟାକୁ ବାଛିନେଲେ । କିଂତୁ ତୃତୀୟଜଣକ ତାର ମୃତ୍ୟୁ ପାଇଁ ଉପଯୁକ୍ତ ଗଛଟିଏ ବାଛି ନ ପାରି ଖାଲି ବୁଲୁଥାଏ । ଯେଉଁ ସହଯୋଗୀଜଣକ ତାର ହାତ ଧରିଥିଲେ, ସେ ତାକୁ ଧୀରେ ଧୈର୍ଯ୍ୟର ସହିତ ବାଟ କଢ଼ାଇ ନେଉଥିଲେ । ଶେଷରେ ଲୋକଟି ଆଗକୁ ଯିବାର ଆଉ ସାହସ ରଖିଲା ନାହିଁ ଓ ଗୋଟିଏ ପତ୍ରବହୁଳ ମେପଲ୍ ଗଛ ପାଖରେ ଛିଡ଼ା ହେଲା ।

ତାପରେ ସହଯୋଗୀମାନେ ତିନିଜଣଙ୍କୁ ଅନ୍ଧପୁଟୁଳି ବାନ୍ଧିଦେଲେ ।

ଏବଂ ତିନୋଟି ଲୋକ, ଆଖିରେ ଅନ୍ଧପୁଟୁଳି ବାନ୍ଧି ଆକାଶ ଉପରକୁ ମୁହଁ ବୁଲାଇ ବିସ୍ତୃତ ଘାସ ପଡ଼ିଆରେ ତିନୋଟି ଗଛକୁ ଆଉଜି ଠିଆ ହେଲେ ।

ରାଇଫଲ୍ ଧରିଥିବା ଲୋକଟା ନିଶାନା ଲଗାଇ ଗୁଳି ଫୁଟାଇଲା । ପକ୍ଷୀମାନଙ୍କର ସଙ୍ଗୀତ ଛଡ଼ା ଆଉ କିଛି ଶୁଣାଗଲା ନାହିଁ । ରାଇଫଲରେ ସାଇଲେନସର ଖଞ୍ଜା ହେଇଥିଲା । ମେପଲ ଗଛକୁ ଆଉଜି ଚାହିଁଥିବା ଲୋକଟା ତଳେ ପଡ଼ିଯିବା ବ୍ୟତୀତ ଆଉ କିଛି ଦେଖାଗଲା ନାହିଁ ।

ପାଦେ ନ ବଢ଼ି ବନ୍ଧୁକଧାରୀ ଲୋକଟା ଭିନ୍ନ ଦିଗକୁ ରାଇଫଲ୍‌ଟା ବୁଲାଇଲା । ଆଉ ତାଙ୍କ ଭିତରୁ ଆଉ ଜଣେ ବିନା ଶବ୍ଦରେ ଧରାଶାୟୀ ହେଲା । ଆଉ କେତେଟା ସେକେଣ୍ଡ ପରେ (ପୁଣି ବନ୍ଧୁକଧାରୀ ଜଣକ ଖାଲି ବୁଲି ପଡ଼ିଲା), ତୃତୀୟ ଲୋକଟା ଘାସ ପଡ଼ିଆରେ ଲୋଟି ପଡ଼ିଲା ।

(୧୩)

ସହଯୋଗୀମାନଙ୍କ ଭିତରୁ ଜଣେ ଟେରେଜା ପାଖକୁ ଗଲା । ସେ ହାତରେ ଖଣ୍ଡେ ଗାଢ଼ ନୀଳ ରଙ୍ଗର ଫିତା ଧରିଥିଲା ।

ତାକୁ ଅନ୍ଧପୁଟୁଳି ବନ୍ଧା ହେବ ବୋଲି ସେ ଜାଣି ପାରିଲା । ନା, ମୁଣ୍ଡ ହଲାଇ ସେ କହିଲା, ମୁଁ କେବଳ ଦେଖିବାକୁ ଚାହେଁ ।

ତେବେ ଅନ୍ଧପୁଟୁଳି ବାନ୍ଧି ହେବାକୁ ମନା କରିବାର କାରଣ ସେଇୟା ନ ଥିଲା । ଗୁଳି ମାରୁଥିବା ସଶସ୍ତ୍ର ଲୋକକୁ ମେଲା ଆଖିରେ ଚାହିଁବାର ବୀରତ୍ୱ ତାର ନ ଥିଲା । ସେ କେବଳ ମୃତ୍ୟୁକୁ ଦୂରେଇ ଦେବାକୁ ଚାହିଁଲା । ଆଖି ଥରେ ବନ୍ଧା ହେଲେ ସେ ମୃତ୍ୟୁର ଦ୍ୱାର ଦେଶରେ ପହଞ୍ଚିବ ଯେଉଁଠୁ ଫେରିବାର ସମ୍ଭାବନା ନାହିଁ ।

ଲୋକଟା ତାକୁ ଜୋରଜବରଦସ୍ତ କଲା ନାହିଁ । ସେ ଖାଲି ତାର ହାତ ଧରିଲା । ତେବେ ଘାସ ପଡ଼ିଆରେ ଯାଉଯାଉ ଟେରେଜା ତା ପାଇଁ ଗଛଟିଏ ବାଛି ପାରିଲା ନାହିଁ । କେହି ତାକୁ ତରବର ହେବା ପାଇଁ ବାଧ୍ୟ କଲେ ନାହିଁ । କିଂତୁ ଶେଷରେ ସେ ନିସ୍ତାର ପାଇବ ନାହିଁ, ତା ସେ ଠିକ୍ ଜାଣି ପାରିଲା । ସାମ୍ନାରେ ଗୋଟେ ଫଳନ୍ତି ଚେଷ୍ଟନଟ୍ ଗଛ ଦେଖି ସେ ସେଠାକୁ ଯାଇ ଗଛ ସାମ୍ନାରେ ଅଟକିଗଲା । ଗଛର ଗଣ୍ଡିରେ ସେ ପିଠି ରଖି ଆଉଜି ପଡ଼ିଲା ଓ ଉପରକୁ ଚାହିଁଲା । ସୂର୍ଯ୍ୟାଲୋକରେ ସମୁଜ୍ଜ୍ୱଳ ପତ୍ରମାନଙ୍କୁ ସେ ଦେଖିଲା, ଦୂରରୁ ଭାସି ଆସୁଥିବା ସହସ୍ର ଭାଓଲିନ୍ ପରି ନଗରୀର କ୍ଷୀଣ ମଧୁର ଶବ୍ଦକୁ ଶୁଣିଲା ।

ଲୋକଟା ରାଇଫଲ ଉଠାଇଲା ।

ଟେରେଜା ନିଜର ସାହସ ହରାଉଥିବାର ଅନୁଭବ କଲା । ତାର ଦୁର୍ବଳତା ତାକୁ ହତାଶାକୁ ଟାଣି ଦେଲା । କିଂତୁ ସେ କିଛି ବି ପ୍ରତିରୋଧ କରିପାରିଲା ନାହିଁ, 'କିଂତୁ ଏଇଟା ମୋର ନିଷ୍ପତ୍ତି ନ ଥିଲା', ସେ କହିଲା ।

ଲୋକଟା ସଙ୍ଗେ ସଙ୍ଗେ ତାର ରାଇଫଲ ତଳକୁ କଲା ଓ ଶାନ୍ତ ସ୍ୱରରେ କହିଲା, 'ଯଦି ଏଇଟା ତମର ନିଷ୍ପତ୍ତି ନୁହଁ, ତା ହେଲେ ଆମେ ଏଇଟା କରିପାରିବୁନି । ଆମର ଅଧିକାର ନାହିଁ ।'

ସେ କଥାଟା ସଦୟ ଶିଷ୍ଟତାରେ କହିଲା- ସତେ ଯେପରି ଟେରେଜାର ନିଜ ନିଷ୍ପତ୍ତି ନ ଥିବାରୁ ସେ ଗୁଳି ମାରି ପାରି ନଥିବାରୁ ତାକୁ କ୍ଷମା ପ୍ରାର୍ଥନା କରୁଛି। ତାର ସଦୟତା ଟେରେଜାର ହୃଦୟତନ୍ତ୍ରୀକୁ ଛିଣ୍ଡାଇଦେଲା, ଆଉ ସେ ଗଛର ବକ୍‌କଳକୁ ମୁହଁ ବୁଲାଇଲା ଓ କାନ୍ଦି ପକାଇଲା ।

(୧୪)

କଇଁ କଇଁ କୋହରେ ତାର ସାରା ଦେହଟା ଝୁଣି ହେଇଗଲା । ସେ ଗଛଟାକୁ କୁଣ୍ଢେଇ ଧରିଲା, ସତେ ଯେପରି ସେଇଟା ଗଛ ନୁହଁ, ତାର ପିଲାଦିନରୁ ହଜିଲା ବାପା, କେବେ ଜାଣି ନ ଥିବା ଅଜା ଜଣେ, ଜଣେ ପଣ ଅଜା, ଜଣେ ଅଣ ଅଜା । ଗଛର କର୍କଶ ବକ୍‌କଳ ରୂପରେ ତା ପାଖକୁ ସମୟର ଅତଳ ଗର୍ଭରୁ ଫେରି ଆସିଥିବା ଜଣେ ପକ୍ୱକେଶା ବୃଦ୍ଧର ମୁହଁଟିଏ ।

ସେ ତାର ମୁଣ୍ଡ ବୁଲାଇଲା । ସେତେବେଳକୁ ତିନିଜଣ ଲୋକ ଗଲଫ୍ ଖେଳାଳୀ ପରି ସାଗୁଆ ପଡ଼ିଆରେ ବୁଲୁବୁଲୁ ଗୁଡାଏ ବାଟ ଦୂରେଇ ଯାଇଥିଲେ । ଏପରିକି ରାଇଫଲ ଧରିଥିବା ଲୋକଟା ତାକୁ ଗଲଫ୍‌ବାଡ଼ି ପରି ଧରିଥାଏ ।

ପେଟ୍ରିନ୍ ହିଲ୍‌ରୁ ତଳକୁ ଆସୁଆସୁ ସେ ସେଇ ଲୋକଟା ଉପରୁ ମନଟାକୁ ହଟାଇ ପାରିଲା ନାହିଁ ଯିଏ କି ତାକୁ ଗୁଳି କରିବାର ଥିଲା, ଅଥଚ କଲା ନାହିଁ । ଓଃ ତାକୁ ସେ କେତେ ଚାହେଁ ! ଯାହା ବି ହେଉ, କେହି ଜଣେ ତାକୁ ସାହାଯ୍ୟ କରିବା ଦରକାର ! ଟମାସ କରିବନି । ଟମାସ ତାକୁ ତାର ମୃତ୍ୟୁ ପାଖକୁ ପଠାଇ ଦେଇଛି । ଆଉ କେହି ଜଣେ ତାକୁ ସାହାଯ୍ୟ କରିବାକୁ ପଡ଼ିବ !

ସେ ଯେତେ ସହରକୁ ପାଖେଇ ଆସିଲା, ସେଇ ରାଇଫଲ୍‌ଧାରୀ ଲୋକକୁ ସେ ମନରେ ସେତିକି ଖୋଜିଲା ଓ ଟମାସକୁ ଆହୁରି ଆହୁରି ଡରିଲା । ଟେରେଜା ନିଜ କଥା ରକ୍ଷା କରି ନ ପାରିଥିବାରୁ ଟମାସ ତାକୁ କେବେ କ୍ଷମା ଦେବ ନାହିଁ । ତାର ଭୀରୁତାକୁ କେବେ କ୍ଷମା ଦେବ ନାହିଁ । ସେମାନେ ରହୁଥିବା ଗଳିକୁ ସେ ପହଞ୍ଚି ସାରିଥିଲା ଓ ଜାଣିଲା ଯେ ଏଇ ଗୋଟେ ଦୁଇଟି ମିନିଟ୍ ଭିତରେ ସେ ତାକୁ ଭେଟିବ । ତାକୁ ଦେଖା କରିବା ଭୟରେ ତାର ପେଟ ଆଉଟି ହେଲା ଓ ଦେହଟା ଅସୁସ୍ଥ ଲାଗିଲା ।

(୧୫)

ଇଞ୍ଜିନିୟର ଜଣକ ତାକୁ ଫୁସୁଲାଇ ତାର ଫ୍ଲାଟକୁ ନେବାର ଚେଷ୍ଟା କଲା । ସେ ପ୍ରଥମ ଦୁଇଥର ମନା କଲା । କିଂତୁ ତୃତୀୟ ଥର ହଁ ଭରିଲା ।

ରୋଷେଇଘରେ ଠିଆଠିଆ ତାର ସବୁଦିନିଆ ମଧ୍ୟାହ୍ନ ଭୋଜନ ସାରି ଦୁଇଟା ଆଗରୁ ବାହାରିଲା ।

ସେଇ ଘର ପାଖାପାଖି ହେଲାରୁ ଗୋଡ଼ ଦୁଇଟା ଆପଣାଛାଏଁ ମନ୍ଥର ହେଇଯିବାର ସେ ଅନୁଭବ କଲା ।

କିଂତୁ ସେତିକିବେଳକୁ ମନେ ପଡ଼ିଲା ଯେ ତାକୁ ପ୍ରକୃତରେ ଟମାସ ହିଁ ତା ପାଖକୁ ପଠାଇଛି । ପ୍ରେମ ଓ ଯୌନତାରେ କିଛି ସମାନତା ନାହିଁ ବୋଲି ସେ କଣ ତାକୁ ବାରମ୍ବାର କହି ନାହିଁ ? ଭଲ କଥା, ସେ ତାର କଥାକୁ ପରୀକ୍ଷା କରୁଛି, ପ୍ରମାଣସିଦ୍ଧ କରୁଛି । ଯେ ଯେମିତି ତାକୁ କହିବାର ଶୁଣିଛି, 'ମୁଁ ତମକୁ ବୁଝିପାରେ । ତମେ କଣ ଚାହଁ ମୁଁ ଜାଣେ । ମୁଁ ସବୁର ବ୍ୟବସ୍ଥା କରିଦେଇଛି । ତମେ ସେଠିକି ଗଲେ, ଦେଖିବ ।'

ହଁ, ସେ ଯାହା ସବୁ କରୁଛି ତାହା କେବଳ ଟମାସର ଆଦେଶ ପାଳନ ମାତ୍ର ।

ସେ ବେଶୀ ସମୟ ରହିବନି; କେବଳ କପେ କଫି ପିଇବାଯାଏଁ ରହିବ, ଅସତୀ ହେବାର ସୀମାରେଖାରେ ପହଞ୍ଚିବାର ଅନୁଭୂତି ଟିକକ ଜାଣିବା ଯାଏଁ । ସେ ତାର ଦେହକୁ ସେଇ ସୀମାରେ ରଖିବ, ସେଠି ଘଡ଼ିଏ ତାକୁ ସେମିତି ଠିଆ ହେବାକୁ ଦେବ ଯେପରି କି କିଳା ଖୁଣ୍ଟିରେ । ତାପରେ ଯେତେବେଳେ ଇଞ୍ଜିନିୟର ଜଣକ ତାକୁ ବାହୁ ମେଲାଇ ଜଡ଼େଇ ଧରିବାକୁ ଚେଷ୍ଟା କରିବ, ସେତେବେଳେ ସେ ପେଟ୍ରିନ୍ ହିଲ୍ ଉପରେ ରାଇଫଲ୍ ଧରିଥିବା ଲୋକଟାକୁ କହିଲା ପରି ତାକୁ କହିବ, 'ଏଇ ମୋର ପସନ୍ଦ ନୁହେଁ ।'

ସେଇଠୁ ଲୋକଟା ତାର ବନ୍ଧୁକ ନଳୀକୁ ତଳକୁ କରିଦେବ ଓ ଶାନ୍ତ ସ୍ୱରରେ କହିବ, 'ଯଦି ଏଇଟା ତମର ପସନ୍ଦ ନୁହେଁ, ତାହେଲେ ମୁଁ କରିପାରିବିନି । ମୋର ଅଧିକାର ନାହିଁ ।'

ଆଉ ସେ ଗଛର ବକ୍‌କଳରେ ମୁହଁ ଜାକି କାନ୍ଦି ଉଠିବ ।

(୧୬)

ପ୍ରାଗ୍‌ର ଶ୍ରମିକଙ୍କ ଗୋଟେ ଅଞ୍ଚଳରେ ଶତାବ୍ଦୀର ଶେଷ ଆଡ଼କୁ କୋଠାଟି ତିଆରି ହେଇଥିଲା । ମଇଳା ଚୂନ ଧଉଳା କାନ୍ଥଥିବା ଗୋଟେ ହଲ୍ ଭିତରକୁ ସେ ପ୍ରବେଶ କଲା । ଲୁହାର ଶିଢ଼ି ବାଡ଼ ଥିବା ପଥର ପାହାଚରେ ସେ ଉପରକୁ ଉଠିଲା ଓ ବାଁ ପଟକୁ ବୁଲି ପଡ଼ିଲା । ସେଇଟା ଦ୍ୱିତୀୟ ଦ୍ୱାର, ନାମ ଫଳକ ନାହିଁ କିମ୍ବା କଲିଂବେଲ୍ ନାହିଁ । ସେ ଠକ୍‌ଠକ୍ କଲା ।

ସେ କବାଟ ଖୋଲିଲେ ।

ପୁରା ଫ୍ଲାଟଟା ଗୋଟିକିଆ କୋଠରୀଟାଏ । ପ୍ରଥମ ପାଞ୍ଚ ଛଅ ଫୁଟ ଓ

ରୁମ୍‌ର ବାକିତକ ଜାଗା ମଝିରେ ପରଦା ଟଣା ହେଇ ଗୋଟେ ଅସ୍ଥାୟୀ ଡ୍ରଇଂ ରୁମ୍‌ର ବ୍ୟବସ୍ଥା କରା ହେଇଥାଏ । ସେଠି ଗୋଟେ ଟେବୁଲ, ଗୋଟେ ହଟ୍ ପ୍ଲେଟ୍ ଓ ଗୋଟେ ରେଫ୍ରିଜେରେଟର ରଖାହେଇଥାଏ । ପରଦା ସେପଟକୁ ଯାଇ ଲମ୍ବା ସରୁ ଜାଗାଟିର ଶେଷରେ ଗୋଟେ ଆୟତାକାର ଝରକାର ଗୋଟେ ପଟରେ ବହି ଓ ଆରପଟେ ବିଛଣା ଓ ତାକୁ ଲାଗି ଆରାମଚୌକି ଖଣ୍ଡେ ଥିବାର ସେ ଦେଖି ପାରିଲା ।

'ମୋର ଏଠି ଏମିତି ଗୋଟେ ସାଧାରଣ ଜାଗା ଅଛି', ଇଞ୍ଜିନିୟର ଜଣକ କହିଲେ । 'ଆଶା, ତମକୁ ଖରାପ ଲାଗୁନାହିଁ ।'

'ନା, ଆଦୌ ନୁହେଁ', ବହିଥାକ ଥିବା କାନ୍ଥକୁ ଦେଖି ଟେରେଜା କହିଲା । ତାର ଡେସ୍କ ନ ଥିଲା । କିଂତୁ ଶହଶହ ସଂଖ୍ୟାରେ ବହି ଥିଲା । ସେ ସବୁ ଦେଖି ତାକୁ ଭଲ ଲାଗିଲା ଓ ତାର ମନ ଭିତରକୁ ଆକ୍ରାନ୍ତ କରିଥିବା ଉଦ୍‌ବେଗଟା କେମିତି ମଉଳି ଗଲା । ପିଲାଦିନୁ ସେ ବହିକୁ ଏକ ଗୋପନ ଭ୍ରାତୃତ୍ୱର ପ୍ରତୀକ ପରି ଦେଖି ଆସିଛି । ଏପରି ଲାଇବ୍ରେରୀ ରଖିଥିବା ଜଣେ ଲୋକ ତାର ସମ୍ଭବତଃ କିଛି କ୍ଷତି କରିବ ନାହିଁ ।

ସେ ତାର ପସନ୍ଦର ପାନୀୟ ପଚାରିଲା---ମଦ ?

ନା, ନା, ମଦ ନାହିଁ । ଯଦି ହେବ କଫି ।

ସେ ପରଦା ଆଡୁଆଳକୁ ଚାଲିଗଲା ଓ ଟେରେଜା ବହିଥାକ ପାଖକୁ ଗଲା । ହଠାତ୍ ତାର ଆଖି ଖଣ୍ଡେ ବହି ଉପରେ ପଡ଼ିଗଲା । ସେଇଟା ଥିଲା ସୋଫୋକ୍ଲିସଙ୍କ ଇଡ଼ିପସର ଅନୁବାଦ । ଏଠି ଏମିତି ବହି ପାଇବାଟା କେତେ ଅଜବ ! କେତେ ବର୍ଷ ଆଗରୁ ଟମାସ ତାକୁ ବହିଟା ଦେଇଥିଲା । ସେ ବହିଟାକୁ ପଢ଼ି ସାରିଲାପରେ ଟମାସ ତା ବିଷୟରେ ଖାଲି ଗପି ଚାଲିଥିଲା । ତାପରେ ସେ ତାର ମତାମତ ଗୋଟେ ଖବର କାଗଜକୁ ପଠାଇ ଦେଲା । ଆଉ ସେଇ ଲେଖାଟା ସେମାନଙ୍କର ଜୀବନକୁ ଓଲଟପାଲଟ କରିଦେଲା । କିଂତୁ ଏଇନେ ବହିଟାର ବନ୍ଧେଇ କଡଟାକୁ ଦେଖି ତାକୁ ଶାନ୍ତି ଲାଗିଲା । ତାକୁ ଲାଗିଲା, ଯେମିତି ଟମାସ ଉଦ୍ଦେଶ୍ୟପୂର୍ଣ୍ଣ ଭାବରେ ଗୋଟେ ଚିହ୍ନ ରଖିଯାଇଛି, ଗୋଟେ ବାର୍ତ୍ତା ଛାଡ଼ିଯାଇଛି, ଏଇ ଯେ ଏଠି ଟେରେଜାର ଉପସ୍ଥିତି ତାର କାମର ଫଳ ଯୋଗୁଁ ହେଇଛି । ସେ ଥାକରୁ ବହି ଖଣ୍ଡକ କାଢ଼ିଲା ଓ ଖୋଲିଲା । ଢେଙ୍ଗା ଇଞ୍ଜିନିୟର ଜଣକ ରୁମ୍‌କୁ ଫେରିଆସିଲା ପରେ ସେ ବହିଟାକୁ କାହିଁକି ରଖିଛି, ପଢ଼ିଛି କି ନାହିଁ ଓ ବହିଟା ବିଷୟରେ ତାର ମତାମତ କଣ ଇତ୍ୟାଦି ଇତ୍ୟାଦି ତାକୁ ପଚାରିବ । ତଦ୍ୱାରା ଜଣେ ଅଜଣା ଲୋକର ଫ୍ଲାଟରେ ଆଳାପକୁ ବିପଦଶଙ୍କୁଳ ରାସ୍ତାରୁ ନେଇ ଟମାସର ଭାବନାର ଏକ ଅନ୍ତରଙ୍ଗ ପୃଥିବୀରେ ଯୋଡ଼ି ଦେବାରେ ତାର ଏହା ଗୋଟେ ଚାତୁରୀ ହେବ ।

ସେତିକିବେଳେ ସେ ନିଜ କାନ୍ଧରେ ତାର ହାତର ସ୍ପର୍ଶ ଅନୁଭବ କଲା। ଲୋକଟା ତାର ହାତରୁ ବହି ଖଣ୍ଡିକ ନେଇଗଲା ଓ ବିନା ବାକ୍ୟ ବ୍ୟୟରେ ଥାକରେ ରଖିଦେଲା ଓ ତାକୁ ବିଛଣାକୁ ଡାକି ନେଲା।

ମୃତ୍ୟୁଦଣ୍ଡ କାର୍ଯ୍ୟକାରୀ କରୁଥିବା ପେଟ୍ରିନ୍‌ର ସେଇ ଲୋକଟାକୁ ସେ କହିଥିବା କଥାଟା ତାର ମନେ ପଡ଼ିଗଲା ଓ ପାଟି କରି କହିଲା, 'କିଂତୁ ଏଇଟା ମୋର ପସନ୍ଦ ନୁହେଁ।'

ସେ ଭାବିଥିଲା ଯେ ଶବ୍ଦଗୁଡ଼ାକର ଯାଦୁକରୀ ଫର୍ମୁଲାରେ ପରିସ୍ଥିତି ଗୋଟାପଣେ ବଦଳିଯିବ। କିଂତୁ ସେଇ ରୁମ୍‌ରେ ଶବ୍ଦମାନ ନିଜର ଯାଦୁକରୀ ଶକ୍ତି ହରାଇବସିଲେ। ଏମିତିକି ମୋର ମନେହୁଏ ଯେ ଶବ୍ଦଗୁଡ଼ିକ ଲୋକଟାର ନିଜ ନିଷ୍ପତ୍ତିରେ ଆହୁରି ବଳବତ୍ତର କଲେ : ସେ ତାକୁ ନିଜ ଆଡକୁ ଚାପି ଧରିଲା ଓ ତାର ସ୍ତନରେ ହାତ ମାରିଲା।

ଆଶ୍ଚର୍ଯ୍ୟର କଥା ତାର ହାତର ସ୍ପର୍ଶ ତତ୍‌କ୍ଷଣାତ୍ ତାର ବାକିତକ ଉଦ୍‌ବେଗକୁ ଲିଭେଇ ଦେଲା। କାରଣ ଇଞ୍ଜିନିଅରର ହାତଟା ତାର ଦେହକୁ ହିଁ ନିର୍ଦ୍ଦେଶ ଦେଲା ଆଉ ସେ ହୃଦୟଙ୍ଗମ କଲା ଯେ ସେ (ତାର ଆତ୍ମା) ଏଥିରେ ଆଦୌ ଜଡ଼ିତ ନୁହେଁ, କେବଳ ତାର ଦେହ, ତାର ଦେହ ମାତ୍ର। ଯେଉଁ ଦେହ ତା ସହିତ ବିଶ୍ୱାସଘାତକତା କଲା ତାକୁ ସେ ଅନ୍ୟ ଦେହର ଦୁନିଆଁ ଭିତରକୁ ଠେଲି ଦେଇଦେଲା।

(୧୭)

ସେ ଟେରେଜାର ବ୍ଲାଉଜର ପ୍ରଥମ ବୋତାମକୁ ଖୋଲିଦେଇ ଅନ୍ୟ ଗୁଡ଼ିକ ଖୋଲିବା ପାଇଁ ତାକୁ ଇସାରା କଲା। ସେ ମାନିଲା ନାହିଁ। ସେ ତାର ଶରୀରକୁ ଦୁନିଆଁ ବାହାରକୁ ପଠାଇ ସାରିଥିଲା ଓ ସେଇଟା ପାଇଁ କୌଣସି ଦାୟିତ୍ୱ ନେବାକୁ ମନା କଲା। ସେ ପ୍ରତିରୋଧ କଲା ନାହିଁ କି ତାକୁ ସହଯୋଗ କଲା ନାହିଁ। ଯାହା ଘଟୁଥାଏ ତାକୁ ତାର ଆତ୍ମା ଅନୁମତି ଦେଲା ନାହିଁ; କିଂତୁ ନିରପେକ୍ଷ ରହିବାକୁ ସ୍ଥିର କଲା।

ଲୋକଟା ଟେରେଜାର ଦିହରୁ ଲୁଗା କାଢ଼ିଲାବେଳେ ସେ ଟିକେ ହଲଚଲ ସୁଦ୍ଧା ହେଉ ନ ଥାଏ। ତାକୁ ଯେତେବେଳେ ଚୁମା ଦେଲା, ତାର ଓଠରେ କିଛି ପ୍ରତିକ୍ରିୟା ହେଲା ନାହିଁ। କିଂତୁ ହଠାତ୍ ତାର ଯୋନି ଓଦାଳିଆ ଲାଗିଲା, ଆଉ ସେ ଡରିଗଲା।

ତାର ଉତ୍ତେଜନାର ଅନୁଭବଟା ଅପେକ୍ଷାକୃତ ବେଶୀ ଥିଲା। କାରଣ ସେ ତାର ଇଚ୍ଛା ବିରୁଦ୍ଧରେ ଉତ୍ତେଜିତ ହେଲା। ଅନ୍ୟ ଅର୍ଥରେ, ତାର ଆତ୍ମା କାମଟିକୁ

ଅନୁମତି ଦେଲା, ଯଦିଓ ଟିକେ ଗୋପନରେ। କିଂତୁ ସେ ମଧ୍ୟ ଜାଣେ ଯେ ଯଦି ଉତ୍ତେଜନାର ଅନୁଭୂତି ଚାଲୁ ରଖିବାକୁ ହେଲେ ତାର ଆତ୍ମାର ସମ୍ମତିକୁ ନୀରବେଇ ଦେବାକୁ ହେବ। ଯେଉଁ ମୁହୂର୍ତ୍ତରେ ଜୋର୍‌ରେ ପାଟିକରି 'ହଁ' କହିବ, ଯେଉଁ ମୁହୂର୍ତ୍ତରେ ଏହା ସମ୍ଭୋଗରେ ସକ୍ରିୟ ଅଂଶ ଗ୍ରହଣ କରିବାକୁ ଚେଷ୍ଟା କରିବ, ଉତ୍ତେଜନା କମିଯିବ। ଆତ୍ମା ଏତେ ଉତ୍ତେଜିତ ହୋଇ ପଡ଼ିବାର କାରଣ ଦେହ ବିଶ୍ୱାସଘାତକତା କରୁଥାଏ, ଆଉ ଆତ୍ମା ଦେଖୁଥାଏ।

ତାପରେ ଲୋକଟା ଟେରେଜାର ପେଣ୍ଟି ଖୋଲିଦେଲା ଓ ସେ ସଂପୂର୍ଣ୍ଣ ଲଙ୍ଗଳା ହୋଇଗଲା। ଜଣେ ଅପରିଚିତର ବାହୁରେ ତାର ଉଲଗ୍ନ ଶରୀର ଦେଖି, ତାର ଆତ୍ମା ବିଶ୍ୱାସ କରିପାରିଲା ନାହିଁ, ଯେମିତିକି ସେ ମଙ୍ଗଳଗ୍ରହକୁ ଅତି ନିକଟରୁ ଦେଖୁଛି। ଅବିଶ୍ୱାସ୍ୟତା ଦୃଷ୍ଟିକୋଣରୁ ପ୍ରଥମ ଥର ପାଇଁ ଆତ୍ମା ଦେହକୁ ନଗଣ୍ୟ ନ ଭାବି ଦେଖିଲା; ପ୍ରଥମଥର ପାଇଁ ଏହା ଦେହକୁ ମୁଗ୍ଧ ହୋଇ ଦେଖିଲା। ଦେହର ସବୁ ଅନୁପମ, ଅନୁକରଣୀୟ, ଅଦ୍ୱିତୀୟ ଗୁଣବତ୍ତାମାନ ସହସା ସାମ୍ନାକୁ ଆସିଲେ। ଏଇଟା ସବୁଠୁ ସାଧାରଣ ଶରୀର ନୁହେଁ (ସେତେବେଳଯାଏଁ ଆତ୍ମା ଯେମିତି ଭାବିଥିଲା), ଏଇଟା ସବୁଠୁ ଅସାଧାରଣ ଶରୀର। ଶରୀରର ଲୋମଶ ତ୍ରିକୋଣଭୂମିର ଠିକ୍ ଉପରକୁ ଥିବା ଧୂସର ରଙ୍ଗର ଗୋଲାକାର ଦାଗ-ଶରୀରର ଜନ୍ମ ଚିହ୍ନରୁ- ଆତ୍ମା ଆଖି ଫେରାଇ ପାରିଲା ନାହିଁ। ଦାଗଟିକୁ ସେ ଶରୀର ଉପରେ ଗୋଟିଏ ମୋହର ପରି ଦେଖିଲା। ଏକ ଶୁଦ୍ଧପୂତ ମୋହର ଯାହାକୁ ସେ ଶରୀର ଉପରେ ଛାପି ଦେଇଛି। ଆଉ ଏବେ ଜଣେ ଅପରିଚିତ ପୁରୁଷର ଲିଙ୍ଗ ଅନୈତିକ ଭାବରେ ତାର ନିକଟତର ହେଉଛି।

ଇଞ୍ଜିନିୟରର ମୁହଁକୁ ନିରେଖି ଚାହିଁ ସେ ହୃଦୟଙ୍ଗମ କଲା ଯେ ସେ ତାର ଶରୀରକୁ ସମର୍ପି ଦେବ ନାହିଁ। ଯେଉଁ ଶରୀରରେ ଆତ୍ମା ନିଜର ଚିହ୍ନ ରଖି ଯାଇଛି ତାକୁ ଜଣେ ଅପରିଚିତ ଲୋକ ଯାହାକୁ ସେ ଜାଣେ ନାହିଁ କିମ୍ବା ଜାଣିବାକୁ ଚାହେଁ ନାହିଁ, ତାରି ସୁଖ ପାଇଁ ଦେଇ ଦେବ ନାହିଁ। ଗୋଟେ ପ୍ରକାର ଉତ୍ତେଜକ ଘୃଣାରେ ସେ ଭରିଗଲା। ଅଜଣା ଲୋକଟାର ମୁହଁରେ ପକାଇବା ପାଇଁ ସେ ପାଟିରେ ଲଣ୍ଡାଏ ଛେପ ରଖିଲା। ସେ ଯେମିତି ଉତ୍କଣ୍ଠାର ସହିତ ଲୋକଟାକୁ ନିରୀକ୍ଷଣ କରୁଥାଏ, ଲୋକଟା ମଧ୍ୟ ତାକୁ ସେମିତି ଦେଖୁଥାଏ, ତାର କ୍ରୋଧକୁ ଲକ୍ଷ୍ୟ କରି ସେ ଟେରେଜାର ଶରୀର ଉପରେ ନିଜ କ୍ରୀୟାକଳାପ ତ୍ୱରାନ୍ୱିତ କଲା। ସମ୍ଭୋଗର ଚରମ ଆନନ୍ଦ ପାଖେଇ ଆସୁଥିବାର ଟେରେଜା ଅନୁଭବ କଲା ଓ ପ୍ରତିରୋଧ କରିବାକୁ ଯାଇ ପାଟି କଲା 'ନା, ନା, ନା !' କିଂତୁ ବାଧା ପାଇ, ଚାପି ହୋଇ,

ବାହାରକୁ ବାହାରି ନ ପାରି ସେଇ ଆନନ୍ଦଟା ଗୋଟେ ମରଫିନ୍ ଫୋଡ଼ା ପରି ତାର ଶିରା ପ୍ରଶିରାରେ ଖେଳିଯାଇ ଅନେକ ସମୟ ତାର ଦେହରେ ଲାଖି ରହିଲା । ସେ ଲୋକଟାର ହାତକୁ ପିଟିଲା, ଶୂନ୍ୟକୁ ବିଧା ମାରିଲା, ଆଉ ତାର ମୁହଁରେ ଛେପ ପକାଇଲା ।

(୧୮)

ଧଳାରଙ୍ଗର ପାଣି କଇଁ ପରି ଆଧୁନିକ ଶୌଚାଳୟରେ ପାଇଖାନାଗୁଡ଼ିକ ଚଟାଣରୁ ଉଠିଥାନ୍ତି । ଶରୀରଟା ଯେମିତି ତୁଚ୍ଛତାକୁ ଭୁଲିଯିବ, ପାକସ୍ଥଳୀର ବର୍ଜ୍ୟବସ୍ତୁ ସବୁକୁ ଜଳ ପ୍ରବାହରେ ପରିଷ୍କାର କରି ନାଳରେ ପକାଇ ଦେଲାପରେ ତାର କଣ ହୁଏ ସେଥିପ୍ରତି ମଣିଷ ଯେମିତି ଅଦେଖା କରେ, ସେଇ ଦିଗରେ ସ୍ଥପତିମାନେ ସାଧ୍ୟମତେ ସବୁକିଛି କରିଥାନ୍ତି । ଯଦିଓ ସଫେଇ ନାଳର ପାଇପ୍ ଯାକ ନିଜର ଅଙ୍ଗପ୍ରତ୍ୟଙ୍ଗ ଆମ ଘର ଚାରିଆଡ଼େ ବିଛେଇ ପଡ଼ିଥାଏ, ସେଗୁଡ଼ିକୁ ବେଶ୍ ସତର୍କତାର ସହିତ ଆମର ଦୃଷ୍ଟି ଆଡୁଆଳରେ ରଖା ଯାଇଥାଏ, ଆଉ ଆମର ସ୍ନାନାଗାର, ଶୟନାଗାର, ନୃତ୍ୟଶାଳା ଓ ସଂସଦ ଭବନ ତଳେ ଥିବା ଗୁହର ଅଦୃଶ୍ୟ ଭେନିସ୍ ବିଷୟରେ ଆମେ ଖୁସିରେ ଅଜ୍ଞ ରହିଥାଉ ।

ପ୍ରାଗ୍‌ର ଉପକଣ୍ଠରେ ପୁରୁଣା ଶ୍ରମିକ ଶ୍ରେଣୀର ଫ୍ଲାଟରେ ଗାଧୁଆଘର ଗୁଡ଼ା ଅପେକ୍ଷାକୃତ କମ୍ ଛଳନାପୂର୍ଣ୍ଣ : ଚଟାଣଟା ଧୂସର ରଙ୍ଗର ଟାଇଲରେ ଆଚ୍ଛାଦିତ ଆଉ ସେଇଠୁ ଓସାରିଆ, ଆଣ୍ଠୁ ଟେକି ତଳେ ବସିଲା ପରି ଦୟନୀୟ ପାଇଖାନାଟା ଉଠିଥାଏ । ତାହା ଧଳା ପାଣି କଇଁ ପରି ଦେଖାଯାଉ ନ ଥାଏ । ସେଇଟା ଯାହା, ଠିକ୍ ସେଇୟା ଦେଖାଯାଉଥାଏ : ସଫେଇନାଳର ଓସାରିଆ ମୁହଁଟିଏ ଓ ସେଠି ବସିବାପାଇଁ ଖଣ୍ଡେ କାଠର ବି ସିଟ୍‌ଟିଏ ନ ଥିବାରୁ ଟେରେଜାକୁ ଥଣ୍ଡା ଏନାମେଲ୍ ଦାଢ଼ ଉପରେ ଗୋଡ଼ ମେଲାଇ ବସିବାକୁ ପଡ଼ିଲା ।

ସେଠି ସେ ପାଇଖାନାରେ ବସିଥାଏ । ହଠାତ୍ ତାର ଝାଡ଼ା ଯିବାର ଇଚ୍ଛାଟା ପ୍ରକୃତରେ ତାର ଅପମାନର ଚରମ ସୀମାକୁ ଯିବାକୁ ଇଚ୍ଛା ଥିଲା : କେବଳ ଶରୀର ଓ ପୁରାପୁରି ଖାଲି ଶରୀରଟିଏ ହେବାର ଇଚ୍ଛା- ଯେଉଁ ଶରୀର କି ତାର ମାଁର କହିବା ଅନୁସାରେ, କେବଳ ଖାଦ୍ୟ ହଜମ କରିବା ଓ ହଗିବା, ମୂତିବା ଛଡ଼ା ଆଉ କିଛି କାମର ନୁହଁ । ଝାଡ଼ା ଫେରିଲାବେଳେ ଟେରେଜାକୁ ଏକ ଅସୀମ ଦୁଃଖ ଓ ନିଃସଙ୍ଗତା ମାଡ଼ି ବସିଲା । ପାଇଖାନାର ଓସାରିଆ ମୁହଁ ଉପରେ ତାର ଲଙ୍ଗଳା ଶରୀର ଗୋଡ଼ ମେଲାଇ ବସିବାଠାରୁ ଆଉ ଅଧିକ ଦୟନୀୟ କଥା ଥାଇ ନ ପାରେ ।

ତାର ଆତ୍ମା ନିଜର ଦର୍ଶକ ଉତ୍ସୁକତା, ବିଦ୍ୱେଷ ଓ ଗର୍ବ ହରାଇ ପାରିଥିଲା । ତାହା ପୁଣି ଶରୀରର ଖୁବ୍ ଭିତରକୁ, ଖାଦ୍ୟନଳୀର ଖୁବ୍ ଦୂରକୁ ଫେରିଗଲା । ବାହାରି ଆସିବାକୁ କାହାର ଡାକଟିଏ ପାଇଁ ଆତ୍ମା ଆତୁର ହୋଇ ଅପେକ୍ଷା କରି ରହିଲା ।

(୧୯)

ସେ ପାଇଖାନାରୁ ଉଠି କଳରୁ ପାଣି ଛାଡ଼ି ସଫା କଲା ଓ ବାଟ ମୁହଁରେ ଥିବା ଛୋଟିଆ ରୁମ୍‌କୁ ଗଲା । ଆତ୍ମାଟି ତାର ଶରୀର ଭିତରେ, ଘୃଣାରେ ପ୍ରତ୍ୟାଖ୍ୟାତ ତାର ଶରୀର ଭିତରେ ଥରି ଉଠିଲା । ଗୁହ୍ୟଦ୍ୱାର ସଫା କରିଥିବା ବେଳେ ସେ ବ୍ୟବହାର କରିଥିବା ଟଏଲେଟ୍ ପେପର ଖଣ୍ଡିକର ସ୍ପର୍ଶ ତାର ସେ ଯାଏଁ ସତେଜ ଥିଲା ।

ହଠାତ୍ ଏକ ଅବିସ୍ମରଣୀୟ କଥା ଘଟିଲା :ହଠାତ୍ ତା ଭିତରକୁ ଯାଇ ସେଇ ଇଞ୍ଜିନିୟରର ସ୍ୱର ଶୁଣିବାକୁ, ତାର ଶବ୍ଦ ଶୁଣିବାକୁ ଟେରେଜାର ଇଚ୍ଛା ହେଲା । ଯଦି ସେ ତାକୁ ଗଭୀର, କୋମଳ ସ୍ୱରରେ କଥା କହେ, ତାହେଲେ ତାର ଆତ୍ମା ସାହସ କରି ତାର ଶରୀରର ଉପର ଭାଗକୁ ଉଠି ଆସିବ ଓ ସେ କାନ୍ଦି ପକାଇବ । ସ୍ୱପ୍ନରେ ଚେଷ୍ଟନଟ୍ ଗଛର ଗଣ୍ଡିକୁ ଜଡ଼େଇ ଧରିଲା ପରି ସେ ତା ଦେହକୁ ବାହୁରେ ଜଡ଼େଇ ଧରିବ ।

ପ୍ରବେଶ କକ୍ଷରେ ଛିଡ଼ା ହୋଇ ସେ ତାର ଉପସ୍ଥିତିରେ କାନ୍ଦିବାର ବଳବତୀ ଇଚ୍ଛାକୁ ରୋକିବାକୁ ଚେଷ୍ଟା କଲା । ସେ ଜାଣିଲା ଯେ ଏହାକୁ ସହିବାର ବିଫଳତା ତାକୁ ସର୍ବସ୍ୱାନ୍ତ କରି ଦେବ । ସେ ତାର ପ୍ରେମରେ ପଡ଼ିଯିବ ।

ଠିକ୍ ସେତିକିବେଳେ ତାକୁ ସେ ଭିତରଘରୁ ଡାକିଲା । ଏବେ ସେ କେବଳ ସ୍ୱରଟାକୁ ଶୁଣିଲାରୁ (ଇଞ୍ଜିନିୟରର ଡେଙ୍ଗା ଶରୀରରୁ ବିଚ୍ୟୁତ ସ୍ୱରଟି) ସେ ଆଶ୍ଚର୍ଯ୍ୟ ହୋଇଗଲା : ସ୍ୱରଟା ନିହାତି ଉଚ୍ଚ ଓ ପତଳା ଥିଲା । ଏତେବେଳ ଧରି ସେ କେମିତି ଏଇ କଥାକୁ ଧ୍ୟାନ ଦେଇ ନ ଥିଲା ?

ବୋଧହୁଏ ସେଇ ଅପ୍ରୀତିକର ସ୍ୱରରେ ଆଶ୍ଚର୍ଯ୍ୟ ହେବାଟା ତାକୁ ପ୍ରଲୋଭନରୁ ରକ୍ଷା କଲା । ସେ ଭିତରକୁ ଗଲା, ତଳୁ ତାର ଲୁଗାପଟା ଉଠାଇ ଧରିଲା, ଦେହରେ ଗଳେଇ ଦେଲା ଓ ଚାଲିଗଲା ।

(୨୦)

ଦୋକାନରୁ କିଣାକିଣି କରି ସେ ଘରକୁ ଫେରୁଥାଏ । କାରେନିନ୍ ସବୁଦିନ ପରି ମୁହଁରେ ପାଉଁରୁଟି ଖଣ୍ଡେ ଧରିଥାଏ । ବେଶ୍ ହୀମ ଶୀତଳ ସକାଳ : ସାମାନ୍ୟ

ବରଫ ମଧ୍ୟ ପଡ଼ିଥାଏ । ସେମାନେ ଦୁହେଁ ଗୃହ ନିର୍ମାଣ ବିକାଶ ଅଞ୍ଚଳରେ ଯାଉଥାନ୍ତି, ଯେଉଁଠି ଘର ଓ ଭଡ଼ାଟିଆଙ୍କ ମଝି ଜାଗାରେ ଛୋଟ ଛୋଟ ଫୁଲ ଓ ପରିବା ବଗିଚା ଲାଗିଥାଏ । ସେଠି କାରେନିନ୍ ହଠାତ୍ ଥମ୍ ହେଇ ଛିଡ଼ା ହେଇ ରହିଗଲା ଓ କୋଉଥିରେ ଗୋଟେ ତାର ଦୃଷ୍ଟି ଲାଖି ରହିଲା । ଟେରେଜା ଦେଖିଲା, କିଂତୁ ସାଧାରଣ ଜିନିଷରୁ କିଛି ଅଧିକ ପାଇଲାନି । କାରେନିନ୍ ଟାଣିଲା ଓ ଟେରେଜା ତାର ପଛେ ପଛେ ଚାଲିଲା, ସେତିକିବେଳେ ଯାଇ ସେ ଲକ୍ଷ୍ୟ କଲା ଯେ ସେ ଖାଲି ଭୂଇଁଟାରେ ଥଣ୍ଡା ଭିଜା ମଇଲା ଭିତରେ ଗୋଟେ କୁଆର କଳାମୁଣ୍ଡ ଓ ବଡ଼ ଥଣ୍ଟଟା ପଡ଼ିଛି । ଗଣ୍ଡିବିହୀନ ମୁଣ୍ଡଟା ଧୀରେ ଧୀରେ ଉପରତଳ ହେଉଥାଏ ଆଉ ଥଣ୍ଟଟା ମଝିରେ ମଝିରେ କର୍କଶ ବିକଳ ରାବ ଛାଡୁଥାଏ ।

କାରେନିନ୍ ଏତେ ଉଚ୍ଚାଟିତ ହେଇ ପଡ଼ିଲା ଯେ ସେ ତା ମୁହଁରୁ ପାଉଁରୁଟି ଖଣ୍ଡକ ଛାଡ଼ିଦେଲା । କାଳେ କୁଆଟିକୁ କାମୁଡ଼ି ଦେବ ବୋଲି ଟେରେଜା ତାକୁ ଗୋଟେ ଗଛରେ ବାନ୍ଧିଦେଲା । ତାପରେ ସେ ଆଣ୍ଠେଇ ପଡ଼ି ଜୀବନ୍ତ କବର ଦିଆ ହେଇଥିବା କୁଆଟିର ଆଖପାଖର ମାଟି ଖୋଳିବାରେ ଲାଗିଲା । କାମଟା ସେତେ ସହଜ ନ ଥିଲା । ତାର ନଖରୁ ଖଣ୍ଡେ ଭାଙ୍ଗିଗଲା । ରକ୍ତ ବୋହିବାକୁ ଲାଗିଲା ।

ହଠାତ୍ ପଥରଟିଏ ଆସି ତା ପାଖରେ ପଡ଼ିଲା । ସେ ବୁଲିପଡ଼ି ଦେଖିଲା ନଅ ଦଶ ବର୍ଷର ପିଲା ଦୁଇଜଣ ଗୋଟେ କାନ୍ଥ ସେ ପାଖେ ଛପି ରହି ଉଙ୍କି ମାରୁଛନ୍ତି । ସେ ଠିଆ ହେଲା । ତାକୁ ଆସିବାର ଦେଖି ଓ ଗଛ ପାଖରେ କୁକୁର ଦେଖି ସେମାନେ ଦୌଡ଼ି ପଳାଇଲେ ।

ପୁଣି ଥରେ ସେ ଆଣ୍ଠେଇ ପଡ଼ି ମଇଳାତକ ଉଖାରିଲା । ଶେଷରେ ସେ କୁଆଟିକୁ କବରତଳୁ କାଢ଼ି ଆଣିବାରେ ସଫଳ ହେଲା । କିଂତୁ କୁଆଟା ଛୋଟା ଥିଲା ଓ ଚାଲି ପାରୁ ନଥିଲା କି ଉଡ଼ି ପାରୁ ନଥିଲା । ଟେରେଜା ତାକୁ ନିଜ ଗଳାରେ ବାନ୍ଧିଥିବା ନାଲି ସ୍କାର୍ଫରେ ଗୁଡାଇ ପକାଇଲା ଓ ବାଁ ହାତରେ ତାକୁ ଛାତିରେ ଚାପି ଧରିଲା । ଡାହାଣ ହାତରେ ସେ ଗଛରୁ କାରେନିନ୍‌ର ଗଣ୍ଠି ଖୋଲିଲା । ସବୁ ବଳ ଖଟାଇ ସେ ତାକୁ ଶାନ୍ତ କଲା ଓ ଚଲାଇଲା ।

ଦ୍ୱାର ଖୋଲିବା ପାଇଁ ହାତ ଖାଲି ନଥିବାରୁ ସେ ବେଲ୍ ମାରିଲା । ଟମାସ କବାଟ ଖୋଲିଲା । ସେ 'ତାକୁ ଧର !' କହି ତା ହାତକୁ କୁକୁର ଚେନ୍‌ଟା ବଢ଼େଇଦେଲା ଓ କୁଆଟିକୁ ଗାଧୁଆଘରକୁ ନେଇଗଲା । ବେସିନ୍ ତଳେ ସେ ତାକୁ ନେଇ ରଖିଲା । କୁଆଟି ଟିକିଏ ଡେଣା ଫଡ଼ଫଡ଼ କଲା, କିଂତୁ ଆଉ ଅଧିକ କିଛି ହଲଚଲ ହେଇ ପାରିଲା ନାହିଁ । ହଳଦିଆ ରଙ୍ଗର ମୋଟା ରସ ତା ଦେହରୁ ନିଗିଡ଼ି

ପଡୁଥାଏ । ପୁରୁଣା ଚିରା ଲୁଗାପଟା ବିଛେଇ ସେ ତାକୁ ଶୀତଳ ଚଟାଣରେ ଘୋଡ଼େଇ ରଖିଲା । ଘଡ଼ିକି ଘଡ଼ି ପକ୍ଷୀଟା ବିକଳରେ ଭଙ୍ଗା ଡ଼େଣା ଫଡ଼ଫଡ଼ କରି ଥଣ୍ଟଟିକୁ ଯନ୍ତ୍ରଣାରେ ଉଠାଉଥାଏ ।

(୨୧)

ବାଥ୍‌ଟବ୍‌ରେ ବିସ୍ମୟରେ ସେ ନିଶ୍ଚଳ ହେଇ ବସିଲା । ମରିଯାଉଥିବା କୁଆଟି ଉପରୁ ସେ ଆଖି ଉଠେଇ ପାରିଲାନି । ବିଜନତା ଓ ନିଃସଙ୍ଗତାରେ ସେ ତାର ନିଜ ଭାଗ୍ୟର ପ୍ରତିଫଳନ ଦେଖିଲା । ଏଇ ଦୁନିଆରେ ଟମାସକୁ ଛାଡ଼ି ମୋର ଆଉ କେହି ନାହିଁ, ସେ ନିଜକୁ ନିଜେ ବାରମ୍ବାର କହିଲା ।

ଇଞ୍ଜିନିୟର ଜଣକ ସହିତ ତାର ରୋମାଞ୍ଚକର ଅନୁଭୂତିଟା କଣ ଏଇ ଶିକ୍ଷା ଦେଲା ଯେ ଆକସ୍ମିକ ଯୌନ ସଂପର୍କ ସହିତ ପ୍ରେମର କୌଣସି ସଂପର୍କ ନାହିଁ ? ସେଇଟା ତୁଛ, ଗୁରୁତ୍ୱହୀନ ? ଏବେ ସେ କଣ ଆଗଠୁ ବେଶୀ ଶାନ୍ତ ?

ନା ଆଦୌ ନୁହେଁ ।

ସେ ନିମ୍ନୋକ୍ତ ଦୃଶ୍ୟଟିକୁ ମନେମନେ ଦେଖିବାକୁ ଲାଗିଲା : ସେ ବାଥରୁମ୍‌ରୁ ବାହାରି ଆସିଛି, ପ୍ରବେଶ କକ୍ଷରେ ତାର ଉଲଗ୍ନ ଓ ଘୃଣିତ ଶରୀରଟା ଠିଆ ହେଇଥାଏ । ଅନ୍ତବୁଜୁଳିର ଗହୀରରେ ପୋତି ହେଇ ତାର ଭୟାତୁର ଆତ୍ମାଟି ଥରୁଥାଏ । ଯଦି ସେଇ ମୁହୂର୍ତ୍ତରେ ଭିତରେ ଥିବା ଲୋକଟା ତାର ଆତ୍ମାକୁ ସମ୍ବୋଧନ କରିଥାନ୍ତା, ସେ କାନ୍ଦି ପକାଇ ତାର ବାହୁରେ ଲୋଟିପଡ଼ିଥାନ୍ତା ।

ସେ ଆହୁରି ବି କଳ୍ପନା କଲା, ଯଦି ଘର ଭିତର ଲୋକଟା ଟମାସ ହେଇ ପ୍ରବେଶ କକ୍ଷରେ ଠିଆ ହେଇଥିବା ସ୍ତ୍ରୀଲୋକଟି ଟମାସର ରକ୍ଷିତାଙ୍କ ବିତରେ ଜଣେ ହେଇଥିଲେ, କେମିତି ହେଇଥାନ୍ତା ? ଟମାସର କେବଳ ଗୋଟେ ଶବ୍ଦରେ ସ୍ତ୍ରୀଲୋକଟି କାନ୍ଦି ପକାଇ ତାର ବାହୁରେ ଲୋଟିପଡ଼ିଥାନ୍ତା ।

ଯେଉଁ ମୁହୂର୍ତ୍ତରେ ପ୍ରେମ ଜାତ ହୁଏ, ସେତେବେଳେ କଣ ହୁଏ ଟେରେଜା ଜାଣେ : ନାରୀଟି ତାର ଭୟାତୁର ଆତ୍ମାକୁ ଡାକ ପକାଉଥିବା ସ୍ୱରଟିକୁ ପ୍ରତିରୋଧ କରିପାରେ ନାହିଁ : ଆଉ ପୁରୁଷଟି ତାର ସ୍ୱରକୁ ଶୁଣିଥିବା ନାରୀଟିକୁ ଯାହାର ଆତ୍ମା ତାର ସ୍ୱର ଶୁଣେ ପ୍ରତିରୋଧ କରିପାରେ ନାହିଁ । ପ୍ରେମର ପ୍ରଲୋଭନ ବିରୋଧରେ ଟମାସର ପ୍ରତିରୋଧକ କିଛି ନ ଥିଲା, ଓ ଟେରେଜା ପ୍ରତିଟି ଘଣ୍ଟାର ପ୍ରତିଟି ମିନିଟ୍‌ରେ ତା ପାଇଁ ଡରୁଥାଏ ।

ତା ପାଖରେ କେଉଁ ଅସ୍ତ୍ର ଥିଲା ? ତାର ଆନୁଗତ୍ୟ ଛଡ଼ା ଆଉ କିଛି ନୁହଁ । ଆଉ ସେ ତାକୁ ଆରମ୍ଭରୁ ସମର୍ପି ଦେଲା, ପ୍ରଥମ ଦିନ ହିଁ, ଯେମିତିକି ଆଉକିଛି

ଦେବାକୁ ନାହିଁ ବୋଲି ସେ ଜାଣିଥିଲା । ସେମାନଙ୍କର ପ୍ରେମର ରୂପରେଖ ଅବାଗିଆ ଭାବରେ ବିଷମ ଥିଲା : ଗୋଟିଏ ମାତ୍ର ଖମ୍ବ ବିରାଟକାୟ ଅଟ୍ଟାଳିକା ଧରି ରଖିଥିଲା ପରି ତାର ଆନୁଗତ୍ୟର ସଂପୂର୍ଣ୍ଣ ନିଶ୍ଚିତତା ତାର ପ୍ରେମକୁ ଧରି ରଖିଥିଲା ।

କେତେବେଳୁ କୁଆଟି ଡେଣା ଫଡ଼ଫଡ଼ କରିବା ବନ୍ଦ କରି ଦେଇଥାଏ । ମୋଡ଼ା ମକଚା ଗୋଡ଼ଟା ଆଉ ହଲୁ ନ ଥାଏ । ଟେରେଜା ସେଠୁ ଆସିବାକୁ ଆଦୌ ମନ କରୁ ନ ଥାଏ । ଯେମିତି ସେ ଜଣେ ମୂମୂର୍ଷୁ ଭଉଣୀଟାକୁ ଜଗି ବସିଥାଏ । ଯାହା ବି ହେଉ, ଶେଷରେ ସେ ଗଣ୍ଡେ ଖାଇବା ପାଇଁ ରୋଷେଇଘରକୁ ପଶିଲା ।

ଫେରିଲାବେଳକୁ କୁଆଟା ମରିଯାଇଥିଲା ।

(୨୨)

ପ୍ରେମର ପ୍ରଥମ ବର୍ଷ ସମ୍ଭୋଗ ସମୟରେ ଟେରେଜା ଚିତ୍କାର କରୁଥିଲା । ଶିହରିତ ଚିତ୍କାର, ଯେପରିକି ମୁଁ ଆଗରୁ ଦର୍ଶାଇଛି, ଇନ୍ଦ୍ରିୟମାନଙ୍କୁ ଅନ୍ଧ ଓ ବଧିର କରିବା ପାଇଁ ଉଦ୍ଦିଷ୍ଟ । ସମୟକ୍ରମେ ତାର ଚିତ୍କାର କମି ଆସିଲା, ହେଲେ ତାର ଆତ୍ମାଟି ପ୍ରେମରେ ଅନ୍ଧ ହୋଇ ରହିଥିଲା । ଇଞ୍ଜିନିୟର ଜଣକ ସହିତ ତାର ପ୍ରେମ ରହିତ ସମ୍ଭୋଗ ହିଁ ଶେଷରେ ତାର ଆତ୍ମାର ଦୃଷ୍ଟି ଶକ୍ତି ଫେରାଇ ଆଣିଲା ।

ସୁଆନାକୁ ଆରଥରକୁ ଗଲାବେଳେ ସେ ପୁଣିଥରେ ଦର୍ପଣ ସାମ୍ନାରେ ଛିଡ଼ା ହେଇ ନିଜକୁ ନିରେଖି, ଇଞ୍ଜିନିୟରର ଫ୍ଲାଟ୍‌ରେ ହେଇଥିବା ଦୈହିକ ପ୍ରେମର ଦୃଶ୍ୟକୁ ପୁର୍ନବିଚାର କଲା । ସେ ଯେ ତାର ପ୍ରେମିକକୁ ସ୍ମରଣ କଲା, ତା ନୁହେଁ । ପ୍ରକୃତରେ ଠିକ୍‌ରେ ତାକୁ ବର୍ଣ୍ଣନା କରିବାଟା ତା ପକ୍ଷରେ କଷ୍ଟକର ହେଇଥାନ୍ତା । ଉଲଗ୍ନ ଅବସ୍ଥାରେ ସେ କେମିତି ଦିଶୁଥିଲା, ସେ ତାହା ବି ଲକ୍ଷ୍ୟ କରି ନ ଥିବ । ସେ ଖାଲି ମନେ ରଖିଥିଲା ତାର (ଆଉ ଯୋଉଟାକୁ ସେ ଏବେ ଦର୍ପଣରେ ନୀରିକ୍ଷଣ କଲା ଯୌନ ଉଦ୍ଦୀପନାରେ) ଦେହକୁ : ତାର ଯୋନିର ତ୍ରିକୋଣଭୂମିକୁ ଓ ଠିକ୍ ତାରି ଉପରକୁ ଥିବା ଛଉଛଉଆ ଗୋଲାକାର ଦାଗକୁ । ଏତେଦିନ ଯାଏଁ ଏଇ ଛଉଛଉଆ ଦାଗକୁ ତା ଚର୍ମ ଉପରେ ସବୁଠୁ ନିରସ ଦାଗଟିଏ ବୋଲି ଭାବିଥିଲା, ହେଲେ ସେଇ ଦାଗଟା ଏବେ ଆବେଶ ପରି ମନରେ ଘାରି ହେଲା । ଏକ ଅପରିଚିତ ପୁରୁଷର ଲିଙ୍ଗର ଅବିଶ୍ୱାସ୍ୟ ନିକଟତାରେ ଦାଗଟିକୁ ବାରବାର ଦେଖିବାକୁ ଚାହିଁଲା ।

ଏଠି ମୁଁ ପୁଣି ଜୋର୍ ଦେଇ କହିରଖେ : ଅନ୍ୟ କେଉଁ ପୁରୁଷର ଲିଙ୍ଗକୁ ଦେଖିବାର ତାର ଇଛା ନ ଥିଲା । ଅପରିଚିତ ପୁରୁଷର ଲିଙ୍ଗର ବିକଟତାରେ ତାର ନିଜର ଗୁପ୍ତାଙ୍ଗକୁ ସେ ଦେଖିବାକୁ ଚାହିଁଲା । ସେ ତାର ପ୍ରେମିକର ଦେହକୁ ଚାହିଁ ନ ଥିଲା । ସେ ତାର ନିଜସ୍ୱ ଦେହକୁ ନୂଆଁ କରି ଆବିଷ୍କାର କରିଥିବା, ଅନ୍ୟ ସଭିଙ୍କଠାରୁ

ଦୂରରେ ତାର ଅନ୍ତରଙ୍ଗ ଦେହକୁ, ଅତୁଳନୀୟ ଭାବରେ ଉତ୍ତେଜିତ ଦେହକୁ ଚାହିଁଲା ।

ଝରାପାଣି ବୁନ୍ଦାର ଛିଟିକାରେ ଭରପୂର ତାର ଦେହଟାକୁ ଚାହିଁ ରହି ସେ ଇଞ୍ଜିନିୟର ଜଣକ ବାର୍‌କୁ ଆସିବାଟା କଳ୍ପନା କଲା । ଆଃ ସେ କେମିତି ତାର ଆସିବାଟାକୁ ଅପେକ୍ଷା କରିଥାଏ, ତାକୁ ଡାକିବ ବୋଲି ଚାହିଁ ରହିଥାଏ । ଆଃ, ସେ ସେଥିପାଇଁ କେତେ ବ୍ୟାକୁଳ ଥାଏ ।

(୨୩)

ପ୍ରତିଦିନ ସେ ଆଶଙ୍କା କରେ ଯେ ଇଞ୍ଜିନିୟରଜଣକ ଆସିବ ଆଉ ସେ ତାକୁ ମନା କରିପାରିବ ନାହିଁ । କିଂତୁ ଦିନ ଗଡ଼ିଗଲା, ତାର ଆସିବାର ଆଶଙ୍କାଟି କ୍ରମଶଃ ଆସିବ ନାହିଁର ଭୟରେ ମିଳେଇଗଲା ।

ମାସେ ବିତିଗଲା । ତଥାପି ଇଞ୍ଜିନିୟର ଜଣକ ଦୂରେଇ ରହିଲା । ଟେରେଜା କଥାଟା ବୁଝିପାରିଲା ନାହିଁ । ତାର ହତାଶ ଇଚ୍ଛାଟା ଦବିଯାଇ ଏକ ଯନ୍ତ୍ରଣାଦାୟକ ପ୍ରଶ୍ନରେ ରୂପାନ୍ତରୀତ ହେଲା : କାହିଁକି ସେ ଆସିପାରିଲା ନାହିଁ ?

ଦିନେ ଗ୍ରାହକମାନଙ୍କୁ ଅପେକ୍ଷା କରୁଥିବାବେଳେ ସେ ସେଇ ଚନ୍ଦାମୁଣ୍ଡିଆ ଲୋକଟାକୁ ଦେଖିଲା ଯିଏ କି ଜଣେ ଅପ୍ରାପ୍ତବୟସ୍କକୁ ମଦ ପରିବେଷଣ କରିବାର ଅଭିଯୋଗ କରି ତାକୁ ଗାଳି ଦେଇଥିଲା । ବଡ଼ ପାଟିରେ ସେ ଗୋଟେ ଅଭଦ୍ର କଥା କହୁଥାଏ । ଏକଦା ସେ ବିଅର ପରିବେଷଣ କରିଥିବା ଛୋଟିଆ ସହରଟାରେ ମଦୁଆଙ୍କ ପାଖରୁ ଆଗରୁ ଏଇ ଅଭଦ୍ର କଥାଟା ଶହେଥର ଶୁଣି ସାରିଥାଏ । ପୁଣିଥରେ ତାକୁ ଲାଗିଲା ଯେ ତାର ମାଁର ଦୁନିଆଁଟା ତା ଭିତରକୁ ଅନୁପ୍ରବେଶ କରୁଛି । ସେ ଟାଣ କରି ଚନ୍ଦାମୁଣ୍ଡିଆ ଲୋକଟାର କଥାରେ ବାଧା ଦେଲା ।

'ମୁଁ ତମଠାରୁ ଆଦେଶ ନିଏ ନାଇଁ', ସେ ରାଗରେ ଫୁଲି ଉଠି କହିଲା । 'ତୋର ରାଶି ନକ୍ଷତ୍ର ଭଲ ଥିବାରୁ ଆମେ ତତେ ଏଠି ରହିବାକୁ ସୁଯୋଗ ଦେଇଛୁ ଜାଣ ।'

'ଆମେ ? ଆମେ ଅର୍ଥ କଣ ?'

'ଆମେମାନେ', ଲୋକଟା ଆଉଥରେ ଭୋଡ଼କା ପାଇଁ ଗ୍ଲାସ ଉଠାଇ କହିଲା ।

'ମୁଁ ତମକୁ ଆଉ ବେଶୀ ଅପମାନ କରିବାକୁ ଚାହୁଁନାହିଁ, ବୁଝିଲ ? ଓହୋ, ଆଚ୍ଛା', ଟେରେଜା ବେକରେ ପିନ୍ଧିଥିବା ଶସ୍ତା ମୁକ୍ତା ହାରଟିକୁ ଦେଖାଇ ଲୋକଟା ପୁଣି କହି ଚାଲିଲା, 'ଏ ଗୁଡ଼ା କୋଉଠୁ ପାଇଲ ? ତମ ସ୍ୱାମୀ ଦେଇଛନ୍ତି ବୋଲି ତ ମତେ କହି ପାରିବନି । ସେ ଜଣେ ଝରକା ସଫେଇ କର୍ମଚାରୀ ମାତ୍ର । ସେ ଏମିତି ଦାମିକା ଉପହାର ଦେଇ ପାରିବନି । ଏଇଟା ତୋର ଗରାଖ ପାଖରୁ ଆସିଛି, ନୁହେଁ କି ? ପ୍ରତିବଦଳରେ ତମେ କଣ ଦିଅ ଶୁଣେ ?'

'ତମେ ଏଇକ୍ଷଣି ପାଟି ବନ୍ଦ କର କହୁଛି।' ସେ ଫଁ ଫଁ ହେଲା।

'ଖାଲି ମନେରଖ ଯେ ବେଶ୍ୟାବୃତ୍ତିଟା ଗୋଟେ ଅପରାଧ', ସେ ତାର ମୁକ୍ତା ମାଳିଟାକୁ ଝାମ୍ପି ଧରିବାକୁ ଚେଷ୍ଟା କରୁକରୁ କହିଲା।

ହଠାତ୍ କାରେନିନ୍ କୁଦାମାରି ଝପଟି ଆସିଲା। ବାର୍‌ରେ ତାର ସାମ୍ନା ପନ୍ଝାରେ ଭରା ଦେଇ ଘାଉଁ ଘାଉଁ ଭୁକିବାରେ ଲାଗିଲା।

(୨୪)

ରାଷ୍ଟ୍ରଦୂତ ଜଣକ କହିଲେ : ସେ ଗୁଇନ୍ଦା ପୁଲିସ ସହିତ ଅଛି। ତାହେଲେ ସେ କଥାଟିକୁ ଏମିତି କାହିଁ ଖୋଲାମେଲା କରୁଛି ? ଯିଏ ନିଜ କଥା ଗୋପନ ରଖି ପାରୁନି, ସେଇ ଗୁଇନ୍ଦା ପୁଲିସ ଭଲା କି କାମରେ ?

ଯୋଗ ଶିକ୍ଷା କଲାବେଳେ ଶିଖିଥିବା ଭଙ୍ଗୀରେ ରାଷ୍ଟ୍ରଦୂତ ଜଣକ ଚକା ପକାଇ ଖଟରେ ବସିଲେ। କାନ୍ଥରେ ଫଟୋ ଫ୍ରେମ୍ ଭିତରୁ ସହାସ୍ୟ ଦୃଷ୍ଟି ତାଳୁଥିବା କେନେଡ଼ି ତାର କଥାକୁ ସ୍ୱତନ୍ତ୍ର ଭାବରେ ଶୁଦ୍ଧପୂତ କରୁଥାନ୍ତି।

"ଗୁଇନ୍ଦା ପୁଲିସର ଗୁଡାଏ କାମ ଥାଏ, ବୁଝିଲ", ସେ ଗୋଟେ ପ୍ରକାର ମୁରବିପଣିଆ ଥିବା ସ୍ୱରରେ କହିବା ଆରମ୍ଭ କଲା। 'ପ୍ରଥମଟି ଧରାବନ୍ଧା: ଲୋକେ କଣ କଥାବାର୍ତ୍ତା ହେଉଛନ୍ତି ସେଥିପ୍ରତି ସେମାନେ କାନ ଦିଅନ୍ତି ଓ ଉପରିସ୍ଥ ଅଧିକାରୀଙ୍କ ପାଖରେ ରିପୋର୍ଟ କରନ୍ତି।'

'ଦ୍ୱିତୀୟ କାମଟି ଡରେଇବା ପାଇଁ। ସେମାନେ ଦେଖାଇବାକୁ ଚାହାଁନ୍ତି ଯେମିତିକି ଆମେ ତାଙ୍କରି ଆୟତ୍ତରେ। ଆମେ ଡରୁ ବୋଲି ସେମାନେ ଚାହାଁନ୍ତି। ତମର ଚନ୍ଦାମୁଣ୍ଡିଆ ବନ୍ଧୁଜଣକ ଠିକ୍ ସେଇ କାମ କରୁଥିଲେ।'

'ତୃତୀୟ କାମଟି ହେଉଛି ଏମିତି ପରିସ୍ଥିତି ସୃଷ୍ଟି କରିବା ଯାହାକି ଆମକୁ ସାଲିସ୍ କରିବାକୁ ପଡ଼ିବ। ସରକାରଙ୍କ ପତନ ପାଇଁ ଆମେ ଷଡ଼ଯନ୍ତ୍ର କରିବାର ଅଭିଯୋଗର ଦିନ ଆଉ ନାହିଁ। ସେଇଟା ଆମର ଜନପ୍ରିୟତା ବୃଦ୍ଧି କରିବ ମାତ୍ର। ଏବେ ସେମାନେ ଆମ ପକେଟରେ ନିଷିଦ୍ଧ ଗଞ୍ଜାଇ ପୁରେଇ ଦେବେ କିମ୍ବା ଆମେ ବାରବର୍ଷର ଝିଅଟାକୁ ଧର୍ଷଣ କରିଥିବାର ଆରୋପ ଲଗାଇ ଦେବେ। ସେଥିପାଇଁ ସେମାନେ ଝିଅଟିଏ ବି ଯୋଗାଡ଼ କରି ପକାଇବେ।'

ଟେରେଜାର ମନ ଭିତରକୁ ଇଞ୍ଜିନିୟର ଜଣକ ସଙ୍ଗେସଙ୍ଗେ ଧଡ଼୍‌କିନା ଆସିଗଲା। ସେ କାହିଁକି ଆଉ ଆସିଲା ନାହିଁ ?

'ସେମାନେ ଲୋକଙ୍କୁ ଫସେଇ ଦେବେ', ରାଷ୍ଟ୍ରଦୂତ ଜଣକ କହି ଚାଲିଲେ, 'ଅନ୍ୟମାନଙ୍କୁ ଫସେଇବାରେ ସହଯୋଗ କରିବାକୁ ବାଧ୍ୟ କରିବେ ଯେମିତିକି

ଧୀରେଧୀରେ ସାରା ଦେଶଟାକୁ କେବଳ ଗୁପ୍ତଚର ମାନଙ୍କର ଗୋଟିଏ ଅନୁଷ୍ଠାନରେ ପରିଣତ କରିଦେବେ।'

ଇଞ୍ଜିନିୟର ଜଣକୁ ପୋଲିସ ପଠାଇଥିବାର ସମ୍ଭାବନା ବ୍ୟତୀତ ଟେରେଜା ଆଉ କିଛି ଭାବି ପାରିଲା ନାହିଁ। ଆଉ ସେ ଅଜଣା ଅଚିହ୍ନା ପିଲାଜଣକ କିଏ ଯିଏ ପେଟେ ପିଇ ଦେଇ ତାକୁ ଭଲପାଏ ବୋଲି କହିଲା ? କେବଳ ତାରି ଯୋଗୁଁ ଚନ୍ଦାମୁଣ୍ଡିଆ ଗୋଇନ୍ଦାଜଣକ ତା ସହିତ ପାଟିତୁଣ୍ଡ କଲା ଓ ଇଞ୍ଜିନିୟର ଜଣକ ତା ପଛରେ ଆସି ଛିଡ଼ା ହେଲା ? ତା ହେଲେ ତାକୁ ଫସେଇବା ପାଇଁ ଏଇ ତିନିଜଣଯାକ ପୂର୍ବପରିକଳ୍ପିତ ନାଟକ କରିଥିଲେ !

ସେ ଭଲା କେମିତି ଜାଣି ପାରିଲା ନାହିଁ ? ଫ୍ଲାଟ୍‌ଟି ଏତେ ଅବାଗିଆ ଥିଲା-- ଲୋକଟା ସେଇ ଜାଗାରେ ନିହାତି ବେଖାପ ଲାଗୁଥାଏ। ସମ୍ଭ୍ରାନ୍ତ ବେଶଭୂଷାର ଜଣେ ଇଞ୍ଜିନିୟର ଜଣକ ଭଲା ସେମିତି ବାଜେ ଜାଗାଟାରେ କାହିଁକି ରହିବ ? ସତରେ କଣ ସେ ଜଣେ ଇଞ୍ଜିନିୟର ? ଆଉ ଯଦି ହଁ, ତେବେ ଦିପହର ୨ଟାରେ ସେ କେମିତି କାମ ସାରି ପଳାଇ ଯାଆନ୍ତି ? କେତେଜଣ ଇଞ୍ଜିନିୟର ସୋଫୋକ୍ଲିସ ପଢ଼ନ୍ତି ? ନା, ସେଇଟା କୋଉ ଇଞ୍ଜିନିୟରର ଲାଇବ୍ରେରୀ ନ ଥିଲା ! ଜଣେ ଗରୀବ ବୁଦ୍ଧିଜୀବୀଠୁ ବ୍ୟାଜାପ୍ତ କରାହେଇଥିବା ଫ୍ଲାଟ ପରି ତାହା ଦିଶୁଥିଲା। ତାକୁ ଦଶବର୍ଷ ହେଇଥିବା ବେଳେ ତାର ବାପାଙ୍କୁ ଜେଲ୍‌ରେ ରଖାଗଲା, ତାପରେ ତାର ବାପାର ଫ୍ଲାଟକୁ ଓ ସବୁଯାକ ବହିକୁ ସରକାର ବ୍ୟାଜାପ୍ତ କରିଦେଲେ। ଘରଟିକୁ କିଭଳି ବ୍ୟବହାର କରାଗଲା କିଏ ଜାଣେ ?

ଇଞ୍ଜିନିୟର ଜଣକ କାହିଁକି ଫେରିଲା ନାହିଁ ତାହା ଏଥର ସେ ସ୍ପଷ୍ଟ ଦେଖି ପାରିଲା : ସେ ତାର ଉଦ୍ଦେଶ୍ୟ ସାଧନ କରିସାରିଥିଲା। କି ଉଦ୍ଦେଶ୍ୟ ? ସେଇ ମଦୁଆ ଗୁପ୍ତ ଦଲାଲଜଣକ ଅସାବଧାନବଶତଃ କଥାଟା ପ୍ରକାଶ କରିଥିଲା, "ଖାଲି ମନେରଖ ଯେ ବେଶ୍ୟାବୃତ୍ତି ଗୋଟେ ଧର୍ତ୍ତବ୍ୟ ଅପରାଧ।" ଏବେ ଆପଣାକୁ ଇଞ୍ଜିନିୟର ସାଜିଥିବା ଲୋକଟା ପ୍ରମାଣ କରିବ ଯେ ସେ ତା ସହିତ ସହବାସ କରିଥିଲା ଓ ସେଥିପାଇଁ ସେ ପାଉଣା ଦାବୀ କରିଥିଲା ! ତାର ବାର୍‌ରେ ମଦ ପିଉଥିବା ଲୋକଙ୍କ ବିଷୟରେ ରିପୋର୍ଟ କରିବାକୁ ରାଜି ନ ଥିଲେ ସେମାନେ ତାକୁ ବଦନାମ୍ କରିବାକୁ ଧମକ ଦେବେ।

'ବ୍ୟସ୍ତ ହୁଅ ନାଇଁ', ରାଷ୍ଟ୍ରଦୂତ ଜଣକ ତାକୁ ବୋଧ ଦେଲେ। 'ତମ କଥାଟା ସେମିତି କିଛି ବିପଜ୍ଜନକ ଜଣାପଡୁନି।'

'ଆପଣଙ୍କ କଥା ସତ ହେଉ', ସେ ଚିପା ଗଳାରେ କହିଲା ଓ କାରେନିନ୍ ସଙ୍ଗରେ ରାତିରେ ପ୍ରାଗ୍ ସହର ଭିତରକୁ ଗଲା।

(୨୫)

ସାଧାରଣତଃ ଲୋକେ ଭବିଷ୍ୟତକୁ ଖସିଯାଇ ନିଜ ଅସୁବିଧାରୁ ମୁକୁଳି ଯାଇଥାନ୍ତି । ସମୟର ପଥରେ ସେମାନେ ଗୋଟେ କାଳ୍ପନିକ ରେଖା ଟାଣନ୍ତି, ଯେଉଁ ରେଖା ପରେ ସେମାନଙ୍କର ସାଂପ୍ରତିକ ଅସୁବିଧାଯାକ ଆଉ ରହିବ ନାହିଁ । କିଂତୁ ଟେରେଜା ତାର ଭବିଷ୍ୟତରେ ସେମିତି କୌଣସି ରେଖା ଦେଖିଲା ନାହିଁ । କେବଳ ପଛକୁ ଫେରି ଚାହିଁବାଟା ତାକୁ ସାନ୍ତ୍ୱନା ଦେଲା । ପୁଣି ରବିବାର ଆସିଲା । ସେମାନେ କାର୍‌ରେ ପ୍ରାଗ୍‌ର ସୀମା ପାରି ହେଇ ଆଗକୁ ବଢ଼ିଲେ ।

ଟମାସ ଗାଡ଼ି ଚଲାଉଥାଏ, ତା ପାଖରେ ଟେରେଜା ଆଉ କାରେନିନ୍ ପଛ ସିଟ୍‌ରେ ବସି ମଝି ମଝିରେ ଝୁଙ୍କି ପଡ଼ି ସେମାନଙ୍କ କାନକୁ ଚାଟୁଥାଏ । ଦୁଇଘଣ୍ଟା ପରେ ସ୍ପା ପାଇଁ ବିଖ୍ୟାତ ଗୋଟେ ଛୋଟ ସହରରେ ସେମାନେ ପହଞ୍ଚିଲେ । ଛଅବର୍ଷ ଆଗରୁ ସେମାନେ ଅନେକ ଦିନ ଏଠି କଟାଇଥିଲେ । ରାତିଟା ସେଠି ସେମାନେ କଟାଇବାକୁ ଚାହିଁଲେ ।

ଛକରେ ସେମାନେ କାର୍‌ରୁ ଓହ୍ଲାଇଲେ । କିଛି ବି ବଦଳି ନ ଥିଲା । ଯେଉଁ ହୋଟେଲରେ ସେମାନେ ରହିଥିଲେ ତାରି ସାମ୍ନାରେ ସେମାନେ ଛିଡ଼ା ହେଲେ । ସାମ୍ନାରେ ସେଇ ପୁରୁଣା ଲିଣ୍ଡେନ ଗଛ ସେଠି ଠିଆ ଉଠିଥାଏ । ବାଁ ପଟରେ କାଠରେ ତିଆରି ପୁରୁଣା ଖୁମ୍ବ ଧାଡ଼ିଏ ଲମ୍ବିଯାଇ ଗୋଟେ ମାର୍ବଲ କୁଣ୍ଡରେ ଔଷଧୀୟ ପାଣିର ଧାରରେ ମିଶିଥାଏ । ହାତରେ ସେଇ ଛୋଟିଆ ଗ୍ଲାସମାନ ଧରି ତା ଉପରେ ନଇଁ ପଡ଼ିଥାନ୍ତି ।

ହୋଟେଲକୁ ଫେରି ଚାହିଁଲାବେଳକୁ ଟମାସ କିଛି ଗୋଟାଏ ପରିବର୍ତ୍ତନ ଲକ୍ଷ୍ୟ କଲା । ଗ୍ରାଣ୍ଡ୍ ନାମଟି ଏବେ 'ବୈକାଲ' ହେଇ ଯାଇଥାଏ । ବିଲଡିଂଟାର କଣରେ ସେ ରାସ୍ତାର ଫଳକକୁ ଲକ୍ଷ୍ୟ କଲା : ମସ୍କୋ ସ୍କୋୟାର । ତାପରେ ସେମାନେ ଜାଣିଥିବା ସବୁ ରାସ୍ତାରେ ଚାଲିଚାଲି (କାରେନିନ୍ ବିନା ଫିତାରେ ଆପଣାଛାଏଁ ଲାଞ୍ଜ ହଲାଇ ଚାଲୁଥାଏ) ସେଗୁଡ଼ିକର ନାଁ ଦେଖି ଚାଲିଲେ : ଷ୍ଟାଲିନ୍‌ଗ୍ରାଡ୍ ଷ୍ଟ୍ରିଟ୍, ଲେଲିନ୍‌ଗ୍ରାଡ୍ ଷ୍ଟ୍ରିଟ୍, ରୋସ୍‌ଟୋଭ୍ ଷ୍ଟ୍ରିଟ୍, ନୋଭୋସିବିରସ୍କ ଷ୍ଟ୍ରିଟ୍, କିଭ୍ ଷ୍ଟ୍ରିଟ୍, ଓଡ଼େସା ଷ୍ଟ୍ରିଟ୍ । ସେଠି ଗୋଟେ ଥିଲା ଟ୍ରାଇକୋଭସ୍କି ସାନାଟୋରିୟମ୍; ଗୋଟେ ଟଲଷ୍ଟୟ ସାନାଟୋରିୟମ; ଗୋଟେ ରିମସ୍କି କୋର୍ସାକୋଭ୍ ସାନାଟୋରିୟମ୍, ଆହୁରି ଥିଲା ହୋଟେଲ ସୁଭୋରୋଭ୍, ଗୋଟେ ଗର୍କି ସିନେମାହଲ, ଆଉ ଗୋଟେ କେଫେ ପୁଷ୍କିନ । ସବୁ ନାଁ ଗୁଡ଼ା ରୁଷୀୟ ଭୂଗୋଳ, ରୁଷୀୟ ଇତିହାସରୁ ଅଣା ଯାଇଥିଲା ।

ହଠାତ୍ ଟେରେଜା ସେନା ଅଧିକାରର ପ୍ରଥମ ଦିନଗୁଡା ମନେ ପକାଇଲା । ପ୍ରତ୍ୟେକ ନଗରୀ, ସହରରେ ଲୋକେ ରାସ୍ତାର ନାମ ଫଳକ କାଢ଼ି ପକାଇଥିଲେ,

ନାଁ ଗୁଡ଼ା ଅପସରି ଗଲା । ରାତିକ ଭିତରେ ଦେଶଟା ବେନାମୀ ହେଇଗଲା । ସାତ ଦିନ ଧରି ରୁଷ ଅଫିସରମାନେ ନିଜେ କୋଉଠି ଅଛନ୍ତି ନ ଜାଣି ଗାଁ ଗହଳରେ ଘୁରି ବୁଲିଲେ । ଅଫିସରମାନେ ସମ୍ବାଦପତ୍ର ଅଫିସ୍ ଖୋଜି ବୁଲିଲେ, ରେଡ଼ିଓ ଓ ଟି.ଭି. ସଂସ୍ଥା ଅଧିକାର କରିବାକୁ ଖୋଜିଲେ । କିଂତୁ ସେ ଗୁଡ଼ା ପାଇଲେ ନାହିଁ । ଯେତେବେଳେ ଯାହାକୁ ସେମାନେ ଏ ବିଷୟରେ ପଚାରନ୍ତି, କିଏ କାନ୍ଧ ନଚାଇ ଜାଣି ନ ଥିବାର କହେ ତ ଆଉ କିଏ ମିଛ ନାଁ ଓ ବାଟ ବତାଇଦିଏ ।

ଏବେ ପଶ୍ଚାତ୍‌ଦୃଷ୍ଟି ସ୍ପଷ୍ଟ କରିଦେଲା ଯେ ଏଇ ନାମବିହୀନତା ଦେଶ ପକ୍ଷରେ ବେଶ୍ ବିପଜ୍ଜନକ । ରାସ୍ତାଘାଟ କୋଠାବାଡ଼ି ଆଉ ନିଜର ମୌଳିକ ନାଁକୁ ଫେରି ପାରିଲେ ନାହିଁ । ଫଳରେ ଚେକ୍ ସ୍ପେଟ ହଠାତ୍ ଗୋଟେ ମନଗଢ଼ା ରୁଷିଆର କ୍ଷୁଦ୍ର ପ୍ରତିରୂପରେ ରୂପାନ୍ତରିତ ହେଇଗଲା । ଆଉ ଯେଉଁ ଅତୀତକୁ ଖୋଜି ପାଇବାକୁ ଟେରେଜା ସେଠାକୁ ଯାଇଥିଲା ତାହା ବ୍ୟାଜାପ୍ତ ହେଇ ସାରିଥିଲା । ସେଠି ରାତିରେ ରହିବାଟା ତାଙ୍କ ପାଇଁ ଅସମ୍ଭବ ।

(୨୬)

ସେମାନେ ନୀରବରେ କାର୍ ପାଖକୁ ଚାଲି ଆସିଲେ । କେମିତି ସବୁ ଜିନିଷ ଓ ସମସ୍ତେ ଛଦ୍ମ ଭାବରେ ଚାଲିଛନ୍ତି ସେଇ କଥା ଟେରେଜା ଭାବୁଥାଏ । ଗୋଟେ ପୁରାତନ ଚେକ୍ ସହର ରୁଷୀୟ ନାଁରେ ଛାଇଯାଇଛି । ସେନା ଅଧିକାରର ଫଟୋ ଉଠାଉଥିବା ଚେକ୍‌ମାନେ ଅଜାଣତରେ ରୁଷ୍‌ର ଗୁଇନ୍ଦା ପୁଲିସ୍ ପାଇଁ କାମ କଲେ । ତାକୁ ମାରିବାକୁ ପଠାଇଥିବା ଲୋକଟା ଟମାସର ମୁଖା ନିଜ ମୁହଁରେ ପିନ୍ଧିଥିଲା । ଗୁଇନ୍ଦାଟି ଇଞ୍ଜିନିୟର ଜଣକର ଭୂମିକା ନିର୍ବାହ କଲା ଓ ଇଞ୍ଜିନିୟର ଜଣକ ପେଟ୍ରିନ୍‌ର ଲୋକଟାର ଭୂମିକା ନିର୍ବାହ କଲା । ତାର ଫ୍ଲାଟ୍‌ରେ ଥିବା ବହିଟା ତାକୁ ପଥଭ୍ରଷ୍ଟ କରିବାପାଇଁ ଗୋଟେ ସୁପରିକଳ୍ପିତ ବାହାନା ଥିଲା ।

ସେତେବେଳେ ହାତରେ ଧରିଥିବା ବହିଖଣ୍ଡିକ ମନେ ପକାଇ ତାର ହଠାତ୍ ଜ୍ଞାନୋଦୟ ହେଲା ଓ ସେଥିରେ ଗାଲଟା ରାଗରେ ପାଚିଗଲା । ଘଟଣାର କ୍ରମ କେମିତି ଥିଲା ? ଇଞ୍ଜିନିୟରଟା ଟିକେ କଫି ଆଣିବ କହିଲା । ସେ ବହିଥାକ ପାଖକୁ ଯାଇ ସୋଫୋକ୍ଲିସଙ୍କ ଇଡିପସ୍ ସେଠୁ କାଢ଼ିଲା । ତାପରେ ଇଞ୍ଜିନିୟର ଜଣକ ଫେରିଆସିଲା । କିଂତୁ ବିନା କଫିରେ !

ବାରମ୍ବାର ସେ ସେଇ ପରିସ୍ଥିତିକୁ ଫେରିଗଲା : କଫି ଆଣିବାକୁ ସେ କେତେ ସମୟ ଗଲା ? ଅତି କମ୍‌ରେ ଗୋଟେ ମିନିଟ୍ ନିଶ୍ଚୟ ହେବ । ଦୁଇ ବା ତିନି ମିନିଟ୍ ବି ହେଇପାରେ । ସେଇ ଛୋଟିଆ ପ୍ରବେଶକକ୍ଷରେ ସେ କଣ

କରୁଥିଲା ? ନା ସେ ପରିସ୍ରାଗାରକୁ ଗଲା ? କବାଟ ବନ୍ଦ କରିବାର କିମ୍ବା ପାଣି ଫ୍ଲସ୍ କରିବାର ଶବ୍ଦ ସେ ଶୁଣିଥିବାର ମନେ ପକାଇଲା । ନା, ପାଣି ବୋହିବାର ଶବ୍ଦ ସେ ଶୁଣି ନ ଥିଲା, ନ ହେଲେ ସେ ମନେ ରଖିଥାନ୍ତା । ଆଉ କବାଟ ବନ୍ଦ ହେଇ ନ ଥିବାର ସେ ପ୍ରାୟ ନିଶ୍ଚିତ ହେଇଗଲା । ତା ହେଲେ ସେଇ ପ୍ରବେଶ କକ୍ଷଟାରେ ସେ କଣ କରୁଥିଲା ?

କଥାଟା ପୁରା ସ୍ପଷ୍ଟ । ଯଦି ସେମାନେ ତାକୁ ଫସେଇବାକୁ ଚାହାଁନ୍ତି, ତାହେଲେ ସେମାନେ ଇଞ୍ଜିନିୟରର ପ୍ରମାଣଠାରୁ ଆଉ ଅଧିକା କିଛି ଦରକାର କରିବେ । ସେମାନେ ଅକାଟ୍ୟ ପ୍ରମାଣ ଚାହିଁବେ । ତାର ଏଇ ସନ୍ଦେହ ଜନକ ଅନୁପସ୍ଥିତି ଭିତରେ ଇଞ୍ଜିନିୟରଟାର ପ୍ରବେଶ କକ୍ଷରେ ଗୁପ୍ତରେ ମୁଭି କେମେରା ଖଞ୍ଜି ଥାଇ ପାରେ । କିମ୍ବା ଏଇୟା ମଧ୍ୟ ହେଇପାରେ ଯେ ସେ ଆଉ କାହାକୁ ସ୍ଥିର ଚିତ୍ର ଉତ୍ତୋଳନ ପାଇଁ ଭିତରକୁ କ୍ୟାମେରା ଦେଇ ଆସିବାକୁ ଦେଇଥିବ ଆଉ ସିଏ ପରଦା ଆଡୁଆଳରୁ ତାଙ୍କର ଫଟୋ ଉଠାଇଥିବ ।

କେଇଟା ସପ୍ତାହ ଆଗରୁ ସେ ପ୍ରୋଜାକ୍‌କାକୁ ବିଦ୍ରୂପ କରିଥିଲା । କାରଣ ବ୍ୟକ୍ତିଗତ ଗୋପନୀୟତା ବିଲୁପ୍ତ ହେଇଥିବା ରାଜନୈତିକ ବନ୍ଦୀ ଶିବିର ଭିତରେ ନିଜେ ରହୁଥିବାର ସେ ଜାଣି ପାରି ନ ଥିଲେ । କିଂତୁ ତା କଥା କଣ ହେଲା ? ତାର ମାଁର ଛତ୍ରଛାୟାରୁ ବାହାରି ଆସି ବେଶ୍ ସରଳ ଭାବରେ ସେ ଭାବିନେଲା ଯେ ସବୁଦିନ ପାଇଁ ସେ ତାର ନିଜସ୍ୱ ଗୋପନୀୟତାର ସର୍ବେସର୍ବା ଅଧିକାରୀ ହେଇଗଲା । କିଂତୁ ନା, ତାର ମାଁର ଛତ୍ରଛାୟାଟା ସାରା ପୃଥିବୀ ଉପରେ ଲମ୍ବିଛି ଓ ତାକୁ କେବେ ମୁକୁଳିବାକୁ ଦେବ ନାହିଁ । ଟେରେଜା ତାଠୁ କେବେ ଖସି ଯାଇ ପାରିବ ନାହିଁ ।

ଛକକୁ ଫେରିଲା ବାଟରେ ବଗିଚା ବେଢ଼ା ପାହାଚରେ ଓହ୍ଲାଉ ଓହ୍ଲାଉ ଟମାସ ପଚାରିଲା, 'କଣ ଅସୁବିଧା ହେଲା ?'

ସେ କିଛି କହିବା ଆଗରୁ କେହି ଜଣେ ଟମାସକୁ ସ୍ୱାଗତ ଜଣାଇ ଡାକିଲା ।

(୨୭)

ଲୋକଟା ପାଖାପାଖି ପଚାଶ ବର୍ଷର ହେବ । ମୁହଁରେ ସମୟର ଛାପ । ଜଣେ କୃଷି ଶ୍ରମିକ ଯାହାର ଟମାସ ଥରେ ଅସ୍ତ୍ରୋପଚାର କରିଥିଲା ଓ ବର୍ଷକ ପାଇଁ ଉପଚାର ସକାଶେ ସ୍ପାକୁ ପଠାଇଥିଲା । ସେ ଟମାସ ଓ ଟେରେଜାକୁ ତା ସହିତ ଟିକେ ମଦ୍ୟପାନ ପାଇଁ ନିମନ୍ତ୍ରଣ କଲା । ସାର୍ବଜନୀନ ଜାଗାକୁ କୁକୁରମାନଙ୍କ ପ୍ରବେଶ ନିଷିଦ୍ଧ ଥିବାରୁ ଟେରେଜା କାରେନିନକୁ ନେଇ କାର୍‌ରେ ରଖିଲା ଓ ଲୋକଟା

ନିକଟସ୍ଥ କେଫେରେ ଗୋଟେ ଜାଗା ଖୋଜିଲା । ସେ ସେଠାକୁ ଆସିଲାରୁ ଲୋକଟା କହିଲା, 'ଆମେ ସରଳ ଶାନ୍ତ ଜୀବନଯାପନ କରୁ । ଦୁଇବର୍ଷ ଆଗେ ସେମାନେ ମତେ ସମବାୟର ଚେୟାରମେନ୍ ଭାବରେ ନିର୍ବାଚିତ କରିଛନ୍ତି ।'

'ହାର୍ଦ୍ଦିକ ଅଭିନନ୍ଦନ', ଟମାସ କହିଲା ।

'କଥାଟା ତମେ ଜାଣ । ସହରକୁ ଯିବାପାଇଁ ଲୋକେ ହାଇଁ ପାଇଁ । କେହି ଏଠି ରହିଗଲେ ବଡ଼ଲୋକମାନେ ଖୁସି ହୁଅନ୍ତି । ସେମାନେ ଆମକୁ ଆମ ଚାକିରୀରୁ ବରଖାସ୍ତ କରିପାରିବେ ନାହିଁ ।'

'ସେଇଟା ଆମ ପାଇଁ ସବୁଠୁ ଭଲ ହେବ', ଟେରେଜା କହିଲା ।

'ସେଠି ଆପଣ ବୋର୍ ହେଇ ମରିଯିବେ, ମାଡ଼ାମ୍ । ସେଠି କରିବାକୁ କିଛି ନାହିଁ । ଆଦୌ କିଛି ନାହିଁ ।'

ଟେରେଜା କୃଷି ଶ୍ରମିକଟିର ସମୟର ପ୍ରକୋପରେ କ୍ଷୟପ୍ରାପ୍ତ ମୁହଁଟାକୁ ଦେଖିଲା । ଲୋକଟା ତାକୁ ଦୟାଳୁ ମନେ ହେଲା । ଏତେବର୍ଷ ଭିତରେ ପ୍ରଥମଥର ପାଇଁ ସେ ଜଣେ ଦୟାଳୁ ଲୋକକୁ ଦେଖିଲା ! ତାର ଆଖି ସାମ୍ନାରେ ଗ୍ରାମ୍ୟ ଜୀବନର ଦୃଶ୍ୟଟିଏ ଭାସିଉଠିଲା: ଜଙ୍ଗଲ କ୍ଷେତ ବେଡ଼ା ଗାଁଟିରେ ଗୀର୍ଜାଘରୁ ଘଣ୍ଟି ଶୁଭୁଥାଏ, ଶିଆର ଭିତରେ ଠେକୁଆଟାଏ ତରତର ହେଇ ଦୌଡୁଥାଏ ଓ ପାଖରେ ସାଗୁଆ ଟୋପୀ ପିନ୍ଧା ଶିକାରୀ ଜଣେ । ସେ କେବେ ଗାଁରେ ରହି ନ ଥିଲା । ଗାଁ ବିଷୟରେ ତାର ଧାରଣା ସଂପୂର୍ଣ୍ଣରୂପେ ଶୁଣାକଥା ଓ ବହିପଢ଼ାରୁ ହେଇଥିଲା । କିମ୍ବା ଅଜାଣତରେ ଦୂର ସଂପର୍କୀୟଙ୍କ ପାଖରୁ ଜାଣିବାକୁ ପାଇଥିଲା । ଫେମିଲି ଆଲବମ୍ ଭିତରେ ତାର ପଣ ଆଈର ତୈଳଚିତ୍ର ପରି ଏଯାଏଁ ଗାଁର ପ୍ରତିଛବିଟା ତା ଭିତରେ ସାଦାସିଧା ଓ ସ୍ପଷ୍ଟ ହେଇ ରହିଥିଲା ।

'କଣ ଏବେ ଅସୁବିଧା ହେଉଛି କି ?' ଟମାସ ପଚାରିଲା ।

କୃଷକ ଜଣକ ବେକର ପଛପାଖ ମେରୁଦଣ୍ଡ ହାଡ଼କୁ ଦେଖାଇ କହିଲା, 'ମୋର ଏବେ ମଧ୍ୟ ମଝିରେ ମଝିରେ ଏଇ ଜାଗାରେ ପୀଡ଼ା ହୁଏ ।'

ବସିବା ଜାଗାରୁ ନ ଉଠି ଟମାସ ସେଇ ଜାଗାଟିକୁ ଚିପିଲା ଓ ତାର ପୂର୍ବତନ ରୋଗୀକୁ ଅଳ୍ପ ପରୀକ୍ଷା କଲା, 'ଔଷଧ ଲେଖିବା ପାଇଁ ମୋର ଆଉ ଅଧିକାର ନାହିଁ', ଦେଖିସାରିଲା ପରେ ସେ କହିଲା, 'କିଂତୁ ଏବେ ତମର ଦେଖାରେଖା କରୁଥିବା ଡାକ୍ତରଙ୍କୁ ଦେଖାଅ ଓ ମୁଁ ଏଇ ଔଷଧ ବ୍ୟବହାର କରିବା ପାଇଁ କହିଥିବାର ତାଙ୍କୁ କହ'। ତାର ମନିପର୍ସରୁ ଖଣ୍ଡେ କାଗଜ କାଢ଼ି ବଡ଼ବଡ଼ ଅକ୍ଷରରେ ସେ ଔଷଧର ନାଁ ଲେଖିଦେଲା ।

(୨୮)

ସେମାନେ ପ୍ରାଗ୍‌କୁ ଲେଉଟାଣି ଆରମ୍ଭ କଲେ ।

ବାଟସାରା ଲଙ୍ଗଳା ଦେହରେ ଇଞ୍ଜିନିୟରକୁ ଆଲିଙ୍ଗନ କରୁଥିବାର ତାର ଫଟୋ କଥା ଘାରି ହେଲା । ଯଦି ବା ଫଟୋଖଣ୍ଡିକ ଥାଏ, ତାହେଲେ ଟମାସ ତାକୁ କେବେ ଦେଖିପାରିବ ନାହିଁ, ଏଇୟା ଭାବି ସେ ମନକୁ ବୋଧଦେଲା । ସେମାନଙ୍କ ପାଇଁ ଫଟୋଟିର ଏକମାତ୍ର ମୂଲ୍ୟ ହେଲା ଯେ ତାହା ବ୍ଲାକ୍‌ମେଲିଂ କରିବାର ଗୋଟିଏ କୌଶଳ । ଫଟୋଖଣ୍ଡିକ ଟମାସ ପାଖକୁ ପଠାଇ ଦେଲାକ୍ଷଣି ସେଇ କୌଶଳଟା ନଷ୍ଟ ହେଇଯିବ ।

କିଂତୁ ଯଦି ପୁଲିସ ତାକୁ ଇଚ୍ଛା ମୁତାବକ ବ୍ୟବହାର କରି ନ ପାରିବାର ଭାବିଲା ? ତା ହେଲେ ଫଟୋଖଣ୍ଡିକ ତାଙ୍କ ହାତରେ ଖାଲି ଖେଳଣା ପାଲଟି ଯିବ । କେବଳ ମଜା ଦେଖିବା ପାଇଁ ଲଫାଫାଟିଏରେ ପୁରେଇ ଦେଇ ଟମାସ୍ ପାଖକୁ ସେଇଟାକୁ ପଠେଇବାରେ ତାଙ୍କୁ କେହି ରୋକି ପାରିବେ ନାହିଁ ।

ଟମାସ ଯଦି ଏମିତି ଫଟୋଖଣ୍ଡିକ ପାଇଯାଏ କଣ ହେବ ? ସେ କଣ ତାକୁ ଘରୁ ତଡ଼ିଦେବ ? ବୋଧହୁଏ ନୁହେଁ । ସମ୍ଭବତଃ ନୁହେଁ । କିଂତୁ ତାଙ୍କର ପ୍ରେମର ଭଙ୍ଗୁର ଅଟ୍ଟାଳିକାଟା ନିଶ୍ଚିତରୂପେ ଖସିପଡ଼ିବ । କାରଣ ତାହା କେବଳ ତାରି ବିଶ୍ୱାସନୀୟତାର ଆଧାର ଶିଳାର ଖମ୍ବରେ ଛିଡା ହେଇଛି । ଆଉ ପ୍ରେମ ମଧ୍ୟ ସବୁ ସାମ୍ରାଜ୍ୟ ସଦୃଶ୍ୟ : ସେଗୁଡ଼ିକ ଯେଉଁ ଅବଧାରଣାରେ ଗଠିତ, ତାହା ଖସିପଡ଼ିଲେ, ସେମାନେ ବିଲୀନ ହେଇଯାନ୍ତି ।

ଆଉ ଏବେ ତାରି ସାମ୍ନାରେ ଗୋଟେ ପ୍ରତିଛବି ଆଖି ସାମ୍ନାରେ ଉକୁଟି ଆସୁଥାଏ : ସିଆର ଭିତରେ ତରତର ଧାଉଁଥିବା ଠେକୁଆଟିଏ, ସାଗୁଆ ଟୋପୀପିନ୍ଧା ଶିକାରୀ ଜଣେ ଆଉ ଜଙ୍ଗଲ ଭେଦି ଶୁଭୁଥିବା ଗାଁର ଗୀର୍ଜାଘର ଘଣ୍ଟି ।

ସେମାନେ ପ୍ରାଗ୍ ଛାଡ଼ି ଚାଲିଯିବା ପାଇଁ ସେ ଟମାସକୁ କହିବାକୁ ଚାହିଁଲା । ମାଟିରେ ଗୋଟିଏ କୁଆକୁ ଜୀବନ୍ତ ପୋତୁଥିବା ପିଲାମାନଙ୍କୁ, ଗୁଇନ୍ଦା ପୁଲିସଙ୍କୁ, ଛତାରେ ସଶସ୍ତ୍ର ଯୁବତୀଙ୍କୁ ଛାଡ଼ି ସେମାନେ ଚାଲିଯିବେ । ସେମାନେ ଏଠା ଛାଡ଼ି ଗାଁକୁ ଚାଲିଯିବେ, ଏଇ କଥା ସେ ଟମାସକୁ କହିବାକୁ ଚାହିଁଲା । ସେମାନଙ୍କ ପାଇଁ ଏଇଟା ହିଁ ମୁକ୍ତିର ଗୋଟେ ମାତ୍ର ବାଟ ।

ସେ ଟମାସ ଆଡକୁ ବୁଲି ପଡିଲା । କିଂତୁ ଟମାସ କିଛି ପ୍ରତିକ୍ରୀୟା ଦେଖାଇଲା ନାହିଁ । ସାମ୍ନାର ରାସ୍ତା ଉପରେ ସେ ତାର ଦୃଷ୍ଟି ନିବଦ୍ଧ କରି ରଖିଥାଏ । ଦୁହିଁଙ୍କ ଭିତରେ ଥିବା ନୀରବତାର ବାଡ଼କୁ ଡେଇଁ ନ ପାରି ସେ କିଛି କହିବାକୁ ସାହସ

କଲା ନାହିଁ । ପେଟ୍ରିନ୍ ହିଲ୍‌ରୁ ତଳକୁ ଓହ୍ଲାଇଲାବେଳେ ତାକୁ ଯେମିତି ଲାଗିଥିଲା, ଏବେ ଠିକ୍ ସେମିତି ସେ ଅନୁଭବ କଲା । ତାର ପେଟ ଭିତରଟା ଗୁଡ଼େଇ ତୁଡ଼େଇ ହେଲା । ଦେହଟା ଭଲ ଲାଗିଲା ନାହିଁ । ସେ ଟମାସକୁ ଡରିଲା । ତା ପାଇଁ ଟମାସ ଖୁବ୍ ଶକ୍ତିଶାଳୀ ମନେ ହେଲା । ସେ ନିଜକୁ ଖୁବ୍ ଦୁର୍ବଳ ମନେ କଲା । ଟମାସ ଦଉଥିବା ଆଦେଶକୁ ସେ ବୁଝି ପାରୁ ନ ଥିଲା । ସେ ତାକୁ ପାଳନ କରିବାକୁ ଚେଷ୍ଟା କଲା, କିଂତୁ କିପରି କରିବ ଜାଣି ପାରିଲା ନାହିଁ ।

ସେ ପେଟ୍ରିନ୍ ହିଲକୁ ଫେରିଯିବାକୁ ଚାହିଁଲା ଓ ବନ୍ଧୁକଧାରୀ ଲୋକଟାକୁ ତା ଆଖିରେ ଅନ୍ଧପୁଟୁଳି ବାନ୍ଧି ଚେଷ୍ଟନଟ୍ ଗଛର ଗଣ୍ଡିରେ ତାକୁ ଆଉଜାଇ ଦେବା ପାଇଁ କହିବାକୁ ଚାହିଁଲା । ସେ ମରିଯିବାକୁ ଚାହିଁଲା ।

(୨୯)

ଉଠି ସାରି ଜାଣି ପାରିଲା ଯେ ସେ ଘରେ ଏକୁଟିଆ ।

ସେ ବାହାରକୁ ବାହାରି ନଦୀବନ୍ଧ ଆଡକୁ ଗଲା । ସେ ଭାଲ୍‌ଟାଭାକୁ ଦେଖିବାକୁ ଇଚ୍ଛା କଲା । ତାର କୂଳରେ ଛିଡା ହେଇ ପାଣି ଭିତରକୁ ଗଭୀର ଦୃଷ୍ଟିରେ ଦୀର୍ଘସମୟ ଧରି ଚାହିଁବାର ମନ କଲା । କାରଣ ପ୍ରବହମାନ ପାଣିଧାରର ଦୃଶ୍ୟ ମନକୁ ପ୍ରଶମିତ ଓ ଉପଶମ କରେ । ଯୁଗଯୁଗ ଧରି ନଦୀ ବହି ଚାଲିଥାଏ, ଆଉ ତାରି କୂଳରେ ମଣିଷର ଲୀଳା ଖେଳା ଚାଲିଥାଏ । ମଣିଷର କ୍ରିୟା କଳାପ ତା ପରଦିନ ବିସ୍ମୃତ ହେଇଯାଏ, ହେଲେ ନଦୀ ବହି ଚାଲିଥାଏ ।

ରେଲିଂର ଖୁମ୍ବ ଉପରେ ଆଉଜି ସେ ନଦୀ ଭିତରକୁ ଉଙ୍କି ମାରି ଦେଖିଲା । ସେ ପ୍ରାଗ୍‌ର ଉପକଣ୍ଠରେ ଥିଲା, ଆଉ ଭାଲଟାଭା ଦୁର୍ଗ ଓ ଗୀର୍ଜାର ଗୌରବ ପଛରେ ଛାଡ଼ି ମହାନଗରୀ ମଧ୍ୟରେ ବହି ଆସିଥିଲା ଓ ଅଭିନୟ ପରର ଅଭିନେତ୍ରୀ ପରି କ୍ଲାନ୍ତ ଓ ଚିନ୍ତାମଗ୍ନ ହେଇଯାଇଥିଲା । ପରିତ୍ୟକ୍ତ ଖେଳପଡ଼ିଆ ଓ କାରଖାନା ବେଢ଼ା କାନ୍ଥ ଓ ବାଡ଼ ଘେରା ଭିତରେ, ଅପରିଚ୍ଛିନ୍ନ ଦୁଇ କୂଳ ଭିତରେ ଏହା ବହି ଚାଲିଥାଏ ।

ସେ ପାଣିକୁ ନିରେଖି ଚାହିଁଲା- ଏଠି ପାଣିଟା ଅପେକ୍ଷାକୃତ ଆହୁରି ବିଷାଦିତ ଓ ଗଭୀର ଲାଗିଲା । ଠିକ୍ ସେତିକିବେଳେ ନଈ ମଝିରେ ଗୋଟେ ଅଦ୍ଭୁତ ଜିନିଷ ତାର ନଜରକୁ ଆସିଲା, ଲାଲ ରଙ୍ଗର କଣ ଗୋଟେ ଜିନିଷ-- ହଁ, ସେଇଟା ଗୋଟେ ବେଞ୍ଚ୍ । ଲୁହାର ଗୋଡ଼ ଥିବା ଗୋଟେ କାଠର ବେଞ୍ଚ-- ପ୍ରାଗ୍‌ର ପାର୍କରେ ଯେଉଁ ରକମର ବେଞ୍ଚ ଥାଏ । ଭାଲଟାଭାର ସୁଅରେ ଭାସି ଆସିଥାଏ । ତା ପଛକୁ ଆହୁରି ଗୋଟେ । ପୁଣି ଆଉ ଗୋଟେ, ତାପରେ ପୁଣି ଗୋଟେ, ଆଉ ତାପରେ ଯାଇ ଟେରେଜା ହୃଦୟଙ୍ଗମ କରିପାରିଲା ଯେ ପ୍ରାଗ୍‌ର ସବୁ ପାର୍କର ବେଞ୍ଚମାନ ପାଣିରେ

ତଳକୁ ଭାସି ଯାଉଛି । ମହାନଗରୀରୁ ଦୂରରେ । ବହୁତ, ବହୁତ ବେଞ୍ଚମାନ, ଆହୁରି ଅଧିକ ଅଧିକ, ଶରତର ଝରାପତ୍ର ପରି, ଜଙ୍ଗଲରୁ ଲାଲ, ହଳଦିଆ, ନୀଳ ରଙ୍ଗର ପତ୍ର ପାଣି ସୁଅରେ ଭାସିଯାଉଥିବା ପରି ସେଗୁଡ଼ା ଭାସିଯାଉଥାନ୍ତି ।

ସେ ବୁଲିପଡ଼ି ପଛକୁ ଚାହିଁଲା ଓ ଯେମିତିକି ସେ ବାଟୋଇ କାହାକୁ ଯାର କାରଣ ପଚାରି ବୁଝିବ । ପ୍ରାଗ୍‌ର ପାର୍କ ବେଞ୍ଚଗୁଡ଼ା ପାଣିରେ କାହିଁକି ଭାସି ଯାଉଛନ୍ତି ? କିଂତୁ ସମସ୍ତେ ଯେଝା ବାଟରେ ଚାଲିଥାନ୍ତି । ତାଙ୍କର ଭଙ୍ଗୁର ଓ କ୍ଷଣସ୍ଥାୟୀ ମହାନଗରୀ ଦେଇ ଯୁଗଯୁଗ ଧରି ବହି ଆସୁଥିବା ନଦୀ ପ୍ରତି ସେମାନଙ୍କ ତିଳେ ମାତ୍ର ଖାତିର ନ ଥିଲା ।

ପୁଣି ଥରେ ସେ ନଦୀ ଭିତରକୁ ଚାହିଁଲା । ସେ ଦୁଃଖରେ ମ୍ରିୟମାଣ ହେଇପଡ଼ିଲା । ସେ ବୁଝିପାରିଲା ଯେ ସେ ଯାହା ଦେଖିଲା ତାହା ଥିଲା ବିଦାୟ ।

ଅଧିକାଂଶ ବେଞ୍ଚ୍ ଦୃଶ୍ୟପଟରୁ ଅପସରି ଯିବା ପରେ, ଆଉ କେତେଟା ବିଳମ୍ବରେ ଆସିଲେ : ଗୋଟେ ବେଶୀ ହଳଦିଆ ରଙ୍ଗର, ତାପରେ ଶେଷରେ ଆଉ ଗୋଟେ, ନୀଳ ରଙ୍ଗର ।

ହାଲୁକା ଓ ଓଜନିଆ

(୧)

ପ୍ରାଗ୍‌ରେ ଟେରେଜା ଅନହୂତି ଟମାସକୁ ଯେଉଁଦିନ ଭେଟିବାକୁ ଆସିଲା ସେହିଦିନ ହିଁ ସେ ତାକୁ ସମ୍ଭୋଗ କଲା । ପ୍ରଥମ ଅଧ୍ୟାୟରେ ମୁଁ ଏକଥା କହି ସାରିଛି । ସେଇଦିନ -ହଁ ସେଇ ମୁହୂର୍ତ୍ତରେ । କିଂତୁ ତାପରେ ହଠାତ୍ ଟେରେଜାକୁ ଜରଜର ଲାଗିଲା । ସେ ଶୋଇଥିବା ଶଯ୍ୟାଧାର ପାଖରେ ଛିଡ଼ା ହୋଇଥିବା ଟମାସର ଏକ ଅଦମ୍ୟ ଅନୁଭବ ହେଲା : ଟେରେଜାକୁ ଛୁଆ ପରି କାଣ୍ଡସର ଝୁଡିରେ ତାକୁ କେହି ଜଣେ ସୁଅରେ ଭସେଇ ଦେଇଛି ।

ଫଳରେ ପରିତ୍ୟକ୍ତ ଶିଶୁଟିର ପ୍ରତିରୂପଟି ତା ପାଖରେ ପ୍ରିୟ ଭାଜନ ହେଲା । ପୌରାଣିକ କିମ୍ବଦନ୍ତୀରେ ଘଟୁଥିବା ଏଇ ବିଷୟ ଉପରେ ସେ ପ୍ରାୟ ଚିନ୍ତା କଲା । ମନରେ ଏଇ କଥା ରଖି ସେ ସୋଫୋକ୍ଲିସ୍‌ଙ୍କ 'ଇଡିପସ୍'ର ଅନୂଦିତ ସଂସ୍କରଣଟି ଆଣିଲା ।

'ଇଡିପସ୍' କାହାଣୀଟି ସମସ୍ତଙ୍କୁ ଜଣା : ଶିଶୁ ଅବସ୍ଥାରେ ପରିତ୍ୟକ୍ତ ତାକୁ ରାଜା ପୋଲିବସ୍ ପାଖକୁ ନିଆଗଲା । ସେ ତାର ଲାଳନ ପାଳନ କଲେ । ଯୁବକ ଅବସ୍ଥାରେ ଦିନେ ଗୋଟେ ପାହାଡି ରାସ୍ତାରେ ଜଣେ ସମ୍ଭ୍ରାନ୍ତ ଲୋକ ଗାଡ଼ି ଚଢ଼ିକି ଯାଉଥିବା ବେଳେ ତାଙ୍କ ସହ ତାଙ୍କର ଭେଟ ହେଲା । ଦୁହିଁଙ୍କ ଭିତରେ ଝଗଡ଼ା ହେଲା । ଆଉ ଇଡିପସ୍ ସେଇ ସମ୍ଭ୍ରାନ୍ତ ଲୋକଟାକୁ ମାରିଦେଲା । ପରେ ସେ ରାଣୀ ଯୋକାଷ୍ଟାଙ୍କ ସ୍ୱାମୀ ଓ ଥେବସ୍‌ର ରାଜା ହେଲା । ସେ ଆଦୌ ଜାଣି ନ ଥିଲା ଯେ ପାହାଡୀ ରାସ୍ତାରେ ଯେଉଁ ଲୋକଟାକୁ ସେ ମାରିଦେଲା ସେ ଥିଲେ ତାର ବାପା ଆଉ ଯେଉଁ ସ୍ତ୍ରୀଲୋକ ସହିତ ସେ ସମ୍ଭୋଗ କଲା, ସେ ଯେ ତାର ମା ! (ଯ୍ୱା ମଧ୍ୟରେ ତାର ପ୍ରଜାଙ୍କ ଉପରେ ଦୈବୀ ପ୍ରେରିତ ପ୍ଲେଗ୍ ମହାମାରୀ ରୂପରେ ତାଙ୍କୁ ଦହଗଞ୍ଜ

କଲା) ଯେତେବେଳେ ଇଡ଼ିପସ୍ ଜାଣିଲା ଯେ ସେ ନିଜେ ହେଉଛି ଏଇ ନିର୍ଯ୍ୟାତନାର କାରଣ, ସେ ତାର ଦୁଇ ଆଖି ଓପାଡ଼ି ଦେଲା ଓ ଥେବସ୍‌ରୁ ବାହାରି ଯାଇ ଅନ୍ଧ ହୋଇ ଏଣେତେଣେ ବୁଲିଲା ।

(୨)

ଯଦି କେହି ଭାବେ ଯେ ସେଣ୍ଟ୍ରାଲ ୟୁରୋପରେ କମ୍ୟୁନିଷ୍ଟ ଶାସନତନ୍ତ୍ରମାନ ନିହାତି ଭାବରେ କେତେକ ଅପରାଧୀଙ୍କ କାରନାମା, ତାହେଲେ ଗୋଟେ ଅସଲ ସତ୍ୟଟିକୁ ଏଡ଼ିଯାଏ : ଅପରାଧୀ ଶାସନତନ୍ତ୍ର ଅପରାଧୀଙ୍କ ହାତରେ ଗଢ଼ା ହୋଇ ନ ଥିଲା, ବରଂ ୟା'ର ସମର୍ଥକଙ୍କ ହାତରେ ତିଆରି ହୋଇଥିଲା ଯେଉଁମାନଙ୍କ ନିଶ୍ଚିତ ବିଶ୍ୱାସ ଥିଲା ଯେ ସେମାନେ ଧରାସ୍ୱର୍ଗ ପାଇଁ ଉନ୍ମୁକ୍ତ ଏଇ ଗୋଟିଏ ରାସ୍ତା (କମ୍ୟୁନିଜମ୍) ଆବିଷ୍କାର କରିଛନ୍ତି । ସେମାନେ ସେଇ ରାସ୍ତାଟିକୁ ଏତେ ବୀରଦର୍ପରେ ଜଗିଲେ ଯେ ଶେଷରେ ତାର ସୁରକ୍ଷା ପାଇଁ ଅନେକ ଲୋକଙ୍କୁ ହତ୍ୟା କରିବା ପାଇଁ ବାଧ୍ୟ ହେଲେ । ପରେ ସ୍ପଷ୍ଟ ଜଣାପଡ଼ିଲା ଯେ ସ୍ୱର୍ଗ ସେଠି ନାହିଁ । ସେଥିପାଇଁ ସେଇ ସମର୍ଥକମାନେ ହତ୍ୟାକାରୀ ।

ତାପରେ ସମସ୍ତେ କମ୍ୟୁନିଷ୍ଟମାନଙ୍କ ଉପରେ ପାଟି କରିବା ଆରମ୍ଭ କଲେ : ସେମାନେ ହିଁ ଆମ ଦେଶର ଦୁର୍ଭାଗ୍ୟର କାରଣ (ଦେଶ ଦରିଦ୍ର ଓ ଦୁଃସ୍ଥ ହୋଇଯାଇଛି) ଦେଶର ପରାଧିନତାର କାରଣ (ରୁଷୀୟ୍ ମାନଙ୍କ ହାତକୁ ଦେଶଟା ଚାଲିଗଲା) ୟା'ର କୋର୍ଟ ଅନୁମୋଦିତ ହତ୍ୟାକାଣ୍ଡର କାରଣ !

ଅପରାଧୀମାନେ ଉତ୍ତର ଦେଲେ : ଆମେ ଜାଣି ନ ଥିଲୁ ! ଆମେ ଠକି ଗଲୁ ! ଆମେ ପ୍ରକୃତ ଅନୁଗାମୀ ଥିଲୁ ! ଅନ୍ତର ଭିତରେ ଆମେ ନିର୍ଦ୍ଦୋଷ !

ଶେଷରେ ଏଇ ବାଦାନୁବାଦ ଗୋଟେ ପ୍ରଶ୍ନରେ ସୀମିତ ହୋଇଗଲା : ପ୍ରକୃତରେ ସେମାନେ କଣ ଜାଣି ନ ଥିଲେ ନା ଠକୁଥିଲେ ?

ଟମାସ୍ ବେଶ୍ ନିକଟରୁ ବିବାଦକୁ ଅନୁଧ୍ୟାନ କରୁଥିଲା । (ଯେପରି ତାର କୋଟିଏ ଚେକ୍ ସାଥୀ କଲେ) ଆଉ ଏଇ ମତ ଘୋଷଣା କଲା ଯେ କେତେ କମ୍ୟୁନିଷ୍ଟ ଦମନଲୀଳା ବିଷୟରେ ସଂପୂର୍ଣ୍ଣ ରୂପେ ଅଜ୍ଞ ନଥିଲେ (ଅତୀତରେ ଏବଂ ଅଦ୍ୟାବଧି ବିପ୍ଲବ ପର ରୁଷିଆରେ ଚାଲିଥିବା ଅତ୍ୟାଚାର ବିଷୟ୍ ସେମାନଙ୍କୁ ଅଜଣା ହୋଇ ନ ପାରେ), ତେବେ ଏହା ସମ୍ଭବ ଯେ କମ୍ୟୁନିଷ୍ଟମାନଙ୍କ ମଧ୍ୟରୁ ଅଧିକାଂଶ ଏ ବିଷୟରେ ପ୍ରକୃତରେ ଜାଣି ନ ଥିଲେ ।

କିଂତୁ ସେ ନିଜକୁ ନିଜେ କହିଲା, ସେମାନେ ଜାଣିଥିଲେ କି ଜାଣି ନ ଥିଲେ ସେଇଟା ମୁଖ୍ୟ ପ୍ରସଙ୍ଗ ନୁହେଁ । ମୁଖ୍ୟ ପ୍ରସଙ୍ଗ ହେଉଛି କଥାଟି ଜାଣି ନ ଥିବାରୁ

ଜଣେ ନିର୍ଦ୍ଦୋଷ ହେବ କି ? ଗାଦିରେ ବସିଥିବା ଜଣେ ମୂର୍ଖ କଣ ମୂର୍ଖଟିଏ ବୋଲି ସବୁ ଦାୟିତ୍ୱରୁ ମୁକୁଳି ଯିବ ?

ହଁ, ଆମେ ସ୍ୱୀକାର କରିବା ଯେ ଜଣେ ନିର୍ଦ୍ଦୋଷ ଲୋକକୁ ମୃତ୍ୟୁଦଣ୍ଡ ଦାବୀ କରିଥିବା ଚେକ୍‌ର ଜଣେ ସରକାରୀ ଓକିଲ ତାର ନିଜ ଦେଶର ସରକାର ଓ ରୁଷୀୟ ଗୁପ୍ତ ପୋଲିସ ଦ୍ୱାରା ଠକି ଯାଇଥିଲା । କିଂତୁ ବର୍ତ୍ତମାନ ଆମେ ସମସ୍ତେ ଜାଣୁ ଯେ ଏଯାବତ୍ ହେଇଥିବା ସବୁ ଦୋଷାରୋପ ଯୁକ୍ତିଯୁକ୍ତ ନୁହେଁ ଓ ଫାଶୀ ପାଇଥିବା ଲୋକଟା ନିର୍ଦ୍ଦୋଷ । ତେବେ ଖୋଦ୍ ସେହି ସରକାରୀ ଓକିଲ ପୁଣି କେମିତି ଛାତିରେ ହାତ ମାରି ନିଜ ହୃଦୟର ପବିତ୍ରତାର ଡିଣ୍ଡିମ ପିଟି କହିପାରେ, ମୋର ବିବେକ ଦୋଷଶୂନ୍ୟ ! ମୁଁ ଜାଣି ନ ଥିଲି । ମୁଁ ବିଶ୍ୱାସ କରିଗଲି । ସେହି ଓକିଲର ଏଇ "ମୁଁ ଜାଣି ନ ଥିଲି । ମୁଁ ବିଶ୍ୱାସ କରିଗଲି !" ତାର ଅପୂରଣୀୟ ଗ୍ଲାନିବୋଧର ଉତ୍ସ ନୁହେଁ କି ?

ଏଇ ପ୍ରସଙ୍ଗରେ ହିଁ ଟମାସ ଇଡିପସର କାହାଣୀ ମନେ ପକାଇଲା । ଇଡିପସ୍ ଜାଣି ନ ଥିଲା ଯେ ସେ ନିଜ ମାଁ ସହିତ ମୈଥୁନ କରୁଛି । ତଥାପି ଯେତେବେଳେ ଯାହା ସବୁ ଘଟି ଯାଇଛି ଜାଣିଲା, ନିଜକୁ ସେ ନିର୍ଦ୍ଦୋଷ ବୋଧ କଲା ନାହିଁ । ନିଜ ଅଜାଣତରେ ସେ ଡାକି ଆଣିଥିବା ଦୁର୍ଦ୍ଦଶାର ସାମ୍ନା କରି ନ ପାରି ସେ ନିଜର ଆଖି ତାଡ଼ି ପକାଇଲା ଓ ଥେବ୍‌ସରୁ ବାହାରି ଅନ୍ଧ ହେଇ ଘୁରି ବୁଲିଲା ।

କମ୍ୟୁନିଷ୍ଟମାନେ ନିଜର ଅର୍ନ୍ତନିହିତ ଶୁଦ୍ଧତା ସପକ୍ଷରେ ପାଟି କରୁଥିବାର ଶୁଣି ଟମାସ ନିଜକୁ ନିଜେ କହିଲା ତମର 'ନ ଜାଣିବାର' କାରଣରୁ ବୋଧହୁଏ ଏଇ ଦେଶ ନିଜର ସ୍ୱାଧୀନତା ଯୁଗଯୁଗ ଧରି ହରାଇଲା । ଆଉ ଏବେ ପାଟି କରୁଛ ଯେ ତମେ କିଛି ଅପରାଧ କରିନାହଁ ? ତମେ ଯାହା ସବୁ କରିଯାଇଛ ତାକୁ ଦେଖିପାରୁଛ କେମିତି ? ତମେ କେମିତି ଆତଙ୍କିତ ହେଉନ ? ଦେଖିବା ପାଇଁ ତମର କଣ ଆଖି ନାହିଁ ? ତମର ଆଖି ଥିଲେ ତାକୁ ତାଡ଼ି ପକାଇ ଥେବସ୍ ବାହାରେ ଘୁରିବାକୁ ପଡ଼ିଥାନ୍ତା !

ତାକୁ ଏଇ ସାଦୃଶ୍ୟଟା ଏତେ ଭଲ ଲାଗିଲା ଯେ ସେ ବନ୍ଧୁମାନଙ୍କ ସହିତ କଥାବାର୍ତ୍ତାବେଳେ ପ୍ରାୟ ସେଇଟା ହିଁ କହିଲା । କ୍ରମଶଃ ତାର ଏହି ତତ୍ତ୍ୱଟି ସଂକ୍ଷିପ୍ତ ଓ ପରିମାର୍ଜିତ ହେବାକୁ ଲାଗିଲା ।

ସମସାମୟିକ ସବୁ ବୁଦ୍ଧିଜୀବୀଙ୍କ ପରି ସେ ଚେକ୍ ଲେଖକ ସଂଘ ତରଫରୁ ତିନି ଲକ୍ଷ କପିରେ ପ୍ରକାଶିତ ସାପ୍ତାହିକୀ ଖବରକାଗଜ ପଢୁଥିଲା । ପ୍ରଚଳିତ ଶାସନ ବ୍ୟବସ୍ଥା ଭିତରେ ଖବରକାଗଜଟି ବେଶ୍ କିଛି ସ୍ୱାତନ୍ତ୍ର୍ୟ ହାସଲ କରିଥିଲା ଓ ଅନ୍ୟ

ସମ୍ବାଦପତ୍ର ପ୍ରତି ନିଷିଦ୍ଧ କରାଯାଇଥିବା ପ୍ରସଙ୍ଗମାନ ମଧ୍ୟ ପରିବେଷଣ କରୁଥିଲା । ଫଳତଃ ଲେଖକ ସଂଘର ସେଇ ଖବରକାଗଜ ହିଁ ସେଇମାନଙ୍କ ପ୍ରସଙ୍ଗ ଉଠାଇଲା ଯେଉଁମାନେ କମ୍ୟୁନିଷ୍ଟ ଶାସନର ପ୍ରାରମ୍ଭରେ ରାଜନୈତିକ ବିଚାରଜନିତ ନ୍ୟାୟସମ୍ମତ ହତ୍ୟାକାଣ୍ଡର ଗ୍ଲାନିଭାର ବୋହିଥିଲେ ।

ତେବେ ଲେଖକ ସଂଘର ସେଇ ଖବରକାଗଜଟି ମଧ୍ୟ ସେଇ ଗୋଟିଏ ପ୍ରଶ୍ନ ଦୋହରାଇଲା : ସେମାନେ ଜାଣିଥିଲେ କି ଜାଣି ନ ଥିଲେ ? ଏହା ଟମାସକୁ ଏକ ନିମ୍ନମାନର ପ୍ରଶ୍ନ ବୋଧହେବାରୁ ଦିନେ ସେ ବସି ଇଡିପସ ଉପରେ ତାର ମତାମତ ଲେଖିଲା ଓ ତାକୁ ସାପ୍ତାହିକୀ ଖବରକାଗଜକୁ ପଠାଇଲା । ମାସଟିଏ ପରେ ସେ ଉତ୍ତରଟେ ପାଇଲା : ସଂପାଦକୀୟ ଦପ୍ତରରୁ ଏକ ନିମନ୍ତ୍ରଣ । ତାକୁ ଅଭିବାଦନ ଜଣାଇଥିବା ସଂପାଦକଜଣକ ଗେଡ଼ା ଥିଲେ ବି ଜଣେ ରୁଲ୍ ବାଡ଼ି ପରି ସିଧା ଥିଲେ । ଗୋଟେ ବାକ୍ୟରେ ଶବ୍ଦ ସଂଯୋଜନାର ପରିବର୍ତ୍ତନ କରିବାକୁ ସେ ଟମାସକୁ ପରାମର୍ଶ ଦେଲେ । ତା ପରଦିନ ଖବରକାଗଜର ଶେଷ ପୃଷ୍ଠାରେ 'ସଂପାଦକଙ୍କୁ ପତ୍ର' ବିଭାଗରେ ଲେଖାଟି ପ୍ରକାଶ ପାଇଲା ।

ଟମାସ ଆଦୌ ଖୁସି ହେଲା ନାହିଁ । କେତୋଟି ଶବ୍ଦ ସଂଯୋଜନାର କ୍ରମ ପରିବର୍ତ୍ତନ ପାଇଁ ସେମାନେ ତାକୁ ସଂପାଦକୀୟ ଦପ୍ତରକୁ ନିମନ୍ତ୍ରଣ କରିବା ଉଚିତ ମନେ କଲେ । ଅଥଚ ତାକୁ କିଛି ନ ପଚାରି ଲେଖାଟିକୁ କାଣ୍ଟ୍‌ଛାଣ୍ଟ୍ କରି ଏତେ ସଂକ୍ଷିପ୍ତ କରିଦେଲେ ଯେ ତାହା ମୂଳକଥାର ସାରାଂଶ ପରି (ଲେଖାଟିକୁ ନିହାତି ଜ୍ୟାମିତିକ, ଅମାର୍ଜିତ କରି) ଲାଗିଲା । ଟମାସକୁ ତାହା ଆଉ ଭଲ ଲାଗିଲା ନାହିଁ ।

୧୯୬୮ର ବସନ୍ତରେ ଏହିସବୁ ଘଟିଲା । ଆଲେକ୍‌ଜାଣ୍ଡର ଡ୍ୟୁବେକ୍ କ୍ଷମତାରେ ଥିଲେ । ଗ୍ଲାନିବୋଧ କରୁଥିବା ଓ ସେଥିପାଇଁ କିଛି କରିବାକୁ ଇଚ୍ଛୁକ ଥିବା କମ୍ୟୁନିଷ୍ଟମାନେ ତାଙ୍କ ସହିତ ଥିଲେ । କିଂତୁ ନିଜର ନିର୍ଦ୍ଦୋଷପଣିଆକୁ ଜାହିର କରି ପାଟିଗୋଳ କରୁଥିବା ଅନ୍ୟ କମ୍ୟୁନିଷ୍ଟମାନେ କାଳେ ଉତ୍ତେଜିତ ଦେଶଟା ତାଙ୍କୁ ଦଣ୍ଡବିଧାନ କରିଦେବ ବୋଲି ଭୟରେ ଥିଲେ । ନିଜ ସପକ୍ଷରେ ସମର୍ଥନ ଯୋଗାଡ଼ ପାଇଁ ସେମାନେ ପ୍ରତିଦିନ ରୁଷ ରାଷ୍ଟ୍ରଦୂତଙ୍କ ପାଖରେ ଦାବୀ ଜଣାଇଲେ । ଟମାସର ଚିଠି ପ୍ରକାଶ ପାଇଲା ପରେ ସେମାନେ ପାଟି କଲେ : କଣ ବାହାରିଛି ଦେଖ ! ଏବେ ସର୍ବ ସମ୍ମୁଖରେ ଆମକୁ ସେମାନେ ଆମର ଆଖି ତାଡ଼ିବା ପାଇଁ କହୁଛନ୍ତି !

ଦୁଇ ତିନି ମାସ ପରେ ରୁଷୀମାନେ ନିଷ୍ପତ୍ତି ନେଲେ ଯେ ତାଙ୍କ ରାଜ୍ୟରେ ବାକ୍ ସ୍ୱାଧୀନତା ଅନୁମତିସିଦ୍ଧ ନୁହେଁ, ଆଉ ଗୋଟେ ରାତିରେ ସେମାନେ ତାଙ୍କର ସୈନ୍ୟବାହିନୀ ସହିତ ଟମାସର ଦେଶକୁ ଅଧିକାର କରିନେଲେ ।

(୩)

ଜୁରିଚ୍‌ରୁ ପ୍ରାଗ୍‌କୁ ଫେରିଲା ପରେ ଟମାସ ଛାଡିକି ଯାଇଥିବା ହସ୍‌ପିଟାଲରେ ପୁଣି ଯୋଗ ଦେଲା । ଦିନେ ଚିଫ୍ ସର୍ଜନ ତା ପାଖକୁ ଆସିଲେ ।

'ତମେ ବି ଜାଣ ଆଉ ମୁଁ ବି ଜାଣେ', ସେ କହିଲେ, 'ଯେ ତମେ ଲେଖକ କିମ୍ବା ସାମ୍ବାଦିକ ଅଥବା ଦେଶର ତ୍ରାଣକର୍ତ୍ତା ନୁହଁ । ତମେ ଜଣେ ଡାକ୍ତର ଓ ବୈଜ୍ଞାନିକ । ତମକୁ ହରାଇଲେ ମତେ ବହୁତ ଦୁଃଖ ଲାଗିବ । ଆଉ ତମକୁ ଏଠି ରଖିବା ପାଇଁ ମୁଁ ସବୁକିଛି କରିବି । କିଂତୁ ଇଡିପସ୍ ବିଷୟରେ ତମର ଲେଖାଟି ତମକୁ ପ୍ରତ୍ୟାହାର କରିନେବାକୁ ପଡ଼ିବ । ତମ ପାଇଁ ସେଇଟା କଣ ଏତେ ନିହାତି ଭାବରେ ମହତ୍ତ୍ୱପୂର୍ଣ୍ଣ ?'

'ଏଥିରେ କେତେ କ୍ଷୟକ୍ଷତି ତମେ ଜାଣ', ଚିଫ୍ ସର୍ଜନ କହିଲେ ।

ସେ ଠିକ୍ ଭାବରେ ଜାଣିଥିଲା । ନିକିତିରେ ଏବେ ଦୁଇଟା ଜିନିଷ : ତାର ମର୍ଯ୍ୟାଦା (ଅର୍ଥାତ୍ ସେ ଦେଇଥିବା ବୟାନକୁ ପ୍ରତ୍ୟାହାର କରିବାକୁ ମନା କରିବା) ଆଉ ସେ ଯାହାକୁ ତାର ଜୀବନର ମହତ୍ତ୍ୱ ବୋଲି ଭାବିଛି (ଅର୍ଥାତ୍ ଚିକିତ୍ସା ଶାସ୍ତ୍ରରେ ତାର କାମ ଓ ଗବେଷଣା)

ଚିଫ୍ ସର୍ଜନ କହି ଚାଲିଥାନ୍ତି : 'ଅତୀତର ବକ୍ତବ୍ୟକୁ ସର୍ବସମ୍ମୁଖରେ ପ୍ରତ୍ୟାହାର କରିବାକୁ ଚାପଟା ଏକ ମଧ୍ୟଯୁଗୀୟ କଥା । ତମେ କହିଥିବା କଥାଟିକୁ 'ଫେରାଇ ଆଣିବାର' ମାନେଟା ଭଲା କଣ ? ଏକଦା ନିଜ ମନ ଭିତରେ ଥିବା ଭାବନାଟିର ଏବେ କିଛି ମୂଲ୍ୟ ନାହିଁ ବୋଲି ଜଣେ ଏମିତି ସ୍ପଷ୍ଟ ଭାବରେ କେମିତି କହିପାରିବ ? ଆଧୁନିକ ଯୁଗରେ ଗୋଟେ ଅବଧାରଣାକୁ ଖଣ୍ଡନ କରାଯାଇପାରିବ, କିଂତୁ ପ୍ରତ୍ୟାହାର କରା ଯାଇ ପାରିବ ନାହିଁ । ଆଉ ଯେହେତୁ ଗୋଟେ ଧାରଣାକୁ ପ୍ରତ୍ୟାହାର କରିନେବାଟା ଅସମ୍ଭବ, କେବଳ ମୌଖିକ ଆଉ ଲୌକିକ ଶବ୍ଦର ଇନ୍ଦ୍ରଜାଲ, ତମେ ଯେ କାହିଁକି ସେମାନେ ଯାହା ଚାହାଁନ୍ତି ତାହା କରିପାରିବନି ତାର କୌଣସି ଯୁକ୍ତିଯୁକ୍ତ କାରଣ ମୁଁ ଦେଖି ପାରୁନି । ସନ୍ତ୍ରାସବାଦରେ ପରିଚାଳିତ ଗୋଟେ ସମାଜରେ କୌଣସି ବି ମତାମତକୁ ସେତେଟା ଗୁରୁତ୍ତ୍ୱର ସହିତ ବିଚାରକୁ ନିଆଯାଇ ପାରିବନି । ସେ ସବୁଯାକ ବାଧ୍ୟ ବାଧକତାରୁ ଜନ୍ମ । ଶେଷରେ ମୁଁ ଏତିକି କହିବି ଯେ ମୋର ଆଉ ରୋଗୀଙ୍କ ମଙ୍ଗଳ ଦୃଷ୍ଟିରୁ ତମେ ଏଠି ଆମ ସହିତ ରହିବାଟା ଭଲ ।'

'ତମ କଥା ଠିକ୍, ମୁଁ ଏଥିରେ ନିଶ୍ଚିତ', ଟମାସ୍ ଭାରି ଅସନ୍ତୁଷ୍ଟ ହେଇ କହିଲା ।

'କିଂତୁ ?' ଚିଫ୍ ସର୍ଜନ ତାର ଚିନ୍ତାର ଧାରା ବୁଝିବାକୁ ଚେଷ୍ଟା କରୁଥିଲେ ।

'ମୁଁ ଲଜ୍ଜାବୋଧ କରିବି ।'

'ଲଜ୍ଜିତ !' ତା ମାନେ ତମେ କହିବାକୁ ଚାହଁ ଯେ ତମେ ତମର ସହକର୍ମୀ ମାନଙ୍କର ଭାବିବା ଚିନ୍ତିବାଟାକୁ ଏତେ ଗୁରୁତ୍ୱ ଦିଅ ଯେ ତମେ ସେମାନଙ୍କୁ ସମ୍ମାନରେ ଟେକି ଧରିଥାଅ ?'

'ନା, ମୁଁ ସେମାନଙ୍କୁ ବେଶୀ ମର୍ଯ୍ୟାଦା ଦିଏ ନାହିଁ', ଟମାସ କହିଲା ।

'ଓହୋ, ଆଚ୍ଛା', ଚିଫ୍ ସର୍ଜନ କଥା ଯୋଖିଲେ, 'ତମକୁ ସର୍ବସାଧାରଣରେ ବୟାନ ଦେବାକୁ ପଡ଼ିବ ନାହିଁ । ମତେ ସେମାନେ ପ୍ରତିଶ୍ରୁତି ଦେଇଛନ୍ତି । ସେମାନେ ସବୁ ଅମଲା । ତାଙ୍କର ଦରକାର କହିଲେ ଫାଇଲ ଉପରେ କେଇଧାଡ଼ି ନୋଟ୍- ଏଇ ଯେ ପ୍ରଚଳିତ ଶାସନ ବ୍ୟବସ୍ଥା ବିରୁଦ୍ଧରେ ତମର କିଛି କରିବାର ନାହିଁ । ତାପରେ ଯଦି କେହି ତମକୁ ଏଇ ହସ୍‌ପିଟାଲରେ କାମ କରିବାକୁ ଦିଆଯିବାର ଅଭିଯୋଗରେ ସେମାନଙ୍କୁ ଆକ୍ରମଣ କରେ, ସେମାନେ ସେଥିରୁ ଖସିଯିବେ । ସେମାନେ ମତେ କଥା ଦେଇଛନ୍ତି ଯେ ତମେ ଯାହା ବି କହିବ ତାହା ତମର ଓ ତାଙ୍କର ଭିତରେ ହିଁ ସୀମିତ ରହିବ । ସେଥିରୁ ଗୋଟେ ଶବ୍ଦ ବି ପ୍ରକାଶ କରିବାର ତାଙ୍କର ଉଦ୍ଦେଶ୍ୟ ନାହିଁ ।'

'ମତେ ଭାବିବାକୁ ସପ୍ତାହେ ଦିଅ', ଟମାସ୍ କହିଲା ଆଉ କଥାଟି ସେଠି ରହିଲା ।

(୪)

ହସପିଟାଲ୍‌ରେ ଟମାସକୁ ସବୁଠୁ ଭଲ ସର୍ଜନ ବୋଲି ଗଣାଯାଉଥିଲା । ଚିଫ୍ ସର୍ଜନଙ୍କ ଅବସର ସମୟ ପାଖେଇ ଆସୁଥିବାରୁ ସେ ଟମାସ୍‌କୁ ଦାୟିତ୍ୱ ଦେବାକଥା ବି ଶୁଣାଯାଉଥିଲା । ଏକଥା ସହିତ ଆଉ ଗୋଟେ କଥା ଶୁଣାଗଲା ଯେ କର୍ତ୍ତୃପକ୍ଷ ତା ପାଖରୁ ଆତ୍ମସମୀକ୍ଷା ମୂଳକ ବକ୍ତବ୍ୟଟିଏ ମାଗିଛନ୍ତି, ଏଥିରେ ସେ ଅନୁରୋଧ ଅନୁସାରେ ରାଜି ହେଇ କାମ କରିବା ଉପରେ କେହି ସନ୍ଦେହ କଲେ ନାହିଁ ।

ଏଇ କଥାଟି ପ୍ରଥମେ ତା ମନକୁ ଛଳିଲା : ଯଦିଓ ତାର ଚାରିତ୍ରିକ ଅକ୍ଷୁର୍ଣ୍ଣତା ଉପରେ ସନ୍ଦେହ ପ୍ରକଟ କରିବାକୁ ସେ ଲୋକଙ୍କୁ କେବେ ସୁଯୋଗ ଦେଇ ନଥିଲା, ସେମାନେ ତାର ସଦ୍‌ଗୁଣ ଅପେକ୍ଷା ଅସାଧୁତା ଉପରେ ବାଜି ଲଗାଇବାକୁ ତିଆର ଥିଲେ ।

ତା ମନକୁ ଛୁଇଁଥିବା ଦ୍ୱିତୀୟ କଥାଟି ହେଉଛି ତାର ପଦବୀ ପ୍ରତି

ସେମାନଙ୍କର ପ୍ରତିକ୍ରିୟା। ମୌଳିକ ଭାବରେ ମୁଁ ଏହାକୁ ଦୁଇ ଭାଗରେ ବିଭକ୍ତ କରିପାରେ।

ପ୍ରଥମ ଧରଣର ପ୍ରତିକ୍ରୀୟାଟି ସେଇ ଲୋକଙ୍କ ପାଖରୁ ଆସିଥିଲା ଯେଉଁମାନେ କି (ସେମାନେ କିମ୍ବା ତାଙ୍କର ଅନ୍ତରଙ୍ଗମାନେ) କିଛିଟା ବକ୍ତବ୍ୟ ପ୍ରତ୍ୟାହାର କରିଥିଲେ, ଯେଉଁମାନେ ବାଧ୍ୟବାଧକତାରେ ସର୍ବସାଧାରଣରେ ପ୍ରଚଳିତ ଶାସନ ବ୍ୟବସ୍ଥା ସହିତ ସନ୍ଧି କରିଥିଲେ କିମ୍ବା (ଅବଶ୍ୟ ଅନିଚ୍ଛା ସତ୍ତ୍ୱେ - କେହି କରିବାକୁ ଚାହୁଁ ନ ଥିଲେ) କରିବାକୁ ରାଜି ଥିଲେ।

ଏଇ ଲୋକମାନେ ତାକୁ ଦେଖି ଅଜବ ହସ ହସିବାକୁ ଆରମ୍ଭ କଲେ। ହସଟି ସେ ଆଗରୁ କେବେ ଦେଖି ନ ଥିଲା : ଗୁପ୍ତ ଷଡ଼ଯନ୍ତ୍ରମୂଳକ ସମ୍ମତିର ଅପ୍ରତିଭ ଚାପା ହସ। ବେଶ୍ୟାଳୟରେ ଭେଟ ପଡିଥିବା ଦୁଇଜଣ ଲୋକଙ୍କର ହସ ପରି। ଦୁହେଁଯାକ ସାମାନ୍ୟ ଅପ୍ରତିଭ, ତା ସହିତ ଦୁହେଁଯାକ ଖୁସି ଯେ ସେଇଟା ପାରସ୍ପରିକ ବୁଝାମଣାର ଅନୁଭୂତି। ଦୁହିଁଙ୍କ ଭିତରେ ଭାତୃତ୍ୱସମ ଏକ ବନ୍ଧନର ଜାଗୃତି।

ଆହୁରି ବି ତାଙ୍କର ହସଟି ମାନ ଆତ୍ମତୃପ୍ତିରେ ଭରପୂର ଥିଲା। କାରଣ ଗତାନୁଗତିକତାର ସହିତ ସାଲିସ କରିବାରେ ତାର ସେମିତି ପରିଚିତି ନ ଥିଲା। ଚିଫ୍ ସର୍ଜନ୍‌ଙ୍କ ପ୍ରସ୍ତାବକୁ ତାର ତଥାକଥିତ ସ୍ୱୀକାରଟା ଆହୁରି ପ୍ରମାଣ କରିଦେଲା ଯେ ଭୀରୁତା ଧୀରେଧୀରେ କିଂତୁ ନିଶ୍ଚିତ ଭାବରେ ଏକ ଗ୍ରହଣୀୟ ସାର୍ବଜନୀନ ଲୋକଚରିତ୍ର ହୋଇଉଠିଛି। ଅତି ଶିଘ୍ର ଲୋକଚରିତ୍ର ପ୍ରକୃତରେ ଯାହା ଥିଲା ସେଇୟା ହେଇ ରହିବ ନାହିଁ। ଏଇ ଲୋକମାନଙ୍କ ସହିତ ସେ କେବେ ବନ୍ଧୁତା କରି ନ ଥିଲା। ହତୋତ୍ସାହିତ ହେଇ ସେ ହୃଦୟଙ୍ଗମ କଲା ଯେ ଯଦି ସେ ଚିଫ୍ ସର୍ଜନଙ୍କ ତାକୁ କହିବା ଅନୁସାରେ ବୟାନ୍ ଦିଏ, ତାହେଲେ ସେମାନେ ତାକୁ ପାର୍ଟିମାନଙ୍କରେ ଯୋଗ ଦେବାକୁ ଡାକିବା ଆରମ୍ଭ କରିଦେବେ ଆଉ ତାକୁ ସେମାନଙ୍କ ସହିତ ବନ୍ଧୁତା କରିବାକୁ ପଡିବ।

ଦ୍ୱିତୀୟ ଧରଣର ପ୍ରତିକ୍ରୀୟାଟି ସେଇ ଲୋକଙ୍କଠାରୁ ଆସିଲା ଯେଉଁମାନେ ନିଜେ (ସେମାନେ କିମ୍ବା ସେମାନଙ୍କର ଅନ୍ତରଙ୍ଗ ଲୋକମାନେ) ଉତ୍ପୀଡିତ ହେଇଥିଲେ। ଯେଉଁମାନେ ପ୍ରଚଳିତ ଶାସନ ବ୍ୟବସ୍ଥା ସହିତ ସାଲିସ କରିବା ପାଇଁ ମନା କଲେ ଅଥବା ସେମାନେ ହୃଦ୍‌ବୋଧ କଲେ ଯେ ସାଲିସ କରିବା ପାଇଁ ସେମାନେ ମନା କରିଦେବେ (ବୟାନରେ ଦସ୍ତଖତ କରିବା) ଯଦିଓ ସେମିତି କେହି ତାଙ୍କୁ ଅନୁରୋଧ କରି ନ ଥିଲେ (ଉଦାହରଣ ସ୍ୱରୂପ, ଏଥିରେ ଗମ୍ଭୀରତାର ସହିତ ସଂପୃକ୍ତ ହେବା ପାଇଁ ସେମାନେ ଖୁବ୍ ଅଳ୍ପବୟସ୍କ ଥିଲେ।)

ଦ୍ୱିତୀୟ ଶ୍ରେଣୀରୁ ଜଣେ ବୁଦ୍ଧିମାନ ଯୁବ ଡାକ୍ତର ଡଃ ଏସ. ଦିନେ ଟମାସକୁ ପଚାରିଲେ, "ଆଚ୍ଛା, ତମେ ତାଙ୍କ ପାଇଁ ଲେଖାଟି ତୟାର କରିସାରିଛ କି ?"

'କେଉଁ ବିଷୟରେ ତମେ କଥାବାର୍ତ୍ତା କରୁଛ ?' ଟମାସ ଓଲଟି ରାଗି ପଚାରିଲା ।

'ଏଇ ତମର ବୟାନ୍ ପ୍ରତ୍ୟାହାର କଥା', ସେ କହିଲା । ତାର ସ୍ୱରରେ ଅସୂୟା ନ ଥିଲା । ଏପରିକି ସେ ହସିଲା ମଧ୍ୟ । ହସର ଗହଳ ଗୁଳ୍ମରୁ ଆଉ ଗୋଟେ ହସ : ଏକ ଆତ୍ମସନ୍ତୁଷ୍ଟ ନୈତିକ ଅଧିମନ୍ୟତା ।

'ତମେ ମୋର ପ୍ରତ୍ୟାହାର ବିଷୟରେ କଣଟା ଜାଣିଛ କହିଲ ?' ଟମାସ କହିଲା । 'ତମେ ସେଇଟା ପଢ଼ିଛ ?'

'ନା', ଏସ୍. କହିଲା ।

'ତା ହେଲେ କଣଟା ଏଣୁ ତେଣୁ ବକୁଛ ?'

ସେମିତି ପ୍ରସନ୍ନ ଚିତ୍ତରେ ହସି ହସି ଏସ୍. କହିଲା, 'ଦେଖ, ଏସବୁ କଥାର ଧାରା ଆମକୁ ଜଣା । ତମେ ତାକୁ ଚିଠିରେ ଲେଖି ଦେଇ ଚିଫ୍ ସର୍ଜନ କିମ୍ବା କୌଣସି ମନ୍ତ୍ରୀ କିମ୍ବା ଅନ୍ୟ କାହା ପାଖକୁ ପଠାଅ ଆଉ ସିଏ ଗୁପ୍ତ ତଥ୍ୟଟିକୁ ପ୍ରକାଶ ନ କରିବାକୁ ଓ ତାର ଲେଖକକୁ ଅପମାନିତ ନ କରିବାକୁ ପ୍ରତିଶ୍ରୁତି ଦିଅନ୍ତି । ଏଇୟା ତ ?'

ଟମାସ କାନ୍ଧ କୁଞ୍ଚେଇଲା ଆଉ ଏସ୍‌କୁ କହିବାକୁ ଦେଲା ।

'କିଂତୁ ବୟାନଟି ନଥିପତ୍ରରେ ସୁରକ୍ଷିତ ହୋଇ ରହିଲେ ବି ଲେଖକ ଜାଣେ ଯେ କୌଣସି ମୁହୂର୍ତ୍ତରେ ସେଇଟା ବାହାରେ ପ୍ରକାଶ ପାଇଯିବ । ତେଣୁ ତା ପରଠୁ ସେ ଆଉ ପାଟି ଖୋଲେ ନାହିଁ, କୌଣସିଟିକୁ ସମାଲୋଚନା କରେ ନାହିଁ, ସାମାନ୍ୟ ପ୍ରତିବାଦ ସୁଦ୍ଧା କରେ ନାହିଁ । ସେ ଟିକିଏ ଚେଁ ଚାଁ କଲେ, ସେଇଟା ଛାପା ହେଇଯାଏ ଆଉ ଚାରିଆଡ଼େ ତାର ଯଶଖ୍ୟାତି କଳଙ୍କିତ ହେଇଯାଏ । ମୋଟାମୋଟି ଭାବରେ ଏଟା ଗୋଟେ ଭଲ ଉପାୟ । ଜଣେ ଆହୁରି ଖରାପ ବାଟ ଚିନ୍ତା କରିପାରେ ।'

'ହଁ, ବଢ଼ିଆ ବାଟ', ଟମାସ କହିଲା, 'କିଂତୁ ଏଇ ବାଟରେ ଯିବା ପାଇଁ ମୁଁ ରାଜି ବୋଲି ତମକୁ କିଏ କହିଲା ତମେ ମତେ ଟିକେ କହି ପାରିବ କି ?'

ଏସ୍ କାନ୍ଧ କୁଞ୍ଚେଇଲା । କିଂତୁ ତାର ମୁହଁରେ ହସଟା ସେ ଯାଏଁ ଲିଭି ନ ଥିଲା ।

ଆଉ ହଠାତ୍ ଟମାସ ଅଦ୍ଭୁତ କଥାଟିଏ ଧରିଲା : ପ୍ରତ୍ୟେକେ ଲୋକ ତାକୁ ଦେଖି ହସୁଛି, ପ୍ରତ୍ୟେକେ ଲୋକ ତାର ପ୍ରତ୍ୟାହାର ଲେଖାଁ ଚାହେଁ । ସେଇଟା

ପ୍ରତ୍ୟେକଙ୍କୁ ଖୁସି କରିବ ! ପ୍ରଥମ ଧରଣର ପ୍ରତିକ୍ରୀୟା ସଂପନ୍ନ ଲୋକମାନେ ଖୁସି ହେବେ, କାରଣ ଭୀରୁତାର ମାତ୍ରା ବୃଦ୍ଧି କରି ଟମାସ୍ ସେମାନଙ୍କର କ୍ରୀୟା କଳାପକୁ ସହଜ ସାଧାରଣ କରିଦେବ ଏବଂ ତଦ୍ୱାରା ସେମାନଙ୍କୁ ତାଙ୍କର ହୃତ ସମ୍ମାନ ଫେରାଇଦେବ। ଦ୍ୱିତୀୟ ଧରଣର ପ୍ରତିକ୍ରୀୟା ସଂପନ୍ନ ଲୋକେ ନିଜର ମର୍ଯ୍ୟାଦାକୁ ଏକ ସ୍ୱତନ୍ତ୍ର ପାହ୍ୟାର ମନେ କରନ୍ତି ଯାହା କେବେ ନ୍ୟୁନ ହେବାର ନୁହେଁ। ସେମାନେ ଭୀରୁମାନଙ୍କ ପ୍ରତି ଏକ ଗୋପନ ଦୁର୍ବଳତା ପରିପୋଷଣ କରନ୍ତି। କାରଣ ଭୀରୁଙ୍କ ବିନା ସେମାନଙ୍କର ବୀରତ୍ୱ ଜଲ୍‌ଦି ନଗଣ୍ୟ, ନୀରସ, କଠିଣ ବିରକ୍ତିକର ହୋଇଯିବ। ତାର କେହି ଜୟଗାନ କରିବେ ନାହିଁ।

ଟମାସ ସେମାନଙ୍କ ହସକୁ ଆଉ ସହ୍ୟ କରିପାରିଲା ନାହିଁ। ହସଟିକୁ ସେ ସବୁ ଜାଗାରେ ଦେଖିଲା ପରି ଲାଗିଲା। ଏପରିକି ରାସ୍ତାର ଅଜଣା ଅଚିହ୍ନା ମୁହଁରେ ବି ସେଇ ହସ ଦେଖିଲା। ତାର ନିଦ ହଜିଗଲା। ଏଇୟା ହୋଇଥାଇପାରେ କି ? ସତରେ କଣ ସେ ସେଇ ଲୋକମାନଙ୍କୁ ଏତେ ଖାତିର କରେ ? ସେମାନଙ୍କ ବିଷୟରେ ତାର କିଛି ଭଲ ଧାରଣା ନାହିଁ। ସେମାନଙ୍କର ଦୃଷ୍ଟିରେ ସେ ଏତେ ଅସ୍ୱସ୍ତିବୋଧ କରୁଥିବାରୁ ନିଜ ଉପରେ ତାର ରାଗ ହେଲା। କଥାଟା ସଂପୂର୍ଣ୍ଣରୂପେ ଅଯୌକ୍ତିକ ମନେ ହେଲା। ଲୋକମାନଙ୍କ ପ୍ରତି ସେତେଟା ଖାତିର ନ ଥିବା ଲୋକଟା ପୁଣି ତାକୁ ସେମାନେ କଣ ଭାବୁଥିବେ ଏ ବିଷୟରେ ଏତେ ବ୍ୟସ୍ତ କାହିଁକି ?

ବୋଧହୁଏ ଲୋକଙ୍କ ଉପରେ ତାର ଗଭୀର ଅନାସ୍ଥା ଭାବ (ତାର ଭାଗ୍ୟ ନିର୍ଦ୍ଧାରଣ କରିବାରେ ସେମାନଙ୍କର ଅଧିକାର ଓ ତାର ଭଲ ଖରାପ ବିଚାର କରିବା ନେଇ ତାର ସନ୍ଦେହ) ଟମାସର ବୃତ୍ତି ବାଛିବାରେ ଭୂମିକା ରହିଥିଲା। ସର୍ବସାଧାରଣ ପ୍ରଦର୍ଶନରୁ ବୃତ୍ତିଟି ତାକୁ ଦୂରେଇ ରଖିଲା। ଉଦାହରଣତଃ, ରାଜନୀତିଜ୍ଞ ହେବାକୁ ଚାହୁଁଥିବା ଲୋକଟା ସ୍ୱଇଚ୍ଛାରେ ଲୋକଙ୍କୁ ତାର ବିଚାରପତି କରେ। ତା ଦ୍ୱାରା ସେ ଲୋକଙ୍କର ସମର୍ଥନ ପାଇବ ବୋଲି ତା ଭିତରେ ଏକ ପିଲାଳିଆ ଆଶା ରହିଥାଏ। ଆଉ ଯଦି ଜନତା ତାର ଅସହମତି ଜଣାଏ, ତାହେଲେ ଏହା ଆହୁରି ବଡ଼ ଓ ଭଲ ଜିନିଷ ପାଇଁ ତାର ପିଛା କରେ, ରୋଗ ନିର୍ଣ୍ଣୟ ବା ନିଦାନରେ ଅସୁବିଧା ହେଲେ ଆହୁରି ଭିତରକୁ ଯିବା ପାଇଁ ଟମାସ ଯେମିତି ଉତ୍ସାହିତ ହୁଏ।

ଜଣେ ଡାକ୍ତର (ଜଣେ ରାଜନୀତିଜ୍ଞ ବା ଅଭିନେତା ପରି ନ ହେଇ) କେବଳ ତାର ରୋଗୀ ଓ ପାଖାପାଖି କାମ କରୁଥିବା ସହକର୍ମୀଙ୍କ ଦ୍ୱାରା ବନ୍ଦ କବାଟ ଭିତରେ, ଏକକ ସଂପର୍କ ଭିତରେ ସମାଲୋଚିତ ବା ଯୋଗ୍ୟ ଅଯୋଗ୍ୟ ବିବେଚିତ ହେଇଥାଏ। ତାକୁ ଆକଳନ କରୁଥିବା ସେଇ ଲୋକଙ୍କ ଦୃଷ୍ଟିର ସାମ୍ନା କରି ସଙ୍ଗେ

ସଙ୍ଗେ ସେ କୈଫୟତ ଦେବାକୁ ବା ନିଜ ପକ୍ଷ ନେବାକୁ ନିଜର ଚାହାଁଣୀ ପ୍ରତି ସଜାଗ ହେଇଯାଏ। ବର୍ତ୍ତମାନ (ତାର ଜୀବନରେ ପ୍ରଥମଥର ପାଇଁ) ଟମାସ ଏମିତି ଏକ ପରିସ୍ଥିତିରେ ନିଜକୁ ପାଇଲା ଯେଉଁଠି ତା ଉପରେ ନିବଦ୍ଧ ଦୃଷ୍ଟିର ସଂଖ୍ୟା ଏତେ ବେଶୀ ଯେ ସେ ସେଇଗୁଡିକୁ ନଥିଭୁକ୍ତ କରିବାରେ ସମର୍ଥ ହେଲା ନାହିଁ। ନିଜର ଚାହାଁଣୀ କିମ୍ବା ଶବ୍ଦରେ ସେ ସେମାନଙ୍କୁ ଉତ୍ତର ଦେଇ ପାରିଲା ନାହିଁ। ସେ ପ୍ରତ୍ୟେକଙ୍କର ମର୍ଜିର ଅଧୀନ ହେଲା। ହସପିଟାଲ ଭିତରେ ଆଉ ବାହାରେ ଲୋକେ ତା ବିଷୟରେ କଥାବାର୍ତ୍ତା ହେଲେ (ଏଇଟା ଗୋଟେ ସମୟ ଯେତେବେଳେ କିଏ ପ୍ରତାରଣା କଲା, କିଏ ପରିତ୍ୟାଗ କଲା ଆଉ କିଏ ସହଯୋଗ କଲା ଆଦି ଖବର ଅସ୍ଥିର ପ୍ରାଗ୍‌ରେ ଟେଲିଗ୍ରାଫ୍ ଖବର ପରି ଅଲୌକିକ ଗତିରେ ଚାରିଆଡ଼େ ଛାଇ ଯାଉଥିଲା); ଯଦିଓ ସେ ଏକଥା ଜାଣିଥିଲା, ସେ ତାକୁ ରୋକି ପାରିଲା ନାହିଁ। କଥାଟା ତା ପାଇଁ କେତେ ଅସହ୍ୟ ଆଉ ତାକୁ କେମିତି ଛାନିଆଁ କରିଦଉଛି ସେଇଟା ଜାଣି ସେ ଆଶ୍ଚର୍ଯ୍ୟ ହେଲା। ତା କଥାରେ ସେମାନେ ଦେଖାଉଥିବା ଉତ୍ସୁକତା ଗୋଟେ ଠେଲାପେଲା ଭିଡ଼ ପରି କିମ୍ବା ଦୁଃସ୍ୱପ୍ନରେ ଆମର ଲୁଗା ଚିରି ପକାଉଥିବା ଲୋକଙ୍କର ପନ୍‌ଝାର ସ୍ପର୍ଶ ପରି ଅପ୍ରୀତିକର।

ସେ ଚିଫ୍ ସର୍ଜନଙ୍କ ପାଖକୁ ଗଲା ଓ କହିଲା ଯେ ସେ ଗୋଟେ ଶବ୍ଦ ସୁଦ୍ଧା ଲେଖିବ ନାହିଁ।

ଅପେକ୍ଷାକୃତ ଅଧିକ ବଳରେ ଚିଫ୍ ସର୍ଜନ କରମର୍ଦ୍ଦନ କଲେ ଓ କହିଲେ ଯେ ସେ ଟମାସର ଏଇ ନିଷ୍ପତ୍ତିକୁ ପ୍ରତୀକ୍ଷା କରିଥିଲେ। ଜାଣିଥିଲେ।

"ବୋଧହୁଏ ବିନା ବୟାନରେ ବି ତମେ ମତେ ରଖିବାର ରାସ୍ତାଟିଏ ବାହାର କରିପାରିବ।" ତାର ଦରଖାସ୍ତରେ ତାର ସବୁ ସହକର୍ମୀମାନଙ୍କର ଚାକିରୀରୁ ଇସ୍ତଫା ଦେବାର ଧମକକୁ ଇସାରା ଦେଇ ଟମାସ୍ ଯଥେଷ୍ଟ ଭାବିକରି କହିଲା।

କିଂତୁ ତାର ସହକର୍ମୀମାନେ କେବେ ଇସ୍ତଫା-ଧମକର କଳ୍ପନା ବି କରି ନ ଥିଲେ ଆଉ ତେଣୁ ଅତି ଶୀଘ୍ର (ଆଗଥର ଅପେକ୍ଷା ଚିଫ୍ ସର୍ଜନ ଆହୁରି ଜୋରରେ ତା ସହିତ କରମର୍ଦ୍ଦନ କଲେ - କେତେ ଦିନ ଯାଏଁ ଦାଗଟା ବସି ରହିଲା), ତାକୁ ହସ୍‌ପିଟାଲ୍ ଛାଡ଼ିଯିବାକୁ ବାଧ୍ୟ କରାଗଲା।

(୫)

ପ୍ରାଗ୍‌ଠାରୁ ପ୍ରାୟ ପଚାଶ ମାଇଲ ଦୂରରେ ଥିବା ଗ୍ରାମାଞ୍ଚଳର ଗୋଟେ କ୍ଲିନିକ୍‌କୁ ପ୍ରଥମେ ସେ କାମ କରିବାକୁ ଗଲା। ପ୍ରତିଦିନ ସେ ଟ୍ରେନ୍‌ରେ ଯିବା ଆସିବା କଲା। ବହୁତ କ୍ଳାନ୍ତ ଶ୍ରାନ୍ତ ହେଇ ଘରକୁ ଫେରେ ବର୍ଷକ ପରେ ପ୍ରାଗ୍ ଉପକଣ୍ଠରେ ଗୋଟେ

କ୍ଲିନିକ୍‌ରେ ଅପେକ୍ଷାକୃତ ଟିକେ ଅଧିକ ସୁବିଧାଜନକ ଅଥଚ ନିମ୍ନପଦବୀରେ ସେ କାମ ଯୋଗାଡ଼ କଲା । ସେଠି ସେ ଆଉ ସର୍ଜରୀ କରିପାରିଲା ନାହିଁ । କେବଳ ଜଣେ ସାଧାରଣ ଚିକିତ୍ସକ ହେଇ କାମ କଲା । ୱେଟିଂ ରୁମ୍‌ରେ ଅସମ୍ଭାଳ ଭିଡ଼, ପ୍ରତିଟି ରୋଗୀ ପିଛା ସେ ଅତି କଷ୍ଟରେ ପାଞ୍ଚମିନିଟ୍ ସମୟ ଦେଇପାରେ । କେତେଟା ଏସ୍‌ପିରିନ୍ ସେମାନଙ୍କୁ ଖାଇବାକୁ ହେବ କହେ, ସେମାନଙ୍କର ସିକ୍-ଲିଭ୍‌ରେ ଦସ୍ତଖତ ମାରେ ଆଉ ବିଶେଷଜ୍ଞ ମାନଙ୍କ ପାଖକୁ ଯିବାକୁ ପରାମର୍ଶ ଦିଏ । ଜଣେ ଡାକ୍ତର ଅପେକ୍ଷା ନିଜକୁ ଜଣେ ପ୍ରଶାସନିକ ପରିକା ତାକୁ ଲାଗେ ।

ଦିନେ ଅଫିସ ସମୟ ଗଡ଼ିଗଲା ପରେ ଜଣେ ଭଦ୍ରଲୋକ ତାକୁ ଭେଟିବାକୁ ଆସିଲେ । ଲୋକଟାର ବୟସ ପଚାଶ ପାଖାପାଖି ହେବ । ଗୋଲମଟୋଲ ଦେହଟା ତାକୁ ବେଶ୍ ସମ୍ଭ୍ରାନ୍ତ ରୂପ ଦେଇଥାଏ । "ଆଭ୍ୟନ୍ତରୀଣ ପ୍ରତିରକ୍ଷା ମନ୍ତ୍ରଣାଳୟ"ରୁ ସେ ଆସିଥିବାର କହିଲା ଓ ରାସ୍ତା ସେ ପାଖରେ ଏକାଠି ମଦ୍ୟପାନ ପାଇଁ ଟମାସକୁ ନିମନ୍ତ୍ରଣ କଲା ।

ଲୋକଟା ଗୋଟେ ବୋତଲ ମଦ ପାଇଁ ଅର୍ଡର କଲା । 'ମତେ ଗାଡି ଚଲାଇ ଘରକୁ ଯିବାକୁ ପଡ଼ିବ', ମନା କରିବା ଛଳରେ ଟମାସ୍ କହିଲା, 'ମତେ ମଦ ପିଇଥିବାର ଜାଣିଲେ ସେମାନେ ମୋର ଲାଇସେନ୍‌ସ ରଦ୍ଧ କରିଦେବେ ।' ଆଭ୍ୟନ୍ତରୀଣ ପ୍ରତିରକ୍ଷା ମନ୍ତ୍ରଣାଳୟରୁ ଆସିଥିବା ଲୋକଟା ଅଳ୍ପ ହସି କହିଲା, 'ଯଦି କିଛି ସେମିତି ଘଟେ, ତାକୁ ଖାଲି ଏଇଟା ଦେଖାଇଦେବ', ତାର ନାଁ ଓ ମନ୍ତ୍ରଣାଳୟର ଟେଲିଫୋନ୍ ନଂ. ଲେଖାଥିବା ଗୋଟେ କାର୍ଡ ସେ ଟମାସ ହାତକୁ ବଢ଼ାଇଦେଲା (ଯଦିଓ ନିଶ୍ଚିତଭାବରେ ସେଇଟା ତାର ଅସଲି ନାଁ ନୁହଁ)

ତାପରେ ସେ କେମିତି ଟମାସକୁ ବହୁତ ପ୍ରଶଂସା କରେ ତଥା ଟମାସ ପରି ଜଣେ ଖ୍ୟାତିସଂପନ୍ନ ଡାକ୍ତର କୋଉ ଅପନ୍ତରା କ୍ଲିନିକ୍‌ରେ ଏସ୍‌ପିରିନ୍ ଯୋଗାଉଥିବା ଅବସ୍ଥା ହେତୁ କେମିତି ସାରା ମନ୍ତ୍ରଣାଳୟ ମର୍ମାହତ ତା ବିଷୟରେ ଗୋଟେ ଲମ୍ବା ଭାଷଣ ଦେଲା । ସେ ଟମାସକୁ ବୁଝାଇଦେଲା ଯେ ସେ ଖୋଲାଖୋଲି କଥାଟି କହି ନ ପାରିଲେ ସୁଦ୍ଧା ବିଶେଷଜ୍ଞ ମାନଙ୍କୁ ପଦବୀରୁ ବହିଷ୍କାର କରିବାର କଡ଼ା ପଦକ୍ଷେପରେ ପୋଲିସ ରାଜି ନ ଥିଲା ।

ଅନେକଦିନ ହେଲା ଟମାସକୁ ପ୍ରଶଂସା କରିବା କଥା କେହି ଚିନ୍ତା କରି ନଥିଲେ । ତେଣୁ ସେଇ ମୋଟା ଅଫିସର କଥାକୁ ଟମାସ ମନଦେଇ ଶୁଣିଲା । ଲୋକଟା ତାର ଚାକିରୀ ଜୀବନର ଟିକିନିଖି ବିବରଣୀ ରଖିଥିବାର ଦେଖି ଟମାସ ଆଶ୍ଚର୍ଯ୍ୟ ହେଇଗଲା । ତୋଷାମଦ ପାଖରେ ଆମେ କେତେ ଅସହାୟ ! ମନ୍ତ୍ରଣାଳୟର

କର୍ମଚାରୀ କଥାକୁ ସେତେ ଗୁରୁତ୍ୱ ନ ଦେବାରୁ ଟମାସ ନିଜକୁ ନିବୃତ୍ତ କରିପାରିଲା ନାହିଁ।

ତେବେ ସେଇଟା ଯେ ଆତ୍ମବଡ଼ିମା ଯୋଗୁଁ, ତା ନୁହେଁ। ଅସଲ କଥା ହେଲା ଟମାସର ଏ ବିଷୟରେ କିଛି ଅଭିଜ୍ଞତା ନ ଥିଲା। ଜଣେ ପ୍ରୀତିକର, ଭଦ୍ର ଆଉ ସମ୍ମାନ ଜଣାଉଥିବା ଲୋକଟା ପାଖରେ ସାମ୍ନାସାମ୍ନି ବସିଥିବାବେଳେ ସେ ଯାହାସବୁ କହୁଛି ମିଛ, କୌଣସିଟି ସତ ନୁହେଁ ଭାବିବାଟା ଭାରି ମୁସ୍କିଲ। ଅବିଶ୍ୱାସ ବଜାୟ ରଖିବା ପାଇଁ (ନିୟମିତ ଭାବରେ, ଶୃଙ୍ଖଳିତ ଭାବରେ, ଟିକିଏ ସୁଦ୍ଧା ଏପଟ ସେପଟ ନ ହେଇ) ପ୍ରଗାଢ଼ ପ୍ରଚେଷ୍ଟା ଓ ଉପଯୁକ୍ତ ପ୍ରଶିକ୍ଷଣ ଲୋଡ଼ା - ଅନ୍ୟ ଶବ୍ଦରେ, ବାରବାର ପୋଲିସ ଜେରା। ଟମାସ ପାଖରେ ସେଇ ପ୍ରଶିକ୍ଷଣର ଅଭାବ ଥିଲା।

ମନ୍ତ୍ରଣାଳୟର କର୍ମଚାରୀ ଜଣକ କହି ଚାଲିଥାଏ : ଜୁରିଚ୍‌ରେ ତମେ ଏକ ଉତ୍ତମ ପଦବୀରେ ଥିଲ, ଏକଥା ଆମେ ଜାଣୁ। ତମର ଫେରି ଆସିବାଟା ବି ଆମେ ପସନ୍ଦ କରୁ। ଭଲ କଲ। ତମେ ଜାଣି ପାରିଲ ଯେ ତମର ଜାଗା ଏଇଠି, ଆଉ ତାପରେ ଟମାସକୁ ଗାଳି ଦେଲା ପରି କହିଲା, 'କିଂତୁ ତମର ଜାଗା ତ ଅପରେସନ ଟେବୁଲରେ !'

'ମୁଁ ଆଉ ଅଧିକ ଆଶା କରୁ ନାହିଁ', ଟମାସ କହିଲା।

କିଛିକ୍ଷଣ ନୀରବତା। ତାପରେ ମନ୍ତ୍ରଣାଳୟର ଲୋକଟା ବିଷାଦଭରା ଗଳାରେ କହିଲା : 'ତା ହେଲେ ମତେ କୁହ ଡାକ୍ତର, ତମେ କଣ ସତରେ ଚାହଁ ଯେ କମ୍ୟୁନିଷ୍ଟ ମାନେ ତାଙ୍କର ଆଖି କାଢ଼ି ପକାଇବା ଉଚିତ୍ ? ତମେ, ଯିଏ କି ଏତେଲୋକଙ୍କୁ ସ୍ୱାସ୍ଥ୍ୟର ଉପହାର ଦେଇଛି ?'

'କିଂତୁ ସେଇଟା ନିହାତି ହାସ୍ୟାସ୍ପଦ କଥା !' ଟମାସ ନିଜ ସପକ୍ଷରେ ପାଟି କରି କହିଲା। 'ମୁଁ ଯାହା ଲେଖିଛି, ସେଇଟାକୁ ତୁମେ ପଢୁନ କାହିଁକି ?'

'ମୁଁ ସେଇଟା ପଢ଼ିଛି', ମନ୍ତ୍ରଣାଳୟର କର୍ମଚାରୀଜଣକ କହିଲା- ତାର ସ୍ୱରକୁ ଅତ୍ୟନ୍ତ ଦୁଃଖରେ ଜଡିତ କରି।

'ଆଚ୍ଛା, କମ୍ୟୁନିଷ୍ଟମାନେ ନିଜର ଆଖି ତାଡ଼ି ପକାଇବା କଥା ବୋଲି ମୁଁ କଣ ଲେଖିଛି ?'

'ସମସ୍ତେ ତ ସେଇୟା ବୁଝିଛନ୍ତି', ମନ୍ତ୍ରଣାଳୟର କର୍ମଚାରୀଜଣକ କହିଲା। ତାର ସ୍ୱରଟା ଆହୁରି ଦୁଃଖିତ ଜଣା ପଡୁଥାଏ।

'ତମେ ଯଦି ମୋର ସଂପୂର୍ଣ୍ଣ ଲେଖାଟି ପଢ଼ିଥାନ୍ତ, ତାହେଲେ ସେଇଭଳି ବୁଝି ନଥାନ୍ତ। ପ୍ରକାଶିତ ଲେଖାରେ ଟିକେ କଟାଛଟା ହେଇଛି।'

'କଣ ହେଲା ?' କାନକୁ ଟେକି ମନ୍ତ୍ରଣାଳୟର କର୍ମଚାରୀଜଣକ ପଚାରିଲା, 'ତାମାନେ ତମେ ଯେମିତି ଲେଖିଥିଲ ସେମିତି ସେମାନେ ଛାପି ନାହାନ୍ତି ?'

'ସେମାନେ କାଟିଦେଲେ।'

'ଗୁଡ଼ାଏ ?'

'ତିନି ଭାଗରୁ ଭାଗେ।'

ମନ୍ତ୍ରଣାଳୟର କର୍ମଚାରୀଜଣକ ଏଥର ସତରେ ଚମକି ଗଲା।

'ଏଇଟା ତାଙ୍କର କରିବାର ଉଚିତ ନ ଥିଲା।'

ଟମାସ ତାର କାନ୍ଧ କୁଞ୍ଚେଇଲା।

'ତମେ ପ୍ରତିବାଦ କରିପାରିଥାନ୍ତ ! ତାଙ୍କ ସହିତ ସିଧାସଳଖ ହିସାବ ନିକାଶ ଦାବୀ କରିଥାନ୍ତ !'

'ଏସବୁ କଥା ଭାବିବା ଆଗରୁ ଋଷିଏନ୍ ମାନେ ଆସିଗଲେ। ତାପରେ ତ ଆମ ସମସ୍ତଙ୍କୁ ଅନ୍ୟାନ୍ୟ କଥା ଭାବିବାକୁ ପଡ଼ିଲା।'

'କିନ୍ତୁ ତମେ ଯେ ଜଣେ ଡାକ୍ତର, ଲୋକଙ୍କୁ ଦେଖିବାର ବା ସାଧାରଣ ମାନବିକ ଅଧିକାରରୁ ବଞ୍ଚିତ କରିବାକୁ ତମର ଉଦ୍ଦେଶ୍ୟ ନୁହେଁ, ଆଉ ଏକଥା ଲୋକେ ଜାଣନ୍ତୁ ବୋଲି ତମେ ଚାହୁଁନ କି ?'

'ଟିକେ ବୁଝିବାକୁ ଚେଷ୍ଟାକର, କରିବଟି ?' ଏଇଟା ଥିଲା ସଂପାଦକଙ୍କୁ ପତ୍ର ଖଣ୍ଡେ। ଶେଷ ପୃଷ୍ଠାର କୋଉ କୋଣରେ ଲୁଚି ଯାଇଥିଲା। କେହି ତାକୁ ଲକ୍ଷ୍ୟ କଲେ ନାହିଁ। କେହି ନୁହଁ, କେବଳ ରୁଷୀୟ ଦୂତାବାସର କର୍ମଚାରୀମାନେ ଲକ୍ଷ୍ୟ କଲେ। କାରଣ ସେଇଟା ହିଁ ସେମାନେ ଖୋଜନ୍ତି।

'ସେମିତି କହ ନାଇଁ ! ସେମିତି ଭାବ ନାହିଁ ! ଯେଉଁମାନେ ତମ ଲେଖା ପଢ଼ିଛନ୍ତି ତାଙ୍କ ସହିତ ମୁଁ ନିଜେ କଥାବାର୍ତ୍ତା କରିଛି। ଆଉ ତମେ ଯେ ଏମିତି ଲେଖିପାର ସେଥିରେ ସେମାନେ ଆଶ୍ଚର୍ଯ୍ୟ ହେଇଛନ୍ତି। ଏବେ ତମେ କହୁଛ ଯେ ତମ ଲେଖାଟି ଯେମିତି ଲେଖିଥିଲ ସେମିତି ବାହାରିଲା ନାହିଁ। ଏଥିରୁ ଗୁଡ଼ାଏ କଥା ସ୍ପଷ୍ଟ ହେଉଛି। ସେମାନେ ତମକୁ ଏଥିପାଇଁ କହିଥିଲେ କି ?'

'ଲେଖିବାକୁ ? ନା, ମୁଁ ନିଜେ ଲେଖାଟି ପଠାଇଥିଲି।'

'ସେଠାର ଲୋକଙ୍କୁ ତମେ ଜାଣ ?'

'କୋଉ ଲୋକ ?'

'ଯେଉଁମାନେ ତମର ଲେଖା ଛାପିଲେ ?'

'ନା'

'ତା ମାନେ ତମେ ତାଙ୍କ ସହିତ କେବେ କଥାବାର୍ତ୍ତା ହେଇନ ?'

'ଥରେ ସେମାନେ ନିଜେ ଯାଇ ଦେଖା କରିବାକୁ ମୋତେ କହିଥିଲେ।'

'କାହିଁକି ?'

'ସେଇ ଲେଖା ବିଷୟରେ।'

'ତମେ ଯାହା ସହିତ କଥା ହେଲ ସେ କିଏ ?'

'ସଂପାଦକଙ୍କ ଭିତରୁ ଜଣେ।'

'ତାଙ୍କର ନାଁ କଣ ?'

ସେ ଯାଏଁ ଟମାସ ଜାଣି ପାରି ନ ଥିଲା ଯେ ତାକୁ ପଚରା ଉଚୁରା କରାଯାଉଛି। ହଠାତ୍ ସେ ଜାଣିଲା ଯେ ତାର ପ୍ରତିଟି ଶବ୍ଦ ଜଣକୁ ବିପଦରେ ପକାଇପାରେ। ଯଦିଓ ସେ ସେଇ ସଂପାଦକଙ୍କ ନାଁ ଜାଣିଥିଲା, ସେ ମନା କଲା : 'ମୁଁ ଠିକ୍‌ରେ କହି ପାରିବିନି।'

ଟମାସର କପଟ ଉତ୍ତର ପାଇଁ ଅସନ୍ତୁଷ୍ଟ ପ୍ରତିକ୍ରୀୟାରେ ଭରା ଗଳାରେ ରାଗିକି ଲୋକଟା କହିଲା, 'ଆଉ ତ ମତେ କହିବନି ଯେ ସେ ନିଜର ପରିଚୟ ଦେଇ ନ ଥିଲେ !'

ପିଲାଦିନୁ ଆମର ବଢ଼ାଣଟା ଗୁପ୍ତ ପୁଲିସର ଗୋଟେ ସହଯୋଗୀ। ଏଇଟା ହସକାନ୍ଦପୂର୍ଣ୍ଣ ଗୋଟେ ବାସ୍ତବତା। କେମିତି ମିଛ କହିବାକୁ ହୁଏ ଆମେ ଜାଣୁନା। ଆମର ବାପା ମା ମାନେ ଆମର କାନରେ ବଜେଇ ଦେଇଥିବା 'ସତ କହ !' ଭ୍ରମଟା ଆପଣାଛାଏଁ ଏମିତି କାମ କରେ ଯେ ଗୁପ୍ତରେ ପୁଲିସ୍ ଜେରାତେରା କଲାବେଳେ ବି ପଦେ ମିଛ କହିବାକୁ ଆମକୁ ଲାଜ ଲାଗେ। ତାକୁ ମୁହେଁ ମୁହେଁ ତାହା ମିଛ କହିବା ଅପେକ୍ଷା (ଯୋଉଟା କି ଖାଲି କରିବା କଥା) ତା ସହିତ ଯୁକ୍ତି କରିବା କିମ୍ବା ତାକୁ ଅପମାନିତ କରିବାଟା ଆମକୁ ବେଶୀ ସହଜ ମନେହୁଏ (ଯାହାର ମାନେ କିଛି ନାହିଁ)।

ମନ୍ତ୍ରଣାଳୟର କର୍ମଚାରୀଜଣକ ଟମାସ ଉପରେ ଛଳନାର ଦୋଷ ଲଦିବାରୁ ଟମାସ ଟିକେ ନିଜକୁ ଦୋଷୀ ମନେ କଲା। ତାର ମିଛରେ ତିଷ୍ଠିବାକୁ ତାକୁ ଏକ ନୈତିକ ପ୍ରତିବନ୍ଧକକୁ ଅତିକ୍ରମ କରିବାକୁ ପଡ଼ିଲା : ସେ ନିଜେ ତାଙ୍କର ପରିଚୟ ଦେଲା ପରି ମନେ ହେଉଛି, ସେ କହିଲା, 'କିଂତୁ ଯେହେତୁ ତାଙ୍କର ନାଁ ମୋ ମନରେ ଘଣ୍ଟି ପରି ବାଜିଲା ନାହିଁ, ମୁଁ ସଙ୍ଗେ ସଙ୍ଗେ ଭୁଲିଗଲି।'

'ସେ ଦେଖିବାକୁ କେମିତି ?'

ତା ସହିତ କାରବାର କରିଥିବା ସଂପାଦକ ଜଣକ ଗେଡ଼ା ଲୋକଟେ।

ମୁଣ୍ଡରେ ହାଲୁକା ଧୂସର ରଙ୍ଗର ବାଳ ଯାହା କି ମିଲିଟାରୀ ଷ୍ଟାଇଲରେ କଟାଯାଇଥିଲା । ଟମାସ୍ ଠିକ୍ ବିପରୀତ ଲକ୍ଷଣଯାକ କହିବାକୁ ଚେଷ୍ଟା କଲା : 'ସେ ଦେଖିବାକୁ ଢ଼େଙ୍ଗା, ମୁଣ୍ଡରେ ଲମ୍ବା କଳା ବାଳ ।'

'ଆଃ', ମନ୍ତ୍ରଣାଳୟର କର୍ମଚାରୀଜଣକ କହିଲା, 'ଆଉ ଗୋଟେ ବଡ଼ ଥୋମଣି !'

'ହଁ ସେଇୟା', ଟମାସ କହିଲା ।

ଟିକେ ବାଙ୍କିଲା ।

'ଠିକ୍ ସେଇୟା', ଟମାସ୍ ପୁଣି କହିଲା । ମନ୍ତ୍ରଣାଳୟର କର୍ମଚାରୀଜଣକ କେମିତି ଜଣକୁ ଠାବ କରିପାରିଥିଲେ ସେ ଜାଣିଲା । ବିଚରା ଆଉ କୋଉ ସଂପାଦକକୁ ଟମାସ ଠଉରାଇଥିଲା । ଆହୁରି ବଡ଼ କଥା ହେଉଛି ସେ ଦେଇଥିବା ଖବରଟା ପୁରାପୁରି ମିଛ ଥିଲା ।

'ତମକୁ ସେ କଣ ପାଇଁ ଦେଖାକଲେ ? ତମ ସହିତ କଣ କଥା ହେଲେ ?'

'ଶବ୍ଦ ସଂଯୋଜନାକୁ ନେଇ ସେମିତି କିଛି ।'

ଠକିବାର ଚେଷ୍ଟାରେ କଥାଟା ହାସ୍ୟାସ୍ପଦ ଲାଗିଲା । ସତକଥା କହିବାକୁ ଟମାସର ଅସମ୍ମତିରେ ପୁଣି ମନ୍ତ୍ରଣାଳୟର ଲୋକଟା ବିରକ୍ତ ହେଲା : 'ପ୍ରଥମେ ମତେ କହିଲ ଯେ ତମ ଲେଖାର ତୃତୀୟାଂଶ କାଟିଦେଲେ । ତାପରେ ତମେ କହୁଛ ଯେ ସେମାନେ ତମ ସହିତ ଶବ୍ଦ ସଂଯୋଜନା ବିଷୟରେ କଥା ହେଲେ । ଏଇଟା କଣ ଯୁକ୍ତିସଙ୍ଗତ ?'

ଏଇଥର ଟମାସକୁ ଉତ୍ତର ଦେବାରେ ବିଶେଷ ଅସୁବିଧା ହେଲା ନାହିଁ । କାରଣ ସେ ନିରାଟ ସତ କଥା କହିଥିଲା । 'ଏଇଟା ଯୁକ୍ତି ସଙ୍ଗତ ନୁହେଁ । କିଂତୁ କଥାଟା ତ ସେମିତି ।' ସେ ହସିଲା ।

'ଗୋଟେ ବାକ୍ୟରେ ଶବ୍ଦ ସଂଯୋଜନା ପରିବର୍ତ୍ତନ କରିବାକୁ ସେମାନେ ମତେ କହିଲେ ଆଉ ତାପରେ ଯାହା ଲେଖିଥିଲି ତାର ତିନି ଭାଗରୁ ଭାଗେ କାଟିଦେଲେ ।'

ମନ୍ତ୍ରଣାଳୟର ଲୋକଟା ମୁଣ୍ଡ ହଲାଇଲା । ସତେଯେପରି ଏପରି ଏକ ଅନୈତିକ କାମଟିକୁ ସେ ବୁଝି ପାରୁ ନଥିଲା : 'ସେଇଟା ସେମାନଙ୍କ ପକ୍ଷରେ ନିହାତି ଅସଙ୍ଗତ କାମ ।'

ତାରି ମଦ ତକ ଶେଷ କରିଦେଲା ଓ ଶେଷରେ କହିଲା : "ତମେ ଠକି ଯାଇଛ, ଡାକ୍ତର, ଅନ୍ୟ ଦ୍ୱାରା ଇସ୍ତେମାଲ୍ ହେଇଛ । ଫଳରେ ତମେ ଓ ତମର

ରୋଗୀମାନେ ହଇରାଣ ହେବାଟା ଦୁଃଖର କଥା । ତମର ସଦ୍‌ଗୁଣ ବିଷୟରେ ଆମକୁ ଭଲରେ ଜଣା । କଣ କରାଯାଇ ପାରିବ, ଦେଖିବା ।"

ଟମାସକୁ ସେ ହାତ ବଢ଼ାଇଲା । ସୌଜନ୍ୟମୂଳକ କରମର୍ଦ୍ଦନ ପରେ ସେମାନେ ଦୁହେଁ ନିଜନିଜ କାର୍ ପାଖକୁ ଗଲେ ।

(୬)

ମନ୍ତ୍ରଣାଳୟର ଲୋକଟା ସହିତ କଥାବାର୍ତ୍ତା କରିବା ପରେ ଟମାସ ଗଭୀର ମାନସିକ ଅବସାଦ ଭୋଗିଲା । ଏମିତିରେ ମେଳାପୀ ଖୁସିବାସିଆ କଥାବାର୍ତ୍ତା କରିପାରିଲା କେମିତି ? ଯଦି ଲୋକଟା ସହିତ ଆଦୌ ଲସରପସର ହେଇ ନଥାନ୍ତା (ଯାହା ଘଟିଲା ସେଥିପାଇଁ ସେ ମାନସିକ ସ୍ତରରେ ପ୍ରସ୍ତୁତ ନ ଥିଲା । କୋଉଟା ଆଇନ୍‌ରେ କ୍ଷମଣୀୟ ଆଉ କୋଉଟା ନୁହେଁ ସେ ବିଷୟରେ ସେ ଜାଣି ନ ଥିଲା), ବନ୍ଧୁ ପରି ଅନ୍ତତଃ ତା ସହିତ ମଦ ପିଇବାକୁ ମନା କରିଥାନ୍ତା ! ଲୋକଟାକୁ ଜାଣିଥିବା କେହି ଜଣେ (ଧରାଯାଉ) ତାକୁ ଦେଖି ନେଇଛି । ତାର ନିଶ୍ଚେ ଧାରଣା ହେବ ଯେ ଟମାସ ପୁଲିସ୍ ସହିତ ମିଶି କାମ କରୁଛି ! ଲେଖାଟା କଟାଛଟା ହେଇଛି ବୋଲି ସେ ଭଲା ତାକୁ କାହିଁକି କହିଲା ? ସେଇ ଖବରଟା ସେ ଉପରେ ପଡି କାହିଁକି ଦେଲା ? ସେ ନିଜ ଉପରେ ଭାରି ଅସନ୍ତୁଷ୍ଟ ହେଲା ।

ଦୁଇ ସପ୍ତାହ ପରେ ମନ୍ତ୍ରଣାଳୟର ଲୋକଟା ପୁଣିଥରେ ତାକୁ ଭେଟିବାକୁ ଆସିଲା । ପୁଣିଥରେ ସେ ମଦ୍ୟପାନ ପାଇଁ ଡାକିଲା । କିଂତୁ ଏଥର ଟମାସ ତାର ଅଫିସ ଭିତରେ ବସିବାକୁ ତାକୁ ଅନୁରୋଧ କଲା ।

'ମୁଁ ଠିକ୍ ବୁଝିପାରୁଛି ଡାକ୍ତର', ଲୋକଟା ହସି ହସି କହିଲା ।

ଟମାସ ତାର କଥାଟା ଠିକ୍ ବୁଝି ପାରିଲା ନାହିଁ । ଜଣେ ଚେସ୍ ଖେଳାଳୀ ନିଜର ପୂର୍ବବର୍ତ୍ତୀ ଗୋଟି ଚାଳନାଟା ଭୁଲ୍‌ଥିବା କଥା ତାର ବିରୋଧୀକୁ ଜଣାଇଦେଲା ପରି ସେ ଶବ୍ଦଗୁଡ଼ା କହିଲା ।

ସେମାନେ ମୁହାଁମୁହିଁ ବସିଲେ । ଟମାସ ତାର ଡେସକ୍ ପାଖରେ ବସିଲା । ଦଶ ମିନିଟ୍ ଯାଏଁ ସେତେବେଳେ ମହାମାରୀ ରୂପ ଧାରଣ କରିଥିବା ଫ୍ଲୁ ବିଷୟରେ ସେମାନେ ଗପିଲେ । ତାପରେ ଲୋକଟା କହିଲା, 'ତମର କେସ୍‌ଟି ଉପରେ ଆମେ ବହୁତ ବିଚାର କଲୁ । ଯଦି ସେଥିରେ କେବଳ ଆମେ ସଂପୃକ୍ତ ହୋଇଥାନ୍ତୁ, ତା ହେଲେ ଏଥିରେ କିଛି କରିବାର ନାହିଁ । କିଂତୁ ଆମକୁ ଜନମତକୁ ବିଚାରକୁ ନେବାକୁ ପଡିବ । ତମର ଇଚ୍ଛାରେ ହେଉ କି ଅନିଚ୍ଛା ସତ୍ତ୍ୱେ ହେଉ ତମେ ତମର ଲେଖାଟିରେ କମ୍ୟୁନିଷ୍ଟ ବିରୋଧୀ ନିଆଁକୁ ତେଜେଇଛି । ତମକୁ କହି ରଖୁଛି ଯେ ଗୋଟେ ସମୟରେ

ସେଇ ଲେଖା ପାଇଁ ତମକୁ କୋର୍ଟକୁ ନେବାର ପ୍ରସ୍ତାବ ଥିଲା। ସର୍ବସାଧାରଣରେ ହିଂସା ଉସୁକାଇବା ବିରୋଧରେ ଏକ ଆଇନ ରହିଛି।'

ମନ୍ତ୍ରଣାଳୟର ଲୋକଟା ଟମାସର ଆଖିରେ ଆଖି ମିଳାଇ ଚାହିଁବାକୁ ଟିକେ ରହିଗଲା। ଟମାସ କାନ୍ଧ କୁଞ୍ଚେଇଲା। ଲୋକଟା ସାନ୍ତ୍ୱନାମୂଳକ ସ୍ୱରରେ ବୁଝାଇବା ଆରମ୍ଭ କରିଦେଲା, 'ଆମେ ସେଇ ପ୍ରସ୍ତାବକୁ ନାକଚ କରିଦେଲୁ। ସେଇ ପ୍ରସଙ୍ଗରେ ତମର ଯାହା ଦୋଷ ଥାଉ ନା କାହିଁକି, ତମର କାର୍ଯ୍ୟଦକ୍ଷତାକୁ ସମାଜର ମଙ୍ଗଳରେ ବିନିଯୋଗ ହେବା ଉଚିତ। ତମ ହସ୍‌ପିଟାଲର ଚିଫ୍ ସର୍ଜନ ତମ ଉପରେ ବେଶ୍ ଉଚ୍ଚମାନର ଟିପ୍ପଣୀ ଦେଇଛନ୍ତି, ତମର ରୋଗୀମାନଙ୍କର ମତାମତ ବି ଆମ ପାଖରେ ରହିଛି। ତମେ ଜଣେ ଦକ୍ଷ ବିଶେଷଜ୍ଞ। ଡାକ୍ତର ଜଣେ ରାଜନୀତି ବିଷୟରେ ମୁଣ୍ଡ ଖେଳାଉ ଏକଥା କେହି ଚାହାନ୍ତି ନାହିଁ। ତମେ ଟିକେ ଭାସିଗଲ। ଏବେ ଠିକଣା ସମୟ ଆସିଯାଇଛି, ଆମେ କଥାଟିର ସବୁଦିନ ପାଇଁ ବୁଝାମଣା କରିଦେବା। ସେଥିପାଇଁ ଆମେ ଏକାଠି ମିଶି ଗୋଟେ ବକ୍ତବ୍ୟର ନମୁନା ତମ ପାଇଁ ରଖିଛୁ। ତମକୁ ଖାଲି ଲେଖାଟା ଖବର କାଗଜରେ ଦେବାକୁ ପଡ଼ିବ। ସମ୍ବାଦଟା ଯେମିତି ଠିକ୍ ସମୟରେ ବାହାରେ ସେଇଟା ଆମେ ନିଶ୍ଚେ ଦେଖିବୁ।' ସେ ଟମାସ ହାତକୁ ଖଣ୍ଡେ କାଗଜ ବଢ଼େଇଦେଲା।

କାଗଜ ଖଣ୍ଡିକ ପଢ଼ି ଟମାସ ଘବରାଇଗଲା। ଦୁଇବର୍ଷ ଆଗରୁ ଚିଫ୍ ସର୍ଜନ ଦସ୍ତଖତ କରିବାକୁ ଯାହା କହିଥିଲେ ତାଠାରୁ ଅତି ମାତ୍ରାରେ ଏହା ଖରାପ ଥିଲା। ଇଡିପସ୍ ଲେଖାର ପ୍ରତ୍ୟାହାରରେ ଏହା ଆଉ ଅଟକି ଯାଇ ନ ଥିଲା। ତା ସହିତ ସୋଭିଏତ୍ ୟୁନିୟନ୍ ପ୍ରତି ଶ୍ରଦ୍ଧା, କମ୍ୟୁନିଷ୍ଟ ପାର୍ଟି ପ୍ରତି ଆନୁଗତ୍ୟର ଶପଥ ଏଥିରେ ସନ୍ନିହିତ ଥିଲା। ଦେଶକୁ ଗୃହଯୁଦ୍ଧ ଭିତରକୁ ଠେଲି ଦେବାକୁ ଚାହୁଁଥିବା ବୁଦ୍ଧିଜୀବୀ ଗୋଷ୍ଠୀଙ୍କୁ ଏଥିରେ ନିନ୍ଦା କରାଯାଇଥିଲା। ସର୍ବୋପରି ଲେଖକ ସଂଘର ସାପ୍ତାହିକୀର ସଂପାଦକମାନଙ୍କୁ (ବିଶେଷତଃ ଢ଼େଙ୍ଗା, ବାଙ୍କିଲା ସଂପାଦକ ଯାହା ସହିତ ଟମାସର କେବେ ସାକ୍ଷାତ ହେଇ ନ ଥିଲା, ଯଦିଓ ସେ ତାଙ୍କର ନାଁ ଜାଣିଥିଲା ଆଉ ତାଙ୍କର ଫଟୋ ଦେଖିଥିଲା) ଦୋଷାରୋପ କରାଯାଇଥିଲା, ଯେଉଁମାନେ କି ଜାଣିଶୁଣି ଟମାସର ଲେଖାକୁ ଅପଭ୍ରଂଶ କଲେ ଆଉ ନିଜ ସ୍ୱାର୍ଥ ପାଇଁ ବ୍ୟବହାର କଲେ। ଲେଖାଟିକୁ ପ୍ରତିକୂଳ-ବିପ୍ଳବ ପାଇଁ ଏକ ଆହ୍ୱାନରେ ପରିଣତ କରିଦେଲେ। ନିଜେ କହି ନପାରି ଜଣେ ନିରୀହ ଡାକ୍ତର ଦ୍ୱାରା ସେମାନେ ନିଜେ ଏପରି ଏକ ଲେଖା ଲେଖିବାଟା ନିହାତି ଭୀରୁତାର ଲକ୍ଷଣ।

ମନ୍ତ୍ରଣାଳୟର ଲୋକଟା ଟମାସ ଆଖିରେ ଭୟ ଦେଖିଲା। ସେ ଟିକେ ଆଉଜି ପଡ଼ି ଟେବୁଲ ତଳେ ଟମାସର ଆଣ୍ଠୁରେ ଟିକେ ଥାପୁଡ଼େଇଲା। "ଏବେ ମନେରଖ,

ଡାକ୍ତର, ଏଇଟା ଗୋଟେ ନମୂନା ମାତ୍ର ! ଟିକେ ଚିନ୍ତାକର । ଆଉ ଯଦି ଏଥିରେ କିଛି ତମେ ପରିବର୍ତ୍ତନ କରିବାକୁ ଚାହଁ, ତା ହେଲେ ଆମେ କିଛି ଗୋଟେ ରାଜିନାମା କରି ରଖିବା । ଆମେ ନିଶ୍ଚୟ ଏକ ସଲାସୁତୁରା କରି ପାରିବା । ଯାହା ବି ହେଉ, ଏଇଟା ତମର ବକ୍ତବ୍ୟ !"

ଆଉ ଗୋଟେ ସେକେଣ୍ଡ୍ ସୁଦ୍ଧା ହାତରେ ଧରି ନ ପାରିଲା ଭଳି ଟମାସ ଗୁପ୍ତରେ ପୁଲିସ୍ ଆଡ଼କୁ କାଗଜ ଖଣ୍ଡିକ ବଢ଼ାଇ ଦେଲା । କାଳେ କାଗଜରେ କେହି ତାର ଟିପଚିହ୍ନ ଦେଖିଦେବ ବୋଲି ସେ ଚିନ୍ତିତ ହେଲା ।

କିଂତୁ କାଗଜ ଖଣ୍ଡିକୁ ନେବା ପରିବର୍ତ୍ତେ, ମନ୍ତ୍ରଣାଳୟର ଲୋକଟା ଆଶ୍ଚର୍ଯ୍ୟ ହେବାର ବାହାନା କରି ତାର ବାହୁ ପ୍ରସାରିଲା (ଯେଉଁ ଭଙ୍ଗୀରେ ନିଜ ବାଲ୍‌କୋନିରୁ ସମବେତ ଜନତାଙ୍କୁ ପୋପ୍ ଆଶିର୍ବାଦ କରନ୍ତି) । 'ଏଇଟାକୁ ରଖ ଡାକ୍ତର, ଏମିତି କଣ ଗୋଟେ କରୁଛ ? ଘରେ ଧୀର ସ୍ଥିର ହେଇ ୟା ଉପରେ ଟିକେ ଭାବ ।'

ଟମାସ ମୁଣ୍ଡ ହଲାଇଲା ଆଉ ଧୈର୍ଯ୍ୟର ସହିତ ହାତ ଲମ୍ବେଇ ସେଇ କାଗଜ ଖଣ୍ଡିକୁ ଧରିଥିଲା । ଶେଷରେ ମନ୍ତ୍ରଣାଳୟର ଲୋକଟା ବାଧ୍ୟ ହେଇ ତାର ପୋପ୍ ଭଙ୍ଗୀ ଛାଡ଼ିଲା ଆଉ କାଗଜଖଣ୍ଡିକ ଫେରାଇନେଲା ।

ଟମାସ ତାକୁ ଜୋର୍ ଦେଇ କହିଦେବା ଉପରେ ଥିଲା ଯେ ସେ କୌଣସି ଲେଖା ଲେଖିବ ନାହିଁ କି ଲେଖାରେ ଦସ୍ତଖତ କରିବ ନାହିଁ । କିଂତୁ ଶେଷ ମୁହୂର୍ତ୍ତରେ ସେ ତାର ସ୍ୱର ବଦଳାଇ ଦେଲା ଓ ନମ୍ର ଭାବରେ କହିଲା, 'ମୁଁ ନିରକ୍ଷର ନୁହେଁ, ନୁହେଁ ? ଯୋଉଟା ମୁଁ ନିଜେ ଲେଖିନାହିଁ, ସେଥିରେ ମୁଁ କାହିଁକି ଦସ୍ତଖତ କରିବି ?'

'ତା ହେଲେ ଠିକ୍ ଅଛି, ଡାକ୍ତର । ତମ ହିସାବରେ ଯିବା । ତମେ ଏହାକୁ ନିଜେ ଲେଖ ଆଉ ଆମେ ଦୁହେଁ ମିଶି ଦେଖିବା । ଏବେ ତମେ ପଢ଼ିଥିବା ଲେଖାଟିକୁ ଗୋଟେ ମଡ଼େଲ ଭାବରେ ବ୍ୟବହାର କରିପାର ।'

ସେଇ ସଙ୍ଗେ ସଙ୍ଗେ ଟମାସ ଗୁପ୍ତରେ ପୋଲିସକୁ ଏକ ନିଃସର୍ତ୍ତ 'ନା' କାହିଁକି ଶୁଣାଇଦେଲା ନାହିଁ ।

ତାର ମୁଣ୍ଡକୁ ସମ୍ଭବତଃ ଏଇୟା ଢୁକିଲା : ସାଧାରଣତଃ ଦେଶର ଆତ୍ମପ୍ରତ୍ୟୟ ଭାଙ୍ଗିଦେବାକୁ ଏପରି ଏକ ବୟାନ୍‌ର ବ୍ୟବହାର କରିବା ବ୍ୟତୀତ (ଯାହାକି ସ୍ପଷ୍ଟ ଭାବରେ ଏକ ରୁଷୀୟ ଚାଲ୍), ତାରି କେସ୍‌ରେ ପୋଲିସର ଏକ ନିର୍ଦ୍ଦିଷ୍ଟ ଲକ୍ଷ୍ୟ ରହିଥାଇପାରେ : ଟମାସର ଲେଖା ଛାପିଥିବା ସାପ୍ତାହିକୀ ସଂପାଦକଙ୍କ ବିରୋଧରେ ପ୍ରମାଣ ସଂଗ୍ରହ କରି ତାଙ୍କୁ କୋର୍ଟ ଚାଲାଣ କରିବାର ମସୁଧା ଥାଇପାରେ । ଯଦି ସେଇୟା, ତା ହେଲେ ଶୁଣାଣି ପାଇଁ ଏବଂ ତାଙ୍କ ବିରୋଧରେ ଗଣମାଧ୍ୟମର ପ୍ରଚାର

ସେମାନେ ତାର ବୟାନ ଦରକାର କରିବେ। ନୀତିଗତ ଦୃଷ୍ଟିରୁ ସେ ସିଧା ମନା କରିଦେଲେ, ସେ ସମ୍ମତି ଦଉ ବା ନ ଦଉ ତାର ଦସ୍ତଖତ ଉପରେ ପୋଲିସ-ପ୍ରସ୍ତୁତ ଲେଖାଟିକୁ ଛପାଇ ଦେବାର ବିପଦ ବି ରହିଛି। ତାର ପ୍ରତିବାଦକୁ କୌଣସି ଖବରକାଗଜ ପ୍ରକାଶ କରିବାର ସାହସ କରିବେ ନାହିଁ। ସେ ତାହା ଲେଖି ନାହିଁ କି ଦସ୍ତଖତ କରିନାହିଁ ବୋଲି ପୃଥିବୀରେ କେହି ବିଶ୍ୱାସ କରିବେ ନାହିଁ। ନିଜର ସାଥୀ ଜଣେ ନୈତିକତା ଦୃଷ୍ଟିରୁ ଅପମାନିତ ହେବାର ଦେଖି ଏତେ ମଜା ନେବେ ଯେ ତାର ପ୍ରତିବାଦ ବା ବ୍ୟାଖ୍ୟା ଶୁଣି ସେହି ମଜାକୁ ନଷ୍ଟ କରିବାକୁ ଦେବେ ନାହିଁ।

ଲେଖାଟି ନିଜେ ଲେଖିବ ବୋଲି ପୋଲିସକୁ କଥା ଦେଇ ଟମାସ ଟିକେ ସମୟ ପାଇଲା। ଠିକ୍ ତା ପରଦିନ ସେ କ୍ଲିନିକ୍‌ରୁ ଇସ୍ତଫା ଦେଲା, ଏଇୟା ଭାବି (ନିର୍ଭୂଲ ଭାବରେ) ଯେ ସ୍ୱଇଚ୍ଛାରେ ସମାଜର ନିମ୍ନତମ ସ୍ତରକୁ ଓହ୍ଲାଇ ଆସିଲା ପରେ (ସେଇ ସମୟରେ ଅନ୍ୟାନ୍ୟ କ୍ଷେତ୍ରରେ ହଜାର ହଜାର ବୁଦ୍ଧିଜୀବୀ ଏଇ ପଦକ୍ଷେପ ନେଉଥାନ୍ତି), ତା ଉପରେ ଆଉ ପୋଲିସର ହାତ ଦେବାକୁ ଚାହିଁବ ନାହିଁ। ସେ ଆଉ ପୋଲିସର ଦୃଷ୍ଟି ଆକର୍ଷଣ କରିବ ନାହିଁ। ସମାଜର ନିମ୍ନ ସ୍ତରରେ ଥରେ ପହଞ୍ଚିଗଲେ ପୋଲିସ ତାରି ନାଁରେ ଆଉ ବୟାନ୍ ଛାପିବ ନାହିଁ। ୟାର କାରଣଟା ନିହାତି ମାମୁଲି। ଏଇ ଯେ କେହି ତାକୁ ଆଉ ଅସଲ ବୋଲି ଧରିବେ ନାହିଁ। ଅପମାନଜନକ ସାର୍ବଜନୀନ ବକ୍ତବ୍ୟ କେବଳ ମାତ୍ର ସ୍ୱାକ୍ଷରକାରୀଙ୍କର ଉତ୍‌ଥାନ ସହିତ ହିଁ ଜଡ଼ିତ, ପତନରେ ନୁହେଁ।

କିଂତୁ ଟମାସର ଦେଶରେ ଡାକ୍ତରମାନେ ସରକାରୀ କର୍ମଚାରୀ। ସରକାର ତାଙ୍କୁ ଚାକିରୀରୁ ଅବ୍ୟାହତ ଦେଇପାରେ କିମ୍ବା ଦେଇ ନ ପାରେ। ଯେଉଁ କର୍ମଚାରୀମାନଙ୍କ ସହିତ ଟମାସ ତାର ଇସ୍ତଫା ବିଷୟରେ କଥାବାର୍ତ୍ତା କରିଥିଲା ସେମାନେ ତାକୁ ଉଭୟ ନାଁ ଓ ଖ୍ୟାତି ଜରିଆରେ ଜାଣିଥିଲେ। ସେମାନେ ତାକୁ ଚାକିରୀରେ ରହିବାକୁ କହିଲେ। ହଠାତ୍ ଟମାସର ହୃଦ୍‌ବୋଧ ହେଲା ଯେ ସେ ଠିକ୍ ନିଷ୍ପତ୍ତି ନେଇଛି କି ନା ସେ ବିଷୟରେ ନିଶ୍ଚିତ ନୁହେଁ। ତେବେ ସେତେବେଳକୁ ସେ ନିଜ ସହିତ ଏକ ଅବ୍ୟକ୍ତ ଆନୁଗତ୍ୟର ଶପଥରେ ବାନ୍ଧି ହେଇଥିବାର ଅନୁଭବ କଲା। ତେଣୁ ସେ ଅଟଳ ରହିଲା ଏବଂ ଏହିପରି ଭାବରେ ସେ ଝରକାର କାଚ ସଫେଇ କାମରେ ନିୟୋଜିତ ହେଲା। କାଚ ସଫାଇ କର୍ମଚାରୀ !

(୬)

କେତେବର୍ଷ ଆଗରୁ ଜୁରିଚ୍ ଛାଡି ପ୍ରାଗ୍ ଆସିଲାବେଳେ ଟମାସ ନୀରବରେ ନିଜକୁ ନିଜେ କହିଥିଲା, 'ଠିକ୍ କଥା !' ସେ ଟେରେଜା ପ୍ରତି ତାର ପ୍ରେମ କଥା

ଭାବୁଥିଲା । ଯାହା ବି ହେଉ, ସୀମାନ୍ତ ପାରି ହେଲା ମାତ୍ରେ ତାହା ସେମିତି ଥିଲା କି ନାଇଁ ସେଥିରେ ସନ୍ଦେହ ପ୍ରକଟ କରିବା ଆରମ୍ଭ ହେଲା । ପରେ, ଟେରେଜା ପାଖରେ ଶୋଇ ରହି ମନେ ପକାଇଲା ଯେ କେମିତି ସାତବର୍ଷ ଆଗରୁ (ଯେତେବେଳେ ଚିଫ୍ ସର୍ଜନ୍‌ଙ୍କ ଅଣ୍ଟାବଥା ପ୍ରାରମ୍ଭିକ ଅବସ୍ଥାରେ ଥିଲା) କେତୋଟି ହାସ୍ୟାସ୍ପଦ ଘଟଣାର ସଂଯୋଗ ବଶତଃ ଟେରେଜା ପାଖକୁ ସେ ଟାଣି ହେଇଗଲା । ଆଉ ପିଞ୍ଜରା ଭିତରେ ପଶିବା ଉପରେ ଥିଲା ଯୋଉଠୁ ସେ ଆଉ ଖସିବାକୁ ସମର୍ଥ ହେବ ନାହିଁ ।

ତାର ମାନେ କଣ ତାର ଜୀବନରେ କୌଣସି 'ଠିକ୍ କଥା !' ର ଅଭାବ ଥିଲା, କୌଣସି ଆବଶ୍ୟକତାର ପ୍ରାଧାନ୍ୟ ? ମୋ ମତରେ, ଏମିତି ଗୋଟେ ଥିଲା । ତେବେ ଏଇଟା ପ୍ରେମ ନୁହଁ, ଏଇଟା ଥିଲା ତାର ବୃତ୍ତି । ସେ ସଂଯୋଗବଶତଃ କିମ୍ବା ଗଣନା କରି ଚିକିତ୍ସାବୃତ୍ତିକୁ ବାଛି ନ ଥିଲା । ୟାରି ପଛରେ ଥିଲା ତାର ଅନ୍ତରର ଏକ ଗଭୀର ଆକାଂକ୍ଷା ।

ଯେତେଦୂର ସମ୍ଭବ ଲୋକଙ୍କୁ ଶ୍ରେଣୀବିଭକ୍ତ କରାଯାଇପାରେ, ସେଥିରେ ନିଶ୍ଚିତ ମାନଦଣ୍ଡ ହେଉଛି ସେମାନଙ୍କ ଗଭୀର ଆକାଂକ୍ଷା ଯାହା ତାଙ୍କୁ ଗୋଟେ ବା ଆଉ ଗୋଟେ କାମରେ ଜୀବନ କାଟିଦେବାକୁ ଅନୁପ୍ରେରିତ କରେ । ପ୍ରତ୍ୟେକ ଫରାସୀ ଲୋକ ଅନ୍ୟଠାରୁ ଭିନ୍ନ, କିଂତୁ ସାରା ପୃଥିବୀରେ ସବୁ ଅଭିନେତାମାନେ ସମାନ- ପ୍ୟାରିସ୍‌ରେ, ପ୍ରାଗ୍‌ରେ କିମ୍ବା ଆଉ କୋଉଠି । ଜଣେ ଅଭିନେତା ଏପରି ଏକ ମଣିଷ ଯିଏ ବାଲ୍ୟାବସ୍ଥାରୁ ବାକିତକ ଜୀବନ ପାଇଁ ଏକ ଅଜଣା ଦର୍ଶକ ସକାଶେ ନିଜକୁ ପ୍ରଦର୍ଶନ କରିବାକୁ ସମ୍ମତି ଦିଏ । ସେହି ମୌଳିକ ସମ୍ମତି ବିନା (ଯାହାର କି ବୁଦ୍ଧି ବା ପ୍ରତିଭା ସହ ଆଦୌ ସଂପର୍କ ନ ଥାଏ, ଯାହା କି ବୁଦ୍ଧି ବା ପ୍ରତିଭାଠାରୁ ଆହୁରି ଗଭୀର ସ୍ତରରୁ ଆସେ) କେହି ବି ଅଭିନେତା ହେଇ ପାରିବେ ନାହିଁ । ଠିକ୍ ସେହିପରି, ଜଣେ ଡାକ୍ତର ମଣିଷର ଶରୀର ଓ ସେଇ ସଂପର୍କୀତ ପ୍ରସଙ୍ଗରେ ଜୀବନସାରା ଜଡ଼ିତ ହେବାରୁ ସମ୍ମତି ଦିଏ । ସେହି ମୌଳିକ ସମ୍ମତି (ପ୍ରତିଭା କିମ୍ବା କାର୍ଯ୍ୟଦକ୍ଷତା ନୁହଁ) ତାକୁ ମେଡ଼ିକାଲ ପାଠ୍ୟକ୍ରମର ପ୍ରଥମ ବର୍ଷର ବ୍ୟବଚ୍ଛେଦନ ପରୀକ୍ଷାଗାରକୁ ପ୍ରବେଶ କରିବାପାଇଁ ଓ ଆବଶ୍ୟକୀୟ ପରବର୍ତ୍ତୀ ବର୍ଷ ମାନଙ୍କରେ ଅଧ୍ୟବସାୟ ପାଇଁ ପ୍ରୋତ୍ସାହିତ କରେ ।

ଶଲ୍ୟ ଚିକିତ୍ସା ବା ସର୍ଜରୀ ଚିକିତ୍ସାବୃତ୍ତିର ମୌଳିକ ନିୟମକୁ ତାର ବାହ୍ୟସୀମାର ଶେଷକୁ ନେଇଯାଏ ଯେଉଁଠି ମଣିଷ ଦେବତା ସହିତ ଯୋଗାଯୋଗ କରେ । ଗୋଟେ ଲୋକର ମୁଣ୍ଡରେ ଭୀଷଣ ଆଘାତ ହେଲେ ସେ ଅଚେତ ହେଇପଡ଼େ ଓ ତାର ଶ୍ୱାସକ୍ରୀୟା ବନ୍ଦ ହେଇଯାଏ । ଯାହା ବି ହେଉ ଦିନେ ତ

ତାର ଶ୍ୱାସକ୍ରୀୟା ବନ୍ଦ ହେବ । ଭଗବାନ ତାଙ୍କ ପୁତ୍ରକୁ ନିଜେ ମାରିବା ଆଗରୁ, ହତ୍ୟାକାଣ୍ଡକୁ ତାହା କେବଳ ତ୍ୱରାନ୍ୱିତ କରିଦିଏ । ଧରାଯାଉ, ଭଗବାନ ହତ୍ୟାକାଣ୍ଡକୁ ବିଚାରକୁ ନେଲେ । ସର୍ଜରୀକୁ ସେ ବିଚାରକୁ ନେଲେ ନାହିଁ । ନିଜେ ଉଦ୍ଭାବନ କରିଥିବା ଯନ୍ତ୍ରଟାରେ କେହି ଯେ ହାତ ମାରିବାକୁ ସାହସ କରିବ ଏକଥା ଭଗବାନ କଳ୍ପନା ସୁଦ୍ଧା କରି ନ ଥିଲେ । ଯନ୍ତ୍ରଟା ବେଶ୍ ଯତ୍ନରେ ଚମଡ଼ାରେ ଗୁଡ଼ା ହେଇ ମଣିଷର ଆଖି ଆଢୁଆଳରେ ମୁଦ ମରା ହୋଇଥିଲା । ପ୍ରଥମ କରି ଯେତେବେଳେ ଟମାସ ନିଶ୍ଚେତକରେ ଶୋଇଥିବା ଜଣେ ଲୋକ ଉପରେ ତାର ଅସ୍ତ୍ରୋପଚାର- ଛୁରୀ ଚଲାଇଲା, ବେଶ୍ ଦାବିଲା ଛେଦାରେ ଚମକୁ କାଟି ଦି ଭାଗ କଲା । ଆଉ ଶେଷରେ ନିଖୁଣ ଭାବରେ ଚିରି ମେଲା କରିଦେଲା (ଯେମିତିକି ସେଇଟା ଖଣ୍ଡେ କପଡ଼ା- ଖଣ୍ଡେ କୋର୍ଟ, ଖଣ୍ଡେ ସ୍କାର୍ଟ, ଖଣ୍ଡେ ପରଦା), ସେତେବେଳେ କ୍ଷଣିକ ପାଇଁ ହେଲେ ହେଁ ସେ ଇଶ୍ୱର ବିରୋଧୀ ଗଭୀର ବିଧର୍ମୀ ଅନୁଭୂତିଟିଏ ଅନୁଭବ କଲା । ତାପରେ ପୁଣି ସେଥିରେ ଆକର୍ଷିତ ହେଲା ! ସେଇଟା ହିଁ ତାରି ଭିତରେ ଗହୀର ଚେର ମେଲି ରହିଥିବା 'ଠିକ୍ କଥା !' ସଂଯୋଗବଶତଃ ସେଇଟା ସେଠି ଗଜୁରି ନ ଥିଲା କିମ୍ବା ଚିଫ୍ ସର୍ଜନ୍‌ର ସିଆଟିକା ତାର କାରଣ ନୁହେଁ ଅଥବା କୌଣସି ବାହ୍ୟ ଉପାଦାନ ସେଥିପାଇଁ ଦାୟୀ ନୁହେଁ ।

ତେବେ ତାର ନିଜସ୍ୱ ସତ୍ତାରେ ଅଙ୍ଗ ହେଇ ରହିଥିବା ଗୋଟେ ଜିନିଷକୁ ସେ କେମିତି ଏତେ ଶୀଘ୍ର, ଏତେ ଜୋର୍ କରି, ଏତେ ସହଜରେ କାଢ଼ି ଫୋପାଡ଼ି ଦେଇ ପାରିବ ?

ତାକୁ ନେଇ ପୋଲିସ ଯେମିତି ଅପବ୍ୟବହାର ନ କରେ ସେଇଟା ରୋକିବା ପାଇଁ ସେ ଏମିତି କଲା ବୋଲି ଭାବିପାରେ । କିଂତୁ କଥାଟିକୁ ପରିଷ୍କାର ଭାବରେ କହିଲେ, ଯଦିଓ କଥାରେ ଏଇଟା ସମ୍ଭବ (ଆଉ ଯଦିଓ ଏମିତି ଗୁଡ଼ାଏ କେସ୍ ପ୍ରକୃତରେ ଘଟି ସାରିଛି), ତାର ସ୍ୱାକ୍ଷର ଉପରେ ପୋଲିସ ଯେ ଗୋଟେ ମିଥ୍ୟା ବୟାନ ପ୍ରକାଶ କରିଦେବ, ଏଇଟା ହେଲା ପରି ଦିଶୁ ନ ଥିଲା ।

ମାନିଲୁ, ବିପଦଟା ଆସିବାର ସମ୍ଭାବନା କମ୍ ଥିଲେ ମଧ୍ୟ ଜଣେ ଲୋକର ବିପଦକୁ ଭୟ କରିବାର ଅଧିକାର ରହିଛି । ମାନିଲୁ, ତାର ଏଇ ବେଢ଼ଙ୍ଗିଆ ପ୍ରକୃତି ଉପରେ ନିଜେ ଚିଡ଼ିଗଲା ଆଉ ପୋଲିସ ସହିତ ପୁଣି ଯୋଗାଯୋଗ ଓ ତା ସହିତ ଆନୁଷଙ୍ଗିକ ଅସହାୟ ଅନୁଭୂତିକୁ ଏଡାଇବାକୁ ଚେଷ୍ଟା କଲା । ଆହୁରି ବି ମାନିଲୁ ଯେ ସେ ତାର ଚାକିରୀ ଖଣ୍ଡିକ ହରେଇଥିଲା । କାରଣ କ୍ଲିନିକ୍‌ରେ ସେଇ ଘେଷେରା ଏସ୍‌ପିରିନ୍ ଲେଖା କାମଟିର ଚିକିତ୍ସାଶାସ୍ତ୍ର ସହିତ କୌଣସି ସାମଞ୍ଜସ୍ୟ ନ ଥିଲା ।

ତେବେ ବି ତାର ଏମିତି ତରବରିଆ ନିଷ୍ପତ୍ତିଟା ଭାରି ଅଖାଡୁଆ ଲାଗିଲା । କଥାଟା ଆଉ କିଛି ହେଇପାରେ କି ଯାହା ତାର ଯୁକ୍ତିସଙ୍ଗତ ବିଚାରକୁ ଏଡ଼େଇଗଲା ?

(୮)

ଯଦିବା ସେ ଟେରେଜା ଜରିଆରେ ବିଥୋଭନକୁ ଶ୍ରଦ୍ଧା କରିବାକୁ ପାଇଲା, ସଙ୍ଗୀତ ବିଷୟରେ ଟମାସର ସେମିତି ବିଶେଷ ଜ୍ଞାନ ନ ଥିଲା । ବିଥୋଭନ୍‌ଙ୍କ ପ୍ରସିଦ୍ଧ 'ଠିକ୍ କଥା' ବୈଶିଷ୍ଟ୍ୟ ପଛରେ ଥିବା ପ୍ରକୃତ କାହାଣୀ ସେ ଜାଣିଥିବା ବିଷୟରେ ମୁଁ ସନ୍ଦିହାନ୍ ।

କଥାଟି ଏହିପରି : ଡେମ୍ବସର ନାଁରେ ଜଣେ ଲୋକ ବିଥୋଭେନ୍‌ଙ୍କଠାରୁ କିଛି ଟଙ୍କା ଧାର ନେଇଥିଲା । ସବୁବେଳେ ଅର୍ଥାଭାବରେ ରହୁଥିବା ସଙ୍ଗୀତଜ୍ଞ ଯେତେବେଳେ ତାକୁ ଋଣ କଥା ମନେ ପକାଇଦେଲେ, ଲୋକଟା ହତାଶାରେ ଦୀର୍ଘଶ୍ୱାସ ଛାଡ଼ିଲା ଆଉ କହିଲା, 'ଠିକ୍ କଥା !' ପ୍ରତ୍ୟୁତ୍ତରରେ ବିଥୋଭନ୍ ମନଖୋଲା ହସି କହିଲେ 'ଠିକ୍ କଥା !' ଆଉ ସଙ୍ଗେ ସଙ୍ଗେ ଏଇ ଶବ୍ଦଗୁଡ଼ିକ ଓ ସେଗୁଡ଼ିକର ସାଙ୍ଗୀତିକତାକୁ ଟିପି ନେଲେ । ତାପରେ ଏହି ବାସ୍ତବ ଲକ୍ଷଣରୁ ସେ ଚାରୋଟି ସ୍ୱର ପାଇଁ ଏକ ସିଦ୍ଧ ସ୍ୱୀକୃତ ନିୟମ ରଚନା କଲେ : ତିନୋଟି ସ୍ୱର ଗାଆନ୍ତି 'Es muss sein, es muss sein, ja. ja, ja, ja !' (ଠିକ୍ କଥା, ଠିକ୍ କଥା, ହଁ, ହଁ, ହଁ, ହଁ !) ଚତୁର୍ଥ ସ୍ୱରଟି ସେଥିରେ ସଙ୍ଗତି ଦିଏ 'Heracus mit dem Beatell !' (ମନି ପର୍ସଟା ବାହାର କର)

ବର୍ଷକ ପରେ ସେଇ ସମାନ ବୈଶିଷ୍ଟ୍ୟଟି ଚାରିଜଣିଆ ବୃନ୍ଦ ସଙ୍ଗୀତର ଚତୁର୍ଥ ପାଦ ପାଇଁ ଆଧାର ହେଲା । ସେତେବେଳକୁ ବିଥୋଭେନ୍ ଡେମ୍ବସରର ପଇସା କଥା ଭୁଲି ଯାଇଥିଲେ । 'ଠିକ୍ କଥା !' ଶବ୍ଦମାନ ଏକ ଅତୀବ ପ୍ରଶାନ୍ତ ଶାବ୍ଦିକ ଲହରୀର ରୂପ ନେଇଥିଲା । ନିୟତିର ଓଷ୍ଠଧାରରୁ ସେସବୁ ନିସୃତ ହେଲା ପରି ମନେ ହେଲା । କାଣ୍ଟ୍‌ଙ୍କ ଭାଷାରେ, ଯେପରିକି 'ସୁପ୍ରଭାତ' ସଂବୋଧନକୁ ଯଦି ଉପଯୁକ୍ତ ଭାବରେ ଉଚ୍ଚାରଣ କରାଯାଏ ତା ହେଲେ ତାହା ଏକ ଆଧିଭୌତିକ ସନ୍ଦର୍ଭର ରୂପ ନେବ । ଓଜନଦାର ଶବ୍ଦର ଭାଷା ହେଉଛି ଜର୍ମାନୀ ଭାଷା । 'ଠିକ୍ କଥା !' ଆଉ ଏକ ପରିହାସ ହେଇ ରହିଲା ନାହିଁ, ଏହା 'der schwer gefasste Entschluss' (କଷ୍ଟସାଧ୍ୟ ଅଥବା ଗୁରୁ ନିଷ୍ପତ୍ତି) ହେଇ ସାରିଥିଲା ।

ତେଣୁ ଏକ ସାମାନ୍ୟ ଓ ନଗଣ୍ୟ ପ୍ରେରଣାକୁ ବିଥୋଭେନ୍ ଏକ ଗାମ୍ଭୀର୍ଯ୍ୟପୂର୍ଣ୍ଣ ବୃନ୍ଦ ଗାୟନରେ ପରିଣତ କଲେ, ଏକ ପରିହାସକୁ ଆଧିଭୌତିକ ସତ୍ୟରେ ପରିଣତ କଲେ । ଏହା ହାଲୁକାଟା ଓଜନିଆ ହେବାର ଏକ କୌତୁହଳପୂର୍ଣ୍ଣ କାହାଣୀ :

ପାର୍‌ମେନାଇଡସ୍‌ଙ୍କ ଦୃଷ୍ଟିରେ ଏହା ଅସ୍ତିବାଚକରୁ ନାସ୍ତିବାଚକ ହେବା ପରି । ତେବେ ଅଜବ କଥା ଯେ ଏହି ରୂପାନ୍ତରୀକରଣ ଆମକୁ ଆଶ୍ଚର୍ଯ୍ୟାନ୍ୱିତ କରେ ନାହିଁ । ଅପରପକ୍ଷେ, ଯଦି ବିଥୋଭନ୍ ତାଙ୍କର ବୃନ୍ଦସଙ୍ଗୀତର ଗାମ୍ଭୀର୍ଯ୍ୟକୁ ଡେମ୍ପସରର ଟଙ୍କା ଉଧାର ଆଧାରରେ ଚାରୋଟି ସ୍ୱର ବିଶିଷ୍ଟ ସ୍ୱୀକୃତ ସଙ୍ଗୀତର ଏକ ତୁଚ୍ଛ ପରିହାସରେ ପରିଣତ କରିଦେଇଥାନ୍ତେ, ତାହେଲେ ଆମେ ଆତଙ୍କିତ ହେଇଥାନ୍ତୁ । ଯାହା ବି ହେଉ, ସେ ସେମିତି କରିଥିଲେ ପାର୍‌ମେନାଇଡସ୍ ପ୍ରବୃତ୍ତିରେ ଗୁରୁକୁ ଲଘୁ ଅର୍ଥାତ୍ ନାସ୍ତିକୁ ଅସ୍ତିରେ ପରିଣତ କରିଥାଆନ୍ତେ ! ପ୍ରଥମଟି (ଏକ ଅସଂପୂର୍ଣ୍ଣ ସ୍କେଚ୍ ରୂପେ) ଏକ ମହାନ୍ ଆଧିଭୌତିକ ସତ୍ୟ ହେଇଥାନ୍ତା ଆଉ ଶେଷଟି (ଏକ ସଂପୂର୍ଣ୍ଣ ସର୍ବଶ୍ରେଷ୍ଠ କୃତି ରୂପେ) - ସବୁଠାରୁ ତୁଚ୍ଛ ଗୋଟେ ପରିହାସ ! ତେବେ ପାର୍‌ମେନାଇଡସ୍ ଭାବିଲା ପରି କେମିତି ଭାବିବାକୁ ହୁଏ ଆମେ ତା ଆଉ ଜାଣୁନା ।

ମୋର ଯାହା ବୋଧ ହେଉଛି ଟମାସ ଅନେକ ଆଗରୁ ଏଇ କଠୋର, ଉଗ୍ର 'ଠିକ୍ କଥା !' ଉପରେ ମନେ ମନେ ବିରକ୍ତ ହେଉଥିଲା ଆଉ ପାର୍‌ମେନାଇଡ୍‌ସଙ୍କ ପ୍ରବୃତ୍ତି ଅନୁସରଣ କରି ଗୁରୁକୁ ଲଘୁ କରିବାର ଏକ ଗଭୀର ଅଭିଳାଷ ପୋଷଣ କରିଥିଲା । ମନେରଖ ଯେ ତାର ଜୀବନର ଗୋଟେ ସମୟରେ ସେ ତାର ପ୍ରଥମ ସ୍ତ୍ରୀ ଓ ପୁଅଠାରୁ ପୁରାପୁରି ଅଲଗା ହେଇଥିଲା । ପୁଣି ତାର ବାପା ମା ଉଭୟେ ତାଠୁ ଅଲଗା ହେଲା ପରେ ତାକୁ ଉଶ୍ୱାସ ଲାଗିଥିଲା । ଏ ସବୁର ଅନ୍ତରାଳରେ ଆପେ ଆପେ ବୋଲାଉଥିବା ଗୁରୁ ଦାୟିତ୍ୱ, ତାର ନିଜର 'ଠିକ୍ କଥା !' କୁ ପ୍ରତ୍ୟାଖ୍ୟାନ କରିବାର ଏକ ଅସଙ୍ଗତ ଓ ତରବରିଆ ଇଚ୍ଛା ରହି ନାହିଁ କି ?

ଅବଶ୍ୟ ଏହା ସାମାଜିକ ପରଂପରା ଅନୁସାରେ ତା ପାଇଁ ଗୋଟେ ବାହ୍ୟ 'ଠିକ୍ କଥା !' ରହିଥିଲା । କିଂତୁ ଚିକିତ୍ସାଶାସ୍ତ୍ର ପ୍ରତି ତାର ଶ୍ରଦ୍ଧାର 'ଠିକ୍ କଥା !' ଥିଲା ଆନ୍ତରିକ । ଏଇଟା ତାକୁ ବିବଶ କରିପକାଏ । ଆଭ୍ୟନ୍ତରୀଣ ଅନୁଶାସନ ସବୁଠୁ ବେଶୀ ଶକ୍ତିଶାଳୀ ଆଉ ତେଣୁ କରି ବିଦ୍ରୋହ ପାଇଁ ସବୁଠୁ ବେଶୀ ଖୋରାକ ଯୋଗାନ୍ତି ।

ଜଣେ ସର୍ଜନ ହେବାର ମାନେ ଜିନିଷର ପୃଷ୍ଠଭାଗକୁ ଚିରି ତା ଭିତରେ କଣ ଲୁଚି ରହିଛି ତାହା ଦେଖିବା । 'ଠିକ୍ କଥା !' ର ଅପରପାର୍ଶ୍ୱରେ କଣ ଲୁଚି ରହିଛି ତାହା ଜାଣିବାର ଅଭିଳାଷ ବୋଧହୁଏ ଟମାସକୁ ସର୍ଜନ ହେବାର ବାଟ କଢ଼େଇଲା । ଅନ୍ୟ ଅର୍ଥରେ, ପୂର୍ବରୁ ଯେଉଁଟାକୁ ନିଜର ଲକ୍ଷ୍ୟ ଭାବୁଥିଲା ତାକୁ ପ୍ରତ୍ୟାଖ୍ୟାନ କରିଦେଲାପରେ ଜୀବନରେ ଆଉ କଣ ବାକି ରହେ ?

ପ୍ରାଗ୍‌ର ଦୋକାନର ଝରକା କବାଟ ଓ ସୋ କେସ୍ ଗୁଡିକର ପରିଷ୍କାର

ପରିଚ୍ଛନ୍ନତା ଓ ଦାୟିତ୍ୱରେ ଥିବା ଉତ୍ତମ ସ୍ୱଭାବର ସେଇ ମହିଳା ପାଖରେ ଯେଉଁଦିନ ସେ ହାଜିରା ପକାଇଲା, ଆଉ ପ୍ରକୃତ ନିଷ୍କୃତି ରହିତ ତାର ନିଷ୍ପତ୍ତିର ବାସ୍ତବତାର ସାମ୍ନାସାମ୍ନି କଲା, ସେ ଆତଙ୍କିତ ହେଇଗଲା । ତାର ନୂଆଁ ଚାକିରୀର ପ୍ରଥମ କେତେଦିନ ସେଇ ଆତଙ୍କଟାକୁ ଗୋଲାମ କରି ରଖିଲା । କିଂତୁ ତାର ନୂଆଁ ଜୀବନର ହତଚକିତ ବୈଚିତ୍ର୍ୟରୁ ମୁକୁଳି ଆସିଲା ମାତ୍ରେ (ଏହା ହେବାକୁ ପ୍ରାୟ ଗୋଟେ ସପ୍ତାହ ଲାଗିଲା) ହଠାତ୍ ସେ ଜାଣିଲା ଯେ ସେ ଖାଲି ଗୋଟେ ଲମ୍ବା ଛୁଟିରେ ହିଁ ରହିଛି ।

ଏଠି ସେ ଯୋଉଟାକୁ ଟିକିଏ ବି ଖାତିର କରୁ ନଥିଲା, ସେଇଟା କଲା ଓ ତାହା ଉପଭୋଗ ବି କଲା । ଆଭ୍ୟନ୍ତରୀଣ 'ଠିକ୍ କଥା !' ର ବିନା ଚାପରେ ଯେଉଁ ଲୋକମାନେ (ଯେଉଁମାନଙ୍କୁ ସେ ସବୁବେଳେ ଦୟା କରୁଥିଲା) ଚାକିରୀ ଖଣ୍ଡେ କରନ୍ତି ଓ ଅଫିସରୁ ଘରକୁ ଫେରିଲା ମାତ୍ରେ ସେଇଟା ଭୁଲିଯାନ୍ତି, ସେମାନେ କଣ ପାଇଁ ଖୁସି ରହନ୍ତି ଏବେ ତାହା ସେ ବୁଝିଲା । ଏଇଟା ପ୍ରଥମଥର ପାଇଁ ସେ ସେଇ ସୁଖଦ ନିର୍ବିକାରବୋଧର ଅନୁଭବ କଲା । ଅପରେସନ ଟେବୁଲରେ କିଛି ଗଡ଼ବଡ଼ ହେଇଗଲେ, ସେ ଅଶାନ୍ତିରେ ରାତିରେ ଶୋଇ ପାରୁ ନ ଥିଲା । ନାରୀସଙ୍ଗ ସୁଖ ବି ତାକୁ ପିତା ଲାଗୁଥିଲା । ତାର ବୃତ୍ତିର 'ଠିକ୍ କଥା !' ଟା ଗୋଟେ ପିଶାଚ ପରି ତାର ରକ୍ତ ଶୋଷିଥିଲା ।

ବର୍ତ୍ତମାନ ପ୍ରାଗ୍‌ର ରାସ୍ତାରେ ସେ ଗୋଟେ ବାଡ଼ି ଓ ବ୍ରସ୍ ଧରି ଘୁରି ବୁଲିଲା । ନିଜ ବୟସଟା ଆହୁରି ଦଶବର୍ଷ କମିଗଲା ପରି ତାକୁ ଲାଗିଲା । ସେଲସ୍‌ଗାର୍ଲମାନେ ତାକୁ ଡକ୍ଟର ବୋଲି ସମ୍ବୋଧନ କରୁଥିଲେ ଓ ଥଣ୍ଡା ପିଠିବଥା, ଅନିୟମିତ ଋତୁସ୍ରାବ ପାଇଁ ତାର ପରାମର୍ଶ ନେଉଥିଲେ । କାଚରେ ପାଣି ଛାଟି, ବାଡିଟାର ଅଗରେ ବ୍ରସକୁ ଯୋଖି ତାକୁ ସଫେଇ କାମ କରିବାର ଦେଖି ସେମାନେ ଅପ୍ରତିଭ ହେଉଥିଲେ । ଦୋକାନରେ ଗରାଖମାନଙ୍କୁ ଏକା ଛାଡି ଦେଇ ପାରିଥିଲେ, ସେମାନେ ନିଶ୍ଚେ ତାଠାରୁ ବାଡିଟା ଛଡ଼େଇ ତା ପାଇଁ ସଫେଇ କାମ କରିଦେଇଥାନ୍ତେ ।

ପ୍ରାୟ ବଡ଼ବଡ଼ ଦୋକାନରୁ ଟମାସ କାମର ଅର୍ଡର ଆଣୁଥିଲା । କିଂତୁ ତାର ମାଲିକ ତାକୁ ପ୍ରାଇଭେଟ ଗରାଖ ମାନଙ୍କ ପାଖକୁ ମଧ୍ୟ ପଠାଇଲା । ସଂହତିରେ ଉଚ୍ଛ୍ୱସିତ ଲୋକେ ତଥାପି ଚେକ୍ ବୁଦ୍ଧିଜୀବୀ ମାନଙ୍କର ଗଣଶାସ୍ତିକୁ ବିରୋଧ କରୁଥିଲେ । ତାର ପୁରୁଣା ରୋଗୀମାନେ ଟମାସକୁ ଜୀବନଧାରଣ ପାଇଁ ଝରକା ପୋଛୁଥିବାର ଯେତେବେଳେ ଜାଣିଲେ, ସେମାନେ ତାର ନାଁରେ କାମର ଅର୍ଡର ଦେଲେ । ଘରେ ତାକୁ ଆଦର କରି ସାଂପେନ୍ ବା ଅନ୍ୟ ପାନୀୟରେ ଚର୍ଚ୍ଚା କଲେ, କାଗଜରେ ତେରଟି ଝରକା ସଫା ହେଇଥିବାର ସ୍ୱାକ୍ଷର କଲେ, ତାକୁ ଶୁଭେଚ୍ଛା

ଜଣାଇ ତା ସହିତ ପିଇଲେ ଓ ଦୁଇଘଣ୍ଟା ଧରି ଗପସପ କଲେ । ଗୋଟେ ଚମତ୍କାର ମୁଡ଼ରେ ଟମାସ ପାଖ ଫ୍ଲାଟ ବା ଦୋକାନକୁ ଯାଏ । ସାରା ଦେଶରେ ରୁଷୀୟ ଅଫିସର ମାନଙ୍କର ପରିବାର ବସତି ସ୍ଥାପନ କରିଥିବାବେଳେ, ରେଡିଓରେ ପୋଲିସ କାର୍ଯ୍ୟାନୁଷ୍ଠାନର (ଯେଉଁମାନେ କି ବାର୍ତ୍ତା ପ୍ରସାରଣ ଅଧିକାରୀ ସ୍ଥାନ ଦଖଲ କରିଥିଲେ) ଅଶୁଭ ବାର୍ତ୍ତା ପ୍ରଚାର ହେଉଥିବାବେଳେ, ଟମାସ ପ୍ରାଗ୍‌ର ଗଳି ଉପଗଳିରେ ଗୋଟେ ଗ୍ଲାସ ମଦରୁ ଆଉ ଗୋଟେ ମଦ ନେଇ ଘୁରି ବୁଲୁଥାଏ, ଯେମିତିକି ସେ ପାର୍ଟିରୁ ପାର୍ଟି ବୁଲି ବୁଲିକା ମଉଜ ମନାଉଥାଏ । ଏଇଟା ଥିଲା ତାର ଛୁଟିର ମହୋତ୍ସବ ।

ସେ ତାର ଅବିବାହିତ ଜୀବନଶୈଳୀକୁ ଫେରି ଆସିଥିଲା । ହଠାତ୍ ତାର ଜୀବନରୁ ଟେରେଜା ବାହାରି ଯାଇଥିଲା । ରାତି ଅଧରେ ନିଦ ବାଉଳାରେ ଶେଷଥର ପାଇଁ ଟେରେଜାକୁ ବାର୍‌ରୁ ଘରକୁ ଫେରିବାର ସେ ଦେଖେ । ସକାଳେ ଟେରେଜା ନିଦରେ ଜଡ଼ସଡ଼ ଥିଲାବେଳେ ସେ ନିଜେ ତରତର ହେଇ କାମକୁ ବାହାରିଯାଏ । ପ୍ରତିଦିନ କାମ ଭିତରେ ତା ନିଜ ପାଇଁ ଷୋହଳ ଘଣ୍ଟା ରହୁଥାଏ । ଗୋଟେ ପ୍ରକାର ଅପ୍ରତ୍ୟାଶିତ ସ୍ୱାଧୀନତା । ଟମାସର ପ୍ରାକ୍ ଯୌବନରୁ ସେଇ ସ୍ୱାଧୀନତା ମାନେ ନାରୀ ସାନ୍ନିଧ୍ୟର ସୁଯୋଗ ।

(୯)

ବନ୍ଧୁମାନେ ତାର ଜୀବନରେ କେତେଜଣ ନାରୀ ଆସିଛନ୍ତି ପଚାରିଲେ, ସେ ସେଇ ପ୍ରଶ୍ନଟିକୁ ଏଡ଼େଇ ଯିବାକୁ ଚେଷ୍ଟା କରେ । ବାରବାର ପଚାରିଲେ କହେ, "ଆଚ୍ଛା, ପାଖାପାଖି ଦୁଇଶ ' ଖଣ୍ଡେ ହେବେ ।" ତାଙ୍କ ଭିତରୁ ଈର୍ଷ୍ୟାଳୁ ବନ୍ଧୁ ଜଣେ ତାକୁ କଥାଟିକୁ ବଢ଼େଇ ଚଢ଼େଇ କହୁଥିବାର ଆରୋପ କଲେ ନିଜ ସପକ୍ଷରେ କଥା ନେଇ ଟମାସ କହେ, 'ପ୍ରାୟ ପଚିଶ ବର୍ଷ ଧରି ମୋର ନାରୀ ସଂପର୍କ ରହି ଆସିଛି । ଦୁଇ ଶହକୁ ପଚିଶରେ ଭାଗକର, ଦେଖିବ ବର୍ଷକୁ ଏଇମାତ୍ର ଆଠଜଣ ନୂଆ ସ୍ତ୍ରୀଲୋକ ପଡିବେ । ସେଇଟା ଏତେ ବେଶୀ ନୁହଁ, ସତରେ କଣ ବେଶୀ ?'

କିଂତୁ ଟେରେଜା ସହିତ ଘର ବସେଇବାଟା ତାର ଜୀବନଶୈଳୀକୁ ସଙ୍କୁଚିତ କରିଦେଲା । ଘରବସା ସହିତ ଯୋଡି ହେଇଥିବା ସାଂଗଠନିକ ଅସୁବିଧା ଯୋଗୁଁ ତାକୁ ତାର ଶୃଙ୍ଗାର-କ୍ରୀୟା କଳାପକୁ ଅତି ଅଳ୍ପସମୟ ଭିତରେ ଜାକିଜୁକି ରଖିବାକୁ ପଡ଼ିଲା (ତାର ଅପରେସନ ଥିଏଟର ଓ ଘର ମଧ୍ୟରେ) ଯୋଉଟାକୁ ସେ ଲାଗିପଡି ବ୍ୟବହାର କଲା (ଯେମିତି ଜଣେ ପାହାଡ଼ୀ ଚାଷୀ ତାର ପାହାଡ଼ିଆ ଜମିକୁ ଲାଗିପଡ଼ି ହଳ କରେ) । ତେବେ ତାହା ଏବର ପରି ଷୋଳଘଣ୍ଟାର ଆକସ୍ମିକ ଆଶିର୍ବାଦ ପରି ନ ଥିଲା । (ମୁଁ ଷୋହଳ ଘଣ୍ଟା କହିବାର କାରଣ ହେଲା ଯେଉଁ ଆଠଘଣ୍ଟା ସେ

ଝରକା ପୋଛୁଥିଲା ସେଇ ସମୟଟା ନୂଆଁ ସେଲସ୍‌ଗାର୍ଲ, ଗୃହିଣୀ, କର୍ମଜୀବୀ ମହିଳା ଆଦିରେ ପରିପୂର୍ଣ୍ଣ ଥିଲା। ସେମାନଙ୍କ ଭିତରୁ ପ୍ରତ୍ୟେକେ ଥିଲେ ଏକ ଏକ ସମ୍ଭାବ୍ୟ ଶୃଙ୍ଗାର-ସଂପର୍କର ଆଧାର।

ସେମାନଙ୍କ ଭିତରେ ସେ କଣ ଖୋଜୁଥିଲା ? ସେମାନଙ୍କ ପ୍ରତି ତାକୁ କଣଟା ଆକର୍ଷିତ କରୁଥିଲା ? ରତିକ୍ରୀୟା କଣ ସେଇ ଗୋଟେ ଜିନିଷର ପୁନରାବୃତ୍ତି ନୁହଁ ?

ଆଦୌ ନୁହେଁ। ସେଠି ସବୁବେଳେ ଗୋଟେ କ୍ଷୁଦ୍ର ଅଂଶ ରହିଛି ଯାହା କଳ୍ପନାର ବାହାରେ। ବସ୍ତ୍ର ପରିହିତା ଜଣେ ସ୍ତ୍ରୀଲୋକକୁ ଦେଖିଲେ ସେ ତାର ଉଲଗ୍ନ ରୂପଟା କେମିତି ତାହା ଆପେ ଆପେ ଭାବି ପକାଏ (ଡାକ୍ତର ଭାବରେ ତାର ଅନୁଭୂତିଟା ପ୍ରେମିକ ଭାବରେ ତାର ଅନୁଭୂତିକୁ ପୁଷ୍ଟ କରେ) କିଂତୁ ବାସ୍ତବତାର ମାପଚୁପ ଆଉ କଳ୍ପନାର ଅନୁମାନ ଭିତରେ ଗୋଟେ ଫାଙ୍କ ରହିଯାଏ, ଯାହା କି କଳ୍ପନାର ବାହାରେ। ଏଇ କ୍ରମଭଙ୍ଗ ବା ଫାଙ୍କ ତାକୁ ଅସ୍ଥିର, ଉଦ୍‌ବେଳିତ କରେ। ଆଉ ତାପରେ ନଗ୍ନତାର ପରିପ୍ରକାଶରେ ଏଇ ଅକଳ୍ପନୀୟ ଅନୁସନ୍ଧିତ୍ସା ଅଟକିଯାଏ ନାହିଁ, ଏହା ଆହୁରି ଆଗକୁ ବଢ଼େ: ଦେହରୁ ଲୁଗା କାଢ଼ିଲାବେଳେ ନାରୀଟି କେମିତି ବ୍ୟବହାର କରିବ ? ଟମାସ ତା ସହିତ ମୈଥୁନ କଲାବେଳେ ସେ କଣ କରିବ ? ତାର ରତିଶବ୍ଦ କିଭଳି ଶୁଭିବ ? ସହବାସର ଆନନ୍ଦର ଚରମ ମୂହୁର୍ତ୍ତରେ ତାର ମୁଖଭଙ୍ଗୀ କେମିତି ବିଚିକିଟେଇଯିବ ?

"ମୁଁ" ର ବୈଶିଷ୍ଟ୍ୟ ହେଲା, ଏହା ଗୋଟିଏ ବ୍ୟକ୍ତି ବିଷୟରେ ଯାହା କଳ୍ପନାତୀତ ତାହାରି ଭିତରେ ହିଁ ଲୁଚି ରହିଥାଏ। ଆମେ କେବଳ ତାହା ହିଁ କଳ୍ପନା କରିପାରୁଁ ଯାହା ପ୍ରତ୍ୟେକ ବ୍ୟକ୍ତିକୁ ଅନ୍ୟ ବ୍ୟକ୍ତି ସହ ସମାନ କରି ଦେଖାଏ- ଯାହା ସମସ୍ତଙ୍କ ପାଖରେ ଥାଏ। ବ୍ୟକ୍ତିଗତ 'ମୁଁ' ସାଧାରଣ ପାରଂପରିକ ଚରିତ୍ରଠାରୁ ଭିନ୍ନ। ତାହା ଅନୁମାନ କରାଯାଇ ପାରିବ ନାହିଁ, କିମ୍ବା ଗଣନା କରାଯାଇ ପାରିବ ନାହିଁ। ତାକୁ ନିଶ୍ଚୟ ଅନାବରଣ, ଉନ୍ମୋଚନ ଓ ଅଧିକାର କରିବାକୁ ହେବ।

ଚିକିତ୍ସାଶାସ୍ତ୍ରରେ ବିଗତ ଦଶବର୍ଷ କେବଳ ମଣିଷର ମସ୍ତିଷ୍କ ଉପରେ କାମ କରିଥିବା ଟମାସ ଜାଣିଥିଲା ଯେ ମଣିଷର 'ମୁଁ'କୁ ଧରିବାର ଠାରୁ ଆଉ ଦୁଃସାଧ୍ୟ କାମ କିଛି ନାହିଁ। ଭିନ୍ନତା ଅପେକ୍ଷା ହିଟ୍‌ଲର୍ ଓ ଆଇନ୍‌ଷ୍ଟାଇନ୍ କିମ୍ବା ବ୍ରେଜ୍‌ନେଭ୍ ଓ ସୋଲ୍‌ଝେନ୍‌ସ୍ତିନ୍‌ଙ୍କ ମଧ୍ୟରେ ସାମଞ୍ଜସ୍ୟ ଅଧିକ। ସଂଖ୍ୟାରେ ଗଣିଲେ, ଆମେ କହିପାରୁ ଯେ ଦଶଲକ୍ଷରୁ ଗୋଟେ ଭାଗ ପାର୍ଥକ୍ୟ ହେଲେ ନଅ ଲକ୍ଷ ଅନେଶ୍ୱତ ହଜାର ନଅ ଶହ ଅନ୍ୱେଶତ ଭାଗ ସାମଞ୍ଜସ୍ୟ ରହିଛି।

ସେଇ ଗୋଟିଏ ଭାଗକୁ ଆବିଷ୍କାର ଓ ଆତ୍ମସାତ୍ କରିବାର କାମନା ଟମାସକୁ

ଘାରୁଥିଲା । ତାର ମାତ୍ରାଧିକ ଆବେଗର ମୂଳରେ ଏଇଟା ଥିବାର ସେ ଦେଖିଲା । ସେ ନାରୀମାନଙ୍କୁ ନେଇ ଆସକ୍ତ ନଥିଲା । ପ୍ରତ୍ୟେକ ନାରୀ ଭିତରେ ଯାହା ଅକଳ୍ପନୀୟ ତାକୁ ନେଇ ଘାରି ହେଉଥିଲା । ଅନ୍ୟ ଅର୍ଥରେ, ଅନେକ ସାମଞ୍ଜସ୍ୟରୁ ଯେଉଁ ଗୋଟିଏ ଭାଗ ଜଣେ ନାରୀକୁ ଅନ୍ୟ ନାରୀଠାରୁ ଭିନ୍ନ କରେ ସେଇ କଥାରେ ଘାରି ହେଉଥିଲା ।

(ବୋଧହୁଏ ଏଠି ମଧ୍ୟ ସର୍ଜରୀ ପାଇଁ ତାର ଆବେଗ ଓ ନାରୀମାନଙ୍କ ପାଇଁ ତାର ଆବେଗ ଉଭୟ ମିଶିଗଲେ । ଏପରିକି ତାର ଯୌନସଙ୍ଗୀ ମାନଙ୍କ ସହିତ ମଧ୍ୟ ସେ ତାର କାଳ୍ପନିକ ଛୁରୀଟାକୁ ରଖିଦେଇ ପାରିଲା ନାହିଁ । ଯେହେତୁ ସେମାନଙ୍କ ଗଭୀର ଅର୍ନ୍ତପ୍ରଦେଶରେ ନିହିତ ସେଇ କିଛିଟାକୁ ସେ ଅକ୍ତିଆର କରିବାକୁ ଚାହୁଁଥିଲା, ସେ ସେମାନଙ୍କୁ ଦି ଖଣ୍ଡ କରି ଚିରିବାର ଆବଶ୍ୟକତା ଅନୁଭବ କଲା)

ଅବଶ୍ୟ ଆମେ ପଚାରିପାରୁ, ଉକ୍ତ ଅତି କ୍ଷୁଦ୍ର ପାର୍ଥକ୍ୟକୁ ଆଉ କେଉଁଥିରେ ନ ଦେଖି କେବଳ ଯୌନତାରେ କାହିଁକି ଦେଖିଲା ? ଜଣେ ନାରୀର ଚାଲିବା ଭଙ୍ଗୀରେ କିମ୍ବା ଖାମ୍ ଖିଆଲୀ ରୋଷେଇରେ କିମ୍ବା କଳାତ୍ମକ ରୁଚିରେ କାହିଁକି ସେ ତାହା ପାଇ ପାରିଲା ନାହିଁ ।

ଏକଥା ନିଶ୍ଚିତ ଯେ କୋଟିଏରୁ ଗୋଟିଏ ଭାଗ ପାର୍ଥକ୍ୟଟା ମଣିଷର ଅସ୍ତିତ୍ୱର ସବୁ କ୍ଷେତ୍ରରେ ବିଦ୍ୟମାନ ରହିଛି । କିଂତୁ ଯୌନତା ବ୍ୟତୀତ ଅନ୍ୟ ସବୁ କ୍ଷେତ୍ରରେ ଏହା ଖୋଲାମେଲା ହେଇ ରହିଛି । କେହି ତାକୁ ଆବିଷ୍କାର କରିବାର ଦରକାର ନାହିଁ । ଛୁରୀ ଲୋଡ଼ା ନାହିଁ । ଖାଇସାରିଲା ପରେ ଜଣେ ସ୍ତ୍ରୀଲୋକ ଛେନା ଖାଇବାକୁ ପସନ୍ଦ କରେ । ଆଉ ଜଣେ ଫୁଲକୋବିକୁ ନାକ ଟେକେ । ଯଦିଓ ଉଭୟେ ଏଥିରେ ନିଜ ନିଜର ମୌଳିକତା ଦେଖାନ୍ତି, ତେବେ ଏଇଟା ଏପରି ଏକ ମୌଳିକତା ଯାହା ନିଜର ଅପ୍ରାସଙ୍ଗିକତା ଓ ତୁଚ୍ଛତାକୁ ଦେଖାଏ, ଆଉ ଆମକୁ ସେଥିପ୍ରତି କାନ ନ ଦେବାକୁ ଓ ସେଥିରୁ କିଛି ମୂଲ୍ୟବାନ୍ ବିଷୟ ଆଶା ନ କରିବାକୁ ସତର୍କ କରିଦିଏ ।

କେବଳ ଯୌନତାରେ ପାର୍ଥକ୍ୟର ସେଇ କ୍ଷୁଦ୍ରାଂଶଟି ମୂଲ୍ୟବାନ ହୁଏ । କାରଣ ତାହା ସର୍ବସାଧାରଣରେ ଉନ୍ମୁକ୍ତ ନୁହେଁ । ତାକୁ ଆୟତ୍ତ କରିବା ଆବଶ୍ୟକ । ପଚାଶବର୍ଷ ତଳେ ଏଇ ପ୍ରକାର ଆୟତ୍ତ କରିବା ବେଶ୍ ସମୟ ସାପେକ୍ଷ ଥିଲା (ସପ୍ତାହ, ଏପରିକି ମାସ ମାସ !) ଆୟତ୍ତ ବସ୍ତୁଟିର ମୂଲ୍ୟ ଆୟତ୍ତ କରିବାର ସମୟ ସହିତ ସମାନ ଥିଲା । ଆଜିକାଲି ମଧ୍ୟ ଆୟତ୍ତ କରିବାର ସମୟ ଅତିଶୟ କାଣ୍ଟଛାଣ୍ଟ ହୋଇଥିଲେ ହେଁ, ଜଣେ ନାରୀର 'ମୁଁ' ରହସ୍ୟକୁ ଲୁକ୍କାୟିତ କରିଥିବା ଯୌନତା ଏକ ମଜବୁତ ପେଟି ପରି ଦେଖାଯାଏ ।

ତେଣୁ ଏଇ ଅଭିଳାଷଟି ସୁଖ ପାଇଁ ନ ଥିଲା (ସୁଖଟା ଆସୁଥିଲା କେବଳ

ଏକ ବୋନସ୍ ପରି) ଏହା ଥିଲା ଗୋଟିଏ ପୃଥିବୀକୁ ଆୟତ୍ତ କରିବାର ଆଗ୍ରହ ଯେଉଁଥି ପାଇଁ ସେ ନାରୀମାନଙ୍କ ପଛରେ ଧାଉଁଥିଲା- ସେଇ ପୃଥିବୀର ପ୍ରଲମ୍ବିତ ଦେହକୁ ସେ ତାର ଡାକ୍ତରୀ ଛୁରୀରେ ଦି ଖଣ୍ଡ କରି ଚିରି ଦେଉଥିଲା ।

(୧୦)

ବହୁନାରୀ ସଙ୍ଗ(ମ) କରୁଥିବା ପୁରୁଷମାନେ ସିଧାସଳଖ ଦୁଇଟି ଶ୍ରେଣୀରେ ବିଭକ୍ତ । କେତେଜଣ ସବୁ ନାରୀ ଭିତରେ ଗୋଟିଏ ନାରୀକୁ ନେଇ ନିଜର ଆତ୍ମନିଷ୍ଠ ଓ ଅପରିବର୍ତ୍ତିତ ସ୍ୱପ୍ନ ଖୋଜନ୍ତି । ଅନ୍ୟମାନେ ବସ୍ତୁନିଷ୍ଠ ନାରୀ-ପୃଥିବୀର ଅସୀମ ବିବିଧତାକୁ ଅକ୍ତିଆର କରିବାର ଏକ କାମନାରେ ପ୍ରବୃତ୍ତ ହୁଅନ୍ତି ।

ପ୍ରଥମ ଆବେଶଟି ଆତ୍ମନିଷ୍ଠ ପ୍ରେମିକର : ନାରୀଙ୍କ ଭିତରେ ସେମାନେ ଯାହା ଖୋଜନ୍ତି, ତାହା ହେଉଛି ସେମାନେ ନିଜେ ଓ ନିଜର ଆଦର୍ଶ । ଯେହେତୁ ଆଦର୍ଶର ସଂଜ୍ଞା ହେଉଛି ଯାହା କେବେ ମିଳିପାରେ ନାହିଁ, ସେମାନେ ବାରମ୍ବାର ନିରାଶ ହୁଅନ୍ତି । ତାଙ୍କୁ ଗୋଟେ ନାରୀରୁ ଆଉ ଗୋଟେ ନାରୀ ପାଖକୁ ଯିବାର ବାଟ କଢ଼ାଉଥିବା ନୈରାଶ୍ୟ ସେମାନଙ୍କର ଅସ୍ଥିରତାକୁ ଗୋଟେ ପ୍ରକାର ରୋମାଣ୍ଟିକ ବାହାନାର ପୁଟ ଦିଏ । ତେଣୁ ଅନେକ ଭାବପ୍ରବଣ ନାରୀ ସେମାନଙ୍କର ଅନିୟନ୍ତ୍ରିତ ପ୍ରଣୟ ଆସକ୍ତିରେ ପ୍ରଭାବିତ ହୋଇଥାନ୍ତି ।

ଦ୍ୱିତୀୟ ଆବେଶଟି ବସ୍ତୁନିଷ୍ଠ ପ୍ରେମିକର : ଛୁଇଁଗଲା ଭଳି ସେମିତି କିଛି ଏଥିରେ ନାରୀମାନେ ଦେଖନ୍ତି ନାହିଁ । ପୁରୁଷଟି ନାରୀଙ୍କ ଉପରେ କୌଣସି ଆତ୍ମିକ ଆଦର୍ଶ ଥାପେ ନାହିଁ । ଯେହେତୁ ସବୁଥିପାଇଁ ସେ ବ୍ୟାକୁଳ, ତାକୁ କିଛି ନିରାଶ କରେ ନାହିଁ । ନିରାଶ ହେବାର ଏହି ଅସାମର୍ଥ୍ୟଟା ଅପବାଦଜନକ । ବସ୍ତୁନିଷ୍ଠ କିସମର ସ୍ତ୍ରୀ ରମଣକାରୀର ଆବେଶରେ ଉଦ୍ଧାର ହେବାର ଅଭାବଥିବା ଲୋକଙ୍କୁ ବୋଧହୁଏ ନୈରାଶ୍ୟ ମାଧ୍ୟମରେ ମୁକ୍ତି ବା ପରିତ୍ରାଣ ଜଣାପଡ଼େ ।

ଯେହେତୁ ଆତ୍ମନିଷ୍ଠ ଲଂପଟ ସବୁବେଳେ ସେଇ ସମାନ ଧରଣର ସ୍ତ୍ରୀ ପଛରେ ଗୋଡ଼ାଏ, ଗୋଟାକ ପରେ ଗୋଟେ ତାର ରକ୍ଷିତା ପରିବର୍ତ୍ତନ ଉପରେ ଆମେ ଦୃଷ୍ଟି ପକାଉନା । ପୁରୁଷଟିର ପ୍ରେମିକାମାନଙ୍କ ନାଁ ମିଶାମିଶି କରି ତାଙ୍କୁ ଗୋଟେ ନାଁରେ ଡାକି ତାର ବନ୍ଧୁମାନେ ଲଗାତାର ଭୂଲ୍ ବୁଝାମଣା ସୃଷ୍ଟି କରନ୍ତି ।

ଜ୍ଞାନର ଅନୁସନ୍ଧିତ୍ସାରେ, ଆତ୍ମନିଷ୍ଠ ଲଂପଟମାନେ (ଅବଶ୍ୟ ଟମାସ ସେଇ ଶ୍ରେଣୀର) ପାରଂପରିକ ନାରୀସୁଲଭ ସୁନ୍ଦରୀ ପାଖରୁ ମୁହଁ ଫେରାନ୍ତି । ସେଥିରେ ସେମାନେ ଶିଘ୍ର ବିତୃଷ୍ଣ ହେଇଯାନ୍ତି ଆଉ ଅପରିହାର୍ଯ୍ୟ ଭାବରେ କେବଳ ଅନୁସନ୍ଧିତ୍ସୁ ହେଇ ରହିଯାନ୍ତି । ସେମାନେ ଏ ବିଷୟରେ ସଚେତନ ଓ ଟିକେ ଲଜ୍ଜିତ ମଧ୍ୟ ।

ବନ୍ଧୁମାନଙ୍କୁ ଅଯଥା ଦ୍ୱନ୍ଦରେ ନ ପକାଇବା ସକାଶେ ସେମାନେ ନିଜର ରକ୍ଷିତା ସହିତ ସର୍ବସାଧାରଣ ଜାଗାକୁ ଯାଆନ୍ତି ନାହିଁ।

ଦୁଇବର୍ଷ ଧରି ସେ ଝରକା ସଫା କାମ କଲା। ଥରେ ତାକୁ ଜଣେ ନୂଆଁ ଗ୍ରାହକ ଘରକୁ ପଠାଗଲା। ସେଇ ସ୍ତ୍ରୀଲୋକଟିର କିମ୍ଭୁତ କିମାକାର ଚେହେରା ଦେଖୁଦେଖୁ ସେ ଲାଜିଗଲା। ବିକଟ ହେଲେ ହେଁ ସାଧାରଣ ପରିସୀମା ଭିତରେ ଚେହେରାଟା ଚତୁର ଓ ସଞ୍ଜତ ଥିଲା। (ଦାନବ ପ୍ରତି ଫେଲିନିଙ୍କ ଆକର୍ଷଣ ସହିତ ଅଦ୍ଭୁତ ପ୍ରତି ଟମାସର ଆକର୍ଷଣର କିଛି ସମାନତା ନ ଥିଲା) : ସେ ଦେଖିବାକୁ ବହୁତ ଢ଼େଙ୍ଗା, ତାଠୁ ବି ଟିକିଏ ଅଧିକ ଢ଼େଙ୍ଗା ଥିଲା। ମୁହଁକୁ ଚାହିଁ ନାକଟା ତାର ଏତେ ନରମ ଓ ଲମ୍ବା ଥିଲା ଯେ ତାକୁ ଆକର୍ଷଣୀୟ କହିବାଟା ଅସମ୍ଭବ ଥିଲା (ସମସ୍ତେ ତାର ପ୍ରତିବାଦ କରିଥାନ୍ତେ !), ତଥାପି (ଅନ୍ତତଃ ଟମାସର ଆଖିରେ) ଏଇଟା ଆକର୍ଷଣୀୟ ନ ଥିଲା ବୋଲି କୁହାଯାଇ ପାରିବ ନାହିଁ। ଢ଼ିଲା ପାଇଜାମା ସହିତ ଧଳା ବ୍ଲାଉଜ୍ ପିନ୍ଧି ସେ ଜିରାଫ୍, ବଗ ଓ ଗୋଟେ ସମ୍ବେଦନଶୀଳ ଯୁବକର ଏକ ଅଦ୍ଭୁତ ମିଶ୍ରଣ ପରି ଦିଶୁଥାଏ।

ସେ ତା ଉପରେ ଏକ ଦୀର୍ଘ, ଯତ୍ନଶୀଳ ଖୋଜିଲା ଚାହାଁଣୀଟେ ପକାଇଲା। ଚାହାଣୀରେ ବ୍ୟଙ୍ଗର ବୁଦ୍ଧିଦୀପ୍ତ ଚମକ ଥିଲା। 'ଡାକ୍ତର, ଭିତରକୁ ଆସ', ସେ କହିଲା।

ଯଦିଓ ସେ ତାକୁ ଜାଣିଥିବାର ଟମାସ ଜାଣି ପାରିଲା, ସେ ତାହା ଦେଖାଇବାକୁ ଚାହିଁଲା ନାହିଁ ଆଉ ପଚାରିଲା, 'ଟିକେ ପାଣି କୋଉଠୁ ନେଇ ପାରିବି ?'

ସେ ଗାଧୁଆ ଘରର କବାଟ ଖୋଲିଦେଲା। ସେଠି ବେସିନ୍, ବାଥ୍‌ଟବ୍ ଓ ପାଇଖାନା ଥିବାର ଦେଖିଲା। ସାମ୍ନାରେ ଗୋଲାପୀ ରଙ୍ଗର ଛୋଟ ଛୋଟ ଖରଡ଼ ପଡ଼ିଥିଲା।

ଜିରାଫ୍ ଓ ବଗ ପରି ଦିଶୁଥିବା ସ୍ତ୍ରୀଲୋକଟି ହସି ଦେଲାରୁ ଆଖିମାନ ସାଙ୍କୁରି ଗଲା। ତାର ସବୁ କଥାରେ ବିଦ୍ରୁପ ଓ ଗୋପନ ଇଙ୍ଗିତ ଥିଲା ପରି ଲାଗିଲା।

'ସାରା ବାଥ୍‌ରୁମ୍ ତମର', ସେ କହିଲା। 'ତମେ ଯାହା କରିବାକୁ ଚାହଁ କରିପାର।'

'ମୁଁ ଗାଧୋଇ ପାରିବି ?' ଟମାସ ପଚାରିଲା।

'ତମକୁ ଗାଧୋଇବାକୁ ଭଲ ଲାଗେ ?' ସେ ପଚାରିଲା।

ମାଠିଆରେ ଟମାସ ଗରମ ପାଣି ପୁରାଇଲା ଓ ଘରକୁ ପଶିଲା।

'କାମଟା କୋଉଠୁ ଆରମ୍ଭ କରିବି ?'

'ତମ ଇଚ୍ଛା', ସେ କାନ୍ଧ ନଚାଇ କହିଲା ।

'ବାକି ରୁମ୍‌ର ଝରକା ଦେଖି ପାରିବି କି ?'

'ଓଃ, ତମେ ଟିକେ ଚାରିଆଡ଼ ବୁଲି ଦେଖିବାକୁ ଚାହଁ ?' ତାର ହସ ଇଙ୍ଗିତ ଦେଲା ଯେ ଝରକା ସଫାଟା ଗୋଟେ ବାହାନା ଆଉ ସେଥିରେ ତାର ଆଗ୍ରହ ନ ଥିଲା ।

ଟମାସ ପାଖ ରୁମ୍‌କୁ ପଶିଲା । ସେଇଟା ଥିଲା ଶୋଇବା ଘର ରୁମ୍‌ରେ ଝରକା ବେଶ୍ ବଡ଼ । ଖଟ ଦୁଇଟା ଲଗାଲଗି ହେଇ ପଡ଼ିଥାଏ । କାନ୍ଥରେ ବର୍ଚ ଗଛ ଉହାଡ଼ରେ ଅସ୍ତମିତ ସୂର୍ଯ୍ୟର ଚିତ୍ର ଥିବା ଏକ ଶାରଦୀୟ ଦୃଶ୍ୟପଟ ।

ଟମାସ ଫେରି ଆସି ଟେବୁଲ ଉପରେ ଗୋଟେ ଠିପି ଖୋଲା ମଦ ବୋତଲ ଓ ଦୁଇଟା ଖାଲି ଗ୍ଲାସ ରଖା ହେଇଥିବାର ଦେଖିଲା । 'ଏତେ ଭାରି କାମ କରିବା ଆଗରୁ ଦେହର ଫୁର୍ତ୍ତି ପାଇଁ ଟିକେ ନେଲେ କେମିତି ହୁଅନ୍ତା ?'

'ଟିକେ ନେବାରେ ମୋର କିଛି ଆପତ୍ତି ନାହିଁ, ସତରେ', ଟମାସ କହିଲା ଆଉ ଟେବୁଲ ପାଖରେ ବସିପଡ଼ିଲା ।

'ଲୋକେ କେମିତି ରହୁଛନ୍ତି ଦେଖିବାକୁ ବେଶ୍ କୌତୂହଳ ଲାଗୁଥିବ ?' ସେ କହିଲା ।

'ମୋର ସେଥିରେ କିଛି ଆପତ୍ତି କରିବାର ନାହିଁ', ଟମାସ କହିଲା ।

'ଘରେ ଏକୁଟିଆ ସ୍ତ୍ରୀସବୁ ତମକୁ ଅପେକ୍ଷା କରୁଥିବେ ?'

'ତା ମାନେ ବୁଢ଼ୀମା ଆଉ ଶାଶୁମାନଙ୍କ କଥା କହୁଛ ତ ?'

'ତମର ନିଜର ଚାକିରୀ କଥା ମନେ ପଡ଼େନି ?'

'ମୋର ପ୍ରଥମ ଚାକିରୀ ବିଷୟରେ ତମେ ଜାଣିଲ କେମିତି କହିଲ ?'

'ତମର ମାଲିକାଣି ତମକୁ ନେଇ ଫୁଟାଣି ମାରେ', ବଗ-ସ୍ତ୍ରୀଲୋକଟି କହିଲା ।

'ଏତେ ସମୟ ପରେ !' ଟମାସ୍ ଆଶ୍ଚର୍ଯ୍ୟରେ କହିଲା ।

'ଝରକା ସଫା ବିଷୟରେ ଫୋନ୍‌ରେ ତାଙ୍କ ସହିତ କଥା ହେଲାବେଳେ ସେ ମତେ ତମକୁ କାମରେ ଲଗାଇବା ପାଇଁ କହିଲେ । ସେ କହିଲେ ଯେ ତମେ ଜଣେ ପ୍ରସିଦ୍ଧ ଡାକ୍ତର । ହସ୍‌ପିଟାଲରୁ ତମକୁ ବାହାର କରି ଦିଆଯାଇଛି । ସ୍ୱାଭାବିକ ଭାବରେ ସେ ମୋର ଆଗ୍ରହ ବୃଦ୍ଧି କଲା ।'

'ତମର ବଡ଼ିଆ କୌତୂହଳ ଭାବ ରହିଛି', ସେ କହିଲା ।

'କଣ ବାହାରକୁ ଜଣାପଡୁଛି।'

'ହଁ, ତମର ଆଖି ଚଳନରେ ଜଣାପଡୁଛି।'

'ମୋ ଆଖିର ଚଳନ ମୁଁ କେମିତି କରେ ?'

'ଆଖିରେ ଟେରଚେଇ ଦେଖ। ତାପରେ ପ୍ରଶ୍ନ ପଚାର।'

'ତା ମାନେ ତମେ ତାର ଅନୁରୂପ ଜବାବ ଦେବାକୁ ଚାହୁଁନ ?'

କଥାବାର୍ତ୍ତାଟା ଆରମ୍ଭରୁ ପ୍ରୀତିପ୍ରଦ ଆଉ ପ୍ରେମୋଦ୍ଦୀପକ ଥିଲା। ଏଥିପାଇଁ ସ୍ତ୍ରୀଲୋକଟିକୁ ଧନ୍ୟବାଦ ଦେବା କଥା। ତାର କଥାବାର୍ତ୍ତାରେ ପଦଟିଏ ମଧ୍ୟ ବାହାର ଦୁନିଆଁ ସହିତ ସଂପର୍କୀତ ନ ଥିଲା। ସବୁଯାକ ଭିତରକୁ, ନିଜ ପ୍ରତି ଉଦ୍ଦିଷ୍ଟ ଥିଲା। ଆଉ କଥାବାର୍ତ୍ତାଟା ଉଭୟଙ୍କୁ ନେଇ ଚାଲିଥିବାର ସ୍ପଷ୍ଟ ରୂପେ ଅନୁଭୂତ ହେଉଥିବାରୁ ଶବ୍ଦ ସହିତ ସ୍ପର୍ଶ ମଧ୍ୟ ସହଜରେ ମିଶିଗଲା। ତେଣୁ ଟମାସ ତାର ଟେରା ଆଖି କଥା କହିଲାବେଳେ ଆଖିକୁ ଆଉଁସି ଦେଲା। ସେ ମଧ୍ୟ ତାକୁ ସେଇଆ କଲା। ଏଇଟା ସ୍ୱତଃସ୍ଫୁର୍ତ୍ତ ପ୍ରତିକ୍ରୀୟା ନ ଥିଲା। ସ୍ତ୍ରୀଲୋକଟି ଜାଣିଶୁଣି 'ମୁଁ ଯେମିତି କରୁଛି ସେମିତି କର' ଖେଳର ବ୍ୟବସ୍ଥା କରିଥିବାର ମନେ ହେଲା। ସେମାନେ ପରସ୍ପର ମୁହାଁମୁହିଁ ବସିଲେ। ଦୁହିଁଙ୍କର ହାତ କ୍ରମେ ପରସ୍ପରର ଦେହରେ ବୁଲିଲା।

ତାର ଜଙ୍ଘସନ୍ଧିରେ ଟମାସର ହାତ ବାଜିଲା ପର୍ଯ୍ୟନ୍ତ ସେ ପ୍ରତିବାଦ କରୁ ନଥିଲା। ପ୍ରକୃତରେ ସେ ଉପରଠାଉରିଆ ମନା କଲା କି ନାହିଁ ଟମାସ ତାହା ଅନୁମାନ କରିପାରିଲା ନାହିଁ। ୟା ଭିତରେ ଗୁଡ଼ାଏ ବେଳ ଗଡ଼ି ଯାଇଥିଲା। ଦଶ ମିନିଟ୍ ଭିତରେ ସେ ତାର ପରବର୍ତ୍ତୀ ଗ୍ରାହକ ଘରେ ପହଞ୍ଚିବା କଥା। ଟମାସ ଉଠିପଡ଼ି ଯିବାକୁ ବାହାରିଲା।

ତାର ମୁହଁ ନାଲି ପଡ଼ିଗଲା 'ମୁଁ ଅର୍ଡର ସ୍ଲିପ୍‌ରେ ଦସ୍ତଖତ କରିବାର ଅଛି', ସେ କହିଲା।

'କିଂତୁ ମୁଁ ତ କିଛି କାମ କରିନାହିଁ', ଟମାସ ଆପତ୍ତି କଲା।

'ସେଇଟା ମୋର ଦୋଷ।' ତାପରେ ଏକ ନରମ ଓ ନୀରିହ ସ୍ୱରରେ, ଅଳସ ଭଙ୍ଗୀରେ କହିଲା, 'ମତେ ଲାଗୁଛି ତମ ପାଖକୁ ପୁଣି କାମର ବରାଦ ପଠାଇବି। ଯୋଉଠି ତମକୁ ଅଟକାଇଥିଲି ସେଇଠୁ ଆରମ୍ଭ କରି ସାରିବାକୁ ପଡ଼ିବ।'

ଟମାସ ଅର୍ଡର ସ୍ଲିପ୍‌ଟା ଦେବାକୁ ମନା କଲାରୁ ସେ ମଧୁର ଗଳାରେ ତାକୁ ଅନୁନୟ ହେଲା ପରି କହିଲା, 'ମତେ ସେଇଟା ଦିଅ, ପ୍ଲିଜ୍ ?' ପୁଣି ଆଖିଟାକୁ କଣେଇ କହିଲା, 'ସେ ଯାହା ବି ହେଉ, ପାଉଣାଟା ମୋ ହାତରୁ ଯାଉନି, ମୋ ସ୍ୱାମୀ ଦେଉଛନ୍ତି। ଆଉ ତମକୁ ପ୍ରାପ୍ୟଟା ଦିଆଯାଉନି, ପ୍ରାପ୍ୟଟା ରାଜ୍ୟକୁ ବି

ଦିଆଯାଉଛି । ଆମ ଦୁଇଜଣଙ୍କ ସହିତ ଏଇ ଦେଣନେଣ କାରବାରର କିଛି ସଂପର୍କ ନାହିଁ ।'

(୧୧)

ଜିରାଫ୍ ଓ ବଗର ମିଶ୍ରିତ ଚେହେରା ପରି ଦିଶୁଥିବା ସ୍ତ୍ରୀଲୋକଟିର ଅବାଗିଆ ଗଢ଼ଣଟି ତାର ସ୍ମୃତି ଆନ୍ଦୋଳିତ କଲା : ଲଂପଟତା ଓ ନିର୍ବୋଧତା, ବିଦ୍ରୂପ ହସର ମୁଦ୍ରାରେ ପ୍ରକୃତ ଯୌନକାମନାର ପ୍ରତିଚ୍ଛାୟା, ଫ୍ଲାଟ୍‌ର ଅଶ୍ଳୀଳ ପାରଂପରିକତା ଓ ତାର ମାଲିକାଣୀର ମୌଳିକତା - ଏଇସବୁ । ଦୁହେଁ ମୈଥୁନ କଲାବେଳେ ସେ କେମିତି ଦେଖାଯିବ ? ଚେଷ୍ଟା କଲେ ସୁଦ୍ଧା ସେଇ ଛବିଟା ମନେ ମନେ ଭାବି ପାରିଲା ନାହିଁ । କେତେଦିନ ଧରି ସେ ଆଉ କିଛି ଭାବିଲା ନାହିଁ ।

ଆରଥରକୁ ଯେତେବେଳେ ସେ ଟମାସକୁ ଡକାଇଲା, ମଦ ଓ ଦୁଇଟି ଗ୍ଲାସ ଟେବୁଲରେ ତାକୁ ଅପେକ୍ଷା କରି ରହିଥିଲେ । ଏଥରକ ସବୁକିଛି ଘଣ୍ଟାକଣ୍ଟା ପରି ଚାଲିଲା । ବେଶୀ ସମୟ ନ ଯାଉଣୁ, ବେଡ୍ ରୁମ୍‌ରେ ସେମାନେ ମୁହାଁମୁହିଁ ଛିଡ଼ା ହୋଇ ପରସ୍ପରକୁ (ଯେଉଁଠି ଚିତ୍ରରେ ବର୍ଚ ଗଛ ଉହାଡ଼ରେ ସୂର୍ଯ୍ୟ ଅସ୍ତ ଯାଉଥିଲା) ଚୁମ୍ବନ କରୁଥିଲେ । କିଂତୁ ଯେତେବେଳେ ସେ ତାର ଚିରାଚରିତ 'ଖୋଲ !' ଆଦେଶ ଦେଲା, ସେ ତାକୁ ମାନିଲା ନାହିଁ, ବରଂ ଓଲଟି ଆଦେଶ ଦେଲା, 'ନା ତମେ ଆଗ !'

ଏପରି ପ୍ରତିକ୍ରୀୟା ସହିତ ଅନଭ୍ୟସ୍ତ ଟମାସ ଟିକେ ଆଶ୍ଚର୍ଯ୍ୟ ହୋଇଗଲା ! ସେ ଟମାସର ପ୍ୟାଣ୍ଟ୍‌ର ଜିପ୍ ଖୋଲିଲା । ଆଉ କେତେଥର ଲୁଗା ଖୋଲ ଆଦେଶ ଦେଲାପରେ (ହାସ୍ୟାସ୍ପଦ ଭାବରେ ଅସଫଳ ହୋଇ), ସେ ସାଲିସ୍ କରିବାକୁ ବାଧ୍ୟ ହେଲା । ଗତଥର ଆସିଥିଲାବେଳେ ସେ ରଖିଥିବା ଖେଳର ନିୟମ (ମୁଁ ଯେପରି କରିବି, ସେଇୟା କର) ଅନୁସାରେ ସେ ଟମାସର ଟ୍ରାଉଜର ଖୋଲିଲା, ଟମାସ ତାର ସ୍କର୍ଟ ଖୋଲିଲା, ତାପରେ ସେ ଟମାସର ସାର୍ଟ ଖୋଲିଲା, ଟମାସ ତାର ବ୍ଲାଉଜ୍ ଖୋଲିଲା । ଶେଷରେ ଦୁହେଁ ଲଙ୍ଗଳା ହୋଇ ଠିଆ ହେଲେ । ଟମାସ ତାର ଆର୍ଦ୍ର ଯୋନିରେ ହାତ ମାରିଲା । ତାପରେ ସବୁ ନାରୀଙ୍କ ଦେହରେ ତାର ସବୁଠୁ ପ୍ରିୟ ଅଙ୍ଗ ମଳଦ୍ୱାରରେ ଆଙ୍ଗୁଳି ବୁଲାଇଲା । ତାର ମଳଦ୍ୱାରଟି ଅସ୍ୱାଭାବିକ ଭାବରେ ବାହାରକୁ ଉଦ୍‌ଗତ ଜଣାପଡୁଥାଏ । ଗୁହ୍ୟ ଦ୍ୱାରରେ ଶେଷ ହୋଇଥିବା ଖାଦ୍ୟନଳୀଟା ସେଇଠି ବାହାରକୁ ବାହାରି ଆସିଥାଏ । ତାର ଶକ୍ତ, ସ୍ୱାସ୍ଥ୍ୟ ସଂପନ୍ନ ମାଂସଳ ମଣ୍ଡଳ, (ଡାକ୍ତରୀ ଭାଷାରେ) ତାକୁ ଘେରି ରହିଥିବା ମୁଦି ପରି ସଙ୍କୋଚକ ମାଂସପେଶୀରେ ଆଙ୍ଗୁଳି ଚାଳନା କରୁକରୁ ହଠାତ୍ ସେ ନିଜ ଦେହର ସେଇ ଅନୁରୂପ ଅଙ୍ଗ ମାନଙ୍କରେ

ଆଙ୍ଗୁଠି ଚାଳନା ଅନୁଭବ କଲା । ଦର୍ପଣର ମପାଚୁପା ପ୍ରତିଫଳନ ପରି ସେ ଟମାସର କ୍ରୀୟାକୁ ଅନୁକରଣ କରୁଥିଲା ।

ଯଦିଓ ମୁଁ ଆଗରୁ କହିସାରିଛି ଯେ ଟମାସ ପାଖାପାଖି ଦୁଇ ଶହ ସ୍ତ୍ରୀଲୋକଙ୍କୁ ଜାଣିଥିଲା (ତା ଛଡ଼ା ଝରକା ସଫା କାମ କଲା ଭିତରେ ଆହୁରି ଅନେକ ଜଣଙ୍କୁ) ତଥାପି ତାଠୁ ଏମିତି ଡେଙ୍ଗା ଥିବା, ତାକୁ ଆଖି ଠାରିଥିବା ଆଉ ତାରି ମଳଦ୍ୱାରରେ ଆଙ୍ଗୁଠି ଚାଳନା କରିପାରୁଥିବା ସ୍ତ୍ରୀଲୋକଟିଏ ସହିତ ଆଗରୁ ଭେଟ ହେଇ ନଥିଲା । ତାର ଅପ୍ରସ୍ତୁତ ହେବାଟା ଏଡ଼େଇ ଯିବାପାଇଁ ସେ ତାକୁ ଖଟ ଉପରେ ଗଡ଼େଇ ଦେଲା ।

ତାର କାମଟା ଏତେ ତରବରିଆ ଥିଲା ଯେ ସେ ତାକୁ ହଠାତ୍ ମାଡ଼ିବସିଲା । ସ୍ତ୍ରୀଲୋକଟିର ସୁଉଚ୍ଚ ଗଢ଼ଣଟା ପିଠେଇ ପଡ଼ିଲା କ୍ଷଣି ସେ ତା ମୁହଁର ନାଲି ଛଉଛଉଆ ଦାଗ ଉପରେ ସନ୍ତୁଳନ ହରାଇବାର ଭୟାର୍ତ୍ତ ପ୍ରକାଶ ଦେଖି ପାରିଲା । ଏବେ ସେ ତା ଉପରୁ ରହି ଆଣ୍ଠୁକୁ ଧରି ଉଠିଲା ଓ ତାର ଅଳ୍ପ ମେଲା ଗୋଡ଼ ଦୁଇଟାକୁ ଉପରକୁ ଟେକିଲା । ହଠାତ୍ ତାହା ବନ୍ଧୁକ ମୁନରେ ଆତ୍ମସମର୍ପଣ କରୁଥିବା ଜଣେ ସୈନ୍ୟର ଉପରକୁ ଉଠିଥିବା ହାତ ପରି ଦେଖାଗଲା ।

ବେଢ଼ଙ୍ଗିଆ ସହିତ ପ୍ରବଳ ଆବେଗ ମିଶିଲା, ବ୍ୟଗ୍ରତା ସହିତ ଅବାଗିଆ ମିଶିଲା- ତାହା ଟମାସକୁ ଅତ୍ୟଧିକ ଉତ୍ତେଜିତ କଲା । ଅନେକ ସମୟ ଧରି ଟମାସ ତା ସହିତ ମୈଥୁନ କଲା । ଅନବରତ ସେ ନାଲି ଛଉଛଉକା ମୁହଁରେ ଜଣେ ସ୍ତ୍ରୀଲୋକର ଭୟାତୁର ପ୍ରକାଶ ଖୋଜୁଥାଏ । ଯାହାକୁ କେହିଜଣେ ଗୋଡ଼ ଟାଣି ଦେଇ ପକାଇ ଦେଇଛି । କିଛିକ୍ଷଣ ଆଗରୁ ସେଇ ଅନନ୍ୟ ପରିପ୍ରକାଶ ତାର ମସ୍ତିଷ୍କରେ ଉଦ୍ଦୀପନା ସଂଚାରୁଥିଲା ।

ତାପରେ ଟମାସ ଧୁଆଧୋଇ ହେବା ପାଇଁ ଗାଧୁଆ ଘରକୁ ଗଲା । ସେ ତାର ପଛେ ପଛେ ଗଲା ଓ ସେଠି କେଉଁଠି ସାବୁନ ଅଛି ଓ କେଉଁଠି ଗାମୁଛା ଅଛି ପୁଣି ଗରମ ପାଣି କେମିତି କାଢ଼ିବାକୁ ହେବ ତା ବିଷୟରେ ଲମ୍ବେଇ ବୁଝାଇଲା । ଏମିତି ଛୋଟ କଥାରେ ତାକୁ ଏମିତି ଟିକିନିଖି ବର୍ଣ୍ଣନା କରୁଥିବାର ଦେଖି ଟମାସ ଆଶ୍ଚର୍ଯ୍ୟ ହେଲା । ଶେଷରେ ଟମାସ ତାକୁ କହିଲା ଯେ ସବୁକଥା ସେ ପୁରାପୁରି ବୁଝି ସାରିଲାଣି ଆଉ ବାଥ୍‌ରୁମ୍‌ରୁ ବାହାରିଯିବାକୁ ତାକୁ ଠାରିଲା ।

'ଦେଖିବା ପାଇଁ ମତେ ଏଠି ରହିବାକୁ ଦେବନି ?' ସେ ଅନୁନୟ ହେଲା ।

ଶେଷରେ ଟମାସ ତାକୁ ବାଥ୍‌ରୁମ୍‌ରୁ ବାହାର କରିବାକୁ ସକ୍ଷମ ହେଲା । ମୁହଁ ହାତ ଧୋଇସାରି ସେ ବେସିନ୍‌ରେ ପରିସ୍ରା (ଚେକ୍ ଡାକ୍ତରଙ୍କ ଏଇଟା ସାଧାରଣ

ଚଳଣି) କରୁକରୁ ତାକୁ ଲାଗିଲା ଯେ ଭିତରକୁ ଉଣ୍ଡି ଦେଖିବା ପାଇଁ ବାଥ୍‌ରୁମ୍ ବାହାରେ ସେ ଏପଟ ସେପଟ ହେଉଛି। ପାଣି କଳ ବନ୍ଦ ହେବା ପରେ ଫ୍ଲାଟ୍‌ଟା ନିଶୂନ୍ ଲାଗିଲା। ତାକୁ ସେ ଦେଖୁଥିବାର ସେ ଜାଣିପାରିଲା। ବାଥ୍‌ରୁମ୍ କବାଟରେ କୋଉଠି କଣାଟିଏ ଥିବାର ସେ ପ୍ରାୟ ନିଶ୍ଚିତ ହେଲା ଆଉ ତାର ସୁନ୍ଦର ଆଖି ସେଇ କଣାବାଟେ ଟେରେଇ ଦେଖୁଥିଲା।

ତାର ସବୁଠୁ ଭଲ ମୁଡ୍‌ରେ ଟମାସ ନିଜ ସ୍ମୃତିରେ ସ୍ତ୍ରୀଲୋକଟିର ସାରସତ୍ତାକୁ ରଖିବାକୁ ଚେଷ୍ଟା କଲା। ପୁଣି ସ୍ତ୍ରୀଲୋକଟିର ସ୍ୱାତନ୍ତ୍ର୍ୟର ସଂଜ୍ଞା ନିରୂପଣ କରିପାରୁଥିବା (ତାର କୋଟିକରୁ ଗୋଟିଏ ଅସାମଞ୍ଜସ୍ୟ) ଏକ ରାସାୟନିକ ଫର୍ମୁଲାରେ ତାକୁ ସୀମିତ ରଖିଲା।

(୧) ପ୍ରବଳ ଆବେଗ ସହିତ ବେଢ଼ଙ୍ଗିଆ ଚେହେରା ଓ ବ୍ୟବହାର

(୨) ନିଜର ସନ୍ତୁଳନ ହରାଇଥିବା ଏକ ଭୟାତୁର ମୁହଁ ଆଉ ତାର ସ୍ଖଳନ

(୩) ବନ୍ଧୁକ ମୁନରେ ଆତ୍ମସମର୍ପଣ କରୁଥିବା ସୈନ୍ୟର ଉପରକୁ ଉଠିଲା। ହାତ ପରି ଉପରକୁ ଉଠିଥିବା ଗୋଡ଼ ଦୁଇଟା।

ସେଇ ସବୁକୁ ଅନୁଧ୍ୟାନ କରି ସେ ପୃଥିବୀର ଆଉ ଏକ ଭୂଖଣ୍ଡ ପାଇବାର ଆନନ୍ଦ ଅନୁଭବ କଲା। ତାର କାଳ୍ପନିକ ଛୁରୀରେ ବିଶ୍ୱର ଅନନ୍ତ କ୍ୟାନ୍‌ଭାସରୁ ପୁଣି ଆଉ ଖଣ୍ଡେ ଛିଣ୍ଡେଇ ଆଣିଥିବାର ଅନୁଭବ କଲା।

(୧୨)

ସେଇ ଏକା ସମୟରେ ତାର ନିମ୍ନୋକ୍ତ ଅନୁଭବ ବି ହେଲା : ସେ ଜଣେ ଯୁବତୀକୁ ଗୋଟେ ରୁମ୍‌ରେ ଭେଟୁଥିଲା। ଜଣେ ପୁରୁଣା ବନ୍ଧୁ ସେଇ ରୁମ୍‌ଟାକୁ ପ୍ରତିଦିନ ମଧ୍ୟରାତ୍ରୀ ଯାଏଁ ତାରି ଜିମାରେ ଛାଡ଼ିଥିଲେ। ମାସେ ଦୁଇମାସ ପରେ, ଯୁବତୀଟି ତାକୁ ସେମାନଙ୍କର ପ୍ରଥମ ମିଳନକୁ ସ୍ମରଣ କରାଇ ଦେଲା : ଝରକା ତଳେ ଖଣ୍ଡେ ଖରଡ଼ ଉପରେ ସେମାନେ ସହବାସ କରିଥିଲେ। ବାହାରେ ଯେତେବେଳେ ବିଜୁଳି ଓ ଘଡ଼ଘଡ଼ି। ଝଡ଼ ଥମିବା ଯାଏଁ ସେମାନେ ମୈଥୁନ କଲେ। ଏକଥା ଅବିସ୍ମରଣୀୟ ଭାବରେ ସୁନ୍ଦର !

ଟମାସ ଆତଙ୍କିତ ହେଇଗଲା। ହଁ, ଖରଡ଼ ଉପରେ ତା ସହିତ ମୈଥୁନ କରିଥିବାର ତାର ମନେ ପଡ଼ିଲା (ତାର ବନ୍ଧୁ ଶୋଉଥିବା ସରୁ ସୋଫାଟା ଟମାସକୁ ଅସଜ ଲାଗିଲା।), କିଂତୁ ସେ ଝଡ଼ ବିଷୟରେ ପୁରାପୁରି ଭୁଲିଯାଇଥିଲା। ଏଇଟା ଅଜବ କଥା। ତା ସହିତ ପ୍ରତିଥର କରିଥିବା ମୈଥୁନ କ୍ରୀୟାକୁ ସେ ମନେ ପକାଇଲା। ଏପରିକି କିପରି ଭାବରେ ସେମାନେ ମୈଥୁନ କରିଥିଲେ ତାର ମଧ୍ୟ ସେ ଟିକିନିଖି

ଖବର ରଖିଥିଲା (ସେ ତାକୁ ପଛପଟୁ ରମଣ କରିବାକୁ ମନା କରୁଥିଲା), ଯୌନକ୍ରୀୟା ସମୟରେ ସେ କହିଥିବା କଥାଗୁଡ଼ା ଟମାସର ମନେ ଥିଲା (ସେ ତାର ନିତମ୍ବକୁ ଚିପିବାକୁ କହେ ଓ ସବୁବେଳେ ତା ଆଡ଼କୁ ଚାହିଁବାକୁ ମନା କରେ) ଆହୁରି ବି ତାର ଅନ୍ତଃବାସର ଡିଜାଇନ୍ ମଧ୍ୟ ଟମାସର ମନେ ଥିଲା, କିଂତୁ ଝଡ଼ର ଚିହ୍ନ ବି ତା ମନରେ ନ ଥିଲା ।

ପ୍ରତ୍ୟେକ ଶୃଙ୍ଗାର ଅନୁଭୂତିରେ ତାର ସ୍ମୃତିରେ କେବଳ ଯୌନାଚାରର ସଂକୀର୍ଣ୍ଣ ଉଠାଣି ଗଡ଼ାଣିର ବାଟକୁ ଲିପିବଦ୍ଧ ହେଉଥିଲା :ଶବ୍ଦରେ ପ୍ରଥମ ଉଗ୍ରତା ପ୍ରକାଶ, ପ୍ରଥମ ସ୍ପର୍ଶ, ସେ ତାକୁ ଓ ତାକୁ ସେ କହିଥିବା ପ୍ରଥମ ଅଶ୍ଳୀଳ ଶବ୍ଦ, ତାର ସମ୍ମତିରେ ତା ପ୍ରତି ସେ କରିଥିବା ଛୋଟ ମୋଟ ଅସ୍ୱାଭାବିକ ଯୌନକ୍ରୀୟା ଓ ସେ ଆପତ୍ତି କରିଥିବା କେତୋଟି ଯୌନାଚାର । ବାକି ସବୁଯାକ (ସତେ ଅବା ପାଣ୍ଡିତ୍ୟ ପ୍ରଦର୍ଶନ ଭାବରେ) ତାର ସ୍ମୃତିରୁ କାଢ଼ିଦେଲା । ସେ କେଉଁଠି କେଉଁ ସ୍ତ୍ରୀଲୋକକୁ ପ୍ରଥମେ ଭେଟିଥିଲା ତା ମଧ୍ୟ ଭୁଲିଗଲା, ଯଦି ଘଟଣାଟି ତାର ଯୌନାଚାର ଆଗରୁ ଘଟିଥିଲା ।

ଯୁବତୀଜଣକ ଝଡ଼ର ବର୍ଣ୍ଣନା କରୁକରୁ ସ୍ୱପ୍ନିଳ ଭଙ୍ଗୀରେ ହସିଲା । ଟମାସ ତାକୁ ଆଶ୍ଚର୍ଯ୍ୟ ଓ ଲଜ୍ଜିତ ହେଲା ପରି ଦୃଷ୍ଟିରେ ଚାହିଁଲା : ଯୁବତୀ ଜଣକ ଏକ ଅନିନ୍ଦ୍ୟ ଅନୁଭୂତି ଅନୁଭବ କରିଥିଲା ଆଉ ସେ ତା ସହିତ ତାହା ଅନୁଭବ କରିବାରେ ବିଫଳ ହୋଇଥିଲା । ସେଇ ସନ୍ଧ୍ୟାର ଝଡ଼ ପ୍ରତି ଦୁହିଁଙ୍କର ସ୍ମୃତିର ଦୁଇପ୍ରକାର ପ୍ରତିକ୍ରୀୟା ସ୍ପଷ୍ଟ ଭାବରେ ପ୍ରେମ ଓ ଅପ୍ରେମକୁ ସୀମାବଦ୍ଧ କରିଦେଲା ।

ଅପ୍ରେମ ଶବ୍ଦର ଅର୍ଥ ମୁଁ କହୁନି ଯେ ସେ ଯୁବତୀଟି ପ୍ରତି ଦୋଷଦର୍ଶୀ ଭାବ ପୋଷଣ କରିଥିଲା, ଏଇ ଯେ ଆଜିକାଲି କଥାରେ ସେ ତାକୁ ଏକ ଉପଭୋଗ୍ୟ ବସ୍ତୁ ରୂପେ ଦେଖୁଥିଲା । ଅପରପକ୍ଷେ, ତାକୁ ସେ ବେଶ୍ ଭଲ ପାଉଥିଲା । ତାର ଚରିତ୍ର ଓ ବୁଦ୍ଧିମତ୍ତାକୁ ଗୁରୁତ୍ୱ ଦେଉଥିଲା । ସମ୍ମାନ କରୁଥିଲା । ଦରକାର ପଡ଼ିଲେ ତାକୁ ସାହାଯ୍ୟ କରିବାକୁ ମଧ୍ୟ ସେ ଇଚ୍ଛୁକ ଥିଲା । ତା ପ୍ରତି ଏମିତି ମର୍ଯ୍ୟାଦାହୀନ ଭାବରେ ବ୍ୟବହାର ସେ ଦେଖାଇବା ପରି ସେ ନୁହେଁ । କିଂତୁ ତାର ସ୍ମୃତି ହିଁ ଏଇୟା କଲା । କାରଣ ତାର ସ୍ମୃତି ହିଁ ତାକୁ ଅଜଣା କରିଦେଲା । ତାର ପ୍ରେମର ପରିଧିରୁ ଯୁବତୀଟିକୁ ବାହାର କରିଦେଲା ।

ମସ୍ତିଷ୍କରେ ଗୋଟେ ବିଶିଷ୍ଟ ଅଂଶ ରହିଛି ଯାହାକୁ ଆମେ କାବ୍ୟିକ ସ୍ମୃତି ବୋଲି କହିପାରୁ । ଆମ ଭିତରକୁ ଯାହା ଛୁଇଁଯାଏ ଓ ଯାହା ମୋହିତ କରେ, ଯାହା ଆମ ଜୀବନକୁ ସୁନ୍ଦର କରେ, ସେ ସବୁକୁ ଏହି ସ୍ମୃତି ଲିପିବଦ୍ଧ କରି ରଖେ ।

ଟେରେଜାକୁ ଭେଟିବା ପରେ କୌଣସି ସ୍ତ୍ରୀଲୋକ ତାର ମସ୍ତିଷ୍କର ଏଇ ଅଂଶରେ କୌଣସି ଛାପ ରଖିବାର ଅଧିକାର ପାଇ ନ ଥିଲେ ।

ଏକ ଏକଛତ୍ରବାଦୀ ଶାସକ ପରି ଟେରେଜା ତାର କାବ୍ୟିକ ସ୍ମୃତିକୁ ଅକ୍ତିଆର କରି ରଖିଥିଲା ଓ ଅନ୍ୟ ସମସ୍ତ ସ୍ତ୍ରୀଲୋକଙ୍କ ଛାପକୁ ସେଠୁ ମୂଳୋତ୍ପାଟନ କରିଦେଇଥିଲା । ସେଇଟା ଅନ୍ୟାୟ । କାରଣ ଝଡ଼ ସମୟରେ ଛୋଟ ଗାଲିଚା ଉପରେ ଯେଉଁ ଯୁବତୀ ସହିତ ସେ ମୈଥୁନ କରିଥିଲା ସେ କାବ୍ୟଗୁଣରେ ଟେରେଜାଠାରୁ ଟିକିଏ ବି କମ୍ ନ ଥିଲା । ସେ ପାଟି କରୁଥାଏ, 'ଆଖି ବନ୍ଦ କର ! ମୋର ନିତମ୍ବକୁ ଚିପି ଧର ! ମୋତେ ଜୋର୍‌ରେ ଭିଡ଼ି ଧର !' ସହବାସ ବେଳେ ଟମାସ ଆଖି ମେଲି ତାକୁ ଅନୁଧ୍ୟାନ କରିବାଟା ସେ ଆଦୌ ସହି ପାରୁ ନ ଥିଲା । ଟମାସର ଦେହ ତାରି ଦେହ ଉପରେ ଅଳ୍ପ ବଙ୍କେଇ ରହିଥାଏ, ତାର ଚମକୁ ଛୁଇଁ ନ ଥାଏ । ଟମାସ ଯେ ତାକୁ ଅନୁଧ୍ୟାନ କରୁ, ଏକଥା ସେ ଚାହୁଁ ନ ଥାଏ । ଟମାସକୁ ସେ ଯାଦୁକରୀ ଝରଣା ପାଖକୁ ଟାଣି ନେବାକୁ ଚାହୁଁଥାଏ ଯୋଉଠି କେବଳ ମୁଦ୍ରିତ ଆଖିରେ ହିଁ ପ୍ରବେଶ କରିପାରିବ । କାରଣ ତାକୁ ଚାରିଗୋଡ଼ିଆ କରି ଟମାସ ପଛପଟୁ ରମଣ କରୁ- ଏହା ସେ ଚାହୁଁ ନ ଥିଲା । ଟମାସ ସହିତ ସେ ବିଲୀନ ହେଇଯିବାକୁ ଚାହୁଁଥିଲା । ସେଥିପାଇଁ । ସେଥିପାଇଁ ଟମାସର ଆଖିରେ ଆଖି ମିଶାଇ କହିଲା ଯେ ଖରଡ଼ଟା ପୁରା ଓଦା ହେଇଯାଇଥିଲେ ହେଁ ସେ ଚରମ ଯୌନତୃପ୍ତି ପାଇ ନାହିଁ । 'ଇନ୍ଦ୍ରିୟ ସୁଖ ପଛରେ ମୁଁ ଗୋଡ଼ାଉ ନାହିଁ ।' ସେ କହିଲା, 'ବରଂ ଆନନ୍ଦ ପଛରେ ଧାଉଁଛି । ଆନନ୍ଦ ରହିତ ସୁଖଟା ସୁଖ ନୁହେଁ ।' ଅନ୍ୟ ଅର୍ଥରେ ସେ ଟମାସର କାବ୍ୟିକ ସ୍ମୃତିର ଫାଟକକୁ ବାରମ୍ବାର ଜୋର୍‌ରେ ପିଟୁଥିଲା । କିଂତୁ ଫାଟକ ବନ୍ଦ ଥିଲା । ଟମାସର କାବ୍ୟିକ ସ୍ମୃତିରେ ତା ପାଇଁ ଆଉ ଜାଗା ନ ଥିଲା । କେବଳ ଖରଡ଼ ଉପରେ ହିଁ ତା ପାଇଁ ଜାଗାଟିଏ ଥିଲା ।

ଟେରେଜା ସହିତ ତାର ରୋମାଂଚକର ସଂପର୍କ ଠିକ୍ ସେଇ ବିନ୍ଦୁରେ ଆରମ୍ଭ ହେଲା ଯେଉଁଠି ଅନ୍ୟ ସ୍ତ୍ରୀଲୋକମାନଙ୍କ ସହିତ ତାର ରୋମାଞ୍ଚକର ସଂପର୍କ ଶେଷ ହେଇଥିଲା । ଅନୁଶାସନର ଅପରପାର୍ଶ୍ୱରେ ଏହା ଘଟିଲା ଯାହାକି ତାକୁ ଗୋଟେ ବିଜୟ ପରେ ଆଉ ଏକ ବିଜୟ ଆଡ଼କୁ ଠେଲିଦେଲା । ଟେରେଜା ଭିତରେ କିଛି ଅନାବରଣ କରିବାର ତାର ଇଚ୍ଛା ନ ଥିଲା । ସେ ତା ପାଖକୁ ଅନାବୃତ ହେଇ ଆସିଥିଲା । ପୃଥିବୀର ସେଇ ପ୍ରଲମ୍ବିତ ଶରୀରକୁ ଚିରିବା ପାଇଁ ତାର କାଳ୍ପନିକ ଛୁରୀଟାକୁ ଝିଙ୍କି ଆଣିବା ଆଗରୁ ସେ ଟେରେଜାକୁ ସମ୍ଭୋଗ କରିଥିଲା । ମୈଥୁନରତ ଥିବା ଅବସ୍ଥାରେ ସେ କେମିତି ଦିଶିବା ଭାବିବା ଆଗରୁ ଟମାସ ତାକୁ ପ୍ରେମ କଲା ।

ତାଙ୍କର ପ୍ରେମ କାହାଣୀ ସେ ଯାଏଁ ଆରମ୍ଭ ହୋଇ ନ ଥିଲା : ଟେରେଜାର ଦେହ ଖରାପ ହେଲା । ଅନ୍ୟମାନଙ୍କ ପରି ଟମାସ ତାକୁ ଘରକୁ ପଠାଇ ପାରିଲା ନାହିଁ । ନିଦ୍ରିତ ଟେରେଜାର ଶଯ୍ୟା ପାର୍ଶ୍ୱରେ ଆଣ୍ଠେଇ ପଡ଼ି ସେ ହୃଦୟଙ୍ଗମ କଲା ଯେ କେହି ଜଣେ କାଣ୍ଡସର ଝୁଡ଼ିରେ ତାକୁ ପୁରାଇ ସୁଅ ମୁହଁରେ ଭସାଇ ଦେଇଛି । ମୁଁ ଆଗରୁ କହି ରଖିଛି ଯେ ଉପମାଯାକ ଭାରି ବିପଜ୍ଜନକ । ଉପମାଟିଏରୁ ହିଁ ପ୍ରେମର ଆରମ୍ଭ ହୁଏ । କହିବାକୁ ଗଲେ ପ୍ରେମ ସେଇଠି ଆରମ୍ଭ ହୁଏ ଯେତେବେଳେ କାବ୍ୟିକ ସ୍ମୃତି ପଟଳରେ ଜଣେ ସ୍ତ୍ରୀଲୋକ ତାର ପ୍ରଥମ ଶବ୍ଦ ଲେଖେ ।

(୧୩)

ନିକଟରେ ସେ ତାର ମନ ଭିତରକୁ ପୁଣିଥରେ ଆସିଲା ସବୁଦିନ ପରି କ୍ଷୀର ନେଇ ଘରକୁ ଫେରୁଫେରୁ ଦେଖିଲା ଯେ ତାର ନାଲି ଓଢ଼ଣୀରେ କାଉଟିଏ ଘୋଡ଼େଇ ଛାତିରେ ଜାକି ଧରିଛି, ଠିକ୍ ଯାଯାବର ସ୍ତ୍ରୀଲୋକମାନେ ନିଜର ଛୁଆ ଧରିଲା ପରି । ସେ ଏଇଟା କେବେ ସୁଦ୍ଧା ଭୁଲିପାରିବ ନାହିଁ : କାଉର ବିରାଟ ଶୋକାର୍ତ୍ତ ଥଣ୍ଟ ତାର ମୁହଁ ପାଖରେ ଲାଗିଥାଏ ।

କୋସାକ୍‌ମାନେ (ବିଖ୍ୟାତ ଅଶ୍ୱାରୋହୀ ଭାବେ ଦକ୍ଷିଣ ରୁଷିଆର ଲୋକ) ନିଜର ବନ୍ଦୀମାନଙ୍କୁ ମାଟିରେ ପୋତିଲା ପରି ଅଧପୋତା ଅବସ୍ଥାରେ ସେ ଏଇଟାକୁ ପାଇଲା । "ଏଇଟା ପିଲା କଥା ଥିଲା", ସେ କହିଲା । ତାର ଶବ୍ଦଗୁଡ଼ା କଥାଟିଏ ଅପେକ୍ଷା ଅଧିକ କିଛି ଥିଲା । ସେଇ ଶବ୍ଦମାନ ସାଧାରଣ ଲୋକଙ୍କ ପାଇଁ ଏକ ଅପ୍ରତ୍ୟାଶିତ ବିରାଗ । ଏଇ କିଛିଦିନ ଆଗରୁ ସେ ତାକୁ କହିଥିବା କଥାଟିଏ ମନେପଡ଼ିଲା : "ତମେ ପିଲାଛୁଆ ନ ଚାହିଁବାର ନିଷ୍ପତ୍ତି ଯୋଗୁଁ ମୁଁ ତମ ପାଖରେ କୃତଜ୍ଞ ।"

ତାପରେ ତାର ଚାକିରୀ ଜାଗାରେ ଜଣେ ଲୋକ ତାକୁ ହଇରାଣ କରୁଥିବାର ସେ ଅଭିଯୋଗ କଲା । ଲୋକଟା ତାର ଗୋଟେ ଶସ୍ତା ହାର ଜାବୁଡ଼ି ଧରିଲା ଓ କହିଲା 'ବେଶ୍ୟାବୃତ୍ତି ପରି କିଛି ଅଧିକା କାମ କରି ତୁ ଏଇ ହାରଟା କିଣିଥିବୁ ।' ଏଇ କଥାରେ ସେ ବହୁତ ବ୍ୟସ୍ତ ହେଲା । ଦରକାରରୁ ଅଧିକା, ଟମାସ ଭାବିଲା । ବିଗତ ଦୁଇବର୍ଷ ଭିତରେ ଟମାସ ତାକୁ କେତେ କମ ଦେଖିଛି, ଏ କଥାରେ ସେ ଅସନ୍ତୁଷ୍ଟ ହୋଇଗଲା । ତାର କ'-ିତ ହାତକୁ ଥମେଇବା ପାଇଁ ହାତଟା ଚାପିବାକୁ ସେ ଖୁବ୍ ଅଳ୍ପ ସୁଯୋଗ ପାଇଥିଲା ।

ତା ପରଦିନ ମନ ଭିତରେ ଟେରେଜାକୁ ରଖି ସେ କାମକୁ ଗଲା ଝରକା ସଫାର କର୍ମଚାରୀମାନଙ୍କୁ ସେମାନଙ୍କର କାମର ତାଲିକା ଦଉଥିବା ସ୍ତ୍ରୀଲୋକ ଜଣକ

କହିଲା ଜଣେ ପ୍ରାଇଭେଟ ଗ୍ରାହକ ସ୍ୱତନ୍ତ୍ର ଭାବରେ ତାକୁ ହିଁ ଖାଲି ପଠାଇବା ପାଇଁ କହିଛି । ଟମାସ ଏଇଟା ଆଶା କରୁ ନ ଥିଲା । କାଳେ ପୁଣି କେହି ଆଉ ଜଣେ ସ୍ତ୍ରୀଲୋକ ହେଇଥିବ ଭାବିଲା । ଟେରେଜା-ମଗ୍ନ ମାନସରେ ଆଉ କୌଣସି ରୋମାଞ୍ଚ ପାଇଁ ତାର ମନ ବଳୁ ନ ଥିଲା ।

କବାଟ ଖୋଲିଲା ପରେ ଟମାସ ସ୍ୱସ୍ତିର ନିଶ୍ୱାସ ମାରିଲା । ଦ୍ୱାର ମୁହଁରେ ଜଣେ ଢ଼େଙ୍ଗା ଓ ଅଳ୍ପ ବାଙ୍କିଲା ଲୋକଟାକୁ ଦେଖିଲା । ଥୋମଣି ଟିକେ ବଡ଼ ଥିଲା । ଲୋକଟାକୁ ଚିହ୍ନାଚିହ୍ନା ଲାଗିଲା ।

'ଭିତରକୁ ଆସ', ଅଳ୍ପ ହସି ଲୋକଟା ତାକୁ ଭିତରକୁ ଡାକିନେଲା ।

ସେଠି ଜଣେ ଯୁବକ ମଧ୍ୟ ଛିଡ଼ା ହେଇଥିଲା । ତାର ମୁହଁଟା ଉଜ୍ଜ୍ୱଳ ଲାଲରଙ୍ଗ । ସେ ଟମାସକୁ ଚାହିଁ ହସିବାକୁ ଚେଷ୍ଟା କରୁଥିଲା ।

"ମୁଁ ଭାବୁଛି, ତମ ଦି ଜଣଙ୍କୁ ପରସ୍ପରକୁ ପରିଚୟ କରାଇ ଦେବାର ଆବଶ୍ୟକତା ନାହିଁ ।"

'ନା', କହିଲା ଟମାସ ଆଉ ହସ ନ ଫେରାଇ ସିଧା ଯୁବକଟି ଆଡ଼କୁ ହାତଟି ବଢ଼ାଇ ଦେଲା । ସେ ଥିଲା ତାର ପୁଅ ।

ତାପରେ ଯାଇ ବଡ଼ ଥୋମଣି ଥିବା ଲୋକଟା ନିଜର ପରିଚୟ ଦେଲା ।

"ତମକୁ ଚିହ୍ନା ଲାଗିଥିଲା !" ଟମାସ କହିଲା, 'ଅବଶ୍ୟ ! ଏଥର ଚିହ୍ନି ପାରିଲି । ନାଁ ଟା ଯୋଗୁଁ ହେଇ ପାରିଲା ।'

ସେମାନେ ଗୋଟିଏ ବୈଠକ ଟେବୁଲରେ ପାଖରେ ବସି ପଡ଼ିଲେ । ଟମାସ ଜାଣିଲା ଯେ ତା ବିପରୀତରେ ବସିଥିବା ଦୁହେଁଯାକ ଲୋକ ତାର ଅନିଚ୍ଛାକୃତ ସୃଷ୍ଟି । ସାନଟାକୁ ତାର ପ୍ରଥମ ସ୍ତ୍ରୀ ମାଧ୍ୟମରେ ଜନ୍ମ ଦେବାକୁ ବାଧ୍ୟ ହେଇଥିଲା ଓ ପୋଲିସ୍ ଜେରାବେଳେ ବଡ଼ଟାର ସୃଷ୍ଟି ।

ମୁଣ୍ଡରୁ ଏଇ ଚିନ୍ତା କାଢ଼ିବା ପାଇଁ ସେ କହିଲା, ଆଚ୍ଛା, କୋଉ ଝରକାଟା ଆଗ ସଫାକଲେହେବ ?

ଦୁଇଜଣଯାକ ଜୋର୍‌ରେ ହସି ଉଠିଲେ ।

ଏଇ ପ୍ରସଙ୍ଗଟି ସହିତ ଝରକା ସଫାର କିଛି ସଂପର୍କ ନ ଥିଲା । ତାକୁ ଝରକା ସଫା ପାଇଁ ଡକା ହେଇ ନ ଥିଲା । ଗୋଟେ ଜାଲରେ ତାକୁ ଫସା ଯାଇଥିଲା । ଆଗରୁ ସେ କେବେ ତା ପୁଅ ସହିତ କଥାବାର୍ତ୍ତା ହେଇ ନଥିଲା । ପ୍ରଥମଥର ପାଇଁ ଏବେ ସେ ତା ସହିତ ହାତ ମିଳାଇଲା । ଚେହେରାରୁ ସେ ତାକୁ ଯାହା ଜାଣିଥିଲା । ଆଉ କୌଣସି ଭାବରେ ତାକୁ ଜାଣିବାର ତାର ଇଚ୍ଛା ମଧ୍ୟ ନ ଥିଲା । ତା ଜାଣିବାରେ,

ପୁଅ ବିଷୟରେ ଯେତିକି କମ୍ ଜାଣିବ, ସେତିକି ଭଲ । ଏଇ ଅନୁଭବଟା ପାରସ୍ପରିକ ଥିଲା ପରି ତାକୁ ଲାଗିଲା ।

'ପୋଷ୍ଟର ଭଲ ହେଇଛି, ନୁହଁ କି ?' ସଂପାଦକ ଜଣକ ଟମାସର ବିପରୀତରେ ଥିବା ବିରାଟ ଚିତ୍ରକୁ ଦେଖାଇ କହିଲେ ।

ଟମାସ ରୁମ୍‌ର ଚାରିଆଡ଼େ ମୁହଁ ବୁଲାଇଲା । କାନ୍ଥରେ ସୁନ୍ଦର ଛବି, ପୋଷ୍ଟର ଓ ବିଶେଷ କରି ଫଟୋମାନ ମରା ହେଇଥିଲା ୧୯୬୯ ମସିହାରେ ରୁଷୀୟମାନେ ତାଙ୍କର ଖବର କାଗଜକୁ ବନ୍ଦ କରିଦେବା ଆଗରୁ ଶେଷ ସଂଖ୍ୟାରୁ ସଂପାଦକଜଣକ ଗୋଟେ ଚିତ୍ର ବାହାର କରି ଦେଖାଇଥିଲେ । ସେଇଟା ୧୯୧୮ ରେ ସଂଘଟିତ ରୁଷିଆର ଗୃହଯୁଦ୍ଧ ସମୟର ବିଖ୍ୟାତ ସୈନ୍ୟନିଯୁକ୍ତିର ପୋଷ୍ଟରର ଏକ ଅନୁକରଣ ଥିଲା । ସେଥିରେ ଜଣେ ସୈନ୍ୟର ଚିତ୍ର ଥିଲା । ସୈନ୍ୟର ଟୋପୀରେ ରେଡ୍ ଷ୍ଟାର ଲାଗିଥିଲା । ଆଖିରେ ଅତ୍ୟଧିକ ରୁକ୍ଷ ଚାହାଁଣୀ । ତମ ଆଡ଼ୁ ସିଧା ଚାହିଁ ତର୍ଜନୀ ଦେଖାଉଥାଏ । ମୂଳ ରୁଷୀୟ ଶିରୋନାମା ଏହିପରି : 'ନାଗରିକ, ତମେ ରେଡ୍ ଆର୍ମିରେ ଯୋଗ ଦେଇଛକି ?' ତା ବଦଳରେ ପରିବର୍ତ୍ତିତ ଚେକ୍ ଲେଖାଟି ଏହିପରି : 'ନାଗରିକ, ତମେ "Two Thousand Words"ରେ ସ୍ୱାକ୍ଷର କରିଛ କି ?'

ସେଇଟା ଭାରି ମଜା କଥାଟିଏ ! The Two Thousand words ୧୯୬୮ ପ୍ରାଗ୍ ସ୍ପ୍ରିଙ୍ଗର ପ୍ରଥମ ଗୌରବମୟ ଘୋଷଣାପତ୍ର । ଏହା କମ୍ୟୁନିଷ୍ଟ ଶାସନତନ୍ତ୍ରର ବୈପ୍ଳବିକ ଗଣତନ୍ତ୍ରୀକରଣ ପାଇଁ ଆହ୍ୱାନ ଦେଲା । ପ୍ରଥମେ ସେଥିରେ କେତେଜଣ ବୁଦ୍ଧିଜୀବୀ ସ୍ୱାକ୍ଷର କଲେ । ତାପରେ ଅନ୍ୟଲୋକ ବାହାରି ସେଥିରେ ସ୍ୱାକ୍ଷର କରିବାକୁ ଚାହିଁଲେ । ଶେଷରେ ସେଠି ଏତେ ଦସ୍ତଖତ ହେଇଗଲା ଯେ ଆଉ ଗଣି ହେଲା ନାହିଁ । ଯେତେବେଳେ ରେଡ୍ ଆର୍ମି ଏଇ ଦେଶକୁ ଆକ୍ରମଣ କରି ଗୁଡାଏ ରାଜନୈତିକ ବିଶୋଧନ ପ୍ରକ୍ରୀୟା ଆରମ୍ଭ କଲେ ସେତେବେଳେ ପ୍ରତ୍ୟେକ ନାଗରିକଙ୍କୁ ଏକ ବହୁ ପରିଚିତ ପ୍ରଶ୍ନ ପଚରାଯାଉଥିଲା, ତମେ ଦୁଇହଜାର ଶବ୍ଦରେ ଦସ୍ତଖତ କରିଛ କି ? ସେଇୟା କରିଥିବାର ଯଦି କେହି ସ୍ୱୀକାର କରେ ତା ହେଲେ ତାକୁ ଚାକିରୀରୁ ବାହାର କରି ଦିଆଯାଉଥିଲା ।

'ବଢ଼ିଆ ପୋଷ୍ଟରଟା', ଟମାସ କହିଲା । 'ମୋର ଠିକ୍ ମନେ ଅଛି ।'

'ଏଠି ଆମ ଭିତରେ କେହି ରେଡ୍ ଆର୍ମି ଲୋକ ଆମ କଥା ଶୁଣୁ ନାହାନ୍ତି ତ', ସଂପାଦକ ଜଣକ ଟିକିଏ ହସି କହିଲେ ।

ତାପରେ ବିନା ହସରେ ସେ କହି ଚାଲିଲେ : ସତ କହିବାକୁ ଗଲେ ଏଇଟା ମୋର ଫ୍ଲାଟ ନୁହଁ । ଏଇଟା ମୋର ଜଣେ ବନ୍ଧୁର । ଏଠି ଯେ ପୋଲିସ୍ ଆମକଥା

ଶୁଣୁ ନାହିଁ, ଏଥିରେ ଆମେ ନିଶ୍ଚିତ ହେଇ ପାରିବାନି। ଏଇଟା ଖାଲି ଗୋଟେ ଆଶଙ୍କା ମାତ୍ର। ଯଦି ମୁଁ ମୋ ନିଜ ଜାଗାକୁ ଡାକିଥାନ୍ତି, ତାହେଲେ କଥାଟା ନିଶ୍ଚିତ ହେଇଥାନ୍ତା।

ତାପରେ ଟିକେ ସହଜ ଗଳାରେ କହିଲେ, 'କିଂତୁ କଥାଟାକୁ ମୁଁ ଯେଭଳି ଭାବରେ ଦେଖୁଛି, ଆମର କିଛି ଲୁଚାଇବାର ନାହିଁ। ଭବିଷ୍ୟତରେ ଚେକ୍ ଐତିହାସିକ ମାନଙ୍କ ପାଇଁ ଏହା କିପରି ଗୋଟେ ବରଦାନ ହେବ ତାହା ଭାବି ଦେଖ। ପୋଲିସ ସଂଗ୍ରହାଳୟରେ ଚେକ୍ ବୁଦ୍ଧିଜୀବୀମାନଙ୍କର ଜୀବନର ସଂପୂର୍ଣ୍ଣ ବିବରଣୀ। ଭଲ୍ଟେଆର୍, ବାଲ୍ଜାକ୍ କିମ୍ବା ଟଲଷ୍ଟୟଙ୍କର ଯୌନଜୀବନର ସବିଶେଷ ପୁର୍ନଗଠନ ପାଇଁ ସାହିତ୍ୟର ଇତିହାସକାରମାନେ କେତେ ପରିଶ୍ରମ କରିଛନ୍ତି ଜାଣିଛ ? ଚେକ୍ ଲେଖକମାନଙ୍କର କ୍ଷେତ୍ରରେ ସେପରି ସମସ୍ୟା ନାହିଁ। ସବୁଯାକ ଟେପ୍‌ରେ ରହିଛି। ପ୍ରତି ଶେଷ ନିଶ୍ୱାସ ପର୍ଯ୍ୟନ୍ତ।'

କାନ୍ଥରେ କାଳ୍ପନିକ ମାଇକ୍ରୋଫୋନ୍ ଆଡ଼କୁ ବୁଲିପଡ଼ି ସେ ଉଚ୍ଚ ଓ ଦମ୍ଭିଲା ସ୍ୱରରେ କହିଲା, 'ସଜ୍ଜନବୃନ୍ଦ, ଏପରି ପରିସ୍ଥିତିରେ ସବୁଥର ପରି ଏଇ ଅବକାଶରେ ମୁଁ ତମମାନଙ୍କୁ ତମ କାମରେ ଉତ୍ସାହିତ କରିବା ସହିତ ମୋ ତରଫରୁ ତଥା ଭବିଷ୍ୟତର ସମସ୍ତ ଇତିହାସକାରମାନଙ୍କ ତରଫରୁ ଧନ୍ୟବାଦ ଜଣାଉଛି।'

ତିନିଜଣଯାକ ବହେ ମନଭରି ହସିଲା ପରେ ସଂପାଦକଜଣକ ତାଙ୍କର ସମ୍ବାଦପତ୍ର କିପରି ନିଷିଦ୍ଧ ହେଲା, ପୋଷ୍ଟର ଡିଜାଇନ୍ କରିଥିବା ଚିତ୍ରକର ଜଣକ କଣ କରୁଛି ଓ ଅନ୍ୟ ଚିତ୍ରକର, ଦାର୍ଶନିକ ତଥା ଲେଖକମାନଙ୍କର କଣ ହେଲା ତାର କାହାଣୀ କହିଲେ। ରୁଷ ଆକ୍ରମଣ ପରେ ସେମାନେ ନିଜ ପଦବୀରୁ ତଡ଼ା ଖାଇ ଝରକା ସଫେଇ କର୍ମଚାରୀ, ପାର୍କିଂ କର୍ମଚାରୀ, ରାତ୍ରୀ ଜଗୁଆଳୀ, ପବ୍ଲିକ୍ ବିଲଡିଂରେ ପାଣି ଗରମ କରିବା କର୍ମଚାରୀ, କିମ୍ବା ଅତିବେଶୀରେ ଟିକିଏ ଧରାଧରି କରି ଟେକ୍‌ସି ଡ୍ରାଇଭର ହେଇଗଲେ।

ଯଦିଓ ସଂପାଦକ କହୁଥିବା କଥା ବେଶ୍ ଚିତ୍ତାକର୍ଷକ ଥିଲା। ଟମାସ ସେଥିରେ ମନୋନିବେଶ କରି ପାରିଲା ନାହିଁ। ସେ ତାର ପୁଅ କଥା ଭାବୁଥିଲା। ଦୁଇମାସ ତଳେ ସେ ତାକୁ ରାସ୍ତାରେ ଭେଟିଥିବାର ମନେ ପକାଇଲା। ବାହ୍ୟତଃ ଏଇସବୁ ଭେଟଘାଟ ଆକସ୍ମିକ ନ ଥିଲା। ଜଣେ ନିର୍ଯ୍ୟାତିତ ସଂପାଦକ ସହିତ ତାକୁ ଦେଖିବାର ଆଶା ଟମାସର ଆଦୌ ନ ଥିଲା। ଟମାସର ପ୍ରଥମ ସ୍ତ୍ରୀ ଜଣେ ରକ୍ଷଣଶୀଳ କମ୍ୟୁନିଷ୍ଟ ଥିଲେ। ଟମାସ ସ୍ୱାଭାବିକ ଭାବରେ ଧରିନେଇଥିଲା ଯେ ତାର ପୁଅ ମାଁର ପ୍ରଭାବରେ ରହିବ। ଟମାସ ତା ବିଷୟରେ କିଛି ଜାଣି ନ ଥିଲା। ଅବଶ୍ୟ

ଟମାସ ନିଜଆଡ୍ରୁ ତାର ମାଁ ସହିତ ତାର କି ପ୍ରକାର ସଂପର୍କ ରହିଛି ତା ବିଷୟରେ ତାକୁ ପଚାରି ପାରିଥାନ୍ତା । କିଂତୁ ସେ ଅନୁଭବ କଲା ଯେ ତୃତୀୟ ପକ୍ଷର ଉପସ୍ଥିତିରେ ପଚାରିବାଟା ମୂର୍ଖାମୀ ହେଇଥାନ୍ତା ।

ଶେଷରେ ସଂପାଦକ ଠିକଣା କଥାରେ ପହଞ୍ଚିଲେ । କହିଲେ, କେବଳ ନିଜ ନିଜର ମତପୋଷଣ କରିବା ବ୍ୟତୀତ ଅନ୍ୟ କିଛି ଦୋଷ ନ କରି କ୍ରମଶଃ ଅଧିକରୁ ଅଧିକ ଲୋକ ଜେଲ୍ ଯାଉଛନ୍ତି । କଥା ଶେଷ କରୁକରୁ କହିଲେ, "ତେଣୁ କିଛି ଗୋଟେ କରିବାକୁ ଆମେ ନିଷ୍ପତ୍ତି ନେଇଛୁ ।"

"ତମେ କଣ କରିବାକୁ ଚାହଁ ?" ଟମାସ ପଚାରିଲା ।

ଏଥର ତାର ପୁଅ କହିବା ଆରମ୍ଭ କଲା । ପ୍ରଥମଥର ପାଇଁ ସେ ତାର ପୁଅକୁ କଥା କହୁଥିବାର ଶୁଣିଲା । ତାକୁ ଖନି ମାରିବାର ଦେଖି ସେ ଆଶ୍ଚର୍ଯ୍ୟ ହେଲା ।

ଆମେ ଜାଣିବାରେ, ସେ କହିଲା, "ରାଜନୈତିକ ବନ୍ଦୀମାନଙ୍କୁ ଅତି କଦର୍ଯ୍ୟ ବ୍ୟବହାର କରାଯାଉଛି । ଅନେକଙ୍କ ଅବସ୍ଥା ଭାରି ଖରାପ । ତେଣୁ ଏବେବି କିଛି ଅର୍ଥ ରଖୁଥିବା କେତେଜଣ ଚେକ୍ ବୁଦ୍ଧିଜୀବୀଙ୍କ ସ୍ୱାକ୍ଷର ସହିତ ଗୋଟେ ପିଟିସନ୍ ଦାୟର କରିବା ସ୍ଥିର କରିଛୁ ।"

ନା, ଏହା ପ୍ରକୃତରେ ଖନି ମାରିବା ନ ଥିଲା । ଏହା କଥାର ଧାରାକୁ ଧୀରେ ଧୀରେ କହି ଏକ ପ୍ରକାର ଥଙ୍ଗେଇବା କଥା । ପ୍ରତି ଶବ୍ଦକୁ ଜୋର ଦେଇ, ସ୍ପଷ୍ଟ କରି ଉଚ୍ଚାରଣ କରିବା- ଜାଣିକରି ବା ଅଜାଣତରେ । ସେ ନିଶ୍ଚୟ ସେହିପରି ଉଚ୍ଚାରଣ କରୁଥିବା ଅନୁଭବ କରୁଥିଲା । ଫଳରେ ତାର ଚେହେରାର ସ୍ୱାଭାବିକ ମଳିନ ରଙ୍ଗ, ପୁଣି ଲାଲ ହେବାକୁ ଲାଗିଲା ।

"ଆଉ ମୋ ବୃତ୍ତିରେ ଥିବା କେତେଜଣଙ୍କ ନାଁ ନେବାରେ ପରାମର୍ଶ କରିବା ପାଇଁ ତମେ ମତେ ଡାକିଛ ?" ଟମାସ ପଚାରିଲା ।

'ନା', ସଂପାଦକ ଜଣକ ହସି କହିଲେ । ଆମକୁ ତମର ପରାମର୍ଶ ଦରକାର ନାହିଁ । ଆମେ ତମର ଦସ୍ତଖତ ଚାହୁଁ !

ପୁଣିଥରେ ସେ ଆତ୍ମତୃପ୍ତିରେ ପୁଲକିତ ହେଲା ! ଜଣେ ଡାକ୍ତର ହିସାବରେ ଲୋକେ ଏବେ ସୁଦ୍ଧା ତାକୁ ଭୁଲି ନାହାନ୍ତି ଜାଣି ସେ ପୁଣିଥରେ ଆନନ୍ଦରେ ଉଲ୍ଲସିତ ହେଲା । ସେ ମନା କଲା, ହେଲେ କେବଳ ଶାଳୀନତା ଦୃଷ୍ଟିରୁ, 'ଟିକେ ରହନ୍ତୁ, ସେମାନେ ମତେ ତଡ଼ିଦେଲେ ବୋଲି ମୁଁ କଣ ଜଣେ ପ୍ରସିଦ୍ଧ ଡାକ୍ତର, ତାର କିଛି ମାନେ ଅଛି ?'

'ଆମର ଖବର କାଗଜରେ ତମେ ଲେଖିଥିଲ, ସେ କଥା ଆମେ ଭୁଲି ନାହୁଁ', ଟମାସ ଆଡକୁ ହସି ସଂପାଦକ କହିଲେ ।

'ହଁ', ତତ୍ପରତାର ସହିତ ଟମାସର ପୁଅ ଉଦାସ ହେଇ କହିଲା । ଟମାସ ତାହା ଲକ୍ଷ୍ୟ କରି ପାରିଲା ନାହିଁ ।

'ପିଟିସନ୍‌ରେ ମୋର ନାଁଟା କେମିତି ତମର ରାଜନୈତିକ ବନ୍ଦୀମାନଙ୍କୁ ସାହାଯ୍ୟ କରିବ ତାହା ମୁଁ ଜାଣି ପାରୁନି । ଯେଉଁମାନେ ଶାସନ ବ୍ୟବସ୍ଥାର ବିରୋଧୀ ନୁହଁନ୍ତି, ବା ଅନ୍ତତଃ ଯେଉଁମାନଙ୍କର କ୍ଷମତାକଳ ଉପରେ କିଛିଟା ପ୍ରଭାବ ରହିଛି ସେଇମାନଙ୍କର ଦସ୍ତଖତ ନେଲେ ଆହୁରି ଭଲ ହୁଅନ୍ତା ନି ?'

ସଂପାଦକ ହସିଲେ, 'ତା ତ ନିଶ୍ଚୟ ।'

ଟମାସର ପୁଅ ମଧ୍ୟ ହସିଲା । ସବୁକଥା ବୁଝିପାରିବା ଭଳି ହସଟି ହସିଲା । 'ଅସୁବିଧାଟା ହେଉଛି, ସେମାନେ କେବେ ଦସ୍ତଖତ କରିବେନି !'

'ତା ମାନେ ନୁହଁ ଯେ ଆମେ ତାଙ୍କ ପାଖକୁ ଯାଉନା', ସଂପାଦକ କହି ଚାଲିଲେ । 'କିମ୍ବା ତାଙ୍କୁ ଏଇ ଅପ୍ରସ୍ତୁତ ହେବାରୁ ରକ୍ଷା କରିବାରେ ଆମର ଦରଦ ନାହିଁ ।' ସେ ହସିଲେ, 'ସେମାନେ ଯୋଉ ବାହାନା କାଢ଼ନ୍ତି ତାହା ତମେ ଶୁଣିବା ଉଚିତ । ସେ ସବୁ ଅଦ୍ଭୁତ !'

ସହମତିରେ ଟମାସର ପୁଅ ପୁଣି ହସିଲା ।

'ଅବଶ୍ୟ ଆରମ୍ଭରୁ ସେମାନେ କହି ଦିଅନ୍ତି ଯେ ଆମେ ଯାହା କରୁଛୁ ତାହା ବିଲ୍‌କୁଲ୍ ଠିକ୍ କଥା ।' ସଂପାଦକ କହି ଚାଲିଲେ । 'ଆମର ଖାଲି ଗୋଟେ ଅଲଗା ଧାରା ଦରକାର, ସେମାନେ କହନ୍ତି । ଆଉ ଟିକେ ଦୂରଦର୍ଶୀ, ଆଉ ଟିକେ ବିଚାର ସମ୍ମତ, ଆଉ ଟିକେ ଶାଳୀନ । ସେମାନେ ଦସ୍ତଖତ କରିବାକୁ ଡ଼ରନ୍ତି ପୁଣି, ଦସ୍ତଖତ ନ କଲେ ଆମେ ଦୃଷ୍ଟିରେ ତଳକୁ ଖସିଯିବେ ବୋଲି ଭାରି ବ୍ୟସ୍ତ ହୁଅନ୍ତି ।'

ସଂପାଦକ ତ ଟମାସର ପୁଅ ପୁଣି ଦୁହେଁ ହସିଲେ ।

ତାପରେ ସଂପାଦକ ସବୁ ରାଜନୈତିକ ବନ୍ଦୀମାନଙ୍କୁ ସର୍ବକ୍ଷମା ପ୍ରଦାନ ପାଇଁ ଆପାତତଃ ଏକ ସମ୍ମାନନୀୟ ଢଙ୍ଗରେ ସାଧାରଣତନ୍ତ୍ରର ରାଷ୍ଟ୍ରପତିଙ୍କୁ ଆବେଦନ ଜଣାଇଥିବା ଏକ ସଂକ୍ଷିପ୍ତ ଲେଖାର କାଗଜଖଣ୍ଡିକ ଟମାସକୁ ଦେଲେ ।

ଟମାସ ମନ ଭିତରେ ଶିଘ୍ରଶିଘ୍ର କଥାଟିକୁ ଭାବିଲା । ସବୁ ରାଜନୈତିକ ବନ୍ଦୀମାନଙ୍କୁ ସର୍ବକ୍ଷମା ? ଶାସନକଳରୁ ବିତାଡ଼ିତ ଲୋକମାନେ (ସେମାନେ ବି ତ ସମ୍ଭାବ୍ୟ ରାଜନୈତିକ ବ୍ୟକ୍ତି) ରାଷ୍ଟ୍ରପତିଙ୍କୁ ଅନୁରୋଧ କରୁଛନ୍ତି ବୋଲି କଣ ରାଜକ୍ଷମା ମିଳିଯିବ ? ଏପରି ଗୋଟେ ପିଟିସନ୍ କେବଳ ଗୋଟେ କାମ କରିପାରିବ-

ଏଇ ଯେ ଯଦିବା କେବେ ରାଜନୈତିକ ବନ୍ଦୀ ମାନଙ୍କୁ ରାଜକ୍ଷମା ଦେବାର ଯୋଜନା ଥିବ, ସେଥିରୁ ଏହା ସେମାନଙ୍କୁ ବଞ୍ଚିତ କରିବ !

ତାର ପୁଅ ତା ଚିନ୍ତାରେ ବାଧା ଦେଲା । ଅସଲ କଥାଟି ହେଉଛି ଯେ ଏଇ ଦେଶରେ ଏବେସୁଦ୍ଧା ଅନ୍ତତଃ କିଛିଲୋକ ଅଛନ୍ତି ଯେଉଁମାନେ କି ନିର୍ଭୀକ- ଏହା ଜଣାଇଦେବା ଓ କିଏ କଣ ତାହା ଦେଖାଇଦେବା । ଧାନକୁ ଚକ୍ଷୁରୁ ଅଲଗା କରିଦେବା ।

ସତ, ସତ, ଟମାସ ଭାବିଲା । କିଂତୁ ତା ସହିତ ରାଜନୈତିକ ବନ୍ଦୀମାନଙ୍କର ଭଲା କି ଦେଣଦେଣ ? ତମେ ରାଜକ୍ଷମା ପାଇଁ ପ୍ରାର୍ଥନା କର ଅଥବା ଧାନକୁ ଚକ୍ଷୁରୁ ଅଲଗା କର ।

'ବିବାଦରେ ପଶିବନି ?' ସଂପାଦକ ପଚାରିଲେ ।

ହଁ । ସେ ଝମେଲାରେ ପଶିବାକୁ ଚାହୁଁ ନଥିଲା । କିଂତୁ ତାହା କହିବାକୁ ସେ ଭୟ୍ କଲା । କାନ୍ଥରେ ଗୋଟେ ଫଟୋଚିତ୍ର ଥିଲା । ଚିତ୍ରଟିରେ ଥିବା ସୈନ୍ୟଜଣକୁ ତା ଆଡକୁ ଧମକ ଦେଲା ଭଙ୍ଗୀରେ ତର୍ଜନୀ ଦେଖାଇ କହୁଥାଏ, 'ରେଡ୍ ଆର୍ମିରେ ତମେ ଯୋଗ ଦେବାକୁ କୁଣ୍ଠିତ କି ?' କିମ୍ବା 'ଦୁଇ ହଜାର ଶବ୍ଦରେ ତମେ ଆହୁରି ଦସ୍ତଖତ କରିନ ?' କିମ୍ବା 'ତମେ ବି ଦୁଇ ହଜାର ଶବ୍ଦରେ ଦସ୍ତଖତ କରିଛ କି ?' କିମ୍ବା 'ତା ମାନେ ତମେ ରାଜକ୍ଷମା ପିଟିସନ୍‌ରେ ଦସ୍ତଖତ କରିବାକୁ ଚାହୁଁନ ? !' ସୈନ୍ୟଜଣକ ଯାହା ବି କହୁ, ସେଟା ଥିଲା ଗୋଟେ ଧମକ ।

ରାଜନୈତିକ ବନ୍ଦୀମାନଙ୍କୁ ରାଜକ୍ଷମା ମିଳିବା କଥାରେ ଯେଉଁମାନେ ରାଜି ହୁଅନ୍ତି, ଅଥଚ ସେଇ ପିଟିସନ୍‌ରେ ଦସ୍ତଖତ ନ କରିବାକୁ ହଜାରେ କାରଣ ଦର୍ଶାଇଥାନ୍ତି, ତାଙ୍କ ବିଷୟ୍ରେ ସଂପାଦକ ଜଣକ ଏଇମାତ୍ର କହି ସାରିଥିଲେ । ତାଙ୍କ ମତରେ, ସେମାନଙ୍କର କାରଣଯାକ ଖାଲି ଗୁଡାଏ ବାହାନା । ଆଉ ସେମାନଙ୍କର ବାହାନାସବୁ ଭୀରୁତାକୁ ଘୋଡ଼େଇ ଲୁଚେଇବାର ଗୋଟେ ଉପାୟ୍ । ଏହାପରେ, ଟମାସ ଆଉ କଣ କହିବ ?

ଶେଷରେ ନୀରବତା ଭାଙ୍ଗି ସେ ହସିଲା । କାନ୍ଥର ପୋଷ୍ଟର ଖଣ୍ଡିକୁ ଦେଖାଇ, ସେ କହିଲା, "ମୁଁ ଦସ୍ତଖତ କରୁଛି ନା ନାଇଁ ବୋଲି ସେଇ ସୈନିକ ଜଣକ ମତେ ଏମିତି ଧମକେଇ ପଚାରୁଛି ଯେ ମୁଁ ଆଉ ଠିକ୍‌ରେ କିଛି ଭାବି ପାରୁନି ।"

ତାପରେ ତିନିଜଣଯାକ ଘଡ଼ିଏ ହସିଲେ ।

'ଠିକ୍ ଅଛି', ହସ ଥମିଗଲା ପରେ ଟମାସ କହିଲା । 'ମୁଁ ଯା' ବିଷୟ୍ରେ ଚିନ୍ତା କରିବି ? ଆସନ୍ତା କେତେଦିନ ଭିତରେ ଆମେ ପୁଣି ଥରେ ଭେଟ ହେଇ ପାରିବା ?'

'ଯେତେବେଳେ ବି ହେଇପାରିବ', ସଂପାଦକ କହିଲେ, 'କିଂତୁ ଦୁର୍ଭାଗ୍ୟକୁ ପିଟିସନ୍ ଖଣ୍ଡିକ ଅପେକ୍ଷା କରିପାରିବନି। କାଲିସୁଦ୍ଧା ଆମେ ଏଇଟାକୁ ରାଷ୍ଟ୍ରପତିଙ୍କ ପାଖକୁ ପଠେଇଦେବାର ଯୋଜନା ରଖିଛୁ।'

'ଆସନ୍ତା କାଲି ?' ଡେଙ୍ଗା ଓ ବଡ଼ ଥୋମଣିଥିବା ଖୋଦ୍ ଏଇ ସଂପାଦକଙ୍କ ନିନ୍ଦାସୂଚକ କାଗଜଟି ମୋଟା ପୋଲିସଜଣକ ହାତକୁ ବଢ଼େଇ ଦେଉଥିବାର ସେ ହଠାତ୍ ମନେ ପକାଇଲା। ସେ ନିଜେ ଲେଖି ନ ଥିବା କାଗଜରେ ସମସ୍ତେ ତାଠୁ ଦସ୍ତଖତ କରେଇନେବାକୁ ଚେଷ୍ଟା କରୁଥିଲେ।

'ଏଥିରେ ଆଉ କିଛି ଭାବିବାର ନାହିଁ', ତାର ପୁଅ କହିଲା। ଯଦିଓ ତାର କଥାଗୁଡା ରୁକ୍ଷ ଥିଲା। ତାର କହିବାର ଶୈଳୀଟା ଅନୁନୟ କଲା ପରି ଥିଲା। ଏବେ ଦୁହେଁ ପରସ୍ପର ଆଖିକୁ ଆଖି ମିଶାଇ ଦେଖୁଥିଲେ। ଟମାସ ଲକ୍ଷ୍ୟ କଲା ଯେ କଣ ଭାବିଲା ବେଳକୁ ପିଲାଟା ତାର ଉପର ଓଠର ବାଁ ପଟକୁ ଟିକେ ଉଠାଉଛି। ଦାଢ଼ି ଖିଅର ହେଲାବେଳେ ଠିକ୍ ହେଇଛି କି ନାଇଁ ଦର୍ପଣରେ ଦେଖିବା ପାଇଁ ସେ ଠିକ୍ ଏଇ ରକମର ଭଙ୍ଗୀ କରେ। ଆଉ ଜଣକ ମୁହଁରେ ସେଇ ଭାବଭଙ୍ଗୀ ଦେଖି ତାକୁ ଟିକେ ଅଖାଡୁଆ ଲାଗିଲା।

ଶୈଶବ ଭିତରେ ବାପା ମାଁ ମାନେ ତାଙ୍କର ପିଲାଛୁଆଙ୍କ ସହିତ ରହିଲାବେଳେ ସେଇ ପ୍ରକାର ସାମଞ୍ଜସ୍ୟ ସହିତ ଅଭ୍ୟସ୍ତ ହୋଇଥାନ୍ତି। ସେମାନଙ୍କୁ ଏହା ନିହାତି ମାମୁଲି ଲାଗେ। କିମ୍ବା ତାକୁ ବସି ଭାବିଲେ, ମଜା ଲାଗେ। କିଂତୁ ତାର ଜୀବନରେ ଟମାସ ପ୍ରଥମଥର ପାଇଁ ତାର ପୁଅ ସଙ୍ଗରେ କଥା ହେଉଥିଲା ! ନିଜର ଅସଙ୍ଗତ ମୁହଁଟା ସାମ୍ନାରେ ଏମିତି ମୁହାଁମୁହିଁ ବସିବାରେ ସେ ଅଭ୍ୟସ୍ତ ନ ଥିଲା।

ନିଜ ହାତଟିଏ ଛେଦନ କରି ଆଉ ଜଣକ ଅଙ୍ଗରେ ରୋପଣ କରିବାଟା ଭାବି ଦେଖ। ସେଇ ଲୋକଟା ତମର ଆରପାଖେ ବସି ତମର ମୁହଁ ଉପରେ ସେଇ ହାତରେ ଅଙ୍ଗଭଙ୍ଗୀ କରିବାଟା ଭାବିଲ ଦେଖି। ସେଇ କଟା ହାତଟାକୁ ତମେ ଭୂତ ଦେଖିଲା ପରି ଅନେଇବ। ଯଦିଓ ସେଇଟା ତମର ଅତି ଆପଣାର ପ୍ରିୟ ବାହୁ, ତାହା ତମକୁ ସ୍ପର୍ଶ କରିବାର ଆଶଙ୍କାରେ ତମେ ଶିହରି ଉଠିବ !

'ତମେ କଣ ନିର୍ଯ୍ୟାତିତଙ୍କ ସପକ୍ଷରେ ନାହଁ ?' ତାର ପୁଅ କହିଲା। ଆଉ ହଠାତ୍ ଟମାସ ଦେଖିଲା ଯେ ଦୃଶ୍ୟପଟରେ ସେମାନେ ଖେଳୁଥିବା ନାଟକରେ ପ୍ରକୃତ କଥାଟା ରାଜନୈତିକ ବନ୍ଦୀମାନଙ୍କର ନୁହଁ, ବରଂ ସେଇଟା ଥିଲା ତାର ପୁଅ ସହିତ ତାର ସଂପର୍କ। ଯଦି ସେ ଦସ୍ତଖତ କରେ, ତାହେଲେ ସେମାନଙ୍କର ଭାଗ୍ୟ ଯୋଡ଼ି ହେଇଯିବ ଓ ଟମାସକୁ ତା ସହିତ ସଂପର୍କ ରଖିବାକୁ ପଡ଼ିବ। ଯଦି

ସେ ଦସ୍ତଖତ ନ କରେ, ତେବେ ସେମାନଙ୍କର ସଂପର୍କ ପୂର୍ବପରି ଅସିଦ୍ଧ ହେଇ ରହିବ ଯଦିଓ ଆଉ ତାରି ଇଚ୍ଛାରେ ନୁହେଁ, ବରଂ ତା ପୁଅର ନିଜ ଇଚ୍ଛାରେ ତାର ବାପା ଭୀରୁତା ପରିତ୍ୟାଗ କରିଦେବ ।

ତାର ସ୍ଥିତି ଜଣେ ଚେସ୍ ଖେଳାଳୀ ପରି ଥିଲା ଯିଏ ତାର ଅଚଳାବସ୍ଥାକୁ ଆଡ଼େଇ ନ ପାରି ଓହରି ଯିବାକୁ ବାଧ୍ୟ ହୁଏ । ସେ ପିଟିସନ୍‌ରେ ଦସ୍ତଖତ କରୁ କି ନକରୁ ସେଥିରେ ଲେଶ ମାତ୍ର ଫରକ ପଡ଼ିବ ନାହିଁ । ଏହା ତାର ଜୀବନରେ କିମ୍ବା ରାଜନୈତିକ ବନ୍ଦୀମାନଙ୍କ ଜୀବନରେ କିଛି ବଦଳେଇବ ନାହିଁ ।

ସେଇଟା ମତେ ଦିଅ, ସେ କହିଲା ଆଉ କାଗଜ ଖଣ୍ଡିକ ନେଲା ।

(୧୪)

ତାର ନିଷ୍ପତ୍ତି ପାଇଁ ତାକୁ ପୁରସ୍କୃତ କଲା ପରି ସଂପାଦକ ଜଣକ କହିଲେ, 'ତମର ସେଇ ଇଡିପସ୍ ଲେଖାଟା ଭାରି ସୁନ୍ଦର ହେଇଥିଲା ।'

ତା ହାତକୁ କଲମଟିଏ ବଢ଼େଇ ଦେଇ ତାର ପୁଅ କହିଲା, 'ସେଥିରେ କେତୋଟି ବୋମା ବିସ୍ଫୋରକ ଶକ୍ତି ରହିଛି ।'

ଯଦିଓ ସଂପାଦକଙ୍କ କଥା ତାକୁ ଭଲ ଲାଗିଲା, ତାର ପୁଅର ରୂପକଟା ତାକୁ କୃତ୍ରିମ ଓ ଅପ୍ରାସଙ୍ଗିକ ମନେ ହେଲା । 'ଦୁର୍ଭାଗ୍ୟକୁ ମୁଁ କେବଳ ସେଥିରେ ଆହତ ହେଲି !' ସେ କହିଲା । 'ସେ ଯା ହେଉ, ସେଇ ମତ ହେତୁ ମୁଁ ଆଉ ମୋର ରୋଗୀମାନଙ୍କର ଅପରେସନ କରି ପାରିବି ନାହିଁ ।'

ଏଇ ଶବ୍ଦଗୁଡ଼ିକ ନିହାତି ନିରୁତ୍ସାହଜନକ ଓ ବିରୋଧୀଭାବାପନ୍ନ ଶୁଭିଲା ।

ଆପାତତଃ ଏଇ ପ୍ରତିକୂଳ ଧାରାକୁ ପ୍ରତିହତ କରିବା ଆଶାରେ ସଂପାଦକ ଜଣକ କ୍ଷମା ପ୍ରାର୍ଥନା କଲା ପରି କହିଲେ, 'କିଂତୁ ତମର ଲେଖାଟା କେତେ ଲୋକଙ୍କୁ ସାହାଯ୍ୟ କଲା ଭାବିଲ !'

ପିଲାଦିନୁ ଟମାସ 'ସାହାଯ୍ୟ କରିବା' କହିଲେ ଗୋଟେ କଥା ବୁଝିଛି : ରୋଗୀ ସେବା । ଗୋଟେ ଲେଖା ଭଲା ଲୋକଙ୍କୁ କିପରି ସାହାଯ୍ୟ କରି ପାରିଲା ? ଏ ଦିଜଣଯାକ ତାକୁ କଣ ଗିଳେଇବାରେ ଲାଗିଛନ୍ତି, ତାର ସମଗ୍ର ଜୀବନକୁ ଇଡିପସ୍ ବିଷୟରେ ଗୋଟେ ଛୋଟ ମତ କିମ୍ବା ତାଠୁ ଆହୁରି ଛୋଟ କରି : ଶାସନତନ୍ତ୍ର ମୁହଁରେ ଗୋଟେ ଆଦିମ 'ନା'କୁ ଖସାଇ ଦେଉଛନ୍ତି ।

'ଲୋକଙ୍କୁ ତାହା ସାହାଯ୍ୟ କରିଥାଇପାରେ, କରିଥାଇ ନପାରେ', ସେ କହିଲା (ସେମିତି ନିରୁତ୍ସାହିତ ଗଳାରେ, ସମ୍ଭବତଃ ତାର ଅଜାଣତରେ) 'କିଂତୁ ଡାକ୍ତର ଭାବରେ ମୁଁ ଜାଣେ ମୁଁ କେତୋଟି ଜୀବନ ରକ୍ଷା କରିଛି ।'

ପୁଣି ଗୋଟେ ନୀରବତା ଛାଇଗଲା । ଟମାସର ପୁଅ ତାକୁ ଭାଙ୍ଗିଲା । 'ମତଗୁଡ଼ିକ ବି ଜୀବନ ରକ୍ଷା କରିପାରେ ।'

ପିଲାଟିର ମୁହଁରେ ନିଜର ମୁହଁକୁ ଦେଖି ଟମାସ ଭାବିଲା, ନିଜର ଖନେଇବାର ନିଜେ ଦେଖିବାଟା କେତେ ଆଶ୍ଚର୍ଯ୍ୟ ସତରେ ।

'ତମ ଲେଖାର ସବୁଠୁ ଭଲ କଥା ତମେ ଜାଣ ?' ପିଲାଟା କହି ଚାଲିଲା । କହିବାପାଇଁ ତାକୁ କେତେ ଚେଷ୍ଟା କରିବାକୁ ପଡୁଛି ଟମାସ ଦେଖିଲା । "ସାଲିସ୍ ପାଇଁ ତମର ମନା କରିବାଟା । ଭଲ ଓ ଖରାପ ବିଷୟରେ ତମର ସ୍ପଷ୍ଟ ଚିନ୍ତାଧାରା ଯାହାକି ଆମେ କ୍ରମଶଃ ହରାଇବା ଉପରେ । ଗ୍ଲାନିବୋଧର ଧାରଣାଟା ତ ଆମର ଆଉ ନାହିଁ । କମ୍ୟୁନିଷ୍ଟ ମାନଙ୍କର ଗୋଟେ ଆଳ ଯେ ଷ୍ଟାଲିନ୍ ତାଙ୍କୁ ଭୂଲ୍ ମାର୍ଗ ଦେଖାଇଲେ । ହତ୍ୟାକାରୀଙ୍କ ଆଳ ଯେ ସେମାନଙ୍କର ମାଁ ମାନେ ତାଙ୍କୁ ଭଲ ପାଇ ନଥିଲେ । ଆଉ ହଠାତ୍ ତମେ ବାହାରି କହିଲ ଯେ : କୌଣସି ଆଳ ବା ବାହାନା ନ ଥାଏ । ଇଡିପସଠାରୁ ଆଉ କେହି ଆତ୍ମା ଓ ବିବେକରେ ଅଧିକ ନିଷ୍ପାପ ନ ଥିଲେ । ତଥାପି ସେ ନିଜର କଲା କର୍ମ ପାଇଁ ନିଜକୁ ଶାସ୍ତି ଦେଲେ ।"

ନିଜ ପୁଅ ମୁହଁରୁ ଟମାସ ନିଜ ଆଖି ହଠାତ୍ ଉଠେଇ ନେଇ ସଂପାଦକ ଉପରେ ଦୃଷ୍ଟି ନିବଦ୍ଧ କରିବାକୁ ଚେଷ୍ଟା କଲା । ତାକୁ ବିରକ୍ତ ଲାଗିଲା ଓ ସେମାନଙ୍କ ସହିତ ସେ ଯୁକ୍ତି କରିବାକୁ ତାର ଇଚ୍ଛା ହେଲା । 'କିଂତୁ ଏ ସବୁଯାକ ଗୋଟେ ଭୂଲ୍ ବୁଝାମଣା ! ଭଲ ଓ ଖରାପର ସୀମାରେଖା ଭୟଙ୍କର ଭାବରେ ଧୂମିଳ । ମୁଁ କାହାକୁ ଶାସ୍ତି ଦେବାକୁ ଚାହିଁ ନ ଥିଲି । ଯେଉଁ ଲୋକମାନେ ନିଜେ କଣ କରିଛନ୍ତି ଜାଣି ନାହାନ୍ତି ସେମାନଙ୍କୁ ଶାସ୍ତି ଦେବାଟା ଅସଭ୍ୟ । ଇଡିପସ୍‌ର କିମ୍ବଦନ୍ତୀଟି ସୁନ୍ଦର, କିଂତୁ ତାକୁ ଏପରି ବ୍ୟବହାର...' ତାର ଆହୁରି କହିବାର ଥିଲା । କିଂତୁ ତାର ହଠାତ ମନେ ପଡ଼ିଲା ଯେ ଜାଗାଟିରେ ଶବ୍ଦଗ୍ରହଣ ଯନ୍ତ୍ର ଗୁପ୍ତରେ ରଖାଯାଇଥାଇପାରେ । ଭବିଷ୍ୟତରେ ଯୁଗଯୁଗ ଧରି ଇତିହାସକାରଙ୍କ ଦ୍ୱାରା ଉଦ୍ଧୃତ ହେବା ପାଇଁ ତାର ଟିକିଏ ସୁଦ୍ଧା ଉଚ୍ଚାକାଂକ୍ଷା ନ ଥିଲା । କାଳେ ପୋଲିସର ଉଦ୍ଧୃତିରେ ସେ ରହିଯିବ, କେବଳ ସେଥିପାଇଁ ସେ ଡରୁଥିଲା । ସେମାନେ ବି କଣ ତାଠାରୁ ସେଇଯା ଚାହୁଁ ନଥିଲେ ? ଲେଖାଟିର ନିନ୍ଦା ପ୍ରକାଶ ? ନିଜ ମୁହଁରୁ କଥାଟିକୁ ସେମାନଙ୍କୁ ବତେଇବାଟା ତାକୁ ଭଲ ଲାଗିଲା ନାହିଁ । ତା ଛଡ଼ା, ସେ ଜାଣେ ଯେ ଦେଶରେ ଯିଏ ଯାହା କହିଲେ ତାହା ରେଡ଼ିଓରେ ପ୍ରସାର ହେଇପାରେ । ସେ ନିଜର ପାଟି ବନ୍ଦ କଲା ।

'ତମେ କଣ ପାଇଁ ଫେର୍ ମତ ପରିବର୍ତ୍ତନ କଲ ମତେ ଆଶ୍ଚର୍ଯ୍ୟ ଲାଗୁଛି', ସଂପାଦକ କହିଲେ ।

'ଏ କଥା ପ୍ରଥମେ ମୁଁ ଲେଖିଲି କଣ ପାଇଁ, ମତେ ସେଥିପାଇଁ ଆଶ୍ଚର୍ଯ୍ୟ ଲାଗୁଛି', ଟମାସ କହିଲା ଆଉ ଠିକ୍ ସେତିକିବେଳେ ତାର ମନେ ପଡ଼ିଲା : କାଣ୍ଡସର ଝୁଡ଼ି ଭିତରେ ଶିଶୁଟିଏ ପରି ସୁଅରେ ସେ ତାର ଶଯ୍ୟାଧାରକୁ ଆସି ଲାଗିଥିଲା। ହଁ, ସେଥିପାଇଁ ସେ ବହି କିଣି ରୋମୁଲସ୍, ମୋଜେସ୍ ଓ ଇଡିପସର କାହାଣୀ ପଢ଼ିଲା। ଏବେ ସେ ପୁଣିଥରେ ତା ପାଖରେ। ଟମାସ ତା କୁଆଟାକୁ ଲାଲରଙ୍ଗର କପଡ଼ାରେ ଘୋଡ଼ାଇ ତାର ଛାତି ପାଖରେ ତାକୁ ଜାବୁଡ଼ି ଧରି ସେ ଠିଆ ହେଇଥିବାର ଦେଖିଲା। କଳ୍ପନାରେ ତାର ପ୍ରତିଛବି ତାକୁ ଶାନ୍ତି ଦେଲା। ତାର ମନେ ହେଲା, ଟେରେଜା ବଞ୍ଚିଛି। ସେଇ ସହରରେ ସେ ତା ସହିତ ଅଛି। ଟମାସ ପାଇଁ ଆଉ କିଛିର ମାନେ ନାହିଁ।

ଏଥରକ ସଂପାଦକ ନୀରବତା ଭଙ୍ଗ କରି କହିଲେ, 'ମୁଁ ବୁଝୁଛି, ମତେ ବି ଶାସ୍ତି ଦେବା କଥାଟା ଭଲ ଲାଗେ ନାହିଁ। 'ଯାହା ବି ହେଉ', ହସି ହସି ସେ ପୁଣି କହିଲେ, 'ଦଣ୍ଡ ବିଧାନ କରିବା ପାଇଁ ଆମେ କହୁ ନାହୁଁ, ଆମେ ତାର ନିରାକରଣ ଚାହୁଁ।'

'ମୁଁ ଜାଣେ', ଟମାସ କହିଲା। ପରବର୍ତ୍ତୀ କେତୋଟି ମୂହୁର୍ତ୍ତରେ ସେ କିଛି ଗୋଟେ ମହତ୍ କାମ କରିବ। କିଂତୁ ନିଶ୍ଚିତ ଭାବରେ ଓ ସଂପୂର୍ଣ୍ଣ ଭାବରେ ସେଇଟା ତା ପାଇଁ ଅଦରକାରୀ (କାରଣ ତାହା ରାଜନୈତିକ ବନ୍ଦୀମାନଙ୍କୁ ସାହାଯ୍ୟ କରିବ ନାହିଁ) ଏବଂ ଅପ୍ରୀତିକର (କାରଣ ଏହା ଏଇ ଦୁଇଜଣ ତା ଉପରେ ପକାଇଥିବା ଚାପରୁ ସୃଷ୍ଟ ପରିସ୍ଥିତିରେ ହେବ)।

'ଏଥିରେ ଦସ୍ତଖତ କରିବା ତମର କର୍ତ୍ତବ୍ୟ', ଅନୁନୟ କଲା ପରି ତାର ପୁଅ କହିଲା।

କର୍ତ୍ତବ୍ୟ ? ତାର ପୁଅ ତାକୁ ନିଜ କର୍ତ୍ତବ୍ୟ ବିଷୟରେ ଚେତେଇ ଦଉଛି ? ସେଇଟା ତା ଉପରେ ପ୍ରୟୋଗ କରାଯାଇଥିବା ସବୁଠୁ ଖରାପ ଶବ୍ଦଟିଏ ! ପୁଣି ଥରେ ଟେରେଜାର ଛବି ତା ଆଖି ସାମ୍ନାରେ କୁଆଟାକୁ ଧରି ଉଭା ହେଲା। ତାପରେ ତାର ମନେ ପଡ଼ିଲା, ଜଣେ ଗୁପ୍ତ ପୋଲିସ୍ ଏଜେଣ୍ଟ ଟେରେଜାକୁ ଆଗଦିନ ବାଟକଢ଼ାଇ ଆଣିଥିଲେ। ତାର ହାତଗୁଡ଼ା ପୁଣି ଥରିବା ଆରମ୍ଭ କରିଥିଲା। ତାର ବୟସ ବଢ଼ିଥିଲା। କେବଳ ଟେରେଜା ହିଁ ତା ପାଇଁ ବଡ଼ ଥିଲା। ସେ-ଛଅଟି ଆକସ୍ମିକତାରୁ ଜନ୍ମ, ସେ-ଚିଫ୍ ସର୍ଜନଙ୍କ ସିଆଟିକାରୁ ଫୁଲଟିଏ ହେଇ ଫୁଟିଥିଲା। ସେ-ଟମାସର ସବୁଯାକ 'ଠିକ୍ କଥା !' ର ବିପରୀତ ଦିଗଟିଏ। ତା ମନରେ ତାରି ପାଇଁ ହିଁ ଖାଲି ଖାତିରି ଥିଲା।

ଦସ୍ତଖତ କରିବ କି ନାହିଁ ସେ କଥା ସେ ଭାବୁଛି କାହିଁକି ? ତାର ସବୁ ନିଷ୍ପତ୍ତି ପାଇଁ କେବଳ ଗୋଟେ ମାନଦଣ୍ଡ ଥିଲା : ସେ ଏମିତି କିଛି କରିବ ନାହିଁ ଯାହା ଟେରେଜାର କ୍ଷତି କରିବ । ଟମାସ ରାଜନୈତିକ ବନ୍ଦୀମାନଙ୍କୁ ରକ୍ଷା କରିପାରିବ ନାହିଁ । କିଂତୁ ସେ ଟେରେଜାକୁ ଖୁସି କରିପାରିବ । ପ୍ରକୃତରେ ସେ ସେତକ ବି କରିବାରେ ସଫଳ ହେଲା ନାହିଁ । କିଂତୁ ଯଦି ସେ ପିଟିସନ୍‌ରେ ଦସ୍ତଖତ କରେ, ସେ ପାଖାପାଖି ନିଶ୍ଚିତ ଯେ ଗୁପ୍ତ ପୋଲିସର ଏଜେଣ୍ଟମାନେ ବାରବାର ଟେରେଜା ପାଖକୁ ଯିବେ, ଆଉ ତାର ହାତମାନ ଆହୁରି ଥରିବ ।

'ରାଷ୍ଟ୍ରପତିଙ୍କ ପାଖକୁ ପିଟିସନ ଲେଖିବା ଅପେକ୍ଷା ମାଟି ତଳୁ ଅଧାପୋତା କାଉଟାକୁ ବାହାର କରିବାଟା ବେଶୀ ତାତ୍ପର୍ଯ୍ୟପୂର୍ଣ୍ଣ', ସେ କହିଲା ।

ସେ ଜାଣେ ଯେ ତାର କଥାଗୁଡ଼ା ଅବୋଧ୍ୟ । ତେବେ ସେଥିପାଇଁ ହିଁ ସେଗୁଡ଼ିକୁ ସେ ବେଶ୍ ଉପଭୋଗ କଲା । ହଠାତ୍ ସେ ଏକ ଅପ୍ରତ୍ୟାଶିତ ମାଦକତା ତା ଉପରେ ସବାର ହେବାର ଅନୁଭବ କଲା । ଏଇଟା ଥିଲା ସେଇ ମାରାତ୍ମକ ମାଦକତା ଯାହା ସେ ତାର ସ୍ତ୍ରୀକୁ ଓ ପୁଅକୁ ଆଉ ନ ଦେଖିବାର ଇଛାକୁ ପ୍ରକାଶ କଲାବେଳେ ନିଜେ ଅନୁଭବ କରିଥିଲା । ଏଇଟା ଥିଲା ସେଇ ମାରାତ୍ମକ ମାଦକତା ଯାହା ସେ ତାର ଡାକ୍ତରୀ ବୃତ୍ତିରୁ ଇସ୍ତଫା ପତ୍ର ଲେଖିଲାବେଳେ ନିଜେ ଅନୁଭବ କରିଥିଲା । ସେ ଠିକ୍ କରୁଛି କି ନାଇଁ ସେଥିରେ ନିଶ୍ଚିତ ନୁହେଁ । କିଂତୁ ଏତିକି ନିଶ୍ଚୟ ଜାଣେ ଯେ ସେ ଯାହା କରିବାକୁ ଚାହୁଁଛି ସେଇୟା କରୁଛି !

'ମୁଁ ଦୁଃଖିତ', ସେ କହିଲା, 'ମୁଁ ଦସ୍ତଖତ କରିପାରିବି ନାହିଁ ।'

(୧୪)

କେତେଦିନ ପରେ ସେ ଖବରକାଗଜରେ ପିଟିସନ ବିଷୟରେ ପଢ଼ିଲା ।

ଅବଶ୍ୟ, ରାଜନୈତିକ ବନ୍ଦୀମାନଙ୍କୁ ମୁକ୍ତି ପାଇଁ ସେଥିରେ ଭଦ୍ରତା ସଂପନ୍ନ ଶବ୍ଦରେ ଲେଖା ପଦଟିଏ ସୁଦ୍ଧା ନଥିଲା । ଛୋଟିଆ ଲେଖାରୁ ଗୋଟିଏ ବାକ୍ୟ ମଧ୍ୟ ଉଦ୍ଧାର କରି କୌଣସି ଖବର କାଗଜ ପ୍ରକାଶ କରି ନଥିଲେ । ତା ବଦଳରେ, ସମାଜବାଦ ବିରୁଦ୍ଧରେ ଏକ ଅଭିନବ ପ୍ରଚାର ଅଭିଯାନ ଉଦ୍ଦେଶ୍ୟରେ ଭିତ୍ତିସ୍ଥାପନ କରିବାକୁ ଯାଇ ସେମାନେ ଗୋଟେ ରାଷ୍ଟ୍ର-ବିରୋଧୀ ଘୋଷଣାନାମା ବିଷୟରେ ଅସ୍ପଷ୍ଟ ଭାବରେ ମାରାତ୍ମକ ଟୀକା ଟୀପ୍‌ପଣୀ ସହ ଲମ୍ବାଚଉଡ଼ା କରି ପ୍ରକାଶ କରିଥିଲେ । ଆହୁରି ମଧ୍ୟ ସେମାନେ ସବୁ ସ୍ୱାକ୍ଷରକାରୀଙ୍କ ଗୋଟେ ତାଲିକା କରି ପ୍ରତ୍ୟେକଙ୍କ ନାଁରେ କୁତ୍ସାରଟନା କରିଥିଲେ । ଏଇଟା ଦେଖି ଟମାସର ରୁମ ଟାଙ୍କୁରି ଉଠିଲା ।

ଏଇଟା ଯେ ଅପ୍ରତ୍ୟାଶିତ ଥିଲା, ତା ନୁହଁ। କଥାଟା ଏଇ ଯେ କମ୍ୟୁନିଷ୍ଟ ପାର୍ଟି ଦ୍ୱାରା କରା ଯାଉ ନଥିବା ଯେ କୌଣସି ସାର୍ବଜନୀନ କାର୍ଯ୍ୟଭାର (ସଭା, ପିଟିସନ, ପଥପ୍ରାନ୍ତ ସଭା ସମିତି) ଆପଣା ଛାଏଁ ବେଆଇନ୍ ଧରାଯାଉଥିଲା ଓ ସେଥିରେ ଅଂଶଗ୍ରହଣ କରୁଥିବା ଲୋକେ ଅସୁବିଧାରେ ପଡୁଥିବା କଥାଟା ବେଶ୍ ଜଣାଶୁଣା ଥିଲା। କିଂତୁ ପିଟିସନରେ ଦସ୍ତଖତ କରି ନଥିବା ହେତୁ ତାକୁ ଟିକେ ବେଶୀ ଦୁଃଖ ଲାଗିଥାଇପାରେ। ସେ କାହିଁକି ଦସ୍ତଖତ କଲା ନାହିଁ ? କେଉଁ କାରଣରୁ ସେ ଏପରି ନିଷ୍ପତ୍ତି ନେଇଥିଲା। ତାହା ସେ ମନେ ପକାଇ ପାରିଲା ନାହିଁ।

ଉପନ୍ୟାସର ଆରମ୍ଭରେ ସେ ମୋ ସାମ୍ନାରେ ଯେପରି ପ୍ରତୀୟମାନ ହେଇଥିଲା ସେଇ ଭାବର ମୁଁ ତାକୁ ପୁଣିଥରେ ଦେଖେ। ଝରକା ପାଖରେ ଛିଡା ହେଇ ସେ ଅଗଣା ଦେଇ ବିପରୀତ ଦିଗରେ ଥିବା କାନ୍ଥକୁ ଚାହିଁଥାଏ।

ଏଇ କଳ୍ପନାରୁ ସେ ଜନ୍ମ ନିଏ। ଯେପରିକି ମୁଁ ଆଗରୁ ଦର୍ଶାଇଛି, ଉପନ୍ୟାସର ଚରିତ୍ରମାନେ ସ୍ତ୍ରୀଲୋକଠାରୁ ଜନ୍ମ ହୁଅନ୍ତି ନାହିଁ : ସେମାନେ ଗୋଟେ ପରିସ୍ଥିତିରୁ, ଗୋଟେ ବାକ୍ୟରୁ, ଏକ ମୌଳିକ ମାନବିକ ସମ୍ଭାବନାର ସଂକ୍ଷିପ୍ତ ସାର ଥିବା ଗୋଟେ ରୂପକରୁ ଜାତ ହେଇଥାନ୍ତି ଯାହା କି ଲେଖକ ଦୃଷ୍ଟିରେ ଅନ୍ୟ କାହା ଦ୍ୱାରା ଅନାବିଷ୍କୃତ କିମ୍ବା ସେଇ ବିଷୟରେ କେହି କିଛି ତାତ୍ପର୍ଯ୍ୟପୂର୍ଣ୍ଣ କଥା କହି ନାହାନ୍ତି। କିଂତୁ ଏଇଟା କଣ ସତ ନୁହେଁ ଯେ ଜଣେ ଲେଖକ କେବଳ ନିଜ ବିଷୟରେ ଲେଖିପାରେ ?

ଅସହାୟ ଭାବରେ ଆପଣାଟିକୁ ଚାହିଁ ରହି, କଣ କରିବ ଜାଣି ନ ପାରିବା, ରତି କ୍ଷଣରେ ନିଜର ଅବିରତ ପେଟ ଗୋଳମାଳ ଶବ୍ଦ ଶୁଣିବା, ପ୍ରତାରଣା କରିବା, ଅଥଚ ପ୍ରତାରଣାର ମନୋହରୀ ପଥକୁ ଛାଡ଼ି ଦେବାରେ ଇଚ୍ଛା ଶକ୍ତିର ଅଭାବ ରଖିବା, ମହା ଶୋଭାଯାତ୍ରାରେ ନିଜର ହାତମୁଠି ଉଠାଇବା, ଗୋପନରେ ଖଞ୍ଜା ମାଇକ୍ରୋଫୋନ୍ ସାମ୍ନାରେ ନିଜର ବୁଦ୍ଧିମତ୍ତା ଦେଖାଇବା- ମୁଁ ଏଇସବୁ ପରିସ୍ଥିତିକୁ ଜାଣିଛି। ମୁଁ ନିଜେ ସେ ସବୁକୁ ଅଙ୍ଗେ ନିଭେଇଛି। ତଥାପି ସେଗୁଡ଼ିକ ଭିତରୁ କୌଣସିଟି ମୁଁ ନିଜେ ଓ ମୋର ବାଓଡାଟା ବା ନିଜର ଶିକ୍ଷା ବା ଜୀବନ ବୃତ୍ତାନ୍ତର ସଂକ୍ଷିପ୍ତ ବିବରଣ ସୂଚାଉଥିବା ବ୍ୟକ୍ତିଟିକୁ ଜଣାଏ ନାହିଁ। ମୋ ଉପନ୍ୟାସର ଚରିତ୍ରମାନେ ମୋର ନିଜର ସବୁ ଅପରିପୂର୍ଣ୍ଣ ସମ୍ଭାବନା- ସେଥିପାଇଁ ମୁଁ ସେମାନଙ୍କୁ ଯେତିକି ଭଲପାଏ, ସେତିକି ମଧ୍ୟ ଭୟ କରେ। ମୁଁ ରେଖାଙ୍କିତ କରିଥିବା ସୀମା ସରହଦକୁ ପ୍ରତ୍ୟେକଟି ପାର କରିଛନ୍ତି। ସେଇ ପାରି ହେଇଥିବା ସୀମାଟି (ଯେଉଁ ସୀମା ବାହାରେ ମୋର ନିଜର 'ମୁଁ'ଟା ଶେଷ ହେଇଯାଏ) ମତେ ସବୁଠୁ ବେଶୀ ଆକର୍ଷଣ କରେ। କାରଣ ସେଇ ସୀମା ଆରପାଖେ ହିଁ ଉପନ୍ୟାସ ପଚାରିଥିବା

ରହସ୍ୟଟି ଆରମ୍ଭ ହୁଏ । ଉପନ୍ୟାସଟି ଲେଖକର ସ୍ୱୀକାରୋକ୍ତି ନୁହେଁ । ଫନ୍ଦିଟିଏ ହେଇଯାଇଥିବ । ପୃଥିବୀରେ ମଣିଷ ଜୀବନର ଏହା ଏକ ଅନ୍ୱେଷଣ । କିଂତୁ ବହୁତ ହେଇଗଲା । ଏଥର ଟମାସ ପାଖକୁ ଫେରିଯିବା ।

ଏକୁଟିଆ ତାରି ଫ୍ଲାଟ୍‌ରେ ଅଗଣା ଦେଇ ଆରପାଖ ବିଲଡିଂର ମଇଳା କାଛକୁ ଚାହିଁଥିଲା । ସେଇ ଢ଼େଙ୍ଗା, ବାଙ୍କିଲା ଆଉ ବଡ଼ ଥୋମଣି ଥିବା ଲୋକଟାକୁ ଓ ସେଇଲୋକର ବନ୍ଧୁମାନଙ୍କୁ ସେ ମନେ ପକାଇଲା ଯେଉଁ ମାନଙ୍କୁ କି ସେ ଜାଣି ନଥିଲା କିମ୍ବା ସେମାନେ ତାର ନିଜ ପରିଧିର ଲୋକ ନ ଥିଲେ । ତାକୁ ଲାଗିଲା ସତେ ଯେମିତି ସେ ଏଇମାତ୍ର ଜଣେ ସୁନ୍ଦରୀ ସ୍ତ୍ରୀ ଲୋକଟିକୁ ରେଲ୍‌ୱେ ପ୍ଲାଟଫର୍ମରେ ଭେଟିଛି । ସ୍ତ୍ରୀଲୋକଟିକୁ କିଛି ସେ କହିବା ଆଗରୁ ସ୍ତ୍ରୀଲୋକଟି ସତେଅବା ଇସ୍ତାନବୁଲ୍ କିମ୍ବା ଲିସବନ ଅଭିମୁଖେ ଯିବାପାଇଁ ଅଟକି ଥିବା କାର୍ ଭିତରକୁ ପଶିଗଲା ।

ତାପରେ ତାର କଣ କରିବାର ଉଚିତ ଥିଲା, ସେ ଏଇ କଥା ଭାବିବାକୁ ଚେଷ୍ଟାକଲା । ଯଦିଓ ସେ ତାର ଭାବଗତ ବିଷୟକୁ ଆଢ଼େଇ ଦେବାକୁ ପାରୁ ପର୍ଯ୍ୟନ୍ତ ଚେଷ୍ଟା କଲା (ସଂପାଦକଜଣକ ପ୍ରତି ଥିବା ତାର ସମ୍ମାନ ଓ ତାର ପୁଅ ଯୋଗୁଁ ବିରକ୍ତି), ତଥାପି ଲେଖାଟିରେ ସେ ଦସ୍ତଖତ କରିବାର ଥିଲା ନା ନାଇଁ ସେଥିନେଇ ସେ ନିଶ୍ଚିତ ହେଇ ପାରିଲା ନାହିଁ ।

ଅନ୍ୟମାନଙ୍କୁ ଚୁପ୍ କରାଗଲାବେଳେ ନିଜେ ସ୍ୱର ଉତ୍ତୋଳନ କରିବାଟା କଣ ଠିକ୍ ? ହଁ ।

ଅପରପକ୍ଷେ, ଖବରକାଗଜଗୁଡିକ ପିଟିସନଟା ପାଇଁ ଏତେ ଜାଗା କାହିଁକି ଛାଡିଲେ ? ପ୍ରେସ୍ (ସଂପୂର୍ଣ୍ଣ ଭାବରେ ରାଷ୍ଟ୍ର ସ୍ୱାର୍ଥରେ ପରିଚାଳିତ) ତ ଏଇ ବିଷୟରେ ନୀରବ ରହି ପାରିଥାନ୍ତା ଓ ଅନ୍ୟମାନେ କିଛି ଜାଣି ପାରି ନ ଥାନ୍ତେ । ସେମାନେ ପିଟିସନ୍‌ଟିକୁ ପ୍ରଚାର କଲେ, ତାପରେ ପିଟିସନଟା ତ ଶାସକ ହାତରେ ପଡ଼ିଗଲା । ଏହାଥିଲା ସ୍ୱର୍ଗରୁ ଖସିପଡ଼ିଥିବା ଅପ୍ରତ୍ୟାଶିତ ଅମୃତ ପରି । କାରଣ ଏହା ନିର୍ଯ୍ୟାତନାର ନୂଆଁ ମୋଡ଼ ପାଇଁ ଏକ ଯୁକ୍ତି ଥିଲା ।

ତା ହେଲେ ତାର କଣ କରିବାର କଥା ? ସ୍ୱାକ୍ଷର କରିବା ନା ନ କରିବା ?

ପ୍ରଶ୍ନଟିକୁ ଅନ୍ୟପ୍ରକାରେ ସଜାଇଲେ, ପାଟିତୁଣ୍ଡ କରିବାଟା ଭଲ ଯଦ୍ୱାରା ଶିଘ୍ର ଅନ୍ତ ଘଟିବ ନା ନୀରବ ରହିବ । ଯଦ୍ୱାରା ହେବ ଏକ ମନ୍ଥର ମୃତ୍ୟୁ ?

ଏଇ ପ୍ରଶ୍ନଗୁଡ଼ିକର କୌଣସି ଉତ୍ତର ଅଛି କି ?

ଆଉ ପୁଣିଥରେ ସେ ସେଇ ଚିନ୍ତାଟି କଲା ଯାହା ଆମେ ଜାଣୁ : ମଣିଷ ଗୋଟିଏ ଜୀବନ ବଞ୍ଚେ । ଗୋଟିଏ ନିର୍ଦ୍ଦିଷ୍ଟ ପରିସ୍ଥିତିରେ ଆମର କେଉଁ ସିଦ୍ଧାନ୍ତମାନ

ଭଲ ଓ କେଉଁଗୁଡ଼ିକ ଖରାପ ସେଇ ବିଷୟରେ ଆମେ ନିଷ୍ପତ୍ତି ନେଇ ନ ପାରିବାର କାରଣ ଆମେ କେବଳ ଗୋଟିଏ ମାତ୍ର ନିଷ୍ପତ୍ତି କରିପାରୁ । ବିଭିନ୍ନ ନିଷ୍ପତ୍ତି ଭିତରେ ତୁଳନା କରି ପରଖିବା ପାଇଁ ଆମକୁ ଦ୍ୱିତୀୟ, ତୃତୀୟ, ଚତୁର୍ଥ ଜୀବନ ଉପଲବ୍ଧ ହୁଏ ନାହିଁ ।

ଏଇ ପରିପ୍ରେକ୍ଷୀରେ ବ୍ୟକ୍ତିଗତ ଜୀବନଗୁଡ଼ିକ ସହିତ ଇତିହାସର ସମାନତା ରହିଛି । ଚେକ୍ ଜାତିର କେବଳ ଗୋଟିଏ ମାତ୍ର ଇତିହାସ ରହିଛି । ଟମାସର ଜୀବନ ପରି ଦିନେ ତାର ବିଲୟ ହେବ, ଆଉ କେବେ ତାର ପୁନରାବୃତ୍ତି ହେବ ନାହିଁ ।

୧୬୧୮ରେ ଚେକ୍ ଅଧିବାସୀମାନେ ପ୍ରାଗ୍‌ର ପ୍ରାସାଦର ଗୋଟେ ଝରକାରୁ ଦୁଇଜଣ ଉଚ୍ଚପଦସ୍ଥ କର୍ମଚାରୀଙ୍କୁ ନିକ୍ଷେପ କରି ଭିଏନାରେ ରାଜୁତି କରୁଥିବା ସମ୍ରାଟଙ୍କ ଉପରେ ନିଜର ରାଗ ଶୁଝାଇଥିଲେ । ସେମାନଙ୍କ ସାହସିକ ପ୍ରତିରୋଧ ଯୋଗୁଁ 'ତିରିଶ ବର୍ଷ ଯୁଦ୍ଧ' ହେଲା । ଫଳତଃ ଚେକ୍ ଦେଶ ପ୍ରାୟ ସଂପୂର୍ଣ୍ଣ ଧ୍ୱଂସ ପାଇଗଲା । ଚେକ୍ ଅଧିବାସୀ ଗଣ ସାହସ ଅପେକ୍ଷା ଆଉ ଟିକେ ସାବଧାନତା ଦେଖାଇବାଟା ଉଚିତ ହେଇଥାନ୍ତା କି ? ଉତ୍ତରଟା ସରଳ ମନେ ହେଇପାରେ । ତେବେ ଏହା ସହଜ ନୁହେଁ ।

ତିନିଶହ କୋଡ଼ିଏ ବର୍ଷ ପରେ, ୧୯୩୮ର ମ୍ୟୁନିକ୍ ସମ୍ମିଳନୀ ପରେ, ଚେକ୍‌ମାନଙ୍କର ଦେଶକୁ ହିଟ୍‌ଲର୍ ପାଖରେ ବଳି ଦେବାକୁ ସମଗ୍ର ପୃଥିବୀ ନିଷ୍ପତ୍ତି ନେଲା । ନିଜଠାରୁ ଆଠଗୁଣ ଅଧିକ ବଳରେ ବଳୀୟାନ୍ ଗୋଟେ ଶକ୍ତିର ସାମ୍ନା କରିବାକୁ ଚେକ୍‌ମାନେ ଚେଷ୍ଟା କରିବାଟା ଉଚିତ ହେଇଥାନ୍ତା କି ? ୧୬୧୮ର ଘଟଣାର ଠିକ୍ ବିପରୀତ ଭାବେ, ସେମାନେ ସତର୍କତାର ବାଟ ବାଛିଲେ । ସେମାନଙ୍କର ଆତ୍ମସମର୍ପଣ ଦ୍ୱିତୀୟ ବିଶ୍ୱଯୁଦ୍ଧର ସୂତ୍ରପାତ କଲା । ଫଳରେ ଅନେକ ଦଶନ୍ଧି ଧରି ଏପରିକି ଶତାବ୍ଦୀ ଶତାବ୍ଦୀ ଧରି ତାଙ୍କ ଦେଶ ସ୍ୱାଧୀନତାର ଅଧିକାରଚ୍ୟୁତ ହେଲା । ସତର୍କତା ଅପେକ୍ଷା ସେମାନେ ବେଶୀ ସାହସ ଦେଖାଇବାର ଉଚିତ ଥିଲା କି ? ସେମାନେ କଣ କରିବାର ଥିଲା ?

ଯଦି ଚେକ୍ ଇତିହାସର ପୁନରାବୃତ୍ତି ଘଟୁଥାନ୍ତା, ଆମେ ଅବଶ୍ୟ ପ୍ରତିଥର ଅନ୍ୟାନ୍ୟ ସମ୍ଭାବନା ଗୁଡିକୁ ପରୀକ୍ଷା କରି ତାର ଫଳାଫଳର ତୁଳନା କରିବାକୁ ଇଚ୍ଛା କରୁଥାନ୍ତା । ଏହିପରି ପରୀକ୍ଷା ନିରୀକ୍ଷା ବିନା, ସବୁ ବିଚାର ଆଲୋଚନା ଗୋଟେ ଗୋଟେ ଅନୁମାନର ଖେଳ ହେଇ ରହିଯାଏ ।

ଯାହା ଥରେ ମାତ୍ର ଘଟେ, ତାହା ଆଦୌ ଘଟି ନଥିଲେ ମଧ୍ୟ ଚଳନ୍ତା । ଚେକ୍ ଇତିହାସର ପୁନରାବୃତ୍ତି ହେବ ନାହିଁ, ଠିକ୍ ସେହିପରି ୟୁରୋପର ଇତିହାସ

ବି ନୁହେଁ । ଚେକ୍‌ମାନଙ୍କର ଓ ୟୁରୋପର ଇତିହାସ ମଣିଷ ସମାଜର ଭାଗ୍ୟ ନିୟନ୍ତ୍ରିତ ଅନଭିଜ୍ଞତାର କଲମରୁ ଦୁଇଟା ସ୍କେଚ୍ । ବ୍ୟକ୍ତିଗତ ମଣିଷର ଜୀବନ ପରି ଇତିହାସ ହାଲୁକା, ଅସହ୍ୟ ଭାବରେ ହାଲୁକା, ପକ୍ଷୀର ପରଟିଏ ପରି ହାଲୁକା, ପବନରେ ଉଡୁଥିବା ଧୂଳିକଣା ପରି, ଆସନ୍ତାକାଲି ଯାହାର କି ଚିହ୍ନବର୍ଣ୍ଣ ରହେ ନାହିଁ ।

ପ୍ରାୟ ପ୍ରେମ ଅନୁଭୂତି ପରି ଅତୀତର ରୋମନ୍ଥନରେ ପୁଣି ଥରେ ଟମାସ ଡେଙ୍ଗା ବାଙ୍କିଲା ସଂପାଦକ କଥା ଭାବିଲା । ଲୋକଟା ଯେମିତି ବ୍ୟବହାର କଲା ସତେ ଯେମିତି ଇତିହାସଟା ଗୋଟେ ରେଖାଚିତ୍ର ନୁହେଁ, ବରଂ ସେଇଟା ଗୋଟେ ସ୍ୱୟଂସଂପୂର୍ଣ୍ଣ ଚିତ୍ର । ସେ ଯେମିତି ବ୍ୟବହାର ଦେଖାଇଲା ସତେ ଅବା ସେ ଯାହା କରିଛି ତାହା ଶେଷହୀନ ଭାବରେ ବାରବାର ଘଟି ଚାଲିଥିବ, ଅନନ୍ତ ଥର ଫେରି ଆସୁଥିବ । ନିଜର କ୍ରୀୟାକଳାପରେ ଏ ନେଇ ତାର ତିଳେ ସୁଦ୍ଧା ସନ୍ଦେହ ନ ଥିଲା । ତାର ଗଭୀର ବିଶ୍ୱାସ ଯେ ସେ ଯାହା କରୁଛି ତାହା ଠିକ୍ । ଆଉ ତା ପାଇଁ ସେଇଟା ସଂକୀର୍ଣ୍ଣ ମାନସିକତାର ଚିହ୍ନ ନୁହେଁ । ବରଂ ସେଇଟା ଗୋଟେ ସୁଗୁଣ । ହଁ, ସେଇ ଲୋକଟା ଟମାସର ଇତିହାସଠାରୁ ଭିନ୍ନ ଏକ ଇତିହାସରେ ଯାହା ଏକ (କିମ୍ବା ସେ ସେଇୟା ବୋଧ କରେ ନାହିଁ) ସ୍କେଚ୍ ନୁହେଁ ।

(୧୬)

କେତେଦିନ ପରେ, ତାକୁ ଆଉ ଗୋଟେ ଚିନ୍ତା ଘାରିଲା ଯାହାକୁ ମୁଁ ଏଠି ପୂର୍ବ ଅଧ୍ୟାୟର ଏକ "ଅତିରିକ୍ତ ରଚନା" ରୂପେ ଏଠି ଲିପିବଦ୍ଧ କରି ରଖୁଛି : ମହାଶୂନ୍ୟରେ କେଉଁ ଏକ ସ୍ଥାନରେ ଗୋଟେ ଗ୍ରହ ରହିଛି ଯୋଉଠି ସବୁ ଲୋକ ପୁଣି ଥରେ ଜନ୍ମ ହେବେ । ସେମାନେ ଏଇ ପୃଥିବୀରେ ବିତାଇଥିବା ଆଗ ଜନ୍ମର ସବୁ ଅନୁଭୂତି ବିଷୟରେ ମନେ ରଖିଥିବେ ।

ଆଉ ବୋଧହୁଏ ଆଉ ଗୋଟେ ଗ୍ରହ ଅଛି ଯୋଉଠି ଆମେ ସମସ୍ତେ ତୃତୀୟ ଥର ପାଇଁ ଆମର ପ୍ରଥମ ଦୁଇଟି ଜନ୍ମର ଅନୁଭୂତି ନେଇ ଜନ୍ମ ନେବା ।

ବୋଧହୁଏ ଏମିତି ଆହୁରି ଆହୁରି ଅନେକ ଗ୍ରହ ଥିବ ଯେଉଁଠି ମଣିଷ ସମାଜ ଗୋଟେ ଡ଼ିଗ୍ରୀ (ଗୋଟେ ଜୀବନ) ଅଧିକ ପରିପକ୍ୱ ହେଇ ଜନ୍ମ ନେବ ।

ସେଇଟା ଥିଲା ଟମାସର ଚିରନ୍ତନ ପ୍ରତ୍ୟାବର୍ତ୍ତନର ବ୍ୟାଖ୍ୟା ।

ଅବଶ୍ୟ ଏଠି ପୃଥିବୀରେ (ପ୍ରଥମ ଗ୍ରହ, ଅନଭିଜ୍ଞତାର ଗ୍ରହ) ଆମେ ସେଇ ଗ୍ରହମାନଙ୍କରେ ମଣିଷର ଅବସ୍ଥା କଣ ହେବ ସେଇ ବିଷୟରେ ଅସ୍ପଷ୍ଟ କଳ୍ପନା କରିପାରିବା । ସେ କଣ ଅଧିକ ବୁଦ୍ଧିମାନ୍ ହେବ ? ପରିପକ୍ୱତାଟା କଣ ମଣିଷର

ସାମର୍ଥ୍ୟ ଭିତରେ ? ପୁନରାବୃତ୍ତି ମାଧ୍ୟମରେ ସେ କଣ ତାହା ପାଇ ପାରିବ ?

ଏମିତି ଏକ ଉଟୋପିଆ ବା ରାମରାଜ୍ୟର ଦୃଷ୍ଟିକୋଣରୁ ହିଁ ନୈରାଶ୍ୟବାଦ ଓ ଆଶାବାଦର ଅବଧାରଣାଗୁଡ଼ିକୁ ପୂର୍ଣ୍ଣ ଯଥାର୍ଥତାର ସହିତ ବ୍ୟବହାର କରିବା ସମ୍ଭବ କି : ସିଏ ହିଁ ଜଣେ ଆଶାବାଦୀ ଯିଏ ଭାବେ ଯେ ପଞ୍ଚମ ଗ୍ରହରେ ମଣିଷ ଜାତିର ଇତିହାସ ଅପେକ୍ଷାକୃତ କମ୍ ରକ୍ତାକ୍ତ ହେବ । ଆଉ ଯିଏ ଯାହାର ଠିକ୍ ଓଲଟା ଭାବେ, ସେ ନିରାଶବାଦୀ ।

(୧୭)

ପିଲାଦିନେ ଟମାସର ପ୍ରିୟ ବହି ଥିଲା । ଜୁଲସ୍ ଭର୍ନିଙ୍କ ଉପନ୍ୟାସଗୁଡ଼ିକ ଭିତରୁ 'ଦୁଇ ବର୍ଷ ଛୁଟିରେ' (Two years on holiday), ଆଉ ପ୍ରକୃତରେ ଦୁଇ ବର୍ଷ ଯଥେଷ୍ଟ । ଝରକା ସଫେଇ କର୍ମଚାରୀ ହିସାବରେ ଟମାସ ତୃତୀୟ ବର୍ଷରେ ପଦାର୍ପଣ କରି ସାରିଥିଲା ।

ଗଲା କେତେ ସପ୍ତାହ ଧରି ସେ ଗୋଟେ କଥା ହୃଦୟଙ୍ଗମ କରିଥିଲା । (ଅଧା ଦୁଃଖରେ, ଅଧା ନିଜକୁ ନିଜେ ହସି) ଯେ ସେ ଶାରୀରିକ ଭାବରେ କ୍ଳାନ୍ତ ହେଇ ଯାଇଥିଲା (ଦିନକ ଭିତରେ ତାର ଥରେ କିମ୍ବା ବେଳେବେଳେ ଦୁଇଥର ଶୃଙ୍ଗାରିକ ସଂପର୍କ ରହୁଥିଲା) ଯଦିଓ ନାରୀ ପ୍ରତି ତାର ଆସକ୍ତି କମି ନଥିଲା, ତେବେ ସେ ନିଜକୁ ରତି କ୍ରୀଡ଼ାରେ ଖୁବ୍ ହାଲିଆ ହେଲା ପରି ଅନୁଭବ କଲା (ମୁଁ କହି ରଖେ ଯେ ଶାରୀରିକ ଭାବରେ ତାକୁ ଥକା ଲାଗିବା, ତାର ଯୌନକ୍ଷମତା ସହିତ କିଛି ସଂପର୍କ ନଥିଲା । ତାର ନିଶ୍ୱାସପ୍ରଶ୍ୱାସ ଜନିତ ସମସ୍ୟା ଥିଲା, ଲିଙ୍ଗଜନିତ ସମସ୍ୟା ନଥିଲା । କଥାଟିର ଏକ ହାସ୍ୟୋଦ୍ଦୀପକ ଦିଗ ରହିଛି ।)

ଦିନେ ଅପରାହ୍ଣ ସମୟରେ ଜଣକ ପାଖକୁ ପହଞ୍ଚିବାରେ ତାର ଅସୁବିଧା ହେଲା । ତାକୁ ଲାଗିଲା ଯେମିତି ଗୋଟେ ବିରଳ ଛୁଟିଦିନ ମିଳିଯିବ । ସେ ବ୍ୟଗ୍ର ହେଲା । ଜଣେ ଯୁବତୀ ସ୍ତ୍ରୀଲୋକ ପାଖକୁ ସେ ପ୍ରାୟ ଦଶଥର ଫୋନ୍ କରିଥିଲା । ସେ ଥିଲା ନାଟ୍ୟଶାସ୍ତ୍ରର ଜଣେ ଆକର୍ଷଣୀୟ ଛାତ୍ରୀ । ଯୁଗୋସ୍ଲୋଭିଆର ଉଲଗ୍ନ ବେଳାଭୂମିରେ ସୂର୍ଯ୍ୟସ୍ନାତ ତାର ଦେହର ରଙ୍ଗ ଗୋଟେ ଯନ୍ତ୍ରଚାଳିତ ଲମ୍ବାସରୁ ଖାଡ଼ିରେ ଗୁନ୍ଥା ଧୀରେ ଧୀରେ ପୋଡ଼ା ଯାଇଥିବା ମାଂସଖଣ୍ଡ ପରି ଦିଶୁଥିଲା ।

ସେ ଦିନର ଶେଷ କାମକୁ ଯିବା ଆଗରୁ ଶେଷଥର ପାଇଁ ତାକୁ ଫୋନ୍ କଲା ଓ ଚାରିଟାବେଳେ ହାତରେ ଅର୍ଡର ସ୍ଲିପ୍ ଧରି ଅଫିସ୍ ଆଡକୁ ମୁହାଁଇଲା । ପ୍ରାଗ୍‌ର ମଝିରେ ଜଣେ ସ୍ତ୍ରୀଲୋକ ତାକୁ ଅଟକାଇଲା ଯାହାକୁ ସେ ଚିହ୍ନି ପାରିଲା ନାହିଁ । "କୁଆଡ଼େ ତମେ ଉଭାନ୍ ହେଇଗଲ ? ତମକୁ କାହିଁ କେତେ ଯୁଗରୁ ମୁଁ ଦେଖି ନାହିଁ !"

ଟମାସ ତାକୁ ଠାବ କରିବା ପାଇଁ ମନ ଭିତରକୁ ଘଣ୍ଟା ଚକଟା କଲା । ସେ ତାର ରୋଗୀମାନଙ୍କ ଭିତରୁ ଜଣେ କି ? ଜଣେ ଅନ୍ତରଙ୍ଗ ବନ୍ଧୁ ପରି ସେ ବ୍ୟବହାର କରୁଥିଲା । ଟମାସ ଏମିତି ବାଗରେ ଉତ୍ତର ଦେବାରେ ଚେଷ୍ଟା କରୁଥାଏ ଯେମିତିକି ତାକୁ ସେ ଚିହ୍ନି ନ ପାରିବାଟା ଧରା ପଡ଼ିବନି । ସ୍ତ୍ରୀଲୋକଟିକୁ କେମିତି ପ୍ରଲୋଭିତ କରି ତାର ବନ୍ଧୁର ଫ୍ଲାଟକୁ ଡାକି ଆଣିବା କଥା ଭାବିଲାବେଳକୁ (ତା ପକେଟରେ ଫ୍ଲାଟର ଚାବି ଥିଲା) ସେ ଜାଣି ପାରିଲା ଯେ ସ୍ତ୍ରୀଲୋକଟି କିଏ : ସଂପୂର୍ଣ୍ଣ ସୂର୍ଯ୍ୟସ୍ନାନରେ ବାଦାମୀ ରଙ୍ଗରେ ସମ୍ଭାବ୍ୟ ଅଭିନେତ୍ରୀ ଜଣକ, ଯାହାକୁ ସେ ସାରାଦିନ ଖୋଜୁଥିଲା ।

ଏଇ ଘଟଣାଟିରେ ସେ ଆମୋଦିତ ହେଲା ଓ ତା ସହିତ ଡରିଗଲା : ଏହା ପ୍ରମାଣ କରିଦେଲା ଯେ ସେ ଶାରୀରିକ ଭାବରେ ଓ ମାନସିକ ଭାବରେ କ୍ଲାନ୍ତ । ଦୁଇବର୍ଷର ଛୁଟିକୁ ଅନିର୍ଦ୍ଦିଷ୍ଟ କାଳ ଯାଏଁ ବଢ଼େଇ ହେବ ନାହିଁ ।

(୧୮)

ଅପରେସନ ଟେବୁଲରୁ ଛୁଟି ମାନେ ଟେରେଜା ପାଖରୁ ବି ଛୁଟି । ଛଅ ଦିନ ଭେଟ ନ ହେଲା ପରେ, ସେ ଦୁହେଁ ରବିବାର ଦିନ ଯାଇ ସଂପୂର୍ଣ୍ଣ କାମନାଯୁକ୍ତ ହେଇ ଏକାଠି ହୁଅନ୍ତି । କିଂତୁ ସେଦିନ ସନ୍ଧ୍ୟାରେ ଯେତେବେଳେ ଟମାସ ଜୁରିଚ୍‌ରୁ ଫେରି ଆସିଲା, ସେମାନେ ପରସ୍ପରଠାରୁ ବିଚ୍ଛିନ୍ନ ହେଇଗଲେ । ପରସ୍ପରକୁ ସ୍ପର୍ଶ ଓ ଚୁମ୍ବନ କରିବା ଆଗରୁ ସେମାନଙ୍କୁ ଲମ୍ବା ରାସ୍ତା ଯିବାର ଥିଲା । ଦୈହିକ ପ୍ରେମ ତାଙ୍କୁ ସୁଖ ଦେଲା । କିଂତୁ ସାନ୍ତ୍ୱନା ଦେଲା ନାହିଁ । ଆଗପରି ସେ ଶିହରିତ ଚିତ୍କାର କଲା ନାହିଁ । ରତି ସୁଖର ଚରମ ମୂହୁର୍ତ୍ତରେ ତାର ମୁଖ ବିକୃତି ତାକୁ ଏକ ଯନ୍ତ୍ରଣାର ପରିପ୍ରକାଶ ଓ ଅଦ୍ଭୁତ ଅମନଯୋଗ ପରି ମନେ ହେଲା । କେବଳ ରାତିରେ, ଶୋଇଲାବେଳେ ସେମାନେ ସ୍ନେହଶୀଳ ଭାବରେ ମିଳିତ ହେଲେ । ଟମାସର ହାତ ଧରି ସେ ତାଙ୍କ ଦୁହିଁଙ୍କ ଭିତରେ ଥିବା ଫାଟକୁ (ଦିନ-ଆଲୁଅର ଫାଟ) ଭୁଲିଯାଏ ଯାହା ଦୁହିଁଙ୍କୁ ବିଭାଜିତ କରିଥାଏ । କିଂତୁ ରାତିଗୁଡ଼ା ଟେରେଜାକୁ ସୁରକ୍ଷା ଦେଇ ତାର ଯତ୍ନ ନେବାକୁ ସମୟ କିମ୍ବା ମାଧ୍ୟମ ଦେଲେ ନାହିଁ । ସକାଳେ ତାକୁ ଦେଖିବାଟା ହୃଦୟ ବିଦାରକ ଥିଲା । ତା ପାଇଁ ଟମାସ ଆତଙ୍କିତ ହେଲା । ଟେରେଜା ଉଦାସ ଓ ଦୁର୍ବଳ ଦିଶୁଥିଲା ।

ଦିନେ ରବିବାରରେ ଟେରେଜା ପ୍ରାଗ୍ ବାହାରକୁ ନେଇ ବୁଲାଇ ଆଣିବାକୁ କହିଲା । ସେମାନେ ଦୁହେଁ ଗାଡ଼ିରେ ଗୋଟେ ସ୍ପାକୁ ଗଲେ । ସେଠି ସେମାନେ ରାସ୍ତାଗୁଡ଼ିକ ରୁଷୀୟ ନାଁରେ ପୁଣିଥରେ ନାମାଙ୍କିତ କରା ହେଇଥିବାର ଦେଖିଲେ । ଟମାସର ଜଣେ ପୁରୁଣା ରୋଗୀ ସହିତ ସେଠି ଦେଖା ହେଲା । ସେଇ ସାକ୍ଷାତରେ

ଟମାସ ମ୍ରିୟମାଣ ହୋଇଗଲା । ହଠାତ କେହି ଜଣେ ପୁଣିଥରେ ତା ସହିତ କଥାବାର୍ତ୍ତା କରୁଛି, ଯେମିତିକି ଜଣେ ଡାକ୍ତର ସହିତ । ତାର ବିଗତ ଜୀବନର ଫାଟଟିକୁ ନିୟମିତ ସୁଖକର ରୋଗୀ ଦେଖା, ତା ଉପରେ ରୋଗୀର ଆଖିରେ ଉକୁଟି ଉଠୁଥିବା ବିଶ୍ୱାସକୁ ନେଇ ମୁଦି ଦେବାର ଅନୁଭବ କଲା । ସେଇ ଆଖିକୁ ଅଣଦେଖା କରିବାର ଛଳନା କରୁଥିଲା । କିଂତୁ ପ୍ରକୃତରେ ସେ ତାକୁ ଉପଭୋଗ କରୁଥିଲା ଆଉ ଏବେ ସେ କଥା ତାର ଖୁବ୍ ମନେ ପଡ଼ିଲା ।

ଗାଡ଼ିରେ ଘରକୁ ଫେରୁ ଫେରୁ ଜୁରିଚ୍‌ରୁ ପ୍ରାଗ୍‌କୁ ଫେରିବାର ବିପଜ୍ଜନକ ଭୂଲ୍ ବିଷୟରେ ସେ ଘାରି ହେଲା । ଟେରେଜାକୁ ଦେଖିବାଟାକୁ ଏଡ଼େଇ ଦେଲା ପରି ରାସ୍ତା ଉପରେ ଆଖି ଦୁଇଟାକୁ ଲାଖି ରଖିଲା । ଟମାସ ତା ଉପରେ କ୍ଷୁବ୍‌ଧ ଥିଲା । ତାରି କଡ଼ରେ ଟେରେଜାର ଉପସ୍ଥିତିଟି ଅସହ୍ୟ ଭାବରେ ଆକସ୍ମିକ ପରି ମନେ ହେଲା । ତା ପାଖରେ ସେ ଏଠି କରୁଛି କଣ ? କିଏ ତାକୁ ଝୁଡ଼ିରେ ପୁରାଇ ସୁଅ ତୋଡ଼ରେ ଭସାଇ ଦେଇଛି ? ତାର ଶଯ୍ୟାକୁ ଟେରେଜାର ତଟ ରୂପେ କାହିଁକି ବଛାଗଲା ? ଆଉ ଅନ୍ୟ କୌଣସି ସ୍ତ୍ରୀଲୋକ ନ ହୋଇ ସେ କାହିଁକି ଆସିଲା ?

ସାରାଦିନ କେହି ପଦଟିଏ କଥା କହିଲେ ନାହିଁ ।

ଘରକୁ ଫେରିଲା ପରେ ସେମାନେ ଚୁପ୍‌ଚାପ୍ ରାତ୍ରୀଭୋଜନ କଲେ । ଦୁହିଁଙ୍କ ଭିତରେ ନୀରବତାଟା ଅବ୍ୟକ୍ତ ପୀଡ଼ା ପରି ମାଡ଼ି ରହିଲା । ପ୍ରତି ମିନିଟ୍‌ରେ ଏହା ବଢ଼ିବାକୁ ଲାଗିଲା । ସେଥିରୁ ନିସ୍ତାର ପାଇବା ପାଇଁ ଦୁହେଁ ସିଧା ଶୋଇବାକୁ ଚାଲିଗଲେ । ରାତି ଅଧରେ ଟମାସ ତାକୁ ନିଦରୁ ଉଠାଇଲା । ସେ କାନ୍ଦୁଥିଲା ।

'ମୁଁ କବର ଭିତରେ ଥିଲି', ଟେରେଜା ତାକୁ କହିଲା । "ଅନେକ ଦିନ ହେଲା ମୁଁ କବର ଭିତରେ ଅଛି । ପ୍ରତି ସପ୍ତାହରେ ତମେ ମତେ ଦେଖିବାକୁ ଆସ । ସବୁଥର ମୋ ସମାଧିରେ ଠକ୍ ଠକ୍ କଲାକ୍ଷଣି ମୁଁ ବାହାରି ଆସେ । ମୋ ଆଖିରେ ଧୂଳିମଳି ଭର୍ତ୍ତି ହୋଇଥାଏ ।"

'ତମେ କୁହ : କେମିତି ଦେଖି ପାରୁଛ ?' ଆଉ ମୋ ଆଖିର ମଳି ସଫା କରିବାରେ ଲାଗିପଡ଼ ।

ଆଉ ମୁଁ କହେ : 'ଯାହା ବି ହେଉ, ମୁଁ ଦେଖି ପାରୁ ନାହିଁ । ଆଖି ବଦଳରେ ମୋର ଦୁଇଟା ଗାତ ରହିଛି ।'

ଆଉ ତାପରେ ଦିନେ ତମେ ଗୋଟେ ଲମ୍ବା ଯାତ୍ରାରେ ଚାଲିଗଲ । ମୁଁ ଜାଣିଲି ଯେ ତମେ ଅନ୍ୟ ଜଣେ ସ୍ତ୍ରୀ ଲୋକ ସହିତ ରହିଛ । ସପ୍ତାହ ସପ୍ତାହ ବିତିଗଲା ।

ତମର ଦେଖା ନାହିଁ, ତମକୁ ହରେଇବାର ଭୟ ମୋତେ ଡ଼ରେଇ ଦେଲା । ମୁଁ ଶୋଇ ପାରିଲି ନାହିଁ । ଶେଷରେ ପୁଣି ତମେ ସମାଧିରେ ଠକ୍ ଠକ୍ କଲ । କିଂତୁ ଗୋଟେ ମାସର ରାତି ଅନିଦ୍ରାରେ ମୁଁ ଏତେ ଜୀର୍ଣ୍ଣଶୀର୍ଣ୍ଣ ହେଇଯାଇଥିଲି ଯେ ମୁଁ କିଛି କରି ପାରିବି ଭଳିଆ ଲାଗୁ ନଥିଲା । ଶେଷରେ ଯେତେବେଳେ ମୁଁ ବାହାରି ଆସିଲି, ତମେ ହତାଶ ହେଲା ପରି ଲାଗିଲ । ତମେ କହିଲ, ମୁଁ ଆଦୌ ଭଲ ଦେଖା ଯାଉନି । ଖାଲରେ ପଶି ଯାଇଥିବା ଗାଲ ଆଉ ଭୟାତୁର ଅଙ୍ଗଭଙ୍ଗୀରେ ମୁଁ କେତେ ଭୟାନକ ଦେଖାଯାଉଥାଏ, ତାହା ମୁଁ ଅନୁଭବ କଲି ।

'ମୁଁ ଦୁଃଖିତ', ମୁଁ ଅନୁନୟ ହେଲି । 'ତମ ଗଲା ପରଠାରୁ ମୁଁ ଆଖିପତା ପକେଇନି ।'

'ତମେ ଦେଖ ?' ତମେ ମିଛିମିଛିକା ଉତ୍ସାହ ଦେବା ଗଳାରେ କହିଲ, 'ତମର ଏବେ ପ୍ରଚୁର ବିଶ୍ରାମ ଲୋଡ଼ା । ଗୋଟେ ମାସର ଛୁଟି !'

'ତମ ମନ ଭିତରେ କଣ ଅଛି, ସତେ ଅବା ମୁଁ ଜାଣେନି । ଗୋଟେ ମାସର ଛୁଟିମାନେ ତମେ ମାସେ ଧରି ମତେ ଦେଖିବାକୁ ଚାହୁଁନ । ତମର ଅନ୍ୟ ଜଣେ ସ୍ତ୍ରୀଲୋକ ଅଛି । ତାପରେ ତମେ ଚାଲିଗଲ ଆଉ ମୁଁ ମୋର କବର ଭିତରକୁ ଖସିଗଲି । ଏକଥା ବି ଜାଣିଥିଲି ଯେ ମତେ ଆହୁରି ଗୋଟେ ମାସ ତମ ଅପେକ୍ଷାରେ ବିନିଦ୍ର ରାତି କାଟିବାକୁ ପଡ଼ିବ । ଆଉ ଯେତେବେଳେ ତମେ ଫେରି ଆସିବ ମୁଁ ଆହୁରି କଦାକାର ହେଇଥିବି, ଆଉ ତମେ ସେଥିରେ ଆହୁରି ହତାଶ ହେଇଯିବ ।'

ୟାଠାରୁ ଅଧିକ ଭୟାନକ କଥା ସେ କେବେ ଶୁଣି ନଥିଲା । ନିଜ ବାହୁରେ ଟେରେଜାର ହାତକୁ ଜୋର୍‌ରେ ଚାପି ଧରି ଓ ଥରଥର ଦେହକୁ ଅନୁଭବ କରି ସେ ଭାବିଲା ଯେ ତାର ପ୍ରେମକୁ ସେ ଆଉ ସମ୍ଭାଳି ପାରିବ ନାହିଁ ।

ବୋମା ବିସ୍ଫୋରଣରେ ଗ୍ରହଟି କି-ଉଠୁ, ଦେଶଟାକୁ ପ୍ରତିଦିନ ନୂଆଁ ନୂଆଁ ପଲ ଆସି ଖିନ୍‌ଭିନ୍ କରି ଦିଅନ୍ତୁ, ତାର ସବୁ ସାଇପଡ଼ିଶାଙ୍କୁ ଘୋଷାଡ଼ି ଦେଇ ଗୁଳି କରି ଦିଆଯାଉ- ମୁହଁରେ ମାନିନେବା ଅପେକ୍ଷା ତେର ଗୁଣରେ ଅଧିକ ସହଜ ଭାବରେ ସେ ଏସବୁ ଗ୍ରହଣ କରିନେବ । କିଂତୁ ଟେରେଜାର ସ୍ୱପ୍ନରେ ଅର୍ନ୍ତନିହିତ ଯନ୍ତ୍ରଣାକୁ ସେ ସହି ପାରିବ ନାହିଁ ।

ଟେରେଜା ତାକୁ କହିଥିବା ସ୍ୱପ୍ନ ଭିତରକୁ ସେ ପୁନଃ ପ୍ରବେଶ କରିବାକୁ ଚେଷ୍ଟା କଲା । ଟେରେଜାର ମୁହଁ ଓ ବାଳକୁ କୋମଳ ଭାବରେ ନିଜେ ଆଉଁସୁଥିବାର ଛବି ସେ କଳ୍ପନା କଲା- ଆଖି କୋରଡ଼ରୁ ମଳି ସଫା କରୁକରୁ ଭାବିଲା, ଟେରେଜା ଏସବୁ କଥା ଜାଣିବା ଉଚିତ ନୁହେଁ । ତାପରେ ସେ ଟେରେଜା ଅବିଶ୍ୱାସନୀୟ

ଭାବରେ ଦୁଃଖଦ କଥାଟି କହିବାର ଶୁଣିପାରିଲା 'ମୁଁ କିଛି ଦେଖିପାରୁନି। ଆଖି ପରିବର୍ତ୍ତେ ମୋର ଗାତ ଦୁଇଟି ଅଛି।'

ଟମାସର ଛାତି ଭିତରଟା ଫାଟି ପଡ଼ିବା ଉପରେ। ତାକୁ ଲାଗିଲା, ଏଇକ୍ଷଣି ତାର ହୃଦ୍‌ଘାତ ହେଇଯିବ।

ଟେରେଜା ଶୋଇବାକୁ ଗଲା। ସେ ଶୋଇ ପାରିଲାନି। ସେ ଟେରେଜାର ମୃତ୍ୟୁ ଛବି ମନେମନେ ଆଙ୍କିଲା। ସେ ମରିଯାଇଥିଲା ଓ ଭୟାବହ ଦୁଃସ୍ୱପ୍ନ ଦେଖୁଥିଲା। କିଂତୁ ସେ ମରିଯାଇଥିବାରୁ ଟମାସ ତାକୁ ସେଥିରୁ ଉଠାଇ ପାରିଲା ନାହିଁ। ହଁ, ସେଇଟା ମୃତ୍ୟୁ। ଭୟାବହ ଦୁଃସ୍ୱପ୍ନରେ ନିଦ୍ରିତା ଟେରେଜା, ଆଉ ତାକୁ ଜାଗ୍ରତ କରିବାରେ ସେ ଅସମର୍ଥ।

(୧୯)

ରୁଷୀୟ ସେନା ଟମାସର ଦେଶ ଅଧିକାର କରିବାର ପାଞ୍ଚବର୍ଷ ଅତିକ୍ରମ କରିବା ଭିତରେ ପ୍ରାଗ୍‌ରେ ଅନେକଗୁଡ଼ିଏ ପରିବର୍ତ୍ତନ ଘଟିଥିଲା। ଟମାସ ରାସ୍ତାରେ ଭେଟୁଥିବା ଲୋକମାନେ ଭିନେ ରକମର ଥିଲେ। ବନ୍ଧୁ ମାନଙ୍କୁ ଭିତରୁ ଅଧା ଦେଶାନ୍ତରୀ। ବାକି ରହିଥିବା ଅଧାରୁ ଆଉ ଅଧା ମରି ଯାଇଥିଲେ। ଯେଉଁ ତଥ୍ୟଟି ଇତିହାସକାରଙ୍କ ଦ୍ୱାରା ଲିପିବଦ୍ଧ ହେଇ ରହିବ ନାହିଁ ସେଇଟା ଏଇ ଯେ ରୁଷୀୟ ସୈନ୍ୟ ଅଧିକାର ପର କେଇଟା ବର୍ଷ ଅନ୍ତ୍ୟେଷ୍ଟି କ୍ରୀୟାର ସମୟ ଥିଲା : ମୃତ୍ୟୁହାର ବଢ଼ି ଚାଲିଥିଲା। ଔପନ୍ୟାସିକ ଜାଦ୍ ପ୍ରୋଚାଜ୍‌କା ପରି ଗୋଡ଼େଇ ଗୋଡ଼େଇ ମାରି ଦିଆଯାଇଥିବା ଲୋକଙ୍କ (ବରଂ ସେଇଟା କ୍ୱଚିତ) କଥା ମୁଁ କେବଳ କହୁ ନାହିଁ। ରେଡ଼ିଓରେ ତାଙ୍କର ବ୍ୟକ୍ତିଗତ ବାର୍ତ୍ତାଳାପ ପ୍ରତିଦିନ ପ୍ରସାରିତ ହେବାର ଦୁଇ ସପ୍ତାହ ପରେ ସେ ହସ୍‌ପିଟାଲରେ ଭର୍ତ୍ତି ହେଲେ। ସେତେବେଳ ଯାଏଁ ସୁପ୍ତ ହେଇ ରହିଥିବା କର୍କଟ ରୋଗ ହଠାତ୍ ଗୋଟେ ଗୋଲାପ ପରି ଫୁଟି ଉଠିଲା। ପୋଲିସ ଉପସ୍ଥିତିରେ ତାଙ୍କର ଅପରେସନ କରାହେଲା। ପୋଲିସ ଯେତେବେଳେ ଜାଣିଲେ ଯେ ତାଙ୍କର ସର୍ବନାଶ ଆସନ୍ନ, ସେମାନେ ତାଙ୍କର ପିଛା ପଡ଼ିଲେ ନାହିଁ ଆଉ ତାଙ୍କୁ ନିଜ ସ୍ତ୍ରୀର କୋଳରେ ଶେଷ ନିଶ୍ୱାସ ଛାଡ଼ିବାକୁ ଛାଡ଼ିଦେଲେ। କିଂତୁ ଅନେକ ଲୋକ ସିଧାସଳଖ ଦଣ୍ଡିତ ନହେଇ ମଧ୍ୟ ମରିଗଲେ। ସମଗ୍ର ଦେଶରେ ଛାଇ ରହିଥିବା ନୈରାଶ୍ୟ ଉଭୟ ଆତ୍ମା ଓ ଦେହକୁ ଭେଦି ଶେଷୋକ୍ତଟିକୁ ଚୂରମାର କରିଦେଲା। ନିଜର ନୂଆଁ ନେତାଙ୍କ ସହିତ ନିଜ ସପକ୍ଷରେ କେତେ ଲୋକଙ୍କୁ ରଖି ସେମାନଙ୍କୁ ମାନ ସମ୍ମାନ ଉପାଧିରେ ଭୂଷିତ କରିବା ପାଇଁ ଶାସନକଳ ଚାହିଁଲା। ଥୋକେ ସେଇ ପ୍ରୀୟାପ୍ରୀତି ତୋଷଣରୁ ରକ୍ଷା ପାଇବା ପାଇଁ ଅସ୍ତବ୍ୟସ୍ତ ହେଇ ଧାଇଁଲେ। କବି ଫ୍ରାନ୍‌ଟିସେକ୍

ହୁବିନ୍ ଠିକ୍ ଏମିତି ମରିଗଲେ- ପାର୍ଟିର ପ୍ରୀତିରୁ ପ୍ରାଣମୂର୍ଚ୍ଛା ଧାଇଁ ପଳାଇବା । ସଂସ୍କୃତି ମନ୍ତ୍ରୀ (ଯା ପାଖରୁ ଲୁଚି ରହିବାକୁ ପାରୁ ପର୍ଯ୍ୟନ୍ତ ଯାହା ସମ୍ଭବ ତାହା କବି ଜଣକ କଲେ) ହୁବିନ୍‌ଙ୍କ ଅନ୍ତ୍ୟେଷ୍ଟି ଆଗରୁ ତାଙ୍କୁ ଧରି ପାରିଲେ ନାହିଁ । ଶେଷରେ କବିଙ୍କର ସମାଧି ପାଖରେ ସୋଭିଏତ୍ ୟୁନିୟନ୍ ପ୍ରତି କବିଙ୍କର କେତେ ଶ୍ରଦ୍ଧା ଥିଲା ତା ବିଷୟରେ ମନ୍ତ୍ରୀଜଣକ ଭାଷଣ ଦେଲେ । ହତବାକ୍ କଲାପରି ଏତେ ମାତ୍ରାଧିକ ମିଥ୍ୟା ଶବ୍ଦଗୁଡ଼ିକ ହୁବିନ୍‌ଙ୍କୁ ମୃତ କବରତଳୁ ଉଠାଇନେବ, ବୋଧହୁଏ ମନ୍ତ୍ରୀ ଏଇୟା ଆଶା କରିଥିଲେ । କିଂତୁ ପୃଥିବୀଟା ନିହାତି କୁତ୍ସିତ, କେହି କବର ଉପରକୁ ଉଠିବାର ନିଷ୍ପତ୍ତି ନେଲେ ନାହିଁ ।

ଦିନେ, ବିଶ୍ୱବିଦ୍ୟାଳୟ ଓ ସାଇନ୍ସ ଏକାଡେମୀରୁ ତଡା ଖାଇଥିବା ଜଣେ ପ୍ରସିଦ୍ଧ ଜୀବ ବିଜ୍ଞାନୀଙ୍କ ଅନ୍ତ୍ୟେଷ୍ଟି କ୍ରୀୟାରେ ଯୋଗ ଦେବାକୁ ଟମାସ ଶବସତ୍କାର ଜାଗାକୁ ଗଲା । ଅନ୍ତ୍ୟେଷ୍ଟି କ୍ରୀୟାଟା କାଳେ ବିକ୍ଷୋଭ ପ୍ରଦର୍ଶନର ରୂପ ନେଇଯିବା ଭୟରେ କର୍ତ୍ତୃପକ୍ଷ ମୃତ୍ୟୁ ଘୋଷଣାପତ୍ରରେ ଅନ୍ତ୍ୟେଷ୍ଟି କ୍ରୀୟାର ଠିକଣା ସମୟ ଜଣାଇବାକୁ ମନା କଲେ । ଶୋକସନ୍ତପ୍ତ ଲୋକମାନେ ଶେଷ ମୂହୁର୍ତ୍ତ ପର୍ଯ୍ୟନ୍ତ ଜାଣିଲେ ନାହିଁ ଯେ ସକାଳେ ସାଢ଼େ ଛଅଟାରେ ଶବଦାହ କରାଯିବ ।

ଶବଦାହ କରିବାର ଜାଗାରେ ପହଞ୍ଚି ଟମାସ ସେଠି କଣ ହେଉଥାଏ ଜାଣି ପାରିଲାନି : ହଲ୍‌ଟା ଫିଲ୍ମ ଷ୍ଟୁଡିଓ ପରି ଆଲୋକିତ ହେଇଥାଏ । ଚାରିଆଡ଼େ ଆଶ୍ଚର୍ଯ୍ୟ ଚକିତ ହେଇ ଅନାଇ ତିନିଟା ଜାଗାରେ କେମେରା ଖଞ୍ଜା ହେଇଥିବାର ସେ ଲକ୍ଷ୍ୟ କଲା । ନା, ସେଇଟା ଟେଲିଭିଜନ୍ ନୁହଁ, ସେଟା ପୋଲିସ । କେଉଁମାନେ ଅନ୍ତ୍ୟେଷ୍ଟି କ୍ରୀୟାରେ ଯୋଗ ଦେଇଥିଲେ ସେମାନଙ୍କର ଫଟୋ ସେମାନେ ଉଠାଉଥିଲେ । ଅଦ୍ୟାବଧି ସାଇନ୍ସ ଏକାଡ଼େମୀର ସଭ୍ୟ ଥିବା ମୃତ ବୈଜ୍ଞାନିକଙ୍କର ଜଣେ ପୁରୁଣା ସହକର୍ମୀ ଅନ୍ତ୍ୟେଷ୍ଟି ବାର୍ତ୍ତା ବକ୍ତୃତା କହିବାର ସାହସ କଲେ । ସେ ଚଳଚ୍ଚିତ୍ର ତାରକା ହେବାର କେବେ ଭାବି ନଥିଲେ ।

ଶବ ସତ୍କାରର କର୍ମକର୍ମାଣି ସରିଗଲା ପରେ ମୃତକଙ୍କର ଶୋକସନ୍ତପ୍ତ ପରିବାରବର୍ଗଙ୍କୁ ପ୍ରତ୍ୟେକେ ସମବେଦନା ଜଣାଇଲେ । ହଲ୍‌ର ଗୋଟେ କୋଣରେ ଥିବା ଦଳେ ଲୋକଙ୍କ ଭିତରେ ଟମାସ ଢ଼େଙ୍ଗା ବାଙ୍କିଲା ସଂପାଦକଙ୍କୁ ଲକ୍ଷ୍ୟ କଲା । ତାଙ୍କୁ ଦେଖି ଟମାସ ଏହିପରି ଗଭୀର ବନ୍ଧୁତ୍ୱରେ ଅନୁବନ୍ଧିତ ଓ କାହାକୁ ଡରୁ ନଥିବା ନିର୍ଭୟ ଲୋକମାନଙ୍କର ଅଭାବ ଅନୁଭବ କଲା । ଓଠରେ ହସ ଖେଳାଇ ସେ ସଂପାଦକ ଆଡକୁ ବଢୁବଢୁ ତାକୁ ଦେଖି ସଂପାଦକ କହିଲେ, 'ସାବଧାନ ! ଆଉ ପାଖକୁ ଆସ ନାହିଁ ।'

କଥାଟା ଭାରି ଅଜବ ଥିଲା । କଥାଟିକୁ କେମିତି ଭାବରେ ନେବ ସେ ନେଇ ଟମାସ ସନ୍ଦିହାନ ହେଇପଡ଼ିଲା । ଏଇଟା ବନ୍ଧୁଭାବରେ ଆନ୍ତରିକତାପୂର୍ଣ୍ଣ ସତର୍କତା (ଜଗି ରଖି, ଆମର ଫଟୋ ଉଠାହେଉଛି, ଆମ ସଙ୍ଗରେ କଥାବାର୍ତ୍ତା କଲେ ତମକୁ ଆଉଥରେ ଜେରା ତେରା ହେଇପାରେ) କିମ୍ବା ଗୋଟେ ବ୍ୟଙ୍ଗୋକ୍ତି (ପିଟିସନ୍‌ଟା ଦସ୍ତଖତ କରିବାରେ ତମର ଯଦି ସାହସ ନାଇଁ, ତମେ ତମ ଜାଗାରେ ସେମିତି ରହ, ଆମ ସହିତ ଆଉ ବନ୍ଧୁପଣିଆ ଦେଖାଅ ନାହିଁ) ତାର ଅର୍ଥ ଯାହା ବି ହେଉ, ଟମାସ କଥାଟି ଶୁଣିଲା, ଆଉ ହଟିଗଲା । ତାକୁ ଲାଗିଲା, ରେଲ୍‌ୱେ ପ୍ଲାଟଫର୍ମର ସେଇ ସୁନ୍ଦରୀ ସ୍ତ୍ରୀଲୋକଟି ଅଟକିଥିବା କାର୍ ଭିତରକୁ ପଶିଗଲା । ନାଇଁ, ବରଂ ତାର ପ୍ରଶଂସା କରିବା ପାଇଁ ଟମାସ ମୁହଁ ଖୋଲିବା ଉପରେ ଥିଲାବେଳେ ସେ ଟମାସର ଓଠରେ ତାର ଆଙ୍ଗୁଠି ଚାପି କହିବା ପାଇଁ ନିଷେଧ କଲା ।

(୨୦)

ସେଇ ଅପରାହ୍ଣରେ ତାର ଆଉଗୋଟେ କୌତୁହଳପ୍ରଦ ସାକ୍ଷାତ ହେଲା । ସେ ଗୋଟେ ବଡ଼ ଦୋକାନର ସୋ 'କେସ୍‌ର କାଚ ସଫା କରୁଥାଏ । ସେତିକିବେଳେ ଜଣେ ଯୁବକ ଆସି ଠିକ୍ ତାରି ପାଖରେ ଆସି ଠିଆ ହେଲା । ଟିକେ ଆଗକୁ ନଇଁପଡ଼ି ଜିନିଷ ଗୁଡ଼ିକର ଦାମ୍ ପରଖିବାରେ ଲାଗିଲା ।

'ଦାମ୍ ଉପରେ ଅଛି', କାଚ ଉପରେ ବହୁଥିବା ପାଣିର ଧାରକୁ ପୋଛୁପୋଛୁ ଟମାସ କହିଲା ।

ଲୋକଟା ତା ଉପରକୁ ଅନେଇଲା । ସେ ଟମାସର ଡାକ୍ତରଖାନା ସହକର୍ମୀ ଯାହାକୁ ମୁଁ ଏସ. ନାଁ ଦେଇଥିଲି । ଟମାସ ନିଜର ଆତ୍ମଭର୍ତ୍ସନାମୂଳକ ଲେଖା ଲେଖିଛି ଭାବି ଏଇ ଜଣକ ତାକୁ ଘୃଣା ଦୃଷ୍ଟିରେ ଦେଖିଥିଲା । ଟମାସ ତାକୁ ଦେଖି ଖୁସି ହେଲା (ଯଦିଓ ବୋକା ଭାବରେ, ଅପ୍ରତ୍ୟାଶିତ ଘଟଣାରେ ଆମେ ଯେମିତି ଖୁସି ହେଇଥାଉ) କିଂତୁ (ଏସ୍. ନିଜେ ସାକ୍ଷମ ହେବା ଆଗରୁ) ସେ ତାର ପୁରୁଣା ସହକର୍ମୀ ଆଖିରେ ଗୋଟେ ପ୍ରକାର ବେଖୁସ୍ ଆଶ୍ଚର୍ଯ୍ୟ ଭାବ ଦେଖି ପାରିଲା ।

'କେମିତି ଅଛ ?' ଏସ୍. ପଚାରିଲା ।

ପ୍ରତ୍ୟୁତ୍ତର ଦେବା ଆଗରୁ ଟମାସ ଅନୁଭବ କଲା ଯେ ଏମିତି ପଚାରିଥିବାରୁ ଏସ୍ ଲଜ୍ଜିତ । ନିଜ ଚାକିରୀରେ ଥିବା ଜଣେ ଡାକ୍ତର ଆଉ ଜଣେ ଝରକା ସଫେଇ କାମ କରୁଥିବା ଡାକ୍ତରକୁ କେମିତି ଅଛ ପଚାରିବାଟା ନିହାତି ଭାବରେ ହାସ୍ୟାସ୍ପଦ ।

ଅବହାୱା ସହଜ କରିଦେଇ ପାରୁପର୍ଯ୍ୟନ୍ତ ବେଶ୍ ସ୍ଫୁର୍ତ୍ତିରେ ଟମାସ କହିଲା, 'ଭଲ, ଠିକ୍‌ଠାକ୍ !' କିଂତୁ ସଙ୍ଗେସଙ୍ଗେ ସେ ଅନୁଭବ କଲା ଯେ ସେ ଯେତେ

ଚେଷ୍ଟା କଲେ ସୁଦ୍ଧା (କାରଣ, ପ୍ରକୃତରେ ସେ ବହୁତ ଚେଷ୍ଟା କଲା), ତାର 'ଭଲ'ଟା ନିହାତି କଟୁ ଭାବରେ ଶ୍ଳେଷାତ୍ମକ ଶୁଭିଲା। ଅତିଶିଘ୍ର ସେ ପୁଣି ପଚାରିଲା, 'ହସ୍‌ପିଟାଲରେ ନୂଆଁ ଖବର କଣ ?'

'କିଛି ନାଇଁ', ଏସ୍. ଉତ୍ତର ଦେଲା। 'ସେମିତି ଆଗପରି ଚାଲିଛି।'

ତାର ଉତ୍ତରଟାକୁ ଯେତେ ସମ୍ଭବ ନିରପେକ୍ଷ କରାଗଲେ ବି ନିହାତି ଅଖାଡୁଆ ଥିଲା ଆଉ ଏହା ଉଭୟେ ଜାଣନ୍ତି। ଆଉ ସେମାନେ ଏହା ଜାଣନ୍ତି ବୋଲି ଦୁହେଁ ଜାଣନ୍ତି। ତାଙ୍କ ଭିତରୁ ଜଣେ ଝରକା ସଫେଇ କାମ କରୁଥିବାବେଳେ ସବୁ 'ସେମିତି ଆଗ ପରି' କେମିତି ଚାଲିବ ?

'ଚିଫ୍ କେମିତି ଅଛନ୍ତି ?' ଟମାସ ପଚାରିଲା।

'ତା ମାନେ ତମେ ତାଙ୍କୁ ଦେଖାକରୁନ ?'

'ନା', କହିଲା ଟମାସ।

କଥାଟା ସତ। ହସପିଟାଲ ଛାଡ଼ିଲା ଦିନଠୁ ସେ ଥରକ ପାଇଁ ସୁଦ୍ଧା ଚିଫ୍ ସଙ୍ଗରେ ଦେଖା କରି ନ ଥିଲା। ସେମାନେ ଏକାଠି ଭଲରେ କାମ କରିଥିଲେ। ଦୁହିଁଙ୍କ ଭିତରେ ଗୋଟେ ପ୍ରକାର ବନ୍ଧୁତା ଗଢ଼ି ଉଠିଥିଲା। ତେଣୁ କଥାଟାକୁ ସେ ଯେତେ ବାଗେଇ କହିଲେ ବି ତାର 'ନା' ଟା ଉଦାସ ଶୁଭିଲା। ଟମାସର ସନ୍ଦେହ ହେଲା ଯେ ଏଇ ଚିଫ୍ ସର୍ଜନ ପରି ପ୍ରସଙ୍ଗଟିକୁ ଚର୍ଚ୍ଚାର ପରିସରକୁ ଆଣିଥିବାରୁ ଏସ୍. ତା ନିଜ ଉପରେ ରାଗିଗଲା। ତାର ଭଲମନ୍ଦ ବୁଝିବାକୁ ବା ତାର କଣ ଦରକାର ସେ କଥା ପଚାରିବାକୁ ଏସ୍. ବି ଦିନେ ହେଲେ ତା ପାଖକୁ ଆସି ନ ଥିଲା।

ଦୁଇ ପୁରାତନ ସହକର୍ମୀ ଭିତରେ କୌଣସି ପ୍ରକାର କଥାବାର୍ତ୍ତା ଅସମ୍ଭବ ମନେ ହେଲା। ଯଦିଓ ଉଭୟେ, ବିଶେଷତଃ ଟମାସ, ଏଥିପାଇଁ ଦୁଃଖିତ ହେଲେ, ତାକୁ ପାଶୋରି ଦେଇଥିବାରୁ ତାର ସହକର୍ମୀଙ୍କ ଉପରେ ଟମାସ ରାଗି ନ ଥିଲା। ପାଖରେ ଛିଡା ହେଇଥିବା ଯୁବକଟିକୁ ସେକଥା ବୁଝାଇ ପାରନ୍ତା ହେଲେ। ସେ ପ୍ରକୃତରେ କହିବାକୁ ଚାହିଁଥିଲା ଯେ 'ଏଥିରେ ଲଜ୍ଜିତ ହେବାର କିଛି ନାହିଁ ! ଆମେ କେହି କାହାର ରାସ୍ତା ଅତିକ୍ରମ ନ କରିବାଟା ବେଶ୍ ସ୍ୱାଭାବିକ। ଏଥିରେ ମନ ଖରାପ କରିବାର କିଛି ନାହିଁ ! ତମକୁ ଭେଟି ମୁଁ ଖୁସି !' କିଂତୁ ଏକଥା କହିବାକୁ ସେ ଡ଼ରିଲା। କାରଣ ଏଯାବତ୍ ଯେଉଁ ଉଦ୍ଦେଶ୍ୟରେ ଯାହା କହି ଆସିଛି ତାର ଅର୍ଥ ଠିକ୍ ବୁଝାଯାଇ ନାହିଁ। ଆଉ ଏଇ ଆନ୍ତରିକତାପୂର୍ଣ୍ଣ କଥା କେଇପଦ ମଧ୍ୟ ତାର ସହକର୍ମୀକୁ ବିଦ୍ରୁପ କଲାପରି ଶୁଣିବ।

'ମୁଁ ଦୁଃଖିତ', ଅନେକ ସମୟ ଧରି ଚୁପ୍ ରହିଲା ପରେ ଏସ୍. କହିଲା, 'ମୁଁ ପ୍ରକୃତରେ ତରବରରେ ଅଛି।' ସେ ତାର ହାତ ବଢ଼ାଇଲା। 'ମୁଁ ତମକୁ ଫୋନ୍ କରିବି।'

ଯେଉଁ ସମୟରେ ତାର ତଥାକଥିତ ଭୀରୁତା ପାଇଁ ତାର ସହକର୍ମୀମାନେ ତାକୁ ନାକ ଟେକିଲେ, ସେମାନେ ସମସ୍ତେ ତାକୁ ଦେଖି ହସୁଥିଲେ। ଏବେ ଯେହେତୁ ତାକୁ ସେମାନେ ଆଉ ଘୃଣା କରିପାରିଲେନି, ଏବେ ଯେହେତୁ ସେମାନେ ତାକୁ ସମ୍ମାନ ଦେବାକୁ ବାଧ୍ୟ, ସେମାନେ ତାକୁ ବେଶ୍ ଖୋଲା ଛାଡ଼ିଦେଲେ।

ତାପରେ ପୁଣି ତାର ପୁରୁଣା ରୋଗୀମାନେ ମଧ୍ୟ ତାକୁ ଲୋଡ଼ିଲେ ନାହିଁ- ସାଂପେନ ଦେଇ ତାକୁ ନିମନ୍ତ୍ରଣ କରିବା ତ ଦୂରର କଥା। ଶ୍ରେଣୀରୁ ଉର୍ଦ୍ଧ୍ୱ ବୁଦ୍ଧିଜୀବୀଟି ଆଉ ବ୍ୟତିକ୍ରମ ହେଇ ରହି ନ ଥିଲା। ସବୁଦିନିଆ ପାଲଟିଯାଇ ତାର ସାମ୍ନାସାମ୍ନି ହେବାଟା ଅପ୍ରୀତିକର ହେଇଗଲା।

(୨୧)

ସେ ଘରକୁ ଗଲା। ଗଡ଼ପଡ଼ ହେଇ ଓ ଅନ୍ୟ ଦିନରୁ ଟିକେ ଆଗରୁ ଶୋଇ ପଡ଼ିଲା। ଘଣ୍ଟାକ ପରେ ସେ ପେଟ ଦରଜ ପାଇଁ ଉଠି ପଡ଼ିଲା। ଏଇଟା ତାର ଗୋଟେ ପୁରୁଣା ରୋଗ। ମାନସିକ ଅବସାଦରେ ରହିଲେ ଏଇ ରୋଗଟା ବାହାରି ପଡ଼େ। ସେ ଔଷଧ ଥାକ ଖୋଲିଲା ଓ ନିଜକୁ ନିଜେ ଅଭିଶାପ ଦେଲା : ଥାକଟା ପୁରାପୁରି ଖାଲି ଥିଲା। ସେ ଔଷଧ ସାଇତି ରଖିବାକୁ ଭୁଲି ଯାଇଥିଲା। ଇଚ୍ଛାଶକ୍ତିରେ ସେ ଯନ୍ତ୍ରଣାଟିକୁ ଆୟତ୍ତରେ ସମ୍ଭାଳିବାକୁ ଚେଷ୍ଟା କଲା। ଆଉ ସତରେ ପ୍ରାୟ ପାଖାପାଖି ସମ୍ଭାଳିନେଲା। କିଂତୁ ସେ ପୁଣି ଶୋଇ ପାରିଲା ନାହିଁ। ଗୋଟାଏ ବାଜି ତିରିଶ୍ ମିନିଟ୍‌ରେ ଟେରେଜା ଘରକୁ ଆସିଲା, ତା ସହିତ ଗପସପ କରିବାକୁ ତାର ଇଚ୍ଛା ହେଲା। ସେ ତାକୁ ଶବଦାହ କଥା, ତା ସହିତ କଥା ହେବାକୁ ସଂପାଦକଙ୍କ ମନା କରିବାଟା ଆଉ ଏସ୍. ସହିତ ତାର ସାକ୍ଷାତ କଥା କହିଲା।

'ଏବେ ଏବେ ପ୍ରାଗ୍‌ଟା ନିହାତି କଦର୍ଯ୍ୟ ହେଇଗଲାଣି', ଟେରେଜା କହିଲା।

'ମୁଁ ଜାଣେ', ଟମାସ କହିଲା।

ଟିକେ ରହିଯାଇ ଟେରେଜା ଧୀରେ କହିଲା, 'ସବୁଠୁ ଭଲ ଏଠା ଛାଡ଼ି ଚାଲି ଯିବାଟା।'

'ମୁଁ ମାନୁଛି', ଟମାସ କହିଲା। 'କିଂତୁ ଯିବା ପାଇଁ ସେମିତି ଜାଗା ନାହିଁ।'

ପାଇଜାମା ପିନ୍ଧି ସେ ଖଟ ଉପରେ ବସିଥିଲା। ଟେରେଜା ତା ପାଖକୁ ଆସି ତା ଦେହରେ ହାତକୁ ଗୁଡ଼ାଇ ବସିଲା।

'ଗାଁ ଆଡ଼େ ଗଲେ ?' ସେ କହିଲା ।

'ଗାଁ ?' ସେ ଆଶ୍ଚର୍ଯ୍ୟ ହେଇ ପଚାରିଲା ।

'ସେଠି ଆମେ ଏକେଲା ରହିବା । ସଂପାଦକ କିମ୍ବା ପୁରୁଣା ସହକର୍ମୀ ସହିତ ତମର ଦେଖାସାକ୍ଷାତ ହେବ ନାହିଁ । ଲୋକମାନେ ଅଲଗା ରକମର । ଆଉ ଆମେ ପ୍ରକୃତି ପାଖକୁ ଫେରିଯିବା । ପ୍ରକୃତି ପୂର୍ବପରି ଯେମିତି କି ସେମିତି ରହିଛି ।'

ଠିକ୍ ସେତିକିବେଳେ ଟମାସର ପୁଣି ପେଟବିନ୍ଧା ହେଲା । ନିଜେ ବୁଢ଼ା ହେଇଗଲା ପରି ତାକୁ ଲାଗିଲା । ତାର ଲୋଡ଼ା କହିଲେ କେବଳ ଶାନ୍ତି ଓ ନୀରବତା ।

'ତମ କଥାଟା ଠିକ୍ ହେଇପାରେ', ସେ ଭାରି କଷ୍ଟରେ କହିଲା । ତୀବ୍ର ଯନ୍ତ୍ରଣାରେ ସେ ନିଶ୍ୱାସ ନେଇ ପାରୁ ନଥାଏ ।

'ଆମର ଛୋଟିଆ ଘରଟିଏ ଆଉ ଗୋଟେ ଛୋଟ ବଗିଚା ଅଛି । ତେବେ, ଦୌଡାଦୌଡି କରିବାକୁ କାରେନିନ୍ ପାଇଁ ବହୁତ ଜାଗା ଅଛି ।'

'ହଁ', ଟମାସ କହିଲା ।

ଗାଁକୁ ଯିବାର ପରବର୍ତ୍ତୀ ଛବିଟା ସେ ଆଙ୍କିବାକୁ ଚେଷ୍ଟା କଲା । ପ୍ରତି ସପ୍ତାହରେ ଗୋଟେ ନୂଆଁ ସ୍ତ୍ରୀଲୋକ ପାଇବାରେ ତାର ଅସୁବିଧା ହେବ । ତାର ମାନେ ତାର ଶୃଙ୍ଗାରିକ ରୋମାଞ୍ଚର ଅନ୍ତ ହେବ ।

'ଗୋଟେ କଥା ଏଇ ଯେ ଗାଁରେ ତମେ ମୋ ସହିତ ବୋର୍ ହେଇଯିବ', ତାର ମନର କଥା ପଢ଼ିଲା ପରି ଟେରେଜା କହିଲା ।

ବଥା ଆହୁରି ବଢ଼ିଲା । ସେ କଥା କହି ପାରିଲାନି । ତାର ମନେ ହେଲା ଯେ ତାର ନାରୀ-ଗମନ ମଧ୍ୟ ଗୋଟେ ଏକ 'ଠିକ୍ କଥା !'– ତାକୁ ଦାସତ୍ୱରେ ରଖିବାର ଗୋଟେ ଅତ୍ୟାବଶ୍ୟକତା । ସେ ଗୋଟେ ଛୁଟି ଅବସର ପାଇଁ ବ୍ୟାକୁଳ ହେଲା । ଗୋଟେ ସଂପୂର୍ଣ୍ଣ ଅବସର ତାର ଦରକାର, ସବୁ ଅତ୍ୟାବଶ୍ୟକତାରୁ ଗୋଟେ ବିଶ୍ରାମ, ସବୁ ଠିକ୍ କଥା ! ରୁ ଛୁଟି । ଯଦି ସେ ହସ୍‌ପିଟାଲର ଅପରେସନ ଟେବୁଲରୁ ବିଶ୍ରାମ (ସବୁଦିନ ପାଇଁ ବିଶ୍ରାମ) ନେଇ ପାରିଲା, ତା ହେଲେ ପୃଥିବୀର ଅପରେସନ ଟେବୁଲରୁ କାହିଁକି ଭଲା ବିଶ୍ରାମ ନେବ ନାହିଁ ? ଯେଉଁଠିକି ତାର କାଳ୍ପନିକ ଛୁରୀଟା ସ୍ତ୍ରୀ ଲୋକମାନେ କୋଟିଏରୁ ଗୋଟିଏ ଭାଗ ଭ୍ରାନ୍ତିକର ବିଭିନ୍ନତା ଲୁଚେଇଥିବା ଲୁହା ବାକ୍‌ସକୁ ଖୋଲେ ?

'ତମର ପେଟ ଫେର୍ ଗଡ଼ବଡ଼ ହେଲାଣି !' ସେତେବେଳକୁ କଣ ଅସୁବିଧା ଥିବାର ଜାଣି ପାରି ଆଶ୍ଚର୍ଯ୍ୟରେ ଟେରେଜା କହିଲା ।

ସେ ମୁଣ୍ଡ ଟୁଙ୍ଗାରିଲା ।

'ତମର ଇଞ୍ଜେକସନ୍ ନେଇଛ ?'

ସେ ମୁଣ୍ଡ ହଲାଇଲା । 'ଔଷଧପତ୍ର ପାଇଁ ବରାଦ ଦେବାକୁ ମୁଁ ଭୁଲିଗଲି ।'

ଯଦିଓ ତାର ଏପରି ଦାୟିତ୍ୱହୀନତା ପାଇଁ ବିରକ୍ତ ହେଲା, ଟେରେଜା ତାର କପାଳକୁ ଆଉଁସି ଦେଲା । ବଥା ଯୋଗୁଁ କପାଳରେ ବିନ୍ଦୁ ବିନ୍ଦୁ ଝାଳ ଜମିଥିଲା ।

'ଏବେ ଟିକେ ଭଲ ଲାଗୁଛି ।'

'ଟିକେ ଗଡ଼ିପଡ', ସେ କହିଲା ଆଉ ତାକୁ ଗୋଟେ କମ୍ବଳ ଘୋଡ଼େଇ ଦେଲା । ସେ ବାଥ୍‌ରୁମ୍‌କୁ ଗଲା ଓ ମିନିଟିଏ ଭିତରେ ଫେରି ଆସି ତାରି ପାଖରେ ଗଡ଼ି ପଡ଼ିଲା ।

ତକିଆରୁ ମୁଣ୍ଡ ନ ଉଠାଇ ସେ ଟେରେଜା ଆଡକୁ ବୁଲିପଡ଼ିଲା ଆଉ ଧଇଁସଇଁ ପ୍ରାୟ୍ ହେଲା : ଟେରେଜା ଆଖିରେ ଜଳୁଥିବା ଯନ୍ତ୍ରଣା ସହି ହେଉ ନ ଥିଲା ।

'ମତେ କହ ଟେରେଜା, କଣ ହେଇଛି ? ଏଇ କେତେଦିନ ହେଲା ତମର କିଛି ଗୋଟେ ଅସୁବିଧା ହେଇଛି । ମୁଁ ଅନୁଭବ କରିପାରୁଛି । ମୁଁ ଜାଣେ ।'

'ନା' । ସେ ମୁଣ୍ଡ ହଲାଇଲା । 'ସେମିତି କିଛି ନାଇଁ ।'

'ମନା କରିବାରେ କିଛି ଲାଭ ନାହିଁ ।'

'ଏଇ ସେଇ ଘେଷେରା କଥା', ସେ କହିଲା ।

'ସେଇ ଘେଷେରା କଥାର' ମାନେ ତାର ଇର୍ଷ୍ୟା ଓ ଟମାସର ପ୍ରତାରଣା ।

କିଂତୁ ଟମାସ ନଛୋଡ଼ବନ୍ଧା । 'ନା, ଟେରେଜା । ଏଥରକଟା ଟିକେ ଅଲଗା । ଆଗେ ଏପରି କେବେ ହେଇ ନ ଥିଲା ।'

'ଆଚ୍ଛା ତାହେଲେ, ମୁଁ ତମକୁ କହିବି', ସେ କହିଲା । 'ଯାଅ ଆଉ ତମର ବାଳ ଧୋଇକି ଆସ ।'

ସେ ବୁଝିପାରିଲା ନାହିଁ । କୈଫିୟତ ଦଉଥିବା ତାର ସ୍ୱରଟା ବିଷାଦିତ ବିରୋଧୀଭାବ ରହିତ, କୋମଳପ୍ରାୟ୍ ଶୁଭିଲା । 'ଏବେ କେତେ ମାସ ହେଲା ତମର ମୁଣ୍ଡ ବାଳରେ ଗୋଟେ ଉତ୍କଟ ବାସ୍ନା ଆସୁଛି । ସେଥିରେ ନାରୀ ଯୋନିର ଗନ୍ଧ ଆସୁଛି । ମୁଁ ତମକୁ କହିବାକୁ ଚାହୁଁ ନ ଥିଲି । କିଂତୁ ରାତି ପରେ ରାତି ମତେ ତମର କୌଣସି ନା କୌଣସି ରକ୍ଷିତାର ଜଙ୍ଘ ସନ୍ଧିର ବାସ୍ନା ମତେ ନିଶ୍ୱାସ ପ୍ରଶ୍ୱାସରେ ନେବାକୁ ପଡୁଛି ।'

ତାର କଥା ସରିବା କ୍ଷଣି ଟମାସର ପେଟବଥା ପୁଣି ବାହାରିଲା । ସେ ବିକଳ ହେଲା । ନିଜେ କେତେ ଘଷା ମଜା ନ କରିଛି ! ଦେହ, ହାତ, ମୁହଁରେ ଟିକିଏ ସୁଦ୍ଧା ସେମାନଙ୍କର ବାସ୍ନା ନ ରହୁ ବୋଲି । ଏପରିକି ସେମାନଙ୍କର ସୁଗନ୍ଧିତ ସାବୁନ ମଧ୍ୟ ବ୍ୟବହାର ନକରି ସବୁବେଳେ ନିଜର ସାଧାରଣ ସାବୁନଟିଏ ନେଇକି

ଯାଏ । କିଂତୁ ତାର ମୁଣ୍ଡ ବାଳ କଥା ସେ ଭୁଲିଯାଇଥିଲା ! ତା ମନକୁ ଏକଥା କେବେ ଢୁକି ନ ଥିଲା !

ତାପରେ ସେ ଜଣେ ସ୍ତ୍ରୀଲୋକକୁ ମନେ ପକାଇଲା । ଯିଏ ତାର ମୁହଁରେ ଜଙ୍ଘ ମେଲା କରି ମୁଖ ମୈଥୁନ କରିବାକୁ ଚାହିଁଲା । ସେ ତାକୁ ଏବେ ଘୃଣା କଲା । କି ଫାଲତୁ କଥା ! ମନା କରି କିଛି ଲାଭ ନାହିଁ । ସେ ବୋକା ପରି ହସିଲା ଓ ବାଳ ଧୋଇବାକୁ ବାଥରୁମ୍ ଆଡ଼କୁ ମୁହାଁଇଲା ।

କିଂତୁ ଟେରେଜା ତାର କପାଳକୁ ପୁଣି ଆଉଁସିଲା ଓ କହିଲା, 'ଖଟରେ ଥାଅ । ଧୋଇବା ପାଇଁ ବ୍ୟସ୍ତ ହୁଅ ନାହିଁ । ଏବେ ଏଥିରେ ମୁଁ ଅଭ୍ୟସ୍ତ ହେଇଗଲିଣି ।'

ତାର ପେଟଟା ତାକୁ ମାରି ଗୋଡ଼ାଉଥିଲା । ସେ ଶାନ୍ତି ଓ ନୀରବତା ଚାହୁଁଥିଲା । 'ମୁଁ ମୋର ସେଇ ରୋଗୀ ପାଖକୁ ଲେଖିବି ଯାହାକୁ ଆମେ ସ୍ପା ପାଖରେ ଭେଟିଥିଲା । ତାର ଘରଟା କୋଉ ଜିଲ୍ଲାରେ ତମେ ଜାଣିଛ ?'

'ନା'

କଥା ହେବାରେ ଟମାସ ଭାରି କଷ୍ଟ ଅନୁଭବ କଲା କେବଳ ଏତିକି କହିପାରିଲା, 'ଜଙ୍ଗଲ... ଗଡ଼ାଣି ପାହାଡ଼...'

'ସେଇଟା ଠିକ୍ । ଆମେ ସେଇୟା କରିବା । ଆମେ ଏଠୁ ଚାଲିଯିବା । କିଂତୁ ଏବେ ଆଉ କଥାବାର୍ତ୍ତା କର ନାଇଁ...' ସେ ସେମିତି ତାର କପାଳକୁ ଆଉଁସି ଚାଲିଥାଏ । ପଦଟିଏ କଥା ନ କହି ସେମାନେ ଦୁହେଁ ପାଖାପାଖି ଶୋଇ ରହିଲେ । ଧୀରେ ଧୀରେ କଥା କମିଗଲା । ଦୁହେଁଯାକ ଜଲ୍ଦି ଶୋଇ ପଡ଼ିଲେ ।

(୨୨)

ଅଧ ରାତିରେ ସେ ଉଠିଲା ଓ ଜାଣି ଆଶ୍ଚର୍ଯ୍ୟ ହେଲା ଯେ ସେ ଗୋଟିକ ପରେ ଗୋଟିଏ ଶୃଙ୍ଗାର-ସ୍ୱପ୍ନ ଦେଖୁଛି । ତା ଭିତରୁ ଅନ୍ୟଗୁଡ଼ିକ ଅପେକ୍ଷା ଶେଷଟି କିଛିଟା ସ୍ପଷ୍ଟ ଭାବରେ ମନେ ପକାଇ ପାରିଲା : ଜଣେ ବିଶାଳକାୟ ସ୍ତ୍ରୀଲୋକ, ଅନ୍ତତଃ ତାଠାରୁ ପାଞ୍ଚଗୁଣ ଅଧିକ ବଡ଼, ଗୋଟେ ପୋଖରୀରେ ଉପରମୁହାଁ ହେଇ ଭାସୁଛି । ତାର ଜଙ୍ଘସନ୍ଧିରୁ ନାଭି ଯାଏଁ ତାର ପେଟରେ ବହଳ ରୁମ । ପୋଖରୀ କଡ଼ରୁ ତାକୁ ଚାହିଁ ସେ ଉତ୍ତେଜିତ ହେଇଗଲା ।

ପେଟ ଗୋଳମାଳରୁ ନିଜ ଦେହଟା ଦୁର୍ବଳ ହେଇଥିଲା ବେଳେ ସେ କିପରି ଉତ୍ତେଜିତ ହେଇ ପାରିଲା ? ସଚେତନ ଅବସ୍ଥାରେ ଯେଉଁ ସ୍ତ୍ରୀଲୋକଟିକୁ ଦେଖିଥିଲେ ଘୃଣାରେ ଦୂରକୁ ହଟିଯାଇଥାନ୍ତା, ତାକୁ ଏମିତି ଚାହିଁ ସେ କେମିତି ଉତ୍ତେଜିତ ହେଇ ପାରିଲା ?

ସେ ଭାବିଲା : ମୁଣ୍ଡରେ ଥିବା ଘଣ୍ଟାରେ ଦୁଇଟା ବଙ୍କା ଦାନ୍ତି ପରସ୍ପର ବିପରୀତରେ ଘୁରନ୍ତି। ଗୋଟିକରେ ଚିତ୍ରମାନ, ଅନ୍ୟଟିରେ ଦୈହିକ ପ୍ରତିକ୍ରୀୟା। ଗୋଟେ ଉଲଗ୍ନ ସ୍ତ୍ରୀଲୋକଟିର ପ୍ରତିରୂପ ଧାରଣ କରୁଥିବା ବଙ୍କା ଦାନ୍ତିଟି ଲିଙ୍ଗ ଉତ୍‌ଥାନକୁ ସଂଚାଳନ କରୁଥିବା ବଙ୍କା ଦାନ୍ତିଟି ସହ ମିଶିଯାଏ। କିଂତୁ ଯେତେବେଳେ, କିଛି ଗୋଟେ କାରଣରୁ ବଙ୍କାଦାନ୍ତିଟି ମାନ ଏପଟସେପଟ ହେଇଯାଏ ଓ ଉତ୍ତେଜନା ଜନ୍ମାଇଥିବା ବଙ୍କା ଦାନ୍ତିଟି ଉଡ଼ନ୍ତା ପକ୍ଷୀର ପ୍ରତିରୂପ ଧାରଣ କରିଥିବା ବାଙ୍କିଲା ଦାନ୍ତିଟି ସହିତ ଗୋଳେଇ ହେଇଯାଏ। ତେଣୁ ପକ୍ଷୀଟିର ସନ୍ଦର୍ଶନରେ ହିଁ ଲିଙ୍ଗ ଉଠେ।

ସର୍ବୋପରି, ମଣିଷର ନିଦ୍ରାରେ ବିଶେଷ ଜ୍ଞାନ ଥିବା ଟମାସର ଜଣେ ସହକର୍ମୀଙ୍କ ଗବେଷଣା ଅନୁସାରେ ଯେ କୌଣସି ପ୍ରକାର ସ୍ୱପ୍ନରେ ପୁରୁଷର ଲିଙ୍ଗର ଉତ୍‌ଥାନ ହୁଏ। ତାର ଅର୍ଥ ଲିଙ୍ଗ ଉଠିବା ଓ ଉଲଗ୍ନ ସ୍ତ୍ରୀଲୋକଟି ମଧ୍ୟରେ ସଂପର୍କଟା ପୁରୁଷର ମୁଣ୍ଡରେ ଘଣ୍ଟା ସଦୃଶ ଯନ୍ତ୍ରରେ ସୃଷ୍ଟିକର୍ତ୍ତା ଖଞ୍ଜିଥିବା ହଜାର ବାଗରୁ ଗୋଟିଏ।

ଏସବୁଥିରେ ପ୍ରେମର ସଂପର୍କ କଣ ? କିଛି ନାହିଁ। ଯଦି ଟମାସ ମୁଣ୍ଡରେ ଥିବା ବାଙ୍କିଲା ଦାନ୍ତି ବେତାଳିଆ ହେଇଯାଏ ଆଉ ସେ ପକ୍ଷୀଟିଏକୁ ଦେଖି ଉତ୍ତେଜିତ ହେଇଯାଏ, ସେଥିରେ ଟେରେଜା ପ୍ରତି ତାର ପ୍ରେମ ଉପରେ କୌଣସି ପ୍ରତିକୂଳ ପ୍ରଭାବ ପଡ଼ିବ ନାହିଁ।

ନିଜର ଆମୋଦ ପାଇଁ ଯଦି ଆମର ସୃଷ୍ଟିକର୍ତ୍ତା ଉତ୍ତେଜନାର ଯାନ୍ତ୍ରିକ କୌଶଳଟି ବ୍ୟବହାର କରନ୍ତି, ପ୍ରେମଟା ଏମିତି ଗୋଟେ ଜିନିଷ ଯାହା କେବଳ ଆମର ନିଜର, ଆଉ ଯାହା ଆମକୁ ସୃଷ୍ଟିକର୍ତ୍ତାଙ୍କଠାରୁ ନିସ୍ତାର ପାଇଁ ପ୍ରେରଣା ଦିଏ। ପ୍ରେମ ହିଁ ଆମର ସ୍ୱାଧୀନତା। ପ୍ରେମ 'ଠିକ୍ କଥା !' ର ଊର୍ଦ୍ଧ୍ୱରେ।

ଯଦିଓ ସେଇଟା ପୁରାପୁରି ସତ ନୁହଁ। ଏପରିକି ଯଦି ବା ଯୌନତାର ଯାନ୍ତ୍ରିକ ଘଣ୍ଟା ବ୍ୟତୀତ ଆଉକିଛି ଯାହା ସୃଷ୍ଟିକର୍ତ୍ତା ନିଜର ଆମୋଦ ପାଇଁ ବ୍ୟବହାର କରନ୍ତି, ତଥାପି ଏଇଟା ତା ସହିତ ସଂଯୋଜିତ ହେଇ ରହିଥାଏ। ଗୋଟେ ବିଶାଳ ଘଣ୍ଟାର ପେଣ୍ଡୁଲମ୍‌ରେ ଯୋଖା କୋମଳାଙ୍ଗୀ ଉଲଗ୍ନ ସ୍ତ୍ରୀଲୋକଟିଏ ପରି ଏହା ଯୋଖି ହେଇ ରହିଥାଏ।

ଟମାସ ଭାବିଲା : ପ୍ରେମକୁ ଯୌନ ସହିତ ସଂଯୋଜନା କରିବାଟା ସୃଷ୍ଟିକର୍ତ୍ତାଙ୍କ ସବୁଠାରୁ କିମ୍ଭୁତ ଅବଧାରଣା।

ସେ ଆହୁରି ଭାବିଲା :ଯୌନତାର ନିର୍ବୋଧତାରୁ ପ୍ରେମକୁ ରକ୍ଷା କରିବାର

ଗୋଟେ ଉପାୟ ହେଉଛି ମୁଣ୍ଡରେ ଘଣ୍ଟା ସଦୃଶ ଯନ୍ତ୍ରଟିକୁ ଏପରି ଭାବରେ ଖଞ୍ଜାଯିବ ଯେମିତି ପକ୍ଷୀଟିଏର ସନ୍ଦର୍ଶନରେ କାମ ଉତ୍ତେଜନା ହେବ ।

ଆଉ ସେଇ ମଧୁର ଭାବନାରେ ସେ ଢୁଳେଇବା ଆରମ୍ଭ କଲା । କିଂତୁ ନିଦର ପ୍ରତିଟି ଏରୁଣ୍ଡିବନ୍ଧରେ ଗୋଳମାଳିଆ ଅବଧାରଣାର ଅନସ୍ୱତ୍ତ୍ୱ ଭୂଇଁରେ ସେ ହଠାତ୍ ନିଶ୍ଚିତ ହେଲା ଯେ ସେ ଏଇମାତ୍ର ସବୁ ଗୋଲକଧନ୍ଦାର ସମାଧାନ ସୂତ୍ରଟିଏ ଆବିଷ୍କାର କରି ପାରିଛି । ସବୁ ରହସ୍ୟର ଚାବିକାଠି, ଏକ ନୂଆଁ ଉଟୋପିଆ (ରାମରାଜ୍ୟ), ଏକ ସ୍ୱର୍ଗ : ଗୋଟେ ପୃଥିବୀ ଯେଉଁଠି ପକ୍ଷୀଟିଏ ଦେଖିଲେ ପୁରୁଷ କାମ-ଉତ୍ତେଜିତ ହୁଏ ଆଉ ଯୌନତାର ରୁକ୍ଷ ନିର୍ବୋଧତାରେ ବାଧାପ୍ରାପ୍ତ ନ ହେଇ ଟମାସ ଟେରେଜାକୁ ଭଲ ପାଇପାରେ ।

ତାପରେ ସେ ଶୋଇପଡ଼ିଲା ।

(୨୩)

ଅନେକ ଅଧଲଙ୍ଗଳା ସ୍ତ୍ରୀଲୋକ ତା ଚାରିପଟେ ଘୁରି ବୁଲୁଥିଲେ । କିଂତୁ ସେ ଥକି ଯାଇଥିଲା । ଆଉ ସେମାନଙ୍କଠାରୁ ନିସ୍ତାର ପାଇବା ପାଇଁ ସେ ପାଖ କୋଠରୀର କବାଟ ଖୋଲିଦେଲା । ସେଠି, ଠିକ୍ ତାର ବିପରୀତରେଗୋଟେ ଲମ୍ବା ଗଦିରେ ଝିଅଟାଏ ଗଡ଼ିଥାଏ । ସେ ମଧ୍ୟ ଅଧା ଲଙ୍ଗଳା ହୋଇଥାଏ : ଖାଲି ପେଣ୍ଟି ଖଣ୍ଡକ ଛଡ଼ା ଆଉ ସେ ପିନ୍ଧି ନଥାଏ । ନିଜ କହୁଣୀରେ ଭରା ଦେଇ ସେ ହସି କରି ଟମାସକୁ ଚାହିଁଲା । ହସରେ ଜଣାଇଦେଲା ଯେ ଟମାସ ଆସିବ ବୋଲି ସେ ଆଗରୁ ଜାଣିଥିଲା । ଟମାସ ତା ପାଖକୁ ଗଲା । ପରିଶେଷରେ ସେ ତାକୁ ପାଇଲା ଓ ତାରି ପାଖରେ ରହି ପାରିଲା, ଏଇ କଥା ଭାବିଲା ମାତ୍ରେ ଏକ ଅବ୍ୟକ୍ତ ପରମାନନ୍ଦର ଅନୁଭୂତିରେ ଆପ୍ଲୁତ ହେଇଗଲା ପରି ତାକୁ ଲାଗିଲା । ଟମାସ ତା ପାଖରେ ବସିଲା, ତାକୁ କିଛି କହିଲା ଆଉ ସେ କିଛି ପ୍ରତ୍ୟୁତ୍ତର ଦେଲା । ତା ପାଖରୁ ପ୍ରଶାନ୍ତି ବିଚ୍ଛୁରି ପଡୁଥାଏ । ତାର ହାତ ଖୁବ୍ ଧୀରେ ଗତି କରୁଥାଏ । ଜୀବନସାରା ଟମାସ ଏଇ ଗତିର ପ୍ରଶାନ୍ତିକୁ ପ୍ରତୀକ୍ଷା କରି ରହିଥିଲା । ନାରୀସୁଲଭ ପ୍ରଶାନ୍ତି ତାକୁ ସାରା ଜୀବନ କେବେ ମିଳି ନ ଥିଲା ।

କିଂତୁ ଠିକ୍ ସେତିକିବେଳେ ସ୍ୱପ୍ନଟା ବାସ୍ତବତାକୁ ଫେରିବା ଆରମ୍ଭ କଲା । ସେ ପୁଣି ନିଜକୁ ଅନସ୍ୱତ୍ତ୍ୱ ଭୂଇଁରେ ଫେରି ପାଇଲା । ଯେଉଁଠି ଆମେ ନିଦ୍ରିତ ନା ଜାଗ୍ରତ । ତା ଆଖି ସାମ୍ନାରୁ ସେଇ ଯୁବତୀଟି ଅଦୃଶ୍ୟ ହେଇଯିବାରେ ସେ ଆତଙ୍କିତ ହେଇପଡ଼ିଲା । ଆଉ ନିଜକୁ ନିଜେ କହିଲା, ଭଗବାନ୍ ! ତାକୁ ହରାଇବାକୁ ମୁଁ କଦାପି ଚାହିଁବିନି ! ସେ କଣ ଓ କିପରି ଥିଲା, କେଉଁଠି ତାକୁ ଭେଟିଥିଲା,

ସେମାନେ ଏକାଠି କଣ ଅନୁଭବ କରିଥିଲେ ତାହା ମନେ ପକାଇବାକୁ ସେ ପ୍ରାଣପଣେ ଚେଷ୍ଟା କଲା । ଝିଅଟା ତାକୁ ଏତେ ଭଲରେ ଜାଣିଥିବାବେଳେ ଟମାସ ତାକୁ ଭଲା କେମିତି ଭୁଲିଯାଇ ପାରିବ ? ପରଦିନ ସକାଳେ ପହିଲା ତାକୁ ଫୋନ୍ କରିବାକୁ ସେ ଠିକ୍ କଲା । କିଂତୁ ଏକଥା ଠିକ୍ କରିଛି କି ନାଇଁ ସେ ଜାଣିଲା ଯେ ସେ ଏଇଟା କରି ପାରିବ ନାହିଁ : ସେ ଝିଅଟାର ନାଁ ବି ଜାଣି ନାହିଁ । ଏତେ ଅନ୍ତରଙ୍ଗ ଭାବରେ ଜାଣିଥିବା ଜଣକର ନାଁ ସେ କେମିତି ଭୁଲି ପାରିଲା । ସେତିକି ବେଳକୁ ସେ ପୁରାପୁରି ଚେଇଁ ସାରିଥିଲା । ତାର ଆଖି ମେଲା ଥାଏ, ଆଉ ସେ ନିଜକୁ ନିଜେ ପଚାରୁଥାଏ, ମୁଁ ଏବେ କୋଉଠି ? ହଁ, ମୁଁ ପ୍ରାଗ୍‌ରେ, କିଂତୁ ସେଇ ସ୍ତ୍ରୀଲୋକଟା, ସେ ବି କଣ ଏଠି ରୁହେ ? ମୁଁ କଣ ତାକୁ ଅନ୍ୟ କେଉଁଠି ଭେଟି ନାହିଁ ? ସେ ସ୍ୱିଜରଲାଣ୍ଡରୁ ଆସିଛି କି ? ସେ ଯେ ସ୍ତ୍ରୀଲୋକଟିକୁ ଜାଣି ନାହିଁ, ଏଇ ଯେ ସେ ପ୍ରାଗ୍‌ରୁ କିମ୍ବା ସ୍ୱିଜରଲାଣ୍ଡରୁ ଆସି ନାହିଁ, ଏଇ ଯେ ସେ ତାର ସ୍ୱପ୍ନରେ ଥିଲା, ଆଉ କୋଉଠି ନୁହେଁ, ଏକଥା ମୁଣ୍ଡରେ ଢୁକେଇବାକୁ ତାକୁ ଗୁଡ଼ାଏ ବେଳ ଲାଗିଲା ।

ତାର ମନ ଏତେ ଦୁଃଖ ହେଇଗଲା ଯେ ସେ ସିଧା ଖଟରେ ବସି ପଡ଼ିଲା । ତା ପାଖରେ ଟେରେଜା ଗହୀର ନିଶ୍ୱାସ ନେଉଥାଏ । ସ୍ୱପ୍ନର ସ୍ତ୍ରୀଲୋକ ପରି ଆଉ କାହାକୁ ସେ କେବେ ଭେଟି ନ ଥିଲା । ଏତେ ଅନ୍ତରଙ୍ଗ ଭାବରେ ଜାଣିଥିଲା ପରି ଲାଗୁଥିବା ସ୍ତ୍ରୀଲୋକଟିକୁ ଶେଷରେ ସେ ଜାଣି ସୁଦ୍ଧା ନାହିଁ । ଆଉ ତଥାପି ସେଇ ଜଣକ ତାର ସବୁବେଳେ ଆକାଂକ୍ଷିତା । ତା ପାଇଁ ଯଦି ବ୍ୟକ୍ତିଗତ ସ୍ୱର୍ଗ ବୋଲି କିଛି ଥାଏ, ତାହେଲେ ସେଇ ସ୍ୱର୍ଗରେ ଟମାସ ତାରି ପାଖରେ ଥିବ । ତା ସ୍ୱପ୍ନର ସ୍ତ୍ରୀଲୋକଟି ହିଁ ତାର ପ୍ରେମର 'ଠିକ୍ କଥା !'

ହଠାତ୍ ସେ ପ୍ଲାଟୋଙ୍କ ରଚିତ ସିଂପୋସିଅମ୍‌ର ରୂପକଥାଟିକୁ ମନେ ପକାଇଲା : ଭଗବାନ ସେମାନଙ୍କୁ ଦୁଇ ଭାଗରେ ବିଭକ୍ତ କରିବା ଆଗରୁ ମଣିଷମାନେ ଉଭୟଲିଙ୍ଗୀ ଥିଲେ । ଆଉ ଏବେ ସମସ୍ତ ଅର୍ଦ୍ଧାଙ୍ଗମାନ ସାରା ଦୁନିଆଁ ଘୁରି ଘୁରିକା ବାକି ଅର୍ଦ୍ଧାଙ୍ଗକୁ ପରସ୍ପର ଖୋଜାଖୋଜି ହେଉଛନ୍ତି । ଆମେ ଆମର ହରେଇ ଦେଇଥିବ । ବାକି ଅଧାର ପ୍ରତୀକ୍ଷା ହିଁ ପ୍ରେମ ।

ଧରାଯାଉ କଥାଟା ସେଇୟା, ଯେ ପୃଥିବୀରେ କେଉଁଠି ନା କେଉଁଠି ଆମ ପ୍ରତ୍ୟେକଙ୍କର ଜଣେ ଲେଖାଁଏ ସମଧର୍ମୀ ଅଛନ୍ତି ଯିଏ କି ଏକଦା ଆମ ଦେହର ଅର୍ଦ୍ଧାଙ୍ଗ ହେଇ ରହିଥିଲା । ଟମାସର ଅର୍ଦ୍ଧାଙ୍ଗ ହେଉଛି ସେ ସ୍ୱପ୍ନରେ ଦେଖିଥିବା ସ୍ତ୍ରୀଲୋକ ଜଣକ । ଅସୁବିଧା ହେଉଛି, ପୁରୁଷ ନିଜେ ଅନ୍ୟ ଅର୍ଦ୍ଧାଙ୍ଗକୁ ପାଏ ନାହିଁ ।

ତା ପରିବର୍ତ୍ତେ, ଘାସ ଝୁଡ଼ିଟା ଭିତରେ ତା ପାଖକୁ ଟେରେଜାଟିଏକୁ ପଠାଇ ଦିଆଯାଏ। ତେବେ ତାରି ପାଇଁ ଉଦ୍ଦିଷ୍ଟ ତାର ଅପର ପାର୍ଶ୍ୱଟି ସହିତ ପରେ ଦେଖାହେଲେ କଣ ହୁଏ ? କାହାକୁ ସେ ପସନ୍ଦ କରିବ ? ଘାସଝୁଡ଼ି ଭିତରେ ଥିବା ଲଳନାକୁ ଅଥବା ପ୍ଲାଟୋଙ୍କର ଉପାଖ୍ୟାନର କାମିନୀକୁ ?

ତାର ସ୍ୱପ୍ନର ନାୟିକା ସହିତ ଏକ ଆଦର୍ଶ ପୃଥିବୀରେ ରହୁଥିବାର ଛବିକୁ ଯେ ନିଜେ ଭାବିବାକୁ ଚେଷ୍ଟା କଲା। ସେମାନଙ୍କର ଆଦର୍ଶ ଗୃହର ମେଲା ଝରକା ଦେଇ ଟେରେଜା ଯାଉଥିବାର ସେ ଦେଖି ପାରିଲା। ସେ ଏକୁଟିଆ ଥାଏ ଆଉ ଆଖିରେ ଅଶେଷ ବିଷାଦର ଛାଇ ଧରି ସେ ତାକୁ ଦେଖିବାକୁ ଅଟକି ଯାଏ। ଟମାସ ତାର ଦୃଷ୍ଟିକୁ ସହିପାରେ ନାହିଁ। ପୁଣି ସେ ଟେରେଜାର ବ୍ୟଥାକୁ ନିଜ ହୃଦୟରେ ଅନୁଭବ କରେ। ପୁଣିଥରେ ସେ ଅନୁକଂପାର ଶୀକାର ହୁଏ ଓ ଟେରେଜାର ଆତ୍ମା ଭିତରେ ଡୁବିଯାଏ। ସେ ଝରକା ବାହାରକୁ ଡିଆଁ ମାରେ। କିଂତୁ ଟେରେଜା ତାକୁ କର୍କଶ ଭାବରେ କହିଲା ଯେ ତାକୁ ଯେଉଁଠି ଭଲ ଲାଗୁଛି ସେ ସେଇଠି ରହୁ। ଟେରେଜାର ଚଟାପଟ୍ ବାଙ୍ଗିଲା ଠାଣି ମାଣିରେ ସେ ବିରକ୍ତ ହେଲା। ଟମାସ ତାର ଉତ୍ତ୍ୟକ୍ତ ହାତ ଦୁଇଟାକୁ ଧରି ପକାଇଲା ଓ ନିଜ ହାତରେ ଚାପି ରଖି ଶାନ୍ତ କରିବାକୁ ଚେଷ୍ଟାକଲା। ଆଉ ସେ ଜାଣେ ଯେ ବାରମ୍ବାର ଏମିତି ସେ ତାର ଖୁସିର ଘରକୁ ପରିତ୍ୟାଗ କରିବ ଓ ଛଅଟି ହାସ୍ୟାସ୍ପଦ ଆକସ୍ମିକତାରୁ ଜାତ, ସ୍ତ୍ରୀ ଲୋକଟିଏ - ଟେରେଜା ସହିତ ରହିବାପାଇଁ ତାର ପ୍ରେମର 'ଠିକ୍ କଥା !' କୁ ପ୍ରତାରଣା କରିବ।

ଏତେବେଳ ଯାଏଁ ସେ ଖଟରେ ବସି ରହି ନିଦରେ ତାର ହାତ ଧରି ତା ପାଖରେ ଶୋଇଥିବା ସ୍ତ୍ରୀଲୋକଟିକୁ ଦେଖୁଥାଏ। ସେ ତା ପ୍ରତି ଏକ ଅବ୍ୟକ୍ତ, ଅବର୍ଣ୍ଣନୀୟ ପ୍ରେମ ଅନୁଭବ କଲା। ସେତିକିବେଳେ ତାର ଛାଇ ନିଦ ହେଇଥିବ ନିଶ୍ଚୟ। କାରଣ ସେ ଆଖି ଖୋଲିଲା ଆଉ ତାକୁ ପ୍ରଶ୍ନିଳ ଦୃଷ୍ଟିରେ ଚାହିଁ ରହିଲା।

'ତମେ କଣ ଖୋଜୁଛ ?' ସେ ପଚାରିଲା।

ଟମାସ ଜାଣିଲା ଯେ ତାକୁ ଉଠାଇବା ପରିବର୍ତ୍ତେ ସେ ପୁଣି ଆଉଁସି ନିଦରେ ଶୁଆଇବା ଉଚିତ। ତେଣୁ ତା ମନରେ ଯେମିତି ଗୋଟେ ନୂଆଁ ସ୍ୱପ୍ନର ପ୍ରତିଛବି ରୋପିବ, ସେମିତି ଉତ୍ତରଟିଏ ବାହାର କରିବାକୁ ଚେଷ୍ଟା କଲା।

'ମୁଁ ତାରା ଖୋଜୁଛି', ସେ କହିଲା।

'ତାରା ଖୋଜିବା କଥା ତମେ କହନା। ସେଇଟା ମିଛ। ତମେ ତଳକୁ ଦେଖୁଛ।'

'ତାର କାରଣ ଆମେ ଗୋଟେ ଏରୋପ୍ଲେନ୍‌ରେ ଅଛୁ। ତାରା ସବୁ ଆମରି ତଳକୁ ଅଛନ୍ତି।'

'ଆହା, ଗୋଟେ ଏରୋପ୍ଲେନ୍‌ରେ', ଟେରେଜା କହିଲା। ଟମାସର ହାତଟାକୁ ଆହୁରି ଜୋର୍‌ରେ ଚାପି ଧରି ପୁଣି ଶୋଇପଡ଼ିଲା। ଆଉ ଟମାସ ଜାଣିଲା ଯେ ଟେରେଜା ଗୋଟେ ଏରୋପ୍ଲେନ୍‌ରେ ଗୋଲିଆ ଝରକାରୁ ବାହାରକୁ ଅନାଇ ରହିଛି- ଆଉ ଏରୋପ୍ଲେନ୍‌ଟି ଅନେକ ଉପରେ ଉଡୁଛି।

■

ମହା ଶୋଭାଯାତ୍ରା

(୧)

ଷ୍ଟାଲିନଙ୍କ ପୁଅ ଜାକୋଭ୍ କେମିତି ମରିଗଲା ସେଇ ବିଷୟରେ ୧୯୮୦ ମସିହାରେ ଯାଇ ସଣ୍ଡେ ଟାଇମ୍ସ୍‌ରୁ ପଢ଼ିବାକୁ ପାଇଲୁ । ଦ୍ୱିତୀୟ ବିଶ୍ୱଯୁଦ୍ଧ ସମୟରେ ଜର୍ମାନ୍‌ମାନଙ୍କ ହାତରେ ଧରାପଡ଼ି ତାକୁ କେତେଜଣ ଇଂରେଜ ଅଫିସରଙ୍କ ସହିତ ଗୋଟେ ଛାଉଣୀରେ ରଖା ହେଇଥିଲା । ସେମାନେ ମିଶି ଗୋଟେ ପାଇଖାନା ବ୍ୟବହାର କରୁଥିଲେ । ସବୁବେଳେ ଷ୍ଟାଲିନ୍‌ଙ୍କ ପୁଅ ସେଇଟା ଭାରି ଅପରିଷ୍କାର କରିଦିଏ । ପାଇଖାନାରେ ଗୁହ ଲାଗିଥିବାରୁ ବ୍ରିଟିଶ ଅଫିସରମାନେ ବିରକ୍ତ ହେଲେ ଯଦିଓ ସେଇଟା ପୃଥିବୀର ସବୁଠୁ କ୍ଷମତାସଂପନ୍ନ ଲୋକର ପୁଅର ଗୁହ । ସେମାନେ କଥାଟିକୁ ତାର ନଜରକୁ ଆଣିଲେ । ସେ ଅପମାନିତ ବୋଧ କଲା । ସେମାନେ କଥାଟିକୁ ବାରମ୍ବାର ତାର ନଜରକୁ ଆଣିଲେ ଓ ତା ଦ୍ୱାରା ପାଇଖାନା ସଫା କରାଇବାକୁ ଚେଷ୍ଟାକଲେ । ସେ ଭୟଙ୍କର ଭାବରେ ରାଗିଗଲା । ଯୁକ୍ତିତର୍କ କଲା ଓ ମାଡ଼ଗୋଳ ଲାଗିଲା । ଶେଷରେ ସେ କେଂପ କମାଣ୍ଡରଙ୍କ ହସ୍ତକ୍ଷେପ ଦାବୀ କଲା । ସେ କମାଣ୍ଡରକୁ ତାର ମଧ୍ୟସ୍ଥି କରିବାକୁ ଚାହିଁଲା । କିଂତୁ ଉଦ୍ଧତ ଜର୍ମାନ୍ କମାଣ୍ଡରଜଣକ ଗୁହ ବିଷୟରେ କଥା ହେବାକୁ ସିଧା ମନା କରିଦେଲା । ଷ୍ଟାଲିନ୍ ପୁଅ ଆଉ ଅପମାନ ବରଦାସ୍ତ କରିପାରିଲା ନାହିଁ । ସବୁଠୁ ଭୟଙ୍କର ରୁଷୀୟ ଅଭିଶାପରେ ଆକାଶଫଟା ରଡ଼ି ଛାଡ଼ି ସେ ଛାଉଣୀ ଚାରିପଟେ ବେଢ଼ା ହେଇଥିବା ବୈଦ୍ୟୁତିକ ତାରଜାଲିକୁ ଦୌଡ଼ି ଡିଆଁ ମାରିଲା । ସେ ଠିକଣା ଜାଗାରେ ପଡ଼ିଲା । ତାର ଦେହ ଯାହା କି ପୁଣି କେବେ ଇଂରେଜମାନଙ୍କର ପାଇଖାନା ମଇଳା କରିବ ନାହିଁ, ତାର ବାଡ଼ରେ ଲାଖିଗଲା ।

(୨)

ଷ୍ଟାଲିନ୍‌ର ପୁଅର ଜୀବନଟା ଦୁଃଖମୟ ଥିଲା । ମିଳିଥିବା ସବୁ ପ୍ରମାଣରୁ ଗୋଟେ ସିଦ୍ଧାନ୍ତ ନିଆଯାଏ ଯେ ତାର ବାପା ନିଜ ଔରସରୁ ଯେଉଁ ସ୍ତ୍ରୀଲୋକର ଗର୍ଭରୁ ପିଲାଟିକୁ ପାଇଥିଲା ସେଇ ସ୍ତ୍ରୀକୁ ସେ ମାରିଦେଲା । ତେଣୁ ଯୁବକ ଷ୍ଟାଲିନ୍ ଜଣକ ଥିଲା ଉଭୟ ଈଶ୍ୱରଙ୍କ ପୁତ୍ର (କାରଣ ତାର ବାପାଙ୍କୁ ଈଶ୍ୱର ପରି ସମ୍ମାନ କରାଯାଉଥିଲା) ଓ ଈଶ୍ୱର-ପରିତ୍ୟକ୍ତ। ତାକୁ ଲୋକେ ଦୁଇ ପ୍ରକାରେ ଡରୁଥିଲେ : ସେ ତାର ରାଗରେ (ଯାହା ବି ହେଉ ସେ ଷ୍ଟାଲିନ୍‌ର ପୁଅ) ଏବଂ ସଦୟତା ଉଭୟରେ ଲୋକଙ୍କ କ୍ଷତି କରିପାରେ (ପରିତ୍ୟକ୍ତ ପୁଅକୁ ଶାସ୍ତି ଦେବାକୁ ଯାଇ ତାର ବାପା ତାର ବନ୍ଧୁମାନଙ୍କୁ ବି ଶାସ୍ତି ଦେଇପାରେ) ।

ପ୍ରତ୍ୟାଖ୍ୟାନ ଓ ବିଶେଷ ସୁବିଧାସୁଯୋଗ, ସୁଖଦୁଃଖ-ଏଇ ଦୁଇଟି ବିରୋଧାଭାଷ ପରସ୍ପର କେତେ ଅଦଳବଦଳ ଯୋଗ୍ୟ, ମନୁଷ୍ୟର ଅସ୍ତିତ୍ୱର ଗୋଟିଏ ମେରୁଠାରୁ ଅନ୍ୟ ମେରୁକୁ ପାହୁଣ୍ଡଟା କେତେ ଛୋଟ ତା ବିଷୟରେ ଜାକୋଭ୍‌ଠାରୁ ବାସ୍ତବରେ ଆଉ ଅଧିକ କେହି ଅନୁଭବ କରି ନ ଥିଲେ ।

ତାପରେ, ଯୁଦ୍ଧର ଆରମ୍ଭରେ ସେ ଜର୍ମାନ୍‌ମାନଙ୍କର ହାତରେ ବନ୍ଦୀ ହେଲା, ଆଉ ମୂଳରୁ ତାକୁ ଅରୁଚିକର ଲାଗୁଥିବା ଗୋଟେ ଦୁର୍ବୋଧ୍ୟ ଓ ନିର୍ବିକାର ମନୋଭାବାପନ୍ନ ଦେଶର ବନ୍ଦୀମାନେ ତାକୁ ଅପରିଷ୍କାର ଅପରିଚ୍ଛନ୍ନ କହି ଦୋଷାରୋପ କଲେ ଯିଏ କି ସବୁଠୁ ଉଚ୍ଚମାନର ଭାଗ୍ୟକୁ ନିଜ କାନ୍ଧରେ ବୋହିଥିଲା (ଜଣେ ଅଭିଶପ୍ତ ଦେବଦୂତ ଓ ଈଶ୍ୱରପୁତ୍ର ଭାବରେ) । ଗୋଟେ ମହତ୍ ପରୀକ୍ଷାର ସମ୍ମୁଖୀନ ନ ହେଇ ଈଶ୍ୱର ଓ ଦେବଦୂତଙ୍କ ରାଜ୍ୟରେ ଶେଷକୁ ଗୁହ ପାଇଁ ତାର ବିଚାର ହେଲା ? ସବୁଠୁ ଉଚ୍ଚମାନର ଓ ସବୁଠୁ ନିମ୍ନମାନର ଭାଗ୍ୟ କଣ ଏମିତି ମୁଣ୍ଡ ଘୁରେଇଦେଲା ପରି ନିବିଡ଼ ?

ମୁଣ୍ଡ ବୁଲେଇଦେଲା ପରି ? ପାଖାପାଖି ? ପାଖାପାଖି ହେଲେ କଣ ମୁଣ୍ଡ ଘୁରାଏ ।

ହେଇପାରେ । ଯେତେବେଳେ ଉତ୍ତରମେରୁ ଦକ୍ଷିଣ ମେରୁକୁ ଛୁଇଁବା ପରି ପାଖେଇ ଆସେ, ପୃଥିବୀ ଅଦୃଶ୍ୟ ହେଇଯାଏ ଆଉ ମଣିଷ ଗୋଟେ ଶୂନ୍ୟତାରେ ରହିଯାଏ ଯାହା ତାର ମୁଣ୍ଡ ବୁଲାଇ ଦିଏ ଓ ତାକୁ ତଳେ ପଡ଼ିଗଲା ପରି ଲାଗେ ।

ଯଦି ପ୍ରତ୍ୟାଖ୍ୟାନ ଓ ସ୍ୱୀକୃତି ଏକ ଓ ଅଭିନ୍ନ, ଯଦି ଶ୍ରେଷ୍ଠ ଓ ତୁଚ୍ଛ ମଧ୍ୟରେ କିଛି ପାର୍ଥକ୍ୟ ନାହିଁ, ଯଦି ଈଶ୍ୱର ପୁତ୍ର ଗୁହ ପାଇଁ ବିଚାରର ସମ୍ମୁଖୀନ ହୁଏ, ତା ହେଲେ ମଣିଷର ଅସ୍ତିତ୍ୱ ଦିଗହରା ହେଇ ଅସହ୍ୟ ଭାବରେ ହାଲୁକା ହେଇଯାଏ ।

ଯେତେବେଳେ ଷ୍ଟାଲିନ୍‌ର ପୁଅ ବୈଦ୍ୟୁତିକ ତାର ବାଡ଼କୁ ଦୌଡ଼ିଯାଇ ନିଜ ଦେହକୁ ସେଠି କଚାଡ଼ି ଦେଲା, ଦିଗହରା ହେଇ ସାରିଥିବା ଗୋଟେ ପୃଥିବୀର ଅନନ୍ତ ହାଲୁକାପଣରେ ତାରବାଡ଼ଟି ଉପରକୁ ଉଠି ତରାଜୁର ପଲା ପରି ପବନରେ ଦୟନୀୟ ଭାବରେ ଲଟକି ରହିଥିଲା ।

ଗୁହ ପାଇଁ ଷ୍ଟାଲିନ୍‌ର ପୁଅ ଜୀବନ ଦେଲା । କିଂତୁ ଗୁହ ପାଇଁ ମୃତ୍ୟୁଟା ଗୋଟେ ଅର୍ଥହୀନ ମୃତ୍ୟୁ ନୁହେଁ । ପୂର୍ବ ସୀମାନ୍ତର ଦେଶର ସାମ୍ରାଜ୍ୟ ବିସ୍ତାର କରିବା ପାଇଁ ଯେଉଁ ଜର୍ମାନମାନେ ନିଜର ପ୍ରାଣବଳି ଦେଲେ, ପାଶ୍ଚାତ୍ୟରେ ସେମାନଙ୍କ ଦେଶର କ୍ଷମତାବୃଦ୍ଧି ପାଇଁ ଯେଉଁ ରୁଷୀୟମାନେ ମୃତ୍ୟୁବରଣ କଲେ- ହଁ, ସେମାନେ ମୂର୍ଖାମୀ କରି ମରିଗଲେ ଆଉ ସେମାନଙ୍କ ମୃତ୍ୟୁଟା ଅର୍ଥହୀନ, ସାଧାରଣରେ ସେମିତି କିଛି ମହତ୍ତ୍ୱ ନାହିଁ । ଯୁଦ୍ଧର ପ୍ରଚଳିତ ନିର୍ବୋଧତା ମଧ୍ୟରେ ଷ୍ଟାଲିନ୍‌ର ପୁଅର ମୃତ୍ୟୁଟା ଏକମାତ୍ର ଆଧିଭୌତିକ ମୃତ୍ୟୁ ରୂପେ ତାର ସ୍ୱାତନ୍ତ୍ୟ ରଖେ ।

(୩)

ପିଲାଙ୍କ ପାଇଁ ରୁଷ୍ଟାଭ୍ ଡୋରେ ଦ୍ୱାରା ଅଙ୍କିତ ଚିତ୍ର ସହ ମୁଁ ପିଲାଦିନେ "ଓଲଡ୍ ଟେଷ୍ଟାମେଣ୍ଟ୍" ପୃଷ୍ଠା ଓଲଟାଇଲାବେଳେ ଭଗବାନଙ୍କୁ ଖଣ୍ଡେ ମେଘ ଉପରେ ଛିଡା ହେଇଥିବାର ଦେଖେ । ସେ ଆଖି, ନାକ ଓ ଲମ୍ବା ଦାଢ଼ି ଥାଇ ଜଣେ ବୁଢ଼ାଲୋକ । ମନେମନେ ମୁଁ କହେ, ଯଦି ତାଙ୍କର ପାଟି ଅଛି, ତାହେଲେ ତାଙ୍କୁ ଖାଇବାକୁ ପଡୁଥିବ । ଆଉ ଯଦି ଖାଆନ୍ତି, ତାହେଲେ ତାଙ୍କର ପାକସ୍ଥଳୀଟିଏ ଥିବ । ଏଇ ଭାବନାଟା ସବୁବେଳେ ମୋତେ ଡରାଇ ଦେଉଥାଏ । କାରଣ, ଯଦିଓ ସେମିତି ବିଶିଷ୍ଟ ଧାର୍ମିକ ପରିବାରରୁ ମୁଁ ଆସି ନଥିଲେ ହେଁ, ଗୋଟେ ଦୈବୀ ପାକସ୍ଥଳୀ ଧାରଣାଟା ମତେ ବେଶ୍ ବିଧର୍ମୀ ମନେ ହେଲା ।

ସ୍ୱତଃସ୍ଫୁର୍ତ୍ତ ଭାବରେ, କୌଣସି ଧାର୍ମିକ ପ୍ରଶିକ୍ଷଣ ବିନା, ଛୋଟପିଲା ହିସାବରେ ମୁଁ ଇଶ୍ୱର ଓ ଗୁହର ପାରସ୍ପରିକ ଅସଙ୍ଗତିକୁ ଧରିପାରିଲି ଓ ତାଦ୍ୱାରା ଖ୍ରୀଷ୍ଟିଆନ୍ ନୃତତ୍ତ୍ୱର ଗୋଟିଏ ମୌଳିକ ଧାରଣା, ଯଥା "ମଣିଷ ଇଶ୍ୱରଙ୍କ ପ୍ରତିରୂପ"କୁ ପ୍ରଶ୍ନ କରି ବସିଲି । ଏହି ଦୁଇଟି ମଧ୍ୟରୁ ଗୋଟେ ହିଁ ସତ୍ୟ : ଇଶ୍ୱରଙ୍କ ପ୍ରତିରୂପ ହେଇ ଯଦି ମଣିଷର ସୃଷ୍ଟି- ତେବେ ଇଶ୍ୱରଙ୍କ ପାକସ୍ଥଳୀ ଅଛି !- କିମ୍ବା ଇଶ୍ୱରଙ୍କ ପାକସ୍ଥଳୀ ନାହିଁ ଓ ମଣିଷ ତାଙ୍କ ପ୍ରତିରୂପ ନୁହେଁ !

ପାଞ୍ଚବର୍ଷ ବୟସରେ ମୁଁ ଯାହା ଅନୁଭବ କଲି ଠିକ୍ ସେଇୟା ପ୍ରାଚୀନ ଖ୍ରୀଷ୍ଟିୟ ଭିନ୍ନତାବାଦୀମାନେ ଅନୁଭବ କରିଥିଲେ । ଦ୍ୱିତୀୟ ଶତାବ୍ଦୀରେ ମହାନ୍ ଭିନ୍ନତାବାଦୀ ଗୁରୁ ଭାଲେଣ୍ଟିନସ୍ ଏହି ନିନ୍ଦନୀୟ ଦ୍ୱନ୍ଦର ସମାଧାନ କରିଦେଲେ

ଏଇ ଯୁକ୍ତି ବାଢ଼ି ଯେ "ଯୀଶୁ ଖାଉଥିଲେ, ପିଉଥିଲେ, କିଂତୁ ମଳତ୍ୟାଗ କରୁ ନ ଥିଲେ।"

ପାପ ଠାରୁ ଗୁହ ବା ମଳଟା ଏକ ଅଧିକ ଦୁର୍ବହ ସମସ୍ୟା। ଯେହେତୁ ଈଶ୍ୱର ମଣିଷକୁ ସ୍ୱାଧୀନତା ଦେଲେ, ଦରକାର ପଡ଼ିଲେ ଆମେ ଏଇ କଥାଟିକୁ ଗ୍ରହଣ କରିନେଉ ଯେ ସେ ମଣିଷର ଅପରାଧ ପାଇଁ ଦାୟୀ ନୁହଁନ୍ତି। ଯାହା ବି ହେଉ, ଗୁହ ପାଇଁ ସେ ମଣିଷର ସ୍ରଷ୍ଟା ଭାବରେ ସଂପୂର୍ଣ୍ଣ ରୂପେ ଉତ୍ତରଦାୟୀ।

(୪)

ଚତୁର୍ଥ ଶତାବ୍ଦୀରେ, ସନ୍ଥ ଜେରୋମ୍ ସ୍ୱର୍ଗରେ ଆଦାମ୍ ଓ ଇଭ୍ ଯୌନ ସମ୍ଭୋଗ କରିଥିବାଟାକୁ ପୁରାପୁରି ପ୍ରତ୍ୟାଖ୍ୟାନ କରିଥିଲେ। ଅପରପକ୍ଷେ, ନବମ ଶତାବ୍ଦୀର ମହାନ୍ ଶାସ୍ତ୍ରବିଦ୍ ଜୋହାନସ୍ ସ୍କୋଟସ୍ ଇରିଜେନା ଯୌନ ସମ୍ଭୋଗ କଥାଟିକୁ ସ୍ୱୀକାର କରିଥିଲେ। ଆହୁରି ମଧ୍ୟ ସେ ବିଶ୍ୱାସ କରୁଥିଲେ ଯେ ଆଦାମ୍‌ର ଲିଙ୍ଗ ତାର ଗୋଟେ ହାତ ବା ଗୋଡ଼ଟିଏ ପରି ଯେତେବେଳେ ତାର ମାଲିକ ଚାହିଁଲାକ୍ଷଣି ଉଠି ପାରୁଥାଏ। ଆମେ ଏହି କଳ୍ପନାକୁ ନପୁଂସକତାର ଆଶଙ୍କାରେ କବଳିତ ଜଣେ ପୁରୁଷ ବାରମ୍ବାର ଦେଖୁଥିବା ସ୍ୱପ୍ନଟିଏ ଭାବରେ ବେଖାତିର କରିଦେବା ଉଚିତ ନୁହେଁ। ଇରିଜେନାଙ୍କ କଥାର ଗୋଟେ ଭିନ୍ନ ଅର୍ଥ ରହିଛି। ହୁକୁମ ଦେଲାମାତ୍ରକେ ଯଦି ପୁରୁଷ ଲିଙ୍ଗଟା ଉଠେଇବା ସମ୍ଭବ ହେଉଥାନ୍ତା, ତା ହେଲେ ପୃଥିବୀରେ ଯୌନ ଉତ୍ତେଜନାର ଅସ୍ତିତ୍ୱ ନଥାନ୍ତା। ଆମର କାମ ଉତ୍ତେଜନାର ଲିଙ୍ଗଟା ନ ଉଠି ଆମର ହୁକୁମରେ ଉଠୁଥାନ୍ତା। ଉକ୍ତ ମହାନ୍ ଶାସ୍ତ୍ରବିଦ୍‌ଙ୍କ ଦୃଷ୍ଟିରେ ସ୍ୱର୍ଗରେ ଯୌନ ସମ୍ଭୋଗ ଓ ତତ୍‌ଜନିତ ସୁଖ ଅସଂଖ୍ୟ ନୁହେଁ; ସ୍ୱର୍ଗରେ ଅସଙ୍ଗତିଟା ହେଉଛି ଉତ୍ତେଜନା। ମନେରଖ :ସ୍ୱର୍ଗରେ ସୁଖ ଥିଲା, କିଂତୁ ଉତ୍ତେଜନା ନ ଥିଲା।

ଇରିଜେନାଙ୍କ ଯୁକ୍ତି ଗୁହର ଏକ ତାତ୍ତ୍ୱିକ ଯଥାର୍ଥତା ଆଡକୁ ବାଟ ଫିଟାଏ (ଅନ୍ୟ ଅର୍ଥରେ, ଏହା ଏକ ଧର୍ମତତ୍ତ୍ୱ) ଯେତେଦିନ ଯାଏଁ ମଣିଷ ସ୍ୱର୍ଗରେ ରହିବାର ଅନୁମତି ପାଇଲା, ସେ (ସନ୍ଥ ଭାଲେଣ୍ଟିନସ୍‌ଙ୍କ ଯୀଶୁ ପରି) ସେ ଆଦୌ ମଳତ୍ୟାଗ କରୁ ନ ଥିଲା, କିମ୍ବା (ଯାହା ଅଧିକ ସମ୍ଭବ) ସେ ଗୁହକୁ ଛି ଥୁ କଲା ପରି ଘୃଣାର ସହ ଦେଖୁ ନ ଥିଲା। ସ୍ୱର୍ଗ ରାଜ୍ୟରୁ ଈଶ୍ୱର ତାକୁ ତଡ଼ି ଦେଲାପରେ ତା ମନରେ ଘୃଣା ଭରି ଦେଲେ। ଯାହା ମଣିଷକୁ ଲାଜ ଲାଗିଲା। ତାହା ସେ ଲୁଚାଇବାକୁ ଆରମ୍ଭ କଲା। ଆଉ ପରଦା ଆଡ଼େଇ ଦେଲାବେଳକୁ ଆଲୁଅର ରୋଷଣୀରେ ସେ ଅନ୍ଧ ହେଇଗଲା। ଏପରି ଭାବରେ, ଘୃଣା ସହିତ ତାର ପରିଚିତି ହେଲା ଓ ପରେ ପରେ ତାକୁ ଉତ୍ତେଜନା ସହିତ ପରିଚୟ କରାଇଦିଆଗଲା। ଆମେ ଜାଣୁ ଯେ ଗୁହ ବିନା (ଶବ୍ଦଟିର ଆକ୍ଷରିକ

ଓ ଆଳଙ୍କାରିକ ଉଭୟ ଅର୍ଥରେ) ରତିପ୍ରେମ ହୋଇ ପାରିବ ନାହିଁ ଯାହା ସହିତ ଧକ୍‌ଧକ୍ ହେଉଥିବା ହୃଦୟ ଓ ଅନ୍ଧ ହୋଇଯାଇଥିବା ଇନ୍ଦ୍ରିୟ ଜଡ଼ିତ।

ଏହି ଉପନ୍ୟାସର ତୃତୀୟ ଭାଗରେ ମୁଁ ସଂପୂର୍ଣ୍ଣ ବସ୍ତ୍ରାବୃତ ଟମାସ ପାଖରେ ଟୋପୀ ପିନ୍ଧି ଅର୍ଦ୍ଧ ଉଲଗ୍ନ ହୋଇ ଛିଡ଼ା ହୋଇଥିବା ସବିନା କଥା କହିଥିଲି। ସେତେବେଳେ ଗୋଟେ କଥା ମୁଁ ଉଲ୍ଲେଖ କରି ପାରି ନ ଥିଲି। ନିଜର ଆତ୍ମ ସ୍ଖଳନରେ ଉତ୍ତେଜିତ ହୋଇ ସେ ଦର୍ପଣରେ ନିଜକୁ ଦେଖିଲାବେଳେ କଳ୍ପନା କରିଥିଲା ଯେ ଟମାସ ତାକୁ ଟଏଲେଟ୍‌ରେ ବସାଇ ସେହିପରି ମୁଣ୍ଡରେ ଟୋପୀ ପିନ୍ଧାଇ ତାକୁ ଝାଡ଼ା ଫେରୁଥିବାର ଦେଖୁଛି। ହଠାତ୍ ତାର ଛାତିଟା ଧକ୍‌ଧକ୍ କଲା, ଯେମିତିକି ସେ ମୂର୍ଚ୍ଛା ହୋଇଯିବ। ସେ ତତ୍‌କ୍ଷଣାତ୍ ଟମାସକୁ ଗାଲିଚା ଉପରକୁ ଟାଣି ଆଣିଲା ଓ ସଙ୍ଗେସଙ୍ଗେ ଗୋଟେ ଚରମ ଯୌନ ଉତ୍ତେଜନା ଜଡ଼ିତ ଚିତ୍କାର ଛାଡ଼ିଲା।

(୪)

ଯେଉଁମାନେ ଭାବନ୍ତି ଯେ ପୃଥିବୀଟା ଈଶ୍ୱରଙ୍କ ଦ୍ୱାରା ସୃଷ୍ଟ ଓ ଆଉ ଯେଉଁମାନେ ଭାବନ୍ତି ଯେ ଏଇଟା ଆପେ ଆପେ ସୃଷ୍ଟି ହୋଇଛି, ଏଇ ଦୁଇ ପକ୍ଷର ମତଭେଦଟା ଆମର ଅନୁଭୂତି ଓ ବିଚାରବୋଧର ବାହାରେ। ମଣିଷର ଅସ୍ତିତ୍ୱକୁ (ସେଇଟା କାହା ଦ୍ୱାରା ଅଥବା କେମିତି ଦିଆଗଲା, ସେ କଥା ଯାହା ବି ହେଉ) ନେଇ ସନ୍ଦେହ କରିବାଟା ଓ ଯେଉଁମାନେ ମଣିଷର ଅସ୍ତିତ୍ୱକୁ ବିନା ଦ୍ୱିଧାରେ ପ୍ରକାଶ କରି ଦିଅନ୍ତି, ଏଇ ଦୁଇ ପକ୍ଷକୁ ବିଭକ୍ତ କରୁଥିବା ରେଖାଟି ଅଧିକ ବାସ୍ତବ।

ଏଇସବୁ ୟୁରୋପୀୟ ଧାର୍ମିକ ଓ ରାଜନୈତିକ ମତବାଦ ପଛରେ ଆମେ "ଜେନେସିସ୍"ର ପ୍ରଥମ ଅଧ୍ୟାୟକୁ ହିଁ ଦେଖୁ ଯାହା ଆମକୁ କୁହେ ଯେ ପୃଥିବୀ ଠିକ୍ ଭାବରେ ସୃଷ୍ଟି କରାହୋଇଛି ଆଉ ମଣିଷର ଅସ୍ତିତ୍ୱ ଭଲ ହୋଇଥିବାରୁ ଆମେ ତାର ସଂଖ୍ୟା ବୃଦ୍ଧି ପାଇଁ ଅନୁମତି ପ୍ରାପ୍ତ ହୋଇଛୁ। ଏଇ ମୌଳିକ ବିଶ୍ୱାସକୁ ଅସ୍ତିତ୍ୱ ସହିତ ନିଃସର୍ତ୍ତ ଚୁକ୍ତି ବୋଲି ଧରାଯାଉ।

ଗୁହ ଶବ୍ଦଟି 'ଗୁ'- ରୂପେ ଆଜିପର୍ଯ୍ୟନ୍ତ ଛାପାରେ ବାହାରୁଥିବାର କୌଣସି ନୈତିକ ବିବେଚନା ନାହିଁ। ସର୍ବୋପରି, ତମେ ମଳ ବା ଗୁହକୁ ଅନୈତିକ ବୋଲି ଦାବୀ କରିପାରିବ ନାହିଁ ! ଗୁହକୁ ନେଇ ଅଭିଯୋଗଟି ଏକ ଆଧିଭୌତିକ ବିଷୟ। ଦୈନନ୍ଦିନ ମଳତ୍ୟାଗ କ୍ରୀୟାଟି ବାଇବେଲର ସୃଷ୍ଟି ପ୍ରକ୍ରୀୟାର ଅସ୍ୱୀକୃତିର ଏକ ନିତିଦିନିଆ ପ୍ରମାଣ। ଯୋଉଥିରୁ ହେଲେ ଗୋଟେ ସତ : ଗୁହ ଗ୍ରହଣୀୟ (ସେଥିପାଇଁ ପାଇଖାନାରେ ଆଉ ନିଜକୁ ବନ୍ଦ କରି ରଖିବା ଦରକାର ନାହିଁ !) କିମ୍ବା ଆମେ ମଣିଷ ମାନେ ଅଗ୍ରହଣୀୟ ଭାବରେ ସୃଷ୍ଟ।

ତା ମାନେ ହେଲା, ଅସ୍ତିତ୍ୱ ସହିତ ସର୍ତ୍ତବିହୀନ ଚୁକ୍ତିର ନାନ୍ଦନିକ ଆଦର୍ଶରେ ଗୁହ ସ୍ୱୀକୃତି ପାଏ ନାହିଁ ଏବଂ ସମସ୍ତେ ଅଭିନୟ କରନ୍ତି ଯେମିତିକି ଗୁହର ଅସ୍ତିତ୍ୱ ନାହିଁ। ଏହି ନାନ୍ଦନିକ ଆଦର୍ଶକୁ ମନ୍ଦରୁଚି କୁହାଯାଏ (kitsch)।

Kitsch ହେଉଛି ଆବେଗପ୍ରବଣ ଊନବିଂଶ ଶତାବ୍ଦୀର ମଧ୍ୟ ଭାବରେ ଜାତ ଗୋଟେ ଜର୍ମାନ୍ ଶବ୍ଦ। ଜର୍ମାନୀରୁ ଏହା ସବୁ ପାଶ୍ଚାତ୍ୟ ଭାଷାଗୁଡ଼ିକରେ ପ୍ରବେଶ କରିଛି। ତେବେ ବାରମ୍ବାର ଏହାର ବ୍ୟବହାର ତାର ମୌଳିକ ଆଧିଭୌତିକ ଅର୍ଥକୁ ବିଲୋପ କରିଦେଇଛି। କିଟ୍‌ଥ୍ (Kitsch) ହେଉଛି ଗୁହର ସଂପୂର୍ଣ୍ଣ ପ୍ରତ୍ୟାଖ୍ୟାନ (ଉଭୟ ଆକ୍ଷରିକ ଓ ଆଲଙ୍କାରିକ ଅର୍ଥରେ) ମଣିଷର ଅସ୍ତିତ୍ୱରେ ଯାହା କିଛି ମୌଳିକ ଭାବରେ ଅଗ୍ରାହ୍ୟ ସେଇସବୁକୁ "କିଟଥ୍" ନିଜ ପରିଧିରୁ କାଢ଼ିଦିଏ।

(୬)

କମ୍ୟୁନିଷ୍ଟବାଦ ବିରୋଧରେ ସବିନାର ମୂଳ ଅର୍ନ୍ତବିଦ୍ରୋହଟା ନୈତିକତା ଅପେକ୍ଷା ଅପେକ୍ଷାକୃତ ଅଧିକ ନାନ୍ଦନିକ ଥିଲା। କମ୍ୟୁନିଷ୍ଟ ଦୁନିଆଁର କୁତ୍ସିତତା (ଧ୍ୱଂସ୍ତ ପ୍ରାସାଦଗୁଡିକୁ ପାଇ ଗୁହାଳରେ ପରିଣତ କରିବା) ତାକୁ ଯେତିକି ଅପ୍ରୀତିକର ଲାଗି ନ ଥିଲା ତାଠୁ ବେଶୀ ଅପ୍ରୀତିକର ଲାଗିଥିଲା ସୌନ୍ଦର୍ଯ୍ୟର ମୁଖା ପିନ୍ଧିବାକୁ କମ୍ୟୁନିଜମ୍‌ର ଚେଷ୍ଟା-ଅନ୍ୟ ଅର୍ଥରେ, କମ୍ୟୁନିଷ୍ଟ kitsch ବା କମ୍ୟୁନିଷ୍ଟ ଅପସଂସ୍କୃତିର ନମୂନା ହେଲା ଶ୍ରମିକ ଦିବସ ବା ମେ' ଡ଼େ ନାମକ ଉତ୍ସବ।

ସେ ମେ' ଡ଼େର ଶୋଭାଯାତ୍ରା ଦେଖିଛି ଯେତେବେଳେ କି ଲୋକେ ଉତ୍ସାହିତ ହେଇଥାନ୍ତି କିମ୍ବା ପାରୁପର୍ଯ୍ୟନ୍ତ ଉତ୍ସାହ ଉଦ୍ଦୀପନାର ଅଭିନୟ କରୁଥାନ୍ତି। ସ୍ତ୍ରୀଲୋକମାନେ ସବୁ ଧଳା, ନୀଳ ଓ ଲାଲ ରଙ୍ଗର ବ୍ଲାଉଜ୍ ପିନ୍ଧିଥାନ୍ତି। ଶୋଭାଯାତ୍ରା ଏକ ନିର୍ଦ୍ଦିଷ୍ଟ ଅବସ୍ଥିତିରେ ରହିବାକୁ ଗଲାବେଳେ ବାଲ୍‌କୋନି ଓ ଝରକା ପାଖରୁ ଦେଖି ଲୋକେ ତାରକା ଓ ହୃଦୟ ଆକାରର ଚିହ୍ନ ଓ ଅକ୍ଷରଗୁଡ଼ା ଠିକ୍ ଜାଣି ପାରୁଥାନ୍ତି। ଛୋଟଛୋଟ ବେଣ୍ଡ୍‌ବାଜା ପ୍ରତି ଦଳରେ ଥାଇ ପ୍ରତ୍ୟେକଙ୍କ ପାଦଛନ୍ଦକୁ ମିଳାଇ ରଖୁଥାନ୍ତି। ସର୍ବେକ୍ଷଣ ବେଷ୍ଟନୀ ପାରି ହେଇ ଗଲାବେଳେ ମାତ୍ରାଧିକ ଅଭ୍ୟାସ ଯୋଗୁଁ ସବୁଠୁ ନୀରସ ଓ କ୍ଳାନ୍ତ ମୁହଁଟା ବି ଉଜ୍ଜ୍ୱଳ ହସରେ ଉଜଳି ଉଠୁଥାଏ। ଯେମିତିକି ସମସ୍ତେ ଉପଯୁକ୍ତ ଭାବରେ ଅଥବା ସଂକ୍ଷେପରେ ଉପଯୁକ୍ତ ସମ୍ମତି ଅନୁସାରେ ଆନନ୍ଦିତ ହେଇଥିବାର ପ୍ରମାଣିତ କରୁଥାନ୍ତି। ସେମାନେ ଯେ ଖାଲି କମ୍ୟୁନିଜମ୍ ପ୍ରତି ତାଙ୍କର ରାଜନୈତିକ ସହମତିର ପ୍ରକାଶ କରୁଥାନ୍ତି, ତା ନୁହେଁ। ନା, ତାଙ୍କର ଏଇଟା ଅସ୍ତିତ୍ୱ ସହିତ ସେପରି ଏକ ସହମତିର ପ୍ରକାଶ। ଅସ୍ତିତ୍ୱ

ସହିତ ସର୍ତ୍ତବିହୀନ ଚୁକ୍ତିର ଗଭୀର ଗହ୍ୱରରୁ ମେ' ଡ଼େ (ଶ୍ରମିକ ଦିବସ)ର ଉତ୍ସବଟି ପ୍ରୋତ୍ସାହିତ ହୋଇଥାଏ। ଶୋଭାଯାତ୍ରାର ଅଲିଖିତ ଅଣଉଚ୍ଚାରିତ ନୀତି "କମ୍ୟୁନିଜମ୍ ଜିନ୍ଦାବାଦ !" ନୁହେଁ, ବରଂ "ଜୀବନ ଜିନ୍ଦାବାଦ୍ !" କମ୍ୟୁନିଷ୍ଟ ରାଜନୀତିର ଶକ୍ତି ଓ ଚତୁରତା ଏଇ ସ୍ଲୋଗାନକୁ ଆତ୍ମସାତ କରିନେବାରେ ନିହିତ ରହିଛି। କାରଣ ଏଇଟା ସେଇ ମୂର୍ଖତାପୂର୍ଣ୍ଣ ଅନାବଶ୍ୟକ ପୁନରୁକ୍ତି (ଜୀବନ ଜିନ୍ଦାବାଦ୍ !) ଯାହା କମ୍ୟୁନିଷ୍ଟ ନୀତି ପ୍ରତି ନିର୍ବିକାର ଥିବା ଲୋକଙ୍କୁ ଶୋଭାଯାତ୍ରାକୁ ଟାଣି ଆଣିଥିଲା।

(୬)

ଦଶବର୍ଷ ପରେ (ଯେତେବେଳେ କି ସେ ଆମେରିକାରେ ରହୁଥାଏ), କେତେଜଣ ବନ୍ଧୁଙ୍କର ଜଣେ ବନ୍ଧୁ ଯିଏ କି ଜଣେ ଆମେରିକୀୟ ସିନେଟ୍‌ର ତାର ବଡ଼ ଗାଡିଟାରେ ସବିନାକୁ ବସାଇ ବୁଲାଇ ନେଲା। ଗାଡ଼ି ପଛ ସିଟ୍‌ରେ ତାର ଚାରିଟା ଛୁଆ ତଳ ଉପର ହେଇ ଡ଼େଉଁଥାନ୍ତି। ଗୋଟେ ଷ୍ଟାଡ଼ିଅମ୍ ସାମ୍ନାରେ ସିନେଟର ଜଣକ ଗାଡ଼ି ଅଟକାଇଲେ ଯେଉଁଠି ସ୍କେଟିଂ ପାଇଁ କୃତ୍ରିମ ବରଫ କ୍ଷେତ୍ର ଥିଲା। ପିଲାମାନେ ବାହାରକୁ ଡିଆଁ ମାରି ଚାରିପଟେ ଥିବା ବିସ୍ତୀର୍ଣ୍ଣ ଘାସ ଉପରେ ଦୌଡାଦୌଡ଼ି ଆରମ୍ଭ କରିଦେଲେ। ଷ୍ଟିଅରିଂ ପଛକୁ ବସି ଓ କୁଦା ମାରି ଡ଼େଉଁଥିବା ପିଲା ଚାରିଟା ଆଡ଼କୁ ସ୍ୱପ୍ନିଳ ଦୃଷ୍ଟିରେ ଚାହିଁ ରହି ସେ ସବିନାକୁ କହିଲେ, "ଖାଲି ସେମାନଙ୍କୁ ଟିକେ ଦେଖ", ଆଉ ତାଙ୍କ ହାତକୁ ବୃତ୍ତାକାରରେ ବୁଲାଇ, ଯାହା ଭିତରେ ଷ୍ଟାଡିଅମ୍, ଘାସ ଓ ପିଲାମାନେ ସମସ୍ତେ ଆସିଗଲେ, ସେ ପୁଣି କହିଲେ "ଏଇଟାକୁ ହିଁ ମୁଁ ସୁଖ ବୋଲି କୁହେ।"

ତାଙ୍କର କଥାର ଅନ୍ତରାଳରେ ବଢ଼ନ୍ତି ଘାସ ଓ ଖେଳରେ ମାତିଥିବା ପିଲାଙ୍କୁ ଦେଖିବାର ଆନନ୍ଦ ଅପେକ୍ଷା ଆଉ କିଛି ଅଧିକ ଥିଲା। ସେଥିରେ ଗୋଟିଏ କମ୍ୟୁନିଷ୍ଟ ଦେଶରୁ ଜଣେ ଶରଣାର୍ଥୀର ଦୁରାବସ୍ଥାର ଗଭୀର ଅବବୋଧ ରହିଥିଲା। ସିନେଟର୍‌ଙ୍କ ଦୃଢ଼ ବିଶ୍ୱାସ ଥିଲା ଯେ କମ୍ୟୁନିଷ୍ଟ ରାଜ୍ୟରେ ଘାସ ଉଠେ ନାହିଁ କି ପିଲା ତା ଉପରେ ଦୌଡ଼ନ୍ତି ନାହିଁ।

ସେତିକିବେଳେ ପ୍ରାଗ୍‌ର ଗୋଟେ ଛକରେ ସର୍ବେକ୍ଷଣର ବେଷ୍ଟନୀ ଭିତରେ ସିନେଟର ଜଣକ ଛିଡା ହେଇଥିବାର ଛବିଟାଏ ସବିନାର ମନ ଭିତରେ ଭାସିଉଠିଲା। ସିନେଟରଙ୍କ ମୁହଁର ହସଟା ସର୍ବେକ୍ଷଣର ବେଷ୍ଟନୀ ଭିତରୁ ଉଦ୍‌ଭାସିତ ପ୍ରବୀଣ କମ୍ୟୁନିଷ୍ଟ ରାଜନୀତିଜ୍ଞଙ୍କ ହସ ପରି ଦିଶିଲା ଯାହାକି ତଳେ ଚାଲିଥିବା ଶୋଭାଯାତ୍ରାର ନାଗରିକଙ୍କ ହସ ସହ ସମାନ ଥିଲା।

(୮)

ସିନେଟରଜଣକ କେମିତି ଜାଣିଲେ ଯେ ପିଲାମାନେ ସୁଖ ଚାହୁଁଥିଲେ ? ସେ କଣ ସେମାନଙ୍କର ଆତ୍ମା ଭିତରକୁ ଦେଖି ପାରିଲେ କି ? ଟିକିଏ ଆଖିରୁ ଆଢ଼ ହେଇଗଲେ, ତାଙ୍କ ଭିତରୁ ତିନିଜଣ ଚାରି ନମ୍ବର ପିଲା ଉପରେ ଢ଼ିଆଁ ମାରି ତାକୁ ମାଡ଼ ମାରିବା ଆରମ୍ଭ କଲେ କଣ ହେବ ?

ନିଜ ସପକ୍ଷରେ ସିନେଟରଙ୍କ କେବଳ ଗୋଟେ ମାତ୍ର ଯୁକ୍ତି ଥିଲା : ତାଙ୍କର ଆବେଗ ଯେତେବେଳେ ହୃଦୟ କଥା କୁହେ ସେତେବେଳେ ଆପତ୍ତି କରିବାକୁ ମନ ଯାଏ ନାହିଁ। (Kitsch) ରୁଚିହୀନତାର ରାଜ୍ୟରେ ଆବେଗର ଏକଛତ୍ରବାଦୀ ଶାସନ ଚାଲେ।

ରୁଚିହୀନତାରେ ପ୍ରରୋଚିତ ଆବେଗରେ ନିଶ୍ଚିତ ଭାବରେ ଅଗଣିତ ଲୋକ ଭାଗ ନିଅନ୍ତି। ତେଣୁ ରୁଚିହୀନତା ଏକ ଅସ୍ୱାଭାବିକ ପରିସ୍ଥିତି ଉପରେ ନିର୍ଭର କରି ନ ପାରେ। ନିଜର ସ୍ମୃତିପଟଳରେ ଲୋକେ ଖୋଦନ କରିଥିବା ମୌଳିକ ପ୍ରତିରୂପରୁ ଏହା ବ୍ୟକ୍ତ ହୁଏ : ଅକୃତଜ୍ଞ ଝିଅଟିଏ, ଅବହେଳିତ ବାପାଟିଏ, ଘାସ ଉପରେ ଦୌଡ଼ୁଥିବା ପିଲାମାନେ, ପ୍ରତାରିତ ମାତୃଭୂମି, ପ୍ରଥମ ପ୍ରେମ ଇତ୍ୟାଦି।

କୁରୁଚି ଦୁଇଟୋପା ଲୁହ ସେଇ ସଙ୍ଗେ ସଙ୍ଗେ ବୁହାଇ ଦିଏ। ପ୍ରଥମ ଟୋପା କହେ : ଘାସ ଉପରେ ପିଲାଙ୍କୁ ଦୌଡ଼ିବାର ଦେଖିବାର କେଡ଼େ ସୁନ୍ଦର !

ଦ୍ୱିତୀୟ କହେ : ଘାସ ଉପରେ ପିଲାଙ୍କ ଦୌଡ଼ିବାରେ ସାରା ମଣିଷ ଜାତି ଆବେଗରେ ଅଭିଭୂତ ହେବାଟା କେତେ ସୁନ୍ଦର !

ଦ୍ୱିତୀୟ ଲୁହଟା ହିଁ କୁରୁଚିକୁ ଜନ୍ମଦିଏ।

କେବଳ ଗୋଟେ କୁରୁଚି ବା kitschର ଆଧାରରେ ହିଁ ପୃଥିବୀ ପୃଷ୍ଠରେ ମଣିଷର ଭ୍ରାତୃତ୍ୱ ସମ୍ଭବ।

(୯)

ଆଉ ରାଜନୀତିଜ୍ଞ ମାନଙ୍କଠାରୁ ଏକଥା ଅଧିକ କେହି ଜାଣନ୍ତି ନାହିଁ। କେମେରାଟିଏ ପାଖେଇ ଆସିଲେ ସେମାନେ ସଙ୍ଗେ ସଙ୍ଗେ ନିକଟରେ ଥିବା ପିଲାଟା ପାଖକୁ ଧାଇଁଯାନ୍ତି। ତାକୁ ଉପରକୁ ଟେକି ଧରି ଗାଲରେ ଚୁମା ଦିଅନ୍ତି। ସବୁ ରାଜନୀତିଜ୍ଞ ଏବଂ ସବୁ ରାଜନୈତିକ ଦଳ ଏବଂ ଆନ୍ଦୋଳନର ନାନ୍ଦନିକ ଆଦର୍ଶ ହେଉଛି ରୁଚିହୀନତା ବା kitsch।

ଆମେ ଯେଉଁମାନେ ଏକ ସମାଜରେ ରହୁ ଯେଉଁଠି ବିଭିନ୍ନ ରାଜନୈତିକ ପ୍ରବୃତ୍ତିମାନ ଏକାଦିକ୍ରମେ ରହି ପ୍ରଭାବ ବିସ୍ତାର କରି ପରସ୍ପରକୁ ରୋକି ପାରନ୍ତି

କିମ୍ବା ନିଷ୍ଚିହ୍ନ କରି ଦେଇ ପାରନ୍ତି, ଉଣା ଅଧିକେ ରୁଚିହୀନତାର ଅତ୍ୟାଚାରରୁ ଖସି ଯାଇପାରୁ : ବ୍ୟକ୍ତି ତାର ବ୍ୟକ୍ତିତ୍ୱକୁ ସାଇତି ରଖିପାରେ, କଳାକାର ଅଭୂତପୂର୍ବ କୃତୀ ସୃଷ୍ଟି କରିପାରେ। କିଂତୁ ଯେତେବେଳେ ବି କେବଳ ଗୋଟିଏ ରାଜନୈତିକ ଦଳ କ୍ଷମତା ଅକ୍ତିଆର କରିନିଏ, ଆମେ ନିଜକୁ ଏକ ଏକଛତ୍ରବାଦୀ ରୁଚିହୀନତାର ପରିସରରେ ପାଇଥାଉ।

ମୋର 'ଏକଛତ୍ରବାଦୀ' କହିବାର ଅର୍ଥ ଏଇ ଯେ ଯାହାକିଛି ରୁଚିହୀନତାର ଉଲଙ୍ଘନ କରେ, ତାକୁ ସାରାଜୀବନ ପାଇଁ ନିର୍ବାସିତ କରି ଦିଆଯାଏ : ବ୍ୟକ୍ତିସତ୍ତାର ପ୍ରତିଟି ପରିପ୍ରକାଶ (କାରଣ ସମଷ୍ଟିରୁ ବ୍ୟତିକ୍ରମ ହେବାଟା ସହାସ୍ୟ ଭ୍ରାତୃତ୍ୱର ଆଖିରେ ଛେପ ପକାଇଲା ପରି); ପ୍ରତିଟି ସନ୍ଦେହ (କାରଣ ଯିଏ ପୁଙ୍ଖାନୁପୁଙ୍ଖ ଭାବରେ ସନ୍ଦେହ କରିବା ଆରମ୍ଭ କରିବସେ, ସେ ଶେଷରେ ଜୀବନକୁ ସନ୍ଦେହ କରେ) : ସବୁ ଶ୍ଳେଷ (କାରଣ ରୁଚିହୀନତାର ପରିସରରେ ସବୁ କିଛିକୁ ବେଶ୍ ଗୁରୁତ୍ୱର ସହିତ ନିଆଯାଏ) : ଆଉ ନିଜ ପରିବାର ଛାଡ଼ି ଦେଇଥିବା ମା କିମ୍ବା ମହିଳା ଅପେକ୍ଷା ପୁରୁଷକୁ ପସନ୍ଦ କରୁଥିବା ପୁରୁଷ ତଦ୍ୱାରା ପବିତ୍ର ସିଦ୍ଧାନ୍ତ "ଫଳପ୍ରସୂ ହୁଅ ଓ ସଂଖ୍ୟାବୃଦ୍ଧି କର"କୁ ପ୍ରଶ୍ନ କରେ।

ଏଇ ଦୃଷ୍ଟିରେ ଆମେ ସୋଭିଏତ୍ ରାଷ୍ଟ୍ରର ରାଜନୈତିକ କାରାଗାର ଓ ବାଧ୍ୟତାମୂଳକ ଶ୍ରମାନୁଷ୍ଠାନ ପଦ୍ଧତିକୁ ଗୋଟେ ସେପ୍‌ଟିକ୍ ପାଇଖାନା ଟାଙ୍କି ଭାବରେ ଧରିନେବା ଯାହାକୁ ଏକଛତ୍ରବାଦୀ ଅପସଂସ୍କୃତି ନିଜର ବର୍ଜ୍ୟବସ୍ତୁ ପାଇଁ ବ୍ୟବହାର କରିଥାଏ।

(୧୦)

ଦ୍ୱିତୀୟ ବିଶ୍ୱଯୁଦ୍ଧର ପରବର୍ତ୍ତୀ ଦଶବର୍ଷ ସବୁଠୁ ଭୟଙ୍କର ଷ୍ଟାଲିନ୍-ସନ୍ତ୍ରାସବାଦର ସମୟ ଥିଲା। ଏଇ ସମୟରେ ଟେରେଜାର ବାପା କଣ ଗୋଟେ ସାମାନ୍ୟ ଆରୋପରେ ଗିରଫ ହେଲେ ଓ ଦଶବର୍ଷର ଟେରେଜାକୁ ତାଙ୍କର ଘରୁ ବାହାର କରିଦିଆଯାଇଥିଲା। ଏଇ ସମୟରେ ମଧ୍ୟ କୋଡ଼ିଏ ବର୍ଷିୟା ସବିନା ଚାରୁକଳା ଏକାଡ଼େମୀରେ ପଢୁଥିଲା। ସେଠି ମାର୍କସବାଦରେ ତାର ପ୍ରଫେସର ନିମ୍ନୋକ୍ତ ସମାଜବାଦୀ କଳାତତ୍ତ୍ୱର ସବିଶେଷ ବ୍ୟାଖ୍ୟା କରିଥିଲେ : ସୋଭିଏତ୍ ସମାଜ ଏତେ ପ୍ରଗତି କରିଛି ଯେ ମୂଳ ସଂଘର୍ଷଟା ଆଉ ଭଲ ଖରାପ ଭିତରେ ରହି ନାହିଁ। ବରଂ ଭଲ ଓ ଅପେକ୍ଷାକୃତ ଅଧିକ ଭଲ ଭିତରେ ରହିଛି। ତେଣୁ ମଳ ବା ଗୁହର (ମାନେ, ଯାହାକିଛି ମୂଳତଃ ଅଗ୍ରହଣୀୟ) କେବଳ ଆର ପାଖେ ହିଁ ରହିଛି (ଉଦାହରଣ ସ୍ୱରୂପ, ଆମେରିକାରେ), ଆଉ କେବଳ ସେଇଠୁ, ବାହାରୁ, ଏକ

ଅପରିଚିତ ରୂପେ (ଉଦାହରଣ ସ୍ୱରୂପ, ଜଣେ ଗୋଇନ୍ଦା) "ଭଲ ଓ ଅପେକ୍ଷାକୃତ ଆହୁରି ଭଲ"ର ଦୁନିଆଁକୁ ମଳ ବା ଗୁହ ପ୍ରବେଶ କରିପାରିବ।

ସୋଭିଏତ୍ ସିନେମା ଅନ୍ୟ କମ୍ୟୁନିଷ୍ଟ୍ ଦେଶ ମାନଙ୍କରେ ସେଇ ଦୁଃସହ ନିଷ୍ଠୁର ସମୟରେ, ପ୍ରକୃତରେ ଅବିଶ୍ୱସନୀୟ ନିରୀହତା ଓ ଶୁଦ୍ଧତାରେ ସିକ୍ତ ଥିଲା। ଦୁଇଜଣ ରୁଷୀୟଙ୍କ ଭିତରେ ସବୁଠୁ ବଡ଼ ବିବାଦଟି ଏକ ପ୍ରେମୀଯୁଗଳଙ୍କ ରାଗ ରୁଷା ପରି : ପ୍ରେମିକ ଭାବେ ଯେ ପ୍ରେମିକା ତାକୁ ଆଉ ଭଲ ପାଉ ନାହିଁ, ପ୍ରେମିକା ଭାବେ ଯେ ପ୍ରେମିକ ତାକୁ ଆଉ ଭଲ ପାଉ ନାହିଁ। କିଂତୁ ଶେଷ ଦୃଶ୍ୟରେ ଦୁହେଁ ପରସ୍ପରର ବାହୁ ପାଶରେ ରହିଯାନ୍ତି, ଚିବୁକରେ ଆନନ୍ଦାଶ୍ରୁ ଗଡ଼ିପଡ଼େ।

ଏଇ ସିନେମାଗୁଡ଼ିକର ସାଂପ୍ରତିକ ପାରଂପରିକ ବ୍ୟାଖ୍ୟା ହେଉଛି : ଏଇ ଯେ ସେମାନେ କମ୍ୟୁନିଷ୍ଟ ଆଦର୍ଶକୁ ପ୍ରଦର୍ଶନ କରିଥିବାବେଳେ କମ୍ୟୁନିଷ୍ଟ ବାସ୍ତବତା ଅତି ଶୋଚନୀୟ ଥିଲା।

ସବିନା ସବୁବେଳେ ଏଇ ବ୍ୟାଖ୍ୟାର ବିରୋଧ କରୁଥିଲା। ସୋଭିଏତ୍ ରୁଚିହୀନତା ବାସ୍ତବତା ହେବାର ପୃଥିବୀଟା କଳ୍ପନା କଲାକ୍ଷଣି ତାର ତାଳୁରୁ ତଳିପା ଯାଏଁ ଶିହରି ଉଠୁଥିଲା। ପ୍ରକୃତ କମ୍ୟୁନିଷ୍ଟ ଶାସନରେ ତାର ସବୁ ଶାସ୍ତିବିଧାନ ଓ ମାଂସ ଦୋକାନରେ ଧାଡ଼ି ହେଇ ଛିଡ଼ା ହେବା ବରଂ ଗ୍ରହଣୀୟ। କାରଣ ପ୍ରକୃତ କମ୍ୟୁନିଷ୍ଟ ରାଜ୍ୟରେ ଜୀବନଟା ତଥାପି ଜିଇଁହେବା ପରି। କମ୍ୟୁନିଷ୍ଟ ଆଦର୍ଶକୁ ବାସ୍ତବରେ ପରିଣତ କରାଯାଉଥିବା ପୃଥିବୀରେ, ଦାନ୍ତ ନେଫେଡ଼ି ରହିଥିବା ମୂର୍ଖଙ୍କ ରାଜ୍ୟରେ ତାର ଆଉ କିଛି କହିବାର ନ ଥିବ। ଗୋଟେ ହପ୍ତା ଭିତରେ ସେ ଭୟରେ ମରିଯିବ।

ସବିନା ଭିତରେ ସୋଭିଏତ୍ ରୁଚିହୀନତା ପ୍ରତି ଉଦ୍ରେକ ହେଇଥିବା ଅନୁଭବଟା ମତେ ଟେରେଜାର ସ୍ୱପ୍ନରେ ଅନୁଭବ କରିଥିବା ଅନୁଭୂତି ସହିତ ପ୍ରାୟ ସମାନ ଲାଗିଲା। ସେଇ ସ୍ୱପ୍ନରେ ଗୋଟେ ସୁଇମିଂ ପୁଲ୍ ଚାରିପଟେ ଦଳେ ଲଙ୍ଗଳା ସ୍ତ୍ରୀଲୋକଙ୍କ ସହିତ ମାର୍ଚ୍ଚିଂ କରିବାକୁ ଓ ଖୁସିଗୀତ ଗାଇବାକୁ ତାକୁ ବାଧ୍ୟ କରାଯିବାବେଳେ ସୁଇମିଂ ପୁଲ୍ ତଳକୁ ଶବଗୁଡ଼ିଏ ଭାସୁଥିଲା। ସେଇ ସ୍ତ୍ରୀଲୋକମାନଙ୍କ ଭିତରୁ କାହାକୁ ଜଣକୁ ହେଲେ ଟେରେଜା ଗୋଟେ ଶବ୍ଦ କିମ୍ବା ଗୋଟେ ପ୍ରଶ୍ନ ପଚାରି ପାରି ନ ଥିଲା। ଗାଉଥିବା ଗୀତର ପରବର୍ତ୍ତୀ ପଦଟି ବ୍ୟତୀତ ତାଙ୍କର ଆଉ ଅନ୍ୟ ଉତ୍ତର ଥିଲା। ଗୋପନରେ ସେମାନଙ୍କୁ ସେ ଆଖି ମିଟିକା ସୁଦ୍ଧା ମାରି ପାରୁ ନ ଥାଏ। କାରଣ ସେମାନେ ସଙ୍ଗେସଙ୍ଗେ ପୋଖରୀ ଉପରେ ଝୁଡ଼ିଟାରେ ବସିଥିବା ଲୋକଟାକୁ କହିଦେଇଥାନ୍ତେ, ଆଉ ତାକୁ ସେ ଲୋକଟି ଗୁଳି କରି ମାରି ଦେଇଥାନ୍ତା।

ଟେରେଜାର ସ୍ୱପ୍ନ ରୁଚିହୀନତାର ପ୍ରକୃତ କ୍ରୀୟାକୁ ଉନ୍ମୋଚନ କରେ : ମୃତ୍ୟୁକୁ ତାଙ୍କି ଦେବା ପାଇଁ ରୁଚିହୀନତା ଗୋଟେ ପରଦା ।

(୧୧)

ଏକଛତ୍ରବାଦୀ ରୁଚିହୀନତାର ପରିସରରେ ସବୁ ଉତ୍ତର ଆଗତୁରା ଦିଆଯାଇଥାଏ ଓ ଯେ କୌଣସି ପ୍ରଶ୍ନ ପଚାରିବାର ଅବସର ନ ଥାଏ । ତା ହେଲେ ୟା'ର ଅର୍ଥ ଏଇ ଯେ ଯେଉଁ ଲୋକ ପ୍ରଶ୍ନ କରେ ସେ ହିଁ ଏକଛତ୍ରବାଦୀ ରୁଚିହୀନତାର ପ୍ରକୃତ ବିରୋଧୀ । ପ୍ରଶ୍ନଟିଏ ଗୋଟେ ଛୁରୀ ପରି ଯାହା ମଞ୍ଚର ପୃଷ୍ଠପଟକୁ ଚିରି ତାର ଅନ୍ତରାଳରେ କଣ ରହିଛି ତାହା ଆମକୁ ଦେଖାଇଦିଏ । ପ୍ରକୃତରେ ଠିକ୍ ଏଇପରି ଶବ୍ଦରେ ସବିନା ଟେରେଜାକୁ ତାର ପେଣ୍ଟିଂର ଅର୍ଥ ବୁଝାଇଥିଲା : ଉପରିଭାଗରେ ଏକ ସୁବୋଧ୍ୟ ମିଥ୍ୟା; ତଳେ ଦୁର୍ବୋଧ୍ୟ ସତ୍ୟଟି ଦିଶୁଥାଏ ।

ଆମେ ଯୋଉଟାକୁ ଏକଛତ୍ରବାଦୀ ଶାସନ କହୁଁ ତାରି ବିରୋଧରେ ଯେଉଁ ଲୋକମାନେ ସଂଘର୍ଷ କରନ୍ତି, ପ୍ରଶ୍ନ ଓ ସନ୍ଦେହକୁ ନେଇ ଚଳି ପାରିବେନି । ଅଗଣିତ ଜନତାକୁ ବୁଝାଇବା ପାଇଁ, ସାମୂହିକ ଲୁହର ଉଦ୍ରେକ କରାଇବା ପାଇଁ ସେମାନେ ମଧ୍ୟ ନିଶ୍ଚିତତା ଓ ସରଳ ସତ୍ୟ ଆବଶ୍ୟକ କରିଥାନ୍ତି ।

ଜର୍ମାନୀରେ ଗୋଟିଏ ରାଜନୈତିକ ଦଳ ଦ୍ୱାରା ସବିନାର ଗୋଟେ ଚିତ୍ର ପ୍ରଦର୍ଶନୀ ଆୟୋଜିତ ହୋଇଥିଲା । କେଟାଲଗ୍‌ଟି ଉଠାଇଲା କ୍ଷଣି ସେ ଉପରେ ତାର ବେଢ଼ା ହେଇଥିବା ତାର ଗୋଟେ ଫଟୋ ଦେଖିଲା । ଭିତରେ ଜଣେ ସନ୍ଥ କିମ୍ବା ଶହୀଦର ଜୀବନୀ ପରି ଲେଖା : 'ସେ ଯନ୍ତ୍ରଣା ଭୋଗିଛି, ଅନ୍ୟାୟ ବିରୁଦ୍ଧରେ ସଂଘର୍ଷ କରିଛି, ତାର ରକ୍ତାକ୍ତ ସ୍ୱଦେଶକୁ ଛାଡ଼ିବାକୁ ବାଧ୍ୟ ହେଇଛି, ତଥାପି ସେ ସଂଘର୍ଷ ଜାରି ରଖିଛି । ତାର ଚିତ୍ରକଳାମାନ ଆନନ୍ଦ ପାଇଁ ଏକ ସଂଘର୍ଷ', ଏଇଟା ଥିଲା ତାର ଶେଷ ଧାଡ଼ି ।

ସେ ପ୍ରତିବାଦ କଲା । କିଂତୁ ସେମାନେ ତାକୁ ବୁଝିପାରିଲେ ନାହିଁ ।

ତା ମାନେ କଣ କମ୍ୟୁନିଷ୍ଟ ଶାସନରେ ଆଧୁନିକ କଳା ଉତ୍ପୀଡ଼ିତ ନୁହେଁ ?

'ରୁଚିହୀନତା ମୋର ଶତ୍ରୁ, କମ୍ୟୁନିଜମ୍ ନୁହେଁ !' ସେ ରାଗିଯାଇ ଉତ୍ତର ଦେଲା ।

ସେଇ ସମୟଠାରୁ ସେ ତାର ଜୀବନକୁ ଅସ୍ପଷ୍ଟ କରିଦେଲା । ଆଉ ଆମେରିକାରେ ପହଞ୍ଚିଲାବେଳକୁ, ସେ ଯେ ଜଣେ ଚେକ୍‌ବାସୀ ଏ କଥା ଲୁଚାଇ ସାରିଥିଲା । ତାର ଜୀବନକୁ ନେଇ ଲୋକେ ଚେଷ୍ଟା କରୁଥିବା ରୁଚିହୀନତାଠାରୁ ନିସ୍ତାର ପାଇବା ପାଇଁ ଏଇଟା ଖାଲି ଗୋଟେ ଅସହାୟ ପ୍ରଚେଷ୍ଟା ।

(୧୨)

ଚିତ୍ରାଧାର ଉପରେ ରଖା ଅଧା ଅଙ୍କା ଚିତ୍ରଟି ସାମ୍ନାରେ ସେ ଛିଡ଼ା ହେଲା । ପଛରେ ଆରାମ ଚୌକିରେ ବସିଥିବା ବୃଦ୍ଧ ଜଣକ ତାର ତୂଳୀର ପ୍ରତିଟି ସ୍ପର୍ଶକୁ ଲକ୍ଷ୍ୟ କରୁଥିଲେ ।

'ଏଥର ସମୟ ହେଲା, ଘରକୁ ଯିବା', ନିଜ ଘଣ୍ଟାକୁ ଚାହିଁ ସେ ଶେଷରେ କହିଲେ । ରଙ୍ଗ ଉପକରଣକୁ ରଖିଦେଇ ହାତ ଧୋଇବା ପାଇଁ ସେ ବାଥ୍‌ରୁମ୍‌କୁ ଗଲା । ବୃଦ୍ଧଜଣକ ଆରାମ ଚୌକିରୁ ଉଠି ଟେବୁଲରେ ଆଉଜା ତାଙ୍କର ଆଶା ବାଡ଼ିଟାକୁ ଟାଣିଲେ । ଷ୍ଟୁଡ଼ିଓର ଦ୍ୱାରଟା ସିଧା ଲନ୍‌କୁ ଥିଲା । କ୍ରମଶଃ ଅନ୍ଧାର ହେଇ ଆସୁଥାଏ । ପଚାଶ ମିଟର ଦୂରରେ ଗୋଟେ ଧଳା ରଙ୍ଗର କବ୍‌ଜା ପିଟା କାଠଘର । ତଳ ମହଲାରେ ଝରକା ଆଲୋକିତ । ଅପସରି ଯାଉଥିବା ଦିନଟା ଉପରେ ଉଜ୍ଜ୍ୱଳ ଝରକା ଦୁଇଟିକୁ ଦେଖି ସବିନା ଅଭିଭୂତ ହେଇଗଲା ।

ଜୀବନସାରା ସେ ରୁଚିହୀନତାକୁ ଶତ୍ରୁ ଘୋଷଣା କରିଛି । କିଂତୁ ତା ନିଜ ଭିତରେ ସେ କଣ ସେଇଟାକୁ ଧରି ରଖି ନାହିଁ ? ଜଣେ ସ୍ନେହଶୀଳ ମା ଓ ଜ୍ଞାନୀ ବାପାଙ୍କର ତତ୍ତ୍ୱାବଧାନରେ ଥିବା ଗୋଟେ ଘର ଯେଉଁଠି ଶାନ୍ତି, ସହଯୋଗ ଓ ସଂହତି ବିରାଜମାନ- ଏମିତି ଘରଟିଏର ପରିକଳ୍ପନା ହିଁ ତାର ରୁଚିହୀନତା । ତାର ବାପା ମାଙ୍କ ମୃତ୍ୟୁପରେ ତା ଭିତରେ ଏଇ ପରିକଳ୍ପନା ରୂପ ନେଲା । ତାର ଜୀବନଟା ଉକ୍ତ ସ୍ୱପ୍ନର ମାଧୁର୍ଯ୍ୟଠାରୁ ଯେ ବେଖାପ ହେଇ ରହିଲା, ସେଇ ମାପ୍ରେ ପ୍ରତି ସେ ସେତିକି ସ୍ପର୍ଶକାତର ହେଲା । ଗୋଟେ ଭାବପ୍ରବଣ ସିନେମାରେ କ୍ରମଶଃ ଅପସରି ଯାଉଥିବା ଦିନରେ ଆଲୋକିତ ସୁଖୀ ପରିବାରର ଝରକା ପରି ଅକୃତଜ୍ଞ ଝିଅଟି ଅବହେଳିତ ବାପାକୁ ଆଲିଙ୍ଗନ କରୁଥିବାର ଦେଖି ଥରେ ଦୁଇଥର ସେ ଲୁହ ଢାଳିଥିଲା ।

ବୃଦ୍ଧ ଜଣକୁ ସେ ନ୍ୟୁୟର୍କରେ ଭେଟିଥିଲା । ସେ ଧନୀ ଓ ଚିତ୍ରକଳା ପସନ୍ଦ କରୁଥିଲେ । ଗାଁରେ ଗୋଟେ ଘରେ ସେ ତାଙ୍କର ବୟସ୍କା ସ୍ତ୍ରୀ ସହିତ ରହୁଥିଲେ । ଘର ସାମ୍ନାରେ କିଂତୁ ତାଙ୍କର ନିଜର ଜମିରେ ଗୋଟେ ପୁରୁଣା ଘୋଡ଼ାଶାଳ ଥିଲା । ସେ ସବିନା ପାଇଁ ଘୋଡ଼ାଶାଳଟିକୁ ଷ୍ଟୁଡ଼ିଓରେ ତିଆରି କରି ଦିନଦିନ ଧରି ତାର ତୂଳୀର ଗତିକୁ ଚାହିଁ ରହୁଥିଲେ ।

ତିନିଜଣଯାକ ଏକାଠି ରାତ୍ରୀଭୋଜନ କରୁଥିଲେ । ବୃଦ୍ଧାଜଣକ ସବିନାକୁ 'ମୋ ଝିଅ' ବୋଲି ଡାକନ୍ତି । କିଂତୁ ସବୁ ସୂଚନା ଜଣକୁ ଠିକ୍ ବିପରୀତର ବିଶ୍ୱାସ ଜନ୍ମାଏ, ଯେମିତିକି ସବିନା 'ମାଁ' ଟିଏ ଆଉ ତାର ଛୁଆ ଦୁଇଟା ତାକୁ କେତେ

ଭଲ ପାନ୍ତି, ତାକୁ ପୂଜା କରନ୍ତି, ସେ ଯାହା କହିଲେ ସେମାନେ କରିବାକୁ ତିଆର।

କଣ ସେ ବି ତା ହେଲେ ପ୍ରୌଢ଼ାବସ୍ଥାରେ ? ବାଳିକା ବୟସରେ ତା'ଠୁ ଛଡ଼େଇ ନିଆଯାଇଥିବା ବାପା ମାଁଙ୍କୁ ଫେରିପାଇଛି ? ନିଜର ପିଲାପିଲି ନ ଥିଲାବେଳେ ଶେଷରେ କଣ ପିଲାଙ୍କୁ ପାଇଯାଇଛି ?

ସେ ଭଲ କରି ଜାଣେ ଯେ ଏସବୁ ଗୋଟେ ମାୟା। ବୃଦ୍ଧ ଦଂପତ୍ତିଙ୍କ ସହିତ ତାର ସମୟଟି କେବଳ ଗୋଟେ ମଧ୍ୟାନ୍ତର। ବୃଦ୍ଧ ଲୋକଟିର ଦେହ ଭୀଷଣ ଖରାପ ହୁଏ। ତାଙ୍କର ସ୍ତ୍ରୀକୁ ସବୁ ଏକୁଟିଆ କରିଲାବେଳେ, ସେ ଯାଇ ପୁଅ ସହିତ କାନାଡ଼ାରେ ରହନ୍ତି। ସବିନାର ପ୍ରତାରଣାର ବାଟ ଅନ୍ୟ କୋଉଠିକି ଭାଙ୍ଗେ। ତାର ଗଭୀର ଅର୍ନ୍ତସତ୍ତାରୁ ଦୁଇଟି ଆଲୋକିତ ଝରକା ଓ ସୁଖୀ ପରିବାରର ଗୋଟେ ନିରର୍ଥକ ଅତି ଭାବପ୍ରବଣ ଗୀତ 'ଅସ୍ତିତ୍ୱର ଅସହ୍ୟ ହାଲୁକାପଣ' ଭିତରକୁ ପଶି ଆସେ।

ଗୀତଟା ଯଦିଓ ମନକୁ ଛୁଇଁଯାଏ ସବିନା ତାକୁ ସେତେଟା ଗୁରୁତ୍ୱ ଦିଏ ନାହିଁ। ସେ ବହୁତ ଭଲ କରି ଜାଣେ ଯେ ଗୀତଟା ଗୋଟେ ସୁନ୍ଦର ମିଛ। ମିଛ ହେବାର କାରଣରୁ ଯେତେ ଜଲ୍‌ଦି ରୁଚିହୀନତା ମାନ୍ୟତା ପାଏ, ଏହା କୁରୁଚି ରହିତ ପରିପ୍ରେକ୍ଷୀକୁ ଚାଲି ଆସେ ଓ ତାର କର୍ତ୍ତୃତ୍ୱପଣିଆ ହରାଇ ଅନ୍ୟ ମାନବିକ ଦୁର୍ବଳତା ପରି ମର୍ମସ୍ପର୍ଶୀ ହୁଏ। କାରଣ ଆମ ଭିତରୁ କେହି ରୁଚିହୀନତାକୁ ସଂପୂର୍ଣ୍ଣରୂପେ ଅତିକ୍ରମ କରି ପାରିଲାଭଳି ଅତିମାନବ ନୋହୁଁ। କୁରୁଚିକୁ ଆମେ ଯେତେ ଘୃଣା କଲେ ମଧ୍ୟ ଏହା ମାନବିକ ଅବସ୍ଥାର ଏକ ଅବିଚ୍ଛେଦ୍ୟ ଅଙ୍ଗ।

(୧୩)

ସତ୍ତା ସହିତ ସର୍ତ୍ତବିହୀନ ଚୁକ୍ତିରେ ରୁଚିହୀନତାର ଉତ୍ପତ୍ତିସ୍ଥଳ ରହିଛି।

କିଂତୁ ଅସ୍ତିତ୍ୱର ଆଧାରଟି କଣ ? ଈଶ୍ୱର ? ମଣିଷ ଜାତି ? ପ୍ରେମ ? ପୁରୁଷ ? ନାରୀ ?

ମତଭେଦ ଦୃଷ୍ଟିରୁ ଅନେକ ପ୍ରକାରର ରୁଚିହୀନତା ବା ଅପସଂସ୍କୃତି ରହିଛି : କେଥୋଲିକ୍, ପ୍ରୋଟେସ୍‌ଟାଣ୍ଟ୍, ଜିଉଇସ୍, କମ୍ୟୁନିଷ୍ଟ, ଫାସିଷ୍ଟ, ଡ଼େମୋକ୍ରେଟିକ୍, ଫେମିନିଷ୍ଟ, ୟୁରୋପୀୟ, ଆମେରୀକୀୟ, ଜାତୀୟ ଓ ଆର୍ନ୍ତଜାତୀୟ !

ଫରାସୀ ବିପ୍ଳବ ଦିନଠାରୁ ୟୁରୋପର ଅର୍ଦ୍ଧେକକୁ 'ବାମ' ଓ ଅନ୍ୟ ଅର୍ଦ୍ଧେକକୁ 'ଦକ୍ଷିଣ' ରୂପେ ଅଭିହିତ କରାଯାଇଛି। ତଥାପି ଆପଣାର ସ୍ୱୀକୃତ ତାତ୍ତ୍ୱିକ ନୀତି ଦୃଷ୍ଟିରୁ ଯେ କୌଣସିଟିର ସଂଜ୍ଞା ନିରୂପଣ କରିବାଟା ଅସମ୍ଭବ। ଏଥିରେ ଆଶ୍ଚର୍ଯ୍ୟ ହେବାର ନାହିଁ ଯେ : ରାଜନୈତିକ ଆନ୍ଦୋଳନଗୁଡ଼ିକ ସେତେଟା ବିଚାରସଙ୍ଗତ

ଦୃଷ୍ଟିଭଙ୍ଗୀ ଉପରେ ପର୍ଯ୍ୟବସିତ ନୁହେଁ ଯେତିକି ଅତି କଳ୍ପନା, ଚିତ୍ରକଳ୍ପ, ଶବ୍ଦ ଓ ଆଦିରୂପ (ଆର୍କିଟାଇପ୍) ଇତ୍ୟାଦି ମିଶି ସେଇ ରାଜନୈତିକ ରୁଚିହୀନତାକୁ ଗଠନ କରନ୍ତି ।

ଯେଉଁ ମହାଶୋଭାଯାତ୍ରାର ଅତିକଳ୍ପନାରେ ଫ୍ରାନଜ୍ ଏତେ ଉତ୍ସାହିତ ହୋଇଥିଲା ସେଇଟା ହେଉଛି ସବୁ ସମୟର ଓ ସବୁ କିସମର ବାମପନ୍ଥୀମାନଙ୍କୁ ଯୋଗସୂତ୍ରରେ ରଖିଥିବା ରାଜନୈତିକ ରୁଚିହୀନତା । ମହାଶୋଭାଯାତ୍ରା ହେଉଛି ଭ୍ରାତୃତ୍ୱ, ସମତା, ନ୍ୟାୟ ଓ ସୁଖର ପଥରେ ଏକ ମନୋମୁଗ୍ଧକର ଯାତ୍ରା । କୌଣସି ବାଧାବିଘ୍ନ ନ ମାନି ଏଇଟା ଖାଲି ଚାଲିଥାଏ । କାରଣ ଶୋଭାଯାତ୍ରାଟି ମହାଶୋଭାଯାତ୍ରା ହେବାକୁ ହେଲେ ବାଧାବିଘ୍ନ ତ ରହିବା ଦରକାର ।

ଶ୍ରମିକ ଶ୍ରେଣୀର କିମ୍ବା ଗଣତନ୍ତ୍ରର ଏକଛତ୍ରବାଦ ? ଉପଭୋକ୍ତା ସମାଜର ପ୍ରତ୍ୟାଖ୍ୟାନ କିମ୍ବା ଉତ୍ପାଦନ ବୃଦ୍ଧି ପାଇଁ ଦାବୀ ? ଗିଲୋଟିନ୍ କିମ୍ବା ମୃତ୍ୟୁ ଦଣ୍ଡାଦେଶର ପରିସମାପ୍ତି ? ଏଇ ସବୁଯାକ ଅପ୍ରାସଙ୍ଗିକ । ଏଇ ତତ୍ତ୍ୱ କି ସେଇ ତତ୍ତ୍ୱ ଜଣେ ବାମପନ୍ଥୀକୁ ବାମପନ୍ଥୀ କରେ ନାହିଁ । ବରଂ ଯେକୌଣସି ତତ୍ତ୍ୱକୁ ମହାଶୋଭାଯାତ୍ରା ନାମକ ରୁଚିହୀନତାରେ ସମ୍ମିଶ୍ରଣ କରିଦେବାର ସାମର୍ଥ୍ୟ ହିଁ ତାକୁ ବାମପନ୍ଥୀ କରିଦିଏ ।

(୧୪)

ଫ୍ରାନଜ୍ ନିଶ୍ଚିତ ରୂପେ ରୁଚିହୀନତାର ଭକ୍ତ ନ ଥିଲା । ମହାଶୋଭାଯାତ୍ରାର ଅତିକଳ୍ପନା ଉଣା ଅଧିକେ ତାର ଜୀବନରେ ସେତିକି ଭୂମିକା ନିର୍ବାହ କରିଥିଲା ଯେତିକି ଉପରୋକ୍ତ ଦୁଇଟି ଆଲୋକିତ ଝରକାର ବିଷୟରେ ଅତିଭାବପ୍ରବଣ ଗୀତଟି ସବିନାର ଜୀବନରେ କରିଥିଲା । କେଉଁ ରାଜନୈତିକ ଦଳକୁ ଫ୍ରାନଜ୍ ଭୋଟ ଦେଲା ? ମତେ ତ ଲାଗୁଛି ସେ ଆଦୌ ଭୋଟ ଦେଇ ନାହିଁ । ଭୋଟଦିନଟା ସେ ପାହାଡ଼ ପର୍ବତରେ ବୁଲିବାଟା ପସନ୍ଦ କରିଥିଲା । ଅବଶ୍ୟ ତାର ମାନେ ଏଇୟା ନୁହଁ ଯେ ମହାଶୋଭାଯାତ୍ରାଟା ଆଉ ତାର ମନକୁ ଛୁଇଁପାରୁନାହିଁ । ଶତାବ୍ଦୀ ଶତାବ୍ଦୀ ଧରି ଉତ୍ସାହ ମୁଖର ଜନତା ଭିତରେ ରହି ଆଗକୁ ମାଡ଼ି ଚାଲିବାର ସ୍ୱପ୍ନଟା ସୁନ୍ଦର ଲାଗେ । ଆଉ ଫ୍ରାନଜ୍ ସେଇ ସ୍ୱପ୍ନଟାକୁ କେବେ ଭୁଲି ନ ଥିଲା ।

ଦିନେ, କେତେଜଣ ବନ୍ଧୁ ତାକୁ ପ୍ୟାରିସରୁ ଫୋନ୍ କଲେ । ସେମାନେ କାମ୍ବୋଡ଼ିଆ ସଂପର୍କରେ ଗୋଟେ ଶୋଭାଯାତ୍ରାର ଯୋଜନା କରୁଥିଲେ ଓ ସେଥିରେ ଯୋଗଦେବା ପାଇଁ ତାକୁ ନିମନ୍ତ୍ରଣ କଲେ ।

ଏଇ ନିକଟରେ କାମ୍ବୋଡ଼ିଆ ଆମେରିକାର ବୋମାମାଡ଼ ଏକ ଗୃହଯୁଦ୍ଧ ଓ

ସ୍ଥାନୀୟ କମ୍ୟୁନିଷ୍ଟମାନଙ୍କ ଦ୍ୱାରା ତୁହାକୁ ତୁହା ନରସଂହାରର ଶୀକାର ହୋଇଥାଏ । ଏଥିରେ ଛୋଟିଆ ଦେଶଟା ପ୍ରାୟ ଏକ ପଞ୍ଚମାଂଶ ଲୋକ ନିପାତ ହେଇଥିଲେ ଓ ଶେଷରେ ପଡ଼ୋଶୀ ଭିଏତ୍‌ନାମ୍ ଦ୍ୱାରା ଅଧିକୃତ ହେଲା । ଭିଏତ୍‌ନାମ୍ ସେତେବେଳକୁ ରୁଷିଆର ଅନୁଗତ ରାଷ୍ଟ୍ର ମାତ୍ର । କାମ୍ବୋଡ଼ିଆ ଦୁର୍ଭିକ୍ଷ ପ୍ରପୀଡ଼ିତ ହେଇଥାଏ । ଲୋକେ ଚିକିତ୍ସା ଅଭାବରୁ ମରୁଥାନ୍ତି । ଏକ ଆର୍ନ୍ତଜାତିକ ଚିକିତ୍ସା ସଂଗଠନ ଦେଶ ଭିତରକୁ ପ୍ରବେଶ କରିବାକୁ ଅନୁମତି ଦେବାପାଇଁ ବାରମ୍ବାର ଅନୁରୋଧ କରୁଥାନ୍ତି । କିଂତୁ ଭିଏତ୍‌ନାମୀମାନେ ତାଙ୍କୁ ଅନୁମତି ଦେଉ ନଥାନ୍ତି । ଯୋଜନାଟି ଏଇ ଯେ କେତେକ ପ୍ରମୁଖ ପାଶ୍ଚାତ୍ୟ ବୁଦ୍ଧିଜୀବୀମାନେ କାମ୍ବୋଡିଆର ସୀମାନ୍ତରେ ଶୋଭାଯାତ୍ରାରେ ଯିବେ ଓ ସାରା ବିଶ୍ୱ ସମ୍ମୁଖରେ ଏଇ ମହାନ୍ ପ୍ରଦର୍ଶନ ଦ୍ୱାରା ଅଧିକୃତ ଦେଶ ଭିତରକୁ ଡାକ୍ତରଙ୍କୁ ଯିବାକୁ ଅନୁମତି ପାଇଁ ବାଧ୍ୟ କରିବେ ।

ପ୍ୟାରିସର ରାସ୍ତାରେ ଯେଉଁ ବନ୍ଧୁ ସହିତ ଫ୍ରାନଜ୍ ଶୋଭାଯାତ୍ରାରେ ଯାଇଥିଲା ସେ ତାକୁ ଫୋନ୍ କରିଥିଲା । ପ୍ରଥମେ ନିମନ୍ତ୍ରଣଟି ପାଇଁ ଫ୍ରାନ୍‌ଜ ଉଲ୍ଲସିତ ହେଇଗଲା । କିଂତୁ ତାପରେ ରୁମ୍ ଭିତରେ ଗୋଟେ ଆରାମ ଚୌକିରେ ବସିଥିବା ତାର ପ୍ରେମିକା-ଛାତ୍ରୀ ଉପରେ ତାର ନଜର ପଡ଼ିଲା । ସେ ତା ଆଡ଼କୁ ଚାହୁଁଥାଏ । ଚଷମାର ବଡ଼ ଗୋଲିଆ କାଚରେ ତାର ଆଖି ଦିଓଟି ବଡ଼ ଦେଖାଯାଉଥାଏ । ଫ୍ରାନଜକୁ ଲାଗିଲା ସେଇ ଆଖି ଦିଓଟି ନ ଯିବା ପାଇଁ କାକୁତି କରୁଛି । ତେଣୁ ସେ କ୍ଷମା ମାଗି ଶୋଭାଯାତ୍ରାକୁ ଯିବାରୁ ଓହରି ଆସିଲା ।

ଫୋନଟା ରଖିଛି କି ନାଇଁ ସେ ତାର ନିଷ୍ପତ୍ତି ପାଇଁ ଅନୁତାପ କଲା । ସତ, ସେ ତାର ପାର୍ଥିବ ପ୍ରେମିକାର ଯତ୍ନ ନେଲା । କିଂତୁ ତାର ଅପାର୍ଥିବ ପ୍ରେମକୁ ଅବହେଳା କଲା । କାମ୍ବୋଡ଼ିଆ କଣ ସବିନାର ଦେଶ ପରି ନୁହଁ ? ପଡ଼ୋଶୀ ଦେଶର କମ୍ୟୁନିଷ୍ଟ ସେନା ଦ୍ୱାରା ଅଧିକୃତ ଗୋଟେ ଦେଶ ! ଯେଉଁ ଦେଶଟି ରୁଷିଆର ଆଘାତର ପ୍ରକୋପ ସହିଥିଲା ! ହଠାତ୍ ଫ୍ରାନଜ୍ ଅନୁଭବ କଲା ଯେ ସେ ତାର ଅର୍ଦ୍ଧ-ବିସ୍ମୃତ ବନ୍ଧୁଜଣକ ସବିନାର ଚାହିଁବା ଅନୁସାରେ ତା ସହିତ ଯୋଗାଯୋଗ କରିଥିଲା ।

ଐଶ୍ୱରିକ ସତ୍ତାମାନେ ସବୁ ଜାଣନ୍ତି ଓ ସବୁ ଦେଖିପାରନ୍ତି । ଯଦି ସେ ଶୋଭାଯାତ୍ରାରେ ଯାଇଥାନ୍ତା, ସବିନା ଅତ୍ୟନ୍ତ ଆନନ୍ଦିତ ହେଇ ଉପରୁ ତଳେ ତାକୁ ନିରେଖି ଚାହିଁଥାନ୍ତି । ସେ ବୁଝି ପାରିଥାନ୍ତା ଯେ ସେ ତା ପ୍ରତି ବିଶ୍ୱସ୍ତ ରହିଛି ।

'ମୁଁ ଶୋଭାଯାତ୍ରାକୁ ଗଲେ ତମର କଣ ବହୁତ ମନଦୁଃଖ ହେବ ?' ସେ ଚଷମାପିନ୍ଧା ଝିଅଟାକୁ ପଚାରିଲା । ତା ପାଖରୁ ଦିନଟିଏ ଦୂରେଇଯିବାଟା ଝିଅଟାକୁ କ୍ଷତି ପରିକା ଲାଗେ । ତଥାପି ସେ ତାର କୌଣସି କଥାଟା ମନା କରି ପାରେ ନାହିଁ ।

କେତେ ଦିନ ପରେ ସେ କୋଡ଼ିଏ ଜଣ ଡାକ୍ତର ଓ ପ୍ରାୟ ପଚାଶ ଜଣ ବୁଦ୍ଧିଜୀବୀଙ୍କ ଗହଣରେ (ପ୍ରଫେସର, ଲେଖକ, କୂଟନୀତିଜ୍ଞ, ଗାୟକ, ଅଭିନେତା ଓ ମେୟର) ତଥା ଚାରିଶହ ସାମ୍ବାଦିକ ଓ ଫଟୋଗ୍ରାଫରଙ୍କ ସହିତ ଏକ ବିରାଟ ଜେଟ୍‌ରେ ସେ ପ୍ୟାରିସ୍ ଛାଡ଼ି ଯାତ୍ରାରମ୍ଭ କଲା ।

(୧୪)

ପ୍ଲେନ୍‌ଟା ବ୍ୟାଙ୍କକ୍‌ରେ ଓହ୍ଲାଇଲା । ଚାରିଶହ ସତୁରି ଜଣ ଡାକ୍ତର, ବୁଦ୍ଧିଜୀବୀ ଓ ସାମ୍ବାଦିକ ଗୋଟିଏ ଆର୍ନ୍ତଜାତିକ ହୋଟେଲର ବିରାଟ ବଲ୍‌ରୁମକୁ ଗଲେ ଯେଉଁଠି ତତୋଧିକ ସଂଖ୍ୟାରେ ଡାକ୍ତର, ଅଭିନେତା, ଗାୟକ ଓ ଭାଷାବିଜ୍ଞାନର ପ୍ରଫେସରମାନେ ହାତରେ ନୋଟ୍‌ବୁକ୍, ଟେପ୍ ରେକର୍ଡର, ଉଭୟ ଷ୍ଟିଲ୍ ଓ ଭିଡ଼ିଓ କେମେରା ଧରିଥିବା ଶହଶହ ସାମ୍ବାଦିକ ମାନଙ୍କ ସହିତ ରୁଣ୍ଡ ହେଇଥିଲେ । ସଭା ମଞ୍ଚରେ ପ୍ରାୟ କୋଡ଼ିଏ ଜଣ ହେବ ଆମେରୀକୀୟ ଗୋଟିଏ ଲମ୍ବା ଟେବୁଲ ପାଖରେ ବସି ସଭାକାର୍ଯ୍ୟରେ ସଭାପତିତ୍ୱ କରୁଥାନ୍ତି ।

ଯେଉଁ ଫରାସୀ ବୁଦ୍ଧିଜୀବୀଙ୍କ ସହିତ ଫ୍ରାନକ୍ ବଲରୁମ୍ ଭିତରକୁ ପ୍ରବେଶ କରିଥିଲା, ସେମାନେ ଟିକେ ଅପମାନିତ ବୋଧ କଲେ । କାମ୍ବୋଡ଼ିଆରେ ଶୋଭାଯାତ୍ରାଟା ତାଙ୍କର ଆଇଡିଆ ଥିଲା । କିଂତୁ ଏଠି ଆମେରୀକୀୟମାନେ ସବୁଥର ପରି ନିହାତି ନିର୍ଲଜ୍ଜ ଭାବରେ ସଂପୂର୍ଣ୍ଣଭାବେ କେବଳ ଅକ୍ତିଆର କରି ନଥାନ୍ତି, ତା ବି କରିଥାନ୍ତି ଇଂରାଜୀରେ । ଜଣେ ଡେନ୍‌ମାର୍କ ଅଧିବାସୀ ବା ଫରାସୀ ତାହା ବୁଝିପାରିବେ ନାହିଁ, ଏକଥା ତାଙ୍କ ମନକୁ ଥରଟିଏ ଆସିଲା ବି ନାହିଁ । ଏକଦା ନିଜେ ସ୍ୱଦେଶଟିଏ ଗଠନ କରିଥିବା କଥା ଯେହେତୁ ଡେନ୍‌ମାର୍କ ଅଧିବାସୀଗଣ ଅନେକ ଦିନରୁ ଭୁଲି ସାରିଲେଣି, କେବଳ ଫରାସୀମାନେ ଏକମାତ୍ର ୟୁରୋପୀୟ ଜାତି ହିସାବରେ ପ୍ରତିବାଦ କରିବା ପାଇଁ ସମର୍ଥ ହେଲେ । ନୀତିଗତ ଦୃଷ୍ଟିରୁ ସେମାନେ ଏତେ ଅଟଳ ଥିଲେ ଯେ ସେମାନେ ଇଂରାଜୀରେ ପ୍ରତିବାଦ ଜଣାଇବାକୁ ପ୍ରତ୍ୟାଖ୍ୟାନ କଲେ ଓ ସଭା ମଞ୍ଚରେ ସେମାନେ ଆମେରିକୀୟଙ୍କ ସାମ୍ନାରେ ନିଜ ମାତୃଭାଷାରେ ତାଙ୍କର ପ୍ରସଙ୍ଗଟି ଉତ୍‌ଥାପନ କଲେ । ଗୋଟେ ବି ଶବ୍ଦ ବୁଝି ନ ପାରି ଆମେରୀକୀୟମାନେ ବନ୍ଧୁତ୍ୱପୂର୍ଣ୍ଣ ସମ୍ମତି ସୂଚକ ହସ ହସିଲେ । ଶେଷରେ, ଇଂରାଜୀରେ ନିଜର ଅଭିଯୋଗକୁ ତିଆରି କରିବା ବ୍ୟତୀତ ଫରାସୀ ମାନଙ୍କର ଅନ୍ୟ କିଛି ବିକଳ୍ପ ନ ଥିଲା : ଏଠି ଫରାସୀ ଲୋକ ଥିବା ସତ୍ତ୍ୱେ ସଭାଟି କାହିଁକି ଇଂରାଜୀରେ ହେଉଛି ?

ଏପରି ଅଦ୍ଭୁତ ଅଭିଯୋଗରେ ଆମେରିକାନ୍‌ମାନେ ଆଶ୍ଚର୍ଯ୍ୟ ହେଲେ ହେଁ

ସେମିତି ହସି ହସି ବିନା ଆପତ୍ତିରେ ସମ୍ମତ ହେଲେ : ସଭାକାର୍ଯ୍ୟ ଦ୍ୱିଭାଷୀ ହେଲା। ସଭାକାର୍ଯ୍ୟ ଆରମ୍ଭ ହେବା ଆଗରୁ, ଯାହା ବି ହେଉ ଜଣେ ଉପଯୁକ୍ତ ଅନୁବାଦକକୁ ଠିକଣା କରା ହେଲା। ତାପରେ ପ୍ରତିଟି ବାକ୍ୟ ଉଭୟ ଫରାସୀ ଓ ଇଂରାଜୀରେ ପ୍ରତିଧ୍ୱନିତ ହେଲା। ଫଳରେ ସଭାକାମ ଦୁଇଗୁଣ ବା ଦୁଇଗୁଣରୁ ଅଧିକ ଲମ୍ବା ହେଲା। କାରଣ ସବୁ ଫରାସୀମାନେ କିଛି କିଛି ଇଂରାଜୀ ଜାଣିଥିଲେ ଓ ପ୍ରତି ଶବ୍ଦକୁ ସଂଶୋଧନ କରି ଅନୁବାଦକର କାମରେ ବାଧା ଦେଉଥାନ୍ତି।

ସଭାଟି ଚରମ ସୀମାକୁ ପହଞ୍ଚିଲା ଯେତେବେଳେ ଜଣେ ବିଖ୍ୟାତ ଆମେରୀକୀୟ ଅଭିନେତ୍ରୀ କହିବା ପାଇଁ ଉଠିଲେ। ତାଙ୍କରି ଯୋଗୁଁ ଆହୁରି ଗୁଡ଼ାଏ ଫଟୋଗ୍ରାଫର ଓ କେମେରାମେନ୍ ଅଡ଼ିଟୋରିଅମ୍ ଭିତରକୁ ଧାଇଁ ଛୁଟିଲେ ଆଉ ତାଙ୍କର ପ୍ରତ୍ୟେକ ଉଚ୍ଚାରଣ ପଛକୁ ଗୋଟେ ନା ଗୋଟେ କେମେରାର କ୍ଲିକ୍ ଶବ୍ଦଟି ଯୋଡ଼ି ହେଇ ଚାଲିଥିଲା। ଅଭିନେତ୍ରୀ ଜଣକ ଶିଶୁମାନଙ୍କର ଦୁଃଖ ଯନ୍ତ୍ରଣା, କମ୍ୟୁନିଷ୍ଟ ଏକଛତ୍ରବାଦ, ମଣିଷର ସୁରକ୍ଷାର ଅଧିକାର, ସଭ୍ୟ ସମାଜର ପାରସ୍ପରିକ ମୂଲ୍ୟବୋଧ ପ୍ରତି ସାଂପ୍ରତିକ ବିପଦ, ମଣିଷର ଅବିଚ୍ଛେଦ୍ୟ ବ୍ୟକ୍ତି ସ୍ୱାଧୀନତା ଓ ରାଷ୍ଟ୍ରପତି ଜିମି କାର୍ଟର ଇତ୍ୟାଦିଙ୍କ ବିଷୟରେ କହିଲେ। ଶେଷ ଶବ୍ଦଟି ଉଚ୍ଚାରଣ କଲାବେଳକୁ ତାଙ୍କ ଆଖିରେ ଲୁହ ଆସି ଯାଇଥିଲା।

ତାପରେ ନାଲିରଙ୍ଗର ଦାଢ଼ି ରଖିଥିବା ଜଣେ ଯୁବ ଫରାସୀ ଡାକ୍ତର ଡେଇଁ ପଡ଼ିଲେ ଓ ଚିତ୍କାର କଲେ : ଆମେ ଏଠିକି ମୁମୂର୍ଷୁ ଲୋକଙ୍କର ସେବା ପାଇଁ ଆସିଛୁ। ରାଷ୍ଟ୍ରପତି କାର୍ଟରଙ୍କୁ ସମ୍ମାନ ପ୍ରଦର୍ଶନ କରିବାକୁ ନୁହେଁ ! ଏଇଟାକୁ ଏକ ଆମେରୀକୀୟ ପ୍ରଚାର-ସର୍କସ କରିବା ନାହିଁ ! ଆମେ ଏଠିକି କମ୍ୟୁନିଷ୍ଟବାଦ ବିରୋଧରେ ପ୍ରତିବାଦ କରିବାକୁ ଆସିନାହୁଁ ! ଆମେ ଏଠାକୁ ଜୀବନ ରକ୍ଷା କରିବା ପାଇଁ ଆସିଛୁ !

ସଙ୍ଗେସଙ୍ଗେ ଆହୁରି ଅନେକ ଫରାସୀ ତାଙ୍କୁ ସମର୍ଥନ ଜଣାଇଲେ। ଅନୁବାଦକ ଜଣକ ଡ଼ରିଗଲା ଓ ସେମାନେ ଯାହା କହିଲେ ତାକୁ ଆଉ ଅନୁବାଦ କରିବାକୁ ସାହସ କଲା ନାହିଁ। ତେଣୁ ସଭାମଞ୍ଚରେ ଥିବା କୋଡ଼ିଏ ଜଣ ଆମେରୀକୀୟ ପୁଣିଥରେ ସଦିଚ୍ଛାର ହସ ହସି ସମ୍ମତିରେ ମୁଣ୍ଡ ଟୁଙ୍ଗାରିଲେ। ଏପରିକି ତାଙ୍କ ଭିତରୁ ଜଣେ ଉପରକୁ ହାତ ମୁଠି ଉଠାଇଲା। କାରଣ ସେ ଜାଣେ ଯେ ସାମୂହିକ ଉଚ୍ଛ୍ୱସିତ ଆନନ୍ଦରେ ୟୁରୋପୀୟମାନେ ହାତମୁଠି ଉଠାଇବାକୁ ଭଲ ପାନ୍ତି।

(୧୬)

କମ୍ୟୁନିଷ୍ଟବାଦକୁ ବାମପନ୍ଥୀ ପରିସର ବୋଲି ଧରାଯାଉଥିବାବେଳେ ଗୋଟେ

କମ୍ୟୁନିଷ୍ଟ ଦେଶର ସ୍ୱାର୍ଥ ବିରୋଧରେ ବାମପନ୍ଥୀ ବୁଦ୍ଧିଜୀବୀମାନେ ଭଲା କେମିତି (କାରଣ ଦାଢ଼ିବାଲା ଡାକ୍ତର ଜଣକ ବାମପନ୍ଥୀ ବୁଦ୍ଧିଜୀବୀ ବ୍ୟତୀତ ଆଉ କେହି ହୋଇ ନ ପାରେ) ଶୋଭାଯାତ୍ରା କରିବାପାଇଁ ଚାହୁଁଛନ୍ତି ?

ଯେତେବେଳେ ସୋଭିଏତ୍ ୟୁନିଅନ୍ ନାମକ ଦେଶର ଅପରାଧ ଗୁଡ଼ିକ ଅତ୍ୟନ୍ତ ନିନ୍ଦନୀୟ ହେଲା, ଜଣେ ବାମପନ୍ଥୀର ଦୁଇଟି ବିକଳ୍ପ ରହିଲା : ତାର ପୂର୍ବର ଜୀବନକୁ ଛି କରି ଶୋଭାଯାତ୍ରା ବନ୍ଦ କରିଦେବା (ଉଣା ଅଧିକେ ଅପ୍ରତିଭ ହୋଇ) କିମ୍ବା ମହାଶୋଭାଯାତ୍ରା ପଥରେ ଏକ ଏକ ବାଧାରୂପେ ସୋଭିଏତ୍ ୟୁନିଅନ୍‌ର ନୂତନ ବର୍ଗୀକରଣ କରି ଶୋଭାଯାତ୍ରାରେ ଆଗେଇଯିବା ।

ମହା ଶୋଭାଯାତ୍ରାରେ ଅପସଂସ୍କୃତି ହିଁ ଜଣେ ବାମପନ୍ଥୀକୁ ବାମପନ୍ଥୀ କରି ରଖେ, ଏକଥା କଣ ମୁଁ କହି ନାହିଁ ? ଅପସଂସ୍କୃତିର ପରିଚୟଟି ଏକ ରାଜନୈତିକ ଯୋଜନାରୁ ଆସେ ନାହିଁ, ବରଂ ଚିତ୍ରକଳ୍ପ, ରୂପକ ଓ ଭାଷାରୁ ଆସିଥାଏ । ତେଣୁକରି ଅଭ୍ୟାସ ଭାଙ୍ଗି ଗୋଟେ କମ୍ୟୁନିଷ୍ଟ ଦେଶର ସ୍ୱାର୍ଥ ବିରୋଧରେ ଶୋଭାଯାତ୍ରା କରିବାଟା ସମ୍ଭବ । ଯାହା ବି ହେଉ, ଯୋଉଟା ଅସମ୍ଭବ ସେଇଟା ହେଉଛି ଅନ୍ୟ ପାଇଁ ଗୋଟେ ଶବ୍ଦର ବିକଳ୍ପ ବାହାର କରିବା । ଭିଏତ୍‌ନାମୀ ସୈନ୍ୟବାହିନୀକୁ ଜଣକର ମୁଷ୍ଟିରେ ଧମକ ଦେବାଟା ସମ୍ଭବ । ମହାଶୋଭାଯାତ୍ରାର ଶତ୍ରୁଙ୍କର ସ୍ଲୋଗାନ୍- କମ୍ୟୁନିଜମ୍ ମୁର୍ଦ୍ଦାବାଦ୍ ! କମ୍ୟୁନିଜମ୍ ମୁର୍ଦ୍ଦାବାଦ୍ ! ଚିତ୍କାର କରିବାଟା ଅସମ୍ଭବ । ମୁହଁ ଦେଖେଇ ନ ପାରିବାକୁ ନେଇ ଚିନ୍ତିତ ଯେ କେହି ଲୋକ ନିଜର ଅପସଂସ୍କୃତି ପ୍ରତି ନିଶ୍ଚିତ ବିଶ୍ୱସ୍ତ ରହିବ ।

ମୁଁ ଏସବୁ ପ୍ରସଙ୍ଗ ଆଣିବାର ଏକମାତ୍ର କାରଣ ହେଉଛି ଫରାସୀ ଡାକ୍ତର ଓ ନିଜକୁ ଇର୍ଷ୍ୟା ତଥା ପୁରୁଷଙ୍କର ସ୍ତ୍ରୀ ବିଦ୍ୱେଷର ଶୀକାର ହେଉଥିବା କଳ୍ପନା କରୁଥିବା ଆତ୍ମଗର୍ବୀ ଆମେରୀକୀୟ ଅଭିନେତ୍ରୀ ଭିତରେ ଥିବା ଭୁଲ୍ ବୁଝାମଣାକୁ ବୁଝାଇବା । ପ୍ରକୃତରେ ଫରାସୀ ଡାକ୍ତର ଜଣକ ଅତି ସୂକ୍ଷ୍ମ ଭାବରେ ମାର୍ଜିତ କରିଥିବା ସୌନ୍ଦର୍ଯ୍ୟ-ରୁଚିବୋଧର ପ୍ରଦର୍ଶନ କଲେ : "ରାଷ୍ଟ୍ରପତି କାର୍ଟର", 'ଆମର ପାରଂପରିକ ମୂଲ୍ୟବୋଧ', 'କମ୍ୟୁନିଜମ୍‌ର ବର୍ବରତା' ଆଦି ବାକ୍ୟାଂଶ ଆମେରିକାନ୍ ଅପସଂସ୍କୃତି ସହିତ ତାର କିଛି ସଂପର୍କ ନାହିଁ ।

(୧୬)

ତା ପରଦିନ ସକାଳେ । ସେମାନେ ସମସ୍ତେ ବସ୍ ଚଢ଼ି ଥାଇଲାଣ୍ଡ ଦେଇ କାମ୍ବୋଡ଼ିଆ ସୀମାନ୍ତକୁ ଗଲେ । ସନ୍ଧ୍ୟାରେ ସେମାନେ ଗୋଟେ ଛୋଟ ଗାଁରେ ଓହ୍ଲାଇଲେ ଓ ବଲାରେ ଉଠା କେତେଗୁଡ଼ିଏ ଘର ଭଡ଼ା ନେଲେ । ଫି' ବର୍ଷ ବନ୍ୟା ଆସୁଥିବା

ନଦୀଟା ଗାଁ ଲୋକଙ୍କୁ ତଳ ଭାଗ ଉପରକୁ ରହିବାକୁ ବାଧ୍ୟ କରିଥାଏ । ତେବେ ଘୁଷୁରୀମାନେ ତଳେ ଜାକିଜୁକି ହେଇ ରହିଥାନ୍ତି । ଅନ୍ୟ ଚାରିଜଣ ପ୍ରଫେସରଙ୍କ ସହିତ ଫ୍ରାନଜ୍ ଗୋଟେ ଘରେ ଶୋଇଲା । ଦୂରରୁ ଘୁଷୁରୀଗୁଡ଼ାଙ୍କର କର୍କଶ ଶବ୍ଦ ଆଉ ପାଖରୁ ଜଣେ ପ୍ରଖ୍ୟାତ ଗଣିତଜ୍ଞଙ୍କ ଘୁଙ୍ଗୁଡ଼ି ଶୁଭୁଥାଏ ।

ସକାଳେ ସେମାନେ ପୁନର୍ବାର ବସ୍ ଧରିଲେ । ସୀମାନ୍ତରୁ ଗୋଟେ ମାଇଲ୍ ଦୂର ଜାଗାଟିରେ ସବୁ ଯାନବାହାନ ଚଳାଚଳ ନିଷିଦ୍ଧ ଥିଲା । ବେଶ୍ କଡ଼ା ପହରା ଚାଲିଥିବା ବେଳେ ଗୋଟେ ସରୁ ରାସ୍ତା ଦେଇ ସୀମାନ୍ତ ପାରି ହେଇପାରିବ । ବସ୍‌ମାନ ଅଟକିଲା । ବସ୍‌ରୁ ଫରାସୀ ଗୋଷ୍ଠୀ ଓହ୍ଲାଇଲେ । ଏଥର ପୁଣି ଆମେରୀକୀୟମାନେ ଫରାସୀଙ୍କୁ ବାଜିମାତ୍ କରି ଶୋଭାଯାତ୍ରାର ଆଗୁଆ ନେତୃତ୍ୱ ନେଇଗଲେ । ଚରମ ମୂହୁର୍ତ୍ତଟି ଆସିଗଲା । ଅନୁବାଦକକୁ ଡକରା ହେଲା ଓ ଗୋଟେ ଲମ୍ବା ଝଗଡ଼ା ଆରମ୍ଭ ହେଇଗଲା । ଶେଷରେ ସମସ୍ତେ ନିମ୍ନୋକ୍ତ କଥାରେ ରାଜି ହେଲେ : ଶୋଭାଯାତ୍ରାର ଆଗଧାଡ଼ିରେ ଜଣେ ଆମେରିକାନ୍ ଓ ଜଣେ ଫରାସୀ ଓ କାମ୍ବୋଡ଼ୀୟ ଅନୁବାଦକ ଜଣକ ରହିବେ । ତାପରେ ଆସିବେ ଡାକ୍ତରମାନେ । ଆଉ ତାପରେ ଯାଇ ବାକି ଜନସମୂହ ଆସିବେ । ଆମେରୀକୀୟ ଅଭିନେତ୍ରୀଜଣକୁ ପଛକୁ ଅଣାଗଲା ।

ରାସ୍ତାଟି ସରୁ ଓ କଡ଼ରେ ବାରୁଦ ପୋତା ହେଇଥିଲା । ମଝିରେ ମଝିରେ ଆହୁରି ଗୋଟେ ପ୍ରତିବନ୍ଧକରେ ରାସ୍ତାଟି ଆହୁରି ସଂକୀର୍ଣ୍ଣ ହେଇଯାଇଥାଏ : ଦୁଇଟା ସିମେଣ୍ଟ ପଥର ଓ ତାର ଘେରା ବାଟରେ କେବଳ ଗୋଟେ ଧାଡ଼ି ଅତିକ୍ରମ କରି ପାରୁଥିଲେ ।

ଫ୍ରାନ୍‌ଜଠାରୁ ପ୍ରାୟ ପନ୍ଦରଫୁଟ ଦୂରକୁ ଥିଲେ ଜଣେ ପ୍ରଖ୍ୟାତ ଜର୍ମାନୀ କବି ଓ ପପ୍ ଗାୟକ ଯିଏ କି ଶାନ୍ତି ପାଇଁ ଓ ଯୁଦ୍ଧ ବିରୋଧରେ ନଅ ଶହ ତିରିଶଟି ଗୀତ ଲେଖି ସାରିଥିଲେ । ଧଳା ପତାକା ଖଞ୍ଜା ଗୋଟେ ବଡ଼ ଲମ୍ବା ବାଡ଼ି ସେ ଧରିଥାନ୍ତି ଯାହା କି ତାଙ୍କର କଳା ମିସ୍‌ମିସ୍ ଦାଢ଼ିକୁ ଓ ତାଙ୍କୁ ଅନ୍ୟମାନଙ୍କଠାରୁ ବାରି ଦଉଥାଏ ।

ଦୀର୍ଘ ଶୋଭାଯାତ୍ରାଟିରେ ଫଟୋଗ୍ରାଫର ଓ କେମେରାମେନ୍ ମାନେ ତାଙ୍କର ଯନ୍ତ୍ର ଉପକରଣରେ ଅବିରାମ କଟ୍‌କାଟ୍ ଶବ୍ଦ କରି କେତେବେଳେ ଆଗକୁ ଧାଇଁଯାଇ, ପୁଣି ଟିକେ ଅଟକି, ପୁଣି ପଛକୁ ଫେରି, ପୁଣି ଆଣ୍ଠେଇ ପଡ଼ି, ତାପରେ ସିଧା ହେଇ ଆଉ ସବା ଆଗକୁ ଦୌଡ଼ିଯାଇ ଫଟୋ ଉଠାଇଥାନ୍ତି । ମଝିରେ ମଝିରେ କୌଣସି ପ୍ରସିଦ୍ଧ ବ୍ୟକ୍ତିଙ୍କର ନାଁ ନେଇ ସେମାନେ ଡାକି ନିଅନ୍ତି । ପ୍ରସିଦ୍ଧ ବ୍ୟକ୍ତିଜଣକ ସେଇ ଦିଗକୁ ଫେରି ଚାହାଁନ୍ତି, ଯେମିତିକି ସେମାନେ ଠିକ୍ ସମୟରେ ଫଟୋ ଉଠାଇ

ପାରିବେ ।

(୧୮)

କିଛି ଗୋଟେ ଘଟିଲା ପରି ଲାଗିଲା । ଲୋକେ ମଛର ହେଇ ପଛକୁ ଫେରି ଚାହିଁଲେ ।

ଆମେରୀକୀୟ ଅଭିନେତ୍ରୀଜଣକ ଯାହାଙ୍କୁ ପଛ ଭାଗରେ ରଖାଯାଇଥିଲା । ସେ ଆଉ ଏଇ ଅପମାନ ସହି ପାରିଲେନି; ଆଉ ପ୍ରତିବାଦ କରିବାକୁ ବଦ୍ଧ ପରିକର ହୋଇ ଶୋଭାଯାତ୍ରା ଆଗ ଭାଗକୁ ଧାଇଁଲେ । ପାଞ୍ଚ କିଲୋମିଟର ଦୌଡ଼ ପ୍ରତିଯୋଗୀତାରେ ସାମିଲ୍ ଥିଲା ପରି ଓ ନିଜ ପ୍ରତିଯୋଗୀମାନଙ୍କ ପଛରେ ପଛରେ ଥାଇ ବଳ ସଞ୍ଚୟ କରିଥିବା ଦୌଡାଳି ପରି ସେ ହଠାତ୍ ଆଗକୁ ଉଠିଲେ ଓ ଗୋଟିକ ପରେ ଗୋଟେ ତାଙ୍କର ପ୍ରତିଦ୍ୱନ୍ଦୀକୁ ଟପି ଆଗକୁ ବଢ଼ିଗଲେ ।

ଅପ୍ରସ୍ତୁତ ଭାବରେ ହସିଦେଇ ପୁରୁଷମାନେ ପଛକୁ ହଟିଲେ । ପ୍ରଖ୍ୟାତ ଦୌଡ଼ାଳିଙ୍କ ବିଜୟ ଯାତ୍ରାକୁ ଭଣ୍ଡୁର କରିବାକୁ ସେମାନେ ଚାହିଁଲେନି । କିଂତୁ ସ୍ତ୍ରୀଲୋକମାନେ ପାଟି କଲେ; 'ପଛକୁ ଆସ; ଧାଡ଼ିରେ ରୁହ ! ଏଇଟା ତାରକା ଅଭିନେତ୍ରୀମାନଙ୍କ ଶୋଭାଯାତ୍ରା ନୁହଁ !'

ଅବିଚଳିତ ରହି ଅଭିନେତ୍ରୀଜଣକ ଆଗେଇ ଚାଲିଥିଲେ । ଏକାଥରକେ ପାଞ୍ଚଜଣ ଫଟୋଗ୍ରାଫର ଓ ଦୁଇଜଣ କେମେରାମେନ୍ ତାଙ୍କ ପଛେପଛେ ଧାଇଁ ଥିଲେ ।

ହଠାତ୍, ଭାଷାତତ୍ତ୍ୱର ପ୍ରଫେସର ଜଣେ ଫରାସୀ ମହିଳା ଅଭିନେତ୍ରୀଙ୍କର କଚଟିକୁ ଜୋର୍ ଜବରଦସ୍ତି ଧରି ପକାଇଲେ ଓ କହିଲେ (ଭୟଙ୍କର ଶୁଭୁଥିବା ଇଂରାଜୀରେ) 'ମୂମୁର୍ଷୁ କାମ୍ବୋଡ଼ିୟମାନଙ୍କର ସେବା ଶୁଶ୍ରୁଷା ପାଇଁ ଆସିଥିବା ଡାକ୍ତରମାନଙ୍କର ଏହି ଶୋଭାଯାତ୍ରା, କୋଉ ଆତ୍ମପ୍ରଚାର ପାଗଳ ସିନେମା ଅଭିନେତ୍ରୀଙ୍କ ନୁହଁ !'

ଭାଷାତତ୍ତ୍ୱର ପ୍ରଫେସରଙ୍କ ହାତ ମୁଠାରେ ଅଭିନେତ୍ରୀଙ୍କର କଚଟି ବନ୍ଦ ହେଇ ରହିଥାଏ । ସେ ମୁକୁଳେଇ ପାରୁ ନ ଥାନ୍ତି । 'ତମେ କଣ ଏ ଫାଲ୍ତୁ କାମ କରୁଚ ?' (ସେ ପୁରା ଶୁଦ୍ଧ ଇଂରାଜୀରେ) କହିଲେ । "ମୁଁ ଏମିତି ଶହ ଶହ ଶୋଭାଯାତ୍ରାରେ ଭାଗ ନେଇଛି ! ଆମମାନଙ୍କ ପରି ତାରକାଙ୍କ ବିନା ତମେ ଏସବୁ କିଛି କରି ପାରିବ ନାହିଁ ! ଏଇଟା ଆମ କାମ ! ଆମର ନୈତିକ ଦାୟିତ୍ୱ !'

'ମେର୍ଡେ !' ('ଗୁହ ଖା') ଭାଷାତତ୍ତ୍ୱର ପ୍ରଫେସରଜଣକ (ଶୁଦ୍ଧ ଫରାସୀରେ) କହିଲେ ।

ଆମେରୀକୀୟ ଅଭିନେତ୍ରୀଜଣକ ତାହା ବୁଝି ପାରିଲେ ଓ ଭୋ ଭୋ ହୋଇ କାନ୍ଦି ପକାଇଲେ। "ଦୟାକରି ଟିକେ ରୁହନ୍ତୁ", ଜଣେ କେମେରାମେନ୍ ବଡ଼ ପାଟିରେ ଡାକିଲା ଓ ତାଙ୍କର ପାଦ ତଳେ ବସି ପଡ଼ିଲା। ଅଭିନେତ୍ରୀଜଣକ ତାର ଲେନସ୍ ଆଡକୁ ଦୀର୍ଘ ଦୃଷ୍ଟି ଦେଲେ-- ଆଉ ତାଙ୍କର ଚିବୁକରେ ଲୁହ ଝରୁଥାଏ।

(୧୯)

ଶେଷରେ ଯେତେବେଳେ ଭାଷାତତ୍ତ୍ୱର ପ୍ରଫେସରଜଣକ ଆମେରୀକୀୟ ଅଭିନେତ୍ରୀଙ୍କର କଚଟିକୁ ହାତମୁଠାରୁ ମୁକୁଳାଇ ଦେଲେ, କଳା ଦାଢ଼ି ରଖିଥିବା ଓ ଧଳା ପତାକା ଧରିଥିବା ଜର୍ମାନୀ ପପ୍ ଗାୟକ ଜଣକ ତାଙ୍କର ନାଁ ଧରି ଡାକିଲେ।

ଆମେରୀକୀୟ ଅଭିନେତ୍ରୀଜଣକ ଆଗରୁ ତାଙ୍କୁ ଆଦୌ ଜାଣି ନ ଥିଲେ। କିଂତୁ ଅପମାନିତ ହେଲା ପରେ ସେ ସହାନୁଭୂତି ପ୍ରତି ଅପେକ୍ଷାକୃତ ଅଧିକ ସମ୍ବେଦନଶୀଳ ହେଇ ପଡ଼ିବାରୁ ତାଙ୍କ ପାଖକୁ ଦୌଡ଼ିଗଲେ। ଗାୟକ ଜଣକ ଲମ୍ବା ବାଡ଼ିଟାକୁ ବାଁ ପଟକୁ ବଦଳାଇ ଦେଲେ ଓ ଡାହାଣ ହାତରେ ଅଭିନେତ୍ରୀଙ୍କ କାନ୍ଧକୁ ଗୁଡ଼ାଇ ଧରିଲେ।

ସଙ୍ଗେ ସଙ୍ଗେ ନୂଆଁ ଫଟୋଗ୍ରାଫର ଓ କେମେରାମେନ୍ ମାନେ ତାଙ୍କୁ ବେଢ଼ିଗଲେ। ବାଡ଼ିଟା ଅତି ଲମ୍ବାଥିବା କାରଣରୁ ଦୁହିଁଙ୍କର ମୁହଁ ଓ ପତାକାଟିକୁ ନିଜ ଲେନ୍ସ ଭିତରେ ଉତ୍ତୋଳନ କରିବାରେ ଅସୁବିଧା ହେଲାରୁ ଜଣେ ଜଣାଶୁଣା ଆମେରୀକୀୟ ଫଟୋଗ୍ରାଫର ଧାନ କ୍ଷେତ ଭିତରକୁ କେତେ ପାହୁଣ୍ଡ ପଛକୁ ହଟିଗଲେ। ଏପରି ହେଲା ଯେ ପାଦଟା ତାଙ୍କର ଗୋଟେ ଲେଣ୍ଡ୍ ମାଇନ୍ ଉପରେ ପଡ଼ିଗଲା। ଗୋଟେ ବିସ୍ଫୋରଣ ଘଟିଗଲା ଓ ତାଙ୍କର ଖଣ୍ଡ ବିଖଣ୍ଡିତ ଦେହଟା ଉଠି ଉପରକୁ ଉଡ଼ିଗଲା। ୟୁରୋପୀୟ ବୁଦ୍ଧିଜୀବୀଙ୍କ ଦେହ ଉପରେ ରକ୍ତର ବର୍ଷା ହେଲା।

ଗାୟକ ଓ ଅଭିନେତ୍ରୀ ଭୟଭୀତ ହେଇଗଲେ ଓ ସାମାନ୍ୟ ଘୁଞ୍ଚି ସୁଦ୍ଧା ପାରିଲେ ନାହିଁ। ସେମାନେ ପତାକା ଆଡ଼କୁ ଆଖି ଉଠାଇଲେ। ପତାକାଟି ରକ୍ତ ସରସର ହେଇଯାଇଥିଲା। ସେମାନେ ଆହୁରି ଡରିଗଲେ। ଭୟାର୍ତ୍ତ ଦୃଷ୍ଟିରେ ସେମାନେ ଆଉ କେତେଥର ଉପରକୁ ଚାହିଁବାର ସାହସ କୁଳେଇଲେ ଓ ଧୀରେ ହସିବା ଆରମ୍ଭ କଲେ। ସେମାନଙ୍କ ଭିତରେ ଏକ ଅଦ୍ଭୁତ ଗର୍ବ ଭରିଗଲା ଯାହା ଆଗରୁ କେବେ ସେମାନେ ଜାଣି ନ ଥିଲେ : ସେମାନେ ଧରିଥିବା ପତାକାଟି ରକ୍ତରେ ପବିତ୍ରିତ ହେଇଗଲା। ପୁଣିଥରେ ସେମାନେ ଶୋଭାଯାତ୍ରାରେ ଯୋଗ ଦେଲେ।

(୨୦)

ସୀମାନ୍ତଟି ଥିଲା ଗୋଟେ ଛୋଟ ନଦୀ। କିଂତୁ ଛଅଫୁଟ ଉଚ୍ଚତାର କାଛରେ

ଧାଡ଼ି ଧାଡ଼ି ହୋଇ ବାଲିବସ୍ତା ଗଦା ହୋଇଥିବାରୁ (ଥାଇ ବନ୍ଧୁକଧାରୀଙ୍କୁ ସୁରକ୍ଷା ଦେବା ପାଇଁ) ନଦୀଟା ଦେଖା ଯାଉ ନ ଥାଏ। କାଛରେ କେବଳ ଗୋଟେ ଫାଙ୍କ ଥିଲା ଯୋଉଠି ନଦୀ ଉପରେ ପୋଲଟାଏ ଥିଲା। ଆରପାଖେ ଅପେକ୍ଷାରତ ଭିଏତ୍‌ନାମୀ ସୈନ୍ୟଦଳ ମଧ୍ୟ ଦେଖା ଯାଉ ନ ଥାନ୍ତି। ସେମାନଙ୍କର ଅବସ୍ଥିତିଟା ଛଦ୍ମାବରଣ (କେମୋଫ୍ଲାଜ୍) ଭିତରେ ଥିଲା। ତେବେ ଏକଥା ସ୍ପଷ୍ଟ ଯେ ପୋଲ ଉପରେ କେହି ପାଦ ରଖିଲା ମାତ୍ରେ ଅଦୃଶ୍ୟ ଭିଏତନାମୀ ମାନେ ଗୋଳା ବର୍ଷଣ କରିବେ।

ଶୋଭାଯାତ୍ରାରେ ଯୋଗ ଦେଇଥିବା ଲୋକେ କାଛ ପାଖକୁ ଗଲେ ଓ ଆଙ୍ଗୁଠି ଟିପରେ ଛିଡ଼ା ହେଲେ। ଦୁଇଟା ବାଲିବସ୍ତା ଭିତରେ ଥିବା ଫାଙ୍କ ଦେଇ ଫ୍ରାନଜ୍ କଣ ଚାଲିଛି ତାହା ଦେଖିବାକୁ ଚେଷ୍ଟା କଲା। ସେ କିଛି ଦେଖି ପାରିଲା ନାହିଁ। ତାପରେ ଜଣେ ଫଟୋଗ୍ରାଫର ତାକୁ ଠେଲି ଦେଲା ଯେମିତିକି ସେଇ ଜାଗାରେ ତାର ବେଶୀ ଅଧିକାର ରହିଛି।

ଫ୍ରାନଜ୍ ପଛକୁ ଚାହିଁଲା। ଗୋଟିଏ ଏକଣା ଗଛର ସବା ଟିପରେ କେତେଜଣ ଫଟୋଗ୍ରାଫର ଦଳେ ଅତିକାୟ କାଉ ପରି ବସିଥାନ୍ତି। ତାଙ୍କର ଆଖି ବିପରୀତ କୂଳରେ ଲାଖି ରହିଥାଏ।

ଠିକ୍ ସେହି ସମୟରେ ଶୋଭାଯାତ୍ରା ମୁଣ୍ଡରେ ଅନୁବାଦକ ଜଣକ ନିଜ ଓଠ ପାଖକୁ ବଡ଼ ମେଗାଫୋନ୍‌ଟାକୁ ଟେକି ରୋମ୍‌ର ଭାଷାରେ ଆରପାଖକୁ ବଡ଼ ପାଟିରେ ଶୁଣାଇ କହିଲା : ଏଇ ଲୋକମାନେ ଡାକ୍ତର। କାମ୍ବୋଡ଼ିଆ ସାମ୍ରାଜ୍ୟ ଭିତରକୁ ଯାଇ ସେଠି ଡାକ୍ତରୀ ସହାୟତା ଯୋଗାଇ ଦେବାପାଇଁ ସେମାନେ ଅନୁମତି ଲୋଡ଼ୁଛନ୍ତି। ସେମାନଙ୍କର କୌଣସି ରାଜନୈତିକ ଅଭିସନ୍ଧି ନାହିଁ। କେବଳ ମନୁଷ୍ୟ ଜୀବନ ରକ୍ଷା ପାଇଁ ସେମାନେ ଏଠିକି ଆସିଛନ୍ତି।

ଏକ ସ୍ତବ୍ଧ ନୀରବତା ଥିଲା ସେପଟର ପ୍ରତିକ୍ରୀୟା। ଏତେ ନିରଙ୍କୁଶ ନୀରବତା ଯେ ସେଥିରେ ପ୍ରତ୍ୟେକଙ୍କର ଉତ୍ସାହ ଦବିଗଲା। ସେଇ ନିଶ୍ଚୁପ ନୀରବତା ଭିତରେ ଗୋଟେ ଦୁଷ୍ପ୍ରାପ୍ୟ କୀଟର ଗୀତ ପରି କେମେରା ଶବ୍ଦ ଶୁଭୁଥାଏ।

ହଠାତ୍ ଫ୍ରାନଜ୍‌ର ଅନୁଭବ ହେଲା ଯେ ମହାଶୋଭାଯାତ୍ରାଟି ଶେଷ ହେବା ଉପରେ। ନୀରବତାର ସୀମାରେ ୟୁରୋପ ଘେରି ହୋଇ ରହିଛି। ମହାଶୋଭାଯାତ୍ରା ହେଉଥିବା ଜାଗାଟି ଆମ ଗ୍ରହର ମଧ୍ୟ ଭାଗରେ ଥିବା ଛୋଟ ମଞ୍ଚଟିଏ ବ୍ୟତୀତ ଆଉ କିଛି ହେଲା ନାହିଁ। ଏଇ ମଞ୍ଚ ଯାଏ ବେଶ୍ ଆଗ୍ରହ ଓ ଉତ୍ସୁକତାର ସହିତ ଆସିଥିବା ଜନତା କେତେବେଳୁ ସେଇ ଜାଗା ଛାଡ଼ି ଚାଲିଯାଇଥିଲେ ଆଉ

ମହାଶୋଭାଯାତ୍ରାଟି ବିନା ଦର୍ଶକରେ, ନିର୍ଜନତାରେ ଚାଲିଥାଏ । ହଁ, ଫ୍ରାନଜ୍ ନିଜକୁ ନିଜେ କହିଲା, ପୃଥିବୀର ନିର୍ବିକାର ପଣିଆକୁ ଖାତିର ନ କରି ମହାଶୋଭାଯାତ୍ରା ଚାଲେ । କିଂତୁ ବିବ୍ରତ ଓ ଅତ୍ୟଧିକ ଅସ୍ଥିର ହେଇ ପଡ଼େ : ଗତକାଲି ଭିଏତ୍‌ନାମ୍‌ରେ ଆମେରୀକୀୟ ସେନା ଅଧିକାର ବିରୋଧରେ, ଆଜି କାମ୍ବୋଡ଼ିଆରେ ଭିଏତ୍‌ନାମୀ ସେନାଧିକାର ବିରୋଧରେ, ଗତକାଲି ଇସ୍ରାଏଲ୍ ସପକ୍ଷରେ ତ ଆଜି ପାଲେଷ୍ଟାଇନ୍ ସପକ୍ଷରେ, ଗତକାଲି କ୍ୟୁବା ସପକ୍ଷରେ ତ ଆସନ୍ତାକାଲି କ୍ୟୁବା ବିରୋଧରେ- ଏବଂ ସବୁବେଳେ ଆମେରିକା ବିରୋଧରେ; ବେଳେବେଳେ ନରସଂହାର ବିରୋଧରେ ତ ଆଉ କେତେବେଳେ ଅନ୍ୟାନ୍ୟ ନରସଂହାର ସମର୍ଥନରେ : ୟୁରୋପ ମାଡିଚାଲେ, ଏବଂ ଘଟଣାମାନ ସହିତ ସଂପର୍କୀତ ହେବାକୁ ତା ଭିତରୁ କୌଣସିଟିକୁ ବାଦ୍ ନ ଦେବାକୁ ତାର ନିଜର ଗତି ଆହୁରି ଆହୁରି ବଢ଼ାଇ ଚାଲେ ସେଇ ଯାଏଁ ଯେଉଁଠି ଶେଷରେ ଧାଁ ଧଉଡ଼ କରୁଥିବା ଦ୍ରୁତ ଗତିରେ ଆଗକୁ ବଢୁଥିବା ଲୋକଙ୍କର ମହାଶୋଭାଯାତ୍ରା ଏବଂ ମଞ୍ଚ କ୍ରମଶଃ ସଙ୍କୁଚିତ ହେଇ ହେଇ ଦିନେ ତାହା ଗୋଟେ ଆୟତନ ବିହୀନ ସାଧାରଣ ନଗଣ୍ୟ ବିନ୍ଦୁଟିଏକୁ ରୂପାନ୍ତରିତ ହେଇଯାଏ ।

(୨୧)

ପୁଣିଥରେ ଅନୁବାଦକଟି ମେଗାଫୋନ୍‌ରେ ତାର ଆହ୍ବାନ ଜାରି କଲା । ଆଉ ପୁଣିଥରେ ସୀମାହୀନ ଓ ଶେଷହୀନ ନିର୍ବିକାର ନୀରବତାର ପ୍ରତିକ୍ରୀୟା ଆସିଲା ।

ଫ୍ରାନଜ୍ ଚାରିପଟେ ଦେଖିଲା ନଦୀ ଆରପଟର ନୀରବତାଟା ସେମାନଙ୍କୁ ମୁହଁରେ ଚଟକଣା ଖାଇଲା ପରି ଲାଗିଲା । ଏପରିକି ଧଳା ପତାକା ଧରିଥିବା ଗାୟକ ଓ ଆମେରୀକୀୟ ଅଭିନେତ୍ରୀଜଣକ ମଧ୍ୟ ଉଦାସ ହେଲେ । ତାପରେ କଣ କରିବେ ସେ ନେଇ ନିଶ୍ଚିତ ହେଇପାରିଲେ ନାହିଁ ।

କ୍ଷଣିକ ଅର୍ନ୍ତଦୃଷ୍ଟିରେ ଫ୍ରାନଜ୍ ଦେଖିଲା ଯେ ସେମାନେ ସମସ୍ତେ କେତେ ହାସ୍ୟାସ୍ପଦ । କିଂତୁ ସେମାନଙ୍କଠାରୁ ନିଜକୁ ବିଚ୍ୟୁତ ନ କରି କିମ୍ବା ଶ୍ଳେଷରେ ନିଜକୁ ପ୍ଲାବିତ ନ କରି ଏଇ ଭାବନାଟି ତାକୁ ନିନ୍ଦିତ ଲୋକ ମାନଙ୍କ ପାଇଁ ଆମର ଅସୀମ ଭଲ ପାଇବା ପରି ଅନୁଭୂତିଟିଏ ଦେଲା । ହଁ, ମହା ଶୋଭାଯାତ୍ରା ଶେଷ ହେବା ଉପରେ ଥିଲା । କିଂତୁ ତାକୁ ପ୍ରତାରଣା କରିବାକୁ ଫ୍ରାନଜ୍ ପାଇଁ କିଛି କାରଣ ଥିଲା କି ? ତାର ନିଜ ଜୀବନ କଣ ଶେଷ ହେବା ଉପରେ ନ ଥିଲା ? ସୀମାନ୍ତକୁ ସାହସୀ ଡାକ୍ତର ମାନଙ୍କୁ ସଙ୍ଗଦାନ କରୁଥିବା ଲୋକମାନଙ୍କର ଲୋକ ଦେଖାଣିଆକୁ ବିଦ୍ରୁପ କରିବାକୁ ସେ କିଏ ? ଦେଖେଇ ହେବା ଛଡ଼ା ସେମାନେ ସମସ୍ତେ ଆଉ କଣ

କରିଥାନ୍ତେ ? ତାଙ୍କର କଣ ଅନ୍ୟ ପନ୍ଥା ଥିଲା ?

ଫ୍ରାନ୍‌ଜର କଥା ଠିକ୍ ଥିଲା । ରାଜନୈତିକ ବନ୍ଦୀମାନଙ୍କର ରାଜକ୍ଷମା ପାଇଁ ପିଟିସନ୍ ଦାୟର କରିବାକୁ ପ୍ରାଗ୍‌ରେ ସଂଗଠିତ କରିଥିବାର ସେଇ ସଂପାଦକଙ୍କ କଥା ମୁଁ ନ ଭାବି ରହିପାରୁ ନାହିଁ । ସେ ଭଲକରି ଜାଣିଥିଲେ ଯେ ତାଙ୍କର ପିଟିସନ୍‌ଟା ବନ୍ଦୀମାନଙ୍କୁ ସାହାଯ୍ୟ କରିବ ନାହିଁ । ବନ୍ଦୀମାନଙ୍କୁ ମୁକ୍ତ କରିବା ତାଙ୍କର ଲକ୍ଷ୍ୟ ନ ଥିଲା । ବରଂ ଏବେ ମଧ୍ୟ ନିର୍ଭୀକ ଲୋକ ଅଛନ୍ତି, ଏଇଟା ଦେଖାଇବା ତାଙ୍କର ଲକ୍ଷ୍ୟ ଥିଲା । ସେଇଟା ବି ଅଭିନୟ ଥିଲା । କିଂତୁ ତାଙ୍କର ଅନ୍ୟ କୌଣସି ବିକଳ୍ପ ନ ଥିଲା । ଅଭିନୟ ଓ କାର୍ଯ୍ୟାନୁଷ୍ଠାନ ମଧ୍ୟରେ ତାଙ୍କର ବାଛିବାର ନ ଥିଲା ଅଭିନୟ ଓ କିଛି ନ କରିବା ଭିତରେ ତାଙ୍କୁ ବାଛିବାର ଥିଲା । ଏମିତି ପରିସ୍ଥିତିମାନ ରହିଛି ଯେଉଁଥିରେ ଅଭିନୟ କରିବାରେ ମଣିଷ ବାଧ୍ୟ । ମୂକ ଶକ୍ତି ବିରୁଦ୍ଧରେ ସଂଘର୍ଷ (ଯଥା : ନଦୀ ଆରପଟେ ମୂକ କ୍ଷମତା କିମ୍ବା ପୋଲିସ୍ ଜଣେ ମେଜିକ୍ ହେଲା ପରି କାଛରେ ନିଷ୍ଚୁପ ମାଇକ୍ରୋଫୋନ୍‌ରେ ପରିବର୍ତ୍ତନ ହେବା) ସୈନ୍ୟବାହିନୀ ଉପରେ ଆକ୍ରମଣ କରିଥିବା ଗୋଟେ ଥିଏଟର୍ କଂପାନୀର ସଂଘର୍ଷ ପରି ।

ସୋରବନରୁ ଆସିଥିବା ବନ୍ଧୁଜଣକ ହାତମୁଠା ଉଠାଇ ଆରପାଖର ନୀରବତାକୁ ଧମକ ଦଉଥିବାର ଫ୍ରାନଜ୍ ଦେଖିଲା ।

(୨୨)

ତୃତୀୟ ଥର ପାଇଁ ଅନୁବାଦକ ଜଣକ ମେଗାଫୋନ୍‌ରେ ତାର ଆହ୍ୱାନ ଜାରି କଲା ।

ପ୍ରତିକ୍ରୀୟାରେ ମିଳିଥିବା ନୀରବତାଟା ଫ୍ରାନ୍‌ଜ୍‌ର ବିଷାଦକୁ ରାଗରେ ପରିଣତ କରିଦେଲା । ଥାଇଲାଣ୍ଡ ଓ କାମ୍ବୋଡ଼ିଆକୁ ଯୋଡୁଥିବା ପୋଲଠାରୁ ସେ ମାତ୍ର କେତେ ପାହୁଣ୍ଡ ଦୂରରେ । ସେଠାକୁ ଦୌଡ଼ିଯାଇ ଭୟଙ୍କର ଅଭିଶାପରେ ଆକାଶ ଫଟାଇ ଦେବାକୁ ଓ ଗୁଳି ବର୍ଷଣରେ ମରିଯିବାକୁ ତାର ଅଦମ୍ୟ ଇଚ୍ଛାଟିଏ ତାକୁ ମାଡ଼ି ବସିଲା ।

ଫ୍ରାନଜ୍‌ର ସେଇ ଆକସ୍ମିକ ଇଚ୍ଛାଟା ଆମକୁ ଗୋଟେ କଥା ସ୍ମରଣ କରାଇଦିଏ : ହଁ, ଏହା ଆମକୁ ଷ୍ଟାଲିନ୍‌ର ପୁଅକୁ ମନେ ପକାଇ ଦିଏ । ଯେତେବେଳେ ପରସ୍ପରକୁ ଛୁଇଁ ଦେଲା ପରି ମଣିଷର ଅସ୍ତିତ୍ୱର ଦୁଇ ମେରୁ ପାଖାପାଖି ହେଇଗଲେ, ସେତେବେଳେ କି ଉତ୍କର୍ଷ ଓ ନିକୃଷ୍ଟ ଭିତରେ, ଦେବଦୂତ ଓ ମାଛି ମଧ୍ୟରେ, ଈଶ୍ୱର ଓ ଗୁହ ମଧ୍ୟରେ କିଛି ପାର୍ଥକ୍ୟ ରହିଲା ନାହିଁ, ସେ ଆଉ ଦେଖି ରହିପାରିଲାନି, ଘେରା ତାର ବାଡ଼ରେ ବୈଦ୍ୟୁତିକ ଖୁଣ୍ଟି ଉପରକୁ ନିଜେ ଯାଇ ଝାସ ଦେଲା ।

ମହାଶୋଭାଯାତ୍ରାର ଗୌରବ ଯେ ଶୋଭାଯାତ୍ରାକାରୀଙ୍କର ହାସ୍ୟାସ୍ପଦ ଆତ୍ମଗର୍ବ ସହିତ ସମାନ, ୟୁରୋପୀୟ ଇତିହାସର ଅତି ସୂକ୍ଷ୍ମ ଶବ୍ଦ ଯେ ଏକ ଅସରନ୍ତି ନୀରବତାରେ ଲୁପ୍ତ ଏବଂ ନୀରବତା ଓ ଇତିହାସ ମଧ୍ୟରେ ଯେ ଆଉ କିଛି ପାର୍ଥକ୍ୟ ନାହିଁ, ଏକଥା ଫ୍ରାନ୍‌ଜ ଗ୍ରହଣ କରିପାରିଲା ନାହିଁ। ସେ ନିଜ ଜୀବନକୁ ମାପିବାର ଇଛା କଲା। ସେ ପ୍ରମାଣ କରିବାକୁ ଚାହିଁଲା ଯେ ମହାଶୋଭାଯାତ୍ରା ଗୁହ୍ୱଠାରୁ ବେଶୀ ଓଜନଦାର।

କିଂତୁ ମଣିଷ ସେମିତି କିଛି ପ୍ରମାଣ କରି ପାରେନା। ତରାଜୁର ଗୋଟେ ପଲାରେ ଗୁହ ଓ ଅନ୍ୟଟାରେ ଷ୍ଟାଲିନ୍‌ର ପୁଅର ସମଗ୍ର ଦେହଟାକୁ ରଖାହୁଏ। ତରାଜୁର ଯନ୍ତ୍ରଟା ହଲିଲା ମଧ୍ୟ ନାହିଁ।

ଗୁଳି ଖାଇ ମରିବା ପରିବର୍ତ୍ତେ ଫ୍ରାନ୍‌ଜ ଖାଲି ମୁଣ୍ଡ ତଳକୁ କରି ଅନ୍ୟମାନଙ୍କ ସହିତ ଗୋଟିକିଆ ଧାଡ଼ିରେ ବସ୍‌କୁ ଫେରିଲା।

(୨୩)

କେହି ଜଣେ ଆମକୁ ଦେଖୁ, ଏହା ଆମେ ସମସ୍ତେ ଚାହୁଁ। ଆମେ ଚାହୁଁଥିବା ଦୃଷ୍ଟିକୁ ଭିତ୍ତି କରି ଆମେ ଚାରି ଭାଗରେ ବିଭକ୍ତ ହେଇ ପାରିବା।

ପ୍ରଥମ ଶ୍ରେଣୀଟା ଅଗଣିତ ଅଜଣା ଆଖିର ଦୃଷ୍ଟିକୁ ଆଶା କରେ। ଅନ୍ୟ ଅର୍ଥରେ, ସର୍ବସାଧାରଣଙ୍କ ଦୃଷ୍ଟିକୁ ଚାହିଁରହେ। ଜର୍ମାନ୍ ଗାୟକ ଆମେରିକାନ୍ ଅଭିନେତ୍ରୀ ଓ ଏପରିକି ବଡ଼ ଥୋମଣି ଥିବା ଢ଼େଙ୍ଗା ବାଙ୍ଗିଲା ସଂପାଦକଙ୍କ କ୍ଷେତ୍ରରେ ତାହା ହୁଏ। ସେ ତାଙ୍କର ପାଠକ ମହଲ ସହିତ ପରିଚିତ ଓ ଅଭ୍ୟସ୍ତ ହେଲେ। ଆଉ ଦିନେ ଯେତେବେଳେ ରୁଷୀୟମାନେ ତାଙ୍କର ଖବରକାଗଜକୁ ନିଷିଦ୍ଧ କରିଥିଲେ, ପରିବେଶଟା ତାଙ୍କୁ ଶହଶହ ଗୁଣରେ ମାନ୍ଦା ହେଇଗଲା ପରି ଲାଗିଲା। ତାଙ୍କ ପାଇଁ ଅଜଣା ଅପରିଚିତ ଦୃଷ୍ଟିର ବିକଳ୍ପ କିଛି ରହିଲା ନାହିଁ। ସେ ଯେମିତି ଶ୍ୱାସରୁଦ୍ଧ ଅନୁଭବ କଲେ। ତାପରେ ଦିନେ ସେ ହୃଦୟଙ୍ଗମ କଲେ ଯେ ତାଙ୍କୁ ସବୁବେଳେ ଅନବରତ ପିଛା କରାଯାଉଛି। ଗୁପ୍ତରେ ତାଙ୍କର କଥାବାର୍ତ୍ତା ରେକର୍ଡ କରାଯାଉଛି ଓ ଲୁଚିଛପି ରାସ୍ତାରେ ତାଙ୍କର ଫଟୋ ଉଠାହେଉଛି। ହଠାତ୍ ତାଙ୍କ ଉପରେ ଅଜଣା ଦୃଷ୍ଟି ପଡ଼ିଲା, ଆଉ ସେ ପୁଣି ନିଶ୍ୱାସ ନେଇ ପାରିଲେ ! କାନ୍ଥର ମାଇକ୍ରୋଫୋନ୍ ଆଡ଼କୁ ଲକ୍ଷ୍ୟ କରି ସେ ନାଟକୀୟ ଭାଷଣ ଦେବା ଆରମ୍ଭ କଲେ। ପୋଲିସ ଭିତରେ ହିଁ ସେ ତାଙ୍କର ଅପହୃତ ଜନତାକୁ ଫେରି ପାଇଲେ।

ଦ୍ୱିତୀୟ ଶ୍ରେଣୀଟା ଏମିତି ଲୋକଙ୍କୁ ନେଇ ହେଇଛି ଯେଉଁମାନେ କି ଚିହ୍ନା ପରିଚିତଙ୍କ ଦୃଷ୍ଟିରେ ରହିବାପାଇଁ ନିହାତି ଆବଶ୍ୟକ କରନ୍ତି। ସେମାନେ କକ୍‌ଟେଲ୍

ପାର୍ଟି ପିକ୍‌ନିକ୍‌ର କ୍ଲାନ୍ତିହୀନ ଆୟୋଜକ। ପ୍ରଥମ ଶ୍ରେଣୀଠାରୁ ଏମାନେ ଅପେକ୍ଷାକୃତ ଅଧିକ ସୁଖୀ। ଜନତାଙ୍କ ଦୃଷ୍ଟିରୁ ବଞ୍ଚିତ ହେଇଗଲେ ପ୍ରଥମ ଶ୍ରେଣୀଟା ଭାବନ୍ତି ଯେ ସେମାନଙ୍କ ଜୀବନ କୋଠରୀରୁ ଆଲୁଅ ଲିଭିଗଲା ପରି ତାଙ୍କୁ ଲାଗେ। ସେମାନଙ୍କ ସମସ୍ତ କ୍ଷେତ୍ରରେ ଏଇଟା ଆଜି ନ ହେଲେ କାଲି ଘଟେ। ଅପରପକ୍ଷେ ଦ୍ୱିତୀୟ ଶ୍ରେଣୀର ଲୋକେ ସେମାନେ ଚାହୁଁଥିବା ଦୃଷ୍ଟିକୁ ସବୁବେଳେ ନେଇ ଆସି ପାରନ୍ତି। ମେରୀ କ୍ଲଡ୍ ଓ ତାର ଝିଅ ଏଇ ଦ୍ୱିତୀୟ ଶ୍ରେଣୀର।

ତାପରେ ତୃତୀୟ ଶ୍ରେଣୀ। ଏଇ ଶ୍ରେଣୀର ଲୋକ ସେମାନେ ଭଲ ପାଉଥିବା ଲୋକଙ୍କର ଦୃଷ୍ଟି ବଳୟରେ ଅନବରତ ରହିବାକୁ ଚାହାଁନ୍ତି। ପ୍ରଥମ ଶ୍ରେଣୀର ଲୋକଙ୍କ ପରି ସେମାନଙ୍କ ପରିସ୍ଥିତି ମଧ୍ୟ ବିପଜ୍ଜନକ। ଦିନେ ତାଙ୍କର ପ୍ରିୟଜନଙ୍କ ଦୃଷ୍ଟି ମୁଦିଯିବ ଆଉ ତାଙ୍କର କୋଠରୀ ଅନ୍ଧାର ହେଇଯିବ। ଟେରେଜା ଓ ଟମାସ ତୃତୀୟ ଶ୍ରେଣୀର।

ଆଉ ଶେଷରେ ରହେ ଚତୁର୍ଥ ଶ୍ରେଣୀ। ସବୁଠୁ ବିରଳ। ଏଇ ଶ୍ରେଣୀର ଲୋକେ ଯେଉଁମାନେ ଉପସ୍ଥିତ ନଥାନ୍ତି ତାଙ୍କରି କଳ୍ପନା ଚକ୍ଷୁରେ ହିଁ ରହନ୍ତି। ସେମାନେ ସ୍ୱପ୍ନ ବିଳାସୀ। ଉଦାହରଣ ସ୍ୱରୂପ, ଫ୍ରାନଜ୍। ସେ କାମ୍ବୋଡ଼ିଆର ସୀମାନ୍ତକୁ ଯାତ୍ରା କରିଥିଲା କେବଳ ସବିନା ପାଇଁ। ଥାଇଲାଣ୍ଡର ରାସ୍ତା ଉପରେ ବସ୍‌ଟା ଘଡ଼ଘଡ଼ ହେଇ ଚାଲିବାକ୍ଷଣି ସେ ସବିନାର ଆଖି ଲମ୍ବା ଦୃଷ୍ଟିରେ ତା ଉପରେ ନିବଦ୍ଧ ରହିବାର ଅନୁଭବ କରୁଥିଲା।

ଟମାସର ପୁଅ ସେଇ ସମାନ ଶ୍ରେଣୀର। ଏଥର ମୁଁ ତାକୁ ସାଇମନ୍ ବୋଲି କହୁଛି। (ତାର ବାପାର ନାଁ ପରି ଏଇ ଧର୍ମୀୟ ନାଁଟାରେ ସେ ଖୁସି ହେବ।) ଯେଉଁ ଦୃଷ୍ଟି ପାଇଁ ତାର ଅଭିଳାଷ, ସେଇଟା ତାର ବାପାର। ପିଟିସନ୍ ପ୍ରଚାର କେସ୍‌ରେ ଛନ୍ଦି ହେଇ ସେ ବିଶ୍ୱ ବିଦ୍ୟାଳୟରୁ ବହିଷ୍କୃତ ହେଲା। ଗାଁ ପୁରୋହିତଙ୍କ ଝିଆରୀ ଥିଲା ତାର ବାଗ୍‌ଦତ୍ତା। ସେ ତାକୁ ବାହା ହେଲା। ଗୋଟେ ସମବାୟ କୃଷି ଫାର୍ମରେ ସେ ଟ୍ରାକ୍‌ଟର୍ ଡ୍ରାଇଭର ହେଲା, ରାଜନୀତି ମାନୁଥିବା କେଥୋଲିକ୍ ହେଲା, ଆଉ ଗୋଟେ ବାପା ହେଲା। ଯେତେବେଳେ ସେ ଜାଣିଲା ଯେ ଟମାସ ମଧ୍ୟ ସେଇ ଗାଁରେ ରହୁଛି, ସେ ଉଚ୍ଚାଟିତ ହେଲା : ଭାଗ୍ୟ ସେମାନଙ୍କ ଜୀବନକୁ ଆନୁପାତିକ ବିନ୍ୟାସରେ ସମାନ କରିଦେଲା ! ଏଥିରେ ସେ ଟମାସ ପାଖକୁ ଚିଠିଟିଏ ଲେଖିବାକୁ ଉତ୍ସାହିତ କଲା। ସେ ତାକୁ ଚିଠିର ଉତ୍ତର ଦେବାକୁ କହିଲା ନାହିଁ। ସେ ଖାଲି ଚାହେଁ ଯେ ତାର ନିଜ ଜୀବନ ଉପରେ ଟମାସର ଦୃଷ୍ଟି ଲାଖି ରହୁ।

(୨୪)

ଫ୍ରାନଜ୍ ଓ ସାଇମନ୍ ଏଇ ଉପନ୍ୟାସର ସ୍ୱପ୍ନବିଳାସୀ ଚରିତ୍ର। ଫ୍ରାନଜ୍‌ର ଠିକ୍ ବିପରୀତରେ ସାଇମନ କେବେ ତାର ମାଁକୁ କେବେ ଭଲ ପାଇ ନ ଥିଲା। ପିଲାଦିନୁ ସେ ତାର ବାପାକୁ ଖୋଜି ଚାଲିଥିଲା। ସେ ବିଶ୍ୱାସ କରିଥିଲା ଯେ ଗୋଟେ ପ୍ରକାରର ଅନ୍ୟାୟର ଶୀକାର ହେଇଥିଲେ ତାର ବାପା। ବାପା ତା ପ୍ରତି କରିଥିବା ଅନ୍ୟାୟ ଅବିଚାରର ଏଇ କଥା ସେ ବିଶ୍ୱାସ କରିବାକୁ ଚାହେଁ। ତା ବାପା ଉପରେ ସେ କେବେ ରାଗେ ନାହିଁ। କାରଣ ତାର ମାଁ ସହିତ ସେ ନିଜକୁ ସାମିଲ କରିବାକୁ ଚାହେଁ ନାହିଁ, ଯିଏ ନିରବଚ୍ଛିନ୍ନ ଭାବରେ ଲୋକଟାର କୁତ୍ସାରଟନା କରୁଥିଲେ।

ସେକେଣ୍ଡାରୀ ସ୍କୁଲ ସରିବା ଯାଏଁ ଅଠରବର୍ଷ ପର୍ଯ୍ୟନ୍ତ ସେ ତାର ମାଁ ସହିତ ରହିଲା। ତାପରେ ସେ ପ୍ରାଗ୍ ଓ ବିଶ୍ୱବିଦ୍ୟାଳୟକୁ ଚାଲିଗଲା। ସେତେବେଳକୁ ଟମାସ ଝରକା ସଫେଇ କାମ କରୁଥିଲା। ସାଇମନ୍ ତା ସହିତ ଏକ ଆକସ୍ମିକ ସାକ୍ଷାତର ଆୟୋଜନ ପାଇଁ ଦୀର୍ଘ ସମୟ ଧରି ଅପେକ୍ଷା କରେ। କିଂତୁ ଟମାସ କେବେ ଟିକେ ରହି ତା ସହିତ କଥାବାର୍ତ୍ତା କରେ ନାହିଁ।

ବଡ଼ ଥୋମଣି ଥିବା ପ୍ରାକ୍ତନ ସଂପାଦକଙ୍କ ସହିତ ସେ ସଂଶ୍ଲିଷ୍ଟ ହେବାର ଏକମାତ୍ର କାରଣ ଏଇ ଯେ ସଂପାଦକଙ୍କର ଭାଗ୍ୟଟା ତାର ବାପାର ଅବସ୍ଥାକୁ ସ୍ମରଣ କରାଇଦିଏ। ସଂପାଦକଜଣକ ଟମାସ ବିଷୟରେ କେବେ କିଛି ଶୁଣି ନ ଥିଲେ। ଇଡିପସ୍ ଲେଖାଟା ଅନେକଦିନରୁ ପାଶୋରି ହେଇଥାଏ। ସାଇମନ୍ ହିଁ ତାଙ୍କୁ ଏକଥା କହିଲା ଓ ଟମାସକୁ ପିଟିସନ୍‌ରେ ଦସ୍ତଖତ କରିବାକୁ ପ୍ରବର୍ତ୍ତାଇବା ପାଇଁ କହିଲା। ଏଥିରେ ସଂପାଦକ ଜଣକ ରାଜି ହେବାର ଏକମାତ୍ର କାରଣ ହେଲା ଯେ ସେ ପିଲାଟା ପାଇଁ କିଛି ଗୋଟେ ଭଲ କରିବାକୁ ଚାହୁଁଥାନ୍ତି, ଯାହାକୁ କି ସେ ଭଲ ପାଉଥିଲେ।

ଯେତେବେଳେ ସାଇମନ୍ ତାଙ୍କର ପ୍ରଥମ ସାକ୍ଷାତର ଦିନ କଥା ଭାବେ, ସେ ତାର ପ୍ରଥମ ଦର୍ଶକ ସମ୍ମୁଖକୁ ବାହାରିବାର ଭୟ ପାଇଁ ଲଜ୍ଜିତ ହୁଏ। ତାର ବାପା ତାକୁ ଭଲ ପାଇ ନ ପାରନ୍ତି। ଅପରପକ୍ଷେ ସେ ତାର ବାପାକୁ ଭଲ ପାଏ। ସେ ତାଙ୍କର ପ୍ରତିଟି ଶବ୍ଦକୁ ମନେ ରଖିଥିଲା। ସମୟର ଗଡ଼ାଣିରେ ସେଗୁଡ଼ା କେତେ ସତ, ସେ ଜାଣିଲା। ତା ଉପରେ ସବୁଠାରୁ ବେଶୀ ପ୍ରଭାବ ପକାଇ ପାରିଥିବା ଶବ୍ଦ କେଇଟା ହେଲା "ଏମିତି ଲୋକଙ୍କୁ ଶାସ୍ତି ଦେବା ଯେଉଁମାନେ ଜାଣନ୍ତି ନାହିଁ ଯେ ସେମାନେ କଣ କରିଛନ୍ତି, ତାହା ଏକ ଜଘନ୍ୟ କଥା।" ଯେତେବେଳେ ତାର ବାଗ୍‌ଦତ୍ତାର କାକା ତାର ହାତକୁ ଖଣ୍ଡେ ବାଇବେଲ୍ ଧରାଇଦେଲେ, ଯୀଶୁଙ୍କର ଶବ୍ଦ କେଇଟା "ତାଙ୍କୁ କ୍ଷମା କରିଦିଅ, କାରଣ ସେମାନେ କଣ କରୁଛନ୍ତି ତାହା ଜାଣନ୍ତି

ନାହିଁ" ତାକୁ ପ୍ରଭାବିତ କଲା । ସେ ଜାଣେ ଯେ ତାର ବାପା ଜଣେ ନାସ୍ତିକ । କିଂତୁ ଦୁଇ ଉକ୍ତିର ସମାନତାରେ ସେ ଏକ ଗୋପନ ସଙ୍କେତ ଦେଖିଲା : ସେ ବାଛି ନେଇଥିବା ଜୀବନ ପଥରେ ତାର ବାପାର ସହମତ ରହିଛି ।

ଗାଁରେ ପାଖାପାଖି ତିନିବର୍ଷ ରହିଲାପରେ ସେ ଟମାସ ପାଖରୁ ଚିଠି ଖଣ୍ଡେ ପାଇଲା । ତା ପାଖକୁ ଯାଇ ଭେଟି ଆସିବାକୁ ଚିଠିରେ ଲେଖା ଥିଲା । ଏଇ ସାକ୍ଷାତଟା ବନ୍ଧୁତ୍ୱପୂର୍ଣ୍ଣ ଥିଲା । ସାଇମନ୍ ଆଦୌ ଥତମତ ହେଲା ନାହିଁ ଓ ବେଶ୍ ସହଜ ଅନୁଭବ କଲା । ସମ୍ଭବତଃ ସେ ହୃଦୟଙ୍ଗମ କରି ନ ଥିଲା ଯେ ସେମାନେ ଦୁହେଁ ପରସ୍ପରକୁ ଭଲରେ ବୁଝି ପାରି ନାହାନ୍ତି । ଚାରିମାସ ପରେ ଟମାସ ଓ ତାର ସ୍ତ୍ରୀ ଗୋଟେ ଟ୍ରକ ଚାପାରେ ମୃତ୍ୟୁବରଣ କରିଥିବା ଖବର ନେଇ ଗୋଟେ ଟେଲିଗ୍ରାମ ସେ ପାଇଲା ।

ସେଇ ସମୟରେ ସେ ଜଣେ ସ୍ତ୍ରୀଲୋକ ବିଷୟରେ ଜାଣିଲା ଯିଏ କି ତାର ବାପାର ରକ୍ଷିତା ଥିଲା ଓ ସେ ଫ୍ରାନସ୍‌ରେ ରହୁଥିଲା । ସେ ତାର ଠିକଣା ଖୋଜି ବାହାର କଲା । କାରଣ ଏକ କାଳ୍ପନିକ ଆଖି ତାର ଜୀବନକୁ ଅନୁସରଣ କରୁ ବୋଲି ସେ ବିକଳ ହେଇ ଚାହିଁଲା । ମଝିରେ ମଝିରେ ସେ ତା ପାଖକୁ ଲମ୍ବା ଚିଠି ଲେଖିଲା ।

(୨୫)

ତାର ଜୀବନର ଶେଷଯାଏଁ ସବିନା ଗାଁରୁ ଦୁଃଖୀ ପତ୍ର ଲେଖକ ପାଖରୁ ଚିଠି ପାଉଥାଏ । ଅନେକ ଗୁଡ଼ିଏ ଅପଢ଼ା ହେଇ ପଡ଼ି ରହିଥାଏ । କାରଣ ସେ ତାର ନିଜ ଦେଶ ବିଷୟରେ ଆଉ ବିଶେଷ ଆଗ୍ରହ ଦେଖାଉ ନ ଥାଏ ।

ବୃଦ୍ଧ ଜଣକ ମରିଗଲେ ଆଉ ସବିନା କାଲିଫର୍ଣ୍ଣିଆକୁ ଚାଲିଗଲା । ଆହୁରି ପାଶ୍ଚାତ୍ୟ ଅଭିମୁଖେ । ସେ ଜନ୍ମଲାଭ କରିଥିବା ଦେଶରୁ ଆହୁରି ଦୂରକୁ ।

ତାର ଚିତ୍ରମାନ ବିକ୍ରୀ କରିବାରେ ଅସୁବିଧା ହେଲା ନାହିଁ ଆଉ ଆମେରିକା ତାକୁ ଭଲ ଲାଗିଲା । କିଂତୁ ଖାଲି ଉପରେ । କିଂତୁ ଉପରି ଭାଗର ତଳେ ଯାହା କିଛି ଥିଲା, ସବୁ ତା ପାଇଁ ଅଚିହ୍ନା, ଅପରିଚିତ । ଆହୁରି ତଳେ ଅଜା, ମାମୁଁ କେହି ନ ଥିଲେ । ଆମେରୀକୀୟ ମାଟି ତଳେ ସମାଧି ଭିତରେ ନିଜକୁ ବନ୍ଦ ରଖିବାର ଚିନ୍ତାରେ ସେ ଶିହରି ଉଠିଲା ।

ତେଣୁକରି ଦିନେ ସେ ଗୋଟେ ଉଇଲନାମା ଲେଖିଲା ଯେଉଁଥିରେ କି ତାର ମୃତ ଶରୀରକୁ ଦାହ କରି ତାର ପାଉଁଶକୁ ପବନରେ ଉଡ଼ାଇ ଦେବାକୁ ଅନୁରୋଧ କଲା । ଟ୍ରକ ତଳେ ଚାପି ହେଇ ଗୁରୁଭାରର ସଙ୍କେତରେ ଟେରେଜା ଓ ଟମାସ

ମରିଗଲେ । ହାଲୁକାପଣର ସଙ୍କେତରେ ସେ ମରିବାକୁ ଚାହିଁଲା । ସେ ପବନଠାରୁ ଆହୁରି ହାଲୁକା ହେଇଯିବ । ପାର୍ମେନିଡ୍ଙ୍କ ଭାଷାରେ, ନକାରାତ୍ମକଟା ସକାରାତ୍ମକ ପାଲଟିଯିବ ।

(୨୬)

ବେଙ୍କ୍ ହୋଟେଲ ସାମ୍ନାରେ ବସ୍‌ଟା ଅଟକିଲା । ଆଉ କେହି ସଭା କରିବାକୁ ଚାହିଁଲେନି । ବୁଲାବୁଲି ପାଇଁ ଲୋକେ ଦଳ ବାନ୍ଧି ଭାଗ ଭାଗ ହେଇଗଲେ । କେତେଲୋକ ମନ୍ଦିର ଦେଖିବାକୁ ଗଲେ ଅନ୍ୟମାନେ ବେଶ୍ୟାଳୟକୁ ଗଲେ । ସୋରବନ୍‌ରୁ ଆସିଥିବା ଫ୍ରାନ୍‌ଜର ବନ୍ଧୁଜଣକ ସେଇ ସନ୍ଧ୍ୟାଟା ଦୁହେଁ ଏକାଠି କଟେଇବାକୁ ପ୍ରସ୍ତାବ ଦେଲେ । କିଂତୁ ଫ୍ରାନଜ୍ ଏକୁଟିଆ ରହିବାକୁ ପସନ୍ଦ କଲା ।

ସେ ରାସ୍ତା ଉପରକୁ ଉଠିଲାବେଳକୁ ପ୍ରାୟ ସନ୍ଧ୍ୟା ହେଇ ଆସୁଥାଏ । ତା ଉପରେ ସବିନାର ଦୃଷ୍ଟିକୁ ଅନୁଭବ କରି ସେ ସବିନା କଥା ଭାବି ଚାଲିଥାଏ । ଯେତେବେଳେ ବି ସେ ତାର ଲମ୍ବା ଚାହାଁଣୀକୁ ଅନୁଭବ କରେ, ସେ ନିଜକୁ ସନ୍ଦେହ କରିବାର ଆରମ୍ଭ କରେ : ସବିନା କଣ ଭାବୁଥିଲା ସେ କଥା ସେ କେବେ ଜାଣି ନ ଥିଲା । ତାକୁ ଏବେ ବି ଏଥିରେ ଅଖାଡୁଆ ଲାଗେ । ସେ କଣ ତାକୁ ଉପହାସ କରୁଥିବ ? ତାକୁ ନେଇ ସେ କରିଥିବା ଏକ ତୂଳନୀୟ ଦେବୀ କଥାକୁ ସେ ତୁଛ ଭାବୁଥିବ କି ? ଏ ସବୁଥିରୁ ଉର୍ଦ୍ଧ୍ୱକୁ ଉଠି ଏବେ ଖୋଦ୍ ସେ ନିଜେ ତା ପାଖକୁ ପଠାଇଥିବା ରକ୍ଷିତା ପ୍ରତି ତାର ସମର୍ପିତ ହେବାର ସମୟ । ସବିନା କଣ ଏଇୟା କହିବାକୁ ଚାହୁଁଛି କି ?

ଗୋଲିଆ ଚଷମାଦିଆ ମୁହଁଟା ମନେ ପକାଇ ହଠାତ୍ ସେ ଅନୁଭବ କଲା ଯେ ପ୍ରକୃତରେ ଛାତ୍ରୀ-ରକ୍ଷିତା ସହିତ କେତେ ଖୁସି ଥିଲା । ସେଇ ସଙ୍ଗେ ସଙ୍ଗେ କାମ୍ବୋଡ଼ିଆକୁ ତାର ଦୁଃସାହସିକ ଯାତ୍ରାଟା ଅର୍ଥଶୂନ୍ୟ ଓ ପ୍ରହସନ ପରି ମନେ ହେଲା । ସେ କାହିଁକି ଆସିଥିଲା ? ସେ ଏବେ ଜାଣିପାରିଲା । ସବୁଦିନ ପାଇଁ ସେ ଏଠିକି ଜାଣିବାକୁ ଆସିଥିଲା ଯେ ସେ ସବିନା କିମ୍ବା ଶୋଭାଯାତ୍ରା ପାଇଁ ଆସି ନ ଥିଲା, ବରଂ ଚଷମାପିନ୍ଧା ଝିଅଟା ହିଁ ତାର ବାସ୍ତବ ଜୀବନ ଥିଲା, ତାର ଏକମାତ୍ର ବାସ୍ତବ ଜୀବନ ! ସେ ଜାଣିବାକୁ ଆସିଥିଲା ଯେ ବାସ୍ତବତାଟା ସ୍ୱପ୍ନଠାରୁ ଅଧିକ, ଗୋଟେ ସ୍ୱପ୍ନଠାରୁ ଆହୁରି ଅନେକ ଅଧିକ ସତ୍ୟ ।

ହଠାତ୍ ଛାଇଛାଇଆ ଅନ୍ଧାରରୁ ଜଣେ କେହି ପ୍ରତିମୂର୍ତ୍ତି ଆସିଲା ଓ ସେ ଜାଣି ନ ଥିବା ଭାଷାରେ କିଛି କହିଲା । ସେ ଚମକି ପଡ଼ି ଅନୁପ୍ରବେଶକାରୀ ଉପରେ ତଥାପି ଏକ ସହାନୁଭୂତିପୂର୍ଣ୍ଣ ଦୃଷ୍ଟି ଦେଲା । ଲୋକଟା ମୁଣ୍ଡ ନୁଆଁଇ ହସିଲା ଓ ଅତି

ତରବରରେ କଣ ଭୁଟୁରଭାଟର ହେଇ କହିଲା । ସେ କଣ କହିବାକୁ ଚେଷ୍ଟା କରୁଥିଲା ? ସେ ତାକୁ କୋଉଠିକି ଡାକୁଥିଲା ପରି ଜଣାପଡୁଥାଏ । ଲୋକଟା ତାର ହାତ ଧରି ଆଗରେ ବାଟ କଢ଼େଇ ନେଲା । ଫ୍ରାନଜ୍ ଭାବିନେଲା ଯେ କେହି ଜଣେ ତାର ସାହାଯ୍ୟ ଲୋଡୁଛି । ତାର ଏତେ ବାଟ ଆସିବାରେ କିଛି ଗୋଟେ ଅର୍ଥ ଥିଲା ପରି ତାକୁ ମନେ ହେଲା । ଜଣକୁ ସାହାଯ୍ୟ କରିବାକୁ ତାକୁ କଣ ଡକା ହେଇ ନ ଥିଲା ?

ହଠାତ୍ ପ୍ରଥମ ଲୋକଟି ପାଖରେ ଆଉ ଦୁଇଜଣ ଆସିଗଲେ । ତାଙ୍କ ଭିତରୁ ଜଣେ ଇଂରାଜୀରେ ତାକୁ ପଇସା ଦାବୀ କଲା ।

ସେଇ କ୍ଷଣରେ ଚଷମାପିନ୍ଧା ଝିଅଟା ତାର ଭାବନାରୁ ଅଦୃଶ୍ୟ ହେଇଗଲା ଓ ତା ଉପରେ ସବିନାର ଆଖି ଲାଖି ରହିଲା, ମହା ଭାଗ୍ୟବତୀ ଅବାସ୍ତବ ସବିନା ଯିଏ ତାକୁ ତା ମନରେ ନିଜକୁ ଛୋଟ ବୋଲି ଅନୁଭବ କରିବାଟା ଭରିଦେଲା । ତାର ଅଗ୍ନିବର୍ଷୀ, କ୍ରୋଧାନ୍ୱିତ ଓ ଅସନ୍ତୁଷ୍ଟ ଆଖି ତା ଭିତରକୁ ବିନ୍ଧ କଲା : ପୁଣିଥରେ ତାର ସେଇୟା ହେଲା କି ? କେହି ଜଣେ ତାର ବାତୁଳ ସଦ୍‌ଗୁଣର ଅପବ୍ୟବହାର କଲା କି ?

ସେ ଲୋକଟା ପାଖରୁ ତାର ହାତଟା ଛଡ଼େଇ ଆଣିଲା । ଲୋକଟା ଏଥର ତାର ସାର୍ଟର ହାତକୁ ଧରିଥିଲା । ସବିନା ସବୁବେଳେ କେମିତି ତାର ବଳର ପ୍ରଶଂସା କରିଥାଏ, ତାର ମନେ ପଡ଼ିଲା । ତାଙ୍କ ଭିତରୁ ଗୋଟେ ଲୋକର ହାତକୁ ଜାବୁଡ଼ି ଧରି ତାକୁ ଉପରକୁ ଉଠାଇ ଧରିଲା ଓ ହାତମୁଠା ଟାଣ କରି ସୁଦକ୍ଷ ଜୁଡ଼ୋ କାଇଦାରେ ତାର କାନ୍ଧ ଉପର ଦେଇ ଫୋପାଡ଼ିଲା ।

ଏଥର ସେ ନିଜ କାମରେ ସନ୍ତୁଷ୍ଟ ହେଲା । ସବିନାର ଆଖି ତଥାପି ତା ଉପରେ ଥାଏ । ପୁଣି କେବେ ତାକୁ ଅପମାନିତ ହେବା ସବିନା ଆଉ ଦେଖିବନି ! ତାକୁ ପଛଘୁଞ୍ଚା ଦେବାର ସେ ଦେଖିବନି ! ଫ୍ରାନଜ୍ ଏକବାର ନରମା ଓ ଭାବପ୍ରବଣ ହେବାକୁ ଆଉ ଚାହିଁଲା ନାହିଁ ।

ଏଇ ଲୋକମାନଙ୍କ ପ୍ରତି ସେ ଏକପ୍ରକାର ଖୁସିରେ ଘୃଣା ଅନୁଭବ କଲା । ତାର ବୋକାମୀରେ ସେମାନେ ମଜା ଉଠାଇବା ପାଇଁ ଭାବିଥିଲେ । ବାକି ଦୁଇ ଲୋକଙ୍କ ମଝିରେ ତାର ଆଖି ଦୁଇଟା ଚାରିପଟେ ଘୁରୁଥାଏ ଓ କାନ୍ଧକୁ ସାମାନ୍ୟ କୁଜେଇ ସେ ସେଠି ଛିଡ଼ା ହେଇଥାଏ । ହଠାତ୍ ତା ମୁଣ୍ଡରେ ଏକ ଶକ୍ତ ଆଘାତ ପାଇଲା ଓ ସଙ୍ଗେସଙ୍ଗେ ତଳେ ମାଡିମକଚି ହୋଇ ପଡ଼ିଗଲା । କେଉଁଠାକୁ ବୁହା ହେଇଯିବାର ତାର ଝାପ୍‌ସା ମନେ ପଡ଼ିଲା । ଶୂନ୍ୟକୁ ଫିଙ୍ଗା ହେବା ଓ ତଳେ ଖସିପଡ଼ିବାର ଅନୁଭବ କଲା ।

ଗୋଟେ ପ୍ରଚଣ୍ଡ ଶବ୍ଦ ହେଲା ଓ ସେ ସଂଜ୍ଞାହୀନ ହେଇପଡ଼ିଲା ।

ଜେନେଭାର ଗୋଟେ ହସ୍‌ପିଟାଲରେ ସେ ଚେତା ଫେରିପାଇଲା । ମେରୀ-କ୍ଲଡ଼େ ତା ପାଖରେ ଆଉଜି ବସିଥାଏ । ତାର ସେଠି ରହିବାର କୌଣସି ଅଧିକାର ନାହିଁ, ଏକଥା ସେ ତାକୁ କହିଦେବାକୁ ଚାହିଁଲା । ଅନ୍ୟମାନଙ୍କୁ ପଠାଇ ଚଷମାପିନ୍ଧା ଝିଅଟାକୁ ଡକାଇ ଆଣିବାକୁ ସେ ଚାହିଁଲା । ତାର ସବୁ ଭାବନାରେ ତାକୁ ନେଇ ରଖିଲା । ତା ଛଡ଼ା ଆଉ କାହାକୁ ନିଜ ପାଖରେ ଦେଖିବାକୁ ସେ ଚାହୁଁ ନ ଥାଏ, ଏକଥା ସେ ଚିତ୍କାର କରି କହିବାକୁ ଚାହିଁଲା । କିଂତୁ ସେ ଯେ କହିପାରିବନି, ଏକଥା ଜାଣି ଶିହରି ଉଠିଲା । ମେରୀକ୍ଲଡ଼େକୁ ଅଶେଷ ଘୃଣାରେ ଚାହିଁଲା ଓ ତାଠାରୁ ଦୃଷ୍ଟି ଫେରାଇ ଅନ୍ୟ ଆଡ଼କୁ ଚାହିଁଲା । ସେ ତାର ଦେହ ହଲଚଲ୍ ସୁଦ୍ଧା କରିପାରିଲା ନାହିଁ । ବୋଧହୁଏ, ତାର ମୁଣ୍ଡ ? ନା, ଏପରିକି ତାର ମୁଣ୍ଡକୁ ସେ ହଲାଇ ପାରିଲା ନାହିଁ । ତାକୁ ନ ଦେଖିବା ପାଇଁ ସେ ତାର ଆଖି ବନ୍ଦ କଲା ।

(୨୭)

ଶେଷକୁ ମୃତ୍ୟୁରେ ଫ୍ରାନ୍‌ଜ ତାର ସ୍ତ୍ରୀର ସାଙ୍ଗ ହେଲା । ସେ ତାର ସ୍ତ୍ରୀର ହେଲା ଯେପରି ଆଗରୁ ସେ କେବେ ହେଇ ନ ଥିଲା । ମେରୀ-କ୍ଲଡ଼େ ସବୁ ଜିନିଷ ଦେଖାଶୁଣା କଲା : ଅନ୍ତ୍ୟେଷ୍ଟିର ଆୟୋଜନ କଲା, ଖବର ପଠାଇଲା, ଫୁଲମାଳ କିଣିଲା ଓ ତା ପାଇଁ ଗୋଟେ କଳା ଡ୍ରେସ କିଣିଲା- ପ୍ରକୃତରେ ଗୋଟେ ବିବାହକାଳୀନ ଡ୍ରେସ୍ । ହଁ, ଜଣେ ସ୍ୱାମୀର ଅନ୍ତ୍ୟେଷ୍ଟି ଜଣେ ସ୍ତ୍ରୀର ପ୍ରକୃତ ବିବାହ, ତାର ସାରା ଜୀବନର ଖଟଣିର ଫଳ ! ତାର ଯନ୍ତ୍ରଣାର ପୁରସ୍କାର !

ଧର୍ମଯାଜକ ଜଣକ ଏହା ଠିକ୍ ବୁଝିଥିଲେ । ତାଙ୍କର ଅନ୍ତ୍ୟେଷ୍ଟି ପ୍ରବଚନଟି ଏକ ପ୍ରକୃତ ଦାଂପତ୍ୟ ପ୍ରେମ ବିଷୟରେ ଥିଲା ଯାହା ବହୁ ପରୀକ୍ଷାର ସାମ୍ନା କରି ମୃତକକୁ ଶାନ୍ତିର ଆଶ୍ରୟ ଦେଲା, ଯେଉଁ ଆଶ୍ରୟକୁ ସେ ତାର ଦିନ ଶେଷରେ ଫେରିଗଲା । ଫ୍ରାନଜ୍‌ର ଜଣେ ସହକର୍ମୀଙ୍କୁ ମେରୀ କ୍ଲଡ଼େ ଅନ୍ତ୍ୟେଷ୍ଟିକ୍ରୀୟା ଅବସରରେ କିଛି କହିବାକୁ କହିଲା । ସେ ମଧ୍ୟ ମୁଖ୍ୟତଃ ମୃତକଙ୍କ ସାହସୀ ସ୍ତ୍ରୀଙ୍କୁ ବକ୍ତବ୍ୟରେ ସମ୍ମାନ ପ୍ରଦର୍ଶନ କଲେ ।

ପଛରେ କୋଉଠି, ଜଣେ ବନ୍ଧୁ ଉପରେ ଭରା ଦେଇ ବଡ଼ ଚଷମାପିନ୍ଧା ଝିଅଟାଏ ଛିଡା ହେଇଥାଏ । ଗୁଡାଏ ବଟିକା ଓ ଚାପା କୋହର ମିଶ୍ରିତ ପ୍ରଭାବରେ ଅନ୍ତ୍ୟେଷ୍ଟି ଶେଷ ହେବା ଆଗରୁ ମାଂସପେଶୀର ଆକସ୍ମିକ କୁଞ୍ଚନଜନିତ ଯନ୍ତ୍ରଣା ଅନୁଭବ କଲା । ପେଟକୁ ଜାକି ସେ ଆଗକୁ ଝୁଙ୍କି ପଡ଼ିଲା । ଆଉ ତାର ବନ୍ଧୁଜଣକ

ତାକୁ ସମାଧି ଜାଗାରୁ ଦୂରକୁ ନେବାକୁ ବାଧ୍ୟ ହେଲା ।

(୨୮)

ସମବାୟ ଫାର୍ମର ଚେୟାରମେନ୍‌ଙ୍କ ପାଖରୁ ସେ ଟେଲିଗ୍ରାମ୍‌ଟା ପାଇଲା କ୍ଷଣି ମୋଟର ସାଇକେଲ ନେଇ ବାହାରିଲା । ଅନ୍ତ୍ୟେଷ୍ଟି କ୍ରୀୟାର ଆୟୋଜନ ପାଇଁ ସେ ଠିକ୍ ସମୟରେ ପହଞ୍ଚିଲା । ତାର ବାପାର ସମାଧି ସ୍ତୁପରେ ଏଇ ଅଭିଲେଖଟି ବାଛିଲା : "ସେ ଧରାପୃଷ୍ଠରେ ପ୍ରଭୁଙ୍କ ସାମ୍ରାଜ୍ୟକୁ ଚାହିଁଥିଲେ ।"

ସେ ଠିକ୍ ଜାଣେ ଯେ ତାର ବାପା ଏଇ ଶବ୍ଦରେ କହି ନଥାନ୍ତେ । ତେବେ ସେ ନିଶ୍ଚିତ ଯେ ତାର ବାପାଙ୍କର ପ୍ରକୃତ ଭାବନା ଏଥିରେ ପ୍ରମାଣିତ । ପ୍ରଭୁଙ୍କ ସାମ୍ରାଜ୍ୟର ଅର୍ଥ ନ୍ୟାୟର ସାମ୍ରାଜ୍ୟ । ଟମାସ ଏମିତି ଏକ ପୃଥିବୀର ପ୍ରତୀକ୍ଷାରେ ଥିଲା ଯେଉଁଠି ନ୍ୟାୟର ରାଜୁତି ଥିବ । ତାର ନିଜସ୍ୱ ଭାଷାରେ ତାର ବାପାର ଜୀବନକୁ ପ୍ରକାଶ କରିବାର ଅଧିକାର କଣ ସାଇମନ୍‌ର ନ ଥିଲା ? ଅବଶ୍ୟ ତାର ଥିଲା : କେଉଁ ବିସ୍ମୃତ କାଳରୁ ସବୁ ଉତ୍ତରାଧିକାରୀ ମାନଙ୍କର ଏଇ ଅଧିକାର କଣ ରହି ନାହିଁ ?

"ଅନେକ ଦିନ ଇତସ୍ତତଃ ବିଚରଣ ପରେ ପ୍ରତ୍ୟାବର୍ତ୍ତନ", ଫ୍ରାନଜ୍‌ର ସମାଧିସ୍ତୁପରେ ଏଇ ଅଭିଲେଖଟି ମଣ୍ଡନ କରୁଥାଏ । ଏହାକୁ ଧାର୍ମିକ ଦୃଷ୍ଟିକୋଣରୁ ବ୍ୟାଖ୍ୟା କରାଯାଇ ପାରିବ : ବିଚରଣଟି ଆମର ପାର୍ଥିବ ଅସ୍ତିତ୍ୱ, ପ୍ରତ୍ୟାବର୍ତ୍ତନଟି ଇଶ୍ୱରଙ୍କ ଆଲିଙ୍ଗନ ମଧ୍ୟକୁ ପ୍ରତ୍ୟାବର୍ତ୍ତନ । କିଂତୁ ଭିତିରିଆ ଲୋକେ ଜାଣନ୍ତି ଯେ ୟାର ଗୋଟେ ଧର୍ମନିରପେକ୍ଷ ଅର୍ଥ ରହିଛି । ପ୍ରକୃତରେ, ମେରୀ କ୍ଲଡ଼େ ପ୍ରତିଦିନ ୟା ବିଷୟରେ କଥାବାର୍ତ୍ତା କରୁଥିଲା ।

ପ୍ରିୟ ଫ୍ରାନଜ୍, ପ୍ରିୟତମ ଫ୍ରାନଜ୍ ! ମଧ୍ୟବୟସ୍କର ସଙ୍କଟଟା ତା ପାଇଁ ବେଶ୍ ଭାରି ହେଇପଡ଼ିଲା । ଆଉ ସେଇ ଫାଲ୍‌ତୁ ଅଳ୍ପବୟସ୍କା ଝିଅଟା ଯିଏ ତାକୁ ତା ଜାଲରେ ଫସେଇ ଦେଲା ! ସେ ଆଦୌ ସୁନ୍ଦର ବି ନ ଥିଲା ! (ବଡ଼ବଡ଼ ଚଷମାରେ ଚେହେରାକୁ କେମିତି ଘୋଡ଼େଇ ରଖିଥାଏ ଦେଖିନ ?) କିଂତୁ ପଚାଶ ଟପିଲା ମାତ୍ରେ (ଆମେ କଣ ଜାଣିନୁ !) ସେମାନେ ପୁଣି ଗୋଟେ ତଟକା ସତେଜ ଦେହ ପାଇଁ ସେମାନଙ୍କ ବିବେକକୁ ବିକ୍ରୀ କରିଦିଅନ୍ତି । କେବଳ ତାର ସ୍ତ୍ରୀ ହିଁ ଲୋକଟାର ଯନ୍ତ୍ରଣା ବୁଝିପାରେ ! ଏଇଟା ପୁରାପୁରି ନୈତିକ ଯନ୍ତ୍ରଣା ! କାରଣ ଭିତରେ ଫ୍ରାନଜ୍ ଜଣେ ଦୟାଳୁ, ମାର୍ଜିତ ଲୋକଟିଏ । ନ ହେଲେ ଏସିଆର କେଉଁ ଅଜଣା ଜାଗାକୁ ଏମିତି ପାଗଳପଣିଆରେ ବିକଳ ହେଇ ଯାତ୍ରା କରିବାଟା କେମିତି ବୁଝାଇହେବ ? ସେ ନିଜର ମୃତ୍ୟୁକୁ ଡାକିବା ପାଇଁ ସେଠିକି ଗଲା । ହଁ ମେରୀ କ୍ଲଡ଼େ ଏହାକୁ

ବିରାଟ ସତକଥା ବୋଲି ଜାଣେ : ଜାଣିଶୁଣି ଫ୍ରାନଜ୍ ମୃତ୍ୟୁକୁ ବରିନେଲା । ତାର ଶେଷଦିନ କେତେଟାରେ ମରିବାକୁ ଯାଉଯାଉ ତାର ଆଉ ମିଛ କହିବାର କିଛି କାରଣ ନ ଥିଲା । ସେହିଁ ଏକମାତ୍ର ମଣିଷ ଯାହାକୁ ଫ୍ରାନଜ୍ ଚାହୁଁଥିଲା । ସେ କଥାବାର୍ତ୍ତା କରି ପାରୁ ନ ଥାଏ । କିଂତୁ ଆଖିରେ ତା ପ୍ରତି କେମିତି କୃତଜ୍ଞତା ଜଣାଉଥିଲା !! ସେ ଏକ ଲୟରେ ତାକୁ ଚାହିଁରହି କ୍ଷମା ପ୍ରାର୍ଥନା କଲା । ଆଉ ସେ ଫ୍ରାନଜ୍‌କୁ କ୍ଷମା କରିଦେଲା ।

(୨୯)

କାମ୍ବୋଡ଼ିଆରେ ମୂମୂର୍ଷୁ ଜନସଂଖ୍ୟାରୁ କଣ ଆଉ ଅବଶେଷ ରହିଲା । ହାତରେ ଏସୀୟ ଶିଶୁଟିଏକୁ ଧରିଥିବା ଜଣେ ଆମେରିକୀୟ ଅଭିନେତ୍ରୀର ଗୋଟେ ବିରାଟ ଫଟୋଚିତ୍ର ।

ଟମାସର କଣ ଅବଶେଷ ରହିଲା ?

ଏଇ ଅଭିଲେଖ- ସେ ଧରାପୃଷ୍ଠରେ ଇଶ୍ୱରଙ୍କ ସାମ୍ରାଜ୍ୟ ଚାହିଁଥିଲେ ।

ବିଥୋଭେନ୍‌ଙ୍କ କଣ ଅବଶେଷ ରହିଲା ?

ଏକ ଭୃକୁଞ୍ଚନ, ଏକ ଅବିଶ୍ୱାସ୍ୟ ଲମ୍ବା କେଶଗୁଛ, ଏବଂ ବିଷାଦପୂର୍ଣ୍ଣ କଣ୍ଠରେ ଉଚ୍ଚାରିତ 'ଠିକ୍ କଥା !'

ଫ୍ରାନ୍‌ଜର ଅବଶେଷ ?

ଏଇ ଅଭିଲେଖ- "ଦୀର୍ଘକାଳ ଇତଃସ୍ତତଃ ବିଚରଣ ପରେ ପ୍ରତ୍ୟାବର୍ତ୍ତନ ।"

ଏମିତି ଆହୁରି ଅନେକ । ବିସ୍ମୃତ ହେଇଯିବା ଆଗରୁ ଆମେ ଅପସଂସ୍କୃତି (kitsch) ପାଲଟି ଯାଉ । ଅସ୍ତିତ୍ୱ ଓ ବିସ୍ମୃତି ମଝିରେ ଅପସଂସ୍କୃତିଟା ଏକ ବିରାମ ।

କାରେନିନ୍‌ର ହସ

(୧)

ବାଙ୍କିଲା ଆତ ଗଛ ମାନ ଖେଞ୍ଚାଖେଞ୍ଚି ହେଇ ବଢ଼ିଥିବା ଗଡାଣିଟା ଆଡ଼କୁ ଝରକାଟି ମୁହଁ କରିଥିଲା । ଗଛ ଗହଳ ଯୋଗୁଁ ଗଡାଣି ଉପର ଦୃଶ୍ୟଟା ଦିଶୁ ନ ଥାଏ । ଦୂରରେ ଅଙ୍କାବଙ୍କା ଗିରିମାଳା ଲମ୍ବିଥାଏ । ସନ୍ଧ୍ୟାପ୍ରାୟ ବେଳକୁ ମଳିନ ଆକାଶରେ ଯେତେବେଳେ ଜହ୍ନ ଉଠେ, ଟେରେଜା ଯାଇ ଏରୁଣ୍ଡି ବନ୍ଧରେ ଛିଡ଼ା ହୁଏ । ତଥାପି ଅନ୍ଧାର ହେଇ ନ ଥିବା ଆକାଶରେ ଝୁଲନ୍ତା ଜହ୍ନଟା ତାକୁ ବତୀଟିଏ ପରି ଦେଖାଯାଏ ଯାହାକୁ ସକାଳେ ଲିଭେଇବାକୁ ସେମାନେ ଭୁଲି ଯାଇଛନ୍ତି--- ମୃତକଙ୍କ କୋଠରୀରେ ସାରାଦିନ ଜଳୁଥିବା ବତୀଟିଏ ।

ଗଡାଣି ତଳକୁ ଚେର ମେଲି ବଢ଼ିଥିବା ବାଙ୍କିଲା ଆତ ଗଛଗୁଡ଼ିକ ଭିତରୁ କୋଉଟା ସେଇ ଜାଗା ଛାଡ଼ି ପାରିବେନି, ଠିକ୍ ସେମିତି ଟେରେଜା ଓ ଟମାସ୍ କେହି ଗାଁ ଛାଡ଼ି କେବେ ଯାଇ ପାରିବେନି । ଗାଁ ଛାଡି ସହରକୁ ଯାଉଥିବା ଗୋଟେ ଚାଷୀ ପାଖରୁ ଛୋଟ କୁଡିଆ ଖଣ୍ଡିଏ କିଣିବାକୁ ସେମାନେ ନିଜର କାର୍, ଟେଲିଭିଜନ୍ ସେଟ୍ ଓ ତାଙ୍କର ରେଡ଼ିଓଟା ବିକି ଦେଇଥିଲେ ।

ଗାଁରେ ରହିବାଟା ତାଙ୍କ ପାଖରେ ଉପଲବ୍‌ଧ ନିଷ୍କୃତିର ଗୋଟେ ମାତ୍ର ବାଟ ଥିଲା । କାରଣ ଖାଲି ଗାଁରେ ହିଁ ସବୁବେଳେ ରହିବା ପାଇଁ ଜାଗା ଅଧିକ ଥିଲାବେଳେ ଲୋକସଂଖ୍ୟା କମ୍ । ଖେତ ଖମାରରେ କାମ କରିବାକୁ ଯାଉଥିବା ଲୋକଙ୍କର ରାଜନୈତିକ ଅତୀତ ବିଷୟରେ କେହି ମୁଣ୍ଡ ଖେଳାନ୍ତି ନାହିଁ । କେହି ତାଙ୍କୁ ଇର୍ଷ୍ୟା କରନ୍ତି ନାହିଁ ।

ସହର ଛାଡି ଚାଲି ଆସିବାରୁ ଟେରେଜା ଖୁସି ଥିଲା । କାରଣ ସେଠାରେ ତାକୁ ଅସଦାଚରଣ କରୁଥିବା ମଦ୍ୟପଗୁଡିଏ ଆଉ ଟମାସ୍ ବାଳରେ ଅଜଣା ନାରୀ

ମାନଙ୍କର ଜଙ୍ଗ ସନ୍ଧିର ବାସ୍ନାରୁ ନିସ୍ତାର ମିଳିଥିଲା । ପୁଲିସ ମଧ୍ୟ ସେମାନଙ୍କୁ ହଇରାଣ ହରକତ କରିବା ବନ୍ଦ କରିଦେଲା । ଇଞ୍ଜିନିୟର ଜଣକ ସହିତ ଘଟଣାଟି ପେଟ୍ରିନ୍ ହିଲ୍ ଉପରେ ଦୃଶ୍ୟଟି ସହିତ ଏମିତି ମିଳେଇ ଗଲା ଯେ କେଉଁଟା ସ୍ୱପ୍ନ ଓ କେଉଁଟା ସତ୍ୟ ତାହା କହିବା ତା ପକ୍ଷରେ କାଠିକର ହେଲା । (ସତରେ କଣ ଇଞ୍ଜିନିୟର ଜଣକ ଗୁଇନ୍ଦା ପୁଲିସ ଦ୍ୱାରା ନିଯୁକ୍ତ ହେଇଥିଲା ?? ବୋଧହୁଏ ହେଇଥିଲା, ବୋଧହୁଏ ନୁହେଁ । ଯୋଜନା ଅନୁସାରେ ଗୁପ୍ତ ସାକ୍ଷାତ ପାଇଁ ଭଡ଼ା ସୂତ୍ରରେ ଫ୍ଲାଟ ରଖୁଥିବା ଓ ସେଇ ଜଣେ ସ୍ତ୍ରୀଲୋକକୁ ଦୁଇଥର ସମ୍ଭୋଗ କରୁ ନ ଥିବା ବ୍ୟକ୍ତି ଏତେଟା ବିରଳ ନୁହଁନ୍ତି)

ସେ ଯାହା ବି ହେଉ, ଟେରେଜା ଖୁସି ଥିଲା ଓ ତାକୁ ଲାଗିଲା ଯେ ସେ ତାର ଲକ୍ଷ୍ୟ ସ୍ଥଳରେ ପହଞ୍ଚିଯାଇଛି : ସେ ଓ ଟମାସ୍ ଏକାଠି ଏକାକୀ ଥିଲେ । ଏକୁଟିଆ ? ବରଂ କଥାଟିକୁ ଆହୁରି ସ୍ପଷ୍ଟ ଭାବରେ ବୁଝେଇଦିଏ : ଏକୁଟିଆ ରହିବାର ଅର୍ଥ ତାଙ୍କର ପୂର୍ବର ସାଙ୍ଗସାଥୀ ଓ ପରିଚିତ ମାନଙ୍କଠାରୁ ସଂପର୍କ ତୁଟାଇବା, ତାଙ୍କର ଜୀବନକୁ ଗୋଟେ ଫିତା ପରି ଦୁଇ ଭାଗରେ କାଟିଦେବା । ଯାହାହେଉ, ଗାଁ ଲୋକଙ୍କ ସହିତ ମିଳିମିଶି କାମଦାମ କରି ସେମାନଙ୍କୁ ବେଶ୍ ଭଲ ଲାଗୁଥାଏ । ବେଳେବେଳେ ସେମାନେ ତାଙ୍କ ଘରକୁ ବୁଲିବାକୁ ଆସୁଥିଲେ ।

ଯେଉଁଦିନ ସେମାନେ ସ୍ଥାନୀୟ ସମବାୟ କୋଠ ଚାଷର ଚେୟାରମେନ୍‌ଙ୍କୁ ରୁଷ ଭାଷାରେ ନାମାଙ୍କିତ ଗଳିରେ ଥିବା ପ୍ରସ୍ରବଣରେ ଭେଟିଲେ, ଟେରେଜା ନିଜ ଭିତରେ ବହିପଢ଼ା ସ୍ମୃତିରେ ଥିବା ଅଥବା ନିଜ ପୂର୍ବପୁରୁଷଙ୍କ ସ୍ମୃତିରେ ଥିବା ଗାଁ ଜୀବନର ଛବିଟିଏ ଆବିଷ୍କାର କଲା । ଏହା ଥିଲା ଗୋଟେ ସୁସଙ୍ଗତ ପୃଥିବୀ । ଗୋଟେ ସାର୍ବଜନୀନ ଆଗ୍ରହ ଓ ଡାଞ୍ଚାରେ ସମସ୍ତେ ଗୋଟିଏ ବଡ଼ ଖୁସି ପରିବାର ପରି ରହୁଥିଲେ : ରବିବାରରେ ଗୀର୍ଜାରେ ଧର୍ମ ଉପଚାର, ମହିଳା ମହଲରୁ ଟିକେ ଖସିଯିବାପାଇଁ ଗୋଟେ ପାନ୍ଥଶାଳା, ପାନ୍ଥଶାଳାରେ ଗୋଟେ ବିରାଟ ହଲ ଯୋଉଠି ଶନିବାର ଦିନ ବେଣ୍ଡ୍ ବାଜା ବାଜୁଥିଲା ଓ ଗାଁ ଲୋକେ ନାଚୁଥିଲେ ।

ତେବେ, କମ୍ୟୁନିଷ୍ଟ ଶାସନରେ ଗାଁ ଜୀବନଟା ସେଇ ପୁରୁଣା ଡାଞ୍ଚାରେ ଆଉ ରହିଲା ନାହିଁ । ପାଖ ଗାଁରେ ଚର୍ଚ୍ଚ ଥିଲା, ଆଉ କେହି ସେଠିକି ଗଲେ ନାହିଁ । ପାନ୍ଥଶାଳା ସବୁ ଅଫିସ୍ ପାଲଟିଲା । ଭେଟ୍‌ଘାଟ୍ ହେଇ ବିଅର ଟିକେ ପିଇବା ପାଇଁ ପୁରୁଷମାନେ ଜାଗା ପାଇଲେ ନାହିଁ । ଗାଁର ଯୁବଗୋଷ୍ଠୀ ଆଉ କୋଉଠି ନାଚି ପାରିଲେ ନାହିଁ । ଧାର୍ମିକ ଛୁଟିଦିନ ଗୁଡା ନିଷିଦ୍ଧ ହେଲା ଆଉ ତାର ଧର୍ମନିରପେକ୍ଷ ବିକଳ୍ପ ବିଷୟରେ କେହି ମୁଣ୍ଡ ଖେଳାଇଲେ ନାହିଁ । ସବୁଠୁ ପାଖରେ ଥିବା ସିନେମା ହଲ୍‌ର

ଦୂରତା ଥିଲା ପନ୍ଦର କିଲୋମିଟର ତେଣୁ କାମର ଦିନ ଶେଷରେ ପ୍ରଚଣ୍ଡ ପାଟିତୁଣ୍ଡ ଓ ଖୁସିବାସିଆ ଗପସପରେ ଭରପୂର ସେମାନେ ତାଙ୍କର ଘରର ଚାରିକାନ୍ଥ ଭିତରେ ନିଜକୁ ବନ୍ଦ ରଖି ଏକ ସମ୍ବେଦନହୀନ ଲେଖା ପରି ଅରୁଚିକର ଆଜିକାଲିକା ଆସବାବପତ୍ରରେ ବେଢ଼ି ହେଇ ସେମାନେ ଦପ୍‌ଦପ୍ ଉଜ୍ଜ୍ୱଳ ଟି.ଭି. ପରଦାକୁ ଅନେଇ ରହନ୍ତି । ରାତିରେ ଖାଇବା ଆଗରୁ ସାଇପଡ଼ିଶାଙ୍କ ସହିତ ପଦେ ଦୁଇପଦ କଥାବାର୍ତ୍ତା ଛଡା ସେମାନେ କେହି କାହା ଘରକୁ ଯାଆନ୍ତିନି । ସେମାନେ ସମସ୍ତେ ସହରକୁ ଯିବାର ସ୍ୱପ୍ନ ଦେଖନ୍ତି । ଗାଁରେ ସେମାନଙ୍କ ପାଇଁ ସାଧାରଣ ଭାବରେ ସେମିତି କିଛି ଉତ୍ସାହଜନକ ଜୀବନ ମଧ୍ୟ ନଥିଲା ।

ବୋଧହୁଏ କେହି ସେଠି ରହିବାକୁ ଚାହୁଁ ନ ଥିବା କାରଣରୁ ଗ୍ରାମାଞ୍ଚଳ ଉପରେ ରାଜ୍ୟର ନିୟନ୍ତ୍ରଣ ରହି ପାରିଲା ନାହିଁ । ଜମିବାଡ଼ି ହରାଇ ଖାଲି ଶ୍ରମିକ ଭାବରେ ଚାଷ କରୁଥିବା ଜଣେ ଚାଷୀ ସେଇ ଜାଗା କିମ୍ବା କାମ ପ୍ରତି ବିଶେଷ ଅନୁରକ୍ତି ରଖେ ନାହିଁ । ହରେଇବା ପାଇଁ ସର୍ବହରାର ତ ଆଉ କିଛି ନଥାଏ । ତେଣୁ କୌଣସିଟି ପ୍ରତି ତାର ଡର ମଧ୍ୟ ନଥାଏ । ଏପରି ଅନାସକ୍ତି ଫଳରେ ଗ୍ରାମାଞ୍ଚଳ ସାମାନ୍ୟ ପରିମାଣର ସ୍ୱାୟତ୍ତ ଓ ସ୍ୱାଧୀନତା ରଖି ପାରିଥିଲା । ସମବାୟ ଫାର୍ମର ଚେୟାରମେନ୍‌ଙ୍କୁ ବାହାରୁ (ସହରରେ ଉଚ୍ଚସ୍ତରୀୟ ମେନେଜର ପରି) ଅଣା ଯାଇ ନ ଥିଲା । ଗାଁ ଲୋକେ ତାଙ୍କରି ଭିତରୁ ଜଣକୁ ନିର୍ବାଚିତ କରୁଥିଲେ ।

ଯେହେତୁ ପ୍ରତ୍ୟେକେ ଗାଁ ଛାଡ଼ି ଯିବାକୁ ଚାହିଁଲେ, ଏ କ୍ଷେତ୍ରରେ ଟମାସ ଓ ଟେରେଜା ବ୍ୟତିକ୍ରମ ଥିଲେ : ସେମାନେ ସ୍ୱଇଚ୍ଛାରେ ଆସିଥିଲେ । ଗାଁର ଅନ୍ୟଲୋକେ ଦିନବେଳେ ସୁଯୋଗ ପାଇଲାମାତ୍ରେ ପାଖ ସହରକୁ ବୁଲିଯିବାକୁ ଗଲାବେଳେ ଟମାସ୍ ଓ ଟେରେଜା ଯେଉଁଠି ଥିଲେ ସନ୍ତୋଷରେ ଥିଲେ । ତାର ଅର୍ଥ ଏଇ ଗାଁ ଲୋକେ ପରସ୍ପରକୁ ଜାଣିବା ଅପେକ୍ଷା ସେମାନେ ଗାଁ ଲୋକଙ୍କୁ ଭଲକରି ଜାଣିଲେ ।

ସମବାୟ ଫାର୍ମର ଚେୟାରମେନ୍ ପ୍ରକୃତରେ ଜଣେ ଅନ୍ତରଙ୍ଗ ବନ୍ଧୁ ହେଲେ । ତାଙ୍କର ସ୍ତ୍ରୀ, ଚାରିଟା ପିଲାଛୁଆ ଆଉ କୁକୁର ପରି ପାଳିଥିବା ଗୋଟେ ଘୁଷୁରୀ ଥିଲା । ଘୁଷୁରୀର ନାଁ ମେଫିଷ୍ଟୋ । ସେ ଥିଲା ଗାଁର ପ୍ରଥମ ଆକର୍ଷଣ ଓ କୀର୍ତ୍ତି । ସେ ମାଲିକଙ୍କର ବୋଲ ମାନେ ଓ ସବୁବେଳେ ପରିଷ୍କାର ପରିଚ୍ଛନ୍ନ ରହି ଗୋଲାପୀ ଦିଶୁଥାଏ । ସେ ତାର ଖୁରାରେ ଏମିତି ଚାଲୁଥାଏ ଯେପରିକି ହାଇହିଲ୍ ପିନ୍ଧି ମୋଟା ଜଙ୍ଘ ଥିବା ସ୍ତ୍ରୀ ଲୋକଟିଏ ଚାଲେ ।

ଯେତେବେଳେ ପ୍ରଥମ କରି କାରେନିନ୍ ମେଫିଷ୍ଟୋକୁ ଦେଖିଲା, ସେ ଭାରି ବ୍ୟସ୍ତ ହେଲା ଓ ତା ଚାରିପଟେ ନାକି ମାରି ଗୁଡ଼ାଏ ବେଳଯାଏଁ ଚକ୍‌କର କାଟିଲା ।

କିଂତୁ ଅଳ୍ପ ସମୟ ମଧ୍ୟରେ ସେ ତା ସହିତ ବନ୍ଧୁତା କଲା । ଏପରିକି ସେ ତା ପାଇଁ ଗାଁର ଅନ୍ୟ କୁକୁର ମାନଙ୍କୁ ବି ଆଡ଼େଇ ଦେଲା । ପ୍ରକୃତରେ, କୁକୁର ମାନଙ୍କ ପ୍ରତି ତାର ଘୃଣା ବ୍ୟତୀତ ଅନ୍ୟ କିଛି ନ ଥିଲା । କାରଣ ସବୁଯାକ ତାଙ୍କର କୁକୁର ଘରେ ବନ୍ଧା ହେଇଥାନ୍ତି ଆଉ ତୁଛାଟାରେ ଭୁକି ଚାଲିଥାନ୍ତି । ବାରି ହେଇ ଗୋଟେ ହେବାର ମୂଲ୍ୟଟା କାରେନିନ୍ ପରଖି ସାରିଥାଏ ଆଉ ମୁଁ ବିନା ସଂଶୟରେ କହିପାରେ ଯେ ସେ ଘୁଷୁରୀଟି ସହିତ ବନ୍ଧୁତା ବେଶ ପସନ୍ଦ କରୁଥାଏ ।

ଚେୟାରମେନ୍ ଜଣକ ତାଙ୍କର ପୂର୍ବତନ ଚିକିତ୍ସକଙ୍କୁ ସାହାଯ୍ୟ କରିପାରିଥିବାରୁ ଖୁସି ହେଲେ ଓ ତା ସଙ୍ଗେସଙ୍ଗେ ଆଉ କିଛି ଅଧିକ କରି ପାରି ନ ଥିବାରୁ ଦୁଃଖ ମଧ୍ୟ କଲେ । ଫାର୍ମର ଶ୍ରମିକ ମାନଙ୍କୁ କ୍ଷେତକୁ ନେବା ଆଣିବା କରୁଥିବା ଓ ଯନ୍ତ୍ରପାତି ପରିବହନ କରୁଥିବା ବୋଝେଇ ଟ୍ରକର ଡ୍ରାଇଭର ହେଲା ଟମାସ ।

ସମବାୟ ଫାର୍ମରେ ଚାରୋଟି ବଡ଼ ଗାଈ ଗୁହାଳ ତଥା ଚାଳିଶଟି ଛଡ଼ା ପାଇଁ ଗୋଟେ ଛୋଟ ପଶୁଶାଳା ଥିଲା । ସେମାନଙ୍କର ଦେଖାଶୁଣା କରିବା ଓ ଦିନକୁ ଦୁଇଥର ଗୋଚର ଭୂଇଁକୁ ନେବାର ଦାୟିତ୍ୱ ଟେରେଜାକୁ ଦିଆଗଲା । ପାଖରେ ଥିବା ଓ ସହଜରେ ଯାଇ ହେଉଥିବା ଗୋଚର ପଡିଆ ମାନଙ୍କରେ ଘାସ ଶେଷ ହେଇଥିବାରୁ ତାକୁ ତାର ପଲକୁ ଚରାଇବା ପାଇଁ ଆଖ ପାଖରେ ଥିବା ଛୋଟଛୋଟ ପାହାଡ଼ ଆଡ଼କୁ ନେବାକୁ ପଡ଼ିଥାଏ । କ୍ରମଶଃ ଦୂରକୁ ଦୂରକୁ ହେଇ ବର୍ଷ ଶେଷରେ ସେସବୁ ଗୋଚର ଭୂଇଁ ବୁଲି ସାରିଥାଏ । ଛୋଟ ସହରଟିରେ ବିତାଇଥିବା ଯୌବନରେ ବିନା ବହିରେ ସେ ରହି ପାରୁ ନ ଥିଲା । ଏଠି ସେମିତି ଗୋଚର ଭୂଇଁରେ ପହଞ୍ଚିବା ମାତ୍ରେ ବହି ଖୋଲି ପଢିବାରେ ଲାଗିଯାଏ ।

କାରେନିନ୍ ସବୁବେଳେ ତାର ସାଙ୍ଗରେ ଥାଏ । ଗାଈଗୁଡ଼ା ଏପଟ ସେପଟ ହେଇ ଅରଣା ହେଲେ ସେ ତାଙ୍କ ଉପରେ ଭୁକିବାର କଳାଟା ଶିଖିଯାଇଥାଏ । ସେଇ କାମଟା ସେ ବେଶ୍ ଫୁର୍ତ୍ତିରେ କରେ । ତିନି ଜଣଙ୍କ (ଟମାସ, ଟେରେଜା ଓ ସେ) ଭିତରେ ସେ ନିଶ୍ଚିତ ଭାବରେ ସବୁଠୁ ସୁଖୀ । ଆଗରୁ ତାର ଘର ଜଗା କାମରେ ଏମିତି କେବେ ସମ୍ମାନ ମିଳି ନ ଥିଲା । ସଙ୍ଗେସଙ୍ଗେ କୌଣସି କାମ କରିବା ପାଇଁ ଗାଁରେ ସେମିତି ସୁବିଧା ନ ଥିଲା । ତେବେ ଯେଉଁ ସମୟରେ ଟେରେଜା ଓ ଟମାସ ରହୁଥିଲେ, ତାହା ତାର ସମୟର ନିୟମିତତାକୁ କ୍ରମଶଃ ପାଖେଇ ଆସୁଥାଏ ।

ଦିନେ ମଧ୍ୟାହ୍ନ ଭୋଜନ ପରେ (ଯେଉଁ ସମୟରେ କି ପରସ୍ପର ଏକାଠି

ଘଣ୍ଟାଏ ବିତାଇଥାନ୍ତି) ତାଙ୍କର ଘର ପଛପଟ ଗଡାଣିରେ କାରେନିନ୍‌କୁ ସଙ୍ଗରେ ନେଇ ସେମାନେ ବୁଲିବା ପାଇଁ ଗଲେ।

'ତାର ଦୌଡିବାଟା ମତେ କାଇଁ ବେଖାପ ଲାଗୁଛି', ଟେରେଜା କହିଲା।

କାରେନିନ୍ ପଛ ଗୋଡ଼ରେ ଛୋଟାଉଥିଲା। ନଇଁପଡ଼ି ଟମାସ୍ ତାର ଦେହକୁ ଛୁଇଁ ଦେଖିଲା। ପଛ ଗୋଡ଼ର ମଝି ଗଣ୍ଠିରେ ଗୋଟେ ଫୁଲା ଥିବାର ସେ ପାଇଲା।

ତା ପରଦିନ କାମକୁ ଗଲାବେଳେ ସେ ବୋଝେଇ ଟ୍ରକର ସିଟ୍‌ରେ ତାକୁ ବସାଇ ସ୍ଥାନୀୟ ପଶୁ ଡାକ୍ତର ରହୁଥିବା ପାଖ ଗାଁକୁ ଗଲା। ସପ୍ତାହେ ପରେ ସେ ପୁଣି ତାଙ୍କ ପାଖକୁ ଗଲା। କାରେନିନ୍‌କୁ କେନ୍‌ସର ହେଇଥିବାର ଖବର ନେଇ ସେ ଘରକୁ ଫେରିଲା।

ତିନିଦିନ ଭିତର, ଟମାସ ନିଜେ, ପଶୁ ଡାକ୍ତରଙ୍କ ଉପସ୍ଥିତିରେ ତାର ଅପରେସନ କଲା। ଟମାସ ତାକୁ ଘରକୁ ଆଣିଲାବେଳେ କାରେନିନ୍ ଅପରସେନ ସମୟରେ ଦିଆଯାଇଥିବା ନିଶା ଔଷଧରୁ ମୁକ୍ତ ହେଇ ନ ଥାଏ। ଖଟ ପାଖରେ ଥିବା ଗାଲିଚାରେ ଆଖି ମେଲା କରି କୁଁ କୁଁ ହେଇ ସକେଇ ହେଉଥାଏ। ତାର ଜଙ୍ଘର ରୁମ ଖିଅର କରାହେଇଥାଏ। ଛେଦା ଜାଗାରେ ଛଅଟି ଷ୍ଟିଚ୍ ବେଦନାକ୍ତ ଭାବରେ ସ୍ପଷ୍ଟ।

ଶେଷରେ ସେ ଛିଡ଼ା ହେବାକୁ ଚେଷ୍ଟା କଲା। ପାରିଲା ନାହିଁ।

ସେ ଯେ ଆଉ ଚାଲିପାରିବ ନାହିଁ ଚିନ୍ତାରେ ଟେରେଜା ଡରିଗଲା।

'ବ୍ୟସ୍ତ ହୁଅ ନାଇଁ, ତାର ଏବେବି ନିଶା ଫାଙ୍କି ନାହିଁ।'

ଟେରେଜା ତାକୁ ଉଠାଇବାକୁ ଚେଷ୍ଟାକଲା। କିଂତୁ ସେ ତା ଉପରେ ଦୁଇ ପାଟି ଦାନ୍ତ କାମୁଡିଲା ପରି ହେଲା। ପ୍ରଥମଥର ପାଇଁ ସେ ଟେରେଜାକୁ କାମୁଡିବାକୁ ଚେଷ୍ଟା କଲା :

'ତମେ କିଏ ସେ ଜାଣି ପାରୁନି', ଟମାସ କହିଲା। 'ତମକୁ ସେ ଚିହ୍ନି ପାରୁନି।'

ସେମାନେ ତାକୁ ଖଟ ଉପରକୁ ଉଠାଇ ନେଲେ। ସେଠି ସେ ସଙ୍ଗେସଙ୍ଗେ ଶୋଇ ପଡ଼ିଲା। ସେମାନେ ବି ଶୋଇପଡ଼ିଲେ।

ସେ ଦିନ ସକାଳ ତିନିଟାରେ ସେ ହଠାତ୍ ସେମାନଙ୍କୁ ଉଠାଇ ଦେଲା। ତାର ଲାଞ୍ଜ ହଲାଇ ତାର ଆବଶ୍ୟକ ଜାଗା ନ ପାଇବାରୁ ତାଙ୍କ ସାରା ଦେହ ଉପରେ ଚଢ଼ି ଗେଲ ହେଲା।

ଏଇଟା ବି ପ୍ରଥମଥର ପାଇଁ ସେ ତାଙ୍କୁ ଉଠାଇଥିଲା ! ତାଙ୍କ ଉପରେ ଡିଆଁ ମାରିବା ଆଗରୁ ସେ ସବୁବେଳେ ସେମାନଙ୍କର ଉଠିବାଯାଏଁ ଅପେକ୍ଷା କରୁଥିଲା।

କିଂତୁ ମଧ୍ୟରାତ୍ରୀରେ ପହଞ୍ଚିଲାବେଳକୁ ସେ ଆଉ ନିଜକୁ ରୋକି ପାରିଲା ନାହିଁ। ଫେରିଲା ବାଟରେ ସେ ଯେ କେତେ ଦୂରତା ଅତିକ୍ରମ କରିଥିବ, ସେ କଥା କିଏ କହି ପାରିବ ? କେତେ ଦୁଃସ୍ୱପ୍ନ ସହିତ ସେ ଯେ ଲଢ଼ିଥିବ ସେ କଥା କିଏ କହିବ ? ଆଉ ଏବେ ସେ ତାର ପ୍ରିୟଜନଙ୍କ ସହିତ ଘରେ ଅଛି। ତାର ଉଛୁଳା ଖୁସିକୁ, ପ୍ରତ୍ୟାବର୍ତ୍ତନ ଓ ପୁନର୍ଜନ୍ମର ଆନନ୍ଦକୁ ବାଣ୍ଟିବା ପାଇଁ ସେ ବାଧ୍ୟ ଅନୁଭବ କଲା।

(୨)

ବାଇବେଲରେ ଜେନେସିସ୍ ଅଧ୍ୟାୟର ସୃଷ୍ଟି ବୃତ୍ତାନ୍ତ ଆରମ୍ଭରେ କୁହାଯାଇଛି ଯେ ମାଛ, ଚଢ଼େଇ ଆଉ ଯେତେସବୁ ପ୍ରାଣୀ ଉପରେ ଆଧିପତ୍ୟ ଜାରି ରଖିବା ପାଇଁ ପ୍ରଭୁ ମଣିଷକୁ ସୃଷ୍ଟି କଲେ। ଅବଶ୍ୟ ଜେନେସିସ୍‌ଟା ଜଣେ ମଣିଷ ଦ୍ୱାରା ଲିଖିତ, ଗୋଟେ ଘୋଡା ଦ୍ୱାରା ଲେଖା ହେଇ ନାହିଁ। ପ୍ରକୃତରେ ଇଶ୍ୱର ମଣିଷକୁ ଅନ୍ୟ ଜୀବଜନ୍ତୁ ଉପରେ ଆଧିପତ୍ୟ ବିସ୍ତାର ପାଇଁ ଅନୁମତି ଦେଇଥିଲେ, ତାର ସେମିତି କିଛି ନିଶ୍ଚିତତା ନାହିଁ। ବରଂ ୟା ଠାରୁ ଅଧିକ ବିଶ୍ୱାସଯୋଗ୍ୟ କଥାଟି ଏଇ ଯେ ଗାଈ ଘୋଡାଙ୍କ ଉପରେ ନିଜେ ବଳପୂର୍ବକ ବିସ୍ତାର କରିଥିବା ଆଧିପତ୍ୟର ଆନୁଷ୍ଠାନିକ ସ୍ୱୀକୃତି ପାଇଁ ମଣିଷ ଇଶ୍ୱରଙ୍କୁ ଉଦ୍ଭାବନ କଲା। ହଁ, ଗୋଟେ ଗାଈ ବା ହରିଣକୁ ମାରିବାର ଅଧିକାର ଏକମାତ୍ର ପ୍ରସଙ୍ଗ ଯେଉଁଥିରେ ସମଗ୍ର ମାନବ ଜାତି ଏକ ମତ ହୁଏ, ଏପରିକି ସବୁଠୁ ବେଶୀ ରକ୍ତାକ୍ତ ଯୁଦ୍ଧ ସମୟରେ ମଧ୍ୟ।

ସେଇ ଅଧିକାରକୁ ଆମେ ସହଜରେ ଗ୍ରହଣ କରିନେବାର କାରଣ ଆମେ ଶ୍ରେଣୀ ବିଭାଜନର ସବୁଠୁ ଊର୍ଦ୍ଧ୍ୱରେ। ଖେଳ ଭିତରକୁ ଜଣେ ତୃତୀୟ ପକ୍ଷ ଆସିଯାଉ, ଉଦାହରଣ ସ୍ୱରୂପ, ଅନ୍ୟ ଗୋଟେ ଗ୍ରହରୁ ଜଣେ ପରିଦର୍ଶକ, ଯାହାକୁ ଇଶ୍ୱର କହିବେ, "ଅନ୍ୟ ସବୁ ଗ୍ରହର ସବୁ ପ୍ରାଣୀଙ୍କ ଉପରେ ତମେ ହିଁ ରାଜୁତି କରିବ," ! ସଙ୍ଗେ ସଙ୍ଗେ ଜେନେସିସ୍‌ର ସୃଷ୍ଟି ତତ୍ତ୍ୱଟି ସମସ୍ୟାବହୁଳ ହେଇଯିବ। ସେତେବେଳେ ବୋଧେ ମଙ୍ଗଳ ଗ୍ରହରେ କାହା ଶଗଡ଼ର ଫାଶରେ ବନ୍ଧା କିମ୍ବା ଛାୟାପଥର ଅଧିବାସୀଙ୍କ ପାଇଁ ମାଂସ ରୋଷ୍ଟ୍ ହେଉଥିବା ଚୁଲାରେ ବନ୍ଧା ମଣିଷ ରାତ୍ରୀ ଭୋଜନରେ କାଟି ପରଷୁଥିବା ବାଛୁରୀ ମାଂସର ଚପ୍ ମନେ ପକେଇବ ଓ (ବିଳମ୍ବରେ !) ଗାଈ ପାଖରେ କ୍ଷମା ପ୍ରାର୍ଥନା କରିବ !

ଛଡା ମାନଙ୍କ ସହିତ ଚାଲୁଚାଲୁ ଟେରେଜା ପଛରେ ରହି ତାଙ୍କୁ ଘଉଡ଼ି ନଉଥାଏ ଓ ଅନବରତ ଶୃଙ୍ଖଳିତ କରି ରଖୁଥାଏ। କାରଣ ଅଳ୍ପ ବୟସ୍କା ଗାଈମାନେ ଟିକେ ଅରଣା ଆଉ ପଡିଆରୁ ବାହାରି ଯାନ୍ତି। କାରେନିନ୍ ତା ସାଙ୍ଗରେ ଥାଏ। ଦୁଇବର୍ଷ ଧରି

ସେ ତା ସହିତ ଗୋରୁ ଗୋଠକୁ ଯା'ଆସ କରୁଥାଏ। ଛଡାଙ୍କ ଉପରକୁ ଭୁକି, କଡା ନଜର ରଖି କର୍ତ୍ତୃତ୍ୱ ଜାହିର କରିବାରେ ସେ ସବୁବେଳେ ଆନନ୍ଦ ପାଇଥାଏ। (ତାର ପ୍ରଭୁ ତାକୁ ଗାଈମାନଙ୍କ ଉପରେ କର୍ତ୍ତୃତ୍ୱର ଅଧିକାର ଦେଇଥିଲେ ଆଉ ସେଥିପାଇଁ ସେ ଗର୍ବିତ) ଆଜି, ଯାହା ବି ହେଉ ସେ ଭାରି କଷ୍ଟରେ ବାଟ ଚାଲୁଥାଏ। ତିନିଟା ଗୋଡ଼ରେ ଲଡ଼ବଡ଼େଇ ଯାଉଥାଏ। ଚତୁର୍ଥ ଗୋଡ଼ରେ କ୍ଷତ। କ୍ଷତଟା ପାଚି ପୂଜ ଭରିଥାଏ। ଟେରେଜା ନଇଁ ପଡି ତାର ପିଚାକୁ ଆଉଁସୁଥାଏ। ଅପରେସନର ଦୁଇ ସପ୍ତାହ ପରେ ପୁରା ଜଣାପଡ଼ିଗଲା ଯେ କେନ୍‌ସର ତା ଦେହରେ ବ୍ୟାପିଗଲାଣି ଆଉ କାରେନିନ୍‌ର ଅବସ୍ଥା ଆହୁରି ଆହୁରି ଖରାପ ଆଡ଼କୁ ଯିବ।

ବାଟରେ ରବର ଜୋତା ପିନ୍ଧି ଗୁହାଳକୁ ଯାଉଥିବା ଜଣେ ପଡ଼ୋଶୀଙ୍କୁ ସେମାନେ ଭେଟିଲେ। ସ୍ତ୍ରୀଲୋକଟି ବେଶ୍ ଘଡ଼ିଏ ଅଟକି ପଚାରିଲା, 'କୁକୁରଟାର କଣ ହେଇଛି ? ଛୋଟେଇଲା ପରି ଲାଗୁଛି।' 'ତାର କେନ୍‌ସର୍ ହେଇଛି', କହିଲା ଟେରେଜା। 'ଆଉ ଆଶା ନାହିଁ।' ଆଉ କହି ପାରିଲାନି, ତଣ୍ଟିରେ କଣ ଅଟକି ଗଲା। ସ୍ତ୍ରୀଲୋକଟି ଟେରେଜାର ଲୁହ ଲକ୍ଷ୍ୟ କଲା ଓ ଗୋଟେ ପ୍ରକାର ବିରକ୍ତ ହେଇ କହିଲା : ହେ ଭଗବାନ୍ ! କୁକୁରଟା ପାଇଁ ଏମିତି ମୁଣ୍ଡ କୋଡ଼ି ହଉଛଟି ! ସେ କୁଟିଳ ସ୍ୱଭାବର ନ ଥିଲା। ସେ ଜଣେ ଦରଦୀ ସ୍ତ୍ରୀଲୋକ ଆଉ ଟେରେଜାକୁ ବୋଧଦେବାକୁ ଚାହୁଁଥିଲା। ଟେରେଜା ବୁଝିଲା। ଏତେ ଦିନ ଗାଁରେ ବିତାଇଲା ପରେ ସେ ବୁଝି ପାରିଥିଲା ଯେ ସେ ଯେମିତି କାରେନିନ୍‌କୁ ଭଲପାଏ, ଠିକ୍ ସେମିତି ସ୍ଥାନୀୟ ଅଧିବାସୀମାନେ ଠେକୁଆକୁ ଭଲ ପାନ୍ତି। ସେମାନେ ଭୋକରେ ମରିଯିବେ ପଛକେ ସେଥିରୁ ଗୋଟେ ସୁଦ୍ଧା ମାରିବେ ନାହିଁ। ତଥାପି ସ୍ତ୍ରୀଲୋକଟିର କଥାଟା ତାକୁ ସେତେଟା ଭଲ ଲାଗିଲା ନାହିଁ। 'ମୁଁ ବୁଝୁଛି ଯେ', ସେ ବିନା ପ୍ରତିବାଦରେ କହିଲା। କିଂତୁ ସଙ୍ଗେ ସଙ୍ଗେ ମୁହଁ ବୁଲାଇ ତା ବାଟରେ ଚାଲିଗଲା। କୁକୁରଟି ପ୍ରତି ତାର ସ୍ନେହ ତାକୁ ଅନ୍ୟଠୁ ଅଲଗା କରି ତା ମନରେ ବିଚ୍ଛିନ୍ନତାବୋଧ ଭରିଦେଲା। ଏକ ଉଦାସୀ ହସରେ ସେ ନିଜକୁ ନିଜେ କହିଲା ଯେ ଏକ ଗୋପନ ପ୍ରଣୟଠାରୁ ଅଧିକ ଗୋପନ କରି ଏ କଥାକୁ ତାର ଲୁଚାଇ ରଖିବା ଦରକାର। କିଂତୁ ଯଦି ପଡୋଶୀଜଣକ ଟେରେଜାର ଟମାସ୍ ପ୍ରତି ପ୍ରତାରଣା ଆବିଷ୍କାର କରିଥାନ୍ତା, ତା ହେଲେ ସେ ଗୋପନ ଏକତାର ଚିହ୍ନ ସ୍ୱରୂପ ଟେରେଜା ପିଠିକୁ ମଜାରେ ଥାପୁଡ଼େଇଥାନ୍ତା।

ସେ ଯାହା ହେଉଛି ହେଉ, ଟେରେଜା ତା ବାଟରେ ଚାଲିଥାଏ। ଛଡା ମାନ ପରସ୍ପର ଘଷାଘଷି ହେଇ ଚାଲିଥିବାର ଦେଖୁ ଦେଖୁ ଟେରେଜା ଭାବିଲା, ସେମାନେ

କେତେ ସୁନ୍ଦର ଜୀବ ସତରେ। ଶାନ୍ତ, ନିଷ୍ପାପ, ଆଉ ବେଳେବେଳେ ବାଲ୍ୟସୁଲଭ ଚପଳତାରେ ଉଦ୍ଦୀପ୍ତ ହେଇ ପଚାଶବର୍ଷର ପୃଥୁଳକାୟା ଚଉଦ ବର୍ଷର ପ୍ରଗଲ୍‌ଭତାର ଛଳନା କରୁଥିବା ପରି ଦେଖାଯାଉଥାନ୍ତି। ଗାଈମାନଙ୍କର ଖେଳିବା ଦେଖିବାଠାରୁ ଆଉ କିଛି ମନୁଛୁଆଁ କଥା ନାହିଁ। ତାଙ୍କର କଳା କୌଶଳରେ ଟେରେଜା ଆନନ୍ଦିତ ହେଲା ଓ ଗୋଟେ କଥା ନ ଭାବି ରହି ପାରିଲାନି (ଗାଁରେ ଦୁଇବର୍ଷର ରହଣି ଭିତରେ ଏକଥା ବାରବାର ତାର ମନ ଭିତରକୁ ଆସୁଥିଲା) ଯେ ମଣିଷ ଉପରେ ପରଜୀବୀ ଫିତା କୃମି ପରି ଗାଈ ଉପରେ ମଣିଷ ଏକ ପରାଙ୍ଗପୁଷ୍ଟ ଜୀବ : ଆମେ ସେମାନଙ୍କର ପହ୍ନାକୁ ଜୋକ ପରି ଶୋଷି ନେଇଛୁ। 'ଗାଈ ପରଜୀବୀ ମଣିଷ', ସମ୍ଭବତଃ ଏଇ ସଂଜ୍ଞାରେ ଅ-ମଣିଷ ତାର ଜୀବବିଜ୍ଞାନ ବହିରେ ମଣିଷକୁ ବ୍ୟାଖ୍ୟା କରିବ।

ଏବେ ଆମେ ଏଇ ସଂଜ୍ଞା ନିରୂପଣକୁ ମଜାରେ ନେଇ ତାକୁ ଗୋଟେ ପ୍ରସନ୍ନ ହସରେ ଉଡ଼ାଇ ଦେଇପାରୁ। କିଂତୁ ଯେହେତୁ ଟେରେଜା ଏହାକୁ ଗୁରୁତ୍ୱର ସହିତ ବିଚାର କଲା, ସେ ନିଜକୁ ଏକ ଅଭାବନୀୟ ସ୍ଥିତିରେ ପାଇଲା : ତାର ଧାରଣା ଗୁଡ଼ିକ ବିପଜ୍ଜନକ ଥିଲା ଓ ମାନବ ଜାତିରୁ ତାକୁ ଦୂରେଇ ନେଲା। ଯଦିଓ ଜେନେସିସ୍‌ର ସୃଷ୍ଟିତତ୍ତ୍ୱ କହେ ଯେ ଭଗବାନ ମଣିଷକୁ ଅନ୍ୟ ଜୀବଜନ୍ତୁ ଉପରେ ଆଧିପତ୍ୟ ବିସ୍ତାର ପାଇଁ ଆଜ୍ଞାଦେଲେ, ଆମେ ତାର ଅର୍ଥ ବାହାର କରିପାରୁ ଯେ ସେ ଖାଲି ଜୀବଜନ୍ତୁଙ୍କୁ ନିଜ ହେପାଜତରେ ରଖିବାର ଦାୟିତ୍ୱ ସେ ମଣିଷକୁ ଦେଲେ। ମଣିଷ ଏଇ ଗ୍ରହର ମାଲିକ ନୁହେଁ, କେବଳ ଏହାର ପ୍ରଶାସକ ଆଉ ସେଥିପାଇଁ ତାର ନିଜର ପ୍ରଶାସନ ପାଇଁ ସେ ଉତ୍ତରଦାୟୀ। ଡେକାର୍ଟେ ଆଉ ଗୋଟେ ଦମ୍ଭିଲା ପଦ ଆଗକୁ ବଢ଼ାଇନେଲେ : ସେଇ ପଦକ୍ଷେପ ଭିତରେ ଓ ସିଧାସଳଖ ଭାବରେ କହିଲେ ଯେ ପଶୁପକ୍ଷୀଙ୍କ ଆତ୍ମା ନାହିଁ। ମଣିଷ ମାଲିକ ଓ ପରିଚାଳକ, ପଶୁ କେବଳ ଏକ ସ୍ୱୟଂଚାଳିତ ଉପକରଣ, ଏକ ଜୀବନ୍ତ ଯନ୍ତ୍ର। ଯେତେବଳେ ଜଣେ ପଶୁ ବିଳାପ କରେ, ତାହା ବିଳାପ ନୁହେଁ। ସେଇଟା ଖାଲି ତ୍ରୁଟିପୂର୍ଣ୍ଣ ଯାନ୍ତ୍ରିକ ପ୍ରକ୍ରୀୟାର ଘର୍ଷଣ ଜନିତ ଶବ୍ଦ। ଯେତେବେଳେ ଗାଡ଼ିର ଚକ କଡ଼ମଡ଼ କରେ, ଗାଡିକୁ କଷ୍ଟ ହୁଏନା : ତାକୁ ଖାଲି ଟିକେ ତେଲ ଲଗାଇବା ଦରକାର, ଭଲ ଭାବରେ ଚାଲିବା ପାଇଁ। ତେଣୁକରି ବିଜ୍ଞାନାଗାରରେ କଟା ହେଉଥିବା ଜୀବନ୍ତ କୁକୁରଟିଏ ପାଇଁ ଦୁଃଖ କରିବାକୁ ଆମର କୌଣସି କାରଣ ନାହିଁ।

ଗାଈମାନେ ଚରୁଥିଲାବେଳେ ଟେରେଜା ଗୋଟେ ମାଟି କୁଦ ଉପରେ ପାଖରେ କାରେନିନ୍‌କୁ ଧରି ବସିଥାଏ। ତାର କୋଳରେ କାରେନିନ୍ ମୁଣ୍ଡ ରଖିଥାଏ। ପ୍ରାୟ ଦଶବର୍ଷ ତଳେ ଖବରକାଗଜରେ ବାହାରିଥିବା ଦୁଇଧାଡିକିଆ ସମ୍ବାଦଟିକୁ ସେ

ମନେ ପକାଇଲା, କେମିତି କୌଣସି ଏକ ରୁଷୀୟ ସହରରେ ସବୁ କୁକୁରମାନଙ୍କୁ ଏକାଥରକେ ଗୁଳି କରି ମାରି ଦିଆଯାଇଥିଲା । ସେଇ ଅଲକ୍ଷଣୀୟ ଓ ଆପାତତଃ ନଗଣ୍ୟ ଛୋଟିଆ ଲେଖାଟି ପ୍ରଥମ ଥର ପାଇଁ ତାର ଦେଶର ମାତ୍ରାଧିକ ଭାବରେ ବପୁବନ୍ତ ପଡ଼ୋଶୀର ପ୍ରତ୍ୟକ୍ଷ ଆତଙ୍କ ସହିତ ତାକୁ ପରିଚିତ କରାଇଥିଲା ।

ସେଇ ଛୋଟିଆ ଲେଖାଟି ଅବଶ୍ୟମ୍ଭାବୀ ବିପଦର ପୂର୍ବ ସୂଚନା ଥିଲା । ରୁଷ ସୈନ୍ୟ ଅଧିକାରର ପ୍ରଥମ କେତୋଟି ବର୍ଷକୁ ତଥାପି ବି ଆତଙ୍କର ରାଜତ୍ୱ ଭାବରେ ଅଭିହିତ କରାଯାଇ ପାରିବ ନାହିଁ । କାରଣ ବାସ୍ତବରେ ସମଗ୍ର ଦେଶରେ କେହି ଜଣେ ସେନାଶାସନ ସହିତ ରାଜି ନ ଥିଲେ । ରୁଷୀୟମାନେ ତାଙ୍କ ଭିତରୁ କେତୋଟି ବ୍ୟତିକ୍ରମ ମାନଙ୍କୁ ଘାଣ୍ଟି କାଢ଼ି ବାହାର କଲେ ଆଉ ତାଙ୍କୁ କ୍ଷମତାସୀନ କଲେ । କିଂତୁ ସେମାନେ ଆଉ କେଉଁଠି ଦେଖିଥାନ୍ତେ ? କମ୍ୟୁନିଷ୍ଟ ମତବାଦ ଉପରେ ସବୁ ବିଶ୍ୱାସ ଓ ରୁଷିଆ ପ୍ରତି ପ୍ରେମ ସବୁ ମରି ସାରିଥିଲା । ତେଣୁ ସେମାନେ ପ୍ରତିଶୋଧ ପରାୟଣ ଲୋକଙ୍କୁ ଓ ଜୀବନରୁ କିଛି ପାଇବାର ଆସକ୍ତି ରଖୁଥିବା ଲୋକଙ୍କୁ ଖୋଜିଲେ । ତାପରେ ସେମାନେ ସେଇ ଲୋକମାନଙ୍କର ହିଂସା ଆଚରଣକୁ ଏକନିଷ୍ଠ ଭାବରେ ଧ୍ୟାନ ଦେଲେ, ତାର ବିକାଶ କରି ତାର ପରିଚାଳନା କଲେ । ଅଭ୍ୟାସ ପାଇଁ ସେମାନଙ୍କୁ ଏକ କ୍ଷଣସ୍ଥାୟୀ ବିକଳ୍ପ ଦେବାକୁ ପଡ଼ିଲା । ସେମାନେ ବାଛିଥିବା ବିକଳ୍ପଟି ହେଲା ପଶୁପକ୍ଷୀ ।

ହଠାତ୍, ଉଦାହରଣସ୍ୱରୂପ ସହର ପରିସରର ସବୁ ପାରାଙ୍କୁ ନିପାତ କରିବା ଦାବୀରେ ସଂପାଦକଙ୍କୁ ପତ୍ର, ସଂଗଠିତ ପ୍ରଚାର ଓ ଅନ୍ୟାନ୍ୟ ଶିରୋନାମାରେ ଲେଖାମାନ ଖବରକାଗଜରେ ବାହାରିଲା ଏବଂ ସବୁ ପାରାମାନଙ୍କର ମୂଳୋତ୍ପାଟନ ହେଲା । କିଂତୁ କୁକୁରଙ୍କ ବିରୋଧରେ ଦାବୀଟା ବେଶୀ ଜୋର୍‌ଦାର୍ ଥିଲା । ସେନାଧିକାର ମହାବିପତ୍ତିରେ ଲୋକେ ତ ସେ ଯାଏଁ ଅଶାନ୍ତ ଥିଲେ । କିଂତୁ ରେଡ଼ିଓ, ଟେଲିଭିଜନ ଆଉ ସମ୍ବାଦପତ୍ର କୁକୁର ବିଷୟରେ କହି ଚାଲିଥିଲେ : ସେମାନେ କିପରି ରାସ୍ତାଘାଟ ଓ ପାର୍କ ମଇଳା କରନ୍ତି, ଆମର ଶିଶୁମାନଙ୍କର ସ୍ୱାସ୍ଥ୍ୟ ପ୍ରତି ବିପଦ ସୃଷ୍ଟି କରନ୍ତି, କିଛି ଦରକାରୀ କାମ କରନ୍ତି ନାହିଁ, ଅଥଚ ତାଙ୍କୁ ଖୁଆଇବାକୁ ଆମେ ବାଧ୍ୟ । ମାନସିକ ସ୍ତରରେ ସେମାନେ ଏପରି ଉତ୍ତାପ ଜାରି ରଖିଲେ ଯେ କାଳେ ପାଗଳ ଜନତା ଆସି କାରେନିନ୍‌ର କଣ ଅଘଟଣ କରି ପକାଇବେ ଭାବି ଟେରେଜା ଡରି କି ରହୁଥିଲା । ବର୍ଷକ ପରେ ଯାଇ ସେଇ ପୁଞ୍ଜିଭୁତ ବିଦ୍ୱେଷ (ଯାହା କି ସେତେବେଳକୁ ଅଭ୍ୟାସ ଉପଲକ୍ଷେ ପଶୁମାନଙ୍କ ଉପରେ ଉଦ୍‌ଗୀରଣ ହେଇ ସାରିଥିଲା) ନିଜର ଅସଲ ଲକ୍ଷ୍ୟ ପାଇଲା : ଲୋକମାନେ । ଚାକିରୀରୁ ଲୋକମାନଙ୍କୁ

ବାହାର କରି ଦିଆଗଲା, ଗିରଫ କରାଗଲା, ସେମାନଙ୍କ ବିଚାର ଚାଲିଲା। ଯା ହେଉ, ଶେଷରେ ପଶୁମାନେ ସ୍ୱସ୍ତିରେ ନିଶ୍ୱାସ ମାରିଲେ।

କାରେନିନ୍‌ର ମୁଣ୍ଡକୁ ଟେରେଜା ଆଉଁସୁଥାଏ। କାରେନିନ୍ ଚୁପ୍‌ଚାପ ତା କୋଳରେ ମୁଣ୍ଡ ରଖିଥାଏ। ସେତିକିବେଳେ ତାର ମୁଣ୍ଡକୁ କଥାଟିଏ ଜୁଟିଲା : ନିଜର ପାଖ ଆଖର ଲୋକଙ୍କ ପ୍ରତି ଭଦ୍ର ହେବାରେ ସେମିତି କିଛି ବିଶେଷ ମୂଲ୍ୟ ନାହିଁ। ତାକୁ ଗାଁର ଅନ୍ୟଲୋକଙ୍କୁ ଭଦ୍ରୋଚିତ ବ୍ୟବହାର ଦେଖାଇବାକୁ ପଡିଲା। କାରଣ ତା ନହେଲେ ସେ ସେଠି ରହି ପାରି ନ ଥାନ୍ତା। ଏପରିକି ଟମାସ ପ୍ରତି ସ୍ନେହଶୀଳ ବ୍ୟବହାର ଦେଖାଇବାକୁ ସେ ବାଧ୍ୟ ହୁଏ। କାରଣ ଟେରେଜା ତାକୁ ଲୋଡ଼େ। ଅନ୍ୟମାନଙ୍କ ସହିତ ଆମ ସଂପର୍କର କେଉଁ ଅଂଶଟି ଆମର ଆବେଗ ପ୍ରସୂତ- ପ୍ରେମ, ଘୃଣା, ବଦାନ୍ୟତା କିମ୍ବା ବିଦ୍ୱେଷ - ଆଉ କେଉଁ ଅଂଶଟି ବ୍ୟକ୍ତିବିଶେଷମାନଙ୍କ ମଧ୍ୟରେ ଅନବରତ ଚାଲିଥିବା କ୍ଷମତା ଖେଳ ଦ୍ୱାରା ପୂର୍ବ ନିର୍ଦ୍ଧାରିତ ତାହା ନିଶ୍ଚିତତାର ସହିତ ଆମେ କେବେ ନିରୂପଣ କରି ପାରିବା ନାହିଁ।

ସଂପୂର୍ଣ୍ଣ ଶୁଦ୍ଧ ଓ ସ୍ୱାଧୀନ ହେଇ ପ୍ରକୃତ ମାନବିକ ସଦ୍‌ଗୁଣ ପ୍ରକାଶିତ ହୁଏ, ଯେତେବେଳେ କି ତାର ଗ୍ରହଣକାରୀର କିଛି ବି କ୍ଷମତା ନ ଥାଏ। ମାନବଜାତିର ପ୍ରକୃତ ନୈତିକ ପରୀକ୍ଷା, ତାର ମୌଳିକ ପରୀକ୍ଷା (ଯାହା କି ଦୃଷ୍ଟିର ଗଭୀର ଅନ୍ତରାଳରେ ରୁହେ), ତାର ଅଧୀନରେ ବା ଦୟାରେ ଥିବା ପଶୁପକ୍ଷୀଙ୍କ ପ୍ରତି ଦୃଷ୍ଟିକୋଣରେ ନିହିତ। ଆଉ ଏ ପରିପ୍ରେକ୍ଷୀରେ ମାନବଜାତିର ଏକ ମୌଳିକ ପତନ ଘଟି ସାରିଛି। ଏତେ ମୌଳିକ ଭାବରେ ଏକ ପତନ ଯେ ବାକିସବୁଯାକ ପତନର ଏହା ଉତ୍ସ ବୋଲି କୁହାଯାଇପାରେ।

ଛଡା ଗୋଟିଏ ଟେରେଜା ସହିତ ବନ୍ଧୁତା କରିଥିଲା। ଛଡାଟି ଅଟକିଯାଏ ଓ ତାର ବଡ଼ବଡ଼ କଷରା ଆଖିରେ ଟେରେଜାକୁ ଅନାଏ। ଟେରେଜା ତାକୁ ଚିହ୍ନିଗଲା। ସେ ତାକୁ ଡାକିଲା ମାର୍କେଟା। ତାର ସବୁ ଛଡା ମାନଙ୍କୁ ନାଁ ଦେଇ ପାରିଥିଲେ ସେ ଖୁସି ହେଇଥାନ୍ତା। କିଂତୁ ସେ ପାରି ନ ଥିଲା। ସେମାନେ ଅନେକ ଗୁଡାଏ ଥିଲେ। ବେଶୀ ଆଗର କଥା ନୁହଁ, ଏଇ ଚାଳିଶ ବର୍ଷ ଆଗେ ଗାଁରେ ସବୁ ଗାଈ ମାନଙ୍କର ନାଁ ଥିଲା। (ଆଉ ଯଦି ନାଁ ଥିବାଟା ଗୋଟେ ଆତ୍ମା ଥିବାର ଚିହ୍ନ, ମୁଁ କହିପାରେ ଯେ ଡେକାର୍ଟେ କହିବା ସତ୍ତ୍ୱେ ସେମାନଙ୍କର ଆତ୍ମା ଥିଲା) କିଂତୁ ତାପରେ ଗାଁ ଗୁଡିକ ବିରାଟ ସମବାୟ ଶିଳ୍ପରେ ପରିଣତ ହେଇଗଲେ, ଆଉ ଗାଈମାନେ ଗୁହାଳରେ ପାଞ୍ଚଫୁଟ ବର୍ଗାକାର ବିଶିଷ୍ଟ ଜାଗାରେ ସାରା ଜୀବନ ବିତାଇବାରେ ଲାଗିଲେ।

ସେଇ ସମୟଠାରୁ ସେମାନଙ୍କର ଆଉ ନାଁ ରହିଲା ନାହିଁ। ଆଉ ସେମାନେ ଖାଲି ଜୀବନ୍ତ ଯନ୍ତ୍ର ହେଇଗଲେ। ଦୁନିଆଁ ଡେକାଟେଙ୍କ ଉକ୍ତିକୁ ମାନ୍ୟତା ଦେଲା।

ମୋ ଆଖି ସାମ୍ନାରେ ଟେରେଜା ବାରବାର ଉଭା ହୁଏ। ମୁଁ ତାକୁ କଟା ଗଛର ଥୁଣ୍ଟ ଉପରେ ବସି କାରେନିନ୍‌ର ମୁଣ୍ଡକୁ ଥାପୁଡ଼େଇ ଦଉଦଉ ମାନବ ଜାତିର ବିପର୍ଯ୍ୟୟକୁ ରୋମନ୍ଥନ କରୁଥିବାର ଦେଖେ। ଅନ୍ୟ ଗୋଟେ ପ୍ରତିଛବି ମଧ୍ୟ ମୋର ମନକୁ ଆସେ : ଟ୍ୟୁରିନ୍‌ରେ ନିତ୍‌ସେ ହୋଟେଲ ଛାଡ଼ି ବାହାରୁଥିବାର ଦୃଶ୍ୟ। ଜଣେ ଟାଙ୍ଗାୱାଲା ଘୋଡାଟାକୁ କୋରଡା ମାଡ଼ ଦଉଥିବାର ଦେଖି ନିତ୍‌ସେ ସିଧା ଘୋଡ଼ା ପାଖକୁ ଗଲେ ଆଉ ଟାଙ୍ଗାବାଲାର ଆଖି ସାମ୍ନାରେ ଘୋଡାର ବେକରେ ହାତ ଜଡ଼ାଇ କାନ୍ଦି ପକାଇଲେ।

ଏଇଟା ୧୮୮୯ର ଘଟଣା, ଯେତେବେଳେ ନିତ୍‌ସେ ମଧ୍ୟ ଲୋକଙ୍କଠାରୁ ନିଜକୁ ଦୂରେଇ ନେଇ ଯାଇଥିଲେ। ଅନ୍ୟ ଅର୍ଥରେ, ସେଇ ସମୟର ଘଟଣା ଯେତେବେଳେ କି ନିତ୍‌ସେଙ୍କ ମାନସିକ ଅସୁସ୍ଥତା ସେଇମାତ୍ର ବାହାରିଥାଏ। କିଂତୁ ଖାସ ସେଇ କାରଣରୁ ହିଁ ମତେ ଲାଗେ ତାଙ୍କର ଭାବଭଙ୍ଗୀର ଏକ ବ୍ୟାପକ ଅର୍ଥ ରହିଛି : ଡେକାଟେଙ୍କ ଯୋଗୁଁ ନିତ୍‌ସେ ଘୋଡ଼ାଟି ପାଖରେ କ୍ଷମା ମାଗିବାର ଚେଷ୍ଟା କରୁଥିଲେ। ତାଙ୍କର ମାନସିକ ବିକୃତି (ମାନବ ଜାତିଠାରୁ ତାଙ୍କର ଶେଷ ସଂପର୍କ ଛିନ୍ନ ହେବା) ଘୋଡାଟି ପାଖରେ ଲୁହ ଗଡାଇବା କ୍ଷଣି ହିଁ ଆରମ୍ଭ ହେଲା।

ଆଉ ସେଇ ନିତ୍‌ସେଙ୍କୁ ହିଁ ମୁଁ ଭଲ ପାଏ, ଠିକ୍ ଯେମିତି ତା କୋଳରେ ମରଣୋନ୍ମୁଖୀ ରୋଗାକ୍ରାନ୍ତ କୁକୁରଟିର ମୁଣ୍ଡ ରଖିଥିବା ଟେରେଜାକୁ ମୁଁ ଭଲପାଏ। ମୁଁ ଦୁହିଁଙ୍କୁ ପାଖାପାଖି ଦେଖେ : ଦୁହେଁ ସେଇ ରାସ୍ତାରୁ ତଳକୁ ଓହ୍ଲାଇଯାନ୍ତି ଯେଉଁଠି ମାନବଜାତି "ପ୍ରକୃତିର ମାଲିକ ଓ ପରିଚାଳକ" ହୋଇ ଆଗକୁ ମାଡ଼ି ଚାଲେ।

(୩)

କାରେନିନ୍ ଦୁଇଟା ପାଉଁରୁଟି ଓ ଗୋଟେ ମହୁମାଛିକୁ ଜନ୍ମ ଦେଲା। ସେ ଏକଲୟରେ ଚାହିଁଲା, ନିଜର ସନ୍ତାନସନ୍ତତିଙ୍କୁ ଦେଖି ଆଶ୍ଚର୍ଯ୍ୟ ହେଲା। ପାଉଁରୁଟି ଦୁଇଟା ପ୍ରଶାନ୍ତ ଥିଲେ। କିଂତୁ ମହୁମାଛିଟା ନିଶାସକ୍ତ ହେଲା ପରି ହାମୁଡ଼େଇ ହେଉଥିଲା। ଶେଷରେ ଉପରକୁ ଉଡ଼ି ଦୂରକୁ ଚାଲିଗଲା।

କିମ୍ବା ଟେରେଜାର ସ୍ୱପ୍ନରେ ସେଇୟା ହିଁ ଘଟିଲା। ସେ ଉଠିଲାମାତ୍ରକେ ଟମାସକୁ ଏକଥା କହିଲା। ସେମାନେ ଦୁହେଁ ସେଥିରୁ ଗୋଟେ ପ୍ରକାର ସାନ୍ତ୍ୱନା ପାଇଲେ। ଏହା କାରେନିନ୍‌ର ଅସୁସ୍ଥତାକୁ ଗର୍ଭଧାରଣରେ ରୂପାନ୍ତରିତ କରିଦେଲା ଓ ପ୍ରସବର ନାଟକୀୟତାକୁ ଉଭୟ ହାସ୍ୟାସ୍ପଦ ଏବଂ କରୁଣ କରିଦେଲା : ଦୁଇଟି ପାଉଁରୁଟି ଓ ଗୋଟିଏ ମହୁମାଛି।

ସେ ପୁଣି ଅଯୌକ୍ତିକ ଆଶାର ହାବୁଡ଼ରେ ପଡ଼ିଲା । ଖଟରୁ ଉଠିପଡ଼ି ସେ ତାର ଲୁଗା ପିନ୍ଧିଲା । ଏଠି ମଧ୍ୟ ପାଉଁରୁଟି, ରୁଟି ଓ କ୍ଷୀର ପାଇଁ ଦୋକାନକୁ ଯିବା କାମରେ ତାର ଦିନଟା ଆରମ୍ଭ ହୁଏ । କିଂତୁ ସକାଳ ବୁଲା ପାଇଁ ସେ ଯେତେବେଳେ କାରେନିନ୍‌କୁ ଡାକିଲା, ସେ ମୁଣ୍ଡ ଉଠାଇ ପାରୁ ନ ଥାଏ । କାରେନିନ୍ ନିଜେ ତାଙ୍କ ଉପରେ ଲଦି ଦେଇଥିବା ଏଇ ନିତିଦିନିଆଁ କାମରେ ଭାଗ ନେବାକୁ ପ୍ରଥମଥର ପାଇଁ ସେ ସତେ ଅବା ମନା କଲା ।

ସେ ତାରି ବିନା ଗଲା । 'କାରେନିନ୍ କାହିଁ ?' ଦୋକାନର କାଉଣ୍ଟର ପଛରେ ଥିବା ସ୍ତ୍ରୀ ଲୋକଟି ପଚାରିଲା, ଯିଏ ସବୁଦିନ ପରି କାରେନିନ୍‌ର ପାଉଁରୁଟି ରଖିଥିଲା । ଟେରେଜା ନିଜେ ତାର ବେଗ୍‌ରେ ତାହା ନେଇ ଘରକୁ ଆଣିଲା । ବାଟ ମୁହଁରେ ପହଞ୍ଚିଲାମାତ୍ରେ ସେ ସେଇଟାକୁ ବେଗ୍‌ରୁ କାଢ଼ି ତାକୁ ଦେଖାଇଲା । କାରେନିନ୍ ଆସି ସେଇଟା ନେଇଯାଉ-- ଟେରେଜା ସେଇୟା ଚାହୁଁଥିଲା । କିଂତୁ ସେ ସେଇଠି କେବଳ ନିଶ୍ଚଳ ହେଇ ପଡ଼ିଥାଏ ।

ଟେରେଜା କେତେ ଦୁଃଖିତ ଟମାସ ଦେଖିଲା । ସେ ପାଉଁରୁଟିକୁ ନିଜ ମୁହଁରେ ଖଣ୍ଡେ ରଖି ଚାରି ଗୋଡ଼ିଆ ହେଇ କାରେନିନ୍ ସାମ୍ନାରେ ବସିଲା । ତାପରେ ଧୀରେଧୀରେ ସେ ଗୁରୁଣ୍ଡି ତା ପାଖକୁ ଗଲା ।

କାରେନିନ୍ ନଜର ବୁଲାଇଲା ଯେଉଁଥିରେ ଆଗ୍ରହର ଛିଟା ଥାଏ । କିଂତୁ ସେ ନିଜେ ନିଜକୁ ଉଠାଇ ପାରୁ ନ ଥାଏ । ଟମାସ ତାର ନିଜ ମୁହଁକୁ କାରେନିନ୍‌ର ଲମ୍ବା ଗୋଲିଆ ମୁହଁ ପାଖକୁ ଦେଲା । ତାର ଦେହକୁ ଟିକିଏ ହଲଚଲ୍ ନ କରି କୁକୁରଟା ଟମାସ ତା ମୁହଁରେ ଧରି ରଖିଥିବା ପାଉଁରୁଟି ଖଣ୍ଡେ ଟାଣି ନିଜ ମୁହଁରେ ପୁରାଇଲା । ତାପରେ ଟମାସ ତାର ଖଣ୍ଡିକ ମୁହଁରୁ ଛାଡିଦେଲା ଯେମିତିକି କାରେନିନ୍ ସବୁଯାକ ଖାଇ ପାରିବ ।

ଯେମିତି ଚାରିଗୋଡିଆ ହେଇ ଟମାସ ଟିକେ ପଛକୁ ହଟିଲା, ପିଠିକୁ ବାଙ୍କେଇଲା ଓ ଭୁକିବା ଆରମ୍ଭ କଲା ଯେମିତିକି ସେ ପାଉଁରୁଟି ପାଇଁ କାରେନିନ୍ ସାଙ୍ଗରେ ମାଡ଼ଗୋଳ ହେବାକୁ ଚାହୁଁଛି । ଟିକିଏ ସମୟ ପରେ, କୁକୁରଟା ତାର ପ୍ରତିକ୍ରୀୟାରେ ଟିକେ ଭୁକିଲା । ଯା ହେଉ ଶେଷରେ ! ସେମାନେ ଯାହା ଚାହୁଁଥିଲେ ! କାରେନିନ୍‌ର ଖେଳିବାର ଇଚ୍ଛା ହେଲା ! ବଞ୍ଚିବା ପାଇଁ ଇଚ୍ଛା କାରେନିନ୍ ହରାଇ ନାହିଁ ।

ସେଇ ଭୁକିବାଟା ହିଁ ଥିଲା କାରେନିନ୍‌ର ହସ । ଆଉ ସେମାନେ ପାରୁପର୍ଯ୍ୟନ୍ତ ତାହା ବଞ୍ଚାଇ ରଖିବାକୁ ଚାହିଁଲେ । ତେଣୁ ଟମାସ ପୁଣି ତାରି ପାଖକୁ ଗୁରୁଣ୍ଡି ଗୁରୁଣ୍ଡି ଗଲା ଓ କାରେନିନ୍ ମୁହଁରେ ଲାଖିଥିବା ପାଉଁରୁଟିରୁ ଖଣ୍ଡେ ଛିଣ୍ଡାଇ ଆଣିଲା ।

ଦୁହିଁଙ୍କର ମୁହଁ ଏତେ ପାଖାପାଖି ଥିଲା ଯେ ଟମାସ କୁକୁରଟିର ପ୍ରଶ୍ୱାସ ଶୁଙ୍ଘି ପାରିଲା । କାରେନିନ୍‌ର ଥୋଡିର ଲମ୍ବା ବାଳ ତା ମୁହଁରେ ବାଜି ସଲସଲ କଲା । କୁକୁରଟି ଆଉଥରେ ଭୁକିଲା ଆଉ ତାର ମୁହଁଟା ସଙ୍କୁଚିତ ହେଇଗଲା । ପାଟି ପଡିଗଲା । ଏଥର ଦୁହିଁଙ୍କ ଦାନ୍ତରେ ପାଉଁରୁଟିର ଖଣ୍ଡେ ଲେଖାଏଁ ରହିଲା । ତାପରେ କାରେନିନ୍ ତାର ପୁରୁଣା କୌଶଳର ଭୂଲ୍‌ଟିଏ ଦୋହରାଇଲା । ସବୁଥର ପରି ଟମାସ ଯେ ଗୋଟେ କୁକୁର ନୁହେଁ ଆଉ ତାର ହାତ ଅଛି ଏକଥା ଭୁଲିଯାଇ କାରେନିନ୍ ତା ମାଲିକର ମୁହଁରୁ ଖଣ୍ଡିଆ ପାଉଁରୁଟିକୁ ପାଇବା ଆଶାରେ ନିଜ ଖଣ୍ଡକ ତଳେ ପକାଇଦେଲା । ନିଜ ମୁହଁରେ ପାଉଁରୁଟି ଖଣ୍ଡକ ନ ପକାଇ ଟମାସ ତଳୁ ଆଉ ଖଣ୍ଡକ ପାଉଁରୁଟି ଗୋଟାଇଲା ।

'ଟମାସ !' ଟେରେଜା ପାଟିକଲା । 'ତମେ ତାର ପାଉଁରୁଟି ନେଇ ପାରିବନି, ନେଇଛ କି ?'

ଟମାସ ଦୁଇଖଣ୍ଡ ଯାକ ପାଉଁରୁଟି କାରେନିନ୍ ସାମ୍ନାରେ ତଳେ ପକାଇଦେଲା । ସଙ୍ଗେସଙ୍ଗେ କାରେନିନ୍ ପ୍ରଥମ ଖଣ୍ଡଟିକୁ ଗିଳି ପକାଇଲା ଓ ଦେଖାଇଲା ପରି ଦ୍ୱିତୀୟ ଖଣ୍ଡଟିକୁ ଗୁଡାଏ ବେଳ ପାଟିରେ ଧରି ରଖିଥାଏ । ଦୁଇଜଣଙ୍କ ଭିତରେ ସେ ତାର ଜିତାପଣର ବାହାଦୁରୀ ଦେଖାଉଥାଏ ।

ସେଠି ଛିଡା ହେଇ ତାକୁ ଦେଖୁଦେଖୁ ସେମାନେ ପୁଣି ଥରେ ଭାବିଲେ ଯେ ସେ ହସୁଛି । ଆଉ ଯେତେଦିନ ଯାଏଁ ସେ ହସି ପାରୁଛି ସେତେଦିନ ଯାଏଁ ତାର ମୃତ୍ୟୁ ଦଣ୍ଡାଦେଶ ସତ୍ତ୍ୱେ ଜିଇଁବାର ଆକାଂକ୍ଷା ରହିଛି ।

ତା ପରଦିନ ତାର ଅବସ୍ଥାରେ ପ୍ରକୃତରେ ଉନ୍ନତି ପରିଲକ୍ଷିତ ହେଲା ପରି ମନେ ହେଲା । ସେମାନେ ମଧ୍ୟାହ୍ନ ଭୋଜନ କଲେ । ଦିନର ଏଇ ସମୟରେ ସାଧାରଣତଃ ସେମାନେ ତାକୁ ବାହାରକୁ ବୁଲେଇ ନେଇଥାନ୍ତି । ଦୁହିଁଙ୍କ ମଝିରେ ସେ ଅସ୍ଥିର ହେଇ ଆଗକୁ ପୁଣି ପଛକୁ ହେଇ ଦୌଡ଼ିବା ଥିଲା ତାର ଅଭ୍ୟାସ । ସେଦିନ କିଂତୁ ଟେରେଜା କାରେନିନ୍ ବେକର ପଟି ଓ ଫିତା ଉଠାଇଲା ବେଳେ କାରେନିନ୍ ତାକୁ ନିଷ୍ପ୍ରଭ ଦୃଷ୍ଟିରେ ଚାହିଁ ରହିଲା । ସେମାନେ ଦୁହେଁ ଖୁସି ହେବାକୁ ଚେଷ୍ଟାକଲେ (ତାରି ପାଇଁ ଓ ତାରି ବିଷୟରେ) । ତାକୁ ଟିକେ ଚେଙ୍ଗା କରିବାକୁ ଚେଷ୍ଟା କଲେ । ଅନେକ ସମୟ ଅପେକ୍ଷା କଲାପରେ କାରେନିନ୍ ସେମାନଙ୍କ ଉପରେ ତରସିଲା । ତିନି ଗୋଡ଼ରେ ଟଳମଳ ହେଇ ଠିଆ ହେଲା ଓ ଟେରେଜାକୁ ବେକରେ ପଟି ପିନ୍ଧେଇବାକୁ ଦେଲା ।

'ଟେରେଜା, ମୁଁ ଜାଣେ ତମକୁ କେମେରା ଭଲ ଲାଗେ ନାହିଁ', ଟମାସ କହିଲା, 'କିଂତୁ ଆଜି ଦିନଟା ନେଇକି ଚାଲ, ନେବ ?'

କେତେଦିନରୁ ବିସ୍ମୃତ ଓ ପରିତ୍ୟକ୍ତ କେମେରାଟିକୁ ଖୋଜି ବାହାର କରିବା ପାଇଁ ଟେରେଜା ଯାଇ ଆଲମାରୀ ଖୋଲିଲା । 'ଗୋଟେ ଦିନ ଆମେ ଫଟୋ ଦେଖି ଖୁସି ହେବା', ଟମାସ କହି ଚାଲିଥାଏ । 'କାରେନିନ୍ ଆମ ଜୀବନର ମୁଖ୍ୟ ଅଂଶ ହେଇ ରହିଥିଲା ।'

'ହେଇଥିଲା' ମାନେ ତମେ କଣ କହିବାକୁ ଚାହେଁ ? ସାପ କାମୁଡିଲା ପରି ଟେରେଜା କହିଲା । ଆଲମାରୀ ଥାକରେ ତାରି ସାମ୍ନାରେ କେମେରାଟା ପଡିଥାଏ । କିଂତୁ ତାକୁ ଉଠାଇବା ପାଇଁ ସେ ନଇଁଲା ସୁଦ୍ଧା ନାହିଁ । 'ମୁଁ ସାଙ୍ଗରେ ଏଇଟାକୁ ନେବି ନାହିଁ । କାରେନିନ୍‌କୁ ହରାଇବା କଥା ମୁଁ ଭାବି ପାରୁ ନାହିଁ । ଆଉ ତମେ ତାକୁ ଅତୀତ କାଳରେ ଥୋଇ କଥା କହୁଛ !'

'ମୁଁ ଦୁଃଖିତ', ଟମାସ କହିଲା ।

'ଠିକ୍ ଅଛି', ଟେରେଜା ଶାନ୍ତ ଭାବରେ କହିଲା । "ମୁଁ ସବୁଦିନ ତା କଥା ଅତୀତ କାଳରେ ରଖି ଭାବୁଥାଏ । ମୋ ମନ ଭିତରୁ ତାହା ବାହାର କରିବା ପାଇଁ ମୁଁ ସବୁବେଳେ ଚେଷ୍ଟା କରୁଥାଏ । ସେଥିପାଇଁ ମୁଁ କେମେରା ନେବି ନାହିଁ ।"

ସେମାନେ ନୀରବରେ ଚାଲିଲେ । ଅତୀତ କାଳରେ ରଖି କାରେନିନ୍ କଥା ନ ଭାବିବାର ଏକମାତ୍ର ପନ୍ଥା ନୀରବତା । ସେମାନେ ତାକୁ ଦୃଷ୍ଟିରୁ ବାହାରେ ରଖୁ ନ ଥିଲେ । ତାର ଟିକେ ହସକୁ ଆଶା ରଖି ସେମାନେ ସବୁବେଳେ ତାର ପାଖେ ପାଖେ ଥିଲେ । କିଂତୁ ସେ ଆଉ ହସିଲା ନାହିଁ । ଖାଲି ତିନିଟା ଗୋଡ଼ରେ ଛୋଟେଇ ଛୋଟେଇ ତାଙ୍କ ସହିତ ଚାଲିଲା ।

'ସେ ଖାଲି ଆମ ପାଇଁ ଯାଉଛି', ଟେରେଜା କହିଲା, 'ସେ ବୁଲିଯିବାକୁ ଚାହୁଁ ନ ଥିଲା । କେବଳ ଆମ ଖୁସି ପାଇଁ ସେ ସାଙ୍ଗରେ ଯାଉଛି ।'

ଯେ ଯାହା କହିଲା, କଥାଟା ଦୁଃଖଦ । ତଥାପି ତାହା ଜାଣି ନ ପାରି ସେମାନେ ଖୁସି ଥିଲେ । ଦୁଃଖ ସତ୍ତ୍ୱେ ନୁହେଁ, ଏଥିରୁ ଅଜାଣତରେ ହିଁ ସେମାନେ ଖୁସି ଥିଲେ । ସେମାନେ ପରସ୍ପର ହାତ ଧରାଧରି ହେଇ ଥିଲେ ଆଉ ଦୁହିଁଙ୍କ ସାମ୍ନାରେ ସେଇ ସମାନ ଛବିଟିଏ ଥିଲା : ଗୋଟେ ଛୋଟା କୁକୁର ଯିଏ ସେମାନଙ୍କ ଜୀବନର ଦଶବର୍ଷର ପ୍ରତିନିଧିତ୍ୱ କରୁଥିଲା ।

ସେମାନେ ଆଉ ଟିକିଏ ଆଗକୁ ବଢ଼ିଲେ । କିଂତୁ ତାଙ୍କୁ ହତାଶ କରି କାରେନିନ୍ ଅଟକିଯାଇ ବୁଲି ପଡ଼ିବାରୁ ସେମାନଙ୍କୁ ଫେରିବାକୁ ହେଲା ।

ବୋଧହୁଏ ସେଇଦିନ କିମ୍ବା ପରଦିନ ଟେରେଜା ଭିତରକୁ ଯାଉଯାଉ ଟମାସକୁ ଚିଠି ଖଣ୍ଡେ ପଢ଼ିଥିବାର ଦେଖିଲା । କବାଟ ଖୋଲିବାର ଶବ୍ଦ ଶୁଣି ଟମାସ

ତାକୁ ଅନ୍ୟାନ୍ୟ କାଗଜପତ୍ର ଭିତରେ ଗେଞ୍ଜି ଦେଲା । ଟେରେଜା ତାକୁ ସେମିତି କରିବାର ନିଜେ ଦେଖିଲା । ରୁମ୍‌ରୁ ବାହାରି ଆସୁ ଆସୁ ସେ ଟମାସକୁ ଚିଠିଟାକୁ ପକେଟରେ ପୁରାଇବା ମଧ୍ୟ ଦେଖିଲା । କିଂତୁ ଟମାସ ଚିଠିର ଲଫାଫାଟିକୁ ଭୁଲିଗଲା । ଘରେ ଏକୁଟିଆ ସେଇଟାକୁ ଭାରି ସନ୍ତର୍ପଣରେ ଟେରେଜା ପଢିଲା । ଠିକଣାଟା ଜଣେ ଏପରିଚିତ ହାତଲେଖା । କିଂତୁ ବେଶ୍ ପରିଷ୍କାର । ଜଣେ ସ୍ତ୍ରୀଲୋକର ହୋଇଥିବାର ସେ ଅନୁମାନ କଲା ।

ଟମାସ ଆସିଲା ପରେ ସେ ତାକୁ ସେ ଅବିଚଳିତ ଭାବରେ କିଛି ଚିଠିପତ୍ର ଆସିଛି କି ବୋଲି ପଚାରିଲା ।

'ନା', କହିଲା ଟମାସ ଆଉ ଟେରେଜାକୁ ହତାଶାରେ ଭରିଦେଲା । ଟେରେଜା ପାଇଁ ସବୁଠୁ ମାରାତ୍ମକ ନିରାଶା ଯା ସହିତ ସେ ଅନଭ୍ୟସ୍ତ ହୋଇଯାଇଥିଲା । ନା, ସେ ବିଶ୍ୱାସ କଲା ନାହିଁ ଯେ ଗାଁରେ ଟମାସର ଜଣେ ରକ୍ଷିତା ଅଛି । ସେଇଟା ନିହାତି ଅସମ୍ଭବ । ପ୍ରତି ମୂହୁର୍ତ୍ତରେ ସେ କଣ କରେ ତାହା ଟରେଜା ଜାଣେ । ପ୍ରାଗ୍‌ରେ ସେ ନିଶ୍ଚୟ ଜଣେ ସ୍ତ୍ରୀଲୋକ ସହିତ ସଂପର୍କ ରଖିଛି । ଏବେ ଯଦିଓ ସ୍ତ୍ରୀଲୋକଟା ଟମାସର ବାଳରେ ତାର ଜଙ୍ଘ ସନ୍ଧିର ବାସ୍ନା ଝାଡ଼ି ପାରୁ ନାଇଁ, ତଥାପି ବି ସେ ଟମାସର ଏତେ ପ୍ରିୟ । ସେଇ ସ୍ତ୍ରୀଲୋକଟା ପାଇଁ ଯେ ଟମାସ ତାକୁ ଛାଡିଦେବ ଏକଥା ଟେରେଜାର ବିଶ୍ୱାସ ହେଲା ନାହିଁ । କିଂତୁ ଗାଁରେ ସେମାନଙ୍କର ଦୁଇ ବର୍ଷର ଖୁସିଟା ଟମାସର ମିଛକଥାରେ ମଳିନ ପଡିଗଲା ପରି ମନେ ହେଲା ।

ଗୋଟେ ପୁରୁଣା ଭାବନା ତା ମନକୁ ଲେଉଟିଲା : କାରେନିନ୍ ତାର 'ଘରକରଣା', ଟମାସ ନୁହେଁ । ସେ ଚାଲିଗଲା ପରେ ତାଙ୍କର ଦିନ ସରିବ କେମିତି ?

ମନଟା ଭବିଷ୍ୟତକୁ ବାହିଗଲା । କାରେନିନ୍‌ର ଅବର୍ତ୍ତମାନର ଏକ ଭବିଷ୍ୟତ । ଟେରେଜା ନିଜକୁ ଅନାଥ ମନେ କଲା ।

ଗୋଟେ କୋଣରେ ପଡି ରହି କାରେନିନ୍ ଦୁର୍ବଳ ସ୍ୱରରେ କୁଁ କୁଁ ହେଉଥାଏ । ଟେରେଜା ବଗିଚା ଭିତରକୁ ଗଲା । ଦୁଇଟା ସେଓ ଗଛ ଭିତରେ ଥିବା ଖଣ୍ଡେ ସାବୁଜା ଭୂଇଁକୁ ଦେଖିଲା ଓ କଳ୍ପନାରେ ସେଇଠି କାରେନିନ୍‌କୁ କବର ଦେବା ଭାବିଲା । ସେ ଗୋଡ଼ରେ ମାଟି ଖୋଳି ଆୟତାକାର ଜାଗାଟିଏ ଆଙ୍କିଲା । ସେଇଠି ହିଁ ହେବ ତାର କବର ।

'କଣ କରୁଛ ?' କେତେଘଣ୍ଟା ଆଗରୁ ଚିଠିଟା ପଢ଼ି ଠିକ୍ ତାକୁ ଟେରେଜା ଚମକାଇ ଦେଲା ପରି ଟମାସ ତାକୁ ପଚାରିଲା ।

ସେ କିଛି ଉତ୍ତର ଦେଲା ନାହିଁ । ଟମାସ ଲକ୍ଷ୍ୟ କଲା ଯେ ଅନେକ ମାସ ପରେ ପହିଲା କରି ଟେରେଜାର ହାତ ଥରୁଛି । ସେ ତାର ହାତକୁ ଟାଣି ଜାବୁଡ଼ି ଧରିଲା । ଟେରେଜା ତାଠୁ ହାତ ଛଡ଼େଇ ନେଲା ।

'ସେଇଟା କଣ କାରେନିନ୍‌ର କବର ?'

ସେ ଉତ୍ତର ଦେଲା ନାହିଁ ।

ତାର ନୀରବତା ଟମାସକୁ ଚୁରି ପକାଇଲା । ସେ ଫାଟି ପଡିଲା । 'ତାକୁ ଅତୀତ କାଳରେ ଯୋଡି କଥା କହୁଥିବାରୁ ପହିଲା ତମେ ମତେ ଦୋଷ ଦେଲ, ଆଉ ତାପରେ ତମେ କଣ କରୁଛ ? ତମେ ଯାଅ ଆଉ କବର ଦେବାର ବ୍ୟବସ୍ଥା କରିପକାଅ !'

ଟେରେଜା ତା ଆଡକୁ ପଛ କରିଦେଲା ।

ପଛରେ କବାଟଟାକୁ ଧଡ୍ କରି ପିଟିଦେଇ ଟମାସ ତା ରୁମ୍ ଭିତରକୁ ପଶିଗଲା ।

ଟେରେଜା କବାଟ ଖୋଲି ଭିତରକୁ ଗଲା : 'ସବୁବେଳେ ନିଜ କଥା ନ ଭାବି ତମେ ଟିକେ ତା କଥା ଭାବି ଦେଖ'; ସେ କହିଲା । 'ସେ ଶୋଇଥିଲା । ଆଉ ତମେ ଏବେ ତାକୁ ଉଠାଇ ଦେଲ । ଏଇନେ ପୁଣି ସେ ଉଠିପଡି କୁଁ କୁଁ ହେବ ।'

ସେ ଜାଣେ, ସେ ଠିକ୍ କଥା କହୁ ନାହିଁ (କୁକୁରଟା ଶୋଇ ନଥିଲା), ସେ ଜାଣେ ସେ ସବୁଠୁ ବାଜେ ସ୍ତ୍ରୀଲୋକ ପରି ଅଭିନୟ କରୁଛି ଯେଉଁ ପ୍ରକାର ସ୍ତ୍ରୀ ଖାଲି କଷ୍ଟ ଦିଏ ଓ କିପରି ଦିଆହୁଏ ଜାଣେ ।

ଟମାସ ପାଦ ଚିପିଚିପି କାରେନିନ୍ ଶୋଇଥିବା ରୁମ୍‌କୁ ଗଲା । କିଂତୁ ଟେରେଜା ତାକୁ କୁରୁରଟି ସହିତ ଏକୁଟିଆ ଛାଡିଲା ନାହିଁ । ସେମାନେ ଦୁହେଁ ନିଜନିଜ ପଟୁ ତା ଉପରେ ନଇଁ ପଡ଼ିଲେ । ତାର ମାନେ ନୁହଁ ଯେ ସେଥିରେ ତାଙ୍କର ବୁଝାମଣାର ଚିହ୍ନ ଥିଲା । ବରଂ ଠିକ୍ ଓଲଟା । ଦୁହେଁ ଯାକ ଏକାକୀ । ଟେରେଜା ତାର କୁକୁର ସହିତ ଓ ଟମାସ ତାର କୁକୁର ସହିତ ।

ଦୁଃଖର ସହିତ କହିବାକୁ ପଡୁଛି ଯେ ଏମିତି ବିଭାଜିତ ହୋଇ, ଏକାକୀ ହେଇ କାରେନିନ୍‌ର ଶେଷ ମୂହୁର୍ତ୍ତ ପର୍ଯ୍ୟନ୍ତ ତା ସହିତ ସେମାନେ ରହିଲେ ।

(୪)

"ରମଣୀୟ ଗ୍ରାମ୍ୟ ଜୀବନ" ଟେରେଜା ପାଇଁ ଏତେ କାହିଁକି ତାତ୍ପର୍ଯ୍ୟପୂର୍ଣ୍ଣ ?

ଓଲଡ୍ ଟେଷ୍ଟାମେଣ୍ଟର ପୌରାଣିକ ପୃଷ୍ଠଭୂମିରେ ପରିବର୍ଦ୍ଧିତ ହେଇଥିବାରୁ ଆମେ କହିପାରୁ ଯେ ଏଇ ଜୀବନ ସ୍ୱର୍ଗର ସ୍ମୃତି ବିଶେଷ ଭାବରେ ଆମ ଭିତରେ ରହିଆସିଛି । ସ୍ୱର୍ଗରେ ଜୀବନ ଅଜଣା ରାଜ୍ୟକୁ ସିଧାସଳଖ ଯାତ୍ରା ନୁହଁ, ଏଇଟା

ଗୋଟେ ରୋମାଞ୍ଚ ନୁହଁ। ଚିହ୍ନା ପରିଚିତ ପରିଧିରେ ଏହା ଚକ୍ର ପରି ଘୁରିବୁଲେ। ଏହାର ନିତ୍ୟନୈମିତ୍ତିକ ବୈଚିତ୍ର୍ୟହୀନତା ଆନନ୍ଦ ସୃଷ୍ଟି କରେ, ବିରାଗ ନୁହେଁ।

ଯେତେଦିନ ଯାଏଁ ଲୋକେ ପ୍ରକୃତିର ପରିବେଷ୍ଟନୀରେ ଗୃହପାଳିତ ଜୀବଜନ୍ତୁଙ୍କ ଗହଣରେ, ସମ୍ବତ୍ସରିକ ଋତୁ ଚକ୍ରର ପରିକ୍ରମଣ ଭିତରେ ଗାଁରେ ରହିବେ, ସେତେଦିନ ଯାଏଁ ଅନ୍ତତଃ ସେଇ ସ୍ୱର୍ଗସମ ରମଣୀୟତାର ଆଭାସକୁ ରଖି ପାରିବେ। ସେଥିପାଇଁ ପ୍ରସବଣ ପାଖରେ ଯେତେବେଳେ ଟେରେଜା ସମବାୟ ଫାର୍ମର ଚେୟାରମେନ୍‌ଙ୍କୁ ଭେଟିଲା, ସେ ମନେମନେ ଏକ ରମଣୀୟ ଗ୍ରାମ୍ୟଚିତ୍ରର କଳ୍ପନା କଲା (ସେ କେବେ ଜାଣି ନଥିବା ଓ କେବେ ରହି ନ ଥିବା ଗାଁଟିଏ) ଯାହା ତାକୁ ଖୁବ୍ ଆକର୍ଷଣୀୟ ଲାଗିଲା। ପଛକୁ ଦେଖିବାର, ସ୍ୱର୍ଗକୁ ଫେରିବାର ଏଇଟା ତାର ଶୈଳୀ।

କୂଅ ଉପରେ ମୁହଁ ଝୁଙ୍କାଇଥିବା ଆଡ଼ାମ ସେ ଯାଏଁ ଜାଣି ନ ଥିଲା ଯେ ସେ ଯାହା ଦେଖିଲା ସେଇଟା ସେ ନିଜେ। ଯୌବନରେ କିଶୋରୀ ବାଳିକା ରୂପରେ ଦର୍ପଣ ସାମ୍ନାରେ ଛିଡ଼ା ହେଇ ନିଜ ଦେହ ମାଧ୍ୟମରେ ନିଜର ଆତ୍ମାକୁ ଦେଖିବାକୁ ଚେଷ୍ଟା କରୁଥିବା ଟେରେଜାକୁ ଦେଖିଥିଲେ ସେ ଟେରେଜାକୁ ବୁଝି ପାରି ନ ଥାନ୍ତା। ଆଡାମ୍ କେରେନିନ୍ ପରି ଥିଲା। ଦର୍ପଣରେ ନିଜକୁ ଦେଖିବା ପାଇଁ ଟେରେଜା କାରେନିନ୍ ସହ ଖେଳିଲା। କିଂତୁ ତାର ପ୍ରତିଛବିକୁ କାରେନିନ୍ ଚିହ୍ନିଲା ନାହିଁ। ଅବିଶ୍ୱାସ୍ୟ ନିର୍ବିକାରବୋଧର ସହିତ ସେଇଟାକୁ ଶୂନ୍ୟ ଦୃଷ୍ଟିରେ ଖାଲି ଅନେଇଲା।

ଆଦାମ୍ ଓ କାରେନିନ୍ ତୁଳନାରେ ମୁଁ ଭାବେ ଯେ ସ୍ୱର୍ଗରେ ମଣିଷ ତଥାପି ମଣିଷ ହେଇ ନ ଥିଲା। କିମ୍ବା ସ୍ପଷ୍ଟ କରି କହିଲେ, ମଣିଷର ରାସ୍ତାରେ ମଣିଷକୁ ନିକ୍ଷେପ କରାଯାଇ ନ ଥିଲା। ଏବେ ଆମେ ସମସ୍ତେ ଅନେକ ଦିନରୁ ବହିଷ୍କୃତ ହେଇ ଗୋଟେ ସରଳ ରେଖାରେ ସମୟର ଶୂନ୍ୟତା ଭିତରେ ଉଡିଚାଲିଛୁ। ତଥାପି କେଉଁଠି ଅତି ଗଭୀରରେ ଗୋଟେ ପତଳା ସୂତା ଖିଏ ଆମକୁ ସେଇ ସୁଦୂର କୁଜ୍‌ଝଟିକାମୟ ସ୍ୱର୍ଗ ସହିତ ବାନ୍ଧି ରଖିଛି। ସେଇଠି ଆଦାମ୍ ଗୋଟେ କୂଅ ଉପରେ ଝୁଙ୍କି ପଡ଼େ (ନାର୍‌ସିସସ୍ ପରି ନୁହଁ) ଆଉ କେବେ ବି ସନ୍ଦେହ କରେ ନାଇଁ ଯେ ସେଥିରେ ଦୃଶ୍ୟମାନ ମଳିନ ହଳଦିଆ ଛାପଟା ସେ ନିଜେ। ସ୍ୱର୍ଗ ପାଇଁ ପ୍ରତୀକ୍ଷା ହେଉଛି ମଣିଷର ମଣିଷ ନ ହେବାର ଆକାଂକ୍ଷା।

ପିଲାଦିନେ ଯେତେବେଳେ ସେ ତାର ମାଁର ଋତୁସ୍ରାବ ଜନିତ ରକ୍ତ ସଲବଲ ନେପ୍‌କିନ୍ (ତୁଳାପଟି)କୁ ଦେଖେ, ତାକୁ ବହୁତ ଘୃଣା ଲାଗେ। କନାକୁ ଆଡୁଆଳରେ ରଖି ନ ଥିବାରୁ ତାର ଅଲାଜୁକ ମାଁକୁ ଘୃଣା କରେ। କିଂତୁ କାରେନିନ୍‌ର ମଧ୍ୟ ଋତୁସ୍ରାବ ହୁଏ। ସେ ବି ତ ସ୍ତ୍ରୀ ଜାତିର। ପ୍ରତି ଛଅ ମାସରେ ଥରେ ହୁଏ ଓ

ପନ୍ଦରଦିନ ଧରି ଚାଲେ। ଘର ଯେମିତି ମଇଳା ନ ହେବ ସେଥିପାଇଁ ଟେରେଜା ଗୋଡ଼ ସନ୍ଧିରେ ମେଞ୍ଚାଏ ତୁଳା ଗେଞ୍ଜିଦିଏ ଓ ପୁରୁଣା ପେଣ୍ଟି ହଲେ ପିନ୍ଧାଇ ଦେଇ ତାକୁ ବେଶ୍ ଯତ୍ନରେ ଫିତାଟିଏ କାରେନିନ୍ ଦେହରେ ବାନ୍ଧିଦିଏ। ପ୍ରତିଥର ଋତୁସ୍ରାବ ସମୟରେ ଦୁଇ ସପ୍ତାହ ଯାଏଁ ତାର ଏଇ ବିଚିତ୍ର ବେଶଭୂଷା ଦେଖି ଟେରେଜା ହସି ହସି ଗଡ଼ିଯାଏ।

ଗୋଟେ କୁକୁରର ଋତୁସ୍ରାବଟାକୁ ସେ ଖୁସି ମଜାକ୍‌ରେ ନିଏ। ଅଥଚ ତାର ନିଜର ମାସିକ ଋତୁସ୍ରାବରେ ଏତେ ପେଖନା କାହିଁକି ହୁଏ। ନିଜକୁ ଯତ୍ନରେ ରଖେ। ମତେ ଯାହାର ଉତ୍ତରଟା ସହଜ ମନେ ହୁଏ : କୁକୁରମାନେ ସ୍ୱର୍ଗରୁ କେବେ ବିତାଡ଼ିତ ହେଇ ନ ଥିଲେ। ଦେହ ଓ ଆତ୍ମାର ଦ୍ୱୈତ ଭାବ ବିଷୟରେ କାରେନିନ୍ କିଛି ଜାଣି ନ ଥିଲା। ତେଣୁ ଘୃଣା କଣ ତାର ଧାରଣା ନ ଥିଲା। ସେଥିପାଇଁ ଟେରେଜା ତା ସହିତ ଏତେ ସ୍ୱାଧୀନ ଓ ସହଜ ଅନୁଭବ କରୁଥିଲା (ଆଉ ସେଥିପାଇଁ ପଶୁଟିଏକୁ ଗୋଟେ ଜୀବନ୍ତ ଯନ୍ତ୍ରରେ ପରିଣତ କରିଦେବା, ଗାଈଟିଏକୁ ଦୁଗ୍ଧ ଉତ୍ପାଦନର ସ୍ୱୟଂଚାଳିତ ଯନ୍ତ୍ରରେ ପରିଣତ କରିବାଟା ବିପଜ୍ଜନକ। ସେଇୟା କରି ମଣିଷ ନିଜକୁ ସ୍ୱର୍ଗ ସହିତ ବାନ୍ଧିଥିବା ସୂତା ଖିଅଟାକୁ କାଟିଦିଏ ଓ ସମୟର ଶୂନ୍ୟତାରେ ଉଡ଼ିବୁଲୁଥିବା ବେଳେ ତାକୁ ସାନ୍ତ୍ୱନା ଦେବା ପାଇଁ କିଛି ରଖେ ନାହିଁ।)

ଏଇ ଅଡୁଆତଡୁଆ କଥାରୁ ଗୋଟେ ଅନୈତିକ, ବିଧର୍ମୀ ଭାବନା ତା ମନକୁ ଆସିଲା ଯାହା ଟେରେଜା ଏଡ଼େଇ ଦେଇ ପାରିଲା ନାହିଁ : ତାର ଓ କାରେନିନ୍ ମଧ୍ୟରେ ଥିବା ପ୍ରେମର ବନ୍ଧନଟା ଟମାସ ସହିତ ପ୍ରେମର ବନ୍ଧନ ଅପେକ୍ଷା ଭଲ। ଅପେକ୍ଷାକୃତ ଭଲ, ବଡ଼ ନୁହେଁ। ଟେରେଜା ନିଜକୁ କିମ୍ବା ଟମାସକୁ ଦୋଷୀ କରିବାକୁ ଚାହିଁ ନ ଥିଲା କିମ୍ବା ସେମାନେ ଯେ ପରସ୍ପରକୁ ଆହୁରି ଅଧିକ ଭଲ ପାଇ ପାରିଥାନ୍ତେ, ଏକଥା ମଧ୍ୟ ଦାବୀ କରୁ ନ ଥିଲା। ବରଂ ତାର ଅନୁଭୂତି ଏଇ ଯେ ମଣିଷର ପ୍ରକୃତି ଅନୁଯାୟୀ ପୁରୁଷ ସ୍ତ୍ରୀ ଯୋଡି ଭିତରେ ଥିବା ପ୍ରେମ, କୁକୁର ଓ ମଣିଷ ଭିତରେ ଥିବା ପ୍ରେମଠାରୁ (ଅନ୍ତତଃ ସର୍ବୋତ୍କୃଷ୍ଟ ଉଦାହରଣରେ) ନିକୃଷ୍ଟ ଧରଣର। ମଣିଷ ଇତିହାସର ଏଇ ଅସଙ୍ଗତି ସମ୍ଭବତଃ ସୃଷ୍ଟିକର୍ତ୍ତା ଯୋଜନା କରି ନ ଥିଲେ।

ଏହା ସଂପୂର୍ଣ୍ଣରୂପେ ନିସ୍ୱାର୍ଥପର ପ୍ରେମ : ଟେରେଜା କାରେନିନ୍‌ଠାରୁ କିଛି ଚାହିଁ ନ ଥିଲା। କାରେନିନ୍ ତାକୁ ଭଲପାଉ ବୋଲି ମଧ୍ୟ ସେ ତାକୁ କହି ନ ଥିଲା। ମଣିଷ ପ୍ରଜାତିର ସ୍ତ୍ରୀ ପୁରୁଷ ଯୋଡିକୁ କବଳିତ କରିଥିବା ପ୍ରଶ୍ନଟିକୁ ସେ କଣ ମତେ ଭଲ ପାଆନ୍ତି ? ମୋଠାରୁ ଅଧିକ ଆଉ କାହାକୁ ଭଲ ପାଆନ୍ତିକି ?- ସେ ନିଜକୁ କେବେ ପଚାରି ନ ଥିଲା। ବୋଧହୁଏ ପ୍ରେମକୁ ମାଗିବାକୁ, ପରୀକ୍ଷା କରିବାକୁ,

ରକ୍ଷା କରିବାକୁ ଯେତେସବୁ ପ୍ରଶ୍ନ ଆମେ ପଚାରିଥାଉଁ, ତାର ଆନୁଷଙ୍ଗିକ ପ୍ରତିକ୍ରୀୟା ହେଲା ତାହା ପ୍ରେମକୁ ଛୋଟ କରିଦିଏ। ଆମେ ଭଲ ପାଇ ନ ପାରିବାର କାରଣ ହେଉଛି ଆମକୁ କିଏ ଭଲ ପାଉ ବୋଲି ଆମେ ବିକଳ। ତା ମାନେ, ବିନା ଦାବୀରେ ସାନ୍ନିଧ୍ୟ ବ୍ୟତିରେକ କିଛି ଆଶା ନ ରଖି ଆମେ ତା ପାଖରେ ନିଜକୁ ସମର୍ପି ଦେବା ପରିବର୍ତ୍ତେ ଆମେ ଆମର ସାଥୀଠାରୁ କିଛି (ପ୍ରେମ) ଆଶା କରୁ।

ଆଉ ଗୋଟେ କଥା : କାରେନିନ୍ ଯାହା ଥିଲା ତାକୁ ସେଇ ଭାବରେ ଟେରେଜା ଗ୍ରହଣ କରି ନେଇଥିଲା। ସେ ତା ଉପରେ ନିଜର ପ୍ରତିରୂପ ବା ଆଦର୍ଶକୁ ଥାପି ଦେବାକୁ ଚେଷ୍ଟା କରି ନ ଥିଲା। ଆରମ୍ଭରୁ ସେ କାରେନିନ୍‌ର କୁକୁର ଜୀବନ ସହିତ ରାଜି ହେଇଥିଲା। ଆଉ ତାକୁ ସେଥିରୁ ବଞ୍ଚିତ କରିବାକୁ ଚେଷ୍ଟା କଲା ନାହିଁ। କାରେନିନ୍‌ର ଗୋପନ ଅଭିସନ୍ଧି ପ୍ରତି ଇର୍ଷ୍ୟାତୁର ହେଲା ନାହିଁ। ତାକୁ ଟ୍ରେନିଂ ଦେବାର ଅର୍ଥ ତାକୁ ବଦଳେଇବାକୁ ନୁହେଁ (ଯେପରିକି ଜଣେ ସ୍ୱାମୀ ତାର ସ୍ତ୍ରୀକୁ ବଦଳେଇବାକୁ ଚେଷ୍ଟା କରେ ଓ ଜଣେ ସ୍ତ୍ରୀର ତାର ସ୍ୱାମୀକୁ), ବରଂ ତାକୁ ମୌଳିକ ଭାଷାଟିଏ ଶିଖାଇବା ଯଦ୍ୱାରା କି ସେମାନେ ପରସ୍ପର ସହିତ ଯୋଗସୂତ୍ର ରଖି ଏକତ୍ର ସହାବସ୍ଥାନ କରିପାରିଲେ।

ତାପରେ ମଧ୍ୟ : କାରେନିନ୍‌କୁ ଭଲ ପାଇବା ପାଇଁ ତାକୁ କେହି ବାଧ୍ୟ କରି ନ ଥିଲେ। କୁକୁର ପ୍ରତି ପ୍ରେମଟା ସ୍ୱେଚ୍ଛାକୃତ। (ଟେରେଜାକୁ ତାର ମାଁ କଥା ପୁଣି ମନେ ପଡ଼ିଗଲା ଓ ତାଙ୍କ ଦୁହିଁଙ୍କ ଭିତରେ ଯାହା ଘଟିଗଲା ସେଥିପାଇଁ ଦୁଃଖ କଲା। ଯଦି ତାର ମାଁ ଗାଁର ଜଣେ ଅନାମଧେୟ ମହିଳା ହେଇଥାନ୍ତେ, ତାହେଲେ ତାଙ୍କର ସହଜ ସୁଲଭ ଅମାର୍ଜିତ ରୁଚିକୁ ଟେରେଜା ଗ୍ରହଣ କରି ପାରିଥାନ୍ତା। ଓଃ, ତାର ମାଁ ଜଣେ ଅଚିହ୍ନା ହେଇଥାନ୍ତେ କି। ତାରି ମୁହଁରେ ମାଁଙ୍କ ଚେହେରାର ଠାସଟା ନିଜର ଅଧିକାର ସାବ୍ୟସ୍ତ କରି ପିଲାଦିନୁ ତାଠୁ 'ମୁଁ' ଟାକୁ ବ୍ୟାଜାପ୍ତ କରିନେଇଥିବାରୁ ଟେରେଜା ଲଜ୍ଜିତ ହୁଏ। ତାଠୁ ଆହୁରି ଲଜ୍ଜାକର ବ୍ୟାପାର ହେଲା, ସେଇ ଚିରାଚରିତ ଅନୁଜ୍ଞା ବାଣୀ : 'ତମର ବାପାମାଁଙ୍କୁ ଭଲ ପାଅ' ତାକୁ ସେଇ ଅଧିକାର ସହିତ ସମହତି କରିବାକୁ, ହିଂସାଚରଣକୁ ପ୍ରେମ ବୋଲି ଭାବିବାକୁ ବାଧ୍ୟ କଲା ଟେରେଜା ତା ସହିତ ସଂପର୍କ ଛିନ୍ନ କରିବାରେ ତାଙ୍କର ଦୋଷ କିଛି ନ ଥିଲା। ସେ ମାଁ ବୋଲି ଟେରେଜା ସଂପର୍କ ତୁଟେଇଲା ତା ନୁହେଁ, ବରଂ ସେ ଜଣେ ମାଁ ବୋଲି ସେ ସଂପର୍କ କାଟିଲା।)

ତେବେ ସବୁଠୁ ବଡ଼ କଥା : କେହି କାହାକୁ ଗ୍ରାମ୍ୟ ଜୀବନର କାବ୍ୟିକ ରମଣୀୟତା ଉପହାର ଦେଇ ପାରେନା। କେବଳ ପଶୁମାନେ ହିଁ ସେପରି

କରିପାରନ୍ତି । କାରଣ କେବଳ ପଶୁମାନେ ହିଁ ସ୍ୱର୍ଗରୁ ବିତାଡ଼ିତ ହୋଇ ନ ଥିଲେ । ମଣିଷ ଓ କୁକୁର ମଧ୍ୟରେ ପ୍ରେମ ରମଣୀୟ । ଏଥିରେ ସଂଘର୍ଷ ନାହିଁ, ଲୋମହର୍ଷଣକାରୀ ଦୃଶ୍ୟ ନାହିଁ, ବିକାଶ ବା ଅଭିବୃଦ୍ଧି ନାହିଁ । ପୁନରାବୃତ୍ତି ଉପରେ ପର୍ଯ୍ୟବସିତ ଗୋଟେ ଜୀବନ ନେଇ କାରେନିନ୍ ଟେରେଜା ଓ ଟମାସକୁ ଘେରିଥାଏ ଓ ସେମାନଙ୍କଠାରୁ ସେମିତି ଆଶା ବି କରେ ।

କାରେନିନ୍ ଗୋଟେ କୁକୁର ନ ହୋଇ ମଣିଷଟିଏ ହୋଇଥିଲେ ସେ କେତେଦିନରୁ ଟେରେଜାକୁ ନିଶ୍ଚୟ କହି ସାରିଥାନ୍ତା, 'ଦେଖ, ମୁଁ ଅସୁସ୍ଥ ଆଉ ପ୍ରତିଦିନ ସେଇ ପାଉଁରୁଟି ଖାଇ ଖାଇ ପାଟି ଚିଟା ଧରିଲାଣି । ତମେ ଅଲଗା କଣ ଟିକେ ମୋ ପାଇଁ କରି ପାରୁନ ?' ସେଇଠି ହିଁ ରହିଛି ମଣିଷର ସବୁ ଦୁର୍ଦ୍ଦଶା । ମଣିଷ ସମୟ ଗୋଟେ ବୃତ୍ତରେ ଘୁରେ ନାହିଁ, ଗୋଟେ ସରଳ ରେଖାରେ ଏହା ଆଗକୁ ମାଡ଼େ । ସେଥିପାଇଁ ମଣିଷ ସୁଖୀ ହୋଇ ପାରିବ ନାହିଁ । ସୁଖ ହେଉଛି ପୁନରାବୃତ୍ତି ଆକାଂକ୍ଷା ।

ହଁ, ସୁଖ ହେଉଛି ପୁନରାବୃତ୍ତିର ଆକାଂକ୍ଷା, ଟେରେଜା ନିଜକୁ ନିଜେ କହିଲା ।

କାମ ସାରି ସମବାୟ ଫାର୍ମର ଚେୟାରମେନ୍ ମେଫିଷ୍ଟୋକୁ ନେଇ ବୁଲିଗଲାବେଳେ ଟେରେଜାକୁ ଦେଖି ସବୁଥର କହନ୍ତି, ଟେରେଜା ମୋ ଜୀବନକୁ ଏତେ ଡ଼େରିରେ ସେ କାହିଁକି ଆସିଲା ? ଆମେ ଦୁଇଜଣ ମାଇକିନାଙ୍କ ପିଛା କରିଥାନ୍ତୁ, ସେ ଆଉ ମୁଁ ! ଦୁଇଟି ଛୋଟ ଘୁଷୁରୀ ଦେଖି କୋଉ ମାଇକିନା ଭଲା ନିଜକୁ ସମ୍ଭାଳି ପାରିଥାନ୍ତା ? ଏହା ଶୁଣି ଟ୍ରେନିଂ ଅନୁସାରେ ଘୁଷୁରୀଟା କର୍କଶ ଶବ୍ଦରେ ଖିଙ୍କାରିଲା ? ଟେରେଜା ପ୍ରତିଥର ହସେ, ଯଦିଓ ପ୍ରତିଥର ସେ ଠିକ୍ ଏଇୟା କହିବେ ବୋଲି ଆଗରୁ ଜାଣିଥାଏ । ପୁନରାବୃତ୍ତି ହେଲେ ମଧ୍ୟ ପରିହାସର ଲାଳିତ୍ୟ କମିଯାଏ ନାହିଁ । ଅପରପକ୍ଷେ, ଗୋଟେ ରମଣୀୟ ଗ୍ରାମ୍ୟ ପରିବେଶରେ ଏପରିକି ଥଟ୍ଟା ପରିହାସ ବି ପୁନରାବୃତ୍ତିର ମଧୁର ନିୟମରେ ପରିଚାଳିତ ।

(୪)

ଲୋକମାନଙ୍କଠାରୁ କୁକୁରମାନଙ୍କର ବେଶୀ ସୁବିଧା ସୁଯୋଗ ନାହିଁ । ତେବେ ତା ଭିତରୁ ଗୋଟିଏ ଭାରି ତାତ୍ପର୍ଯ୍ୟପୂର୍ଣ୍ଣ : ଯନ୍ତ୍ରଣାରୁ ମୁକ୍ତି ପ୍ରଦାୟକ ମୃତ୍ୟୁ ତାଙ୍କରି କ୍ଷେତ୍ରରେ ନିଷିଦ୍ଧ ନୁହେଁ । ସହାନୁଭୂତିଶୀଳ ମୃତ୍ୟୁ ପାଇଁ ପଶୁମାନଙ୍କର ଅଧିକାର ରହିଛି । କାରେନିନ୍ ତିନିଗୋଡ଼ିଆ ହୋଇ ଚାଲୁଥାଏ ଓ କଣରେ ଅଧିକରୁ ଅଧିକ ସମୟ ପଡିଥାଏ । କୁଙ୍ଖେଇ ହେଉଥାଏ । ବିନା ଦରକାରରେ ତାକୁ ଏମିତି ଯନ୍ତ୍ରଣା ଦେବାଟା ତାଙ୍କର ଠିକ୍ ନୁହେଁ, ଏକଥାରେ ସ୍ୱାମୀ ସ୍ତ୍ରୀ ଉଭୟେ ରାଜିଥିଲେ । ନୀତିଗତ

ଦୃଷ୍ଟିରୁ ଦୁହେଁ ରାଜିଥିଲେ ସୁଦ୍ଧା, ଯନ୍ତ୍ରଣାଟା କେତେବେଳେ ଅଦରକାରୀ, ଠିକ୍ କେଉଁ ମୁହୂର୍ତ୍ତରେ ଜୀବନଟା ଆଉ ବଞ୍ଚିବା ଯୋଗ୍ୟ ନୁହେଁ ତାହାର ସିଦ୍ଧାନ୍ତ ନେବାର ବେଦନାକୁ ତାଙ୍କର ସାମ୍ନା କରିବାର ବାକି ଥିଲା ।

ଯଦି ଟମାସ ଡାକ୍ତର ହେଇ ନ ଥାନ୍ତା ! ତା ହେଲେ ଜଣେ ତୃତୀୟ ପକ୍ଷର ପଛପଟେ ସେମାନେ ଲୁଚି ରହି ପାରିଥାନ୍ତେ । ସେମାନେ ପଶୁ ଡାକ୍ତର ପାଖକୁ ଫେରିଯାଇ ଗୋଟେ ଇଞ୍ଜେକସନ୍ ଫୋଡ଼ି କୁକୁରଟାକୁ ସବୁଦିନ ପାଇଁ ଶୁଆଇ ଦେବାକୁ କହିଥାନ୍ତେ ।

ମୃତ୍ୟୁର ଭୂମିକା ନିର୍ବାହ କରିବାଟା ଗୋଟେ ଭୟାନକ କଥା । ଟମାସ ନିଜେ ଇଞ୍ଜେକସନ ଦେବ ନାହିଁ ବୋଲି ଅଡ଼ିବସିଲା । ସେ ପଶୁଡାକ୍ତରକୁ ଡାକି ତାହା କରାଇବ । କିଂତୁ ତାପରେ ସେ ହୃଦୟଙ୍ଗମ କଲା ଯେ ମଣିଷ ପ୍ରତି ନିଷିଦ୍ଧ ଥିବା ସୁବିଧାଟା ସେ କାରେନିନ୍‌କୁ ଦେଇପାରିବ : ତାର ପ୍ରିୟଜନଙ୍କ ଛଦ୍ମ ବେଶରେ ମୃତ୍ୟୁ ତା ପାଖକୁ ଆସିବ ।

ସାରା ରାତି କାରେନିନ୍ କୁଁ କୁଁ ହେଇ ସକେଇହେଲା । ସକାଳେ ତାର ଗୋଡ଼ଟାରେ ହାତ ମାରି ଟମାସ୍ ଟେରେଜାକୁ କହିଲା, 'ଆଉ ଅପେକ୍ଷା କରି ଲାଭ ନାହିଁ ।'

କେତେ ମିନିଟ୍ ଭିତରେ ଦୁହିଁଙ୍କୁ କାମରେ ଯିବାକୁ ହେବ । ଟେରେଜା କାରେନିନ୍‌କୁ ଦେଖିବାକୁ ଗଲା । ସେତେବେଳ ଯାଏଁ ସେ ତା କୋଣରେ ପୁରାପୁରି ନିର୍ବିକାର ହେଇ ପଡିଥିଲା (ଏପରିକି ଟମାସ ତାର ଗୋଡ଼ରେ ହାତ ମାରିଲାବେଳେ ସେ କିଛି ପ୍ରତିକ୍ରୀୟା ଦେଖାଇ ନ ଥିଲା) । କିଂତୁ କବାଟ ଖୋଲିବା ଶବ୍ଦ ଶୁଣି ଟେରେଜାକୁ ଭିତରକୁ ଆସିବା ଦେଖି ସେ ମୁଣ୍ଡ ଉଠାଇଲା ଓ ତାକୁ ଚାହିଁଲା ।

ଟେରେଜା ତାର ଦୃଷ୍ଟିକୁ ସହି ପାରିଲାନି । ଦୃଷ୍ଟିଟା ଗୋଟାପଣେ ତାକୁ ଭୟଭୀତ କରିଦେଲା । ସେ ଟମାସକୁ ସେପରି ଚାହିଁଲା ନାହିଁ, କେବଳ ତାକୁ ଚାହିଁଲା । ତାର ଦୃଷ୍ଟିରେ ଏତେ ଗଭୀରତା ଆଗରୁ କେବେ ନ ଥିଲା । ଚାହାଁଣୀଟା ନିରାଶ କିମ୍ବା ବିଷାଦପୂର୍ଣ୍ଣ ନ ଥିଲା । ନା, ଏଇଟା ଥିଲା ଗୋଟେ ବିସ୍ମୟକର ଅସହ୍ୟ ବିଶ୍ୱାସର ଚାହାଁଣୀ । ଚାହାଁଣୀଟା ଥିଲା ଏକ ଆତୁର ପ୍ରଶ୍ନ । ତାର ସାରା ଜୀବନ କାରେନିନ୍ ଟେରେଜା ପାଖରୁ ଉତ୍ତର ପାଇଁ ଟାକି ରହିଥିଲା (ଏବେ ଆଗ ଅପେକ୍ଷା ଆହୁରି ଜରୁରୀ ଭାବରେ) । ଆଉ ସେ ଟେରେଜାକୁ ଜଣେଇ ଦେଲା ଯେ ସେ ତା ପାଖରୁ ସତ୍ୟଟା ଜାଣିବା ପାଇଁ ଏବେ ସୁଦ୍ଧା ପ୍ରସ୍ତୁତ । (ଟେରେଜା ଯାହା କହେ ସେଇଟା ହିଁ ସତ୍ୟ । ଏପରିକି ଯେତେବେଳେ ସେ 'ବସ!' କିମ୍ବା 'ତଳେ ଗଡିଯା!'

ପରି ହୁକୁମ ଦିଏ, କାରେନିନ୍ ତାର ଜୀବନକୁ ଅର୍ଥପୂର୍ଣ୍ଣ କରିବାକୁ ଯାଇ ସେଇଟାକୁ ସତ୍ୟ ବୋଲି ଧରିନିଏ।)

ତାର ବିସ୍ମୟଜଡ଼ିତ ଅବିଶ୍ୱାସ୍ୟ ବିଶ୍ୱାସର ଚାହାଁଣୀଟା ବେଶୀ ସମୟ ତିଷ୍ଠି ରହିଲା ନାହିଁ। ସେ ଅତି ଶିଘ୍ର ମୁଣ୍ଡ ତଳକୁ କରି ପାଦ ଉପରେ ରଖିଦେଲା। ଟେରେଜା ଜାଣିଲା ଯେ ପୁଣି କେହି ତାକୁ ସେମିତି ଚାହିଁବେ ନାହିଁ।

ସେମାନେ ତାକୁ କେବେ ମିଠା ଖାଇବାକୁ ଦେଇ ନ ଥିଲେ। କିଂତୁ ଏବେ ଏବେ ଟେରେଜା ତା ପାଇଁ କେତେଟା ଲମ୍ବା ଚକୋଲେଟ୍ କିଣିକି ଆଣିଥିଲା। ଟେରେଜା ସେଗୁଡ଼ିକୁ ଜରିରୁ କାଢ଼ିଲା, ଖଣ୍ଡଖଣ୍ଡ କରି ଭାଙ୍ଗିଲା ଓ କାରେନିନ୍ ଚାରିପଟେ ଗୋଲେଇ କରି ସେଇ ସବୁକୁ ରଖିଲା। ତାପରେ ବେଲାଏ ପାଣି ଆଣି ରଖିଲା। ଯେଉଁ କେତେଘଣ୍ଟା ଘରେ ଏକୁଟିଆ ରହିବ, ତାର ଯାହା ଦରକାର ଯେମିତି ସେ ସବୁ ପାଇ ପାରିବ, ସେଥିପ୍ରତି ଟେରେଜା ଦୃଷ୍ଟି ଦେଲା। ଟେରେଜାକୁ ଏବେ ସେ ଯେମିତି ଚାହିଁଲା, ସେଥିରେ ସେ କ୍ଳାନ୍ତ ହେଇଗଲା ପରି ଲାଗିଲା। ଚାରିପଟେ ଚକୋଲେଟ ପଡ଼ିଥିଲେ ମଧ୍ୟ ସେ ମୁଣ୍ଡ ଉଠାଇଲା ନାହିଁ।

ତା ପାଖରେ ଟେରେଜା ଗଡ଼ି ପଡ଼ିଲା ଓ ତାକୁ କୁଣ୍ଢେଇଲା। ଖୁବ୍ ଧୀରେ ଓ ପାରୁପର୍ଯ୍ୟନ୍ତ ଚେଷ୍ଟା କରି ସେ ତାର ମୁଣ୍ଡ ବୁଲାଇଲା, ଟେରେଜାକୁ ଶୁଙ୍ଘିଲା ଓ ଥରେ ଦୁଇଥର ଚାଟିଲା। ଚାଟୁଥିଲାବେଳେ ଟେରେଜା ତାର ଆଖି ମୁଦି ଦେଲା। ସତେ ଯେପରି ସେ ସେଇଟାକୁ ସବୁଦିନ ପାଇଁ ମନେ ରଖିବାକୁ ଚାହେଁ। ଚାଟିବା ପାଇଁ ସେ ତାର ଆର ଗାଲଟିକୁ ଦେଖାଇଦେଲା।

ତାପରେ ତାକୁ ତାର ଛଡା ମାନଙ୍କର ଯତ୍ନ ନେବାକୁ ଯିବାକୁ ପଡ଼ିଲା। ସେ ଠିକ୍ ଖାଇବା ଆଗରୁ ଫେରିଲା। ଟମାସ୍ ସେ ପର୍ଯ୍ୟନ୍ତ ଫେରି ନ ଥାଏ। ଚକୋଲେଟ ଘେର ଭିତରେ କାରେନିନ୍ ସେମିତି ତଳେ ପଡି ସକେଇ ହେଉଥାଏ। ଟେରେଜାର ଆସିବା ଶବ୍ଦ ଶୁଣି ମଧ୍ୟ ସେ ମୁଣ୍ଡ ସୁଦ୍ଧା ଟେକିଲା ନାହିଁ। ତାର ରୋଗୀଣା ହଳଦିଆ ଗୋଡ଼ଟା ଏବେ ଫୁଲି ଯାଇଥିଲା ଆଉ ଅନ୍ୟ ଗୋଟେ ଜାଗାରେ ବଥଟା ବାହାରିଥିଲା। ରୁମ ତଳକୁ ଫିକା ଲାଲ ଦାଗ (ରକ୍ତ ପରିକା ନୁହଁ) ପଡ଼ିଥିବା ଲକ୍ଷ୍ୟ କଲା।

ପୁଣିଥରେ ଟେରେଜା ତା ପାଖରେ ତଳେ ଗଡ଼ି ପଡ଼ିଲା। ଗୋଟେ ହାତ ଲମ୍ବାଇଲା ଓ ତାର ଆଖି ମୁଦିଲା। ତାପରେ କବାଟରେ କେହି ଠକ୍‌ଠକ୍ କରୁଥିବାର ସେ ଶୁଣି ପାରିଲା। 'ଡାକ୍ତର ! ଡାକ୍ତର ! ଘୁଷୁରୀଟା ଏଇଠି ! ଘୁଷୁରୀ ଓ ତାର ମାଲିକ !' କାହା ସହିତ ପଦେ କଥା ହେବାକୁ ତାର ବଳ ପାଉ ନ ଥାଏ। ସେ

ହଲଚଲ୍ ହେଲା ନାହିଁ । ଆଖି ଖୋଲିଲା ନାହିଁ । 'ଡାକ୍ତର ! ଘୁଷୁରୀଗୁଡା ଆସିଛନ୍ତି !' ତାପରେ ସବୁ ଚୁପ୍‌ଚାପ୍ ।

ଆହୁରି ଅଧଘଣ୍ଟା ଯାଏଁ ଟମାସ ଫେରିଲା ନାହିଁ । ଟମାସ୍ ସିଧା ରୋଷଘରକୁ ଓ ପଦଟିଏ କଥା ନ କହି ଇଞ୍ଜେକସନ୍ ପ୍ରସ୍ତୁତ କଲା । ଟମାସ ଯେତେବେଳେ ଘର ଭିତରକୁ ପଶିଲା, ଟେରେଜା ଉଠି ଠିଆ ହେଲା ଓ କାରେନିନ୍ ଉଠିବାକୁ ଚେଷ୍ଟାକଲା । ଟମାସକୁ ଦେଖିଲା ମାତ୍ରେ ସେଦୁର୍ବଳ ଭାବରେ ତାର ଲାଞ୍ଜ ହଲାଇଲା ।

'ଦେଖ୍', କହିଲା ଟେରେଜା, 'ସେ ଏବେ ବି ହସୁଛି ।'

ଅଳ୍ପ ସମୟ ପାଇଁ ପ୍ରାଣଦଣ୍ଡରୁ ରିହାତି ପ୍ରଦାନ କରିବା ଆଶାରେ ଟେରେଜା ଅନୁନୟ କଲା ପରି କହିଲା । କିଂତୁ ତା ଉପରେ ସେ ଜୋର୍ ଦେଲା ନାହିଁ ।

ସୋଫା ଉପରେ ଆସ୍ତେ କରି ଖଣ୍ଡେ ଚାଦର ବିଛାଇଲା । ଛୋଟ ଛୋଟ ବାଇଗଣୀ ଛାପା ଥିବା ଧଳା ଚାଦର ଖଣ୍ଡେ । ଅନେକ ଦିନ ଆଗରୁ କାରେନିନ୍‌ର ମୃତ୍ୟୁ କଳ୍ପନା କରି ସେ ସବୁ କିଛି ଚିନ୍ତା କରିଥିଲା ଓ ସବୁକିଛି ଯତ୍ନର ସହିତ ସଜାଡ଼ିଥିଲା (ଆମର ପ୍ରିୟଜନଙ୍କ ମୃତ୍ୟୁକୁ ଆଗରୁ କଳ୍ପନା କରିବାଟା ପ୍ରକୃତରେ କେତେ ଭୟାନକ !)

ସୋଫା ଉପରକୁ ଡେଇଁ ପଡ଼ିବାକୁ ତାର ଆଉ ଶକ୍ତି ନ ଥିଲା । ସେମାନେ ଦୁହେଁ ତାକୁ ତାଙ୍କର ବାହୁରେ ଉଠାଇଲେ । ଟେରେଜା ତାକୁ ଗୋଟିଏ ପଟକୁ ଶୁଆଇ ଦେଲା । ଟମାସ ତାର ଭଲ ଗୋଡ଼ଟାକୁ ପରୀକ୍ଷା କଲା । ପାଖାପାଖି ସ୍ପଷ୍ଟ ଦେଖାଯାଉଥିବା ଶିରାଟିଏ ସେ ଖୋଜୁଥିଲା । ତାପରେ କଇଁଚିରେ ସେ ରୁମତକ କତୁରୀ ଦେଲା ।

ଟେରେଜା ସୋଫା ପାଖରେ ଆଣ୍ଠେଇ ପଡ଼ି କାରେନିନ୍‌ର ମୁଣ୍ଡକୁ ନିଜ ମୁଣ୍ଡ ପାଖରେ ନିବିଡ଼ ଭାବରେ ଧରିଥାଏ ।

ଛୁଞ୍ଚିଟା ଫୋଡିବାରେ ଅସୁବିଧା ହେବାରୁ ଟମାସ ତାକୁ କାରେନିନ୍‌ର ଗୋଡ଼କୁ ଚିପି ଧରିବାକୁ କହିଲା । ତାକୁ ଯେମିତି କୁହାଗଲା, ଟେରେଜା ସେମିତି କଲା । କିଂତୁ କାରେନିନ୍‌ର ମୁଣ୍ଡରୁ ତାର ମୁହଁ ଉଠାଇଲା ନାହିଁ । ଟେରେଜା କାରେନିନ୍‌କୁ ଚୁପି ଚୁପି କଥା କହୁଥାଏ ଆଉ କାରେନିନ୍ କେବଳ ଟେରେଜା କଥା ଭାବୁଥାଏ । ସେ ଡରୁ ନ ଥିଲା । ଦୁଇ ତିନି ଥର ସେ ଟେରେଜାର ମୁହଁକୁ ଚାଟିଲା । ଆଉ ଟେରେଜା ଫିସ୍‌ଫିସ୍ ହେଇ ନରମ ସ୍ୱରରେ କହୁଥାଏ, "ଡ଼ର ନାଇଁ, ଡ଼ର ନାଇଁ, ସେଠି ତତେ କିଛି କଷ୍ଟ ହେବ ନାହିଁ । ତୁ ଗୁଣ୍ଡୁଚି ମୂଷା ଓ ଠେକୁଆର ସ୍ୱପ୍ନ ଦେଖିବୁ । ସେଠି ଗାଈମାନେ ଥିବେ, ଆଉ ମେଫିଷ୍ଟୋ ବି ଥିବ । ଡ଼ର ନାଇଁ...."

ଟମାସ ଛୁଞ୍ଚିଟାକୁ ଶିରାରେ ଫୋଡ଼ିଦେଇ ଜାବ ଦେଲା । କେରେନିନ୍‌ର ଗୋଡ଼ ଛଟକିଲା । କେଇ ସେକେଣ୍ଡ ଯାଏଁ ତାର ପ୍ରଶ୍ୱାସ ଖର ହେଲା । ତାପରେ ବନ୍ଦ ହେଇଗଲା । ଟେରେଜା ସୋଫାକୁ ଆଉଜି ତଳେ ବସିଥାଏ । ସେ କାରେନିନ୍‌ର ମୁଣ୍ଡରେ ତାର ମୁହଁ ଲୁଚାଇଲା ।

ସୋଫା ଉପରେ ବାଇଗଣୀ ଛାପା ଥିବା ଧଳା ଚଦର ଉପରେ କୁକୁରଟାକୁ ସେମିତି ରଖିଦେଇ ସେମାନଙ୍କୁ କାମକୁ ଯିବାକୁ ହେଲା ।

ପ୍ରାୟ୍ ସଂଧ୍ୟା ବେଳକୁ ସେମାନେ ଫେରିଲେ । ଟମାସ ବଗିଚାକୁ ଗଲା । ଦୁଇଟା ସେଓ ଗଛ ମଝିରେ ଟେରେଜା ତାର ପାଦରେ ଟାଣିଥିବା ଆୟତାକାର ଜାଗା ଖଣ୍ଡିକୁ ପାଇଲା । ତାପରେ ସେ ଖୋଳିବା ଆରମ୍ଭ କଲା । ଟେରେଜାର ମାପ ଅନୁସାରେ ସେ ଖୋଳିଲା । ଟେରେଜାର ଇଚ୍ଛା ମୁତାବକ ସେ ସବୁକିଛି କରିବାକୁ ଚାହିଁଲା ।

ଟେରେଜା କାରେନିନ୍ ସହିତ ଘରେ ଥାଏ । ତାକୁ ଜୀବନ୍ତ ସମାଧି ଦେବାକୁ ଟେରେଜା ଡରିଲା । ସେ କାରେନିନ୍‌ର ମୁହଁ ପାଖରେ ତା କାନକୁ ରଖିଲା । ଗୋଟେ କ୍ଷୀଣ ନିଶ୍ୱାସ ତାକୁ ଶୁଭିଲା ପରି ଲାଗିଲା । ସେ ପଛକୁ ଘୁଞ୍ଚି ଆସିଲା । କାରେନିନ୍‌ର ଛାତିଟା ଟିକେ ଉଠ୍‌ପଡ୍ ହେଲା ପରି ଦିଶିଲା ।

(ନା, ସେ ଯେଉଁ ପ୍ରଶ୍ୱାସର ଶବ୍ଦ ଶୁଭିଲା, ସେଇଟା ତାର ନିଜର, ଆଉ ଯେହେତୁ ତାର ନିଜର ଦେହଟା ଏତେ କ୍ଷୀଣ ହେଇ ହଲ୍‌ଚଲ୍ ହେଉଥାଏ, ତାର ଧାରଣା ହେଲା ଯେ କୁକୁରଟା ହଲ୍‌ଚଲ୍ ହେଉଛି ।)

ସେ ତାର ବେଗ୍‌ରୁ ଦର୍ପଣଟିଏ କାଢ଼ି କାରେନିନ୍ ମୁହଁ ସାମ୍ନାରେ ରଖିଲା । ଦର୍ପଣଟା ମଇଳାରେ ଅସ୍ପଷ୍ଟ ଲାଗୁଥାଏ । ତା ଉପରେ କଣିକା ଜମା ହେଇଥାଏ, ତାର ପ୍ରଶ୍ୱାସ ଜନିତ କଣିକା ।

'ଟମାସ୍ ! ସେ ବଞ୍ଚିଛି !' ବଗିଚାରୁ କାଦୁଅ ସରସର ଜୋତାରେ ଟମାସ ଫେରିଲାବେଳେ ସେ ଚିତ୍କାର କଲା ।

ଟମାସ କାରେନିନ୍ ଉପରେ ନଇଁପଡ଼ି ମୁଣ୍ଡ ହଲାଇଲା ।

କାରେନିନ୍ ପଡ଼ିଥିବା ଚାଦରର ଗୋଟେ ଗୋଟେ କଣକୁ ଦୁହେଁଯାକ ଧରିଲେ । ଟେରେଜା ତଳପଟ, ଟମାସ ଉପରପଟ ଧରିଲା । ତାପରେ ସେମାନେ ତାକୁ ଉଠାଇ ବଗିଚାକୁ ନେଲେ ।

ଚାଦରଟା ଟେରେଜା ହାତକୁ ଓଦାଳିଆ ଲାଗିଲା । କାରେନିନ୍ ଆମ ଜୀବନ ଭିତରକୁ ଗୋଳେଇ ହେଇ ପଶିଲା ଆଉ ଏବେ ତା ବାଟ କାଢ଼ି ଚାଲିଗଲା, ଟେରେଜା

ଭାବିଲା । ତା ହାତରେ ଲାଗିଥିବା ଆର୍ଦ୍ରତା ତାକୁ ଭଲ ଲାଗିଲା, କାରେନିନ୍‌ର ଶେଷ ସମ୍ବର୍ଦ୍ଧନା ।

ସେମାନେ ତାକୁ ସେଓ ଗଛ ପାଖକୁ ନେଇଗଲେ ଓ ତଳେ ରଖିଲେ । ଟେରେଜା ଗାତ ଉପରେ ନଇଁପଡ଼ି ଚାଦରଖଣ୍ଡିକ ସଜାଡ଼ି ଥୋଇଲା ଯେମିତିକି ତାହା କେରେନିନ୍‌କୁ ପୁରାପୁରି ଘୋଡ଼େଇ ରଖିବ । ତାର ଲଙ୍ଗଳା ଦେହ ଉପରେ ସେମାନେ ଯେ ଏବେ ମାଟି ପକାଇବେ, ଏକଥା ଭାବିବାଟା ଥିଲା ଅସହ୍ୟ ।

ତାପରେ ଟେରେଜା ଘର ଭିତରକୁ ଗଲା ଓ ତାର ବେକରେ ପଟି, ଫିତା ଓ ସକାଳୁ ସେ ଆଦୌ ଛୁଇଁ ନ ଥିବା ଚକୋଲେଟ୍ କେଇଟା ନେଇ ଫେରି ଆସିଲା । ଟେରେଜା ତା ଉପରେ ସବୁତକ ବିଛୁଡ଼ି ଦେଲା ।

ଗାତ ପାଖରେ ସେଇ ମାତ୍ର ଖୋଳା ହେଇଥିବା ଗଦାଏ ମାଟି । ଟମାସ୍ କୋଦାଳ ଉଠାଇଲା ।

ଠିକ୍ ସେତିକିବେଳକୁ ଟେରେଜାର ସ୍ୱପ୍ନ କଥା ମନେ ପଡ଼ିଲା : କାରେନିନ୍ ଦୁଇଟି ପାଉଁରୁଟି ଓ ମହୁମାଛିଟିଏ ଜନ୍ମ ଦେବା କଥା । ହଠାତ୍ ସେଇ ଶବ୍ଦଗୁଡ଼ିକ ସମାଧି-ସ୍ମୃତିଲିପି (ଏପିଟାଫ୍) ପରି ମନେ ହେଲା । ସେଓ ଗଛ ମଝିରେ ଗୋଟେ ସ୍ମାରକୀ କଳ୍ପନା କଲା, ଯେଉଁଥିରେ ଏଇ ଲେଖାଟି ଖୋଦେଇ ହେଇଥିଲା : ଏଇଠି କାରେନିନ୍ ସମାଧିସ୍ଥ । ସେ ଦୁଇଟା ପାଉଁରୁଟି ଓ ଗୋଟେ ମହୁମାଛି ଜନ୍ମ ଦେଇଥିଲା ।

ବଗିଚାରେ ଗୋଧୂଳି ଓହ୍ଲାଇ ଆସିଥାଏ, ଦିନ ଓ ରାତି ମଝିର ବେଳା । ଆକାଶରେ ଗୋଟେ ମଳିନ ଜହ୍ନ । ମୃତକଙ୍କ ବାସରେ ଏକ ବିସ୍ମୃତ ଦୀପ ।

କୋଡି କୋଦାଳ ନେଇ ଫେରିଲାବେଳକୁ ସେମାନଙ୍କର ଜୋତାର କାଦୁଅ ଶୁଖି ଯାଇଥାଏ । ସେଇଟାକୁ ସେମାନେ ଖୋପରେ ରଖିବାକୁ ଗଲେ ଯୋଉଠି ସବୁ ଉପକରଣ ଗୋଟେ ଧାଡ଼ିରେ : ଦାନ୍ତି କୋଦାଳ, ପାଣିଝର, ଖଣତି ।

(୬)

ଟମାସ ସେଇ ଡେସ୍କ ପାଖରେ ବସିଥାଏ ଯେଉଁଠି ସେ ପ୍ରାୟ ପଢ଼ାପଢ଼ି କରେ । ଏଇ ରକମ ସମୟରେ ଟେରେଜା ପଛରୁ ଆସେ, ତା ଉପରେ ଆଉଜି ପଡ଼େ ଓ ନିଜ ଗାଲକୁ ତା ଗାଲରେ ଘଷେ । ତେବେ ସେଦିନ ସେ ଚମକାଇ ଦେଲା । ଟମାସ ବହି ପଢୁ ନ ଥିଲା । ତା ସାମ୍ନାରେ ଚିଠି ଖଣ୍ଡେ ଥାଏ, ଆଉ ଯଦିଓ ସେଥିରୁ ପାଞ୍ଚ ଧାଡ଼ିରୁ ବେଶୀ ଟାଇପ୍ ଲେଖା ନ ଥିବ ଟମାସ ତାକୁ ଗୋଟେ ଦୃଷ୍ଟିରେ ଗୁଡାଏ ବେଳ ଯାଏଁ ଚାହିଁ ରହିଥାଏ ।

'ସେଟା କଣ ?' ଆକସ୍ମିକ କଥାରେ ଭରା ଗଳାରେ ଟେରେଜା ପଚାରିଲା ।

ତାର ମୁଣ୍ଡଟା ନ ବୁଲାଇ ଟମାସ ଚିଠି ଖଣ୍ଡିକ ଉଠାଇ ତାକୁ ଧରାଇ ଦେଲା । ପାଖ ସହରରେ ଉଡ଼ାଜାହାଜ ପଡିଆରେ ସେଦିନ ତାକୁ ଯାଇ ହାଜର ହେବାକୁ ପଡ଼ିବ, ସେଥିରେ ଲେଖା ଥିଲା ।

ଯେତେବେଳେ ଟମାସ ତା ଆଡକୁ ବୁଲିପଡ଼ି ଦେଖିଲା ଟେରେଜା ତା ଆଖିରେ ନିଜେ ନୂଆଁକରି ଅନୁଭବି ଥିବା ଆତଙ୍କକୁ ଦେଖିପାରିଲା ।

'ମୁଁ ତମ ସହିତ ଯିବି', ସେ କହିଲା ।

ସେ ମୁଣ୍ଡ ହଲାଇଲା । 'ସେମାନେ ମତେ ହିଁ ଭେଟିବାକୁ ଚାହାନ୍ତି ।'

'ନା, ମୁଁ ତୁମ ସହିତ ଯିବି', ସେ ପୁଣିଥରେ କହିଲା ।

ସେମାନେ ଟମାସର ବୋଝେଇ ଗାଡ଼ି ଧରିଲେ । ଅଳ୍ପ ସମୟରେ ସେମାନେ ଉଡାଜାହାଜ ପଡ଼ିଆରେ ପହଞ୍ଚିଗଲେ । ଚାରିଆଡ଼ କୁହୁଡ଼ିଆ । ପଡ଼ିଆରେ ଥିବା କେତୋଟି ଉଡ଼ାଜାହାଜର ଅସ୍ପଷ୍ଟ ଚିତ୍ର ସେମାନେ ବାରି ପାରିଲେ । ସେମାନେ ଗୋଟାକରୁ ଅନ୍ୟଟିକୁ ଗଲେ । ସବୁଯାକ ଦ୍ୱାର ବନ୍ଦ ଥିଲା । ଭିତରକୁ ପ୍ରବେଶ ନାହିଁ । ଶେଷରେ ସେମାନେ ଗୋଟିକର କବାଟ ଖୋଲା ଦେଖିଲେ । ତା ଭିତରକୁ କେତୋଟି ଚଳମାନ ପାହାଚ ଖଞ୍ଜା ହେଇଥାଏ । ସେମାନେ ପାହାଚ ଚଢ଼ିଲେ । ଦ୍ୱାର ପାଖରେ ପରିଚାରକ ଜଣେ ତାଙ୍କୁ ସ୍ୱାଗତ ଜଣାଇଲା । ସେଇଟା ଥିଲା ଗୋଟେ ଛୋଟ ଉଡ଼ାଜାହାଜ- ଅତିବେଶୀରେ ତିରିଶ ଜଣ ଯାତ୍ରୀ ବସେଇ ପାରିବ- ଉଡ଼ାଜାହାଜଟା ପୁରାପୁରି ଖାଲି ଥିଲା । ସେମାନଙ୍କର ପାରିପାର୍ଶ୍ୱିକ ପରିସ୍ଥିତି ପ୍ରତି ବିଶେଷ ଦୃଷ୍ଟି ନ ଦେଇ ଦୁହେଁଯାକ ହାତ ଧରାଧରି ହେଇ ଧାଡ଼ିକି ଧାଡ଼ି ସିଟ୍ ପାଖର ସରୁ ବାଟରେ ଗଲେ । ପାଖାପାଖି ଦୁଇଟା ସିଟ୍‌ରେ ସେମାନେ ବସିଲେ । ଟେରେଜା ଟମାସର କାନ୍ଧରେ ମୁଣ୍ଡ ରଖିଲା । ଆତଙ୍କର ପ୍ରଥମ ଲହଡ଼ିଟି ଉଭେଇଯାଇ ତାରି ଜାଗାରେ ବିଷାଦ ଛାଇଗଲା ।

ଆତଙ୍କଟା ଗୋଟେ ଧକ୍କା, ସଂପୂର୍ଣ୍ଣ ଅନ୍ଧ ହେଇଯିବାର ବେଳ । ଆତଙ୍କରେ ଟିପେ ସୁଦ୍ଧା ସୌନ୍ଦର୍ଯ୍ୟ ନ ଥାଏ । ଏକ ଅଜଣା ଘଟଣାର ତୀବ୍ର ଆଲୁଅ ଆମକୁ ବିନ୍ଧ କରିବାର ନିଶ୍ଚିତ ସମ୍ଭାବନାକୁ ଆମେ ଖାଲି ଯାହା ଦେଖିପାରୁ । ଅପରପକ୍ଷେ, ବିଷାଦ ଧରିନିଏ ଯେ ଆମେ ତାହା ଜାଣୁ । ଟମାସ ଓ ଟେରେଜା ଜାଣନ୍ତି ଯେ ତାଙ୍କ ପାଇଁ କଣ ଟାକି ରହିଛି । ଆତଙ୍କର ଆଲୁଅ ଏମିତି ତାର ତୀକ୍ଷ୍ଣତା ହରାଇଲା । ଆଉ ପୃଥିବୀଟା ଏକ କମ୍ର ନୀଳାଭ ଆଲୋକରେ ସ୍ନାତ ହେଲା । ପ୍ରକୃତରେ ସେଇଟା ତାକୁ କମନୀୟ କରିଦେଲା ।

ଚିଠି ଖଣ୍ଡିକ ପଢ଼ିଲାବେଳେ ଟେରେଜା ଟମାସ ପ୍ରତି ସେମିତି କିଛି ପ୍ରେମ

ଅନୁଭବ କଲା ନାହିଁ। ସେ ଖାଲି ବୁଝିପାରିଲା ଯେ ଏବେ ଘଡ଼ିକ ପାଇଁ ସୁଦ୍ଧା ସେ ତାକୁ ଛାଡ଼ିକି ଯାଇ ପାରିବନି। ଆତଙ୍କର ଅନୁଭବ ବାକି ସବୁ ଆବେଗ ଓ ପ୍ରବୃତ୍ତି ଉପରେ ମାଡ଼ିଗଲା। ସେ ଏବେ ଟମାସ ଉପରେ ଆଉଜି ରହିଥାଏ (ପ୍ଲେନ୍‌ଟା ଝଡ଼ ବାଦଲ ଦେଇ ଗତି କରୁଥାଏ), ତାର ଭୟ ପ୍ରଶମିତ ହେଇଗଲା ଆଉ ତାର ପ୍ରେମର ଅବଗତି ହେଲା, ଏମିତି ଏକ ପ୍ରେମ ଯାହାର କିଛି ସୀମାରେଖା କିମ୍ବା କଟକଣା ନ ଥିଲା।

ଶେଷରେ ଏରୋପ୍ଲେନ୍‌ଟି ଓହ୍ଲାଇଲା। ସେମାନେ ଛିଡ଼ା ହେଇ କବାଟ ପାଖକୁ ଗଲେ। ପରିଚାରକ ଜଣକ କବାଟ ଖୋଲି ଦେଲା। ପରସ୍ପର ଅଣ୍ଟାରେ ହାତ ଛନ୍ଦି ସବା ଉପର ପାହାଚରେ ସେମାନେ ଛିଡ଼ା ହେଲେ। ତଳେ ମୁଣ୍ଡରେ ଶିରସ୍ତ୍ରାଣ ପିନ୍ଧି ଓ ବନ୍ଧୁକ ଧରିଥିବା ତିନିଜଣ ଲୋକଙ୍କୁ ସେମାନେ ଦେଖିଲେ। ପ୍ରତିରୋଧ କରି କିଛି ଲାଭ ନାହିଁ, କାରଣ ଆଉ ନିସ୍ତାର ନ ଥିଲା। ସେମାନେ ଧୀରେ ଧୀରେ ଓହ୍ଲାଇଲେ। ଉଡ଼ାଜାହାଜ ପଡ଼ିଆରେ ସେମାନଙ୍କର ପାଦ ପଡ଼ିଲା କ୍ଷଣି ତାଙ୍କ ଭିତରୁ ଜଣେ ବନ୍ଧୁକ ଉଠାଇ ସେମାନଙ୍କ ଉପରକୁ ଲକ୍ଷ୍ୟ କଲା। ଯଦିଓ ଗୁଳି ଫୁଟିଲା ନାହିଁ, ଟେରେଜା ଅନୁଭବ କଲା, ଟମାସ- ଗୋଟେ ସେକେଣ୍ଡ ପୂର୍ବରୁ ତା ଅଣ୍ଟାରେ ହାତ ଛନ୍ଦି ତାରି ଉପରେ ଆଉଜି ଥିଲା- ତଳେ ଲୋଟି ପଡ଼ିଲା।

ସେ ତାକୁ ନିଜ ପାଖକୁ ଆଉଜାଇ ଆଣିବାକୁ ଚେଷ୍ଟା କଲା, କିଂତୁ ଧରି ପାରିଲା ନାହିଁ। ସେ ସିମେଣ୍ଟ ରନ୍‌ୱେରେ ପଡ଼ିଗଲା। ଟେରେଜା ତା ଉପରେ ଫିଙ୍ଗି ହେଲା ପରି ତା ଉପରକୁ ଝୁଙ୍କି ପଡ଼ିଲା, ନିଜ ଦେହର ଆଢୁଆଳରେ ତାକୁ ଢାଙ୍କି ଦେଲା। ହଠାତ୍ ଅଦ୍ଭୁତ କଥାଟିଏ ଲକ୍ଷ୍ୟ କଲା : ଟମାସର ଦେହଟା ଅତିଶିଘ୍ର ତାରି ଆଖି ସାମ୍ନାରେ ପଛକୁ ଘୁଞ୍ଚି ଛୋଟ ହେଇ ଯାଉଥିଲା। ସେ ଏତେ ଡରିଗଲା ଯେ ସେ ବରଫପ୍ରାୟ ପାଲଟି ନିଶ୍ଚଳ ହେଇ ଠିଆ ହେଲା। ଟମାସର ଶରୀରଟା ଯେତେ ପଛକୁ ଘୁଞ୍ଚି ଯାଉଥାଏ, ତାହା ଟମାସ ବୋଲି ସେତିକି କମ୍ ଜଣା ପଡୁଥାଏ, ସେମିତି ହେଇ ପଡ଼ିଆରେ ଉଠିପଡ଼ି, ଦୌଡ଼ି ଧାପି, ପିଚି ହେଇ ଯାଉଥିବା ଛୋଟିଆ ବସ୍ତୁଟାଏ ପାଲଟିଗଲା।

ତାକୁ ଗୁଳି ମାରିଥିବା ଲୋକଟା ନିଜ ମୁହଁରୁ ମୁଖା ଖୋଲି ଟେରେଜାକୁ ଚାହିଁ ଖୁସିରେ ହସିଲା। ତାପରେ ବୁଲିପଡ଼ି ଛୋଟି ବସ୍ତୁଟି ପଛରେ ଧାଇଁଲା। ଛୋଟ ବସ୍ତୁଟା ଦ୍ରୁତ ଗତିରେ ଏଠିକି ସେଠିକି ହେଉଥାଏ। କାହାକୁ ଫାଙ୍କି ଦେଇ(?) ସେ ବିକଳ ହେଇ ଆଶ୍ରା ଖୋଜୁଥାଏ। କିଛି ସମୟ ପିଛା ଜାରି ରହିଲା। ହଠାତ୍ ଲୋକଟା ନିଜେ ପଡ଼ିଆରେ କଚାଡ଼ି ହେଲା। ପିଛା ଶେଷ ହେଲା।

ଲୋକଟା ଛିଡା ହେଲା ଓ ହାତରେ ଜିନିଷଟା ଧରି ଟେରେଜା ପାଖକୁ ଫେରିଲା । ସେଇଟା ଭୟରେ ଥରଥର ହେଉଥାଏ । ସେଟା ଥିଲା ଗୋଟେ ଠେକୁଆ । ସେ ତାକୁ ଟେରେଜାକୁ ଦେଇଦେଲା । ସେଇ ମୁହୂର୍ତ୍ତରେ ତାର ଭୟ ଓ ଦୁଃଖ ପ୍ରଶମିତ ହେଇଗଲା ଓ ଏକ ଜନ୍ତୁଟିକୁ ବାହୁରେ ଧରିବାରୁ ସେ ଖୁସି ହେଲା । ଜନ୍ତୁଟା ତାର ନିଜର ବୋଲି ଖୁସି ହେଲା ଓ ତାକୁ ଦେହରେ ଚାପି ଧରିଲା । ତାର ଆନନ୍ଦାଶ୍ରୁ ବାହାରି ପଡ଼ିଲା । ସେ କାନ୍ଦିଲା । ଲୁହରେ ଆଖି ଅନ୍ଧ ହେବା ଯାଏଁ ସେ କାନ୍ଦିଲା । ଆଉ ସେ ଏଇ ଭାବନାରେ ଠେକୁଆଟି ଘରକୁ ନେଲା ଯେ ସେ ଏବେ ତାର ଲକ୍ଷ୍ୟସ୍ଥଳର ପାଖାପାଖି । ତାର ଅଭିଳଷିତ ଜାଗା ଆଉ ସେ ପରିତ୍ୟାଗ କରିବ ନାହିଁ ।

ପ୍ରାଗ୍‌ର ରାସ୍ତାରେ ବୁଲୁବୁଲୁ ତାର ଘରଟା ପାଇବାରେ ଅସୁବିଧା ହେଲା ନାହିଁ ଯେଉଁଠି ସେ ଛୋଟ ଝିଅ ଥିଲାବେଳେ ବାପା ମାଙ୍କ ସହିତ ରହିଥିଲା । କିଂତୁ ବାପା ମା ମରି ଯାଇଥିଲେ । ଦୁଇଜଣ ବୁଢ଼ାବୁଢ଼ୀ ତାକୁ ପାଛୋଟି ନେଲେ ଯାହାଙ୍କୁ ସେ ଆଗରୁ କେବେ ଦେଖି ନ ଥିଲା । ତେବେ ସେମାନେ ତାର ଅଜା ଓ ଆଈ ବୋଲି ସେ ଜାଣିଲା । ଦୁହିଁଙ୍କର ମୁହଁ ଗଛର ବକଳ ପରି ଲୋଚାକୋଚା ହେଇ ଯାଇଥିଲା । ତାଙ୍କ ସହିତ ରହିବାରେ ଟେରେଜା ଖୁସି ହେଲା । କିଂତୁ ଏଇକ୍ଷଣି ସେ ତାର ଜନ୍ତୁଟା ସହିତ ଏକୁଟିଆ ରହିବାକୁ ଚାହିଁଲା । ପାଞ୍ଚବର୍ଷ ବୟସରେ ସେ ଅଲଗା ରହିବା ଜାଗାଟିଏ ଦରକାର ଭାବି ବାପା ମାଁ ଯେଉଁ କୋଠରୀଟି ତାକୁ ଦେଇଥିଲେ, ସେ ସଙ୍ଗେସଙ୍ଗେ ସେଠିକି ଗଲା ।

ସେଇ ରୁମ୍‌ରେ ଗୋଟେ ଖଟ, ଗୋଟେ ଟେବୁଲ ଓ ଗୋଟେ ଚୌକି ଥିଲା । ଟେବୁଲ ଉପରେ ବତୀଟାଏ ଥିଲା । ତାର ଆଗମନର ପ୍ରତୀକ୍ଷାରେ ବତୀଟା ସେ ଯାଏଁ ଜଳୁଥାଏ । ବତୀ ଉପରେ ପ୍ରଜାପତିଟିଏ । ତାର ବିସ୍ତୃତ ଡ଼େଣା ଉପରେ ଚିତ୍ରିତ ଦୁଇଟା ବଡ଼ ବଡ଼ ଆଖି । ଏଇଟା ତାର ଶେଷ ଲକ୍ଷ୍ୟ, ଟେରେଜା ଜାଣେ । ଖଟରେ ଗଡ଼ିପଡ଼ି ସେ ଠେକୁଆଟିକୁ ନିଜ ମୁହଁକୁ ଚାପି ଧରିଲା ।

(୭)

ପ୍ରାୟତଃ ପଡ଼ାପଡ଼ି କରୁଥିବା ଡେସ୍କ୍‌ଟା ପାଖରେ ସେ ବସିଥାଏ । ତା ସାମ୍ନାରେ ଖୋଲା ଲଫାଫାଟିଏ ଓ ଚିଠିଟିଏ ପଡ଼ିଥାଏ । 'ମଝିରେ ମଝିରେ ମୁଁ ପାଇଥିବା ଚିଠି ବିଷୟରେ ତମକୁ କହି ନାହିଁ', ସେ ଟେରେଜାକୁ କହିଲା । ସେଇ ସବୁ ମୋ ପୁଅ ପାଖରୁ ଆସେ । ମୁଁ ମୋର ଆଉ ତାର ଜୀବନକୁ ପୁରାପୁରି ଅଲଗା କରି ରଖିବାକୁ ଚେଷ୍ଟା କରିଛି । ଦେଖ, ଭାଗ୍ୟ କେମିତି ମୋ ସହିତ ବରାବର କରିଦଉଛି । କିଛି ବର୍ଷ ଆଗରୁ ତାକୁ ବିଶ୍ୱବିଦ୍ୟାଳୟରୁ ବହିଷ୍କାର କରି ଦିଆଯାଇଥିଲା । ଏବେ

ଗାଁରେ ସେ ଗୋଟେ ଟ୍ରାକ୍ଟର ଚଲାଏ। ଆମର ଜୀବନ ଅଲଗା ହୋଇପାରେ। କିଂତୁ ତାହା ସମାନ୍ତରାଳ ରେଖା ପରି ସମାନ ଦିଗରେ ଗତି କରୁଛି।

'ଚିଠି କଥା ମତେ କାହିଁ କହି ନ ଥିଲ ?' ଉଶ୍ୱାସ ହୋଇ ଟେରେଜା ପଚାରିଲା।

'ମୁଁ ଜାଣେନି। କଥାଟା ନିହାତି ଅପ୍ରୀତିକର ଲାଗେ।'

'ସେ ଅନେକଥର ଚିଠି ଲେଖେ ?'

'କେବେ କେବେ ମଝିରେ।'

'କଣ ଲେଖେ ?'

'ତା ବିଷୟରେ।'

'କଣ ମଜାଦାର କି ?'

ହଁ ସେଇଆ। ତମର ମନେ ଥିବ ଯେ ତାର ମାଁ ଜଣେ କମ୍ୟୁନିଷ୍ଟ ଥିଲା ତେବେ ଅନେକ ଆଗରୁ ସେ ତାର ମାଁ ସହିତ ସଂପର୍କ ଛିଣ୍ଡେଇ ଦେଲା। ତାପରେ ଆମ ପରି ସମସ୍ୟା ଥିବା ଲୋକଙ୍କ ସହିତ ମିଶି ତାଙ୍କ ସହିତ ରାଜନୈତିକ କ୍ରୀୟାକଳାପରେ ସଂପୃକ୍ତ ହେଲା। ତାଙ୍କ ଭିତରୁ କେତେଜଣ ଏବେ ଜେଲ୍‌ରେ। କିଂତୁ ତାଙ୍କ ସହିତ ମଧ୍ୟ ସେ ସଂପର୍କ ଛିନ୍ନ କଲା। ଚିଠିରେ ସେ ତାଙ୍କୁ 'ଚିରନ୍ତନ ବିପ୍ଳବୀ' ବୋଲି ଲେଖେ।

'ତା ଅର୍ଥ ସେ କଣ ଶାସନ ବ୍ୟବସ୍ଥା ସହିତ ଆପୋଷ ମିଳାମିଶା କରିଛି ?'

'ନା, ଆଦୌ ନୁହେଁ। ସେ ଇଶ୍ୱରଙ୍କଠାରେ ବିଶ୍ୱାସ କରେ ଆଉ ଭାବେ ସେଇଟାହିଁ ଚାବିକାଠି। ସେ କହେ ଯେ ଆମେ ଆମର ଦୈନନ୍ଦିନ ଜୀବନରେ ଧର୍ମର ନୀତି ନିୟମ ମାନି ଚଳିବା ଉଚିତ ଆଉ ଶାସନତନ୍ତ୍ର ଆଡ଼କୁ ଆଦୌ ଧ୍ୟାନ ନ ଦେଇ ତାକୁ ପୁରାପୁରି ଉପେକ୍ଷା କରିବା ଉଚିତ। ସେ ଦାବୀ କରେ ଯେ ଯଦି ଆମେ ଇଶ୍ୱରଙ୍କଠାରେ ବିଶ୍ୱାସ କରୁ, ତା ହେଲେ ଆମେ ତମେ କୌଣସି ପରିସ୍ଥିତିର ମୁକାବିଲା କରିପାରିବା, ଓ ଆମର ଆଚରଣ ମାଧ୍ୟମରେ ତାକୁ ଐଶ୍ୱରିକ ସାମ୍ରାଜ୍ୟରେ ରୂପାନ୍ତରିତ କରିପାରିବା। ସେ ମତେ କହେ ଯେ ଆମ ଦେଶରେ ଚର୍ଚ୍ଚ ହେଉଛି ଏକମାତ୍ର ସ୍ୱେଚ୍ଛାସେବୀ ସଂଗଠନ, ଯାହା ଶାସନତନ୍ତ୍ରକୁ କ୍ଷମତାକୁ ଫାଙ୍କି ଦେଇପାରେ। ସେ ପ୍ରକୃତରେ ଇଶ୍ୱରଙ୍କୁ ବିଶ୍ୱାସ କରେ ବୋଲି ଚର୍ଚ୍ଚରେ ଯୋଗଦେଇଛି ନା ଯେହେତୁ ଚର୍ଚ୍ଚ ଶାସନ ବ୍ୟବସ୍ଥାକୁ ବିରୋଧ କରିବାରେ ତାକୁ ସାହାଯ୍ୟ କରେ ବୋଲି ସେ ସେଥିରେ ଯୋଗ ଦେଇଛି ସେଇଟା ଭାବି ମୁଁ ଆଶ୍ଚର୍ଯ୍ୟ ହୁଏ।

'ତମେ ତାକୁ ପଚାରୁନ କାହିଁକି ?'

'ମୁଁ ଧାର୍ମିକ ମତବାଦରେ ବିଶ୍ୱାସୀ ଲୋକଙ୍କୁ ପ୍ରଶଂସା କରୁଥିଲି', ଟମାସ କହି ଚାଲିଥାଏ। 'ମୁଁ ଭାବେ ଯେ ସବୁ ଜିନିଷକୁ ଦେଖିବାର ଗୋଟେ ଅଜବ ଅପାର୍ଥିବ ଦୃଷ୍ଟିଭଙ୍ଗୀ ସେମାନଙ୍କର ରହିଛି ଯାହା ମୋ ପାଇଁ ରୁଦ୍ଧ। ତମେ ତାଙ୍କୁ ଭବିଷ୍ୟତକାର କହିପାର। କିଂତୁ ମୋ ପୁଅର ଅଭିଜ୍ଞତା ପ୍ରମାଣ କରେ ଯେ (ଧର୍ମ) ବିଶ୍ୱାସଟା ପ୍ରକୃତରେ ଗୋଟେ ସରଳ କଥା। ସେ ତ ଦରିଦ୍ର, ଅନାଥ। କେଥୋଲିକ୍‌ମାନେ ତାକୁ ନେଇଗଲେ, ଆଉ ସେ ଜାଣିବା ଆଗରୁ ତାର ଧର୍ମବିଶ୍ୱାସ ହେଇଯାଇଥିଲା। ତେଣୁ ଯେତେଦୂର ଜଣାପଡ଼େ, କୃତଜ୍ଞତା ହିଁ ଏଇ ପ୍ରସଙ୍ଗଟିର ନିଷ୍ପତ୍ତି କରେ। ମଣିଷର ନିଷ୍ପତ୍ତିମାନ ମାରାତ୍ମକ ଭାବରେ ସରଳ।

'ତମେ ତାର ଚିଠିର ଉତ୍ତର କେବେ ଦେଇନ ?'

'ସେ ତାର ଠିକଣା କେବେ ଚିଠିରେ ଲେଖେ ନାଇଁ', ସେ କହିଲା। "ଯଦିଓ ଡାକ ମୋହରରେ ଜିଲ୍ଲାର ନାଁ ଲେଖାଥାଏ। ସ୍ଥାନୀୟ ସମବାୟ ଫାର୍ମକୁ ମୁଁ ଚିଠିଖଣ୍ଡେ ପଠାଇଥିଲି।"

ଟମାସକୁ ସନ୍ଦେହ କରିଥିବାରୁ ଟେରେଜା ଲଜ୍ଜିତ ହେଲା। ଆଉ ହଠାତ୍ ତାର ପୁଅ ପ୍ରତି ଦରଦ ପୋଷଣ କରି ନିଜର ଗ୍ଲାନିବୋଧକୁ ପୋଛିବାକୁ ଚାହିଁଲା। 'ତା' ହେଲେ ଏଠିକି ଆସି ଆମ ସହିତ ଦେଖା କରିବାକୁ ତା ପାଖକୁ ଦୁଇଧାଡ଼ି ଲେଖୁନ କାହିଁକି ?'

'ସେ ଦେଖିବାକୁ ମୋ ପରି', ଟମାସ କହିଲା। 'କଥା କହିଲାବେଳେ ଠିକ୍ ମୋ ପରି ତାର ଉପର ଓଠଟା ଯୋଡ଼ି ହେଇଯାଏ। ଇଶ୍ୱରଙ୍କ ସାମ୍ରାଜ୍ୟ ବିଷୟରେ କହି ଚାଲିଥିବା ମୋ ନିଜ ଓଠକୁ ଦେଖିବା କଥା ଭାବିବାଟା - ବେଶ୍ ଅଜବ ଲାଗେ।'

ଟେରେଜା ହସରେ ଫାଟି ପଡ଼ିଲା।

ଟମାସ ତା ସହିତ ହସିଲା।

'ଏମିତି ଛୁଆଙ୍କ ପରି ହୁଅନା ଟମାସ !' ଟେରେଜା କହିଲା। 'ତମେ ଆଉ ତମର ପ୍ରଥମ ସ୍ତ୍ରୀ, ଏଇଟା ତ ଗୋଟେ ପ୍ରାଚୀନ ଇତିହାସ। ସେଥିରେ ତାର କଣ ଯାଏ ? ସେଥିରେ ତାର ବି କଣ କରିବାର ଅଛି ? ଯୌବନରେ ତମର ଖରାପ ରୁଚି ପାଇଁ ପିଲାଟାକୁ କଷ୍ଟ ଦେବ କାହିଁକି ?'

ସତ କହିବାକୁ ଗଲେ, ତାକୁ ଭେଟିବା କଥା ଭାବିଲେ ମୋର ମଞ୍ଚ ଉପରେ ଠିଆ ହେଲାବେଳର ଭୟ ଗ୍ରାସି ପକାଏ। ଏଇ କାରଣରୁ ହିଁ ମୁଁ ସେଇ ବିଷୟରେ କିଛି କରି ପାରିନି। ମୁଁ କଣ ପାଇଁ ଏମିତି ଜିଦ୍‌ଖୋର୍ ହେଇ ତା ସହିତ ଦେଖା କରି

ନାଇଁ ତା ମୁଁ ଜାଣେନା । ବେଳେବେଳେ କିଛି କାରଣ ନ ଜାଣି ଜଣେ କୌଣସି ବିଷୟରେ ନିଷ୍ପତ୍ତି କରିପକାଏ, ଆଉ ସେଇ ନିଷ୍ପତ୍ତିଟା ଗୋଟେ 'ନିଷ୍କ୍ରିୟ ଗତି'ର ନିୟମରେ ଚାଲୁ ରହେ । ପ୍ରତିବର୍ଷ ତାହାକୁ ବଦଳାଇବା ଆହୁରି କଷ୍ଟକର ହୁଏ ।

'ତାକୁ ଡାକ', ସେ କହିଲା ।

ସେଦିନ ଅପରାହ୍ଣରେ ଗୋରୁ ଗୁହାଳରୁ ଫେରିଲା ବାଟରେ ସେ ରାସ୍ତା ଉପରୁ କଥାବାର୍ତ୍ତା ଶୁଣି ପାରିଲା । ପାଖକୁ ଆସି ସେ ଟମାସର ବୋଝେଇ ଗାଡ଼ିଟା ଦେଖିଲା । ଟମାସ ନଇଁପଡ଼ି ଟାୟାର ବଦଳାଉଥାଏ । ପାଖରେ କେତେଜଣ ଖେଳ ଦେଖୁଥାନ୍ତି ଓ ତାର କାମ ସାରିବାଟାକୁ ଟାକିଥାନ୍ତି ।

ସେ ତା ଉପରୁ ଆଖି ଫେରାଇ ପାରିଲା ନାହିଁ : ସେ ବୁଢ଼ା ଲୋକଟିଏ ପରି ଦେଖାଯାଉଥାଏ । ତାର ବାଳ ପାଚି ଯାଇଥାଏ । ଆଉ ତାର କାମରେ ସଂଯୋଗର ଅଭାବଟା ଡାକ୍ତରରୁ ଡ୍ରାଇଭର ହେଇଥିବା ଯୋଗୁଁ ନୁହେଁ.... ଯୁବାବସ୍ଥା ଆଉ ନ ଥିବାରୁ ସେ କାମଟା ଠିକ୍‌ରେ କରି ପାରୁ ନ ଥାଏ ।

ଏବେ ନିକଟରେ ସମବାୟ ଫାର୍ମର ଚେୟାରମେନ୍ ସହିତ ନିଜେ ହେଇଥିବା କଥାବାର୍ତ୍ତା ତାର ମନେ ପଡ଼ିଲା । ଟମାସର ବୋଝେଇ ଗାଡ଼ିଟା ଭାରି ଖରାପ ଅବସ୍ଥାରେ ବୋଲି ସେ ତାକୁ କହିଥିଲେ । ସେ ଅଭିଯୋଗ କରି ନ ଥିଲେ, ମଜାରେ କହିଥିଲେ । ତେବେ ସେଥିପ୍ରତି ସେ ସଜାଗ ଥିଲେ । "ଟମାସ ଇଞ୍ଜିନ୍‌ର ଭିତରଟା ଅପେକ୍ଷା ଶରୀରର ଭିତରଟାକୁ ବେଶୀ ଭଲ କରି ଜାଣେ", ସେ ହସି କି କହିଲେ । ତାପରେ ସେ ସ୍ଥାନୀୟ ଭାବରେ ଡାକ୍ତରୀ ପେଷା ପୁଣିଥରେ ଆରମ୍ଭ କରିବାକୁ ଅନୁମତି ଦେବା ପାଇଁ କର୍ତ୍ତୃପକ୍ଷଙ୍କୁ ଅନେକଥର ଦେଖା କରିଥିବା କଥା କହିଲେ । ପୁଲିସ କେବେ ମଧ୍ୟ ତାହା କରିବାର ଅନୁମତି ଦେବ ନାହିଁ ବୋଲି ସେ ଜାଣି ପାରିଲେ ।

ସେ ଗୋଟେ ଗଛର ଗଣ୍ଡି ପଛ ପଟକୁ ଘୁଞ୍ଚିଗଲା ଯେମିତିକି ବୋଝେଇ ଗାଡ଼ି ପାଖେ ଥିବା ଲୋକମାନଙ୍କ ଭିତରୁ କେହି ତାକୁ ଦେଖି ପାରିବେନି । ସେଠି ଛିଡା ହେଇ ତାକୁ ଅନୁଧ୍ୟାନ କରୁକରୁ ଆତ୍ମଗ୍ଲାନିରେ ତାର ମନ ଭରିଗଲା : ତାରି ଭୂଲ୍ ଯୋଗୁଁ ଟମାସ୍ ଜୁରିଚ୍‌ରୁ ପ୍ରାଗ୍‌କୁ ଫେରି ଆସିଲା, ତାରି ଭୂଲ୍ ପାଇଁ ସେ ପ୍ରାଗ୍ ଛାଡିଲା ଆଉ ଏପରିକି ଏଠି ମଧ୍ୟ ସେ ଟମାସକୁ ଶାନ୍ତିରେ ରହିବାକୁ ଦେଲା ନାହିଁ । କାରେନିନ୍ ମୃତ୍ୟୁ ମୁଖରେ ପଡିଥିଲାବେଳେ ନିଜର ଗୁପ୍ତ ସନ୍ଦେହ ଯୋଗୁଁ ଟମାସକୁ ଯାତନା ଦେଲା ।

ତାକୁ ଆହୁରି ଅଧିକ କାଇଁ ଭଲ ପାଉନି ବୋଲି ସେ ମନେ ମନେ ସବୁବେଳେ

ଟମାସକୁ ଗାଳି ଦିଏ। ତାର ନିଜର ପ୍ରେମକୁ ସେଇ ଦୋଷର ଊର୍ଦ୍ଧ୍ୱରେ ରଖେ, ଅଥଚ ଟମାସର ପ୍ରେମଟା ତାକୁ ସାଧାରଣ ଶିଷ୍ଟାଚାର ପରି ମନେହୁଏ।

ଏବେ ସେ ଜାଣିଲା ଯେ ସେ ଟମାସ୍ ପ୍ରତି ଅବିଚାର କରିଛି : ଯଦି ସେ ଟମାସକୁ ଏତେ ମହାନ୍ ପ୍ରେମ ଭାବରେ ଭଲ ପାଉଥିଲା, ତାହେଲେ ବିଦେଶରେ ସେ ତାରି ସହିତ ପ୍ରେମରେ ରହିଥାନ୍ତା ! ଟମାସ୍ ସେଠି ଖୁସି ଥିଲା। ଗୋଟେ ନୂଆ ଜୀବନ ତା ପାଇଁ ସେଠି ଉନ୍ମୋଚିତ ହେଉଥିଲା। ଆଉ ସେ ଟମାସକୁ ଛାଡ଼ିଦେଲା। ସତ, ସେତିକିବେଳେ ଟମାସକୁ ତାର ସ୍ୱାଧୀନତା ଦେଇ ସେ ନିଜର ମହାନୁଭବତାର ପରିଚୟ ଦେଇ ପାରିଥିବାର ବିଶ୍ୱାସ କରିଥିଲା। କିଂତୁ ତାର ଉଦାରତା କଣ ଖାଲି ଗୋଟେ ବାହାନା ନ ଥିଲା ? ସେ ପୁରା ଜାଣିଥିଲା ଯେ ଟମାସ୍ ତାରି ପାଖକୁ ଘରକୁ ଫେରିବ ! ଜଳଦେବୀ ନିରୀହ ଗ୍ରାମବାସୀଙ୍କୁ ପ୍ରଲୋଭିତ କରି କାଦୁଅ ଖାଲ ଭିତରକୁ ନେଇ ଯାଇ ସେଠି ବୁଡ଼ି ମରିବାକୁ ଛାଡ଼ିଦେଲା ପରି ସେ ଟମାସକୁ ତାରି ପଛରେ ଗୋଡ଼ାଇବାକୁ ଆହୁରି ଆହୁରି ଦୂରକୁ ଡାକି ନେଲା। ଗୋଟେ ରାତିର ପେଟ ମୋଡ଼ାର ସୁଯୋଗ ନେଇ ସେ ତାକୁ ବାଟ ଭୁଲାଇ ଗାଁକୁ ନେଇ ଆସିଲା। ସେ ନିଜେ କେଡ଼େ ଚତୁର ହେଇପାରେ ! ସତେ ଯେପରି ତାକୁ ବାରମ୍ବାର ପରୀକ୍ଷା କରିବାକୁ ଚାହିଁ, ତା ପ୍ରତି ଟମାସର ପ୍ରେମକୁ ପରୀକ୍ଷା କରିବା ପାଇଁ ସେ ତାକୁ ଲାଗିପଡ଼ି ସମନ ଜାରି କରି ଡକାଇଲା। ଆଉ ଏବେ ସେ ଏଠି କ୍ଳାନ୍ତ ଆଉ ବୟସ୍କ। ଟମାସର ଆଙ୍ଗୁଠିମାନ ଏତେ ଟାଣ ହେଇଯାଇଛି ଯେ ଆଉ କେବେ ଅପରେସନ କଇଁଚି ଧରିପାରିବ ନାହିଁ।

ବର୍ତ୍ତମାନ ସେମାନେ ଏମିତି ଜାଗାରେ, ଯାର ଆଉ ଆଗକୁ ରାସ୍ତା ନାହିଁ। ସେଠୁ ସେମାନେ ଯିବେ କୁଆଡ଼େ ? ବିଦେଶକୁ ଯିବାକୁ ସେମାନଙ୍କୁ କେବେ ଅନୁମତି ମିଳିବ ନାହିଁ। ପ୍ରାଗ୍‌କୁ ଫେରିବାର ରାସ୍ତା ନାହିଁ : ସେଠି କେହି ସେମାନଙ୍କୁ କାମ ଦେବେ ନାହିଁ। ଅନ୍ୟ ଗୋଟେ ଗାଁକୁ ଯିବାର ମଧ୍ୟ କିଛି କାରଣ ନାହିଁ।

ହେ ଭଗବାନ୍ ! ଟମାସ ତାକୁ ଭଲ ପାଏ ବୋଲି ଟେରେଜାକୁ ବିଶ୍ୱାସ କରାଇବା ପାଇଁ ସେମାନଙ୍କୁ ଏତେ ଦୂରତା ଅତିକ୍ରମ କରିବାକୁ ପଡ଼ିଲା।

ଶେଷରେ ଟମାସ ଟାୟାରଟି ଲଗାଇବାରେ ସଫଳ ହେଲା। ସେ ଗାଡ଼ି ଭିତରକୁ ଚଢ଼ିଲା। ଲୋକମାନେ ଗାଡ଼ିର ଡାଲା ଭିତରକୁ ଡିଆଁ ମାରିଲେ ଆଉ ଇଞ୍ଜିନଟା ଗର୍ଜନ କଲା।

ସେ ଘରକୁ ଯାଇ ଗାଧୋଇବାର ବ୍ୟବସ୍ଥା କଲା। ଉଷୁମ ପାଣି ଭିତରେ ଥାଇ ସେ ନିଜକୁ ନିଜେ କହି ଚାଲିଥାଏ ଯେ ଟମାସ ବିରୋଧରେ ସେ ତାର ସାରା

ଜୀବନର ଦୁର୍ବଳତାକୁ ଥାପିଛି । ଶକ୍ତିକୁ ଅପରାଧୀ ଓ ଦୁର୍ବଳତାକୁ ତାର ନୀରିହ ଶୀକାର ସାବ୍ୟସ୍ତ କରିବାରେ ଆମ ସମସ୍ତଙ୍କର ଗୋଟେ ପ୍ରବୃତ୍ତି ରହିଛି । କିଂତୁ ବର୍ତ୍ତମାନ ଟେରେଜା ହୃଦୟଙ୍ଗମ କଲା ଯେ ତା କ୍ଷେତ୍ରରେ ଏହାର ଠିକ୍ ବିପରୀତଟି ହିଁ ସତ୍ୟ ! ଏପରିକି ବାକି ସବୁରେ ଦୃଢ଼ମନା ଥିବା ପୁରୁଷର ଗୋଟିଏ ମାତ୍ର ଦୁର୍ବଳତା ଜାଣି ପାରି, ତାର ସ୍ୱପ୍ନରେ ସୁଦ୍ଧା ଟେରେଜା ନିଜ ବ୍ୟଥାର ପ୍ରଦର୍ଶନ କଲା ଯଦ୍ୱାରା ଟମାସ ପଛକୁ ହଟି ଯିବାକୁ ବାଧ୍ୟ ହେଲା । ତାର ଦୁର୍ବଳତାଟି ହିଂସାତ୍ମକ ଥିଲା ଯାହା ଟମାସର ସବୁ ଶକ୍ତି କ୍ଷୟ କରି ଶେଷକୁ ତାର ବାହୁ ବନ୍ଧନ ଭିତରେ କାକୁସ୍ଥ ଠେକୁଆଟିଏରେ ରୂପାନ୍ତରିତ ହେବାଯାଏଁ ଟମାସକୁ ଆତ୍ମସମର୍ପଣ କରିବା ପାଇଁ ବାଧ୍ୟ କରି ଚାଲିଥିଲା । ସେ ତାର ମନ ଭିତରୁ ଏହି ସ୍ୱପ୍ନକୁ ବାହାର କରି ପାରିଲା ନାହିଁ ।

ସେ ଗାଧୋଇ ସାରି ଭଲ ଲୁଗା କେତେ ଖଣ୍ଡ ପିନ୍ଧିବାକୁ ଗଲା । ଟମାସକୁ ଖୁସି କରିବା ପାଇଁ, ସେ ସବୁଠୁ ଭଲ ଦିଶିବାକୁ ଚାହିଁଲା ।

ଶେଷ ବୋତାମଟା ଲଗେଇ ସାରୁଣୁ ଟମାସ ସମବାୟ ଫାର୍ମର ଚେୟାରମେନ୍ ଓ ଅସ୍ୱାଭାବିକ ଭାବରେ ଶେତା ପଡିଯାଇଥିବା କ୍ଷେତ-ମଜଦୁର ଜଣେ ହଠାତ୍ ପଶି ଆସିଲେ ।

'ଜଲ୍‌ଦି !' ଟମାସ ଚିତ୍କାର କଲା । "କିଛି ଭଲ ପିଇବାଟା ଆଣ !" ଟେରେଜା ଦୌଡ଼ିଗଲା ଓ ଗୋଟେ ବୋତଲ ମଦ ନେଇଆସିଲା । ସେ ମଦ ଗ୍ଲାସରେ ସେଥିରୁ କିଛି ଢାଳିଲା । ଆଉ ଯୁବକ ଜଣକ ଗୋଟେ ଢୋକରେ ସେତକ ପିଇଦେଲା ।

ତାପରେ ସେମାନେ ତାକୁ କଣ ଘଟିଥିଲା କହିଲେ । ଲୋକଟାର କାନ୍ଧଟା ଖସଡି ହେଇ ଯାଇଥିଲା । ଆଉ ଯନ୍ତ୍ରଣାରେ ସେ ରଡ଼ି ଛାଡୁଥିଲା । କଣ କରିବେ କେହି ଜାଣି ପାରିଲେନି । ତେଣୁ ଟମାସକୁ ଡାକିଲେ । ଗୋଟେ ଝଟକାରେ ଟମାସ ତାକୁ ଠିକଣା ଖୋପରେ ବସାଇଦେଲା ।

ଆଉ ଗୋଟେ ଗ୍ଲାସ ମଦ ପିଇଲା ପରେ ଲୋକଟା ଟମାସକୁ କହିଲା, 'ତମର ସ୍ତ୍ରୀ ଆଜି ନିହାତି ସୁନ୍ଦର ଲାଗୁଛନ୍ତି ।'

'ମୁର୍ଖ କୋଉଠିକାର !' ଚେୟାରମେନ୍ କହିଲେ, 'ଟେରେଜା ସବୁବେଳେ ସୁନ୍ଦର।'

'ମୁଁ ଜାଣେ ସେ ସବୁଦିନ ସୁନ୍ଦର', ଯୁବକ ଜଣକ କହିଲା, 'କିଂତୁ ଆଜି ସେ ସୁନ୍ଦର ଲୁଗା ମଧ୍ୟ ପିନ୍ଧିଛନ୍ତି । ମୁଁ ତମକୁ ଏଇ ଜାମା ପିନ୍ଧିବା କେବେ ଦେଖି ନ ଥିଲି । କୁଆଡ଼େ ବାହାରକୁ ଯାଉଛ କି ?'

'ନା, ମୁଁ ଯାଉନି । ମୁଁ ଟମାସ ପାଇଁ ଏଇଟା ପିନ୍ଧିଛି ।'

'ତମେ ତ ଆମର ଖୁସ୍‌ନସୀବ୍ ସୈତାନ୍ !' ଚେୟାରମେନ୍ ହସି ହସି କହିଲେ। ମୋ ବୁଢ଼ୀଟା କେବଳ ମୋ ପାଇଁ ବେଶପଟା ହେବାଟା ସ୍ୱପ୍ନରେ ସୁଦ୍ଧା ଭାବିବ ନାହିଁ।

'ସେଇଥିପାଇଁ ତମେ ସ୍ତ୍ରୀର ସାଙ୍ଗ ନ ଧରି ଘୁଷୁରୀ ସାଙ୍ଗରେ ବୁଲିଯାଅକି', ଯୁବକଟି କହିଲା ଓ ସେ ମଧ୍ୟ ହସିବାରେ ଲାଗିଲା।

'ଯାହା ବି ହେଉ, ମେଫିଷ୍ଟୋ କେମିତି ଅଛି ?' ଟମାସ୍ ପଚାରିଲା।

'ମୁଁ ତାକୁ ଦେଖି ନାହିଁ'- ସେ ଟିକେ ଭାବିଲା- 'ଘଣ୍ଟାଏ ହେବ।'

'ସେ ନିଶ୍ଚେ ମତେ ଖୋଜୁଥିବ', ଚେୟାରମେନ୍ କହିଲେ।

'ଏଇ ଜାମାରେ ତମକୁ ଦେଖି ମୋର ନାଚିବାକୁ ମନ ହେଉଛି', ଯୁବକ ଜଣକ ଟେରେଜାକୁ କହିଲା। ଟମାସ ଆଡ଼କୁ ବୁଲିପଡ଼ି ପଚାରିଲା, 'ତାଙ୍କ ସହିତ ନାଚିବାକୁ ମତେ ଅନୁମତି ଦେବ କି ?'

'ଚାଲ, ଆମେ ସମସ୍ତେ ମିଶି ନାଚିବା', ଟେରେଜା କହିଲା।

'ସାଙ୍ଗରେ ତମେ ଆସିବ କି ?' ଯୁବକଟି ଟମାସକୁ ପଚାରିଲା।

'କୋଉଠିକି ଯିବାର ଯୋଜନା ଅଛି ?' ଟମାସ ପଚାରିଲା।

ଯୁବକଟି ପାଖ ସହରଟିଏର ନାଁ ଧରିଲା ଯୋଉଠି ଗୋଟେ ହୋଟେଲ ବାର୍‌ରେ ଗୋଟେ ନୃତ୍ୟମଞ୍ଚ ରହିଛି।

'ତମେ ବି ଆସ', ଯୁବକଟି ଆଦେଶ ଦେଲା ପରି ସମବାୟ ଫାର୍ମର ଚେୟାରମେନଙ୍କୁ କହିଲା। ସେତେବେଳକୁ ତିନି ଗ୍ଲାସ ମଦ ସେ ପିଇ ସାରିଥିଲା। ସେ ପୁଣି କହିଲା, ଯଦି ମେଫିଷ୍ଟୋ ତମକୁ ମନେ ପକାଏ, ତାହେଲେ ତାକୁ ବି ଆମେ ନେଇଯିବା। ଛୋଟିଆ ଘୁଷୁରୀଛୁଆ ଦିଟାଙ୍କୁ ବି ଦେଖାଇବା। ସେଇ ଦୁଇଟାଙ୍କୁ ଦେଖି ମାଈକିନାମାନେ ବିକଳ ହେଇ ଧାଇଁ ଆସିବେ ! ଆଉ ପୁଣି ହସିଲା, ଆଉ ଖାଲି ହସିଲା।

'ମେଫିଷ୍ଟୋ ଯଦି ତମର ନୁହଁ, ତାହେଲେ ମୁଁ ଗୋଟାପଣେ ତମର।' ସେମାନେ ସମସ୍ତେ ଟମାସର ବୋଝେଇ ଗାଡ଼ିରେ ଲଦି ହେଲେ - ଟମାସ ଷ୍ଟିୟରିଂ ପଛରେ, ତା ପାଖକୁ ଟେରେଜା, ଆଉ ଲୋକ ଦୁଇଟା ଅଧା ଖାଲି ମଦ ବୋତଲ ଧରି ପଛରେ। ଗାଁ ଛାଡ଼ିଲା କ୍ଷଣି ଚେୟାରମେନ୍ ଜାଣିଲେ ଯେ ସେମାନେ ମେଫିଷ୍ଟୋକୁ ଭୁଲି ଯାଇଛନ୍ତି। ଗାଡ଼ି ବୁଲେଇବାକୁ ସେ ଟମାସକୁ ପାଟି କଲେ।

'କିଛି ଚିନ୍ତା ନାଇଁ', ଯୁବକଟି କହିଲା। 'ଗୋଟେ ଘୁଷୁରୀ ଛୁଆରେ ବି କାମ ଚଳିଯିବ।' ଯୁବକଟି କହିଲା। ସେଥିରେ ଚେୟାରମେନ୍ ବୋଧ ହେଲେ।

ଅନ୍ଧାର ମାଡ଼ି ଆସୁଥାଏ । ରାସ୍ତାଟା ଖିରିପିନି ଭାଙ୍ଗରେ କୁଞ୍ଚେଇ ଉଠୁଥାଏ ।

ସହରରେ ପହଞ୍ଚିଲା ପରେ ସେମାନେ ସିଧା ହୋଟେଲକୁ ଗଲେ । ଟେରେଜା ଓ ଟମାସ ଆଗରୁ କେବେ ସେଠିକି ଯାଇ ନ ଥିଲେ । ସେମାନେ ବେସ୍‌ମେଣ୍ଟକୁ ଗଲେ ଯୋଉଠି ସେମାନେ ବାର୍, ନାଚମଞ୍ଚ ଓ କେତେଟା ଟେବୁଲ ପଡ଼ିଥିବାର ଦେଖିଲେ । ପ୍ରାୟ ଷାଠିଏ ବର୍ଷର ଜଣେ ଲୋକ ପିଆନୋ ବଜାଉଥାଏ ।, ସେଇ ବୟସର ସ୍ତ୍ରୀଲୋକ ଜଣେ ଭାଓଲିନ୍ ବଜାଉଥାଏ । ଚାଳିଶ ବର୍ଷ ତଳର ପୁରୁଣା ହିଟ୍ ମ୍ୟୁଜିକ୍ ସେମାନେ ବଜାଉଥାନ୍ତି । ନାଚ ମଞ୍ଚରେ ପାଞ୍ଚ ଛଅ ଯୋଡ଼ି ସ୍ତ୍ରୀ ପୁରୁଷ ଥିଲେ ।

'ଏଠି ମୋ ପାଇଁ କିଛି ନାହିଁ', ପରିସ୍ଥିତିକୁ ନିରୀକ୍ଷଣ କଲାପରେ ଯୁବକଟି କହିଲା ଆଉ ସଙ୍ଗେ ସଙ୍ଗେ ଟେରେଜାକୁ ନାଚିବାକୁ କହିଲା ।

ସମବାୟ ଫାର୍ମର ଚେୟାରମେନ୍ ଗୋଟେ ଖାଲି ଟେବୁଲ ପାଖରେ ଟମାସ୍ ସହିତ ବସି ପଡ଼ିଲେ ଓ ଗୋଟେ ବୋତଲ ମଦ ବରାଦ କଲେ ।

'ମୁଁ ପିଇବିନି', ଟମାସ ତାକୁ ମନେ ପକାଇଦେଲା । ମୁଁ ଗାଡ଼ି ଚଲାଉଛି ।

'ଏମିତି ବୋକାମୀ କର ନାଇଁ', ସେ କହିଲେ । 'ଆଜି ରାତିରେ ଆମେ ଏଠି ରହୁଛୁ ।' ଆଉ ଦୁଇଟା ରୁମ୍ ବୁକ୍ କରିବା ପାଇଁ ସେ ରିସେପସନ୍ ଡେସ୍କ ପାଖକୁ ଗଲେ ।

ଯୁବକଟି ସହିତ ନାଚି ଟେରେଜା ଫେରି ଆସିଲା ପରେ ଚେୟାରମେନ୍ ପୁଣି ତାକୁ ନାଚିବାକୁ କହିଲେ । ଆଉ ଶେଷରେ ଟମାସ ବି ତା ସହିତ ପାଲି ପଡ଼ିଲା ।

ଟମାସ୍, ନାଚିବାକୁ ବାହାରିଲାବେଳେ ଟେରେଜା ତାକୁ କହିଲା, 'ତମ ଜୀବନରେ ଯାହା ସବୁ ଅଘଟଣ ଘଟି ଯାଇଛି, ସବୁ ମୋରି ଦୋଷ । ତମେ ଶେଷରେ ଆସି ଏଠି ପହଞ୍ଚିବାଟା, ଏତେ ତଳକୁ ଖସିବାଟା ମୋର ଦୋଷ ।'

'ତଳକୁ ? ତମେ କଣ କହୁଛ ?'

'ଆମେ ଜୁରିଚ୍‌ରେ ରହିଥିଲେ ତମେ ତଥାପି ଡାକ୍ତର ହେଇ ରହି ପାରିଥାନ୍ତ ।'

'ଆଉ ତମେ ଜଣେ ଫଟୋଗ୍ରାଫର ।'

'ଏମିତି ତୁଳନାଟା ନିହାତି ବାଜେ, ଟେରେଜା କହିଲା, ତମ ପାଇଁ ତମର କାମ ହିଁ ସବୁକିଛି । ମୋର ସେମିତି କାମର ରୁଚି ନାହିଁ, ମୁଁ କିଛି ବି କାମ କରିପାରେ । ମୁଁ କିଛି ହରେଇ ନାହିଁ, ତମେ ସବୁକିଛି ହରେଇ ଦେଇଛ ।'

'ମୁଁ ଏଠି କେତେ ଖୁସି ତାହା କଣ ତମେ ଲକ୍ଷ୍ୟ କରିନ ଟେରେଜା ?' ଟମାସ କହିଲା ।

‘ସର୍ଜରୀ ତମ ଜୀବନର ଲକ୍ଷ୍ୟ ଥିଲା’, ସେ କହିଲା ।

‘ଉଦ୍ଦେଶ୍ୟ ବା ଲକ୍ଷ୍ୟ ସବୁ ନିର୍ବୋଧତା, ଟେରେଜା । ମୋର କୌଣସି ଲକ୍ଷ୍ୟ ନାହିଁ । କାହାରି ନ ଥାଏ । ନିଜେ ମୁକ୍ତ ବୋଲି, ସବୁ ଲକ୍ଷ୍ୟରୁ ମୁକ୍ତ ବୋଲି ହୃଦୟଙ୍ଗମ କରିବାଟା ଏକ ଅତି ଉତ୍କୃଷ୍ଟ ସ୍ୱସ୍ତିର ଅନୁଭବ ।’

ତାର ସିଧା କଥାବାର୍ତ୍ତାରେ ସନ୍ଦେହ କରିବାର ଅବକାଶ ନ ଥିଲା । ସେଦିନର କିଛି ସମୟ ଆଗରୁ ବୋଝେଇ ଗାଡ଼ି ମରାମତି କରୁଥିଲାବେଳେ ସେ କେମିତି ବୁଢ଼ା ଦେଖା ଯାଉଥିଲା । ସେଇ ଦୃଶ୍ୟ ଟେରେଜାର ମନେ ପଡ଼ିଲା । ଟେରେଜା ତାର ଲକ୍ଷ୍ୟସ୍ଥଳରେ ପହଞ୍ଚି ସାରିଥିଲା : ସେ ସବୁବେଳେ ଟମାସ୍‌ର ବାର୍ଦ୍ଧକ୍ୟ ଚାହିଁଥିଲା । ପିଲାଦିନେ ସେ ମୁହଁରେ ଜାକି ଧରିଥିବା ଠେକୁଆ କଥା ପୁଣି ସେ ମନେ ପକାଇଲା ।

ଠେକୁଆରେ ରୂପାନ୍ତରୀତ ହେଇଯିବାର ଅର୍ଥ କଣ ? ଏହାର ଅର୍ଥ ସବୁ ଶକ୍ତି ହରେଇବା । ଏହାର ଅର୍ଥ ଜଣେ ଅନ୍ୟ ଜଣକଠାରୁ ଆଉ ବଳିୟାନ୍ ନୁହେଁ ।

ପିଆନୋ ଓ ଭାଓଲିନ୍‌ର ତାଳରେ ସେମାନେ ନାଚିଲେ । ଟେରେଜା ଟମାସର କାନ୍ଧରେ ମୁଣ୍ଡ ରଖିଲା । ମେଘ ଝଡ଼ ଭିତରେ ଦୁହେଁ ଏକାଠି ଏରୋପ୍ଲେନ୍‌ରେ ଆସିଲାବେଳେ ସେ ଠିକ୍ ସେମିତି କରିଥିଲା । ସେତେବେଳ ପରି ସେ ବିଚିତ୍ର ସୁଖ ଓ ବିଚିତ୍ର ଦୁଃଖ ଅନୁଭବ କରୁଥାଏ । ଦୁଃଖଟି ହେଲା : ଆମେ ଆମର ଶେଷ ବିନ୍ଦୁରେ । ସୁଖଟି ହେଲା : ଆମେ ପରସ୍ପର ଏକତ୍ର । ଦୁଃଖ ହେଲା ଆଧାର, ଆନନ୍ଦ ହେଲା ବିଷୟବସ୍ତୁ । ଦୁଃଖର ଶୂନ୍ୟତାରେ ସୁଖ ଭରିଗଲା ।

ସେମାନେ ଟେବୁଲ ପାଖକୁ ଫେରି ଆସିଲେ । ସମବାୟ ଫାର୍ମର ଚେୟାର୍‌ମେନ୍ ସହିତ ସେ ପୁଣି ଦୁଇଥର ନାଚିଲା ଓ ଯୁବକଟି ସହିତ ଆଉଥରେ ନାଚିଲା । ଯୁବକଟି ଏତେ ପିଇ ଦେଇଥିଲା ଯେ ସେ ଟେରେଜା ସହିତ ତଳେ ପଡ଼ିଗଲା ।

ତା’ପରେ ସେମାନେ ଉପର ମହଲାର ଯେଝା ରୁମ୍‌କୁ ଗଲେ ।

ଟମାସ ଚାବି ଖୋଲିଲା ଆଉ ସିଲିଂ ଲାଇଟ୍ ଜଳାଇଲା । ଦୁଇଟା ଖଟ ଲଗାଲଗି ହେଇ ପଡ଼ିଥିବାର ଟେରେଜା ଦେଖିଲା । ଗୋଟେ ଖଟ ପାଖରେ ଛୋଟିଆ ଟେବୁଲ ଲେ-୍ଟି ରଖା ହେଇଥାଏ । ଲେ-୍ ଆଲୁଅର ଛାଇ ଉପରେ, ମୁଣ୍ଡ ଉପରର ଆଲୁଅ ତେଜରେ ଚମକି ପଡ଼ି, ଗୋଟେ ବଡ଼ ରାତ୍ରୀରେ ପ୍ରଜାପତି ଉଡ଼ି ରୁମ୍ ଭିତରେ ଚକ୍‌କର କାଟିଲା । ତଳୁ ପିଆନୋ ଓ ଭାଓଲିନ୍‌ର କ୍ଷୀଣ ସୁର ଭାସି ଆସୁଥାଏ ।

■

BLACK EAGLE BOOKS

www.blackeaglebooks.org
info@blackeaglebooks.org

Black Eagle Books, an independent publisher, was founded as
a nonprofit organization in April, 2019. It is our mission to
connect and engage the Indian diaspora and the world at large
with the best of works of world literature published on a
collaborative platform, with special emphasis on
foregrounding Contemporary Classics and New Writing.